BASTEI
LÜBBE

W.E.B. GRIFFIN IM TASCHENBUCH-PROGRAMM:

DAS MARINE-CORPS

13 786 Band 7 Hinter den Linien
14 224 Band 8 Unternehmen Mongolei

HONOR BOUND

14 382 Band 3 Die Akte Galahad

PHILADELPHIA-COPS

14 154 Band 7 Die Ermittler

DIE OSS-SAGA

13 937 Band 1 Die letzten Helden
14 181 Band 2 Schattenkrieger
14 308 Band 3 Spione in Uniform
14 592 Band 4 Die Kämpfer von Mindanao

W.E.B.

# Griffin

# GEHEIM AUFTRAG

## »ROTER DRACHE«

Aus dem Amerikanischen
von Joachim Honnef

BASTEI
LÜBBE

BASTEI LÜBBE TASCHENBUCH
Band 14778

1.+2. Auflage: September 2002

Vollständige Taschenbuchausgabe

Bastei Lübbe Taschenbücher ist ein Imprint
der Verlagsgruppe Lübbe

Deutsche Erstveröffentlichung
Titel der amerikanischen Originalausgabe: SPECIAL OPS

Lektorat: Rainer Delfs
Umschlaggestaltung: Gisela Kullowatz
Satz: QuadroPrintService, Bensberg
Druck und Verarbeitung: 60914
Société Nouvelle Firmin-Didot, Frankreich
Printed in France
ISBN 3-404-14778-2

Sie finden uns im Internet unter
http://www.luebbe.de

Der Preis dieses Bandes versteht sich einschließlich
der gesetzlichen Mehrwertsteuer.

*Für Onkel Charley und The Bull*
*R.I.P. Oktober 1979*

*Und für Donn*
*Wer hätte jemals an vier Sterne geglaubt?*

*Und für Russ*
*Wer hätte je gedacht, dass Pee Wees Adjudant,*
*erwachsen und Major General, Divisionskommandeur*
*und Rektor einer Universität werden würde?*

*Und für Mac*
*R.I.P. Dezember 1987*

*Und für all die Typen*
*der Special Operations,*
*die ihr Leben auf Spiel setzten,*
*um Afrika und Südamerika*
*von Kommunisten frei zu halten*

# I

1

**TOP SECRET**

THE JOINT CHIEFS OF STAFF
WASHINGTON, D.C.

Duplication Forbidden

COPY 4 of Seven

For Distribution by Officer Courier Only

8 November 1964

Commanding General,
United States Strike Command
Commanding General,
European Command
Commanding General,
United States Air Force, Europe
Commanding General,
Seventh United States Army

Auf Anweisung des Präsidenten; durch Befehl Seiner Königlichen Hoheit, dem König der Belgier; und auf Bitte der Regierung der Republik Kongo wird eine gemeinsame belgisch-amerikanische Operation – ›OPERATION DRAGON ROUGE‹ – jedwede militärische Aktion durchführen, die nötig ist, um die Rettung von Amerikanern, Belgiern und Bürgern anderer Nationalitäten zu erreichen, die gegenwärtig in Stanleyville, Republik Kongo, durch Kräfte als Geiseln gehalten werden, die gegen die legale und verfassungsmäßige Regierung der Republik Kongo rebellieren.

Auf Anweisung des Präsidenten ist der Berater des Präsidenten, Sanford T. Felter (Colonel, General Staff Corps, USA) als Einsatzoffizier ernannt und wird in Zusammenhang mit militärischen Angelegenheiten mit der Befugnis der Stabschefs der Streitkräfte sprechen.

OPERATION DRAGON ROUGE hat bezüglich der Inanspruchnahme von Personal, Ausrüstung und anderen US-militärischen Erfordernissen eine AAAA-Priorität.

Die Empfänger dieser Anweisung werden sofort einen Offizier im Rang Colonel oder höher zur Botschaft der Vereinigten Staaten in Brüssel, Belgien, entsenden, wo er für Colonel Felter oder demjenigen, der als sein Stellvertreter fungiert, zur Verfügung stehen wird.

FOR THE CHAIRMAN
THE JOINT CHIEFS OF STAFF

*Forbes T. Willis*
Forbes T. Willis
Brigadier General,
USMC
Executive Officer, JCS

TOP SECRET

# 2

*Brüssel, Belgien*

*11. November 1964, 13 Uhr 20*

Brigadier General Harris McCord, USAF, glaubte, einen weiteren Beweis dafür zu haben – wenn überhaupt einer nötig war –, dass das Leben voller Ironien ist. Vor sechzehn Stunden hatte er noch den Geburtstagsball des U.S. Marine Corps (USMC) im Hotel Continental in Paris besucht und mit seiner Frau fantastisch gefeiert. Er hatte seine Galauniform getragen, komplett mit den echten Medaillen, statt mit den Ordensbändern als Symbol, und mehr Lametta als bei einem Weihnachtsbaum.

Jetzt, da er im Begriff war, sich zu etwas zu verpflichten, das wirklich haarig zu werden versprach, trug er ein etwas ausgebeultes Tweedsakko und eine abgetragene Flanellhose. Kurz bevor er Paris verlassen hatte, war ihm der Befehl erteilt worden, Zivilkleidung zu tragen. Ihm hatte nur zur Verfügung gestanden, was er gerade erst in die Wäscherei gegeben und in aller Eile ungewaschen zurückgeholt hatte.

Fünf Offizierskollegen, von denen er die meisten kannte, zumindest vom Sehen her, alle in Zivilkleidung, warteten in einem ziemlich spartanischen Konferenzraum in der US-Botschaft auf Colonel Sanford T. Felter und seinen Stab. Der ganze verdammte Kontinent lag unter Nebelwänden, und Felters Flugzeug hatte in Schottland warten müssen, bis sich der Nebel bis zum Minimum gelichtet und er Starterlaubnis nach Brüssel erhalten hatte.

McCord hatte einiges über Felter gehört, ihn jedoch nie persönlich gesehen, und er war nicht sehr beeindruckt, als er ihn in den Konferenzraum kommen sah. Felter war klein und schlank und trug einen ausgebeulten grauen Straßenanzug. Er wirkte wie das Abbild eines Bürokraten mittlerer Ebene.

»Es tut mir Leid, dass ich Sie warten lassen musste,

Gentlemen«, sagte Felter. Er legte eine schwere Aktentasche auf den Tisch, nahm einen Schlüssel aus der Tasche und schloss das kleine Vorhängeschloss auf, mit dem die Tasche durch ein Stahlband mit seinem Handgelenk verbunden war.

»Mein Name ist McCord, Colonel«, sagte General McCord, ging zu Felter und reichte ihm die Hand.

»Es freut mich, dass Sie verfügbar waren, General«, erwiderte Felter.

Als sich die anderen Offiziere Felter vorstellten, dachte McCord über Felters Worte nach. Felter wusste, wer er, McCord, war, und das ließ darauf schließen, dass er gezielt um ihn gebeten hatte. Das war schmeichelhaft, es sei denn, man legte Wert auf den Dienstgrad und war der Ansicht, dass Offiziere im Generalsrang Colonels auswählen sollten, statt umgekehrt.

»Ich glaube, wir handhaben dies am besten, Gentlemen, indem ich die Vorgänge im Kongo, besonders in Stanleyville, schnell zusammenfasse und Ihnen dann sage, was wir versuchen wollen, um sie in Ordnung zu bringen.

Tausendsechshundert Leute, Europäer, Weiße, werden in Stanleyville von Olengas Simbas gefangen gehalten. Vier verschiedene Entlastungseinheiten unter dem Gesamtkommando von Oberst Frederick Van de Waele der Belgischen Armee haben den Befehl gehabt, die Rebellion niederzuschlagen, was natürlich die Wiedereinnahme von Stanleyville einschließt. Es hat einige Erfolge gegeben, wie Sie vermutlich aus eigenen Quellen wissen, aber es ist unmöglich, dass Van de Waele es bis zum Ende des Monats bis Stanleyville schaffen kann. Dies führt zu zwei Problemen. Erstens zu der erklärten Absicht der Rebellen, die Geiseln zu töten – eine Drohung, die wir für ernst halten –, bevor Van de Waele zu ihnen gelangen kann. Zweitens haben wir zuverlässige Informationen des Nachrichtendienstes, dass seit dem 20. Oktober zumindest zwei und vermutlich bis zu vier unmarkierte Iljuschin-18-Turbopropflugzeuge von Algerien aus

Waffen und Munition zum Luftstützpunkt Arua in Nord-Uganda geflogen haben. Sollten sie sich dazu entscheiden, würde es leicht für sie sein, die Waffen und die Munition zu Olengas Streitkräften zu transportieren. Man glaubt, dass die Entscheidung, dies zu tun, umso wahrscheinlicher wird, je mehr sich Van de Waeles Söldner und ANC-Truppen Stanleyville nähern.

Der Präsident hat nach Konsultation mit dem belgischen Premier Spaak entschieden, dass das Überleben dieser tausendsechshundert Geiseln erste Priorität hat. Die Belgier haben das erste Fallschirm-Bataillon ihres Fallschirmjäger-Regiments zur Verfügung gestellt. Ich bin vertraut damit. Das erste Bataillon wurde im Zweiten Weltkrieg vom British Special Air Service ausgebildet, und die Männer sind jetzt stolz drauf, ebenso gut wie der SAS zu sein. Das Regiment wird von Oberst Charles Laurent befehligt, einem feinen Offizier, der das erste Bataillon persönlich führen wird, wie ich annehme.

Die Männer werden mit C-130-Maschinen der USAF nach Stanleyville transportiert werden. Nachdem der Flughafen durch Bombardierung durch einige B-26er sturmreif gemacht wird, werden die Männer eine Fallschirmlandung machen und den Flughafen einnehmen. Ein Teil des Bataillons wird auf dem Flugplatz bleiben, um ihn für die Landung der C-130er vorzubereiten, und der andere Teil wird nach Stanleyville vorrücken, die Europäer ausfindig machen und zum Flughafen bringen. Sie werden an Bord der C-130er genommen und alle ausgeflogen. Es wird nicht versucht, Stanleyville zu halten. Ich will im Augenblick dazu keine Fragen hören. Ich wollte nur einen groben Umriss geben.«

Felter wandte sich um und stellte die Männer vor, die er mitgebracht hatte. »Diese Gentlemen sind Lieutenant Colonel Lowell, Captain Stacey, Lieutenant Foster und Sergeant Portet. Es sind Green Berets. Colonel Lowell ist im STRIKE-Stab und hat Dragon Rouge geschrieben. Captain Stacey und die anderen haben eine etwas kleinere Operation geübt, die für Stanleyville geplant war und jetzt abgeblasen worden ist. Aber sie kennen die Stadt, die Aufstellungen der Rebellen und den vermutlichen Aufenthaltsort der europäischen Geiseln, und ich habe sie mitgebracht, um ihre Sachkenntnis zu nutzen.«

*Der Lieutenant Colonel, Lowell,* dachte General McCord, *sieht wie ein gescheiter Junge aus, nicht so sehr wie ein Green Beret für gewöhnlich aussieht. Stacey wirkt wie ein typischer junger Captain der Green Berets, ein harter Kämpfer, jedoch gerissen und trickreich. Der schwarze Lieutenant, Foster, sieht aus, als könnte er Eisenbahnschienen fressen und Nägel ausspucken. Der Sergeant - mit dem stimmt was nicht. Sein Gesicht ist verschrammt und mit Pusteln bedeckt und geschwollen. Er kann kaum aus den Augen sehen. Und was auch immer mit seinem Gesicht nicht stimmt, ist auch mit den Händen nicht in Ordnung.*

»Colonel Lowell«, fuhr Felter fort, »wird nach diesem Eingangsgespräch zur Ihrer Verfügung stehen, um auf jede Frage zu antworten, die Sie über den Operationsplan für Dragon Rouge haben mögen. Stacey und Foster werden die Verbindung zu den Belgiern halten.«

Felter schaute General McCord an.

»Ich werde Ihnen, General, Sergeant Portet geben. Er ist ein ehemaliger Pilot von zivilen Fluggesellschaften und hat umfassende Erfahrung im Kongo. Er war beteiligt daran, die B26-K-Maschinen aus dem Kongo zurückzuholen, und er kennt die meisten, wenn auch nicht alle Kubaner, die sie fliegen werden.«

*Ein ehemaliger Pilot von zivilen Fluggesellschaften?*, wunderte sich McCord. *Was macht der denn als Sergeant bei der Army? Ein Sergeant der Green Berets?*

»Ich bin froh über jede Hilfe, die ich bekommen kann«, sagte McCord.

Er hatte einen anderen Gedanken: *Ob sich der ›ehemalige Pilot ziviler Fluggesellschaften‹ das, was mit seinem Gesicht und den Händen nicht stimmt, im Kongo geholt hat? Hoffentlich ist es nicht ansteckend.*

Felter sah sich im Konferenzraum um. »Ich habe hier

Rohkopien des OPPLAN. Studieren Sie diesen Operationsplan bis morgen früh und bereiten Sie sich darauf vor, Änderungsvorschläge für etwaige Schwachstellen zu machen. Ebenfalls sollten Sie Ihre Fragen zu diesem OPPLAN notieren.« Er legte eine Pause ein und blickte in die Runde, bevor er weitersprach. »Dies ist für den Augenblick alles, Gentlemen, ich danke Ihnen. Aber halten Sie sich zur Verfügung.«

Felter und drei der Green Berets schickten sich an, den Konferenzraum zu verlassen. Lowell öffnete eine gut gefüllte Aktentasche. Felter fing den Blick Sergeant Portets auf und nickte zu General McCord hin. Der Sergeant ging zu dem General.

»Colonel Felter sagte, ich soll mich nützlich machen, Sir«, sagte Portet.

McCord widerstand der Versuchung, ihm die Hand zu geben.

»Sie sind in Stanleyville gewesen, Sergeant? Sind nach Stanleyville *geflogen*?«

»Jawohl, Sir.«

»Aus reiner Neugier habe ich mir die Unterlagen angesehen«, sagte General McCord. »Ich weiß, dass wir mit 130er-Maschinen dort landen können.«

»Ja, Sir, leicht.«

»Aber ich hätte mich genauer informieren sollen«, fuhr McCord fort. »Wie viele können auf einmal dort landen?«

Portets geschwollenes, mit Pusteln bedecktes Gesicht verzog sich, als er überlegte.

»Nicht mehr als sechs auf einmal, Sir«, sagte er. »Um sicherzugehen, würde ich sagen, nicht mehr als fünf. Es gibt nur wenige asphaltierte Start- und Landebahnen, und die nicht asphaltierten Bereiche tragen nicht das Gewicht einer C-130.«

»Colonel Felter sagte, Sie waren Pilot einer zivilen Fluggesellschaft …?«

Der Rest der Frage blieb unausgesprochen, doch Sergeant Portet antwortete mit einem schmerzlichen Lächeln.

»Meine Freunde und Nachbarn schickten eine Postkarte an die Einberufungsstelle und sorgten dafür, dass ich einen Einberufungsbefehl erhielt, General.«

Und dann, als könne er einfach nicht länger der schrecklichen Versuchung widerstehen, kratzte er sich an den offenen Pusteln in seinem Gesicht. Mit einer Hand, die ähnlich von eiternden Wunden bedeckt war.

»Was ist mit Ihrem Gesicht passiert, Sohn?«, fragte General McCord. »Und mit Ihren Händen?«

»Es ist nichts, Sir. Ein kleiner Ausschlag.«

»Das nennen Sie einen ›kleinen Ausschlag‹?«, sagte General McCord kopfschüttelnd. »Wie lange haben Sie das schon?«

»Es begann im Flugzeug aus den Staaten, Sir«, antwortete Jack Portet. »Es ist vermutlich irgendeine Art Allergie. Nichts Besorgnis Erregendes.«

»Wo waren Sie in den Staaten stationiert? In Bragg?«

»Jawohl, Sir.«

»Kommen Sie mit, Sergeant!«, befahl McCord.

Auf dem Weg zum Konferenzraum hatte er das Büro des Militärattachés gesehen, und er führte Jack dorthin.

Der Captain vom Dienst blickte auf und war nicht sehr beeindruckt von dem, was er sah. Zwei unordentliche Amerikaner in verknitterter Zivilkleidung, von denen einer aussah, als habe er Krätze im Gesicht.

»Ja?«, fragte er unwillig.

»Ich bin General McCord«, sagte McCord. Das veranlasste den Captain, seine Unwilligkeit zu vergessen, aufzuspringen und stillzustehen.

»Ja-jawohl, Sir.«

»Wären Sie so nett, mir bitte den befehlshabenden Offizier der nächsten militärischen Sanitätseinrichtung der Vereinigten Staaten ans Telefon zu holen?«

»General«, sagte Jack Portet. »Das heilt schon wieder. Ich möchte jetzt nicht in ein Krankenrevier gesteckt werden.«

»So viel erwarte ich von einem Green Beret«, sagte McCord. »Aber es würde mich sehr überraschen, wenn man Sie in Flugzeuge steigen, geschweige denn über Stanleyville per Fallschirm abspringen lässt. Ich habe den Eindruck, dass es das Ziel der Belgier ist, Amerikaner dort fern zu halten.«

»Meine Stiefmutter und Stiefschwester sind in Stanleyville, General. Ich fliege dorthin.«

McCord starrte ihn an. Bevor er eine Erwiderung formulieren konnte, reichte ihm der Captain den Telefonhörer.

»Colonel Aspen, Sir.«

»Colonel, hier spricht General McCord. Dies mag ein bisschen sonderbar für Sie klingen. Aber ich möchte, dass Sie sofort einen Ihrer besten Sanitätsoffiziere herschicken. Ich bin in der US-Botschaft, und ich habe einen jungen Sergeant bei mir, der sich, wenn meine Diagnose stimmt, in vergiftetem Wasser gewälzt hat.« Es folgte eine Pause. »Nein, Colonel, er kann nicht dorthin kommen. Ich will nicht darüber streiten. Ich erwarte entweder Sie oder einen Ihrer Ärzte hier in zwanzig Minuten.«

Er legte den Telefonhörer auf und wandte sich mit einem Lächeln an Jack.

»Sie bekommen eine Spritze«, erklärte er. »In ein paar Stunden ist alles wieder in Ordnung. Ich hatte das in der Schule in Utah beim Überlebenstraining vor ein paar Jahren.«

»Vielen Dank, Sir«, sagte Jack.

»Machen Sie sich keine sonstigen Hoffnungen, Sergeant«, sagte General McCord. »Ich weiß, dass man Sie nicht in Stanleyville abspringen lassen wird.«

»Jawohl, Sir«, sagte Jack.

»Also erzählen Sie mir, was ich sonst noch über den Flugplatz in Stanleyville wissen sollte«, sagte General McCord.

# 3

*Stanleyville, Republik Kongo*

*25. November 1964, 6 Uhr*

Aus Tradition benutzten die Männer des ersten Bataillons des Fallschirmjäger-Regiments der Königlich Belgischen Armee die englischen Spring-Kommandos, die das Bataillon im Zweiten Weltkrieg in England gelernt hatte.

»*Outboard sticks, stand UP*!«

Die beiden äußeren Reihen der Männer in der USAF C-130 standen auf und falteten ihre Sitze aus Aluminium und Nylon an die Innenwand des Flugzeugrumpfs.

»*Inboard sticks, stand UP*!«

Die beiden inneren Reihen standen auf und falteten ihre Sitze.

»*Hook UP*!«

Jeder befestigte den Haken an einem Stahlseil.

»*Check Static Lines! Check Equipment!*«

Jeder überprüfte sein eigenes Seil und vergewisserte sich, dass es an dem Stahlseil sicher eingehakt war, und dann überprüften die Männer die Ausrüstung des Mannes, der vor ihm stand, das heißt in den Reihen, die sich jetzt nach hinten gedreht hatten, zu den Ausgangstüren auf beiden Seiten des Flugzeugs.

Dann wechselte das Kommando auf Französisch: »*Une minute*!« Und wieder auf Englisch: »*Stand in the door*!«

Die Maschine war jetzt bis auf etwa siebenhundert Fuß hinab und flog mit hundertfünfundzwanzig Stundenmeilen.

»*Go*!«

Sergeant Jack Portet, in der Uniform eines belgischen Fallschirmjägers, war der sechste Mann in der linken Reihe. Die Belgier hatten Mitgefühl mit jemandem gehabt, der über Stanleyville abspringen wollte, weil seine Mutter und Schwester dort waren.

Und wenn er mit der U.S. Army in Schwierigkeiten geriet – *c'est la vie.*

Jack spürte fast sofort nach dem Verlassen des Flugzeugs einen leichten Ruck an der Leine, und einen Moment später glitt sein Hauptfallschirm aus dem Futteral. Und dann blähte sich der Fallschirm auf, und er hatte das Gefühl, aufwärts gerissen zu werden.

Es blieb nicht genügend Zeit zur Orientierung. Er sah nur den Flugplatz unter und leicht links von sich und erkannte das zwölfstöckige Apartmentgebäude ›Immoquateur‹ in der Innenstadt, bevor der Boden plötzlich auf ihn zuzurasen schien.

Er wusste, wo er jetzt war. Er landete auf dem Abschlag des dritten Lochs des Stanleyviller Golfplatzes. Er setzte auf den Füßen auf, doch als er an den Leinen zu ziehen begann, um noch etwas Luft aus dem fast erschlafften Fallschirm zu drücken, füllte sich der Schirm plötzlich durch eine Bö wieder mit Luft und riss ihn von den Füßen.

Er drückte auf den Verschluss des Gurtwerks und löste sich schnell daraus. Als er sich herumrollte, sah er, dass der Himmel voller Fallschirmspringer von Reihe zwei und drei war.

Und dann gab es eine sonderbare Mischung von Pfeifen und Knallen, und Jack erkannte, dass er beschossen wurde.

Anscheinend war niemand da, auf den er zurückfeuern konnte.

Doch plötzlich sah er sie: Simbas feuerten vom Kontrollturm aus!

Er warf sich zu Boden, riss das FN-Sturmgewehr hoch und zielte auf den Tower. Als er ihn im Visier hatte, verschwand der Turm in einer Staubwolke. Einen Moment später fand er eine Erklärung dafür. Zwei Fallschirmjäger hatten mit ihren Maschinengewehren das Feuer eröffnet.

Jack rappelte sich auf und rannte auf ein Trio belgischer Offiziere zu. Wenn es einen Transport gab, entweder mit Fahrzeugen, die hier gekapert wurden, oder mit den Jeeps oder den sonderbar aussehenden Dreirädern aus der C-130, die landen sollte, dann würden die Offiziere es als Erste wissen. Und er wollte dort sein, wenn die Fahrzeuge eintrafen. Er musste zum Immoquateur-Gebäude gelangen, und dafür brauchte er einen fahrbaren Untersatz.

Ein Unteroffizier fuhr mit einem weißen Pickup heran, auf dessen Türen ein Mobil Oil Pegasus gemalt war.

Einer der belgischen Offiziere sah in die Runde und wies dann auf Jack. »Der da, der Amerikaner, kennt die Stadt. Laden Sie ein halbes Dutzend Männer hinten in den Wagen und machen Sie eine Aufklärungsfahrt mit Schusswaffengebrauch.«

Und dann scherzte er: »Sie sollten hoffen, dass Sie erschossen werden«, sagte er zu Jack. »Wenn Le Grand Noir (mit dem großen Schwarzen meinte er natürlich Lieutenant Foster) nach Ihnen sucht und Sie nicht findet, wird es schlimm für Sie. Er sagte, wenn Sie mit uns abspringen, reißt er Ihnen die Beine und Arme aus, einzeln nacheinander.«

Jack lächelte und stieg auf das Trittbrett des Mobil Oil Pickups, die FN in einer Hand.

Aber er hatte plötzlich große Furcht. Nicht vor dem Kämpfen oder sogar vor dem Sterben, sondern vor dem, was er vielleicht im Immoquateur vorfinden würde.

Sie stießen schon nach dreihundert Metern auf Widerstand, gerade jenseits der Sabena Pension. Ein Simba, eingehüllt in ein Tierfell, eine Pistole in einer Hand, ein Schwert in der anderen, stürmte ihnen mitten auf der Straße entgegen. Hinter ihm kamen drei andere, bewaffnet mit FN-Sturmgewehren, aus denen sie Dauerfeuer abschossen.

Der Pickup stoppte mit kreischenden Reifen. Jack warf sich auf den Bauch und riss sein Gewehr an die Schulter. Als er ein Ziel fand, sah er verdutzt, dass der Simba nur noch in den Himmel schoss, während hinter ihm ein kurzer Feuerstoß über seinen Kopf hinweg abgegeben wurde. Der Simba mit dem Schwert stoppte, als wäre er gegen ein Hindernis geprallt, und brach in die Knie. Bevor er umfiel, schoss ein Blutschwall aus seinem Mund.

Die Simbas bei ihm stoppten und blickten völlig überrascht auf den Gefallenen. Dann stellten sie das Feuer ein und ergriffen die Flucht. Vom Pickup her krachten weitere Feuerstöße, diesmal aus mehreren Waffen. Zwei der drei Simbas stürzten zu Boden, einer davon rücklings. Der verbliebene Simba, den Jack im Visier hatte, warf sein Gewehr weg und rannte in großen Sprüngen davon. Wieder ein kurzer Feuerstoß vom Pickup her, nicht mehr als vier Schüsse aus dem Sturmgewehr eines Fallschirmjägers. Der Simba schaffte noch zwei Schritte, dann stürzte er und fiel aufs Gesicht.

Jack stemmte sich auf die Knie auf und blickte zum Truck zurück. Er setzte sich bereits in Bewegung. Er sprang auf das Trittbrett und verlor fast das Gleichgewicht, als der Fahrer vergebens das Lenkrad herumriss, um zu vermeiden, den Simba zu überfahren, der den Angriff mit einem Schwert angeführt hatte.

Wildes Hupen gellte hinter ihnen, und der Pickup fuhr an den Straßenrand. Ein Jeep raste vorbei, und die Schützen auf dem Podest feuerten mit dem Browning-MG Kaliber .30 in kurzen Feuerstößen auf Ziele, die Jack nicht sehen konnte. Der Pickup fuhr schleudernd wieder auf den Asphalt der Straße, und Jack wurde fast abgeworfen.

Viele Waffen krachten, aber das Feuer galt anscheinend nicht ihnen. Sie erreichten die ersten Häuser. Jetzt waren mehr Simbas zu sehen, doch keiner davon griff an. Sie steckten alle in den Gassen zwischen den Häusern und in den Straßen dahinter.

Jack konnte den Jeep, der an ihnen vorbeigerast war, nicht mehr sehen, aber er hörte noch die unverkennbaren Feuerstöße des Browning-MGs.

Der Mobil Oil Pickup gelangte an eine Kreuzung und stoppte. Jack blickte zum Fahrer.

»Sie sollen der verdammte Experte sein«, sagte der Fahrer. »Wohin fahren wir?«

»Rechts abbiegen«, wies Jack ihn an, ohne wirklich darüber nachzudenken. Das Immoquateur-Gebäude befand sich zur Rechten.

Der Pickup fuhr ruckend an.

Fünfzig Meter weiter stießen sie auf die ersten Europäer. Drei davon, Mutter, Vater und ein zwölf- oder dreizehnjähriger Junge, lagen tot in Blutlachen auf der Straße, offenbar bei einem Fluchtversuch erschossen.

Jack spürte, wie Übelkeit in ihm aufstieg, aber er schaffte es, dagegen anzukämpfen.

Voraus, über den Dächern der schmucken, pastellfarben angestrichenen Villen, sah er das hohe weiße Gebäude des Immoquateur.

Dann wurde auf ihn gefeuert.

Der Pickup stoppte mit quietschenden Reifen mitten auf der Straße. Jack flog in die Luft, versuchte vergebens, sich irgendwo festzuklammern, schlug auf den Kotflügel, prallte ab und stürzte mit dem Gesicht voran auf den Asphalt. Tränen schossen in seine Augen, und dann verschwamm alles ringsum.

*Jesus! Ich bin getroffen worden!*

Er schüttelte den Kopf und tastete zu seinem Gesicht. Er spürte etwas Warmes, Klebriges an der Hand.

*Blut! Man hat mir ins Gesicht schossen!*

Er setzte sich auf. Jemand eilte zu ihm. Verschwommen nahm er wahr, wie sich einer der Fallschirmjäger über ihn neigte und sein Gesicht betastete.

Und dann lachte der Hurensohn!

»Alles in Ordnung, Mann«, sagte er. »Du hast nur Nasenbluten.«

Er klopfte Jack auf den Rücken und rannte weiter.

Jacks Blick klärte sich. Er schaute auf seinen Schoß und sah Blut darauf tropfen.

Er sah sich um und entdeckte sein Sturmgewehr auf der Straße, nur ein paar Schritte entfernt. Er kroch hin, nahm es, feuerte in die Luft, um sich zu vergewissern, dass es funktionstüchtig war, und dann schaute er sich wieder um, diesmal zum Immoquateur-Gebäude. Auf dem Rasen zwischen der Straße und den Läden im Erdgeschoss lagen Leichen. Simbas und Europäer. Er stemmte sich auf die Füße und rannte zum Immoquateur.

Jack erkannte eine der über ein Dutzend Leichen auf dem Rasen vor dem Immoquateur. Es war der Stanleyviller Stationsleiter der Congo Rover Steamship Company. Er hatte ihn kennen gelernt, als sie einen Truck in ein Schiff verladen hatten. Der Mann war mit einem Genickschuss getötet worden, nach der Größe der Wunde zu schließen mit einer Schrotflinte. Die beleibte, grauhaarige Frau, die mit einem großen Loch in der Stirn neben ihm lag, war bestimmt seine Frau gewesen.

Jack rannte ins Gebäude. Auf dem schmalen Flur vor den Aufzügen lagen zwei tote Simbas. Einem davon war das meiste des Kopfes fortgeschossen worden. Der andere, erschossen, als er aus dem Lift gekommen war, hatte eine Kugelsalve in die Brust bekommen. Sie hatte buchstäblich ein Loch durch seinen Körper geblasen. Teile seiner Rippen oder seiner Wirbelsäule, irgendwelche Knochen, stachen in sonderbaren Winkeln aus seinem Rücken.

Er lag in der offenen Aufzugtür. Die Tür hatte sich schließen wollen, war gegen die Leiche geprallt, hatte sich wieder geöffnet und von neuem zu schließen versucht.

Jack lehnte sein FN-Sturmgewehr an die Wand, packte den Toten am Nacken und zerrte ihn aus dem Aufzug. Die Tür schloss sich, ein melodiöser Gongton ertönte und dann fuhr der Aufzug aufwärts.

»Scheiße!«

Jack lief zum zweiten Aufzug und drückte auf den Kopf. Das Lämpchen leuchtete nicht auf. Er rannte den Flur entlang und drückte auf den Knopf für den Wartungsaufzug. Das Lämpchen leuchtete auf, doch kein Geräusch des Mechanismus ertönte. Er lief zum ersten Aufzug zurück.

Einer der belgischen Fallschirmjäger vom Pickup-Truck kam in den Flur, sein Gewehr im Anschlag.

»Der Sergent sagte, du musst zum Truck zurückkommen!«, rief er.

»Er soll mich am Arsch lecken, meine Mutter ist oben«, erwiderte Jack.

Der belgische Fallschirmjäger rannte aus dem Gebäude. Die Anzeigetafel des Aufzugs zeigte, dass er im neunten Stock hielt. Dann fuhr er wieder abwärts.

Der belgische Fallschirmjäger kam im Laufschritt ins Gebäude zurück. Jack fragte sich, ob er ihm irgendwelche Probleme machen würde.

»Ich habe ein Funkgerät«, sagte der Belgier. »Die anderen hauen ab.«

Jack spürte etwas Warmes auf seiner Hand, blickte hinab und sah Blut.

Der Aufzug gongte wohlklingend, und die Tür öffnete sich. Jack trat über den toten Simba hinweg in die Kabine. Der belgische Fallschirmjäger folgte ihm und bekreuzigte sich, als Jack auf den Knopf drückte.

Die Tür schloss sich, und der Aufzug fuhr aufwärts.

Er stoppte im vierten Stock.

Ein Simba in Teilen der Uniform eines belgischen Offiziers hatte keine Zeit mehr, seine Pistole anzuheben, denn ein Feuerstoß von Jacks Sturmgewehr traf ihn in den Bauch.

Das Krachen der Schüsse schmerzte in der Enge der Aufzugkabine in den Ohren. Jack konnte fast eine Minute lang nur ein Klingeln in den Ohren wahrnehmen. Der belgische Fallschirmjäger sprang auf den Gang hinaus und gab einen Feuerstoß ab. Der Gang war leer.

Der Simba, den Jack getroffen hatte, war gegen die Flurwand zurückgetaumelt und dann daran zu Boden gerutscht. Er hatte eine breite Blutspur an der Wand hinterlassen. Jack glaubte, das Leben aus den Augen des Simbas weichen zu sehen.

Er nahm die Pistole des Simbas an sich, eine deutsche Luger aus der Zeit des Zweiten Weltkriegs, steckte sie in die Brusttasche seines Uniformrocks und zog sich in den Aufzug zurück. Der Fallschirmjäger folgte ihm. Der Aufzuggong ertönte wieder melodiös, die Tür schloss sich und der Aufzug fuhr aufwärts.

Als sich die Tür von neuem öffnete, waren sie im zehnten Stock. Dort wartete niemand.

Weder Jack noch der Fallschirmspringer rührten sich.

Der Gong ertönte wieder, und die Tür schloss sich.

Jack hielt die Mündung seines FN-Sturmgewehrs zwischen die Gummiwülste der Türhälften. Die Tür glitt wieder auf.

Jack sprang, wie zuvor der Fallschirmjäger im vierten Stock, geduckt in den Gang hinaus, zum Feuern bereit, doch der Flur war leer.

Jack hetzte zur Tür des Apartments der Air Simba. Sie war beschädigt, als hätte jemand versucht, sie einzuschlagen, und Jack sah Kugellöcher darin. Er versuchte, den Türgriff zu drehen. Die Tür war verschlossen.

Er hämmerte mit der Faust dagegen.

»Hanni!«, schrie er. »Hanni, *c'est moi*! *C'est Jacques*!«

Keine Antwort.

Er schlug mit dem Kolben des Sturmgewehrs gegen die Tür, schmetterte ihn rings um den Türgriff. Der Kolben brach hinter dem Abzug.

Tränen stiegen in seine Augen. Er betätigte den Abzug, um zu sehen, ob er noch funktionierte, und es donnerte abermals ohrenbetäubend, und Zementstaub wölkte auf, als die Kugeln in die Decke schlugen.

Jack holte mit dem Fuß aus und trat mit dem Stiefel mit aller Kraft gegen den Türgriff. Es splitterte etwas, und der Schlossmechanismus wurde frei gerissen. Jack trat von neuem zu, und die Tür flog auf. Der belgische Fallschirmjäger sprang geduckt in das Apartment.

Es schlug ihm kein Feuer entgegen, wie er erwartet hatte.

Jack rannte in die Wohnung.

Hanni stand mit weißem Gesicht vor der Schlafzimmertür.

»*Bonjour, Madame*«, sagte der belgische Fallschirmjäger.

Hanni sah Jack.

»O mein Gott! Du bist es! Ich dachte, ich verliere den Verstand!«

»Hanni!«, krächzte Jack.

Die Schlafzimmertür wurde geöffnet. Jeanine tauchte auf.

»Jacques!«, schrie sie.

Und es war jemand bei ihr. Schwarz. In ein Tierfell gehüllt.

»Nicht schießen!«, schrie Hanni. »Er ist ein Freund!«

»Jacques, nicht!«, rief Jeanine, als sie sah, dass Jack das beschädigte FN-Sturmgewehr auf ihn richtete.

»Wer, zum Teufel, ist das?«

»Captain George Washington Lunsford«, sagte der Mann in dem Tierfell. »United States Army, zu Ihren Diensten, Sir.«

Er kam mit erhobenen Händen aus dem Schlafzimmer.

»Jacques, um Gottes willen«, sagte Hanni, »er hat uns das Leben gerettet. Nimm die Waffe weg.«

Jack sah Ursula Craig im Schlafzimmer, die ihr Baby auf den Armen hielt. Neben ihr, mit einem großen Messer in jeder Hand, stand eine hünenhafte, tiefschwarze Frau.

»*Mon Dieu*«, sagte die Schwarze. »*C'est Jacques*!«

Jack ging ins Schlafzimmer. Mary Magdalene ließ die Messer fallen und schloss ihn in die gewaltigen schwarzen Arme. Ihr riesiger Körper erbebte unter Schluchzern, und Tränen rannen über ihre Wangen. Immer wieder schluchzte sie: »*Mon petit Jacques, mon petit Jacques*!«

»Ich störe nur ungern«, sagte Lunsford. »Aber es sind Wilde im gesamten Gebäude, und ich würde mich viel wohler fühlen, wenn ich mein Gewehr hätte.«

Jack löste sich aus Mary Magdalenes Armen.

»Alles in Ordnung, Ursula?«

»Jetzt ja«, sagte sie.

Jack wandte sich an Lunsford.

»Captain, ich hörte, es sind Green Beanies hier, aber ich habe nicht damit gerechnet, einen so gekleideten anzutreffen.«

»Er wusste, was die Simbas tun würden, wenn sie die Fallschirmjäger sahen«, sagte Hanni. »Er kam, um uns zu beschützen.«

»Wenn ich mein Gewehr holen gehe«, sagte Lunsford und nickte zu dem belgischen Fallschirmjäger, »weiß er, was los ist, oder …«

*»Je suis a votre service, mon capitaine«*, sagte der belgische Fallschirmjäger, stand still und fügte fast verlegen hinzu: »Ich spreche gut Englisch.«

Lunsford ging ins Schlafzimmer und kehrte mit seinem Gewehr zurück.

»Funktioniert dieses Funkgerät?«, fragte er.

»*Oui, mon capitaine*«, sagte der Belgier.

»Dann benutzen Sie es, sagen Sie jemand Wichtigem, wo wir sind und dass man uns holen soll«, befahl Lunsford.

»*Oui, mon capitaine*«, sagte der belgische Fallschirmjäger.

»Sie schließen die Tür«, wandte sich Lunsford an Jack. »Wir bringen die Ladys zurück ins Schlafzimmer, bis die Kavallerie hier eintrifft.«

»Jawohl, Sir«, sagte Jack.

## 4

*Quartier # 1*
*Fort Myer, Virginia*

*25. November 1964, 6 Uhr 05*

Die Tür zu Quartier # 1 wurde von einer der Ordonnanzen des Stabschefs geöffnet.

»Guten Morgen, General«, sagte der sympathisch wirkende junge Mann mit dem gestärkten weißen Jackett. »Der General erwartet Sie, Sir. Er ist in der Küche, Sir. Geradeaus in den hinteren Teil des Hauses.«

Der Stabschef der U.S. Army trug eine weiße Schürze und war damit beschäftigt, mit der Präzision eines Chirurgen eine steakdicke Scheibe von einem gekochten Schinken zu schneiden.

Er blickte auf, sah Bellmon und lächelte.

»Nur ein paar Scheiben für uns zum Frühstück, Bob«, sagte er. »Da ist Kaffee. Bedienen Sie sich.«

Er wies auf die Kaffeemaschine.

»Danke, Sir«, erwiderte Bellmon.

Bellmon, ein stämmiger Sechsundvierzigjähriger mit rötlichem Gesicht, war überrascht und auch ein wenig besorgt gewesen, als sein Adjutant, Captain Richard Hornsby, ihm am vergangenen Nachmittag gemeldet hatte, dass der Adjutant des Stabschefs der Vereinigten Staaten ihm gesagt hatte, es sei der Wunsch des Stabschefs, dass sich General Bellmon bei ihm um 6 Uhr in seinem Quartier Nr. # 1 zum Frühstück einfinde.

Bellmon kannte den Stabschef – beide stammten aus Army-Familien, beide waren West Pointer und ihrer beider Väter hatten ebenfalls die Sterne von Offizieren im Generalsrang getragen –, aber dies war Washington, das Pentagon, und hier gab es jede Menge Major Generals, und nur wenige davon wurden jemals eingeladen, mit dem Stabschef in seinem Quartier zu frühstücken.

Bellmon, der das Army Aviation Center in Fort Rucker, Alabama, befehligte, war früh am Morgen zuvor nach Washington geflogen, um mit dem Deputy Chief of Staff for Operations (DCSOPS) zu konferieren. Der DCSOPS war ein Drei-Sterne-General und ebenfalls ein West Pointer, der Sohn eines Generals und ein alter Bekannter, aber er hatte Bellmon nicht in sein Quartier eingeladen.

»Was, zur Hölle, das zu bedeuten?«, hatte Bellmon gefragt, jedoch keine Antwort erwartet. »Okay, rufen Sie Rucker an und melden Sie, dass wir morgen so bald wie möglich zurück sein werden.«

Er hatte einiges in Rucker zu erledigen und wenig Zeit, aber es war ihm nie in den Sinn gekommen, die Einladung abzulehnen.

»Da ist etwas Besonders an Eiern und Schinken«, sagte der Stabschef. »Ich weiß nicht, was, aber wenn man eine Scheibe gekochten Schinken in ein wenig Fett und dann Eier im selben Fett in derselben Pfanne brät …«

»Ja, Sir«, fiel ihm General Bellmon ins Wort.

Der Stabschef schnitt sorgfältig eine weitere Scheibe vom gekochten Schinken ab und legte sie auf den Teller neben die erste.

Bellmon schenkte sich Kaffee ein, gab Zucker hinein und rührte um, als ein anderer Mann die Küche betrat. Ohne zu denken, stand Bellmon fast still. Das dienstälteste uniformierte Mitglied der Streitkräfte der Vereinigten Staaten hatte soeben die Küche betreten.

»Guten Morgen«, sagte der Vorsitzende des Führungsstabs der Streitkräfte.

*Mein Gott,* dachte Bellmon, *hat der Vorsitzende vergessen, sich zu rasieren oder war er die ganze Nacht auf*?

»Sie kennen einander, richtig?«, sagte der Stabschef der Army.

»Wir sind uns schon begegnet«, sagte der Vorsitzende und streckte Bellmon die Hand hin. »Schön, Sie wiederzusehen, Bellmon.«

»Guten Morgen, Admiral«, sagte Bellmon.

»Ich könnte etwas davon gebrauchen«, sagte der Vorsitzende und wies auf Bellmons Kaffeetasse. »Obwohl Gott weiß, dass ich mein monatliches Kontingent an Koffein in den vergangenen acht Stunden aufgebraucht habe.«

Der Vorsitzende trank einen Schluck von dem Kaffee, den Bellmon ihm eingeschenkt hatte.

»Danke, Bellmon.« Ihre Blicke trafen sich. »Ich habe die Nacht beim Präsidenten verbracht«, sagte er. »Würde es Sie überraschen, Bellmon, dass um Mitternacht Washingtoner Zeit ein Bataillon belgischer Fallschirmjäger durch USAF-C-130er über Stanleyville abgesetzt wurde?«

»Wie ist es gelaufen?«, fragte der Stabschef der Army und gab Fett in eine große gusseiserne Bratpfanne.

»Die Simbas machten ihre Drohung wahr, mit der Hinrichtung der Europäer in dem Moment zu beginnen, in dem sie einen Fallschirm sahen«, sagte der Vorsitzende. »Aber die belgischen Fallschirmjäger zeigten, dass ihr guter Ruf berechtigt ist. Sie nahmen die Stadt in weniger als diesen zwei Stunden ein, und die Europäer, die zurückblieben, sind bereits in Leopoldville oder auf dem Weg dorthin.«

Er sah wieder Bellmon an.

»Sie wirken nicht überwältigt vor Überraschung, General«, bemerkte er.

»Ich hatte erwartet, dass irgendeine Aktion stattfindet, Sir.«

»Wollen Sie mir weismachen, Sie hätten nie von der Operation Dragon Rouge gehört?«

»Nein, Sir. Davon habe ich gehört.«

»Ihr Name steht nicht auf der Liste derjenigen, die eine Unbedenklichkeitsbescheinigung für Top Secret/Dragon Rouge haben«, sagte der Vorsitzende. »Wer hat Sie ins Bild gesetzt, Ihr Freund Colonel Sanford T. Felter?«

»Nein, Sir.«

»Meinen Sie, es würde Colonel Felter überraschen wenn er erführe, dass Sie von Dragon Rouge gehört haben?«

»Nein, Sir, ich bezweifle, dass er überrascht sein würde.«

»Darf ich daraus schließen, dass der Colonel arrangiert hat, Sie in Dragon Rouge einzuweihen?«

»He, Charley«, sagte der Stabschef. »Sie haben versprochen, dass dies ein freundliches Gespräch werden wird.«

»Ja, das habe ich. Ich entschuldige mich bei Ihnen beiden.«

»Wie schmecken Ihnen die Eier, Charley?«, erkundigte sich der Stabschef. »Sie können wählen zwischen Spiegel- oder Rührei.«

»Spiegelei, Dotter nach oben, aber ohne Schleim, bitte«, sagte der Vorsitzende.

Der Stabschef nahm zwei Spiegeleier aus der gusseisernen Bratpfanne und legte sie auf eine dicke Schinkenscheibe. Dann reichte er den Teller dem Vorsitzenden.

»Bob?«, fragte der Stabschef.

*Weil ich vermute, dass ich in der Scheiße stecke, will ich eigentlich gar keine Eier*, dachte Bellmon. *Aber das kann ich wohl nicht sagen, oder?*

»Spiegelei wäre prima, General«, sagte er.

Einen Augenblick später legte der Stabschef zwei Spiegeleier auf eine Schinkenscheibe und reichte Bellmon den Teller, der keine andere Möglichkeit sah, als sich neben den Vorsitzenden an den Küchentisch zu setzen.

»Dies schmeckt gar nicht so schlecht, Bob«, sagte der Vorsitzende.

»Gar nicht so schlecht?« Der Stabschef träufelte mit dem Schieber heißes Fett auf die Dotter von Eiern in der Pfanne. »Dies ist eine der göttlichsten Mahlzeiten.«

Der Vorsitzende sah General Bellmon an.

»Sagen Sie mir, Bellmon, nur unter uns natürlich, wer hat Ihnen von Dragon Rouge erzählt?«

Als Bellmon nicht sofort antwortete, rief der Stabschef: »Sie können ihm vertrauen, Bob. Für einen Matrosen ist er wirklich ziemlich vertrauenswürdig.«

Der Vorsitzende des Führungsstabs der Streitkräfte zeigte dem Stabschef der U.S. Army den Stinkefinger.

»Es wurde immer gelehrt, Admiral«, sagte Bellmon, »dass ein guter Offizier Rangniedrige schützt.«

»Mit anderen Worten, einen Lieutenant Colonel mit großem Maul?« Der Vorsitzende wirkte weder überrascht noch ärgerlich. »Es ist schwer, ein Geheimnis zu bewahren, nicht wahr?«

Der Stabschef nahm neben ihm Platz.

»Eigentlich, Sir, war es der Freund meiner Tochter«, sagte Bellmon.

»Ein Lieutenant? Oder vielleicht ein Captain?« Der Stabschef sah ihn fragend an.

»Eigentlich ist er Sergeant, Sir«, antwortete Bellmon.

»Sergeant?« Der Stabschef starrte ihn ungläubig an.

»Sergeant«, wiederholte Bellmon. »Ich hätte ihn zum Schweigen vergattern sollen, aber das habe ich nicht getan. Er nahm einfach an, dass ich als General alles über Dragon Rouge wusste. Das war nicht der Fall, doch ich war neugierig und ließ ihn reden.«

»Marjories Freund ist ein Sergeant?«, fragte der Stabschef. »Und was hält Barbara davon?«

»Er ist ein prima junger Mann«, sagte Bellmon gereizt. »Barbara mag ihn, und ich mag ihn ebenfalls. Bevor er eingezogen wurde, war er Pilot einer Fluggesellschaft.«

»Ein Sergeant, der über Dragon Rouge Bescheid wusste, weil er darin verwickelt war, richtig? Arbeitet dieser Sergeant zufällig für Colonel Felter?«

»Jawohl, Sir, das tut er.«

»Erzählen Sie mir von ihm«, verlangte der Vorsitzende.

»Sein Name ist Jack Portet, und er ...«

»Ich meinte Colonel Felter«, unterbrach der Vorsitzende. »Ich hörte, Sie sind Bekannte.«

»Colonel Felter ist ein Freund von mir, Sir.«

»Dann wissen Sie, womit er seinen Lebensunterhalt verdient?«

»Ich weiß, dass er für den Präsidenten arbeitet, Sir. Sein Titel ist ›Berater des Präsidenten‹, glaube ich.«

»Er ist Präsident Johnsons persönlicher Spion«, sagte der Vorsitzende. »Wie er es für Kennedy und davor für Eisenhower war.« Er legte eine Pause ein und sah Bellmon an, bevor er fortfuhr. »Er ist als skrupelloser Hurensohn beschrieben worden, der jeden fertig macht, der ihm im Weg ist.«

»Sir«, erwiderte Bellmon kalt, »ich würde Colonel Felter weder als skrupellos noch als Hurensohn bezeichnen.«

»Dann sehen Sie das anders als der Oberbefehlshaber, General. Der Präsident benutzte – irgendwann gegen drei Uhr heute Morgen, was ich bewundernswert fand – genau diese Worte.«

Der Vorsitzende lachte und fuhr fort: »Wie konnten Sie sich mit jemandem wie Felter einlassen, General?«

»Ich bin mir nicht sicher, was der Admiral mit ›einlassen‹ meint, Sir«, sagte Bellmon.

»Nun, sagen wir es anders. Wo haben Sie ihn kennen gelernt?«

Bellmon überlegte kurz und zuckte dann mit den Schultern.

»Am achten April um dreizehn Uhr dreißig. Bei einem Stall in Zwenkau, Sachsen, dem heutigen Ostdeutschland.«

Sowohl der Vorsitzende als auch der Stabschef sahen ihn neugierig an.

»Man erinnert sich genau, wann und wo man befreit worden ist«, sagte Bellmon. »Vielleicht sogar, dass man fünfzigeinhalb Sekunden oder eine Minute zuvor überzeugt war, auf dem Weg nach Sibirien zu sein.«

»Ich will wirklich nicht in Ihrem Leben herumschnüffeln«, beteuerte der Vorsitzende.

»Ich wurde in Nordafrika gefangen genommen, Admiral«, sagte Bellmon. »Am siebzehnten Februar 1943. Zwei Jahre, einen Monat und achtzehn Tage lang war ich Kriegsgefangener, die meiste Zeit davon im Stalag XVII-B bei Stettin, das heute zu Polen gehört. Als die Russen durch Polen vorrückten, erhielt der Lagerkommandant den Befehl, uns westwärts gen Berlin zu verlegen. Wir schafften es nicht. Wir wurden von den Russen überrannt …«

»Glück für Sie«, unterbrach der Vorsitzende.

»Nein, Sir«, widersprach Bellmon. »Unsere russischen Verbündeten machten fast sofort klar, dass sie nicht vorhatten, uns freizulassen. Ganz im Gegenteil, wir wurden informiert, dass unser Transport vorbreitet wurde, um uns in die ›Sicherheit‹ der Sowjetunion zu bringen.«

»Von diesen Geschichten habe ich gehört, aber …«

»Ich befürchte, sie sind alle wahr, Admiral. In einigen Fällen hielten sie unsere Männer fest, wir wissen nicht, warum. In diesem Fall gibt es Grund zu der Annahme, dass sie versuchten, ihre Ermordung polnischer Offiziere im Wald von Katyn unter den Teppich zu kehren. Russische Nachrichtenoffiziere fragten jeden von uns, ob wir wüssten, dass amerikanische Offiziere durch Deutsche aus dem Stalag XVII-B geholt wurden, um den Wald von Katyn zu besuchen.«

»Und, sind welche herausgeholt worden?«

»Ja, Sir. *Ich* bin herausgeholt worden. Ich wurde von

einem deutschen Offizier, der ein Freund meines Vaters gewesen war, zum Wald von Katyn gebracht. Er wollte sicherstellen, dass nach dem Kriegsende die Deutschen nicht für diese besondere Gräueltat verantwortlich gemacht wurden.«

»Sie waren bei Katyn?«, fragte der Stabschef überrascht.

»Jawohl, Sir. Ich war dort. Keiner meiner Offiziere, meiner Mitgefangenen, erzählte den Russen, dass ich nicht nur aus dem Stalag herausgeholt worden war, sondern auch Fotos und anderes Material besaß, aus dem zu ersehen war, dass die Russen fünftausend polnische Offiziere ermordet hatten, einschließlich zweihundertfünfzig Kadetten, keiner davon älter als fünfzehn.«

»Mein Gott, man hat von diesen Geschichten gehört, aber ...«

»Nun, da war ich«, fuhr Bellmon fort, als sei er begierig darauf, die Geschichte zu erzählen. »Am achten April 1945, um dreizehn Uhr dreißig in einem Stall in Zwenkau – im Dunkeln, die Russen hatten alle Türen verschlossen, und es gab keine Fenster – mit zweihundertdreiundachtzig anderen amerikanischen Offizieren, alles Gefangene der Russen, und mir ging durch den Kopf, was ich bei Katyn gesehen hatte, und ich glaubte, wahnsinnig zu werden ...«

»Das kann ich verstehen«, warf der Vorsitzende ein.

»Zuerst hörte ich eine Trompete«, fuhr Bellmon fort. »Der Trompeter schmetterte ›When The Saints Come Marching In‹, dann krachte das gewaltige Tor des Stalls zusammen, und ein Halbkettenfahrzeug mit einem MG Kaliber .50 fuhr rückwärts in den Stall. Ich dachte, es wäre die Entscheidung getroffen worden, uns alle zu eliminieren. Doch dann sah ich, wer der MG-Schütze war. Er war etwa zwei Meter groß, wog gut zweihundertfünfzig Pfund und war schwarz wie ein Pik-Ass. Und neben ihm stand ein anderer hünenhafter schwarzer Soldat und blies ›The Saints‹ auf seiner Trompete.«

»Truppenteile von Colonel Philip Sheridan Parkers

393. Panzerabwehr-Regiment«, sagte der Stabschef. »Ich hatte diese Geschichte natürlich gehört, Bob. Aber bis jetzt hatte ich keine Ahnung, dass Sie einer der Befreiten gewesen sind.«

Bellmon nickte.

»Das Halbkettenfahrzeug fuhr aus der Scheune, hinaus in den Sonnenschein«, fuhr er fort. »Meine Augen gewöhnten sich an die Helligkeit, und ich sah ein halbes Dutzend weitere Kettenfahrzeuge und viele schwarze Gesichter, und mitten darunter, neben Colonel Parker, der eine Thompson-MPi hielt, stand ein schmächtiger kleiner First Lieutenant.«

Er legte eine Pause ein und sah den Vorsitzenden an.

»So sah ich zum ersten Mal Sandy Felter, Admiral.«

»Was tat er dort?«, fragte der Vorsitzende leise.

»Er war ein Vernehmungsspezialist für Kriegsgefangene und hatte das über uns herausgefunden. Er hatte die Information an seinen Divisionskommandeur, General Waterford weitergegeben, zusammen mit einem Plan, um uns von einem eingeflogenen Kommando herausholen zu lassen. General Waterford fand, es würde nach Günstlingswirtschaft riechen ...«

»Was?«, fragte der Vorsitzende.

»Charley, General Waterford war Bobs Schwiegervater«, warf der Stabschef ein.

Die Augenbrauen des Vorsitzenden ruckten hoch, doch er sagte nichts.

»Und mein Schwiegervater schmetterte Felters Plan ab«, fuhr Bellmon fort. »So ging Felter damit zu Colonel Parker, der ihn durchführte, was ihn fast mit Sicherheit den Stern – oder Sterne – gekostet hat, auf den oder die er ein Anrecht gehabt hätte.«

Er sah dem Vorsitzenden in die Augen.

»Seither, Admiral, ist Felter mein Freund.«

»Lassen Sie mich erklären, General, worum es bei alldem geht«, sagte der Vorsitzende. »Als Colonel Felter zum Einsatzoffizier für Dragon Rouge ernannt wurde, war ich neugierig über ihn. Das ist nicht die Verantwortung, die man normalerweise einem Colonel überträgt. So ließ ich von meinem Adjutanten seine Personalakte beschaffen. Und dann vergaß ich sie, weil wir alle genug am Hals hatten. Aber dann, vorgestern, als Dragon Rouge durchgeführt wurde, erinnerte ich mich an die Akte und fragte meinen Adjutanten danach.«

»Ja, Sir?«

»Wenn ein Offizier der CIA oder einem anderen Nachrichtendienst zugeteilt wird«, fuhr der Vorsitzende fort, »werden seine Akten dort aufbewahrt und sind nur denjenigen zugänglich, die ein Recht auf Information haben. Colonel Felters Akten werden im Weißen Haus aufbewahrt. Als mein Adjutant darum bat, erklärte man ihm, dass er kein Recht auf Information hat. Und als er sagte, dass er in meinem Namen darum bittet, erwiderte man ihm, dass mein Recht auf Information vom Präsidenten genehmigt werden muss. Unter diesen Umständen habe ich das Thema nicht weiter verfolgt.«

»Aber Sie sind der Vorsitzende des Streitkräfteausschusses«, entfuhr es Bellmon.

»Ja«, sagte der Vorsitzende. »Jedenfalls habe ich dies bei Bob erwähnt, und er sagte mir, er nimmt an, Sie und Felter sind Freunde. So dachte ich mir, ich könnte inoffiziell etwas von Ihnen erfahren, ohne den Präsidenten um einen Blick in Felters Akten bitten zu müssen.«

»Ich verstehe, Sir. Aber ich kann Ihnen nicht viel erzählen.«

»Sie sagten, Sie seien seit Jahren Freunde«, entgegnete der Vorsitzende. »Wie ist er zum Präsidenten-Berater geworden?«

»Ich habe eine Vorstellung, aber das ist eine ziemlich lange Geschichte.«

»Wir haben alle Zeit der Welt. Man weiß, wo ich zu erreichen bin, wenn man mich braucht«, erwiderte der Vorsitzende. »Beginnen Sie bitte mit dem Anfang.«

## 5

*Büro des stellvertretenden Direktors*
*Central Intelligence Agency*
*Langley, Virginia*

*26. November 1964*

»Kommen Sie herein«, sagte der stellvertretende Direktor des CIA zu Howard W. O'Connor, den stellvertretenden Direktor der Verwaltung. »Was haben Sie?«

Der stellvertretende CIA-Direktor war ein schmächtiger Mann Anfang fünfzig, der sein noch nicht ergrautes blondes Haar kurz geschnitten trug. O'Connor hingegen war stämmig und hatte einen rötlichen Teint und eine volle Mähne von weißem, welligem Haar.

O'Connor wedelte mit einem langen Fernschreiben.

»Der Kurzbericht über die Amerikaner, die aus Stanleyville gerettet und via Frankfurt in die Staaten geflogen wurden«, sagte er. »Er traf soeben aus Leopoldville ein.«

»Ist etwas oder jemand darin interessant?«

»Eine Frau namens Hanni Portet und ihre Tochter Jeanine«, sagte O'Connor. »Mrs Portet ist deutsche Staatsbürgerin, verheiratet mit einem Jean-Phillipe Portet. Er ist Amerikaner – war Belgier, diente jedoch im Zweiten Weltkrieg in unserem Army Air Corps und bekam so die US-Staatsbürgerschaft. Das kleine Mädchen – sie ist elf – bekam ihre Staatsbürgerschaft über den Vater. Es gibt ebenfalls einen Sohn, Jacques, auch amerikanischer Staatsbürger, den der lange Arm der Einberufung in Leopoldville erreichte, und als man das letzte Mal etwas von ihm hörte, war er in seiner Grundausbildung in Camp Polk, Louisiana.«

»Warum sind die Portets von Interesse?«

»Wir haben nach jemandem gesucht, der die Aufstellung von Air America II finanziert«, erklärte O'Connor.

»Nennen Sie es nicht so, Howard. Air America ist ein heikles Thema. Niemand soll etwas von unserem

Interesse daran wissen. Wir brauchen eine Luftverkehrslinie, die nicht ›CIA‹ auf den Tragflächen ihrer Flugzeuge aufgemalt hat.«

»Es hat mehrere Vorschläge gegeben«, sagte O'Connor. »Derjenige, der mir am besten gefällt, lautet ›Intercontinental Air Cargo‹. Wir können sie in Miami aufstellen; es gibt jede Menge kleine ›Fluglinien‹ mit ein, zwei Flugzeugen, die von Miami aus operieren.«

»Wie wäre es mit nur ›Intercontinental Air‹?«

»Es gibt bereits eine Intercontinental Air«, wandte O'Connor ein. »Das war einer der Gründe, weshalb ich sie ›Intercontinental Air Cargo‹ nennen möchte. Wir können uns sogar hinter ihrem Firmenzeichen und der Farbenzusammenstellung verstecken.«

»Und warum kaufen wir uns nicht einfach in Intercontinental Air ein?«

»Die Besitzer sind nicht an Partnern interessiert«, erwiderte O'Connor. »Sie sind zwar zum Verkauf bereit, brauchen jedoch jemanden, der sie kauft und nicht mit uns in Verbindung gebracht werden kann.«

»Dieser Portet?«

»Ja. Derzeit ist er Chefpilot von Air Congo, aber er hat auch seine eigene billige Fluglinie, Air Simba, die hauptsächlich mit Boeing C-46-Maschinen aus dem Zweiten Weltkrieg rund um Südafrika fliegt.«

»Meinen Sie, er wäre interessiert?«

»Die Dinge laufen nicht gut im Kongo«, sagte O'Connor. »Und es ist unwahrscheinlich, dass sich die Lage bessert, ob nun Che Guevara dort rübergeht und Zoff macht oder nicht.«

»Das ist nicht lustig, Howard«, sagte der stellvertretende CIA-Direktor. »Wir haben dem Präsidenten gesagt, das dies nicht geschehen wird.«

»Ich finde, Portet wäre sehr interessant«, meinte O'Connor. »Ich möchte Ihre Genehmigung haben, Kontakt mit ihm aufzunehmen.«

»Sie wollen dorthin?«

»Nein. Er kommt mit seiner Familie her. Ich möchte,

dass J. Richard Leonhard von der Gresham Investment Corporation an ihn herantritt.«

»Veranlassen Sie das. Wissen Sie, wann und wo er in den Vereinigten Staaten sein wird?«

»Wir sind die CIA, Paul. Wir können das herausfinden.«

»Tun Sie das. Und halten Sie mich auf dem Laufenden«, sagte der stellvertretende CIA-Direktor.

## 6

*Büro des befehlshabenden Generals*
*Pope Air Force Base, North Carolina*

*1. Dezember 1964, 15 Uhr 20*

Brigadier General Matthew Hollostone, USAF, der zweiundvierzigjährige befehlshabende General der Pope AF Base, las an seinem Schreibtisch fasziniert einen ziemlich detaillierten Bericht des Kommandeurs der Militärpolizei von Fort Bragg.

Einerseits war es ermunternd, versichert zu bekommen, dass der Kampfgeist in dieser Generation junger Offiziere so vorhanden war wie in seiner Zeit, als er ein zweiundzwanzigjähriger Captain gewesen war. Die ausführliche Liste, die der Kommandeur der Militärpolizei über den Schaden bei dem Zwischenfall aufgestellt hatte, der in einem Nachtlokal in Fayetteville entstanden war, als eine örtliche Schöne bei einem von Popes Piloten und einem von Braggs Fallschirmspringern gleichzeitig Lustgefühle erregt hatte, war ein klarer Beweis dafür.

Andererseits gab es keine Frage, dass sich das vom Kommandeur der Militärpolizei geschilderte Verhalten nicht für Offiziere und Gentlemen geziemte, und er würde sich mit dem befehlshabenden General von Fort

Bragg über eine angemessene Bestrafung beider Missetäter einigen müssen.

Auf einem kleinen Beistelltisch hinter General Hollostones Schreibtisch befand sich eine Bluebox mit einem Lautsprecher. Sie erlaubte General Hollostone, sich in den Funkverkehr des Kontrollturms des Luftstützpunkts Pope einzuschalten. Sie war jederzeit betriebsbereit, jedoch selten weckte etwas Gesagtes bewusst die Aufmerksamkeit des Generals.

Er war kommandierender Pilot mit über fünftausend Flugstunden, und im Laufe der Jahre hatte er sich angewöhnt, den Funkverkehr nur noch im Unterbewusstsein zu hören. Mit anderen Worten, er hörte nur die Dinge, die ihn wirklich interessierten. Das war keine ungewöhnliche Eigenschaft oder Fähigkeit von Piloten, doch die einzigen anderen Leute, bei denen man etwas Ähnliches erlebte, waren erfahrene Funker, die sich mit jemandem unterhalten konnten, während sie gleichzeitig Morsezeichen in vierzig Worte pro Minute umwandelten.

Was jetzt gerade aus dem Lautsprecher drang …

»Pope Air Force Three Eleven, ein Learjet, auf Flughöhe zweitausendfünfhundert, sechzig Meilen nördlich Ihrer Station. Geschätzte Ankunft zehn Minuten. Erbitte Anflug- und Landeerlaubnis.«

… veranlasste ihn, nicht mehr über angemessene Strafen für die beiden um die Schöne kämpfenden jungen Offiziere nachzudenken, sondern bewusst die Antwort aus dem Kontrollturm abzuwarten.

Es gab nur sehr wenige Learjets bei der U.S. Air Force, und so weit General Hollostone wusste, waren alle bis auf zwei der schnellen, kleinen Maschinen der Einheit für besondere Missionen in Washington zugeteilt. Die anderen beiden standen den befehlshabenden Vier-Sterne-Generals der U.S. Air Force, Pacific, und der U.S. Air Force, Europe, zur Verfügung.

Es war unlogisch, anzunehmen, dass die befehlshabenden Generals der Air Force Pacific oder Europe unangekündigt auf der Pope Air Force Base landen wollten, aber das ließ die logische Möglichkeit offen, dass der Learjet jemanden der oberen Ebene des militärischen Establishments transportierte, vom Verteidigungsminister bis zu einem popeligen Lieutenant General, der einem Vier-Sterne-General unterstellt war.

Niemand mit weniger als drei Sternen würde an Bord des Learjet sein. Das Fliegen in einem Learjet war ein Symbol der Macht.

Hollostone wartete, bis der Tower Pope Air Force Three Eleven gesagt hatte, wie er auf den Boden kommen sollte, und dann stand er auf. Er ging in sein Vorzimmer, das von seinem Sekretär, dem Sergeant Major, und seinem Adjutanten besetzt war.

»Steve«, befahl General Hollostone, »hängen Sie sich ans Telefon und melden Sie Bragg, dass in neun Minuten ein Learjet landet und wir nicht wissen, wer an Bord ist.«

»Jawohl, Sir«, sagte der Sergeant Major und griff zum Telefon. Er hatte verstanden, dass mit ›Bragg‹ das Büro des kommandierenden Generals des XVIII Airborne Corps und Fort Bragg gemeint war, der ebenfalls daran interessiert sein würde, zu erfahren, dass ein Learjet auf Pope landen würde.

»Sie und ich fahren einfach hinaus zur Abfertigung, wenn der geheimnisvolle Fremde eintrifft«, sagte General Hollostone zu seinem Adjutanten. »Sorgen Sie dafür, dass ein Wagen verfügbar ist.«

»Jawohl, Sir«, sagte der Adjutant.

Siebeneinhalb Minuten später marschierte General Hollostone durch die Tür des Abfertigungsgebäudes auf den Asphalt davor. Er blickte zum Himmel und entdeckte ein winziges glänzendes Objekt, das der Learjet sein musste.

Dann schaute er sich um, ob etwas vor dem Abfertigungsgebäude war, das nicht dort sein sollte.

Das war der Fall.

Da stand ein Soldat – ein Soldat, kein Flieger – in Arbeitsuniform, mit grünem Barett, und Fallschirmspringerstiefel lehnten an der Betonwand des Abfertigungsgebäudes.

*Und er steht nicht still, wenn er einen Offizier im Generalsrang sieht. Das ist ungewöhnlich. Normalerweise übertreibt die Army – besonders die Fallschirmjäger von Bragg – diese Dinge zu sehr.*

Dann erkannte General Hollostone, warum der Green Beret im Arbeitsanzug nicht stillstand, wenn er einen General sah. Er hatte es nicht nötig, das zu tun, denn er war drei Monate dienstälter als Brigadier General Hollostone.

Beide grüßten.

»Es ist kalt hier draußen, Red«, sagte General Hollostone. »Warum gehen wir nicht rein?«

Im Abfertigungsgebäude befand sich eine VIP-Lounge für Colonels und Ranghöhere.

»Ich möchte Ihren Teppich nicht beschmutzen«, erwiderte Brigadier General Paul ›Red‹ Hanrahan, der schlanke, drahtige dreiundvierzigjährige Kommandant der Special Warfare School in Fort Bragg, als sie sich die Hände schüttelten.

»Was bringt Sie her?«, fragte Hollostone.

Hanrahan wies zum Himmel.

Das winzige glänzende Objekt war jetzt als Learjet zu erkennen, der im Landeanflug auf die Pope AF Base war.

»Jemand an Bord, den ich kenne?«, erkundigte sich Hollostone.

»Das bezweifle ich, Matt«, erwiderte Hanrahan und lachte. »Einige meiner Leute.«

»Niemand Wichtiges, mit anderen Worten?«

»Vielleicht nicht für Sie«, antwortete Hanrahan. Seine Stimme klang tadelnd, vielleicht sogar geringschätzig.

»Ich meinte es nicht so, wie es klang, Red«, sagte Hollostone.

»Das ist gut«, erwiderte Hanrahan.

»Brauchen Sie irgendetwas, Red? Kann ich etwas für Sie tun?«

»Nein. Aber trotzdem vielen Dank, Matt.«

»Besuchen Sie uns«, sagte General Hollostone.

»Sie uns auch«, gab Hanrahan zurück.

Grüße wurden ausgetauscht, und dann marschierte General Hollostone zurück in das Abfertigungsgebäude, gefolgt von seinem Adjutanten.

Er kehrte in sein Büro zurück und traf dort rechtzeitig ein, um durch die fast geschlossene Jalousie seines Fensters zu sehen, wie der Learjet vor das Abfertigungsgebäude rollte und stoppte.

Die Tür im Rumpf ging auf, und zwei Personen stiegen aus. Eine war ein dünner Schwarzer in einem weißen Leinenanzug, der ihm fünf Größen zu weit zu sein schien. Der andere Mann war ein Weißer in einer sonderbaren, nicht sehr sauberen Uniform eines Fallschirmspringers. Nach einem Moment erkannte General Hollostone die Uniform als die des belgischen Fallschirmjäger-Regiments. Der belgische Fallschirmjäger trug einen Verband auf der Nase.

Die Tür des Learjets schloss sich, und die Maschine begann sofort davonzurollen. General Hanrahan winkte mit einer Hand, und auf das Signal hin tauchte ein Chevrolet-Stabswagen um die Ecke des Abfertigungsgebäudes auf.

Der Stabswagen hatte nicht die karierte Flagge, die für alle Fahrzeuge vorgeschrieben war, die in diesem Bereich fuhren.

*Ein klarer Verstoß gegen die Sicherheitsvorschriften. Und dieser gottverdammte Hanrahan, der es besser weiß, sollte sich schämen.*

*Aber wenn ich ihn persönlich melde, wird er mich für einen Scheißer halten. Und bei wem sollte ich ihn melden? Er steht nicht unter dem Kommando des befehlshabenden Generals von Fort Bragg. Er erhält seine Befehle direkt vom Stabschef der Army.*

*Ich werde nicht den Stabschef der U.S. Army anrufen und ihm erklären, dass ich ein Brigadier General der Air Force bin, auf dessen Stützpunkt der verdammte Red Hanrahan mit seinem Stabswagen ohne karierte Flagge herumfährt.*

*Und wer ist der schwarze Typ in dem weißen Anzug? Vermutlich der Kongolese, der etwas mit der Operation Dragon Rouge zu tun hat.*

*So muss es sein.*

*Der Schwarze mit dem weißen Anzug trifft den Stabschef der Army auf einer Cocktailparty, sagt, er möchte sich eine Ausbildung von Green Berets ansehen, und der Stabschef sagt: »Es ist mir ein Vergnügen, Mr Premierminister/Eure Exzellenz/ Mr Secretary/ was auch immer zur Hölle. Ich werde die Special Missions Squadron der Air Force anrufen und dafür sorgen, dass man Sie mit einem Learjet hinfliegt.«*

*So etwas muss es sein. Man fliegt nicht mit einem Learjet, wenn man keine VIP oder kein Vier-Sterne-General ist.*

Brigadier General Hanrahan drehte sich auf dem Beifahrersitz des Chevrolet-Stabswagens zu dem schwarzen Gentleman in dem viel zu großen weißen Anzug um.

»Father«, sagte er, »Sie sehen wie der aufgewärmte Tod aus.«

»Sie schmeicheln mir, *mon général*«, sagte Captain George Washington Lunsford. Nur enge Freunde und befehlshabende Generals durften ihn mit seinem Spitznamen ›Father‹ nennen, eine Kurzform von ›Father of His Country‹.

»Haben Sie getrunken, Father?«, fragte Hanrahan.

»Nach der noblen Tradition meines Namensvetters darf ich nicht zu einer Lüge greifen, *mon général*. Ja, ich habe gebechert. Und wenn dies arrangiert werden könnte, wäre ich jetzt gleich äußerst dankbar für einen kleinen Schluck.«

»Nicht jetzt gleich, Captain Lunsford«, sagte Hanrahan. »Ich finde, Sie brauchen jetzt gleich eine Tasse starken Kaffee.«

Im Interesse guter militärischer Ordnung und Disziplin hielt General Hanrahan es für besser, wenn nach Father Lunsfords Rückkehr von einer wirklich haarigen Mission zwar erzählt wurde, dass er überlebt hatte, jedoch nicht, dass er in einem viel zu großen Anzug und besoffen wie eine Eule zurückgekehrt war.

Er berührte seinen Fahrer, einen gut aussehenden Sergeant der Green Berets, am Ärmel.

»Sie bringen uns besser zum Haus, Tony.«

»Jawohl, Sir.«

»Das Erste zuerst«, sagte General Hanrahan, als sie auf die Sonnenveranda von Quartier 107 gingen, einem zweigeschossigen Backsteinhaus, das 1938 als Quartier für einen Captain gebaut worden war. »Ihr Kaffee, Captain Lunsford.«

Lunsford, der in einem Korbstuhl zusammengesunken war, nahm die Tasse entgegen.

*Mein Gott, er sieht wirklich schrecklich aus*, dachte Hanrahan.

»*Merci, mon général*«, sagte Lunsford.

»Woher haben Sie den Anzug?«

»Er gehört Jacks Vater. Ich war in seinem Apartment im Immoquateur – das ist das Apartmenthaus in Stanleyville.«

Hanrahan nickte verständnisvoll.

»Als die C-130er die Belgier absetzten, trug ich meine Simba-Uniform, und ich wusste, dass der erste Belgier, der mich sieht, auf mich schießt, und so lieh ich mir den Anzug von Jacks Stiefmutter«, erklärte Lunsford.

»Tony«, sagte Hanrahan zu seinem Fahrer. »Suchen Sie den Sergeant Major. Sagen Sie ihm, Captain Lunsford braucht eine frische Uniform. In meinem Safe ist ein Zweitschlüssel für den Captain-Spind.«

»Jawohl, Sir.«

»Und, Sergeant, auf dem Rückweg stoppen Sie bei Class VI und besorgen eine Flasche Scotch, ja?«, sagte Captain Lunsford.

Hanrahan musterte Lunsford genau.

»Sie haben den Drink wirklich so nötig, nicht wahr?«

»Ein kleiner Schluck würde mir wirklich gefallen, General.«

»Ich gebe Ihnen etwas zu trinken«, sagte Hanrahan. »Tony, besorgen Sie ihm die Uniform.«

»Jawohl, Sir«, erwiderte der Sergeant.

Hanrahan schenkte Scotch in drei Gläser, reichte eines Lunsford und das zweite Jack Portet und hob dann sein Glas.

»Willkommen daheim, ihr beide«, sagte er.

Portet nippte an dem Scotch. Lunsford trank sein Glas auf einen Zug leer.

Als er Hanrahans Blick auf sich spürte, sagte er: »Er beruhigt meinen Wurm, Sir.«

»Was?«

»Meinen Bandwurm. Ich habe einen Bandwurm von Weltklasse.«

*Mit diesem Thema werde ich mich später beschäftigen,* dachte Hanrahan.

»Was ist mit Ihrer Nase passiert, Portet?«, fragte General Hanrahan. »Und was ist mit der belgischen Uniform?«

»*Mon général*«, sagte Captain Lunsford. »Sergeant Portet hat darum gebeten, dass ich als sein Rechtsanwalt fungiere. Als solcher, Sergeant Portet, rate ich Ihnen, Ihre Rechte unter Paragraf 31 des Kriegsgesetzes zu beanspruchen und respektvoll die Beantwortung der Frage des Generals zu verweigern – zumindest bis Sie Ihre Medaillen erhalten –, weil Ihre Aussage Sie belasten könnte.«

»Welche Medaillen?«

»Ich weiß von höchster Stelle, *mon général*, dass diesem hervorragenden jungen Unteroffizier sowohl von der belgischen als auch von der kongolesischen Regierung eine Medaille für seine heldenhafte Beteiligung an der Operation Dragon Rouge verliehen werden wird.«

»Heldenhafte?«, wiederholte Hanrahan. »Er sollte die Air Force über den Flugplatz informieren und versuchen, etwas über Stanleyville herauszufinden, was die Belgier nicht bereits wussten.«

»Eigentlich ging Sergeant Portets Beitrag zur Operation Dragon Rouge ein wenig darüber hinaus, Sir.«

»Zum Beispiel?«

»Er sprang mit den Belgiern per Fallschirm über Stanleyville ab, Sir«, sagte Lunsford. »So bekam er diese Uniform. Und er brach sich die Nase. Er fiel in Stanleyville von einem Lastwagen.«

»Er sollte nirgendwo mit dem Fallschirm abspringen«, sagte Hanrahan. »Und ich hatte Foster ausdrücklich befohlen, sicherzustellen, dass er das nicht tut.«

Er blickte zu Portet, der sich sichtlich unbehaglich fühlte.

»Sir, Lieutenant Foster machte mir sehr klar, dass ich nicht mit den Belgiern abspringen sollte.«

»Und Sie sagten sich, leck mich, und sprangen trotzdem ab?«

Hanrahan hörte seinen ärgerlichen Tonfall und schwor sich, seinen Zorn zu zügeln.

»General, seine Familie war in Stanleyville«, sagte Lunsford.

»Das weiß ich«, blaffte Hanrahan. Und dann fragte er freundlicher: »Ist alles in Ordnung mit Ihrer Familie, Portet?«

»Als ich beim Immoquateur eintraf, Sir, war Captain Lunsford dort. Er schützte meine Familie. Sie ist wohlauf. Sie ist auf dem Weg in die Staaten, via Deutschland.«

»Geoff Craigs Frau und Baby ebenfalls?«

»Jawohl, Sir. Dank Captain Lunsford.«

»Gott sei Dank«, meinte Hanrahan. Er blickte Portet an. »Wie sind Sie zurückgekommen?«

»Mit Fath... Captain Lunsford, im Jet der Special Missions.«

*Wenn meine Familie in Stanleyville gewesen wäre, dann wäre ich auch dort per Fallschirm abgesprungen.*

»Es sollte Ihnen klar sein, dass der Teufel los sein wird, wenn herauskommt, dass Sie mit den Belgiern abgesprungen sind«, sagte Hanrahan.

»Deshalb habe ich für ihn die Medaillen herausgeholt«, sagte Lunsford. »Ich sagte mir, was soll's, wenn ihn die Belgier und Kongolesen einen Helden nennen ...«

»Sie haben ihm die Medaillen verschafft?«

»Colonel Van de Waele, der belgische ...«

»Ich weiß, wer das ist«, unterbrach Hanrahan.

»... kam kurz vor unserem Abflug nach Kamina. Ich erklärte ihm die Lage ...«

»Die militärische Lage oder die Portets?«, fiel ihm Hanrahan von neuem ins Wort.

»Eigentlich beide«, sagte Lunsford.

»Sir, Colonel Van de Waele kam in Wirklichkeit nach Kamina, um ...«

»Ich erinnere mich nicht, Ihnen die Erlaubnis zum Sprechen erteilt zu haben, Sergeant«, schnitt ihm Lunsford das Wort ab. »Halten Sie die Klappe.«

»Was wollten Sie sagen, Sergeant?«, fragte Hanrahan.

»Der König hatte ihn geschickt«, sagte Portet. »Mit Befehlen, Captain Lunsford den Großen Orden von Leopold, Erster Klasse, zu verleihen.«

*Welche Medaille auch immer der König von Belgien ihm verliehen hat, Lunsford hat sie verdient.*

»Tatsächlich?«, sagte Hanrahan.

»Nun, da das Thema Medaillen zur Sprache gekommen ist, werde ich mich dazu auch äußern«, sagte Lunsford. »Ich habe Van de Waele erzählt, dass Portet wie John Wayne ins Immoquateur gestürmt ist und mit Feuer speiender Waffe einen der bösen Jungs nach dem anderen abserviert hat ...«

»Und?«

»Van de Waele sagte, er sei ziemlich sicher, dass er Jack mit einer Medaille Second Class auszeichnen könne, und dann mischte sich irgendein kongolesischer Colonel ein und sagte, er sei überzeugt, dass General Mobutu, der kongolesische Stabschef, uns beide dekorieren werde ...«

»War das, bevor Sie erwähnten, dass Jack überhaupt nicht in Stanleyville sein sollte, oder danach?«

»Nun, da Sie es erwähnen, kann es sich im Laufe des

Gesprächs ergeben haben.« Lunsford legte eine Pause ein, und sein Blick begegnete sich mit dem Hanrahans. »Es war nicht alles Blödsinn, was ich Van de Waele über Jack erzählte. Er ist ein höllisch guter Soldat, General.«

»Der den direkten Befehl, nicht über Stanleyville abzuspringen, missachtet hat, wie er selbst zugegeben hat.«

Lunsford zuckte mit den Schultern, und dann begann er zu husten. Sein Körper zuckte krampfartig, und als der Hustenanfall schließlich aufhörte, war sein Gesicht schweißbedeckt.

»Warum sind Sie nicht im Walter Reed Hospital?«, fragte Hanrahan. »Und was das anbetrifft, warum sind Sie nicht im 97th General Hospital in Frankfurt?«

»Da Sie es erwähnen, *mon général*, es wäre vielleicht eine gute Idee, das Walter Reed anzurufen und zu sagen, wo ich bin. Ich nehme an, man wird sich dort fragen, wo ich mich jetzt aufhalte.«

»Verdammt, Father! Sie haben sich unerlaubt vom Walter Reed entfernt, nicht wahr?«

»In gewisser Weise könnte man das sagen, Sir.«

»Warum, zum Teufel, sind Sie hierhin gekommen?«

»Als ich aus dem Fenster des Immoquateur blickte und unseren John Wayne hier sah, wie er die rettende Kavallerie anführte, sagte ich mir, dass ich wirklich in der Schuld dieses Jungen stehe, wer auch immer er sein mochte. Dann fand ich heraus, wer er ist und was er getan hatte, und ich sagte mir, ich schulde es ihm, alles in meiner Macht Stehende zu tun, um ihn herauszupauken. So kam ich her.«

»Haben Sie dort drüben Colonel Felter gesehen, Father?«

»Jawohl, Sir, er war in Kamina.«

»Er weiß über Portet Bescheid?«

»Jawohl, Sir.«

»Und?«

»Da war ein Colonel der Air Force, der die präsidentschaftliche DC-9 der Special Missions bei Kamina flog. Felter befahl ihm, Portet auf schnellste Weise nach

Fort Bragg zu bringen. Als wir in Washington eintrafen, wartete der Learjet auf uns, und so kamen wir her.«

»Anstatt sich im Walter Reed zu melden, richtig?«

»Jawohl, Sir.«

Hanrahan schüttelte resigniert den Kopf.

»Und hatte Colonel Felter Ihnen irgendetwas zu sagen, Sergeant Portet?«

»Jawohl, Sir. Er sagte, ich soll mich bei Ihnen melden und mich unsichtbar machen, bis ich von ihm höre.«

»Das war alles?«

Portet zögerte, dann kramte er in seiner Tasche und zog ein belgisches Fallschirmspringerabzeichen hervor.

»Er gab mir dies, Sir.«

»Warum tragen Sie es nicht?«

»Ich war mir nicht sicher, ob ich dazu berechtigt bin, Sir.«

»Sie *sind* dazu berechtigt«, sagte Hanrahan. »Sie haben es sich auf die harte Tour verdient. Mit den Medaillen ist das etwas anderes. Sie brauchen die Billigung des Kongresses, um sie anzunehmen.«

»Colonel Felter sagte zu Colonel Van de Waele, er sehe da keinerlei Problem, Sir«, sagte Lunsford.

Hanrahan schüttelte wieder den Kopf.

»Nun, Gentlemen, wie ich schon sagte, willkommen daheim. Und bevor ich Sie jetzt ins Hospital werfe, Father, und Sie, Sergeant, in Camp Mackall verschwinden lasse, kann ich noch irgendeine kleine Sache für einen von Ihnen tun?«

»Ich könnte noch einen kleinen Schluck von diesem Scotch gebrauchen, General«, sagte Captain Lunsford.

»Nur noch einen, Father, und damit hat sich's.«

»Jawohl, Sir.«

»Jack?«

»Ich möchte Marjorie anrufen, Sir.«

»Da ist ein Telefon in der Küche.«

# II

## 1

*Quartier # 1*
*Fort Rucker, Alabama*

*2. Dezember 1964, 16 Uhr 05*

Als Major General Robert F. Bellmon, der auf dem Rücksitz des 1963er Chevrolet-Stabswagens saß, über den Zufahrtsweg zum Quartier des befehlshabenden Generals des U.S. Army Aviation Center und Fort Rucker fuhr, kam ihm ein Gedanke, den er unter den gegebenen Umständen häufig hatte.

*Wenn ich nicht der Commanding General wäre, würde ich verdammt nicht hier wohnen.*

Er fühlte sich nicht geehrt und dankbar dafür, wie ihn die U.S. Army als Zeichen ihres Respekts für ihn persönlich oder vor seinem Amt mit solch einem herrlichen Quartier versorgte, sondern ganz das Gegenteil.

Er hasste diese Stätte. Er hielt sie für die Art Heim, in dem ein Manager einer Versicherungsgesellschaft oder der Vizedirektor einer sehr kleinen Bank oder ein bescheiden erfolgreicher Verkäufer von Gebrauchtwagen wohnen würde.

Er wusste, wo der befehlshabende General von Fort Benning, Georgia, ebenfalls ein Major General, seinen Hut aufhängte. Das Quartier # 1 in Benning war ›Riverside‹, ein bezauberndes altes Südstaaten-Herrenhaus. Und er wusste, wo der Kommandeur von Fort Knox, Major General wie er, seinen Hut aufhängte: in einem sehr schönen, zweistöckigen Backsteinhaus im Kolonialstil mit einem wunderbaren Rosengarten dahinter.

Quartier # 1 in Fort Rucker war ein eingeschossiges Fachwerkhaus, das erst vor ein paar Jahren erbaut worden war. Man musste genauer hinsehen, um zu erkennen, dass es größer war – nur ein wenig – als das Heer von Offiziersquartieren in der Nähe. Zu den vielen anderen Adjektiven, die ihm in den Sinn kamen, wenn er daran dachte, zählte »langweilig«.

Aber er war der befehlshabende General, und er musste in dessen Quartier wohnen, obwohl er es sehr vorgezogen hätte, woanders zu wohnen. Es gab eine Reihe hübscher Häuser, die auf dem zivilen Markt in Ozark und Enterprise und Dohan, den nächsten Orten bei Fort Rucker, erhältlich waren. Und er konnte sich die Miete erlauben. Er war kein reicher Mann, aber es ging ihm finanziell recht gut; er brauchte nicht vom Sold der Army zu leben.

Auf dem Stellplatz standen zwei Wagen – das verdammte Quartier verfügte nicht einmal über eine Garage –, und drei weitere parkten auf dem Asphaltweg davor. Und der Zufahrtsweg war eine Zumutung. Wenn zum Beispiel Barbara, seine Frau, mit ihrem 98er Oldsmobile, jetzt auf dem Stellplatz, irgendwohin fahren wollte, mussten mindestens zwei der anderen Wagen aus dem Weg rangiert werden. Der Oldsmobile hatte einen blauen Aufkleber auf der Stoßstange, auf dem FORT RUCKER ALA 1 stand.

Neben dem Oldsmobile parkte ein knallrotes Jaguar V12 Cabrio mit einem roten Aufkleber FORT RUCKER ALA 9447 auf der Stoßstange. Rote Aufkleber wurden an Unteroffiziere und Mannschaften ausgegeben; zivile Angestellte der Garnison hatten grüne Aufkleber.

Der Jaguar gehörte Sergeant Jacques Portet, den Barbara Bellmon als ›Marjories junger Mann‹ bezeichnete. Jack hatte den Jaguar in Marjories Obhut gelassen, während er auf »vorübergehendem Dienst« fort war, wie es beschönigend genannt wurde.

Jack war Fort Rucker nach der Beendigung der Grundausbildung zugeteilt worden. Er war nicht der einzige junge Mann mit einem zivilen Pilotenschein, der eingezogen worden war – obwohl er nach Bellmons Wissen der Einzige mit einem Air Transport Rating (ATR) für mehrmotorige Jets war – oder sich gesagt hatte, dass ein zweijähriger Dienst als Mannschaftsdienstgrad oder Unteroffizier drei Jahren als Lieutenant vorzuziehen war, und mit dem man Sondervereinbarungen getroffen hatte, um ihre besonderen Fähigkeiten zu nutzen.

Nicht annähernd ausreichende Sondervereinbarungen nach Bellmons Meinung. Er hielt die Regelungen der Army mit Leuten wie Jack für unglaublich blöde und war sogar so weit gegangen, dies dem stellvertretenden Stabschef für Personal zu schreiben.

Es wäre eine gesunde Politik der Army, hatte er geschrieben, junge Männer mit einem College-Grad und einem zivilen Pilotenschein für Instrumentenflüge vor einen Ausschuss für die Auswahl von Offizieren zu schicken. Wenn sie ausgewählt wurden, konnten sie zum Offizier ernannt werden, auf einen Schnellkurs über das Verhalten als Offizier und dann auf einen kurzen Flugkursus geschickt werden, bei dem sich mit militärischem Fliegen vertraut machten, um anschließend in einer Einheit zu dienen.

Das würde die Army mit erfahrenen jungen Piloten im Offiziersrang schneller versorgen, als es gegenwärtig dauerte, um junge Offiziere das Fliegen zu lehren. Basierend auf dem, was er »eine informelle Beobachtung solcher Unteroffiziere und Mannschaften« nannte (er hatte also ein Dutzend oder so in Fort Rucker ausgeguckt und mit ihnen gesprochen) war eine ›überwältigende Mehrheit‹ (damit meinte er alle außer einem der Männer, mit denen er gesprochen hatte) bereit, als Pilot zu dienen, auch wenn das Dienst in Vietnam bedeutete, wenn die Army ihnen den erlauben würde.

Sie waren jedoch nicht bereit, länger zu dienen als andere Eingezogene. Die Army verstärkte nach Bellmons Meinung noch die Blödheit, solche jungen Männer nicht direkt zum Offizier zu ernennen, indem sie ihnen dafür, dass sie das College besucht hatten und fliegen konnten, eine Strafe aufbrummte.

Wenn sie eine Ernennung zum Offizier akzeptierten, was bedeutete, dass sie drei Jahre statt zwei dienen mussten, begannen diese drei Jahre mit dem Tag der Ernennung, und die Zeit, die sie als Eingezogene verbracht hatten, mindestens sechs Monate und oftmals länger, wurde ihnen nicht angerechnet. Und dann wurde die Blödheit weiter verstärkt, sollten sie sich freiwillig zum Fliegen melden, indem die drei erforderlichen Jahre Dienst von dem Tag an gerechnet wurden, an dem sie ihr Pilotenabzeichen erhalten hatten.

Die Antwort des stellvertretenden Stabschefs für Personal auf Bellmons Brief lautete im Wesentlichen und mehr oder weniger höflich: Wir möchten nicht versuchen, Ihnen zu erzählen, wie das Heeresflugwesen geführt wird, also versuchen Sie bitte nicht, uns zu erzählen, wie unsere Programme zur Beschaffung von Offizieren geführt werden.

Bellmon hatte sehr viel Verständnis für Jack Portets Weigerung, eine Ernennung zum Offizier zu akzeptieren, doch er dachte oftmals, dass sich seine Mutter und sein Vater – besonders seine Mutter – grämten, weil Marjories »junger Mann« kein ernannter Offizier und Gentleman war.

Normalerweise wäre Jack im Army Aviation Center ein Ausbilder für Navigation oder Funk-Prozeduren oder etwas Ähnliches in der Grundausbildung geworden oder wäre dem Army Aviation Board oder dem Instrument Examiner Board zugeteilt worden, wo es viele Stellen gab, wo sich ein erfahrener Pilot, dem das Fliegen verboten war, nützlich machen konnte.

Private Portet war wegen seines ATR-Pilotenscheins dem Instrument Board zugeteilt worden. Das verdoppelte die Zahl von ATR-Piloten bei dem Ausschuss auf zwei. Der andere war Major Pappy Hodges, der Vorsitzende des Ausschusses.

Als Private Portet ein Konto auf der Bank in Ozark

eröffnete, war die Kassiererin vom Dienst Miss Marjorie Bellmon in ihrem ersten Job nach dem College. Bellmon dachte insgeheim, dass seine zuvor vernünftige Tochter plötzlich den Verstand verloren hatte. Seine Frau nannte es ›Liebe auf den ersten Blick‹. Bellmon hielt es für pure hemmungslose Begierde auf den ersten Blick, wobei Marjorie wie eine Taube gurrte und Jack wie ein brünstiger Hengst auf den Boden stampfte.

Zuerst dachten Romeo und Julia aus gutem Grund, glücklich zu sein. Jack wurde sofort als ›für die Mission wesentlich‹ erklärt, was verhinderte, dass er für andere Flugaktivitäten abgezogen wurde, wodurch man auf einen ATR-Piloten hätte verzichten müssen. Das bedeutete, dass er den Rest seines Wehrdienstes in Fort Rucker verbringen würde, anstatt als Private der Infanterie in den eskalierenden Krieg in Vietnam geschickt zu werden.

Marjorie und Jack wussten jedoch nicht, dass Colonel Sanford T. Felter schon auf Private Portet aufmerksam geworden war, bevor der die Grundausbildung beendet hatte.

Felter war überzeugt, dass die Vereinigten Staaten im ehemaligen Belgisch Kongo verwickelt werden würden. Es gab nur wenige Leute in der Army, die Suaheli sprachen. Auf Felters Befehl hin wurden die Personalakten nach jemandem durchforscht, der die Sprache beherrschte, und so kam man auf den Namen von Private Portet.

Die Lage im Kongo hatte sich viel schneller verschlechtert als jeder, einschließlich Colonel Sanford Felter, gedacht hatte.

Tausende Quadratkilometer des Ex-Belgisch-Kongo, einschließlich Stanleyville, waren von der ›Simba-Befreiungsarmee‹ unter dem Kommando von Joseph Olenga erobert worden. Olenga war zweifellos ein Wilder, und es gab beträchtlichen Grund zu der Annahme, dass er geisteskrank war. Ebenso gab es keine Frage, dass er in gewissem Maße von der Sowjetunion unterstützt wurde.

Eintausendsechshundert ›Europäer‹ wurden von Olenga als Geiseln gehalten, und er bewies regelmäßig seine Bereitschaft, sie alle hinzurichten, wenn er nicht seinen Willen bekam, indem er zwei oder mehr pro Tag auf dem Center Square in Stanleyville ermorden ließ.

Die ›Europäer‹ schlossen das Personal des US-Konsulats in Stanleyville und über sechzig andere Amerikaner ein, einschließlich Jack Portets Stiefmutter und Schwester, als sie mit Ursula Craig und ihrem Sohn im Säuglingsalter aus Europa nach Leopoldville zurückgekehrt waren. Ursulas Mann war ein Lieutenant der Green Berets, der in Fort Rucker Flugausbildung erhielt.

Der Präsident der Vereinigten Staaten hielt eine geheime Operation für notwendig. Es musste etwas gegen die Simbas unternommen werden, nicht nur wegen der Amerikaner, die von ihnen gefangen gehalten wurden.

Geheime Operationen dieser Art wurden für gewöhnlich der CIA übertragen. Der Präsident übertrug die Operation Dragon Rouge jedoch dem Militär und ernannte Colonel Sanford T. Felter als ›Einsatzoffizier‹. Man nahm allgemein an, das dies die Methode des Präsidenten war, seine Unzufriedenheit mit der CIA und ihrer offiziellen Schlussfolgerung, dass es in voraussehbarer Zukunft kein Problem mit dem Kongo geben würde, Ausdruck zu verleihen.

Felter unternahm sofort verschiedene Schritte zur Erfüllung seiner Mission. Als Erstes wies er das John F. Kennedy Center for Special Warfare an, eine Operation vorzubereiten, die eine Landung per Fallschirm vorsah, um den Flugplatz von Stanleyville einzunehmen. Brigadier General ›Red‹ Hanrahan erhielt die Ankündigung, dass ihm ein junger Mann geschickt werden würde, der den Kongo im Allgemeinen und Stanleyville im Besonderen gut kannte und bei der Planung der Operation helfen sollte.

Die Klassifikation ›wesentlich für die Mission‹ von Private Portet beim Instrument Board wurde als

›wesentlich für die vom Präsidenten befohlene Mission von Colonel Sanford T. Felter‹ erweitert.

Bob Bellmons Reaktion auf die plötzliche Versetzung von Private Portet nach Fort Bragg war Erleichterung. ›Aus den Augen, aus dem Sinn‹, sagte er sich, und er hatte nie gedacht, dass an der Redensart ›Trennung lässt die Liebe wachsen‹ etwas Wahres war.

Als Nächstes hatte Bellmon von einer sehr aufgeregten Marjorie erfahren, dass Private Portet von einem kurzen Besuch Fort Braggs an einem Wochenende zurückgekehrt war und angekündigt hatte, dass er jetzt Private First Class war, sich in einem ›Sonderkursus‹ als Fallschirmspringer qualifiziert hatte und sich drauf freute, Sergeant zu werden, was sofort nach seiner Absolvierung eines ›Sonderkurses‹ der Special Forces in Camp Mackall der Fall sein würde.

»Was, zum Teufel, geht da vor, Daddy?«, hatte Marjorie gefragt, hin und her gerissen zwischen Wut und tränenreicher Besorgnis. »Das können die doch nicht machen? Dauert es nicht vier Wochen in einer Fallschirmspringer-Schule und ein Jahr Ausbildung bei den Special Forces?«

Fast hätte er ausgesprochen, was er auf der Zunge gehabt hatte: »Nichts, was diese verrückten Bastarde tun, kann mich noch überraschen, Schatz.«

Er sagte jedoch: »Ich werde sehen, was ich herausfinden kann, Schatz.«

Es war ein Körnchen Vernunft in dem Wahnsinn, fand er heraus, als er auf dem Flug nach Washington einen Tankstopp in North Carolina machte und seinen alten Freund Brigadier General Hanrahan in dessen Quartier mit Fragen in die Enge trieb.

»Du darfst nichts über Dragon Rouge wissen, Bob, und das weißt du, und ich habe den Namen niemals gehört. Aber hypothetisch gesprochen, meinst du wirklich, wenn es solch eine Operation gäbe, würde ich einen Jungen daran teilnehmen lassen – er ist übrigens ein wirklich netter junger Mann, und Marjorie ist wirklich verknallt in ihn, nicht wahr?«

»Ich finde, diesen Anschein hat es. Was würdest du rein hypothetisch sagen, Red?«

»Wenn es eine solche Operation gäbe, und wir beide wissen, dass dies nicht der Fall ist, aber wenn es so wäre, würdest du ihm dann so viel Aufmerksamkeit schenken wie du einem Green Beret oder Sergeant schenken würdest?«

»Was meinst du damit?«

»Drei Master-Fallschirmspringer erteilten ihm einen Sechsundreißig-Stunden-Kursus und brachten ihm mehr bei, als er in vier Wochen in Benning gelernt hätte. Und jetzt erhält er die gleiche Art Ausbildung von einem meiner A-Teams in Mackall. Er wird Mackall ausgebildet verlassen und zum Tragen eines Baretts berechtigt sein. Wenn er mit Leuten spricht, werden sie ihm zuhören. Aber er geht nirgendwo auch nur in die Nähe, wo diese hypothetische Operation, von der wir reden, stattfinden wird. Er wird vermutlich nicht einmal die Staaten verlassen.«

Als Major General Robert Bellmon sein Wohnzimmer betrat, saß Marjorie vor dem Fernseher, sah jedoch nichts.

»Wie geht es, Schatz?«, fragte er.

Bis heute hatte sehr wenig über Dragon Rouge in den Zeitungen gestanden oder war im Fernsehen gesendet worden, abgesehen von der Meldung, dass eine Aktion zur Rettung der Europäer im Gang war. Kein Journalist hatte die Genehmigung erhalten, die Fallschirmspringer zu begleiten, und Joseph Kasavubu, der Präsident des Kongo, hatte eine Nachrichtensperre über jede Neuigkeit der Operation verhängt, die erst vor zwölf Stunden aufgehoben worden war.

»Hast du etwas für mich herausgefunden?«, fragte Marjorie.

»Nein. Ich habe dir gesagt, dass ich kein Recht auf Information habe und weiß, dass es keinen Sinn hat, diesbezügliche Fragen zu stellen. Wenn Jack etwas zugestoßen wäre, hätten wir davon erfahren. Sandy hätte uns informiert.«

»Keine Nachrichten sind gute Nachrichten, richtig?«, meinte sie sarkastisch. Er entschied sich, es zu ignorieren.

»Wenn ich raten müsste«, sagte er, »würde ich sagen, Jack ist vermutlich auf Ascension Island. Das ist so weit, wie man ihn fortlassen würde. Und die C-130er sind vielleicht nicht auf diesem Weg zurückgekehrt; sie hatten die Mission, die geretteten Leute so schnell wie möglich hierhin zu fliegen. So ist er dort draußen und wartet auf Transport.«

Marjorie reichte ihm die Zeitungen *New York Times* und *Atlanta Constitution*.

»Ich habe sie mir besorgen lassen«, erklärte sie. »Für dich. Da steht mehr drin als in dem gottverdammten *Dothan Eagle*.«

Die Titelseiten beider Zeitungen zeigten das gleiche Bild. Die Unterschrift lautete: ›Mit blutigem Verband, vom Kampf erschöpft – belgischer Fallschirmjäger tröstet gerettetes Mädchen in Stanleyville‹.

Marjorie warf einen Blick auf das Bild und begann den Artikel zu lesen.

»Sie haben diesen Doktor getötet«, sagte General Bellmon.

»Was?«, fragte Marjorie und blickte zu ihm auf.

»Ich sagte, sie haben diesen Doktor getötet, den Missionar. Wie hieß er, Carlson? Das steht da drin. Sie haben ihn kaltblütig erschossen, als die Fallschirmjäger die Stadt einnahmen.«

»*Oh, mein Gott*!«, stieß Marjorie plötzlich hervor.

General Bellmon sah seine Tochter überrascht an.

»Was ist?«

»Sieh dir das an!«, sagte sie und hielt ihm die *Atlanta Constitution* hin.

»Was soll ich mir ansehen?«

»Das ist kein belgischer Fallschirmjäger!«, sagte Marjorie, und Tränen rannen über ihre Wangen. »Das ist mein Jack! Ich sehe es an seinen Augen! Und dieses kleine Mädchen ist seine Schwester. Ich habe Fotos von ihr gesehen. O Gott, man hat ihm ins Gesicht geschossen!«

General Bellmon betrachtete das Foto genau.

»Das ist ein Ding!«, entfuhr es ihm. »Ja, ich glaube, das ist Jack.« Dann hob er die Stimme. »Barbara! Komm, sieh dir das an!«

Second Lieutenant Robert F. Bellmon schaute sich nach seiner Mutter das Foto an und erklärte dann seiner Schwester, dass er in West Point einen Film gesehen hatte, der demonstriert hatte, welche Wunder durch Plastische Chirurgie heutzutage möglich waren.

Marjorie wollte gerade etwas erwidern, wie ihre Mutter sah, als das Telefon klingelte.

»Bobby, geh ran«, befahl Barbara Bellmon schnell ihrem Sohn.

»Dein Bruder hat das Taktgefühl von seinem Vater«, sagte Barbara zu Marjorie. »Aber Bobby hat schon Recht, Schatz, die Plastikchirurgie kann Wunder bewirken.«

»He, Marj!«, rief Second Lieutenant Bellmon.

»Was ist los?«, fragte Marjorie gereizt.

»Ein R-Gespräch von Sergeant Jack Portet aus Fort Bragg. Willst du die Kosten übernehmen?«

## 2

*Quartier # 9*
*Fort Bragg, North Carolina*

*3. Dezember 1964, 2 Uhr 15*

Bei dem misslungenen Versuch, aus dem Bett zu steigen, um auf das verdammte Klingeln hin die Haustür zu öffnen, ohne seine Frau zu wecken, stieß sich Brigadier General Paul Hanrahan schmerzhaft den Zeh am Bein des Bettes.

Er fluchte.

»Mein Gott, was machst du da?«, fragte Patricia, setzte sich im Bett auf und schaltete die Nachttischlampe an.

»Ich wollte dich nicht wecken. Da ist jemand an der Tür.«

»Zieh deinen Morgenrock an. Geh nicht in deiner Unterwäsche runter.«

Sie schaltete die Nachttischlampe aus und ließ sich im Bett zurücksinken.

General Hanrahan fand im Dunkeln seinen Morgenrock und zog ihn über. Dann verließ er das Schlafzimmer, schaltete auf dem Gang das Licht ein und ging die Treppe hinunter.

*Wenn dies nichts Wichtiges ist, werde ich dem Arschloch, das mich mitten in der Nacht stört, die Hölle heiß machen!*

Er knipste das Verandalicht an und zog den Vorhang von dem Fensterchen in der Haustür.

»Scheiße!«, murmelte er, schloss die Tür auf und öffnete sie.

»Was kann ich für dich tun, Marjorie?«, fragte er so freundlich, wie es ihm unter den gegebenen Umständen möglich war.

»Wo ist er, Onkel Red?«, fragte Miss Marjorie Bellmon. »Ich weiß, dass er hier ist, er hat mich von hier aus angerufen, aber der Offizier vom Dienst will mir nichts sagen.«

Hanrahan wandte sich um und winkte sie ins Haus.

Er nahm das Telefon und wählte eine Nummer.

Miss Marjorie Bellmon und Patricia Hanrahan – die jetzt die Treppe herunterkam, wie ihr Mann bemerkte –, hörten nur Folgendes:

(Höflich): »Ich möchte bitte mit dem Offizier vom Dienst sprechen.«

(Weniger höflich): »Dann wecken Sie ihn auf, verdammt!«

(Ungeduldig): »General Hanrahan.«

(Entschuldigend): »Ich hätte Ihnen sagen sollen, wer ich bin, Sergeant. Kein Problem.«

(Höflich): »Verzeihen Sie, dass ich Sie geweckt habe, Captain. Ich nehme an, Sergeant Portet ist nicht leicht zu erreichen?«

(Langes Schweigen, während der Offizier vom Dienst mit einigem Unbehagen berichtete, dass es eine kleine ›Willkommen-daheim‹-Party gegeben hatte, gesponsert vom Stab, die damit geendet hatte, dass gegen halb zwei das Bier ausgegangen war und dass seines Wissens Sergeant Portet jetzt schlief. *Tief* schlief.)

(Höflich): »Bleiben Sie bitte dran, Captain.« Er wandte sich um. »Marjorie, Jack ist in Camp Mackall im Bett. Er war vom Flug völlig erschöpft. Möchten Sie, dass ich ihn aufwecke?«

»Kann ich ihn am Morgen sehen?«

(Normaler Tonfall): »Captain, stecken Sie ihn als Erstes am Morgen in einen Sanitätswagen und liefern Sie ihn in meinem Quartier ab. Sagen Sie ihm, sein Mädchen ist hier.«

(Etwas ungeduldig): »Ja, einen Sanitätswagen. Sie haben nicht den Befehl, ihn unter Verschluss zu halten?«

(Höflicher): »Sechs Uhr dreißig wäre prima, Captain. Danke. Gute Nacht.«

»Unter Verschluss?«, zitierte Patricia Hanrahan fragend.

»Warum braucht er einen Sanitätswagen?«, wollte Marjorie Bellmon wissen.

»Jack wird um halb sieben hier sein«, sagte General Hanrahan.

»Ich werde ins Gästehaus gehen und dann zurückkommen«, erwiderte Marjorie.

»Sei nicht albern, Marjorie, das wirst du nicht tun«, sagte Patricia Hanrahan.

»Bist du die ganze Nacht durchgefahren, um hier zu sein?«, fragte General Hanrahan.

*Verdammt blöde Frage*, dachte er. *Wenn sie nicht auf den Schwingen der jungen Liebe geflogen ist, wie hätte sie dann sonst herkommen sollen*?

»Hast du Hunger, Schatz?«, fragte Patricia Hanrahan.

»Ein wenig. Ich habe nur zum Tanken gehalten.«

»Red, warum machst du ihr nicht ein Eier-Sandwich oder etwas anderes, während ich das Bett für sie mache?«

(Etwas gezwungene Begeisterung): »Na klar.«

## 3

*Quartier # 9*
*Fort Bragg, North Carolina*

*3. Dezember 1964, 5 Uhr 30*

General Red Hanrahan schreckte plötzlich aus tiefem Schlaf, wie elektrisiert von der Erkenntnis – *O Gott, warum habe ich in der Nacht nicht daran gedacht?* –, dass es sich binnen zehn Minuten in den Offiziersquartieren (und weitere zehn Minuten später im gesamten Special Warfare Center) herumsprechen würde, wenn Jack Portet um halb sieben in einem Sanitätswagen zu seinem Quartier gebracht wurde. Es würde bekannt werden, dass es vor dem Wecken eine Art Notfall in seinem Quartier gegeben hatte.

Die Army, sagte er sich, konnte sogar noch einem Dutzend italienischer Witwen, die an der Wasserpumpe des Dorfes klatschten, Lektionen im Verbreiten von Gerüchten erteilen.

Die Besorgten und Neugierigen würden zu seinem Quartier eilen wie Fliegen zum Aas, und das durfte nicht passieren. Zum einen hatte er die Anweisung, Jack versteckt zu halten, und zum anderen würde man sich wirklich die Mäuler zerreißen, wenn bekannt wurde, dass er bei der Tochter eines befreundeten Generals und ihres Liebsten mit dem Rang Sergeant Amors Helfer spielte.

Er stieg sehr vorsichtig aus dem Bett, um Patricia nicht von neuem zu wecken, fand problemlos seinen Morgenmantel und schaffte es fast bis zur Schlafzimmertür, bevor er gegen eine Fußbank stieß, die dort herumstand, wo sie nicht hätte sein sollen.

»Scheiße!«

»Um Gottes Willen, Red, willst du Marjorie wecken?«

»Schlaf weiter, Baby. Ich muss telefonieren.«

»Ha!«

Als er in seine Küche ging, traf er Miss Marjorie Bellmon bereits wach an. Sie war voll bekleidet und hatte eine Kanne Kaffee gemacht.

»Ich wollte dich nicht wecken, Onkel Red. Es tut mir Leid.«

»Kein Problem, Schatz.«

»Ich konnte nicht schlafen.«

»Nun, mal hören, wann Jack hier sein wird«, sagte Hanrahan und ging zum Telefon.

»U.S. Army Special Warfare Center, Staff Sergeant Abraham am Apparat, Sir.«

»In den nächsten paar Minuten wird jemand aus Mackall einen Sergeant namens Portet bringen ...«

»Sie sind hier, Sir, und warten auf Viertel nach sechs, um ihn in ihr Quartier zu bringen«, unterbrach Sergeant Abraham.

»Die ursprüngliche Idee war, ihn in einem Sanitätswagen herzubringen«, sagte Hanrahan. »Ich will nicht, dass meine Nachbarn Redestoff bekommen.«

»Ich werde ihn mit dem Jeep vom Fahrer vom Dienst rüberbringen lassen, wenn es so weit ist, Sir.«

»Danke«, sagte Hanrahan. »Sie können ihn jetzt gleich herschicken. Ich bin auf.«

»Jawohl, Sir.«

»Danke, Sergeant.«

Marjorie gab ihm einen Kuss.

»Danke, Onkel Red.«

Er lächelte sie an und warf einen Blick auf seine Armbanduhr.

*5 Uhr 37. Er ist bereits in der Garnison. Das bedeutet, dass er Mackall gegen 4 Uhr 45 verlassen hat. Was wiederum bedeutet, dass man ihn um 4 Uhr geweckt hat. Gut. Ich hoffe, er war wirklich verkatert, als man ihn aus dem Bett geworfen hat.*

»Ich gehe noch ein Weilchen ins Bett, Schatz. Fühl dich wie zu Hause.«

Marjorie hörte den Jeep vorfahren und spähte durch den Vorhang des Wohnzimmerfensters.

Ihr Herz schlug schneller, als sie Jack aus dem Jeep steigen sah.

*Oh, mein Gott, seine Nase ist verbunden!*

*Mein Gott, ich liebe diesen Mann wirklich!*

Als sie zur Tür eilte, um sie zu öffnen, bevor er klingeln und die Hanrahans wecken konnte, kam ihr ein zweiter Gedanke:

*Mein Gott, er sieht wie ein Soldat aus. Wie einer von ihnen!*

Als sie ihn zum letzten Mal in Uniform gesehen hatte, hatte er ausgesehen wie das, was er war, ein Eingezogener frisch von der Grundausbildung, ein Private in Kampfstiefeln, mit einer Baseballkappe und schlecht passendem Arbeitsanzug mit der Aufschrift U.S. ARMY über der linken Brusttasche und PORTET über der rechten.

Sie öffnete die Tür und ging ihm schnell entgegen.

*Er ist einer von ihnen!*

Er hatte ein grünes Barett auf dem Kopf und die Winkel eines Sergeants und das Abzeichen der Special Forces auf den Ärmeln seines gestärkten und tadellos passenden Arbeitsanzugs. Über der Aufschrift U.S. ARMY war das Fallschirmspringer-Abzeichen der U.S. Army angeheftet, und über seinem Namen auf der rechten Seite prangten die Schwingen eines belgischen Fallschirmjägers. Und er trug glänzende Springerstiefel eines Fallschirmjägers.

»Du bist weit von zu Hause fort, Marjorie«, sagte er.

»Wie geht es deiner Nase?«, fragte sie.

Und dann lag sie in seinen Armen und schmiegte das Gesicht an seinen Hals.

Sie spürte, wie er an ihrem Unterleib wuchs und steif wurde.

»Oh, Baby, ich freue mich so, dich wiederzusehen«, sagte er.

Sie löste sich von ihm.

»Das habe ich bemerkt«, sagte sie.

Er lächelte.

»Das nennt man eine ›unfreiwillige Gefäßreaktion auf einen Reiz‹«, sagte er.

Sie spürte, wie ihr das Blut in die Wangen stieg.

Er neigte sich zu ihr und küsste sie – sehr keusch – auf die Lippen. Die Unschuld des Kusses währte vielleicht drei Sekunden, und dann wurde ihr bewusst, dass sie sich mit einem Verlangen an ihn presste, das so groß war wie seines.

Sie löste sich abermals von ihm.

»Die Hanrahans«, sagte sie und nickte zur Treppe.

»O Gott«, murmelte er.

»Du solltest nur Informationen über den Flugplatz geben«, sagte sie vorwurfsvoll. »Nichts sonst.«

»Es lief eben anders.«

»Du hättest sterben können, verdammt!«

»Das bin ich aber nicht«, erwiderte er nur.

»Guten Morgen, Jack«, sagte Patricia Hanrahan von der Treppe her.

*Die Zecherei der vergangenen Nacht hat seinen Appetit offensichtlich nicht beeinträchtigt*, dachte General Hanrahan. *Als ich ein junger Hüpfer war und die ganze Nacht gesoffen habe, bis kein Bier mehr da war, war das Letzte, was ich am nächsten Morgen sehen wollte – oder auch nur daran denken wollte – ein Spiegelei.*

Sergeant Jack Portet saß am Küchentisch und verzehrte unter den bewundernden Blicken von Miss Marjorie Bellmon nicht nur ein Spiegelei, sondern gleich mehrere und Schinken dazu. Mrs Patricia Bellmon, die eine Schürze über ihr Negligee gebunden hatte, lehnte am Küchenschrank, und Red Hanrahan fand, dass ihre Miene entweder mütterlich war oder *Sind sie nicht süß?* ausdrückte.

Das Telefon an der Wand klingelte, und Hanrahan hob nach dem zweiten Klingeln ab.

»General Hanrahan.«

»Colonel Swenson, Sir. Ich hoffe, ich habe Sie nicht geweckt.«

»Guten Morgen, Swede. Kein Problem. Ich bin schon einige Zeit auf. Worum geht's?«

»General, da ist ein Lieutenant, der nach Sergeant Portet fragt. Ich weiß nicht, wie ich damit umgehen soll.«

»Ganz einfach, Swede. Wir haben nie von ihm gehört.«

»Das habe ich versucht, General«, sagte Swenson. »Er sagt, er weiß, dass Portet hier ist.« Und er fügte hinzu: »Er ist einer von uns, Sir. Ich glaube, er kommt gerade von dorther, wo Portet gewesen ist.«

»Hat ›einer von uns‹ einen Namen, Swede?«

»Craig, Sir. Lieutenant Geoff Craig.«

»Verdammt!«, entfuhr es Hanrahan. Er zögerte kaum wahrnehmbar. »Okay, Swede, Schicken Sie ihn rüber.«

Er legte den Hörer auf, wandte sich um und sah Jack Portet an.

»Geoff Craig ist hier, Jack. Er sucht Sie. Haben Sie eine Ahnung, was das zu bedeuten hat?«

»Nein, Sir.«

»Überhaupt keine Ahnung?«

»Nun, Sir, es bedeutet vermutlich, dass alle zurück sind. Sie kamen via Army Hospital in Frankfurt zurück.«

»Ist das eine Art Problem, Schatz?«, fragte Patricia ihren Mann.

»Meine Befehle lauten, Jack unter Verschluss zu halten«, erwiderte Hanrahan. »Wenn so viele Leute wissen, dass er hier ist, wird das schwierig sein.«

»Meinst du, er hat Ursula und das Baby bei sich?«, fragte Marjorie.

»Ich nehme an, deshalb sind alle hier«, sagte Jack. »Ich kann mir nicht vorstellen, dass Geoff ohne sie hier ist.«

»War er mit Ihnen im Kongo?«, fragte Hanrahan.

»Sie wurden in den C-130ern nach Leopoldville geflogen«, antwortete Jack. »Und dann mit der Air Congo nach Frankfurt. Meine Stiefmutter und Schwester ebenfalls, und vielleicht kam auch mein Vater mit.«

Hanrahan nickte wie zustimmend.

Das Telefon klingelte wieder, und Hanrahan riss den Hörer fast ärgerlich von der Gabel, wobei er vor sich hinmurmelte: »Was denn nun schon wieder?«

»General Hanrahan«, schnarrte er.

Seine Frau schüttelte den Kopf ob seiner Gereiztheit.

Der Anrufer lachte.

»Soll ich später wieder anrufen, wenn Sie gerade mit dem falschen Bein aus dem Bett aufgestanden sind?«

Er erkannte die Stimme als die von Lieutenant Colonel Craig W. Lowell.

»Eigentlich war ich guter Laune, bis ich Ihre Stimme hörte.«

»Großes Ehrenwort, Red, ich habe mit dem Anruf gewartet, bis ich dachte, Sie werden auf sein.«

»Ich bin gerührt ob Ihrer Fürsorge«, entgegnete Hanrahan. »Was wollen Sie, Craig?«

»Wo haben Sie Portet versteckt? In Camp Mackall?«

»Hm-hm.«

»Wie geht es seiner Nase?«

»Sie ist gebrochen, aber abgesehen von einem Verband kann nichts dafür oder dagegen getan werden.«

»Wie lange wird es dauern, ihn von Bragg nach Mackall zu bringen?«

»Er sitzt hier in meiner Küche. Marjorie ist hier.«

Das weckte die Aufmerksamkeit von Mrs Hanrahan, Miss Bellmon und Sergeant Portet, die ihn anblickten.

Hanrahan bedeckte die Sprechmuschel mit der Hand.

»Craig Lowell«, erklärte er.

»Warum überrascht mich das nicht?«, sagte Lowell lachend. »Hören Sie, Red, Geoff Craig ist auf den Weg dorthin. Er sollte binnen einer Stunde …«

»Er ist hier«, unterbrach Hanrahan.

»Pappy Hodges ist bei ihm«, sagte Lowell. »Sie sind in meiner Cessna.«

»Und?«

»Geoff wird Pappy in Rucker absetzen und dann Porter hierher bringen.«

»Wo ist hierher?«

»Florida.«

»Wo in Florida? McDill?«

Lowell war der Flugoffizier der Army in Stab des befehlshabenden Generals des U.S. Army Strike Command in der McDill Air Force Base Florida. Strike war eine Organisation des Hauptquartiers, die von einem Vier-Sterne-General befehligt wurde. Wenn nötig, wurden taktische Einheiten aller bewaffneten Streitkräfte für Operationen in der ganzen Welt unter sein Kommando gestellt. Es war das Hauptquartier für die Operation Dragon Rouge gewesen.

»Nein. Eigentlich Miami. Und eigentlich ein wenig südlich von Miami bei Key Largo. Für ein wenig wohlverdienten Erholungsurlaub.«

»Craig, ich habe Befehle, ihn unter Verschluss zu halten.«

»Dies hat offenbar den Segen Seiner Heiligkeit, Moses I«, sagte Lowell. »Er ist hier. Wollen Sie, dass ich ihn ans Telefon hole, auch wenn das bedeutet, ihn aus tiefem Schlummer zu reißen?«

Colonel Sanford T. Felter, Berater des Präsidenten der Vereinigten Staaten, hatte einen zweiköpfigen Stab. Es waren ein Bischof und eine Nonne, und er musste zugeben, dass dies ein wenig lustig klang, obwohl Felter sich weigerte, Lieutenant Colonel Craig W. Lowell zu erzählen, woher er sie bekommen hatte. Lowell fand es amüsant und hatte sich angewöhnt, Felter ›Seine Heiligkeit, Moses I, der erste jüdische Papst‹ zu nennen.

Der Bischof war wirklich einer, nicht von der römisch-katholischen Kirche, sondern von der Kirche Jesus Christus der Heiligen der letzten Tage. James L. Finton war Berufssoldat, der in 23 Jahren zum Chief Warrant Officer, W-4, aufgestiegen war. Felter hatte ihn in der Army Security Agency entdeckt und seine Versetzung zur Fernmeldeabteilung des Weißen Hauses arrangiert. Finton war überzeugter Mormone und hatte Felter erzählt, dass die Kirche ihm die geistige Gesundheit gerettet hatte, nachdem seine Frau an Krebs gestorben war. Er verbrachte seine Freizeit in der einen oder anderen Funktion der Mormonenkirche im Distrikt. Er war mit einer Top-Secret-Unbedenklichkeitsbescheinigung und mit einer Reihe von Zusätzen wie kryptografische, nukleare und einige andere Unbedenklichkeiten zu Felter gekommen.

Die Nonne war wirklich eine, und zwar eine von der römisch-katholischen Kirche. Mary Margaret Dunne war vorübergehend von ihrem Gelübde entbunden worden, um für ihren betagten und senilen Vater zu sorgen. Nach seinem Tod würde sie zum Klosterleben als Schwester Matthew zurückkehren. Sie verbrachte ihr Leben jeweils an einem von drei Orten; mit ihrem Vater in einer kleinen Wohnung; in der Kirche Saint Mary's auf den Knien; oder in Felters kleinem, aber reich verzierten Büro im alten State, War and Navy Building.

Mary Margaret Dunne war nach einem leisen Wort vom Bischof in Kennedys Weißem Haus angenommen worden. Sie brauchte einen Job und konnte Schreibmaschine tippen. Sie hatte am selben Tag für Felter die Arbeit aufgenommen, an dem Präsident Kennedy Felter als einzige Person im Weißen Haus vorgestellt hatte, die sich nicht an ihrem Telefon meldete.

Der Bischof und die Nonne waren Felter treu ergeben und – fast so wichtig – beide waren überzeugt, dass die Kommunisten der Antichrist waren und Felters Arbeit, bei der sie halfen, so viel Gottes Werk wie das der Regierung war.

»Sandy ist in Miami, bei Ihnen?«

»Wir sind auf McDill. Der Erholungsurlaub wird in Miami stattfinden. Portets Eltern sind dort. Ebenfalls mein Cousin Porter und seine Frau – Geoffs Eltern. Geoffs Frau und Baby sind dort. Okay?«

»Wie lange wird er fort sein?«

»Sandy hat sich noch nicht entschieden, wo er ihn zuteilen wird.«

»Ich dachte, er wäre nur auf vorübergehender Verwendung, bis Dragon Rouge vorbei ist.«

»Sandy hat sich noch nicht entschieden, wo er ihn

zuteilt«, wiederholte Lowell, und Hanrahan begriff, dass etwas im Gange war, über das Lowell nicht am Telefon sprechen wollte.

»Okay.«

»So wird er vermutlich hierhin zurückkommen«, sagte Lowell. »In einer Woche, zehn Tagen oder so.«

»Okay. Ich weiß nicht, wie er mit Uniformen versorgt ist. Kann er in Arbeitsanzug reisen?«

»Kein Problem. Wir können ihm hier etwas zum Anziehen besorgen.«

»In Ordnung. Er wird bereit sein, wenn Craig hier eintrifft, was jede Minute der Fall sein sollte. Sonst noch etwas?«

»Ist Patricia in der Nähe?«

»Bleiben Sie dran«, sagte Hanrahan und gab seiner Frau den Hörer, die dabei strahlte und deren Zuneigung für Craig Lowell an ihrer Stimme zu hören und an ihrer Miene zu sehen war.

Er hatte keine Ahnung, was Lowell zu seiner Frau sagte, doch es bewirkte perlendes Gelächter, und als sein Gespräch mit ihr beendet war, reichte sie Marjorie den Hörer.

Er hatte keine Ahnung, was Onkel Craig zu Marjorie sagte, doch irgendwann errötete sie bezaubernd und blickte verstohlen zu Jack Portet, und als ihr Gespräch zu Ende war, reichte sie den Hörer an Jack weiter.

Er hatte keine Ahnung, was Lieutenant Colonel Lowell zu Sergeant Portet sagte, doch es brachte Jack zum Lachen. Schließlich legte Jack den Hörer auf.

»Wenn es die Verfassung Ihrer Nase erlaubt, Sergeant Portet, werden Sie einen R and R in der Gegend von Key Largo, Florida, antreten«, sagte Hanrahan.

»Einen R and R?«, fragte Jack neugierig.

»Das steht für Rest und Recuperation Leave (Erholungsurlaub)«, erklärte Hanrahan.

*Es wird manchmal auch F&S genannt, was für Ficken und Saufen steht. Da habe ich den einzigen Sergeant der Special Forces in der Geschichte vor mir, der nicht weiß, was das ist.*

*Aber andererseits gibt es eine Reihe von Sergeants der Special Forces, die nie einen Schuss im Ernstfall gehört haben. Dieser hier hat sich laut Father Lunsford verdammt gut verhalten, als er beschossen wurde.*

General Hanrahan hatte mehr oder weniger den gleichen Gedanken, als er ein paar Minuten später einem sonnengebräunten jungen Mann in teurer Zivilkleidung die Tür öffnete.

*Dieser hier hat sich ebenfalls gut verhalten, obwohl man bei seinem Anblick niemals vermuten würde, dass er ein Offizier der Green Berets und ein Vietnam-Veteran ist, der berechtigt ist, das Kampfabzeichen der Infanterie, den Silver Star, zwei Bronze Stars und drei Verwundetenabzeichen zu tragen.*

Geoffrey Craig war Sergeant mit einem achtköpfigen A-Team auf einer isolierten Hügelkuppe gewesen. Sie hatten fünfzig Mung-Stammesangehörige bei sich gehabt. Der Vietcong hatte sie mit einem Bataillon angegriffen. Geoff und ungefähr zwanzig Mung hatten den Angriff überlebt, und danach hatte er einen Silver Star und sein drittes Verwundetenabzeichen erhalten.

»He, Geoff«, sagte Hanrahan und reichte ihm die Hand. »Wir haben Sie erwartet.«

»Guten Morgen, Sir«, erwiderte Geoff Craig. »Ich hoffe, es war richtig, dass ich beim Hauptquartier vorbeigekommen bin.«

»Absolut. Kommen Sie herein. Haben Sie gefrühstückt?«

»Kaffee und ein Eierbrötchen, Sir.«

»Patricia wird sich freuen, dies zu ändern.« Hanrahan blickte ihn fragend an. »Ich dachte, Pappy Hodges wäre bei Ihnen.«

»Er hat hier Freunde, Sir. Wir treffen ihn um elf Uhr in Pope. Reicht die Zeit, um Portet aus Mackall zu holen?«

»Er ist hier. Und Marjorie Bellmon ebenfalls.«

»Ich habe den Wagen gesehen«, sagte Craig und nickte zum Zufahrtsweg, wo ein rotes Jaguar-Cabrio parkte.

Hanrahan hatte den Wagen bei Marjories Ankunft nicht bemerkt.

»Sie ist gestern Nacht hergefahren«, sagte er.

*Und das verschafft meinen Nachbarn bei ihrem morgendlichen Kaffee Gesprächsstoff. »Habt ihr den Jaguar mit dem Aufkleber der Unteroffiziere auf Hanrahans Zufahrtsweg gesehen? Was mag das nur bedeuten?«*

»Jack hat uns erzählt, dass Ursula und das Baby den Albtraum überstanden haben«, sagte Patricia Hanrahan, als sie in die Küche kam. »Es freut mich so für Sie, Geoff.«

»Danke. Sie sind mit meinen Eltern in Ocean Reef. Und mit Jacks Verwandten. Dorthin wollen wir.« Er ging zu Jack Portet, der aufstand, als er sich näherte. Sie umarmten einander, nur kurz und wortlos, doch die Zuneigung zwischen ihnen war offenkundig.

»Und Miss Marjorie«, sagte Geoff und wandte sich ihr zu. »Du bist ziemlich weit von der Bank entfernt, nicht wahr?«

»Wenn ich nicht so froh wäre, dich zu sehen, würde ich dir sagen, dass du zur Hölle gehen kannst«, gab Marjorie zurück. »Sind Ursula und das Baby wirklich wohlauf?«

»Absolut. Was deinem Freund zu verdanken ist. Du hast von seiner Tat à la John Wayne gehört?«

»Warum hältst du nicht die Klappe, Geoff?«, sagte Jack.

»Nein, ich habe nichts davon gehört«, sagte Marjorie.

»Wechseln wir schnell das Thema …«, begann Jack.

»… und kommen wir auf den Punkt«, fiel ihm Geoff amüsiert ins Wort. »Ihm wird der Leopold-Orden für außergewöhnliche Tapferkeit im Einsatz verliehen werden …«

»Menschenskind!«, sagte Jack vorwurfsvoll.

»… aber die Dankbarkeit des belgischen Königs unserem bescheidenen Helden gegenüber ist nichts im Vergleich zu der meiner Eltern. Du wirst wirklich eine schöne Zeit in Florida verbringen, Marj, und im Ruhm unseres Jacques baden.«

»Er hat nicht mal in der Nähe von Stanleyville sein sollen«, sagte Marjorie.

»Darüber habe ich Gerüchte gehört«, gab Geoff zu.

»Aber es ist kein Problem mehr. Es ist sozusagen alles verziehen.«

»Und ich kann nicht nach Florida reisen«, sagte Marjorie.

»Warum nicht?«, fragte Jack betroffen. »Ich möchte, dass du meine Eltern kennen lernst.«

»Nun, zum Beispiel habe ich einen Job.«

»Pfeif auf deinen Job. Lass uns heiraten.«

Geoff Craig lachte.

»Dies wird gewiss ganz oben auf der Liste der unvergesslichen Heiratsanträge stehen«, meinte er. »Korrigiere mich, Sergeant, aber ich glaube, solche Anträge macht man der Angebeteten auf den Knien.«

»Lass uns heiraten, Marjorie«, wiederholte Jack. »So bald wie möglich.«

Sie schaute ihn an, sagte jedoch nichts.

»Mein Gott«, sagte er. »Also gut.«

Er stand vom Tisch auf und kniete sich hin.

Marjorie flüchtete schluchzend aus dem Zimmer. Patricia Hanrahan lief hinter ihr her.

»Irgendwie, Jack, habe ich den Eindruck, dass Sie das nicht sehr gut angepackt haben«, sagte General Hanrahan.

## 4

*Büro des befehlshabenden Generals*
*Army Aviation Center*
*Fort Rucker, Alabama*

*3. Dezember 1964, 15 Uhr 45*

Captain Richard Hornsby, ein ziemlich gut aussehender, sehr schicker Fünfundzwanzigjähriger, der zum ersten Mal die Abzeichen des Adjutanten eines Major Generals trug – zwei Sterne auf den Rockaufschlägen und eine

Achselschnur –, blickte von seinem Schreibtisch auf, zuerst mit träger Neugier und dann mit größerem Interesse, als ein Sergeant im Arbeitsanzug sein Büro betrat.

Zum einen hatte der Sergeant einen Verband auf der Nase. Zum anderen war er ein Green Beret, und so weit Hornsby wusste, waren keine Green Berets in Fort Rucker stationiert.

»Kann ich Ihnen helfen, Sergeant?«, erkundigte sich Captain Hornsby.

»Sir, ich hatte gehofft, Captain Oliver anzutreffen«, sagte der Sergeant.

»Captain Oliver ist versetzt worden«, erwiderte Hornsby. »Was kann ich für Sie tun?«

»Ich möchte bitte General Bellmon sprechen, Sir.«

Captain Hornsbys letzte Anweisungen in dieser Hinsicht, die er genau an diesem Morgen erhalten hatte, lauteten: *»Dick, ein äußerst wichtiger Teil Ihrer Aufgabe wird darin bestehen, mir Leute vom Hals zu halten, die mich sprechen wollen, die ich aber nun wirklich nicht sehen will. Sie werden erstaunt sein, wie viele Idioten es gibt, die meine Zeit vergeuden wollen.«*

Der Sergeant wirkte auf ihn nicht wie ein Idiot, aber es bestand sicherlich die Möglichkeit, sein Anliegen zu erledigen, ohne General Bellmon zu behelligen.

»Der General ist im Augenblick beschäftigt, Sergeant. Vielleicht kann ich Ihnen helfen. Was möchten Sie?«

»Es ist eine persönliche Angelegenheit, Captain«, sagte der Sergeant ein wenig verlegen. »Ich glaube, wenn Sie ihm sagen, dass ich hier bin – mein Name ist Portet – wird er für mich Zeit haben.«

»Betrachten Sie mich als Pförtner, Sergeant«, sagte Captain Hornsby nicht unfreundlich. »Ich habe die Pflicht, zu entscheiden, ob Sie etwas von der Zeit des Generals haben können, und wie Sie sicherlich verstehen können, ist seine Zeit verdammt knapp bemessen.«

»Jawohl, Sir.«

»Aber was immer es ist, Sergeant, ich glaube, ich kann Ihnen weder für Geld noch gute Worte helfen.«

Der Sergeant schwieg eine Weile und zuckte dann mit den Schultern.

»Captain, würden Sie mir glauben, wenn ich Ihnen sagte, dass er sauer sein würde, wenn ich ihm erzähle, dass ich hier war und Sie mich nicht zu ihm gelassen haben?«

»Nein, Sergeant, das würde ich Ihnen nicht glauben«, entgegnete Hornsby ein wenig gereizt.

Sergeant Portet öffnete den Mund, um noch etwas zu sagen.

In diesem Moment wurde die Tür von Bellmons Büro geöffnet, und General Bellmon kam heraus, ein Blatt Papier in der Hand. Er blickte auf und sah den Sergeant.

»Kann ich ein paar Minuten Ihrer Zeit haben, General?«, fragte Sergeant Portet.

»Sir, ich habe dem Sergeant erklärt, dass Sie beschäftigt sind«, sagte Captain Hornsby.

»Gehen Sie rein«, sagte General Bellmon und nickte zu seinem Büro. Er gab Hornsby das Blatt Papier und fügte hinzu: »Wir werden gleich darüber sprechen, Dick.« Dann ging er hinter Sergeant Portet in sein Büro und schloss die Tür hinter sich.

»Willkommen daheim, Jack«, sagte General Bellmon und reichte ihm die Hand.

»Danke, Sir.«

»Wir haben Ihr Bild in der Zeitung gesehen«, fuhr Bellmon fort. »Was ist mit Ihrer Nase passiert? Etwas Ernstes?«

»Nichts Ernstes. Ich bin in Stanleyville von einem Truck gefallen«, erwiderte Jack. »General, ich möchte Marjorie heiraten.«

»Eigentlich hat Marjorie das Foto als Erste entdeckt. Sie sagte: ›Das ist mein Jack, und das ist seine Schwester.‹ Es war auf der Titelseite jeder Zeitung des Landes.«

»Jawohl, Sir, General. Ich möchte Marjorie heiraten.«

Bellmon brauchte einen Moment, um zu antworten.

»Damit habe ich gerechnet, Jack, aber jetzt, da ich damit konfrontiert werde, muss ich erst meine Gedanken sammeln.«

»Jawohl, Sir.«

»Ich nehme an, Sie haben sie gefragt, ob sie Ihre Frau werden will?«

»Jawohl, Sir. Heute Morgen. In General Hanrahans Haus.«

»Was, Sie sind geradewegs dorthin gefahren?«

»Nein, Sir. Wir waren in Colonel Lowells Cessna.«

»Lowell hat Ihnen seine Cessna geliehen?«

»Nein, Sir. Er hat sie mir nachgeschickt. Ich bin auf dem Weg nach Florida. Meine Eltern sind dort. Ich möchte Marjorie mitnehmen, damit sie meine Eltern kennen lernt.«

»Ich habe nichts dagegen«, sagte Bellmon. »Wo in Florida?«

»In Ocean Reef«, sagte Jack.

»Da bin ich schon gewesen. Lowell besitzt dort ein Haus. Ebenfalls sein Cousin. Lieutenant Craigs Vater?«

»Jawohl, Sir, aber wenn es Bedenken gibt ...«

»Ist Lieutenant Craig dort mit seinen Eltern?«

»Nein, Sir. Er ist hier in Rucker. Er und Pappy – Major Hodges – wir fliegen die Cessna. Ich werde sie nach Florida fliegen. Seine Frau und das Baby sind hier. Seine Eltern auch, glaube ich.«

»Ich verstehe«, sagte General Bellmon. »Nun, Ende gut, alles gut – einschließlich dieses Albtraums, nicht wahr?«

»Jawohl, Sir.«

»Keine Bedenken, Jack, wenn Sie und Marjorie heiraten. Ich habe wirklich keine große Wahl, oder?«

»Ich möchte Ihre Billigung haben, Sir.«

»Nun, die haben Sie, Jack«, sagte General Bellmon. »Und ich weiß, dass meine Frau meine hohe Meinung über Sie teilt.«

»Danke, Sir.«

»Wann haben Sie vor, zu heiraten?«

»Ich dachte, sofort, Sir.«

Bellmons Stimme klang kalt, als er fragte: »Gibt es einen Grund, weshalb Sie meinen, Sie sollten sofort heiraten?«

»Jawohl, Sir, da Sie es zur Sprache bringen, es gibt einen.«

»Nun, diese Dinge passieren. Es wäre sicherlich nicht das erste Mal in der Geschichte. War sie schon bei einem Arzt?«

»Sir?« Jack sah ihn verwirrt an, und dann dämmerte es ihm. »Es ist nicht das, was Sie denken, General. Ich dachte, es ist mir klar, dass diese ganze Situation ein wenig peinlich für Sie ist ...«

»Welche Situation ist ein wenig peinlich?«, fragte Bellmon.

»Ich bin Unteroffizier, und sie ist die Tochter eines Generals«, sagte Jack.

»Warum sollte das peinlich sein?«

Jack sah ihn hilflos an.

»Ich dachte, es wäre für alle leichter, wenn wir sofort heiraten, in einer stillen Zeremonie in Florida, nur im Kreis meiner Familie, und natürlich mit Ihnen und Mrs Bellmon ...«

»Will Marjorie es so?«

»Ich weiß es nicht. Ich habe sie nicht gefragt.«

»Sie bezweifeln, dass sie eine eigene Meinung haben wird?«

Jack schwieg.

»Meine Frau und ich heirateten in der Kadettenkapelle in West Point«, sagte Bellmon. »Ebenso wie unsere Eltern. Beiderseits.«

»Ich war nicht in West Point«, wandte Jack ein. »Aber wenn Sie es so will, warum nicht?«

»Mrs Bellmon wird vermutlich an die Kapelle hier in Rucker denken«, sagte Bellmon. »Mit einem Empfang im Offiziersklub.«

»General, ich bin Sergeant. Ich gehöre nicht in den Offiziersklub.«

»Zufällig sind mir Ihre Winkel aufgefallen. Glückwunsch. Wann sind Sie zum Sergeant befördert worden?«

»Kurz bevor wir nach Europa flogen.«

»Und was sind das für Abzeichen, belgische Fallschirmjäger-Schwingen?«

»Jawohl, Sir.«

»Nun, ich nehme an, die haben Sie sich auf die harte Weise verdient, nicht wahr?«

Jack gab keine Antwort.

»Jack, ich bin nicht der abschweifende Idiot, nach dem ich klingen mag«, sagte Bellmon. »Ich hatte keine Ahnung, dass es mich so durcheinander bringen würde, zu hören, dass Marjorie heiraten wird.«

»General, ich liebe sie, und ich werde gut für sie sorgen.«

»Ja, dessen bin ich mir sicher«, erwiderte Bellmon.

Er reichte ihm die Hand.

Sie schüttelten sich feierlich die Hände.

»Wo ist sie?«, fragte Bellmon dann.

»In Ihrem Haus, und sie bittet um die Erlaubnis, mich nach Florida zu begleiten.«

»Da wäre noch Platz für meine Frau in der Cessna, nicht wahr?«, fragte Bellmon geistesabwesend, offenbar laut denkend. »Ich könnte mir übers Wochenende eine L-23 besorgen, Bobby nehmen …«

»Jawohl, Sir«, sagte Jack zögernd.

Bellmon musterte ihn.

»Wollen Sie andeuten, dass Mrs Bellmon nicht eingeladen war?«, fragte Bellmon.

Jack schwieg.

»Da Sie bald zur Familie gehören, Jack, will ich Ihnen von meiner Frau und Colonel Lowell erzählen«, sagte Bellmon. »Alles, was sie sich wünscht, kann sie von ihm haben. Ich nehme an, er tut das, um mich zu ärgern. Wir sind jederzeit in Ocean Reef willkommen – meine Frau ist das, um genau zu sein. Wenn eines der Häuser nicht zur Verfügung steht, quartiert man uns in einem Hotel ein.«

»Jawohl, Sir«, sagte Jack.

»Und es ist nun mal so, dass Frauen die Hochzeiten arrangieren. Die Männer müssen nur nüchtern in der Kirche antanzen.«

Er lächelte über seinen eigenen Esprit, legte Jack eine Hand auf den Arm und schob ihn zur Tür.

Captain Hornsby erhob sich hinter seinem Schreibtisch, als sie das Vorzimmer betraten.

»Wenn jemand was von mir wünscht, ich bin in meinem Quartier«, sagte General Bellmon.

»Jawohl, Sir.«

»Und, Dick, rufen Sie den Kaplan der Garnison an. Grüßen Sie ihn von mir und kündigen Sie ihm an, dass meine Frau morgen wegen einer Hochzeit mit ihm telefonieren wird.«

»Jawohl, Sir.«

## 5

*Abfertigungsgebäude*
*Cairns Army Airfield*
*Fort Rucker, Alabama.*

*3. Dezember 1964, 17 Uhr 10*

Als Major Daniel McCarthy, der AOD (Airfield Officer of the Day, Flugplatz-Offizier vom Dienst), nach Dienstantritt um 16 Uhr 15 von seiner ersten schnellen Rundfahrt auf dem Flugplatz zurückkehrte, parkte ein schwarzer Oldsmobile 98 mit dem blauen Aufkleber FORT RUCKER ALA 1 auf dem Stellplatz mit dem Schild COMMANDING GENERAL.

McCarthy war ein wenig nervös, und er ärgerte sich über den AOD, den er abgelöst hatte, weil der ihm verschwiegen hatte, dass der General auf dem Programm für den Abend sein würde.

Er stieg schnell aus dem Stabswagen, auf dessen hinterer Stoßstange eine große schwarzweiß karierte Fahne an einer Stange flatterte, und betrat das Abfertigungsgebäude.

Der Sergeant vom Dienst wies auf McCarthys Frage hin zum Flugplanungsraum, und Major McCarthy ging schnell zur Tür und schob sie auf.

Der General, ein Zivilist und ein Sergeant waren über einen der Arbeitstische gebeugt. Mrs Bellmon und die Tochter des Generals standen vor einer riesigen Karte des südlichen Teils der Vereinigten Staaten, die an der Wand hing.

Andere Piloten hielten sich im Raum auf und bemühten sich offensichtlich, dem General aus dem Weg zu bleiben.

Major McCarthy erkannte den Sergeant trotz des Verbandes auf seiner Nase. Er hatte kürzlich seine jährliche Prüfung für Instrumentenflüge absolviert, und der Sergeant war im Büro des Prüfungsausschusses gewesen. McCarthy erinnerte sich, dass ihm jemand erzählt hatte, der Sergeant sei ein eingezogener Pilot von einer zivilen Fluggesellschaft, der sich entschieden hatte, zwei Jahre Dienst als Unteroffizier zu leisten, anstatt drei oder mehr Jahre als Offizier/Pilot.

Das erklärte, dass er einen Flugplan erstellte, aber es passte nicht zu McCarthys Erinnerung, dass der eingezogene zivile Pilot nur ein Private war, der gerade die Grundausbildung beendet hatte, sondern ein Sergeant der Green Berets mit zwei Fallschirmspringer-Abzeichen.

»Guten Tag, Sir«, sagte Major McCarthy. Er wandte sich an die Frauen. »Möchten Sie mit mir kommen, Ladys?«

»Ich möchte sehen, was Jack macht«, sagte Marjorie. »Wäre ich im Weg?«

»Nein, nein, ganz wie Sie wollen«, sagte McCarthy, und sie ging zu dem Tisch.

Barbara Bellmon lächelte Major McCarthy an.

»Ich werde auf den Kaffee verzichten, aber vielen Dank, Major.«

Jack zog auf einer mit Plastik umhüllten Karte des Gebiets eine gerade Linie. Sie verlief von Cairns Field nach Hollywood, Florida, nördlich von Miami. Die Route führte östlich an Crestview und Panama City, Florida, vorbei und verlief dann über Appalachacola und den Golf von Mexiko, bis sie nordöstlich von Clearwater, Florida, wieder Land erreichte, und dann über die Florida-Halbinsel nach Hollywood an der Atlantikküste.

»Sie machen keinen Instrumentenflug?«, fragte Bellmon überrascht und nur ein wenig enttäuscht.

»Nein«, bestätigte Jack. »Man würde mich nach Georgia leiten«, erklärte er und zeigte den Kurs auf der Karte. »Und dann die Halbinsel runter. Das wären zusätzliche hundert Meilen, und so erwische ich Rückenwind.«

»Und was bedeutet das?«, fragte General Bellmon und maß die Entfernung auf der Karte. »Das sind über zweihundert Meilen übers Wasser.«

General Bellmon war offensichtlich nicht einverstanden mit dem Flugplan, und Major McCarty war überrascht, als der Sergeant, Ex-Zivilpilot oder nicht, der Einschätzung des Generals nicht zustimmte.

»Daddy, Jack weiß, was er tut«, sagte Marjorie.

*Das sagst du, weil er dein Ritter mit glänzender Rüstung ist, aber Tatsache ist, dass es tatsächlich stimmt,* dachte General Bellmon. *Er hat mehr Stunden in der Luft verbracht als ich.*

»Davon bin ich überzeugt«, sagte Bellmon und lächelte gezwungen. »Und schließlich ist *er* der Pilot.«

*Nun,* dachte Major McCarthy, *wenn der Sergeant der Pilot ist, erklärt das die Cessna 310H, die beim Rollfeld für Besucher parkt, nicht wahr?*

*Und was läuft da mit ihm und der Tochter des Generals?*

## 6

*Über Hollywood, Florida*

*3. Dezember 1964, 21 Uhr 25*

»Miami, Cessna Six-oh-one«, sprach Jack ins Mikrofon.

»Six-oh-one, Miami.«

»Ich bin auf VFR (Visual Flight Rules, Sichtflug) von Cairns Field, Alabama, nach Hollywood. Haben Sie mich?«

»Bleiben Sie dran«, sagte der Mann im Kontrollturm Miami, und einen Moment später: »Ich habe Sie auf dem Schirm, Six-oh-one.«

»Ich bin auf siebentausend über Hollywood und möchte auf einem privaten Landestreifen etwa zwanzig Meilen südlich von Miami landen. Okay?«

»Genehmigung erteilt. Ich habe Sie auf dem Radar. Melden Sie sich ab, wenn Sie auf dem Boden sind.«

»Beginne mit dem Sinkflug. Und danke, Miami«, sagte Jack und wandte sich an Geoff Craig.

»Okay, und nun?«

Geoff nahm seine Flugkarte vom Gebiet Miami und wies auf einen privaten Landestreifen auf einem schmalen Felsenriff ein paar Meilen östlich von Key Largo.

»Ein privater Landestreifen. Hat der überhaupt Beleuchtung?«, fragte Jack zweifelnd.

»Oh, ungläubiger Thomas!«, erwiderte Geoff. Er wählte eine andere Frequenz auf dem Sender/Empfänger und nahm das Mikrofon.

»Ocean Reef, Cessna Six-oh-one.«

»Ocean Reef, kommen.«

»Wir sind über Hollywood. Geschätzte Ankunft fünfzehn Minuten. Werden Sie für ein paar Minuten die Beleuchtung anschalten und Mr Porter Craig melden, dass wir im Anflug sind?«

»Selbstverständlich. Und melden Sie uns, wenn Sie landebereit sind.«

»Das werde ich tun. Danke, Ocean Reef«, sagte Geoff und wandte sich an Jack. »Du kannst jetzt runtergehen, Jack, *Sir*. In diese Richtung fliegen, *Sir*.«

Er wies mit dem Zeigefinger nach unten.

Jack lächelte kopfschüttelnd und ging in sanften Sinkflug.

Die Hotels und Eigentumswohnungen längs des Strandes und Miami selbst waren jetzt zu ihrer Rechten sichtbar, ebenso wie Verkehrsflugzeuge im Landeanflug auf den Miami International Airport.

»Es ist wunderschön!«, rief Marjorie und neigte sich auf dem hinteren Sitz vor. Sie kraulte Jacks Nacken. Er bog sich zurück, um den Nacken gegen ihre streichelnde Hand zu drücken.

Zwei Minuten später nahm Geoff wieder das Mikrofon.

»Ocean Reef, Six-oh-one auf fünftausend. Wir haben Miami in Sicht.«

»Six-oh-one, Ocean Reef, wir beleuchten jetzt. Windgeschwindigkeit fünf, in Böen bis fünfzehn Meilen pro Stunde von Süden. Sie werden abgeholt.«

»Vielen Dank«, sagte Geoff, schaltete das Mikro aus und wandte sich wieder an Jack. »Ich orientiere mich für gewöhnlich an der A1A und dann Key Largo. Wir sind etwa zehn Meilen südlich.«

Er wies vage nach Südwesten und dann nach Südosten. Jack nickte.

»Du solltest dich jetzt anschnallen, Marjorie«, sagte Jack und wandte den Kopf. Sie kraulte noch einen Moment seinen Nacken, und dann zog sie die Hand zurück.

Einen Augenblick später wies Geoff auf parallele Reihen von Landelichtern. »Entweder sind wir da, oder jemand hat seine Boote dort aufgereiht.«

»Mensch, Geoff«, sagte Jack vorwurfsvoll und änderte den Kurs leicht nach rechts, um auf die Landebahn einzuschwenken.

Drei Minuten später setzte die schlanke zweimotorige

Maschine glatt auf der deutlich gekennzeichneten Landebahn auf, die schmal, jedoch gut asphaltiert war.

Jack sah einen kleinen Hangar, ein schmuck aussehendes Abfertigungsgebäude mit kleinem Kontrollturm und vielleicht ein Dutzend Flugzeuge, hauptsächlich kleine, teure, zweimotorige Maschinen wie die Cessna, die er flog.

Ein hübscher kleiner Flugplatz, wie er fand.

Ein Mann mit Sporthemd stand auf der Rollbahn und dirigierte ihn mit beleuchteten Signalkellen auf eine Parkfläche.

Jack meldete Miami per Funk, dass er auf dem Boden war.

»Das ist Onkel Craig«, sagte Marjorie erfreut, und Jack blickte aus dem Seitenfenster der Cessna und sah, dass der Mann mit den Signalkellen tatsächlich Lieutenant Colonel Craig W. Lowell war.

Jack stieg als Letzter aus dem Flugzeug, und er sagte sich, dass Vorsicht der bessere Teil der Tapferkeit war, und salutierte.

Lowell erwiderte den Gruß.

»Es war sehr nett, dass Sie grüßen, Sergeant, aber wir tun das hier nicht sehr oft.« Er legte eine Pause ein und fügte belustigt hinzu: »Aber ich muss sagen, Sergeant, Sie sehen wirklich ehrfurchtgebietend militärisch aus. Nicht wahr, Geoff? Wie auf einem Rekrutierungsplakat für die Special Forces.«

»Nun, sein Anblick würde mich zu Tode erschrecken, wenn ich der Feind wäre«, meinte Geoff.

»Lass ihn in Frieden, Onkel Craig«, sagte Marjorie. »Und du hörst auch auf, Geoff.«

»Sagte die zukünftige Braut, um ihren Mann zu schützen«, erklärte Lowell unbeeindruckt. »Meine Güte, ihr beide hattet einen äußerst ereignisreichen Tag, nicht wahr?«

»Craig, sehe ich das, was ich denke?«, fragte Barbara Bellmon.

»Was siehst du, was du denkst?«

Sie wies auf eine alte, kanariengelbe Limousine, die gleich neben der Rollbahn parkte.

»Er ist es!«, rief sie. »Gott, ich dachte, er wäre inzwischen in einem Museum!«

»Was ist das?«, fragte Jack.

»Ein 1941er Packard 180 mit einer Karosserie von Rollson«, sagte Lowell. »Ich werde das nicht näher erklären, weil die Mutter der zukünftigen Braut dies später sicherlich in allen Einzelheiten tun wird. Aber ich sage schon mal, Madame Bellmon, dass das letzte Angebot, das ich dafür erhielt – von einem aufgeregten kleinen Glatzkopf, der mich auf dem Highway in Key Largo verfolgte und sein Scheckbuch schwenkte –, zehnmal so hoch war wie die Summe, die ich in Louisville dafür bezahlt habe.«

»Ein schöner Wagen«, sagte Jack. »So einen habe ich noch nie gesehen.«

»Es wurden nur zweiunddreißig von der viertürigen Version angefertigt«, sagte Lowell. »Okay, hier sind die Spielregeln: Jacks Familie befindet sich in Haus A. Die Bellmon-Damen werden bei ihnen wohnen. Geoff – die gesamte Familie Craig – wohnt bei seinen Eltern, im Folgenden als Haus B bezeichnet. Wir werden jetzt alle bei Haus B absetzen, wo bereits Festivitäten im Gang sind. Nur Jack und ich werden stattdessen zu meinem Haus weiterfahren, Haus C, wo Jack bei mir wohnen wird. Dort wird er sich seiner kriegerischen Kleidung entledigen, in etwas Passenderes schlüpfen, und dann werden wir zu Haus B fahren, wo Sie, Jack, leider eine lange und vermutlich tränenreiche Dankesrede von Geoffs Mutter über sich ergehen lassen müssen, weil Sie ihr Enkelkind vor den Simbas gerettet haben.«

»Ich habe nichts dergleichen …«, begann Jack einzuwenden.

»Doch, das hast du«, fiel ihm Geoff ins Wort. »Ursula hat es mir erzählt.«

»Colonel, ich habe nichts zum Umziehen dabei«, sagte Jack.

»Ihre stets tüchtige Stiefmutter hat sich darum gekümmert. Ein voller Satz Kleidung erwartet Sie.«

Er wies zum Wagen.

## 7

Nach dem, was Jack vom Rücksitz des Packard aus hatte sehen können, waren die Häuser A, B und C – trotz unterschiedlicher Architektur – gleich groß und umgeben von gepflegten Grünflächen.

Nach dem zu urteilen, was er in Haus C vorfand, waren sie luxuriös ausgestattet und möbliert. Zusätzlich zu einer Dusche mit Glaskabine und einer großen Badewanne gab es in seinem Badezimmer ein Bidet aus schwarzem Marmor. In den Vereinigten Staaten fand man selten Bidets, und schon gar keine aus schwarzem Marmor.

Die Handtücher, die er im Badezimmer fand, waren groß und zu dick, um sie nach dem Baden um die Hüften zu schlingen, wie es seine Angewohnheit war, aber das war kein wirkliches Problem, denn an einem Haken hing ein Bademantel aus Frottee.

Er zog den Bademantel an und ging ins Schlafzimmer, wo er Lieutenant Colonel Lowell antraf, der behaglich auf einer Chaiselongue lümmelte. Er hielt ein Whiskyglas in der Hand, und ein zweites stand auf dem kleinen Tisch neben der Chaiselongue.

Lowell stand auf.

»Ich habe angeklopft, aber Sie waren unter der Dusche, nehme ich an«, sagte er.

»Kein Problem, Sir.«

»Ich habe zweierlei, das Sie brauchen«, sagte Lowell. »Was wollen Sie als Erstes haben, ein hübsches, neues Pflaster für Ihre Nase oder den Whisky?«

»Den Whisky, bitte, Sir. Es war ein langer Tag.«

»Und es steht Ihnen laut General Hanrahan eine lange

Nacht bevor«, sagte Lowell, ein wenig selbstgefällig. Er tippte auf das Whiskyglas in seiner Hand und wartete, bis Jack seines genommen hatte, bevor er fortfuhr. »Dies sind Ihre Befehle, Sergeant, also hören Sie gut zu.«

»Ja, Sir?«

»Sie werden nicht mit der Presse sprechen und sich nicht von Reportern fotografieren lassen«, sagte Lowell.

*Das meint er ernst*, dachte Jack. *Was, zum Teufel, hat das alles zu bedeuten*?

»Sir?«

»Etwa zu der Zeit, in der Sie Kamina verlassen haben, wimmelte es hier von Pressefritzen, und es gibt ein Gerücht, dass ein amerikanischer Green Beret mit den belgischen Fallschirmjägern über Stanleyville abgesprungen ist. Jeder leugnet das natürlich.«

»Ich verstehe, Sir.«

»Man sucht zurzeit nach einem amerikanischen Helden, und wenn man Sie finden und Ihren Namen ermitteln kann, dann wird man sich auf Sie stürzen. Felter meint, die Hysterie wird sich schnell legen. Aber wenn der Kongress die Genehmigung erteilt, dass Sie einen ausländischen Orden annehmen, wird der Rummel vermutlich wieder aufleben. Felter will nicht, dass Ihr Name und/oder Ihr Foto veröffentlicht wird. Kapiert?«

»Jawohl, Sir. Das passt mir ausgezeichnet, Colonel.«

»Für die nächste Zukunft können Sie mit zehn, zwölf Tagen, bis zu zwei Wochen Aufenthalt hier rechnen. Amüsieren Sie sich gut. Ich fliege am Morgen nach McDill, so haben Sie das Haus also allein für sich.«

»Diese Häuser sind beeindruckend, Colonel«, sagte Jack. »Gehören die alle Ihnen?«

»Dieses gehört mir. Und mein Cousin besitzt ebenfalls eines. Haus A gehört der Firma.«

»Verbringen Sie viel Zeit hier?«

»Dies ist das erste Mal im Jahr. Wenn Sie ein Haus für die Flitterwochen mit Marjorie suchen, wäre dies ideal.«

»Ich weiß nicht, was ich sagen soll, Sir.«

»Versuchen Sie es mit ›danke‹«, sagte Lowell. »Ich

werde das regeln. Sie brauchen nur anzurufen und mir zu sagen, wann Sie kommen, und man wird jemanden schicken, der die Klimaanlage einschaltet, die Betten macht et cetera et cetera ...«

Er legte eine Pause ein und wechselte das Thema.

»Wir sind noch nicht fertig mit Ihren Befehlen«, sagte er dann. »Felter wollte Sie auf unbestimmte Zeit in Mackall halten, aber ich habe ihn überzeugt, dass es sinnvoller ist, Sie nach Rucker zurückzuschicken. So werden Sie sich, wenn Sie in der Zwischenzeit keine gegenteiligen Befehle erhalten, am 17. Dezember in Rucker zurückmelden. Zurück beim Instrument Board.«

»Jawohl, Sir.«

»Und besorgen Sie sich eine normale Mütze. Wenn Sie dort als Green Beret auftauchen, wird das zu Gerede führen. Und wir wollen kein Gerede.«

»Jawohl, Sir.«

»Das war Felters Idee. Zur Hölle mit ihm. Sie haben das Barett verdient, und wenn Sie es tragen wollen, dann nur zu. Reden Sie nur nicht über Stanleyville.«

»Jawohl, Sir.«

»Das war's. Lassen Sie mich jetzt nach Ihrer Nase sehen, und dann werden wir meiner Schwägerin gegenübertreten müssen.«

»Jawohl, Sir.«

# III

## 1

*›Soft Breezes‹ (Haus B)*
*Ocean View Drive 33*
*The Ocean Reef Club*
*Key Largo, Florida*

*3. Dezember 1964, 23 Uhr 45*

Hors d'oeuvres – Platten mit Schrimps und Austern auf Eis –, Cocktails – serviert von einem Barmann mit weißem Jackett hinter einer Bar aus Korallen – und das Abendessen – Steaks und Hähnchen, die von einem Küchenchef in voller weißer Montur im Innenhof beim Swimmingpool gegrillt wurden – erwarteten sie in dem enorm großen, L-förmigen Wohnzimmer mit Panoramafenstern.

Und ebenfalls die Dankesrede von Geoffs Eltern, die nicht so schlimm wurde, wie Colonel Lowell angedeutet hatte.

Als sie ins Haus gingen, gesellten sich Geoffs Mutter – groß, elegant gekleidet, grauhaarig – und Vater – untersetzt, kahl werdend – schnell zu Jack.

Geoffs Mutter berührte seine Wange und schaute ihm in die Augen.

»Ich bin Helene Craig«, sagte sie weich. »Sie sind hier sehr willkommen und Sie sollen wissen, dass ich für den Rest meines Lebens jeden Abend für Ihre Gesundheit und Ihr Glück beten werde.«

Bei Geoffs Vater war es noch schlimmer für Jack. Er sah aus, als wollte er etwas sagen, doch dann konnte er keine Worte finden. Er schloss Jack in die Arme, umarmte ihn wie ein Bär, und sein Körper wurde von Schluchzen erschüttert.

»Mein Gott, Helene«, sagte Colonel Lowell, »was werden deine Gäste denken? Sie sind kaum eine Stunde hier, und Porter ist bereits betrunken wie eine Eule.«

»Das ist er nicht!«, entgegnete Helene ein wenig empört, doch dann setzte Gelächter ein, und was für jeden weitaus peinlicher hätte werden können, ging vorüber.

Porter Craig schüttelte den Kopf, klopfte Jack auf die Schulter, und als er immer noch keine Worte finden konnte, führte er ihn zur Bar, wo der den Barmann mit einer Geste anwies, Jack einen Drink zu geben.

Marjorie kam zu ihm und küsste ihn auf die Wange, und dann Ursula, Hanni, seine Stiefmutter und sein Vater.

»Jeanine wollte wirklich auf dich warten, Jacques«, sagte Hanni. »Aber sie hat den ganzen Tag Tennis gespielt und ist soeben zusammengeklappt.«

Jeanine war Jacks elfjährige Halbschwester.

»Ich werde sie morgen früh sehen«, sagte Jack. »Und Mary Magdalene?«

»Was meinst du, wo Mary Magdalene ist?«, sagte Jacks Vater. »Natürlich bei ihr.«

»Ich kann es wirklich kaum erwarten, sie beide kennen zu lernen«, sagte Marjorie. »Jack hat mir so viel von ihnen erzählt.«

»Wir fahren morgen früh fischen«, erklärte Captain Jean-Philippe Portet. »Wenn du Lust hast, kannst du mitkommen.«

»Wunderbar.«

»Bin ich auch eingeladen?«, fragte Marjorie.

»Selbstverständlich«, sagte Hanni. »Wir fahren alle mit.«

»So werden wir Gelegenheit zu einem Gespräch haben, Jacques«, meinte sein Vater. »Über Geschäftliches.«

Jack blickte ihn neugierig an, sagte jedoch nichts.

»Ich glaube, es wird Zeit, den Kongo zu verlassen«, sagte sein Vater und fügte hinzu: »Wir werden morgen darüber reden.«

»Prima.«

Helene Craig klatschte in die Hände.

»Warum gehen wir nicht alle zum Pool und holen uns etwas zum Essen?«, rief sie.

Sie gingen zum Grill am Pool und sahen dem Küchenchef bei der Arbeit zu. Jack spürte Marjories Schulter an seiner, während sie zuschauten, und als sie dann aßen, streichelte sie unter dem Tisch seine Wade mit dem Fuß. Das bewirkte bei ihm eine unwillkürliche Gefäßreaktion, und er befürchtete, sein Zustand würde in seiner neuen Tennishose augenscheinlich sein, wenn er aufstehen musste.

Er gelangte ebenfalls zu dem Schluss, dass es keine Gelegenheit geben würde, mit Marjorie allein zu sein, zumindest heute Nacht nicht, weil all diese Leute da waren und er und Marjorie in verschiedenen Häusern wohnten.

Nach dem Abendessen kehrten sie ins Wohnzimmer zurück. Jack nahm auf einem der Barhocker – eigentlich waren es mit rotem Leder bezogene Polsterstühle mit sehr hohen Beinen – an der Korallen-Bar Platz und bat um ein Bier. Marjorie setzte sich auf den Hocker neben ihn und bestellte einen Tom Collins. Marjories Knie drückte gegen seines, nicht ganz zufällig, wie er fand.

*Das ist ihr zweiter Whisky,* dachte er. *Und sie ist Alkohol nicht gewöhnt.*

*Wenn wir nicht in diesem Wohnzimmer aus einem Fred Astaire/Gary Crant-Film wären, könnte ich wahrscheinlich bei ihr zum Zuge kommen. Nicht nur, weil es ihr zweiter Tom Collins ist – und für gewöhnlich die Mädchen schon bei einem harten Drink ihre jungfräulichen Hemmungen verlieren –, sondern auch, weil wir verlobt sind und heiraten werden, und das sollte alle anderen Einwände hinwegfegen, die sie vielleicht vorbringen würde. Aber wir wohnen nicht einmal im selben Haus, und wenn ich vorschlagen würde, einen Spaziergang zu machen, würde jeder sich denken können, was ich vorhabe, und ich will sie nicht in Verlegenheit bringen. So bin ich also gefickt. Korrektur, ich bin* nicht *gefickt.*

*Ich nehme an, so ist das nun mal. Das Schicksal ist manchmal launenhaft und grausam.*

*Denk an deine verdammte lädierte Nase oder an sonst etwas Unangenehmes. Das Letzte, was du willst, ist ein Steifer, der aus deinen Shorts hervorstößt.*

Barbara Bellmon und Hanni Portet kamen vom Pool herein, Arm in Arm, lachend und einander anlächelnd.

»Oh, sieh dir das an«, rief Barbara und wies zur Decke.

Seine zukünftige Schwiegermutter war ein wenig beschwipst. Und ebenfalls Hanni. Jede der Frauen war bei ihrem dritten Tom Collins.

»Helene, ich liebe deinen Fisch!«, fügte Barbara hinzu.

Jack blickte ebenfalls zur Decke. Das große Wohnzimmer war bis zu dem Dachsparren verglast, und von dort, an fast unsichtbaren Drähten schwebend, bewegte sich ein Segelfisch langsam im Luftzug der Klimaanlage. Die Decke war hellblau angestrichen, und es hatte den Anschein, als schwimme der Fisch daran.

»Das ist Geoffs erster großer Fisch«, sagte Porter Craig. »Den hat er gefangen, als er elf war.«

»Er bestand natürlich darauf, dass er präpariert wurde«, nahm Helene Craig die Geschichte auf, »und ich brachte es nicht übers Herz, nein zu sagen. So ließen wir ihn präparieren, und als wir nicht wussten, wo wir ihn hintun sollten, landete er dort oben.«

»Ich finde, er sieht dort prächtig aus«, meinte Barbara Bellmon und kicherte. »Aber ich möchte hier sein, um zu sehen, wenn jemand versucht, ihn abzustauben!«

»Dazu sind zwei Leute auf zwei Leitern nötig«, sagte Helene. »Einer hält den Fisch, und der andere arbeitet mit dem Staubsauger daran. Er ist sehr zerbrechlich.«

Das Bild, das Jack sich vorstellte, belustigte ihn, und er lächelte.

Colonel Lowell gesellte sich zu ihnen.

»Hast du eine Tasche in deinen Shorts, Schätzchen?«, fragte er Marjorie.

»Komische Frage«, erwiderte Marjorie. »Aber ja, ich habe eine.«

Er gab ihr ein Blatt Schreibmaschinenpapier, das zweimal gefaltet war.

»Steck dies hinein und lass es keinen sehen«, sagte er.

»Was ist das?«, fragte Jack.

»Das geht Sie nichts an, Sergeant. Mischen Sie sich nicht ein. Dies ist eine Sache zwischen der jungen Lady und mir.«

Sie steckte das gefaltete Blatt in ihre Hosentasche.

Barbara und Hanni kamen zu ihnen.

»Ist es der richtige Zeitpunkt, um über Second Lieutenant Lowell und seinen Packard zu erzählen?«, fragte Barbara. »Oder hat mir der Alkohol die Zunge gelockert?«

»Ich würde die Geschichte liebend gern hören«, sagte Jack.

»Ich habe sie schon gehört«, meine Marjorie. »Du kannst also anfangen, Mutter, während ich mir die Nase pudere.«

Sie berührte Jack am Arm, lächelte ihn an und ging davon.

»Ich hätte gern noch einen davon, bitte«, sagte Barbara zum Barkeeper. »Ich weiß wirklich nicht, womit ich anfangen soll. Da gibt es so viel zu erzählen …«

»Nun, ich erinnere mich, wie er zur Army ging«, ergriff Helene das Wort. »Porter und ich waren gerade erst aus den Flitterwochen heimgekehrt, und sein Großvater hatte uns zum Essen eingeladen. Er erzählte uns – entschuldige, Craig, aber das stimmt –, dass Craig gebeten worden war, Harvard zu verlassen …«

»›Rausgeschmissen‹ heißt das«, korrigierte Colonel Lowell. »Das ist anscheinend Tradition in der Familie. Geoff flog ebenfalls von Harvard, nicht wahr, Geoff?«

»Schuldig«, bekannte Geoff.

»Schicken sie dir ebenfalls einmal pro Monat einen Bittbrief für einen Spendenscheck?«

»So regelmäßig wie ein Präzisionsuhrwerk«, bestätigte Geoff.

»Jedenfalls«, fuhr Geoffs Mutter fort, »begann sowohl

Craig als auch Geoff als Mannschaftsdienstgrad wie Sie, Jack. Sie – verließen das College und wurden eingezogen.«

»Ich habe das College beendet und wurde trotzdem eingezogen«, sagte Jack.

»Und Sie verdienten sich Ihr Offizierspatent auf dem Schlachtfeld«, sagte Helene Craig stolz.

»Da muss ich widersprechen, Helene«, sagte Lowell. »Geoff erhielt sein Offizierspatent auf diese Weise, aber ich bekam meines auf dem Polofeld.«

»Wie bitte?«, fragte Jack verwirrt.

Barbara Bellmon kicherte. »Das ist absolut wahr.«

»Da war ich, Jack, der glücklichste Eingezogene in der Constabulary der Vereinigten Staaten«, sagte Lowell. »In Bad Nauheim, Deutschland. Ich war für die hohen Tiere der Golfprofi. Ich wurde bezahlt, um mindestens achtzehn Löcher pro Tag zu spielen. Ich hatte ein privates Zimmer im Golfklub, kein Wecken, kein Antreten, kein verdammtes …«

»Was ist die Constabulary?«, fragte Jack.

»Es war eine militärische Einheit, die hauptsächlich aus Achtzehnjährigen bestand«, erklärte Lowell ernst. »Sie fuhren in hoch polierten Panzern und gepanzerten Wagen mit heulenden Sirenen in Deutschland herum, während die Deutschen, die Ehrfurcht hätten haben sollen, Probleme hatten, nicht laut über sie zu lachen.«

»Es war mehr als das, und das weißt du«, wandte Barbara ein und fügte hinzu: »Mein Vater war der befehlshabende General.«

»Ihr Vater spielte Polo und hasste die Franzosen, was gewiss verständlich ist«, sagte Lowell. »Und dann kam ihm zu Ohren, dass ich auch ein bisschen Polo spielte. Bald spielte ich als Nummer drei in der Polomannschaft der U.S. Constabulary. Das war sogar noch besser, als der Golfprofi zu sein.«

»Daddy war entschlossen, die französische Mannschaft zu besiegen …«, sagte Barbara.

»Entschlossen, es der französischen Mannschaft wirklich zu zeigen, sie zu *demütigen*«, fiel Lowell ihr ins Wort. »Eine wirklich lobenswerte Ambition. Aber da gab es ein kleines Problem. Offiziere der Froschfresser spielten nicht mit Mannschaften und Unteroffizieren, nur mit Offizierskollegen. Und der Star des Poloteams der U.S. Constabulary war – ich sage das in aller Bescheidenheit – Private First Class Lowell.«

»So verschaffte Daddy Craig eine Ernennung zum Offizier«, sagte Barbara lachend.

»Einfach so?«, fragte Jack.

»Gerade war ich noch PFC, und am nächsten Tag war ich Second Lieutenant, Finance Corps – abkommandiert zu den Panzertruppen«, sagte Jack. »Ich verstand das Arrangement so, dass ich wie geplant aus der Army ausscheiden und mein neuer Status als Offizier und Gentleman meine Belohnung dafür sein würde, dass ich Old Porky helfe, die Franzosen gründlich zu besiegen.«

»Porky?«, fragte Hanni.

»Major General Porterman K. Waterford«, erklärte Lowell. »Seine Freunde, von denen ich *keiner* war, nannten ihn ›Porky‹.«

»Und dann starb mein Vater«, sagte Barbara leise.

»In Baden-Baden«, erzählte Lowell. »Es stand neun zu zwei für die guten Jungs, also für uns. In den letzten Minuten des letzten Chukkers …«

»Was ist denn das?«, wollte Hanni wissen.

»Das ist ein Spielabschnitt. Also in den letzten Minuten dieses Chukkers bekam Porky den Ball auf den Schläger, ich hielt ihm die Franzmänner aus dem Weg, und er galoppierte fast über drei Viertel des Spielfelds, holte hervorragend aus und hämmerte den Ball direkt zwischen die Stangen. So stand es zehn zu zwei. Porky hob die Hand, um den Applaus entgegenzunehmen, und fiel tot aus seinem Sattel. Gott, was für eine gute Art, um abzutreten!«

*Mein Gott*, dachte Jack, *das ist eine wahre Geschichte.*

»Bob – er war damals Major – und ich waren in Fort Bragg, als Dad starb, und so lernte ich Craig erst später kennen, in Fort Knox. Zuerst ging er dann nach Griechenland.«

»Lass Griechenland aus«, schlug Lowell vor. »Dies soll die Geschichte des Packard sein.«

»Ich kann Griechenland nicht auslassen«, wandte Barbara ein. »Dies ist ein Teil der Craig-Lowell-Saga.«

Marjorie kehrte von der Toilette zurück. Sie ging zu Lowell, umarmte ihn und küsste ihn auf die Wange.

»Du bist ein schlimmer, schlimmer Mann, und ich liebe dich.«

*Sie ist offenbar ein bisschen beschwipst – nicht, dass mir das was nutzen wird –, und ebenso offenkundig ist, dass sie gelesen hat, was auf dem Blatt Papier steht, das er ihr gegeben hat,* dachte Jack. *Was, zum Teufel, mag das sein?*

»Griechenland?«, fragte Jacks Vater. »Was haben Sie in Griechenland gemacht?«

»Hauptsächlich jede Menge Lamm gegessen«, antwortete Craig Lowell. Er blickte zu Jack. »Sandy Felter war da und auch Red Hanrahan. Er war unser Colonel. Danach schickte mich die Army nach Fort Knox. Erzähl die Saga da weiter, Barbara.«

»Okay«, sagte sie. »Kurz nach Craigs Ankunft in Fort Knox traf der griechische Botschafter mit Gefolge dort ein. Es gab einen großen Zapfenstreich, und der Botschafter hängte Craig die größte Medaille um den Hals, die ich jemals gesehen habe.«

»Komm zur Sache, Barbara«, mahnte Lowell. »Du solltest von meiner weisen Voraussicht erzählen, den Packard zu einem Notverkaufspreis zu erwerben.«

Sie ignorierte ihn.

»Die Medaille ist riesig«, fuhr sie fort. »Sie heißt der Orden von St. Georg und St. Andreas, und er hat etwa die Größe einer Untertasse und hängt an so einem purpurfarbenen Ding – an einer Schärpe, glaube ich.«

»Nun, da war ich, in der Innenstadt von Louisville«, unterbrach Lowell, »und da stand in einem Ausstellungsraum der Packard. Und ich erkannte – ich stamme aus einer Bankierfamilie, wie ihr wisst –, dass er sicherlich und rapide an Wert gewinnen würde. So nutzte ich natürlich die Gelegenheit und kaufte ihn.«

*Er will anscheinend nicht über die Medaille reden*, sagte sich Jack. *Ich habe nie davon gehört, aber wenn sie vom griechischen Botschafter verliehen wurde, ist es keine Larifari-Medaille wie zum Beispiel für gutes Verhalten im Straßenverkehr.*

»Du hast den Packard gekauft, weil du angesäuselt warst«, sagte Barbara und lachte. »Du hattest den ganzen Nachmittag mit Phil Parker in der Bar des Brown Hotel gezecht.« Sie blickte Geoff an. »Du kennst Major Parker, nicht wahr, Geoff?«

»Der große Schwarze. Fliegt Mohawks?«

»Richtig, das ist er.«

»Er und Craig waren Zimmergenossen in einer Ausbildungskompanie«, erklärte Barbara. »So fuhren sie mit dem Wagen nach Knox und kutschierten in der Garnison herum.«

»*Ich* fuhr in der Garnison herum«, korrigierte Craig. »Mit heruntergeklapptem Verdeck, und Phil saß auf dem Rücksitz und erwiderte huldvoll den schneidigen Gruß von jedem, der uns sah.« Er lächelte bei der Erinnerung.

»Sie wussten glücklicherweise nicht, dass der Kommandeur ebenfalls ein gelbes Packard-Cabrio besaß, auf das er sehr stolz war ...«

»Er hatte das billige, den 120er, zweitürig, mit acht Ventilen und dem Ersatzreifen versteckt im Kofferraum«, sagte Lowell. »Der dort draußen ist ein V-16 und trägt die Ersatzreifen stolz auf den vorderen Kotflügeln.«

»... und der Kommandeur«, fuhr Barbara fort, »kam natürlich dahinter, dass zwei Second Lieutenants in der Ausbildungskompanie ihn lächerlich machten. Es war peinlich für Bob. Der General wusste, dass Phils Vater Bob gerettet hatte ...«

»Das ist eine andere Geschichte, Mutter«, sagte Marjorie, »die du morgen jedem erzählen kannst. Jack und ich hatten einen langen Tag, und ich möchte ins

Bett.« Sie schwieg, als sie entsetzt erkannte, wie ihre Worte ausgelegt werden konnten.

»Allein?«, fragte Lowell und machte es noch schlimmer.

»Craig«, tadelte Helene Craig empört, »das war unangebracht.«

»Sie haben den Wagen einfach behalten, Colonel?«, wechselte Jack schnell das Thema.

Lowell sah ihn dankbar an.

»Ich schenkte ihn dem Mann meiner Mutter, für erwiesene Dienste«, sagte Lowell. »Er sammelte Autos. Er ließ ihn von Grund auf restaurieren. Und als er starb, vermachte er ihn mir, und ich brachte es nicht übers Herz, ihn zu verkaufen, so ließ ich ihn per Schiff hierher transportieren.«

Er schaute Marjorie an.

»Schätzchen, jeder weiß, dass ich es nicht so gemeint habe. Gib jetzt Jack einen keuschen Kuss und geh zu Bett. Ich werde Jack zu *seinem* Bett bringen, und ihr werdet euch am Morgen sehen.

»Ich küsse ihn später«, sagte Marjorie. »Es ist keine Sportveranstaltung für Zuschauer. Ich wünsche allen eine gute Nacht.«

Sie wandte sich um und marschierte aus dem Zimmer.

*Mein Gott*, dachte Jack, *ich bekomme nicht mal einen Gutenachtkuss, weder einen keuschen noch sonst einen.*

»Barbara Bellmon neigt dazu, in Erinnerungen zu schwelgen, besonders nach ein paar Drinks«, sagte Colonel Lowell zu Sergeant Portet in Haus C. »Aber sie ist eine der Guten auf der Welt. Und Sie können sich verdammt glücklich preisen, weil Sie ein Mädchen heiraten können, das genau so ist wie das Mädchen, das den guten Bob Bellmon geheiratet hat.«

»Das finde ich auch, Sir.«

»Ich werde beim ersten Tageslicht abfliegen«, sagte Lowell. »Der Packard wird auf dem Flugplatz stehen, und die Schlüssel sind im Aschenbecher.«

»Colonel, ich weiß nicht – ich möchte nicht diesen herrlichen Wagen verbeulen«, sagte Jack.

»Dann tun Sie es eben nicht«, erwiderte Lowell trocken. »Das Boot wird um halb acht hier sein – Haus C liegt am nächsten zum Meer.« Er wies zur Rückseite des Hauses. »Frühstück ist an Bord. Amüsieren Sie sich, Jack. Und willkommen in der Familie. Als ich Sie und Marjorie zum ersten Mal zusammen sah, dachte ich mir schon, dass aus euch ein Paar werden wird.«

»Danke, Sir.«

»Gute Nacht, Jack«, sagte Lowell. »Schlafen Sie gut.«

*Diese Chance ist verdammt mies. Vermutlich ist es gut, dass ich keinen Gutenachtkuss bekommen habe, denn dann würde ich mich wie ein Hammer fühlen, der nicht weiß, wo er den Nagel einschlagen kann.*

»Danke, Sir. Gute Nacht, Colonel.«

Lowell klopfte ihm leicht auf die Schulter und ging zu seinem Schlafzimmer, und Jack machte sich auf den Weg zu seinem, das auf der entgegengesetzten Seite des Hauses lag.

Er schaltete den Fernseher ein und suchte die Kanäle ab. Da war ein kubanischer Kanal, auf dem sich eine vollbusige kubanische Schönheit aufreizend wiegte, während sie ein Liebeslied stöhnte.

*Genau das, was ich nicht gebrauchen kann.*

Sonst gab es kein Programm, an dem er interessiert war.

*Verdammt!*

Er zog sich aus, sagte sich, dass er die Sachen beim Fischen am Morgen brauchen würde, und warf sie auf einen Sessel. Dann ging er nackt ins Bett und schaltete das Licht aus.

Er hatte sich etwa zehn Minuten lang unruhig hin und her gewälzt, als er ein Klopfen an der gläsernen Schiebetür des Zimmers wahrnahm.

*Wer, zur Hölle, ist das?*

*Bei meinem Glück wird es ein Alligator sein.*

*Wahrscheinlicher ist, dass der Wind aufgefrischt hat und irgendein Stuhl oder sonst was gegen die Tür gerutscht ist.*

Er murmelte eine Verwünschung, stieg aus dem Bett, stürmte zum Fenster, zog den Vorhang zur Seite und spähte durch die Schiebetür.

Draußen stand Marjorie in einem Bademantel.

»Allmächtiger!«, stieß er hervor und öffnete die Tür.

»Offensichtlich hat er dir gesagt, dass du mich erwarten kannst. Oder schläfst du immer pudelnackt?«

»O Gott! Warte einen Moment.« Er bedeckte sein bestes Stück mit den Händen und beeilte sich, seinen Bademantel zu holen.

Dann ging er zu ihr zurück.

Sie reichte ihm ein Blatt Papier.

Es war offenkundig das Blatt Papier, dass Colonel Lowell ihr gegeben hatte.

Darauf waren eine Karte skizziert und eine überraschend gute Karikatur gezeichnet. Die Karikatur zeigte Jack, der einsam und traurig in einem Zimmer saß. Über seinen Kopf war in einer Blase gemalt, was er dachte: Marjorie, im Badeanzug, mit einem Heiligenschein, die Hände im Gebet gefaltet.

Die Kartenskizze zeigte den Weg, den Marjorie von Haus B zu Haus C nehmen sollte, falls sie den Drang verspürte, ihm Gesellschaft zu leisten.

Dabei stand eine Botschaft:

»*Wenn Sankt Marjorie einen einsamen Soldaten trösten möchte, hier ist die Wegbeschreibung. In Liebe, Onkel Craig.*«

»Oh, Baby«, sagte Jack.

»Ich liebe dich«, sagte Marjorie.

Sie wandte sich um und schloss die Tür und die Vorhänge. Dann ging sie zum Bett, zog – mit dem Rücken zu ihm – den Bademantel und den Pyjama aus und drehte sich zu ihm um.

»Ich glaube, du kannst den Bademantel jetzt ausziehen«, sagte sie.

# 2

*Helene's Passion VI*
*15 Seemeilen südsüdöstlich von Key Largo, Florida*

*4. Dezember 1964, 12 Uhr 25*

Captain Jean-Philippe Portet saß auf einem der beiden schweren Fischerstühle aus rostfreiem Stahl im Heck des Bootes, und Sergeant Jacques Portet hockte auf dem anderen. Beide hielten Bierflaschen in der Hand.

Jeanine Portet, elf Jahre, schlaksig und sommersprossig, stand mit verschränkten Armen da und wartete ungeduldig darauf, dass irgendein Fisch an einer der Angelruten anbiss. *Helene's Passion IV* fischte mit der Schleppangel, was immer dort unten sein mochte – Geoff meinte, dass sie mit Glück spanische oder vielleicht sogar Königsmakrelen mit den vier Angeln fangen konnten.

Jeanine war es gleichgültig, welche Fischsorte den Köder schluckte, solange sie nur zur gekrümmten Angel stürzen, sie aus der Halterung nehmen und den Fisch ins Boot ziehen konnte.

Sie war eine von drei weiblichen Personen an Bord. Die anderen beiden, Marjorie Bellmon und Ursula Craig, sonnten sich auf dem Vorderdeck. Barbara Bellmon, Hanni Portet und Helene Craig hatten auf die Mitfahrt verzichtet – »Ich fühle mich unpässlich« –, und Porter Craig hatte sich entschuldigt, ohne eine Begründung zu geben.

»Er will mit den Kindern spielen«, hatte Geoff gesagt. »Er ist verrückt auf die Kinder, doch er hält es für unter seiner Würde, den Großvater zu spielen.«

Geoff fuhr das Boot. Ihr Vollzeit-Kapitän, ein tief gebräunter, muskulöser Mann Anfang vierzig, war mehr oder weniger zum Steward degradiert. Er machte ihm anscheinend nichts aus, Steward zu sein oder von Geoff als Kapitän vertreten zu werden. Wie er erzählte, war er mit der *Helene's Passion III* zu den Craigs gestoßen und hatte absolutes Vertrauen in Geoffs Fähigkeiten, das Boot zu handhaben, weil er ihm schon die Feinheiten im Umgang mit kleinen Booten beigebracht hatte, als Geoff neun gewesen war.

Jack döste halb und dachte ungefähr zum zehnten Mal daran, was Marjorie ihm in den frühen Morgenstunden gesagt hatte. Es war erstaunlich, heutzutage und in diesem Zeitalter, aber er glaubte es.

»Du wirst es vielleicht nicht glauben, aber ich werde nur zum Teil scheinheilig sein, wenn ich im weißen – jungfräulichen – Brautkleid durch die Kirche zum Altar schreite.«

»Wovon, zur Hölle, redest du?«

»Unser erstes Mal, auf dem Strand von Panama City, war mein erstes Mal, und dann war Schluss.«

»Tatsächlich?«

»Ja, tatsächlich, und ich dachte, du solltest das wissen.«

»Nun, du wirst es vielleicht nicht glauben oder auch nur hören wollen, aber du zeigst sicherlich ein Naturtalent für den Sport.«

»Du Bastard!«, hatte sie gesagt, sich rittlings auf ihn gesetzt und mit den Fäusten auf seine Brust trommeln wollen. Er hatte ihre Hände abgefangen, und sie hatte sich anders besonnen, auf das Trommeln verzichtet und etwas ganz anderes mit ihm gemacht.

»Ich habe mich entschieden und werde den Kongo verlassen«, sagte sein Vater unvermittelt und riss Jack aus seiner Träumerei. »Raus aus Afrika, basta.«

»Tatsächlich?«, fragte Jack überrascht. »Warum so plötzlich?«

Sein Vater hob die Hand und wies auf Jeanine.

»Das ist Grund eins. Als ich in Leopoldville saß und mich fragte, was dieser irre Olenga ihr antun könnte – ihr und Hanni vielleicht schon angetan hatte –, war ich krank vor Scham, weil ich sie nicht rausgeholt habe, als ich zum ersten Mal mit diesem Gedanken gespielt habe.«

»Dad …«

»Lass mich aussprechen«, sagte sein Vater.

Jack machte eine auffordernde Geste und trank einen Schluck Bier.

»Diesen Gedanken hatte ich zum ersten Mal, als Kasavubu Mobutu zum Stabschef der Armee machte. Das war vor über vier Jahren.«

Joseph Kasavubu wurde der erste Präsident der Republik Kongo, als das Land 1960 die Unabhängigkeit erlangte.

»Warum?« Jack sah seinen Vater fragend an. »Ich dachte, du mochtest Mobutu.«

»Das stimmt auch«, sagte Jean-Philippe Portet. »Ich mochte ihn, als ich Caporal in der Force Publique gewesen bin und später für *L'Avenir* gearbeitet habe. Und ich mag ihn jetzt immer noch – ein bisschen weniger, das muss ich zugeben. Aber er war – ist – qualifizierter als Lieutenant General und Stabschef der Armee, als ich das bin. Das wusste ich, aber ich wollte den Tatsachen nicht ins Auge sehen.«

Captain Portet trank einen Schluck aus der Bierflasche und fuhr dann fort: »Unser Freund Joseph Désiré Mobutu nennt sich jetzt Mobutu Sese Seko. Und hast du die Überseemütze aus Leopardenfell gesehen?«

Jack lachte.

»Ja, das komische Ding habe ich gesehen. Aber was soll's, er ist Afrikaner. Warum nicht?«

»In der Nacht, bevor die Belgier über Stanleyville abgesprungen sind, habe ich mit ihm zu Abend gegessen.«

»*Die* Belgier?«, zitierte Jack. »Sagst du nicht mit chauvinistischem stolz ›*wir* Belgier‹?«

Sein Vater lachte, aber es klang nicht fröhlich.

»Lass es mich so formulieren«, sagte sein Vater. »Ich hatte ein Abendessen mit Mobutu Sese Seko, am Abend bevor mein amerikanischer Sohn, der das Herz seines amerikanischen Vaters vor Stolz schwellen ließ, mit einigen anderen Fallschirmspringern, die Belgier sein sollen, wie ich hörte, über Stanleyville absprangen.«

»Hier komme ich nicht ganz mit, Dad.«

»Als wir in Frankfurt aus dem Flugzeug stiegen, verbeugte sich der Typ, der meinen Pass kontrollierte, und sagte: ›Sie waren aber wirklich lange fort, nicht wahr? Willkommen daheim, Mr Portet.‹«

»Ich hatte vergessen, dass du einen amerikanischen Pass besitzt«, sagte Jack. »Den hast du benutzt, um in dieses Land einzureisen?«

»Noch wichtiger, ich habe die amerikanische Staatsbürgerschaft«, sagte sein Vater. »Verliehen für treuen Dienst im Kriege als Captain Portet, J. P., U.S. Army Air Corps, 0-785499. Eigentlich hielt ich nie viel davon, bis sie geboren wurde.« Er nickte zu Jeanine hin. »Wir hatten dreierlei Wahl: Hanni ist Deutsche, und so hätten wir im damaligen Leopoldville zum deutschen Konsulat gehen und sie als Deutsche registrieren lassen können. Oder wir hätten zum US-Konsulat gehen und ihr einen amerikanischen Pass ausstellen lassen können. Oder sie beim belgischen Registrierungsamt zu einer Belgierin machen lassen können. Hanni und ich brauchten nicht lange bis zu der Erkenntnis, dass Jeanine überall als Amerikanerin besser dran sein würde. So kam Jeanine ebenfalls ›heim‹, nachdem sie elf Jahre im Ausland gewesen war.«

»Davon hast du mir nie etwas erzählt, Dad«, sagte Jack.

Captain Portet lachte wieder.

»Der Typ von der Einwanderungsbehörde warf einen Blick auf Jeanines Pass und sagte: ›Der ist abgelaufen. Sie werden einen neuen ausfertigen lassen müssen, bevor sie wieder das Land verlässt.‹«

»Aber dies ist nicht ihre erste Reise hierher, oder?«

»Sie ist immer gereist, wie wir alle, als ich von Zeit zu Zeit dort runterflog, um Air Congo aufzubauen. Sie ist mit einem kongolesischen Pass gereist.«

»Was wirst du machen – hierher umziehen?«, fragte Jack ungläubig.

Sein Vater antwortete nicht sofort.

»Vor dem Fallschirmabsprung über Stanleyville aß ich

mit Mobutu zu Abend«, nahm Captain Portet den Gesprächsfaden wieder auf. »Einige bedeutsame Dinge wurden gesagt. Er erzählte mir, dass er soeben von einem Besuch bei Kasavubu komme, der betrunken und voller Zorn gegen die Belgier gewesen sei, die hinter Olenga stünden, wovon er absolut überzeugt sei. Mobutu erzählte, er habe nichts sagen können, was Kasavubus Überzeugung hatte erschüttern können, und er habe den Versuch schnell aufgegeben.«

»Mein Gott, wie ist Kasavubu auf diese Idee gekommen?«

»Es passt hübsch zu Kasavubus Glauben, dass die Belgier alles tun werden, was nötig ist, um den Kongo zurückzubekommen«, sagte Captain Portet. »Er denkt, die Belgier haben hinter dem Katanga-Aufstand gesteckt ...«

»Die Belgier haben Truppen entsandt, um den Katanga-Aufstand niederzuschlagen«, wandte Jack ein.

»Kasavubu glaubt, dass sie nur einen Vorwand gesucht haben, damit sie Truppen schicken konnten, um den Kolonialismus wiederherzustellen. Und er glaubt, dass der Fallschirmabsprung über Stanleyville aus den gleichen Gründen stattgefunden hat.«

»Mein Gott!«

»Mobutu sagte, dass Kasavubus stures Beharren auf seinem Standpunkt und besonders seine Akzeptanz der belgischen Intervention in Stanleyville beweise, dass er untauglich zur Führung des Landes ist und ersetzt werden muss.«

»Hat Kasavubu wirklich gedacht, die Belgier würden untätig zusehen, wie die Simbas einen der Europäer nach dem anderen töten?«, fragte Jack ärgerlich.

»Kasavubu glaubte, dass die kongolesische Armee, unter dem Kommando von Generalleutnant Mobutu, schnell mit dem Problem fertig geworden wäre«, sagte Captain Portet sarkastisch. »Mike Hoares Söldner waren seiner Meinung nach nicht nötig, und die belgischen Fallschirmjäger schon gar nicht.«

»Mein Gott, war das Gerede im Suff?«

»Klar. Aber wie heißt es so schön, Jacques: *in vino veritas.*«

»Du sagtest, Mobutu denkt, dass Kasavubu ersetzt werden muss. Wen hat er als Nachfolger im Sinn?«

»Na, wen schon? Er hätte sich fast hinreißen lassen und es gesagt, und glaube mir, Jacques, für mich gibt es keinen Zweifel, dass Mobutu früher oder später, vermutlich früher, einen Staatsstreich gegen Kasavubu durchführen wird, und vermutlich mit Erfolg. Ich will aus dem Kongo raus, bevor es passiert – oder die anderen zwangsläufigen Dinge geschehen. Das Ergebnis wird so oder so Chaos sein.«

»Welche anderen zwangsläufigen Dinge?«

»Die Kommunisten haben eine weitere Chance, diesen Teil der Welt zu übernehmen. Sie sind noch nicht fertig, und ich mag gar nicht daran denken, was in Stanleyville passiert wäre, wenn sie es geschafft hätten, Olenga mit Waffen zu versorgen.«

»Was wird mit Air Simba geschehen?«

»Ich werde sie an einen von Joseph Désiré Mobutus Cousins verkaufen«, sagte Captain Portet. »Das war eine andere interessante Sache, die er bei dem Essen sagte. Er erklärte, er habe einen Cousin, der gerne ›eine Position bei Air Simba‹ einnehmen würde. Ich fragte mich, wer ihm die Formulierung ›eine Position einnehmen‹ beigebracht hat.«

»Ein Cousin?«

Abermals beantwortete sein Vater die Frage nicht sogleich.

»Und mir wurde klar, dass wir Air Simba ohnehin verlieren würden, wenn das Kamel erst seine Nase in unser Zelt steckt. In zwei Monaten wären fünfzig weitere Cousins auf der Lohnliste, die sich jeden Tag streiten, wer sich gerade aus der Kasse bedienen darf.«

»Woher würde er das Geld beschaffen?«

»Er sagte, sein Cousin befinde sich ›in großem Besitz von Bargeld‹ und suche nach einer ›Möglichkeit zum Investieren‹. Ich sagte ihm, dass ich ihm während meines

Aufenthalts hier einen Preis nennen würde. Ich weiß, was Air Simba wert ist, und so wird das der Preis sein, plus der Preis für das Haus, die Wagen, die Möbel und alles sonst. Dafür kann sein ›Cousin‹ eine fünfzigprozentige ›Position‹ bei der Air Simba haben.«

»Und du würdest für den Rest nicht zurückkehren?«

Sein Vater schüttelte verneinend den Kopf.

»Ich werde aus dem Kongo beträchtlich reicher als bei meiner Ankunft zurückkehren. Was mehr ist, als manche Leute sagen können.«

»Und was wirst du machen?«

»Es gibt viel alte Boeing 707 auf dem Markt«, sagte Captain Portet. »Ich werde ein paar davon kaufen, vielleicht drei oder vier, und eine Frachtfluggesellschaft oder vielleicht Fracht/Passagier Chartergesellschaft hier aufziehen. Mit Flügen nach Südamerika und vielleicht, sogar wahrscheinlich, nach Vietnam. Dieser Krieg wird anscheinend Tag für Tag größer.«

»Ja«, pflichtete Jack ihm bei.

»Wirst du dorthin müssen?«

»Ich weiß es nicht. Gott, ich hoffe es nicht. Vor der Sache mit Stanleyville habe ich es bezweifelt. Ich war dem Prüfungsausschuss für Intrumentenflüge in Fort Rucker zugeteilt ...«

»Du bist geflogen?«

»Sie lassen keine Unteroffizierschweine fliegen. Man ließ mich den schriftlichen Kram erledigen.«

»Hast du bedauert, dass du kein Offizier bist?«

»Nicht, bevor ich Marjorie kennen lernte. Oder bis was Ernstes daraus wurde. Ich bezweifle, dass es Marjorie etwas ausmacht, aber in ihrer Familie, auf beiden Seiten, gab es seit Generationen Offiziere.«

»Ich finde, mit ihr hast du eine gute Wahl getroffen, aber wird sie bei ihrem Hintergrund glücklich sein, mit einem Taxifahrer von Flugzeugen verheiratet zu sein?«

»Ich nehme an, das werde ich herausfinden müssen«, erwiderte Jack. »Aber damit die Personalakte stimmt, habe ich ein wenig geflogen. Als man die B-26er für den

Kongo bereit machte, hatte man niemanden, der damit fliegen konnte, und so versuchte man, auf andere Weise an Piloten zu kommen, und machte mich zum Ausbilder.«

»Wie bist du auf Flugstunden mit der B-26 gekommen?«

»Ich hatte ungefähr zwanzig Stunden, bevor ich Ausbilder wurde«, sagte Jack. »Man suchte wirklich verzweifelt. Ich flog sogar nach Kamina, weil niemand sonst da war, der das konnte. Aber um deine Frage zu beantworten, ich hoffe, dass ich meine Dienstzeit mit dem Erteilen von Examen für Instrumentenflüge in Fort Rucker beenden werde.«

»Darauf würde ich mich nicht verlassen«, meinte sein Vater.

»Weiß du etwas, was ich nicht weiß?«

In diesem Moment zappelte ein Barsch – fünfzehn Pfund schwer, wie sich später herausstellte – an der Angel an Backbord, die Winde kreischte, und sie sprangen auf, um Jeanine zu helfen. Jacks Frage wurde nie beantwortet.

## 3

*Walter Reed U.S. Army Medical Center*
*Washington, D.C.*

*12. Dezember 1964, 9 Uhr 30*

Brigadier General James R. McClintock, Medical Corps, U.S. Army, ein großer, grauhaariger, falkengesichtiger Mann Ende vierzig, traf unangekündigt in der Station ein. Über Uniformhemd und Hose trug er einen weißen Kittel. Der Kittel trug einen aufgestickten Merkurstab, das Abzeichen des Sanitätskorps der U.S. Army, aber es haftete nicht den Vorschriften entsprechend das längliche schwarze Plastikschild daran, in das sein Dienstgrad, der Name und die Truppengattung eingeprägt waren.

Oftmals informierte General McClintock seinen Adjutanten, wenn die Frage nach dem fehlenden Schild zur Sprache kam, dass er nicht an seiner Brust hinabblicken musste, um sich daran zu erinnern, wer er war, und wenn es beim Personal Zweifel an seiner Identität gebe, solle der Adjutant sie ausräumen.

General McClintock war allein, als er aus dem Aufzug trat. Für gewöhnlich wurde er zumindest von seinem Adjutanten begleitet und meistens von einer kleinen Schar Sanitätspersonal, und diese Leute lächelten oftmals nervös. General McClintock war nicht nur ein Internist mit internationalem Ansehen, sondern er hatte auch das Auge eines Soldaten. Mit anderen Worten, wenn er eine Krankenstation besuchte, war es genauso wahrscheinlich, dass er einen Militärarzt entdeckte, dessen Haar zu lang war oder dessen Schuhe geputzt werden mussten, wie er eine falsche Diagnose oder einen Fehler bei der Krankenakte eines Patienten entdeckte.

Er ging über den auf Hochglanz polierten Linoleumboden zum Schwesternzimmer und blieb vor dem Schalter stehen. Drei Krankenschwestern und zwei Medizintechniker im Unteroffiziersrang hielten sich im Schwesternzimmer auf. Die Schwestern wirkten so beschäftigt, dass General McClintock sich an einen der Medizintechniker wandte.

»Geben Sie mir bitte Captain Lunsfords Krankenakte, mein Sohn?«

»Jawohl, Sir«, sagte der Techniker, ein Specialist 6 (ein Unteroffiziersrang, der Sergeant First Class entspricht). Er wusste, wer General McClintock war, und folglich war seine Reaktion weitaus begeisterter und militärisch schneidig, als es für gewöhnlich der Fall war. Seine Stimme klang so verändert, dass die ranghöchste der drei Krankenschwestern, Major Alice J. Martin, ANC, die mit dem Rücken zum Schalter gestanden und telefoniert hatte, aufmerksam wurde. Sie blickte über die Schulter, legte den Telefonhörer mitten im Satz auf und eilte an den Schalter.

»Kann ich Ihnen helfen, General?«, fragte sie.

»Ich möchte einen letzten Blick auf Captain Lunsford werfen, bevor er entlassen wird«, sagte McClintock.

Er nahm die Krankenakte, die eigentlich ein Klemmbrett aus Aluminium mit einem darauf geklemmten dicken Stapel Formulare war, von dem Techniker entgegen, nickte und sagte lächelnd: »Danke.«

Major Martin eilte zur Verbindungstür zwischen Schwesternzimmer und Station.

»Das wird nicht nötig sein, Major«, sagte der General. »Ich werde Sie nicht brauchen. Danke.«

»Sir, er hat Besuch«, sagte Major Martin, ärgerlich und enttäuscht, weil sie ihr Vorrecht, den Chef der Internistik zu begleiten, wenn er einen Patienten in ihrer Station besuchte, nicht wahrnehmen konnte.

»Nun«, sagte General McClintock, »dann wird er gleich einen Besucher mehr haben.«

»Er befindet sich in Zimmer vier-zwei-eins, General«, sagte Major Martin.

»Ja, ich weiß.« General McClintock nickte. »Danke.«

Er ging über den Flur, und die Gummisohlen seiner Schuhe verursachten schmatzende Geräusche auf dem gebohnerten Linoleum der Station.

Als er die Tür vom Zimmer 421 aufschob, sah er drei Männer darin, einschließlich des Patienten, der in Zivilkleidung auf dem Bett saß und eine sehr große, hellgrün aussehende Zigarre rauchte. Der Patient wollte vom Bett aufstehen, als er General McClintock erblickte, doch McClintock lächelte, hob schnell eine Hand und sagte: »Behalten Sie Platz, Captain.«

General McClintock sah, dass das Zimmer für die Ferienzeit dekoriert war, nach dem Geschmack eines Offiziers wie diesem. Der Patient hatte offensichtlich den PX besucht, einen Verkaufsladen der amerikanischen Streitkräfte, und dort nicht nur das Plastikmodell eines HU-1B ›Huey‹ Hubschraubers, sondern auch vier entzückende kleine Puppen gekauft. Eine davon war der Weihnachtsmann, zwei waren als Krankenschwestern gekleidet und eine als Arzt.

Der Huey hing vom Beleuchtungskörper an der Decke. Die entzückenden Schwester- und Arztpuppen hingen, das Genick realistisch gebrochen, von Pfeifenreinigern, die an den Landekufen des Hueys befestigt waren. Der Weihnachtsmann hockte breitbeinig auf dem Heck des Helikopters und wiegte eine Maschinenpistole auf den Armen.

Die Krankenakte beschrieb den Patienten als männlich, schwarz, sechsundzwanzig, Größe 1,81 und Gewicht 73,5 Kilo. Es stand nicht darin, dass dies 21 Pfund weniger Gewicht war, als er bei seiner letzten jährlichen ärztlichen Untersuchung gewogen hatte.

Dr. McClintock stellte schnell mit dem Blick des Profis fest, dass die Augäpfel des Patienten klar waren. Als er eingeliefert worden war, hatten sie ausgesehen, als könnte er durch die Augäpfel verbluten. Und er war zehn Pfund leichter gewesen als jetzt.

Dr. McClintock vermutete, dass es sich bei den Besuchern des Patienten um seinen Vater und Bruder handelte, nicht weil sie sich ähnelten, sondern weil er die Anweisung erhalten hatte, seine Besucher auf den engen Familienkreis zu beschränken. Der Jüngere von beiden, der Bruder, ein großer, hellhäutiger, falkengesichtiger Mann, war gut, sogar elegant mit einem tadellos sitzenden Glenchek-Anzug und einem dezent gestreiften blauen Hemd mit weißem Kragen bekleidet. Sein Vater war klein, gedrungen und sehr dunkelhäutig, und seine Kleidung zeigte Falten, die Dr. McClintock insgeheim als ›Salopp-Knitter‹ bezeichnete. Er trug ein Tweedsakko, eine verknitterte Flanellhose, ›Gesundheitsschuhe‹ mit Gummisohlen und ein bunt kariertes Hemd ohne Krawatte.

»Wie fühlen Sie sich, Captain?«, erkundigte sich Dr. McClintock.

»Ehrlich gesagt, Sir, nicht ganz so glücklich wie vor

einer halben Stunde, als ich dachte, ich würde entlassen werden«, erwiderte Captain Lunsford höflich.

Dr. McClintock blickte von Lunsfords Krankenakte auf und lächelte. »Was nicht zu ändern ist, wird durch Geduld erleichtert, wie Horaz sagt, Captain. Wir werden Sie immer noch entlassen. Aber nicht sofort. Bald.«

»Heute?«, fragte Lunsford.

»Heute«, sagte McClintock. »In Kürze.«

»Darf ich die Krankenakte sehen, Doktor?«, fragte Lunsfords Vater. Als McClintock ihn überrascht anblickte, fügte er hinzu: »Ich bin Arzt.«

»Entschuldigen Sie meine Manieren«, sagte George Washington Lunsford. »Doktor, darf ich Ihnen meinen Vater, Dr. Lunsford, vorstellen? Und meinen Bruder, Dr. Lunsford?«

»Guten Tag, Kollege«, sagte McClintock und reichte dem älteren Lunsford die Krankenakte.

»Dad ist Chirurg, Doktor«, erklärte Lunsford. »Mein Bruder ist Psychiater.« Und als McClintock lächelte, fügte er hinzu: »Bevor Charley ein Klapsdoktor wurde, pflegte Dad zu sagen, dass die Klapsdoktoren gescheiterte Chirurgen sind.«

»George, um Himmels willen!«, protestierte der jüngere Dr. Lunsford.

»Das habe ich ebenfalls gehört«, sagte Dr. McClintock mit einem Lächeln, »aber selten, wenn einer von ihnen im selben Raum war.«

»Mein Gott!«, stieß der ältere Dr. Lunsford hervor. »Einen solchen Fall habe ich noch nie gesehen.« Er hielt Dr. McClintock das Klemmbrett hin und wies auf eine Zeile.

»Er ist ziemlich selten«, sagte Dr. McClintock. »Ihr Sohn wurde von unseren Parasitologen als Geschenk des Himmels betrachtet. Wie ich hörte, haben sie für seinen Fall einen eigenen Kühlschrank in ihrem Labor.«

»Das kann ich mir denken.« Der ältere Lunsford schob das Klemmbrett seinem anderen Sohn zu, der ungläubig den Kopf schüttelte, als er las.

»Und man wird ihm eigens eine Glasvitrine im Pathologie-Museum der bewaffneten Streitkräfte widmen«, sagte Dr. McClintock lächelnd. »Einige unser eifrigen jungen Forscher haben vorgeschlagen, mehr oder weniger im Ernst, dass wir ihn einfach als lebendes Musterexemplar hier behalten.«

»Ist dir klar, wie krank du warst?«, fragte Dr. Lunsford seinen Sohn. »Und noch bist, was das anbetrifft?«

»Ich fühle mich wirklich nicht mehr munter, da du es jetzt erwähnt hast, Dad«, sagte Captain Lunsford, »aber es gibt einen Silbersteif am Horizont. Man hat mir so viele Antibiotika gegeben, dass es absolut unmöglich ist, dass ich irgendeine bekannte Geschlechtskrankheit bekommen werde, sodass ich meine Pollen sozusagen im nächsten halben Jahr oder so verbreiten kann, ohne mir Sorgen machen zu müssen, mir irgendetwas zu holen.«

Dr. McClintock und der ältere Dr. Lunsford lachten. Der jüngere Dr. Lunsford schüttelte angewidert den Kopf.

»Wir sind der Meinung, Doktor, dass alles unter Kontrolle ist«, sagte Dr. McClintock. »Wir waren, ehrlich gesagt, ein wenig besorgt wegen der Leber, aber deren Reaktion ist anscheinend bemerkens…«

Er verstummte mitten im Wort, als plötzlich die Tür des Krankenzimmers geöffnet wurde und zwei Männer in grauen Anzügen forsch eintraten. Einer der beiden musterte schnell die im Zimmer anwesenden Personen und ging dann zum kleinen Badezimmer, zog die Tür auf und warf einen Blick hinein. Dann trat er ein und zog den weißen Duschvorhang zur Seite.

Der andere Mann ging zum Fenster und schloss die Jalousien. Dann wandte er sich an Dr. McClintock.

»Wer sind diese Leute, General?«, fragte er.

»Wer, zum Teufel, sind *Sie*?«, fragte Captain Lunsford eisig.

Die breite, weiß lackierte Zimmertür wurde von neuem geöffnet.

Der Präsident der Vereinigten Staaten trat ein, gefolgt

von Colonel Sanford T. Felter, der einen verknitterten und schlecht passenden Anzug trug.

»Sie können gehen, danke«, sagte der Präsident.

»Mr President ...«, begann einer der Männer vom Secret Service zu protestieren.

»Gottverdammt, Sie haben gehört, was ich gesagt habe!«

Die beiden Agenten des Secret Service verließen sichtlich verärgert das Zimmer.

»Wie geht es Ihnen, Sohn?«, fragte der Präsident Captain Lunsford, und seine Stimme klang echt besorgt.

»Es ist alles in Ordnung, Sir, danke«, erwiderte Lunsford, und es war ihm Überraschung anzusehen.

»Ist dies Ihr Vater?«, fragte der Präsident.

»Jawohl, Sir, und dies ist mein Bruder.«

»Nun, Sie können stolz auf diesen Jungen sein, Mr Lunsford«, erklärte der Präsident. »Er ist etwas Besonderes.«

»Es ist ›Dr.‹ Lunsford, Mr President«, korrigierte Captain Lunsford.

»Nichts für ungut, Doktor«, sagte der Präsident. »Ich wusste es nicht. Für gewöhnlich informiert mich Colonel Felter über die Dinge, die ich wissen sollte.«

»Ich habe es nicht übel genommen, Mr President«, erwiderte Dr. Lunsford.

Der Präsident wandte sich an Captain Lunsford.

»Ich habe einige Probleme mit dem Kongress wegen Ihrer belgischen und kongolesischen Medaillen«, sagte er. »Sie werden die Genehmigung, sie anzunehmen, bestimmt erhalten – Sie und der Sergeant –, aber es wird eine Weile dauern. So dachte ich mir, dies hier wird Sie unterdessen für die Wartezeit entschädigen.«

Er streckte hinter seinem Rücken Felter die Hand hin. Felter legte ihm eine längliche blaue Schachtel darauf. Der Präsident öffnete den Deckel und nahm einen Orden heraus.

»Dies ist der Silver Star, Captain«, sagte der Präsident. »Wie ich hörte, wird es ihr dritter sein. Ich glaube nicht, dass Sie die anderen beiden mehr verdient haben als diesen.«

Er trat zu Lunsford und heftete ihm die Medaille ans Revers. Das machte er nicht richtig. Sie fiel prompt ab. Lunsford fing sie im Reflex auf, und die Nadel stach ihm in den Handballen.

»Scheiße!«, entfuhr es ihm, und sofort fügte er hinzu: »Verzeihen Sie, Sir.«

»Ich verstehe.« Der Präsident lachte. »Das ›Wie‹ des Gedankens zählt.« Und dann war Besorgnis in seiner Stimme, als Lunsford die Nadel aus seinem Handballen zog. »Alles in Ordnung, Sohn?«

»Jawohl, Sir«, sagte Lunsford.

»Ich habe dem Stabschef befohlen, herauszufinden, ob es irgendeinen Grund gibt, weshalb Ihr Name nicht auf der nächsten Liste der Beförderungen zum Major stehen kann, und ich habe das Gefühl, dass er keinen finden wird.«

Lunsford blickte ihn an, sagte jedoch nichts.

»Sie sind ein höllisch guter Mann, Captain«, sagte der Präsident. »Ich bin Ihnen dankbar. Unser Land ist Ihnen dankbar.«

Er schüttelte Lunsford die Hand, klopfte ihm anerkennend auf die Schulter und gab dann Lunsfords Vater und Bruder die Hand.

Der Präsident nickte Dr. McClintock zu, murmelte »General«, fügte »Gehen wir, Felter!« hinzu und verließ das Krankenzimmer.

»Wir sehen uns bald, Father«, sagte Felter und folgte dem Präsidenten hinaus.

»Es war sehr gut von Ihnen, Mr President, sich die Zeit für Captain Lunsford zu nehmen. Ich schätze das sehr«, sagte Colonel Felter, als sie in der Präsidenten-Limousine zum Weißen Haus zurückfuhren.

»Wenn ich die Zeit hätte, würde ich nach Fort Bragg fahren und diesem Sergeant, der mit den belgischen

Fallschirmjägern absprang, ebenfalls eine Medaille anheften«, sagte der Präsident. »Verdammt, solche Männer machen mich stolz, ein Amerikaner zu sein.«

»Jawohl, Sir, da bin ich Ihrer Meinung«, sagte Felter.

»Was wird jetzt mit ihm geschehen? Wann ist er diensttauglich?«

»Er wird als Ausbilder im Special Warfare Center in Bragg dienen.«

»Als Ausbilder für was?« Der Präsident lachte. »Wie man im Leopardenfell durch den afrikanischen Dschungel läuft und am Leben bleibt?«

»Jawohl, Sir. Dinge dieser Art.«

»Ich wollte einen Scherz machen. Sie deuten an, dass wir weiterhin im Kongo verwickelt sein werden.«

»In diesem Teil Afrikas, ja, Sir, ich befürchte, das werden wir sein.«

»Aber die Simbas sind erledigt«, wandte der Präsident ein und fragte dann fast drohend: »Oder etwa nicht?«

»Ich glaube, man kann sagen, dass dieser Olenga erledigt ist, Mr President. Aber ich nehme an, es werden andere folgen, und beim nächsten Mal werden die Sowjets darauf vorbereit sein, ihnen zu helfen.«

»Warum haben sie nicht mehr für Olenga getan?«

»Ich vermute, sie waren genauso überrascht von Olenga wie wir, Mr President. Er tauchte wirklich aus dem Nichts auf und ...«

»Das ist nicht die Antwort, die ich hören wollte«, unterbrach der Präsident.

»Sir?«

»Die Russen wussten, dass ich so etwas nicht hinnehmen werde. Deshalb haben sie ihn nicht mit Waffen versorgt.«

Felter schwieg.

»Verdammt, Felter«, sagte der Präsident nach langem Schweigen, »Sie können mit geschlossenem Mund und diesem blöden Gesichtsausdruck mehr sagen als die meisten Kongressmitglieder in einer zweistündigen Rede.«

Felter schwieg weiterhin.

»Felter, Sie werden dafür bezahlt, mir zu sagen, was Sie denken, und es muss nicht das sein, was ich hören möchte.«

Felter sah ihn an.

»Mr President, vor Dragon Rouge flogen vier sowjetische Transportflugzeuge Waffen von Algerien nach Uganda …«

»Laut CIA gab es Berichte, dass *ein oder zwei* Flugzeuge, die *möglicherweise* sowjetische waren, *vielleicht* Waffen transportierten …«

Es war Felter fast anzusehen, wie er seine Worte sorgfältig wählte, bevor er antwortete.

»Mr President, die CIA ist gezwungen, Ihnen Fakten zu geben. Ich glaube, Sie wünschen von mir zu hören, was ich denke.«

»Und was denken Sie, Colonel?«

»Ich glaube, dass zum Zeitpunkt der Durchführung von Dragon Rouge mindestens zwei – und vermutlich vier – Iljuschin-18, Turboprop-Transportflugzeuge ähnlich wie unsere 130er, Waffen aus Algerien zum Stützpunkt Arua im nördlichen Uganda flogen. Die Flugzeuge waren schwarz …«

»Soll das eine Metapher sein?«, unterbrach der Präsident. »Oder waren sie wirklich schwarz?«

»Sie waren schwarz angestrichen, Mr President«, antwortete Felter.

»Mit anderen Worten, Sie haben sie gesehen? Sie *wissen*, dass sie schwarz angestrichen waren?«

»Ich habe sie nicht persönlich gesehen, aber ich vertraue meiner Nachrichtenquelle.«

»Welche ist das?«

»Mit Verlaub, Mr President, die möchte ich lieber nicht nennen.«

»Es ist Ihnen klar, dass der Präsident das höchste Recht auf Information hat? Ich entscheide, wer das Recht auf Information hat, nicht Sie.«

»Ich würde es vorziehen, wenn die CIA nicht von meiner Quelle erfährt, Mr President.«

»Sie und die CIA sollten auf derselben Seite ein, aber das vergessen Sie manchmal. Damit das klar ist, Colonel, Sie werden es mir erzählen, und ich werde entscheiden, ob ich es der CIA sage oder nicht. Verstanden?«

»Jawohl, Sir. Die Westdeutschen haben einen Agenten in der ostdeutschen Botschaft in Algerien. Sein Nachrichtenmaterial wurde an mich weitergegeben.«

»Warum sollte ich das nicht der CIA erzählen?«

»Weil die CIA die Deutschen unter Druck setzen würde, ihn als Quelle zu benutzen, Sir.«

»Und was ist daran falsch?«

»Wenn das geschehen würde, Sir, würde Bonn meine Informationsquelle stoppen.«

»Okay. Ich werde das nicht weitergeben.«

»Danke, Sir.«

»In dem sicheren Wissen, dass das, was Sie mir sagen werden, nicht das sein wird, was ich von der CIA hören würde, frage ich Sie, Felter: Was – oder wer – wird mir in der nächsten Zukunft die meisten Probleme in Afrika machen?«

»Che Guevara, Mr President.«

»*Guevara*?«, wiederholte der Präsident ungläubig. »Castros Mann? Der Typ, der sich keinen anständigen Bart wachsen lassen kann?«

»Gestern war er in New York. Er hat eine Rede vor den Vereinten Nationen gehalten.«

»Niemand hat ihm irgendwelche Beachtung geschenkt«, meinte der Präsident geringschätzig. »Man nennt das ›den Löwen am Schwanz zupfen‹. Die Redensart geht auf die Tage zurück, als es wirklich ein britisches Empire gab. Er erhielt viel Applaus, nicht wegen des Inhalts seiner Rede, sondern weil die Beifall katschenden Leute – die Botschafter von winzigen ›Ländern‹ wie Rhode Island – wussten, dass wir uns darüber ärgern würden.«

»Ja, Sir, ich bin überzeugt, dass dies stimmt. Morgen wird Che Guevara in der CBS-Sendung *Gesicht der Nation* zu sehen sein.«

»Na und? Weitere Schaumschlägerei.«

»Er hat ein gewisses Ansehen, Sir. Sein Herkommen – in die Vereinigten Staaten und zu den UN – wird es noch stärken. Wenn er uns Probleme in Afrika machen kann, wird das sein Ansehen in Südamerika stärken und es ihm erleichtern, uns dort Ärger zu machen. Er ist ein ausgezeichneter Stellvertreter für die Sowjets, Sir. Und obendrein ein billiger.«

»Die CIA meint, er wird versuchen, uns Probleme in den Bananenrepubliken zu machen. Und zwar jetzt.«

»Das wird er ebenfalls versuchen. Und wenn er in Afrika Erfolg hat, wird es für ihn viel leichter sein.«

»Afrika?« Der Präsident sah Felter zweifelnd an.

»Er verlässt die Vereinigten Staaten am 17. Dezember und fliegt nach Algerien.«

Der Präsident blickte Felter lange an, sagte jedoch nichts.

Die Autokolonne des Präsidenten war kleiner als gewöhnlich, bestand jedoch immer noch aus zwei Motorradpolizisten und einem Streifenwagen des Distrikts Columbia; aus einem Suburban des Secret Service; aus der Lincoln-Limousine des Präsidenten; aus einem zweiten Suburban des Secret Service und einem D.C.-Streifenwagen zum Schluss. Die Kolonne bog jetzt von der Pennsylvania Avenue auf das Gelände des Weißen Hauses ab. Die Limousine fuhr auf den inneren Zufahrtswegs und stoppte am Privateingang.

Als ein Agent des Secret Service herbeieilte, um die Wagentür zu öffnen, neigte sich der Präsident vor und verriegelte die Tür.

»Felter«, sagte er, »ich glaube, Sie sind im Augenblick so gefüllt mit Scheiß wie ein Weihnachts-Truthahn mit was anderem, doch ich werde über Ihre Worte nachdenken und einige Fragen stellen.«

»Jawohl, Sir.«

»Entfernen Sie sich nicht zu weit«, sagte der Präsident, entriegelte die Autotür, stieg aus der Limousine und ging ins Weiße Haus.

Felter stieg aus der Präsidenten-Limousine aus und ging dann zu seinem Büro in dem Gebäude, das jetzt Executive Office Building genannt wurde, jedoch in einfacheren Tagen als das ›State, War and Navy Departments Building‹ erbaut worden war.

## 4

*Providence Drive*
*Swarthmore, Pennsylvania*

*12. Dezember 1964, 17 Uhr 35*

»Charlene«, sagte Major (designiert) George Washington Lunsford zu Charlene Miller, geborene Lunsford, Doktor der Philosophie und Professorin für Soziologie am Swarthmore College, »du weißt nicht, welche Scheiße du da redest.«

Major Lunsford äußerte seine Meinung zu Professor Millers Einschätzung der politischen Lage im Kongo zu einem unglücklichen Zeitpunkt, zwei Sekunden nachdem ihre Mutter die Tür zu seinem Zimmer aufgeschoben hatte, um ein Tablett mit Camembert auf Kräckern und in Schinken gehüllte Austern zu bringen.

»*George!*«, tadelte ihre Mutter echt schockiert. Sie war eine schlanke, hellhäutige, grauhaarige Frau mit schlichtem, schwarzem Kleid und Perlenkette.

»Entschuldigung, Mutter«, sagte Father Lunsford echt verlegen.

»Du entschuldigst dich sofort bei deiner Schwester!«

»'tschuldigung«, sagte Father Lunsford, nicht sehr echt gemeint.

»Schon gut, Mutter«, sagte Professor Miller und stemmte sich aus einem gepolsterten Lehnstuhl auf. »Ich weiß, was er durchgemacht hat.«

Father Lunsford konnte sich gerade noch der Erwiderung enthalten, die ihm auf der Zunge lag: »Leck mich am Arsch und wage es nicht, mich zu bemitleiden.«

»Ich dachte mir, ihr mögt vielleicht etwas zu knabbern«, sagte Mrs Lunsford und stellte das Tablett auf Father Lunsfords Schreibtisch ab. Eine alte Wolldecke bedeckte einen Teil des Schreibtischs, auf der die auseinander genommenen Teile einer Colt Combat Commander ACP Automatikpistole lagen. Lunsford hatte die Pistole gereinigt, als seine Schwester ins Zimmer gekommen war, um ihn daheim willkommen zu heißen.

»Nicht für mich, Mutter, danke«, sagte Professor Miller. »Ich sollte besser aufpassen, dass mein Mann die Finger von der Ginflasche lässt.«

Sie verließ das Zimmer.

Lunsford schob eine in Schinken gehüllte Auster in den Mund und kaute genussvoll. Er murmelte etwas Anerkennendes.

Mrs Lunsford wartete, bis Charlenes Schritte auf der breiten Holztreppe verklangen, die nach unten in die Halle führte. Dann fragte sie: »Was hatte das alles zu bedeuten?«

Lunsford zuckte mit den Schultern. »Nichts von Belang, Mutter. Ich konnte einfach nicht den Mund halten. Es tut mir Leid.«

»Worum ging es, George?«

»Frau Professor hielt einen Vortrag«, sagt Lunsford. »Offenbar wertete sie unser Handeln im Kongo mit der gesammelten Weisheit der Fakultät von Joseph Stalin, angereichert mit einigen der mehr fantasievollen Exzesse von Adolf Hitler.«

Seine Mutter blickte ihn besorgt an und lächelte dann.

»Kannst du mir einen besonderen Gefallen, tun, George, und heute Abend darauf verzichten, Swarthmore als ›Joseph Stalin Universität‹ zu bezeichnen?«

Er ging schnell zu ihr, nahm sie in die Arme und hob sie vom Boden an.

»Du bist mein Mädchen«, sagte er. »Dein Wunsch ist mir Befehl.«

Er küsste sie auf die Wange und setzte sie ab.

»Wenn du das ernst meinst, heute Abend keine Politik, abgemacht?«

»Ich habe nicht davon angefangen«, verteidigte er sich. »Sie haben angefangen. Sie waren so aufgeregt, einen echten lebenden Faschisten in ihrer Mitte zu haben, dass sie es kaum erwarten konnten, mir Bescheid zu stoßen.«

»Ich halte dich nicht für einen Faschisten«, sagte sie. »Ebenso wenig hält dich dein Vater dafür. Und der Präsident hätte dir sicherlich nicht persönlich diesen Orden verliehen, wenn er dich für einen Faschisten hielte.«

»Da wir gerade davon sprechen«, sagte Lunsford und nahm einen Camembert-Kräcker. »Ich finde, wir sollten den Orden heute Abend nicht zur Sprache bringen. Nicht bei der halben Fakultät des *Swarthmore College* am Tisch.«

Sie lachte, nicht ganz fröhlich.

»Zu spät. Dein Vater hat ihn auf den Telefontisch in der Halle gelegt. Er begrüßt die Leute mit ›Guten Abend, und zufällig kann ich Ihnen zeigen, was Präsident Johnson heute George verliehen hat.‹«

Lunsford lachte.

»Ich habe mich schon gefragt, wo, zur Hölle, das blöde Ding ist«, sagte er.

Sie hob die Augenbrauen.

»Ich habe mich gefragt, wo der Orden sein mag«, sagte er und ließ weg, was seine Mutter beanstandete.

»Schon besser«, sagte sie. »George, diese Leute verstehen einfach nicht.«

»Das bezeichnet man als gewaltige Untertreibung«, bemerkte er.

»Dessen bin ich mir nicht so sicher«, sagte seine Mutter. »Ich weiß nur, dass ich stolz auf dich bin, und ich danke Gott dafür, dass du heimgekommen bist.«

»Dann zählt nichts sonst, Mutter«, sagte Lunsford. »Und ich gebe dir mein Wort als Offizier und Gentleman, dass ich mich heute Abend benehmen werde.«

»Dann bring zu Ende, was auch immer du mit dieser Waffe gemacht hast, zieh dich an und komm runter. Es sind fast alle eingetroffen, und sie können es kaum erwarten, dich zu sehen.«

»Aus dem einen Grund oder dem anderen«, sagte Lunsford trocken. Dann: »Verzeihung. Ja, Ma'am, ich komme gleich runter. Danke für die Austern.«

Sie streichelte liebevoll über seine Wange und ging dann.

Lunsford setzte sich wieder an seinen Schreibtisch. Er zog eine Schublade auf, nahm eine Flasche Johnny Walker Black Label Scotch und trank einen ordentlichen Schluck daraus.

Dann begann er den Colt Commander zusammenzusetzen.

Er war eine halbe Stunde unten bei den Gästen, als er ans Telefon gerufen wurde.

»Captain Lunsford.«

»Ich hörte, man hat deine Syphilis geheilt, aber man hat noch Probleme mit deiner Krätze und den Filzläusen an deinem Sack«, sagte der Anrufer.

Captain Lunsford war einen Moment sprachlos, überrascht von der Stärke der Emotionen, die ihn erfüllten.

Dann sagte er: »Oliver, du Arschloch, wo bist du?«

»In Philly«, antwortete Oliver. »Komme soeben durch.«

»Vergiss das«, sagte Lunsford. »Du kommst her. Hast du einen Wagen?«

»He, ich will nicht stören. Du bist gerade erst heimgekommen.«

»Streite nicht mit mir, ich bin designierter Major. Ich will von dir nur ›Jawohl, Sir!‹ hören.«

»Jawohl, Sir!«

»Wo genau bist du?«

»Bei irgendeinem Stadion. Bin gerade von der I-95 abgefahren.«

»Süd-Philly«, sagte Lunsford. »Hast du was zu schreiben?«

## 5

*Apartments des Präsidenten*
*Das Weiße Haus*
*Washington, D.C.*

*13. Dezember 1964, 11 Uhr 10*

»Colonel Felter, Mr President«, kündigte der Agent des Secret Service an.

»Lassen Sie ihn herein«, befahl der Präsident, »und niemanden sonst, bis ich es Ihnen sage. Verstanden?«

»Verstanden, Mr President.«

»Guten Morgen, Mr President«, sagte Felter.

Der Präsident war in Hemd und Hose mit Hosenträgern und trug Pantoffeln. Er saß in einem Lehnstuhl. Auf dem Boden ringsum lagen die Sonntagsausgaben der *Washington Post, New York Times* und *Dallas Morning News.*

»Lady Bird ist in die Kirche gegangen«, sagte der Präsident. »Was bedeutet, dass ich einen davon nehmen kann. Bedienen Sie sich.«

Der Präsident wies auf eine Thermoskanne aus Stahl, die mit einer Schale mit Eiswürfeln und zwei Gläsern auf einem Tablett stand. Felter erkannte, dass es sich bei dem, das er für ein Glas Tomatensaft gehalten hatte, um eine Bloody Mary handelte.

»Nur zu, Felter«, sagte der Präsident, als er dessen Zögern bemerkte. »Sie arbeiten lange genug für mich, um zu wissen, dass ich nicht gern alleine trinke.«

»Danke, Mr President.« Felter ging zum Tisch und mixte sich eine Bloody Mary.

»Zu warm für Sie?«

»Nein, Sir, so mag ich sie.«

»Ich mag sie mit viel Tabasco«, sagte der Präsident. »Dieser mexikanische Chilipfeffer schmeckt mir nicht besonders, aber ich mag Tabasco.«

»Jawohl, Sir.«

»Wussten Sie, dass der Besitzer dieser Firma, der

Tabasco Company, ein Colonel der Reserve des Marine-Corps ist?«

»Nein, Sir, das wusste ich nicht.«

»Der Kommandant hat mir das erzählt. Er sagte, der Mann kämpfte als Lieutenant auf Guadalcanal und möchte jetzt wieder dienen und nach Vietnam gehen.«

»Jawohl, Sir.«

»Der Kommandant ist versucht, ihn zu nehmen; sein Mann ist offenbar ein Meisterschütze. Er kannte ihn von Guadalcanal. Aber es gibt wirklich keine Stelle für ihn. Er würde nicht für Schreibtischarbeit in den Dienst zurückkehren, und er ist wirklich nicht als Kommandeur eines Regiments qualifiziert.«

Felter äußerte sich nicht dazu.

»Ich musste an Sie denken, als mir der Kommandant von diesem Mann erzählte«, fuhr der Präsident fort. »Sie würden in Wirklichkeit lieber ein Regiment befehligen, als Ihre derzeitige Tätigkeit auszuüben, nicht wahr?«

»Ja, Mr President, das würde ich lieber tun.«

»Es gibt vielleicht fünfhundert Colonels in der Army, die das Zeug haben, Regimentskommandeur zu sein«, sagte der Präsident. »Aber Sie sind der Einzige, den ich kenne, der für das qualifiziert ist, was Sie für mich tun. Ich weiß das, und Sie sollen wissen, dass ich Ihre Tätigkeit für mich zu schätzen weiß.«

»Danke, Mr President.«

»Würde es Sie überraschen, zu hören, dass der CIA-Direktor und Sie bei etwas gleicher Meinung sind?«

»Wir sind oftmals gleicher Meinung, Mr President«, sagte Felter. »Sie hören nur von unseren Meinungsverschiedenheiten.«

Der Präsident lachte.

»Okay. Der Direktor meint wie Sie, das uns Che Guevara ernsthafte Probleme in Südamerika und Afrika machen wird, wenn er nicht gestoppt wird.«

»Das ist meine Einschätzung, Sir. Es ist schön zu wissen, dass ich nicht der Einzige bin, der dieses Problem sieht.«

»Sie können ihn beseitigen, nicht wahr, Felter? Bald, diskret und natürlich außerhalb des Landes?«

»Ich glaube, ich verstehe die Frage nicht, Mr President.«

»Der Begriff, den der Direktor benutzte, war ›eliminieren‹. Er meint, Che Guevara sollte eliminiert werden, und er ist der Ansicht, dass Sie es tun sollten. Haben Sie ein Problem damit?«

»Ich habe ein sehr ernstes Problem damit, Mr President.«

»Tatsächlich?«, erwiderte der Präsident, als sei er überrascht. »Sie haben schon Leute ›eliminiert‹, nicht wahr?«

»Ja, Sir, das habe ich.«

»Was ist dann hier das Problem?«

»Nach meiner Einschätzung ist die Ermordung von Che Guevara nicht nur unnötig, sondern sie wäre auch kontraproduktiv.«

»Sie waren derjenige, der mir gesagt hat, er wird Ärger machen, Felter.«

»Damit können wir fertig werden, Mr President.«

»Glauben Sie, dass die Todesstrafe richtig ist, Felter?«

»Jawohl, Sir, das glaube ich.«

»Sie setzen einen Mörder auf den elektrischen Stuhl und braten ihn, und dann können Sie einer Sache sicher sein: Er wird keinen mehr ermorden. Richtig?«

»Jawohl, Sir.«

»Gibt es für Sie einen Unterschied zwischen einem Mörder, der seine Freundin oder einen Sicherheitsmann der Bank erschossen hat, und einem Verbrecher, der das Morden anderen Leuten befielt, aber selbst nicht schießt?«

»Keinen großen Unterschied, Sir.«

»Das war eines der Argumente des CIA-Direktors, als er versuchte, mich zu überreden, die Genehmigung zur Eliminierung Guevaras zu geben. Er sagte, es gibt ziemlich gute Beweise, dass in Wirklichkeit Guevara der Verantwortliche ist, wenn Castro all diese Leute auf einem Baseballplatz in Havanna erschießen lässt. Meinen Sie das auch?«

»Dies steht anscheinend außer Frage, Mr President.«

»Würden Sie dann zustimmen, dass der Hurensohn ein Mörder ist? Genau wie der Bankräuber, der einen Sicherheitsmann erschießt?«

»Ich kann nur wiederholen, Mr President, dass nach meiner Einschätzung die Ermordung Che Guevaras sowohl unnötig als auch kontraproduktiv sein würde.«

»Sie wollen damit sagen, dass Sie – wie haben Sie es genannt - mit den Problemen *fertig werden* können, die er uns Ihrer Meinung nach machen wird?«

»Ich glaube, er kann davon abgehalten werden, uns irgendwelche ernsthaften Probleme zu machen, ja, Sir.«

»Die Frage war, Sie meinen, *Sie* können ihn unter Kontrolle halten?«

»Mit einer relativ keinen Einheit und einer großen Geldsumme, ja, Sir.«

»Warum würde seine Eliminierung kontraproduktiv sein?«

»Dann würde er ein Märtyrer sein, Mr President.«

»Und wenn ich Ihnen befehlen würde, den Hurensohn zu eliminieren, was dann?«

»Dann wäre ich gezwungen, meinen Rücktritt einzureichen, Mr President.«

»Meinen Sie das ernst, Felter? Oder versuchen Sie, mich zu bluffen?«

»Ich wäre gezwungen, meinen Rücktritt einzureichen, Mr President«, wiederholte Felter.

»Sie arroganter kleiner Hurensohn!«, sagte der Präsident ärgerlich. »Sie werden noch lernen, dass Sie den Präsidenten der Vereinigten Staaten nicht bluffen können.«

Felter stand still.

»Erlauben Sie, dass ich mich entferne, Sir? Sie werden mein Abschiedgesuch binnen einer Stunde haben.«

Der Präsident sah ihn lange finster an.

Dann ging er zum Telefon auf einem Tisch, nahm den Hörer ab, sagte: »Geben Sie mir den Chairman of the Joint Chiefs!« und legte auf.

Er schaute Felter vielleicht anderthalb Minuten lang finster an, bis der Telefonist des Weißen Hauses den Vorsitzenden des Streitkräfteausschusses in der Leitung hatte und das Präsidententelefon klingelte.

Er riss den Hörer fast ärgerlich von der Gabel.

»Hier spricht der Präsident, Admiral«, sagte er, und dann zwinkerte er Felter zu. »Ich habe soeben Colonel Felter eine Sondermission gegeben. Ich will sicherstellen, dass er alles bekommt, was er verlangt. Ist das klar? *Alles*, was er haben will.«

Dann legte er den Hörer auf.

»Entspannen Sie sich, Sandy«, sagte er. »Wir haben uns soeben gegenseitig geblufft. Sie haben gewonnen.«

Felter stand weiterhin still.

»Setzen Sie sich, Sandy, und trinken Sie aus«, fuhr der Präsident fort.

Felter sah ihn an, nahm seine Bloody Mary und trank das Glas leer. Er hob es an und schaute den Präsidenten an. »Mit Ihrer Erlaubnis, Sir?«

»Und geben Sie mir auch noch einen kleinen Schluck.« Der Präsident hielt ihm sein leeres Glas hin.

Als Felter ihre Gläser füllte, rief der Präsident seinen Namen. Felter wandte sich zu ihm um.

»Um das zwischen uns zu klären, Sandy«, sagte der Präsident, »ich war bereits zu dem Schluss gelangt, dass eine Eliminierung des Hurensohns das Dümmste wäre, was wir machen könnten. Und nur zwischen uns beiden, ich wusste, was der Direktor versuchte. Er wollte zwei Fliegen mit einer Klappe schlagen. Sie sollten Guevara für ihn erledigen, und der anschließende Ärger hätte mich veranlassen sollen, Sie zum Teufel zu jagen.«

Felter nickte und schenkte zu Ende ein. Dann ging er zum Präsidenten und gab ihm sein Glas.

»Suchen Sie sich einen guten Stellvertreter für diese Mission aus«, sagte der Präsident. »Ich will nicht, dass Sie Ihre ganze Zeit damit verbringen, Che Guevara unter Kontrolle zu halten.«

»Jawohl, Sir.«

# IV

## 1

*Providence Drive 226*
*Swarthmore, Pennsylvania*

*14. Dezember 1964, 15 Uhr 20*

H. Wilson Lunsford, Dr. med., öffnete die Tür seines Hauses.

»Guten Tag, Doktor«, sagte Colonel Sanford T. Felter. »Schön, Sie wiederzusehen, Sir, und verzeihen Sie die Störung.«

»Sie werden sie sicherlich für nötig halten, Colonel«, erwiderte Dr. Lunsford. »Kommen Sie bitte herein.«

»Er und sein Kumpel haben seit dem Mittagessen Scotch getrunken«, sagte Dr. Lunsford, und als er Felters Gesichtsausdruck sah, fügte er hinzu: »Dr. McClintock im Walter Reed gab mir Beruhigungsmittel für George, die ich ihm geben soll, wenn ich es für richtig halte. Der Doktor sagte, mein Sohn könnte Depressionen bekommen. Er und sein Kumpel amüsieren sich, und der einzige Preis, den sie werden zahlen müssen, ist ein Kater. Ich gebe ihm viel lieber Scotch als irgendwelches chemisches Zeug.«

Er forderte Felter mit einer Geste auf, ihm durch einen Gang vorauszugehen, und dann überholte er ihn schnell, um eine Tür zu öffnen. Felter sah, dass sich dahinter ein Spielzimmer befand. In der Mitte stand ein antiker Billardtisch, vor einer getäfelten Wand standen Ledersessel und eine Couch, und in einer Ecke sah Felter einen achteckigen Kartentisch, der mit grünem Filz bezogen war.

»Dein Gast, George«, sagte Dr. Lunsford.

Als Father Lunsford Felter auf der Türschwelle sah, erhob er sich in einem pawlowschen Reflex.

»Guten Tag«, sagte er mit nur ein wenig schwerer Zunge.

Felter winkte ihn in seinen Sessel zurück, ging zu ihm und begrüßte ihn mit Handschlag.

»Tut mir Leid, dass ich Sie störe, Father, aber es lässt sich nicht ändern und wird nicht lange dauern.«

Dann wandte er sich Father Lunsfords Kumpel zu, der ebenfalls aufgestanden war, als Felter das Spielzimmer betreten hatte und jetzt stand.

Felter war ein wenig neugierig gewesen, wer Father Lunsfords Kumpel sein mochte, und ein wenig besorgt, dass der Scotch Fathers Zunge in der Gesellschaft irgendeines Freundes von der High School oder vom College etwas zu sehr gelockert hatte.

»Guten Tag, Sir«, sagte Fathers Kumpel, ebenfalls angesäuselt.

Als Felter Captain John S. Oliver zum letzten Mal gesehen hatte, war das im Büro von Major General Robert Bellmon gewesen. Oliver, den Bellmon als ›Offizier, an dem absolut nichts auszusetzen ist‹ beschrieben hatte, war Bellmons Adjutant.

»Hallo, Oliver«, sagte Felter. »Schön, Sie zu sehen.« Dann sprach er seine Gedanken aus. »Ich wusste nicht, dass ihr euch kennt.«

Er war ehrlich überrascht. Oliver war ein Pilot der Army, ein Berufsoffizier, der Norwich absolviert hatte und bereits von dem akzeptiert wurde, was Felter als das Establishment bezeichnete. Er wusste, dass Bob Bellmon glücklich gewesen wäre, wenn John Oliver und Marjorie ein Paar geworden wären. Ihm wurde klar, dass dies das erste Mal war – und er war oft mit ihm zusammen gewesen –, an dem er ihn mehr als leicht beschwipst sah.

»Captain Oliver und ich, Colonel, sind Busenfreunde, seit er mir meinen Arsch in Vietnam gerettet hat«, sagte Father.

»Setzen Sie sich, Johnny«, sagte Felter.

»Mit der freundlichen Erlaubnis des Colonels werde ich mich auf die Herrentoilette begeben«, sagte Oliver, wobei er jedes Wort übertrieben sorgfältig aussprach und ein wenig wacklig das Zimmer verließ.

Father blickte Felter an.

»Seine Herzensdame hat ihn vor die Entscheidung gestellt, entweder sie oder die Army«, sagte Father. »Er hat sich für die Army entschieden, und es war kein Bluff der Dame.«

»Ich hatte keine Ahnung«, sagte Felter.

»Und jetzt denkt er traurig an all die zukünftigen Nächte allein im Bett des Soldaten.«

»Was hat sie gegen die Army?«

»Sie verlor einen Ehemann und sagt sich, dass sie den Verlust eines zweiten nicht ertragen könnte. Kein Problem für ihn, Colonel. Ich werde mich um ihn kümmern. Er ist einer der guten Jungs.«

»General Bellmon hat eine sehr hohe Meinung von ihm«, dachte Felter laut.

»Er ist Johnnys General?«, fragte Father, und als der das mit einem Nicken bestätigte, fuhr er fort: »Ja, er hat Johnny einen Handel vorgeschlagen ...«

»›Handel‹?«

»Sie wissen, dass Bellmon ihn sozusagen ausgeliehen hat?«

»Nein, das wusste ich nicht.«

»Nun, er war gut als Adjutant, aber er war nicht glücklich mit dieser Arbeit und stand vor einer erneuten Verwendung, und da hat sein General ihm eine Art Sonderjob – Verwaltungsassistent oder so was – bei einem General Rand verschafft, der irgendeine neue Art Division in Benning bekommen wird ...«

»George Rand«, sagte Felter. »Die 11th Air Assault Division.«

»Richtig.« Father nickte. »Jedenfalls hat Johnny mir erzählt, dass sein General – Bellmon heißt er?«

»Ja, Bellmon. Er ist ein alter Freund von mir.«

»… *Bellmon* ihm gesagt hat, wenn er gute Arbeit für diesen General Rand leistet, kann er damit rechnen, binnen eines Jahres über die Fünf-Prozent-Liste Major zu werden.«

Bis zu fünf Prozent der Beförderungen auf jeder Beförderungsliste fanden bei Offizieren, die besonders herausragende Fähigkeiten gezeigt haben, ohne Berücksichtigung der Länge ihrer Dienstzeit statt.

Das ergibt Sinn, dachte Felter. Oliver ist ein ungewöhnlicher intelligenter Offizier; er hat hart für Bob Bellmon gearbeitet, und daher weiß er viel mehr als die meisten Captains über das Flugwesen, und er wird hart für George Rand arbeiten, der ihm eine weitere hervorragende Beurteilung schreiben wird, wodurch er einen Platz auf der Fünf-Prozent-Liste bekommen wird.

»Das schafft er bestimmt«, sagte Felter. »Father, schnell, bevor er zurückkehrt. Ich brauche die Antwort nicht sofort, obwohl ich sie gern hätte, aber wären Sie bereit, weiterhin in Afrika zu arbeiten?«

»Mein Gott, ich bin gerade mal zweiundsiebzig Stunden zu Hause, und Sie fragen mich, ob ich in den verdammten afrikanischen Dschungel zurückkehre?«, brauste Lunsford auf, doch dann zügelte er sich. »Verzeihung, Sir, ich weiß, dass Sie nicht fragen würden, wenn es nicht nötig wäre. Was ist denn jetzt dort schief gelaufen?«

»Ich bezweifle, dass Sie in den Dschungel zurückkehren, Father«, sagte Felter. »Es geht um Folgendes. Ich habe es geschafft, den Präsidenten davon zu überzeugen, dass Che Guevara beobachtet werden muss …«

»In *Afrika*?«, fragte Lunsford zweifelnd.

»Ja, in Afrika. Später in Mittel- und Südamerika. Aber augenblicklich in Afrika.«

»Warum erschießen wir den Hundesohn nicht einfach? Wie ich hörte, hat er in Havanna kaltblütig Tausende Leute erschossen oder erschießen lassen …«

»Die Zahl war höher«, sagte Felter. »Und das will die CIA – ihn eliminieren.«

»Das halte ich für eine gute Idee. Aber warum ich?«

»Ich verlange nichts Derartiges von Ihnen, Father. Und eigentlich wollen wir – der Präsident und ich – ihn nicht eliminieren lassen. Wir wollen ihn nicht zu einem Märtyrer machen.«

»Wen wollen Sie nicht zu einem Märtyrer machen?«, fragte Captain John S. Oliver, als er ins Spielzimmer zurückkehrte.

Und dann sah er Felter und Lunsfords Mienen und spürte trotz seines vom Alkohol benebelten Zustands, dass es sich um ein ernstes Gespräch handelte.

»Verzeihung, Sir«, sagte er. »Ich werde draußen warten.«

»Kommen Sie rein, machen Sie die Tür hinter sich zu und setzen Sie sich, Captain«, befahl Felter.

Auch den ernsten Tonfall nahm Oliver trotz seines Rauschs wahr.

»Colonel, es soll keine Entschuldigung sein, Sir, aber ich habe ein wenig getrunken. Vielleicht wäre es besser, wenn ich …«

Felter wies auf einen Sessel, und Oliver nahm Platz.

»Hiermit werden Sie belehrt, Captain, dass unser Gespräch top secret ist«, sagte Felter.

»Jawohl, Sir.«

»Zu gegebener Zeit wird es eine andere Klassifizierung geben, Top Secret, Strich sowieso. Haben Sie das verstanden?«

»Jawohl, Sir.«

»Im Augenblick gibt es keinen Grund, dies genauer zu bezeichnen«, fuhr Felter fort. »Okay. Das Thema, das wir besprechen, ist hiermit klassifiziert als Top Secret/Ernesto – machen wir Top Secret/Earnest daraus. Habt ihr das kapiert, ihr beiden?«

»Jawohl, Sir«, erwiderten sie fast unisono.

»Ich hörte, Sie werden für General Rand bei der 11th Air Assault in Benning arbeiten«, sagte Felter zu Oliver.

»Jawohl, Sir.«

»General Rand wird keine Unbedenklichkeitsbescheinigung für Top Secret/Earnest erhalten, und auch niemand sonst in Benning«, sagte Felter. »Das bedeutet, dass er keine Information über Top Secret/Earnest erhalten darf. Klar?«

»Jawohl, Sir.«

»Wann gehen Sie nach Bragg, Father?«

»Eigentlich wollten wir morgen dort runter fahren«, sagte Lunsford. »Nicht zum Dienst. Wir kennen dort einige Leute, die wir seit Vietnam nicht mehr gesehen haben.«

»Die einzige Person in Benning, die auf absehbare Zeit als unbedenklich für Earnest erklärt ist, wird General Hanrahan sein.«

»Ich verstehe, Sir«, sagte Lunsford.

»Ich nicht«, bekannte Oliver.

»Wir werden Che Guevara im Auge behalten«, erklärte Felter. »Ihm vielleicht einigen Ärger machen, aber wir werden ihn nicht, ich wiederhole, *nicht* eliminieren, und wir werden unser Bestes tun, um sicherzustellen, dass Langley ihn ebenfalls nicht eliminiert.«

»Es liegt vermutlich am Alkohol, Sir, aber ich verstehe immer noch nicht«, sagte Oliver. »Che Guevara in Kuba?«

»In ein paar Tagen fliegt er nach Afrika«, sagte Felter. »Um hier zur Sache zu kommen, ich möchte Father zum Projektoffizier machen.«

»Er ist gerade erst dort rausgekommen«, sagte Oliver.

»Ich will ja nicht, dass er wieder in etwas Ähnliches verwickelt wird«, sagte Felter, »sondern ich will, dass er diese Mission leitet.«

»Erklären Sie bitte ›diese Mission leitet‹, Colonel, und ›Projektoffizier‹«, bat Lunsford.

»Die Aufstellung eines Teams, so klein wie möglich, aber so groß, wie Sie es brauchen. Sie werden es leiten. Die erste Priorität wird sein, mich auf dem Laufenden zu halten, was Che Guevara tut und wo.«

»Wird die CIA dies nicht tun?«

»Ja, das wird sie, und ich werde – das heißt, *Sie* werden – Zugang zu ihren Erkenntnissen haben. Aber ich will unabhängige Berichte haben. Und ich möchte sein Image zerstören, wo und wann das möglich ist.«

»Sein Image?«

»Augenblicklich ist er wie eine Art Kinostar, David, der Guerilla, der sich dem hässlichen nordamerikanischen Goliath widersetzt und bis jetzt gewinnt. Wenn Goliath ihn eliminieren würde, dann würde das Guevara zum Märtyrer machen, und wir bekämen eine Menge Probleme. Zum einen würde Goliath wie ein echter Schweinehund dastehen, und zum anderen würden Castro und/oder die Sowjets ihn schnell ersetzen, und wir wären nicht besser dran. Wir nehmen an, dass Guevara vorhat, eine kleine Streitmacht, nicht mehr als zweihundert Mann – so viel nahm Castro in die Sierra Maestra mit – nach Afrika bringen will, in den Kongo, um zu wiederholen, was Castro in Kuba getan hat. Ich möchte, dass er scheitert.«

»Die Russen werden ihm natürlich helfen«, sagte Lunsford. »Und Mobutu und Kasavubu werden nicht tatenlos zulassen, dass Guevara den Kongo übernimmt. Und ›Eliminierung‹ wird ungefähr das Erste sein, was Mobutu in den Sinn kommen wird.«

»Wenn wir absolut nichts damit zu tun hätten, und zwar *absolut* nichts – und damit meine ich nicht glaubwürdiges Dementieren, Father – wäre das kein allzu großes Problem. Aber ich möchte sehen, dass Che Guevara Afrika mit eingezogenem Schwanz verlässt.«

»Gedemütigt, meinen Sie?«, fragte Lunsford nachdenklich.

»Richtig.«

»Mit Geld kann man so gut wie alles erreichen«, meinte Lunsford. »Das habe ich dort drüben gelernt. Es wird kein großes Problem sein, sich über Guevara auf dem Laufenden zu halten.«

»Geld wird kein Problem sein«, sagte Felter.

»Darf ich meine Leute auswählen?«

»Ja.«

Lunsford blickte zu Johnny Oliver.

»Doubting Thomas«, sagte er. »Das ist eine gewisse köstliche Ironie, findest du nicht auch?«

Oliver lachte glucksend.

»Wer ist das?«, fragte Felter.

»Master Sergeant William Thomas«, sagte Lunsford. »Er war bei uns, als wir aus Laos rausmarschierten.«

»Eigentlich, Sir, trug er den designierten Major Lunsford aus Laos heraus und beschwerte sich unterwegs bei jedem Schritt.«

»Und als er nach Bragg zurückkehrte und man ihm im Presidio die Wahl zur Sprachausbildung anbot, wählte er Suaheli, in dem naiven Glauben, das würde ihn nicht nur so weit wie möglich von Vietnam fern halten, sondern auch dafür sorgen, dass man ihn ins Land seiner Vorfahren schickt, wo er den Wilden Exerzierdrill lehrt und ihm seine Position eine nie endende Prozession von bereitwilligen, heiratsfähigen, sechzehnjährigen Jungfern bieten würde.«

»Wo ist er jetzt?«, fragte Felter.

»In Bragg«, sagte Oliver. »Lehrt sozusagen ›tarnen, täuschen und verpissen‹. Ich habe ihn angerufen und ihm erzählt, dass Father aus dem Kongo zurück ist.«

»Und wird er sich freiwillig melden?«

»Klar«, sagte Lunsford, als ob ihn die Frage überraschte. Er sah Felter an. »Und ich möchte auch Jack Portet haben.«

»Das könnte ein Problem sein«, sagte Felter.

»Colonel, er kennt das Land, er spricht Suaheli und Französisch, kennt Leute, Weiße, Schwarze, Farbige und Wilde im ganzen ...«

»Definieren Sie ›Wilde‹ für mich, Father«, unterbrach Felter.

»Es gibt vier Arten Leute in Afrika«, erklärte Lunsford. »Die Weißen, die Schwarzen, die Farbigen – die Mischlinge und aus irgendeinem Grund, den ich noch nicht ganz herausgefunden habe, die Portugiesen – und die Wilden, das sind die Afrikaner, die erst vor einer Woche von den Bäumen herunter gekommen sind.«

Er blickte zwischen Felter und Oliver hin und her.

»Okay. Es ist also kein sehr nettes Wort«, fuhr Lunsford fort. »Kennen Sie eine bessere Bezeichnung für jemanden, der einen anderen mit einer Machete enthauptet, um dann seine oder ihre Leber zum Mittagessen zu braten? Ich habe das in Stanleyville gesehen.«

Weder Felter noch Oliver sagten etwas.

»Und nur für die Akten, meine liberalen Freunde«, sagte Lunsford. »Dieser große Menschenfreund Albert Schweitzer, der sein Leben lang versucht hat, ihnen zu helfen, nannte sie ›*les sauvages*‹, also ›die Wilden‹.«

»Sergeant Portet wird in Kürze Marjorie Bellmon heiraten«, sagte Felter. »Und deshalb ist es unwahrscheinlich, dass er sich freiwillig für irgendetwas melden wird.«

»Sie werden heiraten?«, fragte Oliver. »Das habe ich kommen sehen.«

»Ich werde ihn brauchen, Colonel«, sagte Lunsford.

»Du übernimmst also den Job?«, fragte Oliver.

»Was, zum Teufel, soll's, Johnny? Ich habe bereits Vietnam gesehen, und ich will nicht die nächsten drei Jahre meines Lebens damit verbringen, in Bragg Clowns beizubringen, wie man Feuer macht, indem man Stöcke aneinander reibt.«

SECRET

Central Intelligence Agency
Langley, Virginia

Von: Stellvertretender Direktor
Verwaltung

Datum: 18. Dezember 1964 0405 GMT

Betrifft: Guevara, Ernesto (Aktennotiz # 1.)

An: Mr Sanford T. Felter
Berater des Präsidenten
Zimmer 637, Executive Office Building
Washington, D.C.

*Per Kurier*

Gemäß Aktennotiz des Präsidenten an den Direktor betreffend ›Ernesto ›Che‹ Guevara‹, datiert vom 14. Dezember 1964, wird folgende Information, geliefert vom FBI, weitergegeben: (Zuverlässigkeitsstufe fünf).

SUBJEKT verließ John F. Kennedy Airport, New York City, an Bord Air France Flug 305 am 17. Dezember 1964, um 2105 GMT. Er wurde begleitet von Héctor GARCÍA und José R. MANRESA. Alle drei reisen mit kubanischen Diplomatenpässen und haben den Flugschein für Paris, Frankreich, gelöst, mit planmäßigem Zwischen-stopp in Gander, Neufundland.

Die Überwachung der Subjekte durch die CIA wird in Gander beginnen, und Dossiers über die Subjekte GARCÍA und MANRESA werden in ihrem möglichen Interesse binnen 24 Stunden geliefert werden.

*Howard W. O'Connor*
HOWARD W. O'CONNOR

SECRET

## 3

*Büro des Kommandeurs*
*Army Aviation Center and Fort Rucker, Alabama*

*18. Dezember 1964*

Major General Robert F. Bellmon war, wie er insgeheim dachte, ›bis zum Arsch‹ in Papierkram vertieft, und es dauerte einige Zeit, bis er Captain Richard J. Hornsby bemerkte, der in der Tür seines Büros stand.

»Haben Sie etwas für mich, Dick?«

»Jawohl, Sir«, erwiderte Captain Hornsby. »Dieses Fernschreiben ist soeben eingetroffen, und ich dachte mir, dass Sie es sehen möchten.«

Bellmon nahm es und überflog es schnell. Es war eine Routinebotschaft, von irgendeinem Colonel für den Generaladjutanten unterzeichnet. Er sagte sich, dass es vermutlich eine weitere Ermahnung für ihn war, das Limit des Trinkens der Soldaten im Urlaub zu begrenzen oder – wenn das misslang – zu verhindern, dass sie sich voller Urlaubsfreude auf den Highways totfuhren. Was auch immer es war, es konnte vermutlich warten, bis er nicht mehr ganz bis zum Arsch in Papierkram vertieft war. Hornsby, neu in dieser Position, hatte noch nicht die Erfahrung, um einzuschätzen, welche Botschaften seine sofortige Aufmerksamkeit wert waren und welche nicht.

»Danke, Dick«, sagte Bellmon, nahm das Fernschreiben und las es. Dann presste er die Lippen zusammen. Er knirschte mit den Zähnen und wurde sich bewusst, dass es hinter seinen Schläfen pochte.

»Hurensohn!«, stieß er hervor und griff zum Telefon.

Dann erinnerte er sich an seinen Schwur, zweimal langsam bis zwanzig zu zählen, bevor er im Zorn telefonierte. Er sank auf seinen Stuhl zurück und las das Fernschreiben noch einmal:

ROUTINE
HQ DEPT OF THE ARMY WASH DC 1005 18DEC64
COMMANDING GENERAL
FORT RUCKER AND THE ARMY AVIATION
CENTER ALA ATTN: AVNC-AG
INFO: PERSONAL ATTN MAJ GEN BELLMON

Paragraf 23, General Order 297, HQ Department of the Army, vom 29. November 1964 bezüglich Captain John S. Oliver, der lautet: ›Ist von gegenwärtiger Verwendung abgelöst und versetzt zur Stabskompanie 11th Air Assault Division Fort Benning, GA, mit Wirkung vom 1. Januar 1965‹ ist abgeändert in: ›Ist abgelöst von gegenwärtiger Verwendung und versetzt nach Hauptquartier John F. Kennedy Center for Special Warfare Fort Bragg, NC, mit Wirkung vom 1. Januar 1965‹.
Es wird vorgeschlagen, dass betreffender Offizier so bald wie möglich über die Änderung informiert wird.

FOR THE ADJUTANT GENERAL
J.C. LESTER LTCOL, AGC
ACTING ASSISTANT ADJUTANT GENERAL

Johnny Oliver war ein Jahr lang ein guter Adjutant gewesen, ein *verdammt* guter. Und nicht nur das, er hatte sich über seine Pflichterfüllung hinaus als Freund für die Bellmons eingesetzt.

Er sollte es nicht wissen, und Barbara und Bobby hatten bestimmt keine Ahnung, dass er es wusste, aber er hatte seine Quellen und durch sie herausgefunden, dass Bobby einen Überprüfungsflug hatte machen müssen, bei dem er wahrscheinlich durchgerasselt wäre. Und dann hatte Bobby plötzlich und buchstäblich über Nacht wie durch ein Wunder seine Fähigkeiten aufpoliert. Er hatte den Prüfungsflug bestanden und sich somit qualifiziert.

Bellmon glaubte nicht an Wunder, und so forschte er nach, zuerst bei dem Flugausbilder, der ihm sagte, er würde nicht einmal Jesus Christus persönlich die Prüfung bestehen lassen, wenn er Zweifel an dessen hundertprozentig sicherem Fliegen hätte. Bellmon glaubte dem Fluglehrer und suchte woanders nach der Antwort.

Sie war Johnny Oliver. Obwohl er sich völlig im Klaren darüber gewesen war, dass er seinen Fliegerstatus verloren hätte, wenn er erwischt worden wäre (ganz zu schweigen von der schlechten Beurteilung, die Bellmon über ihn hätte schreiben müssen), hatte er Bobby in seinem Hubschrauber mitgenommen und ihm genügend beigebracht, um den Prüfungsflug zu bestehen.

Und er hatte bei niemandem mit dem Abzeichen des Adjutanten herumgeprotzt oder sich hinter dem Thron versteckt. Er hatte das Risiko auf sich genommen, obwohl er gewusst hatte, dass er seine Karriere vergessen konnte, wenn er von Bellmon erwischt wurde. Er hatte es getan, weil er Bobby mochte und weil er wusste, dass es dessen Vater das Herz brechen würde, wenn Bobby von der Flugschule geworfen werden würde.

Bellmon hatte schließlich – nicht ohne ein gewisses Unbehagen – entschieden, dass mehr Schaden als Gutes entstehen würde, wenn offiziell bekannt werden würde, was stattgefunden hatte. Die Army würde zwei Piloten verlieren, und – jedenfalls in Johnny Olivers Fall – einen intelligenten jungen Offizier mit großem Potenzial.

Und dieses Potenzial würde durch die Arbeit für George Rand in der 11th Air Assault Division noch vergrößert werden. Nach dieser Verwendung würde er wissen, wie eine Division, nicht irgendeine, sondern die erste luftmobile Division der Army, im Kampfeinsatz funktionierte. Und vermutlich würde er mit dem goldenen Blatt des Majors aus dieser Dienstzeit hervorgehen. Für einen Offizier seines Alters und der Länge des Dienstes würde er ungewöhnliches Wissen und Erfahrung vorweisen können. Und jetzt waren die Befehle geändert, und Johny wurde dem John F. Kennedy Center for Special Warfare zugeteilt.

Diese verdammten Hurensöhne von Green Berets!

Er würde nicht stillhalten und zulassen, dass diese Bastarde einen perfekt anständigen, tüchtigen, *hervorragenden* jungen Offizier vereinnahmten und ihn ruinierten!

Bellmon zündete sich eine Zigarette an, und als er sah, dass seine Hand schlimm zitterte, drückte er auf den Knopf der Gegensprechanlage und bat seine Sekretärin – stolz auf den beherrschten Klang seiner Stimme – höflich, zu versuchen, für ihn Brigadier General Hanrahan im JFK Center in Bragg ans Telefon zu bekommen.

»Wenn er nicht in seinem Büro zu erreichen ist, Mrs Delally, versuchen Sie es bitte in seinem Quartier.«

General Hanrahan befand sich nicht in seinem Büro. Er war auch nicht in seinem Quartier. General Bellmon sprach mit Mrs Hanrahan und wünschte ihr fröhliche Weihnachten, und sie erzählte ihm, dass Red irgendwo fort mit Craig Lowell war und sie ihn erst bis Heiligabend zurück erwartete.

Wenn er mit Lieutenant Colonel Craig Lowell fort war, dann wusste nur Gott, wo sie sein würden. Und Gott würde es vermutlich gar nicht wissen wollen, wenn er auch nur den geringsten Verstand hatte.

Als Mrs Delally beim Büro des Generaladjutanten im Pentagon anrief, hatte der einzige Offizier, den sie ans

Telefon bekommen konnte, ein Lieutenant Colonel, offenbar nicht genug Verstand, um sich ohne illustrierte Anweisungen die Nase zu schnäuzen.

»Kein Problem, danke, Colonel, ich werde morgen wieder anrufen.«

Bellmon hatte weniger Probleme, Brigadier General George R. Rand ans Telefon zu bekommen.

»Ich habe hier ein Fernschreiben, George«, sagte Bellmon. »Darin wird Johnny Oliver zu Red Hanrahan und den Schlangenfressern versetzt. Wissen Sie etwas darüber?«

»Sie nicht?«, fragte Rand.

»Es ist das Erste, das ich darüber erfahren habe. Was wissen Sie?«

»Er rief mich vor ein paar Tagen an und erklärte höflich, dass man ihm einen anderen Job angeboten hätte …«

»Bei Red Hanrahan?«, unterbrach Bellmon.

»Er sagte, beim ›Special Warfare Center‹, aber ich bin überzeugt, er meinte Red, denn nachdem ich ihm gesagt hatte, ich würde ihm keine Steine in den Weg legen, rief mich Red an und fragte mich, ob es mir etwas ausmache. Er sagte, er hat einen Job für ihn, mit etwas weniger Druck als bisher. Aber wenn ich ihn wirklich bräuchte – et cetera, et cetera.«

»Hanrahan wollte ihn haben, bevor er mein Adjutant wurde«, sagte Bellmon.

»Aber von dieser Versetzung wussten Sie nichts, wie?«

»Oliver ist in Urlaub. Es muss plötzlich gekommen sein. George, wenn ich ihm gut zureden kann, werden Sie ihn dann immer noch nehmen?«

»Klar. Ich hätte ihn gern.«

»Ich werde mich darum kümmern. Ich komme vermutlich auf Sie zurück. Danke, George.«

General Bellmon legte den Hörer auf und zerbrach dann methodisch zwei Bleistifte, um ruhiger zu werden. Danach verließ er sein Büro, lächelte Mrs Delally an und kündigte an, dass er jetzt zu seinem Quartier fuhr. »Dort bin ich zu erreichen, wenn es um etwas Wichtiges geht.«

# 4

*Anbau # 1, Offiziersmesse*
*Fort Rucker, Alabama*

*18. Dezember 1964, 15 Uhr 05*

Second Lieutenant Robert F. Bellmon junior saß an der Bar von Anbau 1, trank Miller's High Life Bier aus einer Dose und war voller Selbstmitleid. Er würde die Gesellschaft des Offiziers neben ihm an der Bar, Captain John S. Oliver, verlieren. Johnny Oliver musste sich am 1. Januar 1965 bei der 11th Air Assault Division in Fort Benning melden.

Bobby würde in Rucker bleiben und vorübergehend auf Starrflügel-Flugzeuge umsteigen. Was danach mit ihm geschehen würde, wusste er noch nicht. Aber zweifellos war eine Ära vorüber. Er würde von dem besten Freund getrennt werden, den er jemals in seinem Leben gehabt hatte, und nichts würde mehr das Gleiche sein. Bobby hielt nicht viel vom neuen Adjutanten seines Vaters. Der Neue war seiner Meinung nach ein Fatzke und Wichtigtuer.

Es war schwierig für einen Second Lieutenant, in einer Garnison stationiert zu sein, deren Kommandeur sein Vater war. Seine Kollegen bestanden für gewöhnlich aus zwei Kategorien, aus denjenigen, die es für gefährlich hielten, sich mit dem Sohn des Generals anzufreunden, und denjenigen, die sich einschmeichelten, weil sie sich dadurch Vorteile erhofften. Bobby war naiv, doch kein Dummkopf.

Bobby glaubte, dass er einen Freund erkennen konnte, wenn jemand etwas für ihn tat, das ihn ebenfalls etwas kostete, ihm nicht nur Gewinn brachte. Johnny Oliver hatte mehrmals bewiesen, dass er ein Freund war, indem er Dinge für ihn getan hatte, *obwohl* er General Bellmons Adjutant war, nicht *weil* er es war. Wenn Johnny nicht gewesen wäre, dann würde er, Bobby, kein Pilotenabzeichen tragen, das war ihm klar.

Bobby erkannte, dass er am meisten bei Oliver dessen Selbstvertrauen bewunderte. Oliver entschied, was richtig war, und das tat er dann. Insgeheim dachte Bobby, dass er immer noch wie ein Plebejer dachte: *Wenn etwas nicht besonders erlaubt ist, dann ist es verboten.* Oliver hingegen kehrte das um: *Wenn etwas nicht besonders verboten ist, dann scheiß drauf, tu es einfach!*

Captain Johnny Oliver hatte dem Kellner signalisiert, eine weitere Runde Bier zu bringen, und der Mann holte sie gerade aus dem Kühlschrank, als das Telefon klingelte. Bobby nahm den Hörer ab.

»Anbau Nummer eins, Lieutenant Bellmon, Sir«, meldete er sich auf die vorgeschriebene Weise.

»Ist Captain Oliver da?«, fragte eine Männerstimme. »Hier ist Major Ting. Ich bin der AOD.« Der Aerodrome Officer of the Day.

»Bleiben Sie bitte dran, Sir«, sagte Bobby und bedeckte die Sprechmuschel mit der Hand. »Es ist für dich. Major Ting. Der AOD.«

Als Bobby ihm den Hörer reichte, war Captain John S. Oliver ebenfalls in Gedanken beim 1. Januar 1965 gewesen. An diesem Datum, so glaubte er, würde es ihm möglich sein, Liza Wood – und den Jungen – ein für alle Mal aus seinem Gedächtnis zu streichen.

Offenbar sollte es nicht sein. Liebe konnte nicht die Hindernisse vor einer Heirat und einem glücklichen Leben danach überwinden.

Er verstand Lizas Position, und es war ihm bewusst, dass viele Leute – sogar er selbst dann und wann – ihr völlig Recht geben würden.

Sie hatte einen Soldaten und Ehemann – Allans Vater – verloren, hatte unter dem Verlust gelitten und sich geschworen, dass ihr oder Allan dies niemals mehr widerfahren durfte.

»Er hat bereits einen Vater verloren, Johnny, und ich will nicht, dass er das noch einmal durchmachen muss.«

Das war natürlich eine Andeutung, dass er Allans Daddy geworden war, und es stimmte. Er mochte den Jungen, und Allan mochte ihn, und er wäre perfekt glücklich gewesen, ihn als sein eigenes Kind aufzuziehen.

Und es war ja nicht so, dass er seine Offiziersuniform hätte ausziehen und sich einen Job als Gebrauchtwagenverkäufer oder Versicherungsvertreter hätte suchen müssen. Er war Millionär. Das war zwar schwer zu begreifen, aber es stimmte.

Seine Schwester und ihr Mann hatten versucht, ihn um die Hälfte seines väterlichen Erbes zu betrügen, das hauptsächlich aus Jack's Truck Stop in Burlington, Vermont, bestand. Es war schmerzlich, zu denken, dass die eigene Schwester, die einzige lebende Verwandte, bewusst geplant hatte, ihn um das zu betrügen, was ihm rechtmäßig zustand, aber genau das hatte sie getan.

Sein Vater hatte in seinem Testament verfügt, dass entweder seine Schwester ihm oder er ihr anbieten konnte, sich auszahlen zu lassen. Seine Schwester hatte ihm in einem Brief mitgeteilt, dass sie und ihr Mann ihn abfinden wollten und dass sein Anteil soundso viel wert sei.

Zu diesem Zeitpunkt hatte er die Wahl gehabt, ihr diese Summe zu schicken, und dann hätte ihm der gesamte Truck Stop gehört. Oder ihr Angebot anzunehmen, was bedeutet hätte, dass sie ihm einen Scheck geschickt hätte, wodurch sie und ihr Mann die Besitzer gewesen wären. Doch sie hatte ihm nicht angeboten, einen Scheck zu schicken, sondern geschrieben, sie und ihr Mann würden ihn ›im Laufe der Zeit‹ auszahlen.

Seine erste Reaktion beim Erhalt des Briefes war der Gedanke – obwohl er nichts darüber wusste –, dass der Truck Stop vermutlich ein wenig mehr als das Doppelte ihres Angebots wert war. Aber das war ein müßiger Gedanke, denn er hatte etwa zweitausend Dollar auf der Bank, geradezu lächerlich im Vergleich zu den 268.000, die er ihr hätte schicken müssen, um sie auszuzahlen.

An diesem Punkt kam Lieutenant Colonel Craig W. Lowell ins Spiel. Lowell erklärte, er wolle sich zwar nicht in Johnnys persönliche Geschäfte einmischen, aber Geschäft sei Geschäft, und eine Viertelmillion Dollar sei viel Geld und es könne nicht schaden, eine professionelle Meinung über das Angebot einzuholen.

Lowell sagte, dass Geoff Craigs Vater Aufsichtsratsvorsitzender von Craig, Powell, Kenyon & Dawes, Investment Bankers, New York, sei. Sie hatten beim Personal Experten, die sich in solchen Dingen auskannten, und Lowell war überzeugt, dass sie gerne helfen würden.

»Danke, Colonel, aber ich möchte Geoff nicht behelligen, damit er seinen Vater behelligt.«

»Ich bin stellvertretender Vorsitzender des Aufsichtsrats«, sagte Lowell. »Lassen Sie mich dort anrufen, Johnny.«

Ein ulkiger kleiner Mann tauchte in Johnnys Quartier für ledige Offiziere auf und überreichte ihm eine Visitenkarte, die ihn als Foxworth T. Mattingly, Esquire, Rechtsanwalt, auswies. Mattingly sagte, er sei von Craig, Powell, Kenyon & Dawes und habe die Anweisung von Colonel Lowell, sich um die Einzelheiten der Truck-Stop-Angelegenheit zu kümmern. Johny unterschrieb eine Vollmacht, die den Anwalt dazu berechtigte, ihn bei dem Geschäft zu vertreten.

Er hatte gar nicht mehr an das Geschäft gedacht, als seine Schwester ihn anrief, wütend, hysterisch, und vermutlich betrunken. Nachdem sie ihm zehn Minuten lang vorgeworfen hatte, ein undankbarer Hurensohn und Schlimmeres zu sein, kapierte er schließlich, dass sie ein Schreiben von Craig, Powell, Kenyon & Dawes, Investment Bankers, erhalten hatte, in dem ihr mitgeteilt worden war, dass John S. Oliver junior von seinem Recht Gebrauch mache, ihren Anteil von Jack's Truck Stop zu der von ihr vorgeschlagenen Summe zu kaufen. Als Anlage war ein Verrechnungsscheck über 268.000 Dollar beigefügt.

Johnny rief Colonel Lowell an.

»Mattingly hat herausgefunden, dass der Besitz etwas

über vier Millionen wert ist, Johnny«, sagte Lowell. »So habe ich ihn angewiesen, ihn für Sie zu kaufen, für – was hatte sie angeboten? – eine Viertelmillion.«

»Ich habe keine 268.000 Dollar«, sagte Johnny.

»Die Firma hat Ihnen das Geld geliehen«, erwiderte Lowell. »Das ist unsere Tätigkeit, Johnny, wir sind Investmentbanker. Dies war ein sehr guter Handel für einen Investmentbanker. Wir wussten, dass unser Geld sicher war.«

Schließlich musste seine Schwester Jack's Truck Stop behalten, und Johnny zahlte bei der First National Bank of Ozark einen als gedeckt bestätigten Scheck über 2,327 Millionen Dollar ein.

Mit so viel Geld, argumentierte Liza, konnten sie sich wirklich ein gemeinsames Leben aufbauen, wenn er nur aus der gottverdammten Army ausscheiden würde.

Er stellte fest, dass er das nicht konnte. Er wollte nicht ins Immobiliengeschäft gehen oder eine Ford-Vertretung oder ein Charterboot in den Florida Keys kaufen. Er war Soldat. Ein guter. Er mochte es, Soldat zu sein, und er wusste, dass er sich bei einer anderen Tätigkeit miserabel fühlen würde.

Liza hatte ihm gesagt, es sei seine Entscheidung. Entweder sie und Allan oder die gottverdammte Army.

Jetzt wollte sie nicht mal mehr am Telefon mit ihm sprechen. Es schmerzte wirklich, zu wissen, dass sie nur sieben Meilen entfernt war und nicht mit ihm reden wollte.

Am 1. Januar 1965 würde er sich beim Special Warfare Center in Bragg melden – eine neue Umgebung, neue Aufgaben –, und vielleicht würde der Schmerz nicht mehr so schlimm sein.

»Captain Oliver, Sir«, sagte Johny Oliver am Telefon am Ende der mit grünem Linoleum belegten Bar von Anbau # 1.

»Major Ting, Oliver, ich bin der AOD.«

»Ja, Sir?«

»Der Tower erhielt eine Funkmeldung von einer zivilen Cessna 310-H«, sagte Major Ting. »Sie trifft in zehn Minuten ein. Es ist ein Code Sieben an Bord. Keine Ehrenbezeigungen, aber sie erbitten Bodentransport.«

Major Ting weiß offenbar nicht, dass ich als Adjutant des Kommandeurs abgelöst worden bin, dachte Oliver.

Ein Code Sieben war, basierend auf der Besoldungsstufe, ein Brigadier General. ›Keine Ehrenbezeigungen‹ bedeutete, dass der General keinen Wert drauf legte, dass eine Kapelle spielte oder ein entsprechender Offizier – das heißt mit gleichem oder höherem Dienstgrad – ihn offiziell in Fort Rucker willkommen hieß. Dieser Code Sieben wollte nur von einem Stabswagen nach Ozark gebracht werden.

Für Oliver bestand wenig Zweifel, um wen es sich handelte. Es war Brigadier General ›Red‹ Hanrahan, Kommandant der U.S. Army John F. Kennedy School for Special Warfare in Fort Bragg. Olivers Überzeugung, dass es Red Hanrahan war, hatte eine Reihe von Gründen. Als er ihn vor einer Woche in Bragg gesehen hatte, als er mit Father Lunsford dort gewesen war, hatte ihm Hanrahan gesagt, dass er am Montag nach Rucker kommen werde, um vor Offizieren von Rucker einen Vortrag über die Beteiligung der Army an der Operation Dragon Rouge zu halten.

Noch wichtiger, er traf in einer 310-H ein. Das bedeutete fast mit Sicherheit, dass es sich um Lieutenant Colonel Craig W. Lowells 310-H handelte.

Aber es konnte nicht schaden, das zu überprüfen.

»Sir, haben Sie einen Namen für den Code Sieben?«

»General Hanrahan«, sagte Major Ting.

»Danke für Ihren Anruf, Sir«, sagte Oliver. »Ich weiß das zu schätzen.«

Dies war nicht der Zeitpunkt, um zu erwähnen, dass er nicht mehr General Bellmons Adjutant war und solche Anrufe an seinen Nachfolger gerichtet werden sollten.

»War mir ein Vergnügen«, erwiderte Major Ting und hängte ein.

Captain Johnny Oliver schob sichtlich widerstrebend seine Bierdose von sich und telefonierte ein paar Mal, nachdem er jede Nummer aus dem Gedächtnis gewählt hatte.

Er rief den Fahrer des Generals an und wies ihn an, eine Tafel mit einem Stern und den Stabswagen zu besorgen und ihn in Anbau # 1 abzuholen.

Dann telefonierte er mit dem Quartiermeister und wies ihn an, dafür zu sorgen, dass das Magnolia House, das VIP-Quartier, darauf vorbereitet wurde, Brigadier General Hanrahan und Gott weiß wie viele Begleiter zu empfangen.

Er rief beim Hauptklub an und veranlasste, dass der Haupttisch kurzfristig für General Bellmons Dinnerparty umgedeckt wurde. Es würden vermutlich Brigadier General Hanrahan und Gott weiß wie viele Gäste an dem Dinner teilnehmen.

Schließlich rief er beim Quartier # 1 an. Mrs Bellmon meldete sich.

»Johnny, Mrs B«, sagte Oliver. »General Hanrahan wird in etwa zwanzig Minuten mit einer Cessna 310-H auf Cairns landen.«

»Das bedeutet vermutlich Colonel Lowell«, erwiderte Mrs Bellmon.

»Jawohl, Ma'am, das meine ich auch. Ich habe beim Club und Magnolia House angerufen und den Wagen des Generals bestellt. Sie erbitten Bodentransport nach Ozark, aber ich hielt es für besser, alles auf dem Standort abzudecken.«

»Sie sollten abgelöst sein, Johnny«, meinte Barbara Bellmon.

»Mein letzter Hurraruf«, sagte Johnny. »Ich hielt es für besser, General Hanrahan und Colonel Lowell langsam mit Captain Hornsby zu konfrontieren. Oder zumindest einen nach dem anderen.«

Sie lachte.

»Wo sind Sie?«

»In Anbau eins, zusammen mit Bobby«, antwortete Oliver, und dann zuckte er zusammen. Bobby, der nicht

›Bobby‹ genannt werden wollte, lauschte schamlos dem Gespräch.

»Wir sehen Sie dann im Club«, sagte Barbara Bellmon. »Danke, Johnny. Wieder mal.«

»Ein letztes Mal«, sagte er, legte auf und wandte sich an Bobby. »Trink dein Bier aus, Roberto, die Pflicht ruft.«

Bis jetzt hatte Oliver dem Wetter wenig Beachtung geschenkt - es war nur wichtig, wenn er fliegen würde -, aber als er das Hupen des Chevrolet-Stabswagens hörte und nach draußen ging, wurde er besorgt. Es war kalt mit Sprühregen, was die Möglichkeit von vereisten Tragflächen und Sicht nahe null bedeutete.

Nach zehnminütiger Fahrt lenkte der Fahrer des Generals den Chevrolet auf den Parkplatz beim Abfertigungsgebäude, der für den befehlshabenden General reserviert war.

»Komm, Bob«, sagte Oliver. »Die können hier nur mit ILS landen. Das solltest du dir ansehen.«

Sie betraten das Abfertigungsgebäude durch die Hintertür, gingen durch die Halle, vorbei an dem Ölporträt von Major General Bogardus S. Cairns, einem ehemaligen Panzerkommandeur, der in seiner weißen H-13 tödlich verunglückt war, zwei Wochen, nachdem er seinen zweiten Stern erhalten hatte, und stiegen über eine Treppe in den ILS-Raum.

ILS (Instrument Landing System), das einem Piloten erlaubt, ohne jede Sicht zum Boden bis kurz vor dem Aufsetzen zu landen, erfordert dreierlei Dinge: ein qualitativ hochwertiges, präzises Radar, damit jede Sekunde die Position des Flugzeugs bekannt ist; einen erfahrenen ILS-Controller, der die Position (Geschwindigkeit, Höhe, Lage und Winkel des Sinkflugs) des landenden Flugzeugs in Relation zur Landebahn auswertet; und einen sehr fähigen Piloten, der in der Lage ist, sofort und genau auf die Anweisungen des Controllers zu reagieren.

Der Controller, ein korpulenter fünfunddreißigjähriger Sergeant First Class, blickte finster zu ihnen, als sie sein Heiligtum betraten. Sie hatten dort nichts zu suchen, und die Vorschriften waren für alle gleich, aber der Adjutant des Generals war ein wenig gleicher als gleich.

»Ist das General Hanrahans Maschine?«, fragte Oliver.

»Jawohl, Sir«, sagte der Sergeant ungeduldig. »Er ist noch etwa fünf Meilen entfernt.«

Oliver blieb dann still, als die Cessna Six-oh-three herunter gesprochen wurde. Es war nicht sehr spektakulär. Der Pilot wies den Piloten an, was er tun sollte, und der Pilot tat es. Johnny war ein wenig enttäuscht. Natürlich war er erfreut, dass alles glatt verlief, aber es wäre lehrreicher für Bobby gewesen, wenn scharfe, schnelle Kommandos zum Wechsel der Höhe und des Kurses oder gar der aufgeregte Befehl zum Abbruch der Landung erteilt worden wären.

Solche Kommandos gab es jedoch nicht. Als Erstes war von Cessna Six-oh-three Lieutenant Colonel Craig Lowells ruhige Stimme über den Lautsprecher zu hören.

»Landebahn in Sicht, vielen Dank, ILS.«

»War mir ein Vergnügen, Sir«, erwiderte der Sergeant.

»Wir hätten es vermutlich besser geschafft, wenn wir nüchtern wären«, ertönte Colonel Lowells Stimme aus dem Lautsprecher.

Der Sergeant lachte und wandte sich an Oliver und seinen Begleiter.

»Sie kennen den Colonel, Captain?«

»Jawohl.«

»Toller Typ«, sagte der Sergeant. »Hölle, das war eine Landung aus dem Lehrbuch. Hätte nicht besser sein können.«

»Wir sollten runtergehen und sie empfangen«, sagte Oliver. »Danke, Sergeant.«

Sie stiegen die Treppe hinab und gingen dann durch die Milchglastür, die zur Rampe für Transit-Flüge führte. Sie konnten die Motoren der Cessna hören, und dann war sie auch zu sehen, als sie von der Landebahn rollte.

»Mit etwas Glück, Bobby, wird der General Sergeant Portet mit herbringen«, scherzte Olivier. »Wäre das keine nette Überraschung?«

»Scheiße!«, stieß Bobby hervor.

General Robert F. Bellmon hatte sich schließlich damit abgefunden, dass seine Tochter einen gewöhnlichen Unteroffizier heiratete. Second Lieutenant Bobby Bellmon hatte sich nicht ähnlich mit dem Gedanken angefreundet, geschweige denn abgefunden, dass Jack Portet, der Unteroffizier, der seine Schwester vor den Banden des heiligen Ehestands gevögelt hatte, in die lange Ahnenreihe der Offiziersfamilie Bellmon aufgenommen wurde.

Die Cessna rollte an ihnen vorbei. Sergeant Jack Portet, breit grinsend, winkte ihnen vom Pilotensitz aus zu.

»Nun«, sagte Oliver lachend. »Das erklärt die ILS-Landung wie aus dem Lehrbuch, nicht wahr, Bobby?«

»Gottverdammt, hörst du auf, mich ›Bobby‹ zu nennen?«

Lieutenant Colonel Craig W. Lowell stieg als Erster als der Cessna aus. Er trug Zivilkleidung: Harris Tweed Sakko, graue Flanellhose, Feizeitschuhe und ein gelbes, offenes Hemd mit Buttondown-Kragen. Dazu einen Seidenschal.

Er blickte auf Captain Oliver und Second Lieutenant Bellmon herab und lächelte.

»Hallo, Bobby«, rief er herzlich. »Wie schön, dass du bei dem Regen hier herausgekommen bist, um uns abzuholen.«

»Hallo, Onkel Craig«, sagte Bobby. Er kannte Lowell, seit er ein kleiner Junge gewesen war. Oliver hatte bemerkt, dass dies Lowell das Recht gab, ihn ›Bobby‹ zu nennen, ohne dass er beleidigt war.

Lowell stieg die Leiter herab und reichte Johnny Oliver die Hand.

»Ich dachte, Sie wären abgelöst. Trotzdem vielen Dank, Johnny.«

»Gern geschehen, Colonel«, sagte Johnny. »Wie war der Flug?«

»Bescheiden«, erwiderte Lowell. »Sicher, aber bescheiden. Wissen Sie, dass wir mit ILS landen mussten?«

»Jawohl, Sir. Wir haben Ihren Anflug beobachtet. Der ILS-Controller sagte, es sei eine Landung wie aus dem Lehrbuch.«

»Was den Flug bescheiden machte, war der Umstand, dass er dabei eine Unterhaltung mit uns führte«, sagte Lowell. »Wenn ich einen ILS-Landeanflug bei solchem Wetter mache, dann stört schon das Ticken einer Uhr meine Konzentration.«

Brigadier General Paul R. Hanrahan stieg als Nächster aus. Er war in Uniform, trug dazu jedoch nur sein Fallschirmspringerabzeichen mit Kampfeinsatz-Stern und sein Infanterie-Kampfabzeichen mit dem Stern über dem Steinschlossgewehr, das eine zweimalige Verleihung anzeigte.

»Oh, ich hatte nicht erwartet, hier abgeholt zu werden«, sagte er. »Ich hatte nur um Transport gebeten.«

»Es war uns ein Vergnügen, General«, sagte Oliver und salutierte.

»Und Sie sind auch hier, Bobby. Nun, ich weiß das zu schätzen«, sagte Hanrahan, als er herabstieg.

Lowell ging zum Gepäckabteil und lud ihr Gepäck aus.

Als Letzter stieg Sergeant Jack Portet aus der Cessna. Er blieb oben stehen, knöpfte sein Hemd zu und richtete seine Krawatte; dann griff er hinter sich und nahm seine Uniformbluse aus dem Flugzeug. Er zog sie an und knöpfte sie zu, dann griff er noch einmal in die Cessna und nahm ein grünes Barett heraus. Er setzte es auf und bückte sich, um seinen Hosensaum um den Schaft seiner auf Hochglanz polierten Fallschirmspringerstiefel zu richten.

Er stieg herab und salutierte vor Johnny Oliver.

»Hallo, Jack«, sagte Oliver, erwiderte den Gruß und gab Portet dann die Hand. »Das war eine gute ILS-Landung.«

»Das war nicht ganz das, was ich zu hören erwartet hatte«, erwiderte Portet.

»Soweit ich weiß, befindet sie sich in Quartier eins.«

»Und weiß sie, das ich komme?«

»Inzwischen hat sie es vermutlich erfahren«, sagte Oliver. »Ich habe Quartier eins angerufen.«

Jack salutierte spöttisch vor Second Lieutenant Bellmon.

»Guten Tag, Lieutenant«, sagte er. »Wie geht es Ihnen heute?«

Weil Bob nicht wusste, was er sonst tun sollte, erwiderte er den Gruß. Hanrahan und Lowell lächelten Oliver an. Lowell zwinkerte.

Portet ging zu einem Fach an der Seite des Flugzeugs und zog Bremsklötze und eine Abdeckplane hervor, ging damit um das Flugzeug herum und brachte sie an Ort und Stelle an. Während er damit beschäftigt war, nahm Oliver die Befestigungsstricke aus dem Fach und band die Tragflächen fest. Dann gingen sie zusammen zum Abfertigungsgebäude.

»Nun, Johnny, wenn das mit General Bellmons Terminplan in Einklang gebracht werden kann, möchte ich ein paar Minuten mit ihm sprechen, je früher desto besser«, sagte General Hanrahan.

»Ich glaube, das wird ein Problem, Sir«, sagte Oliver. »Sie sind im Magnolia House einquartiert. Warum rufen Sie ihn nicht an, wenn Sie dort eintreffen?«

»Okay«, sagte Hanrahan. »Wie hat er auf die Nachricht reagiert, dass Sie für mich arbeiten werden?«

»Ich habe es ihm noch nicht gesagt, Sir.«

»Warum nicht?«, fragte Hanrahan scharf.

»Ich – Sir, ich hätte fast gesagt, es gab keine Gelegenheit. Aber in Wahrheit habe ich die Gelegenheit nicht gesucht. Ich habe vor, es ihm heute Abend auf seiner Party zu sagen.«

»Er weiß es bereits«, sagte Hanrahan. »Die Befehle wurden per Fernschreiben geändert. Ich habe eine Kopie.«

»O Gott«, entfuhr es Oliver.

»Sie hätten es ihm sagen sollen, Oliver«, tadelte Hanrahan.

»Jawohl, Sir, das hätte ich tun sollen.«

Hanrahan wollte noch etwas sagen, doch er schwieg, als Marjorie Bellmon aus der Tür des Abfertigungsgebäudes kam.

»Was sehe ich denn da?« Lowell wechselte in einen schweren, aber glaubwürdigen Südstaatler-Akzent. »Miss Marjorie! Welcher Zufall bringt dich denn her?«

»Oh, halt die Klappe, Onkel Craig«, erwiderte Marjorie Bellmon. Sie ging zu General Hanrahan und küsste ihn auf die Wange. »Danke«, sagte sie.

»Du solltest *mir* danken, denn es ist *mein* Flugzeug«, sagte Lowell und hielt ihr die Wange hin.

»Okay«, sagt sie und küsste ihn. »Ich danke auch dir.«

Dann ging sie zu Jack Portet und küsste ihn – leicht und keusch – auf die Wange. Und sah ihm mit ihren intelligent blickenden grauen Augen einen Moment in seine und küsste ihn von neuem.

Dann hakte sie sich bei Jack Portet ein und lehnte den Kopf an seine Schulter.

»Darf ich aus dieser beeindruckenden Demonstration von Zuneigung schließen, dass ich keine Sorgen um Sergeant Portets Wohlergehen während seines Aufenthalts hier haben muss?«, fragte Lowell.

»Ich werde mich um ihn kümmern«, sagte Marjorie. »Du brauchst dir überhaupt keine Sorgen zu machen.«

»In diesem Fall sollten wir aufbrechen«, sagte Hanrahan.

## 5

*Daleville, Alabama*

*18. Dezember 1964, 16 Uhr 15*

Jack Portet sagte sich auf der Fahrt in Marjories MG-B durch Daleville, Kleinstadt zwischen dem Cairns Army Airfield und Fort Rucker – bekannt als ›Die Garnison‹ –, dass Diskretion der bessere Teil der Lust ist und legte nicht die Hand auf Marjories Knie, so sehr er auch versucht war.

»Ich muss beim Laden für Offiziere halten, Baby«, sagte er.

»Kann es nicht warten? Es ist schon Viertel nach vier.«

»Es steht mir nicht zu, nach dem Grund zu fragen, denn ich muss ins Tal des Offizierladens galoppieren«, erwiderte Jack.

»Er lässt dich Botengänge erledigen, nicht wahr?«, sagte sie ärgerlich, doch dann fügte sie hinzu: »Aber ich werde ihm verzeihen, denn er hat mir mein Baby gebracht.«

Sie ergriff seine Hand, drückte sie, und als sie die Hand losließ, war das über ihrem Knie, und er gab der Versuchung nach und ließ sie darauf fallen. Nach einer Weile spürte er ihre Hand über seiner, die auf dem Knie lag.

»Ich frage mich, wie wir die Zeit verbringen, wenn jeder sonst auf Johnnys Abschiedsparty ist«, sagte sie unschuldig.

Der Militärpolizist am Tor entdeckte den blauen Aufkleber für Offiziere auf der Stoßstange des MG, schlug die Hacken zusammen und salutierte.

Jack grüßte militärisch korrekt zurück.

»Ich weiß nicht, ob Sergeants salutieren sollen oder nicht«, sagte er. »Aber wenn ich am Tor stünde und einen anderen Unteroffizier grüßen müsste, würde mich das ärgern.«

»Es soll ein Gruß zwischen Kriegern sein«, meinte Marjorie.

Der verantwortliche Staff Sergeant im Laden für Offiziere sah draußen Marjories Wagen vorfahren und hatte Zeit genug, um dem verantwortlichen Lieutenant zu melden, dass die Tochter des Generals in den Laden kommen würde.

»Guten Tag, Miss Bellmon«, sagte der Lieutenant, als Jack und Marjorie eintraten. »Wie kann ich Ihnen dienen?«

»Ich begleite den Sergeant«, erwiderte Marjorie. »Trotzdem danke.«

*Was, zum Teufel, hat das zu bedeuten?*, dachte der Lieutenant, doch er lächelte Jack an und sagte: »Wie kann ich Ihnen helfen, Sergeant?«

»Ich brauche vermutlich ein Exemplar von allem«, sagte Jack. »Aber ich werde mich auf das beschränken, was Miss Bellmon mir rät.«

Er überreichte Marjorie ein paar Vervielfältigungen. Sie sah ihn neugierig an und las dann.

HEADQUARTERS

**DEPARTMENT OF THE ARMY**
**WASHINGTON, D.C.**

16. Dezember 1964

SPECIAL ORDERS
NR. 307

A*U*S*Z*U*G

101. SERGEANT Jacques Emile PORTET, US 52397606, Hq & Hq Company USAAVN Fort

Rucker, Ala., ist auf Veranlassung der Regierung nach den Bestimmungen von AR 615-365 aus dem Militärdienst EHRENVOLL ENTLASSEN. Reisekosten und Tagegeld werden an seine Heimatadresse, Avenue Leopold 404, Leopoldville, Republik Kongo, überwiesen.

102. FIRST LIEUTENANT Jacques Emile Portet, Inf, 0-391123, U.S. Army Reserve, der sich für

aktiven Dienst für einen Zeitraum von mindestes drei (3) Jahren gemeldet hat, ist Hq & Hq Company, John F. Kennedy Center for Special Warfare, Fort Bragg, N.C., zugeteilt. Überweisung von Reisekosten und entsprechendem Tagegeld an die Heimatadresse des Offiziers, Avenue Leopold, Leopoldville, Republik Kongo, ist genehmigt.

103. FIRST LIEUTENANT Jacques Emile PORTET, Inf., 0-391123, Hq & Hq Company, JFK Center for Spec War, Ft. Bragg, N.C., wird für die Dauer von mindestens fünfundvierzig (45) Tagen vorübergehend verwendet und wird sich zum USAAVN Center, Fort Rucker, Ala., begeben, um sich dort einer besonderen Flugausbildung durch das Ft Rucker Instrument Flight Examiner Board zu unterziehen, die zu seiner einstweiligen Ernennung als Army Aviator für Starr- und Drehflügler, ein- und mehrmotorig, mit besonderem Instrumentenflug-Zeugnis führt. Offizier ist zu Tagegeld und Reise mit Privatfahrzeug berechtigt. Genehmigt durch mündlichen Befehl des Stabschefs, U.S. Army, an befehlshabenden General JFK Center for Special Warfare Ft. Bragg, N.C., vom 15. Dezember 1964, 8030 Uhr.

A*U*S*Z*U*G

Bestätigt:
John B. Stevenson
Major General, The Adjutant General

Verteiler:
Special
201-Portet, Jacques E., 0-391123

»Oh, mein Gott!«, stieß Marjorie hervor.

Sie schaute Jack an, und er zuckte mit den Schultern und lächelte.

»Das hast du für mich getan!«, sagte sie vorwurfsvoll. »Oh, Jack, du verdammter Dummkopf!«

»Ich habe es getan, weil Colonel Felter sagte, er braucht mich«, sagte Jack. »Und ich glaube, das stimmt. Ich dachte, du wärst erfreut.«

»Erfreut darüber, dass du wie Sandy und Craig und Geoff und die übrigen dieser Schlangen fressenden Irren herumläufst?«, fragte sie ungläubig. »Ich wollte dich sicher und gesund in diesem verdammten Prüfungsausschuss für Instrumentenflüge haben!«

Sie drängte ihm seine Befehle auf, als hätte sie sich daran verbrannt.

Jack wandte sich an den Lieutenant und gab ihm die Befehle.

»Ich brauche Uniformen«, sagte er. »Und eine Class A sofort. Ich habe Größe 48. Wird das ein Problem sein?«

»Wir können uns um alles kümmern, nur nicht die Aufschläge der Hosenbeine nähen, Lieutenant«, sagte der Staff Sergeant. »Die Näherin hat bereits Feierabend gemacht.«

»Ich werde deine verdammten Aufschläge für dich nähen, *Lieutenant*«, sagte Marjorie. »Oh, Jack, warum?«

## 6

*Magnolia House*
*Fort Rucker, Alabama*

*18. Dezember 1964, 17 Uhr 15*

Major General Robert F. Bellmon bog mit seinem Oldsmobile auf den Zufahrtsweg des Magnolia House – das Durchgangsquartier für Offiziere im Generalsrang auf

Reisen und VIPs –, stieg aus und ging schnell zur Tür. Er klopfte an, trat ein, ohne auf eine Aufforderung zu warten.

Er fand Lieutenant Colonel Craig W. Lowell in Zivilkleidung im Wohnzimmer. Lowell schaute sich die Nachrichten im Fernsehen an und hielt einen Drink in der Hand. Seine Ausgehuniform hing auf einem Bügel an einer Tür, die vermutlich zu seinem Schlafzimmer führte.

»Hallo, Craig«, sagte Bellmon und forderte ihn mit einer Geste auf, sitzen zu bleiben. »Wo ist Red?«

»Er telefoniert mit seiner Frau«, sagte Lowell. »Möchten Sie einen kleinen Schluck?«

»Bitte«, sagte Bellmon. »Was haben Sie?«

»Scotch«, erwiderte Lowell. Er stand auf und ging zu einem Sideboard, auf dem eine Reihe von Flaschen und glänzendes Silbergeschirr standen. Bevor er dort anlangte, kam aus dem Esszimmer ein Steward ins Wohnzimmer, ein schwarzarbeitender GI in Diensten des Offiziersklubs.

»Schon gut, Sergeant«, sagte Lowell. »Ich schenke die Getränke ein. Warum machen Sie nicht einfach Feierabend?«

Der Steward blickte überrascht und Hilfe suchend zu General Bellmon.

»Ich kenne diese Gentlemen lange genug, Sergeant, um zu wissen, dass sie absolut keine Hilfe brauchen, um sich mit Whisky zu bedienen«, sagte Bellmon. »Wie wäre es, wenn Sie rüber in den Club gehen und sehen, ob Sie bei meiner Party an der Bar helfen können?«

»Jawohl, Sir«, sagte der Steward lächelnd.

Lowell mixte Scotch und Soda und reichte Bellmon das Glas.

»Prost, Robert«, sagte er.

»Cheerio.« Bellmon nippt an dem Scotch. »Der ist gut. Welche Marke?«

»McNeils«, sagte Lowell.

»Nie gehört«, meinte Bellmon.

»Ich habe ihn rüberschicken lassen«, sagte Lowell.

»Von Schottland, meinen Sie?«

Lowell nickte.
»Es muss schön sein, reich zu sein«, bemerkte Bellmon.
»Das ist es, wie Sie selbst wissen«, erwiderte Lowell lächelnd. »Spielen Sie mir nicht den Armen vor, Bob. Ich weiß es besser.«
»Trotzdem freue ich mich, Sie zu sehen, Craig«, erwiderte Bellmon. »Besonders weil Sie Ihren Ausgehanzug mitgebracht haben. Haben Sie auch die goldene Untertasse dabei?«
»Ich verlasse das Haus niemals ohne sie«, sagte Lowell und wies auf einen der Sessel. Darauf lag, an einer purpurfarbenen Schärpe hängend und fast so groß wie eine Untertasse, das vergoldete Symbol der Mitgliedschaft des griechischen Ordens von Sankt Michael und Sankt Georg.
»Das gibt den Leuten stets Gesprächsstoff, wenn die Unterhaltung stockt«, bemerkte Bellmon.
»Ein regelrechter Unterhaltungsknüller«, sagte Lowell.
»Wie schon gesagt, ich bin begeistert über ihr Hiersein, aber ich frage mich, *warum* Sie hier sind.«
»Nun, zum Beispiel bin ich eingeladen«, erwiderte Lowell.
»Sie wissen, was ich meine.«
»Okay. Ich habe geargwöhnt, dass Sie ärgerlich auf Red sind, und ich bin hier, um ihn vor Ihrem berechtigten Zorn zu schützen.«
»Dann wissen Sie es also? Vielleicht sind Sie darin verwickelt?«
»Flüchtig«, sagte Lowell. »Am Rande.«
»Nun, Red sollte eine verdammt gute Erklärung haben, oder ich werde dagegen ankämpfen, notfalls bis zum Stabschef rauf. Ich mag Johnny Oliver, und ich werde nicht zulassen, wie er seine Karriere wegwirft – wie sie von euch Cowboys ruiniert wird.«
Brigadier General Paul R. Hanrahan betrat das Wohnzimmer. Er war in Hemdsärmeln.
»Tag, Tex«, sagte Lowell. »Greifen Sie zu Ihrem Colt. Es ist zwölf Uhr mittags. Ich habe Sie gewarnt, dass er sauer sein wird.«

Bellmon bedachte Lowell mit einem kalten, wütenden Blick und sah dann Hanrahan an.

»Verdammt, Red, ich bin nicht mal gefragt worden!«

»Ich finde, wir sollten etwas trinken«, meinte Hanrahan.

»Ich finde, Sie sollten mir erzählen, was Sie Johnny Oliver antun wollen«, sagte Bellmon.

»In Ordnung«, sagte Hanrahan und mixte sich selbst einen Drink. »Captain Oliver kam zu mir und fragte, ob er sich irgendwo im Center nützlich machen könnte, und ich sagte ja.«

»Er kam zu Ihnen?«, fragte Bellmon, ehrlich überrascht. »Er hatte seine Verwendung. George Rand, der persönlich seine Beurteilung schreibt, bot ihm eine Stelle als ›Verwaltungsassistent‹ an. Das ist eine verdammt gute Verwendung.«

»Er kam zu mir«, wiederholte Hanrahan.

»Das kann ich einfach nicht verstehen«, sagte Bellmon.

»Nun, er kam mit seinem Freund Lunsford …«

»Den hat er erwähnt. Wer ist das?«, unterbrach Bellmon.

»Sie kennen sich einander von Vietnam. Er war der Leiter des A Teams, das Johnny herauszuholen versuchte, als er abgeschossen wurde. Felter hatte ihn im Kongo, wo er mit den Simbas im Dschungel herumwanderte. Dafür bekam er einen Silver Star – zufällig vom Präsidenten. Der ihn auf die Beförderungsliste zum Major setzte. Er ist ein guter Offizier.«

»Und dies ist seine Idee?«, fragte Bellmon.

»Nein, es war Olivers Idee. Sie waren betrunken, als sie bei mir auftauchten.«

»Betrunken?«

»Blau. Das überraschte mich nicht bei Lunsford, aber doch ein bisschen bei Oliver. Und dann erkannte ich, Bob, dass er verdammt fast so seelisch erschöpft war wie Lunsford.«

»Wollen Sie damit andeuten, ich hätte zu viel von ihm verlangt?«, fragte Bellmon kalt.

»Ich will damit andeuten, dass er sich mit der Arbeit

für Sie überanstrengt hat«, sagte Hanrahan. »Er denkt, Sie spazieren nur nicht übers Wasser, weil Sie sich nicht die Schuhe nass machen wollen. Und dann hatte er einige persönliche Probleme.«

»Sie meinen mit dieser widerspenstigen Witwe?«

»Ja. Sie stellte ihn vor die Wahl, sich zwischen ihr und dem Jungen oder der Army zu entscheiden. Er entschied sich für die Army.«

»Und dann war da sein geliebtes Schwesterlein«, warf Lowell ein.

»Davon weiß ich nichts«, sagte Bellmon.

»Als er nicht zuließ, dass sie ihn um zweikommadrei Millionen betrog, warf sie ihm vor, ein undankbarer Hurensohn zu sein.«

»Davon habe ich nichts gehört«, sagte Bellmon. »Ich wusste, dass da etwas mit einer Schwester war, aber ...«

»Nach dem, was ich gehört habe, ist sie wirklich eine Hexe«, sagte Lowell. »Aber sie zog Johnny als kleinen Jungen auf – ich kann verstehen, warum ihn die Sache seelisch belastet.«

»All dies hat er Ihnen erzählt?«, fragte Bellmon.

»Nein. Er hat es Father Lunsford erzählt, und als ich Father fragte, warum Oliver zur Fremdenlegion gehen wollte, sagte er es mir.«

»Erzählen Sie es mir?«

»Im Augenblick kämpfen die beiden gegen den Rest der Welt an«, sagte Hanrahan. »Lunsford ist mit seiner Familie verkracht – oder jedenfalls mit einem Teil davon, und Oliver hat sowohl von seiner Schwester als auch von der Witwe Saures bekommen.«

»Und er meint, die Dinge würden sich bessern, wenn er mit den Jungs durch die Wälder robbt und Schlangen frisst?«

»Sie brauchen beide eine Erholungspause«, sagte Hanrahan. »Danach kann ich eine Tätigkeit für sie finden. Ich habe nicht vor, sie durch die Wälder robben und Schlangen fressen zu lassen. Sie haben alle Ausbildung, die sie auf diesem Gebiet brauchen.«

»Wenn er für George Rand arbeiten würde«, meinte Bellmon überzeugt, »würde er es zweifellos in einem Jahr über die Fünf-Prozent-Liste zum Major schaffen. Ich habe ihm soeben eine hervorragende Beurteilung geschrieben.«

»Was er zu diesem Zeitpunkt in seiner Laufbahn *nicht* braucht, ist ein weiteres Jahr sechzehnstündiger Arbeitszeit für einen General«, sagte Hanrahan fast ebenso entschieden. »Können Sie das denn nicht verstehen? Sobald er von Vietnam zurückkäme, würden Sie ihn an die Arbeit setzen. Er würde genauso hart arbeiten wie für George Rand. Und da ihm seine Herzensdame einen Tritt versetzt hat – wird das fast zwangsläufig zu einem Zusammenbruch führen.«

»Ich stimme dem Rotkopf zu«, sagte Lowell.

Bellmon blickte ihn kalt an, zuckte mit den Schultern und wandte sich dann an Hanrahan.

»Und was würden Sie mit ihm anstellen? Wohlgemerkt, *wenn* Sie ihn bekämen. Ich bin immer noch drauf und dran, den Stabschef anzurufen.«

»Ich finde, Sie sollten es ihm sagen, Red«, warf Lowell ein.

Hanrahan sah Lowell lange an und überlegte sichtlich, um zu einer Entscheidung zu gelangen.

»Ich nehme an, Bob wird früher oder später mit hineingezogen werden, nicht wahr?«, sagte er schließlich und schaute Bellmon an.

»In was hineingezogen?«, fragte Bellmon.

»Operation Earnest«, sagte Hanrahan. »Das ist eine Operation von Felter. Und sie ist als Top Secret/Earnest erklärt.«

»Was, zum Teufel, ist das?«

»Lunsford ist der Einsatzoffizier, und Oliver wird das Fliegerische für ihn übernehmen.«

»Ich habe gefragt, was das ist«, sagte Bellmon ungeduldig. »Was ist ›Operation Earnest‹?«

Hanrahan blickte Lowell fragend an, bevor er antwortete. Lowell zuckte mit den Schultern.

»Felter hat die Information, dass Che Guevara nach

Afrika fliegt, um Ärger zu machen«, sagte Hanrahan. »Sie werden ihn im Auge behalten.«

»Sein Vorname lautet Ernesto«, fügte Lowell trocken hinzu.

»Ich bin mir nicht ganz sicher, ob ich verstehe«, bekannte Bellmon. Das Gehörte missfiel ihm offensichtlich. »Sie werden versuchen, ihn ausfindig zu machen, meinen Sie das? Ist das nicht Sache der CIA?«

Hanrahan zuckte mit den Schultern.

»Und was werden sie tun, wenn sie ihn finden?«

»Ihn zur Vernunft bringen«, sagte Lowell trocken. »Ihn auf sein falsches Verhalten hinweisen. Er war nicht immer der mörderische Hurensohn, der Gefangene mit Baseballschlägern totschlägt.«

»Sie meinen, sie werden ihn beseitigen«, sagte Bellmon.

»Nein, das ist absolut keine Wahl«, widersprach Lowell. »Ich habe Ihnen gesagt, wie die Befehle lauten. Ihn im Auge zu behalten. Ihm vielleicht ein paar Probleme machen, aber das ist alles.«

»Das ist Sache der CIA«, wandte Bellmon ein.

»Der Präsident gab Felter den Job.«

Aha, dachte Bellmon. Nachdem die von Felter geleitete Operation zur Rettung der Geiseln von Stanleyville so gut ausgegangen ist, genießt Felter offenbar die Bewunderung des Präsidenten, jedenfalls im Moment. Der Präsident bewundert erfolgreiche Resultate.

»Wenn die CIA durch den afrikanischen Dschungel laufen müsste, um Guevara im Auge zu behalten, würde sie sich die glänzenden Schuhe beschmutzen«, sagte Lowell. »Das können wir doch nicht zulassen, oder?«

»Ich verstehe nicht, warum Felter Johnny Oliver bei so etwas einsetzen will«, sagte Bellmon. »Er hat weder die Ausbildung noch die Erfahrung dafür.«

Als sich Hanrahan und Lowell nicht dazu äußerten, fügte Bellmon hinzu: »Ich finde immer noch, er wäre besser dran, wenn er für George Rand arbeiten würde.«

»Die Sache ist abgemacht, Bob«, sagte Hanrahan. »Wenn Sie einen Mordskrach schlagen würden, könnten

Sie das vielleicht rückgängig machen. Aber dessen bin ich mir nicht so sicher. Warum lassen Sie es nicht einfach auf sich beruhen? Wenn auch nur um seinetwillen, damit er ein wenig Zeit bekommt, über die Sache mit der Frau hinwegzukommen. Ich begehe vermutlich einen Vertrauensbruch, wenn ich dies sage, aber Major Lunsford hat mir erzählt, dass Oliver zusammengebrochen ist und wie ein kleines Kind geheult hat.«

Bellmon sah ihn an. Es dauerte eine Weile, bis er sprach.

»Nur unter uns, ich verliere langsam die Geduld mit dieser gottverdammten Witwe.« Dann zuckte er mit den Schultern. »Okay. Wenn es das Beste für Johnny ist, Schlangen zu fressen, dann *bon appétit*!«

»Da ist noch eines, Bob«, sagte Lowell. »Er hatte vor, Ihnen dies heute Abend zu sagen. Offenbar befürchtete er Ihre Reaktion. Red hat ihm erzählt, dass Sie es bereits wissen – dass er eine Kopie des Fernschreibens mit der Änderung seiner Befehle erhalten hat.«

»Ich werde dem armen Jungen nicht noch mehr Probleme machen. Eine verrückte Witwe und ihr beiden plus Felter, das ist mehr Belastung für einen jungen Captain, als er ertragen kann.«

Lowell lächelte.

»Da wir nun wieder alte Freunde sind, möchte jemand noch was trinken?«

»Bitte«, sagten Bellmon und Hanrahan fast unisono.

# V

## 1

*Quartier # 1*
*Fort Rucker, Alabama*

*18. Dezember 1964, 18 Uhr 25*

Second Lieutenant Robert F. Bellmon betrat sein Elternhaus durch die Küchentür und sah Jacques Portet auf dem Küchentisch sitzen und seine Schwester an Jacks Hosenumschlägen herumfummeln.

»Was, zum Teufel, geht hier vor?«, wollte Bobby wissen.

»Frag den Lieutenant«, sagte Marjorie.

»Jack, was ist verdammt noch mal los?«

»Das heißt, ›was ist verdammt noch mal los, Sir‹«, erwiderte Jack. »Merk dir das für die Zukunft.«

»O Gott!«, sagte Marjorie angewidert, doch die Andeutung eines Lächelns spielte um ihre Lippen.

»Das ist eine Offiziershose«, bemerkte Bobby überrascht, als sein Blick auf die schwarze Paspelierung fiel, welche die Hosen der Offiziere von denen der Unteroffiziere und Mannschaften unterschied.

»Ausgezeichnet!«, meinte Jack. »Gute Wahrnehmungsfähigkeit ist eine Tugend, für die junge Offiziere gelobt werden sollten.«

»Marjorie?«, fragte Bobby, und er klang sehr jung und verwirrt.

»Der verdammte Blödmann hat ein Offizierspatent angenommen«, sagte Marjorie.

»Ein Offizierspatent *angenommen*?«

»Als First Lieutenant«, erklärte Jack. »Du brauchst in meiner Anwesenheit nicht strammzustehen, Bobby, aber ein wenig Respekt wäre angezeigt.«

»Du kannst vom Tisch runter«, sagte Marjorie. »Und zieh wieder deine andere Hose an.«

Jack sprang vom Küchentisch.

»Bleib hier, Bobby. Du musst mir einen Gefallen tun.«

Er ging aus der Küche, und Marjorie folgte ihm.

Zwei Minuten später kehrte er zurück. Er legte einen Uniformrock und eine Hand voll Abzeichen in einer Plastikbox auf den Tisch.

»Ich weiß nicht, wohin dieses Zeug gehört, Bobby«, sagte Jack. »Würdest du mir das zeigen?«

»Bist du wirklich Offizier?«, fragte Bobby.

Jack nickte.

Bobby gewann seine Fassung wieder.

»Dann herzlichen Glückwunsch, Jack.«

Er hielt Jack die Hand hin, und Jack ergriff sie.

»Danke. Deine Schwester ist nicht gerade begeistert, wie du vielleicht bemerkt hast.«

»Was hat das alles zu bedeuten?«, fragte Bobby.

»Sie wollte mich sicher und gesund im Prüfungsausschuss für Instrumentenflüge haben«, sagte Jack.

Ein paar Minuten später betrat Major General Robert F. Bellmon die Küche. Bobby war über den Küchentisch gebeugt und heftete die gekreuzten Gewehre der Infanterie an die Aufschläge von Jacks Uniformrock.

»Hallo, Jack«, sagte der General und reichte ihm die Hand.

»Guten Abend, Sir«, erwiderte Jack. »Ich hatte gehofft, dies beendet zu haben, bevor Sie heimkommen.«

»Was ist los?«, erkundigte sich Bellmon.

»Bobby heftet mir meine neuen Abzeichen an«, sagte Jack. »Ich weiß nicht, wo alles hingehört.«

Bellmon blickte auf den Uniformrock und sah dann Jack an.

Jack gab ihm eine Kopie seiner Befehle.

»Felter?«, fragte er, als er sie las.

»Jawohl, Sir«, sagte Jack. »Colonel Felter dachte, es würde viele Probleme lösen, wenn ich zum Offizier ernannt werde.«

»Und er hat das arrangiert?«

»Jawohl, Sir.«

»Weiß Marjorie davon?«

»Marjorie ist sauer«, antwortete Bobby. »Sie nannte ihn einen ›verdammten Blödmann‹.«

Bellmon schüttelte den Kopf und sah dann Jack an.

»Darf ich die Befehle Bobby zeigen?«, fragte er.

»Jawohl, Sir, selbstverständlich.«

Bellmon gab Bobby die Kopie der Befehle und wandte sich dann an Jack.

»Ich habe nicht den geringsten Zweifel, Jack, dass Sie mit Ihren beruflichen Fähigkeiten und Ihrem Charakter ein feiner Offizier sein werden.« Er gab ihm die Hand. »Meinen Glückwunsch.«

»Danke, Sir«, sagte Jack.

»Und es wird eine Menge Probleme bezüglich Ihrer Heirat lösen, nicht wahr?«, sagte Bellmon.

»Das hoffe ich, Sir«, erwiderte Jack.

Bellmon sah ihn lange an.

»Marjorie wird zur Vernunft kommen«, sagte Bellmon. »Ich nehme an, sie wollte Sie lieber beim Instrument Examiner Board haben als in Vietnam, und sie ist ehrlich genug, um das zuzugeben.«

»Jawohl, Sir. Ich glaube, so ist es.«

»Wenn Sie für Felter arbeiten, werdet ihr vielleicht beide wünschen, dass Sie stattdessen in Vietnam wären«, sagte Bellmon und fügte hastig hinzu: »Entschuldigung, das hätte ich nicht sagen sollen. Ich habe soeben erfahren, dass Johnny Oliver ebenfalls für Colonel Felter arbeiten wird, und ich bin nicht gerade begeistert darüber.«

»Jawohl, Sir, das mit Oliver habe ich gehört.«

»Nun, das Erste zuerst«, sagte Bellmon und ging zum Küchenschrank, um eine Flasche Cognac und drei Schwenker herauszunehmen. Er schenkte Cognac ein und reichte Jack und Bobby die Gläser.

»Auf eine erfolgreiche Laufbahn, Jack«, sagte er.

»Sehr richtig«, sagte Bobby und stieß mit Jack an.

»Wenn du Lieutenant Portets Abzeichen dort angebracht hast, wo sie sein sollten, Bobby, ruf Captain Hornsby an und sag ihm, er soll für heute Abend am Haupttisch Plätze für Lieutenant Portet und seine Lady reservieren«, sagte General Bellmon.

»Jawohl, Sir«, erwiderte Bobby.

## 2

*Speiseraum A*
*Offiziersmesse*
*Fort Rucker, Alabama*

*18. Dezember 1964, 21 Uhr 15*

Speiseraum A der Offiziersmesse war für gewöhnlich die Cafeteria. Er befand sich im Erdgeschoss des Klubs, mit einer Falttür davon abgetrennt. Bei der Benutzung für einen förmlichen Anlass, wie zum Beispiel das Weihnachtsabendessen mit Tanz, das vom befehlshabenden General gegeben wurde, waren die Ausgabetheke und der Küchenbereich hinter zusammenklappbaren Trennwänden verborgen, und die sonst plastiküberzogenen Tische wurden umgestellt und mit Leinentüchern bedeckt.

Heute waren die Tische zu einem U mit langen Seiten aufgestellt worden. Wer an den wenigen Tischen im Bogen des U saß, bestimmte das Protokoll, das durch die unerwartete Anwesenheit von Brigadier General Paul Hanrahan und First Lieutenant Porter und seiner Lady leicht abgeändert wurde.

Der befehlshabende General und seine Gattin saßen natürlich am Kopf des Tisches in der Mitte des U. Zu ihrer Linken saßen der Stabschef nebst Gattin, und rechts war der Platz von Brigadier General Hanrahan. Den Generals und ihren Damen saß niemand gegenüber.

Wie nahe die Leute an beiden Seiten des U zu dem

Kopfende des Tisches saßen, wurde hauptsächlich von ihrem Rang und manchmal vom Dienstalter in diesem Rang bestimmt.

General Bellmons Adjutant hatte auf einer Tafel an der Wand jeden Eingeladenen mit einem Schildchen mit Name, Dienstgrad und Beginn der Dienstzeit angebracht, genau nach der Sitzordnung, und die Schildchen konnten notfalls entsprechend anders arrangiert werden.

Als eines der Dinge, die für seine spätere Laufbahn nützlich sein würden, hatte Johnny Oliver während seiner Dienstzeit als Adjutant gelernt, dass sich General Robert F. Bellmon mit weniger Begeisterung auf die offiziellen Partys freute (es gab ein halbes Dutzend im Jahr), als er sich auf eine Sitzung mit dem Zahnarzt der Garnison freuen würde, wenn das Thema das Ziehen all seiner Zähne ohne Betäubung sein würde.

Das war für die Gäste oder ihre Frauen nicht ersichtlich. Bellmon sagte sich, dass die Partys, mehr oder weniger eine Tradition der Army, ein Teil seiner Pflichten waren, und seine Pflicht war ihm äußerst wichtig. Er und seine Frau und der Stabschef und dessen Frau (und beide Adjutanten, die abwechselnd diskret den Nachnamen der Eingeladenen flüsterten, die sie von den vorgezeigten Einladungen ablasen), standen eine Dreiviertelstunde im Foyer, schüttelten jedem Eintreffenden die Hände, lächelten sie an und wechselten oftmals ein persönliches Wort mit ihnen.

Während Johnny Olivers Dienstzeit als Adjutant war General Bellmon einmal spätabends in sein Büro gekommen und hatte Oliver vor der Tafel stehen sehen, an der er für einen offiziellen Anlass die Namenschilder der Gäste umgesteckt hatte.

»Diese verdammten offiziellen Abendessen begannen mit den Briten«, sagte Bellmon. »Einmal pro Monat ›Regimentsessen‹. Gute Idee. Einmal im Monat kamen sie zusammen, Gespräche über Dienstliches waren verboten, und das Verhältnis zwischen allen wurde ein wenig enger. Und es klappte auch hier, vor dem Krieg, als es kaum mehr als ein Regiment in einer Garnison gab. Dreißig, vierzig Offiziere in einer Garnison, einschließlich aller Second Lieutenants. Dies ist natürlich außer Kontrolle geraten. Aber wie, zum Teufel, kann ich es stoppen? Wenn es nicht diese verdammten offiziellen Essen gäbe, könnte ein Stabsoffizier drei Jahre Dienstzeit in der Garnison verbringen und bekäme den befehlshabenden General höchstens mal bei einer Inspektion oder einer Befehlsausgabe zu Gesicht. Und die Frauen der Offiziere würden ihn niemals sehen. Für einen Kommandeur ist es das Wichtigste, Johnny, dass die Untergebenen glauben, er tue etwas Bedeutendes. Wenn sie nicht das Gefühl haben, den befehlshabenden Offizier zu *kennen* ...«

Johnny Oliver hatte ebenfalls gelernt, dass manchmal einiges außer Kontrolle geraten konnte, wenn man den befehlshabenden General zu *persönlich* kennen lernte. Vor den Frauen der Offiziere musste sich der General am meisten hüten, aber das waren nicht die Einzigen, bei denen er vorsichtig sein musste. Eine der Funktionen des Adjutanten bei offiziellen Essen bestand darin, den General vor Leuten zu retten, die ihn in eine Ecke gedrängt hatten, um ihn entweder mit ihrem Charme und Witz zu blenden oder für eines ihrer Lieblingsprojekte zu werben, die von der Benutzung des Garnison-Theaters für Amateurschauspieler bis zum Aufpolieren der gesamten Pilotenausbildung reichten.

»General, verzeihen Sie bitte«, hatte Captain Oliver oftmals gesagt, um General Bellmon von aufdringlichen Bewunderern zu trennen. »General Facility möchte Sie sprechen.«

»General Facility« war ein weißes Porzellanbecken zum Pinkeln an der gefliesten Wand der Herrentoilette.

Niemand in der Herrentoilette würde den General beim Pinkeln behelligen. Doch nach dem, was Oliver von den Damen gesehen hatte, besonders wenn sie ein paar Drinks genommen hatten, würde der General nicht so sicher auf der Damentoilette sein.

Als Johnny den Klub betrat, stand Captain Richard

Hornsby, der neue Adjutant – er trug zum ersten Mal seine Ausgehuniform, wie Oliver wusste -, wo Oliver so oft gestanden hatte, nämlich hinter General Bellmon, ein Klemmbrett und einen Stapel Einladungskarten in der Hand. Er lächelte und sagte leise: »Captain Oliver und Lieutenant Bellmon.«

General Bellmon gab Oliver die Hand.

»Guten Abend, Sir«, sagte Johnny Oliver.

»Guten Abend, Captain«, erwiderte Bellmon. »Ein Offizier wird nach der Gesellschaft beurteilt, die er pflegt. Versuchen Sie, sich das zu merken.«

Dann zog er seine Hand fort und reichte sie seinem Sohn.

»Guten Abend, Sir«, sagte Bobby.

»Guten Abend, Lieutenant«, sagte Bellmon. »Es freut mich, dass Sie es schaffen konnten.«

Barbara Bellmon verstieß gegen das Protokoll. Als sie Captain Olivers Hand ergriff, zog sie ihn an sich und küsste ihn auf die Wange.

»Sie werden uns fehlen, Johnny«, sagte sie.

»Sie mir auch«, erwiderte John Oliver.

»Mir ebenfalls, Oliver«, sagte der Stabschef.

»Danke, General«, erwiderte Oliver, gerührt von der Bemerkung.

»Nun«, sagte die Frau des Stabschefs, »Sie gehen ja nur nach Benning. Wir werden Sie sehen.«

Der Nächste in der Reihe des Empfangskomitees war Brigadier General Paul R. Hanrahan. Oliver wusste, dass er dort stand, weil Bellmon darauf bestanden hatte. Es stimmte, dass es eine gute Sache war, wenn der befehlshabende General Offizieren der Garnison die Hand schüttelte und ihnen in die Augen sah, und deshalb war es gut, wenn auswärtige Offiziere im Generalsrang, die auf Besuch in der Garnison weilten (in diesem Fall der fast legendäre Hanrahan), das Gleiche taten.

»Hallo, Johnny«, sagte Hanrahan.

»Guten Abend, General.«

»Tun Sie mir einen Gefallen?«

»Jawohl, Sir. Es ist mir eine besondere Ehre.«

»Halten Sie ein Auge auf Colonel Lowell, sorgen Sie dafür, dass er sich amüsiert und nicht in Schwierigkeiten gerät.«

»Ich werde mein Bestes tun, Sir«, erwiderte Oliver lachend.

Die beiden Junggesellen betraten Speiseraum A. Captain Oliver entdeckte Lieutenant Colonel Craig W. Lowell fast ihm selben Augenblick wie der ihn. Lowell stand neben der Bar und hielt einen Drink in der Hand. Er sah in seiner Uniform einfach prächtig aus, wie Oliver fand. Lowell stand im Mittelpunkt einer Gruppe, bei der das weibliche Geschlecht überwog. Oliver erinnerte sich daran, dass Mrs Bellmon erzählt hatte, Lowell ziehe die Ladys an wie Licht die Motten.

Lowell winkte Oliver mit gekrümmtem Zeigefinger zu sich. Die drei Männer gingen hin.

»Guten Abend«, sagte Oliver.

»Lieutenant Bellmon«, sagte Lowell. »Da Sie schon hier sind, gehen Sie herum, suchen unsere Platzkarten – meine, Olivers, Lieutenant Portets, Marjories und Ihre –, und stellen Sie sie auf einen der Tische hinten im Raum um.«

»Sir?«, fragte Bobby verwirrt.

»Versuchen Sie ihm zu erklären, was ich als einfachen Befehl an ihn betrachtet habe, ja, Captain?«

Oliver lachte.

»Tu es, Bobby«, sagte er.

Lowell wandte sich an die anderen, bei denen er stand.

»Ich habe bei offiziellen Abendessen die feste Regel, so weit hinten im Raum und so nahe am Ausgang wie möglich zu sitzen«, erklärte er.

Es gab Gelächter, einiges herzhaft, einiges ein wenig nervös. Bobby, der sich sichtlich unbehaglich fühlte, machte sich auf den Weg, um den Befehl zu befolgen.

Major General Bellmon erhob sich und sah sich im Raum um. Einige Unterhaltungen verstummten, jedoch längst nicht alle. Bellmon klopfte mit einem Dessertlöffel an eine leere Weinflasche, bis es im Speiseraum still wurde.

»Sie alle haben General Hanrahan kennen gelernt«, sagte Bellmon. »Und ich weiß, dass sich viele von Ihnen fragen, was er hier macht.«

Er ließ dies einen Moment einwirken und wartete, bis der vereinzelte Applaus verklang.

»Ich hörte beim Herumgehen, dass General Hanrahans Green Berets in North Carolina die Klapperschlangen zum Essen ausgegangen sind und er jetzt hier ist, um mir einige von unseren abzuschwatzen«, fuhr Bellmon fort.

Es setzte das erwartete Gelächter ein.

»Das stimmt natürlich nicht«, sagte Bellmon. »Die Wahrheit ist, dass diese Party eine sehr große persönliche Bedeutung für mich und meine Frau hat. Sie ist für uns zu einer familiären Angelegenheit geworden, und da General Hanrahan ein langjähriger Freund der Familie ist, gehört er hierher zu uns.«

Es folgte Applaus.

»Im vergangenen Jahr«, fuhr Bellmon fort, »hat Captain John S. Oliver den härtesten Job in der Garnison gehabt – er ist mein Adjutant gewesen. Als General Hanrahan Captain Olivers allumfassende Fähigkeit und hohe Intelligenz erwähnte, fand ich, dass dies Captain Oliver gebührt. Denn er war in der Tat ein großartiger Adjutant, und ich möchte auch denken, ein Freund. Wir werden ihn vermissen. Der Stab, meine Familie, jeder in der Garnison.«

Applaus brandete auf und Köpfe wurden gewandt, als man nach Oliver Ausschau hielt.

»Und diejenigen von Ihnen, die ein paar Jahre hier sind, wissen, dass es eine Art neuen Brauch gibt: Beim Weihnachtsdinner, wenn alle versammelt sind, kündige ich die neue Verwendung meines scheidenden Adjutanten an. Es gibt viele Stellen bei der Army, an denen ein Offizier mit Captain Olivers Erfahrung, Pflichteifer und außergewöhnlicher Fähigkeit verwendet werden kann. Ich habe mehrere Empfehlungen in dieser Hinsicht gegeben. Captain Oliver, wollen Sie sich bitte erheben?«

Oliver stand auf.

»Es ergeht folgender Befehl«, sagte Bellmon und las von einem Blatt Papier ab. »Headquarters, Department of the Army, 29. November 1964. General Order 297, Paragraf 23. Captain John S. Oliver, Panzertruppen, wird von seiner gegenwärtigen Verwendung abgelöst und versetzt nach Headquarters, John F. Kennedy Center for Special Warfare, Fort Bragg, N. C., mit Wirkung vom 1. Januar 1965.«

Vereinzelter Applaus und auch verächtliches Schnauben.

»General Hanrahan sagte mir, Sie werden als Flugoffizier in seinem Sonderstab verwendet werden«, fuhr Bellmon fort. »Und ich bin überzeugt, Sie werden ihm so gut und treu dienen, wie Sie mir gedient haben, und dass er Sie im Laufe der Zeit so mögen wird, wie die Familie Bellmon Sie gemocht hat.«

Weiterer Beifall.

»Wenn Sie jetzt zu mir kommen wollen, Johnny, wir haben ein paar Dinge, um Sie auf Ihre neue Verwendung vorzubereiten. Da sind ein Erster-Hilfe-Kasten für Schlangenbisse, ein Bowiemesser, ein Ohrring und ein Buch mit dem Titel *101 Rezepte für die schmackhafte Zubereitung von Klapperschlangen.*«

Captain Johnny Oliver sah Lieutenant Colonel Craig W. Lowell an.

»Er ist immer noch sauer, nicht wahr?«, sagte Lowell leise.

Oliver schaute ihn einen Moment an und ging dann zum Tisch des befehlshabenden Generals.

General Hanrahan stand auf, als sich Oliver näherte. Er lächelte und überreichte Oliver eines grünes Barett.

»Setzen Sie es auf, Johnny«, sagte Mrs Barbara Bellmon. Oliver tat es und wandte sich den Versammelten zu.

Es setzte Applaus ein, dem sich General Bellmon

anschloss. Als Oliver zu ihm blickte, sah er jedoch kein Lachen in seinen Augen.

»Ich glaube, ich sollte darauf hinweisen, dass Captain Oliver ein Anrecht auf das Green Beret hat«, sagte Bellmon. »Er hat es sich auf die harte Weise verdient, bei Ausbildung im Einsatz. Er wurde in Vietnam abgeschossen, als er ein Huey Modell D flog, während er versuchte, ein A-Team der Special Forces hinter den feindlichen Linien herauszuholen. Weil der Commander des A-Teams ziemlich schwer verwundet war, übernahm Oliver das Kommando und führte das Team zu Fuß durch vom Feind besetztes Gebiet in Sicherheit. Seine Tapferkeit brachte ihm den Silver Star und das Infanterie-Kampfabzeichen ein. General Hanrahan und die Special Forces betrachten ihn als einen der ihren, aber ob es General Hanrahan gefällt oder nicht, ich werde – die Army-Flieger werden – ihn als einen der unseren betrachten.«

Dafür gab es starken, lang anhaltenden Beifall, und Leute erhoben sich.

»Und schließlich ist heute Abend ein anderer Offizier der Special Forces hier, hinten im Raum, den Mrs Bellmon und ich sehr mögen und den unsere Tochter Marjorie sogar noch mehr mag. Lieutenant Portet, wollen Sie sich bitte erheben?«

Jack stand verlegen auf.

»Lieutenant Portet sollte heute Abend hier bei uns am Tisch sitzen, weil er in Kürze unser Schwiegersohn werden wird, und ich hatte vor, ihn jedem vorzustellen.«

Weiterer Applaus.

»Aber er ist ein Green Beret, und wir alle kennen Green Berets. Sie tun, was sie wollen, nicht das, was jemand sonst will, und so sitzt er hinten im Raum, wo er sein will.«

An diesem Punkt gab es nervöses Gelächter.

»Bei ihm ist ein anderer alter und lieber Freund der Familie – unsere Kinder nennen ihn ›Onkel Craig‹ –, der mehr oder weniger einer von uns ist, ein langjähriger

Army-Pilot, der jetzt ein grünes Barett trägt, Lieutenant Colonel Craig W. Lowell. Und daneben sitzt unser Sohn Bobby, der vor kurzem sein Pilotenabzeichen erhalten hat und einer von uns geworden ist.«

Dafür gab es höflichen Beifall.

»Und ich möchte General Hanrahan, Colonel Lowell, Captain Oliver und Lieutenant Portet in aller Freundschaft Folgendes sagen: Wenn ich auch nur die Andeutung eines Gerüchts höre, dass sie versuchen, meinen Sohn mit sich nach Fort Bragg zu locken, damit er ein Schlangenfresser wie sie wird, werden sie das erste männliche Sopran-Quartett in der Geschichte der U.S. Army sein, wenn ich mit ihnen fertig bin.«

Es folgte Gelächter, einiges herzhaft, einiges ein wenig nervös, weil der befehlshabende General andeutete – wenn auch nur im Scherz – jemanden zu kastrieren.

Und nur Colonel Lowell und Lieutenant Bellmon wussten natürlich, dass Bobby vor drei Minuten Onkel Craig gefragt hatte, was er davon hielt, wenn er sich bei den Special Forces meldete, und ob er ihm helfen würde, dort hineinzukommen.

## 3

SECRET

**Central Intelligence Agency**
**Langley, Virginia**

**Von:** Stellvertretender Direktor Verwaltung

**Datum:** 19. Dezember 1964, 1505 GMT

**Thema:** Guevara, Ernesto (Aktennotiz # 2.)

An: Mr Sanford T. Felter
Berater des Präsidenten
Zimmer 637, Executive Office Building
Washington, D.C.

*Per Kurier*

Gemäß präsidentschaftlicher Aktennotiz an den Direktor, betreffend ›Ernesto ›Che‹ Guevara‹, datiert vom 14. Dezember 1964, werden folgende Informationen geliefert:
(Zuverlässigkeitsstufe 5) (von CIA, Paris, Frankreich) Betreffende Person und Gefolge sind am 18. Dezember 1964, 2305 GMT, auf dem Flughafen Orly, Paris, Frankreich, gelandet. Sie wurden vom kubanischen Botschafter in Frankreich und Offiziellen des französischen Außenministeriums abgeholt und in den VIP-Warteraum gebracht, und am 19. Dezember gingen sie an Bord der Air France, Flug 1727, nach Algier, Algerien.
Die Überwachung durch die CIA endete zu diesem Zeitpunkt. CIA Algier, Algerien, ist informiert worden und wird versuchen, die Überwachung in Algier fortzusetzen.

*Howard W. O'Connor*
HOWARD W. O'CONNOR

SECRET

# 4

*Zimmer 2012*
*Daleville Inn*
*Daleville, Alabama*

*20. Dezember 1964, 5 Uhr 55*

Es hatte mündliche Befehle von Lieutenant Colonel Craig W. Lowell gegeben, die Befehle des Verteidigungsministeriums hinsichtlich First Lieutenant PORTET, Jacques E., zu erweitern, und das erklärte seine Anwesenheit im Daleville Inn.

»Von jetzt an, Jack«, sagte Lowell, als sie in Lowells Cessna 310-H nach Cairns Field flogen, »heißt es, keine Aufmerksamkeit mehr auf Sie zu lenken. Sie bekommen zum Beispiel kein Tagegeld, damit Sie auf Kosten des Steuerzahlers in einem schönen Hotelzimmer mit Marjorie herumvögeln können, sondern weil Sie aus dem Quartier für ledige Offiziere fern gehalten werden sollen.«

Jack war sich im Klaren darüber, dass er nicht empört auf seine und Marjories Unschuld pochen konnte. Marjorie war schließlich Lowells Kartenskizze in Ocean Reef gefolgt, und Lowell wusste das.

»Das Quartier für ledige Offiziere ist voller Lieutenants, die eine Flugausbildung erhalten, und das plötzliche Auftauchen eines Lieutenants der Special Forces in ihrer Mitte, der sich einem besonderen Flugausbildungsprogramm unterzieht, würde sie natürlich neugierig machen. Sie würden Fragen stellen, die Sie nicht beantworten können. Verstehen Sie, was ich meine?«

»Jawohl, Sir.«

»Auf diese Weise, im Daleville Inn, wird es aussehen, als wohnen Sie dort, um auf den glorreichen Tag zu warten, an dem Sie mit der schönen Miss Marjorie in heiligem Ehestand vereinigt sein werden.«

»Ich habe verstanden, Sir.«

»In Ihrem Zimmer wird es ein Telefon geben, mit einer Privatnummer, die nicht über die Vermittlung geht. Es wird keine gesicherte Leitung sein, aber sie wird viel privater sein als die des Wandtelefons auf dem Flur in Quartier für ledige Offiziere.«

Dieses Telefon hatte um 21 Uhr 35 am vergangenen Abend geklingelt, kurz nachdem Miss Marjorie und Jack das Zimmer betreten hatten, um ein wenig ›fernzusehen‹.

Nach dem zweiten Klingeln hatte Jack abgehoben.

»Hallo?«

»Wie melden Sie sich denn, Lieutenant?«, fragte Major Pappy Hodges mit seiner rauen Stimme. »Es heißt richtig »›Lieutenant Portet‹ oder noch besser ›Lieutenant Portet am Apparat, Sir.‹«

Jack fragte sich, woher er (a) wusste, dass er Offizier geworden war, (b) dass er sich im Daleville Inn befand und (c), woher er die private Telefonnummer kannte. Er hatte Pappy seit Kamina im Kongo nicht mehr gesehen. Das wiederum veranlasste ihn, sich zu fragen, warum Pappy nicht bei General Bellmons Party gewesen war. Sie waren schließlich Freunde.

»Jawohl, Sir.«

Die Tür des Badezimmers wurde geöffnet, und Miss Marjorie tauchte auf, mit einem Ausdruck der Neugier auf ihrem Gesicht und einem schwarzen Höschen (und sonst nichts) auf dem Körper.

*Allmächtiger, ist sie schön!*

»Haben Sie eine Fliegerkombination und einen Helm?«, fragte Pappy.

»Jawohl, Sir.«

»Ich treffe Sie um halb sieben beim Board«, sagte Pappy.

»Was ist denn los?«

»Null-sechs-drei-null beim Board. Wenn Sie frühstücken wollen, erledigen Sie das bis dahin.«

Dann klickte es, und die Leitung war tot. Pappy hatte aufgelegt.

»Wer war das?«, fragte Marjorie.

»Pappy Hodges«, antwortete Jack. »Anscheinend fliegen wir am Morgen. Null-sechs-drei-null, wie wir Offiziere und Gentlemen sagen.«

Marjorie nickte und ging ins Badezimmer zurück.

»Mach entweder das Licht aus oder zieh die Stielaugen in den Kopf zurück!«, rief sie.

Sie blieb nicht lange im Badezimmer, aber sie war nicht mehr im Bett, als die Rezeption anrief, um ihm zu sagen, dass es fünf vor sechs war und er den Auftrag gegeben hatte, ihn zu dieser Zeit zu wecken. Aber ihr Duft war noch da, und Jack vergrub die Nase schamlos in dem Kissen, wo sie mit dem Kopf gelegen hatte, bevor sie aufgestanden war.

Im Badezimmer lag ein Kleenex mit ihrem Lippenstift darauf, und als er seine Haarbüste nahm, sah er ein paar ihrer Haare daran.

Als er duschte, dachte er: *alles in allem wird das Zusammenleben mit Marjorie großartig sein, und es wird wirklich schön sein, aufzuwachen und sie neben mir zu finden.*

Als Jack den Jaguar bei dem Gebäude des Examiner Board auf dem Parkplatz RESERVIERT FÜR PERSONAL abstellte, lehnte Pappy bereits am Kotflügel seines Wagens.

Jack stieg aus, ging zu ihm und grüßte schneidig.

»Guten Morgen, Sir.«

Pappy schnaubte, als er den Gruß fast verächtlich erwiderte.

»Sie haben Eigelb am Kinn«, sagte er und ging um das Gebäude herum zum Parkbereich der Flugzeuge.

Jack wischte sich das Eigelb vom Kinn und eilte hinter ihm her.

Dem Examiner Board waren Flugzeuge zugeteilt worden, die zu einer privaten Flotte von Army-Flugzeugen angewachsen war, um ihrer Verantwortung gerecht zu werden, sicherzustellen, dass Piloten, die Instrumentenflüge machen würden, dafür qualifiziert waren.

Vor dem Gebäude aufgereiht standen drei zweimotorige Flugzeuge: eine Grumman Mohawk, ein drohend aussehender zweimotoriger Turbojet für elektronische Aufklärung; eine schlanke L-26 Aero Commander mit hohen Tragflächen und eine Beechcraft L23D ›Twin Bonanza‹. Da standen drei Hubschrauber, ein Bell UH-1D ›Huey‹, die Hauptstütze der Drehflügler-Flotte der Army; ein Boeing Vertol Modell 114/CH 47 Chinook, ein großer zweirotoriger Helikopter, der eine 105mm-Haubitze, ihre Bemannung und eine grundlegende Ladung Munition transportieren konnte, und eine Hughes OH-6, genannt ›Loach‹, ein schneller Hochleistungs-Hubschrauber mit nur einem Rotor. Es gab auch drei einmotorige Starrflügler. Eine DeHavilland U-1A ›Otter‹, das größte einmotorige Flugzeug der Welt, das auf kleinstem Raum manövrierfähig war und bis zu zehn Passagiere transportieren konnte. Neben der ›Otter‹ stand der ältere Bruder, die DeHavilland L-20 ›Beaver‹, eine sechssitzige Maschine, die ursprünglich für den Gebrauch im Busch von Kanada und Alaska entwickelt und schließlich von der Army im Koreakrieg benutzt worden war.

Und am fernen Ende der Reihe stand eine Cessna L-19, ein kleines, zweisitziges Aufklärungs- und Verbindungsflugzeug, das ebenfalls für die Grundflugausbildung für Starrflügler benutzt wurde. Die L-19 des Instrument Board war ausgerüstet mit dem Funk und anderen Instrumenten, die für Instrumentenflüge nötig waren.

»Bereiten Sie den Flug mit der L-19 vor«, befahl Pappy.

»Jawohl, Sir.«

»Und erstellen Sie einen Instrumentenflug-Plan von hier zur Pope Air Force Base, mit einem Tankstopp in Fort Gordon, Georgia.«

»Wir machen bei diesem Wetter einen Instrumentenflug?«, fragte Jack ungläubig. Er hatte vom Daleville Inn aus die Wettervorhersage der Luftfahrtbehörde telefonisch abgefragt. Das Wetter konnte nicht schöner sein und würde höchstwahrscheinlich achtundvierzig Stunden so bleiben.

Pappy nickte. Jack zuckte mit den Schultern, und dann fiel ihm ein, wie weit die Pope Air Force Base entfernt war.

»Mit der Cessna?«, erkundigte sich Jack ungläubig. »Mit fünfundachtzig Meilen pro Stunde?«

»Das funktioniert folgendermaßen, Lieutenant«, sagte Pappy. »Der Major sagt dem Lieutenant, was er zu tun hat, und der Lieutenant sagt ›Jawohl, Sir.‹ Kapiert?«

»Jawohl, Sir.«

*Was habe ich nur getan, um ihn zu verärgern? Der ist nicht nur mit dem falschen Bein aus dem Bett aufgestanden, es muss mehr dahinter stecken.*

Pappy erwartete ihn im Flugplanungsraum und blickte ihm über die Schulter, als er seinen Instrumentenflug-Plan erstellte. Als er fertig war, sagte Pappy nichts, ging einfach nur mit seinem Fallschirm und einer kleinen Tasche aus dem Raum. Jack nahm seinen Fallschirm und folgte ihm schnell.

Pappy kletterte auf den Rücksitz des kleinen Flugzeugs und schnallte sich an.

Jack sagte sich, dass es unter den gegeben Umständen das Beste war, die Prozedur eines Instrumentenflugs bis aufs I-Tüpfelchen genau durchzuführen, und er tat es.

Vom Rücksitz kam kein Pieps.

Auf fünftausend Fuß über Eufala, Alabama, auf einem Kurs nach Fort Gordon, Georgia, wandte sich Jack auf seinem Sitz um und sah nach Pappy. Pappys kleine Tasche hatte anscheinend ein Gummikissen enthalten, denn er ruhte mit dem Kopf darauf und schlief fest.

Jack gab fast der Versuchung nach, Pappy durch eine harte Landung in Gordon zu wecken, entschied sich dann jedoch anders. Er landete glatt und sanft, und als er sich dann nach Pappy umschaute, erhielt er den Beweis, dass es wirklich eine weiche Landung gewesen war, denn Pappy schlief immer noch.

Auf dem Landestreifen von Gordon wurden sie von einem Soldaten auf eine Parkfläche eingewiesen, und Jack stellte den Motor ab.

Pappys Stimme ertönte metallen in seinen Kopfhörern. »Nach meiner beruflichen Meinung als Flugausbilder für Flugzeuge der L-19-Serie sage ich, dass ich Sie ausreichend ausgebildet habe und dass Sie genügend fliegerische Grundfähigkeiten gezeigt haben, um einen Alleinflug zu versuchen.«

»Was?«, platzte Jack heraus.

»Sobald ich die Maschine verlassen habe, Lieutenant, werden Sie den Alleinflug versuchen wie folgt: Sie werden um die Genehmigung bitten, bis zum Ende der Startbahn zu rollen, wo Sie um Startgenehmigung für einen örtlichen Flug unter Sichtflugregeln bitten werden. Wenn die Genehmigung erteilt ist, werden Sie starten, auf nördlichem Kurs auf dreitausend Fuß steigen und dann um die Erlaubnis zu einer Aufsetz- und Durchstartlandung bitten. Wenn diese Genehmigung erteilt ist, werden Sie diese Aufsetz- und Durchstartlandung durchführen, abermals auf dreitausend Fuß steigen und dann die Landegenehmigung erbitten und landen. Haben Sie alles verstanden?«

»Nein, Sir.«

»Nach der Landung werden Sie das Flugzeug in der vorgeschriebenen Weise sichern, dafür sorgen, dass es betankt wird, und dann dürfen Sie sich zu mir in die Cafeteria gesellen.«

»Jawohl, Sir«, sagte Jack.

Pappy öffnete die Tür, stieg aus und ging zu dem kleinen Abfertigungsgebäude.

Jack griff kopfschüttelnd zum Mikrofon.

»Gordon, Army Sixteen Twenty-Six, eine L-19-Maschine, beim Abfertigungsgebäude, erbittet Roll- und Startgenehmigung für einen örtlichen Flug unter Sichtflugregeln.«

»Sir, das Flugzeug ist betankt und gesichert«, sagte Jack zu Pappy in der Cafeteria des Abfertigungsgebäudes.

Pappy hielt ihm die Hand hin.

»Glückwunsch zu Ihrem ersten Alleinflug«, sagte er.

Jack ignorierte die dargebotenen Hand.

»Eigentlich bin ich zum ersten Mal allein geflogen, als ich zwölf war«, sagte Jack.

»Unlängst habe ich mehrere Anruf erhalten, die Sie anbetrafen«, sagte Pappy. »Der erste Anruf kam von Craig Lowell. Er sagte, Sie bekommen ein Offizierspatent, und er wollte wissen, ob es irgendein Problem sein würde, Sie in einer L-23 zu prüfen. Ich sagte ihm, dass ich keines sehe.«

*Was hat dann dieser Blödsinn mit dem Alleinflug in dieser verdammten L-19 zu bedeuten?*

»Der zweite Anruf kam von Bob Bellmon. Er hatte zweierlei Sorgen. Die erste galt Ihrem Wohlbefinden, und die zweite, dass er ins Gerede kommen könnte, wenn sein Schwiegersohn eine Extrawurst gebraten bekommt. Er fragte mich, ob ich Sie persönlich prüfen könnte, und ich sagte ›na klar‹. Bob Bellmon ist einer der guten Jungs.«

»Ich verstehe«, sagte Jack.

»Nein, Sie verstehen gar nichts. Anruf drei kam von Miss Marjorie, die ich buchstäblich auf meinen Knien hüpfen ließ, als sie Windeln trug. ›*Onkel Pappy*‹, sagte sie, ›*er weiß nicht einmal, wie er seine Abzeichen anheften soll. Wenn er da draußen bei dir ist, wirst du ihn dann lehren, wie ein Offizier zu handeln? Auf dich wird er hören, doch er mag es nicht, wenn ich ihm etwas sage.*‹ So sagte ich ebenfalls ›Na klar.‹«

»Das wusste ich nicht«, sagte Jack.

»Sie wissen es immer noch nicht«, erwiderte Pappy. »Aber das war immer noch kein Problem. Dann kam Anruf Nummer vier. Von Sandy Felter. Ein anderer der guten Jungs, und ich schulde ihm etwas. Er rief gestern Abend an, um halb zehn. Er wollte zweierlei. Er wollte, dass Sie in allem, möglichst schon gestern, geprüft und mit einem besonderen Instrumentenflug-Schein versorgt werden. Und er wollte, dass wir beide uns mit Father Lunsford … haben Sie gehört, dass der Präsident ihn zum Major befördert hat?«

Jack nickte.

»... heute um zwölf Uhr in Bragg treffen. Ich hielt das für kein Problem. Wir hätten gegen neun Uhr in der Mohawk rüberhüpfen können und bis zwölf noch jede Menge Zeit gehabt. Ich dachte ebenfalls, ich könnte Sie unterwegs in der Mohawk prüfen. Doch dann wurde mir klar, dass ich das nicht machen kann.«

»Warum nicht?«

»Seit gestern haben sie eine Akte der Army über Ihr Fliegen für die Army. Die kann ich ein bisschen frisieren. Bis wir in Bragg sind, werden Sie diese vier Flugstunden haben, und so werde ich sagen, Sie sind unterwegs allein geflogen. Das ist mehr oder weniger ehrlich, und wir werden die Zulassungsnummer der L-19 in den Akten haben – verstehen Sie?«

Jack nickte.

»Ich käme nicht damit durch, wenn ich behaupte, Sie hätten einen Alleinflug mit der Mohawk gehabt«, fuhr Pappy fort. »Ebenso wenig will ich, dass in Ihren Akten steht, Sie wurden ebenfalls in der Mohawk geprüft und wären als fähig für einen Instrumentenflug-Schein beurteilt worden, geschweige denn für einen besonderen Instrumentenflug-Schein. Mir wurde klar, dass wir Schritt für Schritt vorgehen müssen. Von hier bis zur Beaver, von der Beaver zur Otter und dann zur L-23. Irgendwann auf diesem Weg werden Sie die Zulassung für Instrumentenflüge bekommen, und dann die besondere. Ich habe keine Ahnung, wie, zur Hölle, ich Ihnen das Fliegen mit Drehflügelflugzeugen lehren werde.«

»Ich sehe da kein Problem.«

»Wenn ich gestern Abend am Telefon ein wenig barsch war, dann lag das daran, dass mir klar wurde, dass ich in aller Herrgottsfrühe aufstehen und in einer gottverdammten L-19 den ganzen Weg nach Bragg fliegen musste. Und dann zurück.«

»Kein Problem, Pappy«, sagte Jack, enorm erleichtert, weil Pappy nicht auf ihn sauer war, sondern wegen Dingen, auf die er keinen Einfluss hatte.

»Natürlich ist das kein Problem«, sagte Pappy. »Ich glaube, Miss Marjorie will Ihnen unter anderem von mir beibringen lassen, dass ein Lieutenant zu verstehen hat, dass Majors Lieutenants nicht zu erklären brauchen, warum sie stinksauer sind.«

Er lächelte Jack an und hielt ihm wieder die Hand hin. »Also noch einmal meinen Glückwunsch zu Ihrem Alleinflug.«

»Danke, Sir.«

»Und jetzt machen Sie die verdammte L-19 startklar und fliegen los.«

»Jawohl, Sir.«

## 5

SECRET

**Central Intelligence Agency**
**Langley, Virginia**

**Von:** Stellvertretender Direktor Verwaltung

**Datum:** 20. Dezember 1964 1505 GMT

**Betrifft:** Guevara, Ernesto (Aktennotiz # 3.)

**An:** Mr Sanford T. Felter
Berater des Präsidenten
Zimmer 637, The Executive Office Building
Washington, D.C.

*Per Kurier*

Gemäß präsidentschaftlicher Aktennotiz an

den Direktor, betreffend ›Ernesto ›Che‹ Guevara‹, datiert vom 14. Dezember 1964, wird folgende Information geliefert:
(1) (Zuverlässigkeitsstufe fünf) (Von CIA Algier, Algerien) CIA-Überwachung von SUBJECT wieder aufgenommen nach Landung von SUBJEKT und Gefolge in Algier am 19. Dezember 1964, 0915 GMT.
(2) (Zuverlässigkeitsstufe vier) Sie wurden von Mitgliedern des algerischen Ministerrats und dem kubanischen Botschafter abgeholt und zur Residenz des kubanischen Botschafters transportiert.

*Howard W. O'Connor*
HOWARD W. O'CONNOR

SECRET

## 6

*Abfertigungsgebäude*
*Pope Air Force Base, North Carolina*

*20. Dezember 1964, 11 Uhr 35*

George Washington Lunsford stand vor dem Abfertigungsgebäude, als Major Pappy Hodges und Lieutenant Jack Portet von der Parkfläche für Transit-Flüge kamen. Er trug einen Arbeitsanzug, und an seine Kragenspitzen und das Barett war das goldene Blatt des Majors geheftet.

Jack, der salutierte, war nicht überrascht, als er das Rangabzeichen sah. Für Pappy war es jedoch eine Überraschung.

»Das hat Patton in Nordafrika gemacht, wissen Sie«, sagte er. »Er betrachtete sich selbst als befördert und heftete einen dritten Stern an, bevor seine Beförderungsbefehle eintrafen.«

»Das war nicht sehr nett von ihm, nicht wahr?«, sagte Father. »Ich hingegen habe bescheiden gewartet, bis ich meine Beförderungsbefehle ihn den heißen Händchen hielt, bevor ich mir das Major-Dings angeheftet habe.«

»Im Ernst. Die Beförderung ist bereits erfolgt?«

»Gestern«, sagte Lunsford. »Ich hatte noch nicht einmal Zeit, einen darauf zu trinken.«

»Herzlichen Glückwunsch, Major«, sagte Jack.

Lunsford schaute ihn an.

»Und dieser frisch gebackene junge Offizier treibt, nach seiner Fliegerkombination ohne die geringsten Abzeichen zu schließen, die Bescheidenheit zum Extrem.«

Er hob die Augenbrauen und legte dann liebevoll einen Arm um Jack.

»Wie geht's, Jack? Was ist aus dem Verband auf der Nase geworden?«

»Der ging beim Duschen immer ab. Ich wusste ohnehin nicht, wozu er gut sein sollte.«

»Nun, wenn ich mir's recht überlege, sind Sie richtig gekleidet für das, was ich mit Ihnen im Sinn habe.«

»Sir?«

»Unter Freunden können Sie mich mit ›Father‹ ansprechen, aber wenn wir in Mackall sind, sollten Sie großen Wert auf ›Sir‹ und ›Major‹ legen.«

»Jawohl, Sir, Major«, sagte Jack.

»Fliegen wir nach Mackall?«, fragte Pappy.

»Sie werden unseren noblen Führer General Hanrahan sehen. Jack und ich fliegen nach Mackall. Gibt es irgendeinen Grund, weshalb Jack mich nicht in der L-19 dorthin fliegen kann?« Er musterte Pappy und fügte hinzu: »Ehrlich gesagt, Pappy, es überrascht mich, die L-19 zu sehen. Stehen Sie bei irgendjemandem in Rucker auf der schwarzen Liste? Ich hätte Sie mindestens in einer L-23 erwartet, vielleicht sogar in einer Mohawk.«

»Es ist eine lange Geschichte«, erwiderte Pappy. »Was will Hanrahan?«

»Er will Sie über die Operation Earnest informieren. Und Felter will mit Ihnen über die gesicherte Leitung telefonieren.«

»Was bedeutet, dass ich bis zum Arsch in dieser Sache mit drin stecke, richtig?«

»Eine prägnante und korrekte, wenn auch ein wenig vulgär geäußerte Annahme. Ja, so ist es. Wir brauchen Sie, Pappy. Der rückwärtige Stab spielt eine wichtige Rolle bei jeder militärischen Operation.«

»Verdammt!«, sagte Pappy. Er blickte Jack nachdenklich an.

»Meinen Sie, Sie können die L-19 in Mackall landen, ohne sich und den Major umzubringen?«

Jack nickte.

»Wenn Sie den Vogel nicht verbiegen, könnte ich Ihnen ›Landen und starten auf unpräparierten Flugplätzen‹ bescheinigen«, sagte Pappy. »Wenn Sie ihn verbiegen, würde ich beschwören, dass Sie ihn geklaut haben. Okay, Father. Er kann Sie dorthin fliegen. Es würde Zeit sparen, und ich möchte heute heim.«

Lunsford äußerte sich nicht dazu.

»Warum habe ich den Verdacht, dass Sie etwas wissen, von dem ich keine Ahnung habe?«, fragte Pappy.

»Hanrahan möchte Ihnen Würmer aus der Nase ziehen«, sagte Lunsford. »Ich hoffe, Sie haben Unterwäsche zum Wechseln dabei, denn es wird einige Zeit dauern.«

»Ich habe keine«, sagte Jack. »Ich dachte, wir fliegen nur in der Nähe von Rucker herum.«

»Nun, wenn wir von Mackall zurückkommen, könnten Sie gleich mit Ihren Lieutenant-Balken etwas im PX kaufen«, sagte Lunsford.

»Wie komme ich von hier aus zu Hanrahan?«, erkundigte sich Pappy.

»Hanrahans Wagen und Fahrer warten draußen«, erwiderte Lunsford. »Ich glaube, er spendiert Ihnen sogar ein Mittagessen.«

Pappy sah beide an, und dann verließ er wortlos das Abfertigungsgebäude.

»Wir können abfliegen, wenn Sie es wünschen, Father«, sagte Jack.

»Ich weiß, dass Sie ziviler Pilot waren«, sagte Lunsford. »Aber warum war Pappy besorgt, dass Sie die L-19 verbiegen könnten? Wie viel Erfahrung haben Sie mit dem Fliegen von Pfützenspringern?«

»Nicht viel«, gab Jack zu. »Tatsache ist, dass ich einen dieser Pfützenspringer erst auf dem Weg hierher allein geflogen habe.«

»Ah, was soll's«, sagte Lunsford. »Das Leben am Abgrund hat seinen Reiz, wie ich immer sage.«

»Ich glaube, ich kann uns an einem Stück nach Mackall und zurück fliegen«, sagte Jack.

»Wenn wir in Mackall sind«, befahl Lunsford, als sie über Fort Bragg flogen und Kurs auf den zwanzig Meilen entfernten ›schlafenden, ehemaligen Stützpunkt‹ nahmen, der für die Ausbildung der Special Forces benutzt wurde, »akzeptieren Sie alles, was ich sage. Stellen Sie keine Fragen und geben Sie keine freiwillige Information.«

»Jawohl, Sir«, sage Jack.

Als Jack die L-19 landete, wartete ein stämmiger, schwarzer Sergeant in einem Jeep beim unbefestigten Landestreifen.

Jack war schon mal hier gewesen. Bevor er in einem ›Spezialkursus‹ ein Green Beret geworden war. Damals war er niemals in einem der Gebäude gewesen, und erst, als er in Mackall auf Eis gelegt worden war, hatte er erfahren, dass sie Duschen, Feldbetten, Herde und Kühlschränke enthielten, die dem Ausbildungskader zur Verfügung standen. Die Auszubildenden wuschen sich in Bächen, schliefen auf dem Boden und ernährten sich von den Feldrationen und/oder dem, was sie fangen, erlegen und über offenen Feuern braten konnten.

Der Master Sergeant wartete, bis Jack das Flugzeug

geparkt hatte und es mit Stricken zu sichern begann, bevor er mit dem Jeep heranfuhr und ausstieg.

Er grüßte schneidig vor Father.

»Dieses goldene Blatt steht Ihnen gut, Sir«, sagte er. »Meinen Glückwunsch.«

»Danke«, erwiderte Father auf Suaheli. »Ich habe Ihnen gesagt, dass ihr Jungs nur Suaheli unter uns sprechen sollt.«

»Verzeihung«, sagte der Sergeant auf Suaheli.

»Und da wir gerade von Suaheli sprechen, der Adjutant des Generals hat diesen Offizier aufgetrieben, der es im College studierte und sich vielleicht zu uns gesellen wird.« Er wandte sich an Jack. »Sie haben gehört, was ich gerade gesagt habe, Lieutenant?«

»Jawohl, Sir«, sagte Jack.

»Können Sie das auf Suaheli sagen?«

»Jawohl, Sir«, antwortete Jack auf Suaheli.

»Lieutenant Portet, Master Sergeant Thomas«, stellte Father vor.

»Wie geht es Ihnen, Lieutenant?«, sagte Thomas. »Ich wusste nicht, dass Sie Suaheli auf dem College gelernt haben.«

»Sie lehren das auf dem Florida Baptist College«, antwortete Father für Jack. »Der Lieutenant studierte dort, um Missionar in Afrika zu werden, als er eingezogen wurde und sich sagte, dass er lieber Flugzeuge fliegt. So ist es doch, Lieutenant?«

»Jawohl, Sir«, sagte Jack.

»Er hatte soeben die Flugschule absolviert, als man ihn aufspürte. Ich hatte um schwarze Jungs ersucht, aber man hat ihn trotzdem geschickt. War nicht böse gemeint, Lieutenant.«

»Ich habe es auch nicht übel genommen, Sir.«

»Und da er den ganzen Weg von Rucker hierher geflogen ist, sagte ich mir, es kann nicht schaden, ihm hier alles zu zeigen. Wenn nichts sonst dabei herausspringt, kann er wenigstens feststellen, ob ihn jemand versteht, wenn er Suaheli zu sprechen versucht.«

»Ich verstehe, Sir«, sagte Thomas.

»Ich möchte Sie noch einmal erinnern, Lieutenant«, sagte Lunsford, »dass alles, was Sie hier sehen, als geheim erklärt ist und Sie bei niemandem darüber reden dürfen – sind Sie verheiratet?«

»Nein, Sir.«

»Die Antwort kam nur zögernd, Lieutenant.«

»Ich werde bald heiraten, Sir – am 23. Dezember, Sir.«

»Das wird vermutlich verhindern, dass Sie uns zugeteilt werden«, sagte Lunsford nachdenklich. »Vielleicht sollten wir die Besichtigung hier sparen. Ah, was soll's. Wir sind nun mal hier. Um auf das zurückzukommen, was ich gesagt habe: Sie werden mit niemandem über das reden, was Sie hier sehen, auch nicht mit Ihrer Verlobten oder, wenn sie Ihre Frau wird, mit derselbigen. Ist das klar?«

»Jawohl, Sir.«

»Spricht die junge Lady Suaheli?«

»Nein, Sir.«

»Ich dachte, sie studiert vielleicht ebenfalls, um Missionarin zu werden«, sagte Lunsford. »Okay, Sergeant, wenn Sie einen halbstündigen Rundgang mit dem Lieutenant machen werden, habe ich Zeit, um mich hier umzusehen und festzustellen, was Sie hier alles versaut haben.«

»Jawohl, Sir«, sagte Sergeant Thomas.

»Sorgen Sie dafür, dass er mit jedem Mann spricht«, sagte Lunsford. »Lassen Sie jeden Mann seine Funktion erklären. Auf Suaheli.«

»Jawohl, Sir. Steigen Sie bitte mit mir in den Jeep, Lieutenant?«

Als Master Sergeant Thomas überzeugt war, weit genug gefahren zu sein, um von Major Lunsford nicht mehr gesehen werden zu können, wandte er sich an Jack.

»Lieutenant, ist Ihr Suaheli gut genug, dass Sie verstehen werden, was ich sagen werde? Nichts für ungut, Sir.«

»Ich habe ein wenig Probleme, Sie zu verstehen, Sergeant«, erwiderte Jack. »Aber wenn Sie vielleicht langsam sprechen ...«

»Ich werde es versuchen, Sir«, sagte Sergeant Thomas. »Nun, wir versuchen hier so gut wie möglich zu simulieren, wie das Leben für ein Team der Special Forces sein würde, wenn es heimlich in einem afrikanischen Land operiert.«

»Sehr interessant«, sagte Jack.

Als sie eine halbe Stunde später zum Landestreifen und der kleinen Ansammlung von primitiven Fachwerkgebäuden mit Teerpappedächern ringsum zurückkehrten, saß Lunsford auf der Treppe vor einem der Gebäude.

Bei ihrem Nahen stand er nicht auf, und er erwiderte ihren Gruß nur mit einem lässigen Heben der Hand.

»Haben Sie etwas Interessantes gesehen, Lieutenant Portet?«, fragte er auf Suaheli.

»Jawohl, Sir, es war sehr interessant.«

»Und hatte der Lieutenant irgendwelche Probleme, sich mit Ihnen oder einem der Männer auf Suaheli zu unterhalten?« Er blickte Thomas fragend an.

»Nein, keine großen, Sir«, antwortete Master Sergeant Thomas gnädig.

Lunsford hob die Hand wie ein Geistlicher, der seine Gemeinde segnet.

»Durch die Macht, die mir von Gott, dem Präsidenten der Vereinigten Staaten und General Hanrahan verliehen wurde, gewähre ich eine Amnestie, sprich Pause im Ausbildungsplan für alle Auszubildenden«, sagte Lunsford. »Sie werden sie holen, Sergeant Thomas, und herbringen. Und dann wird Lieutenant Portet unsere kleine Operation kritisch beurteilen.«

»Sir?«, fragte Thomas ungläubig.

»Es ist die Stunde der Wahrheit, Sergeant Thomas«, sagte Lunsford. »Und die erste Wahrheit, die ich von Ihnen hören möchte, lautet: Haben Sie heute schon Ihren Lauf gehabt?«

»Nein, Sir.«

»Wie wäre es dann, wenn Sie sozusagen zwei Fliegen mit einer Klappe schlagen, zu den Männern joggen und mit Ihnen zur Kritik des Lieutenants herjoggen?« Er wandte sich an Jack. »Wir von den Special Forces haben herausgefunden, Lieutenant, dass ein tägliches Joggen von fünf Meilen den Körper topfit für unseren anstrengenden Dienst hält. Ist das so, Sergeant Thomas?«

»Jawohl, Sir«, sagte Sergeant Thomas.

»Seien Sie mit Leib und Seele dabei, Sergeant«, sagte Lunsford. »Wir wollen Lieutenant Portet hier doch nicht warten lassen, oder?«

»Nein, Sir«, sagte Sergeant Thomas, sichtlich wütend.

Er drehte sich um und joggte davon.

Jack sah Lunsford an.

»Sagen Sie mir, was das zu bedeuten hat?«

»Dies ist eine Maßnahme, die als ›Exempel statuieren‹ bekannt ist, Lieutenant«, erklärte Lunsford. »Wenn ich mich nicht gewaltig irre, wird Sergeant Thomas, wenn er schnaufend und keuchend bei seinen Männern im Camp eintrifft, ziemlich missmutig sagen: ›Ihr werdet es nicht glauben, aber wir müssen zum Landesteifen joggen, wo dieses beschissene Arschloch von verdammtem Fliegerjungen uns sagen wird, was wir falsch machen‹ oder Formulierungen dieser Art.«

Jack lachte.

»Warum versuchen Sie, ihn – jeden – sauer zu machen?«

Lunsford antwortete sehr ernst: »Wenn Sie jemandem etwas beibringen wollen, müssen Sie als Erstes seine Aufmerksamkeit gewinnen. Das trifft besonders bei einer solchen Gruppe zu. Der dienstjüngste Mann dort draußen ist ein Staff Sergeant. Sie alle sind voll qualifizierte Green Berets, und berechtigterweise denken sie – wissen sie –, dass sie aus ziemlich hartem Holz geschnitzt sind. Und wenn ich nicht ihre Aufmerksamkeit gewinnen kann, wird das vielleicht ihren Tod bedeuten.«

Er stand von der Treppe auf.

»Kommen Sie mit«, sagte er. »Ich werde etwas Hilfe

brauchen, und ich nehme an, Thomas – ungefähr der beste Unteroffizier, den ich jemals kennen gelernt habe – wird hin und zurück eine neue Bestzeit laufen.«

Er führte Jack in eines der Gebäude mit den Teerpappedächern. In einem Raum stand ein großer Kühlschrank und daneben ein ebenso großer Gefrierschrank. Beide Türen waren mit schweren Ketten und Vorhängeschlössern gesichert.

Lunsford öffnete die Türen.

Er wies auf zwei galvanisierte Waschwannen.

»Ich belade sie«, sagte er. »Sie hacken Eis.«

Der Gefrierschrank enthielt Blockeis, und im Kühlschrank waren Bierkästen und Lebensmittel gestapelt.

Im Gefrierschrank lag eine Eiszange, und Jack nahm sie heraus.

»Scheiße!«, stieß er hervor. Die Zange war an seine Hand gefroren.

»Sie sehen doch gar nicht so blöde aus«, meinte Lunsford, eilte mit ihm zu einem Wasserhahn, ließ Wasser laufen und taute ihn los.

»Ich nehme an, das brauchen Sie sich nicht aufzuschreiben, Lieutenant, nachdem Sie eine schmerzliche Lektion erhalten haben, die Ihre Aufmerksamkeit geweckt hat, aber Metall bleibt bei vierzig Grad unter Null an der Hand haften.«

»Ich fühle mich verdammt dumm«, sagte Jack und untersuchte seine stark geröteten Finger. »Ich hätte das wissen müssen.«

»Wenn man sich dumm fühlt, ist das der erste Schritt, Wissen zu erwerben – und noch wichtiger, es sich zu merken«, erwiderte Lunsford. »Kann ich Ihnen den Eispickel anvertrauen, oder werden Sie sich damit die Hand aufspießen?«

Jack nahm einen der Eisblöcke, legte ihn in die galvanisierte Wanne und begann ihn mit dem Pickel zu zerhacken.

»Wenn Sie den Unwilligen Wissen eingetrichtert haben, ist es nötig, ihnen auf die Schulter zu klopfen«, sagte Lunsford. »So ähnlich, wie einem Hund zur Belohnung einen Knochen zu geben. Leider ist der Army diese universale Weisheit nicht bekannt, und Offiziere müssen ihr Bier selbst bezahlen.«

Als die Flaschen aus drei Bierkästen in den Wannen mit Eis bedeckt waren, verschloss Lunsford die Türen des Kühl- und Gefrierschranks sorgfältig mit den Ketten und Vorhängeschlössern.

»Jetzt gehen wir raus und verhalten uns, als hätten wir uns nicht von der Stelle gerührt, bis unsere widerwilligen Studenten auftauchen, keuchend und schnaufend und voller Selbstmitleid«, sagte Lunsford.

Fünf Minuten später joggten die Männer mit Thomas an der Spitze heran.

Master Sergeant Thomas salutierte.

»Sir, die Abteilung ist angetreten wie befohlen«, meldete er.

Lunsford erwiderte den Gruß lässig, ohne aufzustehen.

»Lassen Sie die Männer bitte rühren, Sergeant«, sagte er.

Thomas machte eine perfekte Kehrtwendung und bellte: »Rühren!«

Die Männer entspannten sich und verschränkten die Hände hinter dem Rücken.

»Wie Sergeant Thomas Ihnen vielleicht gesagt hat, wird Lieutenant Portet jetzt unsere kleine Operation kritisch beurteilen. Lieutenant, wollen Sie sich bitte erheben und den Männern gegenübertreten?«

Jack stand verlegen auf und sah in fünfzehn schwarze, unfreundliche, verächtliche Gesichter.

»Wir spielen jetzt ›Wahrheit oder Konsequenzen‹«, kündigte Lunsford an. »Und wir werden mit Lieutenant Portet beginnen. Lieutenant, was ist das Erste, was Sie dachten, als Sie hörten, wie Sergeant Thomas versuchte, Suaheli zu sprechen?«

Jack schaute Thomas and und hörte sich entsetzt herausplatzen: »Er klingt wie ein Weißer.«

Das war zu viel für Master Sergeant Thomas.

»Mit allem Respekt, Lieutenant, ich habe mein Suaheli auf die gleiche Weise wie Sie Ihres gelernt, von einem Missionar.«

»Im Presidio, meinen Sie, Sergeant Thomas?«, fragte Lunsford mitfühlend.

Die Sprachenschule der Army befand sich im Presidio in San Francisco, California.

»Jawohl, Sir«, sagte Thomas in rechtschaffenem Zorn. »Der Ausbilder sagte uns, dass er das Suaheli als Missionar im Kongo gelernt hat.«

»Alle diejenigen, die sich erinnern, was ich bei unserem ersten Treffen über ›trauen Sie niemals irgendjemandem‹ und ›bedenken Sie, dass die Dinge sehr selten so sind, wie es zuerst den Anschein hat‹ gesagt habe, heben jetzt die Hand«, sagte Lunsford.

Vierzehn Soldaten hoben einer nach dem anderen die Hand und fühlten sich wie Schuljungen.

»Sie erinnern sich nicht, dass ich das gesagt habe, Sergeant Thomas?«, fragte Lunsford.

Sergeant Thomas hob ebenfalls die Hand.

»Sie können die Hand jetzt runternehmen«, sagte Lunsford.

Einige grinsten, als sie es taten.

»Da Sie alle es offenbar brauchen, werde ich nun beweisen, dass Sie niemals jemanden trauen sollten«, sagte Lunsford. »Ich habe Sergeant Thomas erzählt, dass Lieutenant Portet studierte, um Missionar zu werden, und dass er das Suaheli auf dem Florida Baptist College gelernt hat. Ich habe gelogen.«

Er ließ das einen Moment einwirken.

»Mit anderen Worten, er ist nicht das, was es den Anschein hat. Ich kenne zufällig seine Lehrerin, und sie hat mir versichert, dass Lieutenant Portet Suaheli und mehrere andere kongolesische Dialekte spricht wie jeder, der dort geboren und aufgewachsen ist. Lieutenant Portet ist dort nicht geboren worden, wurde jedoch dort aufgezogen. Er lernte Suaheli auf den Knien der härtesten schwarzen Lady, die ich jemals kennen gelernt habe. Ihr Name ist Mary Magdalene Lotetse. Sie ist drei Zoll größer und fünfzig Pfund schwerer als Sergeant Thomas, und wenn sie behauptet, Lieutenant Portets Suaheli ist perfekt, wage ich nicht, ihr zu widersprechen. Aber nur für die Akten, ich weiß, dass sein Suaheli besser als meines ist.«

Abermals ließ er diese Worte einwirken.

»Ist nach Ihrer Einschätzung, Lieutenant Portet, jemand in dieser Horde von Möchtegern-Kriegern, der nicht als ein Werkzeug der imperialistischen Teufel erkannt werden wird – und es sollte Ihnen klar sein, Gentlemen, dass jedem auf der Stelle mit einer Machete der Kopf auf- oder abgehackt werden wird –, sobald er im Dschungel um Stanleyville den Mund aufmacht?«

Zwei der Männer hatten überraschend gut Kongolesisch gesprochen, und Jack fand ihre Gesichter. Er konnte sich nicht an ihre Namen erinnern, aber das machte nichts, wie er mit Erleichterung erkannte, denn Lunsford hatte gesagt, sie seien alle mindestens Sergeants.

»Der Sergeant dort, Sir«, sagte Jack und wies hin. »Und der Sergeant dort. Sie könnten mit etwas Glück als Kongolesen durchgehen.«

»Ein Blick in die Personalakte wird zeigen, dass der Zeuge Sergeant First Class DeGrew identifiziert hat«, sagte Lunsford. »Und Staff Sergeant Williams. Versuchen Sie, sich ihre Namen zu merken, Lieutenant. Ich weiß, dass wir Nigger für euch Weißärsche alle gleich aussehen, aber wenn Sie bei uns sein werden, würde ich es schätzen, wenn Sie versuchen, die Namen der Leute zu erlernen.«

Jetzt lächelten einige und dachten: *Der Major gibt auch dem Lieutenant Saures.*

»Sergeant DeGrew und Sergeant Williams, Sie haben von jetzt an eine zusätzliche Pflicht«, fuhr Lunsford fort. »Jedes Mal – und ich meine *jedes* Mal, wenn Sie jemanden, einschließlich unseres beliebten Master Sergeant Thomas

– etwas Falsches auf Suaheli sagen hören, werden Sie ihn nicht nur auf der Stelle korrigieren, sondern es ihn richtig wiederholen lassen, ganz gleich wie lange es dauert, bis er es korrekt ausspricht. Ist das klar?«

»Jawohl, Sir«, antworteten Williams und DeGrew unisono.

»Die US-Regierung hat eine Menge meiner Steuer-Dollars in euch Leute investiert«, sagte Lunsford. »Und ich möchte nicht, dass all das Geld für die Katz ist, was der Fall sein würde, wenn Sie durch den Busch rennen, bei irgendeinem echten Afrikaner das Maul aufmachen, und er sagt: ›He, dieser Bruder spricht Kongolesisch wie ein weißes Warzenschwein‹, oder Worte dieser Art, und Ihnen den Kopf abhackt. Ist das klar?«

Nicken als Zustimmung zur Logik hinter Lunsfords Worten.

»Und jetzt bitte weiteres Aufdecken der Karten. Ich habe zwar angekündigt, dass dieser weißarschige Fliegerjunge sich unserer kleinen Privatarmee anschließen will, aber ich frage euch, wie viele dafür stimmen, ihn zu nehmen. Also?«

Nach einer langen Pause hob einer die Hand, und es war seiner Miene anzusehen, dass er es getan hatte, um Gelächter zu ernten. Er bekam es.

»Und gerade war in mir die Hoffnung gekeimt, dass vielleicht ein paar von euch nicht so blöde sind, wie ihr ausseht«, sagte Lunsford.

Er wartete, bis sie das verarbeitet hatten. Dann fuhr er fort:

»Ich will euch das verklickern. Stellt euch vor, ihr seid ein belgischer Fallschirmjäger. Ihr seid soeben in Stanleyville abgesprungen, wo einige wirklich hässliche Leute Kannibalismus an weißen Leuten ausüben, möglicherweise eure Verwandten auffressen. Ihr geht in das Apartmenthaus, in dem ihr eure Verwandten vorzufinden hofft. Auf dem Rasen vor dem Haus und in den Aufzügen liegen überall tote Weiße. Ihr brecht in die Wohnung eurer Verwandten ein, und da ist dieser barfüßige schwarze Knabe mit dem Uniformrock eines belgischen Offiziers, einem Leopardenfell und Shorts. Und natürlich mit einer Waffe in der Hand. Ihr würdet den Hurensohn natürlich umlegen, richtig?«

Jetzt lächelte keiner mehr.

»Teeter?«, fragte Lunsford und zeigte auf einen der Männer.

»Jawohl, Sir, das würde ich tun.«

»Jeder, der den Hurensohn nicht abknallen würde, die Hand heben.«

Niemand hob die Hand.

»Nun, zu meinem Glück – ich war der schwarze Hurensohn im Simba-Anzug – *dachte* dieser Fallschirmjäger, statt loszuballern. Zu meinem Glück behielt dieser belgische Fallschirmjäger unter Stress die Beherrschung. Ich weiß nicht, ob ich selbst ebenfalls diese Selbstbeherrschung haben würde. Dieser belgische Fallschirmjäger hatte sie.«

»Sie sprechen von dem Lieutenant, nicht wahr, Sir?«, sagte Master Sergeant Thomas. »Wir hörten, dass ein Amerikaner mit den Belgiern absprang ...«

Lunsford gab keine Antwort.

»Jeder, der seine Meinung über den Lieutenant ändern will, hebt die Hand«, sagte Sergeant Thomas.

Er selbst hob die Hand als Erster.

»Jesus, Major, wie hätten wir das wissen sollen?«, fragte einer der Männer, während er die Hand hob.

»Sie hätten denken sollen«, erwiderte Lunsford. »Sie können nur am Leben bleiben, wenn Sie denken.«

Lunsford wartete, bis alle Männer die Hand gehoben hatten.

»Genug mit dem Blödsinn«, sagte er. »Ihr wirkt alle lächerlich wie Schuljungen, die beim Lehrer aufzeigen. Und dies ist die Army – da wird nicht abgestimmt.«

Jetzt setzte Gelächter ein.

»Von jetzt an ist Lieutenant Portet unser Experte vor Ort«, sagte Lunsford. »Wenn er etwas sagt, betrachten Sie es als Befehl von mir. Ich hoffe nur, Sie sind schlau genug, um zu verstehen, wie glücklich wir sein können, ihn zu haben.« Er schwieg kurz. »Noch eines: Wenn einer von Ihnen das Maul aufreißt und wiederholt, was ich über Lieutenant Portet gesagt habe und dass er der Amerikaner ist, der über Stanleyville abgesprungen ist, nagele ich seine Eier an die Wand.«

Er legte eine Pause ein.

»Haben Sie sonst noch etwas zu sagen, Lieutenant?« Er sah Portet fragend an.

»Da ist nur ein Problem, Sir. In diesem Gebäude ist eine Menge Bier, das warm werden wird, wenn es nicht getrunken wird.«

»Nun denn«, sagte Lunsford. »Okay, jetzt werdet ihr in einer Reihe an Lieutenant Portet vorbeigehen, euren Namen nennen und sagen, dass ihr euch freut, ihn kennen gelernt zu haben oder Worte dieser Art. Mit einem bisschen Glück wird er sich an die Namen erinnern, wenn er euch das nächste Mal sieht.«

Im Gänsemarsch marschierten sie an Jack vorbei, schüttelten ihm die Hand und sagten, dass sie sich freuten, ihn kennen gelernt zu haben oder Worte dieser Art. Jack hatte das Gefühl, dass sie es ehrlich meinten.

»Wenn Sie etwas auf dem Herzen haben, Jack, sprechen Sie es aus«, sagte Lunsford, als sie von der Pope Air Force Base zum Haupt-PX in Fort Bragg fuhren.

»Vieles bei dieser Lektion war zwar Blödsinn«, sagte Jack, »doch sie war meisterhaft. Aber ...«

»Aber?«

»Ich bin nicht der heroische Offizier, der unter Stress die Ruhe behält, zu dem Sie mich gemacht haben, und das wissen Sie.«

»Ebenso wenig bin ich heroisch oder ruhig unter Stress. Der Trick besteht darin, dies die Soldaten nicht herausfinden zu lassen.«

»Ich weiß nicht, ob ich das durchziehen kann.«

»Sie können es, wenn Sie es versuchen. Ich mache es

seit Jahren. Sie schulden es den Soldaten, Jack, Ihnen das Gefühl zu geben, dass Sie etwas Besonderes sind. Die Männer müssen ihre Offiziere für etwas Besonderes halten. Und Sie sind jetzt Offizier.«

Jack zuckte unbehaglich mit den Schultern.

»Und da wir von den Soldaten sprechen, Sie schulden mir – dreimal zwei-achtundneunzig sind acht-vierundneunzig, geteilt durch zwei sind vier-siebenundvierzig. Sie schulden mir vier Dollar siebenundvierzig, und ich hätte sie jetzt gern, bitte.«

»Wofür?«

»Für Ihren Anteil an dem Bier.«

# VI

## 1

*Brookwood Lane 123*
*Ozark, Alabama*

*20. Dezember 1964, 15 Uhr 50*

»Gut, sie ist daheim«, murmelte Marjorie Bellmon, als sie Liza Woods Buick-Kombi auf dem Stellplatz stehen sah.

Sie bog mit dem Jaguar von der Straße ab und fuhr den Zufahrtsweg hinauf.

Liza, eine große, schlanke, auffallend attraktive Vierundzwanzigjährige, die ihr leuchtend rotes Haar in einer Pagenfrisur trug, stand beim Stellplatz und stopfte Müllsäcke in eine Mülltonne.

Als sie Marjorie sah, lächelte sie und schritt zum Wagen.

»Hallo«, sagte Marjorie.

»Es muss Liebe sein. Er lässt dich mit seinem Jaguar fahren«, sagte Liza.

»Ich musste beim Kommandeur der Militärpolizei vorfahren, um einen vorübergehenden Aufkleber dafür zu bekommen«, sagte Marjorie und fügte hinzu: »Einen blauen Aufkleber.«

»Einen blauen? Was hat das zu bedeuten?« Liza ließ Marjorie keine Zeit zur Antwort und fügte hinzu: »Ich werde meine Neugier zügeln, bis wir im Haus sind. Es ist kalt hier.«

Sie öffnete die Küchentür, und Marjorie trat ein.

Ein kleiner Junge rannte herbei und schlang die Arme um ihr Bein.

»Ma-jerie«, krähte er glücklich bei seinem besten,

wenn auch misslungenen Versuch, den Namen Marjorie auszusprechen.

Marjorie hob ihn auf die Arme.

»Hallo, mein Schöner«, sagte sie. »Wo, um alles in der Welt, sind Mommy und du gewesen? Tante Mar-jo-ree hat euch überall gesucht.«

Während dieser Worte schaute sie Liza an.

»Ich wollte gerade was trinken«, sagte Liza. »Möchtest du etwas?«

Marjorie überlegte kurz.

»Ja, warum nicht? Was bietest du denn an?«

»Was immer du haben möchtest. Ich werde mir eine Bloody Mary machen.«

»Klingt prima«, sagte Marjorie. »Wo, zum Teufel, bist du gewesen?«

»Ski fahren in Colorado.«

»Drei Wochen lang? Deine Schwiegermutter wollte mir nicht sagen, wo du bist.«

»Ich habe sie gebeten, es keinem zu sagen«, sagte Liza. »Erzähl mir von dem blauen Aufkleber.«

»Ich habe das mit dir und Johnny gehört«, sagte Marjorie. »Es tut mir Leid.«

»Ich wollte von hier fort und ich nehme an, im Hinterkopf hatte ich die Hoffnung, in der Skihütte irgendeinen gut aussehenden Hengst zu finden, der mich die gottverdammte Army vergessen lassen würde.«

»Die gottverdammte Army oder Johnny?«

»Beides.«

»Und?«

»Ich möchte nicht, dass sich dies herumspricht, denn es würde meinen Ruf ruinieren, aber als es zur Sache ging, sagte ich mir, dass es eine bessere Möglichkeit gibt, zur Vernunft zu kommen, als irgendeinen schwachsinnigen, sonnengebräunten Ski-Hallodri an mein Höschen zu lassen.«

»Und bist du zur Vernunft gekommen?«

»Gott, ich hoffe es. Erzähl mir von dem blauen Aufkleber.«

»Blu-mari«, krähte Allan. »Blu-mari, blu-mari!«

Liza gab ihm ein Glas mit ein wenig Tomatensaft.

»Er bekommt natürlich keinen Schnaps darin«, sagte Liza. »Aber er mag die ›Kinder-Bloody Mary‹, mit Tabasco und allem. Ich lebe in ständiger Angst, ihm irgendwann einmal das falsche Glas zu geben.«

Sie überreichte Marjorie eine Bloody Mary.

»Hier drin ist Gin, pass auf, dass er nicht dieses Glas nimmt. Was ist nun mit dem blauen Aufkleber? Mit dem *vorübergehenden*, hast du gesagt?«

»Gab es dort, wo du warst, keine Zeitungen?«

»Nein, dort draußen kommuniziert man mit Trommeln und Rauchsignalen. Blauer Aufkleber?«

»Dann hast du gelesen, was in Stanleyville passiert ist?«

»Klar. Gott, das war schrecklich. Das waren tatsächlich – Kannibalen.«

»Genauer gefragt, hast du das Bild des belgischen Fallschirmjägers gesehen, der das kleine Mädchen in den Armen hielt?«

Liza kramte in der Erinnerung.

»Ja, habe ich gesehen. Es sah aus, als hätte man ihm die Nase zerschossen.«

»Er hatte keine zerschossene Nase. Er fiel von einem Lastwagen. Das war Jack.«

»Ich habe das sonderbare Gefühl, du nimmst mich auf den Arm«, sagte Liza nach langem Überlegen.

»Pfadfinderinnen-Ehrenwort«, beteuerte Marjorie. »Auf Ehre und Gewissen.«

»Was, zum Teufel, hat er denn in Afrika gemacht?«, fragte Liza.

»Er sollte nicht mit den Belgiern abspringen, aber er hat es getan. Die Belgier werden ihm eine Medaille verleihen.«

Liza schüttelte ungläubig den Kopf.

»Und wir werden heiraten«, fügte Marjorie hinzu.

»Das ist ja eine noch schlimmere Neuigkeit«, meinte Liza. »'tschuldige, das hätte ich nicht sagen sollen.«

»Stimmt, das hättest du dir sparen können«, pflichtete

Marjorie ihr bei. »Er kam zurück und ich fuhr nach Bragg, um ihn zu sehen, und er machte mir einen Antrag mit Worten, die ich bis zu meinem Lebensende nicht vergessen werde. ›*Scheiß auf deinen Job*‹, sagte mein Ritter in der glänzenden Rüstung, ›*lass uns heiraten.*‹«

Liza lächelte sie an.

»Und du warst offenbar überwältigt von seiner Redegewandtheit und hast ›Ja‹ gesagt.«

»Ja«, bestätigte Marjorie.

»Nun, du bist offensichtlich glücklich darüber, und so freut es mich für dich. Und er ist jetzt ein Offizier mit eigenem blauen Aufkleber?«

»Ja.« Marjorie lachte. »First Lieutenant. Bobby musste ihm seine Abzeichen anheften. Er wusste nicht, wie das geht.«

»First Lieutenant? Das sollte dir zu Hause die Dinge erleichtern.«

»Und ich möchte, das du meine Brautjungfer bist.«

»Das möchte ich nicht, Süße.«

»Warum nicht?«

»Derjenige, dessen Name ich nie mehr laut aussprechen will, wie ich mir geschworen habe, der Adjutant deines Daddys, wird dort sein, richtig?«

»Was hat das denn damit zu tun?«

»Verzichte auf mich als Brautjungfer, Marjorie, bitte.«

»Das ist ein Eingeständnis, dass du *nicht* zur Vernunft gekommen bist. Du liebst ihn immer noch.«

»Ich habe nicht behauptet, dass ich den Hurensohn nicht mehr liebe«, sagte Liza. »Ich habe gesagt, ich will nicht noch einmal den Schmerz ertragen, einen Ehemann zu verlieren, oder schlimmer noch, Allan so etwas durchmachen zu lassen. Ich habe ihn vor die Wahl gestellt, entweder die Army oder Allan und ich, und er hat sich nicht für uns entschieden.«

Marjorie äußerte sich nicht dazu.

»Ich will keine Soldatennutte sein, Marjorie. Und es gibt keinen Grund, weshalb wir so leben müssten. Hast du gehört, wie viel er von seinem Vater geerbt hat?«

»Ich weiß keine Einzelheiten«, sagte Marjorie. »Ich habe nur mitbekommen, wie Craig Lowell meinem Vater erzählte, dass Johnnys Schwester und Schwager versucht haben, ihn zu betrügen.«

»Das haben sie getan. Und sie sind nicht damit durchgekommen. Johnny bekam schließlich zwei Millionen dreihundertzwanzigtausend Dollar und ein paar Zerquetschte.«

»Ich hatte keine Ahnung, dass es so viel ist«, sagte Marjorie.

»Es wäre noch mehr gewesen, wenn er sie hereingelegt hätte, wie sie es bei ihm versucht haben. Aber er ist ein Offizier und Gentleman, und er wollte unbedingt ›fair‹ sein.«

»Das ist kaum eine Charakterschwäche«, bemerkte Marjorie.

»Mit all dem Geld und mit dem, was ich habe, hätten wir uns wirklich ein Leben aufbauen können. Ich habe alles getan, was er wollte, das ganze Spielchen ›wohin du auch gehst, werde ich dich treu begleiten‹ und so, solange es nicht irgendwohin war, wo die Army ihn finden und in den Tod schicken konnte.«

»Mein Vater hat sein ganzes Leben in der Army verbracht, und er lebt noch«, sagte Marjorie.

»Und deine Mutter ist ihr ganzes Leben krank von der Sorge gewesen, dass er fallen könnte«, sagte Liza. »Das habe ich hinter mir. Du bist im Begriff, ein solches Leben zu beginnen. Diese Kraft habe ich nicht. Das ist keine Meinung, sondern eine Tatsache. Ich habe um Allans willen auf die Rückkehr meines Mannes gewartet und gebetet – mein Gott, wie ich gebetet habe! –, dass er heimkehrt. Und das tat er. In einem Sarg. Und ich wäre beinahe daran zu Grunde gegangen. Das werde ich nicht noch einmal durchmachen, denn ich weiß, dass ich es nicht ertragen könnte.«

Sie tauschten einen langen Blick.

»In diesem Punkt sind wir auf verschiedenen Seiten, Marjorie«, sagte Liza. »Ich hoffe, dass es dir nicht so ergeht, wie es mir ergangen ist. Ich bete für dich, dass es nicht passiert, aber ich werde trotzdem darauf verzichten, deine Brautjungfer zu sein.«

»Du musst ja nicht mit ihm sprechen«, sagte Marjorie. »Du brauchst nur für mich dort sein. Du bist die beste Freundin, die ich jemals hatte.«

Liza sah sie an und hob ihr leeres Glas.

»Möchtest du noch eine Bloody Mary?«

»Ich habe diese erst halb ausgetrunken.«

»Aber es macht dir nichts aus, wenn ich noch eine trinke, oder?«, sagte Liza und ging, um sich noch eine Bloody Mary zu mixen.

»Nichts, solange du Allan kein Glas mit Gin gibst«, antwortete Marjorie und fügte dann sehr leise hinzu: »Bitte, sag ja, Liza!«

Liza erwiderte erst etwas, als sie ihr Glas gefüllt hatte und zu Marjorie zurückkehrte.

»Unter der Bedingung, dass ich nicht mit dem Hurensohn reden muss, richtig? Und dass niemand versucht, ›unseren Streit beizulegen‹?«

»Abgemacht«, sagte Marjorie.

»Also gut, okay. Erzähl mir all die Einzelheiten.«

## 2

*Flugplanung*
*Abfertigungsgebäude*
*Pope Air Force, North Carolina*

*21. Dezember 1964, 7 Uhr 30*

»Haben Sie das Wetter überprüft, Lieutenant?«, fragte Major Pappy Hodges, als er sich zu Jack gesellte, der einen Instrumentenflug-Kurs für die Rückkehr nach Fort Rucker erstellte.

»Jawohl, Sir.«

»Und?«

»Könnte nicht besser sein, Sir«, sagte Jack.

»Was machen Sie da, Lieutenant?«

»Ich bereite einen IFR-Flugplan für Ihre Genehmigung vor, Sir.«

»Wenn ich von hier nach Rucker fliege, überquere ich South Carolina diagonal, bis ich Aiken oder North Augusta oder vielleicht Bamberg für einen Pinkel- und Tankstopp finde. Dann fliege ich über Georgia nach Fort Benning und danach am Fluss entlang, bis ich das Gebiet um Rucker erkenne. Meinen Sie, Sie können das schaffen, ohne uns in den Boden zu bohren?«

»Jawohl, Sir, ich meine, das kann ich schaffen.«

»Das geht schneller als ein Instrumentenflug, also melden Sie einen Sichtflug nach Bamberg an«, befahl Hodges. »Sie können das unterwegs ändern, wenn wir näher bei North Augusta sind.«

»Jawohl, Sir.«

»Wenn ich das noch nicht erwähnt habe, Lieutenant Portet, Sie haben Ihre Prüfung im Überlandflug nach Instrumenten-Flugregeln bestanden.«

»Danke, Sir.«

»Und da Sie aus der finstersten Provinz zurückkehren, haben Sie ebenfalls Ihren Prüfungsflug mit Landung auf unbefestigten Pisten bestanden.«

»Danke, Sir.«

»Haben Sie dort draußen etwas Interessantes gesehen?«

Jack zögerte.

»Sie können es mir sagen, Lieutenant«, sagte Hodges. »Denn ich habe jetzt eine verdammte Unbedenklichkeitsbescheinigung für Top Secret/Earnest.«

»Father bildet dort über ein Dutzend Schwarze aus, die in den Kongo fliegen sollen. Einige davon sprechen ziemlich gut Suaheli.«

»Felter schickt ihn ebenfalls, nach allem, was er durchgemacht hat.«

»Ich bezweifle, dass ihm das etwas ausmacht«, sagte

Jack. »Er schien mit seiner Arbeit glücklich zu sein. Und ich habe eine Lektion über Führerschaft erteilt bekommen.«

»Wie soll ich das verstehen?«

»All diese Jungs sind Green Berets, hart und clever, und da kommt ein weißer Flieger zu ihnen.«

»Das muss interessant gewesen sein«, meinte Pappy grinsend.

»Als Father mit ihnen fertig war, glaubten sie, ich wäre John Wayne und das Beste, was ihnen in diesem Jahr passiert ist. Allmächtiger, es war meisterhaft.«

»Solange Sie nicht anfangen, es zu glauben«, sagte Pappy. Dann fügte er nachdenklich hinzu: »Es gibt wenige Jungs – nur ein paar – die geborene Führer sind. Father ist einer davon.«

»Ja«, sagte Jack und riskierte eine Frage. »Haben Sie etwas Interessantes erfahren?«

»Es steht Ihnen nicht zu, Fragen zu stellen, Lieutenant, das wissen Sie.«

»Verzeihung, Sir.«

»Felter geht nach Deutschland, aber er wird rechtzeitig zu Ihrer Hochzeit zurück sein«, sagte Pappy. »Und sobald ich kann, werde ich Sie in der L-23 prüfen. Dann fliegen wir beide nach Wichita, Kansas, und holen eine von der Fabrik ab. Wir überführen sie nach Rucker, wo sie mit dem Navigationssystem und vielleicht Zusatztanks ausgerüstet wird, die für einen Flug nach Buenos Aires, Argentinien, und anschließendem Dienst in dem Gebiet nötig sind, das Felter den ›südlichen Kegel von Südamerika‹ nennt.«

»Buenos Aires? Was hat das zu bedeuten?«

»Es steht Ihnen nicht zu, Fragen zu stellen, Pappy, das wissen Sie«, ahmte Pappy perfekt Felters New Yorker Akzent nach.

Jack lächelte ihn an.

»Craig Lowell ist vermutlich irgendwie darin verwickelt«, sagte Pappy. »Er fliegt mit Felter nach Deutschland.« Er legte eine Pause ein und wechselte dann das Thema. »Ich nehme an, Sie sind noch mit keiner Beaver geflogen, Jack, oder?«

»Ich habe ungefähr acht Flugstunden mit einer«, erwiderte Jack. »De Havilland hat wirklich versucht, die in Afrika zu verkaufen. Man hat uns eine für zwei Wochen geliehen und sogar den Sprit bezahlt. Es sind großartige kleine Flugzeuge, doch bei den Distanzen im Kongo waren sie nicht tauglich für uns.«

»Der nächste Punkt auf Ihrer Tagesordnung«, sagte Pappy. »Wenn wir in Rucker sind, werde ich Sie eine Stunde oder so darin unterrichten und dann arrangieren, dass jemand am Morgen einen Prüfungsflug mit Ihnen macht. Dann wechseln Sie von der Beaver zur Otter und anschließend zur L-23.«

»Jawohl, Sir.«

»Und jetzt sollten wir losfliegen, Lieutenant.«

»Jawohl, Sir.«

Als sie über Pope in der Luft waren, blickte Jack über die Schulter zum Rücksitz und sah, dass Pappy bereits schlief, den Kopf auf das Kissen gelegt, das er mitgebracht hatte.

## 3

SECRET

**Central Intelligence Agency**
**Langley, Virginia**

Von: Stellvertretender Direktor Verwaltung

**Datum:** 20. Dezember 1964, 2305 GMT

**Betrifft:** Guevara, Ernesto (Aktennotiz # 4.)

An: Mr Sanford T. Felter
Berater des Präsidenten
Zimmer 637, The Executive Office Building
Washington, D.C.

Per Kurier

Gemäß präsidentschaftlicher Aktennotiz an den Direktor, betreffend: ›Ernesto ›Che‹ Guevara‹, datiert vom 14. Dezember 1964, wird folgende Information geliefert:

(1) (Zuverlässigkeitsstufe 5) (Von CIA, Algier, Algerien) SUBJEKT traf sich am 19. Dezember 1964, 1000-1825 GMT mit Ben Bella, Staatschef der algerischen Regierung, im Präsidentenpalast. Das Treffen wurde nicht offiziell angekündigt.
(2) (Zuverlässigkeitsstufe 5) SUBJEKT kehrte am 19. Dezember 1964 um 1905 GMT zur Residenz des kubanischen Botschafters zurück. Es gab viele Besucher in der Residenz, deren Identität noch ermittelt wird.

*Howard W. O'Connor*
HOWARD W. OCONNOR

SECRET

4

*The Southern Star*, Ozark, Alabama, 23. Dezember 1964:

## MISS MARJORIE BELLMON HEIRATET

Von Joe Adams

Fort Rucker, 23. Dez. –

Miss Marjorie W. Bellmon von Fort Rucker wurde heute Nachmittag mit First Lieutenant Jacques E. Portet in einer Zeremonie der Episkopalkirche in Kapelle Nummer 1 in Fort Rucker getraut.

Die Braut, Absolventin der Southern Methodist University, ist die Tochter von Major General und Mrs Robert F. Bellmon. General Bellmon ist der befehlshabende General von Fort Rucker und dem Army Aviation Center. Vor ihrer Eheschließung war sie Angestellte der First National Bank of Ozark.

Lieutenant Portet, Absolvent der Freien Universität von Brüssel (Belgien), ist der Sohn von Mr und Mrs J.P. Portet von Ocean Reef, Florida. Er ist in Fort Bragg, N.C., stationiert.

Die Braut wurde von Mrs Allan Wood aus Ozark als ihre Brautjungfer und der Schwester des Bräutigams begleitet, die als Blumenmädchen fungierte. Miss Bellmon wurde von ihrem Vater als Brautführer begleitet. Mr Portet fungierte als Best Man (Freund des Bräutigams, der bei der Ausrichtung der Hochzeit eine wichtige Rolle spielt). Mrs John D. Robert aus Ozark sang während der Zeremonie ›I Love You Truly‹. Die Organistin war Mrs Nancy Higham aus Ozark.

Das frisch getraute Paar verließ die Kapelle unter einem Spalier von Säbeln nach militärischer Tradition. Die Säbelträger wurden von Captain John S. Oliver von Fort Rucker befehligt.

Nach der kirchlichen Trauung fand ein Empfang in der Offiziersmesse von Fort Rucker statt. Im Anschluss an eine Hochzeitsreise nach Florida wird das Paar in Fort Bragg, N.C., wohnen.

*The Army Flier*, Fort Rucker, Ala., 23. Dezember 1964:

## KOMMANDEURSTOCHTER HEIRATET

Von PFC Charles E. Whaley

Fort Rucker, 23. Dez. –

Miss Marjorie Waterford Bellmon, Tochter des befehlshabenden Generals von Fort Rucker und Mrs Robert S. Bellmon, wurde heute Nachmittag von Chaplain (Col.) H. Dennis Smythe in Kapelle # 1 mit First Lieutenant J. E. Portet, Inf., getraut.

Major General Bellmann war der Brautführer, und ihr Bruder, Second Lieutenant Robert F. Bellmon, Armor (USMA '64) fungierte als Saaldiener.

Miss Bellmon wurde von Mrs Allan Wood als ihre Brautjungfer begleitet.

Captain Jean-Philippe Portet, der im Zweiten Weltkrieg als Captain des US Army Air Corps auf dem Kriegsschauplatz China-Burma-Indien flog und jetzt Chef-Pilot vom Air Simba ist, der staatlichen Fluglinie des ehemaligen Belgisch Kongo, fungierte als Lieutenant Portets Best Man.

Major General Bellmon (USMA '39) ist der Sohn des verstorbenen Major General und Mrs Herbert Bellmon, USA, und Mrs Bellmon ist die Tochter des verstorbenen Major General und Mrs Porterman K. Waterford, USA. Ihr Bruder, Brig Gen Porterman K. Waterford IV (USMA '42) war Kommandant der Kadetten der US Military Academy, West Point, N.Y.

First Lieutenant Portet, Pilot der Army und Fallschirmspringer, ist qualifiziert für mehrmotorige Flugzeuge und hat einen Spezial-Instrumentenflugschein. Er hat ebenfalls die Ausbildung der Special Forces (›Green Beret‹) abgeschlossen. Gegenwärtig wird er als Flugoffizier im Stab des befehlshabenden Generals im John F. Kennedy Center for Special Warfare, Fort Bragg, N.Y. verwendet.

Nach der Hochzeitszeremonie verließen 1st Lt und Mrs Portet die Kapelle unter einem Spalier von Säbeln. Der Ehrenzug von Offizieren wurde befehligt von Captain John S. Oliver, Armor, bis vor kur-

zem Adjutant von Major General Bellmon.
Es gab einen Empfang in der Offiziersmesse von Fort Rucker, und danach fuhren First Lieutenant Und Mrs Portet auf Hochzeitsreise nach Floria.
Sie werden in Fort Bragg, N.C., wohnen.

Mrs Liza Wood sprach während der Proben für die Hochzeit kein einzige Wort mit Captain John S. Oliver, ebenso wenig beim Hochzeitsessen und während der Trauung selbst, und sie besuchte auch nicht den Empfang.

*5*

*Zimmer 1105*
*Ocean Breeze Motel*
*Panama City, Florida*

24. *Dezember 1964, 8 Uhr 45*

Mrs Jacques Emile Portet neigte sich über ihren Ehemann, der schlafend auf dem Rücken lag, nahm eine seiner Brustwarzen zwischen zwei Finger und zwickte sie.

»*Mon Dieu*!«, kreischte er und setzte sich ruckartig auf. »Was, zur Hölle, soll das?«

»Oh, ich *liebe* es, wenn du Französisch sprichst!«, sagte sie. »Guten Morgen, mein Mann. Gut geschlafen?«

»O ja. Und du hast offensichtlich etwas dagegen?«

»Nein, überhaupt nicht«, erwiderte Marjorie. »Aber jetzt sind wir verheiratet, und diese Heirat ist ordnungsgemäß – und ich muss sagen gut – vollzogen worden …«

»Vielen Dank, vergiss nicht, es deinen Freundinnen zu erzählen.«

»Wir müssen miteinander reden, und du siehst aus, als würdest du bis Mittag schlafen.«

»Über was reden?«

»Was jetzt geschieht.«

»Ich denke, der Plan sah vor, aufzustehen, zu frühstücken und nach Ocean Reef zu fahren.«

»Ich meine, nach Ocean Reef.«

»Dann kehren wir nach Rucker zurück. Ich muss am zweiten Januar dort sein – aber, wie wir besprochen haben, Frau, könnten wir rechtzeitig zu Silvester im Klub zurück sein, wenn du das wünschst.«

»Und dann?«

»Dann fliegen Pappy und ich nach Wichita und holen in der Beechcraft-Fabrik eine L-23 ab, die ich nach Rucker fliegen werde. Ich werde mich am SCATSA-Hangar herumtreiben und beobachten, was man mit der L-23 macht. Und wenn die Arbeiten fertig sind, werde ich die L-23 nach Bragg fliegen, während meine Braut mit dem Familien-Jaguar dorthin fährt.«

»*Familien*-Jaguar? Hörte ich dich nicht vor Gott und einer Kapelle voller Leute sagen, dass du *all* deine irdischen Güter mit mir teilen wirst?«

»Als ich das gelobte, habe ich nicht an den Jaguar gedacht«, sagte er. Er schwieg kurz. »Aber wenn du den Jag haben willst, Baby, gehört er dir. Hochzeitsgeschenk. Und wenn es dir zu viel Mühe macht, damit dort raufzufahren, könnte ich die L-23 dort abliefern, einen zivilen Flug nach Rucker buchen und wir könnten gemeinsam fahren, in *deinem* Jaguar.«

»Ist dir klar, dass ich dich aufgezogen habe?«

»Ich weiß es nicht. Ich habe nicht viel Erfahrung im Umgang mit einer Ehefrau.«

»Bis jetzt machst du dich ganz gut«, sagte sie. »Und jetzt, nachdem ich Gelegenheit hatte, darüber nachzudenken, gefällt mir der Klang von ›*Familien*-Jaguar‹ recht gut.«

»Was immer ich auch habe, ist auch deins, Baby«, sagte Jack.

Sie neigte das Gesicht auf seines und küsste ihn, zuerst sehr zärtlich. Dann erregend.

Fünf Minuten später lag sie mit dem Gesicht gegen seine Brust geschmiegt und fragte: »Was hat das alles zu bedeuten?«

»Was hat was alles zu bedeuten?«

»Die L-23.«

»Ich weiß es nicht«, sagte er.

»Weißt du es wirklich nicht, oder ist es geheim und du meinst, du darfst es mir nicht erzählen?«

»Ich bin überzeugt, dass es geheim ist«, sagte er. »Alles im Zusammenhang mit Colonel Felter ist anscheinend top secret.«

»Du solltest dich daran erinnern, dass deine Frau kein leichtfertiges Flittchen aus einer Spelunke außerhalb des Kasernentors ist, sondern eine Army-Göre der fünften Generation, die alles über Geheimhaltungsstufen kennt und nichts bei irgendjemandem ausplaudern wird. Erzählst du es mir jetzt oder nicht?«

»Das habe ich mich schon gefragt«, antwortete er ernst. »Jedes Mal, wenn sie einem ein Geheimnis erzählen, heißt es, ›dies darf nicht weitererzählt werden, und das schließt Ihre Frau ein‹. Und ich habe mich gefragt, wie ich das bei dir halten würde.«

»Und?«

»Und ich habe mir gesagt, scheiß drauf, ich werde ihr alles erzählen.«

»Ich missbillige zwar die Ausdrucksweise, aber nicht die Entscheidung«, sagte sie.

»Entschuldigung.«

»Was ist also mit der L-23?«

»Ich weiß es wirklich nicht. Es geht um eine von Felters Operationen. Er hat Pappy befohlen, das Flugzeug bei Beechcraft abzuholen und zur SCATSA zu bringen – was, zum Teufel, ist überhaupt SCATSA?«

»Das steht für Signal Corps Aviation Test und Support Activity«, erklärte Marjorie. »Sie untersteht nicht Fort Rucker. Es ist eine so genannter Betrieb der Klasse II; er erhält Befehle vom Chef-Fernmeldeoffizier. Unter anderem liefert er flugtechnische Unterstützung für

›Aviation Test Board and Combat Developments‹. Und das wird nicht der erste geheime Auftrag sein, den sie für Onkel Sandy erledigt haben. Du weißt nicht, was sie mit der L-23 machen werden?«

»Sie mit einem Navigationssystem ausrüsten und vielleicht auch mit Zusatztanks, damit sie nach Argentinien überführt und dort eingesetzt werden kann.«

»Und was hat das mit dir zu tun? Was zu der Frage führt: Was wirst du in Fort Bragg machen?«

»Ich kann mir nicht vorstellen, dass es etwas mit mir zu tun hat. Ich glaube, ich soll die L-23 nur dorthin fliegen. Felter hat vermutlich irgendein anderes Eisen im Feuer. Und was ich in Bragg machen werde, hat seine eigene Geheimhaltungsstufe. Top Secret/Earnest. Felter fand irgendwo heraus, dass Che Guevara – Ernesto Guevara, deshalb Earnest – versuchen wird, im Kongo Probleme zu machen. Und wir werden ihn stoppen.«

»Es gefällt mir nicht, wie das klingt«, sagte Marjorie. »Wirst du wieder dorthin müssen? Wann?«

»Jetzt willst du hören, was ich nicht weitersagen darf, wie man mir ausdrücklich befohlen hat«, sagte Jack. »Father Lunsford – der Mann, der in Stanleyville ins Immoquateur ging, um zu versuchen, meiner Stiefmutter zu helfen und …«

»Ich weiß, wer er ist«, unterbrach Marjorie.

»… stellt ein Team von schwarzen Green Berets auf, das in den Kongo gehen und Guevara die Tour vermasseln soll. Ich soll Lunsford dabei helfen, den Männern etwas über den Kongo beibringen und sie lehren, wie sie als Kongolesen durchgehen können, diese Art Dinge.«

»Du selbst fliegst nicht in den Kongo?«

»Vermutlich werde ich sie begleiten, wenn sie bereit sind, und sie den Leuten vorstellen, die ihnen helfen können, aber wenn die Frage lautet ›Wirst du in die Operation verwickelt sein?‹, kann ich mit ›Nein, das bezweifle ich‹ antworten. Es würden zu viele Fragen gestellt werden. Felter will unsere Operation dort heimlich durchführen.«

»Dann werden wir eine Weile zusammen in Bragg sein?«

»Ja, das glaube ich. Habe ich dir schon erzählt, dass Father eine Wohnung für uns gefunden hat?«

»Nein. Aber warum solltest du mir das sagen? Was wäre unbedeutender als die Tatsache, wo wir wohnen werden?«

»Father sagte, die Familienquartiere für Lieutenants in Bragg sind ziemlich mies, und wenn ich es mir erlauben könnte, kann er mir die Genehmigung verschaffen, außerhalb der Garnison zu wohnen, in einem Apartmentkomplex, wo er wohnt – und wo Johnny Oliver bei ihm wohnen wird. So sagte ich: ›Ja, bitte, ich kann es mir erlauben.‹«

»Schreib dir das auf, Mann«, erwiderte Marjorie. »Du hättest sagen sollen ›Vielen Dank, Major. Ich werde Marjorie fragen und dann auf Ihr Angebot zurückkommen.‹«

»Schatz, daran habe ich nicht gedacht. Gefällt dir die Idee nicht?«

»Mir missfällt, dass du mich nicht gefragt hast.«

»He, Baby. Dies ist alles neu für mich.«

»Ich versuche, mir das zu merken.«

»Sieh mal, wenn du nicht unbedingt nach Ocean Reef willst, könnten wir von hier aus nach Bragg fahren, du könntest dir das Apartment ansehen …«

»Nein, das würde Craig kränken«, sagte sie. »Wir müssen nach Ocean Reef fahren.«

»Wie du willst«, sagte er.

»Du lernst«, stellte sie fest.

Sie stieg aus dem Bett und ging nackt zum Badezimmer.

»Ich dusche jetzt«, sagte sie. »Und dann fahren wir.«

»Lass das Wasser laufen«, sagte er. »Ich dusche auch noch.«

»Ich habe eine bessere Idee. Wie wäre es, wenn wir gemeinsam duschen, und ich seife dich ein und du mich?«

## 6

*Büro des Army Attachés*
*Botschaft der Vereinigten Staaten*
*Sarmiento 663*
*Palermo, Buenos Aires, Argentinien*

*24. Dezember 1964, 14 Uhr 45*

Colonel Richard J. Harris junior, Infanterie, der große, schlanke, zweiundvierzigährige Militärattaché der Botschaft der Vereinigten Staaten, blickte von seinem Schreibtisch auf und fragte Master Sergeant Douglas Wilson, seinen sechsunddreißigjährigen rundlichen Chef-Angestellten (der aus Höflichkeit als ›Sergeant Major‹ bezeichnet wurde):

»Was haben Sie für mich, Doug?«

Beide trugen Zivilkleidung, Harris einen gut geschnittenen Popelineanzug und Wilson ein Seersucker-Sakko und eine khakifarbene Hose. Perón hatte Argentinien verlassen, aber es gab immer noch eine Menge antiamerikanischer Gefühle in der argentinischen Hauptstadt, und Uniformen wurden nur getragen, wenn es unbedingt nötig war. Und Popeline und Seersucker wurden getragen, weil der Dezember in Argentinien der Sommeranfang war.

»Dies ist soeben eingetroffen«, sagte Wilson, »und wenn ich das richtig gelesen habe, Boss, meint der Weihnachtsmann es dieses Jahr sehr gut mit uns.«

Er überreichte Colonel Harris ein Fernschreiben:

HQ DEPT OF THE ARMY WASH DC 1305
22 DEC 1964

ROUTINE
CONFIDENTIAL

TO: ASSISTANT CHIEF OF STAFF FOR PERSONNEL, HQ DEPT OF THE ARMY
ASSISTANT CHIEF OF STAFF FOR LOGISTICS, HP DEPT OF THE ARMY
INFO: US ARMY ATTACHÉ US EMBASSY BUENOS AIRES ARGENTINA

Bezüglich ›Special Table of Organization and Equipment‹, Büro des Militärattachés, US-Botschaft, Buenos Aires, Argentinien, genehmigt am 15. September 1964

(1)Bezüglich TO&E ist Folgendes zu ändern:

Abschnitt 13A Offiziere und Warrant Officers ist abgeändert in Ergänzung 1 (eins) Captain oder Lieutenant, Truppengattung unerheblich, qualifizierte Army-Piloten, die für Instrumentenflüge mit mehrmotorigen Starrflüglern qualifiziert sind und 1 (ein) Warrant Officer, Dienstgrad unerheblich, der als Army-Pilot für Instrumentenflüge mit mehrmotorigen Starrflüglern qualifiziert ist.

Abschnitt 13B Personal im Unteroffiziersrang, ist geändert durch Ergänzung: ein Master Sergeant oder Sergeant First Class, qualifiziert als Crew-Chief L-23-Flugzeug; ein Sergeant First Class oder Staff Sergeant, qualifiziert als Flugzeug- und Motorenmechaniker von L-23-

Flugzeugen, und ein Sergeant First Class oder Staff Sergeant, qualifiziert als Flugelektronik-Techniker.

Abschnitt 19 Sonderausrüstung ist geändert in Ergänzung 1 (eins) Flugzeug der Serie L-23.

(2) DCSLOG und DCSPERS werden die Durchführung des geänderten TO&E beschleunigen. Priorität AAAA-1 ist festgesetzt. Direkte Kommunikation mit Militärattaché Buenos Aires ist genehmigt, um notwendige Unterstützung festzustellen und zu gewähren. DCSLOG wird sich bemühen, sicherzustellen, dass zugeteiltes Offizier- und Unteroffizier-Personal Spanisch-Kenntnisse besitzt. Ein wöchentlicher Tätigkeitsbericht wird an das Büro des Stabschefs geliefert werden.

FOR THE CHIEF OF STAFF, US ARMY

CHARLES M. SCOTT, JR.
LT GEN US ARMY
DEPUTY CHIEF OF STAFF

»Nicht zu glauben!«, sagte Colonel Harris. »Als ich um die Beaver gebeten habe, hat man mich nur ausgelacht.«

»Ich erinnere mich daran«, sagte Master Sergeant Wilson.

»Wenn etwas zu gut ist, um wahr zu sein, dann das«, meinte Harris.

»Soll ich mich ans Telefon hängen und versuchen, etwas herauszufinden?«

»Nein. Es ist Heiligabend und niemand, der etwas weiß, wird heute im Pentagon arbeiten. Wir warten ein paar Tage, mindestens bis zum zweiten Januar, und wenn wir bis dahin nichts Neues hören, können wir anrufen.«

»Jawohl, Sir.«

»Auf die Gefahr hin, mich zu wiederholen, es ist Heiligabend. Warum machen Sie nicht Feierabend?«

»Jawohl, Sir. Danke, Colonel. Fröhliche Weihnachten, Sir.«

»Ich wünsche Ihnen dasselbe«, sagte Colonel Harris und erhob sich von seinem Stuhl, um Wilson die Hand zu schütteln.

Als der Sergeant fort war, wollte sich Harris setzen, besann sich jedoch anders, nahm das Fernschreiben und ging über den Flur im zweiten Stock zum Büro von Colonel H. Robert McGrory, dem Verteidigungsattaché der US-Botschaft.

Das Verhältnis zwischen ihnen war bereits schwierig, und er nahm an, dass die Zuteilung der L-23 es noch verschlechtern würde.

Die US-Botschaft Buenos Aires war ein ›Posten der Air Force‹. Das heißt, der Verteidigungsattaché war stets ein Offizier der Air Force, und die Offiziere von Army und Navy, genannt ›Army-Attaché‹ und ›Marine-Attaché‹ waren ihm unterstellt. Andere Botschaften waren ›Posten der Army‹ oder ›Posten der Marine‹, und der Verteidigungsattaché war Offizier von Army oder Navy.

Harris hatte keine Ahnung, wo die blöde Idee angefangen hatte, aber er wusste, dass er nichts daran ändern konnte, und so versuchte er, damit zu leben, so gut es ging. Was aus einer Reihe von Gründen schwierig war, angefangen mit der Tatsache, dass Colonel Bob McGrory, der die meiste Zeit seiner Laufbahn mit dem Fliegen von Flugzeugen verbracht hatte, sehr wenig über irgendetwas anderes wusste.

Die meisten seiner Mittagessen und den jeweils darauf folgenden Nachmittag verbrachte er im argentinischen Offiziersklub der Air Force, wo er seine argentinischen Kollegen mit Fliegergeschichten ergötzte, was er sich erlauben konnte, weil er fast all seine Pflichten an Colonel

Richard J. Harris, den Army-Attaché, und Captain Sam Duckworth, USN, den Navy-Attaché, delegierte.

Das Problem wurde noch verstärkt durch das Dienstalter. Harris war über ein Jahr dienstälter als McGrory. Als Harris gefragt worden war, als man ihm die Verwendung in Argentinien angeboten hatte, ob ihm das etwas ausmachen würde, hatte er unüberlegt geantwortet, das würde kein Problem sein.

Gewiss würde es wenig Probleme zwischen zwei Offizieren mit fast dreißig Dienstjahren geben, nur weil einer der beiden etwas dienstälter war. Und Harris hatte die Verwendung in Buenos Aires gewünscht, weil er gedacht hatte, etwas Gutes daraus machen zu können, wie zum Beispiel der Aufbau einer guten Beziehung zwischen dem argentinischen Offizierskorps und den Amerikanern.

Aber McGrory, der unter den Pantoffeln seiner Frau stand, hatte von Anfang an klar gemacht, dass er Dick Harris und Sam Duckworth nicht nur als Untergebene in seinem Stab, sondern auch als dienstjüngere Offiziere betrachtete.

Und Mrs Constance fühlte sich als Kommandantin der Offiziersfrauen von Army und Navy.

Joanne Harris hatte sich das eine Weile bieten lassen, dann jedoch Constance die Meinung gesagt, woraufhin sich Constance bei ihrem Bob beschwert hatte. Bob McGrory hatte Harris auf einen kleinen Plausch in sein Büro gebeten, bei dem Harris die Beherrschung verloren hatte, was ihn immer noch ärgerte.

McGrory hatte Constance als ›die dienstälteste militärische Lady‹ bezeichnet, ›die mehr Respekt verdient, als Ihre Frau ihr zollt‹, und das war für Harris zu viel gewesen.

»Ich bezweifle, dass Frauen den Dienstrang ihres Mannes tragen, Bob, aber wenn wir dieses Spielchen treiben, dann ist ›Joanne die dienstälteste militärische Lady‹, wie ich der dienstälteste Offizier in dieser Botschaft bin. Ich bin ein Jahr dienstälter als Sie, was bedeutet, dass ich Ihnen Befehle geben kann, und ich befehle Ihnen, ihr Weib von meiner Frau fern zu halten.«

Von diesem Moment an war es ›Colonel Harris‹ und ›Colonel McGrory‹ gewesen, wenn sie ein Wort gewechselt hatten, und Harris hatte so wenig wie möglich mit McGrory gesprochen.

Aber die Zuteilung eines Flugzeugs zur Botschaft war eindeutig von legitimem Interesse für den Verteidigungsattaché, und Dick Harris wusste, dass er es dem blöden Hurensohn sagen musste.

Die Tür zu McGrorys Büro stand offen, und der Verteidigungsattaché, in Uniform, komplett mit der Achselschnur des Attachés und natürlich mit sternumkränztem Pilotenabzeichen, saß an seinem Schreibtisch und las die Zeitung *Buenos Aires Herald*.

Harris erwog, anzuklopfen, und entschied sich dagegen.

*Ich bin kein verdammter Privat First Class*, sagte er sich.

»Haben Sie eine Minute Zeit für mich, Colonel?«, rief er.

McGrory blickte von der Zeitung auf.

»Kommen Sie herein, Colonel. Was gibt es?«

Harris trat ein und legte das Fernschreiben auf den Schreibtisch.

McGrory las es.

»Warum wurde mir dies nicht eher zur Kenntnis gebracht?«, fragte McGrory, als er zu Ende gelesen hatte.

»Es wurde vor zehn Minuten abgeliefert, Colonel.«

»Wenn diese Botschaft ein Flugzeug bekommt, dann sollte es eines von der Air Force sein«, sagte McGrory.

Als Harris schwieg, fügte McGrory hinzu: »Finden Sie nicht auch, Colonel? Ein Flugzeug der Air Force für einen Posten der Air Force?«

»Colonel, ich erhalte meine Befehle vom Stabschef der U.S. Army. Und ich habe nie einen seiner Befehle in Frage gestellt und werde jetzt nicht damit anfangen.«

»Ich würde den Gedanken hassen, dass Sie bei dieser Sache über meinen Kopf hinweg gehandelt haben«, sagte McGrory.

»Ich weiß nicht, wie das in der Air Force ist, Colonel, aber in der Army können wir nur über den Kopf eines anderen Offiziers hinweg handeln, wenn er ranghöher ist.«

»Ich informiere Sie hiermit, dass ich der Sache auf den Grund gehen werde, Colonel«, sagte McGrory mit gerötetem Gesicht.

»Ich betrachte mich als informiert«, erwiderte Harris.

»Sonst noch etwas, Colonel?«, fragte McGrory.

»Nicht, dass ich wüsste, Colonel«, sagte Harris, neigte sich vor und nahm das Fernschreiben von McGrorys Schreibtisch.

»Ich möchte eine Kopie davon haben, Colonel«, sagte McGrory. »Wenn es Ihnen nichts ausmacht.«

»Ich werde Ihnen eine zukommen lassen, Colonel«, erwiderte Harris.

Er ging zur Tür und wandte sich dort noch einmal um.

»Wenn ich mir's genau überlege, ist da noch eines, Colonel.«

»Was?«

»Fröhliche Weihnachten, Colonel McGrory«, sagte Colonel Harris und verließ das Büro, bevor McGrory antworten konnte.

Er war fast wieder bei seinem eigenen Büro, als ihm der Gedanke kam: *Dieses blöde Arschloch hat Recht. Dies ist ein Posten der Air Force. Wie kommt es dann, dass ich ein Flugzeug und Piloten und Techniker der Army bekomme?*

*Was hat das alles zu bedeuten?*

SECRET

Central Intelligence Agency
Langley, Virginia

Von: Stellvertretender Direktor Verwaltung

Datum: 27. Dezember 1964. 1805 GMT

Betrifft: Guevara, Ernesto (Aktennotiz # 5.)

An: Mr Sanford T. Felter
Berater des Präsidenten
Zimmer 637, The Executive Office Building
Washington, D.C.

Per Kurier

Gemäß präsidentschaftlicher Aktennotiz an den Direktor, betr. ›Ernesto ›Che‹ Guevara‹, datiert vom 14. Dezember 1964, wird folgende Information geliefert:

(Zuverlässigkeitsstufe 2) (Von CIA-Quellen in Bamako, Mali) SUBJEKT traf sich am 26. Dezember 1964 1105 GMT für eine Stunde und fünfzehn Minuten mit Präsident Modibo KEITA von Mali. Es sind keine Einzelheiten über ihre Unterhaltung oder Identität anderer Gesprächsteilnehmer (sofern es welche gab) verfügbar.
(Zuverlässigkeitsstufe 4) SUBJEKT hielt am 26. Dezember um 1605 GMT eine Pressekonferenz ab, in deren Verlauf er seine Überzeugung aus-

drückte, dass Afrikaner und Kubaner ein gemeinsames Ziel haben, sich gegen den US-Imperialismus zu verteidigen.

*Howard W. O'Connor*
HOWARD W. O'CONNOR

SECRET

## 8

*Büro des Oberbefehlshabers*
*der Armee von Argentinien*
*Edificio Libertador*
*Buenos Aires, Argentinien*

*28. Dezember 1964, 10 Uhr 15*

Generalleutnant Pascual Angel Pistarini, der Oberbefehlshaber der argentinischen Armee, saß hinter seinem riesigen, mit Schnitzereien verzierten Schreibtisch, die Füße auf das Fensterbrett in seinem Büro im neunten Stock gelegt, nippte an einem Kaffee und blickte auf den Rio de la Plata hinaus.

Pistarini war ein hoch gewachsener, hagerer sechsundvierzigjähriger Mann mit scharfen Gesichtszügen. Er hatte intelligent blickende braune Augen (seine Großmutter mütterlicherseits war Deutsche), und wenn er lächelte – was selten geschah –, zeigte er so perfekte Zähne, dass einige Leute sie für falsch hielten. Doch sie waren echt. Er führte das auf seine Mutter zurück, die auf ihre Mutter gehört und all ihren fünf Kindern so viel Milch wie möglich zu trinken gegeben hatte, bis weit in ihre Teenager-Zeit. Dies war nicht üblich in Argentinien, wo die meisten Kinder von der Mutterbrust auf Kaffee umstiegen, doch Pistarinis Kinder bekamen Kuhmilch, und sie alle hatten prächtige Zähne.

Als sein Adjutant ins Büro kam, dachte General Pistarini daran, dass er einen ernsten Fehler gemacht hatte, als er zugestimmt hatte, die Parade des Ersten Kavallerieregiments – die Húsares de Pueyrredón; benannt nach den *estanciero* der Pampas, die über zweihundert Gauchos zu Kavalleristen gemacht und die Engländer aus Buenos Aires gejagt hatten – an diesem Nachmittag auf dem Campo de Mayo abzunehmen.

Es war höllisch heiß mit hoher Luftfeuchtigkeit, und nach etwa einer Stunde Sitzen auf einem Pferd in der Nachmittagssonne würde er einen Sonnenbrand haben und ausgetrocknet sein, und seine frisch aus der Reinigung gekommene Uniform würde schweißgetränkt sein.

Aber jetzt konnte er nichts mehr daran ändern, es war zu spät, und er tröstete sich mit dem Gedanken, dass es seine Pflicht als Kavallerieoffizier, als ehemaliger Coronel und Kommandeur und als Oberbefehlshaber war, das über sich ergehen zu lassen.

»*Mi general*?«, rief Teniente Coronel Ricardo Fosterwood, sein Adjutant, an der Bürotür.

Pistarini winkte ihn ins Büro, ohne die Füße vom Fensterbrett zu nehmen.

»*Mi general, el Coronel* Stumpff ist im Vorzimmer und wünscht Sie zu sprechen.«

Colonel Hans-Friedrich Stumpff war der Militärattaché der deutschen Botschaft.

»Habe ich einen Termin mit ihm?«, fragte Pistarini.

»Nein, *mi general*.«

»Können Sie ihn nicht abwimmeln?«

»*Mi general*, er entschuldigt sich für die Störung, sagt jedoch, es sei wichtig, und er müsse persönlich mit Ihnen sprechen, sobald es Ihnen passt.«

»Geben Sie mir noch eine Minute, und schicken Sie ihn dann herein. *Führen* Sie ihn herein. Und wenn er nach drei Minuten immer noch bei mir ist, erinnern Sie mich an irgendeinen Termin.«

*»Si, mi general.«*

Pistarini nahm widerstrebend die Füße vom Fensterbrett, drehte sich um, zog eine Schublade seines Schreibtischs auf und stellte Kaffeetasse und Unterteller hinein. Dann schlug er einen Aktenhefter auf und gab vor, darin zu lesen.

*»Mi general«*, kündigte Fosterwood an, *»El Coronel* Stumpff.«

Oberst Stumpff marschierte ins Büro, stand still und salutierte.

Er war in Uniform. Pistarini dachte insgeheim, dass deutsche Offiziere in Uniform mit den zwei Blautönen wie Piloten einer drittklassigen Fluggesellschaft wirkten.

Pistarini erwiderte den Gruß.

»Danke, dass Sie mich empfangen, *mi general*«, sagte Stumpff auf Spanisch.

»Es ist mir stets ein Vergnügen, Sie zu sehen, Coronel«, erwiderte Pistarini, streckte ihm die Hand hin und ging zu Deutsch über. »Wie geht's, Hans?«

Das Deutsch war ein weiteres Erbe von der Großmütter mütterlicherseits, die an ihrem Todestag erklärte hatte, Deutsch sei die einzige genaue Sprache, und jemand, der kein Deutsch spreche, könne sich nicht als gebildet betrachten.

»Gut, und Ihnen?«, sagte Stumpff ebenfalls auf Deutsch und schüttelte Pistarini lächelnd die Hand.

Dann griff er in seine Aktentasche und nahm ein großes Kuvert heraus. Er öffnete es, entnahm ihm einen kleineren Umschlag und überreichte ihn Pistarini.

»Was haben wir denn da?«, fragte Pistarini.

»Es war in der morgendlichen Diplomatenpost, General«, sagte Stumpff.

Pistarini riss Umschlag auf, entnahm ihm einen Brief und las.

Schloss Greiffenberg
Marburg an der Lahn
22. Dezember 1964

Teniente General Don Pascual Angel Pistarini
Oberbefehlshaber
Argentinische Armee
Edificio Libertador
Buenos Aires

Per Kurieroffizier

Mein lieber Freund Pascual,

ich hatte das Privileg, hier am Wochenende meinen lieben amerikanischen Freund Sanford T. Felter und Lieutenant Colonel Craig W. Lowell, U.S. Army, zu empfangen.
Es stellte sich heraus, dass Colonel Lowell in Kürze den Militärattaché der US-Botschaft in Buenos Aires besuchen wird, und ich würde es als persönlichen Gefallen betrachten, wenn Sie ihn empfangen würden, während er dort ist, und vielleicht sogar dafür sorgen würden, dass er Gelegenheit bekommt, etwas von Ihrem ausgezeichneten argentinischen Rindfleisch zu probieren.
Colonel Lowell ist, wie Sie und ich, ein Offizier der Kavallerie/Panzertruppen und beinahe ein so guter Polospieler wie Sie. Ich bin sicher, dass Sie viele Gemeinsamkeiten entdecken werden.
Mit den herzlichsten brüderlichen Grüßen und den besten Wünschen für ein fröhliches Weihnachtsfest und ein glückliches und erfolgreiches neues Jahr.

*Von Greiffenberg*
Von Greiffenberg

Pistarini hob bei der Lektüre die Augenbrauen und spitzte nachdenklich die Lippen.

»Es war sehr freundlich von Ihnen, mir dies zu bringen, Hans«, sagte er.

»Nicht der Rede wert, General.«

»Darf ich Ihnen eine Tasse Kaffee anbieten?«

»Ich möchte nicht noch mehr von Ihrer kostbaren Zeit stehlen, General.«

»Nun, wenn ich Sie nicht überreden kann, dann auf Wiedersehen«, sagte Pistarini und reichte ihm die Hand.

Fosterwood führte Stumpff aus dem Büro und kehrte dann zurück. Pistarini gab ihm den Brief Fosterwood las.

»Ich glaube, diesen Caballero kenne ich nicht, *mi general.*«

»Es wäre vielleicht eine gute Idee, wenn Sie sich in Erinnerung rufen, dass mein guter Freund Generalleutnant Graf Peter-Paul von Greiffenberg der Chef des deutschen Nachrichtendienstes ist. Manchmal kann es nützlich sein, solche kleinen Fakten zu wissen.«

Fosterwood stieg das Blut in die Wangen.

»*Si, mi general.*«

»Rufen Sie den amerikanischen Attaché an – wie heißt er noch mal?«

»Colonel McGrory, *mi general.*«

»Nein, den nicht. McGrory ist dieser irische Idiot von der Air Force. Den anderen.«

»Colonel Harris, *mi general*. Das ist der Attache der U.S. *Army.*«

»Richtig. Stellen Sie fest, wann er diesen Colonel Lowell erwartet.«

»*Si, mi general.*«

»Von jetzt an wird jede Einladung an amerikanisches Militär Colonel Lowell einschließen.«

»*Si, mi general.*«

»Rufen Sie den Circulo Militar an und reservieren Sie für Colonel Lowell die beste verfügbare der Suiten für Offiziere im Generalsrang.«

»*Si, mi general.*«

»Und rufen Sie SIDE an und stellen Sie fest, was über Colonel Lowell registriert ist, zusätzlich zu dem, was Sie bei einer Überprüfung des Registers der U.S. Army finden werden.« SIDE war das Akronym des argentinischen Geheimdienstes.

»*Si, mi general.*«

»Und lassen Sie mir bitte einen weiteren Kaffee bringen, ja?«

»*Si, mi general.* Darf ich eine Frage stellen?«

»Gewiss.«

»Wäre es hilfreich, etwas über den in dem Brief erwähnten Señor Felter zu wissen?«

»Das wäre es sicherlich«, sagte Pistarini. »Ich werde Ihnen alles erzählen, was ich über ihn weiß. Er ist Amerikaner mit offensichtlichen Verbindungen zum Nachrichtendienst und mit vielen Freunden an hohen Stellen in der ganzen Welt. Das ist alles. Mehr weiß anscheinend niemand über ihn.«

»Central Intelligence Agency, *mi general*?«

»Ich bezweifle, dass er von der CIA ist«, sagte Pistarini. »Ich hatte einmal ein Gespräch mit einem hohen Beamten der CIA. Als der Name Felter fiel, hatte ich den starken Eindruck, dass er von der CIA herzlich verabscheut, ja geradezu gehasst wird.«

»Vielleicht war das eine Desinformation, *mi general.*«

»Das bezweifle ich. Mein hoher CIA-Beamter hatte zu viel getrunken, um zu versuchen, eine gezielte Desinformation zu geben. Er hasste Señor Felter wirklich, wer immer das auch ist.«

## 9

*Brookwood Lane 123*
*Ozark, Alabama*

*31. Dezember 1964, 12 Uhr 50*

»O Mann, das waren aber schnelle Flitterwochen«, sagte Liza Wood, als sie die Tür öffnete und Lieutenant Jacques Portet und seine frisch angetraute Frau Marjorie sah.

»Jack muss sich am Zweiten melden und …«

»Der Zweite ist ein Samstag«, unterbrach Liza.

»Ja, ich weiß«, sagte Marjorie. »So sagten wir uns, da wir ohnehin hier sind, gehen wir zur Neujahrsparty in den Offiziersklub …«

»In euren *Flitterwochen*?«, unterbrach Liza ungläubig.

»… und so fuhren wir her und stoppten zuerst hier, noch bevor wir uns ein Motel suchen und Jacks Ausgehuniform im Uniformladen holen, denn wir möchten, dass du mit uns kommst.«

Liza winkte sie in die Küche, ohne sich dazu zu äußern.

»Du siehst aus, als könntest du was zu trinken brauchen, Jack«, meinte sie.

»Freundlichen Dank«, erwiderte Jack.

Allan kam in die Küche geflitzt, blickte zu Jack auf und sagte sichtlich enttäuscht: »Johnny?«

»Shit«, murmelte Liza und ging neben ihrem Sohn in die Hocke.

»Mommy hat dir gesagt, Liebling, dass Johnny fort musste und es lange dauern wird, bis wir ihn wiedersehen.«

»Shit«, sagte Allan in Tonfall seiner Mutter und lief aus dem Zimmer.

Liza sah Marjorie und Jack an, sagte jedoch nichts. Sie ging zu einem der Küchenschränke und öffnete ihn.

»Scotch für dich, Jack, richtig?«

»Bitte.«

»Marjorie?«

»Warum nicht? Danke.«

Liza schenkte ein und gab ihnen die Gläser.

»Nun, wo waren wir? - Ah, ja. Wie ich mich erinnere, erfordern drei Teile eurer Erklärungen eine Antwort. Zuerst, es besteht absolut kein Grund für euch, ein Motel zu suchen. Hier ist jede Menge Platz.«

»Das können wir nicht annehmen«, wandte Marjorie ein.

»Warum nicht? Die Flitterwochen sind vorbei, nicht wahr?«

»Nein, eigentlich sind sie das nicht. Aber ich habe meiner Mutter gesagt, Jack und ich würden uns in einem Hotel einquartieren, und wenn sie erfahren würde, dass wir hier bei dir waren und nicht bei ihr, wäre sie gekränkt.«

»Die Einladung gilt«, sagte Liza. »Die zweite Antwort: nach meiner eigenen schmerzlichen Erfahrung als Soldatenfrau wird die Uniform nicht fertig sein, wenn sie für heute versprochen ist.«

»Ich weiß nicht«, sagte Marjorie. »Meine Mutter sagte, sie würde das überprüfen. Das könnte die Leute vom Uniformladen beflügeln, ihr Versprechen zu halten.«

»RHSP, richtig?«, fragte Liza kopfschüttelnd.

»Wie bitte?« Jack blickte sie verständnislos an.

»Rang hat seine Privilegien«, erklärte Liza.

»Sagt man das?«, fragte Jack belustigt.

»Junge, muss der lernen«, meinte Liza.

»Er wird eine sehr gute Lehrerin haben«, sagte Marjorie.

»Und was den dritten Teil eurer Erklärung anbetrifft, dass ich zur Neujahrsparty zum Offiziersklub mitkomme, so danke ich euch sehr, aber ich habe andere Pläne.«

»Das glaube ich nicht«, meinte Marjorie.

»Auf Ehre und Gewissen«, sagte Liza. »Ich würde zwar ohnehin nicht dort hingehen, aber ich habe für heute Abend etwas anderes vor.«

»*Was* anderes?«, fragte Marjorie. »Willst du alleine hier herumsitzen?«

»Allan und ich werden über den Hof zu Ursula und Geoff spazieren und …«

»Sie sind hier?«, fragte Jack überrascht. »Ich dachte, sie fahren nach Ocean Reef.«

»Ich habe eine Notiz unter ihrer Tür in Ocean Reef hinterlassen und ihnen mitgeteilt, dass wir hierhin kommen«, sagte Marjorie.

»Geoff wollte dort runter«, sagte Liza, »gab jedoch bei Ursula nach, als sie sagte, ihr beiden wollt vermutlich allein sein. Da beweist sich wohl wieder einmal, dass gute Taten nie ungestraft bleiben.« Sie schwieg kurz und fügte dann bitter hinzu: »Mein Gott!«

»Ich glaube, ich verstehe nicht ganz«, sagte Marjorie.

»Er, dessen Name ich unbedingt vergessen will, sagte das stets«, erklärte Liza. Sie blickte Jack an. »Geoff hat dich gesucht. Schließlich rief er mich an und fragte, ob ich von euch beiden gehört hätte.«

Er schaute sie neugierig an. Sie wies auf das Telefon. »Sechs-vier-acht-vier.«

»Nur vier Zahlen?«

»Alles in Ozark hat die Vorwahl sieben-sieben-vier«, sagte Liza.

Jack nahm den Hörer vom Telefon an der Wand ab und wählte die Nummer.

Geoff meldete sich nach dem dritten Klingeln.

»Lieutenant Craig.«

»Lieutenant Craig, Sir, hier spricht Lieutenant Portet, Sir. Ich habe gehört, der Lieutenant hat nach mir gesucht, Sir.«

Geoff war nicht amüsiert.

»Mensch, Jack, du musst dir angewöhnen, die Leute wissen zu lassen, wo du bist!«

»Ich habe Urlaub und bin in den Flitterwochen.«

»Felter kennt dieses Wort nicht«, sagte Geoff. »Wo bist du?«

»In Lizas Küche.«

»Geh nirgendwohin«, sagte Geoff und legte auf.

Zwei Minuten später betrat er die Küche.

»Komisch, du siehst gar nicht kaputt aus«, sagte er. »Ich habe erwartet, dass du abgeschlafft bist, dunkle Ringe unter den Augen und wacklige Knie hast, die ganze Palette der Symptome sexueller Verausgabung.«

»Sehr lustig, Geoff«, sagte Marjorie und errötete.

»Was, zum Teufel, treibst du hier?«, fragte Geoff.

»Marjorie will zur Neujahrsparty in den O-Club«, erklärte Jack. »Ich muss mich am Samstag melden.«

»Du willst wirklich dorthin? Warum?«

Jack deutete auf Marjorie.

Geoff zuckte mit den Schultern.

»Es gibt eine Bezeichnung für unbedingten Gehorsam gegenüber einer Frau, die ein Offizier und Gentleman wie ich nicht in Gesellschaft aussprechen möchte«, sagte er und gab Jack einen Zettel aus einem Notizbuch.

Marjorie zeigte ihm den Mittelfinger.

»Finton«, sagte Geoff. »Du solltest ihn sofort anrufen. Er sucht dich überall.«

»Wer ist Finton?«

»Der Bischof«, sagte Marjorie. »Der Warrant Officer, der für Sandy in Washington arbeitet. Allmählich mag ich *Onkel Sandy* wirklich nicht mehr.«

»Du weißt ja noch nicht einmal, was er will«, sagte Jack. »Darf ich dein Telefon benutzen, Liza?«

»Denk an die Sicherheitsvorschriften«, mahnte Marjorie.

»Telefonier in einem der Schlafzimmer, wenn ich etwas mitbekommen könnte, das ich nicht hören soll«, sagte Liza.

Jack nahm kopfschüttelnd den Hörer des Wandtelefons ab und wählte die Nummer. Beim zweiten Klingeln meldete sich jemand.

»Liberty 7-5686«, sagte eine freundliche Frauenstimme.

»Mr Finton, bitte.«

»Darf ich fragen, wer anruft?«

»Mein Name ist Portet.«

»Oh, Lieutenant Portet, Mr Finton wird über Ihren Anruf sehr erfreut sein. Er sucht überall nach Ihnen. Nur einen Moment, bitte.«

Jack hielt die Sprechmuschel zu.

»Eine Frau hat sich gemeldet«, raunte er.

»Das ist die Nonne«, sagte Marjorie.

»Die *Nonne*?«, fragte Liza ungläubig.

»Sie ist wirklich eine Nonne«, sagte Marjorie.

»Hier spricht Warrant Officer Finton«, sagte eine Männerstimme am Telefon. »Lieutenant Portet?«

»Richtig.«

»Sie sind schwierig zu finden, Lieutenant«, sagte Finton. »Sie sollten wirklich den Leuten mitteilen, wo Sie zu erreichen sind.«

»Ich war in meinen Flitterwochen«, erwiderte Jack. »In Urlaub.«

»Ich weiß«, sagte Finton. »Ich habe versucht, die Nummern in Ocean Reef, im Golfklub und im Jachthafen und was mir sonst noch einfiel, anzurufen. Wo sind Sie jetzt?«

Jack blickte zu Geoff.

»Mit Lieutenant Craig in Ozark.«

»Er sagte mir, er weiß nicht, wo Sie sind.«

»Als er Ihnen das sagte, wusste er es nicht. Worum geht es, Mr Finton?«

»Ich habe eine Botschaft vom Colonel für Sie. Haben Sie Papier und etwas zum Schreiben?«

Jack sah eine Tafel an der Wand und Kreide. Er nahm die Kreide.

»Ja.«

»Anfang der Botschaft: ›Enrico Santiago befindet sich in Zimmer 24, Quartier 107 für ledige Offiziere in Hurlburt. Rufen Sie Hurlburt Military 6674 an. Ich dachte mir, Sie möchten es wissen. Glückliches neues Jahr. S.T.F.‹ Ende der Botschaft. Haben Sie alles?«

»Sechs-sechs-sieben-vier?«

»Richtig.«

»Kapiert«, sagte Jack.

»Der Colonel möchte, Lieutenant, dass mindestens drei Leute auf der Liste jederzeit wissen, wo Sie zu erreichen sind. Hat er Ihnen das nicht gesagt?«

»Nein, das hat er mir nicht gesagt. Welche Liste?«

»Die Liste der Personen des Projekts, an dem Sie jeweils arbeiten«, sagte Finton. »Die meisten Leute finden es am einfachsten, mich oder Mary Margaret über ihren jeweiligen Aufenthaltsort zu informieren.«

»Okay. Jetzt weiß ich es.«

»Wenn Sie Craig verlassen, teilen Sie jemandem mit, wo Sie sein werden«, sagte Chief Warrant Officer Finton und legte auf.

»Nun?«, fragte Marjorie.

»Ein Freund von mir, Enrico de la Santiago, ist in Hurlburt«, sagte Jack.

»Wer ist das?«

»Ein Kubaner, der in der kubanischen Luftwaffe war und für uns bei Air Simba arbeitete. Er war im Kongo und flog B-26-Maschinen für die CIA.«

»Ah, ja«, sagte Geoff. »Was mag er in Hurlburt treiben?«

»Keine Ahnung, aber Hurlburt ist kein Ort, an dem man Silvester allein verbringen sollte. Seine Frau und Kinder sind noch in Kuba.«

Er blickte einen Moment nachdenklich vor sich hin, nahm dann den Telefonhörer von neuem ab und wählte die Nummer von Fort Rucker.

»Major Hodges' Quartier, bitte«, sagte er, als sich der Telefonist meldete. Pappy antwortete nach dem fünften Klingeln, gerade als Jack sich sagte, dass er nicht in seinem Quartier war.

»Hodges.«

»Portet, Sir.«

»Wissen Sie, dass Finton nach Ihnen sucht?«

»Jawohl, Sir. Ich habe soeben mit ihm gesprochen.«

»Warum habe ich den Verdacht, dass mir dieser Anruf nicht gefallen wird?«

»Major. Könnte ich heute Nachmittag für ein paar Stunden ein Flugzeug haben?«

»Sie sind hier?«, fragte Pappy und fuhr fort, bevor Jack antworten konnte. »Wohin wollen Sie mit einem Flugzeug fliegen?«

»Hurlburt«, sagte Jack. »Finton gab mir eine Botschaft durch, dass …«

»Wer ist Santiago?«, unterbrach Pappy. »ich meine, was bedeutet er für Sie? Finton hat mir erzählt, was er macht.«

»Er ist ein alter Freund. Er flog mit mir bei der Air Simba.«

»Sie wollen dorthin fliegen und ihn herbringen?«

»Jawohl, Sir.«

»Warum nicht?«, sagte Pappy. »Er ist ohnehin auf dem Weg hierhin.«

»Auf dem Weg wohin, Sir?«

»Bragg. Felter will, dass Sie Santiago am Samstagmorgen fliegen, sobald Sie sich vom Urlaub zurückmelden. Okay. Ich rufe dort an und lasse die L-23 bereit machen. Und ich sehe Sie um null-sieben-hundert am Samstag.«

»Jawohl, Sir.«

Hodges hängte ein, und Jack legte den Hörer auf.

»Jack«, sagte Marjorie, »meine Eltern erwarten uns heute Abend im Offiziersklub.«

»Es ist nur ungefähr eine Flugstunde bis Hurlburt«, sagte Jack. »Ich werde frühzeitig zurück sein.«

»Du weißt nicht einmal, ob dein Freund mit hierher kommen will«, protestierte Marjorie.

»Er wird mitkommen«, sagte Jack überzeugt. »Wenn du uns ein Motelzimmer besorgst, nimm ein weiteres für ihn.«

»Ihr bleibt bei mir«, wandte Liza ein.

»Und der Kubaner kann bei uns bleiben und etwas Spaß haben, während du und die Braut in der Garnison seid und Offizier und Lady spielt«, sagte Geoff. »Und den hohen Tieren in den Arsch kriecht«, fügte er spitz hinzu.

»Geh zum Teufel, Geoff!«, sagte Marjorie.

»Möchtest du etwas Gesellschaft?«, fragte Geoff Jack und ignorierte Marjorie.

»Liebend gerne, Pappy hat mir eine L-23 gegeben.« Jack überlegte kurz. »Ich rufe ihn besser an und sage ihm, dass wir kommen.«

Drei Minuten später fuhren sie mit dem Jaguar los, nachdem Geoff Marjorie gebeten hatte, Ursula auszurichten, dass er in ein paar Stunden zurück sein würde und sie ein Bett in einem der Gästezimmer frisch beziehen sollte.

»Nach deiner Miene zu schließen, Marjorie, meine Liebe, ist dir soeben klar geworden, dass die Flitterwochen vorüber sind«, sagte Liza.

Marjorie erwiderte nichts.

»Einige Frauen freuen sich über solche kleinen, aufregenden Zwischenfälle«, fuhr Liza fort, »bei denen ein Telefonanruf all unsere gut ausgedachten Pläne über den Haufen wirft. Sie werden *gute* Soldatenfrauen genannt. Es ist ein wenig spät, dich zu fragen, ob du sicher bist, dass dir ein solches Leben gefallen wird, aber ich tue es trotzdem.«

»Jack hat getan, was er seiner Meinung nach tun muss.«

»Das ist immer ihre Ausrede – es muss getan werden.«

»Vielleicht hast du Recht«, sagte Marjorie.

»Selbstverständlich habe ich Recht.«

»Ich meinte, dass du mit Johnny Oliver Schluss gemacht hast«, sagte Marjorie. »Vielleicht war es richtig, dass du das getan hast.«

»Ich werde kein verdammtes Soldatenliebchen«, sagte Liza. »Damit hat sich's.«

»Kann ich mir einen Wagen leihen, um Jacks Uniform zu holen?«, fragte Marjorie.

»Blödsinn, ich fahre dich dorthin.«

# VII

## 1

*Hurlburt U.S. Air Force Field*
*Mary Esther, Florida*

*31. Dezember 1964, 15 Uhr 05*

»Hurlburt«, sprach Geoff Craig ins Mikrofon, »dies ist Army Six-one-niner.«

»Fahren Sie fort, Six-one-niner«, antwortete der Tower Hurlburt.

»Six-one-niner, eine L-23-Maschine befindet sich auf zweitausend Fuß etwa drei Meilen von Ihrer Station entfernt über dem wunderschönen blauen Golf von Mexiko. Erbitte Anflug- und Landegenehmigung auf Ihrer Landebahn Zero Five.«

»Army Six-one-niner, dies ist ein geschlossener Flugplatz.«

»Danke, Hurlburt. Wir haben die Landebahn in Sicht.«

»Army Six-one-niner, Sie haben keine Landegenehmigung, ich wiederhole, *keine* Landegenehmigung.«

»Danke, Hurlburt. Wir werden keinerlei Service benötigen.«

»Six-one-niner, kehren Sie um, ich wiederhole, kehren Sie um, Landegenehmigung ist verweigert.«

»Hurlburt, Army Six-one-niner um fünfzehn Uhr fünf auf dem Boden.«

»Army six-one-niner, biegen Sie nach links auf Rollbahn eins-fünf-A und behalten Sie Ihre Position. Ich wiederhole, Rollbahn eins-fünf-A. Sie werden abgeholt.«

»Verstanden, Hurlburt, Six-one-niner hält auf Rollbahn eins-fünf-A.«

Geoff griff in die Knietasche seiner Fliegerkombination, zog sein grünes Barett heraus und setzte es auf.

»Ich hoffe, du hast deines mitgebracht«, sagte er zu Jack Portet.

Jack nickte, nahm seinen Kopfhörer ab, holte sein Barett hervor und setzte es auf.

»Verlasse dein Zuhause niemals ohne es«, sagte Geoff ernst. »Manchmal ist es nützlicher als eine Kreditkarte.«

Zwei Jeeps, beide schwarzweiß kariert angestrichen, einer mit einem Browning-MG Kaliber .30 auf einem Podest, rasten über die Rollbahn heran.

»Sei nett«, sagte Geoff. »Wir haben sie vermutlich geweckt, und sie werden sauer sein.«

Er begann den nahenden Jeeps fröhlich zuzuwinken.

In den Jeeps befanden sich vier Männer der Air Force, alle in Arbeitsanzügen, alle mit dem breitkrempigen Hut der Kommandoeinheit der Air Force.

Die Jeeps stoppten. Die beiden Angehörigen des Kommandos im ersten Jeep richteten das Maschinengewehr auf die L-23. Ein First Lieutenant des Kommandos, auf dessen Jacke das Piloten- und Fallschirmspringer-Abzeichen haftete und der eine .45er Pistole tief – nach Cowboy-Art – an der Hüfte trug, stieg aus dem zweiten Jeep und trat vor den ersten. Er trug die Armbinde des AOD.

»Lächle und winke, verdammt«, befahl Geoff. Jack tat es.

Die Lieutenant des Kommandos schaute das Flugzeug an, schüttelte empört den Kopf, wandte sich zu den Männern des Kommandos am Maschinengewehr und signalisierte ihnen, das MG in eine andere Richtung zu richten.

Dann wies er auf Jack und machte ihm mit einer Geste klar, dass er aus der L-23 steigen sollte.

»Ich nehme an, er will mit uns plaudern«, sagte Geoff. »Du solltest den Motor abstellen.«

»Was, zur Hölle, fällt Ihnen ein?«, blaffte der Lieutenant des Kommandos. »Haben Sie nicht gehört, dass der Tower Ihnen die Landegenehmigung verweigert hat?«

Das war normalerweise nicht die Art, wie die Besatzung eines Flugzeuges befragt worden wäre, die gegen den direkten Befehl, nicht auf einem Stützpunkt einer Kommandotruppe der Air Force zu landen, verstoßen hatte.

Aber diese Besatzung war etwas Besonders. Es waren Green Berets und zusätzlich Piloten, was sie fast so gut wie Mitglieder einer Kommandotruppe machte, und deshalb hatten sie ein Anrecht auf ein wenig kollegiale Höflichkeit.

»Nein«, erwiderte Geoff. »Wir hörten ihn sagen ›Sie sind Nummer eins zum Landen, es befindet sich kein anderes Flugzeug in dem Gebiet.‹ Das haben wir gehört, nicht wahr, Jack?«

»Das habe ich gehört«, bestätigte Jack.

»Sie wissen, dass Sie zuvor eine Genehmigung brauchen, wenn Sie hier landen wollen«, sagte der Lieutenant des Kommandos.

»Das fiel uns erst ein, als wir auf halbem Weg hierher waren«, sagte Geoff, »und der Typ, der uns hergeschickt hat, muss es wohl ganz vergessen haben.«

»Dies ist offiziell? Ihr wollt uns nicht nur verarschen?«

»Es ist offiziell«, sagte Geoff. »Wir holen jemanden ab und werden in fünf Minuten verschwinden.«

»Wen?«

»Sein Name ist Santiago«, sagte Jack. »De la Santiago.«

»Das ist für Samstag geplant«, sagte der Lieutenant.

»Der früheste Vogel bekommt den Wurm«, sagte Geoff. »Haben Sie diese chinesische Weisheit noch nie gehört?«

»Jesus!« Der Lieutenant betrachtete Jack genauer. »Kenne ich Sie? Sie sind schon hier gewesen, richtig?« Dann fiel es ihm ein. »Mit den B-26ern für den Kongo, richtig?«

»Richtig«, bestätigte Jack.

Die Air Force hatte eine Reihe von B-26-Bombern aus dem Zweiten Weltkrieg vom ›Flugzeugfriedhof‹ auf dem Luftstützpunkt Davis-Monthan geholt und in Stand gesetzt, weil sie im schnell expandieren Krieg in Vietnam eingesetzt werden sollten. Eine der ersten Dinge, die Colonel Felter veranlasst hatte, nachdem ihm die Verantwortung für die Angelegenheiten im Kongo übertragen worden war, hatte in dem Befehl bestanden, ein Dutzend dieser Maschinen auf den Stützpunkt des Luftkommandos auf Hurlburt Field umzuleiten. Ihre amerikanischen Abzeichen waren entfernt und durch die der Luftwaffe der Republik Kongo ersetzt worden.

Da es keine B-26-Piloten in der kongolesischen Luftwaffe gab, die hauptsächlich auf dem Papier existierte, und weil der Präsident keine Probleme vom amerikanischen Volk und den Russen bekommen wollte, wenn ein amerikanischer Pilot abgeschossen werden würde oder verunglückte, waren schnell nichtamerikanische Piloten, die meisten davon ehemalige Offiziere der zuvor kubanischen Luftwaffe, rekrutiert worden, um die Maschinen in den Kongo und dann in den Einsatz gegen die Simbas zu fliegen.

»Ich dachte mir, dass Ihr Santiago – er ist Kubaner, richtig? – darin verwickelt war.«

»Sie kennen ihn?«

»Er spazierte vor ungefähr zwanzig Minuten ins Abfertigungsgebäude und sagte, jemand würde ihn abholen. Ich sagte ihm, dass nichts geplant ist und er am Samstag wiederkommen soll. Er grinste mich nur an, ging nach draußen und hockte sich an die Wand.«

»Er hat B-26er in den Kongo geflogen …«, sagte Jack.

»… während ich hier auf meinem Arsch gesessen habe«, fiel ihm der Pilot des Kommandos ins Wort, und es klang äußerst bitter.

»… und jetzt ist er zurück, und wir sind geschickt worden, um ihn abzuholen.«

»Mit etwas Glück können Sie vielleicht nach Vietnam geschickt werden«, sagte Geoff.

»Ist euch Jungs klar, in welche Scheißlage ihr mich bringt?«, fragte der Lieutenant des Kommandos.

»Lassen Sie uns nur Santiago abholen und vergessen Sie dann, dass wir hier waren«, schlug Geoff vor.

»Der ganze Funkverkehr ›Ihnen ist die Landung verweigert‹ ist auf Band aufgenommen. Wie, zum Teufel, kann ich das vergessen? Oh, Mann, da werde ich mir etwas einfallen lassen müssen.«

»Danke«, sagte Geoff.

»Wenn ich zur Abfertigung fahren, euren Mann holen und herbringen würde«, sagte der Lieutenant des Kommandos nachdenklich, »könnten Sie dann dafür sorgen, dass die geplante Abholung für Samstag aufgehoben wird?«

»Betrachten Sie das als erledigt«, sagte Geoff.

»Bleiben Sie hier«, sagte der Lieutenant.

Er machte kehrt, ging zu seinem Jeep und befahl dem Fahrer zu wenden. Dann signalisierte er dem Fahrer des anderen Jeeps, ihm zu folgen.

»Ich nehme an, wir haben den Jungs am MG den Tag versaut«, meinte Geoff. »Sie dachten, sie bekämen endlich Gelegenheit, jemanden abzuknallen.«

»Jacques, *mon ami*«, sagte Enrico de la Santiago, als er aus dem Jeep des Lieutenants stieg. »Lässt man dich endlich Flugzeuge fliegen?«

Doch dann überwältigten ihn die Gefühle des Lateinamerikaners, und er rannte zu Jack, packte ihn an den Armen, küsste ihn auf beide Wangen und umarmte ihn herzlich.

Er war ein schmächtiger Mann mit dunkelbrauner Hautfarbe, dichtem, schwarzem Haar und einem sehr gepflegten, bleistiftdünnen Schnurrbart. Bekleidet war er mit einer pulverblauen Hose, einem leuchtend bunten Hemd, der Lederjacke eines Ex-Piloten der USAF, auf der ein Tuchabzeichen mit der Aufschrift CUBA, ein ledernes Staffelabzeichen und ein ledernes Abzeichen mit den eingeprägten kubanischen Pilotenschwingen über ›E. de la Santiago, Capitaine, Forces Aero de Cuba‹ aufgenäht waren.

Jack löste sich schließlich aus der Umarmung, und er und Geoff schüttelten de la Santiago die Hand.

»An das Gesicht erinnere ich mich, aber der Name fällt mir nicht ein«, bekannt Enrico, als er Geoff die Hand schüttelte.

»Wir sahen uns in Kamina«, sagte Geoff. »Im Kongo.«

»Ah, ja. Sie flogen eine davon.« Enrico wies auf die L-23. »Es ist schön, Sie wiederzusehen.«

»Mir gefällt Ihre Jacke«, sagte Geoff.

»Eine schmerzliche Erinnerung an vergangene Zeiten«, erwiderte Enrico mit einem Schulterzucken.

»Ich hoffe, wir haben Sie nicht in ernsthafte Schwierigkeiten gebracht«, sagte Geoff zu dem Lieutenant des Kommandos.

»Kein Problem«, erwiderte der Lieutenant. »Ich werde mir was einfallen lassen, wie ich Sie irgendwann richtig verarschen kann.«

»Danke«, sagte Enrico zu ihm.

»Tut mir Leid, dass ich Sie vorhin weggeschickt hatte«, sagte der Lieutenant. »Ich wusste wirklich nicht, dass Ihre Freunde kommen.«

»Vergessen Sie's.«

»Okay.« Der Lieutenant wandte sich an Jack und Geoff. »Nehmen Sie die Tasche des Captains in Ihr kleines Flugzeug und fliegen Sie von hier weg.«

Er salutierte, bis Enrico erkannte, dass der Gruß ihm galt, stillstand und ihn erwiderte.

Als sie im Steigflug auf Kurs nach Fort Rucker waren, wandte sich Jack an Enrico.

»Was ist los?«

Enrico nickte kaum wahrnehmbar in Geoffs Richtung, eine stumme Frage: *Können wir in seiner Anwesenheit sprechen*?

»Hast du schon die Bezeichnung ›Operation Earnest‹ gehört?«, fragte Jack.

Enrico schüttelte den Kopf.

»Okay. Aber du kannst alles vor Geoff sagen«, sagte Jack. »Was ist los?«

»Ich weiß es nicht«, sagte Enrico. »Lass mich erzählen, was passiert ist. Ich flog eine C-46 von Kamina nach Leopoldville. Eure Air Force fliegt Nachschub nach Leopoldville; ich bezweifle, dass sie sich Gedanken gemacht hat, welchen nach Kamina zu schicken. Jedenfalls, als ich nach Leopoldville kam, wartete dort ein Mann, der mich zur amerikanischen Botschaft zum Militärattaché, einem Colonel der Army, brachte. Er gab mir eine Botschaft von Colonel Felter. Darin hieß es, er brauche mich, um mich um Che Guevara zu kümmern, und ob ich dazu bereit sei. Und wenn, ob ich dann eine Ernennung zum Warrant Officer der U.S. Army akzeptieren würde. Der Colonel in der Botschaft sagte, ich müsse mich sofort entscheiden.«

»Und offenbar haben Sie beide Fragen mit ›ja‹ beantwortet«, sagte Geoff.

»Es war keine große Entscheidung für mich, zwischen dem Bombardieren primitiver schwarzer Wilder in Soldatenuniformen und der Chance, Señor Guevara langsam und schmerzlich zu töten, zu wählen.«

Sowohl Jack als auf Geoff waren überrascht und fühlten sich ein wenig unbehaglich bei de la Santiagos eisiger Antwort.

»Sie mögen ihn nicht, wie?«, sagte Geoff nach einer Weile scherzhaft.

»Das perverse Dreckschwein ermordete meinen Großvater, und meine Großmutter und Mutter mussten dabei zuschauen«, sagte de la Santiago.

»Allmächtiger!«, stieß Geoff hervor.

»Warum pervers?«, fragte Jack.

»Er ist Doktor der Medizin«, sagte Enrico. »Er leistete einen Eid vor Gott, niemals Menschenleben zu nehmen. Ist die Ermordung eines unschuldigen Menschen vor den

Augen seiner Frau und Tochter durch einen Doktor der Medizin kein perverses Verhalten?«

»Nun, diesem Argument kann ich nicht widersprechen«, bemerkte Geoff.

»Du hast also zugestimmt«, sagte Jack. »Und dann?«

»Als die C-130 der USAF am selben Nachmittag Leopoldville verließ, saß ich darin«, fuhr Enrico fort. »Wir kamen hier an. Ich wurde von einem Warrant Officer namens Finton abgeholt, der mir erklärte, dass ich am Samstag nach Fort Bragg gebracht werden würde – von dir.« Er legte eine Pause ein, lächelte Jack an und sprach dann weiter. »Wenn du von deiner Hochzeitsreise zurückkehren würdest.«

»Ja«, sagte Jack. »Am 31. Dezember.«

»Als ich euch beide zum ersten Mal sah, wusste ich, dass ihr heiraten werdet. Du hast meine Gebete für eine lange und glückliche Ehe.«

»Danke«, sagte Jack. »Hast du etwas über deine Frau und die Kinder gehört?«

De la Santiago hob hilflos beide Hände.

»Sie sind in Gottes Händen«, sagte er.

Geoff fluchte lautlos.

»Was wird mit mir in Fort Bragg geschehen?«, erkundigte sich Enrico.

»Keine Ahnung«, sagte Jack. »Ich nehme an, das wirst du am Samstag erfahren.«

»Ich gebe Ihnen einen Rat, de la Santiago …«, begann Geoff.

»Es wäre mir eine Ehre, wenn Sie mich mit meinem Vornamen ansprechen und mich duzen würden.«

»Okay. Danke. Ich bin Geoff. Der Rat lautet, erzähle keinem, dass du Guevara killen möchtest …«

»Aber das will ich.«

»… auf schmerzvolle Weise oder sonst wie. Das steht nicht auf Felters Plan für den Bastard.«

Enrico blickte fragend zu Jack, der nickte.

Enrico zuckte mit den Schultern.

»Wenn ich nach Kuba geschickt werde, erfahre ich vielleicht etwas über meine Familie.«

»Guevara ist nicht auf Kuba«, sagte Geoff. »Er ist in Afrika.«

»Was treibt er in Afrika?«

»Ich vermute, er will die Wilden ausbilden, es richtig zu machen, wenn sie beim nächsten Mal versuchen, das Land zu übernehmen«, sagte Geoff.

»Ich war in Stanleyville, Jacques, gleich nachdem die Belgier absprangen – bevor sie abzogen. Ich habe gesehen, was dort passiert ist. Nur Gottes unendliche Gnade rettete deine Mutter und Schwester.«

»Und meine Frau und das Baby«, sagte Geoff. »Es gab mir eine völlig neue Erkenntnis über die Wirksamkeit von Gebeten.«

»Deine Frau und dein Baby waren in Stanleyville?«

»Ja, und unser John Wayne hier ebenfalls«, sagte Geoff. »Er sprang mit den belgischen Fallschirmjägern ab.«

»Das wusste ich nicht.«

»Er ist ein verdammter Held.«

»Leck mich, Geoff«, sagte Jack im Plauderton.

»Versteht Colonel Felter, was dort geschehen ist?«, fragte Enrico.

»O ja«, sagte Geoff. »Er weiß alles darüber.«

»Weiß er, dass Guevara von neuem anfangen will?«

»Ja«, sagte Geoff.

»Und Colonel Felter ist trotzdem nicht bereit, ihn umlegen zu lassen?«

»Der Herr und Colonel Felter schreiten auf geheimnisvollen Wegen, Enrico«, sagte Geoff. »Du solltest deine Gedanken, Guevara umzubringen, für dich behalten, denn sonst wirst du aus der Operation rausgeschmissen.«

Enrico nickte.

*Das heißt*, dachte Jack, *dass er nicht mehr seine Absicht, Guevara umzubringen, ankündigen wird, aber nicht, dass er seinen Wunsch, ihn zu töten – vorzugsweise langsam und schmerzvoll –, aufgegeben hat. Er wird versuchen, den Wunsch in die Tat umzusetzen, sobald er Gelegenheit dazu hat.*

*Die Frage ist, erzähle ich das Father Lunsford oder Colonel Felter?*

2

*Büro des Militärattachés*
*Botschaft der Vereinigten Staaten*
*Sarmiento 663*
*Buenos Aires, Argentinien*

*2. Januar 1965, 8 Uhr*

»Irgendetwas Interessantes?«, fragte Colonel Richard J. Harris junior Master Sergeant Douglas Wilson, als er sein Büro betrat und einen dicken Stapel von Botschaften trug, die über Neujahr eingetroffen waren.

»Das Pentagon hat von sich hören lassen, Colonel«, sagte Wilson und überreichte ihm ein Fernschreiben.

HQ DEPT OF THE ARMY WASH DC 1100
31 DEC 1964

ROUTINE
CONFIDENTIAL

FROM: DESCOPS (AVIATION)

TO: US ARMY ATTACHÉ US EMBASSY BUENOS AIRES ARGENTINA

Bezüglich TO&E (Plan für Organisation und Ausrüstung) für Büro des Attachés US-Botschaft Buenos Aires, Argentinien, mit Ergänzung vom 22. Dezember 1964 Folgendes:

Lt. Col. Craig W. Lowell und Major George W. Lunsford werden am 3. Januar 1964 in Buenos Aires eintreffen, um die Durchführung von erwähnter ergänzter TO&E zu besprechen.

Betreffende Offiziere reisen mit Aerolineas Argentina, Flug 9790 mit planmäßiger Ankunft 11 Uhr 30 Buenos Aires Ortszeit.

FOR THE ASSISTANT DCSOPS FOR AVIATION
RALPH J. LEMES, CAPT, SIGNAL CORPS

»Ich frage mich, ob Colonel McGrory heute zur Arbeit kommt«, sagte Colonel Harris.

Master Sergeant Wilson las die Gedanken seines Vorgesetzten. Heute war Samstag. Es war sehr unwahrscheinlich, dass sich Colonel McGrory am Samstag in seinem Büro blicken ließ; das war selten der Fall. Und morgen, wenn diese beiden Schreibtischhengste vom Pentagon in Ezeiza, Buenos Aires' internationalem Flughafen, eintreffen würden, war Sonntag. Es bestand überhaupt keine Chance, dass Colonel McGrory am Sonntag zur Arbeit kommen würde. Und wenn, würde es das erste Mal sein, an das sich beide erinnern konnten

»Colonel, warum fahren Sie nicht dort raus und holen diese Offiziere ab?«, fragte Sergeant Wilson. »Wo werden wir sie unterbringen?«

»Hat ein Lieutenant Colonel Anspruch auf ein VIP-Apartment für Transitreisende?«, fragte Colonel Harris rhetorisch. »In Ermangelung einer anderen Ansicht und in dem Wissen, dass im Augenblick eines frei ist, entscheide ich, dass dieser Lieutenant Colonel Anspruch darauf hat. Er verschafft uns schließlich ein zweimotoriges Flugzeug. Und Piloten und Mechaniker dafür. Macht ihn das nicht zu einer VIP?«

»Das würde ich gewiss meinen, Sir«, erwiderte Sergeant Wilson. »Was ist mit dem Major?«

»Ich finde, die Höflichkeit gebietet es, im Zweifelsfall zu Gunsten des Majors zu urteilen und ihn mit dem Lieutenant Colonel einzuquartieren. Sie, Wilson, sind um halb zwölf dort draußen und holen sie ab, und wenn sie die Abfertigung durch den Zoll und die Einwanderungsbehörde hinter sich haben, was höchstens ein, zwei Stunden dauern sollte, rufen Sie mich an, und ich werde im VIP-Apartment sein, wenn Sie die beiden dort abliefern.«

»Jawohl, Sir.«

»Und vielleicht kann ich mit dem Lieutenant Colonel ein wenig plaudern, bevor er am nächsten Morgen Colonel McGrory treffen wird. Ihn sozusagen in das Terrain einweisen.«

»Ausgezeichnete Idee, Colonel«, meinte Master Sergeant Wilson.

»Große Gedanken entspringen großem Geist, Sergeant Wilson«, sagte Harris ein wenig selbstgefällig.

»Und was werden Sie mit den Argentiniern machen, Colonel?«

Teniente Coronel Ricardo Fosterwood, Adjutant des Oberbefehlshabers der argentinischen Armee, hatte angerufen und höflich angefragt, ob ein Lieutenant Colonel Lowell die US-Botschaft besuchen würde. Als das verneint worden war (»Nie gehört, den Namen, Colonel, bedaure«, hatte Master Sergeant Wilson gesagt), hatte Teniente Coronel Fosterwood Wilson erklärte, er würde es als persönlichen Gefallen betrachten, wenn er in Zukunft über einen Besuch eines solchen Offiziers informiert werden würde.

»Gott, das hatte ich glatt vergessen«, sagte Harris. »Ich kann mir immer noch nicht vorstellen, wie er wusste, dass dieser Lowell-Typ kommt, bevor man uns das mitteilt.« Er überlegte. »Ich werde ihn anrufen. Wahrscheinlich arbeitet er heute nicht, aber ich kann eine Nachricht hinterlassen.«

Colonel Harris vermutete richtig. Teniente Coronel Fosterwood war nicht ins Edificio Libertador gekommen und wurde nicht vor Montag erwartet. Aber er hatte angeordnet, erzählte sein Suboficial Mayor Colonel Harris, dass ein Anruf von Colonel Harris oder dessen

Suboficial Mayor Wilson an ihn übermittelt wurde, wo auch immer er sein würde.

Das ›wo auch immer‹ erwies sich als sein Haus. Fosterwood sagte Harris, er wisse sehr zu schätzen, über die Ankunft von Teniente Coronel Lowell und – wie hieß noch mal der andere Offizier? – informiert zu werden. Sobald sie Zeit hätten, würden sie zu Mittag oder besser zum Abendessen ausgehen.

Nach dem Telefonat mit Fosterwood und einigem Nachdenken glaubte Harris die Lösung gefunden zu haben, wie er mit Colonel Bob McGrory verfahren sollte. Er würde das Fernschreiben des stellvertretenden Stabschefs für Operationen ablichten, in ein Kuvert stecken, es VERTRAULICH stempeln und dem Unteroffizier vom Dienst der Air Force übergeben, der am Wochenende Dienst schieben musste. Auf den Umschlag würde er schreiben:

*McGrory*
*Januar, Samstag, 8 Uhr 35*
*Habe Sie leider nicht erreicht. Dies ist soeben eingetroffen.*
*Harris*

Colonel Harris tat all dies, und ein wenig selbstgefällig wegen seiner Cleverness ging er über den Flur zu Colonel McGrorys Büro, um seinen Unteroffizier vom Dienst zu finden. Stattdessen fand er Colonel Robert McGrory, der hinter seinem Schreibtisch saß, eine Tasse Kaffee trank und im *Buenos Aires Herald* las.

»Ich habe angenommen, Sie kommen heute nicht ins Büro, Colonel«, sagte Harris. »So habe ich dies in ein Kuvert gesteckt, damit Sie es gleich haben, wenn Sie eintreffen.«

»Was haben Sie denn, Colonel?«, fragte McGrory.

Harris überreichte ihm die Ablichtung des Fernschreibens und McGrory las.

»Wer sind diese Leute, Colonel?«, wollte er wissen.

»Ich habe die Namen zuvor niemals gehört, Colonel.«

»Ich will diesen Mann in der Minute seiner Ankunft sehen, Colonel«, sagte McGrory.

»Sie werden also nach Ezeiza fahren, um ihn abzuholen, Colonel?«

Der Flughafen war eine Stunde Fahrt durch normalerweise verrückt machenden Verkehr entweder aus der Innenstadt von Buenos Aires oder von der Vorstadt Olivos aus, wo sowohl Harris als auch McGrory – und ranghohe Beamte des Außenministeriums – wohnten.

»Das habe ich nicht gesagt, Colonel«, entgegnete McGrory. »Ich meinte, in der Minute, in der er am Montagmorgen die Botschaft betritt.«

»Ich verstehe. Ich werde es ihm sagen, Colonel.

»Sie fahren hin, um ihn abzuholen?«

»Sergeant Major Wilson wird sie abholen, Colonel.«

»Und wohin bringen?«

»Ich werde sie im Apartment für Transit-Reisende einquartieren.«

»*Was* werden Sie?«

»Ich glaube, Sie haben es gehört, Colonel.«

»Das Apartment für durchreisende VIPs ist, wie der Name schon sagt, für *VIPs* bestimmt, Colonel. Ich möchte nicht dem Botschafter erklären müssen, warum jemand von meinem Stab einen Lieutenant Colonel – der keine VIP ist – und einen Major dort einquartiert.«

»Wenn mich der Botschafter fragt, warum ich das getan habe, Colonel, werde ich ihm sagen, weil ich wusste, dass das Apartment frei war, hielt ich es für eine Höflichkeit.«

»Diese Army-Offiziere, Colonel, werden nicht im Apartment für durchreisende VIPs wohnen. Sind wir uns darüber im Klaren?«

»Wir sind uns im Klaren, Colonel«, sagte Harris und fügte im Geiste hinzu: *du blödes Arschloch.*

»Und dass Ihr Sergeant diese Offiziere abholt, Colonel – sie sind schließlich Stabsoffiziere und berechtigt zu einem angemessen höflichen Empfang – gefällt mir gar nicht.«

»Und welche Vorgehensweise würden Sie vorziehen, Colonel?«

»Ich wollte gerade sagen, dass jemand von Ihrem Stab, ein Stabsoffizier, diese Pflicht ausüben sollte, aber wenn ich's mir recht überlege, Colonel, werde ich einen meiner Stabsoffiziere das erledigen lassen. Dies ist schließlich ein Posten der Air Force und ich will sicherstellen, dass diese Leute die Nachricht erhalten, dass ich sie als Erstes am Montagmorgen sehen will.«

»Wie Sie wollen, Colonel«, sagte Harris und verließ das Büro. Es war ihm sehr bewusst, dass er nahe dran war, dem blöden Fliegerjungen-Bastard anzubieten, ihn am Arsch zu lecken.

## 3

*Pope Air Force Base*
*Fort Bragg, North Carolina*

*2. Januar 1965, 11 Uhr 25*

»Büro des befehlshabenden Generals, Special Warfare Center, Captain Zabrewski am Apparat, Sir.«

»Captain, mein Name ist Portet und ...«

»Der General hat Ihren Anruf erwartet, Lieutenant. Sie sind auf Pope? In der Abfertigung?«

»Jawohl, Sir.«

»Ich werde einen Wagen schicken, der binnen zehn Minuten dort sein wird. Warten Sie draußen.«

»Jawohl, Sir.«

Jack legte den Hörer auf und schüttelte den Kopf. Er hatte Hanrahans Büro aus Verzweiflung angerufen, nachdem er eine Viertelstunde lang erfolglos herumtelefoniert hatte, um Major Father Lunsford zu finden. Erst hatte die Telefonistin geleugnet, etwas über einen Major Lunsford zu wissen, und als Jack gesagt hatte, er sei in Mackall gewesen, hatte sie behauptet, kein Camp Mackall zu kennen. Als es ihm schließlich über den Vorgesetzten der Telefonistin gelungen war, vom Fernmelde-Sergeant mit der Telefonzentrale in Mackall verbunden zu werden, hatte dort ein Telefonist beteuert, keinen Major Lunsford oder Master Sergeant Thomas zu kennen. Schließlich hatte er Thomas an die Strippe bekommen.

»Hölle, er erzählt mir nicht, wohin er geht, Lieutenant«, hatte ihm Thomas auf Suaheli erklärt. »Ich habe keine Ahnung, wo er ist. Haben Sie es bei seiner Wohnung versucht?«

Um es bei der Wohnung zu versuchen, hatte er einen Münzfernsprecher finden müssen, denn das Telefonsystem Pope/Bragg erlaubte keine Telefonate außerhalb der Garnison von Telefonen der Klasse B, und dann hatte er das Kleingeld zusammenbekommen müssen, um den Münzfernsprecher zu füttern. Als er endlich durchgekommen war, hatte das Telefon geklingelt und geklingelt, denn Father war nicht daheim gewesen.

Er hatte sich gefragt, ob Mr Finton Father so zur Sau machen würde wie ihn, weil er die Leute nicht informierte, wo er zu erreichen war.

»Der General wird Sie jetzt empfangen«, sagte Captain Zabrewski, der gut zwei Meter groß war, mindestens hundertfünfzehn Kilo wog und dessen Stimme wie eine Basstuba klang.

Jack marschierte in Hanrahans Büro und salutierte.

»He, Jack«, sagte Hanrahan, erwiderte den Gruß, indem er in die allgemeine Richtung seiner Stirn tippte, und lächelte. »Wo ist Ihr Freund?«

»Draußen, Sir. Sir, ich habe Major Lunsford gesucht ...«

Hanrahan brachte ihn mit erhobener Hand zum Verstummen und drückte auf den Knopf seiner Gegensprechanlage.

»Ski, treib Mr Zammoro auf. Wenn er auftaucht, schicken Sie bitte ihn und Mr de la Santiago herein.«

»Father ist nicht hier«, sagte Hanrahan zu Jack.

»Pappy Hodges hat mir befohlen, Santiago zu ihm zu bringen, Sir. Darf ich fragen, wo er ist?«

Hanrahan überlegte sichtlich, ob er das sagen sollte.

»Er ist mit Colonel Lowell auf dem Weg nach Buenos Aires.«

»Buenos Aires?«, fragte Jack ungläubig.

»Es hat vielleicht etwas hiermit zu tun«, sagte Hanrahan, »was Colonel Felter, aus Gründen, die ich mir nicht vorstellen kann, mit mir teilen wollte. Es kam soeben über die gesicherte Leitung.«

Er überreichte Jack das Funkfoto einer Aktennotiz des CIA.

SECRET

Central Intelligence Agency
Langley, Virginia

Von: Stellvertretender Direktor Verwaltung

Datum: 1. Januar 1965, 1310 GMT

Betrifft: Guevara, Ernesto (Aktennotiz # 8.)

An: Mr Sanford T. Felter
Berater des Präsidenten
Zimmer 637, The Executive Office Building
Washington, D.C.

Per Kurier

Bezugnehmend auf präsidentschaftliche Aktennotiz an den Direktor, betr. ›Ernesto ›Che‹ Guevara‹ vom 14. Dezember 1964, und unter Berücksichtigung der Tatsache, dass SUBJEKT

durch Geburt die argentinische Staatsbürgerschaft besitzt, wird folgende Information geliefert:
(Zuverlässigkeitsstufe 3) (Von CIA Buenos Aires) Das argentinische Außenministerium ist vom argentinischen Botschafter in Madrid informiert worden, dass der frühere Präsident Juan D. PERÓN ein Flugzeug gechartert hat und heute von Lissabon, Portugal, via Asuncion, Paraguay, zu einem geheim gehaltenen Ort in Argentinien reisen will, vermutlich um sein Versprechen zu erfüllen, am 1. Januar 65 nach Argentinien zurückzukehren. Argentinischer Außenminister glaubte zuvor, das Versprechen sei bedeutungslos.
CIA-Quellen in Madrid und Lisabon wissen von keinem offenen oder heimlichen Charter.

*Howard W. O'Connor*
HOWARD W. O'CONNOR

Als Jack zu Ende gelesen hatte, blickte er zu General Hanrahan auf.

»Vielleicht hat es auch nichts damit zu tun«, sagte Hanrahan.

»General Perón? Argentinien?«

»Wie es darin heißt, wurde Guevara dort geboren«, sagte Hanrahan. »Wie ist das Eheleben?«

»Bis jetzt prima, Sir.«

»Johnny Oliver hat sich heute Morgen gemeldet. Er wird sich häuslich niederlassen. Wenn Father und Oliver zusammen wohnen, kann man das als niederlassen bezeichnen.«

»Father – Verzeihung, Major Lunsford – hat mir angeboten, ein Apartment für Marjorie und mich dort zu suchen, Sir.«

»Jack, das sollten Sie sehr schnell lernen: Ein Ranghöherer nennt einen Rangniedrigeren beim Vornamen; das Gegenteil kommt nicht in Frage, es sei denn, sie sind wirklich Freunde und befinden sich unter Freunden. Beispiel: Was mich anbetrifft, so können Sie Father ›Father‹ nennen und Oliver ›Johnny‹, wenn Sie und ich alleine sind, aber lassen Sie das nicht meinen Adjutanten hören. Es würde seinen Sinn für Anstand tief beleidigen. Sie werden es lernen, Jack. Es ist nicht schwer, aber es ist wichtig.«

»Danke, Sir«, sagte Jack, und er meinte es ehrlich, denn er erkannte, dass Hanrahan, wie Pappy, Marjorie und sogar Geoff, versuchten, ihm zu helfen, sich wie ein Offizier zu verhalten.

»Father hat mir von dem Apartment erzählt«, sagte Hanrahan. »Wann kommen Sie hier rauf?«

»General, wissen Sie, dass wir die L-23 in Wichita abholen sollen?«

Hanrahan nickte.

»Nun, sobald sie bei der SCATSA abgeändert ist, werde ich sie herfliegen. Es gab einiges Gerede, dass man mich das Fliegen von Hubschraubern lehren wird, aber das ist anscheinend verstummt.«

»Nicht verstummt. Auf Eis gelegt. Wenn Sie hier raufkommen, wird Oliver Sie in Hubschrauber setzen. Zusätzlich zu Ihren anderen Pflichten.«

»Jawohl, Sir.«

»Wie weit ist Geoff Craig dort fertig? Wissen Sie das?«

»Er flog mit mir nach Hurlburt, als ich de la Santiago abholte …«

»Heute?«

»Nein, Sir. An Silvester. Wir verbachten Silvester zusammen bei Geoff.«

»Ich dachte, Marjorie wollte ihren frisch angetrauten Ehemann den hohen Tieren im Offiziersklub vorstellen?«

»Dort waren wir zuerst und dann bei Geoff«, sagte Jack. Und dann beantwortete er die Frage. »Geoff ist fast mit dem Lehrgang fertig, Sir.«

»Niemand weiß natürlich, wann diese Operation Guevara beginnen wird. Es besteht die Möglichkeit, dass sich Felter irrt. Wenn ich Südamerika übernehmen wollte, dann würde ich in Mittelamerika anfangen oder vielleicht in Chile oder Bolivien, aber nicht im Kongo.«

»Das hat mich auch gewundert, Sir.«

»Andererseits ist Felters Spürnase perfekt gewesen, von dem Moment an, in dem ich ihn vor langer Zeit in Griechenland kennen lernte. Am Ende hat sich für gewöhnlich herausgestellt, dass er Recht hatte und jemand anderer sich irrte. So ist es unsere Pflicht, diese Operation so bald wie möglich anzupacken.«

»Jawohl, Sir.«

»Verdammt, wo bleibt Zammoro?«, fragte Hanrahan und blickte ungeduldig zu seiner geschlossenen Bürotür.

»Sir«, dröhnte Captain Zabrewskis Stimme aus der Gegensprechanlage, als hätte er auf die Frage gewartet. »Mr Zammoro ist hier.«

Hanrahan lächelte Jack an und lachte glucksend. Er drückte auf die Sprechtaste seiner Gegensprechanlage.

»Bringen Sie ihn bitte herein, Ski«, befahl er.

Die Tür wurde geöffnet und ein großer, dunkelbrauner Mann in Arbeitsanzug trat ein, sein grünes Barett in der Hand, gefolgt von Enrico de la Santiago und Captain Zabrewski. Zabrewski blieb an der Seite der Tür stehen. De la Santiago wirkte, als wüsste er nicht, was er tun sollte.

Der große Mann ging zu Hanrahan, stand still, grüßte schneidig und bellte: »Sir, Warrant Officer Zammoro meldet sich wie befohlen, Sir.« Er sprach mit leichtem spanischem Akzent.

Hanrahan erwiderte den Gruß. Zammoro stand weiterhin still, und Hanrahan forderte ihn mit einer Geste auf, zu rühren. Dann wandte er sich an de la Santiago.

»Ich bin General Hanrahan, Mr de la Santiago.«

»Guten Tag, Sir«, sagte de la Santiago und stand fast still.

»Ski, schließen Sie bitte die Tür und bleiben Sie hier.«

»Jawohl, Sir.«

»Zam, dies ist Lieutenant Portet«, stellte Hanrahan vor.

»Guten Tag, Sir«, sagte Zammoro.

»Zam, Lieutenant Portet und Mr de la Santiago sind alte Freunde. Sie beide kennen sich nicht zufällig ebenfalls, oder?«

»Jawohl, Sir. Wir haben uns kennen gelernt, in Kuba«, sagte Zammoro.

»Mr Zammoro war Major in der kubanischen Armee, Lieutenant Portet, und Sie, Mr de la Santiago, waren, wie ich hörte, ein Captain der kubanischen Luftwaffe, richtig?«

»Jawohl, Sir«, antwortete de la Santiago.

»Es gibt ein Sonderprogramm, ein nicht sehr bekanntes, das während des Ungarn-Aufstandes 1956 begann, das gewisse ausländische Staatsbürger berechtigt, in die U.S. Army aufgenommen zu werden, wenn sie über gewisse Fähigkeiten und Eigenschaften verfügen, die einen Ausschuss von Offizieren der U.S. Army, von denen einer ein General sein muss, überzeugen können, dass sie von ungewöhnlichem Wert für die Army sein werden«, sagte Hanrahan.

De la Santiago nickte, sagte jedoch nichts.

»Mr Zammoro ist solch eine Person«, fuhr Hanrahan fort. »Die Offiziere des Ausschusses waren überzeugt, dass er ein echter Flüchtling vor Castros Regierung ist, kein Nachrichtenoffizier, der geschickt worden ist, um unsere Army zu infiltrieren. Und der Ausschuss war darüber hinaus davon überzeugt, dass die Fähigkeiten, die er als Major in der kubanischen Armee vor Castro erwarb, von Wert für die Army und besonders für die Special Forces sein würden.«

»Jawohl, Sir«, sagte de la Santiago.

»Deshalb erhielt er die Erlaubnis, als Private in die U.S. Army einzutreten, was erforderte, dass er einen Treueid auf die Vereinigten Staaten leistete, allen vorherigen Treueiden abschwor und schwor, die Befehle seiner vorgesetzten Offiziere zu befolgen und die Verfassung der Vereinigten Staaten gegen alle Feinde, ausländische und einheimische, zu verteidigen.«

»Ich verstehe, Sir«, sagte de la Santiago.

»Nachdem Private Zammoro seinen Treueid leistete – ich glaube, es war am selben Tag, nicht wahr, Zam?«

»Jawohl, Sir«, sagte Zammoro und lächelte.

»Also am selben Tag erfuhr er, dass er auf Grund seiner linguistischen Fähigkeiten berechtigt war, um eine direkte Ernennung als Warrant Officer, Junior Grade, der U.S. Army zu ersuchen. Er spricht fließend Spanisch so gut wie Englisch, wie Sie ebenfalls, glaube ich, Mr de la Santiago, richtig?«

»Jawohl, Sir«, sagte de la Santiago.

»Er reichte das Gesuch ein, kam vor einen anderen Ausschuss von Offizieren, der ebenfalls einen General einschloss. Dieser Ausschuss entschied, dass er die Anforderungen erfüllte, um Warrant Officer, Junior Grade, der U.S. Army zu werden, mit amerikanischer Staatsbürgerschaft jedoch zu einer direkten Ernennung als Captain berechtigt war. Nach einem besonderen Gesetz konnte ein Ausländer, der achtzehn Monate treu als Unteroffizier- und Mannschaftsdienstgrad oder als Warrant Officer in der U.S. Army gedient hatte, zum Offizier ernannt werden.«

Er legte eine Pause ein und schaute de la Santiago an. »Kommen Sie bei alldem mit?«

»Jawohl, Sir.«

»Und haben Sie Fragen, Mr de la Santiago?«

»Auf die Gefahr hin, vorlaut zu sein, Sir, wie bald kann ich erwarten, vor den Ausschuss von Offizieren zu treten, den Sie erwähnt haben?«

»Sie stehen jetzt davor, Mr de la Santiago«, sagte Hanrahan. »Und die Akten zeigen, dass der Vorsitzende des Ausschusses von Mr Sanford T. Felter, dem Berater des Präsidenten, benachrichtigt worden ist, dass er persönlich mit Mr de la Santiagos Dossier vertraut ist und versichert, dass er kein Nachrichtenoffizier von Kuba oder irgendeiner anderen ausländischen Macht ist.«

Captain Zabrewski, der an der Wand gelehnt hatte, stand still.

»Jawohl, Sir«, sagte er.

»Zu Ihrer Information, Mr de la Santiago«, sagte Hanrahan. »Es ist bei der U.S. Army Sitte, wenn ein Ausschuss wie dieser abstimmt, dass das rangniedrigste Mitglied zuerst abstimmt, damit seine Meinung in keiner Weise von den Meinungen seiner Vorgesetzten beeinflusst wird.«

Hanrahan legte eine Pause ein.

»Mr Zammoro, ist es für Sie in irgendeiner Weise fraglich, dass Mr de la Santiago erlaubt werden sollte, als Private in die U.S. Army einzutreten, weil er von besonderem Wert für die Special Forces sein würde?«

Zammoro stand still.

»Nein, Sir.«

»Oder – sollte er als Private eintreten – dass sein Gesuch für eine Ernennung als Warrant Office, Junior Grade, genehmigt werden sollte?«

»Nein, Sir.«

»Danke, Mr Zammoro. Ich glaube, Sie sind der Nächste in der Rangfolge, Lieutenant Portet.«

»Jawohl, Sir«, sagte Jack. »Ich bin mit Mr Zammoro einer Meinung, Sir.«

»Captain Zabrewski?«

»Ich stimme mit Mr Zammoro und Lieutenant Portet, Sir.«

Hanrahan klopfte mit den Knöcheln auf seinen Schreibtisch.

»Der Ausschuss genehmigt das Gesuch. Die Akten sollen zeigen, dass die Entscheidung einstimmig war.«

»Jawohl, Sir«, sagte Captain Zabrewski.

»Wenn Sie einen Schritt vortreten, Mr de la Santiago, werde ich Sie jetzt in die United States Army aufnehmen«, sagte Hanrahan.

SECRET

Central Intelligence Agency
Langley, Virginia

Von: Stellvertretender Direktor Verwaltung

Datum: 2. Januar 1965 1805 GMT

Betrifft: Guevara, Ernesto (Aktennotiz # 11.)

An: Mr Sanford T. Felter
Berater des Präsidenten
Zimmer 637, The Executive Office Building
Washington, D.C.

Per Kurier
Gemäß präsidentschaftlicher Aktennotiz an den Direktor betreffend ›Ernesto ›Che‹ Guevara‹ vom 14. Dezember 1964 wird folgende Information geliefert:

(Zuverlässigkeitsstufe drei) (Von CIA-Quellen in Bamako, Mali). SUBJEKT verbrachte Silvester in der kubanischen Botschaft in Bamako. Eine weitere Information ist nicht verfügbar.

*Howard W. O'Connor*
HOWARD W. O'CONNOR

SECRET

5

*Ezeiza International Airport*
*Buenos Aires, Argentinien*

*3. Januar 1965, 11 Uhr 30*

Als die Boeing 707 von Aerolineas Argentina Flug 9790 nach einem Nonstoppflug von Miami landete, rollte sie nahe an die Abfertigungshalle und parkte. Zwei Gangways auf Chevrolet-Trucks rollten an das Flugzeug heran, als die Türen geöffnet wurden. Ein schwarzer Ford Falcon fuhr heran und ein großer, ziemlich kräftig aussehender Mann in gut geschnittenem Anzug stieg aus. Sobald die vordere Gangway an Ort und Stelle war, stieg er hinauf und betrat das Flugzeug. Eine Minute später kam er die Gangway herunter und stieg wieder in den Falcon, der sofort zum Abfertigungsgebäude fuhr.

Eine Kolonne von Gepäckwagen und zwei Passagierbusse rollten zum Flugzeug. Die Passagiere gingen von Bord, während das Gepäck ausgeladen wurde.

Die Passagiere der ersten Klasse stiegen als Erste aus, damit sie die begrenzten Sitzplätze in den Bussen für die Fünfhundert-Meter-Fahrt zum Abfertigungsgebäude ergattern konnten. Der fünfte und sechste Passagier der ersten Klasse kamen die Gangway herab, ein hoch gewachsener Weißer und ein stämmiger Schwarzer, beide mit Tweed-Sportsakkos, Polohemden, grauen Flanellhosen und Freizeitschuhen.

Da sie als Erste in den Bus gestiegen waren, mussten sie am Abfertigungsgebäude warten, bis die Stehplatz-Passagiere als Erste ausgestiegen waren; sie waren die letzten beiden Passagiere, die den Bus verließen.

Als sie das Abfertigungsgebäude betraten, trat der kräftig aussehende Schwarze vor den großen Weißen und lächelte.

»Colonel Lowell?«, fragte er.

»Das ist richtig.«

»*A sus órdenes, mi coronel*«, sagte der Mann. »General Pistarini hat mich beauftragt, Sie bei der Abfertigung durch den Zoll und die Einwanderungsbehörde zu unterstützen.«

»Wie freundlich von ihm«, sagte Lowell. »Dies ist Major Lunsford.«

»Es freut mich sehr, Sie kennen zu lernen, Major«, sagte der kräftig aussehende Mann und gab Lunsford die Hand. Seinen eigenen Namen nannte er nicht.

»Wenn Sie so freundlich wären, mir Ihre Gepäckscheine zu geben, können wir uns auf den Weg machen. Ihr Gepäck wird folgen, wenn unser untaugliches System es endlich aus dem Flugzeug geholt hat.«

Lowell und Lunsford händigten ihm die Gepäckscheine aus.

Der Kräftige schnippte mit den Fingern und ein anderer gut gekleideter Mann tauchte auf, weder so stämmig noch so groß. Der Kräftige gab ihm die Gepäckscheine und forderte dann Lowell lächelnd mit einer Geste auf, ihm zu einer Reihe von Kabinen zu folgen, in denen Beamte der Einwanderungsbehörde der Republik Argentinien saßen.

»Darf ich bitte Ihre Pässe haben?«, fragte der Kräftige, und Lowell und Lunsford gaben sie ihm. Er reichte sie an einen Beamten der Einwanderungsbehörde weiter. Der Mann fand eine leere Seite, stempelte sie, sagte »Willkommen in Argentinien« und winkte sie durch.

Der Kräftige führte sie zum Empfangsbereich des Flughafens, wo sich Leute versammelten, um eintreffende Passagiere zu treffen. Darunter befand sich ein Major der U.S. Air Force, der ein Schild mit der Aufschrift ›Lt. Col. Lowell‹ hochhielt.

»Nur einen Moment, bitte«, sagte Lowell zu dem Kräftigen und ging zu dem Major mit dem Schild.

»Mein Name ist Lowell, Major.«

»Major Daley, Colonel. Colonel McGrory hat mich geschickt, um Sie und Major Lunsford abzuholen.«

»Colonel wer?«

»Colonel McGrory, Sir. Der Verteidigungsattaché.«

»Was ist mit Colonel Harris passiert?«

»Colonel Harris ist der *Army*-Attaché, Colonel. Dies ist ein Posten der Air Force. Colonel McGrory ist der *Verteidigungs*-Attaché.«

»Sagen Sie bitte Colonel McGrory, dass ich seine Höflichkeit, Sie herzuschicken, zu schätzen weiß, Major, und dass ich hoffe, er findet Zeit, mich zu besuchen, während ich in Argentinien bin.«

»Sir, Colonel McGrory hat mich beauftragt, Sie zu Ihren Quartieren zu begleiten und Sie dann zu ihm zu bringen, damit Sie sich bei ihm melden.«

»Bei ihm *melden*, sagten Sie?«

»Jawohl, Sir.«

»Sagen Sie Colonel McGrory bitte, ich hoffe, Zeit zu finden, um ihn aus Höflichkeit anzurufen, während ich in Argentinien bin«, sagte Lowell. »Und es tut mir Leid, dass Sie Ihre Zeit verschwendet haben, indem Sie hergekommen sind, Major.«

Er ging zu dem kräftig aussehenden Mann, der ihn aus dem Abfertigungsgebäude zu drei wartenden Wagen führte, zwei Ford Falcons und ein schwarzer Buick, die auf einer Fläche parkten, die mit FOR TAXIS ONLY gekennzeichnet war.

Der Kräftige öffnete die hintere Tür des Buick und forderte Lowell und Lunsford lächelnd mit einer Geste auf, einzusteigen, und als sie im Fond saßen, setzte er sich auf den Beifahrersitz. Der Fahrer des Buicks fuhr sofort an. Einer der Falcons folgte.

Keiner der Wagen verlangsamte, als sie zu den Kassenhäuschen des Flughafen-Parkplatzes gelangten.

Der kräftig aussehende Mann auf dem Beifahrersitz wandte sich um.

»General Pistarini bedauert, *mi coronel*, dass er Sie nicht persönlich abholen kann. Der Druck der Pflichten ...«

»Ich verstehe das natürlich«, sagte Lowell. »Wir haben in einem Hotel namens ›Plaza‹ reservieren lassen.«

Der Kräftige runzelte die Stirn. »Der General hat veranlasst, dass Sie und der Major im Circulo Militar einquartiert werden, *mi coronel*. Wird das ein Problem sein?«

»Die Gastfreundschaft des Generals ist überwältigend«, sagte Lowell.

»Und unser Gepäck wird dorthin gebracht, richtig?«, fragte Father Lunsford.

»Es sollte binnen einer Stunde dort sein«, erwiderte der kräftig aussehende Mann. »Es wird doch kein Problem sein, dass Sie im Circulo Militar wohnen?«

»Ich freue mich darauf«, sagte Lowell.

Die Fahrt zur Innenstadt von Buenos Aires dauerte eine Dreiviertelstunde.

»Dies ist die Plaza San Martin, *mi coronel*«, erklärte der Kräftige. »Wir werden am Außenministerium auf der linken Seite vorbeifahren und dann zum Circulo Militar gelangen. Es ist das Gebäude direkt vor uns.«

Er wies auf einen pompösen Bau in französischem Stil. Vor dem hohen Tor, dessen schmiedeeiserne Doppeltore vergoldet waren, standen zwei Soldaten in Feldausrüstung und mit Automatikgewehren Wache.

*Das sind tatsächlich Wachtposten. Diese Gewehre dienen nicht zur Schau*, dachten Lunsford und Lowell fast gleichzeitig.

»Schönes Gebäude«, sagte Lowell.

»Es wurde der Army in den ersten Jahren des Jahrhunderts von der Familie geschenkt, in deren Besitz *La Nacion* ist, unsere größte Tageszeitung.«

»Wie interessant«, sagte Lowell.

»Das Plaza Hotel, *mi coronel*, befindet sich an der fernen Seite der Plaza«, sagte der Kräftige und wies hin.

Sie näherten sich dem Circulo Militar. Die großen Flügel des Tors schwangen nach innen, und bei näherem Hinschauen sah Lowell, dass sie von zwei Männern mit weißen Jacketts geöffnet wurden. Die Soldaten nahmen ihre Automatikgewehre von der Schulter, standen stramm und hielten die Gewehre steif vor sich, ähnlich dem ›Präsentiert die Waffen!‹ bei der U.S. Army, als der Buick durch das Tor rollte.

Einer der Männer mit den weißen Jacketts eilte zum Wagen und öffnete die Fondtür.

Lowell und Lunsford stiegen aus.

Ein großer Offizier in hervorragendend geschneiderter Uniform – brauner Rock, Sam-Browne-Koppel, rosafarbene Reithose und glänzende Reitstiefel – kam aus dem Gebäude zum Wagen, stand still und salutierte.

»Colonel Lowell. Teniente Coronel Ricardo Fosterwood, *a sus órdenes*. Ich habe die Ehre, der Adjutant von Teniente General Pistarini zu sein.«

»Guten Tag, Colonel. Dies ist Major Lunsford.«

Sie schüttelten sich die Hände.

»Warum gehen wir nicht hinein und aus dieser Sommerhitze heraus?«, sagte Fosterwood und winkte sie in das Gebäude.

Neben einem marmornen Treppenhaus befand sich ein Aufzug. Darin war kaum Platz für die drei Offiziere.

Fosterwood entschuldigte sich für die Enge in der Aufzugkabine.

»Ich habe mich stets gefragt, ob die Franzosen dieses Gebäude in dem Glauben errichtet haben, dass die Argentinier schmächtige Zwerge sind, oder ob sie gedacht haben, wir lieben es, im Aufzug wirklich eng mit den Ladys zu stehen«, sagte Fosterwood.

Die drei Offiziere lächelten einander an.

Der Aufzug stoppte, und Fosterwood schob die Falttür auf und komplimentierte sie hinaus. Er führte sie über einen breiten Flur, öffnete die linke Hälfte einer riesigen, massiven, mit Schnitzereien versehenen Tür und winkte sie herein.

»Ich habe mir erlaubt, den Major in einem der Schlafzimmer in dieser Suite einzuquartieren«, sagte Fosterwood, als sie in das elegant eingerichtete Wohnzimmer der Suite gelangten. »Es wäre kein Problem, noch zu arrangieren ...«

»Ich bin überzeugt, dass sich Major Lunsford hier völlig wohl fühlen wird«, sagte Lowell.

»General Pistarini hat mir befohlen, als ersten Punkt

unserer Tagesordnung eine Sitte zu befolgen, die er bei einem Besuch in Fort Knox gelernt hat. ›Den Staub des Trails aus der Kehle spülen‹?«

»Einer unserer heiligsten Sitten«, sagte Lowell.

Fosterwood führte sie durch eine andere Tür. Der Raum dahinter erwies sich als Bar, in der ein Barkeeper mit weißem Jackett wartete.

»Und ich glaube, Bourbon ist Ihre Wahl zum ›Staub aus der Kehle spülen‹?«

»Eigentlich ...«, begann Lowell, stockte und fuhr dann fort: »Eigentlich spricht zweierlei dagegen. Ich bin Scotch-Trinker, und eigentlich ist es ein wenig früh am Tag, um überhaupt etwas Starkes zu trinken.«

»In diesem Fall möchte ich Sie in eine argentinische Sitte einführen«, sagte Fosterwood. »Wir sagen, es ist nie zu früh oder zu spät, um ein Glas Champagner zu trinken.«

»Wir von der Infanterie sagen das Gleiche«, bemerkte Lunsford.

»Ich nehme an, wir werden französischen und argentinischen haben«, sagte Fosterwood und blickte fragend.

»Argentinischen, wenn Sie so freundlich sind«, sagte Lowell.

Der Barmann nahm eine Flasche Sekt und Gläser und schenkte ein.

»Auf einen sehr angenehmen Aufenthalt in Argentinien, *mi coronel*«, sagte Fosterwood und hob sein Glas.

»Danke«, erwiderte Lowell. »Und wann würde es General Pistarini passen, mich zu empfangen, damit ich ihm meinen Dank für seine hervorragende Gastfreundschaft aussprechen kann?«

»Merkwürdig, dass Sie fragen, was ich gerade ansprechen wollte«, sagte Fosterwood. »Es gibt im Moment ein kleines Problem, nichts Gravierendes, aber so lästig, dass General Pistarini meint, er sollte im Campo de Mayo sein, bis es gelöst ist ...«

»Campo de Mayo, was ist das?«, fragte Lowell.

»Einer unserer Hauptstützpunkte, am Rande von

Buenos Aires. Dort befinden sich unsere Militärakademie und eines unserer Kavallerieregimenter.«

»Aha.«

»Der General hat mich gebeten, wenn Sie sich nach Ihrer langen Reise danach fühlen, mit ihm heute Nachmittag im Campo de Mayo vielleicht ein wenig Polo zu spielen.«

»Ich bin eigentlich kein Polospieler von argentinischer Klasse«, sagte Lowell.

»Oh, dies würde nur ein Freundschaftsspiel sein«, sagte Fosterwood. »Sozusagen zum Zeitvertreib.«

»Ich würde sehr gern mit dem General spielen«, sagte Lowell. »Da gibt es aber das Problem mit Reithose und Stiefeln ...«

»Das ist überhaupt kein Problem. Ich bin überzeugt, dass wir Sie problemlos ausrüsten können. Darf ich dem General sagen, dass Sie ihm Gesellschaft leisten werden?«

»Wie kommen wir von hier aus dorthin?«, fragte Lowell.

»Der Wagen steht natürlich zu Ihrer Verfügung«, antwortete Fosterwood.

»Der Buick?«

»Und die Fahrer werden alle Englisch sprechen. Also, *mi coronel*?«

»Sagen Sie bitte General Pistarini, dass ich erfreut bin, sein freundliches Angebot anzunehmen, obwohl ich weiß, dass ich als blutiger Amateur gegen einen der weltbesten Polospieler antreten werde.«

»Und Sie, Major?«

»Ich bin kein Polospieler, Colonel. Trotzdem vielen Dank«, sagte Lunsford.

»Aber werden Sie trotzdem kommen? Es wird ein Barbecue geben, dessen bin ich sicher.«

»Ja, ich werde mitkommen. Vielen Dank.«

»Wenn Sie um fünfzehn Uhr oder vielleicht ein wenig später von hier aufbrechen, wird der Fahrer wissen, wohin er Sie bringen muss.«

»Und der Wagen wird vor dem Eingang warten?«

Fosterwood nickte. »Der Wagen steht während Ihres Besuchs zu Ihrer Verfügung.«

»Danke.«

»Uns jetzt werde ich Sie mit Ihrer Erlaubnis verlassen, damit Sie sich einleben können. Ich nehme an, der General braucht mich. Das ist für gewöhnlich der Fall.«

»Haben Sie das erwartet, *mi coronel*?«, fragte Lunsford. »Den roten Teppich?«

»Nicht so ganz.«

»Diese Jungs auf dem Flughafen waren vom Geheimdienst«, sagte Lunsford.

»Er heißt SIDE. Das hat Felter mir erzählt.«

»Und wer war der Air-Force-Knabe am Flughafen?«

»Er sagte, es sei ein Posten der Air Force, was auch immer zur Hölle das bedeutet, und dass er von der Air Force, Korrektur, vom Verteidigungsattaché geschickt worden sei, um uns zu unseren Quartieren zu bringen, wonach wir uns dann bei ihm melden sollen.«

»Ich frage mich, woher er von unserem Kommen wusste«, sagte Lunsford. »Uns bei ihm *melden*?«

Lowell nickte. »Ich habe ihm gesagt, er kann uns am Arsch lecken.«

Lunsford lachte. »Nein, das haben Sie nicht gesagt.«

»Natürlich habe ich das höflicher formuliert. Ich habe ihn gebeten, seinem Boss auszurichten, ich hoffe, er könne die Zeit in seinem Terminplan finden, um einen Höflichkeitsanruf von mir entgegenzunehmen.«

»Und diese Einladung zum Polospiel?«

Lowell zuckte hilflos die Achseln.

## 6

*Büro des Verteidigungsattachés*
*Botschaft der Vereinigten Staaten*
*Sarmiento 663*
*Buenos Aires, Argentinien*

*3. Januar 1965, 13 Uhr 25*

»Sie wollten mich sprechen, Colonel?« Colonel Richard J. Harris junior, USA, blickte Colonel Robert McGrory, USAF, von dessen Türschwelle aus fragend an.

»Kommen Sie herein, Colonel«, sagte McGrory.

»Hallo, Charles«, sagte Harris zu Major Charles A. Daley, USAF, der fast in Grundstellung vor McGrorys Schreibtisch stand.

»Sir«, erwiderte Major Daley.

»Major, würden Sie bitte Colonel Harris ins Bild setzen, was geschah, als Sie heute Morgen auf dem Flughafen waren?«

»Jawohl, Sir«, sagte Major Daley.

»Diese Offiziere waren nicht im Flugzeug?«, fragte Harris.

»Colonel, lassen Sie den Major seinen Bericht nach dem Einsatz geben«, sagte Colonel McGrory.

»Verzeihung.«

»Sir, wir gingen in Ezeiza in den Empfangsbereich und hielten ein Schild hoch, auf dem ›Lieutenant Colonel Lowell‹ stand. Bei den ersten Personen, die aus dem Flugzeug kamen – durch die Kontrolle der Einwanderungsbehörde –, waren ein Weißer und ein Neger. Bei ihnen war ein Mann, der vermutlich vom SIDE war. Der Weiße …«

»Warum nehmen Sie an, dass sie vom SIDE waren, Charley?«, unterbrach Harris.

»Sir, ich glaube, ich hatte den Mann schon gesehen, und später, als sie den Flughafen verließen, fuhren zwei der Wagen hinterher, diese Falcons, die der SIDE benutzt.«

Harris nickte.

»Ich schlage vor, Colonel, dass Sie den Major nicht weiterhin unterbrechen, damit er seinen Bericht beenden kann«, sagte McGrory.

»Verzeihung«, murmelte Harris.

»Wie gesagt, Sir, einer der Gentlemen bei dem Mann, der vermutlich vom SIDE war, kam zu mir und stellte sich als Colonel Lowell vor. Ich sagte ihm, wer ich bin und was ich wollte.«

»Und?«

»Sir, Colonel Lowell sagte, ich soll Colonel McGrory ausrichten, er hoffe, Colonel McGrory könne Zeit finden, einen Höflichkeitsanruf von ihm entgegenzunehmen, während er in Argentinien sei, und er bedaure, dass ich meine Zeit verschwendet hätte, um zum Flughafen zu fahren.«

»Um die Dinge dem Colonel kristallklar zu machen, Major«, sagte McGrory, »haben Sie Lieutenant Colonel Lowell absolut klar gemacht, dass es ein Befehl war, sich bei mir zu melden, keine Bitte?«

»Jawohl, Sir. Das habe ich perfekt klar gemacht, Sir.«

»Ist Ihnen das klar, Colonel?«

»Kristallklar, Colonel. Anstatt sich bei Ihnen zu melden, erwiderte Colonel Lowell, er hoffe, Sie finden Zeit, einen Höflichkeitsanruf von ihm entgegenzunehmen.«

*Mit anderen Worten, er hat Charley gesagt, er kann ihn am Arsch lecken. Diesen Lowell mag ich bereits.*

»Ich habe vor, einen langen Bericht über diese Sache zu schreiben«, sagte Colonel McGrory. »Es ist klar und eindeutig Befehlsverweigerung.«

»Und dann haben diese beiden Leute den Flughafen verlassen. Mit dem Mann vom SIDE?«, fragte Harris.

»Jawohl, Sir. Wie schon gesagt, drei Wagen parkten verbotswidrig auf der Taxi-Fläche, zwei Falcons und ein Buick. Colonel Lowell und der Neger ...«

»Ich nehme an, wir können mit Sicherheit davon ausgehen, dass der Neger Major Lunsford ist, nicht wahr, Charley?«, fragte Harris.

»Jawohl, Sir, ich denke, das können wir.«

»Fahren Sie fort, Charley«, sagte Harris.

»Jawohl, Sir. Colonel Lowell und Major Lunsford stiegen in den Buick, und er fuhr davon. Einer der Falcons folgte ihm.«

»Haben Sie eine Ahnung, wohin sie fuhren?«, wollte Harris wissen.

»Wollen Sie mir weismachen, Colonel, Sie wissen nicht, um wen es sich handelt?«, fragte Colonel McGrory.

»Ich habe nicht die blasseste Ahnung, um wen es sich handelt, Colonel.«

»Das ist hoffentlich die Wahrheit. Wenn ich später herausfinde ...«

»Die Wahrheit ist, Colonel, dass ich mich Ihrer Ankündigung, es sei Sache des Verteidigungsattachés, diese Offiziere abzuholen, gefügt habe und die Sache ganz in Ihren fähigen Händen gelassen habe. Haben Sie sonst noch etwas für mich, Colonel?«

»Das ist alles, danke, Colonel.«

Colonel Harris kehrte in sein Büro zurück und wiederholte das Wesentliche des Gesprächs bei Master Sergeant Wilson. Er schlug vor, dass Wilson seinen Busenfreund, den stellvertretenden Verwaltungsoffizier (Housing & Medical Services), der ebenfalls in der Botschaft untergebracht war, zu fragen, wo die beiden Offiziere der Army gefunden werden konnten.

Eine Stunde später meldete ihm Master Sergeant Wilson, dass Lowell und Lunsford im Circulo Militar wohnten.

# SECRET

Central Intelligence Agency
Langley, Virginia

Von: Stellvertretender Direktor Verwaltung

Datum: 2. Januar 1965 1110 GMT

Betrifft: Guevara, Ernesto (Aktennotiz # 9.)

An: Mr Sanford T. Felter
Berater des Präsidenten
Zimmer 637, The Executive Office Building
Washington, D.C.

Per Kurier

Gemäß präsidentschaftlicher Aktennotiz an den Direktor, betreffend: ›Ernesto ›Che‹ Guevara‹ vom 14. Dezember 1964 und in Anbetracht der Tatsache, dass SUBJEKT durch Geburt die argentinische Staatsbürgerschaft besitzt, werden folgende Informationen geliefert:

(Zuverlässigkeitsstufe fünf) (Von CIA Rio de Janeiro, Brasilien) Der argentinische Ex-Präsident Juan D. PÉRON traf um 1307 GMT planmäßig mit Iberia Airlines Flug 909 in Rio de Janeiro ein. Péron und Gefolge von acht (8) argentinischen Staatsbürgern wurden auf Anweisung der brasilianischen Regierung durch brasilianische Luftwaffe aufgehalten.

(Zuverlässigkeitsstufe drei) (Von CIA Rio) PÉRON und Gefolge wollten nach Montevideo, Uruguay, fliegen. PÉRON hat nicht das erforderliche Visum für eine solche Reise.

(Zuverlässigkeitsstufe zwei) (Von CIA Rio) Die brasilianische Regierung beabsichtigt, PÉRON die Einreisegenehmigung nach Brasilien zu verweigern. PÉRON besitzt nicht das erforderliche Visum.

(Zuverlässigkeitsstufe fünf) (Von CIA Buenos Aires) Die argentinische Regierung hat die Grenzübergänge mit Offizieren der Armee verstärkt, unter dem Befehl, PÉRON das Betreten von Argentinien zu verweigern. Eine heimliche Einreise wird jedoch für möglich gehalten.

*Howard W. O'Connor*
HOWARD W. O'CONNOR

SECRET

# VIII

## 1

*Circulo Militar*
*Plaza San Martín*
*Buenos Aires, Argentinien*

*3. Januar 1965, 14 Uhr 40*

Lieutenant Colonel Lowell und Major Lunsford, beide im Seersucker-Anzug – Lowell hatte sich gegen die Uniform und zugleich gegen zu viel Formlosigkeit, wie zum Beispiel ein Polohemd mit offenem Kragen, entschieden –, gingen durch eine Pforte im großen Tor des Circulo Militar zum Buick.

Der Fahrer sah sie kommen, stieg schnell aus und öffnete für sie die Tür. Er wollte Lowell einen kleinen Lederbeutel abnehmen, doch Lowell lehnte das ab. »Ich lege ihn auf den Rücksitz neben mich. Und bevor wir zum Campo de Mayo fahren, muss ich für eine Minute beim Plaza Hotel halten.«

»Selbstverständlich, Sir.«

Der Beutel enthielt Unterwäsche und Toilettenartikel.

»Was ist das?«, hatte Lunsford gefragt, als er ihn beim Packen gesehen hatte.

»Polo, für Ihre allgemeine Bildung, mein lieber Major, ist ein Sport, bei dem die Reiter so viel schwitzen wie ihre Pferde. Die Ponys werden mindestens bei jedem Chukker ausgewechselt, die Spieler nicht. Wenn die Argentinier mit mir fertig sind, werde ich unbedingt eine Dusche und Wäsche zum Wechseln, wenn nicht gar eine Behandlung im Krankenhaus brauchen.«

»Sind Sie nicht gut beim Polo?«

»Als ich ein junger Hüpfer war, hielt ich mich für einen sehr guten Polospieler«, erwiderte Lowell, »und der gleichen Ansicht war Barbara Bellmons Vater. Durch mein Können blieb mir erspart, dauernd in Panzern und gepanzerten Wagen herumzufahren, womit die anderen Unteroffiziere und Mannschaften der U.S. Constabulary ihre Zeit verplempern mussten. Ich hatte Handikap vier.«

»Was heißt das?«

»Man wird nach seinen Fähigkeiten eingestuft, von eins bis zehn. Zehn ist das Beste. In einer Mannschaft sind vier Mann. Man addiert die Handikaps und bekommt, sagen wir mal, eine Fünf- oder Sechs, oder vielleicht sogar eine Zehn- oder Zwölf-Handikap-Mannschaft. Ich hielt mich mit meinem Handikap vier für ziemlich toll. Und dann bestritt ich in Ramapo Valley, New York, mein erstes Match gegen eine argentinische Mannschaft. Sie trabte fröhlich als Vierzig-Handikap-Team aufs Spielfeld. *Jeder* hatte Handikap zehn.«

»Haben Sie in jüngster Zeit gespielt, *mi coronel*?«, fragte Lunsford lachend.

»Das habe ich in der Tat. Und ich bin wieder eingestuft worden, und jetzt habe ich Handikap eins, was wohl mehr die Tatsache widerspiegelt, dass ich ein sehr netter Kerl bin, als meine Fähigkeiten auf dem Spielfeld.« Er schwieg kurz und fügte dann hinzu: »Bevor wir dort rausfahren, möchte ich zum Hotel, um festzustellen, ob jemand meine Reservierungen rückgängig gemacht hat.«

»Können Sie nicht anrufen?«

»Wenn sie rückgängig gemacht wurden, will ich erfahren, von wem«, sagte Lowell.

Als der Buick von der Parkfläche fuhr, die für Gäste des Circulo Militar reserviert war, folgte ihm ein schwarzer Ford Falcon. Sie fuhren etwa die halbe Strecke der Avenue entlang, von der die Plaza San Martin umgeben ist, und bogen dann ab in eine Zufahrt unter einer Ecke des Plaza Hotels.

Ein Portier mit Seidenzylinder öffnete die Wagentür für sie.

»Es wird nicht lange dauern«, sagte Lowell zum Fahrer. »Wie werden wir Sie finden?«

Die Passage unter dem Hotel diente offensichtlich dazu, jemanden schnell abzusetzen oder einsteigen zu lassen.

Der Fahrer zeigte sich von der Frage überrascht.

»Ich werde hier auf Sie warten, *mi coronel.*«

Lowell lächelte und betrat das Hotel, gefolgt von Lunsford.

»Was ist das, sind einige Schweine gleicher als die anderen?«, fragte Lunsford leise. »Und haben Sie den alten Ford bemerkt?«

»Eigentlich ist es vermutlich ein neuer«, sagte Lowell. »Man fertigt den Typ hier immer noch an.«

Er ging zur Rezeption. »Mein Name ist Lowell«, sagte er. »Ich glaube, ich habe reserviert.«

»Oh, Mr Lowell«, erwiderte der Mann am Empfangspult sofort. »Ich bedaure, dass der Wagen vergebens in Ezeiza gewartet hat.«

»Ich wusste nicht, dass Sie einen Wagen schicken«, sagte Lowell. »Aber das ist kein Problem, ein Freund hat mich abgeholt.«

»Und Ihr Gepäck, Sir?«

»Das wird nachgeschickt werden.«

»Entschuldigen Sie mich bitte einen Moment, Mr Lowell?«, fragte der Angestellte am Empfang.

Einen Augenblick später tauchte ein Mann in eleganter Kleidung an der Rezeption auf.

»Mr Lowell, ich bin Dominic Frizzelli, der stellvertretende Manager. Ich möchte mich dafür entschuldigen, dass unser Fahrer Sie nicht finden konnte.«

»Ein Freund hat uns abgeholt, es war kein Problem. Und ich weiß Ihre Freundlichkeit, einen Wagen zu schicken, sehr zu schätzen.«

»Das ist sehr freundlich von Ihnen. Wenn Sie bitte mitkommen wollen?«

Er führte sie zu einem Aufzug, der sie direkt zum Foyer einer Suite im obersten Stock brachte.

Die Suite war groß und elegant möbliert, und die Fenster boten Ausblick auf die alten Bäume der Plaza San Martin und den Rio de la Plata jenseits davon. Auf einer Kommode standen eine große Schale mit Obst und eine Flasche Champagner in einem silbernen Kühler. Die Suite war weder so groß noch so elegant eingerichtet wie ihre Zimmer im Circulo Militar.

»Dies ist sehr schön«, sagte Lowell.

»Mr Delaplaine von der Bank of Boston hat die Suite persönlich inspiziert und sich gesagt, dass Sie damit zufrieden sein werden. Hier werden oftmals seine bevorzugten Gäste untergebracht.«

»Wie nett von Mr Delaplaine«, sagte Lowell. »Wenn Sie ihn vor mir sehen, werden Sie ihm dann meine Dankbarkeit ausdrücken?«

»Selbstverständlich, Sir.«

»Wir werden heute Abend vielleicht nicht zurückkehren«, sagte Lowell. »Ich nehme an, dass man uns bitten wird, dort zu übernachten.«

»Ich verstehe, Sir.«

Der Buick parkte genau dort in der Passage, wo sie ihn verlassen hatten.

»Okay«, sagte Lowell zum Fahrer. »Jetzt bin ich bereit, mich von argentinischen Polospielern demütigen zu lassen.«

»Oh, ich bin mir sicher, dass dies nicht geschehen wird, *mi coronel*«, sagte der Fahrer, der den Humor in Lowells Worten überhaupt nicht verstand.

»Das ähnelt sehr Fort Bragg, nicht wahr?«, fragte Lunsford, als sie den einem Park ähnlichen Campo de Mayo betreten hatten. »Ich glaube, ich bin in der falschen Armee.«

Lowell lachte.

»Und ich glaube allmählich, Sie sind im falschen Geschäft«, fuhr Lunsford fort. »Sie könnten wirklich die ganze Zeit ein solches Playboy-Leben führen, nicht wahr?«

»Und mich zu Tode langweilen, sicherlich«, entgegnete Lowell. »Und ich werde Lieutenant Craig für diese Suite im Plaza den Arsch aufreißen.«

»Was hat er damit zu tun?«

»Er ist ein paar Mal mit seinem Vater hier gewesen, und so habe ich ihn gebeten, uns ein schönes Hotel auszusuchen.«

»Nun, das hat er getan.«

»Wir brauchten keine Suite, die von der Bank of Boston ausgesucht wurde«, sagte Lowell. »Das Letzte, was ich gebrauchen kann, sind Bankiers – oder schlimmer noch, Journalisten – die mich jagen und mit Fragen über meine Meinung zu Dingen der Weltökonomie oder den Trends von Termingeschäften löchern.«

»Kapiert«, sagte Lunsford. »Vielleicht wollte er nur nett sein.«

»Ich würde mich viel besser fühlen, wenn ich nicht beginnen würde, an seinem Verstand zu zweifeln«, erwiderte Lowell.

Lunsford hob die Augenbrauen, sagte jedoch nichts.

Der Buick fuhr vor einem lang gestreckten Gebäude mit rotem Ziegeldach vor, das von einer Veranda umgeben war, und als der Fahrer die Tür öffnete, trat Teniente Coronel Ricardo Fosterwood von der Veranda herab und ging ihnen auf dem von Büschen gesäumten Weg entgegen.

Fosterwood war zum Polospiel gekleidet – mit weißem Polohemd, weißer Reithose und Stiefeln. Lowell sah, dass es die verschrammten Stiefel eines Polospielers waren, nicht die glänzenden eines Kavallerieoffiziers.

»Beten Sie für mich«, raunte Lowell Lunsford zu. »Ich

nehme an, dass ich hier ganz gewaltig auf die Schnauze falle.«

»Colonel«, sagte Fosterwood, »es freut mich, Sie wiederzusehen, und Sie, Major.«

»Es ist schön, hier zu sein.«

Fosterwood forderte sie mit einer Geste auf, ihm zu dem Gebäude zu folgen. Als sie sich der Veranda näherten, stand ein anderer Mann, der zum Polo gekleidet war, aus einen Schaukelstuhl aus Rohr auf und erwartete sie.

»Colonel Lowell«, sagte er und streckte ihm die Hand hin. »Wie schön, dass Sie gekommen sind. Ich bin Pascual Pistarini.«

»Es war sehr freundlich von Ihnen, uns einzuladen, General«, sagte Lowell. »Darf ich meinen Assistenten, Major George W. Lunsford, vorstellen?«

»Es freut mich, Sie kennen zu lernen, Major«, sagte Pistarini. »Sie sind kein Polospieler, wie ich gehört habe?«

»Nein, Sir, ich bin keiner«, sagte Father.

»Dann darf ich vorschlagen, dass Sie mir hier Gesellschaft leisten, und ich werde versuchen, Ihnen das Spiel zu erklären, während Ricardo Ihren Colonel mitnimmt und sein Bestes tut, um ihn einzukleiden.«

»Sie sind sehr freundlich, Sir«, erwiderte Lunsford.

»Wenn Sie so freundlich sein wollen, mich zu begleiten, *mi coronel*?«, sagte Ricardo und wies auf die Tür des Gebäudes.

»Da wir beide den gleichen Dienstgrad haben und Sie bald erleben werden, welch miserabler Polospieler ich bin, schlage ich vor, dass Sie mich mit meinem Vornamen Craig ansprechen. Könnten Sie sich dazu überwinden, *mi coronel*?«

General Pistarini lachte.

»Selbstverständlich, Craig«, sagte Fosterwood. »Meine Freunde – und wenn ich das sagen darf, betrachte ich Sie bereits als einen – nennen mich Ricky.«

Sie schüttelten sich die Hände, lächelten sich an, und Ricky winkte Craig in das Gebäude.

Gleich bei der Tür standen zwei Soldaten in Arbeitsanzügen und mit automatischen Gewehren, und andere, Offiziere, in Arbeitsanzügen und bewaffnet mit Pistolen und Maschinenpistolen, hielten sich in der großen Eingangshalle des Gebäudes auf.

»Das sind wohl Polofans?«, sagte Craig zu Ricky.

»Da gibt es im Moment, wie ich schon erwähnt habe, ein kleines internes Problem«, sagte Fosterwood mit sichtlichem Unbehagen. »Wie heißt das Klischee? Vorsicht ist die Mutter der Porzellankiste?«

»Sind Sie ein Freund von Wetten, Ricky?«

»Dann und wann mache ich schon mal eine kleine Wette, ja. Warum fragen Sie, Craig?«

»Ich wette fünf zu eins, dass die Brasilianer ihn in kein Land außer Spanien ausreisen lassen werden.«

Fosterwood konnte seine Überraschung nicht verbergen, obwohl er sich sehr bemühte.

»Wie meinen Sie das?«, fragte er schließlich.

Lowell lächelte ihn an.

»Ein wie guter Polospieler ist General Pistarini?«

»Er hat Handikap sechs«, sagte Fosterwood, sichtlich erleichtert über den Themenwechsel. »Zum Umkleideraum geht es hier entlang, Craig«, fuhr er fort. »Wollen Sie vorher etwas trinken?«

»Ich glaube, unter den gegebenen Umständen wäre es unklug, Alkohol zu trinken«, erwiderte Craig. »Nach dem Spiel ...«

Als Craig auf das Spielfeld ritt – dessen Rasen gut gepflegt war, jedoch Anzeichen darauf zeigte, dass er häufig benutzt wurde –, sah er, dass das Gebäude mit dem Ziegeldach auch auf der Seite des Polofelds eine Veranda hatte. Offiziere und ihre Frauen saßen an Tischen darauf und warteten auf den Beginn des Spiels.

In das Dachgeschoss war auch ein Balkon eingebaut, der eine bessere Sicht auf das Spielfeld gewährte und offenbar für ranghohe Offiziere und deren Frauen bestimmt war. Vier Tische waren von Schirmen beschattet, doch jetzt waren die Tische unbesetzt.

Und Craig sah auf beiden Seiten des Spielfelds im Abstand von vielleicht dreißig Yards Soldaten in Feldausrüstung und mit Automatikgewehren.

*Perón hat diese Leute wirklich beunruhigt. Was ist, wenn er es schafft, zurückzukehren und das Land wieder zu übernehmen? Was wird das für mich bedeuten?*

*Dein unmittelbares Problem, Craig, mein Junge, besteht darin, nicht vom Pferd zu fallen, während du weit über deine Klasse hinaus spielst. Das ist im Augenblick mehr Anlass zur Sorge.*

*Das ist nicht nur ein erstklassiger Duschraum, sondern es gibt offensichtlich einen sogar noch besseren, der für den Oberbefehlshaber der argentinischen Armee reserviert ist,* dachte Craig Lowell anderthalb Stunden später, als er in einer großen Kabine mit gefliesten Wänden unter einem starken Strahl heißen Wassers stand. *Ich sehe ihn hier nicht, und er brauchte eine Dusche fast ebenso dringend wie ich.*

Fosterwood, jetzt mit Polohemd und Freizeithose, wartete auf ihn im Umkleideraum.

»Sie sind zu bescheiden, Craig«, sagte er. »Von unseren fünf Toren haben Sie zwei erzielt.«

»Gott ist mit den Dummen und Betrunkenen, Ricky, und ich bin für beide qualifiziert.«

Fosterwood lachte herzlich.

*Das war zwar eine witzige Bemerkung, aber so lustig war sie nun auch wieder nicht,* dachte Lowell.

»Das werde ich mir merken müssen«, sagte Fosterwood. »Wenn Sie fertig umgezogen sind, bittet Sie der General, ihm Gesellschaft zu leisten.«

Fosterwood führte ihn dann eine Treppe hinauf zu dem Balkon im Dachgeschoss. Pistarini, wie Fosterwood mit Freizeithose und Polohemd, saß in einem Rohrstuhl an einem der Tische. Bei ihm befanden sich Father Lunsford und ein Mann, der einen Anzug trug, ein rötliches Gesicht hatte und Anfang vierzig war. Glaskrüge mit Bier standen vor Lunsford und dem Mann mit der rötlichen Gesichtsfarbe.

Und zwei Soldaten in Feldausrüstung und mit Automatikgewehren standen in den hinteren Ecken des Balkons, suchten gleichzeitig das Gebiet jenseits davon ab und bemühten sich, so unauffällig wie möglich zu wirken.

Pistarini erhob sich, lächelte und reichte Lowell die Hand.

»Wir haben die Regel, dass jeder, der zwei oder mehr Tore schießt, mit absolut allem, was er wünscht, den Staub des Rittes aus der Kehle spülen darf«, sagte er.

»In diesem Fall werde ich ein großes Glas Wasser nehmen, gefolgt von einem oder vielleicht zwei Glas Ihres ausgezeichneten argentinischen Sekts«, erwiderte Lowell.

Fosterwood machte sich auf den Weg, um den Wunsch zu erfüllen.

»Oh, verzeihen Sie, Hans«, sagte Pistarini auf Deutsch zu dem Mann mit dem rötlichen Gesicht und wechselte dann zu Englisch. »Lieutenant Colonel Lowell, darf ich Ihnen meinen Freund, Oberst Hans-Friedrich Stumpff, den deutschen Militärattaché, vorstellen?«

Lowell erhob sich aus seinem Rohrstuhl.

»Freut mich sehr, Sie kennen zu lernen«, sagte Lowell auf Deutsch.

»Ganz meinerseits, Herr Oberstleutnant. Sind Sie bei der US-Botschaft?«

»Nein, Oberst. Major Lunsford und ich besuchen den Attaché der Army«, erwiderte Lowell, schüttelte Stumpff die Hand und nahm wieder Platz.

»Sie müssen Kavallerist sein«, meinte Stumpff. »Sie sind ein guter Polospieler.«

»Ich bin Panzeroffizier, Oberst. Sie wissen sicherlich, dass unsere Kavallerie jetzt Hubschrauber fliegt.«

»Diese Entwicklung habe ich mit großem Interesse verfolgt«, sagte Stumpff.

»Ich ebenfalls«, warf Pistarini auf Deutsch ein. »Dies ist einer der Punkte, über die ich mit Colonel Lowell sprechen möchte.«

Fosterwood kehrte zurück, gefolgt von einem jungen Soldaten in weißem Jackett, der ein Tablett trug, auf dem Gläser und Sekt in einem Kühler standen.

Als die Gläser gefüllt waren, wurde angestoßen.

»Auf alte Freunde und neue«, sagte Pistarini.

»Sehr richtig«, meinte Fosterwood.

Pistarini nippte an seinem Sekt und blickte dann auf seine Uhr.

»Ich hatte wirklich keine Ahnung, dass es schon so spät ist«, sagte er. »Hans, ich muss mit Colonel Lowell sprechen, und wir beide stehen unter Zeitdruck. Wären Sie mir böse, wenn ich Teniente Coronel Fosterwood bitten würde, Sie und Major Lunsford zur Bar zu begleiten?«

»Überhaupt nicht«, sagte Stumpff und stand sofort auf.

Lunsford blickte fragend zu Lowell, der ihm kaum wahrnehmbar zunickte.

»Ricky, ich nehme an, wir werden noch eine Flasche Sekt brauchen«, sagte Pistarini. »Und sorgen Sie dann dafür, dass wir nicht gestört werden?«

»Jawohl, Sir«, erwiderte Fosterwood.

Als sie fort waren und eine weitere Flasche Sekt in einem Kühler gebracht worden war, sah Pistarini Lowell an.

»Sie hatten meinen Freund Stumpff noch nie zuvor gesehen, nicht wahr, Colonel?«

»Ich hatte nicht das Privileg, ihn zuvor kennen zu lernen.«

»Interessanter Mann«, sagte Pistarini. »Ebenso wie Major Lunsford. Stumpff und ich versuchten, ihn auszuhorchen, doch das führte zu nichts. Was macht er in der Army, Colonel?«

»Er ist Offizier der Special Forces, General.«

»Ich dachte, er ist vielleicht Nachrichtenoffizier.«

»Offizier der Special Forces.«

»Und was genau macht ein Offizier der Special Forces in der U.S. Army?«

»Alle möglichen Dinge, General. Major Lunsford war bis vor kurzem im Kongo.«

»Ich hatte den Eindruck, die US-Regierung leugnet kategorisch die Anwesenheit der US-Streitkräfte im Kongo.«

»Ich glaube, so ist es, General.«

»Aber Sie sagten, der Major war dort?«

»Er infiltrierte die Simba-Armee, die Stanleyville eingenommen hatte. Er spricht Suaheli und trug eine Uniform, die aus dem Rock eines belgischen Offiziers bestand und mit einem Leopardenfell überzogen war.«

Pistarini ließ sich das durch den Kopf gehen, bevor er weitersprach.

»Ihr Deutsch ist fast fließend, nicht wahr?«

»Nicht so gut wie Ihres, General.«

»Haben Sie einige Zeit in Deutschland verbracht?«

»Jawohl, General.«

»Und dort haben Sie unseren gemeinsamen Freund Generalleutnant von Greiffenberg kennen gelernt?«

»Jawohl, General.«

»Darf ich fragen, wie es zu der Bekanntschaft gekommen ist?«

»Meine Frau hat uns vorgestellt, General.«

»Ihre Frau?«, fragte Pistarini überrascht.

»Generalleutnant Graf von Greiffenberg ist mein Schwiegervater, General.«

»Wie interessant! Ich frage mich, warum er das nicht in seinem Brief erwähnt hat. Sie wissen von dem Brief?«

»Er war so gut, ihn mir und Mr Felter zu zeigen, bevor er ihn abschickte, General.«

»Sie hätten Ihre Gattin nach Argentinien mitbringen sollen, Colonel. Es wäre meiner Frau ein großes Vergnügen gewesen, Generalleutnant von Greiffenbergs Tochter unser Land zu zeigen.«

»Meine Frau ist verstorben, General.«

»Oh, mein Beileid.«

»Ein Autounfall in Deutschland, während ich in Korea war«, sagte Lowell.

»Wie tragisch«, sagte Pistarini. »Sie dienten ehrenvoll in Korea, nicht wahr? Erhielten die zweithöchste Tapferkeitsmedaille Ihres Landes.«

Lowell schwieg.

»Und davor wurde Ihnen der griechische Orden von Sankt Georg und Sankt Andreas verliehen.«

Abermals enthielt sich Lowell einer Äußerung.

»Was haben Sie in Griechenland gemacht?«

»Wir versuchten – erfolgreich – zu verhindern, dass die Kommunisten das Land übernahmen.«

»Und Sie wissen anscheinend, dass Coronel Perón in diesem Augenblick versucht, via Brasilien nach Argentinien zurückzukehren. Gestatten Sie einem einfachen Soldaten, all dies zusammenzuzählen. Sie haben offenbar einen Großteil Ihrer Laufbahn damit verbracht, die kommunistische Bedrohung zu bekämpfen.«

»Das ist eine faire Zusammenfassung, General.«

»Wäre es ebenfalls fair von mir, die Schlussfolgerung zu ziehen, dass Sie sowohl eine berufliche als auch persönliche Beziehung zu Generalleutnant von Greiffenberg haben?«

»Ja, das wäre fair.«

»Und ebenso eine berufliche Beziehung zu dem geheimnisvollen Mr Felter?«

»Beruflich und persönlich, General. Er ist mein bester Freund.«

»Für einen einfachen Soldaten legt das nahe, dass Sie ein Nachrichtenoffizier sind, vermutlich von der Central Intelligence Agency.«

»Nein, General. Ich habe keine Beziehung zur CIA.«

»Aber es ist Ihnen natürlich klar, dass ich ein Leugnen einer solchen Beziehung von Ihnen erwarten würde?«

»Würde der General in dieser Sache mein Ehrenwort als Offizier akzeptieren?«

Pistarini neigte sich vor und sah Lowell in die Augen. Dann sank er in seinen Rohrstuhl zurück.

»Ja, das werde ich«, sagte er. »Sie kommen her, bringen einen Offizier mit, einen Offizier der Special Forces, der nach Ihren Worten im Kongo gewesen ist, trotz der kategorischen Erklärung Ihrer Regierung, dass die U.S. Army nicht im Kongo verwickelt ist.«

»Jawohl, General.«

»War die Lage im Kongo Ihrer Ansicht nach kommunistisch gesteuert?«

»Nach meinen Informationen war die Simba-Bewegung spontan, General. Als Moskau davon erfuhr, versuchte man dort, die Simbas mit Waffen und Munition zu unterstützen. Der Umfassungsangriff von Stanleyville durch die belgischen Fallschirmjäger ...«

»Sie wurden von einem Flugzeug der U.S. Air Force abgesetzt«, fiel Pistarini Lowell ins Wort.

»... fand gerade rechtzeitig statt, um ihnen dies unmöglich zu machen«, vollendete Lowell.

»Und jetzt fragt sich dieser einfache Soldat, was hat dies mit Argentinien zu tun?«

»Wir glauben – und ich bin von General von Greiffenberg ermächtigt worden, Ihnen zu erzählen, dass er diesen Glauben teilt –, dass die Kommunisten keineswegs ihre Absichten hinsichtlich Afrika aufgegeben haben.«

»Davon bin ich überzeugt, aber was wollen Sie von Argentinien?«

»Wir glauben ebenfalls, dass ein argentinischer Staatsbürger in Kürze sehr aktiv in erneute Bemühungen, den Kongo unter kommunistische Kontrolle zu bringen, verwickelt sein wird.«

»Das ist für mich schwer zu akzeptieren«, sagte Pistarini. »Welcher argentinische Staatsbürger? Sie sprechen doch nicht von Che Guevara?«

»Die jüngste Information, die ich über Dr. Guevara habe, lautet, dass er Silvester in der kubanischen Botschaft in Bamako, Mali, verbracht hat«, sagte Lowell.

»Vorher war er in Algier. Wir haben Grund zu der Annahme, dass er als Nächstes nach Brazzaville, in den früheren Französisch-Kongo gehen wird.«

»Sind Sie sich dieser Information sicher?«, fragte Pistarini sichtlich überrascht.

»Wir halten die Quelle der Information für absolut zuverlässig, General.«

Pistarini sank auf seinem Stuhl zurück und saß lange schweigend da.

»Selbst wenn es einem einfachen Soldaten nur langsam dämmert, gibt es für gewöhnlich für alles einen Grund«, sagte er schließlich. »Colonel, Sie können dem geheimnisvollen Mr Felter und General von Greiffenberg sagen, sollte Dr. Guevara ein unglücklicher Unfall zustoßen, würde eine volle Ermittlung unseres SIDE – den stellvertretenden Leiter haben Sie auf dem Flughafen kennen gelernt – durchgeführt werden, die zu dem Resultat führen würde, dass nichts, *absolut nichts* Verdächtiges an dem Umständen seines Todes gefunden wurde.«

Er schaute Lowell an und lächelte.

»Und nur zwischen uns, zwischen Pascual und Craig, je eher diesen verabscheuungswürdigen kommunistischen Hurensohn von Antichrist ein schmerzvoller Tod ereilt, desto besser würde mir das gefallen.«

»General«, sagte Lowell, »glauben Sie mir, ich verstehe Ihre Gefühle. Aber Tatsache ist, dass ich hergeschickt worden bin, um Sie dringend zu bitten, dass der verabscheuungswürdige kommunistische Hurensohn und Antichrist am Leben bleibt.«

Pistarini musterte ihn genau. Er zuckte mit den Schultern, nahm die Sektflasche und füllte ihre Gläser.

»Sie sind ein Mann vieler Überraschungen, Colonel«, sagte er. »Wenn Sie sagen, Sie wurden hergeschickt, meinen Sie von Mr Felter?«

»Jawohl, General. Aber General von Greiffenberg weiß von meiner Mission und hat mich ermächtigt, Ihnen zu erzählen, dass er und Mr Felter in diesem Punkt völlig übereinstimmen.«

»Haben sie Ihnen ihre Argumente mitgeteilt? Und wenn ja, sind Sie in der Lage, sie mir mitzuteilen?«

»Sie glauben, General – und ich bin zu dem Schluss gelangt, dass sie Recht haben –, dass ein lebender Guevara weniger Probleme bedeuten wird als ein toter, besonders wenn die Kommunisten behaupten können – nicht beweisen, nur glaubwürdig behaupten –, dass er von faschistischen Kräften ermordet wurde, die verhindern wollten, dass er die Armen und Unterdrückten befreit.«

»Ich werde es schwer haben, dieses Argument Rangio zu verkaufen«, sagte Pistarini.

»Sir?«

»Ich habe laut gedacht«, erklärte Pistarini. »Coronel Francisco Bolla ist der Chef des SIDE, der direkt Präsident Illia unterstellt ist. Mit anderen Worten, Bolla arbeitet für Illia. Teniente Coronel Guillermo Rangio, den Sie auf dem Flughafen kennen gelernt haben, ist der stellvertretende Leiter. Er arbeitet für mich. Meine Befehle an ihn lauten, dass Dr. Guevara nicht lebend nach Argentinien zurückkehren darf, trotz gegenteiliger Befehle, die er von jemand anderem haben mag.«

Lowell schwieg.

Pistarini trank sein Glas leer.

»Jetzt möchte ich wirklich einen doppelten Scotch«, sagte er. »Aber wie Sie wissen, habe ich im Moment ein anderes Problem am Hals ...« Er legte eine Pause ein. »Haben Sie ernst gemeint, was Sie zu Fosterwood gesagt haben? Dass Sie fünf zu eins wetten, dass Brasilien ihn nicht hierhin ausreisen lassen wird?«

»Ich habe aus der Position des Unwissenden gewettet, General«, erwiderte Lowell. »Wenn ich die Brasilianer wäre, würde ich ihn nicht nach Argentinien ausreisen lassen.«

»Lehrt man in der U.S. Army ›unterschätze niemals deinen Feind‹, Colonel?«

»Jawohl, General.«

»Wenn Sie und Major Lunsford heute noch nichts für das Abendessen geplant haben, würde es mich sehr freuen, wenn Sie mit Coronel Rangio und mir dinieren würden.«

»Es wäre uns eine Ehre, General«, sagte Lowell. »Wo und wann?«

»So gegen zweiundzwanzig Uhr«, sagte Pistarini. »Ich nehme an, bis dahin sollte ich einige Informationen haben, wie die Dinge in Brasilien laufen. Wäre zehn zu spät für Sie?«

»Nein, Sir. Kleidung?«

»Dies wird sehr zwanglos sein«, sagte Pistarini.

»Jawohl, General.«

»Und was den Ort anbetrifft, den wird der Fahrer wissen. Wenn es Ihnen nichts ausmacht, würde es für mich die Dinge erleichtern, wenn Sie von einundzwanzig Uhr dreißig an im Circulo Militar wären – oder im Wagen, in dem es ein Funkgerät gibt.«

»Jawohl, Sir.«

Pistarini erhob sich schnell.

»Und wenn Sie mich entschuldigen wollen, bevor ich der Versuchung nachgebe und den Rest des Sekts trinke?«

Lowell sprang auf.

»Vielen Dank, General«, sagte er.

»Ich werde einen Adjutanten mit dem Major und Oberst Stumpff hier raufschicken, und Sie können den Sekt zu Ende trinken«, sagte Pistarini und verließ den Balkon.

Beide Soldaten mit den Automatikgewehren folgten ihm.

## 2

*Circulo Militar*
*Plaza San Martin*
*Buenos Aires, Argentinien*

*3. Januar 1965, 21 Uhr 05*

»Würden Sie bitte nachsehen, wer das ist, Major Lunsford?«, fragte Lieutenant Colonel Craig Lowell. »Ihr geliebter Colonel ist abgeschlafft, und ihm tut der Hintern weh.«

Lunsford stemmte sich aus seinem Lehnstuhl auf und ging zur Tür der Suite. Ein älterer Steward mit weißem Jackett hielt ihm ein silbernes Tablett hin. Darauf lag eine Visitenkarte. Lunsford nahm sie.

»Geliebter abgeschlaffter Colonel, Sir«, rief er über die Schulter, »Mr J. F. Stephens ist unten und wünscht eine Audienz mit Ihnen.«

»Wer?«

»Laut dieser Karte ist Mr Stephens der Verwaltungsoffizier für Unterkunft und Sanitätsdienste des Information Service der Vereinigten Staaten.«

»Allmächtiger!«, stieß Lowell hervor.

»Er möchte Sie vermutlich über Termingeschäfte befragen.«

»Lassen Sie ihn heraufkommen«, sagte Lowell.

Als Mr Stephens die Suite betrat, war unmöglich zu sagen, ob er ein alt aussehender Fünfundzwanzigjähriger oder ein jung aussehender Fünfunddreißigjähriger war. Er war etwa einssiebzig, war blass und hatte schütteres Haar, und sein Seersucker-Anzug musste gebügelt und seine Schuhe besohlt und geputzt werden.

»Mein Name ist Lowell, Mr Stephens«, rief Lowell aus seinem roten Ledersessel. »Sie wollen mich sprechen?«

Stephens ging zu ihm und überreichte ihm ein verknittertes Blatt Papier aus einem Fotokopiergerät.

»Man hat mich gebeten, Ihnen das zu überbringen, Colonel«, sagte er. Seine Stimme klang, wie er aussah: weich, harmlos und äußerst müde.

*Offenbar stammt das aus einem* gesicherten *Fotokopiergerät*, dachte Lowell und begann zu lesen.

SECRET

Central Intelligence Agency
Langley, Virginia

Von: Stellvertretender Verwaltungsdirektor

Datum: 3. Januar 1965 1005 GMT

Betrifft: Guevara, Ernesto (Aktennotiz # 11.)

An: Mr Sanford T. Felter
Berater des Präsidenten
Zimmer 637, The Executive Office Building
Washington, D.C.

Per Kurier

Gemäß präsidentschaftlicher Aktennotiz vom 14. Dezember 1964 an den Direktor betreffend ›Ernesto ›Che‹ Guevara‹ und angesichts der Tatsache, dass der Betreffende gebürtiger argentinischer Staatsbürger ist, wird folgende Information geliefert:

(Zuverlässigkeitsstufe fünf) (Von CIA Rio de Janeiro, Brasilien) Unter Androhung des Verlustes brasilianischer Landerechte bei Nichtbefolgung wurde dem Piloten des Flugzeuges der

Iberian Airlines, das den ehemaligen argentinischen Präsidenten Juan D. Perón nach Rio flog, von der brasilianischen Luftwaffe befohlen, mit Perón und Gefolge an Bord nonstop nach Madrid zu fliegen.

(Zuverlässigkeitsstufe fünf) (Von CIA Rio) Perón und Gefolge wurden durch Behörden der brasilianischen Luftwaffe an Bord des Flugzeugs der Iberian Airlines gebracht, und über 100 Vertretern der Presse, die offenbar über Peróns Anwesenheit von unbekannter Seite informiert worden waren und sich auf dem Flugplatz versammelt hatten, wurde der Zutritt verweigert. Das Flugzeug flog pünktlich mit Perón und Gefolge, davon drei Personen bewaffnet, als einzigen Passagieren ab.

(Zuverlässigkeitsstufe zwei) (Von CIA Rio) Brasilianisches Militärflugzeug (vermutlich eine DC-8) wird das Flugzeug der Iberian Airlines über dem Atlantik bis zur Gefahrenmitte begleiten.

(Zuverlässigkeitsstufe fünf) (Von CIA Buenos Aires, Argentinien) Grenzen werden von verstärkten Behörden der Armee verschärft bewacht. Argentinischer Außenminister Miguel A.Z. Ortiz bezeichnete Peróns Reise als ›ein Manöver in einer Kampagne der Provokation und Subversion‹.

*Howard W. O'Connor*
HOWARD W. O'CONNOR

SECRET

»Danke, Mr Stephens«, sagte Lowell und gab das Dokument Father Lunsford. »Können wir uns bei Ihnen mit einem kleinen Getränk Ihrer Wahl revanchieren?«

»Im Augenblick hätte ich liebend gern einen Martini«, sagte Stephens zu Lowells und Lunsfords Überraschung. »Es war ein lausiger Tag für mich.«

»Major Lunsford ist – abgesehen von seinen vielen anderen Talenten – bekannt dafür, großartige Martinis zu mixen«, sagte Lowell. »Seien Sie bitte so gut, Major Lunsford?«

»Nehmen Sie bitte Platz«, sagte Lowell dann zu Stephens.

»Danke.«

Stephens setzte sich auf die Kante einer Couch.

*Er sieht wie ein nicht gerade hoffnungsvoller Bewerber für einen Job als Vertreter für Lebensversicherungen aus*, dachte Lowell.

»Cleveres Kerlchen, das ich bin, obwohl ich mich im Augenblick ziemlich mies und groggy fühle, folgere ich, dass Sie Zugang zu einem gesicherten Kopiergerät haben.«

»Ich glaube, da gibt es eines irgendwo in der Botschaft, Colonel.«

»Ich habe befürchtet, dass Sie das sagen werden, Mr Stephens«, sagte Lowell.

Er stemmte sich aus seinem Lehnsessel auf, stöhnte vor Schmerzen nach seinen Blessuren vom Polospiel auf, ging in sein Schlafzimmer und kehrte kurz darauf mit einem Kuvert zurück, das er Stephens überreichte.

HEADQUARTERS

United States Strike Command
McDill Air Force Base, Tampa, Florida

28. Dezember 1964

Special Order
Nr. 360

AUSZUG

6. Lt. Col. LOWELL, C.W., dieses Hq, und Maj. LUNSFORD, G.W. Hq USASWC Ft. Bragg, N.C., werden in Buenos Aires, Argentinien, und denjenigen anderen Orten, die wegen ihrer Mission erforderlich sind, für einen Zeitraum nicht über 30 Tage vorübergehend verwendet. Reise per Luft durch US-Regierung und zivile Luftfahrtgesellschaften, per Land und See ist genehmigt. Beide Betreffende sind im Besitz einer TOP SECRET-Unbedenklichkeitsbescheinigung und sind berechtigt, Material bis zu TOP SECRET über Einrichtungen der US-Regierung zu übermitteln. Betreffende werden während dieser vorübergehenden Verwendung unter dem Kommando ihrer jeweiligen Einheit bleiben.

AUSZUG

Bestätigt:

Rupert K. McNeil
Brigadier General

»Haben Sie irgendwelche Probleme, die letzten beiden Sätze unserer Befehle zu verstehen?«, fragte Lowell.

Stephens verneinte das mit einem Kopfschütteln.

»Ich schaute vor einer Stunde bei der Botschaft vorbei«, sagte Lowell, »und wünschte den militärischen Offizier vom Dienst zu sehen. Man verwies mich an einen Captain der Air Force. Ich zeigte ihm die Befehle und sagte ihm, dass ich eine kurze Botschaft, als geheim erklärt, abschicken müsse, ob er das für mich tun würde. Und er tat es nicht. Sagte, er könne das nicht. Sagte, der Verteidigungsattaché müsse alle als geheim eingestuften Botschaften abzeichnen, und der sei erst am nächsten Morgen erreichbar. Meine ganze Überredungskunst stieß auf taube Ohren.«

»Ich glaube, ich kann jemanden finden, der Ihre Botschaft abschickt, Colonel«, sagte Mr Stephens.

Father kehrte mit dem Martini ins Wohnzimmer zurück.

»Mr Stephens wird unsere Botschaft abschicken«, sagte Lowell.

»Was ist denn mit dem Verteidigungsattaché?«, erkundigte sich Lunsford. »Gemeiner Trick. Wir können keine Botschaft ohne seine Billigung schicken, und er ist nicht erreichbar, um seine Billigung zu geben.«

»Sein Name ist McGrory«, sagte Stephens. »Er möchte jeden Vorgang wissen.«

Lowell gab ihm ein Blatt Papier. »Dies ist die Botschaft.«

»Darf ich sie lesen?«

»Wie nett von Ihnen, zu fragen! Ich weiß, wenn ich Sie nur ansehe, dass jemand wie Sie es sich nicht im Traum einfallen lassen würde, die Post anderer Leute zu lesen.«

Die Andeutung eines Lächelns spielte um Stephens' dünne Lippen.

**SECRET**

*An: White House Signal Agency*
*Buenos Aires 1900 3 Jan*
*Mr Sanford T. Felter*
*Zimmer 637, Executive Office Building*

*Ich habe heute Nachmittag mit Peters Freund Polo gespielt, und er spendiert Father und mir später ein Abendessen. Es widerstrebt ihm, über eine Lebensversicherung zu reden, aber wir werden ihn bearbeiten.*

*Craig*

**SECRET**

»Ich bin mir ziemlich sicher, dass ich dies für Sie abschicken kann, Colonel«, sagte Stephens.

»Heute Abend?«

»Es würde mich nicht überraschen, wenn es binnen einer Stunde im Executive Office Building eintreffen würde.«

»Sie sind ein erstaunlicher Mann«, sagte Lowell. »Was würde das Land nur ohne die U.S. Information Agency anfangen?«

Stephens stand auf und trank sein Martiniglas leer.

»Und ohne Sie«, sagte er. »Die meisten der Leute, die Sie heute Nachmittag Polo spielen sahen, konnten nicht glauben, dass Sie Amerikaner sind.«

Dann nickte er Lunsford zu und verließ die Suite.

## 3

*Circulo Militar*
*Plaza San Martin*
*Buenos Aires, Argentinien*

*3. Januar 1965, 23 Uhr 05*

Lieutenant Colonel Craig W. Lowell und Major George Washington Lunsford schliefen beide im Wohnzimmer ihrer Suite in Sesseln, als der Fahrer des Buick kam und in britisch akzentuiertem Englisch ankündigte, dass General Pistarini ihnen beim Abendessen Gesellschaft zu leisten wünschte, wenn es ihnen passe.

Der Buick, dem wieder der schwarze Ford Falcon folgte, fuhr dann zwischen den Hochhäusern der Innenstadt von Buenos Aires, überquerte die Avenida de 9. Julio, angeblich die breiteste Avenue der Welt, passierte das Opernhaus Colón und fuhr dann wieder zwischen hohen Bürogebäuden entlang.

»Für Ihren allgemeinen Fundus an kulturellem Wissen, Major Lunsford«, sagte Lowell, »dieses Gebäude ist das Opernhaus Colón, erbaut 1896-99, und es ist größer als die Pariser und Wiener Oper zusammen.«

»Sie sind ein Füllhorn an Informationen, nicht wahr, *mi coronel*?«

»Da lag ein Buch auf Englisch mit allerlei Informationen über Buenos Aires in meinem Badezimmer. Sind Sie zufällig ein Opernfan, Major Lunsford? An diesem Mittwoch wird *Der fliegende Holländer* gegeben.«

»Würde es Sie überraschen, wenn ich Ihnen sagte, *mi coronel*, dass *Der fliegende Holländer* eine meiner Lieblingsopern ist?«

»Nichts von Ihnen würde mich überraschen, Major«, sagte Lowell.

Er warf einen Blick aus dem Fenster und sah, dass sie kehrtgemacht hatten und zurück zum Lichterglanz der Avenida de 9. Julio fuhren.

Dann wurde der Buick plötzlich abgebremst und bog von der Straße in etwas, das wie der Lieferanteneingang eines der Bürogebäude wirkte. Das Scheinwerferlicht erfasste zwei uniformierte Soldaten, die mit 9mm Uzi-Maschinenpistolen bewaffnet waren.

Es ertönte ein elektrisches Surren, und dann begann sich das breite Eisentor zur Straße zu schließen. Als es fast zu war, leuchteten Scheinwerfer auf, und Lowell sah, dass der schwarze Falcon, der ihnen gefolgt war, neben dem Buick hielt.

Und dann sah er Teniente Coronel Fosterwood in Uniform über eine Treppe in der Laderampe zum Wagen kommen. Der Fahrer des Buick schaffte es kaum, vor ihm an der Wagentür zu sein und sie zu öffnen.

»Ah, Craig, verzeihen Sie, dass wir so spät sind«, sagte Fosterwood. »Ich hörte, die Amerikaner essen gar zu der Zeit zu Abend, die wir als Nachmittag bezeichnen.«

»Ehrlich gesagt, Ricky, wir haben soeben diesen herrlichen Korb mit Obst leer gefuttert«, sagte Lowell. Sie schüttelten sich die Hände.

Fosterwood winkte sie zu der Treppe auf die Ladefläche und über einen Gang zu einem Aufzug und hinein.

Der Mann, der den Aufzug bediente, hielt eine Uzi unter dem Arm.

Der Lift hielt, und Fosterwood führte sie über einen getäfelten Flur, in dem ein weiterer Mann mit einer Maschinenpistole stand, und winkte sie durch eine doppelflügelige Tür.

Sie gelangten in ein Büro. Der große, stämmige Mann, der sie auf dem Flugplatz Ezeiza abgeholt hatte, saß hinter einem mit Schnitzereien verzierten Schreibtisch. An der Wand dahinter befanden sich in einer Glasvitrine zwei argentinische Flaggen zu beiden Seiten eines antiken Schwerts – nein, eines Kavalleriesäbels, korrigierte Lowell sich.

Auf dem Schreibtisch standen eine Flasche Johnny Walker Black Label und eine Karaffe mit Wasser.

»Guten Abend, Gentlemen«, sagte General Pascual

Angel Pistarini und erhob sich aus einem Ledersessel. »Danke, dass Sie uns Gesellschaft leisten.«

Er streckte seine Rechte aus. In der Linken hielt er ein großes Glas, gefüllt mit etwas Dunklem, das vermutlich aus der Flasche auf dem Schreibtisch des SIDE-Mannes stammte.

»Wir fühlen uns geehrt, hier zu sein, General«, erwiderte Lowell und schüttelte Pistarinis Hand.

»Lassen Sie mich zuerst offiziell Teniente Coronel Guillermo Rangio vorstellen, den stellvertretenden Leiter des SIDE«, sagte Pistarini. »Sie haben diese Gentlemen beide kennen gelernt, Guillermo.«

Rangio erhob sich hinter dem großen Schreibtisch und reichte Lowell und Lunsford wortlos die Hand.

»Nachdem wir das hinter uns haben, finde ich, dass wir uns unter den gegebenen Umständen mit unseren Vornamen ansprechen sollten, oder besser noch, mit unseren – wie sagt ihr – ›Spitznamen‹?«

Craig Lowell fühlte sich sofort an Bad Nauheim in Deutschland im Jahre 1946 zurückversetzt, als Major General Porterman K. Waterford, der befehlshabende General der U.S. Constabulary, seine neu gebildete Polomannschaft in einem Stall versammelt hatte.

»Gentlemen, auf dem Polospielfeld werden wir ein wenig auf die militärische Höflichkeit verzichten«, sagte Waterford. »Ich werde Sie mit Ihren Vornamen oder Spitznamen anreden, was auch immer Sie vorziehen, und Sie können mich Ihrerseits entweder mit ›Sir‹ oder ›General‹ ansprechen.«

Damals hatte Lowell gelacht, und auch jetzt konnte er ein Lachen kaum unterdrücken. Niemand in diesem Raum würde Pistarini ›Pascual‹ nennen.

»Craig weiß, dass Ricky Ricky ist, Willi«, sagte Pistarini zu Rangio. »Aber ich weiß nicht, wie Major Lunsford von seinen Freunden genannt wird.«

»Father, Sir«, sagte Lunsford.

Pistarinis Miene nahm einen härteren Zug an. »Bezeichnet man so nicht auf Englisch Priester?«

»Jawohl, Sir«, sagte Lunsford. »Aber in meinen Fall bezieht es sich auf meinen Vornamen George Washington, wie in ›Father of his Country‹, also Landesvater.«

»Ich verstehe«, sagte Pistarini, sichtlich erleichtert. »Nun, denn, Father, so werden wir Sie nennen, natürlich nur, wenn Sie es erlauben.«

»Es würde mir eine Ehre sein, Sir«, sagte Father.

Fosterwood stieß Lowell mit dem Arm an, und als Lowell zu ihm blickte, überreichte er ihm eines der Gläser. Dann gab er Lunsford ein anderes.

»Ich dachte mir, wir sollten auf den erfolgreichen transozeanischen Flug eines Mannes trinken, der einst hinter diesem Schreibtisch gesessen hat«, sagte Pistarini. »Haben Sie davon gehört, Craig?«

»Jawohl, Sir. Haben Sie gehört, General, dass die brasilianische Luftwaffe das Flugzeug bis zur Gefahrenmitte begleitet?«

»Nein, das war mir unbekannt«, gab Pistarini zu.

*Und das weckt deine Aufmerksamkeit, nicht wahr, Willi?*, dachte Lowell.

»Würden Sie sagen, Craig, dass Ihre Regierung etwas mit der Abreise des Mannes, über den wir sprechen, zu tun hat?« Pistarini sah Lowell fragend an.

»Ich weiß es nicht, Sir. Aber ich bezweifle es. Wir wollen ihn ebenso wenig wieder hier haben wie Sie.«

»Lassen Sie uns auf seinen erfolgreichen transozeanischen Nonstopflug trinken.« Pistarini hob sein Glas.

Darin befand sich nichts außer Johnny Walker und Eis, und von Letzterem nicht viel.

»Wir werden völlig offen zu Ihnen sein, Craig, in der Annahme, dass Sie es auch zu uns sind.«

»Jawohl, Sir.«

»Dies ist das Büro des stellvertretenden Leiters des SIDE«, sagte Pistarini. »Willis Büro. SIDES Direktor, der selten ein Berufsoffizier des Nachrichtendienstes gewesen ist, dient dem Präsidenten und hat sein Büro in der Casa Rosado, Ihrem Weißen Haus, in der Nähe des Büros des Präsidenten. Die stellvertretenden Leiter des SIDE –

einschließlich Willi – sind für gewöhnlich Berufsoffiziere des Nachrichtendienstes, die dem Oberbefehlshaber der Armee dienen.«

Er ließ das einwirken, bevor er fortfuhr.

»Der Direktor des SIDE kommt sehr selten in dieses Gebäude. Sehr wenige Leute tun das. Willi und ich haben vorhin miteinander gesprochen und wir denken wirklich, dass Sie und Father die ersten Amerikaner sind und höchstwahrscheinlich die ersten ausländischen Offiziere, die jemals hier waren, wo Sie jetzt sind.«

»Dann ist es eine Ehre für uns, Sir.«

»In diesem Büro gibt es zwei Symbole für das, was in Argentinien großartig und was sehr, sehr schmachvoll und schlimm für das Land gewesen ist«, sagte Pistarini. »Der Säbel ist der von General Simón Bolívar. Er war, und Sie werden mir sicherlich zustimmen, ein großer Mann, der unter Einsatz seines Lebens, seines Reichtums und seiner Ehre große Dinge nicht nur für Argentinien, sondern auch für die gesamte westliche Hemisphäre getan hat.«

»Er ist auch einer unserer Helden, Sir«, warf Lowell ein. »Einer von General MacArthurs vertrauenswürdigsten Lieutenants war der spätere General Simón Bolívar Buckner.«

»Das habe ich gehört«, sagte Pistarini. »Das andere Symbol ist der Schreibtisch, hinter dem Willi sitzt. Er wurde früher von Juan Domingo Perón benutzt.«

»Ich weiß nicht, was ich sagen soll, allenfalls, dass es ein wunderschöner Schreibtisch ist.«

»Es gibt viele schöne Objekte in Argentinien, Craig«, sagte Pistarini. »Leider dachte Perón – denkt es vermutlich immer noch –, dass sie alle ihm und/oder der Frau gehörten, die er geheiratet hat.«

Er durchquerte das Büro und zog eine Tür auf.

»Ich finde, dies sollten Sie sehen, und ich hoffe, Sie werden es niemandem weitererzählen.«

Lowell und Lunsford gingen durch das Büro in den kleinen Nebenraum.

»Vermutlich gibt es keine hundert Argentinier, die dies wissen«, sagte Pistarini. »Doch hier, nachdem Gott Mitleid mit Argentinien hatte und Evita aus unserer Mitte entfernte, bewahrte der SIDE sechs Wochen lang ihren Leichnam auf. Perón ließ sie besonders einbalsamieren – dafür bestellte er einen spanischen Experten her –, nach der Art und Weise, wie Lenin einbalsamiert wurde, und die Peronisten hatten vor, ein gewaltiges Monument für Señora de Perón zu errichten, in dem ihre Leiche ständig zu besichtigen sein würde.«

»Davon habe ich noch nie etwas gehört«, sagte Lowell.

»Wir waren uns im Klaren, dass sehr wenig getan werden konnte, um den Rummel um ihre Leiche zu stoppen, wenn erst die Parasiten um Perón an ihre Leiche herangekommen wären. Um das zu verhindern, übernahmen wir die Kontrolle über den Leichnam. Ein junger Major des SIDE erhielt den Befehl, die sterblichen Überreste mit dem Einsatz seines Lebens zu bewachen.«

Lowell war sich plötzlich ziemlich sicher, dass Pistarini von Willi Rangio sprach.

»Die Neugier überwältigt mich fast, General.«

»Sie fragen sich, wo die Leiche jetzt ist? Ich hoffe, Sie können Ihre Neugier zügeln, Craig. Ich bezweifle, dass Sie es wissen müssen, aber ich werde es Ihnen erzählen, wenn Sie danach fragen.«

»Ich werde nicht danach fragen, Sir. Verzeihen Sie mir.«

»Ich habe Ihnen unsere Geheimnisse erzählt und ich hoffe, Sie werden uns beim Essen Ihre anvertrauen«, sagte Pistarini.

Er führte Lowell am Arm zurück durch Rangios Büro in einen anderen Raum, wo ein Tisch für das Abendessen gedeckt war.

Ein stämmiger Mann mit weißem Jackett über der Uniformhose diente als Kellner. Er erinnerte Lowell sehr an Master Sergeant Doubting Thomas. Ein alter Soldat, dem man absolut vertrauen konnte, dass er jeden Befehl ausführte, den man ihm gab.

»Da ist natürlich Wein«, sagte Pistarini, während er sie

mit einer Geste aufforderte, Platz zu nehmen, »ein sehr guter Merlot aus Mendoza, aber wenn Sie einen weiteren Whisky vorziehen …«

»Der Wein wird prima sein, Sir.«

»Und Sie haben noch nicht den ersten Scotch ausgetrunken. Sie beide nicht.«

Es war ein Tadel, wenn auch taktvoll formuliert.

»Spare in der Zeit, so hast du in der Not, General«, sagte Lowell, hob sein Glas und trank es leer. Father tat das Gleiche.

Der alte Soldat füllte ihre Weingläser.

Dann servierte er den ersten Gang. Schinkenröllchen mit Melonenscheiben.

»Köstlich«, sagte Lowell. »Argentinisch?«

»O ja«, sagte Willi Rangio. »Sagen Sie, Craig, würde Sanford T. Felter dies essen?«

Es waren seine ersten Wort an diesem Abend. Sein Englisch war perfekt, ohne einen erkennbaren Akzent, weder britischen noch amerikanischen noch irgendeine Variation dieser beiden.

»Ob er den Schinken essen würde, meinen Sie, Willi? O ja. Und mit Wonne. Ist er Jude? Wenn Sie das fragen, ja, das ist er.«

»Ist er von der CIA?«, fragte Rangio.

»Nein, das ist er nicht. Eigentlich, Willi, kann ich mir denken, dass sein Dienst sehr Ihrem ähnelt. Haben Sie hier die Militärakademie absolviert?«

»Alle argentinischen Offiziere haben das.«

»Die meisten Amerikaner nicht. Ich bin kein Absolvent der Militärakademie. Father ist keiner. Felter ist West Pointer.«

»Er ist nicht im Militärregister aufgeführt«, sagte Fosterwood.

»Das wusste ich nicht«, erwiderte Lowell. »Aber es überrascht mich nicht. Jedenfalls ist Felter ein dienender Offizier. Ein Voll-Colonel.«

»Sie haben General Pistarini gesagt, er sei Ihr bester Freund«, sagte Rangio, und es klang wie eine Frage.

»Ja, das ist er«, sagte Lowell und aß ein Stück Melone mit Schinken. »Wirklich köstlich«, lobte er.

»Erzählen Sie uns, wie Sie ihn kennen gelernt haben«, forderte Rangio ihn auf.

»Ich war ein sehr junger Offizier in Griechenland, ein Second Lieutenant. Felter war dort als First Lieutenant. Er hatte im Krieg gegen Deutschland gedient. Er rettete mir das Leben.«

»Wie?«, fragte Fosterwood.

»Das ist eines meiner Geheimnisse«, sagte Lowell, blickte zu Pistarini und fuhr dann fort: »Ich diente bei einer griechischen Kompanie an der albanischen Grenze. Wir wurden von Kommunisten angegriffen, griechischen und albanischen, und fast aufgerieben. Ich hatte schlimme Schussverletzungen und es gab andere Verwundete. Eine griechische Einheit zum Einsatz unter dem Kommando eines amerikanischen Captains wurde geschickt – übrigens ein West Pointer –, um uns zu verstärken. Dieser ›Offizier‹ sagte sich, dass die Umstände – fünfzig tote und dreißig verwundete Griechen, fünfzehn unverwundete Männer und ein Second Lieutenant – nicht rechtfertigten, die Einheit der Gefahr feindlichen Feuers auszuliefern, bei dem er selbst getroffen werden könnte.«

»Und was geschah?«, fragte Pistarini.

»Felter tat, was ein ehrenhafter Offizier unter den gegebenen Umständen für nötig gehalten hätte«, sagte Lowell sachlich. »Er erschoss den Captain, übernahm das Kommando und rettete mir die Haut, wie es so schön heißt.«

»Diese Geschichte hatte ich noch nicht gehört«, platzte Father heraus.

»Und Sie werden sie vermutlich nicht mehr hören«, sagte Lowell. »Sie ist nicht zum Wiederholen. Dies ist eine Ausnahmesituation.«

»Er war also Nachrichtenoffizier, als Sie in Griechenland waren?«, fragte Rangio.

»Nein«, sagte Lowell. »Nach der Zeit in Griechenland

hatte er mit dem Nachrichtendienst zu tun – eigentlich mit dem Spionageabwehrdienst. In Deutschland. Vermutlich weil er Deutsch sprach.«

»Ich hörte, dass Sie viele deutsche Juden in Deutschland hatten, die Nazis zur Strecke gebracht haben«, sagte Rangio.

»Das hatten wir, aber nicht zu Beginn. Felter hatte es mit den Kommunisten zu tun.«

»Und meinen Sie, er hatte eine Verbindung mit der Organisation Gehlen?«, fragte Pistarini fast unschuldig.

»Die hatte er und die hat er, General«, sagte Lowell.

»Darf ich fragen, was diese Organisation Gehlen ist?«, erkundigte sich Fosterwood.

»Wissen Sie das wirklich nicht, Ricky?« fragte Pistarini.

»General, ich bin nur ein einfacher Soldat«, sagte Fosterwood.

»General Gehlen war der Offizier der Abwehr, der unter Admiral Canaris für den östlichen, den russischen Nachrichtendienst verantwortlich war«, erklärte Pistarini. »Als der Krieg vorüber war, bot er an, seine gesamte Organisation den Amerikanern zu übergeben, unter der Bedingung, dass sie keinen seiner Männer beim Entnazifizierungs-Programm verfolgen.«

»Und wir haben zugestimmt?«, fragte Father ungläubig. »Um einige Nazis laufen zu lassen?«

Lowell nickte.

»Entweder Eisenhower oder Präsident Truman – vermutlich Truman, niemand sonst hätte die Macht dazu gehabt – entschied, dass wir uns Gehlens Angebot nicht entgehen lassen konnten.«

Der Kellner, der Lowell an Doubting Thomas erinnerte, räumte die Teller für Schinken und Melone ab, trug große Stücke Filet Mignon auf und füllte die Weingläser auf.

Als er fertig serviert hatte und sich entfernte, fragte General Pistarini: »Und so wurde Mister – Colonel – Felter mit General von Greiffenberg bekannt?«

»In gewisser Weise, General«, antwortete Lowell. »Felter erfuhr, dass mein Schwiegervater in Sibirien war, mit ein paar Tausend anderen deutschen Kriegsgefangenen, deren Freilassung von den Russen niemals geplant war. Er arrangierte für die Organisation Gehlen, ihn herauszuholen.«

»Weil er Ihr Schwiegervater war?«, fragte Rangio.

»Es war eine glückliche Nebenerscheinung, ihn herauszuholen«, sagte Lowell. »Ich glaube – und Felter hat mir das erzählt –, dass er die Mühe rechtfertigen konnte, weil von Greiffenberg, dessen Leumundszeugnis als Anti-Nazi einwandfrei ist, genau wusste, was im Wald bei Katyn geschah.«

»Wald bei Katyn?« Fosterwood blickte Lowell fragend an.

»Als die Rote Armee gen Polen marschierte« erklärte Lowell, »brachte sie einen großen Teil des Offizierskorps der polnischen Armee, Tausende, einschließlich einiger Hunderte junger Offizierskadetten, in den Wald bei Katyn, schoss ihnen in den Hinterkopf und begrub sie in ungekennzeichneten Massengräbern. Und dann, als es herauskam, versuchte sie, es den Deutschen in die Schuhe zu schieben.«

»Woher wusste Felter, was im Wald bei Katyn geschah?«, wollte Rangio wissen. »Dass General von Greiffenberg davon Kenntnis hatte?«

»Während sich General von Greiffenberg – damals Oberst – während des Krieges von einer Verwundung erholte, leitete er ein Kriegsgefangenenlager für amerikanische Offiziere. Er brachte einig davon in den Wald bei Katyn und ließ sie nach den Beweisen selbst beurteilen, wer für das Massaker verantwortlich gewesen war.«

»Angesichts all der Beweise kann ich nicht verstehen, warum so viele Leute sich weigern, die Wahrheit über die Russen zu glauben«, sagte Rangio.

Pistarini sah ihn kopfschüttelnd an. »Willi, wie viele Argentinier weigern sich, die Wahrheit über Perón und seine Frau zu glauben, trotz der Beweise?«

Rangio zuckte mit den Schultern.

Lowell fuhr fort: »Ich glaube auch, dass Felter und vielleicht Gehlen der Meinung waren, dass von Greiffenberg mit seinem tadellosen Leumund als Anti-Nazi plus seiner russischen Erfahrungen fast mit Sicherheit einen hohen Rang in der deutschen Armee einnehmen, vielleicht sogar Chef des Nachrichtendienstes werden würde. Es war kostspielig, ihn herauszuholen; sie mussten sich das sorgfältig überlegen. Aber um deine grundsätzliche Frage zu beantworten, Willi, sie holten ihn nicht aus Sibirien heraus, weil er mein Schwiegervater war.«

»Ich wollte nicht andeuten ...«

Lowell winkte ab und fuhr fort: »Jedenfalls kam der Koreakrieg, und Felter, inzwischen ein Nachrichtenoffizier, ging dorthin.«

»Es muss hart sein, ein Nachrichtenoffizier zu sein, wenn man nicht die Sprache kennt«, dachte Rangio laut.

»Felter sprich Koreanisch«, sagte Lowell. »Und Russisch. Und Griechisch. Und Vietnamesisch. Und ...«

»Spanisch?«, fragte Pistarini.

»Ich habe ihn nie gefragt, aber es würde mich nicht überraschen. Eigentlich würde ich darauf wetten.«

»Er ist also wie Ihr General Vernon Walters?«, fragte Pistarini.

(Lieutenant General Vernon Walters, USA, der viel von seiner Laufbahn als Dolmetscher für ranghohe Militärs und Regierungsbeamte bei internationalen Konferenzen auf hoher Ebene verbrachte, war später Botschafter der Vereinten Nationen.)

Lowell sah ihn überrascht an.

»Ich habe den General in Washington kennen gelernt«, sagte Pistarini. »Ein erstaunlicher Mann. Ich hörte, er braucht eine Sprache nur ein paar Stunden zu hören und kann sie sprechen.«

»Ich weiß nicht, ob Felter so gut wie General Walters ist, aber er kommt nahe daran«, sagte Lowell.

»Und so hat er seine – wie soll ich sagen – gegenwärtige Position erreicht? Als Linguist?«

»So in dieser Art«, sagte Lowell. »Als Eisenhower gewählt wurde, ging er vor seiner Amtseinsetzung nach Korea. Felter fungierte als sein Dolmetscher, und als Ike Korea verließ, saß Felter mit ihm im Flugzeug. Und seither ist er ein Berater des Präsidenten. Nach Eisenhower der Berater von Kennedy und nach Kennedy der von Johnson.«

»Aber Sie würden mir zustimmen, nicht wahr, dass er mehr als ein Dolmetscher des Präsidenten ist?«, fragte Pistarini.

»Ich glaube, das wäre eine faire Behauptung«, erwiderte Lowell.

»Und weiß Präsident Johnson von der Entscheidung, die er und General von Greiffenberg in punkto Dr. Guevara getroffen haben?«, erkundigte sich Pistarini.

»Es war Colonel Felters Empfehlung, Sir. Präsident Johnson war mit der Logik einverstanden. Felter wurde beauftragt, von Greiffenberg die Entscheidung des Präsidenten mitzuteilen, und er nahm mich mit, um ihn von deren Klugheit zu überzeugen. Es gab keine Debatte – von Greiffenberg und Felter stimmen völlig darin überein, dass es in jedermanns bestem Interesse ist, Guevara am Leben zu erhalten.«

»Und Sie sind in der gleichen Art Mission hier?«

»Jawohl, Sir, wie ich Ihnen gesagt habe.«

»Wenn Sie persönlich entscheiden könnten, Father, wie würden Sie dann das Problem Dr. Guevara anpacken?«, fragte Pistarini.

»Ich bin Soldat, General«, sagte Father. »Ich tue, was man mir befiehlt, aber wenn ich persönlich entscheiden könnte, würde ich den mörderischen Hurensohn bei der erstbesten Gelegenheit zur Hölle schicken.«

*Und du, Willi, würdest das auch tun, nach deiner nicht mehr ausdruckslosen Miene zu schließen*, dachte Lowell.

Und dann las Pistarini Lowells Gedanken.

»Anscheinend haben Willi und Father Probleme, die Argumente Ihres Präsidenten und von Greiffenbergs zu verstehen, Craig«, sagte er.

»Und Sie, Sir?«

»Ich stimme der Entscheidung zu«, sagte Pistarini. »Argentinien hat bereits in Evita eine Märtyrerin der Neuzeit. Das Land braucht keinen weiteren Märtyrer.«

Willis Gesicht spiegelte Enttäuschung wider.

»Was schlagen Sie vor, Colonel Lowell?«, fragte Pistarini.

»Wir werden unsere nachrichtendienstlichen Erkenntnisse über seine Aktivitäten mit Ihnen teilen«, antwortete Lowell. »Wir möchten, dass das auf Gegenseitigkeit beruht.«

»Willi?«

»Das wirft Fragen auf.« Rangio blickte zu Lowell. »Woher sollen wir wissen, dass wir alles bekommen, was Sie haben, und dass wir darauf vertrauen können?«

»Es ist in unserem Interesse, dafür zu sorgen, dass Sie alles bekommen, und ich hoffe, Sie werden erkennen, dass es in Ihrem Interesse ist, uns zu geben, was Sie haben.«

»Sonst noch etwas?«, fragte Pistarini.

»Der Army-Atttaché in unserer Botschaft hier wird ein Flugzeug bekommen, eine Beech, die wir L-23 nennen.«

»Sehr schön, ich kenne die Maschine«, sagte Pistarini. »Wie viel weiß Colonel Harris von alldem?«

»Sehr wenig. Ich werde ihn morgen besuchen und ihm so wenig wie möglich erzählen.«

»Was ist mit dem Flugzeug?«, erkundigte sich Fosterwood.

»Es wird zum Transport des Personals unseres Militärattachés in Argentinien, Uruguay, Paraguay und Chile benutzt werden und so viele Stützpunkte und Orte besuchen, von denen wir eine Einladung für den Attaché und sein Personal bekommen können.«

»Und Sie möchten, dass ich der Sache wenig Aufmerksamkeit schenke, richtig?«, fragte Rangio.

»Ich erhoffe mir noch mehr«, sagte Lowell. »Der Kopilot wird ein Warrant Officer der U.S. Army sein. Er heißt Enrico de la Santiago. Vielleicht werden Sie Freunde.«

»Warum?«

»Er hasst Señor Guevara wirklich. Guevara hat persönlich seinen Großvater ermordet, und Enricos Mutter und Großmutter mussten dabei zuschauen.«

»Was hatten sie getan?«, fragte Pistarini.

»Sein Großvater war Anwalt, dafür bekannt, unfreundliche Dinge über Kommunisten zu sagen. Und dann hat Guevara gewusst, dass Enrico ein Jagdflugzeug der kubanischen Luftwaffe nach Florida geflogen und gesagt hat, dass er sich als Katholik verpflichtet fühle, Castro zu bekämpfen.«

»Und was hält dieser Enrico de la Santiago von der Entscheidung, Guevara am Leben zu lassen?«

»Er ist davon ungefähr so begeistert wie Sie und Father«, sagte Lowell.

Rangio lachte. »Ich freue mich darauf, ihn kennen zu lernen.«

»Wenn das Flugzeug geliefert wird, und das sollte in Kürze der Fall sein, werden andere Leute, die mit dieser Sache befasst sind, an Bord sein. Ein Master Sergeant namens Thomas, der mit Father in den Kongo fliegen wird; ein Offizier, der im Kongo aufgewachsen ist und hilft, Fathers Leute auszubilden; und ein weiterer Offizier, der die Dinge in Fort Bragg koordinieren wird. Ich möchte, dass sie so viel wie möglich über Guevara herausfinden – was Sie über ihn haben, wo er aufgewachsen ist, diese Art Dinge.«

»Den Feind kennen lernen, wie?« Pistarini blickte von Lowell zu Rangio. »Arbeitet die Einzelheiten zwischen euch aus, Willi.«

»Jawohl, General.«

»Und nun, Gentlemen«, sagte Pistarini, »sollten wir einen Brandy trinken und Feierabend machen. Es war ein arbeitsreicher Tag.«

# IX

## 1

*Circulo Militar*
*Plaza San Martin*
*Buenos Aires, Argentinien*

*4. Januar 1965, 9 Uhr 15*

Lieutenant Colonel Craig W. Lowell kam in einer Tropenuniform in das Wohnzimmer der Suite. Das silberne Eichenblatt seines Dienstrangs trug er auf den Schulterstücken, dazu auf der Brust des Uniformrocks vier Reihen farbiger Ordensbänder plus eines darüber. Das einzelne Ordensband symbolisierte das Distinguished Service Cross, den zweithöchsten Orden für Tapferkeit im Einsatz. Die anderen Ordensbänder symbolisierten andere Auszeichnungen, amerikanische und ausländische, einschließlich des Verwundetenabzeichens mit zwei Eichenblättern zum Zeichen, dass er dreimal im Kampf verwundet worden war, und das, was er insgeheim als ›Ich war hier‹-Ordensband bezeichnete, die Bestätigung, dass er auf dem europäischen Kriegsschauplatz, in der Besatzungsarmee in Deutschland, in Korea und der Republik Vietnam gedient hatte.

Gleich unter den Ordensbändern war das Fallschirmspringerabzeichen angeheftet, und direkt darüber befanden sich die silbernen Schwingen mit einem umkränzten Stern, zum Zeichen, dass der Träger Master Army Aviator war. Und darüber befand sich das Infanterie-Kampfabzeichen, ein umkränztes Oval mit einer Muskete darin. Seines hatte im Kranz einen Stern, was anzeigte, dass es ihm zweimal verliehen worden war.

Über der anderen Brusttasche symbolisierten Ordensbänder Auszeichnungen der Einheiten, in denen er in den Vereinigten Staaten und der Republik Korea gedient hatte, und das Abzeichen, das anzeigte, dass er im Generalstab der U.S. Army gedient hatte.. An den Rockaufschlägen befand sich das Abzeichen des Generalstabskorps.

Major George Washington Lunsford war ähnlich uniformiert. Er hatte weniger Ordensbänder, unter anderem den Silver Star, mit Spangen, die anzeigten, dass ihm die dritthöchste Auszeichnung dreimal verliehen worden war. Auch er hatte das Infanterie-Kampfabzeichen erhalten, jedoch nur einmal. Aber sein Fallschirmspringerabzeichen war umkränzt und hatte einen Stern, was anzeigte, dass er Master Parachutist war. Auf den Rockaufschlägen trug er das Infanterie-Abzeichen mit den gekreuzten Gewehren, und statt des Abzeichens des Generalstabskorps trug er auf der Tasche seines Uniformrocks das Fallschirmspringerabzeichen der Vietnamesen, Australier und Deutschen.

Er hielt eine mit Leder besetzte Uniformmütze in einer Hand und ein grünes Barett in der anderen.

»Wenn ich das so sagen darf, *mi coronel*, Sie sehen wie der aufgewärmte Tod in einer hervorragend geschneiderten Uniform aus«, bemerkte Lunsford.

»Mir ging es noch ganz gut, bis Pistarini sagte, ›lassen Sie uns einen Brandy trinken und Feierabend machen‹ oder ähnliche Worte«, sagte Lowell. »Er meinte damit offensichtlich, ›lassen Sie uns pro Person eine Flasche Brandy saufen‹.«

»Was hatte das alles zu bedeuten?«

»Ich nehme an, inzwischen war ihm klar, dass Perón tatsächlich auf dem Weg nach Spanien war und er sich wirklich entspannen konnte.«

»Hätte Pistarini Probleme bekommen, wenn Perón nach Argentinien zurückgekehrt wäre?«

»Na klar, und wir ebenfalls«, sagte Lowell. »Perón hasst alles Amerikanische – oder *Nord*amerikanische, wie wir gestern Abend zu unterscheiden gelernt haben. Wir hätten von ihm keinerlei Hilfe erhalten.«

»Meine Erinnerung ist ein bisschen verschwommen, aber wir verließen die gastliche Stätte doch im Triumphzug oder?«

»Ja, ich glaube wir hatten einen vollen Erfolg«, sagte Lowell. »Ich bezweifle, dass es Rederei im Suff war. Und Rangio hat Kontakte in Chile, Bolivien und so weiter, an die wir nicht herankommen könnten.«

»Und Sie meinen, er ist an Bord?«

»Ich meine, er ist (a) an Bord, und wird (b) tun, was Pistarini ihm sagt.«

»Welches Hütchen, Boss?«, fragte Father und hielt das grüne Barett und die Dienstmütze hoch.

»Das mit dem Schirm«, sagte Lowell.

»Haben Sie Ihr Barett vergessen?«

»Nein. Es ist in meiner Aktentasche, und wenn wir Pistarinis freundliche Einladung annehmen – hoffen wir, dass er sich daran erinnert – und ihm zur Cocktailstunde im Edificio Libertador Gesellschaft leisten, werde ich es tragen. Aber für die Botschaft halte ich die Mütze für besser.«

Lunsford öffnete seine Aktentasche und steckte das grüne Barett hinein.

»Sie tragen Ihres nicht oft, wie?«, fragte er.

»Ich fühle mich damit ein wenig unbehaglich«, sagte Lowell. »Ich kam in die Special Forces wie die Jungfrau zum Kind. Ich habe nur sieben Fallschirmabsprünge gemacht, bin nie in Mackall ausgebildet worden und weiß wirklich nicht, wie man einem Huhn den Kopf abbeißt.«

Father lächelte. »Einer der Fallschirmabsprünge war ein HALO*, wie ich hörte.«

»Mein *erster* Absprung war ein HALO«, sagte Lowell.

*High Altitude, Low Ope-ning; Fallschirmabsprung aus einem Flugzeug in sehr großer Höhe und Fall bis nahe zum Boden, bevor der Fallschirm geöffnet wird.

»Red Hanrahan tat mir das an. Ich dachte, ich schaue mir einen HALO nur an, und bevor ich wusste, wie mir geschah, packten mich zwei seiner Grobiane an den Armen und schleppten mich zur offenen Luke einer C-130 auf dreißigtausend Fuß Höhe.«

Father lachte.

»Das war Hanrahans Art und Weise, zu verkünden: ›Die Special Forces haben in Wirklichkeit in Griechenland angefangen, und alle, die dort gedient haben, können sich als Green Beret betrachten.‹ Wussten Sie, dass er dort unser Colonel war, Felters und meiner?«

Lunsford nickte. »Ich dachte, die Special Forces haben in Korea angefangen.«

»Nicht dem Namen nach«, sagte Lowell. »Bull Simon kam von Korea zurück und begann sie in Bragg aufzustellen.«

»Nur für die Akten, *mi coronel*, ich finde, Sie haben ein Anrecht auf das Barett wie jeder Green Beret, den ich jemals gekannt habe«, sagte Lunsford.

Lowell sah ihn einen Moment an.

»Danke«, sagte er dann.

»Mein Name ist Lowell, Corporal«, sagte Lowell zu dem Posten in der Halle der amerikanischen Botschaft. »Dies ist Major Lunsford. Wir möchten Colonel Harris, den Militärattaché, besuchen.«

»Sir, Colonel McGrory hat die Nachricht hinterlassen, dass ich Sie in sein Büro schicken soll, wenn Sie hier auftauchen.«

»Sie haben Colonel McGrorys Botschaft hiermit übermittelt, Corporal. Und nun rufen Sie bitte Colonel Harris an und sagen Sie ihm, dass ich ihn besuchen möchte«, fuhr Lowell den Corporal an und bereute sofort seine Schroffheit. »Corporal, ich habe nur einen kleinen Kater. Ich wollte Sie nicht anschnauzen.«

Der Corporal erwiderte nichts, ging zu seinem Telefon, wählte eine Nummer und sprach zu demjenigen, der sich meldete. »U.S. Army Lieutenant Colonel Lowell und ein anderer Offizier, die Colonel Harris besuchen wollen.«

Kaum zwei Minuten später kam Master Sergeant Douglas Wilson in die Halle. Er grüßte schneidig.

»Guten Morgen, Sir. Wir haben Sie erwartet, Sir, und der Verteidigungsattaché, Colonel McGrory, will Sie sofort empfangen.«

»Sergeant, ich werde Colonel McGrory besuchen, wenn ich meine Angelegenheit mit Colonel Harris erledigt habe.«

»Jawohl, Sir. Kommen Sie bitte hier entlang, Gentlemen?«

Sofort, als sie außer Sicht waren, rief der Corporal beim Büro des Verteidigungsattachés an.

»Büro des Verteidigungsattachés, Master Sergeant Ulrich am Apparat, Sir.«

»Corporal Young auf Posten eins, Sergeant. Dieser Army-Colonel, den Ihr Colonel gesucht hat, kam soeben ins Gebäude. Mit einem Major.«

»Ich komme und hole ihn ab.«

»Sergeant, er befahl mir, Colonel Harris' Büro anzurufen, und Colonel Harris ließ ihn von seinem Sergeant abholen.«

»Okay. Colonel McGrory ist auf dem Klo. Sobald er zurückkehrt, werde ich es ihm sagen. Danke.«

Der Corporal unterbrach die Verbindung und wählte eine andere Nummer.

»Mr Stephens, hier spricht Corporal Young auf Posten eins. Dieser Army-Offizier, nach dem Sie gefragt haben, kam soeben ins Gebäude. Er ist auf dem Weg zu Colonel Harris' Büro.«

Lowell und Lunsford marschierten in Colonel Harris' Büro, standen still und grüßten.

»Sir, Lieutenant Colonel Lowell und Major Lunsford. Danke, dass Sie uns empfangen.«

Harris erwiderte den Gruß.

»Colonel, hat Ihnen mein Sergeant Major gesagt, dass Colonel McGrory den starken Wunsch geäußert hat, dass Sie sich sofort, wenn Sie die Botschaft betreten, bei ihm melden?«

»Ja, das hat er, Sir«, erwiderte Lowell, immer noch still stehend. »Ich habe zwar nichts mit Colonel McGrory zu tun, aber ich werde ihn besuchen, wenn ich hier fertig bin.«

»Colonel, Colonel McGrorys Bitte ist in Wirklichkeit ein Befehl.«

»Sir, darf ich Ihnen meine Befehle zeigen?«, entgegnete Lowell. »Sie bestätigen besonders, dass sowohl Major Lunsford als auch ich …«

Colonel H. Robert McGrory, USAF, stürmte sichtlich aufgeregt in das Büro.

»Colonel Lowell«, stellte Colonel Harris vor. »Colonel H. Robert McGrory, der Verteidigungsattaché.«

»Wissen Sie, wie man Befehle befolgt, Colonel?«, fragte McGrory Lowell.

»Jawohl, Sir, ich glaube, das weiß ich.«

»Wollen Sie damit sagen, dass Sie meine Befehle wissentlich verweigert haben?«

»Sir, mit Verlaub, Sie sind nicht in der Position, um mir oder Major Lunsford Befehle zu erteilen.«

»Verdammte Impertinenz!«, brauste McGrory auf. »Ich bin der ranghöchste militärische Offizier in der US-Botschaft und …« Er verstummte mitten im Satz, denn er sah Mr J.F. Stephens, den Verwaltungsoffizier des United States Information Service, in der offenen Tür von Harris' Büro stehen.

»Mr Stephens«, sagte McGrory. »Wenn Sie zu Colonel Harris wollen, geben Sie mir nur einen Moment, und diese Offiziere und ich werden hier fort sein.«

»Eigentlich, Colonel«, sagte Stephens sanft, »wollte ich zu Colonel Lowell. Können Sie mir bitte einen Moment geben?«

»Ja, natürlich«, sagte McGrory. »Colonel Lowell, es ist Ihnen klar, dass Sie sich sofort bei mir zu melden haben, wenn Mr Stephens seine Angelegenheit mit Ihnen erledigt hat?«

»Jawohl, Sir«, sagte Lowell.

McGrory verließ das Büro. Stephens schloss die Tür.

»Ich habe beim Circulo Militar angerufen, und man sagte mir, Sie kommen hierhin«, sagte Stephens. Er zog ein gefaltetes Blatt Papier aus der Tasche und überreichte es Lowell.

SECRET

Central Intelligence Agency
Langley, Virginia

Von: Stellvertretender Direktor Verwaltung

Datum: 3. Januar 1965 2115 GMT

Betrifft: Guevara, Ernesto (Aktennotiz # 17.)

An: Mr Sanford T. Felter
Berater des Präsidenten
Zimmer 637, Executive Office Building
Washington, D.C.

Per Kurier

Gemäß präsidentschaftlicher Aktennotiz an den Direktor vom 14. Dezember 1964 betr. ›Ernesto ›Che‹ Guevara‹ werden folgende Informationen geliefert:

(Zuverlässigkeitsstufe fünf) (Von CIA Brazzaville, Kongo) Betreffender traf am 2. Januar 1965 0835 GMT an Bord des UTA-Flugs 4505 in Brazzaville ein. Er wurde auf dem Flughafen von

Premierminister Pascal LISSOUBA abgeholt und zur kubanischen Botschaft gebracht.

(Zuverlässigkeitsstufe fünf) (Von CIA Brazzaville) Betreffender traf sich am 2. Januar mit Präsident Alphonse MASSEMBA-DEBAT und LISSOUBA in der präsidentschaftlichen Residenz um 1245 GMT zum Mittagessen.

(Zuverlässigkeitsstufe drei) (Aus CIA-Quelle) Beim Mittagessen baten MASSEMBA-DEBAT und LISSOUBA um kubanische Militärhilfe und drückten Bereitschaft zur Kooperation mit der Befreiungsbewegung aus. Betreffender versprach, Ausbilder für Guerilla-Operationen, Waffen und Geld zur Verfügung zu stellen.

*Howard W. O'Connor*
HOWARD W. O'CONNOR

SECRET

Lowell las und gab das Blatt an Lunsford weiter.

»Colonel, es tut mir Leid«, sagte er zu Harris, »aber ich weiß zufällig, dass Sie nicht die richtige Unbedenklichkeitsbescheinigung haben, um dies lesen zu dürfen.«

»Ich verstehe«, sagte Harris.

»Wird es eine Antwort geben, Colonel?«, fragte Stephens.

»Keine Antwort, aber ich hätte gern Zugang zu Ihrem heißen Draht, Mr Stephens.«

»Es geht mich ja nichts an, aber könnte Ihre Botschaft etwas mit Colonel McGrory zu tun haben?«

»Das hat sie in der Tat«, sagte Lowell.

»Dieselbe Adresse wie zuvor?«, fragte Stephens.

»Richtig«, sagte Lowell. »Colonel, könnte ich ein Blatt Papier haben?«

Stephens gestikulierte, dass dies nicht nötig sein würde. Er ging zu Harris' Schreibtisch und hielt die Hand über eines der Telefone darauf.

»Okay, Dick?«

»Bedienen Sie sich«, sagte Colonel Harris. »Möchten Sie, dass ich einen Moment hinausgehe?«

»Das hängt von Colonel Lowell ab«, erwiderte Stephens und hob den Hörer ab.

»Ist es das, was ich denke?«, fragte Lowell.

»Hier spricht Stephens«, sagte der unscheinbare kleine Mann. »Stellen Sie mich bitte zur Farm durch.«

Es folgte eine kurze Pause.

»Stellen Sie mich zur Vermittlung des Weißen Hauses durch«, sagte Stephens dann. Er reichte Lowell den Hörer. »Ich nehme an, Sie kennen den Anschluss?«

»Weißes Haus, gesicherte Leitung«, sagte eine männliche Stimme.

»Zwei-zwei-sieben, bitte.«

»Mr Finton am Apparat, Sir.«

»Hier Lowell, Finton.«

»Ja, Sir?«

»Ist er da?«

»Ich kann ihn in neunzig Sekunden erreichen, Sir.«

»Ich habe eine Botschaft für ihn. Bereit?«

»Jawohl, Sir.«

»Lebensversicherung verkauft, aber der hiesige Verteidigungsattaché, ein absolutes Arschloch von der Air Force, ein Colonel namens McGrory, ist im Begriff, die Sache zu vermasseln, und es muss ihm eindringlich und sofort klar gemacht werden, dass er sich nicht einmischen soll.«

»Ich werde mich darum kümmern, Colonel.«

»Das Wort, auf das es ankommt, Finton, ist *sofort*.«

»Ich regele das, Colonel«, sagte Mr Finton. »Sonst noch etwas, Sir?«

»Nein. Das ist alles.«

»Jawohl, Sir«, sagte Mr Finton.

Es klickte in der Leitung.

»Weißes Haus, gesicherte Leitung. Haben Sie das Gespräch beendet?«, fragte der Telefonist.

»Ja, das habe ich, danke«, sagte Lowell und legte den Hörer auf.

Er blickte Colonel Harris an.

»Sir, ich bedaure die unbeherrschte Sprache.«

»Colonel, ich glaube, das heißt, das Kind beim rechten Namen nennen«, sagte Colonel Harris. »Meinen Sie, es wird funktionieren?«

»Ich hoffe es sehnlich.«

»Warum nehmen Sie sich nicht ein paar Minuten Zeit, um Ihre Gedanken zu sammeln, bevor Sie sich bei Colonel McGrory melden?«, schlug Colonel Harris vor. »Kann ich Ihnen und dem Major eine Tasse Kaffee anbieten?«

»Das wäre sehr freundlich, Sir. Und haben Sie zufällig Kopfschmerztabletten da?«

»Der Colonel und der Major waren gestern Nacht bis in die frühen Morgenstunden aus«, fügte Stephens erklärend hinzu.

»Kommt sofort«, versprach Harris.

»Für zwei Patienten, bitte, Sir«, bat Father.

»Sie haben also unserem Freund eine Lebensversicherung verkauft, wie?«, fragte Stephens. »Ich hatte keine Ahnung, ob Sie das schaffen würden.«

»Sie sind neugierig, wie, Mr Stephens?«, fragte Lowell.

»Ich bin neugierig, zu erfahren, was sich in diesem Gebäude befindet«, erwiderte Stephens. »Es sieht sicherlich nicht wie ein Partykeller für eine ganze Nacht aus.«

»Da saßen nur ein paar alte Soldaten zusammen und tauschten Kriegsgeschichten aus. Sie wissen, wozu das führt.«

Stephens lachte glucksend.

*Ich denke vermutlich nicht klar*, dachte Lowell, *aber offenbar hat sich Stephens zusammengereimt, dass (a) Felter von der CIA überprüfen lässt, wo sich Guevara aufhält, dass ich (b) etwas damit zu tun habe und (c) mit Pistarini und dem SIDE darüber gesprochen habe und (d) Felter gemeldet habe, dass ich eine Lebensversicherung verkauft habe. Und er ist darauf gekommen, dass Felters Stellvertreter den Argentiniern verkauft hat, dass sie Guevara nicht umlegen sollen. Die CIA wird davon erfahren, und zwar vermutlich binnen einer Viertelstunde.*

*Man wird nirgends Stationsleiter der CIA, wenn man nicht höllisch gescheit ist, und dieser Knabe ist heller als die meisten. Außerdem bedarf es keines Raketenwissenschaftlers, um sich zusammenzureimen, was der Satz mit dem Verkauf einer Lebensversicherung zu bedeuten hat.*

*Frage: Warum hat Felter für mich nicht arrangiert, dass ich Zugang zu diesem gesicherten Telegrafen bekomme? Warum hat er diesen CIA-Bericht an Stephens geschickt, damit er ihn mir überbringt?*

*Antwort: (Vermutlich stark beeinflusst von einer Flasche argentinischem Brandy, der so glatt die Kehle runtergeht wie bester Cognac) Sandy Felter teilt nicht meine hohe Meinung von der CIA oder seiner Stationsleiter. Er wollte die CIA wissen lassen, dass ich hier bin, und hoffte, sie würde den Stationsleiter darüber informieren. Und weil dies vielleicht nicht klappen würde und falls der Stationsleiter zu blöde sein sollte, um seinen Arsch mit beiden Händen zu finden, überließ er es ihm, es selbst herauszufinden. Der CIA würde zu Ohren kommen, dass ein Offizier auf Besuch in Argentinien geheimes Material verschickt, und er würde wissen wollen, was dies alles zu bedeuten hat.*

*Die CIA wird jetzt wissen, dass Pistarini – der Oberbefehlshaber der argentinischen Armee – mit mir zurechtkommt, und sie sich nicht erlauben kann, meine Mission zu stören, weil sie offiziell nichts davon weiß.*

*Felter, du machiavellistischer Hundesohn!*

»Das machen wir bei der U.S. Information Agency ebenfalls«, sagte Stephens. »Bei ein paar Drinks herumsitzen und Propagandageschichten erzählen, um die beste Möglichkeit zu finden, Herzen und Verstand für sich einzunehmen. Sie wissen, wie das ist.«

»Ja.« Lowell lachte.

Colonel Harris überreichte ihm ein Glas mit Wasser, in dem sich eir Alka-Seltzer auflöste.

»Sir«, sagte Lowell, »Sie haben mir vielleicht soeben das Leben gerettet.«

»Zum Beispiel sagt manchmal einer der Jungs, wenn wir herumsitzen und zechen und erzählen, dass Che Guevara – Sie wissen, wen ich meine? Der Knabe mit dem Bart und dem Barett?«

»Den Namen habe ich schon mal gehört«, sagte Lowell.

»Jedenfalls, manchmal schüttet uns einer der Jungs sein Herz aus und teilt uns seine Probleme mit, aber vielleicht hätten wir Glück und er würde einen tödlichen Unfall oder so was erleiden.«

»Und was haben Sie dazu gesagt?«

»Ich sagte, wenn der Hurensohn einen tödlichen Unfall hätte, würde er ein internationaler Heiliger werden, und das würde uns wirklich Probleme bescheren.«

»Ich habe natürlich keine Ahnung, wovon Sie reden, Mr Stephens, aber für einen Schuss ins Blaue würde ich sagen, dass Sie genau ins Schwarze getroffen haben.«

*Nach dem Lächeln zu schließen, das soeben um deine Lippen gespielt hat, Colonel Harris, brauche ich nicht den Intelligenzquotienten eines Raketenwissenschaftlers zu haben, um mir zusammenzureimen, dass du trotz unseres Herumredens um den heißen Brei genau weißt, worüber Stephens und ich sprechen. Und wenn irgendwelche Fragen unbeantwortet bleiben, wird Stephens sie beantworten. Und sobald Lunsford und ich zur Tür hinaus sind, wirst du Stephens erzählen, wozu die L-23 tatsächlich dient und wer da mitmischt.*

*Aber wir haben es Stephens nicht gesagt, und er wird es vermutlich Langley nicht erzählen, denn wenn herauskommt, dass sie es wussten, würde Harris in der Klemme stecken. Und wenn ich Felter dazu bringen kann, dass er diesen Armleuchter von der Air Force heraushält, wird das sehr nützlich sein.*

*Und all das hast du dir ausgerechnet, Sandy, nicht wahr?*

»Wie lange werden Sie hier sein und Colonel Harris besuchen, Colonel?«, fragte Stephens. »Ich meine, wenn nicht als geheim eingestuft ist, was Sie mir sagen können.«

»Noch ein paar Tage, aber nicht lange.«

»Wenn ich irgendetwas für Sie tun kann – zum Beispiel eine Besichtigungstour von Buenos Aires arrangieren oder sonst etwas – lassen Sie es mich wissen.«

»Dazu wird wohl kaum Zeit sein«, erwiderte Lowell.

»Nun, ich lasse Sie jetzt allein«, sagte Stephens. »Ich weiß, Sie haben vermutlich militärische Geheimnisse und dergleichen zu bereden.«

Er reichte Lowell die Hand.

»Es war mir ein Vergnügen, Colonel«, sagte Stephens, und dann ging er zu Lunsford und tippte gegen dessen Silver Star.

»Ich habe gehört, woher der Letzte stammt, Major«, sagte er. »Wenn Sie jemals den Dienstherrn wechseln wollen, rufen Sie mich an.«

Er schüttelte Lunsford die Hand und verließ das Büro.

Major Charles Daley, USAF, klopfte an die Tür vom Büro des Verteidigungsattachés, wartete, bis er zum Eintreten aufgefordert wurde, öffnete die Tür und meldete: »Lieutenant Colonel Lowell, Sir.«

»Lassen Sie ihn eintreten«, sagte Colonel H. Robert McGrory.

Lowell marschierte ins Büro, blieb einen Schritt vor Colonel McGrorys Schreibtisch stehen, stand still, grüßte und sagte: »Sir, Lieutenant Colonel Lowell meldet sich beim Verteidigungsattaché wie befohlen.«

McGrory erwiderte zackig den Gruß.

»Major, ich wünsche nicht gestört zu werden«, sagte er zu Daley.

»Jawohl, Sir«, sagte Major Daley und verließ das Büro.

»Sie haben sich Zeit gelassen, herzukommen, Colonel«, sagte McGrory. »Ich werde mich natürlich mit der Natur Ihrer Geschäfte mit Mr Stephens beschäftigen, aber das kann noch einen Augenblick warten.«

Lowell, der immer noch still stand, den Blick wie vorgeschrieben sechs Zoll über McGrorys Kopf gerichtet, schwieg.

Vor McGrory lag ein gelber Notizblock. Lowell senkte ganz kurz den Blick, schielte auf den obersten Zettel und sah, dass darauf eine Liste seiner Verfehlungen stand, die Colonel McGrory in der Reihenfolge aufgeführt hatte.

Die Tür wurde geöffnet. Major Daley tauchte darin auf.

»Sie dürfen rühren, Colonel«, sagte McGrory.

*Du Dreckskerl, du hast nicht ›vergessen‹, mich rühren zu lassen. Wenn der Major nicht aufgetaucht wäre, stünde ich immer noch still.*

»Major Daley, ich dachte, ich habe klar gemacht, dass ich nicht gestört werden will.«

»Sir, es ist der stellvertretende Stabschef«, sagte Major Daley.

»Was?«

»Der stellvertretende Stabschef der Air Force ist am Telefon, Sir.«

»Möchten Sie, dass ich hinausgehe, Colonel?«, fragte Lowell.

»Sie bleiben stehen, wo Sie sind!«, fuhr McGrory ihn an und fügte hinzu: »Stillgestanden!«

Lowell schlug die Hacken zusammen und stand still.

Colonel McGrory nahm den Telefonhörer ab.

»Colonel McGrory am Apparat, General.«

»Jawohl, Sir. Er ist in diesem Moment in meinem Büro, General.«

»Jawohl, Sir.«

In den nächsten anderthalb Minuten wiederholte er Letzteres mindestens zehn Mal, und dann legte er langsam den Hörer auf.

Er blickte Lowell an. McGrorys Gesicht war leichenblass.

»Ich habe den Befehl, Colonel, Sie zu fragen, ob ich Ihnen bei Ihrer Mission hier behilflich sein kann. Kann ich irgendetwas für Sie tun?«

»Nein, Sir.«

»In diesem Fall gibt es nichts für uns zu besprechen, nicht wahr?«

»Ich glaube, das erübrigt sich, Sir.«

»Sie können wegtreten, Colonel.«

»Jawohl, Sir«, sagte Lowell. Er salutierte. Der Gruß wurde erwidert. Lowell machte auf dem Absatz kehrt und verließ Colonel McGrorys Büro.

Als er Major Daley passierte, zwinkerte er ihm zu.

## 2

*Abteilung für Betreuung von Militärangehörigen*
*Büro des stellvertretenden Stabschef für Personal*
*Headquarters, XVIII Airborne Corps and Fort Bragg,*
*North Carolina*

*5. Januar 1965, 8 Uhr 30*

Mrs Marjorie Portet meldete nicht zum ersten Mal einen PKW in einer Garnison an, und als sie das eingeschossige Fachwerkgebäude betrat (erbaut 1940 und für eine Nutzung von höchstens zehn Jahren geplant), war sie überzeugt, alle nötigen Unterlagen bei sich zu haben:

Eine Kopie von Jacks Befehlen, mit denen er (*sie*, wie sie jetzt dachte) nach Fort Bragg versetzt wurde. Den Kfz-Brief. Den Versicherungsschein. Eine Kopie seines Führerscheins und eine Bescheinigung der Militärpolizei, dass die Reifen die nötige Profiltiefe hatten und die Bremsen korrekt eingestellt waren; dass die Hupe funktionierte und das Auspuffsystem nicht zu laut war und keine Wolken von giftigen Gasen auspustete – kurz gesagt, eine Bestätigung, dass der Wagen, der zugelassen werden sollte, technisch in Ordnung war.

Da war eine Schlange von wartenden Leuten vor ihr, Frauen, die Aufkleber für den Familienwagen erhielten, und ein halbes Dutzend rangniedriger Unteroffiziere und Mannschaften, junge Männer, die keine Frau, Gefährtin oder Lebenspartnerin hatten, die einen Aufkleber für sie abholen konnten. Es dauerte eine Viertelstunde, bis

Marjorie zu dem Sergeant hinter dem Schreibtisch vorrücken konnte.

Sie legte alle ihre Dokumente vor ihn hin, einschließlich des ordentlich mit Blockschrift und Kugelschreiber ausgefüllten Formulars ›Gesuch für die Zulassung von Privatfahrzeugen‹ in dreifacher Ausfertigung.

Der Sergeant betrachtete sorgfältig den vom Kommandeur der Militärpolizei unterzeichneten Bericht über die Sicherheitsinspektion von privat genutzten Fahrzeugen. Er identifizierte das Privatfahrzeug als 1964er Jaguar-Cabrio, rot, zweitürig, zwölf Zylinder.

»Prima Schlitten, Ma'am«, sagte der Sergeant.

»Ja, es ist ein schöner Wagen«, pflichtete Marjorie ihm bei.

Er überprüfte alle anderen Unterlagen.

»Läuft er gut? Ich habe im *Car & Driver* gelesen, dass diese Wagen viele Probleme mit der Elektrik haben.«

»Bis jetzt hatten wir kein Problem«, sagte Marjorie.

Der Sergeant vertiefte sich in die restlichen Dokumente.

»Sieht alles prima aus«, sagte er schließlich. »Dann brauche ich nur noch einen Dollar und einen Quarter für den Aufkleber und Ihre AGO-Card.«

Das Adjutant General Office gibt für Militärpersonal und ihre Angehörigen Ausweiskarten aus. Sie sind in Plastik versiegelt und mit dem Foto des Besitzers versehen. Außerdem sind darauf das Geburtsdatum und der Dienstgrad vermerkt oder bei Angehörigen der Dienstgrad des Soldaten, der als Haushaltsvorstand gilt. Das ist nötig, um Einrichtungen der Army benutzen zu können, zum Beispiel ein Militärhospital, die militärische Zahnklinik und den PX, den ›Supermarkt‹ für die Streitkräfte.

»Ich habe keine AGO-Card«, sagte Marjorie.

Das war nicht die Wahrheit. Ihre AGO-Card steckte in ihrer Handtasche. Ihr Name war mit Marjorie W. Bellmon, und ihr ›Sponsor‹ war mit Major General Robert F. Bellmon aufgeführt.

Der Sergeant betrachtete sie mit sonderbarem Blick.

»Ich habe soeben erst geheiratet«, erklärte Marjorie.

Das war die Wahrheit. Sie hatte immer noch Probleme, es zu glauben.

»Sie müssen eine haben, Ma'am«, sagte der Sergeant, nicht unfreundlich. »Nicht nur, um den Aufkleber zu bekommen, sondern auch um in den PX, das Hospital und solche Einrichtungen eingelassen zu werden.«

»Wo bekomme ich eine?«

»Da müssen Sie zum Büro des Adjutant General gehen, in der Standortkommandantur. Sie können das große Schild ›Headquarters XVIII Airborne Corps and Fort Bragg‹ nicht übersehen.«

Sie wusste, wo das war. Ihr Vater war einst G-3 des XVIII Airborne Corps gewesen.

»Sie müssen Ihre Heiratsurkunde vorlegen«, sagte der Sergeant. »Es wird nicht lange dauern. Man braucht Sie nur mit einer Polaroid-Kamera zu fotografieren, Ihre Fingerabdrücke zu nehmen, die Karte zu tippen und in Plastik zu verschweißen. Dann kommen Sie damit wieder hierhin, und Sie können Ihren Aufkleber abholen.«

Marjorie verließ das Gebäude, stieg in den Jaguar und fuhr zur Standortkommandantur. Es war ein dreistöckiges Backsteingebäude. Sie wusste, dass es vor dem Krieg als Hospital errichtet worden war.

Mit einiger Mühe fand sie einen freien Parkplatz und wollte aus dem Jaguar steigen, als ein Wagen der Militärpolizei neben ihr hielt. Sie suchte in dem mit Plastik verstärkten Umschlag mit der Aufschrift ›Persönliche Papiere‹, als ein Militärpolizist an die Fensterscheibe klopfte.

Sie kurbelte die Scheibe herunter.

»Verzeihen Sie, Ma'am«, sagte der MP. »Sie besuchen die Garnison?«

»Nein. Wir sind soeben hierhin versetzt worden.«

»Sie haben kein Besucherschild«, sagte er. »Sie müssen am Haupttor bei der MP-Baracke stoppen und sich eines besorgen.«

»Das wusste ich nicht«, sagte sie.

Das war die Wahrheit.

Dann erinnerte sie sich, dass der Jaguar jedes Mal, wenn sie in Bragg gewesen war – in den Zeiten, in denen sie Jack dort besucht hatte –, seinen roten Aufkleber von Fort Rucker am Wagen gehabt hatte. Das war jetzt nicht der Fall. Als sie für ihn in Rucker ›klar Schiff‹ gemacht und den vorübergehenden blauen Aufkleber entfernt hatte, war sie eine Viertelstunde mit Stahlwolle und Putzmittel beschäftigt gewesen, um seinen roten Aufkleber abzulösen.

Am Jaguar gab es jetzt überhaupt keinen Aufkleber, und der Militärpolizist tat nur seine Pflicht.

»Ja, Ma'am«, sagte der MP. »Darf ich bitte Ihren Führerschein und die AGO-Card sehen?«

Da war die schreckliche Versuchung, ihm die AGO-Card in ihrer Brieftasche zu zeigen. MPs sind oftmals mitfühlend und haben Verständnis für die Angehörigen von Major Generals.

Doch sie widerstand der Versuchung. Sie war nicht mehr Miss Marjorie Bellmon, abhängige Tochter von Major General Robert F. Bellmon, sie war jetzt Mrs Jacques Portet, Angehörige und Frau von First Lieutenant Portet.

»Den Führerschein habe ich«, sagte sie. »Ich bin hier, um mir meine AGO-Card zu holen. Wenn ich die habe, bekomme ich einen Aufkleber für den Wagen.«

»Karte verloren?«

»Ich habe soeben geheiratet«, erklärte Marjorie.

»Haben Sie Befehle Ihres Mannes oder so etwas, Ma'am?«

Sie überreichte ihm Jacks Befehle und ihren Führerschein.

Er nahm einen Notizblick und schrieb etwas darauf.

»Kein Grund zur Sorge, wenn Sie mir die Wahrheit sagen«, sagte der MP sachlich. »Dies wird auf dem Dienstweg zum Special Warfare Center gelangen, und dort wird man überprüfen, ob Sie binnen zweiundsiebzig Stunden um einen Aufkleber ersucht haben ...«

»Ich bin gestern Abend hier eingetroffen«, sagte Marjorie.

»Ja, Ma'am«, sagte der MP, »... und sich in der Garnison gemeldet haben, und wenn Sie das getan haben, wird man die Zeit zurückdatieren, und es wird kein Problem geben. Und ich bezweifle, dass man Ihnen Ärger machen wird, weil Sie keinen Besucherschein haben.«

Er hielt ihr den Notizblock hin.

»Unterzeichnen Sie hier unten beim X«, sagte er. »Sie bestätigen damit nur, dass Sie belehrt worden sind.«

Marjorie unterzeichnete mit ›Marjorie Bellmon‹ und fügte ›Portet‹ hinzu, als sie sah, was sie geschrieben hatte.

Sie gab ihm den Notizblock. Er riss eine Durchschrift ab und gab ihr den Zettel.

»Danke, Ma'am«, sagte er. »Dies ist wirklich ein prima Schlitten.«

»Danke«, sagte Marjorie. Sie steckte den Zettel in das Kuvert »Persönliche Unterlagen«, stieg aus dem Wagen und betrat das rote Backsteingebäude mit dem Headquarters XVIII Airborne Corps & Fort Bragg.

An der Wand im Flur im zweiten Stock hing ein Schild:

Ausgabe von AGO-Cards
von 1030-1200 Uhr und 1500-1630 Uhr

Sie blickte auf ihre Armbanduhr. Es war Viertel nach neun.

Sie setzte sich hin, um zu warten.

Um 11 Uhr 25 stieg Marjorie B. Portet, Ehefrau von First Lieutenant Jacques Portet, jetzt im Besitz einer AGO-Card, die diesen Status bestätigte, wieder in den Jaguar, fuhr zurück zum Gebäude für die Betreuung von Militärangehörigen, legte die AGO-Card vor und erhielt nach Zahlung von 1,25 Dollar zwei Aufkleber mit dem blauen Aufdruck ›Fort Bragg NC 56787‹.

Die klebte sie an die vordere und hintere Stoßstange des Jaguars, bevor sie davonfuhr.

*Ich wette*, dachte sie, *er wird vor dem SWC-Gebäude auf und ab tigern und sich fragen, wo, zum Teufel, ich bin, wie es so lange dauern kann, ein paar lausige Aufkleber für den Wagen zu besorgen.*

Jack hatte gesagt, er werde versuchen, in Rucker mit der L-23 um halb acht zu starten. Dann würde er gegen halb zehn, plus oder minus zehn Minuten, in Pope sein. Zehn weitere Minuten für die Abwicklung und weitere zehn oder fünfzehn Minuten von Pope bis zum SWC. Dann war er um zehn eingetroffen, gewiss nicht später als Viertel nach zehn, was bedeutete, dass er seit über einer Stunde auf sie warten würde. Und keiner wusste, wo sie war.

Johnny Oliver würde die Schlüssel ihres neuen Apartments haben. Sie würde einen schnellen Blick hineinwerfen, um zu sehen, wie groß es war, und dann in ein Einrichtungshaus gehen und einkaufen – Kühlschrank, Küchentisch und Stühle, einen kleinen Fernseher und natürlich ein Bett – zumindest genug, um ihre erste Nacht zusammen in ihrem eigenen Heim/Apartment/Liebesnest zu verbringen.

Die Wohnung würde dann langsam möbliert werden. Sobald sie zur Farm fahren konnte, würde sie die Möbel in ›The Barn‹, oder – in vernünftigem Rahmen – im exklusiven ›The House‹ aussuchen.

Die Farm in Virginia, außerhalb von Washington, war seit vier Generationen im Besitz der Familie Bellmon. ›The House‹ war mit einer Sammlung der besten Möbel des Jahrhunderts möbliert. ›The Barn‹ enthielt die weniger teuren Stücke, einschließlich einiger wirklich schöner Möbel aus philippinischem Mahagoni, die der damalige Lieutenant Colonel Porterman K. Waterford erworben hatte, als er vor dem Zweiten Weltkrieg bei der 26. Kavallerie außerhalb von Manila stationiert gewesen war.

Und dann würden da natürlich Hochzeitsgeschenke warten. Sie hatten so plötzlich geheiratet, dass dafür keine Zeit geblieben war, doch Marjorie wusste, dass die Geschenke bald eintreffen würden.

Und Hanni, Jacks Stiefmutter, hatte angekündigt, alle Möbel ihres Hauses im Kongo in die Vereinigten Staaten zu schicken, und es waren weit mehr als genug, um das Haus einzurichten, das sie in Ocean Reef bauen oder kaufen würden.

Aber später würde es eine schöne Erinnerung an ihre erste gemeinsame Nacht in der neuen Wohnung sein, als sie von Rucker heraufgefahren und Jack hergeflogen war und sie zusammen die ersten Möbel gekauft hatten.

Jack tigerte nicht vor dem SWC-Gebäude auf und ab. Er war nirgendwo zu sehen.

In der Halle des Gebäudes befand sich ein Sergeant vom Dienst, der den Befehl hatte, unbefugten Besuchern den Zutritt zu verweigern.

»Sergeant, ich bin Mrs Portet«, sagte Marjorie. »Gibt es irgendeine Nachricht für mich?«

»Würden Sie den Namen bitte buchstabieren?«

»P-O-R-T-E-T.«

»Ah, Sie meinen Por*tet*.«

»Na und?«

Der Sergeant versteifte sich.

Brigadier General Paul R. Hanrahan, der befehlshabende General des John F. Kennedy Center for Special Warfare, marschierte zielstrebig durch die Halle, gefolgt von seinem Adjutanten, Captain Stefan Zabrewski.

Als er Marjorie sah, änderte er den Kurs und ging zu ihr.

»Wir haben uns ein wenig Sorgen gemacht, Margie«, sagte er. »Wir hatten dich heute früher erwartet. Was treibst du hier? Warum bist du nicht zu dem Haus gefahren?«

»Ich sollte Jack hier treffen, Onkel Red«, erwiderte sie.

»War da eine Nachricht, Ski?«, fragte Hanrahan seinen Adjutanten.

»Es gab eine Verzögerung in Rucker, Sir«, antwortete Zabrewski dröhnend. »Er wird uns die voraussichtliche Ankunftszeit mitteilen.«

»Tut mir Leid, Schatz«, sagte Hanrahan. »Warum

fährst du nicht rüber zum Haus? Ich benachrichtige dich dort, und Patricia ist deinetwegen besorgt.«

»Onkel Red, ich bin begierig darauf, das Apartment zu sehen. Johnny sollte die Schlüssel haben.«

»Sergeant«, sagte Zabrewski mit dröhnender Stimme. »Haben Sie einen Umschlag für Mrs Portet? Von Captain Oliver?«

»Jawohl, Sir«, sagte der Sergeant. Er händigte ein Kuvert aus. »Sir, davon hat die Lady nichts gesagt. Sie sprach von ›Portay‹ oder so.«

Zabrewski gab Marjorie den Umschlag. Er enthielt zwei Türschlüssel und zwei Karten, eine mit der Route von Fort Bragg nach Fayetteville und den Foster Garden Apartments, und die andere mit dem Apartmentkomplex selbst, auf der die Lage von Apartment 14-B und der Parkplatz eingezeichnet waren.

»Großartig«, sagte Marjorie. »Ich besuche kurz Tante Patricia und sehe mir dann das Apartment an.«

»Patricia sagte, sie würde mit dir fahren und den Wagen für die Garnison zulassen«, sagte Hanrahan. »Aus irgendeinem Grund ist das Eighteenth Airborne Corps wie der Teufel hinter nicht zugelassenen Privatfahrzeugen her.«

»Das habe ich bereits erledigt, Onkel Red«, sagte Marjorie.

Sie hielt es nicht für den richtigen Zeitpunkt, ihm zu erzählen, dass der Militärpolizist sie aufgeschrieben hatte.

»Gutes Mädchen«, sagte Hanrahan. »Schatz, ich muss mich beeilen. Bis später.«

Tante Patricia war sichtlich gekränkt, weil Marjorie und Jack nicht bei ihnen wohnen würden, bis sie Gelegenheit hatten, sich einzugewöhnen, und Marjorie brachte es nicht übers Herz, ihre Einladung zum Mittagessen abzulehnen.

Es war kurz nach 14 Uhr, als sie Apartment B-14 im Foster Garden-Komplex fand und die Tür aufschloss.

Sie fand die Wohnung schön. Es gab zwei Schlafzimmer – eines davon konnte Jack ihrer Meinung nach als Büro benutzen –, einen Bereich, der offenbar als Wohnzimmer/Essecke gedacht war, in den der mit Schnitzereien verzierte Raumteiler aus philippinischem Mahagoni, den es dank Großvater Waterford in ›The Barn‹ gab, fantastisch passen würde. Die Schnitzereien zeigten Tiere und nackte Frauen, was Jack sicherlich passend finden würde. Das Badezimmer war in Ordnung, und die Küche war zwar klein, hatte jedoch Platz für einen Tisch und Stühle. Es gab sogar einen kleinen Balkon mit Blick auf einen grasbewachsenen Innenhof.

Die einzige ›Einrichtung‹ der Wohnung bestand aus einem Herd und einem Telefon. Der Herd war angeschlossen und betriebsbereit, wie sie erfreut feststellte. Als sie das Telefon vom Boden hob und den Hörer abnahm, um Patricia Hanrahan anzurufen und zu fragen, ob die voraussichtliche Ankunftszeit von Jack inzwischen bekannt war, stellte sie fest, dass die Leitung tot war.

Sie nahm ein kleines Notizbuch aus ihrer Handtasche und notierte ›TELEFON!!!!!‹. Dann machte sie sich auf den Weg, um das Fayetteviller Einrichtungshaus zu suchen.

Sie erklärte einem Verkäufer, dass sie im Augenblick nur ein Bett, Küchentisch und Stühle kaufen und später wegen anderer Dinge wiederkommen würde, und dann fragte sie, ob sie das Telefon benutzen könne, bevor sie sich ansehen würde, was er anzubieten hatte.

Die Telefongesellschaft erklärte, sie werde gern das in Apartment B-14 der Forster Garden-Anlage installierte Telefon freischalten. Man würde nur bei der vorherigen Telefongesellschaft ihre Kreditwürdigkeit überprüfen, und dann könne sie im Nu über Ihren Anschluss verfügen. Als man erfuhr, dass sie kein eigenes Telefon gehabt hatte, erklärte man ihr, dass sie in diesem Fall beim Büro vorbeikommen und eine Kaution von 125 Dollar hinterlegen müsse.

Sie entschied sich für einen Küchentisch, der nach

Naturholz aussah, und dazu passenden Küchenstühlen; einen Fernseher mit kleinem Bildschirm; einen zweitürigen Kühlschrank mit Gefrierfach; eine Matratze ›Simmons Best Quality King Size‹ mit Sprungfedern und ein Bett als Unterlage dafür (die Reihenfolge war ihr wichtig).

Sie bezahlte mit Scheck Nummer 0001, mit dem das Konto von Lieutenant und Mrs J.E. Portet bei der First National Bank of Ozark, Alabama, belastet werden sollte.

»Mal sehen, welcher Liefertermin frei ist«, sagte der Verkäufer und zog einen Terminkalender zu Rate. »Übermorgen – am Nachmittag, würde Ihnen das passen?«

»Ich brauche dies heute«, sagte Marjorie. »Sofort. Das habe ich Ihnen gesagt.«

»Oh, ich befürchte, das wird nicht möglich sein, Mrs Portet«, sagte er und sprach den Namen ›Poor Tet‹ aus.

»Dann vergessen Sie das Ganze«, sagte sie und hoffte, er konnte nicht sehen, wie nahe sie den Tränen war. »Geben Sie mir meinen Scheck wieder.«

»Einen Moment, ich werde sehen, was ich tun kann.«

Die Möbel, deren Auslieferung für 16 Uhr versprochen worden war, trafen um halb sechs ein, und dann war es zu spät, um zur Telefongesellschaft zu fahren und eine Kaution zu hinterlegen.

Mit der Matratze und dem Bett – es wurde in Einzelteilen verpackt geliefert und sie hatte keine Ahnung, wie sie es schaffen konnte, die Teile zusammenzusetzen – wirkte das größere der beiden Schlafzimmer viel kleiner als zuvor.

Dann wurde der Kühlschrank in der Küche aufgestellt, und die Tür ließ sich nur zu falschen Seite hin öffnen.

Sie machte sich auf die Suche nach einem Münzfernsprecher, fand einen neben dem Büro des Verwalters für den Apartmentkomplex und stellte dann fest, dass sie kein Münzgeld hatte, um ihn zu füttern.

Sie suchte einen Supermarkt, fand einen mit Münzfernsprechern draußen und musste dann in der Schlange an der Kasse warten, um sich fünf Dollar in Münzgeld zum Telefonieren wechseln zu lassen.

Es war immer noch keine voraussichtliche Ankunftszeit von Jack bekannt, und bei dem Telefonat erfuhr Marjorie, dass sie abermals Patricia Hanrahan gekränkt hatte, weil sie deren Angebot, mit zur Garnison zu kommen und dort auf ihn zu warten, abgelehnt hatte.

»Gott, du solltest wissen, Baby, dass du nie wissen kannst, wann die Männer von Soldatenfrauen auftauchen werden.«

»So bekomme ich die Wohnung doch noch fertig«, sagte Marjorie. »Aber ich weiß deinen Rat wirklich zu schätzen.«

Sie ging wieder in den Supermarkt, um gerade genug Lebensmittel zu kaufen, damit sie bis zum richtigen Einkauf über die Runden kommen würde. Den Großeinkauf würde sie natürlich im PX von Fort Bragg machen, weil es dort billiger war und sie viel Geld sparen konnte.

Als sie fertig eingekauft hatte, war der Einkaufswagen überladen.

Es gab ein wenig Probleme, bis die Kassiererin Scheck 0002 akzeptierte, aber schließlich erteilte der herbeigerufene Supermarktleiter die Genehmigung, nicht zuletzt, weil Marjorie mit der Drohung geblufft hatte, sonst auf den Kauf zu verzichten.

Welche Tugenden der Jaguar XKS auch haben mag, der Kofferraum ist nicht gerade groß, und in diesem Fall war er mit Marjories Gepäck voll ausgelastet. Sie schaffte es schließlich, alles Restliche im Wageninnern zu verstauen, aber dabei platzte ein Milchkarton auf, und Milch ergoss sich über Jacks kostbare Bodenteppiche, und Jack würde am Morgen sauer sein, wenn sie die Teppiche nicht am Abend herausnehmen und abwaschen würde.

Sie rief bei den Hanrahans an und General Hanrahan sagte, es sei immer noch keine voraussichtliche Ankunftszeit von Jack bekannt, aber wenn sein Flug abgesagt worden sei, hätte er davon erfahren. »Warum kommst du nicht her und wartest hier?«, fügte er hinzu.

Sie war auf halbem Weg zum Komplex der Foster

Garden Apartments, als ihr einfiel, dass sie zwar eine Matratze, Sprungfedern und ein Bett, jedoch keine Kissen und Laken hatte. Und, was das anbetraf, keine Handtücher.

Im Einkaufszentrum hatte die Abteilung ›Bed & Bath‹ einige sehr hübsche Laken und Kissen und schöne flauschige Frotteehandtücher, aber man weigerte sich rigoros, Scheck Nummer 0003 zu akzeptieren.

So blieben ihr 19,45 Dollar, bis sie bemerkte, dass sie fast keinen Sprit mehr im Tank hatte. Sie kaufte für 9,40 Dollar Benzin und fuhr heim.

Die Lebensmittel verstaute sie in ihrem neuen Kühlschrank. Sie packte die Einzelteile des Bettes aus den langen Kartons und schaffte es, sie mehr oder weniger zusammenzufügen, und dann gelangte sie zu dem unausweichlichen Schluss, dass sie unmöglich ihre neue ›Simmons Best Quality King Size‹-Matratze mit Sprungfedern darin einbauen konnte. So nahm sie alles wieder auseinander.

Sie sagte sich, dass sie nach der Aufregung eine Dusche brauchte. Das erinnerte sie an die Koffer im Wagen, und sie machte sich auf den Weg, um sie zu holen. Dabei fiel ihr der mit Milch getränkte Teppich ein. Sie brauchte zwei Ausflüge, um ihr Gepäck aus dem Kofferraum des Jaguars zu holen und die Treppen zum Apartment B-14 hoch zu schleppen, und einen weiteren, um den Teppich zu holen, der bereits ein wenig streng roch, wie es ihr vorkam.

Sie ging ein letztes Mal hinab, um vom Münzfernsprecher die Hanrahans anzurufen.

*Dies ist der letzte Anruf*, sagte sie sich. *Ich mache mich wirklich lächerlich.*

Es gab keine voraussichtliche Ankunftszeit von Jack. Als sie ihre Kleidung auspackte und Dinge hinter der Schiebetür des Einbauschranks in ihrem neuen Schlafzimmer aufhängen wollte, gab es dort keine Bügel.

Sie legte ihre Kleidung so ordentlich wie möglich auf dem Boden in Jacks zukünftigem Büro oder Arbeitszimmer aus und duschte dann zusammen mit Jacks Wagenteppich. Das war ein wenig schwierig, weil die einzige Seife in ihrem neuen Apartment aus einer Plastikflasche stammte und als Spülmittel für Geschirr gedacht war.

Als sie Jacks frisch gewaschenen Teppich über die Tür der Duschkabine hängte, war er, vom Wasser vollgesogen, so schwer, dass sein Gewicht die lockeren Schrauben herausriss, mit der die Angeln gehalten worden waren, und der Teppich auf den Boden klatschte.

*Ich werde nicht schreien, und ich werde nicht heulen*, sagte sie sich. *Ich werde diese verdammte Dusche verlassen, mein Nachthemd anziehen, mich in mein Bett legen und fernsehen, bis ich von Jack höre.*

*Und es gibt keinen Grund, mich schamhaft mit einem Handtuch zu verhüllen. O Gott, ich bin ganz allein!*

Sie ging in ihr Schlafzimmer und machte sich dann auf den Weg zu Jacks zukünftigem Büro, um ihr Nachthemd zu holen. Auf halbem Weg durch ihr neues Wohnzimmer hörte sie ein sonderbares klopfendes Geräusch, und blickte zur gläsernen Schiebetür des Balkons.

Dort stand Jack in seiner Fliegerkombination, hielt eine Flasche Sekt in der Hand und betrachtete staunend und bewundernd ihren nackten Körper.

*Wie hat der das Apartment gefunden? Und wie ist er auf den Balkon gekommen? Antwort: Er ist ein Green Beret. Sie können alles.*

Sie schaffte es schließlich, die Verriegelung der Tür zu öffnen, und sie schob sie auf.

»O Mann, ist das ein Timing!«, sagte Jack. »Sollen wir es gleich hier auf dem Balkon tun, oder haben wir ein Bett?«

Sie warf sich in seine Arme.

Nach einer Weile fragte er: »He, Baby, was sollen die Tränen?«

»Ich bin glücklich«, sagte Marjorie. »Das ist alles. Willkommen daheim, Baby.«

# SECRET

Central Intelligence Agency
Langley, Virginia

Von: Stellvertretender Direktor Verwaltung

Datum: 7. Januar 1965, 1415 GMT

Betrifft: Guevara, Ernesto (Aktennotiz # 32.)

An: Mr Sanford T. Felter
Berater des Präsidenten
Zimmer 637, Executive Office Building
Washington, D.C.

Per Kurier

Gemäß Aktennotiz des Präsidenten an den Direktor vom 14. Dezember 1964 betreffend ›Ernesto ›Che‹ Guevara‹ werden folgende Informationen geliefert:

(Zuverlässigkeitsstufe fünf) (Von CIA Conraky, Guinea) Betreffender traf sich am 6. Januar 1965 1945 GMT mit dem guineanischen Präsidenten Sekou TOURÉ in dessen Palast. Ebenfalls anwesend war Senghor a LABE, Präsident von Senegal.

(Zuverlässigkeitsstufe drei) (von CIA-Quellen) Sowohl TOURÉ als auch a LABE drückten Sympathie für die afrikanische Befreiungsbewegung aus, erbaten jedoch von Betreffendem weder irgendeine Art Unterstützung zur Erlangung der Befreiung noch irgendeine guineanische oder senegalesische Hilfe, obwohl Betreffender wiederholt vorschlug, Kuba könne sicher heimliche Hilfe anbieten.

*Howard W. O'Connor*
HOWARD W. O'CONNOR

SECRET

4

*Zimmer 637, Executive Office Building*
*Washington, D.C.*

*10. Januar 1965, 15 Uhr 5*

Zimmer 637 war eigentlich eine kleine Suite. Es gab ein Vorzimmer mit zwei Schreibtischen, zwei Aktenschränken an einer Wand und einer Ledercouch an der anderen. Neben der Couch stand ein Kleiderständer, und eine Tür führte zu einem kleinen Waschraum. Direkt gegenüber der Tür zum Flur befand sich eine Tür zum inneren Büro. Es war kleiner als das Vorzimmer, enthielt einen Schreibtisch, der an der Wand stand, zwei Lehnsessel und einen Kleiderständer.

An einem der Schreibtische im Vorzimmer saß Chief Warrant Officer James L. Finton, am anderen Miss Mary Margaret Dunne.

Vor fünf Minuten hatte eines der Telefone geklingelt – dasjenige, das mit der gesicherten Vermittlung des Weißen Hauses verbunden war –, und als sich Miss Dunne gemeldet hatte, war sie von einer Männerstimme ohne Einleitung gefragt worden: »Ist Felter da?«

»Ja, Mr President«, hatte Mary Margaret geantwortet.

Dann war die Leitung tot gewesen.

Mary Margaret hatte den Colonel sofort über den Anruf informiert und seither das Telefon im Auge behalten, weil sie einen zweiten Anruf erwartete, mit dem der Colonel sofort ins Oval Office befohlen wurde oder in die Apartments des Präsidenten oder zum Privateingang zum Weißen Haus oder zum Rasen, wo die Hubschrauber landeten.

Die Tür von Zimmer 637 wurde geöffnet, und der Präsident der Vereinigten Staaten trat ein.

»Tag«, sagte er zu Mary Margaret.

Dann wandte er sich an die beiden Agenten des Secret Service, die ihm ins Büro folgten, und sagte: »Warten Sie hier.«

»Rühren, Sohn«, sagte er zu CWO Finton, der hinter seinem Schreibtisch aufsprang und stillstand.

»Ist er da drin?«, fragte er Mary Margaret und wies auf die Tür des Waschraums.

»Dort, Mr President«, sagte Mary Margaret und zeigte auf die Tür zum Büro des Colonels.

Der Präsident ging zu der Tür und öffnete sie, ohne anzuklopfen.

Die drei Männer in dem Büro, zwei davon in Uniform, standen auf.

»Guten Tag, Mr President«, sagte Felter. »Ich wusste nicht, dass Sie sich herbemühen, Sir.«

»Ich brauchte etwas frische Luft«, sagte Johnson. »Und mir wurde klar, dass ich noch nie Ihr Büro gesehen habe. So bin ich hier.«

»Jawohl, Sir.«

»Dies ist ein ziemlich schäbiges Büro«, sagte Johnson. »Soll ich Ihnen ein besseres besorgen?«

»Es dient meinen Bedürfnissen sehr gut, Sir. Aber danke.«

Johnson wandte sich den beiden uniformierten Männern zu und betrachtete sie.

»Nun, wen haben wir denn da?«, sagte der Präsident

und gab einem der beiden die Hand. »Sie sehen viel besser aus als bei unserer letzten Begegnung. Wie geht es Ihnen, Major?«

»Sehr gut, danke, Sir«, sagte Father Lunsford.

»Wer sind Sie?«, fragte der Präsident den anderen Uniformierten.

»Mein Name ist Lowell, Mr President«, antwortete Craig Lowell.

»Ich habe einiges über Sie gehört«, sagte der Präsident. »Sie sehen nicht aus wie ein Investmentbanker.«

»Ich versuche, nicht so auszusehen«, erwiderte Lowell.

»Davon hat man mir erzählt.« Der Präsident stieß Lowell mit dem ausgestreckten Finger gegen die Medaillen auf der Brust. »Aber nicht *davon*. Ich nehme an, das Distinguished Service Cross passt nicht zu dem Bild, das jemand – erst vor ein paar Minuten – von Ihnen zu zeichnen versuchte, indem er Sie als einen Investmentbanker von der Wall Street bezeichnete, der Soldat spielt.«

Lowell äußerte sich nicht direkt dazu.

»Erlauben Sie, dass ich mich zurückziehe, Mr President?«, fragte er.

»Ich werde Ihnen schon sagen, wann Sie gehen können«, erwiderte Lyndon Johnson scharf.

»Jawohl, Sir.«

»Ihre Uniform sieht aus, als hätten Sie darin geschlafen, Colonel«, sagte Johnson.

»Jawohl, Sir, das habe ich«, sagte Lowell.

»Sie sind soeben von Buenos Aires hergeflogen?«

»Jawohl, Sir.«

Johnson wandte sich an Lunsford.

»Sie waren mit ihm dort, richtig?«

»Jawohl, Sir.«

»Ich hörte, dass Lowell mit einem anderen Begleiter dort war; der hieß anders. Was, zum Teufel, haben Sie dort getrieben?«

Lunsford blickte unbehaglich drein, als überlege er seine Antwort.

»Sie können es mir sagen«, meinte Johnson sarkastisch. »Ich bin der Präsident.«

»Sir, wir suchten die Kooperation der argentinischen Regierung hinsichtlich Che Guevara«, sagte Lunsford.

»Ich war der Meinung, Colonel Felter, wir haben dort einen Botschafter, der dafür bezahlt wird, mit der argentinischen Regierung zu verhandeln«, sagte Johnson und sah Felter an.

»Ich befürchte, Major Lunsford hat sich missverständlich ausgedrückt, Mr President«, sagte Felter. »Colonel Lowell und Major Lunsford trafen sich inoffiziell mit General Pistarini.«

»Wer ist das?«

»Der Oberbefehlshaber der argentinischen Armee, Sir.«

»Ich dachte, der Chef der Armee dort erhält die Befehle vom Präsidenten?«

»Präsident Illia von Argentinien tanzt sozusagen nach der Pfeife von General Pistarini«, sagte Felter.

»Mit anderen Worten, er ist ein neuer Perón?«

»Nein, Sir«, widersprach Felter. »Nach dem, was ich über ihn erfahren habe, ist er überhaupt nicht wie Juan Perón.«

»In welcher Hinsicht ist er anders?«

»Wenn er zum Beispiel einen Staatsstreich gegen Illia im besten Interesse für Argentinien für notwendig hält, wird er ihn mit großem persönlichem Widerwillen befehlen und jemanden anderen – vermutlich General Onganias – zum Präsidenten ernennen. Perón hingegen würde gern selbst Präsident werden.«

Johnson wandte sich an Lowell.

»Sie sprachen mit diesem Mann – Pistarini, sagten Sie? Und er sagte Ihnen dies?«

»Jawohl, Sir.«

»Und Sie haben ihm geglaubt?«

»Jawohl, Sir.«

»Warum?«

»Es war in den frühen Morgenstunden, Mr President, und wir alle hatten viel getrunken.«

»Sie haben mit Pistarini um drei, vier Uhr getrunken?« Johnson sah ihn ungläubig an und lachte. »Sie sind also ziemlich gut mit ihm zurechtgekommen, wie?«

»Jawohl, Sir«, sagte Lowell und platzte dann heraus: »Es fehlte nicht viel, und er hätte mir eine Medaille verliehen.«

»Warum hätte er das tun sollen?«, fragte Johnson.

»Das wurde nie richtig klar, Sir«, erwiderte Lowell. »Aber um drei Uhr am Morgen schien Pistarini es für eine gute Idee zu halten, Major Lunsford und mich zu dekorieren.«

Johnson lächelte kopfschüttelnd.

»Wissen Sie, jedes Mal, wenn ich südlich von Brownsville bin, sehe ich all diese lateinamerikanischen Generals, die herummarschieren und mit Medaillen behängt sind, und ich weiß, dass die meisten – vielleicht keiner – jemals einen Schuss im Ernstfall gehört hat.«

»Das habe ich bemerkt, Sir«, sagte Lowell.

»Warum haben Sie die Medaille nicht angenommen?«, fragte Johnson.

»Ich hatte den Befehl, mich so unauffällig wie möglich zu verhalten, Sir.«

»Ihr unauffälliges Verhalten ist der Aufmerksamkeit des Außenministers nicht entgangen, Colonel. Er meint, Sie beide haben auf sein Gras gepinkelt.«

»Ich bedaure, dies zu hören, Sir.«

»Bevor Sie und Pistarini zusammen tranken, was plante er da mit Señor Guevara?«

»Guevara sollte Argentinien nicht lebend betreten, Mr President«, sagte Lowell. »Und General Pistarini erzählte mir, dass er nicht nur glücklich wäre, wenn Dr. Guevara ein Unfall zustoßen würde, sondern dass dieser ›Unfall‹ auch vom argentinischen Nachrichtendienst – er heißt SIDE – untersucht werden würde, der feststellen und verkünden würde, dass es absolut keine verdächtigen Umstände dabei gibt.«

»Und nachdem Sie einen gebechert hatten?«

»Er und der Mann, der den SIDE leitet, hielt es in jedermanns bestem Interesse, Ihr Gefühl zu teilen, dass Guevara am Leben erhalten werden sollte, damit er auf die Nase fallen kann.«

»Können wir das schaffen, Lunsford?«, fragte der Präsident. »Den Hundesohn im Kongo auf die Nase fallen lassen?«

»Jawohl, Sir. Ich glaube, das können wir schaffen. Ich baue in Fort Bragg ein ziemlich fähiges Team auf.«

»Hat Ihnen Colonel Felter klar gemacht, dass niemand unsere Beteiligung herausfinden darf?«

»Jawohl, Sir.«

»Meinen Sie – Sie alle drei –, dass man diesem Pistarini vertrauen kann?«

»Jawohl, Sir, das meine ich«, erwiderte Lunsford, und auch Felter und Lowell gaben die gleiche Antwort.

»Okay. Das war's«, sagte Johnson. »Wenn der Außenminister immer noch vor dem Oval Office wartet, und ich weiß verdammt, dass dies der Fall ist, werde ich ihm erzählen, was ich gestern dem Führungsstab der Streitkräfte gesagt habe.«

Er blickte Felter an.

»Und zwar, Mr President?«, fragte Felter.

»Dass ich über alles, was Sie für mich tun, genau Bescheid weiß und sie Ihnen alles geben sollen, was Sie verlangen, und nicht darüber reden sollen.«

»Danke, Sir«, sagte Felter.

»Noch eines.« Johnson wandte sich an Lowell und Lunsford. »Ich möchte nicht Ihnen beiden einen weiteren Orden anheften müssen. Oder Ihren nächsten Verwandten schicken müssen. Klar?«

»Jawohl, Sir.«

Er gab ihnen die Hand und marschierte aus dem kleinen Büro.

# X

## 1

*Zimmer 1322*
*Fontainebleau Hotel*
*Miami Beach, Florida*

*9. Januar 1965, 16 Uhr 05*

J. Richard Leonard von der Gresham Investment Corporation, ein wohlbeleibter Fünfundvierzigjähriger, kam mit einem Handtuch um die Hüften aus der Dusche. Er setzte sich auf das Doppelbett und griff nach dem Telefon.

Es klopfte an der Tür.

»Zimmerservice.«

Leonard ging zur Tür, erlaubte einem Pagen, einen Sektkühler mit vier Flaschen Bass Ale hereinzutragen, unterzeichnete den Lieferschein und gab ihn dem Pagen zurück.

»Das war schnell, danke«, sagte er.

Er hatte das Bier vor dem Duschen bestellt und gedacht, es würde mindestens eine halbe Stunde dauern, bis es geliefert werden würde.

»Kann ich sonst noch etwas für Sie tun, Sir?«, erkundigte sich der Page und blickte Leonard erwartungsvoll an.

Einsame fünfundvierzigjährige Geschäftsleute in einer schönen Suite wünschten in Miami Beach oftmals mehr als Sand und Sonne.

»Nein, danke«, sagte Leonard. »Ich suche mir meine Frauen lieber auf dem freien Markt.«

»Nun, wenn Sie Ihre Meinung ändern, fragen Sie nach Richard«, sagte der Page und verließ die Suite.

Leonard fand einen Flaschenöffner im Badezimmer, öffnete eine Flasche Ale, kehrte zum Bett zurück und nahm den Telefonhörer ab. Er nannte dem Telefonisten eine Nummer in Nord-Virginia.

»Zwanzig«, antworte eine weibliche Stimme.

»Dick Leonard, Süße, ist der Boss da?«

»Ich werde sehen, ob ich ihn erreichen kann.«

Einen Moment später meldete sich Howard W. O'Connor.

»Was ist los, Dick?«

»Ich habe heute Nachmittag mit Captain Portet gesprochen«, sagte Leonard. »Was schwieriger war, als ich mir vorgestellt hatte. Da gibt es einen Ort namens Ocean Reef.«

»Den kenne ich. Als Nixon Vizepräsident war, pflegte er mit seinem Kumpel Bebe Rebozo dort hinzufahren. Es ist sehr schön dort.«

»Auch schwer hinzukommen«, sagte Leonard. »Jedenfalls hat Portet dort ein Haus. Ich glaube, er mietet es als Ferienhaus für seine Familie.«

»Nun, das passt nicht gerade zu Ihrer Theorie, dass er pleite ist, nicht wahr?«

»Ja, ich nehme an, das stimmt. Jedenfalls, nachdem ich den Sicherheitsmann stark bestochen hatte, damit er mich reinlässt, war ich heute Morgen in Portets Haus, kurz nachdem er es verlassen hatte. So folgte ich ihm. Er fuhr zum Flughafen in Miami und schnüffelte herum, fragte nach gebrauchten Flugzeugen. In einem Coffee Shop kam ich mit ihm ins Gespräch und fühlte vor, erzählte ihm, dass Gresham mit dem Gedanken spiele, sich in eine kleine Fluglinie einzukaufen oder eine aufzubauen, und dass ich wegen seiner Tätigkeit im Kongo an seinen Namen gekommen sei.«

»War er interessiert?«

»Mäßig«, erwiderte Leonard. »Nicht so begeistert, wie ich erwartet hatte. Er schlug mir vor, ein Angebot zu machen, über das er nachdenken werde.«

»Nun, machen Sie ihm eines und informieren Sie mich,

was passiert. Wir müssen diese Sache ins Rollen bringen, Dick.«

»Ich werde noch ein paar Tage länger hier bleiben und noch ein wenig mehr herumschnüffeln. Ich will nicht zu begierig wirken.«

»Knausern Sie nur nicht mit jedem Cent, Dick«, mahnte Howard W. O'Connor und legte auf.

## 2

*›Bonne Visage‹ (Haus A)*
*Golf Club Lane 24*
*Ocean Reef Club*
*Key Largo, Florida*

*10. Januar 1965, 18 Uhr 20*

Captain Jean-Philippe Portet war soeben an die Bar am Swimmingpool gegangen und hatte sich einen Drink gemixt, als die Türglocke anschlug.

»Da ist jemand an der Tür!«, rief er für den Fall, dass Madam Portet es nicht gehört hatte.

»Geh hin«, rief Hanni aus dem Schlafzimmer zurück. »Ich bin nicht angezogen.«

»Meinst du, jemand würde sich erschrecken, wenn er dich nackt sieht?«

»Mein Gott!«

Captain Portet ging durch das Haus zur Eingangstür und öffnete sie.

Draußen stand Lieutenant Colonel Craig W. Lowell in Uniform. Sein alter Packard parkte auf dem Zufahrtsweg.

*Gott, der hat mehr Medaillen als Patton*, dachte Portet.

»Verzeihen Sie mir, dass ich einfach so hereinplatze, JP«, sagte Lowell lächelnd. »Ich stehe vor meinem Meisterstück, und es gibt keine Ruhe für den Erschöpften.«

»Komisch, ich hatte gerade an Sie gedacht«, sagte Portet. »Wir müssen miteinander reden.«

»Ganz meine Meinung«, erwiderte Lowell. »Sehen Sie, JP, ich habe diese Uniform in Buenos Aires angezogen. Ich brauche dringend eine Dusche. Wie wäre es, wenn ich Ihnen ein Abendessen spendiere? Könnten Sie zuvor mitkommen, wenn ich mich bei mir umziehe? Was ich zu sagen habe, wird nicht lange dauern, aber es ist etwas, das ich Hanni und das Mädchen lieber nicht hören lassen möchte.«

*Warum nicht? Was ich zu sagen habe, dauert ebenfalls nicht lange.*

Portet drückte auf die Knöpfe SPRECHEN und ELTERNSCHLAFZIMMER der Haussprechanlage an der Wand bei der Tür.

»Hanni, Baby«, kündigte er an, »ich fahre für ein paar Minuten rüber zu Colonel Lowell. Wir sind gleich zurück. Und dann fahren wir zum Abendessen.«

Als er die Tür schloss, drückte Hanni die Tasten SPRECHEN und HAUSTÜR der Haussprechanlage und fragte ungläubig: »Was hast du gesagt?«

Captain Portet antwortete nicht, sondern ging zum Packard und stieg ein.

*Ich werde Lowell fast mit Sicherheit verärgern – vermutlich seine ganze Familie – und mir ins eigene Fleisch schneiden – Hanni liebt dieses Haus wirklich –, doch wenn ich das nicht zwischen uns kläre, wird es nur viel schlimmer werden. Es ist besser, jetzt und hier reinen Tisch zu machen.*

»Ich bin mit einem Learjet gekommen«, sagte Lowell. »Vor etwas weniger als zwei Stunden.«

»Sagten Sie nicht, Sie sind von Argentinien gekommen?«, erwiderte Portet.

»Buenos Aires, Miami; Miami, Washington; und von Washington nach hier. Ich bin kaputt und brauche dringend was zu trinken und eine Dusche«, sagte Lowell. »Und in dieser Reihenfolge, habe ich soeben entschieden.«

»Was haben Sie in Argentinien gemacht?«, erkundigte

sich Portet, dessen Neugier stärker war als seine Entschlossenheit, höflich, jedoch distanziert zu bleiben.

»Ich hoffe, ich habe es geschafft, den Argentiniern auszureden, Che Guevara umzulegen«, erwiderte Lowell.

»Ich verstehe nicht.«

»Ich hätte Ihnen gar nicht so viel sagen sollen«, meinte Lowell. »Können Sie vergessen, was ich gesagt habe?«

»Gewiss«, sagte Portet.

»Es läuft eine Operation«, sagte Lowell. »Wenn Sie bereit sind, nach Washington zu kommen, wird Felter Ihnen alles erklären.«

»Warum sollte er das tun?«

»Wir brauchen Ihre Hilfe«, sagte Lowell. »Deshalb bin ich hier. Um sie zu erbitten.«

Lowell hielt vor dem Surf Point Drive 12 (Haus C). Die Beleuchtung war eingeschaltet, und als er aus dem Wagen stieg, wurde die Tür von einem jungen Mann mit weißem Jackett geöffnet.

»Willkommen daheim, Colonel«, sagte der Mann. »Wie lange werden Sie bei uns bleiben?«

»Wenn ich nicht heute Abend verschwinde, werde ich bis zum ersten Tageslicht fort sein«, antwortete Lowell.

»Ich stelle das Frühstück in den Kühlschrank, Colonel.«

»Sie kommen besser morgen zurück, frieren davon ein, was Sie können, und werfen den Rest weg«, sagte Lowell. »Und stellen Sie auch den Wagen wieder in die Garage. Ich werde ihn am Start- und Landestreifen zurücklassen.«

»Ich sah den Lear der Air Force eintreffen. Waren Sie das?«

»Ja. Und dies ist geschäftlich, mein Ehrenwort.«

»Ja, Sir. Sonst noch etwas, Colonel?«

»Das ist alles. Vielen Dank.«

»Gute Nacht, Gentlemen«, sagte der junge Mann, ging zu einem Golfkarren und fuhr davon.

»Sie haben ihm kein Trinkgeld gegeben«, meinte Portet.

»Stimmt, wir geben keine Trinkgelder«, sagte Lowell. »O Gott! JP, haben Sie versucht, die Leute zu schmieren?«

»Kein Problem«, erwiderte Portet. »Aber ich wusste es nicht anders.«

*Und ich dachte, dass jedermanns Weigerung, ein Trinkgeld anzunehmen, ein weiteres Anzeichen darauf ist, dass Lowells Familie sauer auf mich undankbaren Hundesohn ist.*

»Es ist ein kompliziertes System«, sagte Lowell, als er zur Bar ging. »Ich kapiere wirklich nicht, wie es funktioniert. Helene Craig ruft mich einmal im Jahr an und erzählt mir, welch großes Weihnachtsgeschenk ich soeben gemacht habe. Bitten Sie sie, das Gleiche bei Ihnen zu machen, bis Sie das System kennen.«

Er zog eine Flasche Scotch, die Portet noch nie aufgefallen war, aus dem Sortiment hinter der Bar hervor.

»Den kann ich sehr empfehlen«, sagte er.

»Colonel, ich glaube nicht, dass wir hier in Ocean Reef bleiben und hier wohnen werden«, sagte Portet.

»›Colonel‹?«, wiederholte Lowell. »Da klingt eine gewisse eisige *Ich bin sauer auf Sie*-Förmlichkeit mit, *Captain*«, erwiderte Lowell. »Wollen Sie mir sagen, welche Laus Ihnen über die Leber gelaufen ist?«

Er überreichte ihm ein Glas, das halb mit Scotch gefüllt war.

»Wenn wir keine Freunde mehr sind«, sagte Lowell, »dann können Sie mich mal und sich selbst Eis holen.«

Es fiel Portet schwer, sich ein Lächeln zu verkneifen, doch er schaffte es.

»Ich dachte, ich hätte Mr Craig ziemlich klar gemacht, dass seine Dankbarkeit Jacques gegenüber wegen der Ereignisse in Stanleyville …«

»Das haben Sie am Hals, JP, befürchte ich«, sagte Lowell. »Der einzige Enkel meines Cousins, praktisch wie sein Augapfel, war in Ihrem Apartment in Stanleyville mit der Aussicht, dass ihm Schreckliches widerfährt, als Jack auftauchte und seinen John-Wayne-Auftritt hatte. Das ist nun mal geschehen. Er hat allen Grund, Jack dankbar zu sein. Wir alle haben den.«

»Wir brauchen keinen finanziellen Ausdruck dieser Dankbarkeit, Craig«, sagte Portet. »Das glaubte ich Porter Craig klar gemacht zu haben, aber offenbar hat er das nicht kapiert.«

»Zum Beispiel?«

»Zuerst hielt ich mich für paranoid«, sagte Portet. »Als ich um eine Hypothek auf das Haus ersuchte, sagte mir der Bankier, ich brauche keine. So ließ ich das Haus schätzen. Der Preis, den Porter mir nannte, lag neunzigtausend unter der Schätzung, für die ich bezahlte.«

»Okay. Ich beginne zu begreifen, was in Ihnen vorgeht. Wir haben unsere eigenen Schätzer. Alles, was wir besitzen, ist auf einer regulären Basis geschätzt, sodass wir nicht von einem Steuereintreiber ausgenommen werden. Als Sie Porter erzählten, dass Sie dieses Haus kaufen wollen, rief er mich an und sagte, dies sollte die einzige Ausnahme von der Regel sein. Und ich stimmte zu.«

»›Von der Regel‹? Welche Regel?«

»Die Familie kauft Besitz, aber verkauft ihn niemals. Wir verpachten ihn, manchmal ein Jahr lang, manchmal ein Jahrhundert, aber wir verkaufen nie. Ich stimmte zu, für Sie und Hanni gegen die Regel zu verstoßen. Sie sind mehr als Freunde – Sie gehören zur Familie.«

»Neunzigtausend Dollar unter dem geschätzten Wert?«

»Sie werden mir vertrauen müssen, JP«, sagte Lowell. »Als ich ihm sagte, verkaufe das Haus an JP, rief Porter unseren Schätzer an und fragte ihn, was in den Büchern steht. Die Zahl, die Porter Ihnen nannte, war die Zahl, die er von unserem Schätzer erhielt. Wir sind eine Bank, kein Wohltätigkeitsverein.«

Portet sah ihn lange an.

Er zog seine Brieftasche hervor und gab Lowell eine Visitenkarte.

GRESHAM INVESTMENT CORPORATION

J. RICHARD LEONARD · VICE PRESIDENT

SUITE 1107 · 27 WALL STREET
NEW YORK CITY 10022
212-555-9767

»Was ist das?«, fragte Lowell.

»Das wissen Sie nicht?«

»Nein. Nie davon gehört.«

»Ich möchte Ihnen wirklich glauben, Craig«, sagte Portet.

»Ich habe nie von diesen Leuten gehört, okay?«, sagte Lowell kühl. »Woher haben Sie die Karte?«

»Ich erhielt sie am Flughafen in Miami«, sagte Portet. »Ich hatte mir angesehen, was auf dem Markt für gebrauchte Flugzeuge zu bekommen ist, Instandsetzungseinrichtungen besichtigt und so weiter – Sie verstehen.«

»Und?«

»Dieser Typ kam zu mir, als ich einen Kaffee trank – nicht im Terminal, sondern gegenüber davon im Frachtbereich. Er wusste, wer ich bin, nannte mich Captain Portet und sagte, er hätte von meiner Anwesenheit auf dem Flughafen erfahren und dass es ein glücklicher Zufall sei, denn er habe daran gedacht, mit mir im Kongo Kontakt aufzunehmen.«

»Hat er gesagt, warum?«

»Er sagte, er und seine ›Geschäftspartner‹ seien im Begriff, eine Chartergesellschaft aufzubauen, ein halbes Dutzend umgebaute 707-Maschinen; dass sie nicht glücklich mit den Leuten seien, die sie als Manager gesucht hätten; und dass sie bei einer Suche auf meinen Namen gestoßen seien, auf jemanden mit genau der Erfahrung, die sie brauchen. Meine Langstrecken-Erfahrung mit Jets zwischen Europa und dem südlichen Afrika und meine Kurzstrecken-Operationen im Gebiet des Kongo seien genau das, was sie wünschten, um eine Linie zwischen den Staaten und dem Fernen Osten zu starten – ich glaube, er meinte Französisch-Indochina, Vietnam. Wenn ich Interesse hätte, seien sie an einem wirklich ernsthaften Gespräch interessiert und darauf vorbereitet, mir eine Beteiligung anzubieten, nach den Worten dieses Leonard einen wesentlichen Teil der Firma plus ein Gehalt ›entsprechend meinem Hintergrund‹.«

»Es klang zu schön, um wahr zu sein, richtig?«

»Ich hatte bei Porter Craig darüber gesprochen, mich in eine kleine Fluglinie einzukaufen«, sagte Portet. »Ja, Craig, es klang zu schön, um wahr zu sein.«

»Meine erste Reaktion ist, Ihnen zu sagen, dass Craig, Powell, Kenyon & Dawes keine Angestellten hat, die auf Flugplätzen herumwandern und Leute suchen, denen sie Geld leihen können«, sagte Lowell. »Die Leute kommen zu uns. Aber manchmal lässt sich Porter zu etwas hinreißen. Und wir besitzen Wall Street siebenundzwanzig, was meine Neugier anstachelt.«

Er zog ein Telefon unter der Bar hervor und wählte eine Nummer aus dem Gedächtnis. Portet konnte schwach hören, wie sich jemand meldete.

»Die Craig-Wohnung.«

»Hallo, Stephen, ist mein würdevoller Cousin da?«

Lowell hielt den Telefonhörer vom Ohr fort, sodass Portet das Gespräch mithören konnte.

»Was kann ich für dich tun, Craig?«

»Gib mir eine offene Antwort. Hast du versucht, Captain Portet bei seinen Plänen, eine Fluglinie zu kaufen, zu helfen? Eine ehrliche Antwort bitte, Porter.«

»Ich würde liebend gern helfen, aber als ich ihm jede mir mögliche Hilfe anbot, erklärte er mir höflich, aber entschieden, nein danke. Ich habe seinen Wunsch respektiert. Will er jetzt Hilfe haben? Ist er zu dir gekommen?«

»Was weißt du über die Gresham Investment Corporation?«

»Nie gehört.«

»Wie steht es mit einem Mann namens J. Richard Leonard?«

»Den Namen kenne ich nicht.«

»Sie haben ein Büro in der Wall Street siebenundzwanzig.«

»Wie hundert andere Firmen. Das ist ein großes Gebäude. Ich habe nie davon gehört, tut mir Leid.«

»Wen kannst du anrufen, um es herauszufinden?«

»Wenn es wichtig für dich ist, ziehe ich am Morgen Erkundigungen ein.«

»Ich meine, gleich jetzt.«

»Guter Gott, Craig! Es ist nach Geschäftsschluss.«

»Dies ist wichtig, Porter.«

»Was soll ich für dich tun?«

»Stell fest, wie viele Räumlichkeiten sie haben, wen sie als Kreditreferenzen angeben. Das sollte in den Pachtverträgen stehen.«

»Wir wissen nicht mal, wer dieses Gebäude verwaltet.«

»Porter, wenn ich dich für heute Abend verschone, wirst du es dann als Erstes am Morgen in Angriff nehmen? Ich werde im Apartment im Hotel Washington zu erreichen sein.«

»Ich hörte, dass du es benutzen wirst«, sagte Porter Craig. »Geoff rief mich an und sagte mir, dass du dort wohnen wirst.«

»Und ich kann dir nicht sagen, warum, Porter, nur, dass dort das übliche Sortiment lockerer Damen sein wird. Und sorge dafür, dass du morgen während der Geschäftsstunden die Sache erledigst. Überprüfe die Firma mit Dun und Bradstreet – und seht euch die vertraulichen Berichte an. Ich will wissen, an wen diese Gresham Investment Corporation Geld verleiht.«

»Allmählich glaube ich, dass dies wirklich wichtig für dich ist. Willst du mir sagen, warum?«

»Es ist wichtig, und nein.«

»In Ordnung. Ich nehme es als Erstes am Morgen in Angriff. Lass mich alles notieren.«

Lowell legte den Hörer auf und stellte das Telefon zurück unter die Bar. Dann nahm er seinen Scotch und blickte Captain Portet an.

»Porter hat nicht Weihnachtsmann gespielt«, sagte er. »Und um zehn morgen früh werden wir wohl eine ziemlich gute Vorstellung davon haben, was die Gresham Investment Corporation ist.«

»Ich nehme an, Sie halten mich jetzt für ein Arschloch«, sagte Portet. »Ich fühle mich wie eines.«

»Ja, JP, das glaube ich«, sagte Lowell. »Aber ich werde Ihnen alles verzeihen, wenn Sie mit mir nach Washington kommen, entweder heute Abend nach dem Abendessen oder in den frühen Morgenstunden.«

»Worum geht das alles?«

»Felter möchte Ihr Wissen über Joseph Désiré Mobutu anzapfen«, sagte Lowell. »Danach werde ich Sie mit dem Lear zurückfliegen.«

Lowell trank sein Glas leer.

»Ich dusche jetzt«, sagte er und ging zum Schlafzimmer. »Sie sollten sich einen plausiblen Grund ausdenken, wie Sie Hanni erklären können, dass Sie mitten in der Nacht mit mir wegfliegen.«

»Sie sind offenbar sehr zuversichtlich, dass ich das tun werde.«

»Ich glaube, Sie sind genauso neugierig, etwas über die Gresham Investment Corporation zu erfahren wie ich«, rief Lowell über die Schulter.

## 3

*Apartment B-14*
*Foster Garden Apartments*
*Fayetteville, North Carolina*

*10. Januar 1965, 21 Uhr 05*

Das Abendessen hatte ein wenig spät stattgefunden, und wenn Miss Marjorie Portet gefragt worden wäre, hätte sie zugegeben, dass sie ein Essen allein mit ihrem Mann vorgezogen hätte, anstatt in der Gesellschaft von zweien seiner Offizierskollegen.

Aber kurz vor 17 Uhr, als er zu Hause erwartet worden war, hatte Jack aus Camp Mackall angerufen und angekündigt, dass er ein wenig später kommen werde, weil er zum PX in Bragg fahren müsse. Er war dann um 19 Uhr 30 eingetroffen, mit beiden Armen voller Lebensmittel und begleitet von Captain John S. Oliver und Warrant Officer Enrico de la Santiago, die jeder einen Kasten Bier getragen hatten.

Alle drei hatten Arbeitsanzüge getragen.

Jack hatte ihr einen Kuss gegeben, und sie hatte ihn mit weitaus weniger Begeisterung erwidert als geplant.

Die Lebensmittel und das Bier waren in der Küche verstaut worden, und die drei Männer hatten die Wohnung verlassen, um ein paar Minuten später zurückzukehren, schwankend unter dem Gewicht eines riesigen Pappkartons.

»Was, zum Teufel, ist das?«, hatte Marjorie gefragt, als sie den neuen Couchtisch aus dem Weg geschoben hatten, damit sie den Karton auf dem neuen Teppich mitten im Wohnzimmer abstellen konnten.

»Ich muss eine kleine Rede halten, Miss Marjorie, aber zuerst brauche ich ein Bier«, sagte Johnny Oliver.

Vier Flaschen wurden geöffnet und herumgereicht. Die Offiziere lehnten die Benutzung ihrer neuen Pilsgläser ab und wollten aus der Flasche trinken.

»Dies, Miss Marjorie, ist unser Hochzeitsgeschenk«, sagte Johnny Oliver. »Von de la Santiago und mir. Genauer gesagt, zwei Drittel ist ein Hochzeitsgeschenk von Enrico und mir. Das andere Drittel ist ein kleines Zeichen meiner persönlichen Dankbarkeit Ihnen gegenüber wegen zweierlei Dingen. Erstens, weil Sie die einzige Generalstochter in der Geschichte der Army sind, die dem Adjutanten ihres Daddys nicht auf den Geist gegangen ist.«

»Oh, Johnny!«

»Und zweitens für Ihre tief geschätzten, wenn auch zum Scheitern verdammten Bemühungen meinerseits um die Eisprinzessin.«

»Oh, Johnny«, wiederholte Marjorie, ehrlich überrascht, dass sich ihre Augen mit Tränen füllten.

»Enthüllen Sie das Geschenk, Mr Santiago«, befahl Oliver.

»Jawohl, Sir«, sagte Enrico.

De la Santiago zog ein übel aussehendes Messer, das

Marjorie zuvor gar nicht bemerkt hatte, aus seinem Stiefelschaft und schlitzte den Karton auf.

Er enthielt einen nicht zusammengesetzten, mit Gas aus Flaschen betriebenen Grill, den größten, den Marjorie jemals gesehen hatte.

»Ich glaube, wir haben zwei kleine Probleme«, sagte Johnny. »Erstens wird die Montage dieses Teils Werkzeuge erfordern, und zweitens passt es vielleicht nicht auf den Balkon.«

»Im Jaguar ist eine Werkzeugkiste«, sagte Jack.

»Hole sie«, sagte Oliver. »Und wenn Miss Marjorie uns ein Stück Schnur oder einen Bindfaden geben kann, den wir als Bandmaß benutzen können, werden wir ausmessen, ob das Ding auf dem Balkon Platz hat oder nicht.«

Jack holte den Werkzeugkasten, und Marjorie fand Kordel und gab sie Johnny, der sie an Enrico weiterreichte.

Als sie im Wohnzimmer mit Oliver allein war, fragte Marjorie leise: »Hast du überhaupt nichts von Liza gehört?«

»Wenn sie nur meine Stimme hört, hängt sie sich auf«, erwiderte er.

»Versuche es weiterhin«, sagte Marjorie.

»Ja.« Ihre Blicke trafen sich. »Mir fehlt Allan wirklich. Das macht es noch schlimmer.«

Jack kam mit dem Werkzeugkasten und gab ihn Oliver.

»Es ist mein Hochzeitsgeschenk ...«, begann Jack.

»*Unser* Hochzeitsgeschenk«, korrigierte Marjorie.

»... und du setzt es zusammen.«

»Kann die Braut mir behilflich sein, die Aluminiumverkleidung anzubringen?«, fragte Johnny.

»Ich werde das beaufsichtigen«, sagte Jack.

Marjorie schätzte richtig, dass Enrico und Johnny mindestens so lange für die Montage des Grills brauchen würden, wie es dauerte, die Kartoffeln zu braten. Als das

Gas unter der Holzkohle brannte, waren sie schon fünf Minuten fertig.

Darauf folgte der Gestank der versehentlich nicht entfernten Schutzhülle eines Innenteils, der ungefähr fünf Minuten anhielt. Das Grillen der dicken Steaks aus dem PX dauerte eine weitere Viertelstunde, aber schließlich saßen alle an ihrem neuen Esszimmertisch, und Jack schenkte Wein in ihre neuen Weingläser ein.

Das neue Telefon klingelte.

Eine Stunde, nachdem Marjorie an ihrem ersten Tag in der Wohnung festgestellt hatte, dass das Telefon von der Telefongesellschaft freigeschaltet worden war, hatte ein anderer Mann von der Telefongesellschaft an die Tür geklopft.

»Es funktioniert bereits, vielen Dank«, hatte Marjorie erklärt.

»Ist dies B-14, die Wohnung von Lieutenant Portet?«

»Ja, das stimmt.«

Er hatte ihr seinen Installationsauftrag überreicht:

*Ein unregistrierter privater Telefonanschluss, zu installieren in Apartment B-14, Foster Garden Apartments (Lieutenant Portet) Rechnung an Fincance Officer JFK SWC Fort Bragg. Keine Kaution erforderlich (US Govt)*

Jack griff hinter sich und nahm den Hörer des neuen Telefons vom neuen Sideboard.

»Hallo?«

Die Akustik war so, dass die Stimme des Anrufers deutlich, wenn auch schwach zu hören war.

»Jack, ist Johnny Oliver mit Ihnen zusammen?«, fragte General Hanrahan ohne Einleitung.

»Jawohl, Sir.«

»De la Santiago?«

»Jawohl, Sir.«

»Wäre es vernünftig von mir, anzunehmen, dass ihr alle ein paar Bier getrunken habt?«

»Jawohl, Sir.«

»Geben Sie mir Oliver.«

»Jawohl, Sir.«

Jack winkte Oliver, und als der aufstand und zu ihm kam, hielt er ihm den Hörer hin.

»Captain Oliver, Sir.«

»Ich erhielt soeben einen Anruf von Felter. Er wollte Sie heute Abend dort oben haben«, sagte Hanrahan.

»Wo oben, Sir?«

»Ich werde ihn jetzt zurückrufen und ihm sagen, dass Sie nicht in der Verfassung sind, um heute noch zu fliegen. Morgen werden die besonderen Befehle einen Paragraphen enthalten, der folgenden verbalen Befehl des befehlshabenden Generals bestätigt und für die Akten festhält. Sie, Portet und de la Santiago sind für fünf Tage vorübergehenden Dienst zum Headquarters, Department of the Army, Washington, D.C., versetzt. Reise mit Flugzeug der US-Regierung wie angewiesen.«

»Jawohl, Sir.«

»Ergänzender Befehl: Nehmen Sie Felters L-23. Sie dienen als Flugausbilder für de la Santiago, und der Flug wird zugleich seine Überland-Prüfung in einer L-23 sein.«

»Jawohl, Sir.«

»Planen Sie Ihren Flug so, dass Sie sich in angemessener Zivilkleidung Lieutenant Colonel Lowell im National Aviation Club vorstellen können – Sie wissen, wo das ist, Johnny?«

»Jawohl, Sir. Im Hotel Washington. Dort geht General Bellmon oft hin.«

»Sie melden sich bis spätestens zwölf Uhr dort. Für Sie alle ist im Hotel reserviert worden.«

»Jawohl, Sir. Für fünf Tage, Sir?«

»Das steht noch nicht genau fest«, sagte Hanrahan. »Wann sollte de la Santiago seine Fallschirm-Qualifikation beenden?«

»Morgen Nachmittag zwei weitere Absprünge, Sir, und der Nachtabsprung morgen Nacht.«

»Ich werde das von Ski umplanen lassen. Irgendwelche Fragen, Johnny?«

»Nein, Sir.«

»Gute Nacht, Johnny.«

Hanrahan legte auf. Oliver ebenfalls.

»Hat jeder das verstanden, oder muss ich es wiederholen?«

»Fünf Tage?«, fragte Marjorie.

Und sie dachte: *Was, zum Teufel, werde ich fünf Tage lang hier ganz allein machen?*

»Er sagte, er ist sich dessen noch nicht ganz sicher«, antwortete Oliver und dachte laut weiter. »Es dauert ungefähr zwei Stunden zwanzig Minuten dort rauf, sagen wir, zweieinhalb. Eine weitere Stunde mit dem Wagen nach Washington. Dreieinhalb. Eine halbe Stunden zum Umziehen. Vier. Plus eine Stunde für den Spielraum, damit wir uns nicht verspäten. So starten wir um sieben Uhr.«

Er blickte in die Runde.

»Zum Teufel mit der Vorschrift, vor einem Flug zwölf Stunden nichts Alkoholisches zu trinken«, sagte er. »Ich werde Wein zu meinem Steak trinken.«

Er setzte sich und nahm sein Besteck.

»Als Teil Ihrer Flugausbildung, Mr de la Santiago, dürfen Sie telefonieren und die Wetterdaten für uns erfragen«, fügte er hinzu.

»Hat er gesagt, was Onkel Craig – was Colonel Lowell will?«, erkundigte sich Marjorie.

Johnny schüttelte den Kopf.

»Da Sie jetzt mit einem jungen Offizier verheiratet sind, sollten Sie besser verstehen lernen, dass man uns Bauern nichts erzählt.«

»Ich werde anrufen, wenn ich etwas erfahre, Baby«, sagte Jack.

De la Santiago ging zum Telefon und wählte eine Nummer aus dem Gedächtnis.

»Wir können vielleicht nicht am Morgen starten«, sagte er, als er sich die Wettervorhersage angehört hatte. »Jedenfalls nicht nach Washington. Da kommt eine Gewitterfront von Westen.«

»Wir werden es versuchen müssen«, meinte Oliver.

»Sie können mit uns dort rausfahren, Jack. Wir werden um sechs bei meinem Wagen sein.«

»Ich bringe ihn zum Flugplatz«, sagte Marjorie.

»Das ist nicht nötig, Baby«, wandte Jack ein.

»Ich will es«, beharrte Marjorie. »Ich werde sogar Frühstück für deine Freunde machen.«

*Und dann werde ich hierhin zurückfahren und den Abwasch vom Frühstück machen und versuchen, den Schmutz vom Ofen aus meinem neuen Teppich herauszubekommen. Danach werde ich fünf Tage lang Däumchen drehen.*

»Einverstanden«, erklärte Johnny.

»Danke, Baby«, sagte Jack zu seiner Frau.

## 4

*Zimmer 914*
*Hotel Washington*
*Washington, D.C.*

*11. Januar 1965, 8 Uhr 30*

Als es an der Tür klingelte, stand Lieutenant Colonel Craig W. Lowell, eingehüllt in einen Frotteebademantel, vom Frühstückstisch des Zimmerservice auf, ging zur Tür und öffnete sie.

Auf dem Gang standen zwei Männer. Einer war ein Page, der eine Uniform in Plastikhülle hielt. Der andere war Colonel Sanford T. Felter.

»Guten Morgen, Colonel«, sagte Lowell fröhlich. »Geben Sie mir bitte ein paar Mäuse, ja?«

Felter schüttelte den Kopf, zog jedoch seine Brieftasche hervor und händigte Lowell zwei Ein-Dollar-Scheine aus. Lowell gab sie dem Pagen.

»Danke«, sagte er und nahm die Uniform entgegen. Felter ging zu Captain Portet, der in Hemdsärmeln am Tisch saß.

»Danke für Ihr Kommen, Captain Portet«, sagte er. »Mir ist klar, dass es eine Zumutung für Sie ist.«

»So kam ich zu einem Flug mit einem Learjet«, erwiderte Portet. »Schön, Sie zu sehen, Colonel.«

»Hat Craig erklärt, worum es geht?«, fragte Felter.

Lowell riss die Plastikhülle von der Uniform, knüllte das Plastik zusammen, warf es zu einem Papierkorb, verfehlte ihn und zuckte mit den Schultern. Dann legte er die Uniform auf eine Couch und begann die Rangabzeichen und Ordensbänder anzuheften.

»Er ließ anklingen, dass Sie mich zu General Mobutu befragen möchten«, sagte Portet.

Das Telefon klingelte.

Lowell nahm den Hörer ab.

»Craig, Lowell, Kenyon & Dawes«, meldete er sich. Dann: »Guten Morgen, Porter. Bleib einen Moment dran, ja?«

Er winkte Portet und Felter. »Es ist mein Cousin«, sagte er. »Ich möchte, dass Sie dies hören. Sie beide.«

Felter wirkte ärgerlich, doch er folgte Portet zu Lowell, und beide blieben dicht bei ihm stehen, um die Unterhaltung mitzuhören.

»Okay, Porter, was hast du herausgefunden?«, fragte Lowell.

»Wer ist bei dir?«

»Colonel Felter und Captain Portet«, antwortete Lowell.

»Die Gresham Investment Corporation hat in der Wall Street siebenundzwanzig eine Zwei-Zimmer-Suite, Nummer 1107«, erklärte Porter Craig. »Sie ist seit vier Monaten hier und hat für zwei Jahre gemietet.«

»Was haben Dun und Bradstreet über die Firma zu sagen?«

»Nicht viel. Sie hat etwas über zwei Millionen auf der Chase Manhattan. Kein anderes Kapital, von dem D und B wissen. Die Leitenden sind natürlich aufgelistet, aber ich habe keinen der Namen jemals gehört, einschließlich J. Richard Leonard.«

»Was ist mit ihren Kreditreferenzen?«

»Sie nannten uns die Riggs Bank in Washington als Kreditreferenz. Ich rief einen guten Bekannten dort an, und er versicherte mir, dass ihre Kreditwürdigkeit tadellos ist. Ich fragte ihn, woher er das weiß, und er sagte, ich solle ihm vertrauen, die Firma sei so solide wie das US-Schatzamt.«

»Interessant«, meinte Lowell.

»Das dachte ich mir auch. Vor einer Minute habe ich bei ihrem Büro angerufen. Es meldete sich eine Frau. Ich fragte nach Mr Leonard. Sie wollte wissen, wer anruft, und ich log, nannte den Namen meines Bekannten bei der Riggs Bank. Sie sagte mir, Mr Leonard sei in Washington, und sie wüsste, dass ich diese Nummer habe. So fragte ich nicht danach.«

»Porter, du bist wundervoll«, sagte Lowell.

»Willst du, dass ich weitere Erkundigungen einziehe?«

»Nein, danke«, sagte Lowell. »Ich hoffe nur, dass dieser Leonard nicht bei der Riggs Bank anruft und sich daran erinnert, dass du mit ihm telefoniert hast.«

»Das halte ich für unwahrscheinlich«, meinte Porter Craig. »Ich sagte ihm, dass es eine zufällige Überprüfung der Kreditreferenzen durch die 27 Wall Street Corporation sei, und wir uns vermutlich beide Zeit und Geld sparen könnten, indem ich ihn direkt anrufe.«

»Noch einmal danke, Porter, ich schulde dir einen Gefallen«, sagte Lowell und legte auf.

»Was hatte das zu bedeuten?«, wollte Felter wissen.

»Sagen Sie es ihm, JP«, sagte Lowell. »Ich verziere unterdessen meine Uniform.«

»Beeilen Sie sich damit, ja?«, sagte Felter ärgerlich.

Lowell sah ihn an.

»Verzeihung, Maus«, sagte er. »Der Oberbefehlshaber persönlich tadelte mich zweimal wegen einer unordentlichen Uniform, wie Sie sich erinnern werden. Ich versuche nur, sie in Ordnung zu bringen und schick und vorschriftsmäßig zu fliegen.«

Felter war nicht belustigt.

»Ich will, dass Sie hier verschwinden, bevor die anderen eintreffen«, sagte er. »Ich habe von Finton die ASA herschicken lassen, damit sie einen der privaten Räume im Club nach Wanzen überprüft.« Die Army Security Agency war mit der Spionageabwehr auf dem Fernmeldesektor beauftragt, was oftmals das Überprüfen von Räumen einschloss, um elektronische Abhörvorrichtungen zu entdecken.

»Warum habe ich den Verdacht, dass mehr an diesem Treffen dran ist, als Sie mir erzählt haben?«, fragte Lowell.

Felter bedachte ihn mit einem ärgerlichen Blick. »Ich habe soeben erfahren, was Kasavubu unserem Botschafter erzählt hat, nämlich, dass (a) wenn Guevara im Kongo auftaucht, er ihn vor ein Erschießungskommando stellen wird, dass er (b) die ganze Lage unter Kontrolle hat und sich (c) absolut weigert, irgendwelches amerikanisches Militärpersonal im Kongo zu dulden.«

»Guevara?«, fragte Captain Portet. »Che Guevara? Im Kongo?«

Es sah aus, als wolle Lowell etwas sagen, doch im letzten Augenblick besann er sich anders.

»Wenn Sie fertig sind«, sagte Felter, »bringen Sie bitte Captain Portet zum Club. Ich will mich vergewissern, dass die ASA dort gewesen ist.«

## 5

*National Aviation Club*
*Hotel Washington*
*Washington, D.C.*

*11. Januar 1965, 9 Uhr 55*

Lowell führte Captain Portet in einen privaten Konferenzraum im Aviation Club. Durch die Fenster konnte man das Dach der US-Münzanstalt sehen. Felter saß an einem runden Tisch, der von roten Polsterstühlen umgeben war. Thermoskannen mit Kaffee und das übliche Drum und Dran bei Konferenzen standen auf dem Tisch.

»Sie waren noch hier, als ich eintraf«, sagte Felter. »Vor einer Minute dachte ich noch, sie lassen mich nicht rein, bis mich Finton für unbedenklich erklärte.«

»Ja, danke, ich nehme etwas Kaffee«, sagte Lowell. »Danke für das Angebot.«

»Ich bin wirklich nicht in der Stimmung für Ihren Humor, Craig«, sagte Felter. »Ich glaube, als Erstes sollten wir den Telefonanruf klären. Porter hat angedeutet, dass der lange Arm von Langley in irgendetwas verwickelt war, nicht wahr?«

»Ja, das hat er«, bestätigte Lowell.

»Was?«

»Erzählen Sie ihm, was geschehen ist, JP«, sagte Lowell. »Ich muss mal zur Toilette.«

»Nun, Sandy?«, fragte Lowell, als er zurückkehrte.

»Sie besitzen bereits Air America«, sagte Felter. »Warum nicht noch eine Fluglinie?«

»Sie?«, wiederholte Captain Portet. »Sprechen Sie von der CIA?«

»Ja, von der CIA«, sagte Felter. »Die Frage ist, woher hat die Ihren Namen? Ich bezweifle, dass sie irgendeine Verbindung mit Earnest hergestellt hat.«

»›Earnest‹?«, wiederholte Portet. »Ich habe keine Ahnung, wovon Sie reden.«

»Sandy, ich finde, Sie beginnen am besten mit Earnest«, sagte Lowell. »Warten Sie mit Kasavubu, bis Jack hier ist.«

»Was haben Sie ihm über Earnest erzählt?«

»Nur, dass ich in Argentinien gewesen bin und versucht habe, die Argentinier davon zu überzeugen, ihn nicht umzulegen.«

»Sie hätten ihm nicht so viel erzählen sollen«, blaffte Felter. Dann wandte er sich an Portet. »Captain Portet, vor einiger Zeit bat ich Colonel Lowell, sich die finanziellen Praktiken der CIA anzusehen. Würden Sie bitte Captain Portet erzählen, was Sie herausgefunden haben, Colonel?«

»Jawohl, Sir«, sagte Lowell, und Felter entging nicht der sarkastische Unterton.

»Wir stehen unter Zeitdruck, Craig«, sagte Felter.

Lowell blickte ihn lange an.

»Okay«, sagte er schließlich. »JP, nach dem, was ich erfuhr – eigentlich nach dem, was Porter für mich herausfand – mischt die CIA bei allen Arten von Geschäften mit. Sie sucht nach einem Geschäftsbereich, der ihr zur Tarnung geheimer Operationen geeignet erscheint, vorzugsweise nach einem Geschäft, das in finanziellen Schwierigkeiten steckt. Sie schicken jemanden zu dem Geschäftsmann und lassen ihn wissen, dass sie an einer Investition in seinem Geschäft interessiert sind. Natürlich sagen sie nicht, dass die Agentur interessiert ist. Sie haben ein halbes Dutzend Variationen der Gresham Investment Corporation überall verstreut.«

»Und die Geschäftsleute sind nicht misstrauisch?«, fragte Portet.

»Leute in finanziellen Schwierigkeiten neigen dazu zu glauben, dass sie einfach ein bisschen Hilfe brauchen, um über die Runden zu kommen«, sagte Lowell. »Okay, da sie ihn nicht zu einem Spottpreis aufzukaufen versuchen, sondern nur in sein Geschäft investieren, verkauft der Geschäftsmann ihnen einen Teil – sagen wir dreißig, vierzig Prozent. Das Geschäft kommt auf die Beine. Er glaubt, die richtige Entscheidung getroffen zu haben, und dann verschlechtert sich die finanzielle Lage wieder, und er braucht ein wenig mehr Hilfe, um über die Runden zu kommen, und die Agentur schraubt ihren Anteil auf einundfünfzig Prozent.«

»Und besitzt schließlich das ganze Geschäft?«, fragte Portet.

»Nein. Die CIA will es nicht besitzen. Sie will in einer Position sein, es kontrollieren zu können, wenn es nötig ist. Tag für Tag will sie, dass Mr Saubermann sein legitimes Geschäft weiterhin betreibt, damit sie ihre geheimen Operationen tarnen kann, und man sorgt dafür, dass das Geschäft nicht Pleite geht. Und Mr Saubermann ist glücklich, weil er immer noch das Geschäft betreibt und Geld verdient.«

»Das klingt nicht sehr moralisch.«

»Dies ist der Geheimdienst, JP«, sagte Felter. »Moral im Nachrichtendienst ist ungefähr so verbreitet wie Ehrlichkeit in der Politik.«

Sowohl Lowell als auch Portet lachten.

»Es gibt zwei Möglichkeiten«, fuhr Felter fort. »Die logischste ist meiner Meinung nach, dass beim CIA die rechte Hand nicht weiß, was die linke tut. Die rechte Hand – in diesem Fall die asiatische Filiale – hat bereits eine Fluglinie, und sie will noch eine. Wenn die rechte Hand mit der linken – der afrikanischen Filiale – gesprochen hat, besteht die Möglichkeit, dass sie nur eine Bestätigung dessen erhalten hat, was sie bereits über Air Simba gewusst hat.«

»Wie können Sie sicher sein, dass hinter Gresham Investments die CIA steckt?«, fragte Portet.

»Zum einen ist die Riggs Bank die CIA-Bank«, sagte Lowell. »Und zum anderen klingt es wie eines ihrer Projekte.«

»In welcher Verfassung ist Air Simba, Captain Portet?«, erkundigte sich Felter.

»Wir *waren* in den schwarzen Zahlen …«

»*Wir*? Wer sind Ihre Investoren?«

»Ich. Jacques und Hanni sind die Vorstandsmitglieder.«

»Das würde die CIA interessant finden«, warf Lowell ein.

»Was wollten Sie sagen, Captain?«, fragte Felter.

»Könnten Sie mich JP nennen?«

»Danke«, sagte Felter. »Meine Freunde nennen mich ›Sandy‹.«

»Vor dem Simba-Aufstand waren wir in den

schwarzen Zahlen«, sagte Portet. »Ich führte bereits Gespräche mit der Bank über genügend Kredit, um eine 707 oder eine DC-8 zu kaufen. Der Simba-Aufstand hat natürlich all das verändert.«

»Das verstehe ich nicht«, sagte Lowell. »Gab es nicht einen zunehmenden Bedarf an Frachtbeförderung, militärischen und zivilen?«

»Air Simba ist im Kongo per Gesetz verpflichtet, zuerst der Regierung zu dienen«, sagte Portet. »Und die Regierung hat mit Schuldscheinen bezahlt, die eingelöst werden, ›wenn der Ausnahmezustand vorüber ist‹. Die gleichen Schuldscheine geben sie Mobil Oil für unseren Treibstoff, und sie machen genug Schuldscheine zu Bargeld, damit wir die Crews und das Wartungspersonal bezahlen können, aber wir geraten mit jedem Tag tiefer ins Minus.«

»Und die CIA im Kongo würde das wissen, nicht wahr?«, meinte Felter nachdenklich. »Nach meinem Szenario – Szenarien, es gibt mehrere – ist ihr Bericht über das, was Kasavubu mit seinen zivilen Fluggesellschaften getan hat, vielleicht nach Langley geschickt und an die asiatischen Schreibtische weitergegeben worden, und dort hat jemand gesagt: ›He, dieser Knabe ist genau das, was wir suchen. Er ist amerikanischer Staatsbürger, fast pleite, und er weiß die Art Operation zu betreiben, die wir wünschen.«

»Ja«, stimmte Lowell leise zu. »Oder sie suchten in den Datenbanken nach amerikanischen Piloten, die für ausländische Fluggesellschaften fliegen, und stießen auf JPs Namen. Das gleiche Ergebnis. Sie überprüften ihn durch die CIA im Kongo und erhielten den gleichen Bericht.«

»Nun, das macht eigentlich nichts, oder?«, sagte Portet. »Ich werde mich gewiss nicht mit der CIA einlassen.«

»Seien Sie da nicht vorschnell«, sagte Lowell. »Lassen Sie uns darüber nachdenken.«

»Worüber nachdenken?«

»Sie könnten das Interesse der CIA zu Ihrem Vorteil nutzen, JP.«

»Ich bin mir nicht sicher, ob ich das will«, sagte Portet. »Aber wie könnte ich das tun?«

»Indem Sie sich von ihr Ihre Fluglinie finanzieren lassen, was praktisch auf einen zinslosen Kredit hinauslaufen würde, und ihr dann keine einundfünfzig Prozent zugestehen.«

»Wie könnte ich das machen?«

»Jedes Mal, wenn die CIA bezahlt, ziehen Sie mit«, sagte Lowell.

»Und woher würde ich das Geld dafür bekommen?«

»Die Firma Craig, Powell, Kenyon and Dawes ist stets bereit, Geld in ein Geschäft zu investieren, das nicht scheitern kann, weil die US-Regierung dahinter steht«, sagte Lowell. »Und das ist rein geschäftlich, nicht persönlich.«

»Wollen Sie da tatsächlich einsteigen?«, fragte Portet.

»Das ist ein interessanter Gedanke, Craig«, sagte Felter. »Aber betrachten wir ihn im Augenblick als zweitrangig. Ich halte es für an der Zeit, JP rasch über die Operation Earnest zu informieren.«

Er wandte sich an Portet.

»Was ich Ihnen erzählen werde, ist aus nahe liegenden Gründen streng geheim. Wenn es nötig ist, streng geheime Informationen an jemanden außerhalb des Systems zu geben, gibt es eine Vergatterung, bei der demjenigen, der diese Information an andere weitergibt, scharfe Konsequenzen angedroht werden. Das ist absoluter Blödsinn. Sie können niemanden vor Gericht bringen, weil er ein Geheimnis preisgegeben hat, es sei denn, Sie sind bereit, in einer öffentlichen Gerichtsverhandlung zu enthüllen, *welches* Geheimnis, und das ist das Letzte, was Sie wünschen. Ich kann nur an Ihren gesunden Menschenverstand und Patriotismus appellieren.«

»Danke«, sagte Captain Portet.

»Wir haben zuverlässige nachrichtendienstliche Erkenntnisse«, begann Felter, »dass Che Guevara vorhat, in den Kongo zu gehen – er ist zur Zeit in Afrika -, um bei dem Chaos weiterzumachen, bei dem die Simba-Bewegung aufgehört hat, und das Land zu übernehmen.«

»Sie sprechen tatsächlich von dem Kubaner?«, fragte Captain Portet überrascht.

»Eigentlich ist er Argentinier. Ernesto Guevara de la Serna, Doktor der Medizin, geboren am 14. Juni 1928 in Rosario. Sein Vater ist irischer Abstammung, seine Mutter spanischer.«

»Warum will er ausgerechnet den Kongo?«, fragte Captain Portet.

»Sein Endziel ist die Übernahme von ganz Südamerika«, sagte Felter. »Der Kongo ist der erste Schritt. Ich bezweifle, dass er sich besonders für den Kongo interessiert, doch wenn er ihn übernehmen kann, wird er als unaufhaltsam gelten und beweisen, dass Kuba kein Fehltritt war. Und natürlich glaubt er meiner Meinung nach, dass es relativ leicht sein wird, sich den Kongo unter den Nagel zu reißen.«

»Das sind schlechte Nachrichten für den Kongo«, meinte Captain Portet und fragte dann: »Habe ich richtig verstanden? Sagten Sie tatsächlich, dass er ein Arzt ist?«

»Er hat an der Universität Buenos Aires Medizin studiert und '53 sein Examen bestanden«, sagte Lowell.

»Es gibt zwei Möglichkeiten, das Problem anzupacken«, sagte Felter. »Eine ist, ihn zu eliminieren ...«

»Sie meinen, ihn zu töten? Oder töten zu lassen?«

Felter nickte. »Das würde ihn natürlich zu einem Märtyrer machen. Da Präsident Johnson das erkannte, hat er einen Plan gebilligt, bei dem er am Leben erhalten würde, während seine Operationen im Kongo vereitelt werden. Wir haben vor, ihn im Kongo scheitern zu lassen. Natürlich heimlich.«

»Interessant«, murmelte Captain Portet nachdenklich.

»Es gibt eine Reihe von Leuten und Regierungen, die seine Liquidierung für die beste Lösung des Problems halten. Colonel Lowell und Major Lunsford sind soeben aus Argentinien zurückgekehrt, wo sie es geschafft haben, die Argentinier zu überzeugen, dass es mehr Sinn hat, Guevara am Leben zu erhalten, als ihn umzubringen.«

»Hölle, ich bin fast auf der Seite derjenigen, die seinen Tod wünschen«, sagte Captain Portet. »Gefühlsmäßig bin ich das sicherlich. Ich habe schließlich Hanni dazu bringen können, mir zu erzählen, welche üblen Taten der Simbas sie ihn Stanleyville gesehen hat.«

»Lunsford und Jack stellen ein Team von Green Berets, Suaheli sprechende amerikanische Schwarze, in Fort Bragg auf. Sie werden mit der doppelten Mission in den Kongo gehen, dafür zu sorgen, dass Guevara scheitert, und zugleich sicherzustellen, dass er während des Scheiterns nicht ermordet wird.«

»Sie schicken Jacques in den Kongo?«, fragte Captain Portet. Sein Tonfall machte klar, dass ihm das überhaupt nicht gefiel.

»Nicht in den Busch«, sagte Felter. »Er hat die falsche Hautfarbe. Wir können nicht das Risiko eingehen, dass jemand ihn, den Weißen, sieht oder – schlimmer noch – ihn gefangen nimmt. Aber ich wollte ihn dorthin schicken, für kurze Ausflüge, bei denen er helfen wird, Kontakte für Major Lunsford herzustellen. Und ich möchte natürlich sein Wissen über den Kongo nutzen.«

»*Wollte*? Heißt das, dass Sie ihn *nicht* wegschicken werden?«

»Ich möchte jetzt, dass Jack dorthin geht und sein Bestes tut, um General Mobutu von der katastrophalen Haltung ›Unter-keinen-Umständen-amerikanisches-Militär‹ abzubringen, die unser Botschafter bei Kasavubu erreicht hat. Der Botschafter hat versucht, Mobutu umzustimmen, doch der hat ihn buchstäblich aus seinem Büro hinausgeschmissen. Ich hoffe, Jack kann Besseres erreichen.«

»Joseph Mobutu kann sehr schwierig sein«, bemerkte Captain Portet. »Besonders, wenn er betrunken ist, was den Gerüchten nach immer der Fall ist, wenn der Doktor nicht da ist, und manchmal auch in seiner Anwesenheit.«

»Ich gewann den Eindruck, dass er und Jack ziemlich gut miteinander zurechtkommen«, sagte Felter.

»Mobutu kennt Jacques seit dessen Kinderzeit«, sagte

Captain Portet. »Als er noch Sergeant Major Mobutu der Force Publique war.«

»Und *Lieutenant General* Mobutu hielt sein Versprechen, Jacques für seine Taten in Stanleyville auszuzeichnen«, sagte Felter. »Eine private Gesetzesvorlage wird morgen in den Kongress eingebracht werden, damit Jack den Orden annehmen kann.«

»Ich habe Mobutu mal gefragt, warum er der einzige Lieutenant General ist, wenn alle anderen Stabschefs in Afrika entweder mindestens General oder Feldmarschall sind«, sagte Captain Portet nachdenklich. »Und er erzählte mir, der Doktor habe ihm ein Buch über George Washington zu lesen gegeben – das heißt, wenn Lieutenant General gut genug für den Vater der Vereinigten Staaten war, reiche der Dienstgrad auch für Joseph Désiré Mobutu.«

»Interessant«, meinte Lowell. »Wer ist der Doktor, den Sie erwähnt haben?«

»Eigentlich ist er Psychiater«, sagte Portet. »Ein Mormone. Ein Missionar, nehme ich an.«

»Und welche Beziehung hat er zu Mobutu?«

»Er ist einer der wenigen Weißen, denen er vertraut«, sagte Portet.

»Wie Sie und Jacques?«, fragte Felter.

Lowell entging nicht, dass aus Jack Jacques geworden war.

»Mehr als das«, erwiderte Captain Portet. »Er ist eine Art mormonischer Jesuit, nehme ich an. Mobutu wendet sich an ihn, wenn er Rat braucht.«

»Wie heißt er?«

»Howard Dannelly«, sagte Captain Portet.

»Wie kommen Sie mit Dr. Dannelly aus?«, erkundigte sich Felter.

»Wir kennen einander«, sagte Captain Portet. »Er ist ein guter Mann. Er ist gut für Mobutu.«

»Was hält Dr. Dannelly von Jacques?«, fragte Felter.

»Er ist – äh – keiner von Jacques zahlreichen Bewunderern«, antwortete Portet.

»Warum nicht?«

Portet lächelte. »Sie kennen die Mormonen. Sie trinken und rauchen nicht und verurteilen außerehelichen Sex. Sie werden es vielleicht nicht glauben, wenn Sie den anständigen jungen Lieutenant Portet sehen, aber in der Zeit vor Marjorie trank er wie ein Fisch, rauchte schwarze Zigarren und arbeitete sich durch die weiße weibliche Bevölkerung des Kongo, ohne Rücksicht auf das Ehegelübde irgendeiner der Ladys zu nehmen.«

Lowell lachte.

»Ist da irgendetwas Besonderes vorgefallen?«, fragte Felter mit einer Spur von Ärger.

»Er war einmal mit einer Freundin in Kolwezi, und Dr. Dannelly sprach ihn in der Halle an und sagte, er und die Freundin sollten sich schämen, ihr Verhalten sei unverzeihlich, und Jacques sagte ›leck mich am Arsch‹.«

»Dr. Dannelly wird Jack also kein gutes Zeugnis ausstellen, was den Charakter anbetrifft?«, fragte Lowell.

»Das wäre höchst unwahrscheinlich«, sagte Portet und fügte hinzu: »Ich werde mit Mobutu reden, wenn Sie das wollen.«

»Das ist ein Gedanke«, meinte Lowell. »Besonders, wenn Sie die Mormonen-Karte ausspielen wollen, Sandy.«

»Wie bitte?« Captain Portet blickte ihn fragend an.

»Sandy, diese Mormonen halten zusammen. Wenn wir Finton dazu bringen können, mit JP und Jack Mobutu zu besuchen ...«

»Wären Sie bereit, Mobutu zu besuchen, Captain Portet?«, fragte Felter.

»Ich habe einen großen Teil meines Lebens im Kongo verbracht«, sagte Portet. »Ich mag das Land und die Leute. Sie brauchen keinen kubanischen Revolutionär, der die Dinge schlechter macht, als sie es bereits sind.«

»Ich habe Finton zum Mittagessen hergebeten«, sagte Felter. »Mal sehen, was er darüber denkt. Wir sprechen nicht während des Essens darüber, sondern danach.«

Er heftete den Blick auf Captain Portet.

»Ein Mann, der für mich arbeitet, ist ein überzeugter

Mormone«, erklärte er. »Wenn Sie ihn beim Mittagessen kennen lernen, versuchen Sie einzuschätzen, wie er mit Dr. Dannelly zurechtkommen würde.«

Captain Portet nickte.

## 6

*Hotel Washington*
*Washington, D.C.*

*11. Januar 1965, 11 Uhr 05*

»Guten Morgen«, sagte Johnny Oliver höflich zum Angestellten an der Rezeption des Hotel Washington. »Ich bin Captain Oliver und ich glaube, es ist für mich und diese Offiziere reserviert.«

»Das stimmt, Sir. Zimmer 914 ist reserviert.«

Er überreichte jedem einen Schlüssel.

»Wir alle?«, fragte Oliver.

»Sie alle«, erwiderte der Angestellte und klingelte nach einem Pagen, der sich um das Gepäck kümmerte.

»Warum habe ich den Verdacht, dass dem SWC das Geld ausgegangen ist?«, sagte Oliver leise, als sie im Aufzug waren. »Der Rang hat seine Privilegien, Gentlemen. *Ich* werde nicht das Bett mit Ihnen teilen.«

»Wir hätten uns von dem Knaben ein anderes Zimmer geben lassen sollen – Zimmer, Mehrzahl«, meinte Jack Portet.

»Sehen wir uns dieses an und stellen wir fest, was wir brauchen, und dann rufen wir ihn an«, sagte Oliver. Es klang wie ein Vorschlag, doch sie verstanden es als Befehl.

Der Page hielt seinen Gepäckkarren vor Zimmer 914 und klopfte an die Tür.

»Herein!«, rief eine Männerstimme.

Der Page schob die Tür auf und winkte sie hindurch.

914 war ein großes und luxuriös eingerichtetes Wohnzimmer.

»Gott sei Dank sind die verlorenen Fliegerjungs gefunden worden!«, rief Lieutenant Geoffrey Craig.

Er saß in Zivilkleidung in einer Ecke des Zimmers und verzehrte gerade ein Club-Sandwich. Auf dem Couchtisch stand ein Kaffeeservice. Major Pappy Hodges, der an einer Tasse Kaffee nippte, saß zusammengesunken in einem Sessel ihm gegenüber.

»Was meinst du denn mit ›verloren‹?«, fragte Johnny Oliver.

Er ging zu Pappy und schüttelte ihm die Hand.

»Schön, Sie zu sehen, Johnny«, sagte Pappy und hob dann die Stimme. »Sie, Portet, ziehen sich sofort um und gehen zu Felter in den Aviation Club.«

»Jawohl, Sir«, erwiderte Jack. »Wo soll ich das tun?«

»Oberster Stock.«

»Ich meinte, wo soll ich mich umziehen?«

»Es gibt hier vier Schlafzimmer«, sagte Geoff. »Das, in dem Sie Ihr schäbiges Gepäck finden, ist Ihres.«

»Was sind das hier überhaupt für Räume?«, fragte Jack.

»Die Suite gehört der Firma«, sagte Geoff.

Jack fand sein Gepäck in einem großen L-förmigen Schlafzimmer, das mit zwei großen Betten, einem Schreibtisch, einer Bar, mit Polsterstuhl und Tisch möbliert war und damit fast wie eine kleine Suite wirkte.

Er fragte sich, ob ihm Zeit für eine schnelle Dusche blieb, entschied sich dann jedoch dagegen. Pappy hatte ›sofort‹ gesagt. Er rasierte sich schnell mit einem elektrischen Rasierapparat, sprühte sich mit Eau de Cologne ein, zog Sakko und Krawatte an und kehrte ins Wohnzimmer zurück.

Pappy telefonierte. Er gestikulierte, dass sich Jack auf den Weg machen sollte.

Als Jack die Suite verließ, hörte er Pappy sagen: »Colonel, er sollte jeden Moment eintreffen ...«

Jack fragte sich, was Colonel Lowell von ihm wollte. Er war, abgesehen von Enrico de la Santiago, der Unerfahrenste von ihnen. Und hier ging es um etwas Dienstliches, das spürte er.

Er fuhr mit dem Aufzug zum National Aviation Club hoch.

Die Frau am Empfang erwartete ihn.

»Sie sind Sergeant Portet, richtig?«

»Nein. Das war ich mal. Jetzt bin ich Lieutenant Portet«, erwiderte Jack.

»Wollen Sie bitte mitkommen?«, fragte die Frau und lächelte ihn sonderbar an. Sie führte ihn durch die Bar über einen Flur und klopfte an eine Tür.

»Ja?«

»Lieutenant Portet ist hier, Colonel«, sagte sie, und dann blickte sie Jack an. »Treten Sie ein.«

Lieutenant Colonel Craig W. Lowell saß an einem Tisch mit Colonel Sanford T. Felter, was Jack ein wenig überraschte, und dabei saß Captain Jean-Philippe Portet, was ihn sehr erstaunte.

Er ignorierte völlig, was er als das korrekte militärische Protokoll betrachtete, und ging direkt zu seinem Vater, und sie umarmten und küssten sich auf die Wangen.

»Und wie ist das Eheleben?«, fragte sein Vater.

»Ich glaube, ich sollte salutieren oder tun, was man sonst in einer solchen Situation von mir erwartet, bevor ich darauf antworte«, sagte Jack.

»Jetzt, da alle anwesend sind, sollten wir die Drinks bestellen«, schlug Lowell vor.

»Es ist nicht mal Mittag«, protestierte Felter. »Brauchen Sie den Alkohol?«

Lowell ignorierte ihn.

»Scotch für Sie, richtig, Jean-Philippe?«, fragte er.

»Bitte.«

»Jack?« Und als Lowell seinen Gesichtsausdruck sah, fügte er hinzu: »Nur zu, Sie werden nicht so bald fliegen.«

»Dann bitte«, sagte Jack.

»Maus?«

»Eine Tasse Tee, bitte«, sagte Felter.

Lowell telefonierte.

»Bringen Sie bitte eine Flasche Scotch. Ist noch etwas von meiner da? Und das nötige Drum und Dran.« Er legte den Hörer auf und sah Felter an. »Sie brauchen keinen Tee, Maus. Sie brauchen einen kräftigen Schluck Scotch.«

»Da will ich doch verdammt sein!«

»Sie *sind* verdammt, Maus. *Jeder* weiß das«, sagte Lowell salbungsvoll.

Felter starrte ihn finster an.

»›Maus‹?« Captain Portet sah Felter fragend an.

»Er ist der einzige Hurensohn auf der Welt, der mir das ins Gesicht sagen darf.«

»Ich verstehe«, sagte Captain Portet, doch er verstand nichts.

»Und Sie, Lieutenant«, sagte Lowell zu Jack, dürfen mich und Colonel Felter entweder mit ›Colonel‹ oder ›Sir‹ ansprechen.«

»Jawohl, Sir.«

Captain Portet lachte.

»Dieser Spruch ist nicht das Original«, sagte Lowell. »Ich hörte ihn zum ersten Mal vor Jahren – von dem Vater Ihrer Schwiegermutter, Jack – und wurde vor ein paar Tagen in Buenos Aires daran erinnert, als Pistarini, der Oberbefehlshaber der argentinischen Armee, uns alle zu Kumpeln machen wollte.«

»Sie haben ihn nicht Pascual genannt?«, fragte Felter lächelnd.

»Ich kann mich nicht für die Stunden zwischen zwei und vier am Morgen verbürgen, aber die restliche Zeit habe ich mich echt bemüht, ihn *mi general* zu nennen.«

Es klopfte an der Tür, und ein Kellner trat mit einem Tablett ein, auf dem eine Flasche der gleichen obskuren schottischen Brennerei stand, deren Whisky Portet in Florida serviert worden war, eine Schale mit Eis, eine Wasserkaraffe und ein Soda-Siphon.

»Wir bedienen uns, danke«, sagte Lowell zu dem Kellner und schenkte großzügig Scotch in jedes Glas ein.

Als der Kellner fort war, wandte sich Lowell an Jack.

»Ihr Vater hat uns mit Geschichten über Ihre romantischen Eskapaden im Kongo ergötzt.«

Jack blickte seinen Vater überrascht an.

»Was Sie, wie er andeutete, auf Dr. Dannellys schwarze Liste gebracht hat.«

Lowell ließ das einwirken und fuhr fort: »Was wichtig ist, Jack, denn Colonel Felter hat soeben erfahren, dass Mobutu unseren Botschafter aus seinem Büro rausgeschmissen hat, als der ihn um Hilfe bei der Operation Earnest gebeten hat.«

»Mist«, sagte Jack. »Das klingt nach Dannelly. Und auf den hört Mobutu.«

»Mein ursprünglicher Gedanke war, Sie dorthin zu schicken, zusammen mit Father, um mit Mobutu zu reden«, sagte Felter.

»Colonel, es tut mir Leid, aber wenn Dannelly im Spiel ist, würde mein Auftauchen die Dinge nur verschlimmern. Ich – äh – sagte ihm einst in einer Hotelhalle ...«

»... leck mich am Arsch«, fiel Felter ihm ins Wort. »Das wissen wir.« Er schwieg kurz. »Ihr Vater hat sich freiwillig gemeldet, nach Leopoldville zu fliegen und mit Mobutu zu sprechen.«

»Sie haben ihm erzählt, was los ist?«, fragte Jack.

Felter nickte.

»Was meinen Sie dazu?«, fragte Lowell.

»Wenn jemand Joseph dazu bringen kann, seine Meinung zu ändern, dann mein Vater.«

»Würden Sie empfehlen, dass er allein fliegt? Oder halten Sie es für besser, ihn zu begleiten?«

»Wenn Dannelly dort sein wird, dann sollte er allein fliegen«, antwortete Jack ohne Zögern.

Felter nickte. »Wir haben vielleicht eine weitere Trumpfkarte. Ich weiß noch nicht, ob wir sie ausspielen werden.«

»Sir?«

»Mr Finton ist ein hoch angesehenes Mitglied der Mormonenkirche«, sagte Felter. »Ein Bischof.«

»Er kommt zum Mittagessen, Jack«, sagte Lowell. »Wir

wollen, dass Sie und Ihr Vater einzuschätzen versuchen, wir er mit Dr. Dannelly zurechtkommen würde. Separate Meinungen bitte. Tauschen Sie sich nicht aus.«

»Jawohl, Sir.«

## 7

*Zimmer 914*
*Hotel Washington*
*Washington, D.C.*

*11. Januar 1965, 12 Uhr 50*

Eines der Zimmer, das vom Wohnzimmer abzweigte, war ein Konferenzraum mit einem großen Mahagonitisch und einem Dutzend Stühle mit rotem Polster. Die Fenster boten ebenfalls einen Ausblick auf die US-Münzanstalt und jenseits davon, weiter die Pennsylvania Avenue hinunter, auf das Weiße Haus.

Der Tisch war jetzt zum Mittagessen gedeckt, und zwei Servierwagen standen an einer Wand. Pappy Hodges, Father Lunsford, Geoff Craig, Enrico de la Santiago und Johnny Oliver saßen an dem Tisch.

»Sie hätten nicht auf uns zu warten brauchen«, sagte Felter, als er Lowell und die Portets hereinführte. »Bedienen Sie sich, und lassen Sie uns anfangen. Wir haben viel zu besprechen.«

Er ging mit gutem Beispiel voran, indem er die Deckel von den Warmhalteplatten hob und sich einen Teller nahm.

Es gab eine Terrine mit einer Suppe aus Meeresfrüchten, Schüsseln mit verschiedenem Gemüse und Platten mit gekochtem Schinken und Roastbeef.

Jeder außer de la Santiago hatte sich am Büfett bedient, als Chief Warrant Officer W-4 James L. Finton den Raum betrat. Finton war ein schlanker Mann Anfang vierzig mit scharfen Gesichtszügen, bekleidet mit grauem Anzug, weißem Hemd und dunkelblauer Krawatte.

Wortlos ging er zu den Fenstern, zog die Vorhänge zu und schritt dann zum Büffelt. Er neigte sich hinüber, hob die Leinendecke auf einem Tisch an, spähte angespannt unter den Tisch und wiederholte die Prozedur beim nächsten Tisch des Büfetts. Schließlich nahm er einen Teller und bediente sich mit Essen.

»Die ASA hat diesen Raum um zehn durchsucht, Colonel«, gab er bekannt, als er Platz nahm. »War jemand seither allein hier?«

Felter schüttelte verneinend den Kopf.

»Dann würde ich sagen, wir sind sicher«, sagte Finton.

»Ich danke Ihnen«, sagte Felter.

Finton neigte den Kopf, hielt die Fingerspitzen aneinander und schloss die Augen. Offenbar betete er stumm das Tischgebet. Dann öffnete er die Augen und nahm Messer und Gabel.

Felter legte seinen Suppenlöffel ab und tupfte sich den Mund mit der Serviette ab.

»Ich werde durchgehen, wo wir sind und wohin wir wollen«, erklärte er. »Das Thema Argentinien ist wohl ein so guter Anfang wie jeder. Lowell und Lunsford haben dort gute Arbeit geleistet. Die Argentinier sind an Bord. Der nächste Schritt besteht darin, eine L-23 dorthin zu bekommen. Finton arbeitet daran, für uns einen Spanisch sprechenden Army-Piloten zu finden, der dort fliegen und – wie wir hoffen – die Aufmerksamkeit von de la Santiago ablenken wird. Es muss jemand mit einer Unbedenklichkeitsbescheinigung für Top Secret sein – nicht für Top Secret/Earnest; diesem Piloten wird so wenig wie möglich über die Operation erzählt werden, nur das, was für jeden nötig ist, der einer Botschaft zugeteilt ist. Dieser Pilot wird also nicht sofort verfügbar sein. Oliver, Portet und de la Santiago werden die L-23 dort runterfliegen und Warrant Officer Zammoro von Bragg mitnehmen. Master Sergeant Thomas und einer von Fathers Jungs ...«

Er verstummte und blickte Lunsford fragend an.

»Sergeant First Class Otmanio«, teilte Lunsford den Namen mit.

»... der, wie sich herausgestellt hat, Spanish-Harlem-Spanisch spricht«, fuhr Felter fort. »Zammoro war Major in der kubanischen Armee und ist mit einigen argentinischen Armeeoffizieren befreundet. Als junger Offizier besuchte er dort ein paar Schulen. Deshalb fliegt er mit. Vielleicht bleibt er, aber im Augenblick steht nur fest, dass de la Santiago und Otmanio dort bleiben werden.«

Er legte eine Pause ein.

»Fragen?«

Es gab keine.

»So müssen Sie, Pappy, sicherstellen, dass die L-23 für den Flug in Ordnung ist. Und erstellen Sie den Flugplan. Und wir müssen dafür sorgen, dass de la Santiago als L-23 Pilot qualifiziert ist, je früher, desto besser.«

»Können wir darüber reden?«, fragte Pappy.

Felter forderte ihn mit einer Geste dazu auf und widmete sich wieder seiner Suppe mit Meeresfrüchten.

»Ihre übereilten Mickey-Maus-Ausbildungskurse nach dem Motto ›lass sie gestern als Piloten zu und scheiß auf die Vorschriften‹ werden sich rächen«, sagte Pappy.

»Wieso denn das, Pappy?«, fragte Lowell. »Wir versuchen, die Vorschriften zu befolgen. Und keiner dieser Leute hat das Fliegen erst in der vergangenen Woche gelernt. Wo ist also das Problem?«

»Geoff hat in der vergangenen Woche das Fliegen gelernt«, sagte Pappy.

»Wollen Sie sagen, er ist nicht qualifiziert?«, fragte Felter.

»Kann er zweimotorige Maschinen fliegen? Ja, das kann er. Aber er wurde nach Rucker geschickt, um Hubschrauber zu fliegen. Flugschülern ist es ausdrücklich verboten, Privatunterricht zu nehmen. Geoff begann mit privaten Flugstunden für Starrflügler am Tag nach seiner Ankunft in Rucker, und die Leute wissen das. Sie wissen ebenfalls, dass Lowells Cessna auf dem Flugplatz Ozark steht und Geoff sie fliegt, was ebenfalls gegen die Vorschriften verstößt. Flugschülern ist verboten, während ihrer Ausbildungszeit Privatflugzeuge zu fliegen. Und es wurde immer streng auf die Einhaltung dieser Vorschriften geachtet. Bis jetzt.«

»Nun, das ist Schnee von gestern, nicht wahr?«, sagte Lowell. »Ich dachte, Sie machen mit ihm seinen Prüfungsflug mit der L-23?«

»Das mache ich«, sagte Pappy.

»Und wenn Sie ihn bestehen lassen, ist er von Rucker fort, richtig? Was ist das Problem?«

»Die Leute wissen ebenfalls, dass Jack, der vorige Woche noch Private First Class war und jetzt Bellmons Schwiegersohn ist, plötzlich als Offizier auftaucht und sich in einem Mickey-Maus-Kursus für fast alles qualifiziert.«

»Okay«, sagte Felter. »Und?«

»Und jetzt tauchte Enrico auf, um einen weiteren Mickey-Maus-Kursus zu absolvieren und ihn natürlich zu bestehen.«

»Fahren Sie fort«, forderte Felter ihn auf.

»Ich weiß zufällig, dass über Bellmon gemeckert wurde«, sagte Pappy.

»General Bellmon hat (a) Befehle, uns alles zu geben, was wir brauchen, und weiß (b), dass all dies nötig war«, erwiderte Felter.

»Und als guter Junge, der Bob Bellmon ist, überhört er all die Gerüchte, dass er seinem Schwiegersohn eine Extrawurst brät. Das kränkt ihn.«

»Ja, ich weiß«, sagte Lowell.

»Und Bellmon kann natürlich den Leuten, die ihn fragen, nicht sagen, was los ist und dahinter steckt, und weil sie es nicht wissen, können sie es nicht den Jungs erklären, die sauer sind und bei ihnen gemeckert haben. Und früher oder später – vermutlich früher – wendet sich einer der Verärgerten damit an den IG – oder vielleicht beschweren sich sogar mehrere. Und dann?«

»O verdammt!«, stieß Lowell hervor. »Daran habe ich nie gedacht.«

Die Inspector Generals, IG, der Army, fast immer erfahrene ranghohe Offiziere, sind in gewissem Sinne Ombudsmänner. Sie ermitteln bei Beschwerden über Unfairness, Illegalität und so weiter. Sie sind im Stab des örtlichen Kommandeurs, haben jedoch die Befugnis – und die Pflicht –, wenn der örtliche Kommandeur einen Missstand nicht zu ihrer Zufriedenheit beseitigt, den Fall an höhere Stellen zu übergeben bis letztlich zum Generalinspekteur der Army, der seine Befehle nur vom Stabschef der Army erhält.

Das Problem bestand nicht darin, dass an Felters Handeln etwas illegal war – einschließlich dessen, was Pappy ›Mickey-Maus-Kurse‹ nannte –, er handelte mit der Befugnis des Präsidenten, des Oberbefehlshabers. Das war alle Befugnis, die er brauchte.

Aber der Inspector General in Rucker würde gewiss bei Anschuldigungen ermitteln, dass Offiziere ohne Einhaltung der Vorschriften als Piloten zugelassen wurden und der Schwiegersohn des befehlshabenden Generals eine Sonderbehandlung erfahren hatte.

Das war das Problem, denn das bedeutete, dass zumindest dem IG in Rucker von der Operation Earnest erzählt werden musste. Es war möglich, vielleicht sogar wahrscheinlich, dass sich der IG wegen der Anschuldigung einer Sonderbehandlung von Bellmons Schwiegersohn verpflichtet fühlte, den Vorgang dem IG der 3. U.S. Army (in dessen Bereich Fort Rucker lag) und/oder dem Continental Army Command (CONARC) zu melden, das alle Ausbildung in den Vereinigten Staaten überwachte. Und die IGs der 3. Army und des CONARC konnten sich verpflichtet fühlen, den IG der Army in Kenntnis zu setzen.

Die Daumenregel bei geheimen Angelegenheiten – die sich zu oft als richtig erwiesen hatte – besagt, dass ein Geheimnis umso gefährdeter ist, desto mehr Leute davon wissen. Nicht, dass einer der IGs ein loses Mundwerk haben würde, aber andere Leute würden in die Sache verwickelt sein: die rangniedrigen Offiziere, Unteroffiziere und Zivilangestellten, die den Papierkram erledigten, würden ebenfalls erfahren, was vorging, und die Erfahrung bewies, dass dies gleichbedeutend mit der Preisgabe eines Geheimnisses sein würde.

»Ich bin noch nicht fertig«, sagte Pappy. »Die L-23, die Jack und ich in Wichita abholten, war für den Kommandeur des III. Corps in Fort Hood bestimmt«, sagte Pappy. »Er hat herausgefunden, dass er sie nicht bekommen wird, und er ist äußerst sauer.«

»Woher wissen Sie das?«, fragte Lowell.

»Sein Flugoffizier ist ein alter Kumpel von mir«, sagte Pappy. »Er rief mich an und sagte: ›Pappy, mein Boss hat herausgefunden, dass du sein Flugzeug in Wichita geklaut hast, und er will es wiederhaben.‹«

»Und was haben Sie gesagt?«

»Ich habe behauptet, nicht zu wissen, wovon er redet, und er sagte ›Erzähl mir keinen Scheiß!‹ und legte auf.

»Na, großartig!«, sagte Lowell sarkastisch.

Felter verharrte mitten im Löffeln der Suppe.

»Dies muss im Keim erstickt werden«, sagte er ruhig. »An beiden Enden. Finton, rufen Sie Mary Margaret an. Sie soll das Büro des Stabschefs anrufen und um einen kurzfristigen Termin für mich bitten. Außerdem soll sie einen Brief mit Briefpapier vom Weißen Haus und mit der Unterschriftszeile ›Berater des Präsidenten‹ darauf vorbereiten, adressiert an die Kommandeure von Rucker und dem III. Korps, in dem steht, dass Colonel Lowell auf meine Anweisung mit einer geheimen Operation befasst ist.«

»Ich werde zum Büro zurückkehren und es persönlich erledigen, Sir«, sagte Finton.

»Nein. Ich brauche Sie hier für etwas anderes. Rufen Sie Mary Margaret an.«

»Jawohl, Sir«, sagte Finton und erhob sich.

»Womit sind sie hergeflogen, Pappy?«

»Mit einer Mohawk. Ich wollte zum Abendessen wieder daheim sein.«

»Ich möchte, dass Sie Lowell nach Hood bringen, dort

bleiben, bis er den Kommandeur des III. Korps gesprochen hat, und ihn dann nach Rucker fliegen.«

Pappy nickte.

Felter aß seine Suppe mit Meeresfrüchten zu Ende.

Kellner waren fast mit dem Abräumen des anderen Geschirrs fertig.

»Sie und Pappy können nach Hood aufbrechen, Craig«, sagte Felter. »Es gibt wirklich keinen Grund für Ihre weitere Anwesenheit.«

»War das ein Befehl, oder darf darüber diskutiert werden?«, erkundigte sich Lowell.

Felter dachte sichtlich darüber nach.

»Sie können bleiben, was bedeutet, dass Sie den Kommandeur des III. Korps heute nicht mehr besuchen können.«

»Ich weiß es nicht«, sagte Lowell. »Wenn ich der Kommandeur des III. Korps wäre, und mein Adjutant würde mir sagen, ein Colonel vom Weißen Haus möchte mich so bald wie möglich sprechen, dann bezweifle ich, dass ich ihn bis zum nächsten Morgen warten lassen würde.«

»Hoffen wir, dass Sie Recht haben«, meinte Felter. Er hob die Stimme ein wenig. »Okay, jeder außer Captain Portet, Lowell, Finton ...«

Er sah Jack Portet einen Augenblick an und fuhr dann fort: »... und Lieutenant Portet nimmt den Kaffee mit ins Wohnzimmer.«

Als sie im Gänsemarsch hinausgegangen waren, wartete Felter ungeduldig, bis die Kellner den Tisch zu Ende abgeräumt und die Servierwagen aus dem Raum geschoben hatten. Dann ging er zur Tür und schloss sie ab.

»Das Gespräch mit Captain Portet über Mobutu hat die Mühe gelohnt, ihn herzubringen, Jim«, begann Felter.

Finton nickte, äußerte sich jedoch nicht.

»Was wissen Sie über Dr. Dannelly?«, fragte Felter.

»Einer der CIA-Hintergrundermittler sagt, er hat ein enges Verhältnis mit Mobutu«, antwortete Finton. »Das ist alles, was ich über ihn weiß.«

»Captain Portet bezeichnete die Beziehung der beiden

als sehr eng«, sagte Felter. »Und er sagte, dass Dr. Dannelly ein überzeugtes Mitglied der Mormonenkirche ist.«

»Das stand in keinem der Berichte der CIA«, sagte Finton.

»Captain Portet erzählte mir ebenfalls, ohne Dr. Dannellys Billigung ist es unwahrscheinlich, dass Mobutu seine Meinung ändert und uns helfen wird, entgegen Kasavubus Weigerung dort zu operieren.«

»Die Hintergrundermittlungen besagen, dass Captain Portet ein sehr enges Verhältnis mit Mobutu hatte«, sagte Finton, doch es war keine Feststellung, sondern eine Frage.

»Jacques Portet muss in unsere Operationen mit einbezogen werden, und Mobutu muss auch das billigen.«

»Die Hintergrundermittlungen besagen, dass der Lieutenant mit Mobutu per du ist«, sagte Finton, und es war wieder eine Frage, formuliert als Feststellung.

»Dr. Dannelly ist keiner von Jacques' Bewunderern«, sagte Felter.

»Wie kommt das?«

Felter lächelte.

»Ich war versucht, die Lage zu verniedlichen, indem ich sage, er missbilligt, dass sich Jacques die Hörner abgestoßen hat. Aber es ist schlimmer als das.«

»Konkreter gesagt?«

»Sagen Sie es ihm, Jacques«, sagte Felter.

»Ich war im Hotel Leopold in Kolwezi und hatte eine Dame dabei, die nicht meine Frau war. Dannelly sagte mir, ich sei eine Schande, und ich erwiderte, du kannst mich mal ...«, sagte Jack.

»Konkreter?«, wiederholte Finton.

»... am Arsch lecken«, fügte Jack hinzu.

»Ich möchte nicht in Ihren persönlichen Angelegenheiten herumschnüffeln, Lieutenant ...«

»Fragen Sie alles, was Sie wollen«, unterbrach Felter.

Jack nickte.

»War die Dame verheiratet?«

Jack nickte abermals.

»Ich dachte mir schon so etwas«, sagte Finton. »Die Bibel lehrt uns, ›Richte nicht, damit nicht über dich gerichtet wird!‹ und wir versuchen, dies zu befolgen. Unsere Kirche lehrt uns, dass die Sünde eines Menschen eine Sache zwischen ihm und Gott ist. In diesem Fall würde ich sagen, handelte Dr. Dannelly in dem Glauben, es würde eine Unterlassungssünde sein, wenn er Ihnen nichts sagt, nicht versucht, Sie zu beraten und vom bösen Weg auf den Pfad der Tugend zurückzubringen.«

»Jacques *ist* vom bösen Weg auf den Pfad der Tugend zurückgekehrt«, sagte Felter. »Wie können wir Dr. Dannelly davon überzeugen?«

Jack dachte: *Zum ersten Mal höre ich eine Unterhaltung über den ›bösen Weg‹ und ›Pfad der Tugend‹ in einem absolut ernsten Tonfall. Sie beide reden so. Und ich will verdammt sein, wenn Felter es nicht genauso ernsthaft meint wie dieser Mormonen-Bischof.*

»So, sind Sie das, Lieutenant? Sind Sie von ihrem bösen Weg auf den Pfad der Tugend zurückgekehrt?«

Jack sah an der erhobenen linken Augenbraue seines Vaters, dass er den Wortwechsel amüsiert verfolgte.

*Das ist das dritte Mal,* dachte Jack, *und wenn ich falsch antworte, werde ich wirklich alles vermasseln.*

»Ich hoffe es«, sagte Jack. »Ich glaube es. Am Tag vor meiner Heirat habe ich mit meiner Verlobten an der Heiligen Kommunion teilgenommen. Wir sind Mitglieder der Anglikanischen Kirche. Da gibt es ein Beichtgebet mit dem gleichen Text, den Sie soeben zitiert haben – ›wir haben unterlassen, was wir hätten tun sollen, und wir haben Dinge getan, die wir nicht hätten tun sollen‹ –, und am nächsten Tag habe ich vor einem Priester bei Gott geschworen, meiner Frau treu zu sein. Ich werde wirklich versuchen, dieses Versprechen zu halten.«

Und er dachte: *Das Sonderbare ist, dass ich es ernst meine; ich habe es nicht gesagt, um bei ihm Eindruck zu machen.*

»Das freut mich für Sie«, sagte Finton. »Wenn Sie diesen Schwur halten, wird Ihnen das Freude in dieser Welt und der nächsten bringen.«

»Ich hoffe es«, sagte Jack.

»Sie sollten vielleicht in Erwägung ziehen, das Trinken von Alkohol aufzugeben«, sagte Finton.

»Wie ist das mit ›trink ein wenig Wein deinem Magen zuliebe und gegen andere Krankheiten‹?«, zitierte Jack.

*O Scheiße, da ist meine große Klappe wieder mit mir durchgegangen.*

»Wenn Sie sich auf ein wenig Wein beschränkt hätten, wären Sie vielleicht nicht mit Dr. Dannelly aneinandergeraten«, sagte Finton lächelnd.

»Okay«, sagte Felter. »Wie überzeugen wir Dr. Dannelly, dass Jacques auf den Pfad der Tugend zurückgekehrt ist?«

»Korrigieren Sie mich, wenn ich mich irre, Colonel«, sagte Finton, »aber in Wirklichkeit fragen Sie, ob ich als Bischof der Mormonenkirche dabei helfen werde.«

»So ist es«, bestätigte Felter ernst.

»Ich werde Rat bei Gott suchen müssen«, erwiderte Finton.

»Unser Fall hier ist sehr edel, Jim«, sagt Felter. »Darüber haben wir geredet.«

»Ich werde bei Gott Rat suchen müssen«, wiederholte Finton. »Meine Entscheidung werde ich Ihnen am Morgen mitteilen.«

»Danke.«

»Und nun kehre ich besser ins Büro zurück und vergewissere mich, ob Mary Margaret einen Termin für Sie beim Stabschef bekommen hat. Möchten Sie, dass ich sie mit dem Brief für Colonel Lowell herschicke?«

»Bitte«, sagte Felter.

Finton nahm eine Haltung an, die nahe an stillgestanden heranreichte.

»Mit Ihrer Erlaubnis, Sir?«

»Erteilt. Danke, Mr Finton«, sagte Felter.

Finton verließ das Zimmer.

»Interessanter Mann«, sagte Captain Portet. »Und nur für die Akten, Jacques, es freut mich, dass du vom bösen Weg auf den Pfad der Tugend zurückgekehrt bist.«

»Und was werden Sie machen, wenn er nein sagt?«, fragte Lowell.

»Versuchen, ohne ihn zurechtzukommen«, sagte Felter. »Die nächste Frage ist Father Lunsford. Wie wird Mobutu Ihrer Meinung nach auf ihn reagieren, Captain Portet?«

»Das ist eine schwierige Frage«, sagte Portet. »Ich weiß nicht, wie es laufen wird, ob er Lunsford als befreundeten schwarzen Soldaten betrachten wird – er ist vernarrt in seine eigenen Fallschirmjäger –, oder ob er ihn als Söldner ansehen wird. Und für die ist er buchstäblich der Tod.«

»Jacques?«, fragte Felter.

»Father spricht sehr gut Suaheli, das würde bei Mobutu gut ankommen. Und wir wissen, dass er von dem beeindruckt ist, das Father getan hat, bevor er in Stanleyville absprang.«

»Ich schließe mich der Theorie an, dass er Father als befreundeten Fallschirmjäger betrachten wird«, sagte Lowell. »Alle Fallschirmjäger erkennen einander. Sie fühlen sich wie Freunde im Kampf gegen die restliche irre Welt.«

»Okay«, sagte Felter. »Father fliegt in den Kongo. Ich halte es für wichtig, dass Mobutu ihn kennt. Sonst noch jemand? Sollten wir anfangen, das Team jetzt einsickern zu lassen?«

»Ich finde, Sie sollten besser abwarten, wie Mobutu reagiert. Wenn er mitzieht, wird dies die Dinge sehr erleichtern.«

»Sie werden dies auf jeden Fall durchziehen?«, fragte Captain Portet.

»Wir müssen es«, sagte Felter.

# XI

## 1

*Zimmer 914*
*Hotel Washington*
*Washington, D.C.*

*12. Januar 1965, 8 Uhr 05*

»Guten Morgen«, sagte Colonel Sanford T. Felter, als er das Wohnzimmer betrat.

Major G.W. Lunsford, Captain John S. Oliver und WOJG Enrico de la Santiago erhoben sich rasch, und einen Moment später stand auch Lieutenant Jacques Portet auf.

Felter forderte sie mit einer ungeduldigen Geste auf, wieder Platz zu nehmen. Er trug denselben verknitterten Anzug wie gestern. Die anderen waren in Hemdsärmeln.

Lieutenant Geoffrey Craig telefonierte.

»Wir bestellen gerade Frühstück, Colonel«, sagte er. »Was möchten Sie?«

»Toast und Tee, bitte«, sagte Felter. »Meine Frau hat zu Hause Frühstück gemacht.«

Felter wandte sich an Captain Portet und lächelte.

»Ich nehme an, Sie haben vielleicht einen guten – oder soll ich sagen ›ernüchternden‹? – Einfluss auf diese Kerle gehabt, JP. Ich sehe nur wenige der üblichen Anzeichen auf Ausschweifungen auf ihren grinsenden Gesichtern.«

»Wir sind ins Kino gegangen«, erwiderte JP. »*Topkapi*. Mit Peter Ustinov. Ziemlich gut.«

»Über einen Juwelenraub«, fügte Lunsford hinzu. »Und dann sind wir hierher zurückgekehrt und mit enormer Geduld ließ sich Captain Portet über den Kongo ausfragen.«

»Ich habe Sie gebeten, mich JP zu nennen, Father«, sagte Captain Portet.

»Sie sind wie der Colonel, Captain, einer dieser Leute, bei denen man Probleme hat, sie mit etwas anderem anzureden als mit ihrem Dienstgrad.«

»Sie meinen, ich bin spießig und pedantisch?«

»Nein, ich meine, Sie sind der Typ – wie der Colonel – bei dem ich Schwierigkeiten habe, sie mit etwas anderem als Ihrem Rang anzureden. Es war als Kompliment gedacht.«

»Ich werde mir einen größeren Hut kaufen«, sagte Captain Portet. »Nennen Sie mich JP, Father.«

»Jawohl, Sir«, sagte Lunsford.

»Etwas Interessantes erfahren?«, erkundigte sich Felter.

»Er versteht ihre Denkweise, Sir«, sagte Lunsford. »Ich wünschte, meine Jungs wären hier dabei gewesen.«

Die Tür wurde geöffnet, und CWO Finton trat ein.

»Guten Morgen, Sir«, sagte er zu Felter, nickte den anderen zu und fügte hinzu: »Gentlemen.«

»Frühstück ist unterwegs, Jim«, sagte Felter. »Und ich hörte, wie Lieutenant Craig beim Zimmerservice ein zusätzliches Steak mit Eiern bestellt hat.«

»Jawohl, Sir. Danke, Lieutenant, ich habe noch nicht gefrühstückt.« Finton sah Felter an. »Sir, wenn Sie meinen, ich würde im Kongo nützlich sein, bin ich bereit, dorthin zu fliegen.«

»Gott sei Dank«, sagte Felter, und dann wurde ihm klar, was er gesagt hatte. »Sie wissen sicherlich, dass es nicht so gemeint war, wie es klang.«

»Mir gefällt der Gedanke, Sie sehr gut zu kennen, Colonel«, erwiderte Finton. »Ich habe es nicht böse aufgefasst.«

»Lieutenant Portet machte soeben klar, dass die Dinge viel leichter für uns sein werden, wenn es uns gelingt, Mobutu zur Zusammenarbeit zu bewegen. Das Einsickern des Teams, zum Beispiel.«

»Da gibt es bereits ein Problem«, sagte Finton. »Und

zwar ein unmittelbares. Mary Margaret sagte mir, die kongolesische Botschaft hat Schwierigkeiten mit dem Ausstellen von Visa.«

»Hat sie gesagt, warum?«, fragte Felter.

»Sie hat den Verdacht, es ist ein Ausdruck der Unzufriedenheit mit unserem Botschafter, Sir.«

»Stecken Sie dem kongolesischen Konsulatsbeamten hundert Dollar zu«, sagte Jack. »Das beschleunigt für gewöhnlich die Dinge auf wundersame Weise.«

»Wie viele Visa brauchen Sie?«, wollte Captain Portet wissen.

Felter sah sich in der Runde um und zählte an den Fingern ab.

»Fünf«, sagte er. »Sie und Jacques, Father, Jim und ich. Ich möchte den Kongo nicht als Akkreditierter der US-Botschaft betreten, wenn es nicht sein muss.«

»Jack und ich haben kongolesische Pässe«, sagte Captain Portet. »Ich glaube, wir können Visa für Sie und Father und Mr Finton bekommen. Wann müssen Sie die haben?«

»So bald wie möglich«, sagte Felter.

»Nun, darf ich vorschlagen, dass wir gleich nach dem Frühstück zur kongolesischen Botschaft fahren?«

## 2

*Botschaftskanzlei der Republik Kongo*
*Washington, D.C.*

*12. Januar 1965, 9 Uhr 45*

Die Frau am Empfang der Botschaft war eine große, attraktive Schwarze Ende zwanzig.

»Guten Morgen, meine Liebe«, begrüßte Captain Portet sie auf Suaheli und lächelte sie breit an. »Wären Sie so nett, den Botschafter zu informieren, dass Captain

Portet von der Air Congo einen Moment seiner Zeit haben möchte?«

Noch bevor die Empfangsdame den Mund öffnete, war offensichtlich, dass sie kein Wort verstanden hatte, aber sie machte es offiziell.

»Wie bitte?«

»Mein Vater wünscht den Botschafter zu sprechen, meine Schöne«, sagte Jack auf Französisch. »Seien Sie ein liebes Mädchen und sagen Sie ihm, dass wir hier sind, ja?«

Es war ebenfalls offensichtlich, dass die Empfangsdame nur geringe Kenntnisse der französischen Sprache hatte.

Captain Portet legte eine Visitenkarte auf das Empfangspult. Sie identifizierte ihn als Chefpilot von Air Congo, 473 Boulevard d'Anvers, Leopoldville.

Die Empfangsdame betrachtete sie eingehend.

»Ich bin gleich zurück«, sagte sie und erhob sich hinter ihrem Pult. Sie blickte über die Schulter zurück und fügte ein wenig triumphierend hinzu: »*S'il vous plait*.«

»*Merci, Mademoiselle*«, sagte Captain Portet.

Ein junger Schwarzer kam einen Augenblick später an die Rezeption.

»Wie kann ich Ihnen helfen?«, fragte er auf Englisch.

»Sie sind nicht der Botschafter«, sagte Captain Portet nicht sehr freundlich auf Suaheli. »Ich wünsche den Botschafter zu sprechen und bin es leid zu warten.«

Father Lunsford, der sich zusammengereimt hatte, was vorging, mischte sich ein.

»Sie haben es hier mit dem Chefpiloten von Air Congo zu tun, mein guter Freund.«

»Chef«, sagte der junge Mann auf Suaheli, »ich werde Seine Exzellenz informieren, dass Sie hier sind.«

Der Botschafter, ein untersetzter, sehr schwarzer Mann Mitte fünfzig, erschien zwei Minuten später. Er lächelte Captain Portet breit an und kam mit weit ausgebreiteten Armen um das Pult herum.

»Mein lieber Freund«, sagte er auf Suaheli. »Wie schön, Sie zu sehen!«

Er küsste Captain Portet auf beide Wangen. Dann wandte er sich an Jack. »Und die Frucht der Lenden des Löwen!«

Küsschen auf Jacks linke und rechte Wange.

»Chef, Sie sehen gut aus«, sagte Father auf Suaheli.

Der Botschafter küsste Father.

Er sah Colonel Felter und CWO Finton an und lächelte, küsste jedoch keinen von beiden.

»Was kann ich für Sie tun?«

»Wir brauchen einen kleinen Gefallen«, sagte Captain Portet. »Ich muss eine Botschaft an einen gemeinsamen Freund von uns absenden, und um diskret zu sein, möchte ich sie nicht auf dem konventionellen Weg schicken. Ich dachte, Sie können mir vielleicht helfen.«

Er überreichte ihm ein Blatt Papier.

*Seine Exzellenz*

*Lt Gen Joseph Désiré Mobutu*
*Stabschef der Kongolesischen Armee*
*Leopoldville*

*Mein lieber Joseph,*

*ich habe den Preis für das von Ihnen erwogene Investment. Jacques und ich sind auf unserem Heimweg. Können Sie so bald wie möglich ein Essen mit uns in Ihren Terminplan einplanen?*

*Mit den herzlichsten Grüßen*
*Jean-Philippe Portet*

Der Botschafter las den Brief.

»Ich hatte gehofft, Sie können dies mit Ihrem Diplomaten-Code verschicken«, sagte Captain Portet auf Suaheli.

»Es wird binnen einer Stunde auf den Weg gehen«, sagte der Botschafter.

»Ich weiß Ihre Freundlichkeit sehr zu schätzen.«

»Es ist mir ein Vergnügen. Kann ich sonst noch etwas für Sie tun?«

»Nein, ich glaube nicht«, sagte Captain Portet. »Es sei denn – ah, ich möchte Sie nicht mit etwas Unwichtigem behelligen, Chef.«

»Unsinn. Wofür sind Freunde da? Wie kann ich Ihnen helfen?«

»Diese Gentlemen brauchen Visa«, sagte Captain Portet.

Der Botschafter brauchte ungefähr zwanzig Sekunden, um zu entscheiden, dass seine Befehle von Leopoldville, alle Gesuche von Amerikanern um Visa zur Einreise in den Kongo sehr sorgfältig – und somit sehr lange – zu prüfen, nicht auf die Freunde eines Mannes zutrafen, der General Mobutu mit seinem Vornamen ansprach.

»Selbstverständlich«, sagte der Botschafter. »Es wird nur eine Minute dauern, wenn Sie so gut wären, zu warten.«

## 3

*Apartment B-14*
*Foster Garden Apartments*
*Fayetteville, North Carolina*

*12. Januar 1965, 16 Uhr 20*

Mrs Marjorie Portet wurde zwischen Freude, ihren Ehemann durch die Tür ihrer Wohnung eintreten zu sehen, und Zorn hin und her gerissen, weil er nicht wie versprochen telefoniert hatte, sobald er erfahren hatte, was los war.

Die Freude siegte. Sie warf sich in seine Arme, eines

führte zum anderen, und erst eine halbe Stunde später fragte sie, was sein unerwartetes Erscheinen zu bedeuten hatte.

Zu diesem Zeitpunkt lagen sie auf ihrem neuen Bett, und es hatte sich erwiesen, dass es nach Anwendung von Seife an verschiedenen Teilen nicht länger protestierend quietschte, wenn es vertikalen Bewegungen auf der Matratze ausgesetzt war.

»Ich dachte, du würdest fünf Tage lang fort sein«, sagte Marjorie. »Ich hatte schon überlegt, ob ich meine Verwandten besuchen soll.«

»Das kannst du morgen machen«, sagte Jack hilfreich. »Eigentlich ist das eine ziemlich gute Idee. Hier gibt es nicht viel für dich zu tun, nicht wahr?«

»Wo wirst du morgen sein?«

»Auf dem Weg in den Kongo.«

Sie war sprachlos. Er deutete das als stumme Bitte um zusätzliche Information.

»Wir fliegen um zwanzig nach acht mit der Southern Airways nach Atlanta, dann um zwölf Uhr zehn mit der Eastern Airlines nach La Guardia – dort werden wir meinen Vater treffen, er kommt von Miami rauf. Dann nehmen wir den Pan American Flug von Kennedy nach Amsterdam, und am nächsten Morgen um fünf nach zehn den Air Congo Flug nach Leopoldville.«

»Warum habe ich den Verdacht, dass ›wir‹ in ›wir fliegen um zwanzig nach acht mit der Southern Airways‹ nicht du und ich bedeutet?«, fragte Marjorie leise.

»Father und ich, Baby.« Jack sah ihre Miene. »He, ich bin Soldat. Ich befolge meine Befehle.«

*Mein Gott*, dachte Marjorie, *Liza hatte Recht. Mir ist nach Schreien oder Heulen zu Mute, oder nach beidem.*

»Was wirst du im Kongo machen?«

»Möbel klauen, zum Beispiel.« Er lachte glucksend. »Oder verhindern, dass sie geklaut werden.«

»Was?«, fragte sie ungläubig.

»Mein Vater sagt, wir nehmen einen Lastwagen und holen so viel wir können – das beste Zeug – aus dem

Haus, bezeichnen es als persönliches Gepäck, bringen es zur KLM-Luftfracht am Flughafen und versuchen, es aus dem Kongo herauszubringen. Einige Stücke sind ziemlich schön, aber ich weiß nicht, wo, zum Teufel, sie hierhin passen würden.«

»Du fliegst nicht dorthin, um Möbel zu stehlen«, dachte Marjorie laut.

»Wir werden Mobutu besuchen und versuchen, von ihm Hilfe zu bekommen«, sagte Jack.

»Dein Vater auch?«

»Ja. Er war in Washington. Er und Mobutu kommen ziemlich gut miteinander aus.«

»Wie lange wirst du fort sein?«

»Nicht lange«, sagte er. »Ein paar Tage in Leopoldville und ein paar in Stanleyville.«

»Stanleyville? Du gehst zurück nach Stanleyville? Warum, in Gottes Namen?«

»Ich will Father Leuten vorstellen, die uns nutzen können«, sagte Jack. »Und wenn etwas in dem Apartment zurückgeblieben ist, bringe ich es nach Leopoldville und lasse es als Luftfracht aus dem Kongo ausfliegen.«

»Zum Beispiel?«

»Nun, da ist noch eine Browning-Schrotflinte«, erwiderte Jack. »Ich sah sie, als ...« Er verstummte und fuhr fort, offenbar entzückt über seinen witzigen Einfall. »Beim letzten Mal bin ich unerwartet dort abgesprungen und habe glatt meine Tennisschläger vergessen.«

»Mein Gott!«, stieß Marjorie hervor.

»He, es ist sicher, Baby, jedenfalls einstweilen. Mike Hoares Söldner haben die Simbas verjagt. Und vermutlich alles aus dem Apartment geklaut, was nicht niet- und nagelfest war.«

»Wie lange wirst du fort sein?«

»Zwei Tage, um dort hinzukommen, fünf Tage dort, zwei Tage, um zurückzukommen. Ich sollte am zweiundzwanzigsten zurück sein. Wir *müssen* am sechsundzwanzigsten zurück sein.«

»Ihr *müsst*?«

»Ja, denn am achtundzwanzigsten fliegen wir nach Argentinien«, sagte Jack.

»*Argentinien*? Ist das nicht komisch? Ich kann mich nicht erinnern, von dir jemals ein Wort über Argentinien gehört zu haben.«

»Vieles davon hat sich soeben in Washington ergeben, Baby.«

Er sah ihren Gesichtsausdruck.

»Was ist?«, fragte er.

»Was soll sein?«

»Was denkst du?«

»Wie lange wirst du in Argentinien sein?«

»Ungefähr die gleiche Zeit, zehn, zwölf Tage«, sagte Jack. »Aber warum habe ich den Verdacht, dass es nicht das ist, woran du gedacht hast?«

»Ich habe gedacht, dass du mir fehlen wirst«, sagte Marjorie.

*Ich werde in der Wohnung den Verstand verlieren, mich andauernd fragen, wo du bist und ob ich dich jemals wiedersehen werde, ob Red Hanrahan und der Kaplan mit traurigen und unbehaglichen Mienen vor der Tür stehen werden.*

»He, es ist ja nicht so, als ob ich fort möchte«, sagte Jack. »Man hat es mir befohlen.«

*Du lügst nicht bewusst, Liebling, aber es stimmt nicht. Du willst es. Vielleicht kannst du es nicht beeinflussen, aber du willst fortfliegen.*

»Ich weiß, Baby«, sagte sie. »Verzeihung.«

Sie küsste ihn, und eines führte zum anderen, und erst eine halbe Stunde später kam sie dazu, ihn zu fragen, ob er Hunger hatte und ob er im Apartment essen oder ausgehen wollte.

4

SECRET

VON: CIA LANGLEY 12 JANUAR 1965 1805 GMT

AN: STATION CHIEF LÉOPOLDVILLE

BETRIFFT: ÜBERMITTLUNG VON CIA-MATERIAL

Die CIA wird Ihnen gewisses geheimes CIA-Material via CIA-Dienstweg übermitteln. Nach Erhalt werden Sie besagtes Material entschlüsseln und nur eine Kopie an den US-Militärattaché liefern, der sie an Mr Felter weiterleiten wird.

Sollte Mr Felter zu Ihnen Kontakt aufnehmen, sind Sie angewiesen, jede verlangte Unterstützung einschließlich Zugang zu geheimem CIA-Material zu gewähren. Unter keinen – Wiederholung – unter keinen Umständen werden Sie Kontakt mit Mr Felter aufnehmen. Die CIA wird sofort informiert werden, wenn Mr Felter irgendwelchen Kontakt aufnimmt und verlangte Unterstützung gewährt wird.

FOR THE DIRECTOR

HOWARD W. O'CONNOR
ASSISTANT DIRECTOR FOR ADMINISTRATION

SECRET

SECRET

VON AUSSENMINISTER WASH DC
12 Januar 1965 2110 GMT

AN BOTSCHAFTER LÉOPOLDVILLE (EYES ONLY)

Sanford T. Felter, der Berater des Präsidenten, wird in Kürze nach Leopoldville und anderen Orten in der Republik Kongo reisen, auf einer Mission, die vom Präsidenten befohlen worden ist. Er wird von drei Offizieren der U.S. Army begleitet werden. Felter hat vom Präsidenten genehmigten Zugang zu geheimem Material jedweder Art des Außenministeriums.

Der Kontakt zwischen Mr Felter und der US-Botschaft wird durch den US-Militärattaché hergestellt werden, es sei denn, er wird von Mr Felter aufgenommen. Felter ist Colonel, GSC, USARMY, und befugt, Zugang zu Kommunikationseinrichtungen der US-Botschaft zu erhalten, und der Militärattaché wird angewiesen, ihm jede verlangte Unterstützung zu gewähren, was besonders die Benutzung von Flugzeugen unter Kontrolle des Militärattachés einschließt. Der Militärattaché wird als Kontakt zwischen Felter und dem Stationsleiter dienen. Der Militärattaché wird über Felters voraussichtliche Ankunftszeit informiert werden und ihn am Flughafen Leopoldville abholen.

Der Außenminister wird umgehend über jeden Kontakt informiert werden, der von Felter aufgenommen wird, über die Gründe dafür und jede diesbezügliche Aktion der US-Botschaft.

Für den Außenminister

ROLAND I. SPIERS, Verwaltungsassistent des Außenministers

SECRET

5

*Schipol International Airport*
*Amsterdam, Niederlande*

*14. Januar 1965, 10 Uhr*

Captain Portet, Chefpilot von Air Congo, ging als normaler Passagier an Bord der Boeing 707, Air Congo Flug 2117 nonstop nach Leopoldville, doch nachdem er seine Aktentasche im Gepäckfach verstaut hatte, ging er zum Cockpit und forderte Jack mit einer Geste auf, ihm zu folgen.

Der belgische Pilot, Capitaine Henri Ratisse, und sein französischer Kopilot, Marcel Defarre, wandten sich auf ihren Sitzen um.

»*Bonjour, mon chef*«, sagte er lächelnd. »Jacques.«

»*Bonjour, capitaine*«, erwiderte Jacques und nickte dem Kopiloten zu. »Marcel.«

»Ich glaube, ich übernehme«, kündigte Captain Portet an. »Ich möchte sehen, wie gut Jacques uns hier rausfliegt.«

Er wies Jack an, sich auf den rechten Sitz zu setzen.

Capitaine Ratisse gefiel das nicht sehr, doch Jean-Philippe Portet war der Chefpilot, und er konnte nicht viel dagegen unternehmen. Und Ratisse wusste, dass der Sohn des Chefpiloten auf dem Dienstplan der Reservepiloten von Air Congo stand, zugelassen als Kopilot für die 707, und häufig auf dem rechten Sitz in einer von Air Congos 707-Frachtflugzeugen flog, wenn sich ein Kopilot krank meldete oder jeder auf dem Dienstplan seine Stunden für diesen Monat schon geflogen hatte.

Jack war nicht besonders überrascht gewesen, als sein Vater zum Frühstück in der Uniform des Kapitäns der Air Congo in den Speiseraum des Hotels gekommen war. Jean-Phillipe Portet war schließlich der Chefpilot und saß als solcher fast zwangsläufig während des Starts und der Landung auf dem Pilotensitz. Er hatte Jack einst gesagt: »Es macht die Passagiere nervös, wenn sie irgendeinen Typen im Sakko aus dem Cockpit kommen sehen.«

Überrascht war Jack jedoch gewesen, als sein Vater ihn bei ihrer Ankunft auf dem Flughafen Schipol zum Briefing über das Wetter und die Trimmlage mitgenommen und ihn aufgefordert hatte, ihn bei dem Rundgang um das riesige Flugzeug zu begleiten, während Ratisse und Defarre und der Flugingenieur, Paul Dupose, ein weiterer Belgier, den Check vor dem Flug durchgeführt hatten.

Aber Captain Portet übernahm selten von einem Piloten den Steuerknüppel, und dies war das erste Mal, dass er Jack auf den rechten Sitz einer 707 mit Passagieren befohlen hatte, obwohl er oftmals als Kopilot seines Vaters in Frachtversionen des Flugzeugs mitgeflogen war.

Jack wusste, dass sein Vater keine Fragen mochte, und er schnallte sich an, schaute sich kurz die Flugdokumente an und griff dann nach der Checkliste.

Jack brachte die 707 problemlos in die Luft – obwohl es ein wenig länger dauerte, als er erwartet hatte –, auf Reisehöhe und über die Niederlande, Belgien und halb Frankreich, bevor sein Vater den Flugkapitän anwies, das Kommando wieder zu übernehmen, und sich losschnallte. Der Kapitän hatte gerade seinen Sitz richtig eingestellt, als Jack bemerkte, dass der Kopilot neben ihm stand und darauf wartete, dass er den Sitz verließ.

»Danke, Capitaine«, sagte Jack.

»War mir ein Vergnügen, keine Ursache«, erwiderte Capitaine Ratisse.

Es klang nicht sehr aufrichtig.

Im Erste-Klasse-Abteil gab es sechs Sitzreihen, vier Sitze in einer Reihe, vierundzwanzig insgesamt. Sie waren allesamt besetzt. Abgesehen von Felter – der schlief – und Finton – der in einem Buch las – waren alles Schwarze.

Captain Portet führte Jack an ihren leeren Sitzen vorbei zu der Bordküche, die den Bereich der Ersten Klasse vom Touristenabteil trennte, und bediente sich mit zwei Dosen Coca-Cola aus dem Kühlschrank. Er gab eine Dose Jack und stieß dann mit seiner an.

»Ich hoffe, es hat dir Spaß gemacht, Jacques«, sagte er.

»Was hatte das alles zu bedeuten?«, fragte Jack.

»Ich werde den Vogel landen«, sagte sein Vater. »Was, mit ein wenig Glück, ein geeigneter Abschluss meiner Karriere als Chefpilot von Air Congo und deiner als treuer Reservepilot sein wird.«

»Du hörst auf?«, fragte Jack.

Captain Portet nickte.

»›Mit ein wenig Glück‹?«, zitierte Jack.

»Kasavubu wird das nicht gefallen.«

Portet forderte Jack mit einer Geste auf, ihm zu folgen, trat in den Mittelgang und schob den Vorhang zum Touristenabteil zur Seite.

Es gab Sitze für hundertdreißig Passagiere. Nur ein Viertel davon war besetzt. Die Hälfte der Passagiere waren Weiße, die andere Hälfte Schwarze.

»Dies sind zahlende Passagiere«, sagte Captain Portet. »Man kann keine 707 von Schipol nach Leopoldville für das Geld fliegen, das fünfunddreißig, vielleicht vierzig Tickets der Touristenklasse einbringen.«

»Der Frachtraum ist voll«, sagte Jack. »Ich brauchte lange für den Start. Ich hatte das Gefühl, dass wir ziemlich nahe am maximalen Bruttogewicht sind.«

»Du hast nicht *gewusst*, dass wir ziemlich nahe am

maximalen Bruttogewicht sind?« Captain Portet sah seinen Sohn vorwurfsvoll an. »Warum habe ich dich wohl zur Flugplanung mitgenommen?«

»Ich habe nicht damit gerechnet, dass ich starte«, entschuldigte sich Jack ein wenig lahm. »Und du und Henri habt nicht besorgt gewirkt.«

»Mein Gott, Jacques«, sagte sein Vater. »Ich habe es dich besser gelehrt. Wenn du fliegst, hole dir die nötigen Informationen selbst ein.«

*Das Dumme bei diesem Anschiss ist, dass der Alte absolut Recht hat*, dachte Jack.

Es folgte langes Schweigen.

»Wir waren nahe am maximalen Bruttogewicht, und der Frachtraum ist voll«, sagte Captain Portet schließlich. »Das Problem ist, dass für die Fracht mit Schuldscheinen der Regierung bezahlt wird. Und so werden auch die Tickets der Passagiere in der Ersten Klasse bezahlt, mit Ausnahme der von Felter und Finton. Die anderen Passagiere der Ersten Klasse sind alles kongolesische Bürokraten der einen oder anderen Art, die jeden Monat zur Konsultation nach Brüssel oder Paris oder London reisen, manchmal sogar öfter. Ein Tag Konsultation und drei Tage Erholung von dieser erschöpfenden Arbeit.«

»Ich glaube, ich kann dir nicht folgen«, bekannte Jack.

»Gleich nach deiner Einberufung erhielten wir eine Nachricht vom Finanzsekretär des Außenministers: ›Vorübergehend, bis zum Ende des gegenwärtigen Notstands, wird sich die Zahlung von Schuldscheinen für den Transport von Passagieren und Fracht verzögern.‹«

»Air Simba ebenfalls?«, fragte Jack.

»Air Simba als Erstes«, sagte sein Vater. »Als das geschah, dachte ich mir, dass entweder Kasavubu oder Mobutu Druck auf mich ausüben würden, damit ich einen Teil verkaufe. Jetzt bin ich überzeugt, dass es Mobutu ist.«

»Und was wirst du tun?«

»Alles an ihn verkaufen«, sagte Captain Portet.

»Werden wir bezahlt werden?«

»Es würde mich überraschen, wenn wir mehr als die

Hälfte des Wertes bekommen, aber wenn ich das in bar bekommen kann, werde ich …«

»Von neuem eine Fluglinie mit einem Flugzeug in den Staaten anfangen?«, fiel ihm Jack ins Wort. »Wird das Geld dafür reichen?«

»Vielleicht«, sagte Captain Portet. »Lass mich erzählen, was geschehen ist …«

»Und wenn der Deal mit der CIA scheitert?«, fragte Jack, als sein Vater geendet hatte.

»Dann suche ich mir vermutlich ein paar alte DC-4-Maschinen, mit denen ich Fracht im karibischen Raum fliegen kann«, sagte Captain Portet. »Ich setze all meine Chips auf das, was Felter gesagt hat.«

»Was?«

»Dass sie genau jemanden wie mich suchen.«

»Hast du es Hanni erzählt?«

»Dies ist gerade erst passiert. Ich hatte noch keine Gelegenheit, es ihr zu sagen. Also erzähle es ihr nicht, bevor ich das tue.«

Jack nickte.

»Und ich bin in der gottverdammten Army und werde keine große Hilfe sein, nicht wahr?«

»Ich glaube, ich bin genauso wütend auf deine guten Freunde und Nachbarn, die dich zur Einberufung ›empfohlen‹ haben, wie du«, sagte Captain Portet.

In dem Brief, den Jack vor etwas über einem Jahr von der US-Regierung erhalten hatte, stand: ›Ihre Freunde und Nachbarn haben Sie für die Einberufung in die Streitkräfte der Vereinigten Staaten ausgewählt.‹

Damals hatte er gesagt, was er jetzt sagte: »Freunde? Dass ich nicht lache!«

Captain Portet lachte.

»Andererseits gäbe es ohne Einberufungsbescheid kein Fort Rucker und keine Marjorie«, bemerkte er.

»Ist das der verdammte Silberstreif am Horizont, von dem die Leute immer reden?«

»So sieht es aus, oder nicht?«

»Du könntest immer zur Sabena zurückgehen«, meinte Jack. »Oder nicht?«

Jean-Phillipe Portet war Flugkapitän bei der Sabena gewesen, der belgischen nationalen Fluggesellschaft, bevor ihm die Position als Chefpilot bei der Air Congo angeboten worden war, bei der die Sabena ein Hauptinvestor war. Damals hatte man ihm die Möglichkeit angeboten, zur Sabena zurückzukehren, wenn sich die Dinge nicht zu seiner Zufriedenheit entwickeln würden.

Er lächelte seinen Sohn an.

»Wenn ich mich nicht entschieden hätte, diesen Vogel in Leopoldville zu landen, würde ich jetzt einen sehr steifen Drink nehmen.«

*Und wenn sich mein Papa etwas in den Kopf gesetzt hat, führt er es auch durch. Und er hat sich offenbar entschieden, sich auf diesen Deal mit der CIA einzulassen.*

»Nun, da ich nicht fliege ...«, begann Jack, und dann fiel ihm die Miene seines Vaters auf. »Willst du mich auf dem rechten Sitz haben, wenn wir in Leopoldville eintreffen?«

»Das liegt an dir, Jacques.«

Sie tauschten einen Blick.

»Gib mir noch 'ne Coke, bitte, ja?«, sagte Jack.

## 6

*Leopoldville, Republik Kongo*

*14. Januar 1965, 23 Uhr 05*

Captain Portet landete die 707 nach einem langen, niedrigen Landeanflug wie aus dem Lehrbuch.

*Er setzt fast immer butterweich auf,* dachte Jack, als sie von der Landebahn abbogen und zum Abfertigungsgebäude rollten. *Ein begnadeter Pilot.*

Das erinnerte ihn schmerzlich an seine Fahrlässigkeit, nicht selbst das Gewicht und die Trimmlage überprüft zu haben.

Als er die Maschine abgestellt hatte, unterzeichnete Captain Portet das Flugbuch und reichte es Jack für dessen Unterschrift.

Sie verließen die Maschine durch das Passagierabteil, statt über die Leiter, die zur Tür des Cockpits hochgedreht worden war. Jack wunderte sich darüber, sagte sich jedoch, dass es geschah, weil sie das Flugzeug als Passagiere betreten hatten, nicht als Mitglieder der Crew.

Es war heiß auf der Parkfläche; das war es stets. Captain Portet blieb im Abfertigungsgebäude stehen, um sich eine Zigarette anzuzünden, doch Jack nahm an, dass er das nicht tat, um seine Gier nach Nikotin zu befriedigen, sondern weil er sehen wollte, was passierte, wenn Colonel Felter, Father Lunsford und Mr Finton durch die Abfertigung der Einwanderungsbehörde und des Zolls gingen.

Die drei Männer passierten die Kontrollen ohne Probleme, vermutlich, weil sein Vater ihnen geraten hatte, jedem der Beamten ein kleines Geschenk zu machen – wirklich ein kleines, etwa zwei Dollar Gegenwert in holländischen Gulden.

Als Jack und sein Vater dann den Ausgang AIR CREW passierten und ihre Pässe gestempelt worden waren, war von den dreien im Abfertigungsgebäude nichts zu sehen.

»Sieh dich draußen um«, befahl Captain Portet. »Ich suche sie hier.«

Draußen vor dem Abfertigungsgebäude wartete Noki, der ›Chefboy‹ des Haushalts der Portets, der irgendwie immer wusste, wann einer von ihnen mit einem Flugzeug der Air Simba oder Air Congo eintraf, in ihrem Ford-Kombi, dessen Klimaanlage lief.

Und dann sah Jack Felter und Finton mit jemandem im Halbdunkel eines Eingangs gleich außerhalb der Türen des Abfertigungsgebäudes sprechen.

Er wollte zu ihnen gehen, besann sich jedoch anders

und machte sich auf die Suche nach seinem Vater. Wenn es irgendein Problem gab, konnte Captain Portet besser damit zurechtkommen als er, Jack.

Er fand seinen Vater auf der Männertoilette. Deren Geruch war ihm ebenfalls vertraut.

Als die beiden Portets zu Felter, Lunsford und Finton und dem anderen Mann gingen, erkannte Jack ihn. Es war der Militärattaché der US-Botschaft.

»Sie kennen Colonel Jacobs, richtig?«, fragte Felter.

Captain Portet und Jack schüttelten Colonel Jacobs die Hand.

»Colonel Jacobs erzählte mir, dass er Dr. Dannelly in Mobutus Autokolonne durch die Stadt hat fahren sehen und dass er seines Wissens mit ihm in der Villa des Stabschefs wohnt«, sagte Felter. »Das sind also gute Nachrichten.«

Jack bemerkte, dass Felter jetzt eine lederne Aktentasche trug, die er im Flugzeug nicht bei sich gehabt hatte. Er sagte sich, dass sie vielleicht Nachrichten aus Washington für ihn enthielt, die an die Botschaft geschickt worden waren.

Die Bestätigung erhielt er anscheinend, als Felter Jacobs für sein Kommen zum Flughafen dankte und erklärte, er werde in Kontakt mit ihm bleiben. Dann zeigte Felter an, dass er zur Abfahrt bereit war.

Sie stiegen in den Ford und fuhren zum Haus hinaus. Die Fahrt dauerte etwas über eine halbe Stunde. Bei jeder großen Kreuzung gab es eine Straßensperre der Armee, wo kongolesische Soldaten, bewaffnet mit Fabrique National 7-mm Automatikgewehren, ihre Dokumente eingehend überprüften, bis Noki ihnen ein kleines Geschenk gab.

Das Haus sah ebenfalls aus wie immer.

In Zeiten, die nach Jacks Meinung besser gewesen waren, hatte sein Vater drei Hektar Land mit Blick auf das Stanley-Becken des Kongo gekauft, sein Haus auf dem schönsten Hektar erbaut und dann versucht, den Rest anderen Europäern für ihre Häuser zu verkaufen.

Das hatte nicht geklappt. Nach der Unabhängigkeit des Kongo hatten Europäer aus dem Kongo hinausgewollt, nicht hinein. Der gesamte Besitz war jetzt von einem drei Meter hohen Zaun, gekrönt von Stacheldrahtrollen, umgeben. An jedem zweiten Zaunpfosten war ein Scheinwerfer montiert.

Jetzt verbargen dichte Büsche den Zaun, die angepflanzt worden waren, um den Leuten den Blick hinein zu verwehren, jedoch ebenfalls verhinderten, dass jemand hinausschauen konnte.

Noki drückte auf die Hupe, und einer der barfüßigen Sicherheitsleute, die nach Einbruch der Dunkelheit ständig um den Zaun patrouillierten und mit Schrotflinten und Macheten bewaffnet waren, trottete heran, schloss das Tor auf und öffnete es.

Es gab einen großen Stapel Post und Nachrichten für Captain Portet, aber nichts war eine Bestätigung oder – noch wichtiger – eine Einladung zum Essen von Joseph Désiré Mobutu.

Und ebenso wenig erhielt Mr Finton eine Antwort, als er die Telefonnummer Dr. Dannellys anrief, was zu bestätigen schien, dass er mit Mobutu in der offiziellen Villa des Stabschefs wohnte.

»Warum gönnen wir uns nicht eine gute Nacht Schlaf und warten ab, was am Morgen passiert?«, schlug Captain Portet vor.

Felter, Lunsford und Finton wurden im Gästezimmer einquartiert – eigentlich war es eine Suite aus drei Zimmern –, und Jack ging in sein Zimmer – ebenfalls eine Suite aus drei Räumen. Überrascht stellte er fest, dass alles so zu sein schien, wie er es verlassen hatte.

Er wunderte sich darüber, weil er seit fast genau einem Jahr fort war und seine Eltern und die Schwester seit dem 27. November – dem Tag nach dem Fallschirmabsprung über Stanleyville – das Haus verlassen hatten. Doch dann wurde ihm klar, dass Noki und die anderen, die sich um das Haus kümmerten, nichts Ungewöhnliches an ihrer Abwesenheit gefunden hatten.

Er hatte das Haus schließlich vier Jahre lang für Monate verlassen, um auf die Freie Universität in Belgien zu gehen, und vor seiner Einberufung waren seine Mutter und Schwester oftmals monatelang auf langen Reisen nach Europa fort gewesen.

Doch bevor er schlafen ging, fragte er sich, was Nimbi, der Boy, der für sein Zimmer verantwortlich war, gedacht hatte, als er sein Gepäck ausgepackt und seine Tropenuniform eines Offiziers der U.S. Army und seine Fallschirmspringerstiefel gesehen hatte.

## 7

*Avenue Leopold 404*
*Leopoldville, Republik Kongo*

*16. Januar 1965, 12 Uhr 35*

Als es beim Frühstück – um halb elf – immer noch keine Antwort auf die Botschaft gegeben hatte, die Captain Portet General Mobutu aus Washington geschickt hatte, erklärte Portet, dass dies vielerlei oder gar nichts bedeuten konnte. Er hielt es für das Beste, zu seinem Büro bei der Air Congo zu fahren und zu versuchen, etwas herauszufinden. Jack bot an, ihn zu begleiten, doch sein Vater hielt es für besser, dass er im Haus blieb, für den Fall, dass Mobutu anrufen würde.

Als Mr Finton es bei Dr. Dannellys Telefonnummer versuchte, meldete sich wiederum niemand. Captain Portet wies Noki an, ihn in Hannis Ford in die Stadt zu fahren, wo er versuchen wollte, den Kontakt herzustellen.

Colonel Felter kündigte an, dass er einige Botschaften schreiben müsse – wieder eine Bestätigung für Jack, dass die Aktentasche, die er auf dem Flughafen gesehen hatte, Nachrichten aus Washington für ihn enthielt.

Als Felter sich auf sein Zimmer zurückgezogen hatte

und Jack und Father Lunsford nichts sonst zu tun hatten, spielten sie einen Satz Tennis – bevor es zu heiß wurde –, und tauchten dann in den Swimmingpool. Als sie herauskletterten, hatte Nimbi einen Kühler, gefüllt mit Bier und Eis, und ein Exemplar der bedeutendsten kongolesischen Zeitung *L'Avenir* auf einem der kleinen Tische am Pool deponiert.

Es stand nicht viel in der Zeitung außer überschwänglichen Berichten über die vielen hervorragenden Leistungen von Präsident Joseph Kasavubu.

»Kein verdammtes Wort darüber, was hier in der Provinz läuft«, sagte Father in einer Mischung von Verwunderung und Abscheu, während er seinen Teil der Zeitung auf die Fliesen warf.

»Dies ist der Kongo, Father. Wenn Sie das Problem ignorieren, wird es vielleicht verschwinden.«

»Nun, jemand sollte Ihrem Busenfreund Mobutu erzählen, dass die Dinge, die in Stanleyville passieren, schlimmer werden, nicht besser. Ignorieren ist keine Lösung.«

»Mobutu weiß das«, sagte Jack. »Das Problem ist Kasavubu. Und möglicherweise bekommen wir keine Chance, Mobutu irgendetwas zu sagen. Mein Vater hat tatsächlich erwartet, dass eine Einladung zum Essen auf uns warten würde.«

»Sie meinen, er meidet uns absichtlich?«

»Dies ist der Kongo«, sagte Jack. »Man kann nie wissen.«

Father nahm eine Flasche Bier aus dem Kühler, warf sie Jack zu und zog eine für sich heraus.

Ein paar Minuten später, als ihm soeben klar geworden war, dass seine Bierflasche leer war, hörte Jack die Sirenen, schenkte ihnen jedoch keine Beachtung. Zum einen bedeutete Sirenengeheul in Leopoldville nicht das, was es vor der Unabhängigkeit bedeutet hatte. Zum anderen war die Benutzung der Sirenen auf die Force

Publique beschränkt, die örtliche Polizei, die Feuerwehr und Krankenwagen.

Father Lunsford schenkte dem Sirenengeheul jedoch Beachtung.

»Was, zum Teufel, ist das?«, fragte er.

»Vermutlich fährt irgendein kongolesischer General oder der Stellvertreter eines stellvertretenden Staatssekretärs für irgendetwas nach Hause zum Mittagessen oder zum Haus seiner Mätresse«, sagte Jack. »Je größer die Autokolonne, je mehr Sirenen und blitzende Signallichter, desto wichtiger ist man im Kongo.«

*Und das andere Symbol der Macht ist die Eleganz der Mätresse, oftmals eine Belgierin, manchmal eine Französin, aber meistens eine blasshäutige Blondine. Das hätte ich am liebsten hinzugefügt, aber ich habe es mir verkniffen. Weil ich nicht wie ein Rassist klingen möchte?*

*Scheiß drauf. Father weiß, dass ich keiner bin.*

»Das andere Statussymbol ist eine weiße Mätresse«, sagte er.

»Tatsächlich?«

»Für gewöhnlich eine Belgierin, aber manchmal eine Französin. Je blonder, desto besser.«

»Hm«, murmelte Father. Jack erwartete mehr, doch das war alles, was Father äußerte

Von ihrem Platz aus waren die Straßen, die das Grundstück umgaben, nicht zu sehen, und so konnten sie nicht sagen, in welche Richtung die Autokolonne fuhr.

Das Heulen der Sirenen verstummte, und Jack sagte sich, dass die Kolonne beim Haus der wichtigen Person – oder dem seiner Mätresse – eingetroffen war und jetzt zu Mittag essen würde. Dies führte ihn zu der Frage, was Mrs Marjorie Portet in diesem Augenblick tun mochte – in Fayetteville war es fast 18 Uhr 30. Vermutlich machte sie das Abendessen, oder sie war nach Fort Rucker gefahren, wo es 17 Uhr 30 war, und sie half ihrer Mutter, das Abendessen zuzubereiten.

Dieser Gedanke führte zu einem anderen, den an Mrs Marjorie Portet, die in Fayetteville das Frühstück für ihn machte, nur mit einem seiner Hemden bekleidet – ein Kostüm, das er unglaublich erotisch fand. Nach einer Minute oder so sagte er sich, dass er sich mit diesen Gedanken seelisch folterte, und er griff nach einer weiteren Bierflasche.

»Keine falsche Bewegung!«, sagte Father leise, jedoch sehr eindringlich.

Jack blickte langsam von dem mit Eis und Bierflaschen gefüllten Kühler auf.

Vier große kongolesische Fallschirmjäger, in makellosem, gestärktem Tarnanzug und mit Fabrique National 7-mm Automatikgewehren, liefen über den Rasen vor dem Haus. Sie gingen in Verteidigungsstellung – spähten nach draußen, gegen den Zaun.

Jack drehte sich auf seinem Stuhl. Zwei weitere Fallschirmjäger waren beim Haus im Hof in Stellung, und einer schritt breit grinsend über den Rasen. Dieser Fallschirmjäger war mit einer Browning-Pistole in einem Holster am Koppel bewaffnet, und an seinem Kragenspiegel hafteten die Rangabzeichen eines Generalleutnants der kongolesischen Armee. Neben ihm ging ein schlaksiger Weißer in einem Leinenanzug.

Jack erhob sich von dem Stuhl und hielt eine Bierflasche in der Hand.

»Mein Gott, Joseph«, rief er auf Suaheli. »Du hast mich zu Tode erschreckt!«

»Jacques, mein alter Freund!«, sagte Mobutu und breitete die Arme aus. Sie umarmten sich und küssten sich auf die europäische Art auf die Wangen. Mobutu duftete stark nach Eau de Cologne.

»Du kennst natürlich meinen Freund, Dr. Dannelly?«, fragte Mobutu, und dann wechselte er auf Französisch. »Dessen Suaheli zwar gut, jedoch nicht so leicht für ihn als Franzose ist.«

»Ja, natürlich«, sagte Jack auf Französisch.

*Und ich habe es mir bei Dannelly schon wieder verscherzt. Eine Flasche Bier in der Hand, das ist für ihn wie eine Gotteslästerung.*

»Es ist schön, Sie zu sehen, Doktor.«

»Wie geht es Ihnen, Portet?«, sagte Dannelly und gab Jack die Hand. Sein Händedruck war fest, aber alles andere als herzlich.

*Verdammt!*

»Dies ist mein Freund, Major George Washington Lunsford«, sagte Jack.

Mobutu und Dannelly sahen Father an, aber keiner von beiden gab ihm die Hand, lächelte oder sagte irgendetwas.

»Möchtest du ein Bier, Joseph, oder etwas Stärkeres?«

»Ich möchte schon etwas Stärkeres, aber es ist noch früh am Tag«, erwiderte Mobutu, ging zu dem Kühler und nahm sich ein Bier.

Jack warf einen Blick zum Haus. Dort stand Nimbi und wirkte verängstigt.

»Darf ich Ihnen eine Cola anbieten, Doktor? Oder vielleicht Orangensaft?«

Jack erntete einen bösen Blick von Father.

*Was soll denn das? O Scheiße! Finton hat doch erzählt, dass Mormonen* nichts *trinken, das Koffein enthält. Wie Coke.*

*Wo, zum Teufel, ist mein Vater?*

»Orangensaft wäre prima«, sagte Dannelly.

Jack bestellte auf Suaheli eine Karaffe Orangensaft.

»Und Sie werden natürlich zum Mittagessen bleiben«, sagte Jack wieder auf Französisch. »Mein Vater wird jeden Augenblick hier sein.«

»Das ist sehr freundlich« sagte Mobutu.

Jack forderte sie mit einer Geste auf, am Tisch Platz zu nehmen.

»Dr. Dannelly hoffte, einen Freund von dir zu sehen, einen Mr Finton?«

Mobutu blickte Jack fragend an.

»Er ist in die Stadt gefahren, Doktor, in der Hoffnung, Sie zu finden. Er sollte ebenfalls gleich zurückkehren.«

Mobutu nahm einen kräftigen Schluck aus der Bierflasche.

»Wie gefällt es dir, Soldat zu sein?«, fragte er Jack.

»Wenn keine Leute auf mich schießen, gefällt es mir«, erwiderte Jack.

Mobutu lachte herzhaft.

»Aber das Wichtigste, was geschehen ist, seit wir uns zum letzten Mal gesehen haben, Joseph, ist die Tatsache, dass ich geheiratet habe.«

»Du bist nicht alt genug, um verheiratet zu sein«, meinte Mobutu.

»Das dachten unsere Eltern auch«, sagte Jack.

Mobutu lachte wieder, doch dann verschwand sein Lächeln von einem Augenblick zum anderen.

Jack folgte seinem Blick.

Mr Finton, im Anzug, befand sich im Innenhof beim Haus. Einer von Mobutus Fallschirmjägern hielt sein FN-Gewehr auf seine Brust gerichtet, um klar zu machen, dass er keinen Schritt weitergehen durfte.

»Wer ist das?«, fragte Mobutu ziemlich kühl.

»Das ist Mr Finton, Joseph«, antwortete Jack.

Mobutu rief auf Suaheli den Befehl, Finton passieren zu lassen.

»Ich möchte mit ihm unter vier Augen sprechen, Joseph«, sagte Dannelly.

Er stand vom Tisch auf und ging über den Rasen zum Innenhof.

»Sagen Sie Nimbi, er soll Sie ins Arbeitszimmer meines Vaters führen, Dr. Dannelly!«, rief Jack ihm nach.

Dannelly nickte.

Mobutu beobachtete, bis sich Dannelly und Finton die Hände geschüttelt hatten und ins Haus gingen. Dann trank er einen weiteren Schluck Bier und wandte sich an Lunsford.

»Habe ich Jacques richtig verstanden, dass Sie ein amerikanischer Offizier sind?«, fragte Mobutu auf Französisch.

»Jawohl, Sir«, sagte Father.

»Für einen Amerikaner sprechen Sie ziemlich gut Französisch«, meinte Mobutu.

»Das glaube ich, General.«

»Wieso?«

»Nun, die Army schickte mich auf unsere Sprachenschule im Presidio in California«, erklärte Father. »Und nach dem Französischstudium nach Vietnam.«

Mobutu dachte einen Moment darüber nach und lächelte dann.

»Major – Jacques, du sagtest doch, er ist Major, oder?«

»Jawohl, Sir«, sagte Father, »ich bin ein sehr dienstjunger Major.«

»*Major*, warum habe ich den Verdacht, dass Sie im ehemaligen Französisch-Indochina mehr getan haben, als die französische Sprache zu studieren?«

»Weil Sie ein Fallschirmjäger sind, Sir, und Luftlandesoldaten sind dafür bekannt, dass sie hochintelligent und sehr scharfsinnig sind.«

Mobutu lachte.

»Sie sind nicht zufällig selbst Fallschirmjäger?«

»Ich habe diese Ehre, Sir«, erwiderte Father.

Mobutu lachte von neuem.

*Sie kommen wirklich prima miteinander zurecht*, dachte Jack. *Es war eine ausgezeichnete Idee, Father mitzunehmen.*

»Sprachen sind sehr wichtig«, sage Mobutu. »Ein Jammer, dass unser Botschafter sie nicht gut genug spricht, um unseren Präsidenten zu verstehen, wenn er sie spricht.«

*O verflixt, jetzt kommt es!*

»Sir?«, fragte Father.

»Präsident Kasavubu hoffte, ihm ziemlich klar gemacht zu haben, dass er keine amerikanischen Soldaten im Kongo haben will – nicht einmal einen ehrenwerten Offizier und Fallschirmjäger-Kameraden wie Sie«, sagte Mobutu. »Ich kann nur annehmen, dass Sie inoffiziell hier sind, als Gast meiner alten Freunde, der Portets. In diesem Fall sind Sie natürlich äußerst willkommen.«

Er wandte sich an Jacques.

»Ich befürchte, der Major und dein Freund Finton haben eine lange Reise vergebens gemacht, Jacques. Dr.

Dannelly spricht mit ihm nur, weil jemand von seiner Kirche aus den Vereinigten Staaten angerufen und darum gebeten hat. Dr. Dannelly argwöhnt, dass dein Freund ihn bitten wird, mich zu überreden, den Präsidenten zu bitten, seine Meinung zu ändern. Das habe ich nicht vor, denn ich weiß, dass er nicht die Absicht dazu hat. Und ich finde, seine Entscheidung war die richtige.«

»Dann machst du einen Fehler«, sagte Jack.

»Überstrapaziere unsere Freundschaft nicht, mein junger Freund«, sagte Mobutu kühl.

»Ich wäre kein Freund, wenn ich dich einen großen Fehler machen ließe«, sagte Jack.

»Wenn Kasavubu dieses Land führen soll, kann er es sich nicht erlauben, für einen Mann gehalten zu werden, der weiße Unterstützung braucht, um mit jeder kleinen Störung fertig zu werden, die passiert.«

»General, Sie wollen doch nicht sagen, dass Stanleyville eine ›kleine Störung‹ war?«, sagte Father.

»Vielleicht war ›klein‹ eine schlechte Wortwahl.«

»Stanleyville war eine Katastrophe«, sagte Father entschieden. »Und wenn die Belgier nicht dort per Fallschirm abgesprungen wären, würden die Simbas jetzt gen Leopoldville marschieren. Und wenn Che Guevara in diesem Gebiet zu operieren beginnt, Soldaten ausbildet und sie mit sowjetischen Waffen bewaffnet, werden die Ereignisse von Stanleyville im Vergleich dazu wie ein Pfadfindertreffen wirken.«

Einen Moment dachte Jack, Mobutu würde Father schlagen, ihm einbläuen, dass er mit dem Stabschef der kongolesischen Armee redete, oder einfach aufspringen und davonstürmen.

Doch er überraschte Jack. Er brauchte einen Augenblick, um sein Temperament zu zügeln, und dann lächelte er Father an.

»Wissen Sie, Jacques sprang mit den Belgiern ab«, sagte er.

»Jawohl, Sir, das weiß ich.«

»Und ist Jacques dann die Quelle Ihrer Informationen

über die Ereignisse in Stanleyville?«, fragte Mobutu. »Bei allem Respekt für Ihren jungen Freund, er war nur ein paar Stunden dort.«

»Ich war fünf Monate dort, General«, sagte Father auf Suaheli. »Ich weiß, was sich in Stanleyville abgespielt hat.«

Sowohl die Erklärung als auch das Suaheli überraschten Mobutu.

»Sie sind der Mann, von dem mir Oberst Supo erzählt hat«, sagte Mobutu nach kurzem Schweigen auf Suaheli.

Lunsford sah ihn verständnislos an.

»Er war der kongolesische Offizier bei Colonel Van de Waele in Kamina«, erklärte Jack.

»Auf seine Empfehlung hin habe ich Sie für Ihre außergewöhnliche Tapferkeit ausgezeichnet«, sagte Mobutu wie im Selbstgespräch. »Was Sie getan haben, war unglaublich.«

Father schwieg.

»Wenn du das bedenkst, Joseph, kannst du dir dann nicht wenigstens anhören, was Major Lunsford zu sagen hat?«, fragte Jack.

Mobutu dachte lange darüber nach und nickte schließlich zustimmend.

»Bevor ich darauf komme, was wir über Che Guevara und seine Pläne wissen, General«, sagte Father, »erlauben Sie mir bitte, Sie in einem Punkt zu beruhigen. Niemand wird Sie beschuldigen können, Weiße um Hilfe bitten zu müssen. Jeder, den wir herschicken wollen, ist schwarz.«

»Interessant«, sagte Mobutu. »Aber lassen Sie mich vielleicht uns beiden Zeit sparen. Sie müssen mich von zweierlei Dingen überzeugen, Major. Zuerst, dass dieser Kubaner tatsächlich herkommen wird …«

»Colonel Felter – er ist im Haus – hat Ihnen den Beweis dafür mitgebracht, General, glauben Sie mir«, unterbrach Father.

»… und wenn das tatsächlich der Fall ist, warum die Regierung der Vereinigten Staaten meine Regierung nicht für perfekt fähig hält, sollte dieser Mann herkommen und eine bewaffnete Rebellion gegen den Kongo anfangen, ihn durch unsere Armee festzunehmen, zu verurteilen und vor ein Erschießungskommando zu stellen.«

»Das ist das Letzte, was wir wollen, Joseph«, sagte Jack. »Wir wollen den Hurensohn am Leben erhalten.«

»Was?«

»Wir wollen Ihnen, General«, sagte Father, »sehr geräuschlos –›unsichtbar‹ ist vielleicht eine bessere Bezeichnung – helfen, jede Aktion, die Guevara versucht, zum Scheitern zu verurteilen. Wir wollen ihn demütigen, statt ihn in einen Märtyrer zu verwandeln.«

»Wessen Idee ist das?«, fragte Mobutu ungläubig.

»Präsident Johnsons Idee«, sagte Father.

Mobutu blickte zu Jack, der nickte.

»Warum sollte ich das glauben?« Mobutu schaute zum Haus, suchte offensichtlich Dr. Dannelly.

Jack folgte Mobutus Blick. Von Dannelly war nichts zu sehen, doch von Colonel Sanford T. Felter. Er war offensichtlich genau in diesem Moment aus dem Haus gekommen und stand im Innenhof, wo Finton gestanden hatte, bei demselben kongolesischen Fallschirmjäger, der zuvor Finton mit dem Gewehr bedroht hatte und es jetzt auf Felter richtete.

Felter war in Uniform, komplett mit Fallschirmspringerstiefeln und grünem Barett.

Er blickte den Fallschirmjäger verächtlich an und schob den Lauf des Gewehrs beiseite.

Mobutu rief dem Fallschirmjäger zu, den Mann passieren zu lassen, und als der Soldat zur Seite trat, marschierte Felter vom Hof und über den Rasen zu ihnen.

Jack dachte fast das Gleiche, was sein Vater gedacht hatte, als Lieutenant Colonel Craig Lowell an seiner Tür in Ocean Reef erschienen war.

*Mein Gott, der hat mehr Medaillen als Patton!*

Felter schritt zum Tisch.

»Joseph, darf ich dir meinen Chef, Colonel Felter, vorstellen?«, sagte Jack. »Sir, dies ist Lieutenant General Mobutu.«

Felter salutierte.

»Es ist mir eine Ehre, Sir«, sagte er.

Mobutu erwiderte den schneidigen Gruß.

»Bitte leisten Sie uns Gesellschaft, Colonel«, sagte Mobutu auf Französisch. »Und lassen Sie uns wissen, was Sie von unserem kongolesischen Bier halten.«

»Danke, Sir.« Felter bediente sich mit einer Flasche Bier, bevor er Platz nahm.

»Major Lunsford erzählte mir soeben, dass trotz der schrecklichen Dinge, die dieser Kubaner angeblich – ich bin noch nicht davon überzeugt – für mein Land plant, der Präsident der Vereinigten Staaten ihn am Leben erhalten will. Und ich habe ihn soeben gefragt, warum ich das glauben sollte.«

»General«, sagte Felter, »was Guevaras Absichten anbetrifft, so habe ich Material in meiner Aktentasche, das jeden Zweifel beseitigen sollte, den Sie vielleicht haben. Und ich hoffe, es wird jeden Zweifel beseitigen, den Sie über Präsident Johnson haben mögen.«

Felter überreichte Mobutu einen kleinen, fast quadratischen Umschlag.

Mobutu öffnete ihn, las den Brief und legte ihn dann auf den Tisch, wo Jack ihn sehen konnte.

The White House
WASHINGTON, D.C.

12. Januar 1965

Lieutenant General Joseph D. Mobutu
Stabschef der Armee der Republik Kongo

Persönlich auszuhändigen

Lieber General Mobutu,
dies wird Ihnen den Berater des Präsidenten der Ver-

einigten Staaten, Colonel Sanford T. Felter, USA, vorstellen, der mein absolutes Vertrauen genießt und für mich spricht.

*Lyndon B. Johnson*
LYNDON BAINES JOHNSON

Mobutu sah Felter lange an, bevor er schließlich sprach.

»Sie sind also ein wenig mehr als ein Offizier der Fallschirmtruppen, Colonel?«, sagte Mobutu.

»Wie Sie, General, bin ich ein Offizier der Fallschirmtruppen, dem das Schicksal zusätzliche Pflichten auferlegt hat.«

Mobutu lachte.

»Ich werde über diese Angelegenheit nachdenken«, sagte er.

*Damit meint er, er will Dannelly fragen, was er nach dessen Meinung tun soll,* dachte Jack. *Was bedeutet, dass wir wieder am Anfang stehen. Seine Entscheidung wird davon abhängen, ob Finton Dannelly überzeugen kann, dass wir in Gottes Augen das Gerechte tun.*

»Selbstverständlich«, sagte Felter.

*8*

Captain Jean-Philippe Portet tauchte eine Viertelstunde später auf und unterbrach Major Lunsfords Vortrag über die Ausbildung der Soldaten der Special Forces und die Zusammenstellung der A- und B-Teams der Green Berets, was Mobutu offensichtlich faszinierend gefunden hatte.

Portet und Mobutu umarmten sich herzlich, und als sich Captain Portet eine Flasche Bier nahm, bat Mobutu um eine weitere.

»Es ist schön, dich zurück zu haben, mein Freund«, sagte Mobutu. »Du hast mir gefehlt.«

»Und du mir«, erwiderte Portet, stieß mit seiner Bierflasche gegen die Mobutus und ließ sich auf einen der Stühle sinken. »Und mir wird das Haus – der Kongo – sehr fehlen. Ich kann nur hoffen, dass ich darüber hinwegkommen werde.«

»Wovon redest du?«, fragte Mobutu verwirrt.

»Du weißt es offenbar nicht«, sagte Captain Portet. »Ich dachte, Jacques oder Colonel Felter hätten es dir erzählt.«

Mobutu warf einen ärgerlichen Blick zu Jack und Felter.

»Mir was erzählt?«

»Jacques ist nicht der Einzige, der zwangsweise eingezogen wurde«, sagte Portet.

»Zwangsweise eingezogen?«, fragte Mobutu. »Du meinst in die Armee?«

»Nicht genau«, sagte Captain Portet. »Aber in den Dienst der Regierung.«

»Kann sie das tun?«, fragte Mobutu ungläubig.

»Nun, es ist ungefähr das Gleiche, was dir widerfahren ist, Joseph«, sagte Captain Portet. »Ich weiß, dass du nicht Stabschef bleiben wolltest …«

*Und ob er das wollte!*, dachte Jack.

»Du hattest deinen Militärdienst geleistet wie ich und wie Jack es jetzt tut«, sagte Portet. »Du hattest es dir verdient, die Uniform auszuziehen und das Soldatenleben hinter dir zu lassen. Aber die Pflicht rief. Keiner war besser zum Befehligen der Armee qualifiziert als du, und das wusstest du.«

»Ich hielt es für meine Pflicht«, sagte Mobutu. »Darüber haben wir oftmals gesprochen.«

»Und bei diesen Gesprächen war uns klar, dass es ein großer finanzieller Verlust für dich sein würde, wenn du diese Position behältst.«

»Ich hielt es für meine Pflicht«, wiederholte Mobutu bescheiden.

*Er spielt das, um Father zu gefallen, vielleicht auch Colonel*

*Felter*, dachte Jack. *Er will wirklich Lunsford zeigen, welch edler Mann, welch Patriot er ist. Er ist froh, dass mein Vater ihm die Gelegenheit verschafft.*

»Wie lange dauerte dies?«, fragte Portet.

»Acht Tage«, sagte Mobutu. »Kasavubu und Lumumba hätten wissen sollen, dass die Force Publique nach der Unabhängigkeit nicht unter belgischen Offizieren dienen würde. Ich sagte beiden, dass die Force Publique meutern würde, und so war es.«

»Und dann wusstest du, dass nur du die Meuterei stoppen konntest ...«

»Die Soldaten betrachteten mich als einen der ihren, der ihre Probleme verstand«, sagte Mobutu. »Ich tat, was getan werden musste.«

*Du hast aus Sergeant Majors der Force Publique Colonels gemacht – einschließlich dich selbst –, aus Corporals Lieutenants, und jeder Private, der lesen und schreiben konnte, wurde Sergeant*, dachte Jack. *Aber ich muss zugeben, du hast die Meuterei gestoppt. Das waren haarige Zeiten.*

»Und ich weiß, Joseph, denn wir haben darüber gesprochen, dass du dich nur mit dem größten Widerwillen in die Probleme zwischen Kasavubu und Lumumba hast verwickeln lasen. Du hättest es vorgezogen, dich und die Armee aus der schmutzigen Politik herauszuhalten.«

»Lumumba erwies sich als untauglich fürs Regieren«, sagte Mobutu. »Ich war gezwungen, zwischen ihnen zu wählen, zum Besten des Kongo.«

»Die Kontrolle über die Regierung für Kasavubu zu erringen war etwas, das du tun musstest«, sagte Captain Portet. »Und die Geschichte wird vermerken, dass du die Regierung dem Volk zurückgegeben hast, sobald du das konntest.«

»Ich wollte nicht Verteidigungsminister werden«, sagte Mobutu, »das hat man mir aufgedrängt. Ich versuchte, Lumumba klar zu machen, dass Moise Tshombe ein Kommunist war, aber er wollte nicht auf mich hören.«

»Der Schaden, den er für den Kongo angerichtet hat,

ist keineswegs vorüber«, sagte Captain Portet. »Er ließ die Russen und Chinesen ihre Nasen in euer Zelt stecken.«

»Ich werde Feuer mit Feuer vergelten, wenn sie so etwas wieder versuchen«, sagte Mobutu. »Die kongolesische Armee ist jetzt darauf vorbereitet, den Kongo gegen jeden Feind zu verteidigen.«

*Glaubt er das wirklich?*, dachte Jack. *Hoffentlich nicht. Er ist fähig, sich zu entscheiden, dass er Lunsford am besten beweisen kann, dass er das Kommando hat und alles jeden Tag in jeder Hinsicht besser und besser wird, indem er sich weigert, uns Teams in den Kongo schicken zu lassen.*

»Joseph«, sagte Captain Portet, »ich wollte nicht all dies wieder aufrühren.«

Mobutu winkte ab, um anzeigen, dass er verstand.

»Ich wollte dir klar machen, dass ich auf meine Weise tun werde, was du getan hast. Mein Land hat mich um Hilfe gebeten, und ich halte es für meine Pflicht, mein Bestes zu tun.«

»Was wirst du machen?«, fragte Mobutu fast ungeduldig.

*Dad könnte den ganzen Nachmittag damit verbringen, Lunsford wissen zu lassen, welch ein großartiger Mann Joseph Désiré Mobutu ist, und Mobutu würde jede Sekunde davon genießen*, sagte sich Jack.

»Der Krieg in Vietnam weitet sich Tag für Tag aus«, sagte Portet. »Man braucht meine Hilfe beim Aufbau einer Luftoperation, beim Transport von Passagieren und Fracht, um die Air Force zu verstärken, die nicht groß genug ist, um die Sache allein zu schaffen.«

»Sie war groß genug, um eine Flotte von Transportflugzeugen nach Stanleyville zu schicken«, wandte Mobutu ein.

»Und das hat sie gelehrt, dass sie eine ergänzende Luftflotte braucht, und zwar jetzt.«

»Wann wirst du fortfliegen? Und für wie lange?«

»Fast sofort«, erwiderte Portet, »und für mindestens ein Jahr.«

Mobutu schwieg.

»Das wird die Air Simba vor Probleme stellen«, fuhr Portet fort. »Ich werde jemanden finden müssen, der sie leitet, und ich habe daran gedacht, sie zu verkaufen.«

Mobutu sah ihn an.

»Ich kann mir jemanden vorstellen, der sie leitet«, sagte er. »Und wenn du nicht zu viel verlangst, kann ich vielleicht mit einer Gruppe aufwarten, die sie dir aus den Händen nimmt.«

»Dafür wäre ich dir dankbar, Joseph«, sagte Portet.

»Unsinn, Jean-Philippe«, sagte Mobutu. »Wir sind seit langem Freunde. Freunde helfen einander, nicht wahr?«

*Besonders, wenn derjenige, der hilft, durch seine Hilfe etwas wie Air Simba zu einem Spottpreis minus fünfzig Prozent bekommen kann*, dachte Jack unfreundlich.

Und dann erinnerte er sich, was im Kasino in Baden-Baden geschehen war, bevor er seinen Einberufungsbescheid erhalten hatte. Seine Eltern waren auf Urlaub dort gewesen, und er hatte achtundvierzig Stunden Aufenthalt in Brüssel gehabt und war zu ihnen gefahren.

Nach einer anfänglichen Glückssträhne beim Siebzehn und vier, hatte er zu einer Zehn einen König und eine Zwei gezogen und war mit der nächsten Karte kaputtgegangen. Er hatte nicht nur das Geld verloren, das er in der Tasche gehabt hatte, sondern auch zwei monatliche Lohnschecks von der Air Simba.

Als er vom Spieltisch aufgestanden war und sich umgewandt hatte, hatte sein Vater vor ihm gestanden. Er war so konzentriert auf die Karten gewesen, dass ihm dessen Anwesenheit gar nicht bewusst gewesen war.

»Bist du schon lange hier?«, hatte er gefragt.

»Lang genug«, hatte sein Vater geantwortet und ihm ein Glas mit Scotch gegeben. »Ich dachte mir, den kannst du vielleicht gebrauchen.«

»Vor einer Predigt über den Preis des Spielens?«

»He, ich habe weder die Karten ausgegeben noch dich auf deinem Platz festgebunden, denn du bist jetzt ein großer Junge. Wenn du Pleite gehen willst, indem du versuchst, die Bank von Baden-Baden zu sprengen, dann ist das deine Sache.«

»Verzeihung, Dad«, hatte er ehrlich zerknirscht gesagt. »Ich mag mich nicht zum Narren machen, wenn Leute – besonders du – dabei zusehen.«

»Willst du wissen, was du falsch gemacht hast?«, hatte sein Vater gefragt.

»Dass ich überhaupt gespielt habe?«

»Am Spielen ist nichts auszusetzen – das ganze Leben ist ein Spiel. Aber du hast nicht gelernt, aufzuhören. Wenn die Karten gegen dich sind, musst du einpacken, was dir geblieben ist, und den Spieltisch verlassen. Das lässt dir einen Einsatz, wenn du das nächste Mal wieder spielen willst.«

*Und genau das tut mein Alter jetzt. Er weiß, wann er aufhören und mit einem Einsatz diesen Spieltisch verlassen muss – vielleicht mit einem kleinen, aber einem Einsatz – um wieder zu spielen, diesmal mit der CIA.*

Dr. Dannelly und Mr Finton kamen ein paar Minuten später aus dem Haus.

»Bereit zum Mittagessen, Joseph?«, fragte Captain Portet. »Und wo möchtest du essen? Hier oder im Haus?«

Mobutu gab keine Antwort.

Finton kam aus dem Innenhof und ging zu ihnen. Dr. Dannelly blieb im Hof.

Mobutu stand wortlos auf, ging über den Rasen zum Haus und folgte Dannelly hinein.

»Noki!«, rief Captain Portet auf Suaheli, »Mittagessen hier, wenn du fertig bist.«

Noki und Nimbi hatten gerade einen Tisch fertig gedeckt, als Dannelly und Mobutu aus dem Haus kamen.

Mobutu, gefolgt von Dannelly, ging über den Rasen zum Mittagstisch und setzte sich ans Kopfende. Dannelly nahm neben ihm Platz. Mobutu signalisierte Noki, ihm ein Bier zu bringen. Dann lächelte er und winkte Father Lunsford, Felter, Finton und die Portets zu sich.

Jean-Phillipe Portet dachte: *Als Joseph Désiré Mobutu zum ersten Mal an meinem Tisch saß, war er echt überrascht über die Einladung und fühlte sich unbehaglich, weil er die Wahl zwischen drei Gabeln, drei Löffeln und zwei Messern treffen musste. Und ich sagte ihm, was mein Vater mir gesagt hatte – wenn du nicht weißt, welche Gabel du benutzen sollst, beobachte deinen Gastgeber –, und er war mir dankbar dafür.*

*Aber damals war er natürlich Sergeant Major Mobutu von der Force Publique, und jetzt ist er Lieutenant General Mobutu, der Stabschef der kongolesischen Armee. Jetzt sitzt er am Kopfende meines Tisches – jedes Tisches im Kongo – und braucht sich keine Sorgen wegen seiner Manieren zu machen.*

»Setzen Sie sich zu mir, Major«, sagte Mobutu zu Lunsford und wies auf den Stuhl gegenüber von Dannelly.

»Und wohin soll ich mich setzen, Joseph?«, fragte Captain Portet.

Mobutu blickte ihn kühl an, doch dann lächelte er.

»Sitze ich auf deinem Platz, Jean-Philippe?«

»Wenn du als mein alter Freund an meinem Tisch sitzt, ist das der Fall«, antwortete Captain Portet. »Wann du dort als Stabschef der kongolesischen Armee sitzt, dann ist es nicht der Fall. Der Stabschef kann – wie ein Gorilla von zweihundertfünfzig Kilo – sitzen, wo es ihm beliebt.«

Ein Ausdruck der Besorgnis – *Mein Gott, will Portet jetzt Mobutu verärgern?* – huschte über Felters für gewöhnlich ausdruckslose Miene.

Mobutu lächelte, aber es war ein unergründliches Lächeln.

»In diesem Fall lass mich etwas zu Colonel Felter von einem Soldaten zum anderen sagen, und dann können wir zu Mittag essen«, sagte Mobutu.

Er blickte zu Dannelly, dann zu Felter.

»Ihr Botschafter – ich erwähnte, dass sein Französisch zu wünschen übrig lässt – machte Präsident Kasavubu offenbar nicht richtig klar, was er vorschlägt«, sagte Mobutu. »Er gab ihm den Eindruck, dass die US-Regierung Truppen hierhin schicken will. Das kommt nicht in Frage, und das sagte ihm Kasavubu so. Die kongolesische

Armee ist perfekt in der Lage, mit dem gegenwärtigen Notstand und jedem zukünftigen fertig zu werden, einschließlich mit dem Kubaner Guevara. Das heißt nicht, dass die kongolesische Armee die Unterstützung – in reiner Ausbildungsfunktion und mit gewissen Einschränkungen – von jemandem mit Erfahrung wie Major Lunsford hilfreich finden würde. Ich habe kein Problem damit.«

»Was sind die Einschränkungen, General?«, fragte Felter.

»Erstens, dass es nicht so wirkt, als hätte Präsident Kasavubu seine Meinung geändert. Er ist ein willensstarker Mann, der – wie Sie gut wissen, Jean-Philippe – große Schwierigkeiten hat, zuzugeben, jemals einen Fehler gemacht zu haben.«

»Das ist gewiss wahr, Joseph«, sagte Captain Portet.

»So werden wir leider diese rein militärische Entscheidung seiner Kenntnis vorenthalten müssen, Sie verstehen?«

»Ja, natürlich«, sagte Felter.

»Damit wäre das Pferd vor dem Wagen eingeschirrt. Ich würde sagen, dass Ihre *Ausbilder*, Colonel Felter, nur von Nutzen für die kongolesische Armee sein werden, wenn Colonel Supo zustimmt, dass sie *ihm* nützen werden …«

»Colonel Supo?«, unterbrach Felter.

»Er ist dafür verantwortlich, die Provinzen Oriental, Equatorial und Kivu von den verbliebenen Rebellen zu säubern«, sagte Mobutu. »Er hat Major Lunsford und Jacques bereits kennen gelernt. Und zweitens muss klar sein, dass Ihre Leute Colonel Supo unterstehen und seine Befehle befolgen.«

»Einverstanden«, sagte Felter.

»Dann schlage ich vor, dass sich Major Lunsford und Jacques so bald wie möglich mit Colonel Supo treffen«, sagte Mobutu. »Er befindet sich in Stanleyville oder vielleicht in Costersmanville.«

»Der Militärattaché hat ein Flugzeug, eine L-23, zu

seiner Verfügung«, sagte Felter. »Hätten Sie etwas dagegen, General, wenn Jacques und Major Lunsford dorthin fliegen würden?«

Mobutu dachte darüber nach, bevor er antwortete.

»Würde in dem Flugzeug Platz für D. Dannelly und einen meiner Adjutanten sein?«

»Sicherlich«, sagte Jack.

*Warum schickt er Dannelly mit? Damit der ihm berichten kann, was Supo gesagt hat? Das könnte sein Adjutant tun. Vielleicht, sogar wahrscheinlich, um Supo zu sagen, dass er tatsächlich die Befugnis hat, nein zu sagen.*

»Morgen früh?«, fragte Mobutu. »Sagen wir, um acht Uhr am Flughafen?«

Felter nickte.

»Dann ist das abgemacht, und wir können essen«, sagte Mobutu.

Er begann sich zu erheben.

»Bleib sitzen, Joseph«, sagte Jean-Philippe Portet. »Ich werde hier sitzen.«

Er setzte sich an das andere Ende des Tisches.

Jack wollte seine Bierflasche nehmen, als er sah, dass Dr. Dannelly den Kopf zum Gebet gesenkt hatte. Mit einem schnellen Blick zu Mr Finton bemerkte er, dass der ebenfalls stumm betete, was ihn nicht überraschte. Er schaute zu Mobutu und fragte sich, ob der Kongolese die Gebete der anderen ehren würde.

Der Stabschef der kongolesischen Armee verharrte mit einer Hand auf seiner Bierflasche und neigte den Kopf ebenfalls zum Tischgebet.

# XII

## 1

*Residenz des Botschafters der Vereinigten Staaten*
*Leopoldville, Republik Kongo*

*16. Januar 1965, 18 Uhr 45*

»Danke, dass Sie mich so kurzfristig empfangen, Sir«, sagte Colonel Aaron Jacobs, als er das Arbeitszimmer des Botschafters betrat, in dem sich neben dem Botschafter der Stationsleiter der CIA aufhielt.

Ein anderer Mann, ebenfalls in Zivilkleidung, folgte Jacobs.

Jacobs war ein großer, muskulöser Mann, der sein Haar im Bürstenschnitt trug. Der Botschafter war groß und dünn und trug eine Brille ohne Fassung, ein freundlich wirkender Mann Mitte dreißig, der aussah, als hätte er im College mit einem Drink in der Hand in einem bequemen Sessel herumgesessen, anstatt Baseball oder Football zu spielen.

»Keine Ursache, Aaron«, sagte der Botschafter lächelnd. »Das wissen Sie. Sollte ich die CIA fortschicken, oder ist sie für unbedenklich erklärt, zu hören, was Sie zu sagen haben?«

»Ich dachte, diese Jungs sind für alles als unbedenklich erklärt«, sagte Jacobs. »Wie geht es Ihnen, Charley?«

»Hallo, Aaron. He, John«, erwiderte der Stationsleiter der CIA Leopoldville.

Der Stationsleiter der CIA kannte Major John D. Anderson, einen der stellvertretenden Militärattachés, gut. Anderson, eine gebräunter, schlanker Mann Anfang dreißig war stellvertretender Militärattaché. Er war der dienstälteste der beiden Army-Piloten, die der Botschaft zugeteilt waren, und wurde als ›Der Pilot der Botschaft‹ bezeichnet.

»Charley«, sagte Anderson.

»Was führt Sie zu mir, Aaron?«, fragte der Botschafter.

»Ich erhielt soeben einen Anruf von Mr – Colonel – Felter«, sagte Jacobs.

»Wir hatten gerade über ihn gesprochen«, sagte der CIA-Stationsleiter.

»Er will morgen früh nach Stanleyville und/oder Costersmanville fliegen«, sagte Jacobs. »In unserem Flugzeug.«

»Hat er gesagt, warum?«, erkundigte sich Charley, der CIA-Stationsleiter.

»Hm-hm. Er sagte, er will morgen früh nach Stanleyville und/oder Costersmanville fliegen, und ich soll sicherstellen, dass das Flugzeug um halb acht bereitsteht.«

»Und was haben Sie gesagt?«, fragte der Botschafter.

»Dass Sie – von Ihnen habe ich nichts erwähnt, Charley – geplant haben, nach Bujumbura zu fliegen und dass es meiner Meinung nach kein Problem sein wird, ihn in Bujumbura abzusetzen, was überhaupt nicht weit von Costersmanville entfernt ist.«

»Was hat er daraufhin gesagt?«

»Er sagte, dass er leider das Flugzeug für zwei oder drei Tage braucht und kein Platz sein würde, um Sie, den Botschafter, mitzunehmen.«

»Dieser Hurensohn!«, sagte Charley.

»Er hat den Segen von Lyndon persönlich«, sagte der Botschafter. »Sie haben die Botschaft gesehen – ›Militärattaché ist angewiesen, ihm zu besorgen, was immer er verlangt, insbesondere die Benutzung von Flugzeugen‹ – oder Worte dieser Art. Also lassen Sie ihn hinfliegen, wohin er will, Aaron. Und versuchen Sie zu lächeln.«

»Sir, ich bin mir dessen nicht sicher – erst nachdem er aufgelegt hatte, richteten sich meine Nackenhärchen auf

–, aber ich glaube, er will, dass ich selbst das Flugzeug fliege.«

»Wer würde es denn sonst fliegen?«

»Nun, er wohnt bei Captain Portet, ich traf ihn auf dem Flughafen mit seinem Sohn und zwei anderen Leuten«, sagte Jacobs.

»Der Sohn ist in der Army, richtig?«, fragte Charley, doch es war eine Feststellung. »Der lange Arm der Einberufungsbehörde reicht selbst bis hier ins dunkelste Afrika.«

»Er ist Pilot«, sagte der Botschafter. »Ein netter Junge, der an Erectis permanitis leidet.« Er wartete auf das erhoffte Gelächter und fuhr dann fort. »Meinen Sie, er wird die L-23 fliegen?«

»Er kann kein Pilot der Army sein, Botschafter«, sagte Major Anderson.

»Warum nicht?«

»Er wurde vor einem Jahr einberufen«, antwortete Colonel Jacobs für ihn. »Das bedeutet, dass er zu den Unteroffizieren und Mannschaften zählte. Drei Monate Grundausbildung, dann sechs Monate Officer Candidate School. Nach der Offiziersanwärterschule Flugausbildung, und man schickt keine Kids gleich nach der OCS in die Flugschule. Oder wenn er das Warrant Officer-Programm absolviert hat, um das Hubschrauberfliegen zu lernen, dauert das acht Monate oder so. Er ist kein Pilot der Army, darauf wette ich.«

»Sie wollen also wissen, was ich davon halte, wenn Sie zum Flugplatz fahren, um herauszufinden, ob Captain Portet oder sein Sohn unser Flugzeug fliegen wollen?«

»Jawohl, Sir.«

»Vor allen Dingen bin ich dagegen, dass Sie zum Flugplatz fahren«, sagte der Botschafter. »John ist der dienstälteste Pilot – verantwortlich für das Flugzeug. Er soll um halb acht auf dem Flugplatz sein.«

»Jawohl, Sir«, sagten Colonel Jacobs und Major Anderson fast unisono.

»Sie werden sich als Pilot der Botschaft vorstellen,

John, und Colonel Felter informieren, dass Sie bereit sind, ihn überall hinzufliegen, wo er hin will.«

»Jawohl, Sir.«

»Wenn er wünschen sollte, dass entweder Captain Portet oder sein Sohn das Flugzeug fliegen, werden Sie (a) nach ihrer Qualifikation zum Fliegen eines Flugzeugs dieses Typs fragen, die sie vermutlich nicht vorweisen können, und sie (b) auf die außergewöhnlich gefährlichen Voraussetzungen für Flüge im Kongo hinweisen«, sagte der Botschafter. »Und danach werden Sie keine weiteren Einwände oder Bemerkungen machen. Sie werden das Flugzeug ...«

»Von dem wir mit etwas Glück nie wieder etwas sehen werden«, warf Charley ein, was ihm einen bösen Blick des Botschafters einbrachte.

»... nehmen, und sobald sie in der Luft sind«, fuhr der Botschafter fort, »werde ich den Außenminister ›sofort über jeden Kontakt informieren, der von Felter aufgenommen wird, die Gründe dafür und jede Aktion, die von der US-Botschaft in dieser Hinsicht unternommen wird‹, wie es so oder ähnlich in den Anweisungen lautet. Ich werde dem Außenminister mitteilen, dass der Berater des Präsidenten das Flugzeug der Botschaft für unbekannte Zwecke beschlagnahmt hat und dass es von Personen geflogen wurde, deren Qualifizierung für das Fliegen eines solchen Flugzeugs hier im Kongo fraglich ist.«

»Jawohl, Sir«, sagte Colonel Jacobs.

## 2

*Avenue Leopold 404*
*Leopoldville, Republik Kongo*

*17. Januar 1965, 6 Uhr 15*

Da Mobutu klar gemacht hatte, dass er sich nicht den Unmut des Präsidenten zuziehen wollte, indem er sich über Kasavubus häufig geäußerte und offenbar ernst gemeinte Äußerung, dass er keine amerikanischen Soldaten im Kongo haben wollte, hinwegsetzte, hatte Jack gedacht, Colonel Felter würde ihm für diesen Tag Zivilkleidung statt Uniform befehlen. Vielleicht eine Fliegerkombination über der Zivilkleidung, weil er die L-23 der Botschaft fliegen würde, aber Zivil. Aber Felter hatte gesagt, Uniform.

Es war ein komisches Gefühl, auf dem Bett zu sitzen, das seit der Kinderzeit seines gewesen war, und Corcoran-Fallschirmspringerstiefel zu schnüren.

Als er fertig angezogen war und sich im Spiegel betrachtete, sah er vor seinem geistigen Auge Marjorie, wie sie in ihrer Wohnung in Fayetteville die Rangabzeichen auf den Uniformrock heftete.

Der Gedanke war in zweierlei Hinsicht angenehm. Erstens, weil es die liebevolle Fürsorge einer Ehefrau für ihren Mann dokumentierte und er das mochte, und auch weil sie sich beim Anheften der Rangabzeichen über das Bett neigte und er wieder einmal betrachten konnte, was er für den prächtigsten Po der ganzen Welt hielt.

Father Lunsford befand sich bereits im Frühstücksraum, als Jack dort eintraf, und wenn Uniformen stöhnen können, dann stöhnte seine unter einem Sortiment von Ordensbändern und Qualifikationsabzeichen, das Jack daran erinnerte, welch ein Anfänger er in der Welt der Soldaten tatsächlich war.

Und Felter war ebenfalls da – in Zivilkleidung –, und Jack fragte sich wieder einmal, ob der Colonel schlecht passende Anzüge trug, weil er wie ein kleiner Angestellter der Regierung wirken *wollte,* oder ob es ihm verdammt gleichgültig war, wie er aussah.

»Guten Morgen«, sagte Jack.

»Ich dachte mir, ich sorge dafür, dass Sie gut wegkommen«, sagte Felter.

Jack nickte und fragte sich, ob er »Jawohl, Sir« sagen sollte.

»Der Botschafter wollte das Flugzeug offenbar heute benutzen«, fuhr Felter fort. »Er schien sich ein wenig zu ärgern, als ich ihm sagte, dass wir es brauchen.«

»Wollen Sie mit uns fliegen, Colonel?«, fragte Father.

»Nein«, sagte Felter. »Mobutu hat ziemlich klar gemacht, dass er mich hier haben will, und als ich darüber nachdachte, sagte ich mir, dass Sie beide mit diesem Typen besser zurechtkommen können, wenn Sie allein sind.«

»Wenn die Dinge gut laufen, möchte ich Doubting Thomas so schnell wie möglich hier haben«, sagte Father.

»Es ist Ihre Schau, Father«, entgegnete Felter. »Wollen Sie, dass ich seinen Transport mit der nächsten Maschine veranlasse, oder wollen Sie zuerst in den Staaten mit ihm sprechen?«

»Können wir ihm eine Botschaft schicken? Dass er, wenn er Urlaub haben will, ihn jetzt nimmt?«

»Ich werde sie gleich abschicken, wenn Sie weg sind«, sagte Felter.

Einen Augenblick später kam Noki und servierte das Frühstück. Weil die Gäste im Haus der Portets Amerikaner waren, hatte er natürlich ein seiner Meinung nach barbarisches amerikanisches Frühstück zubereitet: Orangensaft, Toast, Bratkartoffeln, Schinken und Eier.

Felter verputzte alles, einschließlich des Schinkens, mit Genuss.

*Er ist Jude,* dachte Jack. *Und laut Lowell nimmt er das ernst. Und er isst Schinken?*

Felter sah auf, und ihre Blicke trafen sich. Ein Stück Schinken mit Eigelb war auf seiner Gabel.

»Es geht nichts über ein kleines Steak und Eier zum Frühstück, nicht wahr, Jack?«, fragte er mit ausdruckslosem Gesicht.

*Allmächtiger*, dachte Jack. *Er kann Gedanken lesen!*

Noki fuhr sie in Hannis Ford zum Hangar der Air Simba, in dem die L-23 der Botschaft parkte und gewartet wurde. Air Simba war die von der Beech Aircraft Corporation empfohlene Wartungseinrichtung sowohl für das ehemalige Französisch- und Belgisch-Kongo als auch für das nordwestliche Drittel von Südafrika. Die Air Simba stellte Beechcraft den Preis der Wartungsarbeiten für das Flugzeug und die Hangar-Miete in Rechnung, und dann nahm die Rechnung ihren Weg durch die Bürokratie der Firma und des Militärs, und es gab einen Scheck.

Jack empfand einen Moment Bedauern darüber, dass Air Simba in Kürze einem von Mobutus Kumpeln gehören würde, aber er wusste, dass sein Vater das Richtige tat, indem er seine Verluste begrenzte und ausstieg.

Dr. Dannelly und ein kleiner, untersetzter, sehr schwarzer Kongolese befanden sich bereits im Büro und warteten auf sie.

»Dies ist Mr Hakino vom Verteidigungsministerium«, stellte Dannelly seinen Begleiter auf Französisch vor. »Der Präsident hielt es für eine gute Idee, dass er uns begleitet. Wird das ein Problem sein?«

»Wir fühlen uns geehrt, den Chef bei uns zu haben«, erwiderte Father auf Suaheli.

»Ich hole den Wetterbericht und die Schlüssel zum Flugzeug, und dann fliegen wir«, sagte Jack auf Suaheli.

Der Wetterbericht versprach fast perfektes Flugwetter unterwegs und in Stanleyville. Jack wusste aus Erfahrung, dass man dem Wetterbericht nicht so weit trauen durfte, wie man sehen konnte, aber gelegentlich bekam auch Leopoldville mit, wenn es einen gewaltigen Sturm gab, und manchmal gab man die Information tatsächlich weiter. Es war einen Anruf wert.

Die Schlüssel für die L-23 hingen nicht auf dem Schlüsselbrett im Büro, wie er erwartet hatte, aber als er durch das Fenster zum Hangar blickte, sah er, dass die Tür des Flugzeugs offen stand, und sagte sich, dass Noki vorher angerufen und angekündigt hatte, dass Monsieur Jacques die Maschine fliegen würde und jemand sicherstellen sollte, dass sie bereit war.

Als Jack zum Hangar ging, erfuhr er schnell, dass Noki nicht die Hand im Spiel gehabt hatte. Ein Pilot der Army stand bei der Nase des Flugzeugs. Er trug eine Fliegerkombination mit dem Pilotenabzeichen und dem goldenen Eichenblatt eines Majors, ein Tuchabzeichen mit dem Namen – ANDERSON – und das aufgenähte Abzeichen des Army Aviation Center in Fort Rucker.

Der Major kam lächelnd auf sie zu. Jack erinnerte sich daran, zu grüßen. Major Anderson erwiderte den Gruß.

»Sie sind die Leute, die ich heute nach Stanleyville fliegen werde?«, fragte er.

»Nicht ganz«, sagte Father Lunsford, lächelte und streckte ihm die Hand hin. »Mein Name ist Lunsford.«

»Anderson«, sagte der Major und schüttelte Father die Hand. »Nicht ganz?«

»Wir fliegen nach Stanleyville«, sagte Lunsford. »Aber wir haben bereits einen Piloten.« Er wies auf Jack. »Er wird uns fliegen.«

»Ich weiß nicht einmal, wer das ist« sagte Major Anderson.

»Sein Name ist Portet«, sagte Lunsford.

Major Anderson betrachtete First Lieutenant Portet, der ein Green Beret war, das Pilotenabzeichen, das Fallschirmspringerabzeichen und etwas trug, das Anderson für ein belgisches Fallschirmspringerabzeichen hielt. Er sagte sich, dass Captain Portet zwei Söhne haben und der andere derjenige sein musste, der vor einem Jahr einberufen worden war.

Jack schaute sich nach Felter um. Er war nirgendwo zu

sehen. Dr. Dannelly und Mr Hakino vom kongolesischen Verteidigungsministerium verfolgten den Wortwechsel mit Interesse.

»Lassen Sie mich von vorn anfangen«, sagte Major Anderson. »Ich bin Major John D. Anderson. Ich bin stellvertretender Militärattaché der Botschaft und ebenfalls der dienstälteste Army-Pilot der Botschaft. Meine Befehle lauten, um sieben Uhr dreißig hier und darauf vorbereitet zu sein, Colonel Felter und einen anderen amerikanischen Offizier nach Stanleyville zu fliegen. Wie klingt das bis jetzt?«

»Nun, sind Sie sicher, dass Sie Ihre Befehle richtig verstanden haben?«, fragte Lunsford. »Ist es möglich, dass man Ihnen befohlen hat, das *Flugzeug* für einen Flug nach Stanleyville vorzubereiten?«

»Ist Colonel Felter hier?«, fragte Major Anderson.

Lunsford blickte sich um und entdeckte Felter, der an einem Stehpult an der Wand des Hangars stand und einen Telefonhörer in der Hand hielt. Er wies hin.

»Das ist Colonel Felter?«, fragte Major Anderson ungläubig. Er hatte nicht erwartet, dass ein Colonel der Army oder ein Berater des Präsidenten der Vereinigten Staaten wie ein kleiner Beamter des Finanzamtes aussah.

»Sir, gibt es irgendetwas, das ich über das Flugzeug wissen sollte?«, fragte Jack.

»Wegen des Flugzeugs brauchen Sie sich wirklich keine Sorgen zu machen, Lieutenant«, sagte Anderson. »Ob Sie es glauben oder nicht, Air Simba führt eine erstklassige Wartung durch.«

»Das ist schön zu wissen«, sagte Jack. Und er dachte: *Wie lange wird dieser gute Ruf bestehen bleiben, wenn Mobutus Freunde Air Simba übernehmen*?

»Sie müssen sich Sorgen wegen des Fliegens im Kongo machen«, sagte Major Anderson und fragte: »Sind Sie viele Stunden mit der L-23 geflogen?«

»Nein, Sir«, antwortete Jack wahrheitsgemäß.

»Wie viele Stunden sind ›nicht viel‹?«

»Ich bin als Flugausbilder für Flugzeuge der L-23-Serie zugelassen, Major, okay?«

»Ich versuche nur, Sie – und Ihre Passagiere – am Leben zu erhalten«, sagte Anderson.

»Jawohl, Sir.«

»Es ist ein weiter Flug bis Stanleyville«, sagte Anderson. »Sind Sie sicher, dass Sie mich nicht mitnehmen wollen?«

»Ja, Sir, ganz sicher.«

»Möchten Sie, dass ich Ihnen beim Erstellen des Flugplans helfe?«

»Nein, Sir«, sagte Jack. »Aber danke.«

Dann sah er den Ausdruck von Andersons Gesicht – *Du arroganter, unerfahrener Bastard!* – und fügte hastig hinzu: »Mit vollen Tanks und vier Personen an Bord, gibt mir das ungefähr tausendzweihundert Seemeilen ...«

»Ich glaube, im Handbuch steht etwa tausendfünfhundert, Lieutenant«, korrigierte ihn Anderson. Es war eine Spur von Sarkasmus in seiner Stimme.

Jack ignorierte ihn.

»Stanleyville ist ungefähr siebenhundertfünfundachtzig Seemeilen von hier entfernt«, fuhr er fort. »Laut Handbuch hätte ich genügend Treibstoff an Bord, um nonstop zu fliegen. Aber ich traue den Handbüchern nicht.«

»So?«, fragte Anderson, und jetzt war der Sarkasmus nicht zu überhören.

Father sah aus, als wollte er eingreifen, doch Jack signalisierte ihm mit einer leichten Handbewegung, nichts zu sagen.

»Ich werde den Kongo rauf bis Colquilhatville fliegen. Deren ADF (Air Direction Finder; Funkpeilung) funktioniert für gewöhnlich. Das sind dreihundertfünfzig Meilen und ein paar Zerquetschte. Dort fülle ich die Tanks auf. Dann sind es noch knapp fünfhundert Seemeilen von Colquilhatville nach Stanleyville. Deren ADF soll angeblich wieder funktionieren, aber darauf kann ich mich nicht verlassen. Wenn das Wetter schlecht ist oder ich Stanleyville nicht im Sichtflug finden kann oder dort eintreffe und sehe, dass ich dort nicht landen kann, werde ich genügend Sprit haben, mit einer Reserve, um nach Colquilhatville zurückzukehren oder es vielleicht sogar bis Costersmanville zu schaffen. Wenn etwas daran falsch ist, wäre ich dankbar, wenn Sie es mir sagen würden.«

Anderson betrachtete ihn jetzt genauer.

»Sie haben schon im Kongo geflogen, Lieutenant?«

»Jawohl, Sir, das habe ich.«

»Gibt es hier ein Problem, Major?«, fragte Father Lunsford nicht sehr freundlich.

»Kein Problem, Major«, sagte Anderson. »Aber wenn ich nicht den Befehl hätte, keine Fragen zu stellen, hätte ich ein paar.«

»Aber Sie *haben* den Befehl, keine Fragen zu stellen, nicht wahr, Major?«, sagte Felter leise.

Jack hatte sein Kommen gar nicht bemerkt.

»Meine Befehle, Sir«, sagte Anderson, »lauten, für den Fall, dass ich das Flugzeug nicht fliege, nach den Qualifikationen desjenigen zu fragen, der es fliegen wird.«

Felter wandte sich an Jack. »Ich regle das, Jack. Sie fliegen.«

»Jawohl, Sir«, sagte Jack. Er rief einigen Mechanikern der Air Simba auf Suaheli zu, die Hangartore zu öffnen und die L-23 hinauszuschieben.

Anderson war sichtlich überrascht, als er Jack Suaheli sprechen hörte.

5

*Stanleyville Air Field*
*Stanleyville, Provinz Oriental*
*Republik Kongo*

*17. Januar 1965, 13 Uhr 40*

Das Wetter auf dem Flug nach Colquilhatville war perfekt gewesen, und Jack hatte das Funkfeuer von Colquilhatville lange gesehen, bevor er es erwartet hatte. Im Kontrollturm hatte sich ein Englisch sprechender Fluglotse gemeldet, was im Kongo selten war. Sie waren fast genau drei Stunden nach ihrem Start in Leopoldville gelandet.

Ein Lastwagen von Mobil Oil war zu ihnen gerollte, als sie gestoppt hatten, und Jack hatte nicht einmal daran erinnern müssen, dass sie das Flugbenzin durch eine *saubere* Leitung einfüllen sollten. Im Abfertigungsgebäude hatte es sogar Gebäck und Kaffee gegeben.

Doch von da an war es bergab gegangen.

Der Stationsleiter unterrichtete Jack von Berichten über eine Schlechtwetterfront zwischen Colquilhatville und Stanleyville und erklärte, er *wisse*, dass die Funkpeilung in Stanleyville außer Betrieb sei. Darüber hinaus seien die vor dem Simba-Aufstand alternativen Flugplätze Lisala, Bumba und Basoko nicht mehr verfügbar. Die Simbas hatten Fahrzeugwracks und Bagger auf den Start- und Landebahnen hinterlassen, damit sie nicht von der kongolesischen Armee benutzt werden konnten.

Jack entschied sich, den Flug nach Stanleyville zu versuchen. Wenn das Wetter wirklich schlecht war, konnte er umkehren.

Die Stunde Aufenthalt hatte bewiesen, dass die volkstümliche Meinung, dass sich ›dunkelstes Afrika‹ - wie ›im Herzen des dunkelsten Afrika‹ – auf den dunklen Ton der Hautfarbe der Eingeborenen bezog, nicht stimmte. Tatsächlich bezog sich der Begriff auf die Wetterbedingungen. Sehr häufig – manchmal wochenlang täglich – ballten sich gegen Mittag Sturmwolken. Der Himmel verdunkelte sich ständig und wurde schließlich schwarz, bis die Wolkendecke aufriss und sintflutartigen Regen entließ, und dann wurde er wieder klar.

Heute hatte dieses Phänomen früh begonnen.

Father, der auf dem Kopilotensitz saß, hatte den dunklen Himmel voraus gesehen und blickte fragend zu Jack.

»O Mann, wollen Sie da durch?«

»Willkommen im dunkelsten Afrika, Major«, erwiderte Jack. »Ich habe dreierlei Wahl. Erstens kann ich versuchen, über die Wolken zu gelangen, was eine vernünftige Lösung wäre, wenn es ein Signalfeuer in Stanleyville gäbe, was jedoch nicht der Fall ist und was einen Anflug durch die Suppe schwierig machen würde, da ich nur eine vage Vorstellung hätte, wo ich mich befinde. Zweitens kann ich runtergehen und den Kongo entlangfliegen, was einen ziemlich bockigen Flug bedeuten würde. Und drittens kann ich nach Colquilhatville zurückkehren und es als Erstes am nächsten Morgen von neuem versuchen. Was entscheiden Sie, Major?«

Father zögerte nicht. »Das überlasse ich Ihnen, Jack. Sie wissen, je eher wir Colonel Supo besuchen, desto besser, und ich bezweifle, dass Sie lieber bei einem Flugzeugabsturz umkommen wollen als ich.«

Jack ging in den Kurvenflug nach links und auf dreitausend Fuß herunter und suchte und fand den Kongo-Fluss. Er hatte soeben begonnen, ihn zu überfliegen, als er in die Suppe eindrang.

›Ziemlich bockig‹ erwies sich als große Untertreibung.

Mehrmals wäre Jack fast umgekehrt, entschied sich jedoch im letzten Moment dagegen, weil er sich sagte, dass es nicht auf dem ganzen Weg bis Stanleyville so schlimm sein konnte, und so flog er ›nur noch ein Stückchen‹ weiter. Und schließlich blieb ihm keine Wahl mehr. Der Rückweg war jetzt größer als die Entfernung nach Stanleyville.

Als Erster wurde Mr Hakino vom Verteidigungsministerium luftkrank und dann Dr. Dannelly, was Jack mehr oder weniger erwartet hatte. Als es dann Father Lunsford eine halbe Stunde später ebenfalls schlecht wurde, befürchtete Jack, dass es ansteckend sein würde, und die Vorstellung, selbst luftkrank durch das Unwetter zu fliegen, behagte ihm gar nicht, doch er schaffte es, dagegen anzukämpfen.

Schließlich tauchte das weiße Gebäude des Immoquateur-Apartmenthauses aus dem Regen auf und Jack wusste, dass der Flugplatz nur ein paar Meilen entfernt war. Es überraschte ihn nicht, dass der Tower von Stanleyville nicht auf seine Funkrufe reagierte.

Er ging tiefer und flog zweimal niedrig über den Flugplatz, um sich zu vergewissern, dass niemand die Rollbahnen mit ausgebrannten Lastwagen oder Caterpillar-Traktoren blockiert hatte. Die Start- und Landebahnen waren frei, doch es gab vier abgestürzte Flugzeuge: zwei B-26er, eine Douglas DC-3 und der geschwärzte Rumpf einer Maschine, die zweimotorig gewesen und bis zur Unkenntlichkeit ausgebrannt war. Neben dem Abfertigungsgebäude parkte eine Boeing C-46 mit dem Schriftzug ›Air Simba‹ auf dem Rumpf und dem Firmenlogo – ein springender Löwe – auf dem Heck. Die Maschine wirkte unbeschädigt. Jack fragte sich, wer sie hergeflogen hatte und wann. Niemand in Leopoldville hatte etwas von einem Flugzeug der Air Simba erwähnt, das nach Stanleyville geflogen war.

Er ging in den Landeanflug und landete.

Der Regenguss, der auf den Rumpf und die Tragflächen prasselte, schränkte auch die Sicht ein, und Jack rollte sehr langsam zum Abfertigungsgebäude, versuchte sich zu erinnern, wo sich die Halteseile zum Sichern des Flugzeugs befanden, und fand sie schließlich. Der Wind war böig, und er würde die Maschine sorgfältig festbinden müssen.

Als er sich zu Father wandte, um ihm das zu sagen, musste der sich ein letztes Mal übergeben. Diesmal war es fast ansteckend, denn auch in Jack stieg Übelkeit auf.

Als er die Motoren abstellte, wandte er sich an Dr. Dannelly.

In früheren Zeit waren bei einer Landung in einem solchen Regen Dutzend oder mehr Flughafenangestellte mit gewaltigen Schirmen zum Flugzeug gekommen, entweder um Passagiere direkt in das Ausfertigungsgebäude zu führen oder in die Zubringerbusse zu begleiten.

Heute kam niemand aus dem Abfertigungsgebäude.

»Offenbar holt uns niemand mit einem Schirm ab«, sagte Jack und drehte sich auf dem Sitz, um mit Dannelly zu sprechen. »Wenn Major Lunsford aussteigt, werden Sie und Mr Hakino zum Terminal laufen müssen. Versuchen Sie, uns ein Fahrzeug zu beschaffen. Lunsford und ich müssen das Flugzeug gut sichern.«

Dr. Dannelly nickte, sagte jedoch nichts.

»Sie werden zum Abfertigungsgebäude laufen müssen, befürchte ich, Chef Hakino«, fügte Jack auf Suaheli hinzu.

Hakino nickte.

Jack erhob sich aus seinem Sitz, ging durch den Rumpf der Maschine, öffnete die Tür und ließ die Leiter hinab. Dr. Dannelly und Mr Hakino stiegen aus und rannten durch den Regen zum Abfertigungsgebäude.

Jack war völlig durchnässt, bevor er die Halteseile auf dem Boden unter zollhohem Regenwasser fand, und als er und Lunsford das Flugzeug festgebunden hatten, war es nicht mehr nötig, auf dem Weg zum Abfertigungsgebäude zu rennen: nasser konnten sie nicht mehr werden.

Jack stieß die Tür zum Passagier-Terminal auf und konnte gerade noch sehen, dass die Neonreklame, die Passagiere lockte, ›Lucky Strike‹ zu rauchen, funktionierte, bevor ihm ein schmutzig aussehender kongolesischer Soldat die Mündung eines FN 7-mm-Automatikgewehrs schmerzhaft gegen den Bauch drückte.

Jack blickte über die Schulter, um zu sehen, was Lunsford tun würde, wenn er ähnlich bedroht werden würde.

»Wenn du mich mit der Knarre auch nur berührst«, blaffte Father auf Suaheli, »nehme ich sie dir ab und ramme sie dir in den Arsch, dass sie an deiner Nase wieder rauskommt.«

Der Soldat verharrte.

»Weisen Sie sich aus«, sagte eine Stimme auf Französisch zu Jack.

Jack sah, dass der Sprecher ein kongolesischer Leutnant in überraschend tadelloser Uniform war.

»Mein Name ist Major George Washington Lunsford«, erwiderte Lunsford auf Französisch an Jacks Stelle, »und Sie werden jede Frage an mich mit einem Gruß und ›Sir‹ stellen.«

Der Leutnant zögerte nur einen Moment.

»Sir, dieser Flugplatz ist auf Befehl des Militärkommandeurs geschlossen ...«

»Colonel Supo? Wo ist er?«, unterbrach Father. Er wandte sich auf Suaheli an Mr Hakino. »Chef, sagen Sie diesem Offizier bitte, wer Sie sind.«

Eine halbe Minute später war alles eitel Sonnenschein. Der Leutnant drückte seine tiefes Bedauern darüber aus, dass er nicht über die Ankunft des ehrenwerten stellvertretenden Verteidigungsministers und Gefolge informiert worden war und er keine Vorbereitungen für den Empfang hatte treffen können.

Colonel Supo war auf dem Landweg von Costermanville aus unterwegs, berichtete er, obwohl natürlich nicht zu sagen war, wie lange sich seine Ankunft wegen des Regens verzögern würde.

»Wir werden Quartiere brauchen, und natürlich Verpflegung«, sagte Lunsford nicht sehr freundlich. »Was ist verfügbar?«

»Die Offiziere sind im Immoquateur einquartiert – das ist ein Apartmentgebäude ...«

»Ich weiß, was das ist«, fuhr Lunsford ihn an. »Ist es bewohnbar?«

»Ja, natürlich«, erwiderte der Leutnant, als überrasche ihn die Frage.

Jack dachte: *Das bedeutet vermutlich, dass das Dach noch drauf ist.*

»Bringen Sie uns dorthin!«, befahl Lunsford.

»Jawohl, Sir«, sagte der kongolesische Leutnant.

Vor dem Abfertigungsgebäude stand ein Buick-Kombi. Jack fragte sich, ob er aus dem Wagenpark des Buick-Händlers stammte, der einst sein Geschäft in Stanleyville betrieben hatte, oder ob es einer der Wagen war, der mit dem Schlüssel im Zündschloss auf dem Flugplatz stehen gelassen worden war, als die Belgier beim Vorrücken der Simbas geflüchtet waren – oder die Flucht vergebens versucht hatten. Oder ob er aus irgendeiner belgischen Garage gestohlen worden war.

Der Leutnant setzte sich ans Steuer, und die beiden Soldaten zwängten sich neben ihn. Die anderen stiegen hinten ein.

Dreihundert Meter vom Abfertigungsgebäude entfernt sah Jack das Gästehaus der Sabena Airlines, das jetzt kongolesische Soldaten beherbergte. Ein Dutzend davon lagen in Liegestühlen auf der Veranda.

Auf der übrigen Fahrt zum Immoquateur war keinerlei Aktivität zu sehen. Immer noch säumten schmucke Landhäuser die Straßen. Hier und dort waren kleine Häuser angezündet und niedergebrannt worden. Überall standen aufgegebene Autos. Einige davon wirkten, als seien sie soeben geparkt worden, bei anderen waren die Fenster und alles Zerbrechliche zerschossen oder einfach von schweren Objekten zertrümmert worden. Es gab auch einige ausgebrannte Karosserien.

Als sie sich dem Immoquateur näherten, stellte Jack überrascht fest, dass in sämtlichen zwölf Stockwerken des Gebäudes Licht brannte. Der Leutnant hielt unter dem Säulengang, wo einst ein Portier mit weißem Jackett die Türen geöffnet hatte. Jetzt hielten sich dort kongolesische Soldaten auf, alle bewaffnet mit Automatikgewehren. Zwei standen, und die anderen vier, fünf saßen auf dem Gehsteig.

Er erinnerte sich, dass das Immoquateur im

Kellergeschoss über mit Diesel betriebene Notgeneratoren verfügte. Offenbar hatte jemand sie in Gang bekommen.

Die Soldaten standen auf, als sie den Leutnant aus dem Buick steigen sahen, doch niemand rief ›Achtung!‹ beim Anblick eines Offiziers. Nur einer von ihnen salutierte.

Sie betraten die Halle. Einige der Ledermöbel waren noch dort – auf den Sitzen lagen weniger Kissen –, und von dem großen Glastisch war nur noch der Chromrahmen geblieben.

Aber an der Decke brannten elektrische Lampen, und offensichtlich waren die Aufzüge in Betrieb, denn der Leutnant führte sie über einen schmalen Flur dorthin.

Einer der Aufzüge wartete. Vom Spiegel der Innenwände waren nur noch Scherben vorhanden, und die Seitenwände und die hintere Wand waren von Kugellöchern durchsiebt.

Als Jack zum letzten Mal in diesen Aufzügen gewesen war, hatte er die Leiche eines Simbas herausschleifen müssen, und dabei hatte sich die Aufzugtür geschlossen, und er war im Erdgeschoss zurückgeblieben.

Der Leutnant geleitete sie unter Verbeugungen in den Aufzug. Die Tür schloss sich, und die Kabine fuhr hoch. Im vierten Stock stoppte sie.

An der Flurwand war eine große Stelle von Kugellöchern übersät, und ein dunkler Fleck verlief daran nach unten bis fast zum Boden.

Als Jack zum letzten Mal im vierten Stock des Immoquateurs gewesen war, hatte nach dem Öffnen der Tür ein Simba in Uniformteilen eines belgischen Offiziers auf dem Gang gestanden. Der Simba hatte keine Zeit gehabt, seine Pistole – eine 9-mm Luger Parabellum – hochzureißen, bevor ein Feuerstoß aus Jacks Sturmgewehr in seinen Körper eingeschlagen war.

Jack hatte die Pistole genommen, war wieder in den Aufzug gestiegen und zum zehnten Stock hochgefahren, mit schrecklicher Angst vor dem, was er dort vorfinden würde.

»Nein«, sagte Jack auf Suaheli, »bringen Sie uns erst in den zehnten Stock.«

Der Leutnant sah ihn sonderbar an, drückte jedoch auf den Knopf für die zehnte Etage. Die Tür schloss sich, und sie fuhren hoch.

Im zehnten Stock stieg Jack als Erster aus und betrat das Apartment der Portets.

Die Tür war geschlossen, konnte jedoch nicht abgeschlossen werden. Damals hatte Jack den Türknauf und das Schloss mit dem Kolben seines FN-Gewehrs – wobei er gebrochen war – und dann mit dem Stiefelabsatz zerschmettert.

Er schob die Tür auf, betrat das Apartment und rechnete fast mit allem, nur nicht mit dem, was er antraf. Für ihn hatte es keine Frage gegeben, dass die Wohnung geplündert worden war.

Das war jedoch nicht der Fall. Alles war noch dort, Möbel, Lampen, Teppiche und sogar Hannis Grundig-Radio, eingestellt auf das ›Unterhaltungsprogramm‹ der BBC aus London.

»*Mon Dieu, c'est Monsieur Jacques*!«, rief Tomo, der Houseboy, überrascht, als er von der Küche ins Wohnzimmer kam. Er trug nicht sein gestärktes weißes Jackett wie sonst, doch er lebte, war wohlauf und offensichtlich im Dienst.

Als Letztes hatte Jack von Mary Magdalene über ihn gehört, dass er den Befehl erhalten hatte, in sein Dorf zurückzukehren und dort zu warten, bis die Unruhen vorüber waren.

Jack, dessen Augen feucht wurden und der glaubte, einen Kloß in der Kehle zu haben, ging zu Tomo und schloss ihn in die Arme.

Als er seine Sprache wiederfand, sagte er: »Wir werden hier bleiben, Lieutenant.«

»Wenn Colonel Supo in Stanleyville eintrifft, sagen Sie ihm, wo wir sind«, fügte Lunsford hinzu.

»Jawohl, Sir«, erwiderte der kongolesische Leutnant.

»Das ist alles. Sie können wegtreten«, sagte Lunsford.

»Jawohl, Sir.« Der Leutnant salutierte.

»Tomo, wann bist du zurückgekehrt?«, fragte Jack.

»Ich bin nicht nach Hause gegangen«, berichtete Tomo. »Ich blieb im Busch jenseits des Flusses, bis die Weißen aus Südafrika kamen. Dann ging ich hierhin und bewachte die Dinge.«

»Tomo, du bist wundervoll.«

»Ich bin der Boy Nummer eins«, sagte Tomo. »Es war meine Pflicht.«

Tomo betrachtete Lunsford genauer.

»Ich kenne Sie«, sagte er herausfordernd. »Sie sind ein Simba!«

»Nein«, sagte Jack. »Hast du ihn hier gesehen?«

»Ich sah ihn das Gebäude betreten, als die Belgier kamen«, sagte Tomo. »Und dann sah ich ihn das Gebäude verlassen, mit Mary Magdalene, Ihrer Mutter und Schwester und der jungen weißen Frau mit dem Baby. Er war ein Simba.«

»Er ist ein amerikanischer Offizier, der wie ein Simba verkleidet war«, sagte Jack und konnte dann ein Kichern nicht unterdrücken. Er wechselte auf Englisch und sagte unter Lachen: »Gut, dass er Sie jetzt als Simba erkannt hat, Major, Sir, und nicht später, denn dann wären Sie am Morgen mit durchgeschnittener Kehle aufgewacht – haha – natürlich *nicht* aufgewacht.«

»Ich bin ein Freund, Tomo«, sagte Lunsford auf Suaheli.

»Wenn Monsieur Jacques das sagt«, erwiderte Tomo zweifelnd.

»Das Erste zuerst, Tomo. Wir müssen aus diesen nassen Klamotten raus. Gibt es hier irgendetwas, das wir anziehen können? Und was machen wir mit diesen Sachen?«

»Da ist Unterwäsche«, sagte Tomo. »Ich habe sie über der Decke gefunden. Unterwäsche und Ihre Browning-Pistole und einige andere Dinge – Madame Portets Radio – aber alle Männerkleidung ist fort. Ich kann die Sachen trocknen und bügeln.«

Mit ›über der Decke‹ meinte Tomo zwischen der Betondecke des Apartments und der falschen Decke aus Isoliermaterial.

»Und was gibt es in der Stadt an Essbarem?«

»Fisch aus dem Fluss, Monsieur Jacques. Und Maniok. Und Tomaten. Und Eier. Kein Wein, aber da ist natürlich Bier.«

»Er hat soeben das magische Wort gesprochen«, sagte Father Lunsford. »Geben Sie ihm hundert Dollar.«

»Ich denke, zuerst die Unterwäsche und dann das Bier. Und wenn du uns dann den Fisch besorgst, werden wir ihn braten, während du dich um unsere Kleidung kümmerst, Tomo.«

An diesem Punkt erinnerte sich Jack an Dr. Dannelly und Mr Hakino.

»Tomo, diese Gentlemen sind Mr Hakino, ein sehr wichtiger Regierungsbeamter, und Dr. Dannelly, sein sehr guter Freund von General Mobutu.«

Tomo wirkte von keinem der beiden sehr beeindruckt.

»Werden Sie bleiben, Monsieur Jacques?«

»Nicht länger als zwei, drei Tage.«

»Ich glaube, es gibt genug Unterwäsche für jeden«, sagte Tomo.

## 4

*Apartment 10-G, Immoquateur*
*Stanleyville, Provinz Oriental*
*Republik Kongo*

*17. Januar 1965, 16 Uhr 45*

Colonel Jean-Baptiste Supo, militärischer Kommandeur der Provinzen Oriental und Equatorial, war ein großer, muskulöser, dreiundsechzigjähriger Schwarzer mit scharfen Gesichtszügen. Als er mit achtzehn Jahren sein

Elternhaus in der Provinz Katanga verlassen hatte, um zur Force Publique zu gehen, hatten seine Ausbilder in der Grundausbildung – schwarze und weiße – ihn grausam gehänselt, indem sie ihm gesagt hatten, seine Mutter sei offenbar sehr freundlich zu einem Araber gewesen. Sie hatten den jetzt über zwei Zentner schweren Mann ›Kameljunge‹ genannt.

Er hatte die Hänselei nicht verstanden. Seine Mutter war eine feine christliche Frau, die von Katholiken erzogen worden und Lehrerin geworden war. Sie war sehr enttäuscht gewesen, als er die höhere Schule als Klassenbester beendet und den Militärdienst einer Karriere bei der Union Minière vorgezogen hatte, die stets nach jungen Männern aus guten Familien und mit guter akademischer Ausbildung suchte.

In der Ausbildung hatte er die Hänseleien hingenommen, doch als er seiner ersten Einheit zugeteilt worden war, hatte er gewusst, dass er das nicht mehr ertragen wollte und auch nicht hinzunehmen brauchte. Fünf Tage, nachdem er sich bei seiner ersten Einheit gemeldet hatte, war er zu seinem Kompaniechef, einem belgischen Capitaine namens Dommer, befohlen und beschuldigt worden, seinem Caporal drei Zähne ausgeschlagen zu haben.

Capitaine Dommer fragte ihn auf Suaheli, ob er etwas vor der Verkündigung seiner Strafe zu sagen habe; ihn erwarteten mindestens neunzig, vermutlich mehr Tage Haft.

»Wenn er noch einmal meine Mutter beleidigt«, erwiderte Rekrut Supo auf Französisch, »werde ich ihm auch noch die übrigen Zähne aus seinem Schandmaul schlagen.«

»Wie genau hat der Caporal Ihre Mutter beleidigt?«

»Er nannte mich Hurensohn, Capitaine. Meine Mutter ist keine Hure, sondern eine gute christliche Frau.«

Dann befragte ihn Capitaine Dommer nach seiner Mutter, wo er zur Schule gegangen war, welcher Arbeit sein Vater nachging, und er erzählte, dass seine Mutter stellvertretende Direktorin der St. Matthews School in Kiowa war, dass er die St. Matthews School mit Auszeichnung in Mathematik und Französisch absolviert hatte und dass sein Vater Leiter der Abteilung Instandsetzung und Wartung der Mine der Union Minière in Kamundo war.

Bei der abendlichen Parade an diesem Tag wurde verkündet, dass Rekrut Supo für vier Monate Haft wegen Schlagens eines Caporals verurteilt worden war, man legte ihm Handschellen an und verfrachtete ihn auf die Ladefläche eines Lastwagens und jeder schaute zu, wie er vom Kasernengelände gefahren wurde.

Es fiel ihm schwer, die Tränen zurückzuhalten. Seine Eltern würden erfahren, dass er im Gefängnis war, und er würde sich dessen schämen.

Fünf Meilen außerhalb des Kasernengeländes stoppte der Fahrer, ein Sergent, kam nach hinten, nahm Supo die Handschellen ab und erklärte ihm, dass Capitaine Dommer ihm eine zweite Chance gebe. Er würde nicht ins Gefängnis gebracht werden, sondern zur 23. Kompanie, die jemanden brauchte, der fließend Französisch lesen und schreiben konnte und gute Mathematikkenntnisse hatte.

Der Kompaniechef der 23. Kompanie war ein großer, stämmiger Mann mit tadellos gestärkter Khakiuniform.

Wenn Rekrut Supo auch nur daran denken würde, einen weiteren Unteroffizier zu schlagen, sagte der Kompaniechef der 23. Kompanie, oder irgendetwas tun würde, was Capitaine Van de Waele, den Kommandeur der 23. Kompanie, veranlassen würde zu bereuen, ihm eine zweite Chance zu geben, als Capitaine Dommer ihn darum gebeten hatte, dann würde er, der Kompaniechef, davon erfahren und Rekrut Supo die Eier abschneiden und an die Schweine verfüttern.

Der Kompaniechef der 23. Kompanie, in die Rekrut Supo aufgenommen wurde, hieß Joseph Désiré Mobutu. Als Mobutu drei Jahre später die 23. Kompanie verließ, wurde er der jüngste 1er Sergent Major, den es jemals in der Force Publique gegeben hatte. Unterdessen war aus Rekrut Supo Caporal Supo geworden.

Fünf Jahre später wurde aus Supo, der inzwischen 1er Sergent war, der Kompaniechef der 23. Kompanie und der jüngste Kompaniechef, den die Force Publique jemals gehabt hatte. Er erhielt die Streifen des Sergent Major bei derselben Parade, bei der Sergent Major Mobutu bei seinem Abschied aus der Armee geehrt wurde, und danach sahen sie sich häufig, als Mobutu als Journalist bei *L'Avenir* in Leopoldville arbeitete.

Als nach der Unabhängigkeit die Force Publique gegen ihre belgischen Offiziere gemeutert hatte und der Verteidigungsminister Mobutu Offiziere für die Force aus deren Dienstgraden von Schwarzen finden musste, war der erste Colonel, der ernannt wurde, Sergent Major Jean-Baptiste Supo.

Mobutu übertrug ihm die Verantwortung des Verhandelns mit den Belgiern – die in den Kongo zurückgekehrt waren, um zu verhindern, dass die Simbas die Leute (weiße und schwarze) in Stanleyville massakrierten –, hauptsächlich weil der ranghöchste belgische Offizier Colonel Van de Waele war, derselbe Mann, der ihm eine zweite Chance gegeben hatte, nachdem er dem Caporal, der seine Mutter beleidigt hatte, Zähne ausgeschlagen hatte.

Von de Waele war bei der 23. Kompanie ihr Chef gewesen, und er war einer der wenigen Belgier, denen sie vertrauen konnten.

Als Supo mit Colonel Van de Waele auf dem Luftstützpunkt Kamina gewesen war, bevor und nachdem die Belgier Fallschirmjäger über Stanleyville – jetzt offiziell Kisangani, obwohl nur wenige Leute den neuen Namen benutzten – abgesetzt hatten, war er von seiner Mutter besucht worden, und er hatte sie Colonel Van de Waele vorgestellt. Sie hatte ihm gesagt, jetzt wisse sie, dass ihr Widerstand gegen seine Entscheidung, Soldat zu werden, falsch gewesen und sie jetzt sehr stolz auf ihn sei. Und Colonel Van de Waele hatte seine Mutter geküsst und gesagt, er sei ebenfalls sehr stolz auf ihn, und diesmal hatte Supo die Tränen nicht unterdrücken können.

Colonel Supo war in einem Konvoi aus sechs Fahrzeugen von Costersmanville angereist, weil immer noch Simbas im Busch waren und sie manchmal einzelne PKWs und Lastwagen auf der Route Nationale Nr. 3 aus dem Hinterhalt überfielen. Der Konvoi bestand aus einem ehemaligen ›Ferret‹ Spähwagen der Royal British Army, der mit einem Browning-MG Kaliber .30 bewaffnet war; zwei schwedischen Scania-Vabis Panzerwagen, jeder mit drei Browning-MGs Kaliber .30 bewaffnet – zwei vorne und eines im Heck; zwei Ford-Anderthalbtonner-Lastwagen mit einem Zug Fallschirmjägern; und einen GMC Personenwagen mit Längssitzen. Die Fords und der GMC trugen noch das Firmenzeichen Mobil Oil Congo. Er wusste, dass er sie zurückgeben musste, aber in Augenblick brauchte er sie.

Der Ferret und einer der Scania-Vabis führten den Konvoi an, gefolgt von dem GMC und den beiden Ford-Lastwagen. Der zweite Scania-Vabis bildete den Schluss. Colonel Supo war in dem GMC gefahren, den größten Teil der Strecke persönlich, denn sein Fahrer, Sergent Paul Wotto, war zwar ein guter und begeisterter Mann, was seine Gesellschaft anbetraf, aber kein sehr guter Fahrer. Und ebenso wenig waren das die vier Offiziere seines persönlichen Stabs, die hinten im Wagen saßen.

Die Route National Nr. 3 führte sie am Nordufer des Kongo entlang am Flughafen vorbei, und Colonel Supo war sehr überrascht, ein kleines zweimotoriges Flugzeug mit der Aufschrift US ARMY auf dem Rumpf vor dem Abfertigungsgebäude geparkt zu sehen. Er sagte sich, dass es einen Blick wert war, scherte aus dem Konvoi aus und bog auf die Zugangsstraße zum Flugplatz ab.

Die beiden Fords und der Scania-Vabis am Schluss folgten ihm. Der Ferret und der erste Scania-Vabis waren fast eine Meile straßenabwärts, bis jemand erkannte, dass sie den Rest des Konvois verloren hatten. Hastig kehrte sie um und suchten danach.

Als sie den Flugplatz erreichten, hatte Colonel Supo bereits mit dem Offizier gesprochen, der für die Bewachung des Flugplatzes verantwortlich war, und von dem Lieutenant erfahren, dass vier Personen mit dem Flugzeug gekommen waren; die beiden amerikanischen Piloten, beide Suaheli sprechend und einer ein Schwarzer; der stellvertretende Minister für Verteidigung, Monsieur Hakino; und ein zweiter Weißer, der laut Lieutenant als ›Doktor‹ bezeichnet worden war. Der Lieutenant meldete, sie hätten um Quartier gebeten, und als er sie zum Immoquateur gebracht habe, hätte einer der Amerikaner darauf bestanden, in den zehnten Stock gebracht zu werden, wo sie das Apartment betreten hatten, das früher von der Air Simba benutzt worden sei. Der Amerikaner hätte darauf bestanden, dort zu bleiben.

Dem Lieutenant fiel noch ein, dass der stellvertretende Verteidigungsminister gesagt hatte, er sei in Stanleyville, um sich mit Colonel Supo zu treffen, und dass der schwarze Amerikaner ihm gesagt hatte, er solle Colonel Supo informieren, wo sie sich aufhielten.

Colonel Supo saß am Steuer seines GMC, als die ersten Wagen des Konvois ihn schließlich eingeholt hatten.

Supo steckte den Kopf aus dem Fenster und befahl dem Fahrer des Ferrets, zum Immoquateur zu fahren, und nach hastigem Zurücksetzten und Wenden machte sich der neu zusammengesetzte Konvoi auf den Weg zum Immoquateur.

Als sie den Säulengang des Immoquateur erreichten, fand Sergent Paul Wotto, dass der Caporal der Wache nicht schnell genug auf das Erscheinen von Colonel Supo reagierte, dass sein verspäteter Gruß nicht schneidig genug war. Darüber hinaus fiel ihm auf, dass seine Uniform schmutzig war. Er drückte sein Missfallen aus, indem er dem Caporal auf den Mund schlug, hart genug, um ihn von den Füßen zu holen, und dann schlenderte er hinter seinem Colonel her.

Colonel Supo tat so, als hätte er nicht gesehen, was geschehen war. Manchmal war es möglich, Männer anzufeuern. Manchmal konnte man mit ihnen sprechen. Und bisweilen war es nötig, zu tun, was Sergent Wotto getan hatte. Das hatte Supo in der 23. Kompanie gelernt.

Beim Aufzug winkte Colonel Supo Major Alain George Totse, seinen Nachrichtenoffizier, zu sich, forderte Sergent Wotto mit einer Geste auf, den Aufzug zu betreten, und befahl dem Rest seines Gefolges, auf ihn zu warten.

Im zehnten Stock, als es keine Reaktion auf Colonel Supos Klopfen an die Tür gab, befahl er Sergent Wotto, das Apartment zu betreten.

Wotto zog seine 9-mm Fabrique National Pistole aus dem Holster und trat vorsichtig ein; offensichtlich rechnete er mit Problemen. Er schlich vorsichtig durch das Wohnzimmer, spähte in jedes der drei Schlafzimmer, bahnte sich einen Weg durch das Esszimmer zur Küche und schließlich zum offenen Balkon an der Rückseite des Apartments. Der Balkon bot einen Blick auf die Kais und Lagerhäuser am Tshopo-Fluss, der vier Meilen flussabwärts in den Kongo mündete.

Dort auf dem Balkon fand er drei Schwarze und zwei Weiße. Einer der Schwarzen stand an einem Bügelbrett und bügelte eine Hose. Er war offensichtlich nicht der stellvertretende Verteidigungsminister, doch es war gut möglich, dass einer der beiden anderen Schwarzen dieser Würdenträger war, denn alle vier trugen nur weiße Boxershorts und Unterhemden. Einer der Weißen trank aus einem Glas Wasser. Die drei anderen hielten Flaschen Simba-Bier in den Händen.

»Steck diesen gottverdammten Ballermann weg, bevor ich dafür sorge, dass du ihn frisst«, schnarrte Father Lunsford auf Suaheli.

Sergent Wotto sagte sich, dass der kleine muskulöse Mann offensichtlich der stellvertretende Minister für Verteidigung und Angelegenheiten der Provinzen war.

»Chef«, sagte er, während er hastig seine Pistole ins Holster schob, »Colonel Supo ist hier.«

»Wo?«, fragte Lunsford.

»Ich hole ihn«, kündigte Sergent Wotto an und flüchtete vom Balkon.

»Sie sind in Unterwäsche, Colonel«, meldete Sergent Wotto, »und trinken Bier auf dem Balkon der Diener.«

»Tatsächlich?«, erwiderte Supo und forderte Wotto mit einer Geste auf, voranzugehen.

Father Lunsford erhob sich, als Supo den Balkon betrat, und einen Augenblick später stand auch Jack auf. Major Totse und Sergent Wotto blieben in der Tür zur Küche stehen.

Supo kannte sowohl den stellvertretenden Verteidigungsminister Hakino als auch Dr. Dannelly, der Joseph Désiré Mobutus Freund war. Er war erleichtert, Dannelly zu sehen. Er wusste, dass das Air Simba Apartment in Wirklichkeit das von Captain Jean-Philippe Portet war, ein weiterer von Mobutus sehr engen Freunden. Es war möglich, sogar wahrscheinlich, dass Dannelly und Portet befreundet waren und Dannelly sich als Gast in Portets Apartment aufhielt. Andernfalls konnte die Situation problematisch sein.

Supo salutierte vor Hakino.

»Chef«, sagte er auf Suaheli, und dann wandte er sich an Dannelly. »Es ist schön, Sie wiederzusehen, Doktor.«

Supo wandte sich an Lunsford und Jack und sprach auf Französisch weiter.

»Ich glaube, diese Herrschaften kenne ich nicht«, sagte er lächelnd.

»Wir hatten die Ehre, dem Colonel schon zu begegnen«, erwiderte Lunsford auf Französisch. »Major George Washington Lunsford und Lieutenant Jacques Portet, U.S. Army, zu Befehl, Sir.«

Supos Lächeln verschwand. Er wusste, dass Präsident Kasavubu amerikanische Truppen angeboten worden waren und er sie entschieden abgelehnt hatte.

»In Kamina, Sir«, fuhr Lunsford auf Suaheli fort. »Sie

und Colonel Van de Waele hielten mich zuerst für einen gefangenen Simba und Lieutenant Portet für einen belgischen Fallschirmjäger, den eine Kugel an der Nase getroffen hatte.«

Supos Augen weiteten sich, während er zwischen ihnen hin und her blickte und sich erinnerte.

»*Mon Dieu*«, stieß er hervor, »ich hätte keinen von Ihnen wiedererkannt!«

»*Mon Dieu*«, sagte auch Major Totse. »Er ist es!«

»Es ist sehr schön, Sie wiederzusehen, Sir«, sagte Lunsford.

»Sind Sie nicht Belgier?«, fragte Supo Jack.

»Er ist Jean-Philippe Portets Sohn«, sagte Dr. Dannelly.

»Captain Portet ist Belgier«, wandte Supo ein.

»Mein Vater und ich sind amerikanische Staatsbürger, Colonel«, sagte Jacques auf Französisch.

»Sie trugen die Uniform eines belgischen Fallschirmjägers. Sie sprangen mit den Belgiern über Stanleyville ab. Sie wurden in Stanleyville verwundet.«

»Eigentlich fiel ich von einem Lastwagen«, sagte Jack.

»Er ist Offizier der Special Forces der U.S. Army, Colonel«, sagte Lunsford. »Manchmal halten wir es für nötig, anderer Leute Uniformen zu tragen.«

Supo, der sichtlich darüber nachdachte, betrachtete Lunsford eingehend, antwortete jedoch nicht sogleich.

»Und was führt Sie in den Kongo zurück?«, fragte er.

»Sie haben Vorschläge für Sie, Colonel«, sagte Hakino. »Der Präsident möchte, dass Sie sie anhören.«

»Er bat mich, Ihnen zu sagen, Jean-Baptiste, dass die Entscheidung ganz allein bei Ihnen liegt«, warf Dannelly ein.

Supo schaute Lunsford an.

»Bevor wir uns damit beschäftigen, Colonel, möchten Sie ein Bier?«

»Ja, ich möchte eins, danke. Haben Sie auch eines für Major Totse und Sergent Wotto?«

»Selbstverständlich«, sagte Jack.

»Totse, erinnern Sie sich an diese beiden Offiziere? An Kamina?«

»Ja, Colonel, sehr gut.«

»Es tut mir Leid«, sagte Lunsford und erklärte, dass er Major Totse von Kamina nicht in Erinnerung hatte.

»Es überrascht mich, dass Sie sich an Kamina erinnern«, meinte Colonel Supo. »Sie waren dort nur durchgekommen ...«

»Colonel, wir haben Informationen, dass der kubanische Kommunist Che Guevara plant, in den Kongo zu gehen und dort weiterzumachen, wo die Simbas aufgehört haben ...«

»Warum sollte ein kubanischer Kommunist herkommen?«, fragte Supo.

»Jean-Baptiste«, sagte Dannelly, »um Zeit zu sparen, lassen Sie mich sagen, dass General Mobutu überzeugt ist, dass die Bedrohung echt ist. Und ich stimme ihm zu.«

Supo nickte.

»Mit Verlaub, Doktor, ich würde es vorziehen, mir alles selbst anzuhören«, sagte er.

»Gewiss«, sagte Lunsford. »Wie schon gesagt, haben wir nachrichtendienstliche Informationen, dass ...«

»Wenn ich Sie richtig verstehe, Major«, sagte Supo zehn Minuten später, »bieten Sie einen kleinen Trupp von Special Services ...«

»Special *Forces*, Sir«, korrigierte Lunsford.

»... also *Forces* an«, fuhr Supo fort, und sein Tonfall machte klar, dass er es nicht mochte, unterbrochen zu werden, »besonders ausgebildete Männer für diese Art Operation an. Deren Zweck es vermutlich ist, diesen Mann entweder zu töten oder gefangen zu nehmen. Und was geschieht dann, wenn er gefangen ist?«

»Nein, Sir«, sagte Lunsford. »Wir wollen ihn weder gefangen nehmen noch eliminieren. Wir wollen ihn frustrieren. Wir wollen, dass er den Kongo, Afrika, verlässt, und das mit eingezogenem Schwanz.«

»Das möchte ich genauer erklärt haben, wenn es Ihnen nichts ausmacht, Major«, sagte Supo.

Lunsford erklärte es.

»Ich glaube, ich verstehe Ihre Argumentation«, sagte Supo, als Lunsford geendet hatte. »Aber ich muss Ihnen sagen, dass ich nicht sicher bin, ob ich ihr zustimme. Wie Sie sicherlich wissen werden, erlauben die Regeln des Kriegsrechts die Verurteilung und Hinrichtung von jemandem, der eine souveräne Nation betritt und eine bewaffnete Revolution gegen eine legitime Regierung unternimmt.«

»Ich weiß, was er in Kuba getan hat, Colonel«, sagte Lunsford. »Und ich habe gesehen, was die Simbas hier angerichtet haben. Nach meiner persönlichen Meinung verdient jeder, der mehr Simbas bewaffnen und ausbilden würde, einen schmerzvollen Tod. Aber ich bin Soldat und mein Präsident hat entschieden, dass wir Che Guevara demütigen wollen, nicht töten, und das macht es zu einem Befehl, den ich befolgen muss.«

»Ich habe Mühe, meine Soldaten davon zu überzeugen, dass sie nicht jeden erschießen können, den sie verdächtigen, ein Simba zu sein«, sagte Supo. »Wie würde ich sie Ihrer Meinung nach vom Schießen abhalten, geschweige denn vom Erschießen eines Weißen, den sie verdächtigen, die Simbas zu bewaffnen?«

Lunsford zuckte mit den Schultern. »Damit werden wir uns beschäftigen müssen, wenn es so weit kommt. Ich habe sofort genauso darauf reagiert wie Sie. Aber schließlich habe ich erkannt, dass es klug ist, den Hurensohn am Leben zu lassen und ihn zu demütigen, weil er als Toter und Märtyrer mehr Probleme bedeuten würde.«

»Joseph Désiré ist ebenfalls dieser Meinung?«, fragte Supo Dr. Dannelly.

»Er hält es ebenfalls für klüger, diesen Kubaner nicht zu töten und keinen Märtyrer zu schaffen«, erwiderte Dannelly. »Aber wie ich schon sagte, die Entscheidung, ob Sie die von Major Lunsford angebotene Unterstützung annehmen wollen oder nicht, liegt allein bei Ihnen.«

Supo sah Lunsford an.

»Was ich wirklich als Unterstützung haben möchte, ist ein Flugzeug – Flugzeuge«, sagte er.

»Welche Art Flugzeug – Flugzeuge?«, fragte Father.

Supo lächelte.

»Eines wie das, mit dem Sie gekommen sind, wäre fein«, sagte er. »Aber ich wäre froh über alles mit Tragflächen.«

»Was würden Sie mit einem Flugzeug machen, wenn Sie eines hätten, Colonel?«, erkundigte sich Lunsford.

»Aufklärungsflüge«, erwiderte Supo sofort. »Man kann keinen Feind bekämpfen, den man nicht findet.«

»Das stimmt«, pflichtete Lunsford ihm bei. »Flugzeuge sind auch nützlich zum schnellen Transport von Offizieren.«

*Er lädt Supo praktisch ein, um ein Flugzeug zu bitten, sogar eines zu verlangen*, dachte Jack. *Worauf, zum Teufel, will er hinaus*?

»Das auch«, sagte Supo. »Ich habe viel zu oft keinen Kontakt mit ihnen, denn wir besitzen keine guten Funkgeräte.«

»Wenn ich Sie richtig verstehe, Sir, wollen Sie mir sagen, dass wegen des Mangels an leichten Flugzeugen – sagen wir mal, eine DeHavilland Beaver zum Transport für Sie und Ihren Stab, ein paar Cessna-L-19 zur Aufklärung und einen Bell H-13 Helikopter – die Unterstützung, die ich Ihnen anbiete, nicht von großem Nutzen sein würde?«

Supo zeigte die Andeutung eines Lächelns und sah Lunsford lange an.

»Ich will sagen, Major, dass Ihr Angebot von weitaus größerem Wert wäre, wenn für mich die von Ihnen erwähnten Flugzeuge verfügbar wären.«

»Und ohne die Flugzeuge und einige anständige Funkausrüstung bezweifeln Sie, dass mein Team von Wert sein würde, und Sie würden darauf verzichten, richtig, Sir?«

»So können Sie es sehen«, bestätigte Colonel Supo.

»Sie haben den Colonel gehört, Lieutenant Portet. Was meinen Sie, würde Colonel Felter sagen, wenn ich ihm berichtete, Colonel Supo hält das Team ohne die Flugzeuge und die Funkausrüstung für wertlos für ihn?«

»Sir, ich glaube, der Colonel würde umgehend Schritte unternehmen, um die Flugzeuge und die Funkausrüstung zu beschaffen.«

»Damit gibt es Probleme«, sagte Hakino. »Innere und äußere.«

»Sir?« Lunsford blickte ihn fragend an.

»Es ist die eine Sache, dass ein der US-Botschaft zugeteiltes Flugzeug der U.S. Army im Kongo für Geschäfte der Botschaft Passagiere herumfliegt, und es ist eine ganz andere Sache, wenn Flugzeuge der U.S. Army aktiv bei der Unterstützung militärischer Operationen beteiligt sind«, sagte Hakino. »Der Präsident hat klar gemacht, dass er keine Operationen der U.S. Army im Kongo wünscht.«

»Mal hypothetisch gesprochen, Mr Hakino«, entgegnete Lunsford, »was wäre, wenn eine Beaver der U.S. Army oder eine L-19 auf mysteriöse Weise hier auftauchte, als ob jemand sie von Südafrika über die Grenze geflogen hätte, als niemand aufgepasst hat? Und wenn das Flugzeug dann schwarz angestrichen würde, sodass nicht mehr ›U.S. Army‹ auf den Tragflächen und am Rumpf steht ...«

»Und das Gesicht des Piloten ebenfalls schwarz angestrichen wäre?«, fragte Hakino lächelnd.

»Natürlich immer noch hypothetisch gesprochen«, sagte Lunsford, »was wäre, wenn der hypothetische Pilot dieses hypothetischen Flugzeugs und die hypothetische Wartungscrew zufällig alle schwarz wären?«

»Ich nehme an, dieses hypothetische Flugzeug könnte eine Kennzeichnung der kongolesischen Armee bekommen«, sagte Hakino und lächelte verschwörerisch.

»Mit Verlaub, Sir«, sagte Lunsford, »wenn es überhaupt keine Kennzeichnung hätte, dann würde niemand wissen, wem es gehört, nicht wahr? Dann könnte jeder sagen: welches Flugzeug?«

Hakino und Supo lachten.

»Die Entscheidung liegt bei Ihnen, Jean-Baptiste«, sagte Dannelly kopfschüttelnd.

»Ich glaube, Major Lunsford und ich verstehen einander«, sagte Supo. »Und er versteht die Probleme hier – die taktischen und politischen. Ich glaube, er und seine Männer könnten sehr nützlich sein.«

»Wir werden es versuchen, Colonel«, sagte Lunsford. »Wir werden uns große Mühe geben.«

Supo nickte und reichte Lunsford die Hand.

»Ich habe ein Apartment hier im Immoquateur«, sagte Supo. »Es würde mich freuen, wenn Sie alle mir Gesellschaft leisten würden. Wie wäre es mit zwanzig Uhr?«

»Es wäre uns eine Ehre, Sir«, erwiderte Lunsford.

Supo gab auch noch Jack die Hand und verließ den Balkon.

Mit Hakino und Dannelly in der Wohnung konnte Jack Lunsford die Frage erst stellen, als sie allein in Jacks ehemaligen Schlafzimmer waren: »Wo wollen Sie diese Flugzeuge herbekommen, die Sie ihm versprochen haben?«

Lunsford schaute Jack lange an, bevor er antwortete. »Ich nehme an, wenn Felter eine L-23 von irgendeinem General klauen kann, um sie nach Argentinien zu schicken, dann kann er eine Beaver, ein paar L-19 und einen H-13 klauen und herschicken.«

»Felter weiß nichts von Ihrem Angebot?«

Lunsford bestätigte es.

»Da wir schon träumen, warum keinen Huey?«, fragte Jack sarkastisch. »Und keine Mohawk?«

Lunsford ignorierte den Sarkasmus.

»Einen Huey oder eine Mohawk könnte man nur schwer glaubwürdig dementieren«, sage er. »Die Südafrikaner und die Israelis haben Beavers, L-19er und H-13er. Das Problem ist, wie wir genügend schwarze Jungs, die Visionen haben, eine Mohawk oder einen

Chinook glorreich in Vietnam zu fliegen, überreden können, hierher zu kommen und L-19er und H-13er in einem Krieg fliegen, den es gar nicht gibt und nie geben wird, von dem sie jedoch dennoch leicht in einem Leichensack zurückkommen könnten.«

»Können Sie das? Genügend Leute überreden, meine ich?«

»Selbstverständlich kann ich das«, erwiderte Lunsford. »Ich bin ein Green Beret. Ich kann alles.«

# XIII

## 1

*Camp David*
*Catoctin Mountains, Maryland*

*22. Januar 1965, 15 Uhr 30*

Der Präsident der Vereinigten Staaten und der Stabschef der U.S. Army waren mit Skeetschießen beschäftigt, als das unverkennbare flappende Rotorengeräusch eines Bell HU-1 Hubschraubers die Aufmerksamkeit des Präsidenten erregte.

Er blickte zum Himmel, in Richtung Washington. Dort näherte sich ein Huey der U.S. Army.

»Das ist vermutlich Colonel Felter, Mr President«, sagte der Stabschef.

Der Stabschef hielt sich wegen Colonel Sanford T. Felter in Camp David auf. Das rote Telefon auf seinem Schreibtisch im Weißen Haus hatte sich um halb zehn an diesem Morgen ›gemeldet‹ – es war so installiert, dass es erst klingelte, nachdem ein rotes Lämpchen fünfmal aufgeleuchtet hatte. Bereits beim zweiten Aufleuchten hatte der Stabschef den Hörer abgenommen.

»Haben Sie große Pläne für heute Nachmittag?«, hatte der Präsident der Vereinigten Staaten ohne Einleitung gefragt.

»Nein, Sir.«

Kein Plan hatte Priorität vor irgendeinem Plan des Oberbefehlshabers.

»Kommen Sie rüber, damit wir nach Camp David fliegen können – sagen wir Viertel nach zwölf«, befahl der Präsident. »Kommen Sie nicht per Hubschrauber. Die gottverdammte Presse würde das auslegen, als zögen wir in den Krieg.«

»Jawohl, Sir.«

Es hatte geklickt, und die Leitung war tot gewesen.

Der Stabschef und zwei Adjutanten waren ein paar Minuten nach elf in einer Limousine der Army beim Weißen Haus eingetroffen. Um zwanzig nach elf war der Hubschrauber des Präsidenten auf dem südlichen Rasen des Weißen Hauses gelandet. Um zwanzig vor zwölf war ein Agent des Secret Service in das Wartezimmer beim Oval Office gekommen und hatte dem Stabschef gemeldet, dass es an der Zeit sei, an Bord des präsidentschaftlichen Helikopters zu steigen.

»Nur Sie, General«, hatte der Agent gesagt.

»Ich werde anrufen, wenn ich weiß, was los ist«, hatte der Stabschef seinen Adjutanten gesagt, die nun Gott weiß wie lange warten würden mussten.

Lyndon Johnson war als Letzter in den Hubschrauber gestiegen, kurz nach dem Außenminister. Er hatte den Start lange genug verzögert, indem er gebückt zum Sitz des Stabschefs gegangen war.

»Felter wird in etwa zwanzig Minuten in New York landen. Bis der Hurensohn nach Andrews fliegen, in einen Hubschrauber steigen und in Camp David eintreffen kann, wird es halb vier am Nachmittag sein.«

»Jawohl, Sir«, hatte der Stabschef gesagt.

Der Präsident war nach vorne gegangen, hatte auf seinem Sitz Platz genommen und ungeduldig den Mann der Crew, der ihm beim Anschnallen hatte behilflich sein wollen, mit einem Wedeln der Hand verscheucht.

Der Hubschrauber hob ab und flog nord-nordwestlich zu dem präsidentschaftlichen Landsitz, der immer noch den Namen von Präsident Eisenhowers Enkel trug.

In Camp David stieg der Außenminister aus dem Hubschrauber, nur um sofort an Bord eines mit laufendem Rotor wartenden Hueys zu steigen, und bevor sie das Hauptgästehaus erreichten, war er bereits in der Luft und vermutlich auf dem Rückflug nach Washington.

Der Präsident aß privat mit Mrs Johnson zu Mittag.

Um zwei Uhr führte ein Agent des Secret Service den Stabschef zur Anlage für das Skeetschießen, wo der Präsident, mit Windbluse und Bluejeans, das Anlegen seiner Schrotflinte übte.

»Reguläres Skeet, einen Dollar pro Vogel?«, fragte der Präsident.

»Prima, Mr President«, sagte der Stabschef und fragte sich, ob der Kolben der Schrotflinte, die ihm gereicht wurde, die Schulter seines neuen Uniformrocks beschmutzen würde.

»Ich habe wieder ein Problem mit Felter, wie Sie vielleicht schon erraten haben«, sagte der Präsident. Er gab keine weiteren Einzelheiten preis, doch der Stabschef erinnerte sich, dass er in Washington gesagt hatte: »Es wird halb vier werden, bevor der Hurensohn in Camp David eintreffen kann.«

Als Lyndon Johnson den nahenden Huey hörte, befand er sich auf Schützenstand 3, bereit, zum Niederhaus zu schießen. Er wandte sich an einen der Agenten des Secret Service, die hinter der Feuerlinie standen.

»Wenn Colonel Felter in diesem Hubschrauber ist, bringen Sie ihn her«, befahl er. »Nur ihn.«

»Jawohl, Sir«, sagte der Agent und machte sich auf den Weg zum Hubschrauberlandeplatz.

»Schleudern!«, rief der Präsident, und dann drehte er sich in einer glatten Bewegung und hob seine Schrotflinte – Winchester Kaliber 12 – an die Schulter.

Einen Augenblick später tauchte eine Tontaube aus dem Niederhaus auf. Der Präsident feuerte und verfehlte sie, repetierte und schoss noch einmal. Diesmal verschwand die Tontaube in einer Wolke schwarzen Staubs.

Der Präsident stieß die Patronenhülse aus, spähte auf die Schrotflinte, um sich zu vergewissern, dass keine Patrone in der Kammer war, wandte sich um und verließ den Schützenstand.

»Ich werte dies nicht als Fehlschuss«, erklärte er. »Wenn ich ›Schleudern‹ rufe, dann sollen Sie das tun, verdammt genau in diesem Moment und nicht erst, wenn Ihnen langsam dämmert, was Sie tun sollen.«

»Verzeihung, Mr President«, sagte der Agent des Secret Service, der die Wurfmaschine bediente.

»Sind Sie damit einverstanden, General?«, fragte der Präsident.

»Ja, es war schlecht geschleudert, Mr President«, sagte der Stabschef.

»Da haben Sie verdammt Recht.« Der Präsident winkte den Stabschef zum Schützenstand 3.

Colonel Sanford T. Felter, der einen grauen Anzug trug, der gebügelt werden musste, und eine lederne Aktentasche an sein Handgelenk gekettet hatte, wurde zur Anlage für das Skeetschießen geführt, als der Präsident die dritte Tontaube getroffen hatte.

»Ich habe keine Patronen mehr«, sagte der Präsident. »Ich hatte diesen schlechten Wurf auf Stand 3 vom Niederhaus und musste zweimal schießen. Aber das sind vierundzwanzig, und Sie können ohnehin nicht mehr gewinnen, General, richtig?«

»Ich habe eine Ersatzpatrone, Mr President«, sagte der Stabschef und bot sie Johnson an, der sie in seine Schrotflinte lud, die Tontaube aus dem Niederhaus abrief, feuerte und traf.

»Das waren fünfundzwanzig, richtig?«

»Ja, Mr President«, stimmte der Secret Service-Agent zu, der die Treffer zählte.

»Ihr Schuss, General«, sagte der Präsident.

Der Stabschef, der mit einer Remington Halbautomatik, Modell 1100, schoss, traf nur eine der beiden Tontauben.

»Der Präsident hat alle fünfundzwanzig, und der General hat zweiundzwanzig«, verkündete der Agent des Secret Service.

Der Präsident streckte die Hand aus, und der Stabschef zählte drei Ein-Dollar-Scheine darauf.

»Keine gute Tat bleibt ungestraft, General«, sagte der Präsident. »Wenn Sie mir die Patrone nicht gegeben hätten, wären Sie mit nur zwei Dollar davongekommen.«

Der Stabschef lachte.

»Wie geht es Ihnen, Felter?«, rief der Präsident.

»Guten Tag, Mr President«, erwiderte Felter. »Sehr gut, danke, Sir.«

Der Präsident ging zu Felter, und der Stabschef folgte ihm. Ein Agent des Secret Service trat vor und nahm die Schrotflinten entgegen.

»Sie kennen einander, richtig?«, fragte der Präsident.

»Eigentlich nicht, Sir«, antwortete der Stabschef. »Ich weiß natürlich, wer Colonel Felter ist, und wir haben gemeinsame Freunde, aber ...«

»Wie geht es Ihnen, Sir?«, sagte Felter.

»Es freut mich wirklich, Sie endlich kennen zu lernen, Colonel«, sagte der Stabschef und gab Felter die Hand.

»Er ist wirklich eine lebende Legende, richtig?«, sagte der Präsident und lachte. »Jeder weiß, wer er ist, aber kaum jemand kennt ihn tatsächlich.«

»Ich nehme an, das stimmt, Mr President«, sagte der Stabschef.

»Haben Sie jemals Skeet geschossen, Felter?«, fragte der Präsident.

»Ja, Sir.«

»Sind Sie ein Spieler, Felter?«

»Dann und wann, Sir.«

»Wollen Sie eine Runde Demütigung erleiden, für einen Dollar pro Vogel, und der Gewinner bekommt alles?«

»Ich weiß nicht, was Demütigung ist, Mr President«, erwiderte Felter.

»Alles doppelt«, erklärte der Präsident. »Sie kommen erst vom Stand weg, wenn Sie beide Vögel getroffen haben. Einen Dollar in den Topf für jeden verfehlten Vogel. Wenn Sie zurückbleiben, wenn jeder zum nächsten

Stand zieht, sind Sie gedemütigt. Kapiert? Ist das okay für Sie?«

»Jawohl, Sir«, sagte Felter.

»Sie nehmen besser die Aktentasche ab«, sagte der Präsident. »Was haben Sie überhaupt da drin?«

»Ich ließ mir von meinem Assistenten die über Nacht eingetroffenen Fernschreiben in New York ans Flugzeug bringen, Mr President, denn ich hatte gehofft, Zeit zu finden, sie auf dem Flug nach Washington zu lesen.«

Der Präsident winkte einen der Agenten des Secret Service zu sich, und als der zu ihm eilte, sagte er: »Passen Sie auf Colonel Felters Aktentasche auf, während wir schießen.«

»Jawohl, Sir«, sagte der Agent und wartete darauf, dass Felter die Handschelle aufschloss, mit der die Tasche an sein Handgelenk gekettet war.

»Und er wird eine Schrotflinte brauchen. Ist eine 1100 in Ordnung für Sie, Felter?«

»Ist noch ein Modell 12 da, Mr President?«

»Nachahmung ist die aufrichtigste Form von Schmeichelei, richtig?«, sagte der Präsident. »Besorgen Sie ihm ein Modell 12.«

»Jawohl, Sir.«

Felter, jetzt in Hemdsärmeln, mit sichtbaren Hosenträgern und einem Patronenbeutel tief an seinem rechten Bein, stand auf Schützenstand 1.

»Wann haben Sie zum letzten Mal Skeet geschossen, Felter?«, fragte der Präsident.

»Ich kann mich nicht erinnern, Sir. Es ist einige Zeit her.«

»Wollen Sie ein paar nicht zählende Probeschüsse, um sich einzuschießen?«

»Ja, Sir. Das halte ich für eine gute Idee.«

»Zwei, vier, wie viele?«

»Ich möchte vier, wenn ich die haben kann, Sir. Zwei einzelne und dann einen Doppelschuss.«

»Genehmigt.«

Felter traf mit dem ersten Einzelschuss auf die Tontaube vom Hochhaus, verfehlte dann den Einzelschuss auf das Ziel vom Niedrighaus. Dann verlangte er den Doppelschuss, wobei zwei Tontauben gleichzeitig von Hoch- und Niedrighaus mit der Wurfmaschine hochgeschleudert wurden. Er traf beide.

»Jetzt bereit?«, fragte der Präsident.

»Jawohl, Sir.«

»Dann los!«, befahl der Präsident.

Felter lud das Magazin mit einer Patrone, hebelte sie in die Kammer und lud eine zweite ins Magazin.

»Schleudern!«, rief er.

Zwei Tontauben lösten sich in ihre Bestandteile auf.

Als der Präsident an der Reihe war, traf er ebenfalls beide Tontauben.

»Er muss hier bleiben, während wir zu Stand zwei gehen«, sagte der Präsident. »Deshalb nennt man dieses Spiel ›Demütigung‹.«

»Ja, Sir«, sagte Felter.

Felter und Johnson feuerten beide zwei Schüsse von Schützenstand 2 ab, und beide trafen ihre zwei Tontauben. Der Stabschef schoss wieder von Schützenstand eins und traf diesmal beide Tontauben.

Auf Schützenstand 3 traf Felter seine beiden Tontauben, der Präsident verfehlte die vom Niedrighaus. Der Stabschef traf die Tontaube vom Hochhaus nicht, als er von Schützenstand 2 feuerte.

Als die Runde vorüber war, hatte Felter alle Ziele getroffen, wodurch er allein an Schützenstand 8 stand. Der Präsident hatte dreimal beide Ziele verfehlt, wodurch er auf Schützenstand 5 blieb. Der Stabschef hatte sechsmal beide Ziele verfehlt und es nur bis Schützenstand 3 geschafft.

Sie gingen zurück hinter die Anlage.

Der Präsident gab Felter drei Dollar, und der Stabschef zählte ihm sechs auf die Hand.

»Haben Sie jemals daran gedacht, dass Sie deswegen kein General sind, Felter?«, fragte der Präsident.

»Sir?«

»Der Präsident ist ranghöher als der Stabschef, und folglich lässt der ihn gewinnen«, sagte Johnson. »Der Stabschef – jeder General – ist ranghöher als Sie, und so sollten Sie ihn gewinnen lassen. Statt dessen demütigen Sie uns beide.«

»Ich dachte, so heißt das Spiel, Sir«, sagte Felter,

»Ich glaube, das nennt man Tunnelblick«, erwiderte der Präsident. »Den Blick auf etwas richten, das man erreichen will, und sich um nichts sonst scheren. Wie ein Pferd mit Scheuklappen.«

»Da mögen Sie Recht haben, Sir«, sagte Felter.

»Der Außenminister sagt, dass unser Botschafter im Kongo sehr gedemütigt werden wird, wenn Präsident Kasavubu herausfindet, dass Sie – sprich die US-Regierung – hinter seinem Rücken zu diesem General Mobutu gegangen sind. Und dass er Ihnen, wenn Sie nur die Zeit in Ihrem vollen Terminplan gefunden hätten, um mit ihm zu sprechen, hätte sagen können, dass Ihre Bemühungen zum Scheitern verurteilt sind.«

»Ich bedaure, dass er das so sieht, Mr President«, erwiderte Felter.

»Der Außenminister sagt mir, er ist völlig zuversichtlich, dass Kasavubu nach einer gewissen Abkühlungszeit und nachdem er die Entwicklung der Dinge gesehen hat, ein wenig Hilfe akzeptieren wird und dass Sie höchstwahrscheinlich nur erreicht haben, den Hurensohn noch störrischer zu machen, als er bereits war.«

»General Mobutu hat zugestimmt, ein Team der Special Forces zu akzeptieren, das geheim operiert und sich mit Guevara befasst, Mr President.«

»Im Ernst?«, fragte der Präsident, ehrlich überrascht. »Was wird uns das kosten?«

»Eine Beaver, zwei L-19 und einen H-13, Mr President.«

»Was ist eine Beaver?«

»Ein großes, einmotoriges Flugzeug mit sechs Sitzen, entwickelt für den Gebrauch in Kanada und Alaska ...«

»Ah, ja«, sagte der Präsident. »Und das ist alles, was uns das kostet?«

»Eine Funkausrüstung, Mr President. Und eine Handvoll zusätzliches Personal – Piloten, Wartungsleute.«

»Gottverdammt, Felter, Sie haben das tatsächlich geschafft?«

»Eigentlich, Sir, hat Major Lunsford das geschafft.«

»Was ist mit Ihrer Beschlagnahme des Flugzeugs der Botschaft?«

»General Mobutu sagte, die letzte Entscheidung liegt bei Colonel Supo, dem Militärgouverneur in diesem Gebiet des Kongo. Lieutenant Portet – der junge Offizier, der mit den Belgiern in Stanleyville absprang – flog Major Lunsford, den stellvertretenden Verteidigungsminister und Mobutus Freund, Dr. Dannelly, nach Stanleyville, um mit Supo zu reden.«

»Und weshalb haben Sie dem Botschafter nicht gesagt, was Sie mit seinem Flugzeug vorhaben?«

»Ich konnte nicht das Risiko eingehen, dass der Botschafter dies für eine schlechte Idee hält oder darauf besteht, an den Verhandlungen teilzunehmen. Nach meiner Einschätzung wäre jede Verzögerung fatal gewesen.«

»Mit anderen Worten, Sie wollen mir sagen, dass es Ihnen nicht nur gleichgültig war, die Meinung des Botschafters zu hören, sondern dass Sie auch dachten, viel besser verhandeln zu können als er?«

»Mit Verlaub, Sir, die Verhandlungen des Botschafters waren gescheitert.«

»So heiligt der Zweck die Mittel?«

Felter äußerte sich nicht dazu.

»Nachdem sich der Außenminister heute Morgen über Sie beschwert hat – wieder einmal, Colonel –, sagte ich mir, was soll's. Ich bat den Stabschef aus zweierlei Gründen, uns Gesellschaft zu leisten. Erstens, um ihn darüber zu informieren, dass die Operation Earnest so bald wie möglich der CIA übergeben wird, und zweitens, um ihm zu sagen, dass Sie trotz des Schlamassels, den Sie angerichtet haben, in gutem Glauben gehandelt haben, und ich will, dass Sie bei einer Rückkehr zur Army nicht der Leiter irgendeines Versorgungsdepots werden, sondern das verdiente Kommando über ein Regiment erhalten, das Sie stets gewünscht haben.«

»Jawohl, Sir«, sagte Felter. »Danke.«

»Mr President«, sagte der Stabschef mit sichtlichem Unbehagen. »Ich bin nicht persönlich mit der Auswahl der Regimentskommandeure befasst. Da gibt es eine Prozedur …«

»Nun, *ich* bin das«, sagte Lyndon Johnson kalt. »Ich bin der Oberbefehlshaber. Wenn ich sage, er bekommt ein Regiment, dann bekommt er eins.«

»Jawohl, Sir«, sagte der Stabschef.

»Aber da wir uns jetzt in diesem Punkt verstehen«, fuhr Johnson fort, »ist es eigentlich müßig, darüber zu reden. Ich hätte wissen sollen, dass Felter die Kastanien aus dem Feuer holt, bevor sie verbrennen.«

»Sir?«, fragte der Stabschef.

»Sorgen Sie dafür, dass Colonel Felter alles bekommt, was er für nötig hält.«

»Jawohl, Sir.«

»Übermitteln Sie Major Lunsford meine besten Grüße, wenn Sie ihn sehen, Felter.«

»Jawohl, Sir.«

»Und machen Sie sich keine Sorgen wegen des Außenministeriums. Ich werde die Angelegenheit mit Foggy Bottom regeln.«

»Danke, Sir«, sagte Felter.

Es hatte den Anschein, dass der Präsident noch etwas anderes sagen wollte, doch er schwieg.

Er winkte den Agenten des Secret Service, ihm zu folgen, und ging zu seinem Privatquartier.

## 2

*Apartment B-14*
*Foster Garden Apartments*
*Fayetteville, North Carolina*

*23. Januar 1965, 6 Uhr 45*

Mrs Marjorie Portet hatte in der Nacht wenig Schlaf gefunden, obwohl sie und ihr Mann sich früh schlafen gelegt hatten – eigentlich sehr früh –, und deshalb war sie ärgerlich, als es an der Tür klingelte. Ihr Ärger wuchs noch, als sie auf den Wecker auf dem Nachttisch blickte und sah, dass es erst Viertel vor sieben war.

Sie stieß ihren Ehemann an, der wie sie *au naturel* schlief, denn sie sagte sich, dass er schneller in seine Pyjamahose schlüpfen und zur Tür gehen konnte, als sie ihre Nacktheit züchtig bedecken konnte.

Sein protestierendes Stöhnen, das fast gequält klang, ließ sie ihren Egoismus bereuen. Er war erschöpft. Dazu hatte er jedes Recht. Er war nicht nur im gesamten Kongo herumgeflogen, sondern hatte auch noch achtundzwanzig Stunden für den Rückflug gebraucht und dann nach seiner Ankunft am vergangenen späten Nachmittag und am Abend beträchtliche Energie auf der ehelichen Couch verbraucht.

Marjorie stemmte sich auf und stieg aus dem Bett, fand ihren Morgenrock, der irgendwie unter dem Bett gelandet war, und ging durchs Wohnzimmer zur Tür.

Es gab einen kleinen Spion, durch den sie Besucher mustern konnte. Sie spähte hindurch, entschlossen, nur Jesus Christus persönlich zu solch früher Stunde hereinzulassen und sich um ihre Bettruhe – und sehr wahrscheinlich irgendwelche körperliche Beweise der Zuneigung ihres Mannes – bringen zu lassen.

Es war nicht Jesus Christus. Es war Major George Washington Lunsford in einer Uniform Class A.

Sie öffnete trotzdem die Tür.

»Was immer es ist, nein«, sagte Marjorie Portet.

»Ich habe ein kleines Problem«, sagte Major Lunsford.

»Das ist *Ihr* kleines Problem«, entgegnete Marjorie. »Jack ist erschöpft. Ich werde ihn nicht aufwecken.«

»Johnny sollte mich heute Morgen nach Rucker fliegen«, sagte Father Lunsford. »Gestern Nacht hat er ungefähr einen halben Liter Scotch getrunken. Er ist immer noch blau.«

Johnny war offenbar Major Lunsfords Zimmergenosse, Captain John S. Oliver, der ehemalige Adjutant von Major General Robert Bellmon. Mrs Portet hatte ihn niemals betrunken gesehen und nie gehört, dass er betrunken gewesen war.

»Was ist passiert?«, fragte sie.

»Als er die gottverdammte Witwe anrief, um ihr zu sagen, dass er in Rucker sein wird, legte sie einfach auf.«

»Zum Teufel mit ihr«, sagte Marjorie und zog die Tür weit genug auf, um Lunsford hereinzulassen.

»Hat Jack gestern Nacht getrunken?«, fragte Father ruhig.

»Wir haben eine Flasche Sekt getrunken, als er eintraf. Ziemlich früh am Abend. Das war alles.«

»Es tut mir Leid, Marjorie«, sagte Lunsford.

»Wo ist Johnny?«, erkundigte sich Marjorie.

»In der Wohnung. Ich habe Doubting Thomas angerufen. Er ist von Mackall aus unterwegs, um bei ihm Babysitter zu spielen.«

»Sie waren nicht bei ihm?«

»Ich dachte, er hätte den Kummer mit dieser Frau überwunden«, sagte Lunsford. »Wenn ich gewusst hätte, dass er sie anruft, wäre ich zu Hause geblieben.«

»Machen Sie etwas Kaffee. Sie können eine Thermoskanne mitnehmen«, sage Marjorie. »Ich wecke Jack und bugsiere ihn unter die Dusche.«

»Ich möchte gern versprechen, dass wir heute Abend zurück sind«, sagte Father. »Aber es wird vermutlich morgen oder übermorgen werden.«

»Kein Problem«, sagte Marjorie. »Das verschafft mir

wieder eine Chance, zu Sears Roebuck zu gehen und die Werkzeuge in der Eisenwarenabteilung zu zählen.«

»Ist es so schlimm für Sie?«

»Ja, das ist es. Sie meinen, Sie werden mindestens einmal übernachten?«

»Ich glaube, das müssen wir.«

»Steigen Sie im Daleville Inn ab«, sagte Marjorie. »In getrennten Zimmern.«

»Sie fliegen dorthin?«

»Wenn ich einen Platz in der Maschine bekommen kann, werde ich das. Wenn nicht, fahre ich mit dem Jaguar. Sagen Sie Jack nichts davon.«

»Okay.«

## 3

*Abfertigungsgebäude*
*Cairns Army Airfield*
*Fort Rucker, Alabama*

*23. Januar 1965, 11 Uhr 15*

Der Parkbereich vor dem Abfertigungsgebäude auf Cairns ist für Transitflugzeuge reserviert. Fort Ruckers Flugzeuge parken sonstwo auf dem Flugplatz. Von jeder Regel gibt es jedoch Ausnahmen.

Zum Beispiel als Captain Darrell J. Smythe am Steuerknüppel einer Grumman Mohawk über Funk den Tower Cairns um Lande- und Rollanweisungen bat, fügte er hinzu: »Ich habe einen Code Seven an Bord.«

Der Mann im Tower Cairns verstand, dass ein Offizier im Generalsrang in der Mohawk saß. In der Rangfolge bei der Army wird ein Second Lieutenant als O-1, ein First Lieutenant als O-2 und so weiter rangaufwärts bis O-10 identifiziert, was der Code für einen Vier-Sterne-General ist. Ein Code Seven ist ein Brigadier General.

»Army Six-oh-six, Cairns«, erwiderte der Mann im Tower Cairns, »Sie sind die Nummer zwei für die Landung auf zwei-sieben, hinter der L-23.« Es folgten einige Angaben und schließlich: »Nehmen Sie die erste Rollbahn zum Abfertigungsgebäude.«

Flugzeuge mit einem Brigadier General an Bord durften in Fort Rucker vor dem Abfertigungsgebäude parken.

»Six-oh-six«, sprach Captain Smythe ins Mikrofon, »Ich sehe die L-23.«

Als Captain Smythe Kurs auf Landebahn 27 nahm, sah er die L-23 landen. Und bei seiner Landung sah Captain Smythe die L-23 zum Abfertigungsgebäude rollen und sagte sich, dass es ein Transitflugzeug sein musste oder möglicherweise ein Flug von Rucker mit einem Colonel an Bord war. Oftmals wurden auch Ausnahmen für Voll-Colonels gemacht.

Als Bodenpersonal ihn anwies, gleich neben der soeben gelandeten L-23 zu parken, stiegen deren Crew und Passagiere aus. Es waren drei Leute an Bord. Alle trugen Fliegerkombination und grünes Barett. Einer davon war schmächtig, sehr hellhäutig und wirkte wie ein Junge. Vermutlich ist es der Crew-Chief im Unteroffiziersrang, der zu einem Flug mitgenommen worden ist, sagte sich Captain Smythe.

Als Captain Smythe Brigadier General Edward J. Devlin, den stellvertretenden Stabschef für Planungen und Ausbildung des III. Korps in Fort Hood half, sich loszuschnallen und die Anschlüsse von seinem Kopfhörer zu lösen, bemerkte er am Rande, dass die beiden Offiziere der L-23 das Flugzeug sicherten, während der junge Soldat, den er für den Crew Chief hielt, dabeistand und zuschaute. Smythe fragte sich, was das alles zu bedeuten hatte.

Es konnte sein, sagte er sich, dass der Junge nicht der Crew Chief war, sondern ein Unteroffizier von Fort Bragg, der einen Flug nach Rucker erwischt hatte.

»Verdammte Green Berets«, sagte General Devlin.

»Sir?«

»Meinem General steht längst eine L-23 zu, und als ihm endlich eine angekündigt wurde, erzählte man ihm am nächsten Tag, die verdammten Green Berets bekämen sie stattdessen. Diese sieht nagelneu aus, und das ist sie vermutlich auch. Wofür, zur Hölle, brauchen sie solch ein Flugzeug? Das ist eine Unverschämtheit.«

»Jawohl, Sir«, sagte Captain Smythe.

»Es gibt keinen Platz in der Army für eine – Zitat Anfang – Eliteeinheit – Zitat Ende«, sagte General Devlin. »Die Marines verstehen das. Ich habe nie das Mystische verstanden, von dem die verdammten Green Berets umgeben sind.«

»Jawohl, Sir«, sagte Captain Smythe.

Als eine Leiter aufgestellt worden war, damit General Devlin und Captain Smythe aus dem Cockpit der Mohawk hinabklettern konnten, hatten die drei Leute von der L-23 das Abfertigungsgebäude betreten.

General Devlin und Captain Smythe betraten das Abfertigungsgebäude und sahen die beiden Offiziere der Special Forces an der Wand unter dem Ölporträt von Major General Bogardus S. Cairns lehnen, nach dem der Flugplatz benannt worden war. Keiner der beiden zeigte irgendein Interesse, als sie General Devlin sahen.

General Devlin hatte – als Major – mit General Cairns – damals Colonel – in der 1. Panzerdivision gedient und ihn sehr bewundert. Alle Panzertruppen hatten getrauert, als Cairns kurz nach dem Erhalt seines wohlverdienten zweiten Sterns als Kommandeur von Fort Rucker und dem Army Aviation Center tödlich mit einer H-13 verunglückt war. Böse Zungen hatten behauptet, dass es seine eigene Schuld gewesen sei, weil er als noch zu unerfahrener Pilot vergessen hatte, seine Vergaserhitze einzustellen – was, zum Teufel, das auch immer bedeuten mochte –, doch Devlin glaubte das nicht.

Er glaubte daran, dass rangniedrige Offiziere in Anwesenheit eines Offiziers im Generalsrang stillstehen sollten, vielleicht besonders, wenn sie sich unter einem

Porträt eines berühmten Generals lümmelten, und diese beiden Clowns von Green Berets hatten das nicht getan.

Er marschierte entschlossen zu ihnen, um ihnen eine kleine Lektion über militärische Höflichkeit zu erteilen, die man von Majors und Lieutenants erwartete, und er war fast bei ihnen, als eine weibliche Stimme seinen Namen rief.

»Hallo, Eddie«, rief Mrs Barbara Bellmon. »Bob hat gar nicht erzählt, dass Sie herkommen.«

General Devlin schätzte Major General Robert F. ›Bob‹ Bellmon sehr, mit dem er bei drei verschiedenen Dienstzeiten während seiner Laufbahn gedient hatte. Mrs Mary-Catherine O'Hare Devlin und Barbara Bellmon waren von Anfang an Freundinnen gewesen, wenigstens in dem Maße, in dem die Frau eines Captains mit der Frau eines Colonels befreundet sein kann.

Die beiden Clowns von Green Berets mussten warten.

Er ging zu Barbara Bellmon und küsste sie auf die Wange.

»Ich werde nur zum Mittagessen hier sein«, sagte er. »Bob rief mich an und sagte, es sei höchste Zeit, dass ich einen guten Orientierungsflug in der Mohawk mache, und er schickte Captain Smythe nach Hood, um mich zu einem abzuholen.« Er wandte sich suchend um. »Captain?«

Captain Darrell Smythe marschierte zu General Devlin und Mrs Bellmon.

»Kennen Sie Mrs Bellmon, Captain?«

»Sir, leider hatte ich die Ehre noch nicht«, sagte Smythe.

»Guten Tag, Captain«, sagte Barbara Bellmon, lächelte Smythe an und reichte ihm die Hand.

»Es freut mich, Sie kennen zu lernen, Ma'am«, sagte Smythe.

Eine sehr attraktive Frau mit Pullover und Rock schritt zu ihnen.

*Das ist Marjorie*, dachte General Devlin. *Gott ich habe sie noch mit Zahnspange in Erinnerung. Was hat mir Mary-*

*Catherine erzählt? Dass Marjorie etwas mit einem Unteroffizier hatte? Ja, aber sie hat auch erzählt, dass sie einen Offizier geheiratet hat.*

»Hallo, Marjorie«, sagte General Devlin. »Wie schön, Sie wiederzusehen.«

»General Devlin«, sagte Marjorie Bellmon Portet.

»Ich hörte, Sie haben geheiratet«, sagte er.

»Sie und Mary-Catherine sind zur Hochzeit eingeladen gewesen, Eddie«, sagte Barbara Bellmon. »Sie haben eine Absage geschickt.«

»Und einen Toaster, und Sie schrieben, wir würden ihn sicherlich früher oder später brauchen können. Noch einmal vielen Dank«, sagte Marjorie.

»Es war uns ein Vergnügen«, sagte General Devlin.

»Jack«, rief Barbara Bellmon, und als sie seine Aufmerksamkeit hatte, winkte sie ihn herüber. Und dann winkte sie noch einmal, diesmal Major Lunsford.

»Jack, dies ist ein alter Freund der Familie, General Edward Devlin«, sagte Barbara. »Eddie, dies ist mein Schwiegersohn, Jack Portet.«

*Ein Green Beret! Das ist noch schlimmer als ein Unteroffizier!*

»Guten Tag, Sir«, sagte Jack höflich.

»Meinen Glückwunsch, Lieutenant, es tut mir wirklich Leid, dass wir die Hochzeit versäumt haben«, sagte General Devlin, und dann ging das Mundwerk mit ihm durch. »Sie waren das in der L-23, nicht wahr?«

»Jawohl, Sir.«

»Die ist nagelneu, nehme ich an?«

»Jawohl, Sir.«

»General Hanrahans Flugzeug?«

»Eigentlich, Sir, kann ich wohl sagen, es ist Major Lunsfords Flugzeug«, sagte Jack und nickte zu Lunsford.

»Sir«, sagte Lunsford.

Devlin gab ihm die Hand.

»Die Special Forces geben Majors L-23er?«, fragte Devlin mit einem gezwungenen Lächeln, um freundlich zu wirken.

»Nun, Sir, sie ist nur meine in dem Sinn, dass man sie einem Projekt zugeteilt hat, das ich leite«, sagte Lunsford.

»Und welches Projekt ist das?«

»Darüber kann ich leider nicht sprechen, Sir«, erwiderte Lunsford.

»Natürlich nicht«, sagte Devlin ein wenig kühl, doch immer noch sehr bemüht, sich zu einem Lächeln zu zwingen.

*Gottverdammte Green Berets. Alles, was sie tun, erklären sie für geheim.*

»Nun, Barbara, es war schön, Sie und Marjorie wiederzusehen und diese Offiziere kennen zu lernen«, sagte General Devlin.

»Grüßen Sie Mary-Catherine«, sagte Barbara Bellmon.

General Devlin gab Jack und Father die Hand und ging zu der Tür zur Parkfläche, wo Captain Smythe und ein Stabswagen auf ihn warteten.

Als sich die Tür hinter ihnen geschlossen hatte, wandte sich Barbara Bellmon ihrer Tochter, ihrem Schwiegersohn und Major Lunsford zu.

»Seid ihr verrückt geworden?«, fragte sie.

»Jack ist gestern zurückgekommen«, sagte Marjorie. »Ich wollte bei ihm sein.«

»Du bist nicht befugt, in einem Flugzeug der Army zu fliegen«, sagte Barbara Bellmon.

»Sie trug eine Fliegerkombination und die Haare aufgesteckt«, sagte Jack.

»Ich habe das genehmigt«, erklärte Father.

»Und wenn General Hanrahan erfährt, dass Sie das ›genehmigt‹ haben?«, fuhr Barbara ihn an. »Oder mein Mann?«

»Das ist eine dieser Brücken, die wir überqueren werden, wenn wir dort sind«, erwiderte Lunsford.

»*Warum*?«, fragte Barbara wütend.

»Johnny sollte Father herfliegen«, sagte Marjorie. »Er rief Liza Wood an, um ihr zu sagen, dass er herkommt, und fragte sie, ob sie sich sehen würden, und sie legte einfach auf. Und dann betrank er sich.«

»Und wir wollten vermeiden, dass General Hanrahan davon erfährt ...«, fügte Jack hinzu.

»Johnny betrank sich?«, fragte Barbara schockiert.

Marjorie nickte.

»Wie traurig! Mein Gott!«

»So flog mich Jack her, und Marjorie sagte, sie würde herfahren, damit sie bei ihm sein kann, und ich dachte, was soll's ...«, sagte Lunsford.

»Wir schulden das Johnny, Mutter«, sagte Marjorie. »Unter anderem bekam Bobby sein Pilotenabzeichen nur, weil Johnny gegen die Vorschriften verstoßen und ihn schwarz unterrichtet hat.«

»Wir schulden das Johnny, einverstanden. Aber dein Handeln ist unentschuldbar.«

»Sie wird mit einer Linienmaschine zurückfliegen«, sagte Jack. »Das ist abgemacht.«

»Du meinst, du kommst damit ungestraft durch?«, fragte Barbara.

»Es sieht so aus«, sagte Lunsford, »finden Sie nicht auch?«

Barbara schaute Marjorie an.

»Ich weiß nicht, was diese beiden hier tun werden, aber du und ich, meine verantwortungslose Tochter, werden ein langes Gespräch über die Verantwortlichkeiten einer Offiziersfrau führen.«

»Mutter, ein halbes Dutzend Male – öfter – habe ich gehört, wie man dich als die perfekte Offiziersfrau beschrieben hat. Ich finde, das stimmt, und ich finde ebenfalls, dass du unter den gleichen Umständen das Gleiche getan hättest. Ich wollte bei meinem Mann sein. Ich brauchte es, bei meinem Mann zu sein.«

Barbara Bellmon sah ihre Tochter an, setzte zu einer Erwiderung an, schloss den Mund, zuckte mit den Schultern und sagte dann: »Der Wagen steht draußen.«

Captain Darrell J. Smythe begleitete Brigadier General Devlin zum Büro des befehlshabenden Generals, und als Devlin von Bellmon persönlich in sein Büro gewinkt worden war, rief Smythe das Büro des Leiters der Flugausbildung für Starrflügler an und meldete, dass er General Devlin planmäßig in Fort Hood abgeholt, ihn nach Fort Rucker geflogen, ihm unterwegs die Fähigkeiten der Mohawk demonstriert und ihn soeben zu General Bellmon gebracht hatte. Devlin und Bellmon würden zu Mittag essen, und er, Smythe, würde alles für den Rückflug nach Fort Hood vorbereiten.

»General Devlin wird von Major Calhoun nach Hood zurückgeflogen werden. Darrell. Um dreizehn Uhr werden Sie sich im Büro des Stabschefs melden.«

»Sir?«

»Der Stabschef rief mich an und sagte: ›Informieren Sie Captain Smythe, dass er sich um dreizehnhundert bei mir melden soll.‹ Ich sagte ihm, dass wir eine Vorführschau für General Devlin durchführen, und er wiederholte: ›Informieren Sie Captain Smythe, dass er sich um dreizehn Uhr bei mir melden soll.‹ Was hat das zu bedeuten, Darrell?«

»Sir, ich habe keine Ahnung.«

»Dreizehnhundert. Büro des Stabschefs.«

»Jawohl, Sir.«

»Ich schicke Major Calhoun jetzt rüber, falls Sie duschen und eine schöne Uniform anziehen oder sonstwas bis dreizehn Uhr machen wollen.«

»Jawohl, Sir.«

Als Captain Smythe die schmale Treppe hinabblickte, die vom Büro des befehlshabenden Generals zum Erdgeschoss der Kommandantur herabführte, kamen zwei Green Berets herauf, und weil einer der beiden ein Major und somit ranghöher war, wartete Captain Smythe, um ihnen den Vortritt zu lassen.

»He, Bruder«, sagte der Major der Green Berets. »Wir werden noch ins Gerede kommen, wenn wir uns dauernd treffen.«

Captain Smythe lächelte gezwungen. Er hasste die Bezeichnung ›Bruder‹. Er betrachtete sich nicht als Bruder eines jeden anderen Neger/Farbigen/Schwarzen/was auch immer auf der Welt.

»Also, Eddie, was halten Sie von der Mohawk?«, sagte Major General Bellmon zu Brigadier General Devlin.

»Es ist ein erstaunliches Flugzeug«, antwortete Devlin ehrlich und nickte zu Bellmons Geste, mit der er ihm eine Tasse Kaffee anbot. »Mit diesem seitlichen Radar hat sie ein gewaltiges Potential.«

»Sie haben gesehen, wie es funktioniert, bevor Sie es wirklich glauben«, sagte Bellmon. »Und das Fernmeldekorps arbeitet an einer Infrarot-Version. Der Prototyp, den ich gesehen habe, zeigt Bilder von unglaublich kleinen Ausschnitten, Panzern, Lastwagen, Leuten ...«

»Wir sind noch weit davon entfernt, Artilleriefeuer vom Seitenfenster einer Piper Cub aus zu leiten, nicht wahr?«, sagte General Devlin grübelnd. »Und ich dachte auf dem Herflug, dass der Pilot dieses hoch entwickelten Flugzeugs wirklich ein Profi-Pilot ist, kein Artillerist oder was auch immer, der ebenfalls fliegen kann.«

»Das ist eines unserer Probleme«, sagte Bellmon. »Es überfordert einen Piloten wie Smythe, Pilot zu sein und – in seinem Fall, er kommt von den Panzertruppen – ihn mit allem auf dem Laufenden zu halten, was er wissen muss, um eine Panzerkompanie zu befehligen.«

Devlin stieß einen zustimmenden Grunzlaut aus.

»Was halten Sie von ihm?«, erkundigte sich Bellmon.

»Meine ehrliche Meinung?«, fragte Devlin, und als Bellmon nickte, fuhr er fort: »Er hat mich vom ersten Moment an beeindruckt und ich habe mich gefragt, warum, zum Teufel, er mit einem Flugzeug herumfliegt, wenn ich wirklich gescheite junge Offiziere als Chefs für meine Panzerkompanien brauche.«

»Das war vor Ihrem ersten Flug mit der Mohawk?«, fragte Bellmon lächelnd.

»Ja.«

»Nun, Captain Smythe ist im Begriff, das Kommando über einen Zug zu bekommen«, eröffnete ihm Bellmon.

»Einen *Zug*?«

»Wir stellen einen Mohawk-Zug auf, für Vietnam. Wir wählen aus den zehn besten und gescheitesten Captains aus, die wir finden können: Smythe hat die Wahl gewonnen.«

»Captains befehligen heutzutage Züge ...«

»Man beschuldigt uns natürlich, die Rangstrukturen aufzublasen oder zu verwässern«, sagte Bellmon. »Aber das stimmt nicht. Wenn das III. Korps einen Mohawk-Zug bekommt ...«

»Bevor oder nachdem mein Chef Bob Grisham seine L-23 des Korps-Kommandeurs erhält?«

Bellmon ignorierte die Frage.

»... wird er aus sechs Mohawks bestehen. Jedes Flugzeug erfordert zwei Piloten, und natürlich brauchen wir Ersatzleute. Der Einsatzplan sieht zehn Piloten vor, alles Berufsoffiziere, weil wir noch nicht an dem Punkt sind, an dem wir Warrant Officers als Piloten für die Mohawk ausbilden können. Dann brauchen wir Wartungsoffiziere, Berufsoffiziere, und einen stellvertretenden Zugführer, Warrant Officer, einen Flugelektronik-Offizier, Berufssoldat, und einen Stellvertreter, Warrant Officer. Ferner einen Versorgungsoffizier, Berufssoldat. Angesichts dieser Perspektive fragen Sie sich, ob ein Captain zu rangniedrig als Zugführer ist?«

»Und all die Offiziere müssen in ihrer derzeitigen Truppengattung bleiben?«

»Die Gescheitesten von uns können beides«, scherzte Bellmon. »Eine Panzereinheit befehligen und fliegen. Ich, zum Beispiel.« Er legte eine Pause ein. »Craig Lowell.«

Devlin schüttelte den Kopf. »Wo ist er jetzt?«

»McDill«, erwiderte Bellmon. »Flugoffizier beim STRIKE-Kommando.«

»Ich hörte, er ist ein Green Beret«, sagte Devlin.

»Leider.«

»Ich war bei der Task Force Lowell, wissen Sie«, sagte Devlin. »Ich hielt Lowell für das, was man findet, wenn man im Lexikon unter ›Gefechtskommandeur‹ nachschlägt.«

»Er ist ein hervorragender Gefechtskommandeur«, stimmte Bellmon zu. »Und ich muss mir immer wieder selbst sagen, dass wichtig ist, was er als Green Beret macht. Aber ich frage mich, warum er keine Flugkompanie in Vietnam befehligen soll.«

Devlin stieß einen Grunzlaut aus.

»Oder ein Panzerbataillon in Hood«, sagte er.

»Und man lockt die hervorragenden jungen Offiziere fort oder nimmt sie einem weg …«

»Nimmt sie weg?«, unterbrach Devlin.

Bellmon gab keine direkte Antwort.

»Sie erinnern sich an meinen Adjutanten Johnny Oliver?«, fragte er. »Er ist in Bragg und frisst Schlangen mit Red Hanrahan. Selbst mein Sohn, wer sollte das besser wissen, reichte ein Gesuch zur Aufnahme in die Special Forces ein. Und meine Tochter heiratete einen von ihnen.«

»Ich habe ihn soeben kennen gelernt«, sagte Devlin, und als Bellmon ihn überrascht ansah, fuhr er fort: »Er war auf dem Flugplatz, als wir dort eintrafen. Mit Barbara und Marjorie.«

»Haben Sie jemals gehört ›der General ist der Letzte, der es erfährt‹?«, sagte Bellmon. »Ich hatte keine Ahnung, dass die beiden hier sind.«

»Sie trafen kurz vor uns in einer L-23 ein«, sagte Devlin, »und ich habe den starken Verdacht, dass es die L-23 ist, die Bob Grisham erwartet und nicht bekommen hat.«

»Um Gottes willen, erzählen Sie ihm nicht, dass Sie es von mir erfahren haben, aber sie ist es. Ich weiß es, weil mein Schwiegersohn nach Wichita flog, um sie abzuholen.«

»Er scheint ein netter junger Mann zu sein«, meinte Devlin.

»Leider ist er das. Sonst könnte ich ihn hassen. Marjorie warf einen Blick auf ihn, und das war's.«

»War er auf der Militärakademie?«

»Nein. Er wurde eingezogen und dann direkt zum Offizier ernannt. Vorher war er Pilot einer zivilen Fluggesellschaft.«

»Und jetzt ist er ein Green Beret?«

»Fragen Sie mich nicht, wie das möglich ist, Eddie. Für diejenigen von uns, die nach den Vorschriften handeln, ist es schmerzlich.«

Aus der Gegensprechanlage auf dem Schreibtisch des Generals ertönte: »General, Major Lunsford und Lieutenant Portet sind hier. Major Lunsford sagt, Sie erwarten ihn.«

»Geben Sie ihnen eine Tasse Kaffee und sagen Sie ihnen, dass ich gleich zur Verfügung stehen werde«, erwiderte Bellmon. Er schaute Devlin an. »Gestern Abend rief mich der Stabschef in meinen Quartier an. Er sagte, zwei Offiziere würden aus Fort Bragg vom Special Warfare Center in einer Rekrutierungsmission herkommen. Sprich: ›Man nimmt mir meine besten Offiziere weg‹.«

»Diese beiden?«, fragte Devlin und wies zur Tür.

Bellmon nickte.

»Der Stabschef sagte nicht, wer kommt, doch zwei und zwei sind vier, nicht wahr? Und der Stabschef sagte, sie können haben, wen sie wollen – der Befehl kommt vom Präsidenten persönlich.«

»Mein Gott!«

»Der Stabschef befahl mir, eine Liste von zehn Offizieren vorzubereiten, die gewisse Kriterien erfüllen ...«

»Zum Beispiel?«, unterbrach Devlin.

Bellmon überging die Frage.

»Und sie für ein Interview heute um dreizehn Uhr bereit halten. Und als der brave Soldat, der ich bin, sagte ich: ›Jawohl, Sir!‹, rief den Personaloffizier in seinem Quartier an und befahl ihm, die Liste zu erstellen.«

»Was, zum Teufel, geht da vor? Wissen Sie das?«

»Ich kann ein paar gute Vermutungen anstellen«, sagte Bellmon. »Aber es läuft darauf hinaus, dass es die Billigung des Präsidenten hat. Er ist der Oberbefehlshaber. Ich werde seine Prioritäten nicht in Frage stellen.«

Er neigte sich vor und drückte auf den Knopf der Gegensprechanlage.

»Bitten Sie nun Major Lunsford und Lieutenant Portet herein.«

Es klopfte an der Tür. Bellmon rief: »Herein!« Sie marschierten in das Büro, standen vor dem Schreibtisch still und grüßten schneidig. Bellmon erwiderte den Gruß. Lunsford sagte: »Major Lunsford, Sir«, und Bellmon sagte: »Rühren, Gentlemen.«

Ihr Betreten des Büros war – wenigstens, dachte Devlin – vorschriftsmäßig. Er stand auf und reichte erst Lunsford und dann Jack die Hand.

»Sir, General Hanrahan lässt Sie grüßen«, sagte Lunsford. »Er sagte, Sie erwarten uns.«

»Um dreizehn Uhr im Büro meines Stabschefs«, sagte Bellmon. »Ich habe nur acht Offiziere gefunden, die den Kriterien entsprechen.«

»Danke, Sir.«

»Sie haben General Devlin kennen gelernt, wie ich hörte?«

»Ja, Sir, auf dem Flugplatz.«

»Lieutenant, wenn ich fragen darf, was ist das für ein Abzeichen?«, sagte Devlin. »So eines habe ich noch nie gesehen.«

»Bleibt das in diesen vier Wänden, Eddie?«, fragte General Bellmon.

»Selbstverständlich.«

»Es ist das belgische Fallschirmjägerabzeichen«, sagte Bellmon. »Jack hat es sich verdient, indem er mit den Belgiern über Stanleyville absprang.«

»Das ist ein Ding!«

»Und als er dort eintraf, wartete Major Lunsford auf ihn. Er war während der gesamten Episode dort, in geheimer Mission. Der Präsident persönlich verlieh im den Silver Star – seinen dritten.«

»Ich bin sehr beeindruckt«, sagte General Devlin.

»Immer wenn ich mich wirklich über die Special Forces aufrege, denke ich an Leute wie diese beiden, und das beruhigt mich«, sagte General Bellmon.

Devlin blickte ihn an, äußerte sich jedoch nicht dazu.

»Ich spendiere all den Offizieren in diesem Büro ein Mittagessen«, kündigte General Bellmon an. »Unter den folgenden Bedingungen. Wir werden nicht über die Special Forces sprechen oder wer General Grishams L-23 hat. Vielleicht wird uns General Devlin mit Geschichten über Captain Craig Lowell und die Task Force Lowell ergötzen.«

»Darüber könnte ich einen ganzen Tag lang reden«, meinte General Devlin.

## 4

*Konferenzraum*
*Büro des Stabschefs*
*U.S. Army Aviation Center and Fort Rucker, Alabama*

*23. Januar 1965, 15 Uhr 45*

Bevor die ersten der acht Offiziere, die ins Büro des Stabschefs befohlen worden waren, den Konferenzraum betraten, hatten sie Gelegenheit, einander zu beäugen und sich zu fragen, was los war.

Das Einzige, was sie alle gemein hatten, war die Tatsache, dass sie allesamt Schwarze/Neger/Farbige/wie auch immer und Piloten der Army waren. Zwei waren Major und trugen den Stern eines dienstalten Piloten über ihrem Pilotenabzeichen. Zwei waren Captains und vier First Lieutenants.

»Was, zur Hölle, ist dies?«, fragte einer der Majors. »Die schwarze Partei von Rucker?«

Der andere Major bedachte ihn mit einem ärgerlichen Blick, sagte jedoch nichts.

»Wenn mich noch ein verdammter weißer Liberaler fragt, ob ich rassistische Vorurteile erlebt habe, kotze ich in seinen Schoß«, sagte einer der Captains. Er war ebenfalls ein dienstalter Pilot.

Gelächter setzte ein, in das Captain Smythe nicht einfiel.

»Ist es das, was ich glaube?«, fragte einer der Lieutenants.

»Ich hoffe es nicht«, sagte der Major, der die Bemerkung mit der schwarzen Partei gemacht hatte. »Man wird mir Prüfungsflüge in Caribous geben, und dies wird meine Planungen wirklich über den Haufen schmeißen.«

An diesem Punkt trat der Stabschef ein. Er war ein großer, schlanker Colonel mit Bürstenhaarschnitt, und jeder wusste, dass er für die Beförderung zum Brigadier General ausgewählt worden war. Er war einer der wenigen Leute, über dessen Pilotenabzeichen ein umkränzter Stern prangte, der ihn als Master Army Aviator auswies.

Der einzige andere Master Army Aviator, den Captain Smythe kannte, war Major Hodges, der Vorsitzende des Prüfungsausschusses für Instrumentenflüge, der mit ihm nach Beendigung der Ausbildung in der Mohawk den Prüfungsflug gemacht hatte; seinen jährlichen Prüfungsflug für die Zulassung für Instrumentenflüge; und vor kurzem seinen Prüfungsflug, der zu seiner Zulassung als Flugausbilder für die Mohawk geführt hatte.

Alle acht Offiziere waren aufgestanden, als der Stabschef sein Vorzimmer betreten hatte.

»Weitermachen, Gentlemen, guten Tag«, sagte der Stabschef. »Ich werde Sie nicht mit Fragen langweilen, hauptsächlich weil ich keine Antworten habe. Aber ich werde Ihnen dies sagen, und zwar mit allem nötigen Nachdruck, damit Sie das verstehen: Es ist kein Kaffeekränzchen, was hier stattfindet. Sie werden über das, was heute Nachmittag hier bekannt wird, weder miteinander noch mit Ihren Vorgesetzten sprechen – wenn sie Fragen stellen, melden Sie mir das. Sie werden darüber nicht mit Ihren Untergebenen, nicht mit Ihren Freundinnen und schon gar nicht mit Ihren Frauen sprechen. Ist das alles klar?«

Ein Chor von »Jawohl, Sir!« ertönte.

»Okay, Les«, sagte der Stabschef. »Sie zuerst.«

»Jawohl, Sir«, sagte der Major, der den Scherz mit der schwarzen Partei gemacht hatte. Er stand auf.

»Wenn Major Levitt den Konferenzraum verlässt, wird er Sie informieren, wer der Nächste ist«, kündigte der Stabschef an.

Der Stabschef ging in sein Büro, und Major Levitt betrat den Konferenzraum und schloss die Tür hinter sich.

Captain Smythe sagte sich, dass das Betreten des Konferenzraums nach dem Dienstrang erfolgen würde und er folglich als dritter oder vierter Offizier hereingerufen werden würde. Diese logische Annahme erwies sich als Irrtum. Er wurde als Letzter in den Konferenzraum befohlen.

Er betrat ihn und sah die beiden Green Berets an einem Ende des Konferenztisches, denen er auf Cairns begegnet war. Ein Stapel Akten, sicherlich Personalakten, lag auf dem Tisch. Die Green Berets waren in Hemdsärmeln. Auf dem Konferenztisch standen Thermoskannen mit Kaffee. Der Lieutenant paffte eine Zigarre.

Captain Smythe salutierte.

»Sir, Captain Smythe, Darrell J., meldet sich wie befohlen, Sir.«

Der Major erwiderte den Gruß, indem er lässig in die allgemeine Richtung seiner Stirn tippte.

»Nehmen Sie Platz«, sagte er und wies auf einen Stuhl am anderen Ende des Tisches.

Captain Smythe setzte sich.

»Wenn ich es nicht besser wüsste, Bruder«, sagte Father, »würde ich Sie verdächtigen, uns zu verfolgen.«

Captain Smythe lächelte nicht und erwiderte auch nichts.

»Das J steht für Jeremiah, richtig?«, fragte Father.

»Jawohl, Sir.«

»War Ihre Mutter begeistert von den hebräischen Propheten des siebten Jahrhunderts oder suchte sie den Namen aus dem Telefonbuch aus?«

Der Lieutenant lachte.

»Sir«, sage Captain Smythe, »darf ich fragen, was dies alles zu bedeuten hat?«

»Dies alles hat zu bedeuten, Darrell, dass ich die Fragen stelle und Sie antworten.«

»Jawohl, Sir.«

»Ich bin wirklich neugierig, Jeremiah, wie es kommt, dass ein netter schwarzer Junge wie Sie aus Swarthmore die Chance verpasste, nicht auf die Joseph Stalin University gleich in Swarthmore oder die U of P oder sogar Drexel zu gehen, sondern den weiten Weg nach Norwich im kalten Vermont.«

»Ich bin mir nicht sicher, ob ich Ihre Frage verstehe, Sir.«

»Denken Sie darüber nach. Versuchen Sie es. Heißt das Motto von Norwich nicht ›Ich will es versuchen‹?« Er wandte sich an Jack. »Für Ihre Allgemeinbildung, Lieutenant, das Swarthmore College wurde 1833 von einem Sklavenbefreier namens James Mott gegründet.«

»Danke, Sir«, erwiderte Jack. Dann sprach er auf Suaheli weiter. »Warum versuchen Sie, diesen Jungen zu verärgern?«

Father erwiderte auf Suaheli: »Es ist manchmal sehr nützlich, Jack, zu wissen, wie ein Offizier sich beherrschen kann.« Dann sprach er wieder Englisch. »Haben Sie etwas gegen Sklavenbefreier, Jeremiah?«

Captain Smythe hatte offensichtlich noch niemals Suaheli gehört.

»Sir«, sagte er eisig. »Ich ging nach Norwich in Erwartung einer militärischen Karriere.«

»Sind Sie dort oben jemals einem Typen namens Gordon Sullivan begegnet?«

»Er war im Jahrgang '59, Sir. Ich bin Jahrgang '60.«

»Stimmt die Geschichte, dass er und ein anderer Norwich-Irrer namens Bob Johnson ein Maultier ins Büro des Kommandanten brachten und dort über Nacht ließen? Wobei es, laut Geschichte, gewisse übel riechende Ausscheidungen auf dem Teppich des Kommandanten hinterließ?«

»Diese Geschichte habe ich gehört, Sir.«

»Wie steht es mit Johnny Oliver? Ist Ihnen dieser Norwich-Irre jemals über den Weg gelaufen?«

»Ist das Ihr Ernst?«, fragte Jack auf Suaheli.

»Sie kapieren noch nichts«, erwiderte Father auf Suaheli.

»Sir, Captain Oliver und ich waren Klassenkameraden«, sagte Captain Smythe.

»Und das geben Sie zu?«

»Sir«, sagte Captain Smythe, nahe daran, die Beherrschung zu verlieren, »Captain Oliver ist ein feiner, hoch dekorierter Offizier, und ich bin stolz darauf, ihn als einen Freund betrachten zu können.«

»Tatsächlich?«, fragte Father. »Nun, man sagt, der äußere Anschein ist trügerisch, nicht wahr?« Father wandte sich an Jack. »Holen Sie bitte Doubting Thomas ans Telefon, Lieutenant.«

»Jawohl, Sir«, sagte Jack, ging zu einem Telefontisch an der Wand und griff zum Telefon.

»Sagen Sie mir, Jeremiah«, fuhr Father fort, »welche Art L-19-Pilot sind Sie?«

»Sir, ich bin natürlich für die L-19 zugelassen, aber ich bin ebenfalls als Flugausbilder für die Mohawk zugelassen.«

»Sie sind zu gut, um L-19er zu fliegen, wollen Sie das damit sagen, Jeremiah?«

»Sir, eine L-19 ist wirklich ein ziemlich herkömmliches Flugzeug. Die Mohawk ist am anderen Ende der Skala, was die technischen Finessen und die erforderlichen Fähigkeiten des Piloten anbelangt.«

»Und als Mohawk-Pilot fühlen Sie sich über die L-19 erhaben, wollen Sie das sagen, Jeremiah?«

»Sir, das habe ich überhaupt nicht gesagt«, protestierte Smythe.

»Was haben Sie dann gesagt?«

»Sir, Sie haben mich gefragt, was für eine Art L-19-Pilot ich bin …«

»Und ich habe nie eine Antwort bekommen, richtig? Lassen Sie mich meine Frage anders formulieren. Sind Sie ein fähiger L-19-Pilot? Beschränken Sie Ihre Antwort auf ›Jawohl, Sir!‹ oder ›Nein, Sir!‹«

»Jawohl, Sir.«

»Das war doch wirklich nicht so schwer, oder, Jeremiah?«

Am Telefon sagte Jack auf Suaheli: »Jack Portet, Doubting. Bleiben Sie dran.«

Auf Suaheli sagte Father: »Holen Sie den Dorfsäufer ans Telefon, Jack.«

Auf Suaheli sagte Jack: »Holen Sie bitte Captain Oliver ans Telefon.«

Captain Smythe schnappte ›Captain Oliver‹ auf, und seine Augen weiteten sich.

»Jack?«, sagte Johnny Oliver einen Moment später. »Ich schulde dir einen großen Gefallen.«

»Vergiss es«, sagte Jack, und dann besann er sich anders. »Ja, wenn ich's mir recht überlege, Captain, dann ist es so. Bleib dran.«

Er hielt Father Lunsford den Hörer hin, doch der hob die Hand und zeigte an, dass er jetzt noch nicht mit ihm sprechen wollte.

»Jeremiah, wenn ich Captain Oliver fragen würde, was für eine Art Offizier und was für ein L-19-Pilot Sie sind, was meinen Sie, würde er dann sagen?«

»Sir, ich habe keine Ahnung«, erwiderte Captain Smythe.

»Aber ich. Ich habe ihn bereits gefragt«, sagte Lunsford.

Er nahm den Hörer von Jack entgegen.

»Sag Jeremiah guten Tag, Johnny. Heiße ihn im Team willkommen.«

Er winkte Smythe ans Telefon.

Die Unterhaltung dauerte nicht länger als zwanzig Sekunden. Father signalisierte, dass er den Hörer haben wollte.

»Nur für die Akten, Johnny, Sie stehen auf meiner schwarzen Liste und schulden Jack wirklich einen großen Gefallen«, sagte Father. »Wir werden morgen oder übermorgen zurück sein, je nachdem wir Mechaniker und Funkpersonal rekrutieren können. Verbringen Sie die Zeit damit, zu überlegen, wie Sie das bei uns wieder gutmachen können.«

Er legte den Hörer auf und wandte sich an Smythe.

»Darf ich nach der Art Ihrer Unterhaltung mit Captain Oliver fragen, Jeremiah?«

»Sir, Captain Oliver sagte ›willkommen im Team, und die erste Regel lautet, stell keine Fragen‹.«

»So etwas dachte ich mir schon«, sagte Father.

»Sir, ich weiß nicht, was hier vorgeht.«

»Klang das für Sie wie eine Frage, Jack?«, erkundigte sich Father.

»Das war mehr eine Feststellung als eine Frage«, sagte Jack.

»In diesem Fall sollte ich versuchen, Jeremiahs natürliche Neugier zu befriedigen, meinen Sie nicht auch?«

»Jawohl, Sir.«

»Von jetzt an ist dies Top Secret/Earnest«, sagte Lunsford.

»Sir, ich habe eine Top-Secret-Unbedenklichkeitsbescheinigung, aber – was haben Sie gesagt?«

»Von diesem Moment an, Captain Smythe, sind Sie befugt, Zugang zu Material zu erhalten, das als Top Secret/Earnest erklärt ist.«

»Jawohl, Sir.«

»In sehr naher Zukunft, Smythe, werden Sie in einer L-19 über das Land unserer Ahnen fliegen, und ein wenig später in einer Beaver und einem H-13 – Johnny sagte, sie waren zusammen auf der Hubschrauberschule – und unsere fröhliche kleine Bande geheim operierender

Krieger dabei unterstützen, zu verhindern, dass Che Guevara den Kongo übernimmt, unter der wichtigen Bedingung, dass es uns absolut verboten ist, den Hurensohn umzulegen. Noch irgendwelche Fragen?«

Father grinste jetzt.

»Ich weiß kaum, womit ich beginnen soll, Sir«, sagte Smythe. »Aber da ist etwas, das ich Ihnen sagen sollte.«

»Und was?«

»Sir, ich stehe unter dem Befehl des Verteidigungsministeriums, das Kommando über einen Mohawk-Zug zu übernehmen.«

»Sie standen – Vergangenheit. Als sich Johnny erinnerte, dass Sie hier sind, begannen wir mit der Prozedur, Ihre Befehle ändern zu lassen. Es ist vielleicht schon erledigt.«

»Als Feststellung möchte ich sagen, das Wort ›freiwillig‹ ist hier nicht gefallen«, sagte Smythe.

Father nickte bestätigend. »Stimmt. Stört Sie das?«

Smythe dachte genau zehn Sekunden darüber nach.

»Nein, Sir. Ich bin Soldat. Ich gehe dorthin, wo man es mir befiehlt, und tue mein Bestes, um meine Befehle zu befolgen.«

»Johnny hat gesagt, dass Sie das sagen würden«, erklärte Lunsford. »Der Grund, warum wir Sie als Letzten drangenommen haben – weil Sie nicht danach gefragt haben – ist einfach: Wir wussten, dass wir Sie haben wollten. Und weil ich finde, Sie und ich sollten jetzt irgendwo in aller Ruhe ein Bier trinken, während ich Sie ins Bild setze. Jack und seine Angetraute haben andere Pläne für den Abend, richtig?«

»Haben Sie belauscht, was sie im Flugzeug gesagt hat?«, fragte Jack.

»Dass sie die gottverdammte Witwe besuchen will?«

Jack nickte.

»Viel Glück«, sagte Father.

## 5

*Quartier # 1*
*U.S. Army Aviation Center and Fort Rucker, Alabama*

*23. Januar 1965, 19 Uhr 05*

Für Jack überhaupt nicht überraschend, bestanden seine Schwiegereltern separat und übereinstimmend darauf, dass er und Marjorie bei ihnen wohnten, anstatt ein Zimmer im Daleville Inn zu nehmen.

»Seid nicht albern«, sagte Barbara Bellmon. »Marjories altes Bett ist groß genug für euch beide.«

»Und ihr werdet wirklich ans Geld denken müssen«, meinte General Bellmon. »Ich mag gar nicht daran denken, wie viel dich Marjories Flug her gekostet hat, und das für nur zwei Tage.«

Zum Abendessen gab es Brathähnchen mit Röstkartoffeln, beides von General Bellmon auf dem Holzkohlengrill zubereitet.

Marjorie und ihre Mutter nippten während der Arbeit in der Küche an Weißwein, General Bellmon und Jack genossen im Innenhof eine Flasche Merlot, während sie das Braten des Hähnchens überwachten.

Bellmon fragte, was im Kongo geschehen war, und Jack entschied sich, es ihm zu erzählen. Bellmon besaß nicht nur eine Unbedenklichkeitsbescheinigung für Top Secret/Earnest, sondern war ein Major General und sein Schwiegervater.

Er kam bis zu der Geschichte, wie sie nach Stanleyville geflogen waren, als Second Lieutenant Robert F. Bellmon junior unangemeldet erschien. Die Geschichte vom Kongo wurde zwangsläufig unterbrochen, denn Bobby war nicht als unbedenklich für Top Secret/Earnest erklärt.

»Ich habe Johnny Oliver angerufen, um zu fragen, ob er irgendetwas über meine Bewerbung erfahren hat«, erklärte Bobby. »Er erzählte mir, dass du hier bist.«

»Und?«, fragte General Bellmon.

»So kam ich rüber«, sagte Bobby. »Du hättest mich anrufen sollen, Jack.«

»Ich meinte deine Bewerbung«, sagte General Bellmon.

»Er sagte, er hat nichts erfahren«, erzählte Bobby. »Jack, könntest du danach fragen?«

»Bobby, ich bin ein sehr unwichtiger Lieutenant in Bragg«, sagte Jack.

»Quatsch«, sagte Bobby. »Gott, die ganze Garnison weiß, dass du und Major Lunsford hier seid, um Leute für irgendeine geheime Operation zu rekrutieren.«

»Wo hast du das gehört?«, fragte General Bellmon ziemlich scharf.

»Von einem Jungen in meiner Mohawk-Klasse«, sagte Bobby. »Tony Stevens. Schwarzer. Lieutenant. Er sagte, er und Captain Smythe, einer der Flugausbilder, und jeder andere schwarze Pilot, den er kennt, hatte den Befehl, sich um dreizehn Uhr im Büro des Stabschefs zu melden.«

»Und wie kam Major Lunsfords Name ins Spiel?«, fragte Bellmon. »Und Jacks Name?«

Bobby fühlte sich sichtlich unbehaglich.

»Nun?« Bellmons Stimme klang ungeduldig.

»Mutter sagte, ich soll mir die Gewohnheit abgewöhnen, einfach herzukommen, wann ich das will, und all dein Bier zu trinken«, sagte Bobby. »So hielt ich auf dem Weg hierhin bei Anbau eins, um mir eine Sechserpackung Bier zu kaufen. Und da war ein anderer schwarzer Junge an der Bar und plauderte. Er erzählte, dass er heute Nachmittag von zwei Offizieren der Special Forces wegen einer geheimen Operation befragt wurde, von einem schwarzen Major namens Lunsford und dem anderen – ›von dem Typen, der die Tochter des Generals geheiratet hat‹.«

»Guter Gott!«, stieß Bellmon hervor. »Weißt du, wie der Offizier heißt, Bobby?«

Bobby schüttelte den Kopf.

»Vermutlich weiß es dein Freund Stevens«, sagte

Bellmon kalt. »Du gehst zu ihm, Bobby, gleich, noch heute Abend, und erzählst ihm, dass ich gesagt habe, wenn ich noch einmal höre, dass er mit seinem losen Mundwerk verantwortungslos herumredet, wird er Dienst in Alaska schieben und Schneebälle zählen. Und sag ihm, dass er das verbreiten soll.«

»Jawohl, Sir«, sagte Bobby.

»Wird dies irgendwelchen Schaden anrichten, Jack?«, fragte Bellmon.

»Das bezweifle ich, Sir«, sagte Jack nach kurzem Überlegen. »Mit einer Ausnahme – Captain Smythe – ging Lunsford nicht über ›geheime Mission‹ hinaus, um zu erklären, was wir suchen.«

»Was ist mit Smythe?«, wollte Bellmon wissen. »Wir haben ihm soeben das Kommando über den Mohawk-Zug gegeben, den wir nach Vietnam schicken.«

»Er war mit Johnny Oliver in Norwich – und in Vietnam«, sagte Jack. »Major Lunsford hatte sich bereits entschieden, dass wir ihn nehmen, bevor wir herkamen.«

»Sechs ranghohe Offiziere verbringen Gott weiß wie viele Stunden damit, den richtigen Mann für eine wichtige Verwendung zu finden, und ein Major kommt daher und schnappt ihn weg«, sagte Bellmon bitter. »Gottverdammt!«

Jack schwieg.

»Ich weiß, du kannst nichts dafür, Jack«, sagte Bellmon. »Bitte entschuldige, dass der Zorn mit mir durchging.« Er wandte sich an Bobby. »Wenn ich mich richtig erinnere, Bobby, waren meine Worte ›gleich, noch heute Abend.‹«

»Jawohl, Sir«, sagte Bobby. »Dad – es tut mir Leid.«

»Ich weiß«, sagte Bellmon. »Aber du musst einfach lernen, dass ›tut mir Leid‹ die Dinge nicht rückgängig machen kann.«

»Wirst du später noch hier sein, Jack?«, fragte Bobby.

»Marjorie will nach Ozark fahren und Liza Wood besuchen«, sagte Jack. »Danach ...«

»*Gleich*, verdammt, Bobby!«, zürnte General Bellmon.

Bobby verließ fluchtartig den Hof.

Er war fast an der Hausecke, als Bellmon ihm nachrief: »Wenn es dein Plan zulässt, komm zum Frühstück, Bobby. Dann kannst du mit Jack und Marjorie sprechen.«

## 6

»Was hast du Liza am Telefon gesagt?«, fragte Jack.

Lieutenant und Mrs Portet saßen in Barbara Bellmons Oldsmobile und näherten sich Ozark über den Fort Rucker/Ozark Highway. Marjorie fuhr.

»Nichts. Nur, dass wir hier sind und sie besuchen wollen.«

»Auf die Gefahr hin, unsere im Himmel geschlossene Ehe zu versauen, mein Liebling. Ich halte das für eine verdammt blöde Idee.«

»Warum?«

»Zum einen geht es uns nichts an und zum anderen kannst du die ganze Nacht reden, bis du schwarz wirst, und sie wird sich nicht anders besinnen.«

»Ich dachte, ich könnte sie vielleicht dazu bringen, dass sie sich für das schämt, was sie Johnny antut.«

»Im Augenblick zählt dein geheiligter Captain Oliver nicht zu meinen liebsten Leuten«, sagte Jack.

»Tatsächlich?«

»Wenn er sich nicht wie ein liebeskrankes Rindvieh benommen hätte, würde ich dich jetzt durch unsere Wohnung jagen, während du so tust, als wolltest du mir entkommen.«

»Oh, tatsächlich?«

»Stattdessen werde ich in aller Frühe aus meinem Ehebett gerissen, weil sich das Rindvieh in der vergangenen Nacht besoffen hat, muss hierhin fliegen und mich darauf gefasst machen, dass Mammy und Daddy lauschen, weil ich dich nicht durch unsere Wohnung, sondern durch das Schlafzimmer deiner Kindheit jagen muss.«

»Du bist mit anderen Worten in einer Stimmung, die man als Selbstmitleid eine Lüstlings bezeichnen könnte?«

»Darauf kannst du deinen süßen Arsch wetten.«

»Denkst du so darüber?«, fragte Marjorie.

»Tu, was du willst, Baby«, sagte Jack. »Mir ist soeben klar geworden, dass ich bereits unter dem Pantoffel stehe.«

»Ich dachte, ihr harten Green-Beret-Machos nennt das ›der Pussy verfallen‹.«

Jack enthielt sich einer Äußerung.

»Wie wäre es mit einem Alternativplan?«, sagte Marjorie. »Wir besuchen Liza. Wir nehmen einen Drink, höchstens zwei. Wir spielen mit Allan. Wir erwähnen nichts von Captain John S. Oliver, und wenn sie den Namen ausspricht, sagen wir ›Wer?‹ Dann gehen wir, fahren zum Highway 231 und nehmen uns ein Motelzimmer. Ich lasse mich von dir jagen, bis ich müde werde, und später, viel später, schlafen wir im Bett meiner Kindheit.«

»Gott, ich glaube, wenn du kochen könntest, würde ich dich glatt heiraten«, sagte Jack.

# XIV

## 1

*Foster Garden Apartments*
*Fayetteville, North Carolina*

*25. Januar 1965, 14 Uhr*

Als Major George Washington Lunsford die Wohnung betrat, die er mit Captain John S. Oliver junior teilte, sah er Oliver im Arbeitsanzug auf der Couch liegen. Der Fernseher war eingeschaltet, aber Oliver widmete ihm keinerlei Aufmerksamkeit, es sei denn, er hätte plötzlich ein Interesse an einer Sendung mit Kochrezepten und Küchentipps entwickelt.

»He«, sagte Father.

»He«, sagte Oliver.

»Ich brauche ein Bier. Wollen Sie eins?«

»Nein, danke.«

Lunsford ging in die Küche und kehrte eine Minute später mit zwei Flaschen Heineken-Bier zurück. Er gab eine Flasche Oliver und ließ sich dann in einen Sessel gegenüber der Couch sinken.

Oliver hob die Bierflasche an.

»Ich glaube wirklich, dass ich davon für eine Weile genug gehabt habe«, sagte er.

»Mäßigung in allen Dingen, wie es in der Bibel steht«, sagte Lunsford. »Und ich stimme zufällig mit dem Schutzheiligen der Green Beanies, John Wayne, überein, der gesagt hat ›trau niemals einem Mann, der einen Drink ablehnt‹.«

»Ich bezweifle, dass John Wayne das gesagt hat«, meinte Oliver.

»Wenn er es nicht gesagt hat, hätte er es aber sagen sollen.«

»Ist Jack in seinem Apartment? Ich möchte mich bei ihm von Angesicht zu Angesicht entschuldigen.«

»Jack ist noch in Rucker«, sagte Lunsford. »Jeremiah hat mich raufgeflogen. Ich musste hier einiges erledigen. Jack entfernt die Markierungen von einer L-19 und lässt von der SCATSA die Funkausrüstung überprüfen. Jeremiah fliegt zurück. Jack wird das Flugzeug herbringen, und Jeremiah wird Marjorie mitbringen, wenn er hier rauffährt.«

»›Einiges erledigen‹«, zitierte Oliver. »Vermutlich einschließlich der Beschäftigung mit einem im Dienst betrunkenen Captain John S. Oliver junior?«

»Unter anderem, ja«, sagte Lunsford.

»Es tut mir Leid, Father, sofern das etwas ändert.«

»Es sollte Ihnen auch Leid tun, Buddy, und nein, es ändert nicht viel.«

»Scheiße«, murmelte Oliver und trank einen Schluck Bier.

»Auf dem Weg dorthin sagte Marjorie, sie wird die gottverdammte Witwe besuchen und ihr eine Standpauke halten, weil sie den armen lieben Johnny in den Suff getrieben hat.«

»O Gott, nein!«, stieß Oliver hervor. »Hat sie das getan?«

»Im letzten Moment hat laut Jack die Weisheit gesiegt. Sie haben die gottverdammte Witwe besucht, doch keine Seite hat den Namen John Oliver erwähnt.«

»Ihr habt allerhand riskiert, indem ihr Marjorie dorthin mitgenommen habt«, sagte Oliver.

»Wir sind damit durchgekommen«, erwiderte Lunsford. »Um Haaresbreite, wie sich herausstellte. Als wir auf Cairns parkten, stellte Jeremiah – er machte eine Flugschau für irgendeinen Brigadier aus Hood – seinen Vogel direkt neben uns ab. Wenn er Marjorie gekannt hätte …«

»Allmächtiger!«, sagte Oliver. »Er hasst es, Jeremiah genannt zu werden – wie Sie offensichtlich wissen.«

»Wie lange wird es nach Ihrer Meinung dauern, bis das

Team ihn ›Tante Jeremiah‹ nennen wird?«, fragte Lunsford. »Er hat ein dickes Fell. Ich habe mich nach besten Kräften bemüht, ihn zu verärgern, und es ist mir nicht gelungen.«

»Er ist ein guter Mann«, sagte Oliver.

»Jedenfalls sagte ich mir, ich schulde Jack einen Gefallen, weil er Ihnen den Arsch gerettet hat. Und er fliegt am Freitag nach Buenos Aires. Er hat ein Anrecht, ein wenig Zeit mit seiner Frau zu verbringen.«

»Ja«, stimmte Oliver zu.

»Was werden Sie wegen der gottverdammten Witwe unternehmen, Johnny?«

Oliver sah ihn an, gab jedoch keine Antwort.

»Ich frage mich, ob ich Ihnen vertrauen kann, dass Sie die Dinge in Buenos Aires richtig handhaben«, sagte Lunsford.

»Wenn ich Sie wäre, würde ich mich das nicht fragen«, sagte Oliver. »Wenn ich Sie wäre, Father, hätte ich mich an Hanrahan gewandt, damit ich aus dem Verkehr gezogen werde.«

»Nein, das hätten Sie nicht«, sagte Father. »Und ich brauche Sie, Johnny. Aber Sie müssen diese Sache mit der gottverdammten Witwe ein für alle Mal beenden.«

»Sind Sie jemals verliebt gewesen?«, fragte Oliver.

»Hunderte Male, was vermutlich ›niemals‹ bedeutet.«

»Bei mir ist das erste Mal«, sagte Oliver. »Es schleicht sich bei einem ein, wühlt sich dann in den Hinterkopf. Ich kann nicht glauben, welche Auswirkung es auf mich gehabt hat.«

»Die andere Möglichkeit ist natürlich, die Uniform auszuziehen, sich in einer mit Wein berankten Villa abseits der Straße niederzulassen und Ihr Geld auszugeben beginnen.«

»Ich bin Soldat, Father.«

»Soldaten – gute Soldaten – besaufen sich nicht, wenn sie zum Dienst antreten sollen.«

»Ja. Dieser Gedanke ist mir in den letzten paar Tagen mehr als einmal gekommen.«

»Ich kann dies nicht auf sich beruhen lassen, Johnny«, sagte Lunsford. »Sie müssen da durch.«

»Alle Vorschläge werden dankend angenommen.«

»Jack wird morgen oder übermorgen wieder hier sein«, sagte Lunsford. »Ich schicke Sie in der L-23 nach Rucker, ›um die L-19 zu überprüfen‹. Während Sie dort sind, besuchen Sie die gottverdammte Witwe und regeln dies ein für alle Mal.«

Oliver sah ihn schweigend an.

»Möglichkeit zwei«, sagte Lunsford. »Ich kann vermutlich für Sie arrangieren, dass Sie eine Verwendung bei der Air Mobile Division in Benning bekommen.«

»Das Problem des liebeskranken Säufers an jemanden anders abschieben.«

»Ich kann nicht damit fertig werden, Johnny. Wenn ich Sie nicht mit glänzenden Augen, quietschvergnügt und stocknüchtern haben kann, dann will ich Sie nicht«, sagte Lunsford.

Ihre Blicke trafen sich wieder.

»Was hält die gottverdammte Witwe von Benning?«, fragte Father. »Ist Sie sauer, weil Sie hierhin gekommen sind oder weil Sie überhaupt bei der Army sind, basta?«

»Weil ich Soldat bin, basta. Sie sagt, Sie könnte es nicht ertragen, einen weiteren Mann zu verlieren, der im Dienst abgeschossen wird. Sie könnte es nicht ertragen, wenn Allan dies alles noch einmal durchmachen müsste.«

»Es liegt an Ihnen, Johnny«, sagte Lunsford. »Wenn Jack die L-23 zurückbringt, können Sie nach Rucker fliegen, unter der Bedingung, dass Sie hier raus sind, wenn Sie Ihre Angelegenheiten nicht regeln können.«

Oliver nickte.

»Was habe ich schon zu verlieren? Danke, Father.«

»Es gibt noch eine andere Möglichkeit«, sagte Father. »Aber ich glaube, die wird Sie nicht interessieren.«

»Welche?«

»Ich habe meine Fleischeslust mit einer Krankenschwester aus Puerto Rico in einer C-27 befriedigt.«

»Gut für Sie.«

»Sie hat eine Zimmergenossin«, sagte Lunsford. »Die Interesse an Ihnen geäußert hat.«

»Blödsinn.«

»Großes Ehrenwort«, sagte Lunsford. »Ich bin jetzt auf dem Weg dorthin. Vielleicht würde ein wenig Zerstreuung den Druck auf Ihre Geschlechtsdrüsen mildern und Ihren Verstand klären.«

»Sie meinen das ernst, nicht wahr?«

»Ich bin verzweifelt, mein Freund. Ich will Sie nicht verlieren.«

Oliver sah ihn lange an.

»Zum absolut letzten Mal«, sagte Oliver schließlich. »Ich werde versuchen, mit ihr am Telefon zu sprechen. Und wenn das geschieht, was ich denke, werde ich Sie zu der C-27 begleiten.«

»Und später nach Rucker fliegen? Überwältigt von Scham und Reue?«

»Wenn geschieht, was ich annehme, werde ich nicht nach Rucker fliegen.«

Lunsford nickte.

»Ein letztes Wort. Wenn passiert, was wir beide annehmen, und ich hierhin zurückkomme und Sie besof fen antreffe, war's das.«

»Verstanden.«

»Geben Sie mir ein paar Minuten, damit ich schnell duschen und mir etwas Eau de Toilette hinter die Ohren schmieren kann, und dann bin ich von hier fort«, sagte Father.

Fünf Minuten später stand Lunsford, jetzt mit Sportsakko und Freizeithose, an der Tür des Apartments.

»Ich hoffe, es klappt, mein Freund«, sagte er und ging.

Oliver starrte einen Moment auf die Tür, schaute dann zum Fernseher, sah, was dort lief, murmelte angewidert »Scheiße« und schaltete den Apparat aus.

Er ging zum Telefon, blickte lange darauf, nahm dann den Hörer ab und wählte.

»Das war's«, sagte er laut, als der Ruf durchging. »Was auch immer geschieht, das war's.«

Nach dem fünften Klingeln informierte ihn Lizas Stimme auf Band, dass sie leider nicht daheim war, jedoch so bald wie möglich zurückrufen werde, wenn er seinen Namen und die Telefonnummer hinterlassen würde.

Er legte den Hörer langsam auf.

»Scheiße«, sagte er laut. »Ich hätte nicht gewusst, was ich sagen soll, wenn du dich gemeldet hättest.«

*Nun, ich kann immer noch morgen oder wann immer Jack die L-23 zurückbringt dort runterfliegen und von Angesicht zu Angesicht mit ihr sprechen.*

*Vergiss es! Ich habe mich genug zum Narren gemacht. Ich sagte, das war's.*

Die Flasche Bier stand auf dem Couchtisch.

*Ich werde dieses Bier austrinken, und noch eine oder zwei mit den Mädchen in der C-27 bechern. Wenn ich das nicht vertragen kann und blau werde, werde ich zugeben, dass ich ein Alkoholproblem habe, und mich den Anonymen Alkoholikern anschließen.*

*Und wer weiß, vielleicht hat Father Recht und eine Nummer wäre genau das Richtige, das ich brauche, um zu Verstand zu kommen. Und ich nehme an, die andere Schwester aus Puerto Rico wird im Bett sehr interessant sein.*

Er trank die Bierflasche leer und ging ins Schlafzimmer. Er zog sich aus, duschte und war fast wieder angezogen, als es an der Tür klingelte.

*Wer, zur Hölle, mag das sein?*

*Ist Father zufällig zurückgekommen, um meine Hand zu halten, weil er wie ich wusste, was passieren würde? Um dafür zu sorgen, dass ich mich nicht voll laufen lasse?*

Er ging zur Tür, öffnete sie und sagte, nachdem er seine Sprachlosigkeit überwunden hatte: »Was ist denn das?«

Dort stand Liza Wood und hielt Allan an der Hand. Vier Koffer standen neben ihnen.

»Wie sieht es denn aus?«, fragte Liza. »Es ist ein gottverdammtes Soldatenliebchen und ihr vaterloses Kind.«

Er wusste nicht, was er tun sollte, und brachte kein

Wort heraus, und so nahm er Allan auf die Arme und knurrte ihm ihn den Nacken, wie er es oft getan hatte, wenn er mit dem Kleinen gespielt hatte.

»Hoppe – *reiten*, Johnny«, sagte Allan.

Er schwang das Kind auf seine Schultern, und dann legte er die Arme um Liza und presste sie an sich, und die drei hüpften zusammen auf und ab.

## 2

SECRET

Central Intelligence Agency
Langley, Virginia

Von: Stellvertretender Direktor Verwaltung

Datum: 25. Januar 1965 1510 GMT

Betrifft: Guevara, Ernesto (Aktennotiz # 37.)

An: Mr Sanford T. Felter
Berater des Präsidenten
Zimmer 637, The Executive Office Building
Washington. D.C.

Per Kurier

Gemäß Aktennotiz des Präsidenten an den Direktor betr.: ›Ernesto ›Che‹ Guevara‹ vom 14. Dezember 1964, wird folgende Information geliefert:

(Zuverlässigkeitsstufe fünf) (Von CIA Conraky, Guinea) Betreffender reiste am 24. Januar 1965 1525 GMT an Bord eines Charterflugzeugs aus Conraky mit dem erklärten Ziel Cotonou, Dahomey, ab.

*Howard W. O'Connor*
HOWARD W. O'CONNOR

SECRET

3

*Apartment B-14*
*Foster Garden Apartments*
*Fayetteville, North Carolina*

*27. Januar 1965, 17 Uhr 35*

Als Mrs Marjorie Portet ihren Schlüssel in das Schloss der Tür von B-14 steckte, lief ihr plötzlich ein kalter Schauer über den Rücken. Jack erwartete sie. Sie hatten vor einer Stunde miteinander telefoniert, als sie sich vor Fayetteville angekündigt hatte. Jack war ein Wahnsinnstyp. Und sie musste durchaus damit rechnen, dass er die Tür im Adamskostüm und mit einem lüsternen Grinsen öffnen würde.

Normalerweise würde sie insgeheim darüber erfreut sein, doch jetzt stand Captain Darrell J. Smythe hinter ihr. Trotz ihrer Beteuerungen, dass sie es von seinem Buick bis zu ihrer Wohnungstür ohne Hilfe schaffen konnte, hatte er darauf bestanden, sie bis zum Apartment zu begleiten.

Captain Smythe, das hatte sie inzwischen herausgefunden, war ein pingeliger Tugendbold.

Als Marjorie die Tür aufschob, sah sie ihren Mann jedoch voll bekleidet. Er saß auf dem Boden im Wohnzimmer. Bei ihm auf dem Boden hockte Major George Washington Lunsford. Major Lunsford assistierte Master Allan Wood beim Fahren eines funkgesteuerten M-48-Spielzeugpanzers. Lieutenant Portet hatte das Kommando über einen funkgesteuerten russischen T-34 Spielzeugpanzer. Drei Flaschen Heineken-Bier standen aufrecht auf dem Teppich.

Das Terrain war mit Kissen von der Couch, einem Sektkühler, drei leeren liegenden Bierflaschen und einem leeren Heineken-Sechserpack improvisiert.

»He, Jeremiah«, rief Lunsford. »Sie sind von den Panzertruppen. Kommen Sie rein und helfen Sie Jack. Allan und ich putzen ihn mit seiner dümmlichen Taktik weg.«

»Hi, Tante Marjie«, rief Allan.

»Hi, Schätzchen«, erwiderte Marjorie liebevoll. Und dann, weniger liebevoll: »Was ist hier los?« Und dann noch weniger liebevoll, als Allan nach einer der aufrecht stehenden Heineken-Flaschen griff: »Mein Gott, ihr gebt doch dem Kind kein Bier?«

Allan nahm die Bierflasche, krähte, »Bier, Bier, Bier«, und nahm einen ausgiebigen Schluck.

Marjorie rannte zu ihm, um ihm die Flasche abzunehmen.

»Es ist Malzbier, du Licht meines Lebens«, sagte Jack. »Was hast du denn gedacht?«

»Was macht er hier?«, fragte Marjorie.

»Allans Mami und Onkel Johnny diskutieren in meinem Apartment über die ökologischen Probleme der Welt«, sagte Father. »Wir kümmern uns um Allan.«

»Wenn sie sieht, dass er aus dieser Bierflasche trinkt, wird sie toben«, sagte Marjorie.

»Gott, ich hoffe es«, sagte Father. »Johnny mag ihr verziehen haben, aber Jack und ich haben das bestimmt nicht.«

»Seit wann ist sie hier?«, fragte Marjorie. »Was ist überhaupt los?«

»Sie gestand in den paar Minuten, in denen wir sie gesehen haben, dass sie bei unserem Besuch von unserem ehelichen Glück inspiriert war«, erklärte Jack. »Eigentlich sagte sie, als wir kein Wort von Johnny erwähnten, hat sie gedacht, dass etwas nicht in Ordnung ist. Sie war natürlich zu stolz, um zu fragen, aber als wir fort waren, besonders als Allan wissen wollte, wo Johnny ist, und einen Anfall bekam, als sie ihm sagte, er müsse Johnny vergessen ...«

»O Gott«, sagte Marjorie.

»... erkannte sie (a), dass sie sich egoistisch verhalten hat, und (b), dass sie ihn wirklich liebt, und das führte sie zu (c), nämlich der Erkenntnis, dass sie lieber ein Soldatenliebchen sein will, das dem Schatz überallhin folgt. Und so lud sie Allan in den Wagen und fuhr her.«

»Nicht zu glauben!«, meinte Marjorie.

»Kommen Sie rein, Jeremiah«, sagte Lunsford. »Morgen früh bringen wir Sie zur Garnison raus. Nachdem Sie ein Bier getrunken haben, werden Sie und ich zu meiner Wohnung fahren und ein paar Eimer Wasser über Romeo und Julia ausschütten, um sie lange genug abzukühlen, damit wir bereden können, wer wo und mit wem oder allein schläft.«

»Father, das ist widerlich«, empörte sich Marjorie.

»Sie haben die beiden nicht erlebt«, sagte Father.

»Ich sollte wütend auf Sie und glücklich für die beiden sein«, sagte Marjorie. »Stattdessen ist mir zum Heulen zumute.«

## 4

*Büro des Kommandeurs*
*John F. Kennedy Center for Special Warfare*
*Fort Bragg, North Carolina*

*28. Januar 1965, 10 Uhr 15*

»Sir, Colonel Martin bittet um eine Minute Ihrer Zeit«, sagte Captain Ski Zabrewski dröhnend von der offenen Tür des Büros her.

Brigadier General Paul R. Hanrahan nickte und rief: »Kommen Sie herein, Padre!«

Chaplain (Lieutenant Colonel) T. Wilson Martin marschierte in Hanrahans Büro, blieb einen Schritt vor dem Schreibtisch stehen, stand still und salutierte.

»Guten Morgen, General. Danke, dass Sie mich empfangen.«

Der Militärgeistliche war fast – nicht ganz – so groß wie Captain Zabrewski, und seine Stimme war sogar noch tiefer und dröhnender. An seine gestärkte Uniform war das Fallschirmjägerabzeichen geheftet, und er hatte sich auf harte Weise das grüne Barett verdient, das er in der linken Hand hielt.

»Rühren«, sagte Hanrahan und erhob sich hinter seinem Schreibtisch, um Martin die Hand zu reichen. Er forderte ihn mit einer Geste auf, sich auf den Stuhl vor dem Schreibtisch zu setzen.

»Kaffee?«

»Nein, danke, Sir. Ich versuche, den Kaffeekonsum einzuschränken.«

»Was haben Sie auf dem Herzen, Padre?«, fragte Hanrahan.

*Padre* ist das spanische Wort für Pater, Vater. Römisch-katholische Priester werden Pater, ›Father‹ genannt, daher Padre. Chaplain (Lt. Colonel) Martin war protestantischen Glaubens – Presbyterianer, oder ein Mitglied der Episkopalkirche, oder vielleicht Lutheraner – genau wusste Hanrahan es nicht; jedenfalls war er kein Baptist. Chaplain Martin hatte eine Vorliebe für Cognac und zog es vor, mit ›Chaplain‹ oder ›Colonel‹ angesprochen zu werden.

Hanrahan, der insgeheim dachte, dass Militärgeistliche keine Rangabzeichen tragen sollten, weil das ihre Beziehung zu Unteroffizieren und Mannschaften zu der eines Offiziers gegenüber diesen Dienstgraden machte, anstatt zum Hirten seiner Schäfchen, nannte alle Militärgeistlichen »Padre«, selbst wenn es jüdische Rabbis waren.

»Darf ich offen sprechen, General?«

»Sie wissen, dass Sie das können.«

»General, ich mache mir ernsthafte Sorgen bezüglich Captain Oliver und Mrs Wood.«

»Wie das?«

»Ich habe das Gefühl, sie schließen die Ehe zu impulsiv.«

»Wie kommen Sie auf diese Idee?«

»Sir, als ich mit ihnen sprach – ich sagte, ich werde offen sprechen – war es offenkundig – verzeihen Sie mir die Schonungslosigkeit –, dass sie sehr stark in körperlichem Sinne zueinander hingezogen sind.«

»Sie sind heiß aufeinander, meinen Sie?«, fragte Hanrahan lächelnd.

»Diese Worte hätte ich nicht gewählt, aber ja, Sir.«

»Steht nicht irgendwo in der Bibel, dass wir fruchtbar sein und uns vermehren sollen?«

»Sir, ich habe die schmerzliche Erfahrung gemacht, dass junge Leute oftmals diese körperliche Anziehungskraft zueinander, von der wir sprechen, für Liebe halten. Mit katastrophalen Folgen, wenn – diese Art Anziehungskraft – bei den Realitäten der Ehe verschwindet.«

»Das stimmt sicherlich«, pflichtete Hanrahan ihm bei.

»General, wie Sie wissen, ist es – mit Ihrer Billigung – meine Politik gewesen, wenn junge Leute vor der Ehe zur Beratung zu mir gekommen sind, sie zwangsläufig zu bitten, sich das noch einmal beim Gebet zwei Wochen lang zu überlegen und dann wiederzukommen.«

»Das halte ich für eine sehr gute Idee«, sagte Hanrahan.

»Als ich dies bei Captain Oliver und Mrs Wood vorschlug, sagte Captain Oliver, dass er entweder morgen – das ist also heute –, entweder von mir in der Kapelle der Garnison getraut wird oder sich vom nächsten Friedensrichter trauen lassen wird.«

»Das hat er gesagt?«

»Und Mrs Wood wirkte gleichermaßen entschlossen.«

»Nun, er geht morgen für ein paar Wochen auf vorübergehende Verwendung«, sagte Hanrahan. »Offenbar will er den Bund fürs Leben noch vorher schließen.«

»Ein paar Wochen Trennung könnten genau das sein, was die Situation erfordert«, sagte Chaplain Martin. »Es würde beiden Zeit verschaffen, sich abzukühlen – das war eine unglückliche Wortwahl, verzeihen Sie mir –, die Dinge ernsthaft zu überdenken.«

»Sie denken also daran, es abzulehnen, die Zeremonie durchzuführen?«

»Ich denke, General – und mir ist klar, dass dies eine Zumutung ist –, dass Sie mit Captain Oliver sprechen sollten.«

»Padre, um sechzehn Uhr heute Nachmittag werden Sie die beiden in der Kapelle trauen«, sagte Hanrahan. »Das ist ein Befehl.«

»Jawohl, Sir.«

»Glauben Sie mir, Padre, diese beiden haben sich wirklich höllisch viele Gedanken gemacht. Und mit etwas Glück – er ist schließlich ein Offizier und Gentleman – wird er bis nach der Hochzeit und dem Empfang davon Abstand nehmen, weitere Pollen bei ihr zu verbreiten. Den Empfang werden meine Frau und ich im Offiziersklub geben, und Sie sind natürlich eingeladen.«

»Jawohl, Sir.«

»Sonst noch etwas, Padre?«

Chaplain Martin erhob sich, stand still und grüßte schneidig.

»Nein, Sir«, sagte er. »Erlaubnis zum Wegtreten, Sir?«

»Erlaubnis erteilt«, sagte Hanrahan und erwiderte den Gruß.

Chaplain (Lt. Col.) Martin machte eine perfekte Kehrtwendung und marschierte aus dem Büro.

## 5

*Zimmer 637, Executive Office Building*
*Washington, D.C.*

*28. Januar 1965, 10 Uhr 45*

»Major Lunsford auf zwei-zwei, Colonel«, meldete Mary Margaret Dunne.

Felter griff zum roten, gesicherten Telefon auf seinem Schreibtisch, bevor ihm einfiel, dass Mary Margaret »zwei-zwei« gesagt hatte. Er legte den Hörer des roten Telefons wieder auf, nahm den des schwarzen Telefons mit mehreren Anschlüssen ab und drückte auf das leuchtende Knöpfchen.

»Felter.«

»Lunsford, Sir. Diese Leitung ist nicht gesichert.«

»Sprechen Sie.«

»Sir, was halten Sie davon, wenn ich Doubting Thomas zu Supo schicke statt nach Süden?«

»Warum?«

»Ich möchte nicht, dass Supo es sich anders überlegt«, sagte Lunsford. »Je eher wir ihm das Flugzeug bringen, desto besser, und wenn er es erst hat, ist er sozusagen verpflichtet.«

»Und Doubting Thomas und Supo werden miteinander zurechtkommen?«

»Master Sergeants verstehen Master Sergeants, Sir.«

»Und Supo und – wie heißt der Captain?«

»Smythe, Sir. Ich bezweifle, dass das ein Problem werden wird. Oliver mag ihn.«

»Tun Sie es«, befahl Felter. Dann fragte er: »Wie ist der Zustand der L-19?«

»Sie ist angestrichen, Sir«, sagte Lunsford. »Und die Funkgeräte sind eingebaut. Smythe fragt sich, warum wir auf die Air Force warten, statt es des Nachts herzufliegen.«

»Veranlassen Sie das.«

»Jawohl, Sir.«

»Irgendwelche Probleme mit der Reise in den Süden?«

»Nein, Sir. Der Abflug ist für den 29. Januar, 14 Uhr, geplant. Die voraussichtliche Ankunftszeit wissen sie nicht, aber sie ist nicht später als der zweite Februar. Der Flug dauert ungefähr sechsunddreißig Stunden.«

»Halten Sie mich auf dem Laufenden.«

»Jawohl, Sir.«

»Sonst noch etwas?«

»Ich möchte in der L-19 mitfliegen, um Supo mit Smythe und Thomas zusammenzubringen.«

»Lassen Sie mich darüber nachdenken. Oliver wird mit Portet im Süden sein. Wer würde sich um den Laden kümmern? Das will ich erst klären.«

»Jawohl, Sir.«

»Sonst noch etwas?«

»Oliver heiratet um sechzehn Uhr, Sir.«

»Die Lady, die ihren Mann verlor?«

»Jawohl, Sir.«

»Weiß General Bellmon davon?«

»Das ist mir nicht bekannt, Sir. Vielleicht hat Marjorie es ihm erzählt. Oder Mrs Bellmon. Das kann ich sicherlich herausfinden, Sir.«

»Ich erledige das. Sonst noch etwas?«

»Nein, Sir.«

Felter legte ohne ein weiteres Wort auf.

»Mary Margaret?«, rief er.

»Sie ist auf der Toilette, Colonel«, antwortete Warrant Officer Finton und erschien kurz darauf in der Tür.

»Rufen Sie die Air Force an und bestellen Sie einen Lear für sofort. Zielort Fort Bragg und möglicherweise zuerst Fort Rucker. Sie können mich dort absetzen und später wieder abholen.«

»Jawohl, Sir.«

Felter hob den Hörer des roten, gesicherten Telefons ab.

»Verbinden Sie mich mit General Bellmon in Fort Rucker«, befahl er, als sich der Telefonist des Weißen Hauses meldete.

## 6

*Büro des stellvertretenden Direktors*
*Central Intelligence Agency*
*Langley, Virginia*

*28. Januar 1965, 11 Uhr 15*

»Danke, dass Sie mich in Ihren Terminplan eingeschoben haben, Paul«, sagte Howard O'Connor, der stellvertretende Direktor für Verwaltung der CIA, zum stellvertretenden Direktor.

»War mir ein Vergnügen«, sagte der stellvertretende Direktor. »Aber ich muss spätestens um halb eins im Distrikt sein. Was haben Sie auf dem Herzen?«

»Ich schaue dumm aus der Wäsche«, bekannte O'Connor.

»Und warum?«, fragte der stellvertretende Direktor lächelnd.

»Aus mehreren Gründen«, sagte O'Connor. »Sorglosigkeit, Blödheit, Unfähigkeit oder alles zusammen.«

Der stellvertretende Direktor lächelte wieder und forderte O'Connor mit einer Geste auf, fortzufahren.

»Worüber reden wir?«

»Intercontinental Air Cargo.«

»Als Letztes hörte ich, dass Sie den Mann gefunden haben, den Sie als Betreiber haben wollten, und dass

Gresham Investments im Begriff war, ihm ein Angebot zu machen.«

»Das ist richtig.«

»Und es gibt ein Hindernis, nehme ich an?«

»Der Mann, den sie fanden – das heißt *ich*, Paul, denn ich bin der stellvertretende Direktor der Verwaltung und somit verantwortlich – der Mann, den *ich* also fand, ist Captain Jean-Phillipe Portet.«

»Das haben Sie mir bereits erzählt. Und wer ist Ihnen bei der Jagd in die Quere gekommen?«

»Che Guevara und Colonel Sanford T. Felter«, sagte O'Connor. »Ich berichte, wie Sie wissen, Colonel Felter, wo sich Guevara jeweils aufhält …«

»Ich habe diesen Anruf von Präsident Johnson persönlich entgegengenommen«, sagte der stellvertretende Direktor. »Was hat das mit dieser Sache zu tun?«

»Felter führt eine Operation durch, die Operation Earnest genannt wird und deren Zweck es ist, Guevara im Kongo zu stoppen.«

»Wir kommen vom Thema ab, nicht wahr?«

»Ich nehme allmählich an, dass Felter vielleicht hinter etwas gekommen ist. Guevara war in ganz Afrika, das wissen Sie.«

»Ich bezweifle immer noch, dass er irgendetwas im Kongo versuchen wird; er macht sicher nur Public Relations.«

»Ich nehme an, Sie haben die unbestätigten Berichte aus Havanna gehört, dass schwarze Soldaten für eine internationale Friedenstruppe rekrutiert werden?«

»Habe ich stets im Hinterkopf, dass ›unbestätigt‹ das Wort ist, auf das es ankommt.«

»Felter ist soeben aus dem Kongo zurückgekehrt. Er flog dorthin, um Mobutu umzustimmen, nun doch amerikanische Soldaten im Kongo zu akzeptieren …«

»Sagen Sie mir nicht, er war erfolgreich.«

»Er hat General Mobutu dazu gebracht, einem kleinen Team von Typen der Special Forces zuzustimmen. Er bildet bereits in Bragg Leute aus, die dort rüberfliegen.

Wissen Sie, was – oder genauer *wer* – Mobutu veranlasst hat, seine Meinung zu ändern?«

»Sie werden es mir sagen.«

»Captain Jean-Phillipe Portet.«

»Wie wurde er darin verwickelt?«

»Es kommt noch schlimmer. Portets Sohn – das habe ich soeben herausgefunden – ist ein Lieutenant der Green Berets, der an der Operation Earnest teilnimmt.«

»Felters Operation, richtig?«

O'Connor nickte. »Vater und Sohn flogen mit Felter in den Kongo, und jetzt lässt Mobutu ein Team der Special Forces rein, damit es sich mit Guevara befasst.«

»Wie ›befasst‹?«

»Felter will ihn frustrieren, demütigen, nicht eliminieren.«

»Da stimme ich ihm aber nicht zu.«

»Aber der Präsident ist seiner Meinung. Felter hat ebenfalls einen Lieutenant Colonel namens Lowell nach Argentinien geschickt, um den Argentiniern auszureden, Guevara zu eliminieren.«

»Sie werden es glücklicherweise schwer haben, ihnen das auszureden. Wenn die Argentinier einen ihrer Leute namens Guevara aus dem Verkehr ziehen, wird das eine Menge unserer Probleme lösen.«

»Dieser Colonel Lowell ist ein interessanter Typ ...«

»Den Namen habe ich gehört.«

»Sein Schwiegervater ist General von Greiffenberg.«

»Das ist interessant.«

»Felter ist im Begriff, ein kleines Flugzeug der Army und ein paar ehemalige Offiziere der kubanischen Armee, die jetzt bei den Special Forces sind, dort runterzuschicken, damit sie mit den Argentiniern zusammenarbeiten. Das würde nicht geschehen, wenn die Argentinier nicht mitspielten.«

»Verdammt!«

»Und raten Sie mal, wer das Flugzeug dorthin fliegt? Der junge Lieutenant Portet.«

»Wie gut sind Ihre Informationen, Howard?«

»Alles Zuverlässigkeitsstufe fünf. Das Außenministerium erhält routinemäßig Kopien von Befehlen, mit denen Offiziere der Army außer Landes geschickt werden, *nicht* in Zusammenhang mit einer Truppenbewegung. Und von Verstärkungen des Personals von Verteidigungsattachés. Ich habe dort Freunde. Sie sind so unglücklich über Felter wie wir.«

»Leider ist Präsident Johnson glücklich mit ihm.«

»Wir müssen bedenken, dass Felter bei einem ihrer Privatgespräche erwähnt, dass wir den Daddy des jungen Portet in einer geheimen Luftfahrtgesellschaft einsetzen.«

»Was hat der junge Portet mit dem Präsidenten zu tun?«

»Als die belgischen Fallschirmjäger über Stanleyville absprangen, war einer davon der junge Portet in einer belgischen Uniform. Der belgische König und Mobutu verleihen ihm Medaillen. Der Präsident meint, der junge Portet ist das Idol aller Amerikaner, der typische Ami-Junge, der für Ruhm und Legende steht.«

»Dieser gottverdammte Felter steckt seine Nase überall rein«, sagte der stellvertretende Direktor.

»Ich will nicht, dass folgende Unterhaltung entsteht«, sagte O'Connor. »Felter: ›Die CIA finanziert eine weitere Fluggesellschaft vom Typ Air America. Vielleicht kann sie diese geheim halten.‹ Johnson: ›Woher wissen Sie das?‹ Felter: ›Der Strohmann ist der Vater des jungen Portet.‹ Gelächter, Gelächter. Sie wissen nicht, dass ich Bescheid weiß oder wer Captain Portet ist.«

»Mist!«, sagte der stellvertretende Direktor bitter. »Sie haben Recht, Howard, Sie hätten über die Portets, Vater und Sohn, Bescheid wissen sollen.«

»Als letzte Information hatte ich, dass der Sohn ein einberufener Private in der Grundausbildung ist und seine Stiefmutter und Stiefschwester soeben aus Stanleyville gerettet worden waren.«

»Sagten Sie nicht, er war Offizier?«

»Als er aus dem Kongo zurückkehrte, wurde er zum Offizier ernannt«, sagte O'Connor.

»Ich muss den Direktor darüber informieren«, sagte der stellvertretende Direktor. »Und er wird mich fragen, was meiner Meinung nach getan werden sollte. Welche Möglichkeiten haben wir?«

»Ich sage der Gresham Investment Corporation, sie soll ihre Verhandlungen mit Portet beenden, und zwar vorgestern ...«

»Was uns zu dieser Unterhaltung führen würde: ›Mr President, kicher, kicher, ich nehme an, die CIA hat soeben herausgefunden, dass der Mann, den sie als Strohmann für eine wirklich geheime Luftverkehrsgesellschaft vorgesehen hat, weil Air America sozusagen ein offenes Geheimnis geworden ist, der Vater des legendären, berühmten amerikanischen Heldenjungen Portet ist. Aus irgendeinem Grund, kicher, kicher, will die CIA anscheinend nichts mit mir zu tun haben. Schade, er hätte wirklich gute Arbeit für sie leisten können.‹«

»Ja«, stimmte O'Connor zu.

»Oder«, sagte der stellvertretende Direktor der CIA, »Sie telefonieren in den nächsten Minuten mit Dick Leonard und sagen ihm, dass Sie seine schleppenden Verhandlungen mit Portet leid sind und darauf pfeifen.«

O'Connor dachte lange darüber nach.

»Das ist eine andere Möglichkeit«, sagte er dann. »Die uns zu folgender Unterhaltung führen könnte. Sie oder der Direktor persönlich: ›Mr President, ich dachte, Sie sind vielleicht daran interessiert, zu erfahren, dass wir eine andere geheime Luftverkehrsgesellschaft aufgetan haben, nachdem Air America nicht mehr so geheim ist, wie wir gehofft haben. Und wir haben einen feinen Mann gefunden, der sie als unserer Partner betreiben kann. Jede Menge Erfahrung, und – was äußerst interessant ist – er ist der Vater dieses feinen amerikanischen Heldenjungen, der mit den Belgiern über Stanleyville absprang. Na klar, Mr President, wir wissen alles darüber.‹«

Der stellvertretende Direktor setzte die imaginäre Unterhaltung fort: »Ich oder der Direktor: ›Ebenso wissen wir alles über Felters Anwesenheit im Kongo und den Job seines Mannes in Argentinien, doch wir halten es immer noch für höchst unwahrscheinlich, dass Guevara irgendwelche ernsten Probleme im Kongo machen wird, aber wir können nicht vorsichtig genug sein, oder?‹«

Howard W. O'Connor stieß ein zustimmendes Grunzen aus und lächelte.

»Diese Unterhaltung gefällt mir viel besser«, sagte der stellvertretende Direktor. »Wenn Portet etwas haben will – Geld, was auch immer –, geben Sie es ihm. Veranlassen Sie das.«

»Wird gemacht.«

»Nur um sicherzugehen, halten Sie mich auf dem Laufenden. Nichts Schriftliches.«

»Gewiss.«

Der stellvertretende Direktor der CIA warf einen Blick auf seine Armbanduhr.

»Ich muss gehen.« Er sah O'Connor an. »Versuchen Sie, nicht noch dümmer aus der Wäsche zu schauen, Howard.«

## 7

*Pope Air Force Base*
*Fort Bragg, North Carolina*

*29. Januar 1965*

Mrs Marjorie Bellmon Portet, Mrs Elizabeth Wood Oliver, Mrs Carmen Sanchez Otmanio, Captain Stefan Zabrewski und Warrant Officer Junior Grade Julio Zammoro tranken Kaffee in der VIP-Lounge des Abfertigungsgebäudes, während sie darauf warteten, dass die Piloten den Flugplan für die erste Etappe – Fort Bragg – Fort Lauderdale, Florida – für den Flug nach Buenos Aires zu Ende erstellten.

Der Raum war mit gepolsterten Sitzgruppen aus

Chrom und Plastiküberzügen eingerichtet. Es gab eine Kaffeemaschine, einen Fernseher und zwei Couchtische, auf denen ein Sortiment von veralteten Illustrierten lag, und ein Lautsprecher hoch an der Wand übertrug den Funkverkehr des Towers Pope.

Captains, Warrant Officers Junior Grade und die Frauen von Captains, Lieutenants und Sergeants First Class erhielten normalerweise keinen Zugang zur VIP-Lounge, doch der Flughafenoffizier vom Dienst, ein Major, hatte gehört, wie Brigadier General Paul R. Hanrahan Captain Zabrewski befohlen hatte: »Bringen Sie die Ladys und Zam dort rein, während wir in der Flugplanung sind«, und es war höchst unwahrscheinlich, dass ein Major die Wünsche des Generals ablehnte.

Durch das Fenster konnten sie drei Soldaten – zwei davon mit Tarnanzügen – beim Verladen von Gepäck in eine L-23 sehen, die an der Rampe für Transitflüge parkte. Die Männer waren Major George Washington ›Father‹ Lunsford, SFC Jorge Otmanio und Captain Darrell J. Smythe, der beim Team bereits ›Tante Jemima‹ genannt wurde.

Sie verluden nicht viel Gepäck. Es musste auf das Gewicht geachtet werden. Für jeden der fünf Männer, die an Bord sein würden, gab es eine Uniform und einen Satz Zivilkleidung plus Unterwäsche für drei Tage und Toilettensachen.

Die Kisten mit der Aufschrift PRIORITY, adressiert an den Attaché der U.S. Army, waren am Donnerstag der Air Force anvertraut worden, die wöchentlich einen Rundflug durch Südamerika machte und Fracht und manchmal Passagiere bei den verschiedenen Botschaften ablieferte.

Sie enthielten die Uniformen, Zivilkleidung und persönliche Dinge, die Zammoro, de la Santiago und Otmanio während ihres Aufenthalts in Buenos Aires brauchen würden, und zusätzliche Kleidungsstücke und Uniformen für Oliver und Portet für die Zeit, in der sie dort sein würden. Es gab keine Zusage, wann die Kisten tatsächlich in Buenos Aires eintreffen würden.

Die Planung des Fluges hatte hauptsächlich in der Küche der Portets stattgefunden, mit Pausen wegen zahlreicher Ablenkungen, einschließlich der Hochzeit und des Empfangs von Captain und Mrs John S. Oliver.

Die erste Etappe, Fort Bragg – Fort Lauderdale, war im Vergleich zum Rest der Reise ungefähr so kompliziert wie zur Tankstelle zu fahren und aufzutanken. Von dort an wurde es kompliziert.

Es war natürlich unmöglich, Kuba zu überfliegen. Der erste Tankstopp nach Lauderdale würde auf South Cariocas Island stattfinden, sechshundertfünfunddreißig Meilen von Fort Lauderdale und etwa zweihundertfünfzig Meilen nordöstlich des US-Marinestützpunkts Guantánamo, an der östlichen Spitze Kubas. Dies würde mit der L-23, die mit einer Reisegeschwindigkeit von hundertfünfzig Knoten flog, ein ungefähr vierstündiger Flug sein. Wenn sie Fort Lauderdale wie geplant um acht Uhr verließen, würden sie gegen Mittag in South Cariocas eintreffen.

Die Landung dort warf keine Probleme auf, denn South Cariocas war in britischem Besitz, und es bestand seit langer Zeit ein bilaterales Abkommen, dass Militärflugzeuge jeder Nation auf Flugplätzen der anderen landen konnten.

Wenn sie wie geplant um 14 Uhr von Cariocas starteten, würde es ein vierstündiger Flug über die sechshundert Meilen nach St. Maarten auf den Leeward Islands sein. Die Niederlande und Frankreich teilten sich seit 1648 die Verwaltung der Insel. Um die Landeerlaubnis dort und auf Paramaribo, Surinam, in Holländisch-Guinea, zu bekommen, hatte Mary Margaret Dunne zur niederländischen Botschaft in Washington gehen müssen. Colonel Felter hatte die Dokumente mitgebracht, als er in Bragg mit einem präsidentschaftlichen Lear und mit General und Mrs Bellmon an Bord eingetroffen war, »zufällig« gerade rechtzeitig, um an der Hochzeitsfeier Oliver/Wood teilzunehmen.

Sie würden in St. Maarten übernachten, hatte Jack entschieden, weil sie dort vermutlich ein viel besseres Abendessen bekommen konnten als in Port of Spain, Trinidad, am Mittag. Trinidad, an der Nordostspitze von Venezuela, befand sich in britischem Besitz, und die Landung dort war kein Problem.

Von Port of Spain nach Paramaribo, Surinam, waren es fünfhundertsechzig Meilen oder ein weiterer vierstündiger Flug. Wenn sie Port of Spain planmäßig um 13 Uhr 30 verlassen würden, würden sie in vier Stunden – etwa um 17 Uhr 30 – in Belém an der Nordküste Brasiliens eintreffen.

Der Militärattaché der brasilianischen Botschaft in Washington, der die Genehmigung militärischer Flüge über Brasilien erteilte, hatte Mary Margaret lächelnd gesagt, dass sein Freund, der US-Militärattaché in der US-Botschaft in Brasilia, grün vor Neid und vermutlich zugleich zornrot sein würde, wenn er angewiesen werden würde, für die Übernachtung einer Crew zu sorgen, die eine L-23 zum US-Attaché in Buenos Aires überführte. Der amerikanische Botschafter in Brasilia hatte seit Jahren vergeblich versucht, eine L-23 zu bekommen, um zwischen Brasilia, im Zentrum der Nation, und Rio de Janeiro und Sâo Paulo, den beiden größten Städten Brasiliens, hin und her zu fliegen, die viele hundert Meilen von Brasilia entfernt waren.

Sie würden die Nacht in Belém verbringen, bevor sie um acht Uhr zur längsten Etappe – rund tausend Meilen – nach Brasilia starten würden. Das bedeutete ungefähr sieben Stunden in der Luft – Jack nannte es das ›Limit für die Blase‹ – aber das ließ sich nicht ändern, und sie mussten daran denken, vor dem Start die beiden leeren Plastikmilchflaschen aus dem Gepäckabteil zu holen und zu hoffen, dass keiner Durchfall hatte.

Sie würden in Brasilia übernachten und um acht Uhr für den Flug nach Sâo Paulo an der brasilianischen Küste südlich von Rio de Janeiro starten. Das war eine Etappe von fünfhundertfünfzig Meilen – etwa weitere vier

Stunden. Nach einem kurzen Tankstopp würden sie von dort aus um 12 Uhr 30 nach Pôrto Alegre an Brasiliens Atlantikküste starten, nicht weit von der Grenze Uruguays entfernt – eine weitere Etappe von ungefähr fünfhundert Meilen, die etwa vier Stunden dauern würde.

Von Pôrto Alegre nach Buenos Aires waren es wiederum fünfhundertzwanzig Meilen oder letzte vier Stunden in der Luft, davon die meiste Zeit über Uruguay. Wenn sie um 18 Uhr von Pôrto Alegre starten konnten, würden sie gegen 22 Uhr in Ezeiza, Buenos Aires' internationalem Flughafen, eintreffen.

»All dies setzt voraus, dass nichts schief geht«, hatte Jack erklärt. »Will mir jemand Wetten anbieten, dass nichts schief gehen wird?«

»Bist du sicher, dass du am letzten Tag zwölf Stunden in der Luft sein willst? Und die letzten Stunden am Abend?«, fragte Lieutenant Colonel Craig W. Lowell. Er war vom Strike Command auf der McDill Air Force Base heraufgekommen, um ›letzte Vorkehrungen zu überprüfen‹, und seine Reise erlaubte ihm, ›zufällig‹ an den Hochzeitsfeierlichkeiten von Wood/Oliver teilzunehmen.

»Es sind drei Piloten an Bord«, sagte Pappy Hodges. »Wenn Oliver die erste Etappe fliegt, kann einer der anderen beiden hinten schlafen. Und der andere kann während der zweiten Etappe schlafen. Das würde Jack und de la Santiago für die letzte Etappe an die Kontrollen bringen. De la Santiago spricht Spanisch, wenn das nötig ist. Deshalb haben Sie sich das so gedacht, Jack?«

»Jawohl, Sir«, antwortete Jack.

»Ihr seid die Experten«, meinte Lowell.

*Das stimmt,* dachte Marjorie mit dem Stolz der Ehefrau. Von all den Piloten, die Jack bei der Flugplanung ›geholfen‹ hatten, war nur Major Pappy Hodges erfahrener, und er hatte keinen Verbesserungsvorschlag gemacht – geschweige denn kritisiert, was Jack geplant hatte.

Captain Oliver, Lieutenant Portet und WOJG de la Santiago kamen zwanzig Minuten später aus dem Flugplanungsraum. Ihnen folgten General Hanrahan, Lieutenant Colonel Lowell und Major Pappy Hodges. Jeder außer General Hanrahan trug eine Fliegerkombination und einen großen, fast quadratischen Koffer – ähnlich dem Musterkoffer eines Vertreters.

Es waren Jeppesen ›Jepp‹ Koffer, und sie enthielten die Anflug-Karten für jeden bedeutenden – und auch für fast jeden anderen – Flughafen in der Welt, plus Navigationswerkzeuge und manchmal Unterwäsche zum Wechseln.

Lieutenant Portet ging zu seiner Frau, die sich bemühte, fröhlich und freundlich zu wirken, und überreichte ihr den Jepp-Koffer.

»Bewahre ihn für mich auf, ja, Baby?«

»Wirst du ihn nicht brauchen?«, fragte Marjorie.

»Wir brauchen nur einen. Mit dem von de la Santiago kommen wir zurecht. Es hat keinen Sinn, Johnnys und meinen den ganzen Weg nach Argentinien mitzunehmen, nur um sie dann wieder zurückzuschleppen.«

»Klar«, sagte Marjorie und nahm den Koffer. Sie stellte ihn sofort wieder ab. Er war schwerer als er aussah.

Captain Oliver überreichte seinen Jepp-Koffer wortlos Liza. Sie lächelte und stellte ihn neben den anderen auf den Boden.

»Ich hoffe, Mrs Oliver, Ihnen ist klar, welches Glück Sie haben«, sagte Lieutenant Colonel Lowell.

Liza betrachtete ihn misstrauisch.

»Wieso, Colonel?«, fragte sie.

»Nun, wenn sich die Frauen Geschichten erzählen, wie die Army ihre Ehen gestört hat, können Sie jede übertreffen und sagen: ›Ich habe um vier am Nachmittag geheiratet, und am nächsten Mittag schickte die Army meinen Mann nach Argentinien.‹«

»Ich bin eigentlich nicht die jungfräuliche Braut, Colonel«, erwiderte Liza. »Und da ich die Army kenne, war ich nicht mal überrascht.«

Lowell war sichtlich erstaunt über ihren schnippischen

Tonfall, und einen Moment herrschte verlegenes Schweigen, bis General Hanrahan anerkennend Lizas Schulter tätschelte.

»Gut für Sie«, sagte er. »Einen Punkt für die Lady des Captains.«

Lunsford, Smythe und Otmanio kamen in die VIP-Lounge und rieben sich zitternd die Hände.

»Ich hatte soeben einen heiteren Gedanken«, erklärte Lunsford. »In Argentinien ist es Sommer. Hier ...«, er nickte zur Parkrampe hin, »... ist es kalt wie die – äh – der Besenstiel einer Hexe.«

Weder Mrs Oliver noch Mrs Portet noch Mrs Otmanio wirkten belustigt.

»Smythe, sind Sie bereit?«, erkundigte sich Pappy Hodges.

»Jawohl, Sir.«

»Wohin fliegen Sie, Smythe?«, fragte General Hanrahan.

»Rucker, Sir.«

»Ich meinte eigentlich, warum?«

»Ich werde heute Abend die L-19 herfliegen, Sir.«

»Was hat das zu bedeuten?«, fragte Lowell. »Die Air Force sträubt sich, sie in Rucker abzuholen.«

»Colonel, Tante Jemima will die in Rucker eingebauten Funkgeräte mit der Funkausrüstung des Teams hier testen«, antwortete Lunsford.

Lowell hob die Augenbrauen bei ›Tante Jemima‹, sagte jedoch nichts.

»Sie sprechen von der schwarzen L-19, richtig?«, fragte General Hanrahan.

»Jawohl, Sir.«

Hanrahan blickte unbehaglich zu den drei Frauen, die keine Unbedenklichkeitsbescheinigung für Top Secret/Earnest hatten.

»Captain Smythe wird sie heute Abend herfliegen«, sagte Lunsford. »Sie nach Camp Mackall bringen.«

»Und wie wird er sie im Dunkeln landen?«, fragte Lowell.

»Das Team wird eine Beleuchtung der Landebahn improvisieren, Sir«, sagte Smythe.

»Ich weiß nicht …«, meinte Lowell.

»Sir, ich habe Colonel Felters Erlaubnis«, sagte Lunsford.

»Was ist mit dem Plan, dass die Air Force die L-19 in Rucker abholt?«, fragte Lowell.

»Das hat Mr Finton geändert, Sir. Ich habe heute Morgen mit ihm gesprochen.«

Major Hodges beendete die Unterhaltung.

»Lassen Sie uns aufbrechen, Smythe«, befahl er. »Und ihr, Jungs, versucht, den Vogel nicht zu verbiegen. Wir können uns nicht erlauben, einen weiteren Korpskommandeur zu verärgern, indem wir ihm noch ein Flugzeug klauen.«

Er grüßte General Hanrahan lässig. Smythe salutierte schneidiger, und dann gingen die beiden davon.

»Ich werde den Check vor dem Flug machen«, sagte de la Santiago und folgte ihnen aus der VIP-Lounge.

Einen Moment später sahen sie ihn zu einer Mohawk und einer L-23 auf der Transitparkfläche gehen.

»Ich wünsche Ihnen einen guten Flug«, sagte General Hanrahan. »Die Priorität ist, dort hinzukommen – machen Sie sich keine Sorgen, wie lange es dauert.«

Er schüttelte ihnen die Hände, sagte zu Captain Zabrewski: »Gehen wir, Ski!«, und schritt zur Tür.

»Das war keine Erlaubnis, eine Woche Ferien in Fort Lauderdale zu machen«, sagte Father Lunsford. »Guten Flug.«

Auch er verließ die VIP-Lounge.

Lowell nahm einen Umschlag aus seiner Tasche und gab ihn Johnny Oliver.

»Sie haben den Brief, den Felter an General Pistarini geschrieben hat?«

»Jawohl, Sir.«

»Dies ist für Teniente Coronel Guillermo Rangio …«

»Für den Typen vom Nachrichtendienst?«, vergewisserte sich Oliver.

»Ja, für den stellvertretenden Direktor des SIDE«, bestätigte Lowell. »Es würde mich nicht überraschen, wenn er bei Ihrer Landung da ist – vermutlich in Zivil.«

»Darf ich fragen, was in dem Kuvert ist, Sir?«

»Eine weitere der Aktennotizen der CIA an Felter. Der Zweck ist, Rangio zu zeigen, dass Sie zu uns gehören.«

»Ich verstehe, Sir.«

»Wenn Sie irgendwelche Hilfe brauchen, schreien Sie«, sagte Lowell. Er wandte sich an die Frauen.

»Ich schicke Ihre Männer wirklich nur ungern so weit weg.«

»Aber wir sind Soldatenfrauen, richtig?«, sagte Liza.

»Das war Ihre Entscheidung, wie Sie sich erinnern werden«, erwiderte Lowell. Er küsste Marjorie auf die Wangen, gab Mrs Otmanio die Hand, nickte ein wenig kühl Liza zu und verließ die VIP-Lounge.

Die Ehemänner und ihre Frauen waren allein.

Einen Moment später konnten sie Lowell zu einer T-28 der Air Force gehen sehen, einem einmotorigen Ausbildungsflugzeug mit zwei hintereinander angeordneten Sitzen.

»He«, sagte Oliver, »warum die düstere Stimmung? Wir fliegen nach Argentinien, nicht nach Vietnam, und wir werden in einer Woche oder zehn Tagen zurückkehren.«

»Und wir müssen jetzt gehen«, sagte Jack. »Ich hasse langes Abschiednehmen.«

Marjorie blickte ihn gekränkt an und umarmte ihn.

»Sei vorsichtig«, sagte sie und flüsterte ihm »Ich liebe dich!« ins Ohr.

»Ich auch«, sagte er und ging schnell davon.

»Wir werden uns Zeit füreinander nehmen, wenn ich zurück bin, Baby«, sagte Johnny Oliver zu seiner Braut und wandte sich ebenfalls zum Gehen.

Sie lächelte ihn an, erwiderte jedoch nichts und umarmte ihn kurz, bevor er davonging.

SFC Otmanio küsste seine Frau, die den Tränen nahe wirkte, und folgte dann Oliver.

Durch das Fenster konnten die Frauen sehen, dass sich die Propeller der Mohawk zu drehen begannen. Während sie beobachteten, sprang der Motor von Lowells T-28 in einer bläulichen Rauchwolke an.

»Pope Army Nine-three-three auf der Parkfläche beim Abfertigungsgebäude, IFR Fort Rucker, erbitte Roll- und Starterlaubnis«, ertönte Pappy Hodges Stimme metallisch aus dem Lautsprecher an der Wand.

»Pope, Air Force Double-zero-four, gleiche Position, IFR Dill. Fertigen Sie mich bitte hinter der Mohawk ab«, erklang Craig Lowells Stimme aus dem Lautsprecher.

»Pope Army Eight-seven-seven«, ertönte Jack Portets Stimme aus dem Lautsprecher. »Lassen Sie mich bitte den alten Leuten von hier folgen. IFR Fort Lauderdale.«

Es dauerte einen Moment, bis der Tower antwortete.

»Pope an Mohawk. Nehmen Sie Rollbahn eins zur Startbahn zwei-sieben. Warten Sie dort auf meine Anweisungen. T-28, folgen Sie der Mohawk. Seven, folgen Sie der T-28. Sie starten als eins, zwei, drei in einminütigen Intervallen nach der Landung einer C-130. Erwarten Sie meine Starterlaubnis.«

»Pope, Nine-three-three wird vor zwei-sieben auf die Starterlaubnis warten«, antwortete Pappy.

Liza Wood ging zu dem Lautsprecher, stieg auf einen Sitz, griff hinauf und stellte den Lautsprecher aus.

Sie ging zum Fenster und beobachtete, wie die drei Flugzeuge von der Parkfläche rollten. Marjorie gesellte sich zu ihr, und schließlich trat auch Mrs Otmanio hinzu.

Einen Augenblick später tauchte eine C-130 aus dem Himmel auf und landete. Eine Minute später bog Pappys Mohawk auf die Startbahn, beschleunigte und erhob sich schließlich in die Luft. Eine Minute später startete die T-28 und wiederum eine Minute später die L-23.

Liza schaute Marjorie an, zuckte mit den Schultern und ging zu Johnnys Jepp-Koffer. Marjorie atmete tief durch, schritt zu Jacks Jepp-Koffer und nahm ihn ebenfalls.

Mrs Otmanio stand am Fenster und drückte die Stirn gegen die Scheibe.

Liza und Marjorie tauschten einen Blick, stellten die Jepp-Koffer wieder ab, gingen zu Mrs Otmanio und legten die Arme um sie, bis sie zu weinen aufhörte.

*8*

Jack Portet saß auf dem linken Sitz und de la Santiago auf dem rechten, aber Johnny Oliver, der mit Otmanio und Zammoro hinten saß, verließ sich wie die meisten anderen Piloten nie völlig auf irgendeinen anderen Piloten und wartete, bis die L-23 auf 10.500 Fuß, auf Kurs und der Autopilot eingeschaltet war, bevor er seine Neugier befriedigte, was in dem CIA-Bericht stand, den er dem Nachrichtenoffizier in Argentinien überbringen sollte.

Er öffnete den Umschlag, nahm den Bericht heraus und las ihn.

SECRET

**Central Intelligence Agency**
**Langley, Virginia**

**Von:** Stellvertretender Direktor Verwaltung

**Datum:** 28. Januar 1965 1345 GMT

**Betrifft:** Guevara, Ernesto (Aktennotiz # 39.)

**An:** Mr Sanford T. Felter
Berater des Präsidenten
Zimmer 637, The Executive Office Building
Washington, D.C.

Per Kurier

Gemäß präsidentschaftlicher Aktennotiz vom 14. Dezember 1964 an den Direktor, betreffend ›Ernesto ›Che‹ Guevara‹ wird folgende Information geliefert:

(Zuverlässigkeitsstufe fünf) (Von CIA Algier, Algerien) Betreffender traf mit Air Mali Flug 1121 aus Cotonou, Dahomey, am 27. Januar 1965 2005 GMT in Algier ein und fuhr direkt zur kubanischen Botschaft.

*Howard W. O'Connor*
HOWARD W. O'CONNOR

SECRET

Er gab den Bericht Zammoro, schnallte sich los und ging nach vorne, um sich hinter Portet zu knien.

»Auf die Gefahr hin, dass ich verrate, wie blöde ich bin, wo, zum Teufel, ist Cotonou, Dahomey?«

»Am Golf von Guinea, zwischen Nigeria und Togo«, antwortete de la Santiago. »Warum?«

»Wo, zum Teufel, ist der Golf von Guinea?«, fragte Oliver. »Und, was das anbetrifft, wo oder was ist Togo?«

»Westküste, Atlantik, Togo ist ein Land«, antwortete de la Santiago lachend.

»Warum ist Che Guevara denn nach Cotonou, Dahomey, gereist?«, fragte Oliver.

»Da habe ich keinen blassen Schimmer«, erwiderte Jack Portet. »Ich wusste gar nicht, dass jemand dort absichtlich hinfliegt.«

De la Santiago lachte.

»Wenn er dort ist …«, fügte Jack in jetzt ernstem Tonfall hinzu.

»*War*«, korrigierte Oliver. »Jetzt ist er in Algerien. Ich nehme an, dies beweist, dass Felter Recht hatte. Guevara war mit Sicherheit nicht in Cotonou, um zu schwimmen. Dort im Meer gibt es viele Haie. Der Hurensohn versucht offenbar Unterstützung für seine Pläne im Kongo zu bekommen.«

»Und wir sollen ihn stoppen? Wie?«, fragte Oliver.

»Hölle, ich dachte, ihr Green Beanies könnt alles«, sagte Jack.

»Das heißt *wir* Green Beanies, Lieutenant«, sagte Oliver. »Merken Sie sich das.«

»Ich weiß, wie er gestoppt werden kann«, sagte de la Santiago. »Ich würde ihn gern stoppen. Aber es ist ja verboten, dem Bastard das Gehirn aus der Birne zu blasen, nicht wahr?«

»Ich bin überzeugt, Ihnen wird etwas anderes einfallen, Mr de la Santiago«, sagte Oliver und ging zu seinem Sitz zurück.

## 9

*Apartment B-14*
*Foster Garden Apartments*
*Fayetteville, North Carolina*

*29. Januar 1965, 15 Uhr 45*

»Panzer! Panzer! Panzer!«, rief Master Allan Wood in dem Moment, in dem Marjorie die Wohnungstür aufgeschlossen hatte.

Er war unter der großmütterlichen Obhut von Patricia Hanrahan gewesen, während sie ihre Männer auf Pope verabschiedet hatten.

Marjorie lächelte.

»Der wahre Sprössling eines Panzersoldaten«, sagte sie und führte das Kind zu der Couch, hinter der die Spielzeugpanzer geparkt waren.

»Ein männlicher«, sagte Liza. »Sie lieben es, Dinge zu zerstören, vorzugsweise mit so viel Krach wie möglich.«

Marjories Lächeln wurde gezwungen, doch sie sagte nichts.

Sie kniete sich auf den Boden und fand den Hebel, mit dem die Batterie angeschaltet wurde. Allan fuhr den Panzer fröhlich gegen ein Bein des Couchtisches, wo sich die Ketten unnütz drehten.

Marjorie ging in die Küche und holte ein paar Plastiktassen, die sie vom Panzer umfahren lassen konnte.

Liza Wood öffnete die Tür des Kühlschranks und betrachtete den Inhalt.

»Da ist genug Essen übrig, um eine Armee zu beköstigen«, sagte Liza. »Leider ist unsere Armee auf dem Weg ins sonnige Florida und dann weiter nach Süden.«

»Nun, wenigstens werden wir nicht kochen müssen«, meinte Marjorie.

»Ich wusste, dass Bier im Kühlschrank ist«, sagte Liza. »Möchtest du eines, oder hättest du lieber etwas Stärkeres?«

»Bier ist prima«, sagte Marjorie.

Sie brachte die Plastiktassen zu Allan. Als sie in die Küche zurückkehrte, sah sie, dass Liza zwei Flaschen Heineken aus dem Kühlschrank genommen und geöffnet hatte. Liza gab eine Flasche Marjorie und trank dann ausgiebig aus ihrer.

»Willst du kein Glas?«, fragte Marjorie.

»Warum?« Liza nahm noch einen kräftigen Schluck. »Wenn wir nur Soldatenliebchen sind, warum sollen wir dann zimperlich und damenhaft sein?«

»Liza«, sagte Marjorie, »ich bin nicht in der Stimmung für Verbitterung.«

Liza sah sie an und zuckte mit den Schultern.

»Entschuldige«, sagte sie. »Weißt du, was ich auf dem Weg hierhin gedacht habe?«

»Ich bin mir nicht sicher.«

»Ich fragte mich, habe ich das Richtige getan?«, sagte Liza. »Und ich sagte mir, ja, Liza, es war das Richtige. Du liebst ihn und brauchst ihn, und Allan braucht ihn, und er liebt Allan, und wenn der Preis, den ich zahlen muss, ein Lächeln beim Abschied ist, dann ist das ein höllisch guter Handel.«

»Ja, das ist es«, stimmte Marjorie zu.

»Eine letzte bittere Bemerkung«, sagte Liza, »und dann höre ich damit auf.«

»Okay.«

»Weißt du, welche Sache auf die Army zutrifft? Je besser ein Offizier ist, desto mehr erwartet sie von ihm und desto mehr macht sie ihn kaputt.«

Marjorie schwieg.

»Denk darüber nach«, sagte Liza. »Johnny – der sich in dem Jahr, in dem er für deinen Vater gearbeitet hat, ziemlich kaputt gemacht hat – erzählte mir, in welch schrecklicher Verfassung Father Lunsford war, als er aus dem Kongo zurückkehrte. Bekam Father einen bequeme Verwendung, bei der er herumgammeln und Golf spielen konnte? Nein. Keiner von ihnen bekam einen Verpisserjob. Dein Jack machte eine John-Wayne-Schau in Stanleyville, und was geschah? Hefte ihm einen Balken an, dann können wir noch viel mehr aus ihm herausquetschen.«

»Worauf willst du hinaus?«

»Auf gar nichts. Mir war nur danach, das zu sagen.«

»Okay. Und ich bin ja deiner Meinung. Aber das war die letzte bittere Bemerkung, abgemacht?«

»Abgemacht«, sagte Liza, ging zu Marjorie und stieß mit ihrer Bierflasche gegen ihre an. »Von jetzt an wird alles Friede, Freude, Eierkuchen sein.«

Es klingelte an der Tür.

»Wer kann denn das sein?«, fragte Marjorie.

Sie ging zur Tür und öffnete, wobei sie sorgfältig die Bierflasche hinter der Tür versteckte.

Zwei Frauen Ende zwanzig standen auf dem Flur, in netten Kleidern, mit Hüten, Pumps und weißen Handschuhen.

»Hallo«, sagte Marjorie.

»Mrs Portet?«

»Das wird ›Por-tay‹ ausgesprochen, aber, ja.«

»Ich bin Helen Davidson, und dies ist Paula Mc Carthy«, sagte die Frau. »Willkommen in den Reihen der Army-Frauen.«

»Wie bitte?«

»Wir sind die stellvertretenden Vorsitzenden des Komitees, das neue Soldatenfrauen willkommen heißt«, sagte Mrs Davidson. »Unsere ehrenwerte Vorsitzende ist Doris Lowze.«

Als es bei Marjorie offensichtlich immer noch nicht klingelte, fügte Mrs McCarthy hastig hinzu: »Doris Lowze. General Lowze ist der stellvertretende Divisionskommandeur der Eighty-Second Airborne.«

»Was kann ich für Sie tun, Ladys?«, fragte Marjorie.

»Dürfen wir hereinkommen?«, fragte Mrs Davidson. »Wir waren schon früher hier, doch Sie waren nicht da.« Diese Feststellung klang wie ein Vorwurf.

»Gewiss«, sagte Marjorie und bereute es sofort.

»Oh, was für eine schöne Wohnung«, sagte Mrs McCarthy. »Als Jack und ich heirateten – wir wurden gleich nach seiner Zeit auf der Militärakademie getraut –, hatten wir nicht annähernd so Schönes wie das.«

Liza kam aus der Küche und hielt ihre Bierflasche in der Hand.

»Diese Ladys sind die stellvertretenden Vorsitzenden des Willkommens-Komitees für Frauen …«

»Es heißt richtig ›Welcome *New* Wives Commitee‹«, korrigierte Mrs Davidson.

»Nun, da sind Sie sicherlich bei der richtigen Adresse«, sagte Liza. »Können wir Ihnen ein Bier anbieten?«

»Dies ist meine liebe Freundin, Liza Wood«, sagte Marjorie.

»Danke, sehr nett, aber danke«, sagte Mrs McCarthy.

»Eigentlich halten wir es für das Beste, Alkohol bis zur Cocktailstunde zu meiden.«

»Tatsächlich?«, fragte Liza.

»Besonders, wenn es später ein gesellschaftliches Ereignis geben wird, bei dem Alkohol serviert wird«, sagte Mrs McCarthy.

»Was eigentlich der Grund unser Anwesenheit ist«, sagte Mrs Davidson. »Mrs Lowze meinte, dass es sehr wichtig ist, neue Frauen so bald wie möglich mit einzubeziehen. Ich hoffe wirklich, Sie haben keine Pläne für heute Abend.«

»Eigentlich keinen gottverdammten«, sagte Liza. »Wie steht es mit dir, Marjie, Baby?«

»Die monatliche Welcome New Wives Cocktailparty, um einander kennen zu lernen, findet heute Abend statt, Mrs Portet – Por-tay«, sagte Mrs McCarthy, »und Mrs Lowze wäre wirklich sehr enttäuscht ...«

»Das wäre sie wirklich«, fiel Mrs Davidson ein. »Sie hat uns gebeten, uns besondere Mühe zu geben, Sie zu finden und sicherzustellen, dass Sie kommen.«

»Wie haben Sie mich gefunden?«, fragte Marjorie.

»Der Sergeant bei der POV-Registratur gab uns Ihre Adresse«, sagte Mrs McCarthy.

»Darf er das?«, fragte Marjorie.

»Natürlich, meine Liebe«, sagte Mrs Davidson. »Sonst hätte er es ja nicht getan, nicht wahr?«

»Und wessen entzückender kleiner Junge ist das?«, wollte Mrs McCarthy wissen.

»Meiner«, sagte Liza. »Marjorie ist noch nicht lange genug verheiratet, um einen solchen Knirps zu haben.«

»Ihr Gatte ist nicht in der Army, nehme ich an?«, fragte Mrs Davidson. »Mrs Wood, so war doch der Name?«

»Eigentlich bin ich Mrs Oliver«, sagte Liza. »Und eigentlich ist er in der Army.«

»Aber nicht in Fort Bragg stationiert?«

»Eigentlich ist er doch in Fort Bragg stationiert.«

»Ich kann mir nicht vorstellen, warum Ihr Name nicht auf unserer Liste steht«, sagte Mrs McCarthy.

»Eigentlich kann ich das auch nicht verstehen«, sagte Liza. »Heißt das, dass ich nicht zu der Party kommen kann?«

»Ich muss schon sagen, Ladys«, sagte Marjorie. »Wir wissen zwar beide die Einladung zu schätzen, aber bitte danken Sie – Mrs Lowze, sagten Sie? –, dass sie an uns gedacht hat, aber …«

»Um welche Uhrzeit findet diese Party eigentlich statt?«, fragte Liza.

»Neunzehn Uhr dreißig«, sagte Mrs McCarthy. »Im Haupt-Offiziersklub der Garnison. Wissen Sie, wo das ist?«

»Und dort ist natürlich eine Betreuungsstelle für Kinder«, sagte Mrs Davidson. »Gleich neben dem Klub.«

»Oh, das Kind kann nicht zur Party kommen?«, fragte Liza.

»Mrs – Oliver, sagten Sie?«

»Stimmt.«

»Dies ist eine Cocktailparty für Damen. Keine Kinder.«

»Vielleicht das nächste Mal, Ladys«, sagte Marjorie.

»Blödsinn«, sagte Liza. »Wir werden mit Glöckchen um den Hals dort antanzen.«

»Die gewünschte Garderobe ist Abendkleid, Hut und Handschuhe«, sagte Mrs Davidson.

»Nun, wenn es Ihnen besser passt, wäre es vielleicht das Beste, wenn Sie bis zur Kennenlern-Party im nächsten Monat warten«, meinte Mrs McCarthy.

»Ich glaube, ich kann ein Abendkleid, Hut und Handschuhe irgendwo organisieren«, sagte Liza. »Wie steht es mit dir Marjie, Baby?«

»Ich weiß nicht, Liza«, sagte Marjorie.

»Blödsinn, wir werden was finden«, sagte Liza. »Wann, sagten Sie, ist die Bar geöffnet?«

»Eigentlich sieht die Prozedur vor, dass Sie zuerst an der Empfangsreihe vorbeigehen«, sagte Mrs Davidson, »und dann können Sie einen Cocktail haben, wenn Sie möchten.«

»Oder zwei oder drei?«, fragte Liza.

»Natürlich so viele, wie Sie möchten«, sagte Mrs Davidson ziemlich kühl.

»Wenn Sie im Foyer auf uns warten, würden wir Sie durch die Empfangsreihe geleiten«, sagte Mrs McCarthy.

»Das heißt, bevor ich zur Bar gehen kann, richtig?«

»Das wäre besser, Mrs Oliver«, sagte Mrs McCarthy. »Und wenn Sie uns jetzt entschuldigen wollen?«

»Sind Sie sicher, dass Sie kein Schlückchen für den Weg möchten?«, fragte Liza.

Mrs McCarthy und Mrs Davidson lehnten ab und verließen die Wohnung.

»Wie viele hast du getrunken?«, fragte Marjorie. »Mein Gott, Liza!«

»Dies ist die erste und einzige Flasche«, sagte Liza. »Ich war nicht mehr so glücklich, seit der Militärgeistliche sagte ›ich erkläre euch zu Mann und Frau‹.«

»Was?«

»Ich hasse solche Frauen«, sagte Liza. »Wie lange brauchte die Tucke, um dir zu erzählen, dass ihr Mann auf der Hudson High war und sie auf Befehl von Mrs General sowieso hier ist? Zwanzig Sekunden?«

»Eher zehn«, sagte Marjorie lächelnd.

»Und von jetzt an werden sie, bis wir dort auftauchen, vor Sorge krank sein, weil sie befürchten, dass wir besoffen auftauchen und eine Szene machen und sie dann auf der schwarzen Liste von Mrs General sowieso stehen.«

»Ich gehe nicht mit dir dorthin, wenn du die Besoffene spielst«, sagte Marjorie. »Geschweige denn, wenn du tatsächlich betrunken bist.«

»Du hast es nicht kapiert, wie? Wir gehen dorthin und zeigen diesen beiden – Zitat Anfang – Ladys – Zitat Ende, wie sich zwei Offiziersfrauen – kein Zitat – zu benehmen wissen.«

Aus Liza Wood Olivers Sicht hätte die monatliche ›Welcome New Wives‹ Cocktailparty, um einander kennen zu lernen, nicht besser verlaufen können.

Mrs Davidson und Mrs McCarthy erwarteten sie im Foyer des Offiziersklubs. Ungefähr dreißig junge Frauen hatten sich zu einer Schlange aufgestellt, um an der Empfangsreihe vorbeigeführt zu werden. Beide Damen waren sichtlich überrascht, Marjorie und Liza in fast identischen, schlichten schwarzen Kleidern und mit einer Perlenkette zu sehen.

Liza schaffte es schnell, das billigende Lächeln aus Mrs McCarthys Gesicht verschwinden zu lassen, indem sie fragte, ob sie auf die Schnelle einen in der Bar kippen könnte, bevor sie zur Empfangsreihe zurückkehren würde.

»Bitte nehmen Sie Ihren Platz mit den anderen ein, meine Liebe«, sagte Mrs McCarthy beschwörend und platzierte Marjorie und Liza ans Ende der Schlange, die an der Reihe der ranghohen Offiziersfrauen vorbeiging.

Als sich die Schlange in Bewegung setzte, ergriff Liza Marjories Arm und ging mit ihr zur Spitze der Schlange.

Mrs McCarthy konnte nichts dagegen tun, es sei denn, sie hätte sich auf sie gestürzt und sie zu Boden gerungen.

Sieben Frauen von ranghohen Offizieren bildeten die Empfangsreihe. Sie waren ihrem Rang entsprechend aufgereiht, die Ranghöchste am nächsten zur Tür.

Es stellte sich heraus, dass die ranghöchste Offiziersfrau Mrs General Lowze war. Mrs General Hanrahan war die Dritte in der Reihe.

Mrs McCarthys ziemlich genauen Anweisungen folgend, nannten Mrs Oliver und Mrs Portet Mrs General Lowze und der Frau des Generals, die neben ihr stand, (Mrs 82nd Division Artillery Commander) ihre Namen.

Beide Ladys erklärten, dass es sie freue, sie kennen zu lernen.

Die dritte Generalsfrau neigte sich vor und küsste Mrs Oliver und dann Mrs Portet.

»Ich hatte nicht erwartet, euch hier zu sehen«, sagte Patricia Hanrahan. »Gut für euch.«

Dann wandte sie sich an die Ladys zu ihrer Rechten, die Mrs 82nd Division Commander, Mrs Assistant XVIII

Airborne Corps Commander und Mrs XVIII Airborne Corps Commander persönlich waren.

»Ich glaube, Sie alle kennen Marjorie Portet, Bob Bellmons Tochter«, sagte sie laut, »und ich weiß, dass sie alle seinen Adjutanten, Captain Johnny Oliver kennen. Dies ist die nagelneue Mrs Johnny Oliver, Liza.«

Der geordnete Strom der Empfangsschlange wurde für gut drei Minuten gestört, während die beiden Bräute die besten Wünsche der ranghohen Offiziersfrauen entgegennahmen.

Weder Mrs Davidson noch Mrs McCarthy fanden beim Rest der Party Gelegenheit, mit Mrs Oliver und Mrs Portet zu sprechen.

# XV

## 1

*Büro des Chairman of the Board*
*Craig, Powell, Kenyon & Dawes*
*Wall Street 101*
*New York City, New York*

*29. Januar 1965, 15 Uhr 25*

Als Porter Craig das Lämpchen auf einem seiner Telefone leuchten sah, drückte er auf den Knopf seiner Gegensprechanlage.

»Gladys, das sollte besser wichtig sein. Ich genieße meine allerletzte Tasse Kaffee. Im Flugzeug oder in Florida werde ich keine bekommen.«

»Mrs Porter versucht nur, Sie am Leben zu erhalten, obwohl ich mir nicht vorstellen kann, warum. Der Colonel ist in der Leitung. Was soll ich ihm sagen?«

»Sie sind eine Lady, Gladys. Ich darf nicht aussprechen, welch böse Worte ich sagen möchte.«

Er neigte sich vor und nahm den Telefonhörer ab.

»Guten Morgen, Craig«, sagte er. »Und weshalb ruinierst du mir den bis dahin fast perfekten halben Tag?«

»Abgesehen davon, betrunken vom Hocker zu fallen, was hast du für das Wochenende vor?«

»Florida. Geoff fliegt Ursula und das Baby mit deinem Flugzeug runter nach Ocean Reef. Wenn du dich davon losreißen könntest, welchen Krieg auch immer an diesem Wochenende zu spielen, bist du natürlich willkommen.«

»Wundervoll«, sagte Craig Lowell.

»Warum kommt mir dieses ›wundervoll‹ verdächtig vor?«

»Wann fliegst du runter?«

»Ich wollte gerade zum Flughafen aufbrechen.«

»Ich nehme deine freundliche Einladung an«, sagte Lowell. »Ich werde entweder heute Abend oder gleich morgen früh dort runterfliegen.«

»Und warum macht mich dies ebenfalls misstrauisch?«

»Weil du ein unsicherer Mensch bist. Das habe ich dir schon so oft gesagt.«

»Was, zur Hölle, willst du, Craig?«

»Ich erhielt soeben einen Anruf von Jean-Philippe Portet«, sagte Lowell. »Mr J. Richard Leonard von der Gresham Investment Corporation hat ihn angerufen und will ihm morgen sein Angebot machen.«

»Und was hat das mit mir zu tun?«

»Ich finde, er könnte einigen Rat beim Verhandeln mit ihnen gebrauchen.«

»Er ist in Ocean Reef?«

»Ja.«

»Warum gerade Rat von mir?«

»He, Porter, du bist doch derjenige, der gejammert hat, dass er seine Dankbarkeit gar nicht richtig zeigen kann ...«

»Ich meinte, warum soll ich nicht jemanden – Hoover Daniel, zum Beispiel, er ist unser juristischer Experte – mitbringen?«

»Himmel, wenn du keinen Vertrag aushandeln kannst, Porter, warum sitzt du dann an Großvaters Schreibtisch?«

»Ich will das Beste für Jean-Philippe, Craig.«

»Jean-Philippe wird deine Hilfe als die eines Freundes annehmen«, sagte Lowell. »Ich nehme an, bei Daniel wird er sagen, ›danke, das ist nett, aber nein danke‹.«

»Ja«, stimmte Porter Craig widerstrebend zu, »da ist was dran. Was soll ich tun? Zu seinem Haus gehen und sagen ›ich hörte, Sie brauchen einen Rat bei einem Vertrag, und da bin ich, Sie glücklicher Knabe‹?«

»Ich werde ihn gleich zurückrufen«, sagte Lowell, »und ihm sagen, dass wir beide dort sein werden, und ihm vorschlagen, dich zu bitten, an den Verhandlungen teilzunehmen. Ich glaube, er wird dankbar sein. Wenn nicht, werde ich ihm sagen, welch blöder Scheißer er ist.«

## 2

*Ocean View Drive 33*
*Ocean Reef Club*
*Key Largo, Florida*

*30. Januar 1965, 15 Uhr 30*

»Wo ist Jean-Philippe?«, fragte Lieutenant Colonel Craig Lowell, als Porter Craig, in weißer Tenniskleidung, in sein Haus kam und seinen Sohn und Cousin in Schläuchen von Lastwagenreifen im Pool schwimmen sah.

»Unter der Dusche«, sagte Porter. »Er wird gleich hier sein.«

»Was ist passiert?«

»Das wirst du erst erfahren, wenn ich geduscht habe und Jean-Philippe auftaucht«, erwiderte Porter. »Im Moment reicht es, zu sagen, dass ich auf dem Weg zum Duschen in der Küche nachschaue, ob der Champagner auf Eis liegt.«

»Es muss also gut verlaufen sein«, sagte Craig Lowell zu Lieutenant Geoff Craig. »Dein Alter ist sonst nur so glücklich, wenn er bei einer Witwe eine Zwangsräumung veranlasst oder sonst jemanden finanziell ruiniert hat.«

»Wir haben uns nicht schlecht gehalten, das kannst du mir glauben«, sagte Porter Craig.

Er ging in Richtung Küche davon.

Eine Viertelstunde später kehrte Porter Craig zurück. »Und jetzt möchte ich einen Toast aussprechen«, sagte er und hob sein Champagnerglas. Er trug jetzt ein kurzärmeliges, knallbuntes Hemd und eine pinkfarbene Freizeithose. Captain Jean-Philippe Portet war mit

Polohemd und Seersucker-Hose bekleidet. Colonel Lowell und Lieutenant Geoff Craig waren noch in Badehose.

»Auf unseren sehr guten Freund, Jean-Philippe, den neuen Präsidenten von Intercontinental Air Holding Ltd.«, sagte Porter Craig. »Das ist eine Firma auf den Bahamas, die jedem ein bisschen Geld einbringen wird.«

»Übersetzt heißt das wohl, dass dein Alter soeben die CIA gefickt hat«, sagte Lowell zu Geoff Craig.

»Erinnerst du dich, dass Großvater stets gesagt hat, es ist sehr schwer, einen ehrlichen Mann zu betrügen?«, fragte Porter.

»Und Gott weiß, dass er es oft genug versucht hat«, sagte Lowell.

Geoff und Jean-Philippe lachten.

»Das stimmt nicht, und das weißt du«, sagte Porter.

»Willst du nur hier herumstehen und selbstzufrieden grinsen, Porter?«, fragte Lowell. »Oder uns erzählen, was passiert ist?«

»Er hat ein Recht darauf, zu grinsen, Craig«, sagte Jean-Philippe. »Er war einfach herrlich!«

»Sagt mir um Himmels willen, was gelaufen ist!«, drängte Geoff.

»Ich will, dass du dir dies anhörst, Sohn«, sagte Porter. »Die größten Vorteile hat man bei Verhandlungen, wenn die andere Partei (a) denkt, deine Position ist schwächer als sie tatsächlich ist, dass (b) deine Kenntnis der Lage schlechter ist als ihre und (c), dass du nicht annähernd so gewieft bist wie sie. Wir hatten alle drei Pluspunkte für uns.«

»Leonard tauchte mit einem Anwalt auf«, sagte Jean-Philippe. »Mit einem Typen namens Eichold. Er sagte, er sei hier, um zu helfen, mir die Einzelheiten ihres Angebots zu erklären.«

»Wie hast du Dickerchens Anwesenheit hier erklärt?«, fragte Lowell.

»Ich habe ihm gesagt, ich sei sein Tennispartner und wohne in derselben Straße als Nachbar«, sagte Porter, sichtlich selbstzufrieden. »Ich erzählte, ich sei im Immobiliengeschäft, hätte ein paar Verträge abgeschlossen, und er hätte mich auf einen Drink eingeladen.«

»Craig«, tadelte Helene Craig. »Ich habe dich immer wieder gebeten, ihn nicht Dickerchen zu nennen.«

»Setz ihn auf Diät, Helene«, erwiderte Lowell. Dann fragte er: »Was haben sie vorgeschlagen?«

»Sie haben eine Firma auf den Bahamas gegründet«, erklärte Porter. »Intercontinental Air Holding, Ltd., mit einem Kapitalwert von drei Millionen, bereits eingezahlt. Sie benutzten nicht ganz zwei Millionen, um all die Konkursmasse von Intercontinental Air aufzukaufen, einer Gesellschaft in Delaware mit Sitz in Miami. Die Konkursmasse besteht hauptsächlich aus einer Boeing 707 und zwei Douglas DC-7, alle für das Frachtgeschäft umgebaut, und das Leasing eines Hangars mit Büroräumen. Unter dem Strich spazierten die Besitzer von Intercontinental Air mit ungefähr einer halben Million davon, da sich die Schulden für die Flugzeuge auf etwa anderthalb Millionen beliefen.«

»Da ist zu hoch für mich«, sagte Mrs Helene Craig.

»Du brauchst nur da zu sitzen, schön zu sein und dafür zu sorgen, dass der Champagner fließt«, sagte Porter.

»Geh zum Teufel, Porter«, erwiderte sie.

»Sie haben ebenfalls eine Gesellschaft in Delaware gegründet«, fuhr Porter fort. »Intercontinental Air Cargo, Ltd., was eine Tochtergesellschaft von Intercontinental Air Ltd. ist und im Moment null Kapital hat.«

»In welcher Verfassung ist die 707?«, erkundigte sich Lowell.

»So lala. Die Motoren sind fast am Ende«, sagte Jean-Philippe. »Und die jährliche Inspektion ist bald fällig. Es war eines der Flugzeuge, die ich mir ansah, als ich dort draußen war – bevor Leonard mich fand. Die DC-7 kann ohne viel Aufwand in Schuss gebracht werden.«

»Leonard wusste das nicht«, sagte Porter. »Ich meine, er wusste nicht wie Jean-Philippe, dass die 707 noch überholt werden kann.«

»Was hat er vorgeschlagen?«, fragte Lowell.

»Er schlug Jean-Philippe für seine Dienste als Präsident dreiunddreißig Prozent vor«, sagte Porter. »Wir stimmten fünfunddreißig für Jean-Philippe zu, der in jedem Fall der Geschäftsführer sein wird, nur an Weisungen des Präsidenten gebunden, der von den Aktionären gewählt wird.«

»Da komme ich nicht mit«, bekannte Lowell. »Sie werden fünfundsechzig Prozent der Stimmen haben.«

»Jean-Philippe hat die Option, zusätzliche Aktien zu kaufen, wenn und falls der Verkauf von Air Simba über die Bühne geht, und das bis zum Ablauf von sechzig Tagen. Sie haben das mit Freuden garantiert, weil sie meinen, Mobutu hat Jean-Philippe in seiner Gewalt und es gibt keinen Verkauf innerhalb von sechzig Tagen, nicht einmal zu einem Spottpreis.«

»Und?«

»Sobald die Verträge unterzeichnet sind – und sie können nicht mehr aussteigen; wir haben eine Absichtserklärung, und sie wollen ja nicht wegen Nichteinhaltung vor ein Bundesgericht kommen –, überreicht Jean-Philippe ihnen einen Scheck über eine Million – vielleicht, nur um sicherzugehen, über anderthalb Millionen. Das verschafft ihm genug Stimmen, um sich selbst zum Präsidenten zu wählen.«

»Und woher bekommt er die anderthalb Millionen?«, fragte Lowell. »Von uns?«

»Ja, natürlich. Wir leihen ihm eins-komma-fünf Millionen für Air Simba. Und dann warten wir ab, was Mobutu macht. Wenn Mobutu schließlich anderthalb Millionen lockermachen kann und Air Simba mindestens doppelt so viel wert ist, können wir unsere Hände in Unschuld waschen. Für eine Investition von eins-komma-fünf Millionen plus seine Dienste bekommt Jean-Philippe die Kontrolle über Intercontinental Air, Ltd., mit Betriebsvermögen von über zwei Millionen.«

»Sie werden Flugzeuge für die neue Firma kaufen wollen«, sagte Lowell. »Und was dann?«

»Das kann auf verschiedene Weise geschaukelt werden«, sagte Porter. »Als Präsident ist Jean-Philippe befugt, sich das Geld für den Kauf eines Flugzeugs zu leihen oder ein Flugzeug zu leasen oder zusätzliche Aktien anzubieten, um das nötige Kapital zu beschaffen. Wir gehen davon aus, wenn Präsident Portet nicht bereit ist, zusätzliche Aktien anzubieten und die Aktionäre mitziehen ...«

»Und er wird die Stimmen haben, um sagen zu können ›kommt nicht in Frage‹, nicht wahr?«, unterbrach Lowell lächelnd. »Porter, ich nehme das meiste der unfreundlichen Dinge zurück, die ich im Laufe der Jahre über dich gesagt habe.«

»... werden Mr Leonards Gesellschafter die Wahl zwischen dem Leasen eines Flugzeugs haben, was sie wohl kaum tun werden, denn Leute, die ein Flugzeug leasen, wollen wissen, wo es fliegt und warum, oder sie müssen Geldgeber finden, die keine Fragen stellen werden.« Porter legte eine Pause ein und lächelte. »Ich habe mir immer gewünscht, mir zu äußerst günstigen Konditionen Geld von der Regierung zu leihen.«

»Gib unserem Dickerchen beide Ohren und den Schwanz vom nächsten Spanferkel«, sagte Lowell zu Helene Craig.

»Der Trick besteht darin, Jean-Philippe mindestens einundfünfzig Prozent der Aktien sofort nach unserer Unterzeichnung der Verträge zu geben«, sagte Porter.

»Ich schulde Ihnen mehr als beide Ohren und den Schwanz vom nächsten Spanferkel«, sagte Jean-Philippe.

»Sie schulden mir verdammt gar nichts«, erwiderte Porter Craig. »Sie gehören zur Familie, Jean-Philippe.«

»Wenn jemand uns eine Flasche gibt, werden Lieutenant Craig und ich darauf trinken«, sagte Lowell.

## 3

*Über dem Rio de la Plata*
*(argentinisch-uruguayische Grenze)*

*2. Februar 1965, 22 Uhr 45*

»Buenos Aires Anflugkontrolle«, sprach WOJG Enrico de la Santiago in sein Mikrofon, »dies ist U.S. Army Eight-seven-seven, eine Beechcraft Twin Bonanza, auf siebentausend Fuß über dem Rio de la Plata mit Buenos Aires in Sicht. Erbitte Anflug- und Landegenehmigung auf Ezeiza.«

»U.S. Army Eight-seven-seven, nehmen Sie Kontakt mit Anflugkontrolle Campo de Mayo auf 122,9 auf.«

»Buenos Aires, Army Eight-seven-seven, wir sind international. IFR von Pôrto Alegre, Brasilien. Wir haben die Anweisung erhalten, die Dienste der Einwanderungsbehörde und des Zolls auf Ezeiza in Anspruch zu nehmen.«

»U.S. Army Eight-seven-seven, Sie sind nach Campo de Mayo umgeleitet. Nehmen Sie Kontakt mit Anflugkontrolle Campo de Mayo auf 122,9 auf.«

»Verstanden, 122,9«, sagte de la Santiago. »Danke.«

Er begann sein Funkgerät auf die Frequenz einzustellen.

»Was, zur Hölle, hat das zu bedeuten?«, fragte Jack Portet.

»Noch wichtiger, wo ist Campo de Mayo?«, sagte de la Santiago.

»Johnny«, rief Jack, »wir sind nach Campo de Mayo umgeleitet worden.«

Oliver erhob sich von seinem Sitz und kniete sich zwischen die Sitze des Piloten und Kopiloten, während Jack nach einer Anflug-Karte für Campo de Mayo suchte.

»Da ist es«, sagte Oliver und wies auf eine Jeppesen-Luftkarte.

»Genau in der Mitte eines Sperrgebiets und deutlich

nur für argentinischen Militärverkehr markiert«, fügte Jack hinzu.

»Mayo Anflugkontrolle, U.S. Army Eight-seven-seven.«

*»Ocho-siete-siete aqui, Campo de Mayo, cual es su posicíon?«*

*»Dos mil metros sobre el Río de la Plata Creo que diviso Jorge Newberry.«*

*»Roger, Ocho-siete-siete. Lo tengo en el radar. Asuma curso 310 grados, y descienda a 1000 metros en este momento.«*

»Enrico, was ist los?«

»Ich habe ihm gesagt, wo wir sind – auf sechstausend Fuß über dem Fluss; dass ich Jorge Newberry, den Flughafen der Stadt, in Sicht habe. Er sagte, er hat uns auf dem Radar, und wir sollen auf einem Kurs von dreihundertzehn Grad auf dreitausend Fuß runtergehen.«

Das Flugzeug legte sich in sanften Kurvenflug nach rechts. Die Kompassnadel zeigte fast auf dreihundertzehn Grad.

»Rufen Sie ihn und sagen Sie ihm, dass unsere Karte ein Sperrgebiet zeigt«, befahl Oliver.

Es folgte wieder ein kurzer Wortwechsel auf Spanisch.

»Was war das alles?«, fragte Oliver.

»Ja«, meldete de la Santiago lachend, »dies ist Sperrgebiet. Wir haben die Landegenehmigung für die Landebahn 31.«

»Was läuft da ab?«, überlegte Oliver laut und lachte.

»Das werden wir herausfinden«, sagte Jack. »Ich nehme an, diese Lichter genau vor uns sind die von Landebahn 31.«

»Fahrgestell ausfahren, Klappen auf zwanzig«, befahl de la Santiago.

Jack griff nach den Kontrollen.

»Ich muss unbedingt pinkeln«, kündigte Jack an.

»Der Tower sagt, willkommen in Campo de Mayo«, meldete de la Santiago.

»Meine Mutter hatte Recht«, sagte Oliver. »Ich hätte in der High School bei Spanisch besser aufpassen sollen.«

Uniformiertes Bodenpersonal erschien mit Kellen und wies de la Santiago zum Parken ein.

»Stell die Kiste ab und schalte den Motor aus«, sagte Jack. »Ich muss wirklich pinkeln.«

»Da kommt jemand. Da kommen viele Leute«, sagte de la Santiago.

Ein großer Mann mit blauem Sportsakko und gelbem Polohemd mit offenem Kragen kam über die Parkfläche zur L-23. Mit vier Schritten Abstand folgten ihm vier Männer, zwei in Uniformen, die wie die der Luftwaffe aussahen, und zwei in den Uniformen von Beamten des Zolls und der Einwanderungsbehörde.

»Ich glaube, Sie sind der Ranghöchste, Captain«, sagte Jack. »Sie verhandeln mit den Einheimischen.«

Oliver stieg als Erster aus dem Flugzeug aus, ging zu dem älteren der Luftwaffenoffiziere und salutierte.

»Guten Abend, Sir«, sagte er. »Ich bin Captain John S. Oliver, U.S. Army.«

Der Gruß wurde erwidert.

»Willkommen auf Campo de Mayo«, sagte einer der Offiziere in gutem Englisch.

Als Nächster stieg Warrant Officer Junior Grade Julio Zammoro aus dem Flugzeug.

Er ging zu Oliver und den uniformierten Beamten, offenbar, um seine Dienste als Dolmetscher anzubieten. Er hob die Hand zum Gruß.

»Hola, Julio«, sagte der Mann mit dem Sportsakko leise.

Zammoro wandte sich um, weil er sehen wollte, wer da gesprochen hatte. Dann blieb er stehen, die Hand immer noch an der Stirn.

»Willi«, sagte er leise.

WOJG Enrico de la Santiago stieg jetzt aus dem Flugzeug, und Jack Portet und Otmanio folgten einen Moment später.

Zammoro und der Mann mit dem Sportsakko gingen zueinander und schlossen sich in die Arme.

»*Madre de Dios, me alegro de verlo, mi amigo*«, sagte der

Mann mit dem Sportsakko. »*He oído distintos comentarios sobre usted. Uno decia que usted estaba muerto, el otro que usted estaba en la Isla de Pinos.*«

»Ricky«, fragte Jack de la Santiago leise, »was geht da vor?«

»Sie müssen Freunde sein«, erwiderte de la Santiago. »Der Argentinier sagte, er freue sich, ihn zu sehen, dass sie gehört hätten, Zammoro sei tot und auf der Insel der Pinien.« Er legte eine Pause ein und fügte dann hinzu: »Die ›Insel der Pinien‹ ist Castros schlimmstes Gefängnis.«

Zammoro und der andere wechselten noch ein paar Worte.

De la Santiago, dessen Stimme bewegt vor Emotion klang, übersetzte das Wesentliche des Wortwechsels. »Er hat Zammoro nach seiner Frau gefragt. Zammoro sagte, sie ist auf der Insel der Pinien, und ihre Kinder sind bei der Schwester seiner Frau.«

Der Mann mit dem Sportsakko gab Zammoro einen letzten Kuss auf die Wange und ließ ihn gehen.

»Sie sind der einzige Captain«, sagte er in perfektem Englisch zu Oliver. »Also müssen Sie Captain Oliver sein. Ich bin Lieutenant Colonel Rangio, und ich habe das Privileg, Sie in Argentinien willkommen zu heißen.«

Oliver grüßte schneidig.

»Guten Tag, Sir.«

Rangio wandte sich an die uniformierten Beamten und sagte etwas zu ihnen.

»Wir gehören zu ihm«, übersetzte de la Santiago leise. »Wir gehen in den Offiziersklub. Er sagte dem Beamten der Einwanderungsbehörde, er soll in einer halben Stunde dorthin kommen.«

Die Uniformierten salutierten und gingen davon.

»Es wird mir ein Vergnügen sein, Sie alle persönlich kennen zu lernen«, sagte Rangio. »Aber ich schlage vor, wir machen uns im Casino bekannt. Sicherlich wollen Sie nach dem langen Flug alle die Toilette aufsuchen.« Er überlegte kurz. »Eigentlich gibt es eine Herrentoilette im Hangar, wenn dies ein dringendes Problem ist.«

»Sir«, sagte Jack, »für mich ist es ein dringendes Problem.«

»Wollen Sie mir dann bitte folgen, Lieutenant?«, sagte Rangio.

»Sir«, sagte Oliver. »Unser Gepäck?«

»Ich lasse es von jemandem ins Casino bringen«, sagte Lieutenant Colonel Rangio.

»Und, Sir«, sagte Oliver und nickte zu Otmanio, »Sergeant Class Otmanio ist – kein Offizier.«

»Wer wird das merken, wenn er eine Fliegerkombination trägt?«, erwiderte Rangio mit einem Achselzucken.

Zwanzig Minuten später saßen sie alle um einen sehr großen, sehr niedrigen runden Tisch mit Glasplatte in einem Raum neben dem Hauptspeiseraum des Campo de Mayo Casino, dem Offiziersklub.

Kellner mit weißem Jackett hatten ein Sortiment von Flaschen – für den Fall, dass jemand etwas anderes dem Sekt vorzog – und Tabletts mit Schnittchen auf den Tisch gestellt und sich dann entfernt und die Tür hinter sich geschlossen.

»Als ich die Passagierliste sah und Julios Name entdeckte, war ich mir natürlich nicht sicher, ob es mein Julio ist«, sagte Rangio, »aber ich hielt es für möglich, sogar wahrscheinlich. So bat ich, ein wenig Wein zu kühlen, falls es Anlass zum Feiern gibt.«

Oliver dachte: *Wenn du die Passagierliste gesehen hast, die als vertraulich erklärt ist, Colonel, bedeutet das, dass du Zugang zu vertraulichen Botschaften an unseren Militärattaché hast. Hast du die Passagierliste vom Attaché bekommen, oder hast du jemanden in der Botschaft sitzen*?

Oliver lächelte.

»Colonel, wenn Zam erzählt hätte, dass er Sie kennt, hätte Colonel Felter Sie bestimmt informiert.«

»Nennen sie dich so, Julio? ›Zam‹?«

»Für gewöhnlich, Willi, nennen Sie mich etwas Profaneres«, sagte Zammoro.

»Ich dachte mir, dass du unsere Freundschaft nicht bekannt machen möchtest«, sagte Rangio. »Und ich dachte, es könnte vielleicht peinlich sein, wenn es auf Ezeiza plötzlich herauskommt. Ich wusste, dass mein Freund Colonel Harris plante, dich auf Ezeiza abzuholen, und deshalb ließ ich dich hierhin umleiten.«

»Ich verstehe«, sagte Oliver. »Aber was machen wir jetzt mit Colonel Harris? Wir haben den Befehl, uns bei ihm zu melden.«

»In genau diesem Moment werden Colonel Harris und sein sehr fähiger Sergeant Major vermutlich die unberechenbaren Argentinier verfluchen und von Ezeiza aus unterwegs sein, um Sie hier abzuholen«, sagte Rangio.

»Danke, Sir.«

»In genau in diesem Moment sitzt meine gute Frau am Telefon, um zu erfahren, ob Ihr Julio unser Julio ist oder nicht«, sagte Rangio. »So möchte ich Sie um einen Gefallen bitten. Wenn ich schwöre, ihn morgen früh um acht Uhr beim Transit-Quartier der Botschaft abzuliefern, darf ich ihn dann mit mir nach Hause nehmen?«

»Absolut«, sagte Oliver. »Und es muss nicht acht Uhr sein, Colonel. Ich habe vor, morgen lange zu schlafen …«

Rangio nahm eine Karte aus seiner Brieftasche und schrieb eine Nummer darauf.

»Rufen Sie diese Nummer an, tagsüber oder nachts, und ich werde Julio binnen einer Stunde dort haben, wo Sie ihn hin haben wollen.«

»Danke«, sagte Oliver.

»Und wenn Sie uns jetzt entschuldigen wollen? Colonel Harris weiß, wo Sie alle sind.«

Zammoro stand auf und grüßte.

»Danke, Captain«, sagte er.

»Seien Sie nicht albern, Zam«, erwiderte Oliver. »Amüsieren Sie sich. Bis morgen oder übermorgen.«

Oliver wartete, bis Rangio und Zammoro fort waren, und dann klopfte er mit den Knöcheln auf die Glasplatte des Tisches, um die Aufmerksamkeit aller zu bekommen.

»Ihre Befehle lauten, wie Sie sich erinnern werden,

Colonel Harris nur zu erzählen, was er wissen muss. Und ich bezweifle, dass er wissen muss, dass Zammoro und Rangio alte Freunde sind. Irgendwelche Fragen?«

Alle schüttelten den Kopf, und SFC Otmanio sagte: »Jawohl, Sir.«

»Ich frage mich, warum Zammoro nichts erzählt hat - in den Staaten, meine ich«, sagte Jack.

»Keine Ahnung«, sagte de la Santiago. »Aber es kann sein, dass er befürchtet hat, man könnte ihn nicht herschicken, wenn bekannt ist, dass er und der SIDE-Mann alte Freunde sind.«

»Ja«, stimmte Oliver nachdenklich zu. »Jedenfalls hat Zam um die Genehmigung gebeten, die Nacht bei einem alten Freund – Name unbekannt – zu verbringen, und ich habe sie ihm gegeben. Okay?«

## 4

*Apartment 10-B*
*Malabia 2350 Palermo*
*(Transit-Quartier der US-Botschaft)*
*Buenos Aires, Argentinien*

*3. Februar 1965, 11 Uhr 30*

»Señor«, sagte das Dienstmädchen, das für das Apartment zuständig war, zu Captain John S. Oliver, der mit Lieutenant Jacques Portet auf dem kleinen Balkon eine Tasse Kaffee trank, »da wünscht Sie ein Gentleman von der US-Botschaft zu sprechen.«

»Bitten Sie ihn her«, sagte Oliver.

Eine halbe Minute später betrat Mr J.F. Stephens den Balkon.

»Captain Oliver?«, fragte er, und als Oliver nickte, fuhr er fort: »Ich bin J.F. Stephens, der Verwaltungsoffizier für Quartier und Sanitätsdienst der Botschaft.«

»Klar sind Sie das.« Oliver konnte ein Lächeln nicht unterdrücken. Colonel Lowell hatte ihn darauf vorbereitet, dass sich der CIA-Stationsleiter vorstellen würde, hatte jedoch nicht gesagt, dass er eine CIA-Version von Felter sein würde, ein völlig unscheinbarer Mann in verknittertem Anzug, ein Typ, den niemand für den Agenten eines Nachrichtendienstes halten würde.

»Das bin ich wirklich«, bekräftigte Stephens. »Vielleicht haben Sie einen James Bond erwartet?«

Oliver und Jack Portet lachten.

»Wie wäre es mit einer Tasse Kaffee, bevor Sie uns erzählen, was wir für Sie tun können?«, fragte Oliver und gab ihm die Hand. Dann deutete er auf Jack. »Dies ist Lieutenant Jack Portet.«

»Einen Kaffee hätte ich gern«, sagte Stephens und reichte Jack die Hand. »Willkommen in Buenos Aires.«

»Danke«, sagte Jack. Er bestellte bei dem Dienstmädchen mit Zeichensprache Kaffee für alle.

»Sie sprechen kein Spanisch, wie?«

»Kein Wort.«

»Sie brauchen eigentlich nur drei«, sagte Stephens. »*Baño, cerveza* und *bife de chorizo*. Badezimmer, Bier und Steak.«

Johnny und Jack lachten pflichtschuldig.

»Ich bin es wirklich, der Verwaltungsoffizier für Quartier, meine ich«, sagte Stephens. »Ich bin vorbeigekommen, um die Unterbringung von Warrant Officer de la Santiago und Zammoro und Sergeant Otmanio zu besprechen. Sie beide können natürlich hier bleiben, bis Sie in die Staaten zurückkehren. Wann wird das sein?«

»Ich frage mich, wer das wissen will«, sagte Oliver. »Der Verwaltungsoffizier für Quartiere oder neugierige Leute in Langley?«

»Wie wäre es mit beiden?«

Das Dienstmädchen brachte ein Tablett mit gefüllten Kaffeetassen.

Stephens sagte etwas auf Spanisch zu ihr, und sie

nahm das Tablett samt Kaffee wieder mit und ging in die Wohnung.

»Ich kann den Kaffee hier nur mit viel Sahne trinken«, erklärte Stephens, »was in Argentinien zum Glück richtige Sahne von Kuhmilch bedeutet, anstatt gewissem Molke-Mist – hauptsächlich Sojabohnen und Chemikalien –, den Sie in den Staaten bekommen.«

»Ich weiß nicht, wann wir in die Staaten zurückkehren«, sagte Oliver. »Jack und ich sind frisch verheiratet, und so möchten wir am liebsten gestern wieder abfliegen. Unsere Befehle lauten, dafür zu sorgen, dass sich Zammoro, de la Santiago und Otmanio einleben, damit sie ein Gefühl für das Land und für Señor Guevara bekommen. Ich möchte sehen – wir alle möchten das –, wo er aufgewachsen ist, derlei Dinge.«

»›Den Feind kennen lernen‹?«

»Das nehme ich an«, sagte Oliver.

Das Mädchen brachte das Tablett mit Kaffee zurück. Auf jeder Tasse schwamm jetzt Sahne.

»Man nennt das hier *café con crème*«, sagte Stephens, als er seine Tasse nahm. »Ist die – wie sollte ich es bezeichnen, ›Stammtruppe‹? – da?«

»Otmanio joggt«, sagte Oliver. »Er ist ein Green Beret. Die machen so was. De la Santiago ist unterwegs, um eine Zeitung – Zeitungen – zu kaufen.«

»Ich dachte, Sie alle sind von den Special Forces«, sagte Stephens.

»Da ist die Kategorie, die joggt, und die, welche das nicht tut«, sagte Jack. »Oliver und ich zählen zur zweiten Gruppe.«

»Und Zammoro?«

»Er besucht einen Freund«, sagte Oliver.

»Oh, tatsächlich?«

»Ja, tatsächlich«, sagte Oliver.

»Erzählen Sie mir, was das alles zu bedeuten hat?«, fragte Stephens.

»Wie bitte?«

»In meinem Metier gibt es zweierlei Typen«, sagte

Stephens. »Ich hatte gehofft, Colonel Lowell und Father Lunsford überzeugt zu haben, dass ich zu den Typen zähle, denen man vertrauen kann.«

»Als sie uns ins Bild gesetzt haben«, sagte Oliver, »bezeichnete Father Sie als besser als die meisten, und Colonel Lowell sagte, er hofft, wir alle seien vertraut mit dem Sprichwort ›hüte dich vor Geheimagenten, die Geschenke verteilen‹.«

»Okay, das ist fair genug. Lassen Sie mich erzählen, was ich weiß. Nach einer emotionalen Begrüßung in Campo de Mayo zwischen Ihrem Mr Zammoro und dem Typen, der Ihren Flug dorthin umleitete, fand ein üppiges Gelage in einem Privatzimmer des Campo de Mayo Casino statt.«

»Woher wissen Sie, wer unseren Flug umleitete?«

»Die Leute, die den Einfluss und die Macht haben, dies zu tun, kann ich an den Fingern einer Hand abzählen und den Daumen auslassen. Durch die einfache Prozedur des Auslassens – es war nicht der Präsident oder General Pistarini oder der Verkehrsminister – habe ich eine verdammt gute Vorstellung davon, wer es war.«

»Passen Sie bei ihm auf«, sagte Oliver zu Jack. »Er ist clever.«

»Während Dick Harris und ich – er ist übrigens ein weiterer der guten Jungs – auf dem Weg von Ezeiza nach Campo de Mayo waren, fuhren Ihr Mr Zammoro und sein guter, hier nicht namentlich bezeichneter Freund mit unbekanntem Ziel im Wagen besagten Freundes davon.«

»Wie haben Sie das herausgefunden?«, fragte Jack.

»Die Kellner im Casino reden zu viel«, sagte Stephens.

»Nur für die Akten, Jack, ich habe die Entscheidung getroffen, dem Verwaltungsoffizier für Quartiere zu erzählen, was das alles zu bedeuten hat«, sagte Oliver. »Und die Antwort ist, ich habe keinen blassen Schimmer, was das alles zu bedeuten hat, außer dass Zammoro und Colonel Rangio offenbar alte und gute Freunde sind.«

»Das wussten Sie vorher nicht?«

»Nein, das wusste ich nicht.«

»De la Santiago meint, Zammoro hat befürchtet, man würde ihn nicht herschicken, wenn bekannt wird, dass er und Rangio alte Freunde sind.«

»Was hat Zammoro in der kubanischen Armee gemacht?«, fragte Stephens. »War er im gleichen Metier wie Rangio?«

»Ich weiß es ehrlich nicht«, sagte Oliver, und dann kam ihm ein Gedanke. »Woher wissen Sie, dass er in der kubanischen Armee gewesen ist?«

»Ich erhielt ein Funkmeldung von einigen Leuten in Virginia«, sagte Stephens. »Ich weiß eine Menge über Sie alle, obwohl Sie eigentlich Junggeselle sein sollen.« Er legte eine Pause ein und wandte sich dann an Jack. »Der lange Arm der Einberufungsbehörde erwischte Sie im Kongo. Wo Ihr Vater eine Fluggesellschaft besitzt, für die Sie flogen, und Chefpilot einer anderen ist. Gleich nachdem Sie irgendeine Generalstochter geheiratet haben, erkannte die Army Ihr Universalgenie und ernannte Sie zum Offizier ...«

»*Bevor* ich die Tochter des Generals heiratete«, sagte Jack.

»De la Santiago war Captain in der kubanischen Luftwaffe, arbeitete für Ihren Vater, flog schwarz B-26er im Kongo und ging dann zur Army«, sagte Stephens. »Na, wie bin ich?«

»Otmanio?«, fragte Oliver.

»Otmanio, Jorge«, sagte Stephens. »Puertoricaner. Ging mit siebzehn zur Army. Fallschirmjägerschule. Diente beim Eighty-Second Airborne, 183nd Regimental Combat Team – übrigens meinem alten Regiment –, wurde Sergeant, bewarb sich bei den Special Forces, ging mit einem A-Team als Sprengexperte nach Vietnam, kehrte als SFC mit einem Silver Star und zwei Verwundetenabzeichen zurück. Er spricht natürlich fließend Spanisch.«

»Ihre Jungs sind gut«, sagte Oliver.

»Ich glaube, sie alle nennen es ›den Feind kennen lernen‹«, sagte Stephens. »Würde es Sie schockieren, zu erfahren, dass es Leute in einer nicht genannten

Regierungsagentur gibt – vermutlich ist es mehr als eine Agentur, wenn ich's mir recht überlege –, die sich um Mitternacht auf Friedhöfen versammeln, um Nadeln in eine Puppe zu stecken, die Ähnlichkeit mit einem Colonel Sanford T. Felter hat?«

»Nein«, sagte Oliver lachend.

»Vermutlich haben Sie schon von ›Mittäterschaft‹ gehört?«, sagte Stephens.

»Nein«, sagte Oliver. »Was ist das?«

»Es ist ansteckend, und Sie haben sich angesteckt«, sagte Stephens.

Oliver hob die Hand wie zum Schwur.

»Großes Pfadfinder-Ehrenwort«, sagte er. »Ich wusste nicht, dass Zammoro Rangio kannte, und – ich *weiß* es natürlich nicht – ich bezweifle, dass Felter oder Lowell es wussten.«

»Die Leute in Virginia wissen nur, dass er Major in der kubanischen Armee war«, sagte Stephens. »Das, zusammen mit der Tatsache, dass Castro seine Frau aus dem sehr üblen Knast auf der Isla de Pinos herausgeholt hat, bringt mich auf den Gedanken, dass er im gleichen Metier wie Rangio war. Die Akten von Nachrichtenoffizieren neigen dazu, zu verschwinden.«

»Ja«, stimmte Oliver nachdenklich zu.

»Wenn Sie das Lowell erzählen, wird er ihn dann von hier entfernen?«

»Ich weiß es nicht.«

»Ich würde das nur ungern sehen«, sagte Stephens. »Dieser Kontakt könnte sehr wertvoll sein.«

»Soll das ein Vorschlag sein, es Colonel Lowell nicht zu erzählen?«

»Es soll ein Hinweis darauf sein, dass Sie in dieser Sache eine Entscheidung treffen müssen, die nicht durch die Dienstvorschriften abgedeckt ist«, erwiderte Stephens. »Eine, die Sie nicht wie einer der Pawlowschen Hunde treffen sollten.«

»Ich wollte gerade sagen ›Geben Sie mir Zeit, um darüber nachzudenken‹«, sagte Oliver.

»Als Lowell und Lunsford hier waren, wohnten sie in einer der Generals-Suiten im Círculo Militar, was jemand in meinem Metier – ich meine als Verwaltungsoffizier für Quartierbeschaffung – zu dem Schluss veranlasste, dass sie jemand Bedeutenden kannten, zum Beispiel General Pistarini oder Lieutenant Colonel Rangio. Und siehe da, ein paar Tage später erhielt ich von meinen Freunden in Virginia eine Insiderinformation, dass Lowells Schwiegervater Generalleutnant von Greiffenberg ist, der Chef des deutschen Nachrichtendienstes. Haben Sie das gewusst?«

»Ja«, sagte Oliver.

»Ich nicht«, warf Jack ein.

»Ein kleiner Vogel zwitscherte mir, dass die Argentinier – was heißt, Rangio auf Befehl von Pistarini – den Befehl hatten, den bärtigen Bastard sofort zu erschießen. Als Nächstes erfuhr ich, dass Colonel Lowell mit Pistarini Polo spielte …«

Er legte eine Pause ein und wies wieder aus dem Fenster, diesmal auf ein pompöses Herrenhaus aus der Jahrhundertwende in französischem Stil.

»Dies ist der Círculo Militar. Er wurde von den Leuten erbaut, in deren Besitz die argentinische Version der *New York Times* ist. Inspiriert durch Bewunderung für die Armee, schenkten sie ihr das Gebäude. Ich möchte liebend gern wissen, was dahinter steckte.«

Er fuhr weiterhin um die Plaza San Martín, verlangsamte und parkte den Impala mit zwei Rädern auf dem Bürgersteig vor einem weiteren Gebäude aus der Jahrhundertwende, sodass die Stoßstange fast ein Parkverbotsschild berührte.

»Dies ist das Plaza Hotel«, erklärte er. »Drinnen befindet sich das älteste – und möglicherweise teuerste – Restaurant von Argentinien. Ich esse hier nur, wenn ich es auf die Spesenrechnung setzen kann.«

»Hat man Ihnen in Virginia kein Lesen beigebracht? Nicht einmal das Lesen von Verkehrsschildern?«

»Sie sind mit einem ordnungsgemäß akkreditierten

»Gut. Ich werde das als ein Schritt auf Ihrem Weg werten, zu dem Schluss zu gelangen, dass dieser Verwaltungsoffizier vertrauenswürdig ist.« Er hob die Hand wie zum Pfadfinder-Gruß. »Ich war ein Adler. Was waren Sie?«

»Ich war auch einer«, sagte Oliver.

»Und Sie, Lieutenant?«, fragte Stephens.

»Ich war nie Pfadfinder«, antwortete Jack.

»Das ist schade. Jetzt werde ich mich fragen müssen, ob ich Ihnen vertrauen kann«, sagte Stephens. »Warum gehen wir nicht zu Mittag essen? Ich werde das Essen spendieren, hauptsächlich weil ich es auf die Spesenrechnung setzen kann.«

»Das ist das Edificio Libertador«, sagte Stephens und wies aus dem Fenster seines Chevrolet Impala auf ein großes, hohes Gebäude. »Das Hauptquartier der Armee. Rangio hat ein Büro im zwölften Stock, gleich gegenüber von General Pistarinis Büro.«

»Gehört zu Ihrer Jobbeschreibung das Durchführen von Besichtigungstouren?«, fragte Oliver.

»Meine Jobbeschreibung ist ein wenig vage«, sagte Stephens. »Nur Touristen, die mit mir einer Meinung sind, bekommen die Tour.«

»Einer Meinung wobei?«, erkundigte sich Jack.

»Dass es wirklich kontraproduktiv wäre, den bärtigen Bastard umzulegen«, sagte Stephens. »Sie wären überrascht, wie wenige Leute so denken. Wenn ich Urlaub in Virginia mache, fühle ich mich manchmal wie diese leise, einsame Stimme der Vernunft.«

»Hm«, murmelte Oliver.

»Dies ist die Avenida Libertador«, erklärte Stephens. »Wir biegen hier links ab und fahren um die Plaza San Martín herum, vorbei am Círculo Militar, zu dem im Vergleich jeder Offiziersklub, den ich jemals in den Staaten gesehen habe, wie ein billiges Rasthaus wirkt.«

Oliver und Portet lächelten.

Diplomaten hier«, sagte Stephens. »Wir dürfen überall parken, wo wir wollen. Wir genießen Immunität vor dem argentinischen Gesetz. Sie können sich vermutlich vorstellen, wie praktisch das manchmal ist.«

»Darauf wette ich«, meinte Jack.

Stephens führte sie in das Restaurant, das sich im Erdgeschoss befand. Der Oberkellner begrüßte Stephens mit Namen und führte sie unter Verneigungen zu einem Tisch. Sofort tauchte ein Kellner auf.

»Wollt ihr Jungs mir vertrauen oder euch auf das Glücksspiel mit eurem nicht existierenden Spanisch verlassen?«

»Wir liefern uns ganz Ihnen aus«, sagte Jack lachend.

Stephens bestellte schnell, ohne einen Blick auf die Speisekarte zu werfen. Der Kellner entfernte sich.

»Wir werden uns über diplomatische Immunität unterhalten müssen«, sagte Stephens. »Aber bevor wir das tun, lassen Sie mich mit dem Thema fortfahren, das ich vorhin angeschnitten hatte.«

»Was war das?«

»Lowells Polospiel mit General Pistarini«, sagte Stephens. »Lowell spielt übrigens nicht schlecht. Er ist nicht so gut wie Pistarini, aber nicht schlecht. Jedenfalls, als ich danach mit ihm sprach – am nächsten Tag, sie tranken im Círculo Militar, um ihren Kater nach der Nacht zu bekämpfen –, erzählte mir Lowell, dass Pistarini zugestimmt hat, die Eliminierung Guevaras abzublasen. Ich schloss daraus, dass Lowell einer der guten Jungs ist. Es gibt auch böse Jungs in Uniform, was Sie mit Überraschung hören werden. Der Verteidigungsattaché hier ist zum Beispiel ein richtiges Arschloch.«

»Etwas in dieser Art habe ich gehört«, sagte Oliver lachend.

Der Kellner kam mit einer Flasche Wein an den Tisch und erledigte das Rituell, Stephens den Korken zu zeigen und ihn an der Flasche riechen zu lassen, und dann schenkte er ihm einen Schluck Wein ins Glas, um ihn kosten zu lassen. Stephens nickte billigend, und der Kellner schenkte den Wein ein.

Als er sich entfernt hatte, fuhr Stephens fort.

»Zu diesem Zeitpunkt gelangte ich zu dem Entschluss, mich für Ihre noble Unternehmung nützlich zu machen, trotz scharfer Anweisungen meiner Freunde in Virginia, Ihnen zerbrochene Flaschen, Steine und andere Hindernisse in den Weg zu werfen. Verstehen Sie, was ich meine?«

»Ja«, sagte Oliver. »Aber macht es Ihnen was aus, wenn ich mich frage, wo der Haken an der Sache ist?«

»Ich wäre enttäuscht, wenn Sie sich das nicht fragen«, erwiderte Stephens. »Angenommen, Zammoro bleibt, dann wäre es praktisch, wenn Sie ihm einen Diplomatenpass besorgten. Im Augenblick berechtigt ihn sein Status zu keinem, und die Argentinier genehmigen sie ungern für jemanden, der nicht mindestens Colonel ist ...«

»Was ist sein Status?«, wollte Jack wissen.

»Militärpersonal der Botschaft«, sagte Stephens. »Diplomaten erhalten ein weißes CD-Schild. Militärisches Personal, einfach jeder außer dem Verteidigungsattaché, Army-Attaché und Marineattaché bekommen blaue Schilder. Es gibt Ausnahmen. Die Kryptografen sind Warrant Officers von der Army, aber aus offenkundigen Gründen haben sie Immunität. Man nennt sie ›Kommunikations-Offiziere‹, und sie erhalten Diplomatenpässe.«

»Es wäre also nicht verdächtig, wenn Zammoro einen Diplomatenpass bekommt?«, fragte Oliver.

»Das Problem sind für gewöhnlich die Argentinier«, sagte Stephens. »Sie wollen nicht, dass jeder Tom, Dick und Harry auf dem Bürgersteig parkt. Aber ich nehme an, dass Zammoros alter Freund mit jedem Einwand fertig werden wird.«

»Was ist mit de la Santiago?«, fragte Jack.

»Er ist Warrant Officer. Was bei Zammoro funktionieren würde, das würde auch bei ihm klappen. Aber ich sage es noch einmal, Sie brauchen Rangio, damit er den Weg ebnet.«

»Und SFC Otmanio?«

»Er ist Unteroffizier. Das ginge wirklich zu weit. Was uns zu ihm bringt ...«

»Was hat er mit allem zu tun?«, fragte Jack.

»In diplomatischen Kreisen gelten Unteroffiziere und Mannschaften als Kinder. Besonders ledige. Sie erfordern ein Wohnen unter Aufsicht. Man erlaubt ihnen – den unverheirateten – nicht einmal ein Auto, und man lässt sie zusammen wohnen. Hier wohnen sie mit der Wachmannschaft des Marine-Corps zusammen. Nur der befehlshabende Sergeant der Marines, stets ein Verheirateter, bekommt seine eigene Wohnung und kann in einem eigenen PKW fahren.«

»Das ist doch Blödsinn«, meinte Jack.

»Als ein ehemaliger Specialist 5 – ein Unteroffiziers-Dienstgrad, etwa gleichbedeutend mit Sergeant – würde ich Ihnen natürlich beipflichten, aber ich bin nicht der Verteidigungsminister, der die Vorschriften erlassen hat. Ist Otmanio verheiratet?«

»Ja«, erwiderten Jack Portet und Johnny Oliver wie aus einem Munde.

»Wenn seine Frau hier wäre«, sagte Stephens, »würde das die Dinge sehr erleichtern. Er könnte sein eigenes Apartment haben und einen Privatwagen fahren.«

»Wo werden Zammoro und de la Santiago wohnen?«, fragte Oliver.

»Es ist Politik der Botschaft, dass sich zwei Junggesellen ein Apartment teilen«, antwortete Stephens. »Der Verwaltungsoffizier, der für die Unterbringung verantwortlich ist – also ich – kann Ausnahmegenehmigungen erteilen.«

Der Kellner servierte zwei dicke Steaks, gemischten Salat – grüner Salat, Tomaten und Zwiebeln – und eine große Portion sehr dick geschnittener Kartoffelchips.

»Das Steak wird *bife de chorizo* genannt«, erklärte Stephens. »Die Kartoffeln heißen *papas a la provenzal*. Lassen Sie sich's schmecken.«

Er signalisierte dem Kellner, eine weitere Flasche Wein zu bringen.

»Ich muss also Colonel Felter fragen, ob er Otmanios Frau herschicken wird«, sagte Oliver.

»Sie müssen sich entscheiden, ob Sie Felter oder Lowell, was auf das Gleiche hinausläuft, wie ich vermute, erzählen, dass Zammoro und Rangio alte Freunde sind.«

»Colonel Lowell sagte, wenn ich bei Ihnen zu Kreuze krieche, würden Sie mich Ihre Funkverbindung zu Ihren Freunden in Virginia benutzen lassen«, sagte Oliver.

»Sie wollen Felter anrufen?«, fragte Stephens, und als Oliver nickte, fügte er hinzu: »Und was werden Sie ihm sagen?«

»Darüber werde ich beim Essen und auf dem Weg zu Ihrer Funkverbindung nachdenken.«

## 5

*Büro des USIS-Verwaltungsoffiziers für Quartier und Sanitätsdienst*
*Botschaft der Vereinigten Staaten*
*Armiento 663*
*Palermo, Buenos Aires, Argentinien*

*3. Februar 1965, 15 Uhr 05*

»Weißes Haus, gesicherte Leitung«, sagte eine Männerstimme, und der klare Empfang überraschte Johnny Oliver.

»Zwei-zwei-sieben, bitte.«

»Zwei-zwei-sieben, Mr Finton.«

»John Oliver, Finton. Ist der Boss da?«

»Bleiben Sie dran.«

»Felter.«

»Oliver, Sir.«

»Ich weiß.«

»Sir, ich habe mit Colonel Lowells Freund aus Virginia gesprochen.«

»Mit dem CIA-Stationsleiter? Stephens?«

Der CIA-Stationsleiter saß hinter seinem Schreibtisch und grinste. Er hatte von Anfang an klargemacht, dass er das Gespräch mithören würde. Oliver gefiel das nicht, aber es war Stephens' Funkverbindung zur gesicherten Telefonzentrale des Weißen Hauses, und er konnte nichts dagegen tun.

»Jawohl, Sir.«

»Und?«

»Es würde die Dinge für Otmanio erleichtern, wenn seine Frau hier wäre. Andernfalls müsste er mit den Wachen des Marine-Corps zusammen wohnen und könnte keinen Privatwagen haben.«

Es dauerte fünfzehn Sekunden, bis Felter antwortete.

»Kein Problem«, sagte er. »Sobald ich das veranlassen kann, wird sie im Flugzeug sitzen. Was ist mit Rangio? Haben Sie irgendeinen Kontakt mit ihm?«

»Wir sollten in Ezeiza landen, wurden jedoch zu einem Militärflughafen in Campo de Mayo umgeleitet. Rangio war dort. Es stellte sich heraus, dass er und Zammoro alte und offensichtlich enge Freunde sind.«

»Scheiße«, murmelte der CIA-Stationsleiter bitter. Oliver fragte sich, ob Felter ihn hören konnte.

Diesmal war die folgende Pause länger.

»Das macht mir irgendwie zu schaffen«, sagte Felter dann. »Nun, was wollen Sie tun?«

Oliver hatte nicht mit der Frage gerechnet. Er hatte eine Entscheidung erwartet, Befehle, keine Bitte um seine Meinung.

»Diese Verbindung kann sehr wertvoll sein, Sir«, sagte er.

»Das kam mir auch in den Sinn. Aber ich habe gefragt, was Sie tun wollen.«

»Ich möchte seine Verbindung nutzen, Sir.«

»Warum hat er uns Ihrer Meinung nach nicht davon erzählt?«

»De la Santiago meint, er hat Angst gehabt, dass Sie ihn nicht hierhin schicken, wenn Sie es wissen.«

»De la Santiago hat Recht. Die Frage lautete, was meinen Sie?«

»Ich stimme mit de la Santiago überein, Sir.«

»Dann stellt sich die Frage, ist er dort als Teammitglied oder weil er freie Schussbahn auf Guevara haben will.«

»Ich stimme für das Teammitglied, Sir.«

*Verdammt, ich habe über diese Antwort nicht nachgedacht, sondern sie wie aus der Pistole geschossen gegeben!*

Felter schwieg wieder eine Weile, bevor er antwortete.

»Nun, das ist Ihre Entscheidung«, sagte er dann. »Sonst noch etwas?«

»Diplomatischen Status für ihn und de la Santiago.«

»Das Außenministerium sagte mir, die Argentinier würden das nicht genehmigen.«

»Zammoros Beziehung mit Rangio ändert das vielleicht, Sir.«

»Ist Ihnen klar, dass ich dumm aus der Wäsche schaue, wenn ich darauf bestehe, dass das Außenministerium um den Diplomatenstatus bittet, den die Argentinier nach seiner Meinung nicht geben werden, und es Recht behält? Und dass es das dem Präsidenten unter die Nase reiben wird, welch Idiot ich bin?«

»Jawohl, Sir.«

»Wollen Sie zuerst Rangio fragen?«

»Ich werde Zammoro bitten, ihn zu fragen. Dann sehe ich, was passiert.«

»Lassen Sie mich wissen, was dann passiert«, sagte Felter. »Sonst noch etwas?«

»Nein, Sir.«

»Je eher Sie wieder hier sind, desto besser, ich nehme an, das ist Ihnen klar«, sagte Felter.

»Ist irgendetwas los, Sir?«

»Sie und Jack sind die frisch Verheirateten«, sagte Felter, lachte und legte auf.

»Weißes Haus, gesicherte Leitung«, sagte eine Männerstimme. »Ist das Gespräch beendet?«

»Beendet«, sagte Oliver und legte den Hörer auf.

»Sie mussten es ihm sagen, wie?«, fragte Stephens.

»Offiziere der Army sind wie Pfadfinder«, sagte Oliver. »Wir dürfen nicht lügen, betrügen oder stehlen.«

»Ich dachte, das gilt für West-Point-Kadetten«, bemerkte Stephens.

»Eigentlich ist es Norwich«, sagte Jack. »Wir hatten den Ehrenkodex vor Hudson High.«

»Wie auch immer«, meinte Stephens. »Wenn Sie das wirklich glauben, sind Sie vielleicht im falschen Metier. Lügen, stehlen, betrügen und Schlimmeres sind Teil dieses Gebiets.«

»Was ist mit ›in der Liebe und im Krieg ist alles erlaubt‹?«, fragte Jack.

»Vielleicht besteht wenigstens noch Hoffnung für Sie, Lieutenant«, sagte Stephens. »Was hat der legendäre Colonel Felter also gesagt?«

»Sie konnten das nicht hören?«

»Nennen Sie es eine Bestätigung dessen, was ich hoffe, gehört zu haben«, sagte Stephens.

»Er wird Otmanios Frau herschicken«, sagte Oliver. »Und ich hatte Recht. Er wusste nicht, dass Zammoro und Rangio alte Freunde sind. Er überließ mir die Entscheidung, ob Zammoro bleibt oder nicht.«

»Da haben wir Glück gehabt«, sagte Stephens. »Ich bezweifle, dass Sie wirklich verstehen, wie wertvoll diese persönliche Beziehung sein kann.«

»Zammoro sagte, er sei ehrenwert, nicht blöde«, sagte Jack.

Stephens schaute Jack an und hob eine Augenbraue, äußerte sich jedoch nicht.

»Ich nehme an, der nächste Schritt ist, mit Zammoro zu reden«, sagte Oliver. »Rangio hat mir eine Telefonnummer gegeben.«

»Ihr nächster Schritt ist, einen Diener bei Colonel Harris zu machen«, sagte Stephens.

»Okay, und dann Zammoro. Ich nehme an, Sie wollen nicht auch noch daran teilnehmen.«

»O nein. Inzwischen hat Rangio Zammoro bereits gewarnt, sich von mir fern zu halten.«

»Rangio weiß, wer Sie sind – was Sie tun?«

»Na klar. Ich frage mich oftmals, wen wir mit diesen Undercover-Jobs zu täuschen glauben.«

## 6

*Apartment 10-B*
*Malabia 2350 Palermo*
*(US-Botschaft, Transitquartier)*
*Buenos Aires, Argentinien*

*3. Februar 1965, 17 Uhr 15*

»Das ging aber schnell«, sagte Johnny Oliver zu WOJG Zammoro, als er das Apartment betrat.

»Colonel Rangio hatte versprochen, mich ›binnen einer Stunde‹ abzuliefern«, entgegnete Zammoro. »Er ist ein Mann, der sein Wort hält.«

»Wir werden über Ihren Freund Colonel Rangio reden müssen«, sagte Oliver.

»Jawohl, Sir«, sagte Zammoro, als hätte er das erwartet. Er sah Jack Portet an. »Mit Verlaub, Sir, könnten wir unter vier Augen sprechen?«

»Nein, ich will Lieutenant Portet dabei haben«, sagte Oliver. »Ich habe de la Santiago und Otmanio ins Kino geschickt.«

»Jawohl, Sir«, sagte Zammoro.

»Ihre Glaubwürdigkeit und somit Ihre Brauchbarkeit für diese Mission ist in Zweifel geraten«, eröffnete Oliver ihm. »Sie könnten, ich wiederhole, *könnten*, etwas Glaubwürdigkeit wiedergewinnen, wenn Sie von diesem Moment an die Wahrheit, die reine Wahrheit und nichts als die Wahrheit sagen.«

»Jawohl, Sir.«

»Wann und wo haben Sie Colonel Rangio kennen gelernt?«

»In Argentinien, Sir. 1952. Ich wurde dorthin auf die

Infanterieschule geschickt. Er war ein Ausbilder. Und dann traf ich ihn 1957 wieder in Kuba.«

»Was hat Rangio in Kuba gemacht?«

»Er war angeblich der Handelsattaché der argentinischen Botschaft.«

»Und tatsächlich?«

»Er war vom SIDE nach Kuba geschickt worden, Sir.«

»Und was waren Sie zu diesem Zeitpunkt?«

»Infanterieoffizier, ein Major. Ich war in einem Infanteriebataillon.«

»Kein Nachrichtenoffizier?«

»General Batista benutzte seinen Nachrichtendienst als private Polizeitruppe«, sagte Zammoro verächtlich. »Nein, ich war keiner davon, ich war Soldat.«

General Fulgencio Batista war Präsident von Kuba, bis die von Castro angeführte Revolution Erfolg hatte.

»Und wie kam es, dass Sie Colonel Rangio wiedergetroffen haben?«

»Er spürte mich auf«, sagte Zammoro. »Er bot mir seine Hilfe an.«

»Welche Art Hilfe?«

»Mein Regiment war dafür verantwortlich, die Aufständischen in der Sierra Maestra ›unter Kontrolle zu halten‹.«

»Sie meinen Castro?«

»Jawohl, Sir.«

»Welches Interesse hatte Rangio daran?«

»Castros Sanitätsoffizier – Ernesto Guevara de la Serna«, sagte Zammoro.

»Sie wussten, dass Rangio ein Nachrichtenoffizier war?«

»Ich wusste, dass er kein ›Handelsattaché‹ war. Als er mir erzählte, dass er soeben zum Lieutenant Colonel befördert worden war, da war es nicht schwierig für mich, mir das zusammenzureimen.«

»Und welche Art Hilfe bot er an?«

»Er ließ mich wissen, dass es keine Konsequenzen von der argentinischen Regierung geben würde, wenn Guevara ermordet werden würde. Er hatte die

Vorstellung, unser Feldzug gegen Castro würde scheitern, weil wir Probleme von den Argentiniern und anderen südamerikanischen Regierungen befürchteten.«

»Stimmte das?«

»Captain, wenn dienstalte Offiziere zu bedeutenden Kommandeuren ernannt werden, weil sie ein korruptes Regime unterstützen, bekommt man keine leistungsfähige Armee.«

»Das kann ich mir vorstellen. Und das ist geschehen?«

»Ja. Wenn Batista die Armee von seinen guten Offizieren hätte befehligen lassen, wäre er vermutlich immer noch Präsident.«

»Was war das argentinische Interesse an Castro?«

»Sie wussten, dass Guevara Kommunist war. Dies war, wie Sie sich erinnern werden, als sich Castro als Kämpfer gegen das korrupte Regime von Batista präsentierte. Erst nach seiner Einnahme von Havanna kam heraus, dass er Kommunist ist. Die Argentinier hatten offenbar den Vereinigten Staaten gesagt, was sie wussten, und die USA hatten nichts unternommen. Es wäre im argentinischen Interesse gewesen, wenn die Castro-Rebellion gescheitert und Guevara dabei ums Leben gekommen wäre. Hier gibt es ebenfalls Kommunisten, wie Sie wissen.«

»Offensichtlich haben Sie Castro nicht stoppen können«, sagte Jack Portet.

»Wir tauschten einen Gangster in Offiziersuniform gegen einen Kommunisten«, sagte Zammoro.

»Und Sie hatten das Gefühl, das Land verlassen zu müssen«, sagte Oliver.

»Sofort als Castro in Havanna war, erklärte er Rangio zur unerwünschten Person, doch bevor er das Land verließ, informierte er mich noch, dass ich auf Señor Guevaras Arrest- und Exekutionsliste stand. Guevara wusste von meiner Beziehung zu Colonel Rangio. Und natürlich war Fidel selbst nicht allzu glücklich mit mir. Ich hatte viele seiner Männer ausgeschaltet.«

»Und Ihre Frau kam nicht heraus«, sagte Jack leise.

»Sie wurde an dem Tag festgenommen, an dem ich in

Miami eintraf«, sagte Zammoro. »Sie ist in einem Käfig – buchstäblich einem Käfig – auf der *Isla de Pinos*, das ist eine Insel vor der Südküste.«

»Scheiße!«, stieß Jack hervor.

»Warum haben Sie keinem – General Hanrahan, Colonel Felter, Colonel Lowell, keinem – davon erzählt?«, fragte Oliver.

»Ich wusste, dass sie – völlig zu Recht – misstrauisch bei jemandem sein würden, der Offizier in Batistas Armee gewesen ist. Ich wollte unbedingt in die Special Forces und sagte mir, dass ich mir keine Hindernisse in den Weg legen sollte.«

»Warum wollten Sie in die Special Forces?«, fragte Jack.

»Wer sonst in der Welt außer den Special Forces ist im Augenblick daran interessiert, etwas zu unternehmen, um den Kommunismus in Südamerika zu stoppen?«

»Warum sind Sie nicht nach Argentinien gegangen?«, erkundigte sich Jack. »Sie hatten die Beziehung zu Rangio.«

»In der argentinischen Armee gibt es keine Ausländer«, sagte Zammoro. »Ich wäre nicht einmal als Private genommen worden.«

»Die wahre Frage, Zammoro, ist folgende«, sagte Oliver. »Sind sie ein Offizier der Special Forces, der Befehle befolgt, oder sind Sie jemand in der Uniform der Special Forces, der bei der erstbesten Gelegenheit Guevara abknallt?«

»Captain, Sie sind ein Norwich-Absolvent, ein Berufsoffizier. Ich hatte gehofft, Sie würden verstehen.«

»Was verstehen?«

»Ich bin ebenfalls Berufsoffizier. Bevor ich diese Uniform anzog, leistete ich einen feierlichen Eid vor Gott, die Befehle meiner vorgesetzten Offiziere zu befolgen«, sagte Zammoro. »Wenn diese Befehle lauten, den Verbrecher, der meine Frau in einem Käfig mit Hungerrationen gefangen hält, *nicht* zu töten, dann werde ich sie befolgen, ob sie mir gefallen oder nicht.«

Oliver sah Zammoro lange in die Augen und stand dann auf. »Ich brauche was zu trinken«, sagte er. »Sonst noch jemand?«

»Ein kleiner Scotch wäre prima«, sagte Jack.

»Nein, danke, Sir«, lehnte Zammoro ab.

Oliver ging zur Bar und kehrte mit zwei Gläsern zurück, in die er Whisky eingeschenkt hatte. Er gab eines der Gläser Zammoro.

»Trinken Sie«, sagte er. »Besorgen Sie sich selbst Ihren Schnaps, Jack«, fügte er hinzu. »Sie sind nur ein popeliger Lieutenant und ein verdammt dienstjunger obendrein.«

Zammoro nahm den Whisky von Oliver entgegen, kostete jedoch nicht. Oliver wartete, bis sich Jack bedient hatte, und stieß dann mit Zammoro an.

»Es ist Politik der Botschaft, dass zwei ledige Offiziere ein Apartment miteinander teilen«, sagte er. »Der Verwaltungsoffizier der Botschaft, der für die Unterbringung zuständig und ebenfalls der CIA-Stationsleiter ist, sagt, er kann eine Ausnahmegenehmigung erteilen. Was meinen Sie, Julio? Wollen Sie ein Apartment mit de la Santiago teilen oder nicht?«

»*Muchas gracias, mi capitán*«, sagte Zammoro, und seine Stimme klang tief bewegt. »*A sus órdenes, mi capitán*.«

Jack und Oliver blickten ihn neugierig an.

»*Muchas gracias* heißt vielen Dank«, übersetzte Zammoro. »*A sus órdenes, mi capitán* bedeutet ›Zu Befehl, Captain‹.«

»Das ist nett, Julio«, sagte Oliver. »Aber ich hatte Ihnen eine Frage gestellt.«

Zammoro blickte auf das Glas in seiner Hand und nippte dann daran.

»Wenn wir entgegen den Gepflogenheiten der Botschaft getrennte Apartments hätten, würde das komisch wirken«, sagte er. »Und ich habe nichts dagegen, die Wohnung mit de la Santiago zu teilen. Anderseits könnte es sehr nützlich sein, wenn wir ein zweites Apartment hätten. Könnte das arrangiert werden?«

»Ich habe nichts dagegen«, sagte Oliver.

## 7

*Avenida Tucaman 1210*
*Buenos Aires, Argentinien*

*5. Februar 1965, 15 Uhr 25*

Captain John S. Oliver, Lieutenant Jacques Portet, die Warrant Officers Junior Grade Enrico de la Santiago und Julio Zammoro und SFC Jorge Otmanio – alle in Zivil – standen seit fünf Minuten vor der verzierten Tür des Apartmentgebäudes aus der Jahrhundertwende, als ein 1964er Chevrolet Impala mit CD-Schildern und CD-Aufkleber auf der Stoßstange nahte, verlangsamte und halb auf dem Bürgersteig hielt.

Major J.F. Stephens stieg aus und ging zu ihnen.

»Habe ich Sie lange warten lassen?«, fragte er und reichte Oliver die Hand.

»Wir sind soeben eingetroffen«, sagte Oliver.

»Um Haaresbreite«, fügte Jack hinzu. »Ich dachte bisher, die verrücktesten Taxifahrer der Welt gibt es in Paris.«

»Die Argentinier versuchen, alles zu übertreffen«, sagte Stephens. Er wies die Straße entlang zu einem hohen Gebäude. »Das ist das Opernhaus Colón. Als es erbaut wurde, erhielt der Architekt als erste Anweisung, es größer als die Pariser und die Wiener Oper zu bauen.«

»Tatsächlich?«, fragte Jack lachend.

Stephens gab Otmanio die Hand.

»Ich bin Jack Stephens, der Quartiermacher der Botschaft«, sagte er auf Spanisch.

»SFC Otmanio, Señor.«

»Sie brauchen mich nicht mit ›Sir‹ anzusprechen, Sergeant«, sagte Stephens, immer noch auf Spanisch. »Ich war mal Specialist fünf. Willkommen in Buenos Aires und der Familie der US-Botschaft. Wie finden Sie die Stadt bis jetzt?«

»Sie ist sehr schön«, sagte Otmanio.

»Schade, dass Sie verheiratet sind, Sergeant«, sagte Stephens. »Die Frauen sind hier sensationell, wie Sie vielleicht bemerkt haben.«

»Das ist mir aufgefallen«, bekannte Otmanio lächelnd.

Stephens gab de la Santiago die Hand.

De la Santiago nannte seinen Namen.

»Portet hat mir erzählt, dass Sie in Afrika geflogen haben«, sagte Stephens. »Welcher Flugzeugtyp war das?«

»Hauptsächlich alte Boeing C-46er«, antwortete de la Santiago.

»Es gibt hier Leute, die nicht Spanisch sprechen«, warf Jack Portet ein.

»Wie schade für Sie«, sagte Stephens. »Ertragen Sie mich, Jack.«

Er wandte sich an Zammoro.

»Sie müssen Mr Zammoro sein«, sagte er, wiederum auf Spanisch.

»Das bin ich.«

»Ich hörte, Sie haben Freunde in Buenos Aires?«

»Das habe ich.«

»Wie schön für Sie. Haben sie Ihnen die Stadt schon gezeigt?«

»Ja.«

»Es gibt hier zwei Apartments. Im vierten und im sechsten Stock. Würden Sie den vierten oder sechsten vorziehen?«

»Das spielt wirklich keine Rolle«, sagte Zammoro.

»Nun, wir sollten uns beide Apartments anschauen, und dann können Sie sich entscheiden.«

»Was immer Sie wünschen«, sagte Zammoro.

»Wir hatten daran gedacht, einen von Ihnen zu bitten, den Sergeant bei sich aufzunehmen, bis Señora Otmanio herkommt. Das würde ihm ersparen, in das Haus der Wachmannschaft des Marine-Corps ein- und auszuziehen. Würde das ein Problem für Sie sein, Señor Zammoro?«

»Nein«, sagte Zammoro.

»Sie reden nicht viel, wie?«, fragte Stephens, und dann

ging er, ohne auf eine Antwort zu warten, zur Tür und drückte auf den Klingelknopf.

Ein älterer Argentinier in einem Anzug öffnete die Tür. Stephens stellte Zammoro, de la Santiago und Otmanio als ›Offiziere der Botschaft‹ vor, die in den beiden Apartments wohnen würden, und erklärte ihnen, dass Señor Cavias der Portier und der Mann war, an den sie sich wenden konnten, wenn irgendetwas nicht in Ordnung sein sollte.

Dann führte er sie zu einem offenen Aufzug, der anscheinend vor dem Ersten Weltkrieg nachträglich in das Gebäude eingebaut worden war, und sagte auf Englisch:

»Auf den Aufzug kann man sich nicht verlassen, wenn er mehr als drei Personen transportieren soll. Und weil der Rang seine Privilegien hat, werden Sie und der Lieutenant und ich zum sechsten Stock fahren und dann den Aufzug für die drei anderen herunterschicken. Einverstanden?«

»Prima«, sagte Oliver, und seine Stimme klang eine Spur ungeduldig oder ärgerlich.

Als der Aufzug hoch genug war und von Zammoro, Otmanio und de la Santiago nicht mehr gesehen werden konnte, zog Stephens ein Blatt Papier aus der Tasche und überreichte es Oliver.

»Ich bin ebenfalls Teilzeit-Postbote«, sagte Stephens. »Dies traf ein, kurz bevor ich die Botschaft verließ, um herzufahren.«

Oliver las und gab das Blatt dann Jack Portet.

SECRET

Central Intelligence Agency
Langley, Virginia

Von: Stellvertretender Direktor Verwaltung

Datum: 4. Februar 1965 2115 GMT

Betrifft: Guevara, Ernesto (Aktennotiz # 44.)

An: Mr Sanford T. Felter
Berater des Präsidenten
Zimmer 637, The Executive Office Building
Washington, D.C.

Per Kurier

Gemäß präsidentschaftlicher Aktennotiz an den Direktor vom 14. Dezember 1964 betreffend ›Ernesto ›Che‹ Guevara‹ werden folgende Informationen geliefert:

(Zuverlässigkeitsstufe fünf) (von CIA Havanna, Kuba) Die kubanische Armee rekrutiert ungefähr fünfhundert (500) schwarze Soldaten aus ihren Reihen und sagt ihnen, sie werden zu einem ›internationalen Kontingent von Freiheitskämpfern‹ zählen.

(Zuverlässigkeitsstufe zwei) (von CIA Havanna, Kuba) Es gibt Gerüchte:

Die rekrutierten Soldaten sind für einen Einsatz in Afrika geplant

Sie werden irgendwo in Kuba in geheimen Lagern ausgebildet.

(3) Weitere Ermittlungen werden durchgeführt, und wenn sich Informationen ergeben, werden sie geliefert.

*Howard W. O'Connor*
HOWARD W. O'CONNOR

SECRET

»Ich wette, das ruiniert dem Analytiker, der es für ›höchst unwahrscheinlich‹ gehalten hat, dass die Kubaner irgendeine militärische Aktion auf dem afrikanischen Kontinent durchführen werden, den ganzen Tag«, sagte Stephens.

»Fünfhundert sind allerhand Soldaten für eine geheime Operation«, sagte Oliver.

»In der Minute, in dem es für ihn gut läuft, wird er auf ›geheim‹ pfeifen und es wird eine Befreiungsarmee daraus«, sagte Stephens.

»Michael Hoare hatte nicht annähernd fünfhundert Söldner …«

»Wer?«, unterbrach Oliver.

»Der Südafrikaner, den Kasavubu anheuerte, um den Simba-Aufstand niederzuschlagen, als seine Armee das nicht schaffte«, sagte Jack. »Ich bezweifle, dass er mehr als zweihundert Mann hatte, und sehr wenige davon konnten als ›gut ausgebildete Soldaten‹ bezeichnet werden. Die meisten rekrutierte er in Hafenbars in Belgien und Frankreich.«

»Aber sie nahmen den Kongo wieder ein, nicht wahr?«, sagte Stephens. »Und was lernen wir daraus? Ihr Jungs solltet Guevara stoppen, bevor er so weit kommt.«

Der Aufzug hielt mit einem Ruck. Stephens schob die Falttür auf und winkte sie hinaus. Er drückte auf einen Knopf auf dem Schaltbrett, schloss die Tür, und die Kabine fuhr hinab.

Stephens führte sie über einen gefliesten Boden zu einer Tür und öffnete sie.

Die Zimmer des Apartments waren groß und hatten eine hohe Decke. Die offensichtlich amerikanische Einrichtung wirkte unpassend, und Jack fragte sich, warum die Botschaft keine hiesigen Möbel gekauft hatte.

Sie wanderten immer noch durch die Wohnung, als de la Santiago und die anderen hereinkamen.

»Das andere Apartment«, sagte Stephens auf Englisch, »ist im Wesentlichen mit diesem identisch.« Er schaute Zammoro an. »Sie werden eines davon als Sicherheitswohnung nehmen, denke ich mal, richtig?«

»Danke dafür, dass Sie Englisch gesprochen haben«, sagte Jack.

»Vorhin habe ich Ihr Spanisch überprüft«, sagte Stephens.

»Und?«, fragte Oliver.

»Wenn Sie an dem Akzent arbeiten und die unterschiedlichen Wörter wählen, könnten Zammoro und de la Santiago *vielleicht* als Argentinier, Chilenen oder Uruguayer durchgehen. Otmanio auf keinen Fall. Er hat einen wirklich sonderbaren Akzent.«

»Spanish-Harlem-Spanisch, gemischt mit Puertoricanisch«, sagte Otmanio.

»Er wird außerdem Aufmerksamkeit wegen seiner schwarzen Hautfarbe erregen«, sagte Stephens. »In Argentinien gibt es nicht viele wirklich Schwarze. Ich rate Ihnen, den Mund zu halten.«

Otmanio nickte.

»Wann fliegen Sie zurück?«, erkundigte sich Stephens.

»Morgen früh werden wir nach Córdoba fliegen«, sagte Oliver. »Wir sollten gegen Einbruch der Dunkelheit wieder hier sein, und dann nehmen Jack und ich den Aerolineas Flug 2315 nach Miami.«

»Córdoba oder Alta Gracia?«, fragte Stephens.

»Alta Gracia«, sagte Oliver.

»Wessen Idee ist das?«

»Eigentlich war es eine strikte Anweisung von Colonel Felter«, sagte Oliver.

»Es ist vermutlich eine gute Idee, aber erwarten Sie nicht, viel zu sehen«, sagte Stephens. »Ich habe diese Tour selbst gemacht. Sie haben hoffentlich einen Führer?«

»Ja, den haben wir.«

»Finden die Apartments Ihre Billigung?«

»Sie sind sehr schön«, sagte Zammoro.

»Und Sie haben es auch bequem«, sagte Stephens. »Sie können vermutlich oft mit Ihrem alten Freund zu Mittag essen gehen.«

»Wie bitte?«

»Das Büro Ihres alten Freundes befindet sich in

Leandro Alem 26. Das ist nur ein paar Blocks von hier entfernt.«

»Was ist das?«, fragte Oliver.

»Ein großes Bürogebäude«, erklärte Stephens. »Viele Leute – mit Uniform und ohne – stehen gleich hinter der Tür und auf der Laderampe und halten Maschinenpistolen im Anschlag. Es gibt Gerüchte, dass dieses Gebäude das geheime Hauptquartier des SIDE ist.«

Jack lachte.

»Ich werde um neun einen Wagen zum Transitquartier schicken«, sagte Stephens. »Grüßen Sie mir Miami.«

Er gab Zammoro einen großen Schlüsselbund und verließ die Wohnung.

# XVI

## 1

*Córdoba*
*Provinz Córdoba, Argentinien*

*6. Februar 1965, 9 Uhr 55*

»Córdoba«, erklärte Coronel Guillermo Rangio, »ist die zweitgrößte Stadt von Argentinien und die Hauptstadt der Provinz Córdoba. Dort befindet sich unsere Flugzeugfabrik, ein anderes teures Vermächtnis von General Perón. Jeder weiß und gibt zu, dass es billiger und effizienter wäre, all unsere Militärflugzeuge bei euch Amerikanern oder den Briten zu kaufen, anstatt zu versuchen, sie selbst zu bauen, aber wenn wir das täten, wären hier viele Leute arbeitslos. Und – ein weiteres Vermächtnis des Generals – die Gewerkschaften haben hier nach dem Militär die zweitgrößte Macht, und so warfen die Politiker das Geld für unsere Flugzeugfabrik aus dem Fenster.«

Jeder in der L-23 lächelte.

Rangio saß neben de la Santiago auf dem Kopilotensitz und trug wie die anderen einen grünen Overall, der offiziell als ›U.S. Army-Anzug, Flug, Sommer‹ bezeichnet wurde.

»Da ist es«, sagte Rangio und wies aus dem Fenster. »Wenn wir landen, werden wir zum Hangar geleitet. Mit ein wenig Glück wird uns kein Journalist landen sehen.«

»Wäre es ein Problem, wenn die Presse uns sieht, Colonel?«, fragte Oliver.

»Es stünde morgen auf der Titelseite des *Clarin* – vergleichbar mit eurer *New York Daily News* –, dass Yankee-

Spione hier argentinische Technologie gestohlen haben, während der SIDE Däumchen gedreht hat.«

De la Santiago nahm das Mikrofon und erbat Anflug- und Landeanweisungen.

Am Ende der Landebahn wurden sie von einem Follow-Me-Wagen abgeholt, der ihnen zu einem Hangar vorausfuhr, dessen Tore weit offen standen. De la Santiago schaltete die Motoren aus, und ein Dutzend Männer vom Bodenpersonal schoben das Flugzeug in den Hangar und wendeten es. Die Tore schlossen sich.

Jack Portet, der auf dem hintersten Sitz mitgeflogen war, öffnete die Tür der L-23 und stieg aus. Zwei Männer in Uniform näherten sich.

»Guten Morgen«, sagte Jack.

Beide beantworteten den Gruß auf Englisch.

»Guten Morgen«, sagte der eine.

»Willkommen in Córdoba«, fügte der andere hinzu.

Otmanio stieg als Nächster aus, gefolgt von Oliver, dann Rangio, Zammoro und schließlich de la Santiago.

Die beiden Offiziere salutierten vor Rangio und umarmten ihn dann.

Rangio legte den Arm um Zammoro.

»Dies ist mein lieber Freund Julio Zammoro«, sagte er auf Englisch. »Früher Major in der kubanischen Armee und jetzt Offizier der U.S. Army. Meine Frau weinte, als sie hörte, dass Castro ihre Freundin, Señora Zammoro, auf der Isla de Pinos gefangen hält.«

Beide Offiziere grüßten Zammoro, und dann schüttelten sie in einer Geste, die Mitgefühl oder Empörung oder beides ausdrückte, die Köpfe und gaben ihm die Hand.

Rangio winkte de la Santiago zu sich.

»Dies ist Enrico de la Santiago«, stellte er vor, »ehemals Captain der kubanischen Luftwaffe und jetzt ebenfalls Offizier der U.S. Army. Dr. Guevara persönlich ermordete seinen Großvater, während Enricos Großmutter und Mutter zuschauen mussten.«

Beide Offiziere salutierten vor de la Santiago und gaben ihm – abermals kopfschüttelnd – die Hand.

»Und dies ist Sergeant Class Otmanio«, sagte Rangio. Otmanio grüßte schneidig. »Er ist in den Special Forces der Vereinigten Staaten wie diese Gentlemen, Captain Oliver und Lieutenant Portet.«

Wiederum wurden Grüße ausgetauscht und Hände geschüttelt.

»Sie alle sind auf Wunsch von General Pistarini hier«, fuhr Rangio fort, »um uns bei einem gewissen Problem zu helfen. Da Sie wissen, dass wir nach Alta Gracia fahren, brauche ich das Problem wohl nicht näher zu benennen und auch nicht darauf hinzuweisen, wie wichtig Diskretion angesichts ihrer Anwesenheit hier ist.«

»Nein, Coronel«, sagte die beiden fast unisono.

»Der hässliche Señor hier«, sagte Rangio, »ist mein Stellvertreter für diese Region, Major Ricardo Javez. Und der andere, wirklich hässliche, ist Coronel Paolo Lamm, Chef der Policia Federal der Provinz Córdoba. Er ist der Cousin meiner Frau.«

Wieder allgemeines Händeschütteln.

»Die Wagen stehen bereit? Und die Vorbereitungen für das Mittagessen sind getroffen?«, fragte Rangio.

»Jawohl, Coronel«, antworteten die beiden wie aus einem Munde.

»Nun, dann schlage ich vor, dass wir aufbrechen«.

Rangio begann seinen Fliegerdress auszuziehen, und die anderen folgten seinem Beispiel. Darunter trugen sie Zivilkleidung. Sie warfen die Overalls in die L-23.

Draußen vor dem Hangar warteten drei Wagen, ein 1963er Buick und zwei 1962er Chevrolets. Rangio setzte sich hinter das Steuer von einem der Chevrolets und forderte Zammoro und Oliver mit einer Geste auf, zu ihm einzusteigen. Major Javez setzte sich hinter das Lenkrad des zweiten Chevrolets, und Jack Portet, de la Santiago und Otmanio stiegen zu ihm in den Wagen. Coronel Lamm stieg allein in den Buick, setzte sich an die Spitze des kleinen Konvois und fuhr los.

Überall längs der zweispurigen Autobahn standen Schilder, die anzeigten, dass die Höchstgeschwindigkeit auf hundertzehn Kilometer pro Stunde begrenzt war, und es gab zwei Gendarmerieposten an der knapp fünfzig Kilometer langen Straße nach Alta Gracia. Das Tempolimit wurde ignoriert, und der Minikonvoi bretterte so schnell an den Gendarmerieposten vorbei, dass die Gendarmen kaum Zeit hatten, den Buick des Chefs der Policia Federal zu erkennen und zu salutieren.

Sie gelangten nach Alta Gracia, dem Ort mit ungefähr dreißigtausend Einwohnern, und fuhren durch die Straßen, bis sie ein Wohngebiet erreichten. Der rechte Blinker von Colonel Lamms Buick leuchtete auf. Die beiden Chevrolets fuhren an den Straßenrand und stoppten. Der Buick fuhr weiter.

Rangio stieg aus und ging zu dem Wagen hinter ihm.

»Im Haus direkt gegenüber hat Dr. Guevara seine Kindheit und sein frühes Erwachsenenleben verbracht«, sagte er und wies auf ein kleines, gepflegtes Haus mit einer überdachten Veranda, das von einem Zaun umgeben war. »Seine Eltern wohnen immer noch darin. Von hier aus fahren wir zu seiner Grundschule der Gemeinde, San Tomas Aquinas, und anschließend zu seiner höheren Schule, San Pedro y San Pablo, und zu dem Fußballplatz, auf dem er versuchte Fußball zu spielen. Er hatte Asthma, was es schwer für ihn machte, aber er hat es versucht. Von hier aus ging er nach Buenos Aires, wo er die Universität besuchte – die ich Ihnen bereits gezeigt habe – und als Doktor der Medizin promovierte.«

Ein Mann trat aus dem Haus rechts des Elternhauses von Guevara de la Serna, blieb bei der Tür stehen und beobachtete sie.

Rangio stieg wieder in seinen Wagen, ließ ihnen zwei Minuten Zeit, um das Haus zu betrachten, und fuhr zu der Besichtigungstour, die er versprochen hatte. Sie besuchten beide Schulen und beide Kirchen. In der Gemeindekirche San Tomas Aquinas führte er sie über den Mittelgang zum Altar.

»Hier war Dr. Guevara Messdiener«, erklärte er. »Was aus ihm geworden ist, bekümmert die Priester und Ordensschwestern, und sie haben keine Entschuldigung dafür.«

Jungen im High-School-Alter spielten Fußball auf einem Fußballplatz, und sie schauten ein paar Minuten schweigend zu, bevor Rangio wortlos zu seinem Wagen zurückkehrte und mit ihnen dann nach Córdoba zurückfuhr. Jack fragte sich, was mit Coronel Lamm in dem Buick geworden war, und sagte sich, dass Lamm seine Pflicht für erledigt gehalten hatte, nachdem er ihnen Guevaras Elternhaus gezeigt hatte.

In Córdoba fuhren sie zum Hotel Grillon und gingen hinein.

Sie wurden in einen privaten Speiseraum neben dem Hauptspeiseraum geführt. Coronel Lamm war bereits dort und ebenfalls der Mann, der auf die Veranda des Hauses neben Guevaras Elternhaus getreten war.

Rangio wies auf dem Tisch, auf dem Weinflaschen standen.

»Ich nehme an, Enrico wird fliegen«, sagte Rangio und nickte zu de la Santiago. »Aber wir anderen – oder zieht jemand Whisky vor?«

Alle verneinten.

Ein Kellner öffnete eine Flasche Wein und schenkte einen Schluck ein, um Rangio kosten zu lassen.

»Der Wein stammt aus der Provinz Córdoba«, sagte er. »Wir denken gern, dass unser argentinischer Wein so gut wie jeder ist.«

Er wartete, bis jeder ein gefülltes Glas hatte, hob dann ein Glas und prostete dem Mann zu, der auf die Veranda herausgekommen war und sie beobachtet hatte.

»Ich möchte Señor Manuel Frotzi dafür danken, dass er uns Gesellschaft leistet. Ich weiß zufällig persönlich, dass er sowohl ein guter Katholik als auch Patriot ist. Er ist in der schwierigen Lage, Ernesto Guevara de la Serna mögen zu müssen, den er als Freund seines Sohnes Raynaldo hat aufwachsen sehen, der jetzt ein Captain im ersten Grenadierregiment und stationiert in Buenos Aires ist. Ich werde für Zammoro, de la Santiago und Otmanio in den nächsten paar Tagen ein Treffen mit Captain Frotzi arrangieren.«

Señor Frotzi lächelte sie verlegen an.

»Leider spricht Señor Frotzi nicht gut Englisch«, fuhr Rangio fort, »aber Coronel Lamm hat ihm erklärt, wer Sie sind und was Sie hier machen, und er glaubt, er könnte Ihnen zu Diensten sein.«

Alle schüttelten Frotzi die Hand.

Jack fragte sich, ob Frotzi wirklich hilfreich sein wollte, oder ob es eine Einladung war, die er nicht ablehnen konnte.

Beim Mittagessen wurde schnell klar, dass Rangios Beschreibung von ihm zutraf. Frotzi wurde von seiner Zuneigung zu Guevara, den er offenbar als eine Art zweiten Sohn betrachtet hatte, und zumindest Verlegenheit und möglicherweise Scham hin- und hergerissen, weil ›sein‹ netter junger Mann zu einem kommunistischen Revolutionär geworden war.

Nach dem Bild, das Frotzi von ihm zeichnete – sein Englisch war viel besser, als Rangio behauptet hatte, und nur gelegentlich war eine Übersetzung nötig –, hatte Che Guevara eine perfekt normale Kindheit gehabt, getrübt nur durch die Einschränkungen, die sein Asthma für seinen Sport bedeutet hatten. Es hatte keine Anzeichen auf seinen Werdegang gegeben, obwohl seine Eltern die dem Sozialismus ähnlichen Programme von Juan Perón unterstützt hatten.

Beim letzten ernsten Gespräch, das er mit ihm geführt hatte – kurz vor dem Ende seines Medizinstudiums –, hatte Guevara freimütig erklärt, dass er in Buenos Aires bleiben werde, weil Ärzte es auf dem Lande schwierig hatten, sich den Lebensunterhalt zu verdienen, geschweige denn viel Profit zu machen.

Das Mittagessen dauerte zwei Stunden, und die Weinflaschen war fast geleert, als Rangio es beendete.

»Die nordamerikanischen Offiziere fliegen heute

Abend heim, und wir müssen nach Buenos Aires zurückkehren.« Er schaute am Tisch in die Runde. »Noch letzte Fragen?«

Niemand antwortete.

»Sergeant Otmanio, Sie haben nicht sehr viel gesprochen«, sagte Rangio. »Keine Fragen?«

»Colonel«, sagte Otmanio mit ein wenig schwerer Zunge, »ich habe hier dabeigesessen und versucht, mir einen Reim aus diesem Clown zu machen.«

Am Ende des Satzes war klar, dass Otmanio mehr als seinen fairen Anteil am Leeren der Weinflaschen gehabt hatte.

»Wie das, Sergeant?«, sagte Rangio, der ein Lächeln nicht ganz unterdrücken konnte.

»Ich bin in Spanish Harlem in New York aufgewachsen, Colonel«, sagte Otmanio. »Im Vergleich zu dem, was ich hatte, konnte sich Guevara nun wirklich glücklich preisen. Er wohnte in einem schönen Haus, ging in die Kirche, nahm kein Rauschgift, studierte Medizin. Und dann will er das Land kommunistisch machen? Nach dem, was ich gesehen habe, wollt ihr Argentinier nur gut essen, Wein trinken und Babys machen. Wer weiß, was passiert, wenn die Kommunisten hier die Macht übernehmen. Als Erstes werden sie – und das habe ich dauernd in Vietnam gesehen, und Sie auch, Captain Oliver – die netten Leute umbringen – wie de la Santiagos Großvater, wie Señor Frotzi, wie seine eigenen Eltern. Um Himmels willen! Tickt der Hurensohn noch richtig? Was ist mit dem Arschloch nur los?«

Oliver verdrehte die Augen. Otmanio sah es.

»Entschuldigung, Captain«, sagte er. »Er hat mich gefragt.«

»›Gut essen, Wein trinken und Babys machen‹?«, zitierte Rangio. »Eine scharfsinnige Beobachtung des argentinischen Volkes, Sergeant.« Er legte eine Pause ein und fuhr dann ernst fort: »Diese Frage habe ich mir selbst auch oft gestellt – warum? warum? – und nie eine Antwort gefunden. Wenn ich eine Antwort hätte, wäre es vielleicht leichter für Leute wie Sie und mich, ihn zu stoppen. Und andere seinesgleichen. Aber was würden dann Leute wie Sie, Sergeant, und ich tun, um den Lebensunterhalt zu verdienen?«

Rangio stand auf und warf einen Blick auf seine Armbanduhr. »Es ist Zeit zum Aufbruch«, sagte er.

## 2

*Ezeiza International Airport*
*Buenos Aires, Argentinien*

*6. Februar 1965, 23 Uhr 10*

Vorschriften der Army besagen, dass rangniedrige Offiziere wie Captain John S. Oliver und Lieutenant Jacques Portet bei Dienstreisen die billigste Passage benutzen. Das bedeutete, dass Oliver beim Aerolineas-Argentina-Flug 7201 auf Sitz 39B saß, getrennt vom Fenster zu seiner Linken von einem Mitreisenden und vom Mittelgang zu seiner Rechten von einem anderen Passagier. Lieutenant Portet saß ähnlich platziert in 39E auf der anderen Seite des Mittelgangs, einen Sitz vom Fenster und einen vom Gang entfernt.

Es würde ein langer Flug – über neun Stunden in der Luft – in ziemlicher Enge nach Miami werden.

Ein Steward mit weißem Jackett kam durch den Gang und blieb bei Reihe 39 stehen.

»Captain Oliver?«

»Das bin ich.«

»Wollen Sie bitte mitkommen, Captain?«

»Was ist los?«, fragte Oliver.

Der Steward neigte sich zu der anderen Seite des Mittelgangs und bat Lieutenant Portet, mitzukommen.

Captain Oliver und Lieutenant Portet trafen auf dem Gang aufeinander.

»Was hat das zu bedeuten?«, fragte Portet. Oliver zuckte mit den Schultern.

Sie folgten dem Steward durch den Gang zur Tür des Erste-Klasse-Abteils, wo er sich umwandte und verneigte.

Ein Mann, den sie nie zuvor gesehen hatten, lächelte sie an.

»Ich bin überzeugt, wenn Coronel Rangio hier wäre, dann wäre er gekränkt, weil es eine Art Verwechslung gegeben hat«, sagte er. »Der Tausch Ihrer Plätze hätte stattfinden sollen, bevor Sie an Bord gingen.«

Er wies auf zwei große, gepolsterte und mit Leder überzogene Sitze der Ersten Klasse.

»Für uns?«, fragte Oliver erstaunt.

»Coronel Rangio hofft, dass Sie einen angenehmen Flug haben, und wird Sie bald wiedersehen«, sagte der Mann. »Und er dachte, da Sie unseren argentinischen Wein mögen, möchten Sie vielleicht etwas von unserem Sekt probieren.«

Er hielt Oliver eine große Tragetasche hin, und als er hineinschaute, sah er vier Flaschen Sekt darin.

»Er hofft ebenfalls, dass Sie so gut sein werden, eine Flasche für Colonel Lowell und Major Lunsford mitzunehmen«, sagte der Mann.

»Gewiss«, antwortete Oliver.

»Und dass Sie so freundlich sein werden, dies Colonel Lowell zu übergeben.«

Er überreichte Oliver ein weißes Kuvert. Es war nicht versiegelt und auch nicht adressiert.

»Selbstverständlich«, sagte Oliver. »Das mache ich gern.« Er steckte den Umschlag in seine Jacketttasche.

Der Mann streckte ihm die Hand hin.

»Ich wünsche Ihnen ebenfalls einen angenehmen Flug«, sagte er, schüttelte ihnen die Hände und ging zur Tür des Abteils.

Johnny winkte Jack zum Fensterplatz und setzte sich dann selbst.

Eine Stewardess erschien mit zwei Gläsern Sekt.

»Champagner? Oder möchten Sie lieber warten, bis wir in der Luft sind?«

»Man soll die Gelegenheit beim Schopfe packen, sage ich immer«, erwiderte Jack und nahm ein Glas. »Vielen Dank.«

Es ertönte ein winselndes Geräusch.

»Der Pilot startet Innenbordmotor zwei«, sagte Jack. »Trinken Sie aus.«

»Was mag in dem Kuvert sein?«, fragte Oliver, als sie immer noch im Steigflug zur Reisehöhe waren und der Sekt durch ein Glas Johnny Walker Black ersetzt worden war.

»Es ist nicht versiegelt«, meinte Jack.

»Das habe ich bemerkt«, sagte Oliver. »Aber es würde bedeuten, die Post von jemand anderem zu lesen.«

»Andererseits erinnern Sie sich sicher, was Mr Stephens über das Lügen, Stehlen, Betrügen und Schlimmeres als Teil unseres Metiers gesagt hat.«

»Sie haben einen verderblichen Einfluss, Lieutenant«, sagte Oliver und nahm dem Umschlag aus seiner Jacketttasche.

Er enthielt zwei mit Schreibmaschine getippte Seiten.

> Dies ist die Auflistung von einigem Personal, das an der kubanischen Operation im ehemaligen Belgisch-Kongo teilnehmen wird. Ich hörte, das die amerikanische CIA die Zuverlässigkeit einer Information dieser Art nach einer Skala von eins bis fünf einstuft, wobei fünf die zuverlässigste ist. Nach diesen Kriterien wäre diese Information FÜNF.
> Mit Ausnahme von Guevara, der in Paris oder auf dem Weg dorthin vermutet wird, befinden sich all die Offiziere und die meisten der Unteroffiziere in einem der Ausbildungslager, die geheim in der

Provinz Pina del Rio errichtet worden sind und als Pita 1, Pita 2 und Pita 3 bezeichnet werden. Pita 2 und Pita 3 sind noch im Bau.
In den Klammern nach dem Dienstgrad der Offiziere ist der Suaheli-Name aufgeführt, den diese Personen bei der Operation benutzen werden. Man kann logisch daraus folgern, dass sie jemanden dabei haben, der fließend Suaheli spricht.

(1) Guevara, Ernesto de la Serna
Major (Tatu)

Es wird kein Kommentar für notwendig erachtet

(2) Dreke, Victor
Major (Moja)

Obwohl kein Berufsoffizier, ist Dreke ein äußerst erfahrener Guerilla, der mit Castro und Guevara in der Sierra Maestra gedient hat. Er ist überzeugter Kommunist und enger Freund von Guevara und Castro.
Bis zu dieser Verwendung war er Kommandant von ›Kampf gegen Banden von Konterrevolutionären‹ (Akronym aus dem Spanischen LCB). Er ist bereit, Personen, die als Konterrevolutionäre verdächtigt werden, bei ihrer Entdeckung auf der Stelle zu exekutieren.
Dreke ist ein sehr gefährlicher Mann, dessen Mission vermutlich ähnlich der eines politischen Kommissars in der Sowjetarmee sein wird, das heißt, zusätzlich zu seinen militärischen Pflichten wird er tun, was immer er für nötig hält, um die Ziel der Kommunisten durchzusetzen.

(3) Tamayo, José María Martínez
Offizier des Innenministeriums (Mbili)

Martínez ist ein ehemaliger militärischer Nachrichtenoffizier, dessen Funktion im Innenministerium die Aufsicht über die Geheimpolizei einschloss.

(4) Gilbert, Raphael Zerquera, M.D.
Nicht bekannt (Kumi)

Dies weist anscheinend darauf hin, dass Ernesto Guevara de la Serna, M.D., plant, zu sehr mit anderen Aktivitäten beschäftigt zu sein, um bei der Operation als Arzt zu dienen.

(5) Terry, Santiago
Captain (Ali)

Terry ist kein Berufssoldat. Er wurde ›ernannt‹ als Belohnung für seinen Dienst während der Zeit mit Castro in der Sierra Maestra. Er, Guevara und Dreke sind die einzigen Offiziere, die Erfahrung in Guerillakriegführung haben.

(6) Pichardo, Norberto Pio
Lieutenant (Inne)

Pichardo ist ein kürzlich ernannter Offizier, der in der Infanterie gedient hat.

Die folgenden Unteroffiziere sind Mitglieder des Kaders. Einige davon dienten in der Sierra Maestra, doch die meisten sind einfach Soldaten, die wegen ihrer schwarzen Hautfarbe aus der kubanischen Armee rekrutiert worden sind. Es wird angenommen, dass nur wenige, wenn überhaupt welche, Guerillaerfahrung haben.

Sergeant Eduardo Torres Ferrer (Coqui)
Sergeant Julián Morejón Gilbert (Tiza)
Sergeant Victor Manuel Ballester (Telathini)
Sergeant Ramón Muñoz Caballero (Maganga)
Corporal Pablo Osvaldo Ortíz (Sita)
Corporal Pedro Ortíz (Saba)
Corporal Aldo García González (Tano)
Private Martin Chivás (Ishirini)
Private José Escudero (Arobaini)
Private Constantino Pérez Méndez (Hansini)
Private Angel Fernández Angulo (Sitaini)
Private Lucio Sánchez Rivero (Rabanini)
Private Noelio Revé Robles (Kigolo)

Oliver wartete, bis Jack beide Seiten gelesen hatte.

»Meinen Sie, das stammt von dem kleinen Vogel, den wir zwitschern gehört haben?«

»Es würde mich nicht überraschen«, meinte Jack. »Und dieser kleine Vogel hat anscheinend immer noch einige Freunde in Kuba.«

*3*

*International Arrival Terminal*
*Miami International Airport*
*Miami, Florida*

*7. Februar 1965, 6 Uhr 45*

Ein übereifriger Beamter der US-Einwanderungsbehörde, den Captain John S. Oliver binnen drei Minuten der Begegnung als Korinthenkacker mit dem Gehirn einer Mücke eingestuft hatte, war für die Verzögerung der Rückkehr von Captain Oliver und Lieutenant Jacques Portet in ihr Heimatland verantwortlich.

Der Beamte bemerkte bei der Überprüfung ihrer Pässe, dass sie keinen Ausreisestempel mit der Uhrzeit und dem Datum enthielten, an denen sie die Vereinigten Staaten zu einem Flug in eine ausländische Nation verlassen hatten. Und da waren sie, kehrten zurück von einer ausländischen Nation. Etwas, das nicht stimmen konnte, wie er messerscharf schloss.

Captain Oliver erklärte, dass er und Lieutenant Portet die Vereinigten Staaten auf Befehl des Verteidigungsministeriums der Vereinigten Staaten verlassen hatten, um nach Buenos Aires, Argentinien, und anderen Orten zu fliegen, wie es der Dienst erforderte, und mit militärischen und/oder zivilen Beförderungsmitteln per Luft, Bahn oder See zu reisen.

Er legte Kopien dieser Befehle vor und erklärte, dass er und Lieutenant Portet die Vereinigten Staaten an Bord eines Flugzeugs der U.S. Army verlassen hatten und in diesem Fall kein Pass gestempelt werden musste. Er erklärte weiterhin, dass sie das Flugzeug der U.S. Army in Buenos Aires, Argentinien, verlassen hatten und jetzt mit einem zivilen Flugzeug zurückkehrten.

Der Beamte beharrte darauf, dass ihre Pässe keinen Ausreisetempel enthielten und sie jetzt versuchten, einen Einreisestempel zu erhalten, was eindeutig gegen die Vorschriften verstieß, und dass er das unter solchen Umständen nicht durchgehen lassen konnte, ohne seinen Vorgesetzten zu Rate zu ziehen.

Dieser Vorgesetzte war normalerweise bis sechs Uhr im Dienst, aber er hatte seine Schicht heute ein wenig früher beendet (es war jetzt 5 Uhr 25), und folglich müsse auf seine Ablösung gewartet werden, die um sechs Uhr zum Dienst kommen würde. Der Beamte stellte sich taub gegenüber Captain Olivers dringende Bitte, abgefertigt zu werden, weil die Eastern Airlines Maschine nach Atlanta um 7 Uhr 15 in Miami abfliegen würde und sie das Flugzeug nicht erreichen würden, wenn es eine Verzögerung geben würde.

Der Vorgesetzte, der planmäßig um sechs Uhr seinen

Dienst hätte antreten sollen, hatte ein wenig Probleme mit seinem Auto und erschien erst um 6 Uhr 25.

Als er von der Lage unterrichtet wurde, sah sich der Vorgesetzte Captain Olivers Befehle und Pässe an und traf schnell eine Entscheidung.

»Kein Problem!«, sagte er. »Willkommen daheim.«

Captain Oliver war vielleicht ein wenig gereizt und durcheinander, als er Lieutenant Portet aus dem Zollbereich heraus in den Terminal führte. Er war erpicht darauf, eine der ›Sie sind hier‹-Karten zu finden, die an verschiedenen Säulen in der Halle den Reisenden Informationen gaben, damit er feststellen konnte, wo er sich befand und wo, zum Teufel, der Schalter der Eastern Airlines war. Vielleicht konnten er und Portet mit ein bisschen Glück noch dorthin gelangen, um rechtzeitig an Bord des Flugzeugs gehen zu können.

Mit dem Finger auf der Informationstafel schenkte er der rothaarigen Frau, die hinter ihn trat, absolut keine Beachtung – obwohl er ihr Parfüm wahrnahm –, bis sie ihn ansprach.

»He, Soldat, willst du dich amüsieren?«

Er wandte sich um und begutachtete die Rothaarige.

»Da will ich doch verdammt sein!«, stieß er hervor.

»Ich weiß«, sagte Liza Wood Oliver, »aber ich habe dich trotzdem geheiratet.«

Als er vielleicht neunzig Sekunden später von Lizas Nacken aufblickte, sah er, dass Lieutenant Portet ähnlich beschäftigt mit Mrs Portet war.

»Wo ist Allan?«, fragte er.

»Bei Jacks Stiefmutter«, sagte Liza. »Ich wollte ihn nicht so früh aufwecken.«

»Was ist los?«

»Du hast zehn Tage Urlaub, du und Jack«, sagte Liza. »Colonel Lowell hat das arrangiert. Und er hat Marjorie angerufen und vorgeschlagen, euch abzuholen …«

»Ich muss Lowell anrufen«, platzte Oliver heraus. »Ich habe etwas für ihn.«

»Und es kann nicht warten?«, fragte Liza.

»Irgendwann heute«, sagte Jack.

»... und wir sind in Lowells Haus in Ocean Reef«, sprach Liza weiter. »Und fahren seinen wundervollen alten Packard.«

»Was hat das zu bedeuten?«

»Auf halbem Weg hier runter in Jacks Jaguar wurde Marjorie und mir klar, dass wir jetzt Ehemänner haben, die uns herumfahren, und wir wirklich meinen Wager hätten nehmen sollen.«

Er lachte.

»Ich nehme an, wir sind es noch nicht gewöhnt, verheiratete Frauen zu sein«, sagte Liza. »Warum wohl?«

## 4

*Surf Point Drive 12*
*Ocean Reef Club*
*Key Largo, Florida*

*7. Februar 1965, 10 Uhr 05*

Oliver wartete, bis Liza die Badezimmertür geschlossen hatte und er das Rauschen der Dusche hörte, bevor er zum Telefon neben dem Bett griff. Dann legte er den Hörer wieder auf, stieg aus dem Bett, ging zu seiner Hose und nahm die Brieftasche heraus. Er fand die Telefonnummer, nahm wieder den Hörer ab und wählte sie.

»Strike Aviation Section, Sergeant McCullen, Sir.«

»Colonel Lowell, bitte, Captain Oliver am Apparat.«

»Der Colonel ist beschäftigt, Sir. Vielleicht kann ich Ihnen helfen?«

»Danke, aber nein, Sergeant. Bitte sagen Sie ihm, dass ich in der Leitung bin und warte.«

»Jawohl, Sir.«

Einen Augenblick später war Lowell in der Leitung, doch bevor er in den Hörer sprach, hörte Oliver ihn zu

Sergeant McCullen sagen: »Ich dachte, ich habe Ihnen gesagt, Mac, dass Oliver jederzeit und überall zu mir durchgestellt werden soll.«

Dann sprach er zu Oliver.

»Tut mir Leid. Ich dachte, ich hätte Mac gesagt, dass Sie auf der Liste der guten Jungs stehen, aber sein Kopfschütteln und der gekränkte Ausdruck seines irischen Gesichts sagen mir, dass ich das nicht getan habe. Was ist los, Johnny?«

Bevor Oliver antworten konnte, fügte Lowell hinzu: »Himmel, die Bräute haben das Flugzeug doch nicht verpasst, oder?«

»Sie haben uns mit Ihrem Packard abgeholt, Sir. Und wir sind jetzt in Ihrem Haus. Wofür ich, wir, sehr dankbar sind.«

»Es freut mich, dass jemand beides benutzt. Wie sind die Dinge dort unten gelaufen?«

»Ich habe ein Geschenk von Colonel Rangio für Sie. Eigentlich zwei Geschenke. Jeweils eine Flasche argentinischen Sekt für Sie und Major Lunsford. Und für Sie noch eine Art Brief.«

»Was steht in der Art Brief?«, fragte Lowell, und dann bemerkte er Olivers Zögern. »Johnny, ich hoffe, Sie haben ihn gelesen.«

»Jawohl, Sir. Ich dachte, das hätte ich vielleicht nicht tun sollen.«

»Was steht also drin?«

»Es ist eine Liste von Leuten, Name, Dienstgrad, Codename, die nach Afrika gehen.«

»Guter Gott!«

»Ich glaube, es ist guter Stoff, Sir. Die Dinge verliefen gut mit Rangio, besonders wegen Zammoro.«

Lowell schwieg lange.

»Ich unterbreche ungern Ihren Urlaub, Johnny, aber ich will die Liste haben, und ich weiß, dass Felter genauso scharf darauf ist. Ich wollte schon sagen, dass Sie sie zur Homestead Air Force Base bringen – das ist nicht weit von Ihrem Aufenthaltsort – und hier raufschicken lassen.

Aber ich glaube wirklich, ich sollte mit Ihnen beiden reden. Würde es für Sie die Dinge erleichtern, wenn ich anbiete, den Bräuten ein Mittagessen im Homestead Offiziersklub zu spendieren, sagen wir um 12 Uhr 30 oder 13 Uhr?«

»Wir werden dort sein, wenn Sie das wünschen, Sir.«

»Ich kann über eine T-37 verfügen, aber ich möchte nicht in einem Flugzeug der Air Force nach Ocean Reef fliegen. Und Geoff hat die Cessna in Bragg.«

»Ich verstehe, Sir. Wir werden um 12 Uhr 30 dort sein.«

Dann war die Leitung tot.

Johnny legte den Hörer auf, ließ sich aufs Bett sinken und wälzte sich auf den Rücken.

»Wer ist *wir*? Und wo ist *dort*?«, fragte Liza.

Sie stand in der Badezimmertür, nackt und tropfend.

»Das rote Knöpfchen ›Leitung wird benutzt‹ im Nebenanschluss des Badezimmers leuchtete auf«, erklärte sie. »Und als neugierige Ehefrau, an die du dich gewöhnen solltest, fragte ich mich, mit wem mein Mann spricht.«

»›Wir‹ sind wir alle vier. Colonel Lowell wird uns ein Mittagessen auf der Homestead Air Force Base ausgeben.«

Liza sah aus, als wollte sie etwas sagen. Johnny fragte sich besorgt, was es sein würde.

Schließlich sagte sie: »Nun, aus Gründen, die ich mir nicht vorstellen kann, habe ich anscheinend Appetit bekommen.«

Sie wandte sich um und kehrte ins Badezimmer zurück.

Nach einem Moment schwang Johnny die Beine vom Bett und folgte ihr.

## 5

*Offiziersmesse*
*Homestead Air Force Base, Florida*

*7. Februar 1965, 12 Uhr 20*

Lieutenant Colonel Lowell erwartete sie gleich an der Tür.

Marjorie ging zu ihm und küsste ihn auf die Wangen.

»Wenn du hier bist, um uns zu sagen, dass die zehn Tage Urlaub ins Wasser fallen, Onkel Craig, dann bringe ich dich um«, kündigte sie an.

»Ihr bekommt die zehn Tage – und vermutlich mehr, wenn ihr darum bittet«, sagte Lowell.

»In diesem Fall freuen wir uns, dich zu sehen«, sagte Marjorie. »Und danke dafür, dass du uns dein Haus benutzen lässt.«

»Ich muss nur kurz mit Johnny und Jack sprechen«, sagte Lowell. Er schüttelte ihnen die Hände. »Jack, hatten Sie schon Gelegenheit, mit Ihrem Vater zu reden?«

»Nein, Sir. Als wir in Ocean Reef eintrafen, brach er nach Miami auf. Er sprach davon, sich Flugzeuge anzusehen.«

»Er ist jetzt der Präsident von Intercontinental Air, Ltd., und es überrascht mich, dass er Ihnen das nicht erzählt hat.«

»Das spart er sich vermutlich bis zum Abendessen auf«, meinte Jack.

»Höchstwahrscheinlich.« Lowell wandte sich an Oliver. »Sie sagten, Sie haben einen Brief für mich, Johnny?«

»Einen Brief und eine Flasche Sekt«, sagte Oliver.

Jack überreichte ihm eine Tragetasche mit dem argentinischen Sekt, und Oliver gab ihm den Brief von Rangio.

»Gehen wir rein und suchen wir uns einen Tisch«, sagte Lowell.

»Diese jungen Offiziere und ihre Ladys hauen im Urlaub auf den Putz«, sagte Lowell zu dem Kellner. »Das wird etwas Berauschendes erforderlich machen. Ich bin leider im Dienst und muss mich mit einem Eistee begnügen.«

»Da ich jetzt weiß, dass ich keine weiteren verkürzten Flitterwochen haben werde«, sagte Liza, »glaube ich, ich nehme etwas ...«

»Champagner?«, fiel Lowell ihr ins Wort.

»Warum nicht?«

»Die haben hier vermutlich keinen kalten«, meinte Marjorie.

»Haben Sie kalten?«, fragte Lowell den Kellner.

»Ja, Sir, selbstverständlich.«

»Die Air Force lebt viel besser als wir armen Soldaten«, sagte Lowell. »Ich hätte gedacht, dein Vater hat dir das erzählt. Bringen Sie ihnen bitte eine Flasche guten Schampus. Wenn wir probiert haben, werden wir bestellen.«

»Jawohl, Sir.«

Lowell nahm die beiden Seiten aus Rangios Kuvert und las sie.

»Haben Sie das Jack gezeigt, Johnny?«

»Jawohl, Sir.«

»Sehr interessant, was Rangio uns über den Aufenthaltsort unseres Freundes mitteilt«, sagte Lowell. »Besonders da dies die letzte Information von unseren Freunden in Virginia ist, die anscheinend wieder einen Tag zu spät dran sind.«

Er überreichte Jack ein Blatt Papier.

SECRET

Central Intelligence Agency
Langley, Virginia

Von: Stellvertretender Direktor Verwaltung
Datum: 6. Februar 1965 1805 GMT

Betrifft: Guevara, Ernesto (Aktennotiz # 51.)

An: Mr Sanford T. Felter
Berater des Präsidenten
Zimmer 637, The Executive Office Building
Washington, D.C.

Per Kurier

Gemäß präsidentschaftlicher Aktennotiz vom 14. Dezember 1964 an den Direktor betreffend ›Ernesto ›Che‹ Guevara‹ wird folgende Information geliefert:

(Zuverlässigkeitsstufe fünf)) (Von CIA Paris, Frankreich) Betreffender befindet sich in Paris und wohnt in der kubanischen Botschaft. Er wird begleitet von (Vorname unbekannt) OSMANY; Emilio ARAGONÉS; (Vorname unbekannt) PAPITO; und (Vorname unbekannt) MANRESA.

Betreffender besuchte von 1300-1630 Uhr Ortszeit den Louvre in Begleitung von Antonio CARRIOOL, dem kubanischen Botschafter in Paris, und einem unbekannten Beamten des französischen Außenministeriums.

Für heute Abend ist für ihn und sein Gefolge plus CARRIOOL der Besuch eines förmlichen Abendessens in der ChiCom Botschaft geplant.

*Howard W. O'Connor*
HOWARD W. O'CONNOR

SECRET

Jack las die Botschaft und reichte sie an Oliver weiter, der sie ebenfalls las und dann Lowell zurückgab.

Lowell faltete sie und steckte sie in den Umschlag zu Rangios Brief.

»Ich wollte Sie vorsichtig über die Argentinier ausquetschen«, sagte Lowell, »um herauszufinden, ob sie wirklich mitspielen oder nur freundlich so tun als ob. Dies macht das unnötig, finden Sie nicht auch?«

»Ich bin überzeugt, dass sie ehrlich mit uns zusammenarbeiten«, sagte Oliver.

»Sandy Felter wird das lieben«, sagte Lowell und klopfte auf das Kuvert. »Er wird eine Kopie an die CIA schicken. Sie, Oliver, haben in punkto Zammoro offenbar die richtige Entscheidung getroffen. Ich glaube, das wird uns viele Türen öffnen.«

»Welche Entscheidung in punkto Zammoro?«, fragte Liza.

»Das kann ich nicht beantworten«, sagte Lowell. »Und Ihr Ehemann kann das nicht, solange ich dabeisitze. Aber ich stimme mit Felters Meinung überein, dass das Plaudern im Bett der Ehefrau oder Freundin die eine große Sicherheitslücke ist, die nie geschlossen werden kann.«

»Du wirst uns nicht *irgendetwas* erzählen, das uns einen Hinweis gibt, was das alles zu bedeuten hat, richtig?«, fragte Marjorie herausfordernd.

»Richtig«, bestätigte Lowell.

»Dürfen wir wenigstens fragen, was als Nächstes geschieht?«, erkundigte sich Marjorie.

Lowell dachte darüber nach.

»Okay«, sagte er. »Wenn ihr hier abreist, meldet ihr euch zurück in Bragg. Ein paar Wochen danach – vielleicht auch schon nach einem Monat – fliegt Jack in den Kongo.«

»Für wie lange?«, fragte Marjorie.

»Du solltest mit mindestens einem Monat rechnen und vielleicht mit einem Monat oder zwei länger«, sagte Lowell. »Ich sollte darauf hinweisen, dass dies ein beträchtlich kürzerer Zeitraum ist als eine Dienstzeit in Vietnam.«

»Und Johnny?«, fragte Liza.

»Bis auf weiteres bleibt Johnny in Bragg. Dann geht er dorthin, wo er gebraucht wird, entweder in den Kongo oder nach Südamerika. Wenn nichts Unerwartetes geschieht, wird keiner sehr lange von Bragg fort sein.«

»Passiert etwas Unerwartetes nicht zwangsläufig?«, fragte Liza.

»Zum Beispiel, dass Sie und Johnny doch noch heiraten?«, entgegnete Johnny.

Der Kellner beendete die Unterhaltung, indem er den Champagner servierte.

## 6

*Zimmer 637, The Executive Office Building*
*Washington, D.C.*

*8. Februar 1965, 11 Uhr 35*

»Ich hatte nicht erwartet, Sie zu sehen«, sagte Colonel Sanford T. Felter, als Lieutenant Colonel Craig W. Lowell sein kleines Büro betrat.

»Mir geht es prima, Sir«, sagte Lowell, »vielen Dank, dass Sie fragen, Sir. Und darf ich mich nach dem werten Wohlbefinden des Colonels erkundigen?«

Felter erwiderte nichts.

»Ich werde mich auch mit einem ›Hallo, Craig‹ zufrieden geben«, sagte Lowell.

»Hallo, Craig, ich hatte Sie nicht erwartet«, sagte Felter sarkastisch, aber ein Lächeln spielte um seine Lippen.

»Was wissen wir Neues über unseren Freund Ernesto?«, fragte Lowell.

»Dies traf soeben ein«, sagte Felter, öffnete eine Schublade seines Schreibtischs, entnahm ihr ein Blatt Papier und gab es Lowell.

SECRET

Central Intelligence Agency
Langley, Virginia

Von: Stellvertretender Direktor Verwaltung

Datum: 7. Februar 1965 1805 GMT

Betrifft: Guevara, Ernesto (Aktennotiz # 52.)

An: Mr Sanford T. Felter
Berater des Präsidenten
Zimmer 637, The Executive Office Building
Washington, D.C.

Per Kurier

Gemäß präsidentschaftlicher Aktennotiz vom 14. Dezember 1964 an den Direktor betreffend ›Ernesto, ›Che‹ Guevara‹ wird folgende Information geliefert:

(Zuverlässigkeitsstufe drei) (Von CIA Hongkong) Es heißt, dass Betreffender in Peking ist, um an einem oder mehreren Treffen mit Liu Chao Chi und anderen ranghohen Mitgliedern des kommunistischen Parteibüros teilzunehmen.

*Howard W. O'Connor*
HOWARD W.O'CONNOR

SECRET

»Was treibt er in China?«, fragte Lowell.

»Was auch immer, es ist keine gute Nachricht«, sagte Felter. »Vermutlich werden die Chinesen ihm Waffen liefern.«

Lowell stieß einen zustimmenden Grunzlaut aus, und dann lächelte er.

»Nun, zur Abwechslung überbringe ich gute Nachrichten.« Er legte Rangios Kuvert auf den Schreibtisch.

»Was ist das?«, fragte Felter und nahm die beiden Seiten aus dem Umschlag. Er las und blickte dann zu Lowell auf.

»Ich bekam es gestern in Florida von Johnny Oliver. Er erhielt es am Abend zuvor in Buenos Aires von einem von Rangios Männern, der in ihr Flugzeug kam, um ihnen zu sagen, dass Rangio sie kostenlos auf die Erste Klasse umgebucht hat. Und früher an diesem Tag, an dem sie Argentinien verlassen haben, fuhr Rangio mit ihnen nach Córdoba, zeigte ihnen, wo Señor Guevara gewohnt hat, Messdiener war und wo er Fußball gespielt hat. Dann machte er sie nicht nur mit dem damaligen nächsten Nachbarn Guevaras, sondern auch mit dem SIDE-Mann in Córdoba und dem Chef der Policía Federal für Córdoba bekannt.«

»Das klingt zu schön, um wahr zu sein. ›Hüte dich vor Argentiniern, die Geschenke machen?‹«

»Oliver und Portet glauben, dass die Zuneigung zwischen Rangio und Zammoro echt ist.«

»Mit dem Ergebnis, dass Rangio mit Freuden für Zammoro freies Schussfeld auf Guevara arrangieren wird? Oder umgekehrt?«

»Laut Oliver nimmt Zammoro es ernst, Offizier zu sein …«

»Behalten Sie ihn im Auge, vielleicht wird es ansteckend sein«, sagte Felter. »Wie sind Sie überhaupt hier raufgekommen?«

»In einer T-37«, sagte Lowell. »Ich habe mit einigen Jungs der Air Force von STRIKE ein enges Verhältnis entwickelt. Sie lassen mich ihre Flugzeuge fliegen.«

»Ich will gar nicht wissen, *wie* Sie dieses enge Verhältnis entwickelt haben«, erwiderte Felter lachend, und dann wurde er ernst. »Diese Sache Rangio/ Zammoro klingt wirklich ein bisschen zu gut, um wahr zu sein.«

»Oliver sagte, bei Zammoros ›Beratung‹, weil er keinem von seiner Beziehung zu Rangio erzählt hat, hat Zammoro gesagt, er habe einen Eid vor Gott geschworen, die Befehle seiner Vorgesetzen zu befolgen, und er würde diese Befehle ausführen …«

Er legte eine Pause ein, nahm einen Zettel aus der Tasche und las von ihm ab:

»… selbst wenn diese Befehle lauten, nicht den Hurensohn und Antichristen umzulegen, der meine Frau auf Hungerrationen in einem Käfig gefangen hält.«

»Sie haben das aufgeschrieben?«

»Johnny Oliver hat das getan, er wollte es sich genau merken. Und er gab es mir.«

»Und Oliver war beeindruckt von dieser melodramatischen Ankündigung, loyal und gehorsam zu sein?«

»Ja, Sandy, das war er. Und ebenfalls der junge Portet. Und nach der Art, wie sie die Geschichte erzählten und wie Rangio mit Namen aufwartete – was mehr ist als nur die Namen, es ist ein Eingeständnis, dass er Leute in Havanna hat –, bin ich ebenfalls beeindruckt.«

»Nun, es ist müßig, darüber zu spekulieren«, sagte Felter. Er klopfte auf Rangios Liste mit den Namen der Kubaner. »Nur zwischen uns, dies wird meiner Glaubwürdigkeit beim Präsidenten helfen.«

»Könnte die in Frage gestellt werden?«

»Wie heißt das Gebet des Seemanns? ›Mein Schiff ist so klein und Dein Ozean so groß?‹ Es ist ein Problem zwischen mir und so vielen CIA-Leuten mit Überzeugungskraft.«

»Sie sind selbst sehr überzeugend, Sandy«, sagte Lowell sehr ernst. »Sie haben so oft Recht gehabt, wenn sich die CIA geirrt hat.«

»Ich fühle mich wie ein Seiltänzer ohne Netz«, sagte

Felter. »Unter diesen Umständen braucht man nur einen Fehler zu machen, und es ist der Letzte.«

»Ich spendiere Ihnen ein Mittagessen, um Sie aufzuheitern«, sagte Lowell.

»Nein, trotzdem vielen Dank. Ich bin auf dem Weg nach Camp David.« Er schwieg kurz und fuhr dann fort: »Ich bin froh, dies von Rangio zu haben.«

»Liegt irgendetwas Besonderes an?«

Felter sah ihn einen Moment an und überreichte ihm dann eine Funkbotschaft. Daran war mit einer Heftklammer ein Notizzettel geheftet:

*The Chief of Staff*

*Ich weiß nicht, ob Sie dies rechtzeitig für die Sitzung an diesem Nachmittag erhalten*

OPERATION IMMEDIATE
SECRET
1535 ZULU 7 FEBRUARY 1965
FROM: HQ US MILITARY ASSISTANCE COMMAND VIETNAM
TO: DEPT OF THE ARMY WASH DC
IMMEDIATE PERSONAL ATTENTION C/S US ARMY

CONFIRMATION OF RADIOTELECON THIS HQ AND DUTY OFFICER SITUATION ROOM HQ DEPT OF THE ARMY 1455 THIS DATE

Am 7. Februar um 1035 Uhr ZULU haben Kräfte des Vietcong Camp Holloway angegriffen, ein Einrichtung für US-Militärberater der Armee der Republik Südvietnam. Camp Holloway befindet sich im zentralen Hochland der RVN in der Nähe von Pleiku.

Ersten Berichten zufolge sind acht (8) Personen der US-Militärberater im Kampf gefallen; einhundert (100) Personen des Personals der US-Militärberater verwundet: und zehn (10) US-Flugzeuge zerstört.
Der Angriff des Vietcong gelang durch das Überraschungsmoment, und der Vietcong konnte sich danach mit minimalen Verlusten zurückziehen.
Die unter 2. oben aufgeführten Gefallenen, Verwundeten und die Verluste der Flugzeuge sind bestätigt, jedoch vorläufig, und zusätzliche Verlustzahlen sollten abgewartet werden.
Ein Bericht nach dem Einsatz wird nach Fertigstellung geliefert werden.

GREGORY. MAJ GEN, USA
J-3 USMAC VIETNAM

SECRET

»Dies wurde von einem der Adjutanten des Stabschefs überbracht«, sagte Felter. »Ich kenne ihn seit langer Zeit. Er war einer meiner Ausbilder in West Point, als ich ein Plebejer war.«

Lowells Augenbrauen hoben sich, doch er äußerte sich nicht dazu.

»Ich habe ihn mit seiner Nase an meiner in Erinnerung«, fuhr Felter fort. »Sein Speichel sprühte mir ins Gesicht. Er sagte mir, ich solle nicht erwarten, lange in West Point zu bleiben, dort sei kein Platz für New Yorker Juden-Klugscheißer. Ich bezweifle, dass er im Laufe der

Jahre seine Meinung über mich geändert hat und zu der Legion meiner Bewunderer zählt.«

»Hölle, Maus, Sie haben gewonnen. Er ist der Botenjunge. Und der Stabschef ist das ebenfalls, sonst hätte er Ihnen dies nicht geschickt.«

»Ich möchte wissen, ob der Stabschef mir das geschickt hat, weil er denkt, ich bin Soldat, oder weil der Präsident mich offenbar zu dem Treffen bestellt hat, das er angesichts dieser Botschaft einberufen hat.«

»Sie haben die Bewunderung vieler guter Soldaten, Maus. Die von Bellmon, Hanrahan, vielen anderen und natürlich von mir«, sagte Lowell. »Was bedeutet dieser Angriff des Vietcong?«

»Es bedeutet, dass der Einsatz weiterer Truppen jetzt eine Gewissheit ist, keine Möglichkeit mehr. Die Marines bilden eine verstärkte Expeditionary Force in Regimentsstärke, das Neunte, für den möglichen Einsatz in Vietnam. Jetzt werden sie mit Sicherheit eingesetzt, und weitere Truppen – Marine-Corps und Army – werden folgen.«

»Wird das Auswirkungen auf uns haben?«

»Es hat bereits welche. Finton erhielt vor zwei Tagen einen Anruf von der Air Force und man teilte ihm mit, dass die C-130, welche die schwarze L-19 in Bragg abholen sollte, nicht kommen kann, weil sie für eine Mission von höherer Priorität – offenbar Vietnam – gebraucht wird. Es wird höchstwahrscheinlich auch den Lufttransport verzögern, den ich für die Beaver und den H-13 et cetera et cetera in den Kongo erbeten habe.«

»Ich dachte, Sie haben alle Priorität, die Sie brauchen«, sagte Lowell.

Felter betrachtete ihn fast duldsam, als schmerze ihn die Erkenntnis, das jemand, den er so gut kannte, so schwer von Begriff sein konnte.

»›Wissen Sie, was wir letzte Woche gemacht haben?‹« zitierte er spöttisch. »›Während Leute in Vietnam fallen, während wir die zehn Flugzeuge ersetzen müssen, die in Pleiku abgeschossen wurden, flogen wir ins verdammte

*Afrika*! Mit einer verdammten L-19 und einem halben Dutzend Green Berets hinten drin.«

Er legte eine Pause ein und sah Lowell an, bevor er fortfuhr: »Wie lange würde die geheime Mission Ihrer Meinung nach geheim bleiben?«, fragte er. »Ich muss sie vielleicht durchführen, aber in Wirklichkeit will ich es nicht.«

»Vielleicht wird es kein so großes Problem, wie Sie denken, Maus«, erwiderte Lowell. »Angenommen, Sie können das Geld aufbieten, um eine 707 von International Air Ltd. zu chartern.«

»Ich habe keinen blassen Dunst, wovon Sie sprechen.«

»Captain Jean-Philippe Portet ist jetzt Präsident und Geschäftsführer von Intercontinental Air, Ltd. Das ist der Rest der guten Nachrichten, deretwegen ich den ganzen Weg hier raufgeflogen bin, um sie Ihnen persönlich zu erzählen.«

»Er hat das Geld aufgetrieben, um eine Fluggesellschaft mit einer 707 zu kaufen?«, fragte Felter lächelnd.

»Er brauchte sich gar nicht zu bemühen«, sagte Lowell. »Unsere Freunde aus Langley kamen nach Florida, das Scheckbuch in der Hand, und drängten es ihm praktisch auf.«

»Ist das abgemachte Sache?«

»Der Vertrag ist unterzeichnet«, sagte Lowell. »Und Cousin Porter hat den Handel abgeschlossen, was heißt, dass er der CIA wirklich die Daumenschrauben angesetzt hat. Es wird vielleicht eine Weile dauern, bis sie dahinter kommen, aber Porter hat sie wirklich gefickt. Sie sind die Geldgeber und haben keinerlei Kontrolle über die Firma.«

»Und Sie halten das wirklich für eine gute Sache?«, fragte Felter leise.

»Sie nicht?«

»Wenn Sie mich gefragt hätten, dann hätte ich Ihnen gesagt, verwickeln Sie Portet unter keinen Umständen mit der CIA.«

»Ah, kommen Sie, Maus. Die verarschen uns immer

und warten nur auf die nächste Gelegenheit. Zum Teufel mit ihnen. Jetzt hatten wir einmal die Chance, den Spieß umzudrehen.«

»Sie sind nicht der Feind, gottverdammt. Es gibt viele gute Leute dort drüben.«

»Nennen Sie einen.«

»Stephens, zum Beispiel. Sie haben mir gesagt, dass er in Buenos Aires sehr hilfreich gewesen ist. Und Colby, zum Beispiel.«

»Wer?«

»Bill Colby, der CIA-Stationsleiter in Saigon.«

»O ja. Aber der ist einer von uns. Er sprang im Zweiten Weltkrieg mit dem OSS über Frankreich ab. Er ist nicht das, was man als typischen Langley-Sesselfurzer bezeichnen kann. Nennen Sie sonst noch jemanden.«

»Ich will das nicht mit Ihnen diskutieren«, sagte Felter. »Aber damit Sie das richtig verstehen, Craig, Sie müssen von Ihrem Standpunkt ›leck mich am Arsch, CIA‹ abrücken. Das ist kein Vorschlag, sondern ein Befehl.«

Lowell schaute ihn nur an.

»Ich habe Ihnen einen Befehl gegeben, Colonel«, sagte Felter.

»Jawohl, Sir.«

»Ich muss zum CIA-Direktor gehen und versuchen, die Wogen zu glätten«, sagte Felter. »Er wird heute Nachmittag in Camp David sein.«

»Was soll ich bezüglich Intercontinental Air unternehmen?«

»Wenn Sie einer Beaver die Tragflächen abmontieren, würde sie dann in Portets 707 passen?«

Lowell überlegte.

»Man müsste vermutlich auch das Fahrgestell abmontieren«, sagte er schließlich. »Sie auf eine Art Kufen oder Palette stellen, aber ja, ich glaube, das geht.«

»Lassen Sie Mr Finton einen Kaufbefehl ausstellen«, sagte Felter. »Und nehmen Sie dies im Gottes willen nicht als Lizenz zum Beklauen der Regierung.«

»Jawohl, Sir.«

»Und bemühen Sie sich wirklich, die Dinge durchzudenken, bevor Sie etwas Unüberlegtes tun, ja?«

»Wenn ich Mist gebaut habe, dann tut es mir Leid.«

»Das sollte es auch. Immer wenn ich die Formulierung höre ›eine Kanone schießt übers Ziel hinaus‹, sehe ich Ihr Gesicht vor mir.«

Felter blickte auf seine Armbanduhr, nickte Lowell zu und verließ wortlos sein Büro.

## 7

*Büro des Kommandeurs*
*John F. Kennedy Center for Special Warfare*
*Fort Bragg, North Carolina*

*8. Februar 1965, 13 Uhr*

»Major Lunsford bittet um ein paar Minuten Ihrer Zeit, General«, rief Captain Stefan Zabrewski dröhnend von der Tür aus in Brigadier General Paul R. Hanrahans Büro.

Hanrahan, in Schreibarbeit vertieft, machte eine Geste *soll reinkommen,* blickte jedoch vielleicht eine Minute lang nicht von einer Arbeit auf. Als er das tat, sah er, dass Lunsford zehn Zoll vor seinem Schreibtisch stillstand und salutierte

Hanrahan erwiderte den Gruß mit einem lässigen Winken in die allgemeine Richtung seiner Stirn.

»Der Major ist überaus dankbar, dass der General freundlicherweise bereit ist, dem Major ohne Termin etwas von seiner kostbaren Zeit zu schenken«, sagte Father.

»Ich stecke bis zu beiden Ohren in Papierkram und bin nicht in der Stimmung für Ihren blöden College-Humor«, sagte Hanrahan.

»Darf der Major dies als Erlaubnis verstehen, zu rühren, Sir?«

»Der Major hat besser etwas verdammt Wichtigeres in seinem sogenannten kleinen Hirn, wenn er sich setzt«, erwiderte Hanrahan.

»Danke, Sir«, sagte Father und ließ sich auf den Stuhl vor Hanrahans Schreibtisch sinken.

»Nun?«, fragte Hanrahan ungeduldig.

»Sir, der Major glaubt, er wird nicht die Zeit des Generals verschwenden. Sir, der Major glaubt, dass eine Rebellion im Anfangsstadium, vielleicht sogar eine Meuterei, die Zeit des Generals wert ist.«

»Jetzt sind Sie aber wirklich nicht lustig, Father«, sagte Hanrahan.

»Geschehen ist Folgendes: Einer des Kaders, ein Staff Sergeant, dessen Name mir bekannt ist, den ich jedoch lieber nicht preisgebe, hielt ein paar der ASA-Jungs irrtümlich für Privates eines Arbeitstrupps und machte die übliche ›Sie und sie kommen mit mir‹-Routine, woraufhin der Dienstälteste der ASA-Jungs sagte ›Leck mich am Arsch, ich habe dich und Typen wie dich satt‹ oder ähnliche Worte.«

»Das ist Gehorsamsverweigerung«, sagte Hanrahan aufgebracht.

»Nicht, wenn Sie ein Specialist sieben sind«, sagte Father, »und der Knabe, dem er das Angebot gemacht hat, ein Staff Sergeant E-6 ist. Ich denke, das mag ungebührliches Verhalten eines Unteroffiziers sein, aber ich weiß es wirklich nicht genau. Zur Verteidigung des Sergeants muss gesagt werden, dass der ASA-Spec sieben keine Ärmelstreifen trug.«

»Und wie ging es weiter?«, fragte Hanrahan.

»Der Sergeant ging zu Doubting Thomas, den er zu Recht für den Vorgesetzten der ASA-Jungs in Mackall hielt, um die Gehorsamsverweigerung zu melden. Und die ASA-Jungs gingen zu Tante Jemima, wo der Dienstälteste wiederholte, dass er und die anderen es satt hätten, von jedem blöden Green Beanie mit einem IQ von Zimmertemperatur gefickt zu werden, und sie seien nahe dran, die freiwillige Meldung zum Dienst in Übersee für eine geheime und gefährliche Mission rückgängig zu machen.«

Die Army Security Agency hatte die Operation Earnest mit zwölf Unteroffizieren versorgt, alle afrikanischer Abstammung und alle entweder erfahrene Elektroniktechniker oder Hochgeschwindigkeits-Funker und in vielen Fällen beides.

»Meinen die es ernst oder sind sie nur sauer?«, fragte Hanrahan, jetzt betroffen.

»Der Spec sieben hat sich freiwillig aus der Funkabteilung des Weißen Hauses gemeldet, wo er jeden Tag im Anzug zur Arbeit ging und im Dienst Kaffee aus der präsidentschaftlichen Küche serviert bekam. Das war auch der Grund, weshalb er keine Streifen auf seinem Arbeitsanzug hatte; er hat seit Jahren keinen Arbeitsanzug besessen, und die Kleiderkammer in Mackall hatte keine Spec7-Streifen da, als man ihm den Arbeitsanzug ausgab. Es sind nur über hundert Spec7 in der gesamten U.S. Army, wie ich heute erfahren habe. Er ist sauer und meint es ernst.«

»Niemand hat euch Jungs gesagt, wer die ASA-Jungs sind?«, erkundigte sich Hanrahan.

»Meine Jungs wussten das. Der Kader in Mackall weiß es nicht. Er hatte kein Recht auf Information.«

»Was ist die Wurzel des Problems?«

»Die ASA-Jungs – und wie mir Tante Jemima sagte, ebenfalls die Flugzeugbesatzungen einschließlich Tante Jemima und die beiden anderen Piloten – können es nicht leiden, als minderwertigere Soldaten und weniger wertvolle Menschen betrachtet zu werden, und das von – ich zitiere Tante Jemima – ›hochgradigen Kretins, die sich für Berühmtheiten halten, weil sie aus einem perfekt funktionieren Flugzeug gesprungen sind, während es flog‹.«

Hanrahan musste unwillkürlich lächeln.

»Die Formulierung könnte glatt von Craig Lowell sein«, sagte er.

»Das ist ein Teil davon«, sagte Father. »Sie wissen alles über Lowell oder glauben es zu wissen, und über Jack

Portet. Was ist das wirklich Sensationelle an Lowell? War sein erster Absprung wirklich ein HALO, wie man sich erzählt?«

»Ja, so war es«, bestätigte Hanrahan. »Die Special Forces, jetzt Special Operations, begannen in Wirklichkeit in Griechenland, bei der U.S. Military Advisory Group, den Militärberatern der Vereinigten Staaten in Griechenland. Viele Leute dort – Felter und ich, zum Beispiel – waren Fallschirmspringer, Ranger. Lowell war keines von beidem. Aber er war dort ein höllisch guter Soldat der Special Forces. Vor einiger Zeit waren sie wie die erfahrenen Großväter für jeden, der Gefechtsdienst in Griechenland gehabt hatte und in die Special Forces kam, Felter und Lowell und mich inbegriffen. Lowell lehnte die Ehre ab, in die Special Forces aufgenommen zu werden. Er sagte, er wolle nicht, dass jemand über ihn denke, er sei blöde genug, aus einem perfekt funktionierenden Flugzeug zu springen, während es fliegt.«

Father lachte.

»Das klingt nach ihm«, meinte er.

»Aus einer Reihe von Gründen dachten Felter und ich, Lowell sollte sich mit den Special Forces identifizieren. Ihm wurde ›vorgeschlagen‹, sich für die Special Forces zu bewerben, und er konnte keine Zeit dafür finden. Als er dann vor ein paar Jahren mal einen Tag hier war, zogen wir ihm Ausrüstung für große Höhen an, damit er einen HALO-Absprung aus einer C-141 aus dreißigtausend Fuß beobachten konnte. Er stand an der offenen Tür und schaute zu, als zwei HALO-Experten ihn an den Armen packten und aus dem Flugzeug warfen. Als er gelandet war, sagte ich ihm, dass er jetzt Fallschirmspringer sei, ob es ihm gefalle oder nicht, und überreichte ihm das Fallschirmspringerabzeichen und ein grünes Barett.«

»Er trägt es jetzt, als ob es ihm gefällt«, sagte Father.

»Danach ging er nach Benning und absolvierte ein halbes Dutzend andere Absprünge, und so war er berechtigt, die Schwingen zu tragen. Ich glaube, er hat insgesamt sieben Absprünge, vielleicht acht.«

»Und diese Jungs wussten über Portet Bescheid«, sagte Father.

»Worauf wollen Sie hinaus, Father?«

»Sie wollen das Fallschirmspringerabzeichen und glänzende Springerstiefel haben, General«, erklärte Lunsford. »Wenn man dafür aus einem perfekt funktionierenden Flugzeug während des Flugs springen muss, dann soll es eben so sein.«

»Meinen Sie das ernst?«

Lunsford nickte.

»Sogar Tante Jemima und die beiden anderen Piloten«, sagte er.

»Das kommt einfach nicht in Frage.«

»Das habe ich Tante Jemima auch gesagt. Und er erwiderte: ›Warum nicht? Wir haben alles getan, was wir tun müssen. Wir gammeln hier herum und warten darauf, wer weiß wann nach Afrika zu fliegen.‹ Die bezeichnenden Worte waren: ›Wenn Portet es getan hat, warum nicht wir?‹«

»Allmächtiger!«

»Ich wusste keine Antwort, die ich ihm mit ernsten Gesicht geben konnte«, sagte Lunsford.

»Ich kann unmöglich Plätze für Sie in Benning bekommen«, sagte Hanrahan. »Und selbst wenn ich es könnte, fehlt die Zeit. Felter sagte mir, wenn Portet und Oliver aus dem Urlaub kommen, wird der Transport stattfinden. Er hat eine Art zivilen Charterflug im Sinn.«

»Ich habe versucht, das den Jungs auszureden«, sagte Lunsford. »Sie haben in Mackall Leute aus Beavers und Hueys abspringen sehen und fragen ›Warum nicht wir?‹«

»Weil ich nicht die Befugnis habe, so etwas zu genehmigen, und das wissen Sie.«

»Da sind wir wieder bei Portet. Wenn Portet das getan hat, warum können wir das nicht auch?«

»Dies ist eine absurde Unterhaltung, ist Ihnen das klar? Diese Männer sind Soldaten, und Soldaten können nicht streiken.«

»Ich bezweifle, dass sie tatsächlich ihre freiwillige Meldung zurückziehen – es sind Soldaten, *gute* Soldaten, sie alle –, aber wenn Ihnen nicht etwas einfällt, das ich ihnen sagen kann, werden wir fünfundzwanzig Leute nach Afrika mitnehmen, die sich für so gut halten wie wir, wie wir soeben erfahren haben. Das wird den Teamgeist versauen.«

»Nur um der Unterhaltung willen – nicht mehr –, wenn Sie an meiner Stelle wären, was würden Sie dann tun?«

»Anforderungen des Dienstes«, sagte Lunsford.

»Ich kann damit nicht für fünfundzwanzig Leute durchkommen, und das wissen Sie.«

»Wollen Sie sich über mich lustig machen, oder wollen Sie wirklich wissen, was ich tun würde?«

»Ich möchte es wissen, aber das heißt nicht, dass ich es billigen würde.«

»Wir haben hier eine kleine heimliche Fallschirmspringerschule. Wir lassen sie fünf Absprünge aus einer Beaver oder einem Huey machen …«

»Ich habe nicht die Befugnis, Befehle zu erteilen, die sie in den Fallschirmspringer-Status versetzen«, beharrte Hanrahan. »Und ich will diesen Junges kein Abzeichen an die Brust heften, nur um ihnen sagen zu müssen, dass sie es wieder abnehmen müssen.«

»Sie brauchen ihnen hier nur die Abzeichen anzuheften«, sagte Lunsford. »Unauffällig, in Mackall.«

»Und die Befehle, die sie zu Fallschirmspringern der Army ernennen?«

»Die stelle ich ihnen in Afrika aus«, sagte Lunsford. »Als geheim erklärt. ›Die Anforderungen des Dienstes haben es erforderlich gemacht, für die folgenden Offiziere und Unteroffiziere an Fallschirm-Operationen in Zusammenhang mit einer geheimen Verwendung teilzunehmen, und da sie ein Minimum von fünf Absprüngen absolviert haben, sind sie hiermit als Fallschirmspringer der Army ernannt.‹ Sie bekommen eine Kopie der Befehle, heben so viel von der Geheimhaltung auf, dass sie sich nur noch auf die Ernennung zu Fallschirmspringern der Army beziehen, geben Anweisung, dass die Befehle bestätigt werden, und machen die Sache aktenkundig.«

»Sie brauchen ein Mikroskop, um die Grenzlinie zwischen ihrem Vorschlag und wissentlich und absichtlich falschem Ausstellen und/oder Verbreiten eines falschen Dokuments erkennen zu können.«

»Diese Jungs wollen im Team sein«, sagte Lunsford. »Warum sollen wir ihnen nicht bestätigen, dass wir sie schätzen? Was ist mit dem Motto ›zum Besten des Dienstes‹?«

»Mein Gott, Father!« Hanrahan sank auf seinem Schreibtischsessel zurück und schwieg eine volle Minute lang.

»Tun Sie es«, sagte er schließlich.

Lunsford erhob sich und stand still.

»Jawohl, Sir. Hat der Major die Erlaubnis des Generals, wegzutreten?«

»Der Major hat die Erlaubnis, den General am Arsch zu lecken«, erwiderte Hanrahan. »Wenn sich einer dieser Jungs auch nur einen Knöchel verstaucht, breche ich Ihnen beide Beine.«

»Jawohl, Sir. Danke, Sir.«

Major Lunsford machte eine perfekte Kehrtwendung und marschierte aus dem Büro.

# XVII

## 1

SECRET

Central Intelligence Agency
Langley, Virginia

Von: Stellvertretender Direktor Verwaltung

Datum: 13. Februar 1965, 0810 GMT

Betrifft: Guevara, Ernesto (Aktennotiz # 56.)

An: Mr Sanford T. Felter
Berater des Präsidenten
Zimmer 637, The Executive Office Building
Washington, D.C.

Per Kurier

Gemäß präsidentschaftlicher Aktennotiz vom 14. Dezember 1964 an den Direktor betreffend »Ernesto ›Che‹ Guevara«, werden folgende Informationen geliefert:

(Zuverlässigkeitsstufe drei) (Von CIA Johannesburg, Südafrika) Betreffender soll von unbekanntem Abreisepunkt, möglicherweise Peking, am 12. Februar 1965, 0805 Uhr Zulu mit Air France Flug 811 in Johannesburg eingetroffen sein. Der Betreffende passierte nicht die südafrikanische Passkontrolle und reiste am 12. Februar 1965 1250 Zulu mit UTA Flug 2332 aus Johannesburg mit dem vermutlichen Ziel Daressalam, Tansania, ab.

(Zuverlässigkeitsstufe fünf) (Von CIA Daressalam, Tansania) Betreffender traf am 12. Februar, 1645 Zulu, mit UTA Flug 2332 aus Johannesburg, Südafrika, in Daressalam ein.

(Zuverlässigkeitsstufe drei) (Von CIA Daressalam) Betreffender trifft sich mit Präsident Julius Kambarage Nyerere trotz offizieller Regierungsdementis, dass Betreffender sich in Tansania aufhält oder dort erwartet wird.

*Howard W. O'Connor*
HOWARD W. O'CONNOR

SECRET

## 2

*Camp Mackall, North Carolina*

*12. Februar 1965, 12 Uhr 05*

Der Bell HU-1D ›Huey‹ setzte auf dem primitiven Landestreifen in Mackall auf, als in der Einheit, seit gestern offiziell Special Forces Detachment 17 genannt, das Mittagessen ausgegeben wurde.

Wenn eine Armeeeinheit aktiviert wird, selbst bis hinunter zur Stärke einer Kompanie, gibt es fast immer eine Aktivierungsfeier. Eine Kapelle spielt, ein ranghoher

Offizier übergibt die Fahne der Einheit dem Sergeant Major und hält eine entsprechende Rede. Der neue befehlshabende Offizier hält ebenfalls eine entsprechende Ansprache. Die neu aktivierte Einheit marschiert in Class A Uniform an einer Tribüne vorbei.

Dies geschah nicht bei Detachment 17.

Master Sergeant ›Doubting‹ Thomas hatte sich am vergangenen Abend in der Messe beim Abendessen erhoben und mit einem Messer gegen eine Wasserkaraffe geklopft, bis er jedermanns Aufmerksamkeit gehabt hatte.

»Ihr werdet zweifellos begeistert sein, zu erfahren, dass mit Wirkung von gestern die Army eine neue Einheit hat, Special Forces Detachment 17, und all ihr Clowns darin seid. Irgendwelche Fragen?«

Es folgte Stimmengewirr, als alle im Chor im wesentlichen die gleiche Frage stellten – in unterschiedlich farbigen Formulierungen: »Wann, zum (Kraftausdruck gestrichen) kommen wir aus dieser (Kraftausdruck gestrichen) Kaserne raus?«

»Der Major sagt, er hofft, morgen Näheres darüber zu erfahren«, verkündete Master Sergeant Thomas, woraufhin ungläubiges Stöhnen folgte.

Der vorläufige Plan für Organisation und Ausrüstung, unter dem Detachment 17 gebildet worden war, sah sechs Offiziere und 35 Unteroffiziere vor. Die Offiziere waren: Major G.W. Lunsford, Kommandant; Lieutenant Geoffrey Craig, stellvertretender Kommandant; Captain Darrell J. Smythe, Flugoffizier; Captain J. Kenneth Williams, M.C., leitender Sanitätsoffizier; und drei andere Army-Piloten, von denen einer Lieutenant Jacques Portet war und die beiden anderen, die beim ersten Morgenappell aufgerufen worden waren, jedoch noch nicht zur Einheit gestoßen waren.

Das höhere Dienstalter hätte normalerweise vorgeschrieben, dass Captain Smythe der stellvertretende befehlshabende Offizier war, doch seine einzige Erfahrung im Einsatz hatte er als Pilot gesammelt. Geoff Craig war nur Lieutenant, doch er hatte Einsatzerfahrung als Green Beret und war während des Simba-Aufstandes im Kongo gewesen. Erfahrung zählte mehr als Vorschriften.

Ähnlich war es bei Dr. Williams. Er hatte keinerlei Erfahrung in der Behandlung von traumatischen Verwundungen durch Geschützfeuer – er war Parasitologe, rekrutiert vom Walter Reed Army Medical Center –, und Sergeant Class Amos T. Tyler, ein Sanitäter der Green Berets in Vietnam, hatte jede Menge Erfahrung auf diesem Gebiet. Es war Dr. Williams klargemacht worden, dass er solche Verwundungen nur behandeln durfte, wenn er Tyler als Assistenten hinzuzog und ansonsten seine Dienste darauf beschränkte, Detachment 17 so frei wie möglich von Tropenkrankheiten und Parasiten zu halten.

Die Stärke der Unteroffiziere von Detachment 17 bestand aus den ursprünglich vierzehn Green Berets, den zwölf ASA-Kommunikationstechnikern und den neun Flugzeugmechanikern und Flugelektroniktechnikern.

Major Lunsford tauchte nicht am nächsten Morgen auf – was überhaupt niemanden überraschte –, um die Mitglieder von Detachment 17 zu informieren, wann sie erwarten konnten, den Komfort von Camp Mackall zu verlassen.

Aber gerade als sich Detachment 17 zum Mittagessen hinsetzte und der Huey auf dem ziemlich primitiven Landestreifen bei dem Schuppen landete, der die Messe war, stieg als erster Passagier Major George Washington Lunsford aus. Er trug einen Tarnanzug.

»Und da ist General Hanrahan«, sagte jemand.

»Und zwei andere Typen – Offiziere«, stellte ein anderer fest.

»Was ist das, Bier?«

»Das ist es, und ich will verdammt sein, wenn dieser kleine Typ, der zwei Kästen schleppt, kein Colonel ist!«

Einen Moment später trat Major Lunsford, unter jedem Arm einen Kasten Bier, die Tür der Messe auf und bellte: »Achtung!«

Zwei Sekunden später, bevor jemand ganz von den Plankenbanken aufstehen konnte, marschierte General Hanrahan im Arbeitsanzug und mit einem Kasten Bier herein und befahl: »Weitermachen!«

Er folgte Major Lunsford zu der Essenausgabe in der Messe, und als der Major seine beiden Bierkästen auf der Theke abstellte, stellte er seinen daneben.

»Sind alle anwesend, Thomas?«, fragte General Hanrahan.

»Jeder Unentschuldigte hat sich eingefunden, Sir«, erwiderte Master Sergeant Thomas.

»Das war nicht meine Frage, Thomas«, sagte General Hanrahan.

»Ich habe Peters nach Fayetteville geschickt, General«, schaltete sich Major Lunsford ein. »Er brauchte irgendwelche Funkteile.«

Peters war Specialist 7 William D. Peters, der dienstälteste der ASA-Kommunikationsexperten.

»Ich sagte, ich will jeden hier haben.« Hanrahan klang ärgerlich. »Colonel Felter wollte ihn sehen.«

»Es tut mir Leid, Sir, das wusste ich nicht«, sagte Lunsford.

Hanrahan beließ es dabei; etwas anderes blieb ihm kaum übrig. Aber er wünschte wirklich, Spec7 Peters wäre hier gewesen.

Die beiden anderen Offiziere – Colonel Sanford T. Felter und Lieutenant Colonel Craig W. Lowell, beide in Uniform Class A und mit Bierkästen, gingen zur Essenausgabe und stellten die Bierkästen auf dem Boden ab.

General Hanrahan trat den Offizieren und Männern von Special Forces Detachment 17 gegenüber.

»Die Offiziere, die heute bei mir sind, waren von Anfang an in diesem Geschäft«, sagte er. »Wir dienten zusammen in Griechenland und woanders. Der größere ist Lieutenant Colonel Craig W. Lowell. Der andere ist Colonel Sanford T. Felter, Generalstabskorps, Berater des Präsidenten der Vereinigten Staaten und Einsatzoffizier der Operation Earnest.«

Felter stieg auf einen der Bierkästen. Selbst dann war er noch kleiner als General Hanrahan.

Er stemmte die Hände auf die Hüften und ließ seinen Blick langsam über die Gesichter der Männer von Detachment 17 schweifen, sah jedem Mann einen langen Moment in die Augen.

Er war beeindruckend. Seine Uniform war übersät mit Ordensbändern, Qualifikationsabzeichen und Tuchabzeichen. Über den fünf Reihen Ordensbändern symbolisierte ein Ordensband das Distinguished Service Cross, die zweithöchste Tapferkeitsmedaille der Nation. Sein Silver Star, Bronze Star und das Verwundetenabzeichen waren umkränzt, was bei jeder Medaille auf eine mehrmalige Verleihung hinwies. Auf dem Ärmel trug er das Abzeichen des Rangers, und auf der anderen Seite der dekorierten Brust prangten das Abzeichen des Generalstabskorps und ein Sortiment von Fallschirmspringerabzeichen, verliehen von einem halben Dutzend ausländischer Regierungen.

Als er seine Musterung der Männer von Detachment 17 beendet hatte, war es in der Messe totenstill.

»Aufgrund der Macht, die mir Gott, der Oberbefehlshaber und General Hanrahan gegeben haben«, begann Felter ernst, »und hauptsächlich weil General Hanrahan mir sagte, dass Sie geistig zurückgeblieben sind und ein wenig Mitleid verdienen, erteile ich hiermit eine Amnestie für alle mit sofortiger Wirkung.«

Es dauerte gut fünfzehn Sekunden, bis die Soldaten begriffen, was der kleine Colonel mit all den Medaillen und Abzeichen soeben gesagt hatte. Die Ersten begannen nervös zu lachen, und dann wurde schallendes Gelächter daraus. Sie hörten jetzt gebannt zu.

»Bis jetzt hat man Ihnen gesagt, dass Sie sich freiwillig gemeldet haben und für wichtigen und gefährlichen Dienst auf dem afrikanischen Kontinent ausgebildet worden sind«, fuhr Felter fort. »Heute wird Ihnen Colonel Lowell erzählen, dass Sie auf den afrikanischen Kontinent gehen werden und wann und warum. Diese

Information ist streng geheim erklärt, genauer gesagt als Top Secret/Earnest. Das ist kein Scherz. Ein loses Mundwerk – nur eins – kann die gesamte Operation ruinieren. Was Sie tun werden, wird von großer Wichtigkeit für unser Land sein, und es wird auf persönliche Befehle von Präsident Johnson durchgeführt.

Morgen ab Mitternacht werden Sie alle auf einen zehntägigen Urlaub vor dem Abmarsch sein. Jeder, der in der Lage ist, morgen früh aufzustehen, kann in Urlaub gehen, doch der Urlaub beginnt erst ab morgen um Mitternacht. Wenn Sie also daheim sind, widerstehen Sie der Versuchung, irgendjemandem zu erzählen, was Sie tun werden, einschließlich Ihrer Frauen oder mit wem Sie sonst das Bett teilen. Wenn Sie meinen, damit durchzukommen, erzählen Sie den Leuten, Sie werden Militärberater der südafrikanischen Armee sein. Aber hüten Sie sich davor, auch nur anzudeuten, wohin Sie wirklich gehen und warum.

Präsident Johnson hat mich gebeten, Ihnen seinen Dank dafür zu übermitteln, dass Sie sich freiwillig für diese Operation gemeldet haben, und Ihnen viel Glück und gute Reise zu wünschen. Als junger Offizier, der unter Lieutenant Colonel Hanrahan in einem Krieg diente, von dem die meisten Leute nicht einmal wussten, dass es ihn gab, lernte ich eine wichtige Wahrheit über Leute der Special Operations. Wenn man während eines Informationsgespräches ihre Aufmerksamkeit haben will, muss man dafür sorgen, dass sie ein Bier zur Hand haben. Sie sind dran, Colonel Lowell.«

Er stieg von dem Bierkasten herunter, riss die Verpackungsfolie auf und signalisierte einem der Sergeants, das Bier auszugeben.

Als Lowell mit der Information begann, sah sich Felter in der Messe um, wies auf Lunsford, Portet und Thomas und hielt nach jemandem Ausschau, den er nicht finden konnte. Dann nahm er eine Flasche Bier aus dem Kasten und winkte die Männer in den hinteren Teil der Messe. Hanrahan folgte ihm.

»Wo ist Bill Peters?«, fragte Felter.

»Ich habe ihn nach Fayetteville geschickt«, sagte Lunsford.

»Ich wollte ihn wirklich sehen«, sagte Felter. »Warum haben Sie ihn in die Stadt geschickt? Ich hatte ausdrücklich um seine Anwesenheit gebeten.«

Lunsford atmete hörbar durch.

»Es fällt jemandem, der George Washington heißt, schwer zu lügen«, sagte Lunsford. »In Wahrheit, Colonel, ist Peters vorübergehend *hors de combat,* und wir wollten nicht, dass General Hanrahan das erfährt.«

»Nicht einsatzfähig?«, fragte Hanrahan scharf. »Warum nicht?«

»Sir, der General wird sich vielleicht daran erinnern, dass er dem Major gesagt hat, er würde dem Major beide Beine brechen, wenn sich auch nur einer der Männer den Knöchel verstaucht.«

»Wie schlimm ist es bei ihm?«, fragte Hanrahan kopfschüttelnd.

»Nichts gebrochen«, sagte Lunsford. »Tyler hat sein Bein geröntgt. Und es ist keine richtige Verstauchung, aber er erhielt einen höllischen Schlag, als er beim Aussteigen aus der Tür einer L-20 gegen die Höhenflosse stieß. Tyler hielt es für das Beste, ihm einen Gipsverband anzulegen.«

»Wollen Sie damit sagen, Peters ist aus einer L-20 *gesprungen,* als dies passiert ist?«, fragte Felter ungläubig.

»Jawohl, Sir«, bekannte Lunsford.

»Warum ist er aus einer L-20 gesprungen, Father?«, fragte Felter leise.

»Er wollte kein ›Handlanger‹ mehr sein, Sir«, sagte Lunsford. »Alle Männer wollten voll berechtigte Mitglieder des Teams sein.«

»Ich habe schon geahnt, dass hier etwas Krummes stattfindet«, sagte Felter. Er blickte zum anderen Ende der Messe. »All diese neuen Corcoran-Springerstiefel. Alle tragen Fallschirmspringerstiefel, nicht wahr? Mit Ausnahme von Doktor Sowieso.«

»Sir, ich habe Dr. Williams' Springerstiefel im Huey mitgebracht«, sagte Lunsford. »Er hat gestern Abend seinen fünften Sprung zur Qualifizierung gemacht.«

»Hat jeder dies getan?«, fragte Felter ungläubig.

»Jawohl, Sir.«

»Wann?«

»Nun, Sir, als sie das Flugzeug fertig vorbereitet und die Funkausrüstung in Betrieb hatten, gab es nicht mehr viel für sie zu tun und …«

»*Alle* haben sich freiwillig zum Springen gemeldet?«, fiel Felter ihm ins Wort.

»Bis auf den letzten Mann, Sir«, bekräftigte Lunsford.

Felter schaute Hanrahan an.

»Und der DCSOPS hat Ihnen die Genehmigung erteilt, eine Springerschule zu leiten?«

»Ich befürchte, genau das wird mich irgendein IG fragen, Maus«, sagte Hanrahan.

»Ich nehme an, Sie können ihnen das Abzeichen anheften«, sagte Felter. »Aber wie können Sie das in ihre Personalakten eintragen, damit sie Springerzulage bekommen?«

»Major Lunsford hat einige sehr interessante Ideen, wie das zu bewerkstelligen ist, Colonel«, sagte Hanrahan und blickte zu Lunsford.

»Nun, wenn Major Lunsfords interessante Ideen nicht funktionieren, kommen Sie zu mir. Ich finde, es war eine gute Idee.«

»Father verkaufte sie mir mit Hinweis auf den Teamgeist«, sagte Hanrahan.

»Das auch, nehme ich an«, sagte Felter nachdenklich, »aber ich dachte an Mobutu und Colonel Supo. An die Bruderschaft derjenigen, die aus Flugzeugen abspringen.« Er lächelte. »Ist Peters reisefähig?«, fragte er Lunsford.

»Tyler sagt, er wird den Gipsverband in einer Woche oder zehn Tagen abnehmen«, sagte Lunsford.

»Ich meine, jetzt gleich?«

»Nun, Sir, er geht auf Krücken«, sagte Lunsford.

Felter zog ein Blatt Papier aus der Innentasche seines Jacketts und gab es Hanrahan, der es las und an Lunsford und Portet weitergab.

SECRET

Central Intelligence Agency
Langley, Virginia

Von: Stellvertretender Direktor Verwaltung

Datum: 18. Februar 1965 1805 GMT

Betrifft: Guevara, Ernesto (Aktennotiz # 58.)

An: Mr Sanford T. Felter
Berater des Präsidenten
Zimmer 637, The Executive Office Building
Washington, D.C.

Per Kurier

Gemäß präsidentschaftlicher Aktennotiz vom 14. Dezember 1964 an den Direktor betreffend ›Ernesto ›Che‹ Guevara‹ werden folgende Informationen geliefert:

(Zuverlässigkeitsstufe fünf) (Von CIA Daressalam, Tansania) Betreffender traf sich mit Demo Kabila, Tansanias Außenminister, und bot ihm 30 (dreißig) kubanische Ausbilder und ›entsprechende Waffen‹ an ›um Krieg gegen den US-Imperialismus zu führen‹. Kabila akzeptierte das Angebot.

(Zuverlässigkeitsstufe fünf) (Von CIA Daressalam) In Daressalam wurde in einem Interview vom 16. Februar 1965 in der spanischsprachigen Zeitung ›Prensa Latina‹ der Betreffende mit den Worten zitiert: ›Ich bin überzeugt davon, dass es möglich ist, eine gemeinsame Front im Kampf gegen den Kolonialismus, Imperialismus und Neokolonialismus zu schaffen.‹

*Howard W. O'Connor*
HOWARD W. O'CONNOR

SECRET

»Es ist anscheinend keine Frage mehr, dass Guevara dort rübergeht«, sagte Felter. »Die einzige Frage ist, wann und in welcher Stärke. Ich befürchte, wir müssen das alte Army-Spiel spielen und uns beeilen und warten. Ich möchte Father, Portet, Thomas und Johnny Olivers Freund – wie heißt er?«

»Captain Darrell H. Smythe«, sagte Lunsford. »Tante Jemima.«

Felter nickte. »Smythe. Ist er auch gesprungen?«

»Jawohl, Sir«, sagte Lunsford.

»Also, ich möchte die Genannten so schnell wie möglich dort drüben haben. Ich will Mobutu keine Chance geben, sich anders zu besinnen, und ich will, dass Thomas mit Colonel Supo zusammenkommt.«

Er wandte sich an Jack Portet.

»Ich habe heute Morgen auf dem Weg hierhin mit Ihrem Vater gesprochen. Er hat die Intercontinental Air 707 offenbar einem Hundert-Stunden-Check unterzogen und festgestellt, dass einige Dinge repariert werden müssen. Aber er wird das Flugzeug bereit haben, wenn das Team aus dem Urlaub zurückkommt. Nach einigem Nachdenken ist es sinnvoller, jeden und alles auf einmal dort rüberzufliegen, anstatt die Männer nacheinander einsickern zu lassen und sich auf die Air Force zu verlassen, damit sie die Ausrüstung zu uns bringt, wenn sie freien Frachtraum finden kann. Ich möchte mir unsere Priorität lieber aufsparen, bis wir sie wirklich benötigen.«

»Jawohl, Sir.«

»Sie lassen also bei Mobutu Ihren Charme spielen, entscheiden, wohin Sie die 707 haben wollen et cetera. Sie sind sozusagen beim Vorauskommando.«

»Ich verstehe, Sir«, sagte Jack.

Es sah aus, als wollte Felter noch etwas sagen, etwas Ernstes, doch er besann sich anders.

»Ich möchte euch etwas über Peters erzählen«, sagte er lächelnd. »Er kam vom Weißen Haus rüber zu meinem Büro und fragte, ob er mich persönlich sprechen könnte. Ich sagte ›na klar‹. Er hat sich immer besonders angestrengt, wenn er etwas für mich erledigt hat.«

»Was hat er denn im Weißen Haus getan?«, fragte Hanrahan.

»Dafür gesorgt, dass die Kommunikationsanlagen des Präsidenten nicht zusammenbrechen«, sagte Felter. »Er hatte zwanzig Mann unter sich, die für ihn arbeiteten.«

»Und was macht er dann hier?«, fragte Hanrahan. »Warum würde er seine bisherige Arbeit aufgeben, um hier zu sein?«

Felter lächelte.

»Er will ein *richtiger* Soldat sein. Er sagte, als er in die Army kam, wollte er zur Infanterie gehen, vielleicht sogar auf die Fallschirmspringerschule. Aber er beging den Fehler, zu erzählen, dass er eine Lizenz als Funkamateur hatte. Die ASA sucht in den Rekrutierungszentren immer nach Jungs, die morsen können *und* sich mit Funkgeräten auskennen. So steckten sie ihn ins Fernmeldekorps und die ASA, und das ist alles, was er in der Army getan hat. Jedes Mal, wenn er ein Versetzungsgesuch einreichte, beförderte man ihn. Wissen Sie, wie wenige Spec7 es in der Army gibt? Vermutlich nur ein paar Hundert, und er ist der jüngste. Jedenfalls erzählte er mir, er habe meine Post gelesen und wisse, was mit der Operation Earnest vorgeht und ebenfalls, dass ich mir von der ASA Kommunikationsleute besorgt habe. So bot er sich freiwillig an, und man sagte ihm wieder einmal, dass er zu wichtig sei, um versetzt zu werden. Er sagte, er wisse, dass ich die Macht hätte, ihn namentlich abzukommandieren und ich möge das doch bitte tun, weil es seine letzte Chance wäre, jemals von der ASA weg und ›wieder in die Army‹ zu kommen. So kommandierte ich ihn namentlich ab, und der Chef der ASA rief mich an und sagte, ich verstünde offenbar nicht die Lage, Peters sei zu wichtig für die Fernmeldeabteilung des Weißen Hauses und ich könne ihn einfach nicht haben. Ich erklärte dem guten Mann, dass ich die Priorität habe und ihn wünsche. Er sagte: ›Colonel, dies ist nicht als Drohung gemeint, sondern die Feststellung einer Tatsache, ich werde mich in diesem Fall über ihren Kopf hinwegsetzen‹.«

»Offenbar war er nicht mit der Kommandostruktur vertraut«, meinte Hanrahan lachend.

»Ich bezweifle, dass er das war.« Felter lächelte. »Und ich weiß nicht, ob General Sawyer persönlich zu Präsident Johnson ging, aber am Tag bevor Peters hierhin kam, tauchte er in meinem Büro auf – es war das erste Mal, dass ich ihn jemals in Uniform gesehen hatte –, stand still und salutierte und sagte, er melde sich zum Dienst. Dann begann er sich Sorgen zu machen, dass er den Anforderungen bei den Green Berets nicht gewachsen sein könnte. Ich versicherte ihm, er brauche sich keine Sorgen zu machen, wir wollten nur sichergehen, dass die Kommunikationsanlagen funktionieren, und niemand von ihm erwarte, Schlangen zu essen oder aus Flugzeugen zu springen.«

»Und wir haben ihn zu einem Fallschirmspringer gemacht«, sagte Jack.

»Ich hoffe, er hat sich erst nach seinem fünften Absprung verletzt«, sagte Felter, »denn ich habe den Verdacht, dass er sich das Abzeichen und die glänzenden Stiefel *tatsächlich* wünscht.«

»Bei seinem fünften«, sagte Lunsford. »Er hat seine fünf Absprünge zur Qualifikation.«

»Lassen Sie ihn das nicht noch einmal tun, Father«, sagte Felter. »Er ist zu wertvoll.«

## 3

*Avenue Leopold 404*
*Leopoldville, Republik Kongo*

*26. Februar 1965, 13 Uhr 20*

Die Telefonistin für internationale Ferngespräche informierte Jack Portet, dass es im Augenblick ein technisches Problem gebe und sein Anruf nach Fayetteville, North Carolina, derzeit nicht durchgestellt werden könne. Sie schlug vor, es später noch einmal zu versuchen.

»*Merci beaucoup, Mademoiselle*«, sagte Jack höflich, hängte ein und murmelte dann ärgerlich »Scheiße!«

Marjorie hatte die Nachricht, dass er jetzt nach Afrika gehen würde, anstatt in einem Monat oder so, überraschend ruhig aufgenommen. Es war nett, zu denken, dass dies so war, weil sie schließlich eine Army-Göre war und wusste, das sich Army-Frauen daran gewöhnen mussten, dass ihr Mann kurzfristig in einen Einsatz geschickt wurden. Aber es war auch möglich, dass sie nur eine freundliche Miene aufsetzte und in Wirklichkeit sauer oder gekränkt oder beides war.

Aber er hatte ihr versprochen, sie sofort bei seiner Ankunft in Leopoldville anzurufen, und er *hatte* angerufen, sobald er im Haus gewesen war und geduscht hatte, also anderthalb Stunden, nachdem er den UTA-Flug von Brüssel hinter sich gehabt hatte, was nun wirklich nahe an ›sofort‹ herankam. Und gab es ein verdammtes technisches Problem mit der Verbindung.

Er zog eine Schublade im Schreibtisch seines Vaters

auf, fand die Nummer, die er suchte, auf einer mit Schreibmaschine getippten Liste und wählte sie.

»*Le residence du Chef de L'Armée de la Republique*«, meldete sich eine Männerstimme.

*Französisch*, dachte Jack. *Sie hassen die Belgier und jeden sonst, der Französisch spricht, doch sie melden sich am Telefon auf Französisch.*

»Hier spricht Captain Jacques Portet von Air Simba«, sagte Jack auf Suaheli. »Es wäre mir eine große Ehre, wenn General Mobutu die Zeit finden könnte, einen Moment mit mir zu sprechen.«

Es folgte langes Schweigen – mindestens zwei Minuten –, und dann meldete sich der Telefonist wieder.

»Bedaure, der General kann im Augenblick Ihren Anruf nicht entgegennehmen«, sagte er auf Französisch.

»Wären Sie so nett, General Mobutu eine Nachricht von mir auszurichten?«, fragte Jack, wiederum auf Suaheli.

»Ich werde es versuchen«, erwiderte der Telefonist auf Französisch.

»Bitte informieren Sie General Mobutu, dass ich in Leopoldville bin, in meinem Haus, und dass es eine Ehre für mich wäre, wenn er die Zeit finden könnte, mich anzurufen«, sagte Jack auf Suaheli, buchstabierte dann seinen Namen und nannte die Nummer – dreimal, bis der Telefonist es schaffte, die Angaben richtig zu notieren.

Er legte den Hörer auf und ging durch die Terrassentür auf die Veranda und dann zum Swimmingpool, wo Spec7 Peters, das Bein in einem jetzt schmutzigen Gipsverband um seinen Knöchel, unter dem Schatten eines Sonnenschirms an einem Tisch saß und beobachtete, wie Major Lunsford und Captain Smythe vergebens versuchten, einen pinkfarbenen Gummischwan aus den massiven Armen von Master Sergeant Thomas zu winden.

»Durchgekommen?«, rief Lunsford Jack zu.

»Nein. Und Mobutu war nicht zu erreichen«, fügte Jack hinzu.

»Was soll das bedeuten?«

»Er ruft vielleicht heute Nachmittag an. Möglicherweise auch morgen oder in drei Tagen oder niemals. Das hängt von zwei Möglichkeiten ab: Erstens, ob man ihm die Nachricht überhaupt übermittelt hat, und zweitens – vorausgesetzt, man hat es ihm gesagt – ob er Stunden oder Tage auf einen Rückruf wartet, um klarzumachen, dass er wichtig ist und ich das nicht bin.«

»Wenn er heute nicht zurückruft, werden Sie es morgen noch einmal versuchen müssen«, sagte Lunsford.

Jack nickte und setzte sich zu Peters.

»Kann ich was für Sie tun, Peters?«

»Nein, Sir.«

»Hungrig?«

»Ein wenig essen könnte ich, ja, Sir.«

Jack blickte zum Haus, sah Nimbi, den Hausboy und gestikulierte, als esse er. Nimbi eilte zum Tisch, und Jack sprach auf Suaheli mit ihm. Nimbi nickte und ging zum Haus zurück.

»Bier jetzt«, sagte Jack. »Steak und Salat in zwanzig Minuten. Okay?«

»Klingt gut.«

Als das Bier gebracht wurde, zog es Father, Doubting Thomas und Tante Jemima wie ein Magnet aus dem Pool an.

Lunsford hob seine Bierflasche.

»Wir werden allmählich für Bier, Unterkunft und Essen bezahlen müssen«, sagte er.

»Vergessen Sie's«, sagte Jack.

»Nein, das ist eine Sache, die wir uns noch ausrechnen müssen«, sagte Lunsford. »Wir bekommen separate Verpflegung, das heißt, weil offenbar jemand vom Außenministerium das ausgerechnet hat, bekommen wir den Standardsatz für getrennte Verpflegung pro Tag plus vierzig Prozent, weil in Leopoldville – im ganzen Kongo – das Leben vierzig Prozent teurer ist als in Washington, D.C. Das Gleiche gilt für den Zuschuss zur Unterkunft.«

»Tatsächlich?«, fragte Jack interessiert. Er hatte noch nie über das Thema nachgedacht.

»Tatsächlich«, bestätigte Lunsford. »Von diesem Moment an sind Sie zusätzlich zu Ihren anderen Pflichten der Offizier für Verpflegung und Quartier von Detachment 17. Einmal pro Monat werden Sie mir, in Ihrer Eigenschaft als Offizier für Verpflegung und Quartier, eine Erklärung präsentieren, in der steht, dass angemessene Quartiere und Verpflegungseinrichtungen nicht verfügbar sind. Ich werde einen Vermerk zu dieser Erklärung unterzeichnen und die Erklärung an den Militärattaché weiterleiten, woraufhin er Ihnen das Geld zur Verfügung stellen wird, das Sie dann an die Soldaten verteilen werden.«

»Muss ich das tun?«, fragte Jack.

»Ja, Lieutenant, das müssen Sie«, sagte Lunsford. »Aus diesem Grund haben wir junge Lieutenants, damit sie ihren ranghöheren Offizieren ersparen, sich mit läppischen Verwaltungsproblemen herumzuschlagen. Vielleicht, wenn Sie sich dann und wann benehmen, werde ich die Pflicht einem der anderen Piloten aufbürden, wenn sie hier eintreffen, aber im Augenblick befehle ich Ihnen das. Nun bedanken Sie sich mit einem ›Jawohl, Sir!‹«

»Jawohl, Sir«, sagte Jack lachend und fragte dann: »Selbst wenn wir die Rationen essen, die man uns liefern wird?«

»Ich will sie nicht essen, es sei denn, wir müssen das«, sagte Lunsford. »Aber nach der Ausgabe der Verpflegung sind sie nicht mehr rechenschaftspflichtig. Ich dachte, es wäre praktisch, sie an unsere kongolesischen Verbündeten weiterzugeben, aber das würde bedeuten, dass wir uns unser eigenes Essen besorgen müssen. Was meinen Sie?«

»Nun, mir macht es nichts aus, Löwenfleisch zu essen«, sagte Jack. »Oder, was das anbetrifft, Affenarsch oder Gorillasteak, aber ich weiß nicht, wie das bei den anderen ist.«

Es herrschte Stille.

»Da haben Sie die Jungs voll erwischt«, sagte Lunsford

schließlich. »Ich dachte, Peters fallen die Augen aus dem Kopf, als Sie von ›Affenarsch oder Gorillasteak‹ gesprochen haben.«

»Wenn wir in Stanleyville wären, gäbe es viele erstklassige Köche, die Arbeit suchen«, sagte Jack. »Gemüse, Fisch, Eier und Schweinefleisch wären kein Problem, aber wir müssten eine Möglichkeit finden, an Rindfleisch zu kommen.«

»Wird das teuer sein?«

»Das bezweifle ich. Neunzig Prozent der Belgier sind aus Stanleyville fort, und der Nahrungsmittelmarkt, der sie versorgte, hat keine Kunden mehr. Alles außer Rindfleisch war in Stanleyville erhältlich und sollte es immer noch sein – oder wenigstens genug, um Detachment 17 zu ernähren. Man züchtet Rinder in der Gegend von Costermansville, und da ist es das Gleiche: die Belgier sind fort und die Bauern suchen Kunden.«

»Die Bauern waren keine Belgier?«, fragte Peters.

»Ich weiß das nicht als Tatsache, aber es würde mich sehr überraschen, wenn nach der Vertreibung der Simbas durch Mike Hoares Söldner die Chef-Boys auf den Farmen nicht aus dem Busch gekommen und wieder an die Arbeit gegangen wären, ob der Boss nun da war oder nicht. Sie verdienen sich ihren Lebensunterhalt mit den Farmen und Bauernhöfen, und die Chef-Boys verstehen von dem Betrieb so viel wie ihre Arbeitgeber.«

»Interessant«, meinte Lunsford.

»Schließen Sie keine zu hohen Wetten darauf ab, dass ich Recht habe«, sagte Jack. »Wir erfahren es erst mit Sicherheit, wenn wir dort sind. In Costermansville, wenn wir dort landen werden – dort hat Colonel Supo sein Hauptquartier –, können wir eine ganze Etage im Hotel du Lac bekommen.«

»Schöner Ort«, sagte Lunsford.

»Sie kennen ihn?«, fragte Jack überrascht.

»Ich traf mich dort mit Pappy Hodges und Geoff Craig, als ich mit den Simbas durch den Busch rannte«, sagte Lunsford. »Und was wird uns all dies kosten?«

»Ich glaube, nicht viel«, sagte Jack. »Ich kenne die Betreiber des Hotels. Sie werden nicht versuchen, uns auszunehmen, sondern froh über das Geschäft sein. Und was passiert, wenn wir all das Geld, das Onkel Sam uns gibt, nicht brauchen?«

»Nun, er wird es nicht zurückbekommen«, sagte Thomas. »Das heißt, wenn der Offizier für Verpflegung und Quartier so schlau ist, diese Verantwortung dem dienstältesten Uffz dieser Abteilung zu übertragen.«

»Sergeants sind, wie Sie wissen sollten, da sie mal einer waren, das Rückgrat der Army«, sagte Lunsford. »Sie sollten seinen Worten Aufmerksamkeit schenken. Sagen Sie ›Jawohl, Sir‹.«

»Jawohl, Sir«, sagte Jack.

»Ich dachte an Erholungsurlaube«, sagte Lunsford. »Nur der Himmel weiß, wie lange wir hier sein werden. Ich werde eine Woche vorübergehende Verwendung in Südafrika für alle paar Monate auf dem Dienstplan ansetzen. Wir werden das ›lokale Einkaufsmissionen‹, nennen, und es wird nicht als Urlaub berechnet werden. Wenn es überschüssiges Geld bei der Verpflegung und den Quartieren gibt, können wir es an die Soldaten verteilen.«

»Das ist nicht legal«, protestierte Captain Smythe.

Lunsford schaute ihn mit erhobenen Augenbrauen an.

»Gewiss sind Sie noch nicht lange genug sozusagen ein halber Green Beanie, um ihr Schweißband speckig zu machen«, sagte Lunsford. »Ich werde über diese blöde Bemerkung hinweggehen, Captain. Aber äußern Sie nie wieder juristische Einwände gegen eine meiner Entscheidungen. Sagen Sie ›Jawohl, Sir‹.«

Er grinste, aber Smythe – und jeder sonst – wusste, dass er es ernst meinte.

»Jawohl, Sir«, sagte Captain Smythe.

Die Steaks wurden serviert, und sie hatten sie fast verzehrt, als es eine Bewegung auf der Veranda gab.

»Warum denke ich, dass wir gleich Besuch von General Mobutu bekommen?«, sagte Lunsford leise, als zwei kongolesische Fallschirmjäger über den Rasen liefen und Verteidigungspositionen einnahmen, und zwei andere in den Hof traten.

»Ich habe keine Sirenen gehört, Sie etwa?«, fragte Jack.

Lunsford schüttelte den Kopf.

»Vielleicht weiß er, dass er wichtig ist«, raunte Lunsford.

Joseph Désiré Mobutu trat auf die Veranda, gefolgt von Dr. Howard Dannelly. Mobutu trug einen Tarnanzug und Springerstiefel. Dannelly hatte einen grauen Tropenanzug an.

»*Jacques, mon vieux*!«, rief Mobutu, lächelte breit und schwenkte die Hände, während er von der Veranda kam und den Rasen überquerte.

»Warum denke ich, dass er etwas will?«, flüsterte Lunsford und erhob sich.

»Willkommen, mein General«, sagte Jack auf Suaheli »Und Sie, Doktor.«

Lunsford stand – im Badeanzug – still und grüßte schneidig. Mobutu erwiderte den Gruß und umarmte dann Jack.

»Ich bin als Freund hier, nicht offiziell«, sagte Mobutu auf Suaheli.

»Dann hallo, Joseph«, erwiderte Jack. »Kann ich dir ein Bier anbieten? Mittagessen?«

»Nur ein Bier, danke«, sagte Mobutu, setzte sich an den Tisch und winkte Dannelly, auf einem Stuhl Platz zu nehmen.

Ohne eine Anweisung erhalten zu haben, kam Nimbi schnell über den Rasen und brachte ein Tablett mit weiterem Bier und einer Karaffe Orangensaft.

Jack wartete, bis Mobutu das Bier genommen hatte und der Orangensaft für Dannelly eingeschenkt worden war.

»General, darf ich Ihnen diese drei Soldaten vorstellen? Dies ist Captain Smythe, der Colonel Supos Pilot sein wird; Master Sergeant Thomas, unser Sergeant Major; und Specialist Peters, der für die Kommunikation verantwortlich ist.«

Mobutu musterte jeden genau.

Wie auf ein Stichwort von Lunsford salutierten Smythe und Peters.

»Guten Tag, Sir«, sagte Thomas auf Englisch.

»Leider sprechen weder Captain Smythe noch Specialist Peters Französisch oder Suaheli«, sagte Lunsford auf Suaheli, »aber wir werden versuchen, es ihnen beizubringen.«

Mobutu lächelte Thomas an, vielleicht weil sie sich ähnelten wie Brüder, erwiderte seinen Gruß und gab ihm die Hand.

»Was ist mit dem Bein des Kleinen passiert?«, erkundigte sich Mobutu. »Und was ist ein Specialist? Ist er Soldat?«

»Er ist ein hervorragender Soldat, mein General«, sagte Thomas auf Suaheli. »Er hat sich das Bein bei seinem letzten Absprung ...«

»Er ist Fallschirmspringer?«, fragte Mobutu zweifelnd.

»O ja, mein General«, sagte Lunsford. »Und trotz seiner Verletzung bestand er darauf, mit uns herzukommen. Er ist der vielleicht beste Kommunikationsexperte in der Army. Als Specialist seines Dienstgrades erhält er so viel Sold wie ein Master Sergeant.«

Mobutu strahlte Peters an, ergriff seine Hand und schüttelte sie begeistert. Peters, der kein Wort verstanden hatte, lächelte nervös.

»Wie geht es Ihrer Frau, Captain Portet?«, fragte Dannelly auf Englisch.

»Ich bin Lieutenant, Doktor«, korrigierte Jack ihn und sprach jetzt Englisch. »Es geht ihr prima, und sie wartet in diesem Moment auf meinen Anruf. Es gibt technische Probleme mit der Verbindung.«

»Mr Finton erzählte mir, dass ihr Vater ein feiner christlicher Offizier und Gentleman ist«, sagte Dannelly.

»Und ihre Mutter ist eine feine christliche Lady«, sagte Jack.

»Nun denn, ich nehme an, wir können hoffen, dass sie einen guten Einfluss auf Sie haben wird, nicht wahr?«

»Dessen bin ich sicher, Doktor«, erwiderte Jack.

Captain Smythe war anzusehen, dass er sich fragte, worüber gesprochen wurde.

»Ich sagte, ich bin aus persönlichen Gründen hier, als Freund, Jacques«, erklärte Mobutu auf Suaheli. »Wir müssen über Air Simba reden. Macht es dir etwas aus, über ein kleines Problem vor deinen Freunden zu sprechen?«

»Überhaupt nicht«, sagte Jack. »Major Lunsford ist sowohl mein Freund als ein vorgesetzter Offizier. Und ich betrachte Sergeant Thomas ebenso als einen Freund wie einen Master Sergeant.«

»Aber sicherlich willst du die anderen nicht zwingen, sich ein geschäftliches Gespräch anhören zu müssen?«

»Mit Ihrer Erlaubnis, Sir«, sagte Thomas auf Suaheli zu Lunsford, »werde ich die anderen ins Haus bringen.«

»Erlaubnis erteilt«, sagte Lunsford.

»Danke«, sagte Mobutu zu Thomas.

Mobutu nahm sich noch ein Bier und wartete, bis Smythe und Thomas, die Peters zwischen sich stützten, über den Rasen zur Veranda gegangen waren.

»Es gibt ein kleines Problem mit den Leuten, die den Kauf von Air Simba finanzieren werden«, begann Mobutu, jetzt auf Französisch. »Irgendwie sind sie auf den Gedanken gekommen, dass die Gesellschaft in keiner so guten Verfassung ist, finanziell meine ich, wie dein Vater mir weismachen wollte und ich – und meine Freunde – den Bankiers gesagt haben.«

»Darf ich offen sprechen, Joseph?«, fragte Jack auf Französisch.

»Wir sind Freunde«, sagte Mobutu.

»Mein Vater hat Vertrauen in die kongolesische Regierung«, sagte Jack. »Als er das Kapital der Firma auflistete, bewertete er die Schuldscheine der Regierung wie Bargeld. Die Bankiers teilen vielleicht nicht sein Vertrauen drauf, dass die Schuldscheine von der Regierung eingelöst werden, sobald es ihr möglich ist.«

Mobutu erwiderte nichts.

Dr. Dannelly ergriff das Wort.

»Das zweite Problem ist, dass die Bankiers irgendwie auf den Gedanken gekommen sind, dass Ihr Vater Air Simba mehr oder weniger aufgegeben hat, weil ihm die finanziellen Probleme von Air Simba völlig bewusst sind und er sozusagen das sinkende Schiff verlassen will.«

»Sie wissen, dass er als Chefpilot von Air Congo abgedankt hat und jetzt in den Vereinigten Staaten lebt«, fügte Mobutu hinzu.

»Davon habe ich dir erzählt, Joseph«, sagte Jack. »Die US-Regierung hat ihn um seine Dienste gebeten, und er konnte kaum ablehnen. Ich dachte, du hättest das verstanden.«

»*Ich* verstehe es«, sagte Mobutu. »Es sind die *Bankiers*, die das nicht verstehen.«

»Ich werde natürlich so gut helfen wie ich kann, und ebenfalls mein Vater«, sagte Jack. »Aber ich weiß nicht ...«

Dannelly schaltete sich wieder ein. »Eine der vorgeschlagenen Lösungen des Problems ist, dass Ihr Vater für zwei oder drei Monate nach hier zurückkehrt, und General Mobutu hat mir versichert, dass sich während dieser Zeit mit dem Problem der nicht eingelösten Schuldscheine befasst werden kann. Das würde die besorgten Bankiers beruhigen.«

Jack dachte: *Wer hat diesen Vorschlag wohl gemacht? Du?*

»Ich bezweifle, dass das möglich sein wird«, sagte Jack.

»Wenn er nicht zurückkommt, werden die Bankiers überzeugt sein, mit der Vermutung, dass er ein sinkendes Schiff verlassen hat, Recht zu haben«, sagte Mobutu. »Und wenn sich herumspricht, dass Air Simba ein sinkendes Schiff *ist* ...«

»Wie wäre es, wenn Jack einige Zeit Air Simba leiten würde?«, fragte Lunsford. »Würde das helfen?«

»Ehrlich gesagt, General Mobutu hat das erwogen«, sagte Dannelly. »Aber Jack ist in der U.S. Army ...«

»Vielleicht könnte das irgendwie gedeichselt werden«, sagte Lunsford. »Natürlich inoffiziell.«

»Sie sind anscheinend sehr bereitwillig, zu helfen«, stellte Dr. Dannelly fest.

»Sie meinen, man soll sich vor Amerikanern hüten, die Geschenke machen?«, sagte Lunsford. »Würde es Sie überraschen, wenn ich auch einen Vorteil für mich darin sehe?«

Mobutu lachte.

»Was wäre der Vorteil für Sie?«, fragte er.

»Wenn Jack eine Uniform der Air Simba trüge und ein Flugzeug der Air Simba flöge, was er jahrelang getan hat, wären die Bankiers beruhigt und ...«

»Und?«, fragte Mobutu.

»Air Simba fliegt im ganzen Kongo, in ganz Südafrika, ohne dass Fragen gestellt werden«, sagte Lunsford. »Das würde mir helfen, die Mission durchzuführen, derentwegen ich hergeschickt worden bin.«

»Und da sich die Regierung, wie ich hörte, jetzt darauf vorbereitet, die Schuldscheine einzulösen ...«, sagte Mobutu.

*Was natürlich heißt*, dachte Jack, *dass du den Finanzminister antanzen lassen und ihm ›vorschlagen‹ wirst, Air Simbas unbezahlte Schuldscheine einzulösen, selbst wenn das bedeutet, die Staatskasse zu plündern. Alles für einen guten Zweck, besonders wenn es dazu dient, dass sich deine ›Geschäftspartner‹ das Geld leihen können, um Air Simba zu vierzig, fünfzig Cents pro Dollar kaufen können.*

»... würden die Bankiers die Versicherung haben, dass Air Simba finanziell solide ist«, vollendete Jack Mobutus Satz.

»Genau«, sagte Mobutu fast triumphierend. Dann nahm sein Gesicht einen besorgten Ausdruck an, und er blickte zu Dr. Dannelly.

»Ich glaube«, sagte Dannelly nach einer Weile, »dass jeder davon profitieren könnte, wenn Captain – verzeihen Sie mir, *Lieutenant* – Portet für die nächsten paar Monate wieder Captain Portet von Air Simba werden würde.«

»Und sogar danach«, sagte Lunsford. »Wenn die kongolesische Armee Air Simba chartert, um Colonel Supo zu unterstützen.«

»Ja«, sagte Mobutu. »Können Sie das arrangieren, Major Lunsford?«

»Betrachten Sie es als arrangiert, General«, erwiderte Lunsford und streckte die Hand über den Tisch. »Abgemacht?«

Mobutu warf wieder einen Blick zu Dannelly, fast als bitte er um Erlaubnis. Dannelly nickte kaum merklich, und Mobutu ergriff Lunsfords Hand.

Jack wartete, bis Mobutus Fallschirmjäger ihm und Dannelly ins Haus gefolgt waren, bevor er fragte: »Meinen Sie, Sie können damit durchkommen, dass ich wieder zu Air Simba gehe?«

»Wenn ich um Genehmigung bitten würde, würde man mich vermutlich für verrückt erklären, und so bitte ich einfach nicht darum. Betrachten Sie sich zu einer weiteren vorübergehenden Verwendung versetzt, Lieutenant, zu einer als geheim erklärten Mission, die eine verdeckte Rolle erforderlich macht. Hölle, die CIA macht so was dauernd, warum nicht Detachment 17?«

Jack schüttelte den Kopf.

Smythe, Thomas und Peters erschienen auf der Veranda. Sie stützten Peters und kehrten zum Swimmingpool zurück.

»Es hat einen Wechsel bei der Verwendung der Offiziere gegeben«, sagte Lunsford. »Captain Smythe, Sie sind hiermit zum Offizier für Verpflegung und Quartiere von Detachment 17 ernannt, und Lieutenant Portet ist abgelöst.«

»Was ist los?«, fragte Thomas.

»Erzählen Sie es ihm, Captain Portet, während ich zur Toilette gehe«, sagte Lunsford. »Ich spüre einen gewaltigen Druck auf der Blase.«

Er ging schnell über den Rasen zum Haus.

# 4

*Oval Office*
*Das Weiße Haus*
*Washington, D.C.*

*26. Februar 1965, 16 Uhr 15*

Der Präsident der Vereinigten Staaten saß hinter seinem Schreibtisch und telefonierte, als ein Agent des Secret Service die Tür öffnete. Colonel Sanford T. Felter stand hinter ihm.

Es dauerte einen Moment, bis der Präsident dem Agenten Aufmerksamkeit schenkte. Dann signalisierte der Präsident Felter mit ausgestrecktem Finger, einzutreten und sich zu den beiden anderen Männern im Oval Office zu gesellen.

Die anderen beiden waren der Außenminister und der Direktor der Central Intelligence Agency. Beide nickten Felter ein wenig kühl zu, sagten jedoch nichts. Felter setzte sich auf eine der beiden Couches an jeder Seite des Couchtisches.

Dann warteten alle drei darauf, dass der Präsident sein Telefonat beendete.

Schließlich legte er den Hörer auf und ging zu ihnen, wo er sich in einen Ohrensessel sinken ließ.

»Nun, Felter, was halten Sie davon?«, fragte Johnson.

»Wovon, Sir?«

»Herrgott noch mal, geben Sie sie ihm!«, zürnte Johnson.

Der Direktor der CIA händigte Felter eine Funkbotschaft aus. Felter begann sie zu lesen.

»Wenn Sie ihm das gegeben hätten, während ich telefoniert habe«, sagte Johnson ärgerlich, »brauchten wir drei jetzt nicht auf den verdammten Tisch zu starren.«

Es gab keine Antwort.

Als Felter die Botschaft gelesen hatte, sah er den Präsidenten an.

»Nun, Felter?«

»Es ist überraschend, Sir«, sagte Felter.

»Kriegserklärungen sind für gewöhnlich überraschend, nicht wahr?«, sagte Johnson sarkastisch, »und nichts anderes ist das, oder? Eine Kriegserklärung?«

Er riss Felter die Botschaft aus der Hand und las daraus vor.

»Wenn *ein* Vietnam schlecht für die amerikanischen Imperialisten ist, dann sage ich – gebt ihnen *drei* Vietnams«, las er. »Das hat der Hurensohn gesagt, und zwar vor fünfhundert Leuten bei – was, zum Teufel, ist das?«

»Das zweite ökonomische Seminar der afro-asiatischen Solidaritätsbewegung, Mr President«, sagte der Außenminister.

»Und Sie haben bezweifelt, dass er in Afrika Probleme machen würde«, sagte der Präsident und wandte sich an den CIA-Direktor. »Und Sie haben mir gesagt, es sei Ihre ›beste Einschätzung‹, dass er keine macht.«

»Ich kann nur wiederholen, Mr President«, erwiderte der Direktor, »dass ich mich bei diesem Gespräch falsch ausgedrückt habe.«

»Mich überrascht Folgendes, Sir«, sagte Felter. »Es sollte keinen Zweifel mehr daran geben, dass Guevara in Afrika handeln wird, aber dass er das öffentlich ankündigt, ist überraschend. Die Sowjets haben erklärt, dass weder sie noch ihre Verbündeten ein Interesse daran haben, revolutionäre Aktivitäten irgendwo in Afrika zu beginnen.«

»Sie würden also sagen, es ist eine Ankündigung eines Wechsels in der sowjetischen Politik?«

»Ich nehme an, davon müssen wir ausgehen«, sagte der Außenminister.

»Ich habe Felter gefragt«, wies ihn der Präsident zurecht. »Deshalb habe ich ihn kommen lassen, um zu hören, was *er* denkt.«

»Jawohl, Sir«, sagte der Außenminister.

»Mein Gefühl sagt mir, dass das Mundwerk mit ihm durchgegangen ist«, sagte Felter.

»Dieser Meinung kann ich mich nicht anschließen«, warf der Außenminister ein.

»Ich höre immer noch Felter zu«, sagte Johnson.

»Er hat eine Tour durch Afrika gemacht, Mr President«, sagte Felter. »Und überall ist der rote Teppich für ihn ausgerollt worden. Ich halte es für durchaus möglich, und das meine ich nicht schnodderig, dass er allmählich seine eigenen Presseverlautbarungen glaubt.«

»Können Sie das näher erklären?« Johnson blickte ihn fragend an.

»Mr President, ich habe daran gedacht, wer er in Wirklichkeit ist …«

»Als Letztes hörte ich, dass er die Nummer zwei in Kuba war, sozusagen eine Filiale der Firma Kreml & Co«, sagte der Außenminister.

»Der einzige Unterschied zwischen Ernesto Guevara und tausend anderen Möchtegern-Revolutionären besteht darin, dass er eine Möglichkeit hatte, seine Fantasien auszuleben«, sagte Felter.

»Ich würde ihn nicht als ›Möchtegern‹-Revolutionär bezeichnen«, wandte der Außenminister ein. »Ich würde jemanden, der ein Land neunzig Meilen vor unserer Küste übernimmt und gerade Moskau übergeben hat, als erfolgreichen Revolutionär bezeichnen.«

»Fidel Castro hat Kuba übernommen«, widersprach Felter, »nicht Guevara.«

»Guevara war – ist – seine Nummer zwei«, argumentierte der Außenminister.

»Ich würde sagen, Fidels Bruder Ramón ist die Nummer zwei«, sagte Felter.

»Um Himmels willen, lassen Sie Felter reden«, blaffte Johnson. »Ich weiß bereits, was ihr beiden denkt!«

»Guevara ist Arzt«, sagte Felter. »Er war Castros Sanitäter in den Bergen. Sie wurden offenbar enge Freunde, was sehr wahrscheinlich ist, weil sie dort die einzigen Intellektuellen waren. Die Leute neigen dazu, zu vergessen, dass Fidel Doktor der Philosophie ist. Er ist sehr intelligent, und das ist Guevara ebenfalls, und es ist nur natürlich, dass sie gut miteinander auskommen. Und Castro ist nicht darüber erhaben, sich in der Bewunderung eines anderen Intellektuellen zu sonnen, der glaubt, über Wasser schreiten zu können. Aber der enge Freund von El Supremo zu sein, macht niemanden zu einem erfahrenen Guerilla.«

»Wollen Sie sagen, Guevara ist unfähig?«, fragte der CIA-Direktor sarkastisch.

»Ich hoffe, dies bald im Kongo zu beweisen«, sagte Felter. »Deshalb will ich, dass er am Leben bleibt, als gescheiterter, unfähiger Träumer, statt als Märtyrer und genialer Guerillakämpfer, der von faschistischen Imperialisten brutal ermordet wurde.«

»Und warum hat Castro seinen *Doktor* als großartigen Guerilla hochgejubelt?«, fragte Johnson.

»Vermutlich weil dadurch Kubas – Russlands – Pläne für Südamerika ebenso wie für Afrika international wirken sollen. Und es gibt Kommunisten in Argentinien, die meinen, dass ein argentinischer Guevara, ein erfolgreicher Revolutionär, prima für ihr Image und ihre Moral ist.«

Johnson stieß einen Grunzlaut aus. »Die wesentliche Frage ist, warum hielt er diese Rede, die einer Kriegserklärung gleicht?«

»Er glaubt vermutlich alles, was er sagt, wie er vermutlich glaubt, ein großartiger Guerilla/Revolutionär zu sein«, sagte Felter. »Und das Ausrollen des roten Teppichs für ihn von jedem – einschließlich China – hat seine falsche Auffassung genährt. Mich würde überraschen, wenn Castro, geschweige denn das Politbüro, eine Ahnung gehabt hat, was er über drei Vietnams sagen wird. Sie wollen den Rest der Welt nicht alarmieren – sie wollen sich heimlich heranschleichen und von hinten zuschlagen.«

»Sie meinen also, es ist ein Alleingang von Guevara?«, fragte Johnson.

»Ja, Mr President«, antwortete Felter.

»Wie laufen die Dinge im Kongo?«

»Wir sind im Endstadium, das Team dorthin zu schicken, Mr President.«

»Und dafür Intercontinental Air Cargo, Ltd. benutzen?«, fragte der Außenminister.

»Das stimmt, ja«, sagte Felter.

»Colonel Felter hat mir darüber erzählt, Mr Secretary«, sagte Johnson mit eisigem Sarkasmus. »Und mein Direktor der Central Intelligence Agency findet, dass Intercontinental Air eine ziemlich gute Idee ist. Das ist doch so, oder?«

»Ja, Mr President«, sagte der Direktor. »Wir erwarten, mit Felter auf diesem Gebiet eng zusammenzuarbeiten.«

»Und ich werde Ihnen noch etwas erzählen, Mr Secretary«, sagte Johnson. »General sowieso, der Chef der Army Security Agency, suchte mich auf, um mir zu sagen, dass Felter einen seiner Sergeants haben wollte und dass das gesamte Kommunikationssystem des Weißen Hauses zusammenstürzen würde wie ein Kartenhaus, wenn er damit durchkommen würde. So sagte ich ihm, er soll die Signalflaggen herausholen …«, Johnson tat, als schwenke er Signalflaggen, »… denn ich habe Felter gesagt, dass er alles haben kann, was er für seinen Job braucht, und das war mein Ernst.« Er legte eine Pause ein. »Ich glaube, das nennt man eine Fabel. Eine kleine Geschichte mit einer Botschaft. Haben Sie die Botschaft erhalten, Mr Secretary?«

»Ja, Mr President«, sagte der Außenminister.

»Das war's, Gentlemen«, sagte der Präsident. »Vielen Dank für Ihr Kommen.«

Bevor sie das Oval Office verlassen hatten, telefonierte er bereits wieder.

## 5

*Flugplatz*
*Stanleyville, Provinz Oriental*
*Republik Kongo*

*10. März 1965, 9 Uhr 40*

Die frisch reparierte Kommunikationsausrüstung im Kontrollturm funktionierte zwanzig Minuten früher als erwartet.

Die telefonische Botschaft vom Luftstützpunkt Kamina an Colonel Supos Hauptquartier in Costermansville war recht kurz gewesen: »Voraussichtliche Ankunft am 10. März 10 Uhr. Poppa.«

»Stanleyville, Intercontinental Air Four-nine-three.«

Die Stimme klang zwar ein wenig verzerrt und metallisch, doch sie war offenbar die von Captain Jean-Philippe Portet.

Captain Jacques Portet von Air Simba, in weißem Polohemd, weißen Shorts und weißen Kniestrümpfen, griff an der Schulter des Tarnanzugs von Captain Weewili von den kongolesischen Fallschirmjägern (bekannt als Spec7 William Peters von der U.S. Army) vorbei und nahm das Mikrofon.

»Intercontinental Nine-three, Stanleyville«, sagte er auf Englisch. »Nine-three ist auf Flughöhe zehn, fünf Minuten von Ihrer Station entfernt. Erbitte Anflug- und Landeerlaubnis.«

»Nine-three, der Wind ist unerheblich. Ich habe nicht die leiseste Ahnung, was das Barometer sagt, aber es ist ein schöner Tag hier in Stanleyville. Sie haben Landeerlaubnis als Nummer eins auf Landebahn zwei-sechs. Es gibt keinen anderen Verkehr.«

»Verstanden Nummer eins auf zwei-sechs«, sagte Captain Portet, als Major George Washington Lunsford, der den Tarnanzug eines Lieutenant Colonels der kongolesischen Fallschirmjäger trug, Jack auf den Arm tippte und auf das Loch wies, wo einst der Kontrollturm gestanden hatte. Die 707 war in Sicht.

Jack nickte, übergab Peters das Mikrofon und ging die Treppe des Kontrollturms hinab. Lunsford folgte ihm.

Colonel Jean-Baptiste Supo stand außen vor dem Abfertigungsgebäude bei einer kleinen Gruppe von Offizieren und Unteroffizieren der kongolesischen Armee.

Sergeant Major Tesio Chil und Sergeant Paul Joe, Supos Fahrer und Leibwächter, waren tatsächlich in der kongolesischen Armee, doch Major Jemima und Captain Tomas waren das nicht.

Es befanden sich – seit dem ersten Tageslicht – zwei Kompanien kongolesische Infanterie auf dem Flugplatz. Alle Straßen rings um den Flugplatz waren abgesperrt und würden es bleiben, bis weitere Befehle erteilt wurden. Zusätzlich bildeten drei Viertel der Infanteristen eine Randstellung um den Flugplatz. Die übrigen Soldaten würden gebraucht werden, um die 707 von der Stelle, wo sie auf der Rollbahn halten würde, in einen kürzlich geleerten Hangar zu schieben.

Das Schieben der 707 war nötig, weil die drei Flugzeugtraktoren, die einst auf dem Flugplatz stationiert gewesen waren, von den Simbas mutwillig zerstört worden waren und die Auspuffgase der 707 (a) höchstwahrscheinlich das trockene ungemähte Gras bei den Hangars in Brand stecken würden und (b) möglicherweise einen oder beide Hangars mit den Wänden und Dächern aus Wellblech wegblasen würden, wenn der Pilot des Flugzeugs versuchte, in den Hangar zu rollen.

Einen Moment später setzte Captain Portet die 707 glatt auf, rollte zum Abfertigungsgebäude und schaltete die Motoren aus. Ein Dutzend kongolesische Soldaten schoben die Gangway an die Hecktür. Die Treppenstufen waren auf einen Chevrolet-Pickup-Truck montiert, dessen Motor, Scheiben und Reifen ebenfalls von Simbas zerstört worden waren.

Master Sergeant Thomas/Major Tomas hatte es

geschafft, die Hydraulik der ausfahrbaren Gangway zu reparieren und die zerschossenen Reifen zu entfernen. Jetzt rollte der Wagen auf den Felgen, aber er rollte.

Die Frachttür der 707 wurde geöffnet, und Lieutenant Geoff Craig, in Uniform und mit einer verkürzten Remington 1100 Schrotflinte Kaliber 12 in den Händen, tauchte in der Tür auf. Er blickte sich um, machte eine ›Mir folgen‹-Geste und stieg die Gangway hinab. Jeder hatte das mehr oder weniger erwartet, aber niemand hatte damit gerechnet, dass ihm als erste Person ein Green Beret folgen würde, der kaum die vorgeschriebene Minimalgröße der Army hatte, eine Uzi-Maschinenpistole trug und den Adler des Colonels auf dem Kragenspiegel hatte.

»Allmächtiger!«, stieß Major Lunsford/Lieutenant Colonel Dahdi hervor. »Felter!«

Lunsford stand still und wartete am Fuß der Gangway. Er grüßte schneidig, als Felter herabkam.

»Lieutenant Colonel Dahdi, Sir«, bellte er. »Willkommen in Stanleyville.«

Felter erwiderte den Gruß und schüttelte den Kopf.

»Lassen Sie mich raten, *Colonel*«, sagte er. »Daddy wie in Father, richtig?«

»Es wird Daaahdi ausgesprochen, Sir«, sagte Father. »Es war Colonel Supos Idee.«

»Und wer ist das? Der Komiker?«, fragte Felter, als er Jack in der weißen Kleidung entdeckte.

»Das ist Captain Portet von Air Simba, Sir«, erklärte Father. »Und *das* war General Mobutus Idee.«

»Und sobald Sie die Zeit finden können, werden Sie mir alles darüber erzählen, richtig?«, sagte Felter.

»Sir, die Kommunikations- und kryptographische Ausrüstung ist in dem Flugzeug«, sagte Father. »Ich wollte all dies in meinem ersten Bericht an den Colonel melden, Sir.«

Felter sah ihn lange an und lächelte dann.

»Okay, diese Runde geht an Sie, Father – Verzeihung Daaahdi«, sagte er. Dann ging er zu Supo und salutierte.

»Es freut mich, Sie wiederzusehen, Sir«, sagte er auf Französisch. Dann entdeckte er Doubting Thomas.

»Lassen Sie die Männer in Linie antreten, Sergeant«, sagte er und wies zu dem Team, das die Gangway herunterkam.

»Das heißt *Major* und *Tomas* ohne H, Colonel«, sagte Thomas. »Okay, Jungs. Wenn jemand eine Patrone in der Kammer hat, entfernt er sie. Und dann in Linie antreten.«

Als das Team die Waffen überprüfte und antrat, befahl Tomas »Stillgestanden!«, machte eine Kehrtwendung, grüßte und bellte: »Sir, die Abteilung ist angetreten.«

Felter erwiderte den Gruß und salutierte dann noch einmal vor Supo.

»U.S. Army Special Forces Detachment 17, zu Befehl, Sir.«

Supo erwiderte den Gruß, ging dann zu den angetretenen Soldaten und schüttelte jedem Mann die Hand.

Danach kehrte er zu Felter zurück.

»Okay, die Parade ist vorüber!«, bellte Thomas, die Hände auf den Hüften. »Ihr kennt den Drill, Flugzeug ausladen!«

»Wie lange werden Sie bei uns sein, Colonel?«, erkundigte sich Supo.

»Ich fliege mit der Maschine zurück«, sagte Felter »Aber ich wollte Ihnen die Männer hier persönlich übergeben.«

»Wie lange wird es dauern, das Flugzeug zu entladen?«

»Bei den Übungen in Bragg schafften sie das in vierundvierzig Minuten und zwanzig Sekunden«, antwortete Felter.

»Aber Sie werden Zeit für ein Mittagessen mit mir haben?«

»Selbstverständlich«, sagte Felter. »Das ist sehr freundlich von Ihnen.«

Captain Portet von Intercontinental Air kam die Gangway herunter und legte seinen Arm um die Schultern von Captain Portet von Air Simba.

Sie führte ihn in die Küche, wo eine ungeöffnete Flasche Scotch auf dem Küchentisch stand.

»Was macht ihr hier?«, fragte sie.

»Komisch«, sagte Felter. »Als erste Frage hätte ich erwartet ›Wie geht es meinem Jack?‹«

»Ich habe ebenfalls versucht, mich zu zwingen, nicht an Jack zu denken«, sagte Marjorie. »Okay. Wie geht es meinem Jack?«

»Als wir ihn verließen, hatte er ein Bierglas in der Hand, und es ging ihm prima. Er ist ganz in Weiß gekleidet. Hemd, Shorts, Kniesocken und sogar weiße Schuhe.«

»Was hat das alles zu bedeuten?«, fragte Marjorie und gab ihm ein Whiskyglas. »Jack in weißen Shorts?«

»Und weißen Kniestrümpfen«, sagte Felter. »Es ist eine komplizierte Geschichte, aber Jack betreibt Air Simba, und das ist offenbar die Uniform dafür.«

Er stieß mit ihr an.

»Ich hatte Albträume, dass er durch den dampfenden Dschungel kriecht und sich ein Löwe, drei Löwen – ach was, ein ganzes *Rudel* Löwen an ihn heranschleicht.«

Portet lachte.

»Der Einzige, der sich an Jack heranschleicht, ist der Chef-Boy mit einer neuen Ladung Bier.«

»Wir haben im Dachgarten oben auf dem Immoquateur zu Mittag gespeist«, fügte Felter hinzu. »Bratfisch, gedünstetes Gemüse. Da gab es weiße Tischdecken, Kristall, Porzellan – alles sehr fein. Aber eigentlich ein wenig merkwürdig.«

»Wieso merkwürdig?«

»Stanleyville ist eine Geisterstadt«, antwortete Portet an seiner Stelle. »Man sieht nicht viel Beweise – außer mutwillig zerstörten Fahrzeugen –, dass die Simbas jemals dort waren und wie mörderisch sie kämpften, als die Belgier dort absprangen. Ein paar Kugellöcher hier und da, eine Menge fehlende Scheiben, aber …«

»Und es gibt praktisch keine Weißen dort, keine Belgier«, warf Felter ein. »Ich weiß nicht, wie viele zurückkommen wollen, aber Jack sagte, die Regierung entmutigt diejenigen, die zurückkehren wollen. Mobutu kann es sich nicht erlauben, genügend Soldaten dort zu stationieren, um die Bevölkerung zu schützen.«

»Jack ist dort«, sagte Marjorie. »Und wer schützt ihn?«

»Drei kongolesische Fallschirmjäger«, sagte Felter. »Colonel Supo – das ist der kongolesische Offizier, der die Dinge leitet – besteht darauf.«

»Wenn niemand dort ist, warum sind sie dann dort?«

»Sie werden Stanleyville als eine Art Luftstützpunkt benutzen«, erklärte Felter. »Supo hat sein Hauptquartier in Costermansville, doch der dortige Flugplatz liegt jenseits der Grenze nach Ruanda, und es wäre unangenehm, dort schwarze Flugzeuge über Nacht oder für eine Reparatur abzustellen. Sie können auf einer breiten Straße landen ...«

»Avenue Bernard«, warf Captain Portet ein, »dort können sie tagsüber landen. Und es gibt unbefestigte Pisten außerhalb der Stadt, wo sie über Nacht bleiben könnten, aber es ist unmöglich, die Maschinen dort zu warten oder zu reparieren.«

»Father Lunsford sagte, dass sie – er und Jack und Doubting Thomas – vermutlich nach Costermansville umziehen, wenn erst die Flugzeuge montiert und flugbereit sind«, fuhr Felter fort.

»Ich nehme an, so haben sie sich vermutlich entschieden, weil das Hotel du Lac in Costermansville wieder geöffnet ist«, sagte Portet. »Jack hat dort immer gern gewohnt.«

Felter lachte leise.

»Also zurück zu meiner ersten Frage«, sagte Marjorie. »Was macht ihr hier?«

»Wir lassen das Flugzeug wieder beladen«, sagte Portet. »Wir konnten nicht alles auf einmal transportieren.«

»Ihr fliegt wieder dorthin?«

»Wir nicht«, antwortete Portet. »Das Flugzeug. Keiner der Piloten von Intercontinental Air ist jemals in Afrika gewesen, und so wollte ich die erste Reise zum Übungsflug machen. Sie schicken ein Flugzeug für Sandy, und du und ich fliegen mit dem Flug der Southern um fünf nach neun morgen früh von hier via Atlanta nach Miami. Kann ich hier irgendwo mein müdes Haupt betten?«

»Die letzte Frage zuerst«, sagte Marjorie. »Hier ist immer Platz für dich, und ich werde dir sogar ein Frühstück servieren, aber ich weiß nicht, ob ich mit dir nach Miami fliege.«

»Hannis Befehle«, sagte Portet. »Und die müssen befolgt werden. Wir können beim Abendessen darüber reden.«

»Und wenn ich dein Telefon benutzen könnte, Schatz, werde ich meine Frau anrufen und ihr sagen, dass ich zurück bin«, sagte Felter.

»Bediene dich, Onkel Sandy«, erwiderte Marjorie.

Und sie dachte: *Verdammt, ich will nicht nach Miami fliegen. Zum Teufel mit Jack. Ich bin krank vor Sorge, und er speist Bratfisch in einen Dachgarten, säuft Bier und läuft in weißen Shorts und Kniestrümpfen herum.*

*Verdammt, er fehlt mir!*

Zum Abendessen im Offiziersklub in Fort Bragg waren General Hanrahan nebst Gattin und Mrs Oliver ebenfalls eingeladen. Marjorie vermutete, dass sie hauptsächlich eingeladen worden waren, um sie über die Zustände im Kongo zu informieren und ihnen zu sagen, was von ihnen verlangt werden würde. Marjorie trank zusätzlich zu dem Scotch und den beiden Glas Wein zur Vorspeise einen Grand Marnier zum Kaffee.

Sie erfuhr ebenfalls, dass Mrs Hanrahan erst an diesem Nachmittag mit Mrs Bellmon telefoniert hatte, die *wirklich* wünschte, dass Marjorie heimkommen würde, um auf Jack zu warten.

Dass es ein *wirklich* gutes Programm in Fort Bragg gab, persönlich geleitet von Mrs General Kommandeur des XVIII Airborne Corps, um die Frauen von jungen Offizieren, die auf vorübergehender Verwendung fort waren, zu unterhalten.

Dass das Hotel du Lac in Costermansville, Republik Kongo, *wirklich* schön war und Jack höchstwahrscheinlich in der Suite auf der obersten Etage wohnen würde, in der Air Simba ständig ihre Crews einquartierte.

Dass sich Liza Wood Oliver *wirklich* darauf freute, Marjories Hilfe bei der Auswahl von Möbeln und Vorhängen für das neunhundert Quadratmeter große Haus im holländischen Kolonialstil und mit drei Schlafzimmern zu haben, das sie und Captain Oliver zu einem Spottpreis gekauft hatten.

Dass Zentralafrika überhaupt kein dampfender Dschungel war. Costermansville, am erstaunlich klaren Wasser des Albertsees – der Balkon der Cocktailbar des Hotel du Lac bot Ausblick auf den See, und man konnte die Fische im Wasser sehen, während man seine Drinks schlürfte – war eine wunderschöne Stadt, etwa zweitausend Meter über dem Meeresspiegel, und das Klima erinnerte Captain Portet stets an das von San Francisco: schöne Tage und kühle Nächte.

Dass die 707 der Intercontinental Air Cargo nicht annähernd so viel Gewicht wie beim ersten Flug transportieren konnte und es durchaus möglich war, nach einem Tankstopp in Casablanca, Marokko, es nach Stanleyville zu schaffen und noch genügend Treibstoff für den relativ kurzen Hüpfer nach Kamina zu haben, wo sie für den Rückflug nach Miami aufgetankt werden würde.

Dass es eine gute Sache war, jetzt in Stanleyville Lieutenant Colonel Dahdi zu haben. In Kamina gab es alle Arten von übereifrigen kongolesischen Bürokraten, mit denen man sich herumschlagen musste, aber Dahdi, der gute, würde keine Fragen wegen der Flugzeuge, Waffen oder sonst was stellen.

Dass es leider aussah, als würde Jack mindestens neunzig Tage im Kongo bleiben müssen, vielleicht sogar noch ein wenig länger. Vielleicht konnte in diesem Fall Marjorie nach Brüssel fliegen und Jack zu ihr fliegen, und sie konnten wenigstens ein paar gemeinsame Tage verbringen.

»Du hast doch deinen Pass, Schatz, nicht wahr?«, fragte Captain Portet.

*Ich muss betrunken sein*, sagte sich Mrs Marjorie Bellmon Portet. *Ich hatte den doppelten Scotch zu Hause, einen weiteren hier und den Wein und dann den Grand Marnier. Was ich zu hören glaube, müssen Halluzinationen im Suff sein.*

## 2

*Pope Air Force, North Carolina*

*13. März 1995, 16 Uhr 35*

»Ich bedauere, Ma'am«, sagte der Flughafenpolizist der Air Force, »dies ist Sperrgebiet. Ich kann Sie nicht durchlassen.«

»Ich weiß, dass dies Sperrgebiet ist«, erwiderte Marjorie. »Captain Oliver erwartet mich.«

»Ma'am, ich habe meine Befehle.«

»Anscheinend nicht alle«, sagte Marjorie. »Bitte bringen Sie mich zu Captain Oliver.«

Sie war nur die Frau eines Lieutenants, aber andererseits hatte sie den größten Teil ihres Lebens als Tochter eines Generals verbracht. Bei dieser Vorgeschichte sprach sie mit einer gewissen Selbstsicherheit und Bestimmtheit.

»Es ist in Ordnung«, sagte Captain Oliver zu dem Polizisten. »Ich werde mich um Mrs Portet kümmern.«

Er wartete, bis der Sergeant davongefahren war.

»Das ist für Jack, wie?«, fragte er und nickte zu ihren beiden Koffern. »Daran hätten wir gestern Abend denken sollen. Es hätte Ihnen die Fahrt hierhin erspart.«

»Johnny, warum gehen Sie nicht?«, sagte Marjorie. »So können Sie ehrlich sagen, als Sie mich zum letzten Mal gesehen haben, sprach ich mit einem von der Crew und

Sie hätten gedacht, ich wolle nur die Koffer für Jack abgeben.«

»Sie sind verrückt!«, entfuhr es ihm, als er sofort begriff, was sie vorhatte.

»Gestern Abend dachte ich, ich wäre betrunken«, sagte Marjorie. »Aber jetzt bin ich stocknüchtern, und die Frage lautet immer noch ›Zum Teufel, warum nicht?‹«

»Mein Gott, Marjorie!«

Marjorie nahm ihre Koffer und begann die Leiter zur Frachttür der 707 emporzusteigen.

Sie war gerade oben angelangt, als ein grauhaariger Mann mit weißem Hemd und den vier Streifen eines Flugkapitäns auf den Schulterklappen aus dem Flugzeug stieg.

»Kann ich Ihnen helfen, Ma'am?«

»Ich bin Mrs Portet«, sagte Marjorie. »Ich fliege mit Ihnen.«

»Wie bitte?«

»Mein Schwiegervater hat gesagt, er würde anrufen, bevor er die Maschine nach Atlanta erwischt. Hat er das nicht getan?«

»Nein, Ma'am, er hat nicht angerufen.«

»Nun, kein Problem«, sagte Marjorie. »Hier bin ich.«

Sie kramte in ihrer Handtasche und fischte Autoschlüssel heraus.

»Johnny«, rief sie. »Das hätte ich fast vergessen. Kümmern Sie sich für mich um Jacks Wagen, sind Sie so lieb?«

Er fing die Schlüssel auf.

Marjorie blickte den Flugkapitän erwartungsvoll an. Schließlich verstand er, was sie von ihm erwartete – er sollte ihr Gepäck tragen.

Er nahm die Koffer, trug sie ins Flugzeug und führte die Schwiegertochter seines neuen Chefs zu einem Sitz. Dann ging er hinaus zum oberen Absatz der Leiter und wollte den Captain der Army fragen, was, zum Teufel, da los war.

Der Army-Captain ging zum Abfertigungsgebäude

davon, und als der Flugkapitän nach ihm rief, konnte er ihn offenbar nicht hören.

»Ah, was soll's«, murmelte der Flugkapitän und signalisierte dem Bodenpersonal, die Leiter vom Rumpf zu entfernen.

Dann zerrte er ächzend an der Tür, bis sie sich zu bewegen begann.

Er ging durch die Kabine und blieb bei Marjories Sitz stehen.

»Wir starten in ein paar Minuten«, sagte er. »Wenn wir erst in der Luft sind, können Sie sich mit Kaffee aus der Thermoskanne an der Trennwand zum Cockpit bedienen.«

»Vielen Dank«, erwiderte Marjorie und schenkte ihm ihr bezauberndstes Lächeln.

## 3

*Quartier # 9*
*Fort Bragg, North Carolina*

*13. März 1965, 19 Uhr 10*

»Guten Abend, Sir«, sagte Captain John S. Oliver zu Brigadier General Paul R. Hanrahan, als Hanrahan aus seinem Wagen stieg.

»Menschenskind, Sie haben mich zu Tode erschreckt!«, sagte Hanrahan. »Warum, zur Hölle, verstecken Sie sich in einer dunklen Ecke meiner Garage?«

»Ich hielt es für das Beste, dass Mrs Hanrahan mich nicht sieht, General«, sagte Oliver. »Sie hätte mich sicherlich gefragt, was ich will.«

»Und was wollen Sie, das nicht bis morgen früh warten kann? Und das Sie meiner Frau nicht sagen wollen?«

»Sir, ich glaube, ich habe großen Mist gebaut«, sagte Oliver.

»Wieso?«

Die Tür der Garage wurde geöffnet, und Patricia Hanrahan trat ein.

»Ich glaubte, hier Stimmen gehört zu haben«, sagte sie. »Hallo, Johnny. Was machen Sie denn hier?«

»Das wollte mir Captain Oliver soeben erzählen«, sagte Hanrahan.

»Marjorie ist in die Intercontinental Air 707 gestiegen«, eröffnete Oliver.

»Na und?«, sagte Hanrahan. »Es ist das Flugzeug ihres Schwiegervaters, und ich habe den Verdacht, dass sie ohnehin weiß, was los ist.«

»Und dann ist das Flugzeug nach Casablanca abgeflogen«, fügte Oliver hinzu.

»Das kann sie nicht tun«, sagte Patricia Hanrahan.

»Sie hat es aber getan, Mrs Hanrahan«, sagte Oliver. »Und ich bin der Blödmann, der dafür verantwortlich ist.«

»Lass uns ins Haus gehen, Patricia«, sagte Hanrahan. »Ich brauche einen Drink und ich nehme an, Oliver kann auch einen gebrauchen.«

»Ist das Mädchen verrückt?«, sagte Patricia Hanrahan.

»Nach einigem Nachdenken«, meinte General Hanrahan ein paar Minuten später, »ist die Lage vielleicht gar nicht so schlimm, wie sie auf den ersten Blick wirkt.«

»Oh, Red«, protestierte Patricia. »Schlimmer könnte sie nicht sein. Du wirst es Barbara Bellmon sagen müssen. Ich sage es ihr nicht.« Sie legte eine Pause ein, und dann erwärmte sie sich für das Thema. »Warum haben Sie sie nicht einfach aufgehalten, Johnny? Sie hätten sie notfalls gewaltsam davon abhalten sollen.«

»Sie haben Recht«, sagte Oliver. »Das hätte ich tun sollen.«

»Oder die MPs rufen sollen«, meinte Patricia Hanrahan.

»Darf ich etwas sagen?«, fragte General Hanrahan,

und als sie ihn anschauten, fuhr er fort: »Juristisch betrachtet hat Marjorie nichts Falsches getan. Sie ist volljährig und genießt alle Rechte eines jeden Bürgers. Wenn sie nach Afrika fliegen will, kann sie das tun.«

»Das ist blöde, und das weißt du«, sagte Patricia.

»Möglich, aber eine Tatsache.«

»Bob Bellmon wird an die Decke gehen und ebenfalls Sandy Felter, und das zu Recht«, sagte Patricia.

»Vorläufig sagen wir es weder Bob noch Sandy oder sonst jemandem«, entschied Hanrahan.

»Sie werden es herausfinden«, wandte Patricia ein. »Du weißt, dass sie es erfahren werden.«

»Bis sie es herausfinden, wird sie längst zurück sein«, sagte Hanrahan. »Und dann wird es nur eine lustige Geschichte zum Erzählen sein.«

»Was ist daran lustig?«

»Marjorie flog den weiten Weg nach Afrika, um bei Jack zu sein, und dann flog sie den ganzen Weg sofort zurück, weil sie kein Visum hatte und man sie nicht mal aus dem Flughafen herausließ, hahaha.«

»Ich bin mir fast sicher, dass sie kein Visum für den Kongo hat«, sagte Oliver.

»Nach der Geschichte, die ich gehört habe, musste Jean-Philippe Portet persönlich zum kongolesischen Botschafter gehen und ihn daran erinnern, dass er ein Freund von General Mobutu ist, um Visa für Felter und die anderen zu bekommen«, sagte Hanrahan, und dann kam ihm ein unangenehmer Gedanke. »Und wenn Sie dies schon von Anfang an geplant hat?«

»Sie sagte, sie sei gestern Abend beim Essen darauf gekommen«, berichtete Oliver.

»Und ich weiß, warum«, sagte Patricia. »Wegen des Bildes, das Sandy und Jean-Philippe ihr von Jack gezeichnet haben – er ganz in Weiß gekleidet in einem Hotel an einem See. Kein Wunder, dass sie dort hinwollte. Männer sind so verdammte Idioten!«

»Nach dieser philosophischen Bemerkung, Captain Oliver, können Sie zu Ihrer Frau nach Hause fahren.«

»Jawohl, Sir«, sagte Oliver. »Sir, ihr Funk ist laut Plan ab heute 24 Uhr im Netz. Sollte ich Father eine Botschaft schicken?«

»Nein, das werden Sie nicht – ich wiederhole – nicht tun. Wenn Father oder Jack wissen, dass Marjorie kommt, werden sie irgendwie arrangieren, dass der kongolesische Außenminister bei der Landung des Flugzeuges mit einem Visum und einem Straußen Blumen wartet.«

»Ja«, pflichtete Oliver ihm bei.

»Ohne Visum wird man sie nicht in den Kongo reinlassen«, sagte Hanrahan. »Sie hat keines, und es würde mich überhaupt nicht überraschen, wenn man sie in Casablanca zurückschickt, bevor sie überhaupt bis zum Kongo kommt.« Er legte eine Pause ein und sah Oliver an. »Ich bin froh, dass Sie Marjorie nicht gewaltsam aufgehalten haben, Johnny. *Das* wäre General Bellmon schwer zu erklären gewesen, und Jack würde versuchen, Ihnen die Zähne oder die Nase einzuschlagen.«

»Oder beides«, sagte Oliver. »Guten Abend, Mrs Hanrahan.«

»Gute Nacht, Johnny«, sagte Patricia Hanrahan.

»Sagen Sie Liza, ich hätte Sie aufgehalten«, schlug Hanrahan vor. »Jeder sonst in Fort Bragg hält mich für einen Hundesohn – warum also nicht auch Liza?«

## 4

*Flugplatz*
*Stanleyville, Provinz Oriental*
*Republik Kongo*

*14. März 1965, 12 Uhr 30*

In der logischen und allgemeinen militärischen Annahme, dass man nie große Probleme bekommt, wenn man die Wünsche ranghöherer Vorgesetzter erfüllt, hatte

Major Lunsford/Lieutenant Colonel Dahdi befohlen, die L-20 Beaver – die Colonel Supos persönliches Flugzeug werden wurde – als Erstes zusammenzusetzen.

Das hatte sich als weniger schwierig erwiesen als eingeplant, und zwar aus mehreren Gründen. Als Jack zum ersten Mal in einer der beiden verbliebenen Boeing C-46er der Air Simba nach Stanleyville geflogen war, hatte er so viel schweres Wartungsgerät mitgenommen – Winden, Kräne, dergleichen Dinge – wie er vom Gewicht her laden konnte. Außerdem fünf Flugwerk- und Motormechaniker von Air Simba, weil er gehofft hatte, dass die Zerstörungen durch den Vandalismus die Simbas bei der dritten Boeing von Air Simba repariert werden konnten.

Diese Hoffnung hatte sich nicht erfüllt. Es war unmöglich, wirklich genau zu sagen, wie viel Schaden angerichtet worden war, ohne eine Art tausendstündige Überholung durchzuführen. Damit hatten sie angefangen. Als der erste Intercontinental-Flug gelandet war, waren die von Kugeln zerfetzten Reifen ersetzt und die C-46 in einen der beiden Hangars gerollt worden, wo die Arbeit vollendet werden konnte.

Als das Team der Flugzeug- und Motormechaniker – die Soldaten, die Jack und Lunsford in Fort Rucker rekrutiert hatten – die Kräne sahen, die Jack eingeflogen hatte, war ihnen sofort klar, dass sie auch benutzt werden konnten, um den Rumpf der L-20 von den Kufen zu heben, auf denen sie transportiert worden war. Unterdessen konnte das Fahrgestell montiert werden, und als das geschafft war und die Beaver auf ihrem Fahrgestell stand, wurden die Kräne eingesetzt, um ihre Tragflächen zu montieren.

Sie hatten die hölzernen Kräne ›einheimisches Fabrikat‹ aus Baumstämmen vorbereitet und Sägen und Holzbearbeitungsgeräte mitgebracht, um das zu bewerkstelligen. Übungen in Camp Mackall hatten ergeben, das dies anderthalb bis zwei Tage dauern würde.

Als der zweite Intercontinental-Air-Flug in Stanleyville

eintraf, war das Montieren der Beaver zwei Tage dem Plan voraus. Sie stand mit laufendem Motor auf der Parkfläche, und Captain Smythe/Major Jemima auf dem Pilotensitz war im Begriff, zu seinem ersten Testflug zu starten.

Captain Jacques Portet von Air Simba wollte als Kopilot fungieren.

»Nun, bis jetzt ist sie nicht auseinander geflogen«, sagte Tante Jemima. »Wollen wir mal ausprobieren, ob sie fliegt?«

»Warum nicht?«, erwiderte Jack. Mehr aus Gewohnheit als aus Notwendigkeit – nur Captain Weewili/Spec7 Peters und einer der Techniker hielten sich im Tower auf und installierten neu eingetroffene Funkgeräte – setzte Jack die Kopfhörer auf und nahm das Mikrofon.

»Oh, verdammte Scheiße«, ertönte es angewidert aus den Kopfhörern. »Sagen Sie mir nur nicht, dass der verdammte Funk in der verdammten Beaver ausgefallen ist!«

»Station, die so ordinär die Beaver ruft, identifizieren Sie sich«, sprach Jack ernst ins Mikrofon.

»Sind Sie das, Captain Smythe?«

»Ich bin's, Portet.«

»Ich habe versucht, Sie zu erreichen, Sir. Die Intercontinental Air trifft in zehn Minuten ein.«

»Nun, dann sollten wir den Testflug besser abblasen. Ich möchte nicht von einer 707 gerammt werden.«

Jack tippte Tante Jemima am Arm an und machte dann die Geste des Halsabschneidens.

»Die 707 kommt in zehn Minuten.«

»In diesem Fall sollte ich Sergeant Thomas suchen und die Jungs zum Entladen mobilisieren«, sagte Tante Jemima. »Unser nobler Führer ist in der Stadt und spielt mit Geoff Craig Tennis.«

»Der Krieg ist die Hölle, nicht wahr?«, sagte Jack und begann sich loszuschnallen.

## 5

*Hotel du Lac*
*Costermansville, Provinz Kivu*
*Republik Kongo*

*16. März 1965, 17 Uhr 45*

Howard Dannelly, Dr. med., war in äußerst schlechter Stimmung, als er das Hotel du Lac betrat, und was er kurz danach sah, ließ ihn die Beherrschung verlieren.

Es war ein langer – und gegen Ende ziemlich bockiger – Flug in der Boeing der Air Simba von Leopoldville aus gewesen. Ein Dutzend kongolesischer junger Männer in Zivilkleidung war in dem Flugzeug gewesen. Dannelly wusste, dass sie Soldaten waren, frisch von der Fallschirmspringerschule, als Verstärkung von Colonel Supos unzulänglichen Truppen und in Zivil, weil sie durch den Flughafen in Kigali, gerade jenseits der Grenze von Ruanda gegenüber von Costermansville, mussten und die Regierung von Ruanda keine Soldaten dort duldete.

Die jungen Soldaten in Zivil hatten offenbar ihre militärische Disziplin mit ihren Uniformen ausgezogen, denn sie hatten nicht nur zwei Kasten Bier mit ins Flugzeug genommen und sofort zu konsumieren begonnen, sondern auch – vom Alkohol enthemmt – unfreundliche und obszöne Bemerkungen über den nächsten Weißen gemacht.

Der nächste Weiße war natürlich Dr. Dannelly gewesen, und die betrunkenen Fallschirmjäger hatten natürlich keine Ahnung gehabt, wer er war oder dass er fließend Suaheli sprach.

Wie vorauszusehen, war dem Ersten der Trunkenbolde schlecht geworden, als die Windböen den Flug bockig gemacht hatten, und als die Boeing auf dem Flugplatz Kigali gelandet war, hatten sich die meisten der betrunkenen Soldaten übergeben, einige auf sehr spektakuläre

Weise. Seine Schuhe und Hosenbeine waren von der Kotze bespritzt worden.

Im Abfertigungsgebäude von Kigali hatte es einen besonders pingeligen und offenbar analphabetischen Beamten der Einwanderungsbehörde gegeben – er hatte Dannellys Dokumente falsch herum gehalten, während er sie eingehend studiert hatte –, der sich einen Spaß daraus gemacht hatte, zu zeigen, dass Ruanda jetzt unabhängig war und Schwarze jetzt Weiße ungestraft ärgern konnten.

Im Terminal hatte es kein Wasser in Flaschen gegeben, und Dr. Dannelly hütete sich davor, anderes Wasser zu trinken, um sich nicht wer weiß was zu holen.

Sofort als er das Hotel du Lac betrat, ging er zur Bar, um wenigstens zwei Flaschen Sodawasser im Club zu kaufen.

Und da sah er Jean-Philippe Portets Sohn an einem der Tische sitzen. In Badehose! Auf dem Tisch stand ein Sektkühler. Der junge Portet starrte schamlos auf eine junge Frau in einem fast unanständigen Badeanzug, die allein und aufreizend zu schwüler Musik aus dem Grammophon tanzte. Die junge Frau – vermutlich die Tochter von einem der Farmer, die nicht geflüchtet waren; sie wirkte zu jung, um verheiratet zu sein – schien sich an den lüsternen Blicken des jungen Portet zu ergötzen.

Dr. Dannelly verlangte etwas lauter als beabsichtigt sein Wasser, und das machte den jungen Portet aufmerksam.

»Das ist ein Hammer!«, rief er. »Dr. Dannelly! Kommen Sie doch rüber – da ist jemand, den ich Ihnen vorstellen möchte.«

Dannelly ging an den Tisch.

»Sie mögen sich für clever halten, Mr Portet«, sagte Dr. Dannelly empört. »Aber Ihr Verhalten ist nicht nur abscheulich, sondern es stellt auch alles in Frage, was Sie gesagt haben.«

»Wie mein Ehegelübde, zum Beispiel?«

»Ja, wie Ihr Ehegelübde.«

»Richten Sie nicht, Doktor, auf dass nicht über Sie gerichtet wird oder so, wie es in der Bibel heißt«, sagte der junge Portet. »Süße, kommst du bitte einen Augenblick her?«

Die junge Frau kam zum Tisch.

»Baby, das ist einer der bedeutendsten Männer im Kongo«, sagte Jack. »Sag Dr. Howard Dannelly guten Tag. Doktor, darf ich Ihnen meine Frau Marjorie vorstellen?«

»Es freut mich sehr, Sie kennen zu lernen, Mrs Portet«, sagte Dr. Dannelly nach sichtlichem Zögern. »Und ich muss sagen, es überrascht mich wirklich, Sie hier in Costermansville zu sehen.«

»Nun, Doktor, Sie kennen ja das Lied von Salomo. ›Wohin du gehst, werde auch ich gehen‹ – oder so.«

»Haben Sie tatsächlich die Bibel gelesen, Mrs Portet?«

»Ja, das habe ich«, erwiderte Marjorie. »Ich betrachte mich als Christin, und ich arbeite sogar daran, den Heiden, den ich geheiratet habe, in den Schoß der Kirche zu bringen.«

»Nun, ich muss sagen, Mrs Portet, Sie sind wie geschaffen für diese Aufgabe.«

»Nennen Sie mich bitte Marjorie«, sagte sie. »Leisten Sie uns bitte Gesellschaft? Können wir Ihnen ein Glas Sekt anbieten?«

»Nein, danke«, sagte Dannelly. »Ich bin Mitglied der Mormonenkirche. Wir trinken keine Genussmittel.«

»Das habe ich gehört«, sagte Marjorie. »Und ich habe mich stets gefragt, wie Sie das mit den Worten in Einklang bringen, die Christus gesagt hat: ›Nimm ein wenig Wein zum Wohle des Magens und gegen andere Krankheiten‹ oder so ähnlich.«

»Das würde ich gern ausführlich mit Ihnen diskutieren, Marjorie«, sagte Dr. Dannelly. »Aber im Augenblick möchte ich wirklich etwas Wasser.«

Eine halbe Stunde später, kurz bevor sich Dr. Dannelly entschuldigte, um vor dem Abendessen zu duschen, versicherte er Mrs Portet, dass es überhaupt kein Problem mit ihrem Visum geben würde. Wenn sie ihm ihren Pass anvertrauen würde, dann würde er ihn am nächsten Tag nach Leopoldville mitnehmen, ihn durch seinen Freund – den Außenminister – von jemandem stempeln und dann mit dem nächsten Flug der Air Simba nach Costermansville zurückbringen lassen.

## 6

*Büro des stellvertretenden Direktors*
*Central Intelligence Agency*
*Langley, Virginia*

*17. März 1965. 8 Uhr 45*

Der Direktor saß auf einer der beiden Couches des stellvertretenden Direktors, und als Howard W. O'Connor, der stellvertretende Direktor der Verwaltung, das Büro betrat, sah er ihn nicht.

»Sie wollten mich sprechen, Paul?«, fragte O'Connor.

»*Ich* wollte das«, sagte der Direktor.

O'Connor wandte sich um.

»Ich hatte Sie nicht gesehen, Verzeihung«, sagte er. »Guten Morgen, Sir.«

»Haben Sie das gesehen?«, fragte der Direktor und überreichte ihm ein Fernschreiben.

TOP SECRET

1920 GREENWICH 16 MARCH 1965

FROM STATION CHIEF, BUENOS AIRES

TO DIRECTOR, CIA, LANGLEY
COPIES TO SOUTH AMERICAN DESK
MR SANFORD T FELTER,
COUNSELOR OF THE PRESIDENT
THE EXECUTVE OFFICE BULDING WASHINGTON

An den Unterzeichner ist ein Offizier herangetreten, der kürzlich dem Büro des Vereidigungsattachés zugeteilt wurde. Der Unterzeichner hat Grund zu der Annahme, dass dies eine geheime Verwendung in Zusammenhang mit der Operation Earnest ist. Der Unterzeichner hat ferner Grund zu der Annahme, dass diese Operation von Mr Felter auf Anweisung des Präsidenten durchgeführt wird.
Der Offizier hat vorschlagen, mir nachrichtendienstliche Informationen unter folgenden Bedingungen verfügbar zu machen: Sein Name wird nicht benutzt oder der Agentur genannt. Jede Information, die er liefert, wird über CIA-Einrichtungen übermittelt, mit einer Kopie, die sofort nach Erhalt in Langley per Kurieroffizier an Mr Felter überbracht wird. Die Information wird nicht, unter keinen Umständen, an jemanden ohne die ausdrückliche Genehmigung von Mr Felter weitergegeben.
Dem Unterzeichner ist voll bewusst, dass die beschriebenen Vereinbarungen gegen die Politik der Agentur verstoßen, hält jedoch in diesem Fall eine Ausnahme für gerechtfertigt,

weil die angebotenen nachrichtendienstlichen Informationen aus keiner anderen Quelle erhältlich sind.
Es wird empfohlen, das folgende nachrichtendienstliche Material als gleichbedeutend mit der Zuverlässigkeitsstufe fünf der CIA zu betrachten.

Ernesto Guevara traf am 14. März 1965 um 1605 Greenwich an Bord von Flug 6005 der Air France von Algier, Algerien, auf dem José Martin Flughafen in Havanna, Kuba, ein. Guevaras Ankunft wurde nicht der Öffentlichkeit angekündigt. Die Presse war aus dem Ankunftsbereich verbannt, und es ab keine offiziellen Willkommens-Zeremonien.

Aleida March de Guevara, seine Frau; Hildita Guevara, seine Tochter aus erster Ehe; Fidel Castro; der kubanische Präsident Osvaldo Dorticós; Carlos Rafael Rodríguez; Emilio Aragonés; Orlando Borrego; und drei nicht identifizierte Funktionäre des Wirtschaftsministeriums waren die einzigen Personen, die Zugang zum Ankunftsbereich erhielten.

Es sind glaubwürdige Gerüchte im Umlauf, dass als Resultat der ›Drei Vietnams‹-Rede Guevaras vor dem zweiten ökonomischen Seminar der afro-asiatischen Solidaritätsbewegung Guevara bei Castro in Ungnade gefallen ist, weil Castro vom sowjetischen Botschafter wegen der Rede scharf gerügt worden ist und Castro ebenfalls den kriegerischen Tonfall der Rede missbilligt. Ein weiteres, weniger glaubwürdiges Gerücht besagt, dass der sowjetische Botschafter vorgeschlagen/gebeten/gefordert hat, dass Guevara von seinem Posten als Wirtschaftsminister entfernt wird, sodass die kubanische Regierung dementieren kann, dass er in ihrem Namen gesprochen hat bzw. spricht.

Es wird jedoch für unwahrscheinlich gehalten, dass sich irgendetwas des oben Erwähnten auf die kubanische Operation in Afrika auswirken wird, obwohl Guevaras Rolle bei dieser Operation möglicherweise begrenzt werden wird.

Mangels besonderer Anweisungen für das Gegenteil beabsichtigt der Unterzeichner, die oben beschriebene Beziehung fortzusetzen.

J. P. STEPHENS
STATION CHIEF BUENOS AIRES

TOP SECRET

»Das hatte ich nicht gesehen, nein, Sir«, sagte O'Connor, als er das Fernschreiben zu Ende gelesen hatte.

»Das Einzige, was wir über dieses Thema hatten, war eine Information Zuverlässigkeitsstufe drei, dass Guevara in Havanna war«, sagte der Direktor.

»Jawohl, Sir«, erwiderte O'Connor, weil ihm keine andere sichere Bemerkung einfiel.

»Ich habe soeben Paul gesagt, dass es mich überhaupt nicht überraschen würde, wenn Felter diese Information bereits hat und im Executive Office Building sitzt und abwartet, wie lange wir brauchen, um sie ihm zu schicken.«

»Wie soll er an diese Information herangekommen sein?«

»Auf die gleiche Weise, wie er jemanden gefunden hat,

der die Adresse des Hauses kennt, in dem Castro die revolutionären Nutten vögelt«, sagte der Direktor trocken.

»Kürzen Sie den Text bis auf das reine Nachrichtenmaterial – nichts von dem Handel, den Felters Mann dort unten mit Stephens gemacht hat – und schicken Sie es per Kurieroffizier zu Felter.«

»Jawohl, Sir.«

»Und Sie, Paul, teilen der südamerikanischen Filiale mit, dass es mich in der Tat sehr interessiert – vielleicht wäre ›morbide fasziniert‹ die bessere Wortwahl – zu erfahren, wie viel eher Felter mir solches Material schickt, als es unsere Leute tun.«

»Mein Gott, Castro lässt jeden erschießen, von dem er denkt, er könnte *vielleicht* umgedreht werden«, protestierte der stellvertretende Direktor.

»Nun, ich würde sagen, er hat nicht genug Leute erschießen lassen, meinen Sie nicht auch? Felters Quelle hat dort jemanden, und zwar an der Spitze.«

## 7

*Hotel du Lac*
*Costermansville, Provinz Kivu*
*Republik Kongo*

*19. März 1965, 9 Uhr 50*

Das siebenstöckige Hotel du Lac war das größte Gebäude in Costermansville.

Nach einigen ziemlich komplizierten Geschäftsverhandlungen waren die sechste und siebte Etage im Namen der Republik Kongo durch Colonel Jean-Baptiste Supo, dem Militärkommandeur der Provinz Kivu, für die Benutzung bei militärischen Operationen requiriert worden.

Bei der Requirierung wurde nichts davon erwähnt,

dass die militärische Operation, die Colonel Supo im Sinn hatte, die Beschaffung von Räumlichkeiten für Detachment 17 der Special Forces war.

Die König-Leopold-Suite des Hotel du Lac – zwei Schlafzimmer, ein Büro, ein Wohnzimmer und ein Empfangsraum, alle mit Ausblick auf den Albertsee – wurde das Hauptquartier von Detachment 17.

Das kleinere Schlafzimmer war jetzt Major Washington Lunsfords Büro. Der stellvertretende Kommandant der Abteilung, Lieutenant Geoffrey Craig, und der Flugoffizier, Major Darrell J. Smythe, teilten sich den Raum, der einst das Büro des Privatsekretärs irgendeines Würdenträgers gewesen war, und das größere Schlafzimmer war die Kommunikationszentrale. Aus einem der Fenster verliefen Kabel an der Seite des Gebäudes hinauf zu der Antenne auf dem Dach.

Lunsford, Smythe, Craig, Thomas, Peters und Mr Portet von Air Simba hatten Zwei-Zimmer-Suiten im siebten Stock, der damit fast belegt war, und die Unteroffiziere wohnten im sechsten Stock, die meisten in Einzelzimmern.

Die Hotelleitung war erfreut über das Arrangement und überhaupt nicht besorgt, dass einige Leute denken könnten, die Zahlungsvereinbarungen seinen zweifelhaft, vielleicht sogar illegal. Das Management würde eine im wesentlichen identische Rechnung an den befehlshabenden Offizier, SFDET-17 im Feld, schicken und davon ausgehen, dass sie umgehend in US-Dollars beglichen wurde.

Die SFDET-17-Rechnung unterschied sich von der Rechnung, die Colonel Supos Hauptquartier vorgelegt wurde, denn in der SFDET-17-Rechnung würden die Kosten für den Konsum an Bier, Wein und Spirituosen in die Kosten für servierte Mahlzeiten eingearbeitet werden, und die Worte ›Bier‹, ›Wein‹ und ›Spirituosen‹ würden nicht darauf erscheinen.

Als Spec7 Peters/Captain Weewili zum ersten Mal aufs Dach des Hotel du Lac stieg, um zu sehen, wo er seine Antenne installieren konnte, befanden sich bereits einige Funkantennen darauf, und was er fand, faszinierte ihn so sehr, wie ihn die Entdeckung des Ford Modell T im Alltagsverkehr fasziniert hätte.

Seine Antenne, einschließlich zweier Schüsseln, entsprach dem neuesten Stand der Technik, sodass er sich ein wenig unbehaglich fühlte, als Lieutenant/Mr Portet ihn bat, zu erklären, wie alles funktionierte. Fast alle Ausrüstung, die er mitgebracht hatte, war als geheim erklärt, und man musste für unbedenklich erklärt sein, wenn man Näheres darüber erfahren wollte. Schließlich sagte sich Peters, dass Portet unter diesen Umständen für alles und jedes als unbedenklich erklärt war und folglich ein Recht auf Information hatte.

»Das meiste des Funkmaterials für die Flugzeuge ist Standard«, erklärte Peters. »Aber das Zeug für die Kommunikation ist kein Standard, sondern das Modernste, was es auf diesem Gebiet gibt, und als geheim erklärt.«

»Und wie funktioniert es?«

»Wir reden nicht viel darüber«, erklärte Peters, »aber wir haben Zugriff auf die Datenbanken der Überwachungssatelliten. Sie sind empfangstauglich – können automatisch die Kameras an- und abschalten und dergleichen –, und wir benutzen das für unsere Kommunikation.

Als Erstes führen wir die übliche Entschlüsselungsprozedur durch, gliedern es in fünfbuchstabige Blocks auf – Sie wissen, wie das funktioniert, nehme ich an?«

Jack nickte, obwohl er in Wirklichkeit keinen blassen Schimmer hatte, wie es funktionierte.

»Wenn wir dann die entschlüsselte Nachricht auf Band haben, streichen wir sie zusammen«, sagte Peters.

»Wie geht das?«

»Wir stecken das entschlüsselte Band in eine Maschine und ein leeres Band in eine zweite. Die erste Maschine läuft, sagen wir mal, vierhundertachtzig Mal so schnell wie die zweite. Wenn Sie zum Beispiel neunhundertsechzig Sekunden von Daten haben, acht Minuten wert, werden sie auf Band von zwei Minuten wert auf das zweite Band kopiert. Und die meisten Botschaften sind viel kürzer als acht Minuten, mehr zwei, bevor sie komprimiert werden. Wenn man ein Zwei-Minuten-Band mit vierhundertachtzig komprimiert – wir können bis neunhundertsechzig, sogar neunzehnhundertzwanzig hochgehen –, erhält man ein Halb-Sekunden-Band. Das stecken wir in den Mülleimer …«

»Was?«

»Wir senden ein langes Band – manchmal, je nachdem wie lange der Satellit über einem ist, eine Stunde und anderthalb Stunden. Man nennt es ›Mülleimer‹, weil die fünfbuchstabigen Blöcke, die wie verschlüsselter Text aussehen, gar keiner sind; sie sind bedeutungslos, zufällig ausgewählt. Ich habe Band mitgebracht, das ungefähr zwanzig Stunden wert ist. Man nimmt, sagen wir mal, fünfundvierzig Minuten *davon* und fügt die halbsekündige – manchmal eine noch kürzere – verschlüsselte Botschaft zwischen ein paar Blöcke des Mülls. Können Sie mir noch folgen?«

»Ich weiß es nicht«, bekannte Jack.

»Wir schicken das also zum Satelliten rauf«, sagte Peters. »Der Satellit zeichnet es auf und dann, wenn der Satellit über Washington ist – eigentlich haben wir Antennenanlagen in der Vint Hill Farms Station in Virginia und in Fort Meade über Maryland – sendet der Satellit es herab. Okay?«

»Inzwischen tut es mir Leid, dass ich gefragt habe«, gab Jack zu.

»Dann lässt man das Band schnell durch eine unserer Maschinen laufen, bis der Auslöser betätigt wird …«

»Welcher Auslöser?«

»Der verschlüsselte Text hat einem Impuls – wie eine Schwingungsperiode von dreihundert, wissen Sie? Die genaue Frequenz ist eine sich jeweils ändernde Anweisung der Fernmeldetruppe, an einem Tag vielleicht zweihundertneunundneunzig Hertz und am nächsten zwölfhundertundzwei und so fort. Jedenfalls, wenn die schnelle Maschine einen Auslöser trifft, stoppt sie, spult zu dem Auslöser zurück und läuft mit langsamer Geschwindigkeit weiter. Das wird in eine Entschlüsselungsmaschine geleitet, und das war's. Aus der Entschlüsselungsmaschine kommt die entschlüsselte Botschaft.«

Jack dachte einen Moment darüber nach.

»Die bösen Jungs müssen also das ganze Band abspielen – das Müllband – und nach dem Auslöser suchen ...«

»Richtig.«

»Der irgendwo in einer verschlüsselten Botschaft von vielleicht einer drei Viertel Stunde Länge versteckt ist ...«

»Richtig.«

»Und wenn sie Glück haben, brauchen sie nur noch den Verschlüsselungskode zu knacken?«

»Richtig. Es soll angeblich narrensicher sein, was vermutlich bedeutet, dass man es im Kreml oder in Peking liest, bevor der Kurier von Vint Hill Farms oder Fort Meade in Washington eintrifft.«

»Wie oft können Sie etwas senden oder empfangen?«

»Wir bekommen etwa alle vier Stunden für dreißig, vielleicht fünfundvierzig Minuten Satellitenempfang – das hängt von der Flugbahn ab.«

»Rund um die Uhr?«

»Klar.«

»Ich finde es schwer, zu glauben, dass die bösen Jungs jemanden hier haben, der mithört, wie wir eine Botschaft an einen Satelliten schicken.«

»Alles ist möglich«, sagte Peters.

»Aber wenn einer mithört und wir ihm nicht sagen, hier ist eine Botschaft, wenn wir sie zu senden beginnen?«

»Wir senden vierundzwanzig Stunden pro Tag Müll. Alle fünf Minuten gibt es zwei Sekunden Pause, lange genug, um das Müllband abzuschalten und das Band mit dem verschlüsselten Text einzuschalten«, erklärte Peters.

»Und dann, wenn das Band mit dem verschlüsselten Text fertig ist, warten wir auf eine Pause von zwei Sekunden, schalten es ab und schalten das Müllband wieder ein.«

»Ich bin beeindruckt«, sagte Jack. »Und ich werde sehr überrascht sein, wenn es funktioniert.«

Zwei Stunden später, als Geoff Craig ihm den Ausdruck aus der Entschlüsselungsmaschine überreichte, erhielt er den Beweis, dass es funktionierte.

SECRET

EARN0005 WASH DC 1405 ZULU
19 MARCH 1965
VIA WHITE HOUSE SIGNAL AGENCY

Von: Earnest Six
An: Helper Six

1-Sofort nach Erhalt Aufenthaltsort, Verfassung-Visumstatus und voraussichtliche Ankunft in USA von Mrs Marjorie Portet mitteilen.
2-Voraussichtliche Ankunft von Lieutenant James C. Moore und CW03 Francis Claure von Rucker via Brüssel an Bord UTA Flug 5621 1635 ZULU 22. März.

FINTON FOR EARNEST SIX

SECRET

Und drei Stunden später, um 15 Uhr 15 Ortszeit, erhielt Colonel Sanford T. Felter (Earnest Six) ebenfalls den Beweis, dass die Nachrichtenübermittlung nach und von Costermansville gut funktionierte, denn er erhielt die folgende Botschaft von Major George Washington Lunsford (Helper Six):

SECRET

HELP0003 1605 ZULU 19 MARCH 1965
VIA WHITE HOUSE SIGNAL AGENCY

Von: Helper Six
An: Earnest Six

1-Betr. Punkt 1 Ihrer 0005: Mrs Marjorie Portet, zuletzt gesehen in blendender Verfassung im Swimmingpool dieses Standortes um 1555 Zulu März 1965, lehnt es ab, über Ihre Reisepläne zurück in die USA zu reden – außer der Äußerung – Zitat Anfang – ›nicht so bald‹ – Zitat Ende. Sie erklärt, dass sie ein unbeschränktes Einreise/Ausreisevisum besitzt, und lässt grüßen.
2-Betr. Punkt 2 Ihres 0005: Reisende werden in Leopoldville von Tante Jemima abgeholt, der entsprechende Maschine für sie bereit hat.

HELPER SIX

SECRET

*8*

*Hotel du Lac*
*Costermansville, Provinz Kivu*
*Republik Kongo*

*23. März 1965, 9 Uhr 50*

Der Empfangsraum der König-Leopold-Suite war in den Konferenzraum der Abteilung umgewandelt worden indem die eleganten Möbel entfernt und durch Klapptische und Klappstühle aus den Lagerräumen im Kellergeschoss des Hotels ersetzt worden waren.

Kartentafeln waren aus Kanthölzern und Sperrholzplatten hergestellt worden, und es gab sogar ein Rednerpult aus Mahagoni mit eingebautem Lautsprechersystem. Es trug die wunderschön eingeschnitzte Beschriftung ›Rotary International, Costermansville, Belgisch-Kongo‹.

Mit Ausnahme der wenigen Mitglieder der Abteilung, die sich in Stanleyville aufhielten – Flugzeugmechaniker, ein Operator für den Kontrollturm und zwei Green Berets, die für deren Sicherheit verantwortlich waren –, war die gesamte Abteilung im Konferenzraum versammelt. Die Männer saßen um die Bankettische zusammen, die zu einem U aufgestellt worden waren.

Jetzt trugen alle die Uniform von kongolesischen Fallschirmjägern, mit den Rang von ranghohen Unteroffizieren oder rangniedrigen Offizieren. Lunsford hatte in salomonischer Weisheit entschieden, dass E-7er Captains, E-6er Lieutenants und jeder sonst, der Suaheli sprach, Sergeant Major wurden. Die sieben E-5er, die nicht Suaheli sprachen, trugen die Rangabzeichen von Sergeants.

Jeder hatte Fallschirmspringerstiefel der U.S. Army an, keine kongolesischen, das Ergebnis einer weiteren salomonischen Entscheidung von Major Lunsford. Die ›alten‹ Green Berets hatten zu ihrer kongolesischen Uniform kongolesische Stiefel angezogen, viele der ›neuen‹ Green Berets jedoch nicht.

»Was soll's, Geoff«, hatte Lunsford gesagt, als er über das Problem informiert worden war. »Wenn sie sich damit gut fühlen, warum nicht?«

Mit Ausnahmen ihrer Pistolen – jeder war mit einer Colt Modell 1911A1, der halbautomatischen Pistole Kaliber .45 ACP, bewaffnet – waren ihre Waffen eine Mischung aus belgischen und amerikanischen. Da waren Fabrique Nationale 7mm-Automatikgewehre aus Colonel

Supos Bestand und M-16 .223 Gewehre der U.S. Army, einschließlich der kurzen Karabiner-Version dieser Waffe, der Car-16.

Major Lunsford, Lieutenant Craig und Sergeant Thomas waren mit verkürzten Remington-Schrotflinten Modell 1100 Kaliber 12 bewaffnet. Sie hatten solche Waffen in Vietnam getragen und festgestellt, dass sie aus kurzer Distanz sehr wirkungsvoll zum Töten und leicht in einem Flugzeug zu tragen waren. Alle drei Waffen und Schachteln mit 00-Schrotmunition dafür waren in einer abgeschlossenen Kiste nach Afrika mitgenommen worden, denn Lunsford hatte den starken Verdacht gehabt, dass jeder eine Schrotflinte haben wollte, wenn die Vorzüge ihrer Waffen bekannt werden würde, und er wollte, dass die meisten mit einem Gewehr der einen oder anderen Art bewaffnet war.

Der Tisch im Konferenzraum war übersät mit den Waffen, und jeder hielt die Tür im Auge, um mitzubekommen, was geschehen würde.

Die Tür wurde geöffnet. Lieutenant Craig marschierte herein, trat zur Seite und rief: »Ach-tung!«

Jeder der Anwesenden im Konferenzraum sprang auf und stand still.

Colonel Jean-Baptiste Supo, der Militärkommandeur der Provinzen Oriental, Equatorial und Kivu, trat ein, gefolgt von zwei kongolesischen Offizieren und schließlich Major Lunsford, der die Uniform eines kongolesischen Lieutenant Colonels der Fallschirmjäger trug.

Major Smythe schritt zu Lunsford, salutierte schneidig und meldete: »Sir, die Abteilung ist angetreten!«

Lunsford erwiderte den Gruß, machte eine perfekte Kehrtwendung, salutierte vor Colonel Supo und sagte auf Suaheli: »Chef, die Abteilung ist angetreten.«

Supo grüßte zurück und ging dann zum Rednerpult.

»Bleiben wie sind (er meinte weitermachen)«, quälte er sich auf Englisch ab. »Ich leider können nicht Englisch. Major Totse wird tun für mich.«

Major Alain George Totse trat neben Supo.

»Ich bin Major Totse«, sagte er auf Englisch mit starkem französischem Akzent. »Ich habe die Ehre, Colonel Supos Nachrichtenoffizier zu sein.«

Er trat zurück und forderte Colonel Supo mit einer Geste auf, zum Mikrofon des Rednerpults zu gehen. Colonel Supo sagte etwas zu ihm auf Suaheli, und Totse kam zu ihm und stellte sich neben ihn.

Supo sagte etwas auf Suaheli.

»Colonel Supo heißt Sie in der Republik Kongo willkommen und dankt Ihnen für das Angebot, gegen einen gemeinsamen Feind zu dienen«, übersetzte Totse.

Supo sprach wieder Suaheli.

»Colonel Supo sagt, von jetzt an soll ich übernehmen«, übersetzte Major Totse mit einem Lächeln.

Colonel Supo ging zu einem der unbesetzten Stühle in der ersten Reihe und winkte Lunsford, Smythe und Craig zu sich, die noch beim Rednerpult standen.

Totse schritt zur Kartentafel, wo zwei Karten der belgischen Armee, eine der U.S. Army und eine Karte der National Geographic Society hingen. Er nahm den Zeigestock, der früher ein Billardqueue gewesen war.

»Mein Englisch ist nicht so gut«, sagte er. »Seien Sie so freundlich, mich zu unterbrechen, um mir zu verstehen zu geben, wenn Sie nicht verstehen.«

Es gab einiges gedämpftes Lachen.

Totse zeigte auf die Karte der U.S. Army.

»Hier sind wir, in Costermansville in der Provinz Kivu am südlichen Ende des Kivu.« Er wies mit dem Zeigestock auf den See. »Wir sind ziemlich im Zentrum von Afrika. Dies ist die Quelle des Nil ...«, er zeigte mit dem ehemaligen Billardqueue darauf, »... gerade hinter der Grenze in Ruanda.«

Er bewegte den Zeigestock nach Westen.

»Dies ist Stanleyville in der Provinz Oriental, wo Sie in dieses Land eingereist sind. Als diese Probleme anfingen, begann ein Revolutionär namens Nicholas Olenga Operationen in Albertville, das hier am Ufer des Tanganjikasees liegt. Die Grenze zwischen dem Kongo und Tanganjika verläuft durch die Mitte des Sees.« Er zeigte es an und fuhr fort: »Dieser Nicholas Olenga bezeichnete sich ursprünglich als ›Major‹, dann als ›Colonel‹, und jetzt bezeichnet er sich als ›Lieutenant General‹ – obwohl er niemals Offizier gewesen ist. Zu Beginn war Olengas Rebellion spontanisch ...«

»Spontan, Alain«, korrigierte Lunsford.

»Spontan, danke, Father«, sagte Totse. »Olenga ist ein Kitawala – das ist ein Kult gemischt mit primitivem christlichen Glauben an einheimische Götter. Die Kitawala erwarten jeden Tag die Rückkehr von Christus. Sie glauben, Dawa zu haben, das sie davor schützt, erschossen zu werden.

Weil Olengas Aufstand unerwartet kam, war die Armée Nationale Congolese nicht darauf vorbereitet. Er nahm Albertville ein, marschierte gen Stanleyville und nahm es ein und verstärkte unterwegs seine Truppen.

Dreierlei passierte. Es war nötig, ausländische Unterstützung zu erbeten. Ein ehemaliger britischer Offizier, Michael Hoare, der in Südafrika lebt, wurde rekrutiert, um eine Söldnertruppe aufzustellen und Olenga und seinen Simbas Widerstand zu leisten. Hoare ist Soldat, doch er rekrutierte weiße Söldner aus belgischen Bars und französischen Hafenvierteln. Sie sind keine Soldaten. Hoare musste Befehlsverweigerer erschießen, um die Disziplin aufrechtzuerhalten.

Olenga begann Belgier und andere Weiße in Stanleyville zu massakrieren. Die Geschichten, dass er den Opfern die Leber herausschneiden und essen ließ, stimmen. Major Lunsford ist in Stanleyville gewesen und hat das gesehen.

Die Russen und Chinesen, die offenbar ebenso überrascht von Olengas Erfolg waren wie wir, begannen ihn mit Waffen und mit Personal zum Ausbilden seiner Männer zu versorgen. Die Belgier schickten zur Lebensrettung ihrer Staatsbürger Fallschirmjäger und ihr Amerikaner Flugzeuge, um über Stanleyville abzuspringen. Die Belgier versorgten ebenfalls Truppen unter Colonel Van de Waele. Diese Truppen und Major Hoares Söldner schafften es, die Simbas aus Albertville und Stanleyville zu vertreiben. Im Moment sind sie in kleinen Gruppen verstreut, einige im Busch um Albertville, einige im Busch um Stanleyville, aber ihre größte Stärke haben sie im Gebiet von Luluabourg in der Provinz Kasai.«

Er führte den Zeigestock zum Osten der Karte nach Luluabourg.

»Aus dem einen oder anderen Grund war die ANC nicht in der Lage, die Provinz Kasai völlig von den Simbas zu säubern, was erklären mag, dass General Mobutu seit gestern die Provinz Kasai zu Colonel Supos Verantwortungsbereich hinzugefügt und ihm Befehle gegeben hat, die Simbas und ›Lieutenant Colonel‹ Olenga ein für alle Mal zu eliminieren.

Ich habe keinen Zweifel daran, dass dies erreicht werden kann, und zwar ohne die Unterstützung durch Major Hoares Söldner, wenn es nicht die neue Bedrohung durch Guevara gäbe. Wenn Guevara in den Kongo kommt, müssen wir davon ausgehen, dass er mit Unterstützung der Sowjets kommt, das heißt mit sowjetischen Waffen und anderem Versorgungsmaterial und möglicherweise ebenso mit der Unterstützung der chinesischen Kommunisten.

Bis jetzt sind Olengas Truppen weder gut ausgerüstet noch gut ausgebildet. Die meisten ihrer Waffen sind in den ersten Tagen der Unruhen von der ANC erbeutet worden. Wenn Guevara kommt ...«

»Mit Verlaub«, unterbrach Lunsford. »*Falls* Guevara kommt.«

»Ich lasse mich gern korrigieren«, sagte Totse. »*Falls* Guevara kommt, wird er seine Soldaten, Waffen und das Versorgungsmaterial ins Zentrum der aufständischen Aktivitäten in Luluabourg schaffen müssen. Es besteht wenig Zweifel daran, dass alles in der Hauptstadt von Tanganjika eintreffen wird, die hier ...«, er wies zur Ostküste von Tanganjika, »... am Indischen Ozean ist, sowohl auf dem Wasser als auch auf dem Luftweg. Das ist eine ziemlich große Entfernung. Es ist unmöglich, sie über die Grenze zu schaffen, wo unsere Länder aneinander stoßen, was bedeutet, dass sie sie über den Tanganjikasee verschiffen und dann irgendwie nach Luluabourg transportieren müssen. Das vergrößert die Möglichkeit, dass sowohl die Männer als auch das Material durch das ehemalige Französisch-Kongo transportiert werden wird, das jetzt Kongo Brazzaville ist.«

Er zeigte es wieder auf der Karte.

»Sie können sehen, dass es von Brazzaville näher zu Luluabourg ist als zum Tanganjikasee.

Wie schon Napoleon sagte, ›eine Armee marschiert mit ihrem Magen‹, und das würde ebenfalls auf die Guerillatruppen zutreffen. Die von Colonel Supo entwickelte Taktik sieht vor, folgendermaßen mit dieser Bedrohung fertig zu werden: Erstens wird er, da die Provinz Kasai nun unter seinem Befehl steht, die ANC-Truppen und Major Hoares Söldner nutzen. Außerdem die wenigen Flugzeuge, die er jetzt zur Verfügung haben wird – einige B-26-Bomber, ein paar mehr T-28 und eine C-47 – um die Aufständischen in der Gegend von Luluabourg zurückzuhalten und letzten Endes zu eliminieren.

Colonel Supo glaubt, dass all diese Aktivitäten im Gebiet von Luluabourg die Sowjets – und die Kubaner – entmutigen wird, ihre Truppen durch Kongo Brazzaville zu verstärken oder sie mit Nachschub zu versorgen.

Das lässt ihnen natürlich nur die Route durch den Tanganjikasee. Es ist ebenfalls möglich, dass der Feind es als Gelegenheit betrachten wird, im Gebiet von Luluabourg zuzuschlagen, weil er bald erfahren wird, dass dort der Hauptteil unserer Stärke ist. Wie wir alle wissen, ist es kommunistische Doktrin, dort zuzuschlagen, wo der Feind am schwächsten ist, und sich wie ein Schilfrohr im Wind zu biegen, wenn Widerstand geleistet wird.

Das Terrain in diesem Gebiet ist so beschaffen, dass die Aufständischen ein paar hundert Meter von der Straße fort keine Sorge vor Entdeckung zu haben brauchen. Und bis jetzt waren Aufklärungsflüge für uns unmöglich. Wenn wir sie finden können, ohne dass sie von der Entdeckung wissen, können wir ihnen große Verluste zufügen. Darüber hinaus wird uns die Kontrolle über den Tanganjikasee erlauben, vieles vom Nachschub über den See abzufangen.«

Er legte eine Pause ein und lächelte.

»Haben Sie jetzt eine Vorstellung, warum wir so froh sind, Sie bei uns zu haben?«

»Major«, sagte Lunsford, »bei allem Respekt für unsere Piloten zwingt mich die überwältigende Bescheidenheit dazu, zu sagen, dass die Special Forces auch ziemlich gut darin sind, Truppen und Nachschub auf dem Boden abzufangen, sowohl in befreundetem als auch in feindlichem Gebiet.«

»Das haben Sie mir erzählt, Father«, sagte Totse.

»Wir sind auch ziemlich gut darin, anderer Leute Funkbotschaften abzufangen, Major«, sagte Spec7 Peters.

»Das wäre natürlich sehr hilfreich«, meinte Totse und fuhr dann fort: »Ich bin hier, solange es nötig ist, um all Ihre Fragen zu beantworten, aber bevor wir dazu kommen: Möchten Sie noch etwas hinzufügen, mein Colonel?«

Supo stand auf und ging zum Rednerpult. Er ließ seinen Blick durch den Raum schweifen und sagte etwas auf Suaheli.

Totse übersetzte. »Der Colonel sagt, als er ein junger Caporal war, lehrte man ihn, die Dinge zu schonen, die zum Kampf nötig sind – dass sie meistens, wenn sie fort sind, für immer verloren sind.«

Supo sprach wieder, und Totse übersetzte von neuem.

»Der Colonel sagt, er denkt, Sie werden sehr wertvolle Werkzeuge für den Kampf in diesem Krieg, und deshalb verlangt er …«

Supo unterbrach ihn auf Suaheli.

»Der Colonel *bittet* Sie, Ihre Flugzeuge und sich selbst zu schonen, damit Sie lange Zeit wertvolle Werkzeuge sein werden«, übersetzte Totse. »Er sagt, er kann es sich nicht erlauben, ein Flugzeug oder irgendeinen von Ihnen zu verlieren.«

Lunsford erhob sich.

»Mit Verlaub, mein Colonel«, sagte er. »Wenn wir diesen kleinen Job für Sie durchführen und in das Flugzeug steigen, um nach Hause zu fliegen, wette ich einen Kasten Bier, dass Sie sagen werden: ›Mein Gott, bin ich froh, dass sie abhauen!‹«

»Ein Soldat«, sagte Supo in seinem mühsamen Englisch, »ist niemals froh, einem anderen Soldaten Lebewohl zu sagen.«

Damit machte er kehrt und marschierte aus dem Raum.

## 9

SECRET

**Central Intelligence Agency**
**Langley, Virginia**

**Von:** Stellvertretender Direktor Verwaltung

**Datum:** 26. März 1965 1530 GMT

**Betrifft:** Guevara, Ernesto (Aktennotiz # 63.)

**An:** Mr Sanford T. Felter
Berater des Präsidenten
Zimmer 637, The Executive Office Building
Washington, D.C.

Per Kurier

Gemäß präsidentschaftlicher Aktennotiz vom 14. Dezember 1964 an den Direktor betreffend

›Ernesto ›Che‹ Guevara‹ wird die folgende Information von Ihren Quellen in Buenos Aires, Argentinien, übermittelt wie erhalten: (Zuverlässigkeitsstufe: entfällt).

Beginn des übermittelten Nachrichtenmaterials:

Ernesto Guevara de la Serna ist geheim in ein Einfamilienhaus umgezogen, das vom ›Kampf gegen Banden von Konterrevolutionären‹ (Akronym aus dem Spanischen LCB) in der Calle 134 im Viertel Corona von Havanna kontrolliert wird. Weder seine Frau noch seine Tochter ist bei ihm.
Er hat sich den Bart und das obere Kopfhaar abrasiert, offenbar um den Eindruck eines glatt rasierten, kahlköpfigen Mannes zu erwecken. Er verwendet außerdem eine kosmetische Prothese, die offenbar dazu dient, das Aussehen seiner Lippen zu verändern.
Es ist möglich, dass er vorhat, den Namen Ramón Benítez zu benutzen und mit brasilianischem Pass zu reisen, doch das ist noch nicht bestätigt.

Ende des übermittelten Nachrichtenmaterials

*Howard W. O'Connor*
HOWARD W. O'CONNOR

SECRET

# XIX

## 1

# SECRET

Central Intelligence Agency
Langley, Virginia

Von: Stellvertretender Direktor Verwaltung

Datum: 31. März 1965, 1530 GMT

Betrifft: Guevara, Ernesto (Aktennotiz # 66.)

An: Mr Sanford T. Felter
Berater des Präsidenten
Zimmer 637, The Executive Office Building
Washington, D.C.

Per Kurier

Gemäß präsidentschaftlicher Aktennotiz vom 14. Dezember 1964 an den Direktor betreffend ›Ernesto ›Che‹ Guevara‹ werden folgende Informationen aus Ihren Quellen in Buenos Aires, Argentinien, übermittelt wie erhalten: (Zuverlässigkeitsstufe entfällt).

Beginn des übermittelten Nachrichtenmaterials:

Victor Dreke wurde am Nachmittag des 30. März 1965 von Alberto Chivina, einem Adjutanten von Castro, in das Haus in der Calle Hernandez 13 im Viertel La Corona von Havanna gebracht. Dreke, der Guevaras Stellvertreter sein wird, wurde Ramón Benítez vorgestellt, den er entweder absichtlich oder tatsächlich nicht als Doktor Ernesto Guevara de la Serna erkannte, wobei Letzteres ziemlich unwahrscheinlich zu sein scheint.

Dreke hat jetzt einen uruguayischen Pass auf den Namen Roberto Suárez Milían und Guevara einen auf den Namen Benítez. Beide Pässe sind anscheinend echte uruguayische Pässe, die den Kubanern blanko geliefert wurden. Es ist möglich, dass andere solcher Pässe von Uruguay, der Dominikanischen Republik und anderen zur Verfügung gestellt worden sind.

Als die Maskerade aufgedeckt wurde, vollendeten Dreke und Guevara die Namensliste des Personals, das sie ins ehemalige Belgisch-Kongo mitnehmen wollen.

Die 113 Mann starke Truppe wurde von Guevara als ›Kolonne‹ bezeichnet und wird aus einem Generalstab, drei Zügen Infanterie und einem Zug Artillerie bestehen. Soweit bekannt ist, verfügt die Kolonne nicht über Handfeuerwaffen oder Artillerie.

Guevara und Dreke und eine kleine, unbekannte Zahl von anderen werden vermutlich morgen in einem planmäßigen Flug von Aerolineas Cubana nach Prag, Tschechoslowakei, fliegen, und vermutlich so bald wie möglich von Prag mit einem planmäßigen Flug der Czechoslovak Air via Kairo, Ägypten, nach Daressalam, Tansania, weiterfliegen.

Eine Namensliste der revolutionären Kolonne wird geliefert werden, wenn verfügbar.

Ende des übermittelten Nachrichtenmaterials

*Howard W. O'Connor*
HOWARD W. O'CONNOR

SECRET

SECRET

URGENT

FROM: CIA LANGLEY 31 MARCH 1965 1605 GMT
03/5788
TO: STATION CHIEFS
ALGIERS, ALGERIA
BERLIN, GERMANY
CAIRO, EGYPT
DAR ES SALAAM, TANZANIA
MONTREAL, CANADA
PARIS, FRANCE
PRAGUE CZECHOSLOVAKIA
VIENNA, AUSTRIA

SUBJECT: POSSIBLE MOVEMENT OF ERNESTO ›CHE‹ GUEVARA AND OTHERS

Die Agentur ist im Besitz von unbestätigtem, jedoch vermutlich zuverlässigem Nachrichtenmaterial, dass Ernesto ›Che‹ Guevara und Victor Dreke und vermutlich eine kleine Gruppe nicht identifizierter anderer Personen am 1. April

1965 an Bord eines Fluges der Aerolineas Cubana von Havanna nach Prag, Tschechoslowakei, reisen und später via Kairo mit einem Flug der Czechoslovak Air nach Dares-salam fliegen.

Der Direktor wiederholt persönlich, dass er sehr an der Bestätigung oder Widerlegung dieses Nachrichtenmaterials interessiert ist, einschließlich zusätzlich folgender Einzelheiten: Guevara und Dreke reisen vermutlich mit uruguayischen Pässen und benutzen die Namen Ramón Benítez beziehungsweise Roberto Suárez Milían. Guevara ist möglicherweise glatt rasiert und trägt eine kosmetische Prothese, um die Form seines Mundes zu verändern.

Die folgende Aktion ist angewiesen:

Überwachung von kubanischen oder anderen Flügen ab Havanna, Kuba, mit Ziel oder Transit obiger Orte plus Gander, Neufundland, wird ab sofort durchgeführt und bis auf weiteres aufrechterhalten.

Bestätigung oder Widerlegung plus jedes andere Nachrichtenmaterial, das über Bewegungen oder Aufenthaltsort von Guevara und Dreke gesammelt werden kann, werden sofort auf schnellstmögliche Weise, einschließlich Satellit, an CIA Langley Eyes Only Direktor und stellvertretenden Direktor/ Verwaltung übermittelt werden.

FOR THE DIRECTOR
O'CONNOR ASST DIR/ADMIN

SECRET

## 2

*Camp David*
*Catoctin Mountains, Maryland*

*1. April 1965, 14 Uhr 30*

Der Präsident der Vereinigten Staaten war in keiner sehr guten Stimmung.

Zum einen regnete es und würde offenbar den ganzen Tag regnen, und er hatte geplant, ein wenig Skeet zu schießen, und das fiel bei dem verdammten Regen buchstäblich ins Wasser.

Zum anderen missfiel dem Präsidenten, was er über kommunistische Aktivitäten in der Dominikanischen Republik hörte, sowohl vom Direktor der CIA als auch vom Vorsitzenden des Streitkräfteausschusses, vom Chef für Navy-Operationen und vom Stabschef der U.S. Army.

Der CIA-Direktor hatte ihm gesagt, er halte es für sehr wahrscheinlich, dass die Regierung in Santo Domingo sehr wahrscheinlich von den Kommunisten gestürzt werden würde, wenn nicht unverzüglich etwas unternommen wurde.

Der Vorsitzende des Streitkräfteausschusses hatte ihm gesagt, er teile die Einschätzung der Lage des CIA-Direktors, und eine militärische Intervention empfohlen, bevor dies geschehen würde, denn es würde viel leichter sein, die dortige Regierung an der Macht zu erhalten, als die Macht nach einem kommunistischen Umsturz wiederherzustellen.

Der Chef für Navy-Operationen hatte ihm gesagt, er stimme mit der Analyse des CIA-Direktors und der Überzeugung des Vorsitzenden überein, dass eine militärische Intervention nötig sei, und er empfahl, dass ein verstärkter Landungstrupp der Marines in Regimentsstärke gebildet wurde und den Befehl erhielt, sich auf eine Invasion der Dominikanischen Republik vorzubereiten.

Der Stabschef der Army hatte dem Präsidenten gesagt, er stimme der Analyse des CIA-Direktors und des Vorsitzenden und ihrer Empfehlung einer präventiven Durchführung amerikanischer Präsenz in der Dominikanischen Republik zu, aber sei respektvoll anderer Meinung als sein guter Freund, der Chef für Navy-Operationen, wie das bewerkstelligt werden sollte.

Sowohl aus militärischen wie auch politischen Gründen, sagte der Stabschef der Army, wäre es besser, die 82nd Airborne Division einzusetzen. Es wäre unmöglich, die Verschiffung einer Landtruppe des Marine-Corps vor der Presse oder den Kommunisten in der Dominikanischen Republik geheim zu halten. Das könnte die Kommunisten veranlassen, früher als erwartet zu handeln, und dadurch würde (a) die bestehende Regierung gestürzt werden und (b) müssten die Marines bei ihrem Eintreffen höchstwahrscheinlich eine Landung auf feindlichem Strand durchführen.

Der Stabschef de Army fuhr fort, es sei stets ein Regiment der 82nd Airborne in Bragg bereit, binnen vierundzwanzig Stunden an Bord zu gehen und loszufliegen, und ein zweites Regiment würde in weiteren vierundzwanzig Stunden verfügbar sein.

Die beste Möglichkeit, amerikanische Militärpräsenz in die Dominikanische Republik zu schicken, würde das Absetzen eines Regiments der 82nd Airborne ohne Vorwarnung über Santo Domingo sein, was natürlich die Genehmigung der gegenwärtigen Regierung erforderte. Wenn der Flughafen gesichert sei, könne ein zweites und drittes Regiment eingeflogen werden. Die Marines könnten somit später ohne Widerstand landen.

Dem Präsidenten der Vereinigten Staaten behagte kein bisschen die Vorstellung, dass (a) irgendein gottverdammter dominikanischer Fidel Castro den Vereinigten Staaten von Amerika den Stinkefinger zeigte, dass (b) Fallschirmspringer den Himmel über Santo Domingo ausfüllten oder (c) Marines auf dem feindlichen Strand dieser gottverdammten Bananenrepublik landeten.

»Ich will dies überdenken«, kündigte der Präsident an. »Und wir brauchen offenbar frische Gedanken zu diesem Thema.« Er wandte sich an seinen Sekretär. »Lassen Sie Felter kommen.«

Der Sekretär des Präsidenten erzählte Colonel Sanford T. Felter nur, der Präsident wünsche, dass er sich sofort zum Hubschrauberlandeplatz des Pentagon begebe, wo ein Huey der Army auf ihn warten würde.

Eine Stunde und fünfundzwanzig Minuten nach dem Anruf des Sekretärs traf Felter in Camp David ein und wurde sofort zum Präsidenten, dem Vorsitzenden des Streitkräfteausschusses, dem Chef für Marine-Operationen und dem Stabschef der Army gebracht. Felter trug einen etwas verknitterten grauen Anzug und einen Regenmantel aus Baumwolle, der offenbar nicht ausreichte, um ihn trocken zu halten.

»Erzählen Sie mir was über die Dominikanische Republik, Felter«, sagte der Präsident statt einer Begrüßung.

»Sir, ich weiß nicht viel über die Dominikanische Republik«, sagte Felter. »Das ist nicht mein Verantwortungsbereich.«

»Erzählen Sie mir, was Sie wissen«, verlangte der Präsident.

Das Telefon klingelte.

Der Sekretär des Präsidenten meldete sich.

Der Präsident hob die Hand, um Stille zu gebieten, während er darauf wartete, ob der Anruf ihm galt.

»Es ist die Fernmeldeabteilung des Weißen Hauses«, meldete der Sekretär des Präsidenten. »Für Colonel Felter. Sie haben die gesicherte Leopold-Satellitenleitung für ihn offen.«

»Sagen Sie ihnen, sie sollen umplanen …«, begann Felter.

»Was ist das, Felter?«, fragte der Präsident.

»Sir, ich erhielt eine Botschaft von Major Lunsford, dass er mir etwas zu sagen hat, das er für wichtig hält.

Vielleicht braucht er eine Entscheidung von mir. Aber wenn es Probleme gäbe – wenn sich zum Beispiel jemand verletzt hätte –, wäre das in seiner Botschaft mitgeteilt worden.«

Der Präsident schnaubte.

»Ich werde die Verbindung umplanen lassen, Sir«, sagte Felter.

»Nein«, widersprach der Präsident. Er blickte zu seinem Sekretär. »Wir können dies auf Lautsprecher schalten, richtig?«

»Jawohl, Mr President.«

Der Präsident sah Felter an.

»Sagen Sie ihm nicht, ich wiederhole, nicht, wo Sie sind und wer ebenfalls hier ist. Ich will mir keine Sorgen machen müssen, dass etwas Falsches gesagt wird.«

»Jawohl, Sir.«

Der Präsident wies auf ein zweites Telefon auf einem Couchtisch und die Couch daneben. »Sie setzen sich dorthin, Felter, und telefonieren. Sie brauchen den Hörer nicht abzunehmen, drücken Sie einfach auf die Sprechtaste.«

»Jawohl, Sir.«

Felter setzte sich, immer noch in seinem nassen Regenmantel, und drückte auf die Sprechtaste des Telefons.

»Felter«, sagte er.

»Sir, wir haben Ihre gesicherte Satellitenverbindung nach Leopoldville. Sie haben noch elf Minuten und zwanzig Sekunden Satellitenzeit übrig.«

»Danke«, sagte Felter. »Öffnen Sie, bitte.«

»Sind Sie da, Boss?«, ertönte Lunsfords Stimme, die in den Weltraum geschickt und von einem Überwachungssatelliten zurückgeschickt und von zwei Lautsprechern an den Wänden des Raums in Camp David wiedergegeben wurde.

»Wie geht es Ihnen, Father? Was haben Sie auf dem Herzen?«

»Ich brauche etwas mehr Material, etwas mehr Geld

und Ihre Genehmigung, den Mann der Firma zu killen, und das alles brauche ich gestern.«

Der Präsident sah den Direktor der Central Intelligence Agency an, die häufig inoffiziell als ›die Firma‹ bezeichnet wurde.

»Erzählen Sie mir von dem Mann der Firma«, sagte Felter.

»Der Hurensohn hält sich für Eisenhower«, sagte Father. »Er sitzt auf seinem fetten Arsch in der Botschaft und steckt Pfeile auf Landkarten.«

»Was ist das Problem?«

»Das Problem ist, dass er nur Mittel für Projekte locker macht, die ihm genehm sind – das bedeutet, er bekommt Jeeps und Dreivierteltonner-Trucks für einen verdammten Fahrzeugpark in Leopoldville, während wir – einschließlich Colonel Supo – in requirierten Trucks herumfahren oder zu Fuß gehen. Aber, noch schlimmer, der Bastard hat die B-26er, die T-28er und die C-47er in seinen kleinen Wurstfingern und sagt mir glatt, dass er sie uns nicht benutzen lassen will. Und wir brauchen sie, Colonel, wenn diese Sache klappen soll.«

»Ich werde sehen, was ich machen kann«, sagte Felter und blickte den CIA-Direktor an.

»Wenn es nach mir ginge, möchte ich lieber die Erlaubnis haben, ihm einen Speer in den Arsch zu rammen und mit seiner Leiche die Krokodile zu füttern«, sagte Father.

»Was sonst noch Lunsford?«

»Ich brauche mindestens zwei weitere – vier wäre besser – L-29er und jeweils zwei Piloten dafür.«

»Ich werde sofort nach dem Telefonat mit General Bellmon sprechen und mich bei Ihnen melden.«

»Und zwanzig Standort-Empfänger, fünfzig Rucksack-Funkgeräte und jede Menge Batterien dafür.«

»Das kann arrangiert werden«, sagte Felter. »Was ist mit dem Geld?«

»Supo will Informationen und tote Simbas mit Geld kaufen, was im Busch Goldmünzen bedeutet.«

»Von welcher Summe reden Sie?«, fragte Felter.

Der Präsident nahm den Hörer eines Telefons ab und sprach leise hinein.

»Fünfundzwanzigtausend sofort und später mehr«, sagte Lunsford.

»Das kann arrangiert werden«, sagte Felter.

»Diese Verbindung wird in fünfzehn Sekunden für eine höhere Priorität beendet werden«, sagte der Telefonist der Fernmeldeabteilung des Weißen Hauses. »Sie sind umgeplant für fünfzehn Minuten um 2210 Zulu.«

Felter schaute zum Präsidenten.

»Der Knabe von der Fernmeldeabteilung informiert mich, wann die nächste Satellitenverbindung verfügbar ist«, sagte der Präsident. »In ungefähr einer Stunde und zehn Minuten. Ich nehme an, das sollte Felter genug Zeit geben, um uns all dies zu erklären.«

»Mr President«, sagte Felter. »Darf ich Sie respektvoll daran erinnern, Sir, dass Major Lunsford auf Ihren Befehl hin nicht wusste, dass jemand außer mir am Ende der Leitung mithört?«

»Der kann ein gemeiner Hundesohn sein, wenn ihm jemand in die Quere kommt, nicht wahr?«, sagte der Präsident. »Ich möchte wirklich nicht von ihm angedroht bekommen, dass er mir einen Speer in den Hintern rammt.« Er schwieg kurz. »Informieren Sie uns, was dort drüben los ist, Felter.«

»Jawohl, Sir.«

»Werden Sie eine Landkarte brauchen?«

»Ich hätte gern eine, Sir.«

»Besorgen Sie ihm eine«, wies der Präsident seinen Sekretär an. »Und während das erledigt wird, Felter, sollten Sie den nassen Regenmantel ausziehen.«

Zwei Matrosen, ein Chief Petty Officer und ein Seaman First Class, entfernten schnell die Landkarten der Dominikanischen Republik und Santo Domingo, die auf einer eleganten Tafel aus poliertem Holz auf einem Dreibein hingen, und ersetzten sie durch eine Karte der Republik Kongo und der Umgebung und ließen eine durchsichtige Folie zum Schutz und für Markierungen darüber hinab.

Felter sah, dass auf der Ablage des Kartenständers Fettstifte in vier Farben und ein Zeigestock lagen. Als er den Zeigestock nahm, bemerkte er ein darin eingelassenes Schildchen, in das eingraviert war: BESITZ DES BÜROS DES CHEFS FÜR MARINE-OPERATIONEN.

Er nahm richtig an, dass der CNO geplant hatte, die Karte zu benutzen, um zu erklären, wie die Marines in der Dominikanischen Republik landen würden. Und er vermutete, wiederum richtig, dass der Chief of Naval Operations es nicht besonders mochte, wenn ein popeliger Colonel in Zivilkleidung seinen Zeigestock benutzte.

»Die Truppen der Aufständischen«, begann Felter, »bekannt als die Simbas, werden von einem selbst ernannten Lieutenant General namens Olenga befehligt. Die Kommunisten – nicht die Simbas selbst – bezeichnen sich als die Lumumbistischen Streitkräfte, nach dem verstorbenen Patrice Lumumba, der angeblich 1961 auf Befehl von Mobutu ermordet wurde. So weit ich weiß, hat Lumumba Olenga niemals gesehen.

Nach dem Fallschirmabsprung der Belgier über Stanleyville und nahezu gleichzeitig mit militärischen Aktionen der Belgier und der Söldner von Major Michael Hoare waren die Simbas ziemlich verstreut überall in den vier Provinzen Equatorial, Oriental, Kivu und Kasai.«

Er zeigte mit dem Stock die verschiedenen Provinzen an.

»Der fast einzige effektive kongolesische Offizier, der sich mit dem Problem befasst hat, war Colonel Jean-Baptiste Supo, wie Mobutu ein früherer Sergeant Major in der belgischen Force Publique. Vor etwa zehn Tagen erhielt Supo die Verantwortung über all diese Provinzen, und unser verstärktes Team der Special Forces ist seinem

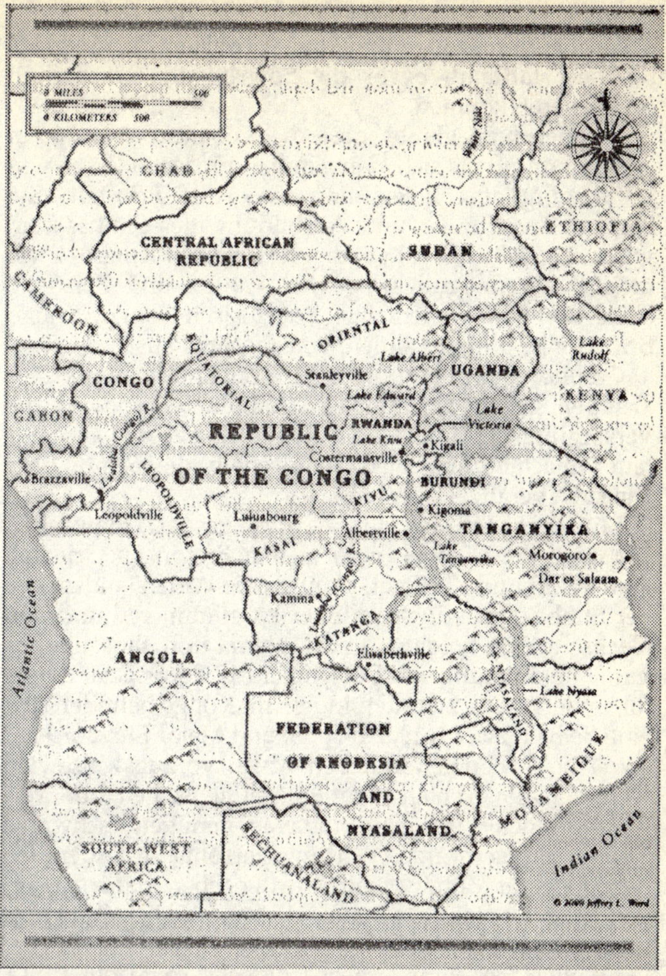


Hauptquartier in Costermansville zugeteilt, das hier in der Nähe von Tansania liegt. Colonel Supo glaubt, dass sich der Großteil der flüchtenden Simbas in der Gegend von Luluabourg in der Provinz Kasai aufhält. Selbst diese

Leute sind nicht gut bewaffnet, da der Fallschirmabsprung der Belgier und das Vorrücken der Belgier/Söldner stattfand, bevor die Sowjets den Nachschub organisieren konnten.

Colonel Supo glaubt, dass die Kubaner, wenn sie in Afrika eintreffen, sich den Simbas in dem Gebiet von Luluabourg anschließen und ihre erste Priorität eine bessere Bewaffnung und Ausbildung der Simbas sein wird. Es gibt im ehemaligen Belgisch-Kongo zwei mögliche Versorgungswege für Waffen und Personal, einer durch das ehemalige Französisch-Kongo, Kongo Brazzaville, und der andere von Tansania aus.

Colonel Supo glaubt, eine Konzentrierung seiner Truppen gegen die Simbas um Luluabourg wird die Versorgung der Simbas von Kongo Brazzaville aus sehr teuer machen und dass sie deshalb die Route über Tansania benutzen werden.

Mit dem Einsatz der, ehrlich gesagt, schwachen Truppen, die Colonel Supo in den Provinzen Oriental, Äquatorial und Kivu hat, plant er, die Widerstandsnester der Simbas zu reduzieren oder zu eliminieren und den Nachschub an Soldaten und Material von Tansania aus mit Unterstützung von Detachment 17 der Special Forces folgendermaßen zu unterbinden: Im Kongo befinden sich eine Beaver, zwei L-19, ein H-13, und Major Lunsford hat – wie Sie soeben gehört haben – zwei, vorzugsweise vier, weitere L-19 erbeten. Die Flugzeuge stehen zur Verfügung, doch wir haben Probleme, genügend schwarze Piloten und schwarzes Wartungspersonal zu finden. Ich habe General Mobutu mein Wort gegeben, dafür zu sorgen, dass so viele unserer Leute wie möglich Schwarze sein werden.«

»Wollen Sie damit sagen, Colonel«, sagte der CNO, »dass Sie meinen, Sie können mit einem halben Dutzend Aufklärungsflugzeugen und gerade vierzig Männern in einem so riesigen Gebiet patrouillieren und Männer und Material abfangen?«

»Ja, Sir. Colonel Supo und Major Lunsford halten das

beide für machbar. Mit einiger Hilfe durch die schwarzen B-26er und T-28er, die gegenwärtig unter Kontrolle der Firma sind. Wir haben keine Wahl. Präsident Kasavubu hat öffentlich erklärt, dass er keine amerikanische Militärpräsenz im Kongo dulden wird.«

»Ich möchte liebend gern wissen, wie Sie das schaffen wollen«, sagte der CNO.

»Wir werden kleine Außenposten auf unbefestigten Landestreifen in grob Fünfzig-Meilen-Intervallen errichten. Von Basoko, westlich von Stanleyville, durch Stanleyville hinunter nach Costermansville und dann bis zum Tanganjikasee an Albertville vorbei bis zur rhodesischen Grenze. In diesem Gebiet gibt es offenbar eine große Anzahl primitiver Flugplätze, angelegt von Farmern und Söldnern und nicht auf Luftkarten vermerkt.«

»Woher wissen Sie das?«, fragte der Stabschef der Army.

»Einer der Piloten war früher Pilot in diesem Gebiet, Sir.«

»Ein Kongolese, meinen Sie?«

»Nein, Sir. Ein amerikanischer Offizier. Einer der beiden Weißen der dortigen Piloten der Special Forces. Er hat vor kurzem die Tochter von General Bellmon geheiratet.«

»Das ist ein Ding!«, stieß der Stabschef überrascht hervor.

»Bei jedem Landestreifen wird eine kleine Abteilung von kongolesischen Soldaten stationiert sein und sich ein Versorgungsdepot für Flugbenzin und Schmiermittel befinden. Außerdem wird es eine Funkstation geben, um Kontakt mit unseren Flugzeugen in dem Gebiet und mit wenigstens einem der benachbarten Landestreifen auf jeder Seite zu halten. Auf jedem dritten oder vierten Landestreifen wird ein Suaheli sprechender Soldat der Special Forces und ein Zug kongolesischer Soldaten stationiert sein. Bis Luftaufklärung ermöglicht wurde, hatten Colonel Supos Truppen große Probleme, den Feind zu orten, der sich zweihundert Yards abseits der Straße verstecken und unsichtbar machen konnte. Jetzt kann er gefunden und überwacht werden, bis Bodentruppen eingesetzt werden können.«

»Und Sie meinen nicht, dass die – wie haben Sie sie genannt, Simbas? – unsere Außenposten ausschalten werden, wenn sie erst dahinter kommen, wozu sie dienen?«

»Colonel Supo glaubt, dass sie die Außenposten um jeden Preis meiden werden, wenn sie erst begreifen, dass sie sofort gejagt werden, nicht nur nach einem Angriff, sondern auch sobald die Außenposten von ihrer Anwesenheit erfahren, entweder zufällig oder nach Tipps von Einheimischen in den Außenposten. Major Lunsford meint, dass fünfundzwanzigtausend Dollar in Gold ausreichen, um sich die Freundschaft von Einheimischen und Tipps zu sichern.«

»Und wie viele Ihrer Außenposten werden überrannt werden, bevor die Simbas das begreifen?«, fragte der Vorsitzende des Streitkräfteausschusses.

»Das, Sir«, antwortete Felter, »wird vermutlich darauf ankommen, wie schnell und wie hart wir reagieren können, wenn der erste Posten oder die beiden ersten angegriffen werden. Ich nehme an, deshalb will Major Lunsford Zugriff auf die T-28er und die B-26er haben. Die einzige fliegende Geschützplattform, die ihm zur Verfügung steht, ist der H-13, auf der zwei luftgekühlte Browning-MGs, Kaliber .30 montiert werden können. Er plant, die Simbas mit einer Technik, die in Vietnam entwickelt worden ist, zu bombardieren. Sie ziehen den Stift einer Splitterhandgranate und legen sie dann in ein Mason-Einmachglas. Die Wände des Glases verhindern, dass der Feuermechanismus ausgelöst wird. Das Glas wird von einer L-19 abgeworfen. Wenn das Glas zerschmettert, ist die Granate aktiviert.«

»Donnerwetter!«, stieß der Präsident der Vereinigten Staaten hervor.

»Und da sich die Außenposten alle an oder nahe der wenigen Straßen befinden, die in diesem Gebiet durch den Busch führen«, fuhr Felter fort, »wird dies die

Straßen ebenfalls als Nachschubwege unbrauchbar machen.«

»Sie scheinen verdammt viel Vertrauen in die Fähigkeiten dieses Major Lunsford zu setzen«, meinte der CIA-Direktor.

»Es ist berechtigt«, sagte der Präsident. »Major Lunsford lief vier Monate lang im Dschungel herum und gab sich als Simba aus. Er ist wirklich ein toller Typ.«

»Es gibt gewisse Dinge, bei denen Supos Männer nicht ohne Unterstützung zurechtkommen können«, sagte Felter. »Es mangelt ihnen an Transportmitteln. Je mehr Jeeps und Dreivierteltonner-Trucks sie zur Verfügung haben, desto schneller können sie auf die Entdeckung des Feindes reagieren und desto leichter können sie die Außenposten mit Nachschub versorgen. Es war mir nicht bekannt, dass die CIA Fahrzeuge im Kongo besitzt. Wenn ich das gewusst hätte, dann hätte ich sie um welche gebeten. So fliege ich Jeeps in unserer gecharterten 707 ein. Supos Aufgabe wird taktisch sehr erleichtert, wenn er sich bei einem Zusammenstoß mit feindlichen Truppen in großer Stärke oder beim Abfangen von Booten mit Soldaten und Personal über den Tanganjikasee auf unsere schwarzen B-26er und T-28er – die der Agentur – verlassen kann.«

»Ich habe genug darüber gehört«, sagte der Präsident.

»Sir?« Felter blickte ihn fragend an.

»Als Sie eintrafen, Colonel Felter«, sagte der Präsident, »diskutierten wir, ob ich die Marines oder die Eighty-second Airborne Division in die Dominikanische Republik schicken soll. In jedem Fall sprachen wir über Tausende von Männern, Hunderte von Transportflugzeugen.«

»Ja, Sir?«, fragte Felter.

»Mir missfällt die Vorstellung, dass sich einer von Lunsfords Männern ganz allein inmitten des afrikanischen Dschungels bei einem Angriff Sorgen machen muss, ob jemand ihm zur Hilfe kommen wird«, fuhr der Präsident fort. »Und so sage ich Ihnen, was geschehen wird.«

»Ja, Sir?«

»Wenn dieser Satellit wieder auf Empfang ist, Felter, werden Sie mit Major Lunsford telefonieren. Sie werden ihm meine besten Grüße ausrichten und ihm sagen, ich habe zugesichert, dass er alles bekommt, worum er bittet. Und dann werden Sie, Paul, Ihrem Mann dort drüben sagen, wenn ich jemals höre, dass er Lunsford nicht gibt, worum er bittet, werde ich ihm persönlich einen Speer in den Arsch rammen.«

## 3

*Büro des Botschafters*
*Botschaft der Bundesrepublik Deutschland*
*Washington, D.C.*

*2. April 1965, 9 Uhr*

»Guten Morgen, Erich«, sagte der Botschafter zum Militärattaché der Botschaft. »Was haben Sie für mich?«

Beide Männer waren schlanke, adrette kahlköpfige Brillenträger. Sie ähnelten sich so sehr, dass beim gemeinsamen Besuch eines diplomatischen Empfangs Oberst Erich Steitz trotz seiner Uniform ›Eure Exzellenz‹ und/oder ›Herr Botschafter‹, angeredet und der Botschafter ›Herr Oberst‹ genannt wurde.

»Ein von Greiffenberg, Eure Exzellenz«, sagte Steitz mit einem Lächeln und überreichte ihm zwei Blatt Papier.

»Diese Dinge bringen Dieter auf die Palme, wissen Sie«, sagte der Botschafter mit einem glucksenden Lachen und bezog sich auf Dieter von und zu Schaaf, den zweiten Sekretär, der für die Verwaltung verantwortlich war und von allem gern zwei Kopien hatte, vorzugsweise mehr.

»Jawohl, Herr Botschafter, das hoffe ich«, sagte Steitz. »Aber besser, Schaaf ist ärgerlich auf mich, weil ich keine zwei Kopien davon habe, als dass von Greiffenberg ärgerlich auf mich ist, weil ich ihm keine eine gegeben habe.«

GEHEIMHALTUNGSSTUFE STRENG GEHEIM
UEBERMITTLUNG MIT PRIORITÄT EINS
VON BUNDESKANZLERAMT BONN #65-4003
BONN 2 APRIL 1965, 1300 ORTSZEIT

AN DEN MILITAERATTACHÉ
PERSOENLICHE KENNTNISNAHME NUR FUER
OBERST STEITZ
WESTDEUTSCHE BOTSCHAFT
WASHINGTON DC

Bei Erhalt von Anhang 1 wird der mit Kode Heinrich sechs entschlüsselt und von Ihnen persönlich an Colonel Sanford T. Felter, Berater des Präsidenten der Vereinigten Staaten, Executive Office Building, Washington, übermittelt. Sie werden Colonel Felter diese Botschaft zeigen, woraufhin er Ihnen mit einem Kodewort den Erhalt bestätigen wird, das Sie mir übermitteln werden. Es ist ausdrücklich verboten, irgendwelche Kopien der Botschaft anzufertigen außer der einen, die Colonel Felter überbracht wird.

VON GREIFFENBERG GENERALLEUTNANT,
DIREKTOR

ANHANG 1
AN DAS BUNDESKANZLERAMT #65-4003
(Entschlüsselt)

KOPIE 1 von 1 VERVIELFAELTIGUNG VERBOTEN

BONN 2 April 1965

Mein lieber Freund Sandy,
die uruguayischen Staatsbürger Señor Ramón Benítez und Señor Roberto Suárez Milían, zusammen mit sechs ihrer Landsleute, deren Namen ich zu diesem Zeitpunkt leider nicht liefern kann, trafen am 1. April 1965 um 2205 Greenwich an Bord des Aerolineas Cubana Flug 9880 aus Havanna in Prag ein, mit Zwischenstopp in Gander, Neufundland.
Sie wurden sofort unter ungewöhnlichen Sicherheitsvorkehrungen in ein Haus in der Ulbrechtstraße 407 gebracht, nicht weit von Flughafen entfernt, das ein Sicherheitshaus der Stasi ist und vordem nur für Aktivitäten Ostberlins und der Sowjetunion zur Verfügung stand. Ich werte dies als Bestätigung, dass die Sowjets in die Operation verwickelt sind, an der Sie interessiert sind.
Benítez und Milían haben Reservierungen für den Flug der Czechoslovak Air 2332 Prag/Kairo/Dares-salam am 3. April 1965, 2300 Uhr.
Ich werde versuchen, die Abreise, den Transit in Kairo und die Ankunft in Daressalam zu bestätigen.
Ich schicke diese Information an unsere Freunde in Buenos Aires.
Es ist mir ein Vergnügen, helfen zu können, und ich hoffe, Sie werden dies nützlich finden. Mit den herzlichsten Grüßen an Sie und Sharon und die Kinder und natürlich an Craig.

Von Greiffenberg

»Ich nehme an, Sie haben keine Ahnung, was das alles zu bedeuten hat?«, fragte der Botschafter.

»Dies ist offenbar ein weiterer dieser Fälle, bei denen der gute Generalleutnant meint, er kann Oberst Felter etwas anvertrauen, das wir wirklich nicht zu wissen brauchen.«

»Ich glaube, man vertraut natürlich jemandem, der einen aus einem sibirischen Arbeitslager herausgeholt hat, mehr als den meisten anderen Leuten«, sagte der Botschafter. »Was ich wirklich nicht verstehe, ist die Tatsache, dass von Greiffenberg darauf besteht, dass ich diese Dinge lese.«

»Von Greiffenberg, Herr Botschafter, geht wie der Herr geheimnisvolle Wege.«

Der Botschafter lachte und gab Steitz die Blätter zurück.

»Danke, Erich«, sagte er. »Wenn Sie Felter sehen, grüßen Sie ihn von mir.«

»Das werde ich tun, Herr Botschafter.«

## 4

*Oval Office*
*The White House*
*Washington, D.C.*

*2. April 1965, 10 Uhr 45*

Der Präsident, der Direktor der Central Intelligence Agency, der Vorsitzende des nationalen Sicherheitsrats und der Vorsitzende des Streitkräfteausschusses diskutierten über das, was der Präsident in den letzten zehn Minuten zweimal als ›die gottverdammten dominikanischen Kommunisten‹ bezeichnet hatte, als die Tür geöffnet wurde und der Sekretär des Präsidenten auf der Schwelle stehen blieb und auf Johnsons Aufmerksamkeit wartete.

»Was ist?«, fragte der Präsident ein wenig schroff.

»Mr Finton hat eine Aktennotiz für Sie, Mr President.«

Jeder im Raum wusste, dass Mr Finton für Colonel Sanford T. Felter arbeitete. Der Direktor des CIA wusste darüber hinaus, dass Finton ein Bischof der Mormonenkirche war.

Der Präsident wies seinen Sekretär mit einer Geste an, Finton hereinzulassen.

»Guten Morgen«, sagte der Präsident und streckte die Hand aus, um die Aktennotiz entgegenzunehmen.

»Guten Morgen, Mr President«, sagte Finton und überreichte dem Präsidenten eine interne Aktennotiz des Weißen Hauses.

The White House

WASHINGTON, D.C.

Interne Aktennotiz

Geheimhaltungsstufe: Top Secret

Datum und Uhrzeit: 2. April 1965
1020 Washingtoner Ortszeit

Von: Sanford T. Felter

An: Eyes Only Präsident der Vereinigten Staaten
Eyes Only Direktor des CIA

Per Bote

Ich habe guten Grund zu der Annahme, dass Folgendes als Zuverlässigkeitsstufe fünf betrachtet werden sollte.
Ernesto Guevara (der als Ramón Benítez reist) und Victor Dreke, sein Stellvertreter (der als

Roberto Suárez Milían reist), beide mit uruguayischem Pass, trafen zusammen mit sechs anderen Kubanern, deren Namen gegenwärtig nicht bekannt sind, am 1. April 1965 um 2205 Zulu an Bord von Flug 9880 der Aerolineas Cubana aus Havanna via Gander, Neufundland, in Prag ein.
Sie wurden sofort unter ungewöhnlichen Sicherheitsvorkehrungen in ein Haus in der Ulbrechtstraße 407 gebracht, nicht weit vom Flughafen entfernt. Es ist bekannt als Sicherheitshaus, das von der Stasi, dem ostdeutschen Staatssicherheitsdienst, betrieben wird und zuvor nur für Ostberlin und die Sowjets zur Verfügung stand. Dies könnte eine sowjetische Verwicklung in Guevaras Operation bestätigen.
Guevara und Dreke, die als Benítez und Milían reisen, haben für den Flug der Czechoslovak Air 2323 Prag/Kairo/Daressalam am 3. April 1965 reserviert.

Respektvoll übermittelt

*Sanford T. Felter*
SANFORD T. FELTER
Colonel, GSC, U.S. Army

Während der Präsident las, zog Mr Finton einen Durchschlag der Aktennotiz aus der Tasche und gab ihn dem Direktor der CIA.

»Danke«, sagte der Präsident zu Mr Finton, als er zu Ende gelesen hatte. »Und Dank an Colonel Felter.«

»Jawohl, Mr President«, sagte Mr Finton.

»Haben Sie irgendetwas für Felter?«, fragte der Präsident, als er sah, dass der CIA-Direktor seinen Durchschlag der Aktennotiz zu Ende gelesen hatte.

»Nein, Sir«, erwiderte der CIA-Direktor.

»Danke«, sagte der Präsident zu Finton und entließ ihn.

Er wartete, bis die Tür hinter ihm geschlossen war.

»Nun, haben Sie immer noch Zweifel, dass Guevara in den Kongo gehen wird?«, fragte er dann.

»Dies würde bedeuten, wenn man sich darauf verlassen kann, Mr President, dass Guevara zumindest nach Daressalam geht«, sagte der CIA-Direktor.

»Vielleicht wissen Sie etwas, von dem ich keine Kenntnis habe«, sagte der Präsident. »Warum meinen Sie, dass Guevara, der bereits in Daressalam gewesen ist, mit falschem Namen und falschem Pass via Prag dorthin zurückkehrt?«

»Ich weiß es einfach nicht, Mr President«, bekannte der CIA-Direktor.

»Ja«, sagte der Präsident, »das dachte ich mir.«

*5*

SECRET
URGENT

FROM: CIA LANGLEY 2 April 1965 1310 GMT

TO: STATION CHIEFS:
ALGIERS, ALGERIA
BERLIN, GERMANY
CAIRO, EGYPT
DAR ES SALAAM, TANZANIA
MONTREAL, CANADA
PARIS, FRANCE
PRAGUE, CZECHOSLOVAKIA
VIENNA, AUSTRIA

SUBJECT: POSSIBLE MOVEMENT OF ERNESTO ›CHE‹ GUEVARA AND OTHERS REFERENCE MY 03/5788 SUBJECT AS ABOVE

Da es bisher keine Antwort auf o.a. Botschaft gegeben hat, schickt der Direktor persönlich das Folgende zur allgemeinen Information an alle Betroffenen:

Guevara und Dreke und andere sind in Prag, genau in der Ulbrechtstraße 407.
Deshalb sollte versuchte Überwachung in Gander, Neufundland, Algier und Wien eingestellt werden.
Es wird nachdrücklich vorgeschlagen, dass der Stationsleiter Prag mit Czechoslovak Air Flug 2332, Abflug 3. April 1965, 23 Uhr, fliegt, bei dem Guevara, Dreke und möglicherweise andere seines Gefolges mit uruguayischen Pässen nach Daressalam reisen werden. Der Stationsleiter Kairo sollte gleichzeitig die Etappe Kairo/Daressalam dieses Fluges überwachen.
Es wird nachdrücklich empfohlen, dass der Stationschef Daressalam das Flugzeug erwartet und, sofern das Prager und Kairoer Personal an Bord ist, mit ihrer Unterstützung versucht, Guevara, Dreke und möglicherweise andere ihres Gefolges zu überwachen.
Alle Betroffenen werden daran erinnert, dass die Funktion der Agentur vorsieht, Nachrichtenmaterial dieser Art zu sammeln und zu liefern, nicht von anderen entgegenzunehmen.
Bestätigende oder widerlegende Berichte plus irgendwelches anderes Nachrichtenmaterial, das bezüglich Bewegungen und Aufenthaltsorten Guevaras und Drekes gesammelt werden

können, sind auf schnellstmögliche Weise, einschließlich Satellit, an den CIA Langley Eyes Only Director CIA und den stellvertretenden Direktor/Verwaltung zu übermitteln.

FOR THE DIRECTOR
O'CONNOR ASST DIR/ADMIN

SECRET

*6*

# TOP SECRET

Central Intelligence Agency
Langley, Virginia

Von: Stellvertretender Direktor Verwaltung

Datum: 4. April 1965 1530 GMT

Betrifft: Guevara, Ernesto (Aktennotiz # 69.)

An: Den Präsidenten

Kopie an: Mr Sanford T. Felter
Berater des Präsidenten
Zimmer 637,
The Executive Office Building
Washington, D.C.

Per Kurieroffizier

Der Direktor glaubt, der Präsident wird den beigefügten, von der CIA erstellten nachrichtendienstlichen Bericht von Interesse finden. Gemäß präsidentschaftlicher Aktennotiz vom 14. Dezember 1964 an den Direktor betreffend ›Ernesto ›Che‹ Guevara‹ werden folgende Informationen an Colonel Felter geliefert. (Zuverlässigkeitsstufe fünf).

Folgende wörtliche, über Satellit übermittelte Botschaft von James M. Foster, CIA-Stationsleiter Daressalam, Tansania:

TOP SECRET

1445 Greenwich 4. April 1965

Von Stationsleiter Daressalam

An (Eyes Only) Direktor CIA, Langley
(Eyes Only) stellvertretender Direktor
Verwaltung, CIA Langley

Zwei Personen mit uruguayischem Pass und der Beschreibung von Guevara/Benítez und Dreke/Milían entsprechend (Ihre Botschaft 03/5788) trafen am 4. April 1550 Uhr mit Czechoslovak Air Flug 2332 in Daressalam ein. Zusammen mit sechs anderen Begleitern wurden sie unter ungewöhnlichen Sicherheitsvorkehrungen von Bord geholt und zu einer Farm in der Gegend von Morogoro gefahren, ungefähr 75 Meilen westlich von Daressalam.
Der Ort wird überwacht. Erste Informationen

weisen darauf hin, dass die jetzt verlassene Farm, zuvor im Besitz von Weißen, die das Land verlassen haben, von einer ostdeutschen Firma gemietet wurde, die vermutlich von der Stasi kontrolliert wird. Die tansanische Provinzpolizei hat Straßensperren auf der Route Nationale A7 errichtet.
Da diese Station darauf vorbereitet ist, eine Überwachung der Örtlichkeit rund um die Uhr durchzuführen, ist keine Unterstützung durch Personal von anderen Stationen erforderlich, und mangels besonderer gegenteiliger Anweisungen wird es das Land am 7. April 1965 verlassen.

James M. Foster
Stationsleiter Daressalam

TOP SECRET

Ende der Botschaft der CIA Daressalam.

Zusätzliches Nachrichtenmaterial der CIA Daressalam wird sofort nach Erhalt geliefert werden.

*Howard W. O'Connor*
HOWARD W. O'CONNOR

TOP SECRET

## 7

*Hotel du Lac*
*Costermansville, Provinz Kivu*
*Republik Kongo*

*5. April 1965, 9 Uhr*

»Ich war vor Sorgen um dich fast krank«, begrüßte Mrs Marjorie Portet ihren Mann, als er, Major George W. Lunsford, Spec7 William Peters (in den Uniformen eines kongolesischen Lieutenant Colonel beziehungsweise Captain) und Lieutenant Geoffrey Craig den Speiseraum des Hotels betraten.

»Das Wetter war mies«, erwiderte Jack. »Wir mussten übernachten.«

»Du hättest mich informieren können«, meinte Marjorie.

»Damit sind wir beschäftigt, Baby«, entgegnete Jack mit einer Spur von Unmut in der Stimme. »Relaissender bauen, damit wir dich informieren können, wenn so was passiert.«

»Mit anderen Worten, ich bin eine blöde Zicke?«

»Das hast *du* gesagt«, gab Jack zurück.

»Kinder, Kinder«, sagte Lunsford. »Wenn ihr so weitermacht, werden wir annehmen müssen, dass die Flitterwochen vorüber sind.«

»Ich verzeihe dir«, sagte Jack.

»Zum Teufel mit dir«, erwiderte Marjorie, aber sie gab ihm einen Kuss.

Ein Kellner erschien und nahm ihre Bestellungen zum Frühstück auf, und als ein zweiter Kellner Kaffee einschenkte, kamen zwei kongolesische Fallschirmjäger-Offiziere, die als Master Sergeant ›Doubting‹ Thomas und Sergeant Class DeGrew in den Kongo gekommen waren, in den Speiseraum und setzten sich zu den anderen an den Tisch.

»Dies traf gestern Nacht ein, Boss«, sagte Doubting

Thomas und gab Lunsford ein Blatt Papier aus der Entschlüsselungsmaschine.

Lunsford las, reichte es an Geoff Craig weiter und forderte ihn mit einer Geste auf, es allen in der Runde zu zeigen. Sie saßen so am Tisch, dass Jack es als Letzter zu lesen bekam.

»Darf ich es meiner Frau zeigen?«, fragte er.

»Was meinst du, wer die Aufzeichnungsmaschinen bedient?«, fragte Marjorie. »Ich weiß, was darin steht.«

TOP SECRET
EARN 0023 WASH DC 1740 ZULU 4 APRIL 1965
VIA WHITE HOUSE SIGNAL AGENCY
FROM: EARNEST SIX
TO: HELPER SIX

1–Völlig zuverlässige Quelle bestätigt, dass Guevara, Dreke und sechs andere am 4. April 1530 Zulu in Daressalam eintreffen.
2–James M. Foster, CIA-Stationsleiter Daressalam, bestätigt anscheinend, dass er Guevara, Dreke und sechs andere auf einer Farm in der Gegend von Morogoro, 75 Meilen westlich von Daressalam, unter Überwachung hat.
3–Bezugnehmend auf frühere Botschaft wird Versorgungsflug vier keine – Wiederholung – keine zwei Jeeps an Bord haben, weil Fahrzeugpark Leopoldville jetzt zur Verfügung steht. Zwei L-19 Flugzeuge, der Gegenwert von 25000 $ in Schweizer Goldmünzen, zwei ASA-Techniker und ein L19/L20/ H13-Mechaniker werden an Bord sein. Voraussicht-liche Ankunftszeit wird mitgeteilt, wenn bekannt.

FINTON FOR EARNEST SIX

SECRET

»Ich habe das Gefühl«, sagte Father, »dass Mr Foster die allgemeine Regel widerlegt, nach der die meisten CIA-Clowns ihren gluteus maximus nicht mit beiden Händen finden können.«

»Ich möchte mit ihm reden«, sagte Sergeant Thomas.

»Genau mein Denken«, sagte Thomas.

»Ich möchte ein Abhörteam nahe der Farm haben«, sagte Spec7 Peters.

»Lieutenant Craig, wie können wir scheitern, wenn wir so hervorragende Unteroffiziere wie diese beiden haben, deren Denkweise völlig mit der ihres geliebten Commanders übereinstimmt?«, fragte Lunsford.

»Es gibt einige mögliche Probleme«, sagte Geoff. »Angefangen mit dem grundsätzlichen, dass Ihnen dieser CIA-Knabe sagt, Sie können ihn am – können sich zum Teufel scheren. Verzeihung, Marjorie. Gleich danach kommt das Problem, wie können wir mit ihm reden?«

»Captain Weewili und ich haben über das Thema ein wenig nachgedacht«, sagte Thomas. »Und dann haben wir heute Morgen um sechs Uhr mit Major Alain George Totse persönlich darüber gesprochen.«

Lunsford lächelte und forderte ihn mit einer Geste zum Weitersprechen auf.

*8*

*Konsulatsabteilung*
*Botschaft der Vereinigten Staaten von Amerika*
*Daressalam, Tansania*

*6. April 1965, 12 Uhr 10*

»Guten Tag«, sagte Captain Jacques Portet von Air Simba zu der Dame am Empfang. »Ich möchte bitte mit dem Generalkonsul sprechen.«

Er trug ein kurzärmliges weißes Hemd mit den vier

Streifen des Flugkapitäns auf den Schulterklappen und eine schwarze Hose mit scharfen Bügelfalten. Neben ihm stand ein stämmiger Afrikaner mit einem locker fallenden, etwas schmutzigen weißen Hemd und einer bauschigen, etwas schmutzigen weißen Hose, die von einer verknoteten Kordel gehalten wurde und deren ausgefranster Saum gut zehn Zentimeter über seinen schwieligen, nackten Füßen endete. Er trug eine Halskette und einen Armreif von Wildschweinzähnen.

»Vielleicht kann ich Ihnen helfen, Sir. Mr Foster ist im Augenblick beschäftigt«, erwiderte die Empfangsdame. Sie war eine sehr attraktive, sehr große, sehr schwarze junge Frau, die sich sehr unbehaglich unter der schamlos strahlenden Bewunderung des amerikanischen jungen Mannes fühlte.

»Ich wäre wirklich sehr dankbar, wenn Mr Foster einen Moment seiner Zeit für mich erübrigen könnte«, sagte Jack. »Und ich muss ihn wirklich dringend sprechen.«

»Ich werde sehen, was ich tun kann«, sagte sie.

Einen Augenblick später erschien Mr Foster. Er war ein Schwarzer Ende zwanzig oder Anfang dreißig mit leuchtend buntem quergestreiftem Hemd, gelben Shorts, Kniestrümpfen mit einer Quaste am oberen Rand und Mokassins mit Troddeln.

»Ich befürchte, ich kann Ihnen nicht viel Zeit widmen«, sagte er und blickte demonstrativ auf seine Armbanduhr. »Ich habe eine Verabredung zum Mittagessen.«

»Ich brauche nur einen Moment Ihrer Zeit, privat«, sagte Jack. »Können wir einen Moment dort rein?« Er wies auf die drei kleinen Kabinen an einer Wand des Empfangsbereichs.

»Nun, wenn Sie es für denn wichtig halten«, sagte Mr Foster.

Er führte Jack unter Verneigungen in die Kabine, folgte ihm und war äußerst überrascht, als sich der Boy des weißen Amerikaners hinter ihm in die Kabine schob.

»Ist – äh – ist es notwendig, dass er dabei ist?«, fragte Mr Foster.

»Ich liebe diese Mokassins«, sagte der ›Boy‹. »Aber woher, zur Hölle, haben Sie dieses lustige Hemdchen?«

»Darf ich Major George Washington Lunsford vorstellen?«, sagte Jack lächelnd.

»Kommen wir zur Sache«, sagte Father. »Ich befehlige Detachment siebzehn der Special Forces in Costermansville im Kongo. Und Sie sind der CIA-Stationsleiter und haben Guevara, Dreke und einige andere auf einer Farm bei Morogoro, etwa fünfundsiebzig Meilen von hier, unter Überwachung.«

»Ich habe natürlich keine Ahnung, wovon Sie sprechen«, sagte Foster.

»Richtig«, erwiderte Father. »Dies ist Lieutenant Jack Portet, einer meiner Offiziere.«

»Wie sind Sie ins Land gekommen?«

»Er kam rein, indem er eine C-46 der Air Simba flog – das ist seine Tarnung. Und ich kam rein, indem ich mitflog. Ich nehme an, Sie können sagen, ich gehe als Einheimischer durch.«

»Können Sie sich irgendwie ausweisen?«

»Ah, kommen Sie schon«, entgegnete Lunsford. »Sie haben diplomatische Immunität. Ich nicht. Und ich möchte nicht als Spion erschossen werden, weil die Hiesigen eine AGO-Card in meiner Brieftasche finden. Wie lange sind Sie übrigens schon CIA-Agent?«

»Was kann ich für Sie tun, Major?«, fragte Foster, ohne auf die Frage einzugehen.

»Können wir etwas finden, das größer ist als diese Telefonzelle und sicher? Mein Lieutenant riecht nach dem Parfüm einer Frau, und das hat eine bedrückend erotisierende Wirkung auf mich. Und ich möchte nicht, dass Ihre hübsche Empfangsdame merkt, wie heiß ich werde.«

»Das ist kein Problem«, sagte Foster. »Sie bezieht den Lohnscheck von derselben Stelle wie ich. Sie stammt aus Philadelphia.«

Er schob eine Tür auf und winkte sie hinein.

»Sagen Sie uns bitte zum Mittagessen ab«, sagte er zu der Empfangsdame, »und dann kommen Sie rein.«

»Ah, kann es ein, dass wir uns schon irgendwo begegnet sind?«, sagte Father, als die attraktive Schwarze Fosters Büro betrat. »Vielleicht bei Bookbinder's? In der South Broad Street?«

Er lächelte, rechnete mit ihrer schockierten Reaktion.

Sie lächelte.

»Das haben wir nicht, nicht wahr?«, erwiderte sie. »Und als ich zum letzen Mal bei Bookbinder's war, musste man dort Schuhe tragen.«

Father war einen Moment sprachlos.

»Major George Washington Lunsford zu Ihren Diensten, Ma'am«, sagte er dann und verneigte sich schwungvoll.

»Was ist los?«, fragte sie Foster.

»Es gibt Gerüchte, dass Männer von den Special Forces im Kongo sind, nicht wahr? Sie stimmen offenbar.«

»Wenn die Tansanier Sie hier erwischen, wäre das peinlich, ich nehme an, das wissen Sie«, sagte sie.

»Es wäre vermutlich auch schmerzlich, also tun wir alles, dass dies nicht passiert, sollen wir?«, erwiderte Lunsford. »Nennen Sie mir Ihren Namen?«

»Ich bezweifle, dass Sie ein Recht auf Information haben«, sagte sie.

»Sie sind legal hier, was den Flug anbetrifft?«, erkundigte sich Foster.

»Ich bin hier, um Flugzeugteile zu kaufen«, sagte Jack. »Major Lunsford ist illegal hier.«

»Sie sind beide illegal hier«, stellte sie fest. »Vielleicht können Sie damit durchkommen, Mister, aber bei dem barfüßigen Boy hier bin ich mir nicht so sicher.«

»Was wollen Sie?«, fragte Foster.

»Meine Mission sieht vor, Guevaras Pläne für den Kongo zu vereiteln«, sagte Lunsford. Als er ihre Miene sah, fügte er hinzu: »Ja, wir wissen, dass er hier ist und Sie ihn auf einer Farm bei Morogoro überwachen lassen.«

»Ich würde liebend gern wissen, wo Sie das erfahren haben«, sagte sie.

»Das Wort, worauf es ankommt, ist ›vereiteln‹«, sagte

Lunsford. »Wir wollen, dass Guevara lebend und mit eingezogenem Schwanz frustriert nach Kuba zurückkehrt. Das trifft nicht auf die anderen Kubaner zu, die schließlich ungefähr zweihundert sein werden.«

»Diese Zahl hatte ich nicht gehört«, sagte sie.

»Damit kann ich nichts zu tun haben«, sagte Foster. »Nicht mit einer – äh – bewaffneten Aktion gegen Kubaner oder sonst jemanden.«

»Es wäre viel leichter für uns, die Bewegungen seiner Leute und den Nachschub zu unterbinden, wenn wir die Farm im Auge behalten könnten«, sagte Lunsford. »Und für Sie wäre es viel leichter, die Farm im Auge zu behalten, wenn Sie ein Team hätten, das ihre Kommunikation abhört.«

»Ich habe um ein Team gebeten und man hat das abgelehnt«, sagte Foster. »Das wird sich jetzt vielleicht ändern, weil er hier ist.«

»Ich leihe Ihnen ein Team«, sagte Lunsford.

»Wie würden Sie es ins Land bekommen?«, fragte die Frau aus Philadelphia.

»Es ist jetzt am Flughafen, drei Jungs von der ASA und zwei von den Special Forces. Es sind alles Schwarze, und die Jungs der Special Forces sprechen Suaheli, einer davon sehr gut. Dieser Mann spricht ebenfalls Spanisch. Sie brauchen von Ihnen nur den Transport in das Gebiet und einen Vorrat an Verpflegung.«

»Und Sie wollen uns die abgefangenen Funkbotschaften übermitteln?«, fragte sie.

»O nein, Katharine«, sagte Father. »Es macht Ihnen doch nichts aus, wenn ich Sie Katharine nenne, oder? Sie haben den gleichen Charme wie Katharine Hepburne, den Akzent, den sie in *The Philadelphia Story* hatte.«

»Oh, sind Sie ein Cleverle«, erwiderte sie. »Und ja, es macht mir etwas aus, wenn Sie mich Katharine nennen. Die Frage war, wollen Sie uns die abgefangenen Botschaften übermitteln? Wenn ja, kommt es nicht in Frage. Der Botschafter würde das nicht zulassen.«

»Ich hatte im Sinn, Kate«, sagte Lunsford, »dass unsere

Jungs sie zu einem Satelliten schicken und wir sie Ihnen dann zu Ihrer Information weitergeben lassen.«

»Sie haben Satelliten-Befugnis?«, fragte Foster überrascht.

»Und unsere eigenen Verbindungen, im Gegensatz zur Botschaft«, sagte Lunsford.

»Und ich muss von meinen Vorgesetzten für unbedenklich erklärt werden«, sagte Foster.

»Dies kann nichts mit Langley zu tun haben«, sagte Father. »Ich habe keine Befugnis, inoffiziell oder sonst wie, in Tansania zu operieren. Wenn Sie Langley fragen …«

»Nun, anders kann ich es nicht tun«, sagte Foster.

»Und ich will nicht, dass irgendjemand davon erfährt, zum Beispiel dieses CIA-Arschloch in Leopoldville.«

»Dann kommt es leider nicht in Frage«, beharrte Foster.

»Ah, zur Hölle«, sagte Lunsford. »Ich hatte wirklich gehofft, Sie könnten zu der kleinen Gruppe von Stationsleitern zählen – wie Jack Stephens in Buenos Aires und Bill Colby in Saigon –, die mehr daran interessiert ist, dass der Job erledigt wird, als daran, dass ihre Spesenrechnungen beglichen werden. Ich hätte es wirklich besser wissen sollen.«

»Hat Ihre Mama Ihnen niemals erzählt, dass Sie mehr bekommen, wenn Sie nett sind, statt sich wie ein arroganter Flegel aufzuführen?«, fragte die Frau, die nicht mit Katharine angeredet werden wollte.

»Ich habe keine Zeit, nett zu sein«, sagte Lunsford.

»Nun, Sie können hier ein Abhörteam einsetzen«, sagte Foster.

»Ich werde hier ein Abhörteam mit oder ohne Ihre Unterstützung einsetzen«, sagte Lunsford. »Damit das klar ist.«

»Wie wollen Sie ihn stoppen?«, fragte sie Foster. »Und was werden Sie tun, wenn er es macht, Jim? Ihn den Tansaniern ausliefern? Es Langley mitteilen?«

»Sie klingen, als ob Sie dies für eine gute Idee halten«, entgegnete Foster.

Sie wandte sich an Lunsford.

»Wenn sie enttarnt werden, muss klar sein, dass wir nie von ihnen gehört haben. Oder von Ihnen.«

»Selbstverständlich«, sagte Lunsford. »Und es wird klar sein, wenn ich erfahre – und ich würde es erfahren –, dass man es Langley oder den Tansaniern erzählt hat, werde ich den Informanten persönlich mit einer stumpfen Machete in einen Sopran verwandeln und mir etwas gleichermaßen Interessantes für Sie ausdenken, meine Liebe.«

»Mein Gott, Cecilia, er droht uns!«, protestierte Foster.

»Oh, welch ein schöner Name!«, sagte Lunsford. »Finden Sie nicht auch, dass dies ein schöner Name für ein schönes Mädchen ist, Lieutenant Portet?«

»Jawohl, Sir«, sagte Jack. »Das finde ich auch.«

»Also abgemacht, Cecilia?«, fragte Father.

»Die Entscheidung würde natürlich bei Mr Foster liegen«, sagte sie.

»Oh, Cecilia«, sagte Lunsford. »Gerade als ich anfange, Sie wirklich zu mögen, beginnen Sie wieder mit albernen Spielchen.«

»Was heißt das?«, fragte sie.

»Das heißt, dass in Wirklichkeit Sie der Stationsleiter sind, und ehrlich gesagt, meine Liebe, Sie sind nicht sehr gut darin, dieses dunkle Geheimnis zu hüten, wie es sein sollte.«

»Sie sind wirklich ein Hurensohn, nicht wahr?«, schnauzte sie ihn an, doch in ihrer Stimme klang Bewunderung mit.

Sie ging zu Fosters Schreibtisch, nahm einen Notizzettel, schrieb etwas darauf und gab ihn Lunsford.

»Das ist unten beim Hafen«, sagte sie. »Man wird Ihr Team ab fünfzehn Uhr erwarten. Mit etwas Glück können wir es transportieren. Wie viel Ausrüstung haben die Männer?«

»Es wird alles in einen kleinen Lieferwagen passen«, sagte Lunsford.

»Wir können sie vielleicht heute Abend nach Morogoro

bringen«, sagte Cecilia. »Bis dahin sollten Sie fast zurück im Kongo sein.«

»Ich nehme an, ein gemeinsames Abendessen kommt also nicht in Frage, Cecilia?«

»Heute Abend nicht, George«, sagte sie. »Aber vielleicht ein anderes Mal, wenn Sie Schuhe tragen. Dann könnten wir noch einmal darüber reden.«

# XX

## 1

*Bei Kigali, Ruanda*

*6. April 1965, 18 Uhr 45*

»Kigali, Air Simba Seven-two-seven, verstanden. Landung als Nummer eins auf eins-acht«, sprach Jack ins Mikrofon. Dann wandte er sich an Major Darrell Smythe, der auf dem Kopilotensitz der Boeing saß. »Fahren Sie bitte das Fahrwerk aus, Major, Sir, und dann gehen Sie nach hinten und versuchen, wie ein Afrikaner auszusehen.«

Jack hatte keinen Piloten der Air Simba nötigen wollen, nach Daressalam zu fliegen, ohne den Zweck zu wissen, und den konnte er aus einer Reihe von Gründen nicht nennen. So war ihm nichts anderes übrig geblieben, als die C-46 selbst zu fliegen – das hatte er schon getan, aber es war nicht klug – oder einen der Army-Piloten auf dem Kopilotensitz mitzunehmen. Smythe war der erfahrenste Army-Pilot für zweimotorige Maschinen, und er war von Lunsford rekrutiert worden.

»Fahrwerk ausgefahren und verriegelt«, meldete Smythe einen Augenblick später. Dann schnallte er sich los und stand vom Kopilotensitz auf.

»Kigali«, meldete Jack, »Seven-two-seven turning on final.«

Smythe stand in dem schmalen Gang zwischen dem Sitz des Piloten und Kopiloten und wartete, bis Jack Kurs auf die Landebahn nahm.

»Um genau zu sein, Lieutenant, darf ich Sie vielleicht daran erinnern, dass ich bereits wie ein Afrikaner aussehe, mich aber jetzt bemühe, wie ein *einheimischer* Afrikaner auszusehen.«

»Ich gebe meinen Fehler zu, Major, Sir«, sagte Jack. »Und ich muss sagen, dass Sie in diesem Kostüm einen sehr glaubwürdigen einheimischen Afrikaner abgeben. All die Tutsi-Jungfrauen werden allein bei Ihrem Anblick erregt sein.«

»Lecken Sie mich, Lieutenant«, sagte Smythe, wandte sich um und ging in den Rumpf.

Gerade als er sich neben Major George Washington Lunsford setzte, landete Jack mit einem Quietschen der Reifen und einem kaum wahrnehmbaren Ruck.

Major Smythe und Major Lunsford trugen identische, weit geschnittene weiße Baumwolljacketts und Hosen. Smythe hatte jedoch primitive Sandalen und schmutzige weiße Socken an, und Lunsford war barfuß. Die Sandalen waren nötig, weil Smythes Füße weich und nicht schwielig waren und er nicht barfuß gehen konnte wie Father. Die Socken waren nötig, weil ein Afrikaner mit Füßen, die keine starken Schwielen hatten, Aufmerksamkeit erregen würde.

Die einheimischen Kostüme waren nötig, weil der Flugplatz, der Costermansville diente, jenseits der ruandischen Grenze in Kigali lag. Die ruandische Grenze war für kongolesisches Militärpersonal und für jeden sonst, dessen Pass nicht das richtige Visum hatte, geschlossen.

Lunsford und Smythe und das ASA-Abhörteam und ihre Green Berets als Beschützer – alle trugen etwas beschmutzte weiße Baumwollhemden und Hosen – hatten die Grenze nach Ruanda auf der Ladefläche eines Ford-Pickup überquert und auf den Kisten mit der Ausrüstung gesessen, die das Abhörteam mitnahm.

Im dem Wagen gab es auch zwei Kästen Simba-Bier. Einer davon hatte gereicht, um bei der Einreise an den glücklich lächelnden ruandischen Grenzposten vorbeizukommen, und Jack war zuversichtlich, dass die andere reichen würden, um bei der Rückkehr ebenfalls an den glücklich lächelnden Grenzposten vorbeizugelangen.

Die Grenzposten waren daran gewöhnt, dass Crews der Air Simba die Grenze überquerten, um zu und von dem Flugplatz Kigali zu gelangen, und viele von ihnen kannten Jack vom Sehen und seinen Ruf – bei ihm konnte man stets mit einem Kasten Bier rechnen.

Sie hatten nicht einmal einen Blick in die Kisten geworfen, was Glück war, denn die Waffen des Teams, ein Vorrat von Composition C-4 Sprengstoff und ein halbes Dutzend Thermit-Granaten, waren oben auf der Kommunikationsausrüstung verstaut worden. Die modernste, streng geheime Kommunikationsausrüstung durfte nicht in die falschen Hände fallen, selbst wenn das bedeutete, dass sie an der ruandischen Grenzstation in die Luft gejagt werden musste, und deshalb waren die Thermit-Granaten obendrauf verstaut, anstatt irgendwo versteckt.

Auf dem Weg nach Daressalam war alles glatt verlaufen, und die Möglichkeit, dass etwas auf dem Rückweg schief gehen konnte, war geringer, denn die Kisten und das Abhörteam befanden sich jetzt in Tansania.

Und es ging nichts schief.

Gleich jenseits der Brücke über den Fluss, die eigentlich die Grenze war, stoppte Jack den Ford, und Tante Jemima und Father stiegen von der Ladefläche und kletterten auf den Sitz zu Jack.

Father paffte glücklich eine dicke schwarze Zigarre – seine erste seit dem Verlassen von Costermansville –, als Jack den Ford zur Laderampe der Tiefgarage des Hotel du Lac fuhr, auf der First Lieutenant Geoffrey Craig, Spec7 William Peters und Mrs Marjorie Portet standen und sie offensichtlich erwarteten.

»Da stimmt was nicht«, sagte Father ahnungsvoll. »Seht sie nur an.«

Sie sahen unglücklich aus.

Als Father, Jack und Tante Jemima aus dem Truck stiegen, kam Geoff Craig von der Laderampe und gab Father wortlos ein Blatt Papier. Father las, fluchte und gab es Jack, der es überflog und an Tante Jemima weiterreichte.

SECRET
HELP0022 1730 ZULU 6 APRIL 1965
VIA WHITE HOUSE SIGNAL AGENCY

FROM: HELPER SIX
TO: EARNEST SIX

REFERENCE MAP BAKER 08

1–Am 6. April 1425 Zulu übermittelte Außenposten Fox eine Funkmeldung von Außenposten George, dass ungewöhnliche Aktivitäten im Busch entdeckt wurden und kongolesische Soldaten mit einem Angriff rechneten. Zu diesem Zeitpunkt war wegen der Wetterverhältnisse keine Verstärkung von Außenposten George oder Luftaufklärung möglich.
2–Um 1530 übermittelte Außenposten Fox eine Funkmeldung von Außenposten George, dass kongolesische Soldaten verschwanden, ihre Uniformen zurückließen, ihre Waffen jedoch mitnahmen.
3–Es gab keine weitere Kommunikation mit Außenposten George.
4–Um 1605, als Wetter genügend aufgeklart war, um eine Luftaufklärung durchzuführen, überflog eine L-19 Außenposten George und meldete die Entdeckung einer offensichtlich enthaupteten Leiche; kein Anzeichen von Leben; und Anzeichen darauf, dass George, einschließlich der Benzinvorräte, niedergebrannt wurde. Unterzeichner verbat der L-19, zu landen.
5–Angesichts des Vorerwähnten muss angenommen werden, dass Technical Sergeant Clarence D. Withers, RA 23380767, SFDET17 vermisst und vermutlich gefallen ist.

6-Ein kongolesischer Aufklärungstrupp in Kompaniestärke wird per Lastwagen beim ersten Tageslicht von Außenposten Easy nach Außenposten George aufbrechen. Zu diesem Zeitpunkt wird auch Luftaufklärung fortgesetzt. Weitere Informationen werden mitgeteilt, wenn verfügbar.

HELPER FIVE FOR HELPER SIX

SECRET

»Wie hat Colonel Supo reagiert?«, fragte Father.

»Er wollte Sie vor Stunden sprechen«, antwortete Geoff Craig.

»Gehen wir«, sagte Lunsford und stieg schnell die Treppe zur Laderampe hoch.

## 2

*Büro des befehlshabenden Generals*
*John F. Kennedy Center for Special Warfare*
*Fort Bragg, North Carolina*

*6. April 1965, 15 Uhr 55*

»Wie wird dies verwaltungsmäßig gehandhabt, Sandy?«, fragte General Paul R. Hanrahan.

»Normale Routine, nehme ich an«, erwiderte Felter. »Der Adjutant General schickt ein Telegramm …«

»Der AG weiß es noch nicht, oder?«

»Das traf gerade erst ein, Red«, sagte Felter.

»Sagen Sie es ihm bitte noch nicht, ja? Wenigstens nicht, bevor wir es mit Sicherheit wissen.«

»Geben Sie Ihre Hoffnung nicht auf, Red«, sagte Felter. »Ich werde warten, bis ich von Ihnen höre. Sie meinen doch, ich soll nicht länger als morgen warten?«

»Nicht länger als morgen«, bestätigte Hanrahan.

»Lassen Sie das Gespräch beenden«, sagte Felter zum Telefonisten.

»Weißes Haus, Sicherheitsleitung, Teilnehmer getrennt«, ertönte eine Männerstimme.

»Ski!«, rief Hanrahan mit erhobener Stimme.

Captain Stefan Zabrewski, der seit dem Augenblick, an der die Fernmeldeabteilung des Weißen Hauses angekündigt hatte, dass sie einen gesicherten Anruf von Colonel Felter für General Hanrahan hatte, vor der Tür von General Hanrahans Büro gestanden hatte, betrat das Büro.

»General?«

»Einer der Außenposten ist überfallen worden. Es sieht so aus, als wäre SFC Withers gefallen.«

»Scheiße«, sagte Captain Zabrewski. Und dann: »›Sieht so aus‹, General?«

»Er hat per Funk gemeldet, dass sich die Kongolesen bei ihm davongemacht haben. Dann ging er aus dem Netz. Eine L-19 überflog den Posten, und der Pilot sah eine enthauptete Leiche.«

»Verdammt!«

»Besorgen Sie mir seine Adresse und die des anderen Personals«, befahl Hanrahan. »Lassen Sie vom Sergeant Major Padre Martin informieren, dass er in zehn Minuten in Class A Uniform antreten soll.«

»Jawohl, Sir.«

»Ich werde vermutlich eine L-23 anfordern, um Wilson zu schicken. Ich will, dass wir es tun, nicht irgendein Benachrichtigungsteam des AG. Und wenn die Adresse irgendwo auf dieser Seite von Nome, Alaska ist, werde ich selbst hinfahren.«

»Jawohl, Sir.«

Captain Zabrewski kehrte in weniger als fünf Minuten zurück.

»Sir, RFD Laurinburg, North Carolina«, meldete er. »Nächste Verwandten, seine Eltern.«

»Gott sei Dank war er nicht verheiratet und hatte kein halbes Dutzend Kinder«, sagte Hanrahan. Dann: »Verzeihung, das hätte ich nicht sagen sollen.«

»Ich verstehe, Sir«, sagte Zabrewski, sonst mit dröhnender Stimme, sehr leise.

»Wo liegt Laurinburg?«

»Etwa fünfzig Meilen entfernt, Sir.«

»Aktivieren Sie den Kaplan«, befahl Hanrahan. »Ändern Sie die zehn Minuten, in denen ich ihn in Class A Uniform hier haben will, in die Zeit, bis ich vom Umziehen in meine Class A Uniform zurückkehre. Das Gleiche gilt für Tony.«

»Jawohl, Sir.«

»Und stellen sie sicher, dass Tony eine Straßenkarte hat. Er ist ein guter Junge, aber mit ihm habe ich mich schon verfahren.«

»Jawohl, Sir. Darf ich mitkommen, Sir?«

»Das brauchen Sie nicht, Ski. Verstehen Sie das?«

»Ich kannte Withers, Sir.«

»Okay. Kommen Sie mit«, sagte Hanrahan.

## 3

*Büro des Militärkommandeurs der Provinzen Kivu, Oriental, Equatorial und Kasai*
*Hotel du Lac*
*Costermansville, Provinz Kivu*
*Republik Kongo*

*6. April 1965, 19 Uhr 10*

»Verzeihen Sie unser Äußeres«, sagte Major George Washington Lunsford, als er mit Major Darrell J. Smythe und den Lieutenants Geoffrey Craig und Jack Portet das

Büro von Colonel Jean-Baptiste Supo betrat. »Wir haben gerade erst davon erfahren.«

Was die Andeutung eines Lächelns sein konnte, spielte um Colonel Supos Lippen, als er Lunsfords schneidigen Gruß erwiderte.

»Totse, Tomas und ich haben die Karte studiert«, sagte Supo auf Französisch. »Überlegt, wie wir am besten mit der Lage fertig werden.«

Die Majors Alain George Totse und Doubting Thomas/Tomas knieten am Boden, wo eine große Karte der Provinzen Oriental und Kivu ausgebreitet war.

»Die große Frage ist, Boss«, sagte Doubting Thomas, »ob wir die L-20 zum Außenposten George fliegen können. Da ist einer der kürzeren Landestreifen.«

»Warum wollen wir eine L-20 nach George fliegen?«, fragte Lunsford und ließ sich auf die Knie sinken, um sich die Karte anzusehen.

»Weil wir nach den ersten Tageslicht in einer halben Stunde dort sein können«, sagte Tomas. »Und der Gegenstoßtrupp kann – wenn es keinen Hinterhalt gibt – erst gegen halb zehn dort sein, vielleicht sogar noch später.«

»Warum die L-20?«, beharrte Lunsford.

»Je früher wir Spurenleser dort haben, desto besser«, sagte Colonel Supo. »Wie Tomas gesagt hat, wären sechs Personen in der L-20. Die beiden Spurenleser, ich, Sie, Tomas und der Pilot.«

»Sie fliegen dorthin, Sir?«

»Ja«, erwiderte Supo schlicht. »Dann ist die Frage, können wir alle mit der L-20 fliegen und zwei L-19 für Aufklärungsflüge verfügbar haben, oder wird es nötig sein, drei Flüge mit den L-19 zu machen, die dann nicht sofort für Aufklärung zur Verfügung stünden.«

»Ich kann die Beaver hinfliegen«, sagte Jack Portet. »Sie wieder mit sechs Leuten an Bord loszuschicken wäre ein bisschen haarig.«

»Die Spurenleser und Major Tomas werden beim Posten George bleiben«, sagte Colonel Supo. »Major

Tomas sagte, er hat selbst einige Erfahrung im Spurenlesen.«

»Ja, Sir, das hat er«, bestätigte Lunsford. »Sir, mit Verlaub, Sie meinen doch nicht, dass die Simbas beim Posten George sein werden, weil sie wissen, dass wir dort landen, um uns anzusehen, was passiert ist?«

»Sie sind weder klug noch mutig«, sagte Supo. »Wie es anscheinend ebenso wenig die Soldaten waren, die ich bei Captain Withers ließ.«

Lunsford äußerte sich nicht direkt dazu

»Wann wird es hell?«

»Ich nehme an, wir können fünf vor sechs starten, Sir«, sagte Doubting Thomas. »Ich würde mein linkes Ei geben, wenn ich ein Huey Modell D dafür hätte.«

»Wir werden fünfzehn Minuten bis zur Startbahn brauchen«, sagte Lunsford. »Das bedeutet, dass wir das Hotel spätestens um halb sechs verlassen müssen. Bestellen Sie das Frühstück für fünf Uhr. Lassen Sie entsprechend wecken.«

Ohne wirklich darüber nachzudenken, verstanden Jack und Doubting Thomas das als Befehl. Beide sagten: »Jawohl, Sir.«

»Ich könnte den H-13 dort rausbringen«, sagte Geoff Craig. »Wenn sie erst sicher sind, dass die Landezone nicht heiß ist.«

»Schicken Sie ihn nirgendwo sonst hin«, befahl Lunsford. »Aber starten Sie erst, wenn Sie den Befehl erhalten.« Er legte eine Pause ein und blickte Colonel Supo an. »Ich nehme an, Sir, dass all dies Ihre Billigung findet?«

Supo nickte zum Zeichen, dass er einverstanden war.

»Da ist noch eines«, sagte er. »Der Gegenstoßtrupp.«

»Ja, Sir?«

»Ich halte es für unwahrscheinlich, dass Simbas in ausreichender Zahl in diesem Gebiet sind, die den Mut haben, den Konvoi anzugreifen«, sagte Supo. »Aber es wäre möglich. Könnte für ein Maß an Luftüberwachung für den Trupp gesorgt werden, während er auf dem Weg zum Posten ist?«

Lunsford nickte.

»Arbeiten Sie daran, Tante Jemima«, befahl er, jetzt auf Englisch. »Entweder sorgen Sie in einer der L-19er für Luftüberwachung oder Craig macht das.«

»Sir«, sagte Major Smythe nervös. »Ich habe kein Wort von diesem Gespräch verstanden. Sie haben alle Französisch gesprochen.«

»In diesem Fall, Geoff, fliegen Sie«, befahl Lunsford auf Englisch. »Und Sie, Jemima, halten den H-13 bereit, falls wir ihn brauchen.«

»Jawohl, Sir«, sagte Smythe. »Darf ich Sie respektvoll erinnern, Sir, dass es der Flugoffizier ist, der normalerweise die Aufgaben bei den Flügen verteilt?«

»Mit anderen Worten, Sie wollen die L-19 fliegen?«

»Jawohl, Sir, das wäre meine Empfehlung.«

»Okay, Geoff, *Sie* halten den H-13 flugbereit.«

## 4

*Hotel du Lac*
*Costermansville, Provinz Kivu*
*Republik Kongo*

*6. April 1965, 21 Uhr 25*

Die Messe des Militärkommandeurs der Provinzen Kivu, Oriental, Equatorial und Kasai war nach dem Brauch der Force Publique organisiert, die sich ihrerseits stark an dem der Königlich Belgischen Armee orientiert hatte. Mit anderen Worten entsprach die Sitzordnung dem Rang. Die Sitzordnung stand unter Kontrolle von Colonel Supos Sergeant Major, der die Leute hin und her schob, bis dem Protokoll Genüge getan war, und erst dann schickte er Colonel Supos Ordonnanz auf die Suche nach dem Colonel, um ihm zu melden, dass seine Offiziere zum Abendessen versammelt waren.

Colonel Supo saß an der Mitte eines langen Tisches, an dessen Enden andere Tische ein U bildeten. Wenn kein hoher Gast anwesend war, wurde der Platz zu Supos Rechter für den nächst ranghohen anwesenden Offizier reserviert. Zu Supos Linker saß der nächst rangniedrige Offizier. So saßen sie dem Rang entsprechend von rechts nach links bis zum Kopfende des Tisches und dann an den Tischen hinab, welche die Beine des U bildeten.

Mrs Marjorie Bellmon Portet wurde als hoher Gast betrachtet und saß zu Colonel Supos Rechter. Ihr Mann, in seiner Rolle als amtierender Generalmanager von Air Simba, wurde ebenfalls als hoher Gast eingestuft, doch heute saß er weit unten am rechten Teil des Tisches, weil er für das Abendessen die Uniform eines First Lieutenant der U.S. Army angezogen hatte. Lieutenant Colonel Dahdi saß dort, wo sonst Colonel Supos Chef de Cabinet saß, zu Supos Linker. Der Chef de Cabinet hatte persönlich das Kommando über den Entlastungstrupp für den Außenposten George übernommen.

Neben ihm saß Major Tomas. Er hatte für gewöhnlich diesen Platz, entgegen dem Protokoll, weil Colonel Supos Sergeant Major wusste, dass Colonel Supo eine sehr hohe Meinung von Major Tomas hatte und ihn informiert hatte, dass er – wie er selbst – einst Sergeant Major gewesen war, und weil es natürlich eine Ausnahme von jeder Regel gibt.

Heute Abend saß Lieutenant Colonel Jemima neben Mrs Portet, und neben Jemima hatte Major Alain George Totse, Colonel Supos Nachrichtenoffizier, seinen Platz.

Jeder im Speiseraum, mit Ausnahme von Mrs Portet, stand ohne Befehl auf, als Colonel Supo seine Messe betrat. Colonel Supo, der wie jeder sonst einen Tarnanzug der Fallschirmjäger trug, verneigte sich vor Mrs Portet, küsste ihre Hand und nahm Platz. Alle anderen setzten sich ebenfalls.

Kellner füllten eines der beiden Weingläser bei jedem Gedeck mit einem Chardonnay aus Südafrika.

Major Totse (als der zweitranghöchste anwesende kongolesische Offizier) erhob sich mit seinem Glas in der Hand und jeder, diesmal auch Mrs Portet, stand auf.

»Auf den Präsidenten der Republik Kongo«, sagte Totse.

Jeder nippte an seinem Chardonnay.

»Auf den Präsidenten der Vereinigten Staaten«, sagte Lieutenant Colonel Dahdi und hob sein Glas.

Jeder trank einen Schluck Wein.

»Auf Colonel Jean-Baptiste Supo«, sagte Major Totse.

Jeder außer Colonel Jean-Baptiste Supo trank einen Schluck Wein.

»Auf unseren Kameraden, Sergeant Clarence Withers. Möge er in Gottes Händen sein«, sagte Major Totse.

Jeder nippte an seinem Wein.

»Auf unsere Kameraden, die mit Sergeant Withers gedient haben«, sagte Lieutenant Colonel Dahdi. »Mögen Sie in Gottes Händen sein.«

Alle außer den Amerikanern setzten sich, ohne am Wein zu nippen.

Nach einem peinlichen Moment nahmen auch die Amerikaner Platz. Sechs Kellner begannen den ersten Gang zu servieren und schenkten für jeden, der Interesse zeigte, einen sehr guten südafrikanischen Merlot ein.

»Da wir unter Zeitdruck stehen«, sagte Major Totse, »hofft Colonel Supo, Sie werden ihm verzeihen, dass er unser Essen mit seiner Einschätzung der Lage stört.«

Der Sergeant Major führte zwei kongolesische Fallschirmjäger herein, die einen fahrbaren Kartenständer schoben. Daran hing eine Karte des östlichen Kongo, ein Ausschnitt etwas nördlich von Costermansville bis zu etwas südlich von Albertville am Tanganjikasee.

»Hier liegt der Außenposten George«, begann Totse und zeigte es mit einem Stock auf der Karte. »Er wurde ein paar Jahre vor der Unabhängigkeit auf einer Rinderfarm, die einem Monsieur Delamm gehörte, errichtet, damit er mit seiner Cessna Modell 172 dort starten und landen konnte. Die Gebäude der jetzt verlassenen Farm befinden sich ungefähr zweieinhalb Kilometer westlich des Start- und Landestreifens.

Route Nationale Nummer fünf, rot eingezeichnet, verläuft durch dieses Gebiet von Costermansville südwärts bis Albertville. Sie führt ungefähr einen halben Kilometer vom Außenposten George entfernt hier vorbei und ist von dort aus sichtbar.

Im Westen der Route Nationale Nummer fünf besteht das Terrain aus sanft gewellten, grasbewachsenen Hügeln ohne viel andere Vegetation. Im Osten der Route fünf gibt es jedoch dichten Busch bis zum Tanganjikasee. Das ist eine Distanz von ungefähr achtzig Kilometer. Die Straße ins Inland wurde angelegt – wie der Flugplatz beim Außenposten George –, weil die Baggerarbeiten in den sanft gewellten Hügeln leicht waren. Weiter östlich wäre es nötig gewesen, den Busch zu roden, was keinen Sinn machte.

Colonel Supo glaubt, dass es eine Reihe von Simbas in diesem Gebiet gibt. Der Busch bietet gute Verstecke vor unseren Patrouillen, und sie können ihn leicht verlassen, die Route fünf überqueren und sich vom Vieh der Farmen westlich davon bedienen. Und weil dieses Gebiet an den Tanganjikasee grenzt, bietet es ihnen die Möglichkeit, sich durch den See nach Tansania zurückzuziehen, sollten sie irgendwie von der Armee ausfindig gemacht werden. Zugleich wäre der Tanganjikasee der bequemste Weg, wenn die Sowjets und Rotchinesen ihr Versprechen halten, die Simbas mit Nachschub zu versorgen.

Colonel Supo nimmt an, dass der Außenposten George höchstwahrscheinlich von einer Bande Simbas überfallen wurde, die den Auftrag hatte, Vieh zu stehlen. Die Simbas sind vermutlich zufällig auf den Posten gestoßen, und weil sie sich sagten, eine kongolesische Armeeabteilung hat Ausrüstung und Proviant – und auf alle Fälle Waffen –, die sie gebrauchen konnten, haben sie angegriffen. Die günstige Gelegenheit war der Grund, kein geplanter Angriff auf einen Militärposten.«

Colonel Supo sagte etwas auf Suaheli zu Major Totse, und Totse übersetzte.

»Colonel Supo bedauert, dass der Preis der Verlust des

tapferen Sergeant Withers war, aber er meint, dass sein Tod nicht sinnlos war. Die Simbas werden lernen, dass sie keine Außenposten überfallen können, ohne sofortige Vergeltung fürchten zu müssen.«

Totse ließ dies einwirken.

»Der Gegenstoßtrupp unter Lieutenant Colonel Obesti wird Außenposten George morgen um ungefähr neun Uhr erreichen. Er wird Vorräte von Flugbenzin und Funkgeräte als Ersatz für dasjenige Material bei sich haben, das vermutlich von den Simbas zerstört worden ist. Dann wird eine größere Abteilung unter dem Kommando eines Captains die Abteilung ersetzen, die zuvor in George stationiert gewesen ist.

Wenn es sich als möglich erweist, sehr früh morgen mit der L-20 dort zu landen – Colonel Supo hält es für unwahrscheinlich, jedoch möglich, dass die Simbas die Start- und Landebahn zerstört haben –, wird sie zwei Spurenleser an Bord haben, die sofort damit beginnen werden, sowohl die Simbas als auch die kongolesischen Soldaten ausfindig zu machen, die zum ursprünglichen Außenposten George gehört haben. Die Spurenleser werden Funkgeräte bei sich haben, um mit der Funkstation George und dem Gegenstoßtrupp zu kommunizieren.

Wenn die Start- und Landebahn unbenutzbar ist – was Colonel Supo für unwahrscheinlich hält, weil die Simbas vermutlich nicht die Ausrüstung haben, um ernsthaften Schaden anzurichten –, wird es erforderlich sein, die Ankunft des Gegenstoßtrupps beim Posten abzuwarten, der die Start- und Landebahn benutzbar machen wird. Wenn die L-20 landen kann, wird dies den Spurenlesern einen Vorteil von zwei Stunden verschaffen.

Lieutenant Colonel Dahdi und Major Tomas haben Colonel Supo vorgeschlagen, dass Major Tomas und die beiden Spurenleser per Fallschirm bei Außenposten George als Erstes morgen abgesetzt werden, aber Colonel Supo hat sich dagegen entschieden.«

Colonel Supo sagte etwas auf Suaheli, und Major Totse übersetzte:

»Colonel Supo weiß das Angebot sehr zu schätzen, doch er meint, dass die Simbas möglicherweise noch in dem Posten sein oder ihn beobachten können, und er kann es sich ebenso wenig erlauben, die beiden Spurenleser zu verlieren, wie Colonel Dahdi es sich erlauben kann, Major Tomas zu verlieren.«

Als Totse fertig war, blickte er zu Supo. »Wäre das alles, Colonel?«

Supo antwortete auf Suaheli, und Totse übersetzte:

»Es würde Colonel Supo freuen, Empfehlungen oder Vorschläge von Colonel Dahdi und seinen Offizieren zu hören.«

»Hat jemand etwas zu sagen?«, fragte Father Lunsford seine Männer.

Einer nach dem anderen der amerikanischen Offiziere – angefangen beim rangniedrigsten anwesenden Offizier – schüttelte verneinend den Kopf.

Supo sprach wieder.

»Colonel Supo entschuldigt sich für die Störung unseres Abendessens und schlägt vor, dass wir es fortsetzen.«

Das Entree bestand aus Bratfisch, großen, weißen Filets, serviert mit Spargel und Stampfkartoffeln.

## 5

*County Highway 17*
*Laurinburg, North Carolina*

*6. April 1965, 17 Uhr 25*

»Was ist das für ein Zeug?«, fragte General Hanrahan und wies aus dem Fenster der olivfarbenen Chevrolet-Limousine zu den grünen Blätterknospen, die auf beiden Seiten der unbefestigten Straße aus den Feldern sprossen.

»Tabak?«, riet Captain Zabrewski, der auf dem Beifahrersitz saß.

»Vielleicht Sojabohnen«, meinte Chaplain (Lt. Col) T. Wilson Martin. »In North Carolina werden viel Sojabohnen angebaut.«

»Keine schlecht aussehende Farm«, sagte Zabrewski, und dann veränderte sich sein Tonfall. »Sehen Sie mal den Typen dort links auf dem Traktor.«

Alle blickten zur linken Seiten der Fahrbahn. Am fernen Ende des Feldes fuhr ein Mann auf einem sehr großen Traktor.

Ein paar Minuten später erreichten sie das Haus. Es war ein verschachteltes Gebäude, hauptsächlich aus Beton, jedoch mit Anbauten aus Fachwerk. Es war tadellos angestrichen, und der Rasen vor der bedachten Veranda war sorgfältig gemäht.

Es gab zwei Scheunen. Eine sah aus, als würde sie jeden Augenblick einstürzen, doch die beiden anderer waren in einem viel besseren Zustand.

Tony, General Hanrahans Fahrer, hielt vor dem Haus auf einer betonierten Stellfläche, die Platz für ein halbes Dutzend Fahrzeuge bot. Hanrahan stieg aus, bevor Tony die Wagentür für ihn öffnen konnte.

Hanrahan ging mit forschen Schritten die drei Stufen zur Veranda hinauf und klingelte. Chaplain Martin und Captain Zabrewski folgten ihm, so schnell sie konnten. Sergeant Tony Calzazzo, der Fahrer, wirkte einen Moment unentschlossen und lehnte sich dann an den Kotflügel des Stabswagens.

Niemand öffnete auf das Klingeln hin.

Ohne sich dessen richtig bewusst zu werden, befahl Hanrahan mit einem Handzeichen Flankenschutz. Captain Zabrewski sprang sofort von der Veranda und ging um das Haus links in Position. Nach kurzem Zögern tat Chaplain Martin das Gleiche nach rechts.

»Sehen Sie mal«, rief Sergeant Calzazzo leise.

Hanrahan wandte den Kopf und sah den Traktor, der an der fernen Seite des Feldes gewesen war. Er näherte sich jetzt dem Haus.

Hanrahan trat von der Veranda auf die Parkfläche und

wartete auf das Auftauchen des Traktorfahrers. Ohne darüber nachzudenken, stellte sich Chaplain Martin neben ihn, und Zabrewski und Calzazzo nahmen Positionen hinter ihnen ein. Calzazzo stand fast still.

Der Traktorfahrer war ein großer, geschmeidiger Mann mit verwaschener, fast weißer Bluejeans, hellblauem Hemd und Strohhut.

Er hielt den Traktor an, schaute die vier Männer an, stellte den Motor des Traktors aus und stieg vom Fahrersitz herunter.

»Mr Withers?«, fragte Hanrahan.

Der Mann nickte.

»Mein Name ist Hanrahan, Mr Withers …«

»Ich weiß, wer Sie sind, General«, sagte der Mann. »Ein Bild von Ihnen und Clarence steht auf meinem Kaminsims – als Sie ihm sein Abzeichen ansteckten, nachdem er aus Camp Mackall kam.«

Das Abzeichen war das gestickte Abzeichen des voll qualifizierten Soldaten der Special Forces, getragen auf dem grünen Barett.

»Ja, Sir«, sagte Hanrahan. »Mr Withers …«

»Warum gehen wir nicht ins Haus?«, unterbrach Withers. »Ich nehme an, ich werde einen Drink brauchen.«

»Mr Withers«, sagte Chaplain Martin, »ich bin Chaplain Martin …«

»Ich war in der Army«, fiel Withers ihm ins Wort. »Ich erkenne einen Militärgeistlichen, wenn ich einen sehe.«

Er stieg die Stufen zu seiner Veranda hinauf, öffnete die nicht abgeschlossene Haustür, hielt sie auf und forderte alle mit einer Geste zum Eintreten auf. Als sie es betreten hatten, folgte er ihnen.

»Es ist schlimm, nicht wahr?«, fragte er. »Sagen Sie es schon.«

»So schlimm, wie es nur sein kann, Mr Withers«, sagte Hanrahan.

»Ich habe auch nicht angenommen, dass man einen General herschickt, um mir zu erzählen, dass sich

Clarence ein Bein gebrochen hat oder leicht verwundet wurde«, sagte Withers.

Er entfernte sich von ihnen tiefer ins Haus und kehrte fast sofort mit einer Flasche Wild Turkey Bourbon und ein paar Whiskygläsern auf einem Tablett zurück.

»Sie halten die Gläser, Sergeant«, sagte er zu Tony Calzazzo, »und ich schenke ein.«

»Jawohl, Sir«, sagte Tony.

Sehr bald hatte jeder ein Whiskyglas in der Hand.

»Wenn Sie Antialkoholiker sind, Chaplain, brauchen Sie das nicht zu trinken«, sagte Withers.

»Ich bin kein Antialkoholiker«, erwiderte Chaplain Martin.

»Clarence kaufte diesen Whisky in Fort Bragg«, sagte Withers und klopfte auf die Flasche Wild Turkey. »Mein Vater lehrte mich, guten Whisky zu trinken, und ich lehrte es Clarence, und er brachte mir stets ein paar Flaschen mit, wenn er heimkehrte. Dies ist die letzte Flasche. Ich wollte sie aufsparen, bis er heimkommt. Jetzt brauche ich das nicht mehr, richtig?«

»Es sieht so aus, Mr Withers«, sagte Hanrahan.

Er trank sein Whiskyglas leer.

»Gottverdammt, er wird mir fehlen«, sagte Withers. »Er war ein guter Junge, und seine Mama und ich waren so stolz auf ihn.«

»Sie hatten jedes Recht, stolz auf ihn zu sein«, sagte Hanrahan. Er hob sein Glas. »Gentlemen, trinken wir auf Sergeant Class Clarence Withers.«

Er trank, und die anderen folgten seinem Beispiel.

»Kannten Sie ihn, General? Ich meine, richtig, abgesehen davon, dass Sie ihm das Abzeichen gegeben haben?«

»Ja, ich kannte ihn«, sagte Hanrahan.

»Wir waren zusammen in Vietnam, Mr Withers«, sagte Captain Zabrewski.

»Nein, Sir, ich kannte ihn nicht«, sagte Chaplain Martin.

»Ich sah ihn gelegentlich«, erklärte Sergeant Tony Calzazzo. »Aber wir waren nicht befreundet oder so.«

»Was ist also mit meinem Jungen geschehen, General? Und wann ist es geschehen? Und wo? Hölle, er sagte nur, dass er irgendwo nach Afrika fliegt.«

»Kurz bevor wir herfuhren, Mr Withers, erhielt ich einen Anruf, bei dem man mir mitteilte, dass man Nachricht aus Afrika hat ...«

»Wo in Afrika?«, unterbrach Withers.

»Mr Withers, Ihr Sohn war auf einer geheimen Mission«, sagte Hanrahan.

*Verdammt, ich werde es nicht diesem Mann erzählen – er ist nicht für unbedenklich erklärt und hat deshalb kein Recht auf Information.*

»Das hat er mir erzählt«, sagte Withers.

»Er war Berater der Kongolesen«, sagte Hanrahan. »Er war bei einer kleinen Abteilung kongolesischer Soldaten, und sie wurden anscheinend überrannt ...«

»Anscheinend? Von wem überrannt?«

»Wir verloren den Funkkontakt mit der Abteilung um fünfzehn Uhr dreißig kongolesischer Zeit – das war hier zwanzig Uhr dreißig. Es gibt einen Zeitunterschied von fünf Stunden. Sie rechneten mit einem Angriff, und es fand offenbar einer statt.«

»Und keine Chance, dass er gefangen genommen wurde?«

»Die Simbas machen selten Gefangene, Mr Withers«, sagte Hanrahan. »Ich möchte Ihnen keine falsche Hoffnung machen.«

»Die Simbas? Ist das diese Horde von Tieren, die in Stanleyville Weiße gefressen haben?«

»Ja«, sagte Hanrahan.

»Meinen Sie, sie haben Clarence gegessen?«

»Das halte ich für sehr unwahrscheinlich, Mr Withers. Wir werden es erst mit Sicherheit wissen, wenn wir Leute dort haben, wo dies geschehen ist. Das wird erst morgen früh gegen sieben oder acht Uhr der Fall sein. Dann ist es hier Mittag.«

»Woher haben Sie so schnell Ihre Information?«

»Wir haben sie dort mit der besten Kommunikationsausrüstung hingeschickt, die wir zur Verfügung haben«, sagte Hanrahan.

»Satellit? Sie übertragen Ihre Kommunikation per Satellit?«

»Jawohl, Sir, so ist es.«

»Ich nehme an, wir sollten weitere Einzelheiten gegen drei, vier Uhr morgen früh haben«, sagte Zabrewski.

»Ist das nicht Wahnsinn?«, sagte Mr Withers. »Bis ich in den Zeitungen las, was im Kongo passiert, bis ich es im Fernsehen sah, dachte ich, dass es Wilde, die Menschen fressen, nur in Comics gibt. Und jetzt erfahre ich, übermittelt von einem Satelliten, ob Wilde meinen Sohn gegessen haben oder nicht.«

»Ich bezweifle, dass wir das erfahren werden, Mr Withers«, sagte Hanrahan.

»General, ich will nicht ungehobelt sein, aber es wäre besser, Sie wären nicht hier, wenn Clarences Mama heimkommt. Für sie ist schlimmer, nicht Bescheid zu wissen, als es zu wissen. Ich werde versuchen, es ihr schonend beizubringen. Wenn Sie anrufen könnten, ganz gleich um welche Uhrzeit, wenn Sie etwas erfahren, wäre ich Ihnen dankbar.«

»Selbstverständlich, Sir«, erwiderte Hanrahan. »Ich rufe Sie sofort an, wenn ich eine Nachricht erhalte.«

»Werden wir seine Leiche zurückholen können?«

»Das nehme ich an.«

»Ich will nicht, dass seine Mutter auch nur den Verdacht hat, dass sie ihn oder Teile von ihm gegessen haben«, sagte Withers. »Diese gottverdammten Bestien!« Er fügte erbittert noch einige Flüche hinzu und sagte dann mit etwas ruhigerer Stimme: »Verzeihen Sie, Chaplain.«

Chaplain Martin winkte ab, um anzuzeigen, dass keine Entschuldigung nötig war.

## 6

*Hotel du Lac*
*Costermansville, Provinz Kivu*
*Republik Kongo*

*7. April 1965, 4 Uhr 45*

Lieutenant Jacques Portet befestigte mit Gummiband die Beine des Anzugs ›Flug, für tropisches Klima‹, bauschte sie über seinen Fallschirmspringerstiefeln auf und richtete sich dann auf, um sein Werk im Spiegel zu begutachten. Als er aufblickte, sah er seine Frau, die in ihrer Unterwäsche ins Badezimmer gekommen war und nachdenklich sein Spiegelbild betrachtete, das sich im Spiegel des Medizinschrankes abzeichnete.

»Was denkst du, Baby?«, fragte er.

»Willst du das wirklich wissen?«

Er nickte.

»Ich bin hergekommen, damit ich nicht in der Wohnung in Fayetteville herumsitzen muss, ohne zu wissen, was du tust«, sagte sie. »Jetzt bin ich hier, und ich möchte gar nicht wissen, was du tust.«

»Ich werde vermutlich zum Abendessen zurück sein, Baby«, sagte er.

»Klar.«

»Ziehst du dir etwas an? Oder willst du so zum Frühstück gehen?«

»Hast du wirklich Hunger?«

»Wenn das ein Vorschlag sein soll, bezweifle ich, dass wir die Zeit haben.«

»Nein. Ich möchte es wirklich wissen. Hast du Hunger?«

»Ja, habe ich.«

»Ich habe überhaupt keinen Appetit, aus Gründen, die ich mir nicht erklären kann.«

»Du brauchst nicht zum Frühstück nach unten zu gehen, Baby.«

»Doch, das tue ich«, sagte sie.

## 7

*3 Grad 60 Minuten 52 Sekunden südlicher Breite*
*28 Grad 9 Minuten 15 Sekunden östlicher Länge*
*(Über Außenposten George)*

*7. April 1965, 7 Uhr 05*

Die DeHavilland L-20 Beaver schwebte über der riesigen, grasbewachsenen Kuppe des sanft abfallenden Hügels ein und überflog den Außenposten George in fünfhundert Fuß Höhe.

»Da unten ist eine Leiche«, sagte Major Tomas, was ziemlich überflüssig war. Jeder hatte erwartet, eine Leiche zu sehen – im Frachtabteil der Beaver befand sich ein ›Behältnis, mit Reißverschluss, wasserdicht, für menschliche Überreste‹, bekannt als ›Leichensack‹ –, und jeder hatte die Leiche dort unten schon gesehen.

Die Beaver war ganz schwarz gespritzt und trug keinerlei Markierungen. Bevor Jean-Philippe Portet mit der Gresham Investment Corporation ins Geschäft gekommen war und bevor die Boeing 707 der Intercontinental Air Ltd. verfügbar gewesen war, hatte Felter es für nötig gehalten, die Beaver – und alle anderen Flugzeuge – von Südafrika aus in den Kongo einzufliegen. Er hatte befohlen, sie schwarz zu spritzen, sodass ›glaubwürdig dementiert‹ werden konnte, dass die Vereinigten Staaten Kriegsmaterial in den Kongo transportierten.

Colonel Supo hatte zwar gleich nach der Zusammensetzung der Beaver in Stanleyville entschieden, sie in der Tarnfarbe der kongolesischen Luftwaffe anzustreichen und glaubwürdig aussehende, jedoch falsche kongolesische Kennzeichen anzubringen, doch sie war immer noch schwarz. Farbe zum Spritzen von Flugzeugen und die Ausrüstung zum Spritzen waren nicht erhältlich, ohne Fragen aufzuwerfen. Beides sollte laut Plan mit dem nächsten Versorgungsflug der 707 möglicherweise heute und wahrscheinlicher morgen eintreffen.

Obwohl jeder in der Beaver angespannt Ausschau hielt, sah keiner irgendwelche kleinen Mündungsfeuer, die bedeuten würden, dass sie beschossen wurden. Das konnte zweierlei Bedeutung haben. Niemand befand sich dort unten, oder niemand dort unten war klug genug, um zu erkennen, dass es viel leichter ist, ein Flugzeug auf dem Boden als fliegend und in fünfhundert Fuß Höhe abzuschießen.

Jack überflog die Route Nationale Nummer 5, und alle versuchten, etwas im Busch auf der anderen Straßenseite zu erkennen.

»Es ist nicht Vietnam«, äußerte Lieutenant Colonel Dahdi. »Aber es kommt nahe heran.«

»Ja«, pflichtete Major Tomas ihm bei. »Aber es ist leichter, Leute zu verfolgen, wenn sie sich ihren Weg durch so einen Busch frei hacken müssen. Und selbst wenn es dort unten Pfade gibt, können Fußspuren unmöglich verwischt werden – sie bleiben feucht.«

Jack ging auf zweihundert Fuß herunter und flog jeweils eine Meile in beide Richtungen der Route Nationale 5.

Einer der beiden Spurenleser, beides dienstalte Sergeants, machte den anderen mit einem Grunzlaut aufmerksam und wies auf etwas, das er am Boden sah.

»Mit Ihrer Erlaubnis, Colonel«, sagte Jack, »werde ich den Landestreifen noch einmal tiefer überfliegen und dann landen.«

Supo, auf dem Pilotensitz, nickte zustimmend.

Jeder hielt wieder angestrengt Ausschau, und keiner sah irgendetwas auf der unbefestigten Piste, das darauf hinwies, dass sie unbenutzbar war. Und jeder sah wieder die Leiche. Der Kopf war vom Rumpf abgetrennt und ebenfalls ein Bein vom Knie abwärts.

Jack ging in steilen Kurvenflug, bis er auf gleicher Höhe mit der Landebahn war, fuhr die Landeklappen aus und nahm Gas weg.

In der Beaver klickte es metallen, als Waffen durchgeladen wurden, Geräusche, die entnervend waren.

Jack setzte glatt auf, doch die Landebahn war alles andere als glatt – Schotter –, und unter dem Fahrwerk war ein lautes Knirschen zu hören.

Er hielt die Hand am Gas, bis er nicht mehr genügend Piste und Schnelligkeit hatte, um wieder durchzustarten, rollte bis zum Ende des Landestreifens und wendete.

Dann rollte er langsam bis zum Beginn des Landestreifens. Dort wendete er wieder und rollte zu den niedergebrannten Gebäuden etwa auf halben Weg des Behelfsflugplatzes.

Jeder sah, dass Sergeant Class Clarence Withers' Kopf etwa einen halben Meter von seinem Torso entfernt am Boden lag. Ein Schwarm Fliegen tat sich an der jetzt geronnenen Blutlache gütig, in welcher der Kopf lag.

Keiner sagte ein Wort.

Jack stoppte das Flugzeug.

Father Lunsford öffnete die Tür und sprang hinaus, gefolgt von Doubting Thomas. Beide waren mit der verkürzten Version des M-16-Gewehrs bewaffnet. Sie rannten etwa sechs Meter in entgegengesetzte Richtungen, warfen sich auf die Bäuche und waren bereit, jedes feindliche Feuer zu erwidern.

Als Nächstes stiegen die beiden Spurenleser aus der Beaver. Sie waren mit FN 7mm Automatikgewehren bewaffnet, die sie wie Vogeljäger in der Armbeuge tru gen.

Als Letzte stiegen Jack Portet und Colonel Supo aus den vorderen Türen der Beaver aus. Jack war mit einem FN-Automatikgewehr und einer .45er ACP in einem Schulterholster bewaffnet. Er verharrte in dem Moment, in dem seine Füße den Boden berührten, und lud eine Patrone in die Kammer. Colonel Supo trug eine Browning 9mm Automatikpistole in einem Stoffholster. Er zog sie nicht aus dem Holster.

Nach vierzig Sekunden – die viel länger wirkten – erhob sich Father Lunsford, dann Doubting Thomas. Sie gingen zu Withers' Leiche.

Jack sah überrascht, dass Thomas eine Spraydose aus

der Tasche an der Wade seines Fallschirmjäger-Tarnanzugs zog. Zuerst sprayte der die Kopf von Withers' Leiche ein, dann den Torso. In Jack stieg Übelkeit auf.

*Vermutlich ist dies nicht die erste bereits zu verwesen beginnende Leiche, mit der er es zu tun hat,* dachte Jack.

Father ging zur hinteren Tür der Beaver, kletterte hinein und stieg mit dem Leichensack wieder aus.

Doubting Thomas ging um die Leiche herum und trat mit der Spitze seines Stiefels in das Gras. Dann schritt er auf die niedergebrannten Gebäude zu. Nach vier oder fünf Schritten blieb er stehen, bückte sich und hob die Kette einer ›Hundemarke‹ auf. Dann schaute er sich weiter um und fand schließlich die beiden Erkennungsmarken, die Withers um den Hals getragen hatte.

Father rollte den Leichensack neben Withers' Leiche aus und zog den Reißverschluss auf. Thomas schlenderte heran, nahm Withers' abgetrenntes Bein und steckte es – nicht ohne einige Mühe, denn Withers war ein großer, kräftig gebauter Mann gewesen – in den Leichensack. Dann hob er den am Torso verbliebenen Beinstumpf an, während Father die Hände unter Withers' Achseln schob, und behutsam hoben sie ihn an und senkten ihn in den Leichensack. Dann ging Thomas zu Withers' Kopf. Zuerst schloss er die Augen des Kopfes und zwängte dann den Mund auf. Er schob eine der Kennmarken in den Mund, hob den Kopf auf und legte ihn in den Sack.

Danach zog er den Reißverschluss zu.

»Ich bedaure den Tod Ihres Sergeants zutiefst«, sagte Colonel Supo.

Lunsford sah ihn an, sagte jedoch nichts. Doubting Thomas ging zur Beaver und nahm Rucksack-Funkgeräte und andere Feldausrüstung heraus.

Jack sah überrascht, dass die beiden Spurenleser die Jacken ihrer Tarnanzüge und die Stiefel auszogen. Sie rollten die Hosenbeine bis zu den Waden hoch, schlüpften dann in ihr Gurtwerk und schoben schließlich die Arme durch die Tragegurte ihrer Rucksack-Funkgeräte.

»Die Entscheidung liegt natürlich bei Ihnen, Major Tomas«, sagte Colonel Supo. »Sie können mit Premier Sergent Jette gehen und die Simbas aufspüren oder mit Premier Sergent Nambibi versuchen, die Männer zu finden, die hier stationiert gewesen sind.«

»Ich gehe mit Jette«, antwortete Thomas ohne Zögern.

»Erst sehen wir uns hier um«, sagte Lunsford und ging zu den ausgebrannten Gebäuden. Jack folgte ihm, dann Colonel Supo und schließlich Thomas.

Die beiden Spurenleser begannen barfuß in immer größeren Kreisen um den Leichensack mit Withers in Richtung Route Nationale 5 zu gehen.

Als Lunsford und die anderen die ausgebrannten Betongebäude erreichten, hingen der Gestank von verbranntem Holz und verbranntem Treibstoff und ein süßlicher Geruch in der Luft.

Lunsford spähte zuerst durch die Tür und betrat dann das Gebäude so weit er das konnte. Die verkohlten, herabgestürzten Dachbalken hinderten ihn daran, weit zu gehen.

»Nun, er hat einige von ihnen erwischt«, sagte Lunsford und verließ das Gebäude.

Jack schaute hinein.

Er sah den schlimm verbrannten Schädel eines Mannes, dann einen weiteren und noch einen, und schließlich einen vierten.

*Gott, lass es mir nicht schlecht werden!*

Er hörte Lunsford fragen: »Könnten das Ihre Männer sein, Colonel?«

»Ich nehme an, meine Männer würden hier draußen bei Sergeant Withers liegen, mit abgehacktem Kopf«, antwortete Supo. »Als Zeichen der Verachtung der Simbas. Dies sind vermutlich die Leichen von Simbas – es war leichter, sie zu verbrennen als zu begraben.«

»Was möchten Sie jetzt tun, Colonel?«, fragte Lunsford.

Supo warf einen Blick auf seine Armbanduhr.

»Acht Uhr achtundvierzig«, sagte er. »Es wird neun oder später werden, bis der Gegenstoßtrupp hier eintrifft.

Ich nehme an, hier ist nichts für uns zu tun, und deshalb wäre es das Beste, die Route fünf runterzufliegen, bis wir den Trupp treffen, ihm sagen, was wir hier gefunden haben, und dann nach Costermansville zurückkehren.«

»Sir, wir werden Sergeant Withers' Leiche mit der 707 in die Staaten zurückfliegen. Würde es Ihre Pläne stören, wenn wir Withers' Leichnam nach Stanleyville bringen, bevor wir nach Costermansville zurückkehren?«

»Verzeihen Sie mir«, sagte Supo. »Daran hätte ich denken sollen. Natürlich fliegen wir nach Stanleyville.«

Bei SFC Withers' Leichnam hatte die Leichenstarre eingesetzt. Es war schwierig, den Leichensack in die Beaver zu bekommen und auf einen der Sitze zu schnallen. Als sie das geschafft hatten, waren alle in Schweiß gebadet.

»Machen Sie sich keine zu großen Hoffnungen«, sagte Lunsford zu Thomas. »Sie hatten viel Zeit, um sich zu verstecken. Und tun Sie nichts Blödes.«

»Ich werde die Bastarde finden, die das Clarence angetan haben, Boss«, sagte Doubting Thomas nüchtern.

Dann salutierte er schneidig und ging mit Premier Sergent Jette davon, um die Simbas ausfindig zu machen.

Als die Beaver startete, das Ende der Startbahn erreichte und abhob, waren Thomas und Jette bereits im Busch auf der anderen Seite der Route Nationale 5 verschwunden.

*8*

*Kildare Street*
*Alexandria, Virginia*

*7. April 1965, 4 Uhr 25*

Auf dem Nachttisch im Schlafzimmer von Colonel und Mrs Sanford T. Felter stand ein Telefon. Ein zweites Telefon befand sich im Nachttisch. Der Apparat war im

Aussehen mit dem auf dem Tisch identisch, aber er war nicht mit der Vermittlung in Alexandria verbunden, sondern mit der Telefonzentrale des Weißen Hauses.

Als es klingelte – in Wirklichkeit summte wie eine wütende Wespe –, weckte es Felter sofort, und er nahm schnell den Hörer ab, damit seine Frau nicht ebenfalls wach wurde.

»Felter«, meldete er sich.

»Mach das Licht an, Liebling«, sagte Sharon Felter. »Du wirst dir vermutlich etwas aufschreiben müssen.«

»Bleiben Sie dran für einen gesicherten Anruf von Mr Finton, Colonel«, sagte der Telefonist. »Sprechen Sie, Mr Finton.«

»Finton, Sir. Es ist gerade eine Nachricht von Helper eingetroffen.«

»Lesen Sie vor«, befahl Felter.

In Zimmer 637 des Executive Office Building nahm CWO (4) James L. Finton, der zuvor völlig angezogen auf der zu schmalen Couch im Vorzimmer geschlafen hatte, das Blatt Papier, das er soeben vom Offizier vom Dienst der Fernmeldeabteilung des Weißen Hauses erhalten hatte, und las:

SECRET
HELP 0026 0925 ZULU 7 APRIL 1065
VIA WHITE HOUSE SIGNAL AGENCY

FROM: HELPER SIX
TO: EARNEST SIX

Folgendes ist mündliche Botschaft, erhalten von Helper Six, gegenwärtig in der Luft via Woolworth zu dieser Station:

1–Bedaure den Tod von SFC Clarence Withers als Resultat eines aufständischen Angriffs auf

Außenposten George bestätigen zu müssen. Sterbliche Überreste werden nach Woolworth transportiert. Sofern keine ausdrücklichen Befehle zum Gegenteil erteilt werden, werde ich sterbliche Überreste mit 707 nach Fort Bragg transportieren lassen. Sterbliche Überreste sind nicht – Wiederholung – nicht zum Betrachten geeignet.

2–SFC Withers, der während des Angriffs von mindestens sechs Feinden allein war, wurde von mindesten so vielen verwundet, bevor er starb. Colonel J.B. Supo, der den Tatort mit dem Unterzeichner besucht hat, beabsichtigt, SFC Withers die kongolesische Tapferkeitsmedaille, Ritterstufe, posthum zu verleihen. Der Unterzeichner, der sich völlig bewusst ist, dass unter den gegebenen Umständen eine Medaille peinlich ist, empfiehlt dringend die posthume Verleihung des Silver Star an SFC Withers.

3–Mit Unterstützung durch Luftüberwachung durch Det 17 und einen Berater am Boden versuchen kongolesische Truppen, die verantwortlichen Aufständischen zu orten.

4–Außenposten George wird spätestens bis 7. April 1030 Zulu wieder hergestellt.

5–Ein Bericht nach dem Einsatz wird übermittelt werden, wenn vollendet.

6–Erwarte baldmöglichst voraussichtliche Ankunftszeit von 707.

HELPER SIX

ENDE DER MUENDLICHEN BOTSCHAFT

HELPER FIVE FOR HELPER SIX

SECRET

»Ich dachte, wir haben ihm die voraussichtliche Ankunftszeit für die 707 mitgeteilt«, sagte Felter.

»Sir, Sie haben befohlen, noch vierundzwanzig Stunden zu warten, um zu sehen, ob wir einige zusätzliche Piloten bekommen können.«

»Stimmt«, sagte Felter. »Und die haben wir bekommen. Aber sind sie abgeflogen?«

»Jawohl, Sir. Und ich schicke die voraussichtliche Ankunftszeit der 707 – morgen vor 13 Uhr – gleich jetzt.«

»Ich nehme an, Sie sollten General Hanrahan damit wecken«, sagte Felter. »Er wird zu seinem Büro gehen müssen, um es entgegenzunehmen, aber er hat gesagt, das wünscht er.«

»Jawohl, Sir.«

»Und informieren Sie noch nicht – ich wiederhole – noch nicht den AG.«

»Jawohl, Sir.«

»Und wenn Sie das erledigt haben, können Sie heimgehen, Finton.«

»Mary Margaret kommt um sechs Uhr, Sir. Ich werde auf sie warten.«

»Wenn ich bei ihrem Eintreffen nicht da sein sollte, sagen Sie ihr, das ich früh ins Büro komme«, sagte Felter.

»Jawohl, Sir«, erwiderte Finton.

## 9

*County Highway 17*
*Laurinburg, North Carolina*

*7. April 1965, 5 Uhr 30*

»Hallo?«

»Mr Withers?«

»Ja.«

»General Hanrahan, Sir.«

»Ich habe Ihren Anruf erwartet.«

»Die Nachricht ist sehr schlimm. Mr Withers«, sagte Hanrahan. »Wir haben die Bestätigung, dass Clarence getötet worden ist.«

»Ja.«

»Ich habe noch eine andere Information, Mr Withers, über die ich wirklich nicht am Telefon sprechen möchte.«

»Wollen Sie herkommen?«

»Ja, Sir, wenn Sie einverstanden sind.«

»Sie werden etwa – anderthalb Stunden bis hier brauchen.«

»Eigentlich, Sir, rufe ich aus einem Motel – dem Carolinas – gleich außerhalb von Laurinburg an der U.S. 401 an.«

»Charley Taylors Motel. Dann werden Sie nur zehn Minuten brauchen.«

»Wir sehen uns gleich, Sir«, sagte General Hanrahan.

Mr Withers kam die Treppe von der Veranda seines Hauses herab, als der olivfarbene Chevrolet auf der Parkfläche hielt. Er trug eine Windbluse über einem steif gestärkten weißen Hemd und eine graue Hose.

Hanrahan stieg aus dem Stabswagen, bevor Tony die Tür öffnen konnte. Chaplain (Lt. Col) T. Wilson Martin und Captain Stefan Zabrewski folgten ihm. Ein muskulöser Green Beret mit den Winkeln eines Sergeant Major stieg schnell vom Beifahrersitz aus.

»Sie müssen ziemlich früh aufgestanden sein, um jetzt hier zu sein«, sagte Mr Withers.

»Wir sind mit einem Hubschrauber gekommen, Mr Withers …«

»Stabswagen und alles?«, fragte Withers ungläubig.

»Sergeant Calzazzo fuhr gestern Abend wieder her, Mr Withers. Mit Sergeant Major Tinley …«

»Guten Morgen, Sir«, sagte Sergeant Major Tinley.

»Ich kenne Ihr Gesicht«, sagte Mr Withers. »Sie waren mit Clarence in Vietnam, richtig?«

»Jawohl, Sir. Wir waren im selben A-Team. Das mit Ihrem Sohn tut mir so Leid, Mr Withers.«

»Ja, uns allen.«

»Delmar«, rief eine Frauenstimme von der Veranda, »bitte die Gentlemen herein.«

»Das ist Clarences Mutter«, sagte Delmar Withers. Und zu seiner Frau gewandt fügte er hinzu: »Ich hatte gehofft, du bleibst im Bett.«

»Ich will wissen, was geschehen ist«, sagte sie.

Withers forderte mit einer Geste auf, ins Haus zu gehen.

»Das ist Tin Man, Clarissa«, sagte er und wies auf Sergeant Major Tinley. »Er war mit Clarence in Vietnam. Sie lagen zusammen im Lazarett, als beide verwundet waren.«

»Ja, ich erinnere mich«, sagte Mrs Withers.

Sie führte sie durch das Haus in die Küche.

»Soll ich Frühstück machen?«, fragte sie.

»Nein, Ma'am«, sagte Hanrahan. »Trotzdem vielen Dank.«

»Delmar sagte mir, ich solle mit dem Schlimmsten rechnen«, sagte sie. »Sind Sie deshalb hier, um es uns zu sagen?«

»Ja, Ma'am«, antwortete Hanrahan. »Wir haben die Bestätigung, dass Clarence tot ist.«

»Der Herr gibt, und der Herr nimmt«, murmelte sie. »Gelobt sei Jesus Christus!«

»Amen«, sagte Chaplain (Lt. Col.) T. Wilson Martin. »Mrs Withers, ich bin Chaplain Martin.«

»Guten Tag.« Sie gab ihm die Hand. »Was sind Sie?«

»Wie bitte?«

»Wir sind Presbyterianer«, sagte sie.

»Ich bin Presbyterianer«, sagte Martin.

»Die meisten Leute hier in der Gegend sind Baptisten«, sagte sie. »Aber die Leute, denen die Farm vor dem Bürgerkrieg gehört hat, waren Presbyterianer, und danach blieben wir welche, Delmars Familie und meine.«

»Ja, Ma'am«, sagte Chaplain Martin.

»Ma'am«, sagte Sergeant Major Albert ›Tin Man‹ Tinley. »Vielleicht ist es unangebracht, das zu sagen, aber ich kannte Clarence ziemlich gut, und ich weiß, er würde wünschen, seinen Daddy wissen zu lassen, dass er wie ein Soldat fiel.«

»Wie meinen Sie das?«, fragte Mrs Withers.

»Er nahm sechs, vielleicht mehr der Bastarde mit in den Tod und verwundete viele mehr.«

»Das reicht, Sergeant Major«, sagte Chaplain Martin ernst.

»Es ist schon in Ordnung, Chaplain«, sagte Mr Withers. »Ich kann nichts Falsches daran finden, die Bastarde, die Clarence gekillt haben, Bastarde zu nennen.«

»Nicht vor dem Reverend«, sagte Mrs Withers.

»Wann werden Sie ihn heimbringen können?«, fragte Mr Withers. »Wir lange wird das dauern?« Als Hanrahan nicht sofort antwortete, fuhr Withers fort. »Wir holen ihn doch zurück, nicht wahr?«

»Wir haben im Augenblick ein Versorgungsflugzeug unterwegs nach dem Kongo«, sagte Hanrahan.

»War er dort, im Kongo?«, fragte Mrs Withers.

»Ja, Ma'am«, erwiderte Hanrahan. »Das Flugzeug wird morgen im Kongo eintreffen und am nächsten oder übernächsten Tag zurückfliegen. Es wird Sergeant Withers mitbringen. Und direkt nach Pope Field in Fort Bragg fliegen.«

»Kurz bevor er dort rüberflog, kaufte er noch eine Galauniform«, sagte Mrs Withers. »Sie ist hier. Ich nehme an, er würde wünschen, darin begraben zu werden.«

»Ich bin überzeugt, dass das arrangiert werden kann«, sagte Hanrahan. »Aber – ich weiß nicht, wie ich es sagen soll – in der Botschaft, die wir haben, heißt es ›die sterblichen Überreste sind nicht zum Betrachten geeignet.‹«

»Was hat das zu bedeuten?«, fragte Mrs Withers.

»Es bedeutet, dass er ziemlich zusammengeschossen wurde, als sie ihn töteten, richtig, General?« sagte Mr Withers.

»Jawohl, Sir.«

»Ich glaube, ich werde ihn in Erinnerung behalten, wie er war«, sagte Mrs Withers. »Ich glaube, ich möchte ihn nicht so sehen ...«

»Verdammt!«, fluchte Mr Withers erbittert.

»Ich muss Ihnen noch zweierlei sagen«, erklärte Hanrahan. »Erstens zeichnet die kongolesische Regierung Sergeant Withers für seine Tapferkeit aus. Genauer gesagt, ihm wird die kongolesische Tapferkeitsmedaille der Ritterstufe verliehen.«

»Was ist mit der U.S. Army?«, erkundigte sich Mr Withers.

»Er ist empfohlen für den Silver Star. Aber es dauert oftmals einige Zeit, bis es den Weg durch die Bürokratie genommen hat.«

»Und was ist das andere?«, fragte Mr Withers.

»Wie ich Ihnen schon sagte, und ich glaube, Ihr Sohn hat es Ihnen erzählt, war er auf einer geheimen Mission.«

»Das verstehe ich nicht«, sagte Mrs Withers.

»Sein Dienst im Kongo war aus irgendeinem Grund ein Geheimnis«, sagte Mr Withers. Er sah Hanrahan fragend an. »Richtig?«

»Das ist richtig, Sir«, erwiderte Hanrahan.

»Ich verstehe das nicht«, wiederholte Mrs Withers.

»Es ist eigentlich unwichtig, wenn du darüber nachdenkst, nicht wahr, Clarissa?«, sagte Mr Withers.

»Eigentlich hast du Recht«, murmelte sie.

»Aber Sie wollten noch etwas sagen, General?«, fragte Mr Withers.

»Bis jetzt ist das Büro des Adjutant General noch nicht offiziell über das Geschehene informiert worden«, sagte Hanrahan. »Es ist dafür verantwortlich, all die Einzelheiten zu erledigen, wenn so etwas passiert. Aber mit Ihrer Erlaubnis, Sir, möchten *wir* Sergeant Withers beerdigen. Soldaten der Special Forces schicken, um den Sarg zu tragen, Salven am Grab abfeuern, solcherlei.«

»Ich möchte Clarences Sarg mit tragen, Ma'am«, sagte Sergeant Major Tinley

»Was ist das Problem?«, wollte Mr Withers wissen.

»Nun, ich werde alles tun, um die normale Prozedur zu stoppen«, sagte Hanrahan. »Aber manchmal - ich befürchte, der AG wird ein offizielles Benachrichtigungsteam vom Hauptquartier der Third Army schicken.«

»Ich verstehe«, sagte Mr Withers. »Ich war selbst in der gottverdammten Army.«

»Delmar, hüte deine Zunge«, wies Mr Withers ihren Mann zurecht.

»Mit Ihrer Erlaubnis möchte ich Sergeant Major Tinley hier lassen, um sicherzustellen, dass alles glatt geht«, sagte General Hanrahan.

»Sie meinen, er soll die Bastarde abwimmeln«, sagte Mr Withers. »Nun, da ist er der richtige Mann. Clarence sagte, der Tin Man ist der härteste Hund, der ihm jemals begegnet ist.«

»Und ich würde gern so lange bleiben, wie Sie mich brauchen«, sagte Chaplain Martin. »Eigentlich haben wir eine Art Befehlsstand im Motel eingerichtet.«

»Vielleicht könnten Sie Reverend Pollman besuchen, Reverend«, sagte Mrs Withers. »Von der First Presbyterian Church von Laurinburg, gleich an der Maple Avenue – sie können die Kirche nicht verfehlen.«

»Das würde ich gern tun, Ma'am«, sagte Martin.

»Ich möchte Ihnen alle dafür danken, dass Sie so früh hergekommen sind«, sagte Mr Withers. »Und ich erwarte, dass wir im Laufe der Woche mehr von Ihnen sehen werden.«

»Jawohl, Sir. Kann ich noch irgendetwas für Sie tun, bevor wir fahren?«

»Sie werden nicht fahren, ohne dass ich Ihnen allen Frühstück mache«, sagte Mrs Withers. »Und ich werde kein Nein hinnehmen.«

»Jawohl, Ma'am«, sagte Hanrahan. »Das wäre sehr nett von Ihnen.«

# XXI

## 1

*Stanleyville Air Field*
*Stanleyville, Provinz Oriental*
*Republik Kongo*

*8. April 1965, 12 Uhr 50*

Captain James J. Dugan und First Lieutenant Paul W. Matthews waren – mehr als ein wenig eilig – von der 1st Infantry Division in Fort Riley, Kansas, beziehungsweise vom Hauptquartier der 3rd United States Army in Fort McPherson, Georgia, für eine »geheime Verwendung mit Fliegerstatus in Übersee, die mit beträchtlichem persönlichem Risiko verbunden ist«, rekrutiert worden. Sie hatten bis fünfzehn Minuten nach dem Start der Boeing 707 der Intercontinental Air Cargo Ltd. von der Pope Air Force Base, North Carolina, keine Ahnung gehabt, wo in der Welt sie hinfliegen würden.

Dann war der Flugkapitän in die Kabine gekommen und hatte ihnen gesagt, dass sie via Casablanca, Marokko, nach Stanleyville, ins ehemalige Belgisch Kongo, fliegen würden. Dort würden sie von einem Offizier der U.S. Army abgeholt werden, höchstwahrscheinlich von Major G.W. Lunsford, der ihnen erklären würde, was man von ihnen erwartete.

Beiden war ziemlich klar, dass sie L-19 Flugzeuge fliegen würden, denn zwei Maschinen dieses Typs, deren Tragflächen und Fahrgestell entfernt waren, standen auf Kufen im Rumpf der 707 und teilten sich den Platz mit Kisten, die Funkgeräte, Munition und anderes militärisches Versorgungsmaterial enthielten.

Außerdem waren drei teuer aussehende Koffer und etwas, das wie ein Sechsmonatsvorrat an Wegwerfwindeln aussah und andere Säuglingsausstattung an Bord.

Obwohl Captain Dugan und Lieutenant Matthews ein ziemliches Maß an Strapazen hingenommen hatten, ohne es zuzugeben, waren beide während ihrer Rekrutierung ziemlich aufgeregt, obwohl sie einen Tag und über tausend Meilen voneinander entfernt gewesen waren.

Sie waren zum Büro des Kommandeurs befohlen worden, was rangniedrigen Offizieren selten widerfuhr. Sie hatten den Befehl erhalten, sich zu einer bestimmten Zeit auf dem Flugplatz zu melden.

Dort – in Dugans Fall – hatte der stellvertretende Divisionskommandeur auf ihn gewartet, und in Matthews' Fall der stellvertretende Stabschef G 3 der Third Army.

Man hatte ihnen erklärt, ein Major Hodges würde bald erscheinen, um sie zu fragen, ob sie sich freiwillig für eine geheime Mission in Übersee melden wollten. Es stünde ihnen frei, die Verwendung abzulehnen oder sie anzunehmen, sagte man ihnen. Major Hodges handele auf mündlichen Befehl des Stabschefs der U.S. Army, der den General persönlich angerufen habe, um dies zu veranlassen. Die Sache sei Top Secret.

Major Hodges traf in einer Mohawk mit Kennzeichnung der U.S. Army ein, doch die Kennzeichnung gab keinen Hinweis darauf, welcher Einheit das Flugzeug zugeteilt war. Das lag daran, dass Pappy Hodges in der Grumman-Flugzeugfabrik in Bethpage, Long Island, gewesen war und eine neue Mohawk abgeholt hatte, als Colonel Sanford T. Felter ihm telefonisch mitgeteilt hatte, dass Finton zwei schwarze Piloten gefunden hatte, einen in McPherson und den anderen in Riley, und dass er so schnell wie möglich nach McPherson und Riley fliegen müsse, um zu sehen, ob die beiden den Anforderungen entsprachen.

Anforderung eins würde ihre Bereitschaft sein, sich freiwillig für eine als geheim erklärte Verwendung in

Übersee zu melden. Anforderung zwei war die berufliche Qualifikation. Da alle Piloten von Starrflüglern in der Army gelernt hatten, die L-19 zu fliegen, erfüllten sie offenbar diese Anforderung, hatte Felter gesagt.

»Father braucht schwarze Piloten, und zwar sofort«, hatte Felter gesagt. »Wir sind nicht in der Position, um wählerisch zu sein. Die 707 fliegt in vier Tagen ab, und wenn diese beiden Jungs Blitz sehen und Donner hören können, will ich sie haben.«

Die vier Tage nach ihrer freiwilligen Meldung zu geheimem Dienst mit Fliegerstatus in Übersee, der mit beträchtlichem persönlichem Risiko verbunden war, und bevor sie auf der Pope Air Force Base an Bord der 707 gegangen waren, hatten Captain Dugan und Lieutenant Matthews ausreichend Zeit gehabt, sich Gedanken zu machen und sich zu fragen, ob sie sich mit ihrem impulsiven Handeln in Teufels Küche gebracht hatten oder nicht.

Die Zweifel begannen, als sie auf der Pope Air Force Base eintrafen und zu einem Hangar gebracht wurden, der von Unteroffizieren der Special Forces bewacht wurde. Ihre Moral wurde nicht gerade gestärkt, als sie sahen, dass im Hangar das Flugzeug einer Fluggesellschaft stand, von der sie noch nie gehört hatten – Intercontinental Air Cargo, Ltd. –, das von einem Captain, der mit französischem Akzent sprach, und einem Kubaner, der nur sehr wenig Englisch beherrschte, geflogen wurde.

Als die 707 aus dem Hangar geschleppt wurde, führte der Captain mit dem französischen Akzent im letzten Augenblick drei andere Passagiere in die Kabine. Eine dieser Personen war eine gewaltige schwarze Frau mit einem schlafenden blonden Säugling auf den Armen, und die dritte war eine gut aussehende Blondine, offensichtlich die Mutter des Babys.

Bevor die Motoren angelassen wurden, blieb gerade noch Zeit, der Blondine ein paar diskrete Fragen zu stellen. Sie sagte, sie sei eine Army-Frau, die zu ihrem Mann reise, einem First Lieutenant.

»Und wo ist das?«

»Ich glaube, das darf ich nicht sagen«, erwiderte sie.

Sie sprach mit leichtem deutschem Akzent.

Offenbar konnte das Ziel überhaupt nicht so schlimm sein, wenn die Army einem Lieutenant erlaubte, dass ihn seine Frau und sein Baby besuchte.

Sie konnten natürlich nicht wissen, dass die Army Mrs Geoffrey Craig erlaubte, zu ihrem Mann zu fliegen, weil sie wenig tun konnte, um sie daran zu hindern, und nur hoffen konnte, die Lage bezüglich der Frauen von Lieutenants der Special Forces Detachment 17 besser unter Kontrolle zu bekommen, als es bisher der Fall war.

Captain Dugan und Lieutenant Matthews hatten natürlich nicht das Telefonat gehört, das Captain Jean-Philippe Portet von Intercontinental Air, Ltd., in Miami, und Colonel Sanford T. Felter, Generalstabskorps, in Washington, geführt hatten.

»Ursula Craig hat gestern Abend eine interessante Frage aufgeworfen, Sandy«, hatte Jean-Philippe Portet gesagt.

»Sie will wissen, wenn Marjorie dort drüben ist, warum nicht auch sie, wie?«, hatte Felter sofort gefragt. »Darauf hatte ich gewartet.«

»Nahe dran, aber nicht ganz genau. Sie hat mich gefragt, ob ich sie und Mary Magdalene mit der 707 mitnehmen würde oder ob sie andere Vorbereitungen treffen soll.«

»Ursula Craig ist aus Ostberlin entkommen, indem sie mit einem Lastwagen durch die Berliner Mauer krachte«, sagte Felter. »Sie wird es für kein großes Problem halten, sich ohne Visum in den Kongo einzuschleichen. Besonders nicht, da Geoff – dessen bin ich sicher – dafür gesorgt hat, dass sie Zugang zu viel Bargeld hat.«

»Wenn sie nach Leopoldville fliegen will ...«

»Hanni oder Porter Craig – oder besser noch Helene Craig – können sie wohl nicht zur Vernunft bringen, oder?«, unterbrach Felter.

»Das hat nicht geklappt«, sagte Jean-Philippe. »Wie

von mir erwartet. Helene wurde rasend. Hanni schaffte es schließlich, sie zu überzeugen, dass Ursula und das Baby in Leopoldville sicher sein würden.«

»Das ist ein Gedanke wert«, sagte Felter. »Wenn wir Marjorie dazu bringen können, von Costermansville nach Leopoldville umzuziehen, wäre das eine Verbesserung zum gegenwärtigen Zustand«, sagte Felter. »Sie könnten beide in Ihrem Haus wohnen, richtig?«

»Selbstverständlich. Aber wie bringen wir sie dazu, das zu tun?«

»Wir werden Marjorie *nicht* befehlen, nach Leopoldville umzuziehen, oder Ursula sagen, sie kann nicht dorthin reisen. Dann hätten wir sie garantiert beide in Costermansville.«

»Was sollen wir also tun?«

»Ursula und Mary Magdalene wissen, was in Stanleyville geschah – sie sind dort gewesen«, sagte Felter. »Ich nehme an, sie würden lieber in Leopoldville sein. Vielleicht können sie Marjorie überreden, dorthin umzuziehen.«

»Ich sollte sie also mitnehmen?«

»Welche Wahl haben wir?«

Als die 707 im Anflug auf Stanleyville war, bemerkten Captain Dugan und Lieutenant Matthews, dass sowohl die Blondine als auch die gewaltige Schwarze verstört und nervös wirkten. Die Schwarze drückte das Baby fest an sich, die Lippen aufeinander gepresst. Und die Blondine wirkte sehr angespannt.

Beide Offiziere nahmen an, dass sich die beiden Frauen ganz allgemein vor dem Fliegen und der Landung auf einem fremden Flughafen fürchteten.

Als die 707 vor dem Terminal hielt, konnten Captain Dugan und Lieutenant Matthews die Anzeichen auf ein Feuergefecht mit Handfeuerwaffen sehen, das im Abfertigungsgebäude stattgefunden hatte. Und es waren keine Amerikaner zu sehen, nur kongolesische Fallschirmjäger.

Noch beunruhigter wurden sie, als sie in der offenen Tür eines Hangars gleich hinter dem Terminal einen kongolesischen Fallschirmjäger sahen, der etwas auf einen Sarg malte, das wie schwarze Farbe aussah.

Eine Gangway, montiert auf einen schlimm zerschossenen Pickup-Truck, wurde von einem Dutzend oder mehr kongolesischen Fallschirmjägern an die Seite der 707 geschoben. Der Lastwagen hatte keine Reifen. Er rollte auf den Felgen.

Ein stämmiger kongolesischer Offizier der Fallschirmjäger kam schnell die Gangway herauf.

»Ein Lieutenant Colonel«, raunte Lieutenant Matthews, für den es ein Hobby war, die Rangabzeichen ausländischer Armeen zu kennen, Captain Dugan zu. Dugan nickte.

Der kongolesische Lieutenant Colonel bahnte sich einen Weg an den L-19-Maschinen und den Kisten mit Babyausstattung vorbei zum Cockpit.

Er sah sie.

»Das Flugzeug ist jetzt am Terminal«, sagte er sarkastisch auf Englisch. »Der Captain hat das ›Fasten Your Seat Belts‹-Zeichen ausgeschaltet. Worauf, zur Hölle, wartet ihr beiden?«

Captain Dugan und Lieutenant Matthews lösten ihre Sicherheitsgurte und standen auf.

»O mein Gott!«, sagte der kongolesische Lieutenant Colonel auf Englisch, das nach Yankee klang, zu der Blondine. »Was seid ihr beiden, Masochisten?«

Dann sagte er etwas in einer Sprache, die Dugan und Matthews noch nie gehört hatten, zu der gewaltigen Schwarzen. Sie lächelte ihn an und erwiderte etwas. Es war das erste Mal, dass die beiden Offiziere sie lächeln sahen.

»Guten Tag, Major Lunsford«, sagte die Blondine. »Wie schön, Sie wiederzusehen.«

Tränen liefen über ihre Wangen.

*Major Lunsford*?, dachte Captain Dugan verwundert.

»O Gott, Süße, nicht weinen«, sagte Lunsford und legte die Arme um sie und das Baby.

»Es geht schon, Father«, sagte sie.

*Father*?, dachte Lieutenant Matthews verwundert.

»Vertrauen Sie mir, Süße«, sagte Lunsford. »Die Dinge haben sich verändert, seit Sie zum letzten Mal hier waren.«

Er sah, dass Captain Dugan und Lieutenant Matthews zu ihm blickten.

»Was muss ich tun? Euch in den Arsch treten, damit ihr von Bord geht?«

Captain Dugan und Lieutenant Matthews stiegen über die Gangway hinab. An deren Fuß wartete ein schlanker kongolesischer Fallschirmjäger mit den Rangabzeichen eines Captains.

Lieutenant Matthews grüßte ihn, und einen Augenblick später folgte Captain Dugan seinem Beispiel.

Der Kongolese erwiderte den Gruß.

»Sie brauchen mich nicht zu grüßen«, sagte Captain Weewili lächelnd. »Ich bin eigentlich ein Spec sieben.«

## 2

*5 Grad 27 Minuten 08 Sekunden südlicher Breite*
*29 Grad 11 Minuten 19 Sekunden östlicher Länge*
*(Im Busch beim Tanganjikasee, Provinz Kivu, Kongo)*

*8. April 1965, 15 Uhr 50*

Es war nicht der fast undurchdringliche Dschungel wie in Hollywoods Tarzan-Filmen, den wir uns vorstellen, wenn wir ›afrikanischer Dschungel‹ hören. Es war mehr ein ›jungfräulicher Wald‹. Mehr Bäume – viele davon alt und gewaltig – als Lianen. Große Ansammlungen von Büschen – daher der Begriff ›Busch‹ – und eine dicke Schicht von vermoderndem Laub und Ästen, die den Boden bedeckten. Es war warm – sie befanden sich fünf Grad südlich des Äquators –, aber nicht drückend, und hier, 1670 Meter über dem Meeresspiegel, war die Luftfeuchtigkeit zwar hoch, doch nicht so schwül wie zum Beispiel im Pfannenstiel von Florida, wo die Soldaten der Special Forces in ›Dschungel-Kriegsführung‹ ausgebildet werden.

Premier Sergent Jette hatte kaum mehr als ein Dutzend Worte mit Major Thomas gesprochen, seit sie den Außenposten George verlassen und die Route 5 überquert hatten und in den Busch gegangen waren. Wenn eine Kommunikation nötig gewesen war – nicht oft: ›Stop!‹ ›Hier entlang!‹ ›Lauschen!‹ ›Weiter!‹ –, hatte er sich meistens mit Handzeichen verständlich gemacht.

Die Simbas trieben ein halbes Dutzend Rinder vor sich her, und es war überhaupt nicht schwierig, ihrer Fährte zu folgen.

Jette hatte ein Tempo angeschlagen, das dem eines Marathonläufers glich, und Doubting Thomas hatte Mühe gehabt, mit ihm Schritt zu halten.

Jetzt hielt Jette die linke Hand an sein Ohr: ›Lauschen‹.

Thomas hörte das Muhen von Rindern und nickte.

Jette wies in die Richtung und forderte Thomas mit Handzeichen auf, weiterzugehen. Der Pfad, den er wählte, führte durch den Busch, parallel zu der Fährte, und er beschleunigte sein Tempo.

Als er wieder mit einem Handzeichen ›Stopp!‹ signalisierte, war Doubting Thomas außer Atem.

Zusätzlich zu dem Muhen von Rindern konnte Thomas jetzt Stimmen hören, jedoch nicht verstehen, was gesprochen wurde.

Jette bewegte sich weiter, diesmal langsam und vorsichtig, und dann signalisierte er wieder ›Stopp‹ und wies voraus. Er ließ sich auf den Boden sinken und robbte auf allen vieren durch den Busch, bis er schließlich abermals ›Stopp‹ signalisierte.

Die Simbas waren keine zwanzig Meter entfernt. Es waren neun, die zu beiden Seiten der Rinder und hinter ihnen her schlenderten. Alle waren mit Gewehren und Macheten bewaffnet. Ein paar hatten Pistolen, und bei einem baumelte ein Feldstecher vor der Brust. Die meisten trugen irgendein Uniformstück – belgische Offiziersmützen ohne Rangabzeichen; Uniformröcke; Jacken oder Hosen von Tarnanzügen; Sam-Browne-Koppel –, aber keiner der neun Männer war vollständig uniformiert.

Nach Doubting Thomas' beruflicher Einschätzung würde es leicht sein, sie alle auszuschalten, doch das würde nicht viel Sinn haben. Er blickte zu Jette, um sich zu vergewissern, dass er sich an den Befehl hielt, den ›Major Tomas‹ ihm gegeben hatte: »Wenn wir nicht angegriffen werden, werden Sie nicht ohne meine ausdrückliche Genehmigung schießen.«

Jette lag auf dem Bauch, die Arme vor sich verschränkt, das Kinn auf den Händen.

*Er weiß, was er tut*, dachte Thomas anerkennend. *Es hat keinen Sinn, in den Busch zurückzugehen. Wenn die Simbas uns bis jetzt noch nicht bemerkt haben, ist es unwahrscheinlich, dass sie uns jetzt noch sehen, bevor sie die Rinder weitertreiben.*

Als Thomas sich neben Jette hinlegte, begann der Regen. Seit einer Stunde hatte er gedroht. Er begann mit ein paar großen Tropfen und kam dann sintflutartig herab. Jetzt konnten sie unmöglich von den Simbas gesehen werden. Der Regen würde mindestens eine Stunde andauern.

Thomas berührte Jette am Bein und signalisierte ihm, dass sie sich in den Dschungel zurückziehen würden. Jette nickte. Er sagte nichts, doch der Ausdruck in seinen Augen verriet, dass er keine Ahnung hatte, was Thomas vorhatte.

Thomas ging einhundertzweiundzwanzig Schritte – er zählte sie –, bis er fand, was er suchte: eine natürliche Lichtung im Busch mit Blick auf den Himmel.

Er schnallte das Rucksackfunkgerät los und streifte es ab. Dann nahm er sein Stoffholster ab und hängte alles über den Stumpf eines vom Blitz gefällten Baums. Danach richtete er seinen Kompass – er trug ihn an einem Halsband neben seiner Erkennungsmarke – nach der Fährte der Simbas.

Sergeant Jette hockte sich auf den Boden, stellte das Gewehr zwischen seine Knie und beobachtete ihn mit unverhohlener Neugier. Er nahm seinen Packen nicht ab.

»Wann töten wir die Simbas, Major, Sir?«, fragte er.

»Nicht jetzt, Sergent Jette«, erwiderte Thomas. »Zuerst müssen wir reden und denken und sehen, welche Waffen wir zur Verfügung haben.«

»Jawohl, Major, Sir.«

»Haben Sie irgendwelche Zweifel, dass Sie die Simbas zu ihrem Stützpunkt verfolgen können?«, fragte Thomas.

»Es ist nicht schwierig, Rinder zu verfolgen, Major, Sir.«

»Meinen Sie, die Simbas werden für die Nacht rasten, wenn sie ihren Stützpunkt nicht vor Einbruch der Dunkelheit erreichen können?«

»Ich glaube, sie werden ihren Stützpunkt bis zur Dunkelheit erreichen.«

»Ich hörte, es sind fünfzig Meilen, achtzig Kilometer von Route fünf bis zum Ufer des Tanganjikasees. Wie viel haben wir zurückgelegt?«

Es war offenkundig, dass die Frage schwierig für Jette war.

»Würden Sie mir zustimmen, wenn ich schätze, dass wir vielleicht fünfzehn Kilometer weit gekommen sind?«

»Ja, Major, Sir.«

*Scheiße, der würde mir beipflichten, wenn wir zwei Kilometer oder zweihundert weit gelaufen wären.*

»Weshalb meinen Sie, dass der Stützpunkt der Simbas so nahe bei der Route fünf ist?«

»Weit genug im Busch, um sich gut verstecken zu können, und nahe genug, um die Route fünf zu überqueren und Vieh zu stehlen, das man dann zum Stützpunkt treiben kann.«

*Da ergibt Sinn. Darauf hätte ich selbst kommen sollen.*

»Ich weiß nicht, ob das funktionieren wird, aber was soll's, vielleicht habe ich Glück«, dachte Thomas laut.

»Major, Sir?«

Thomas ging zu seinem Rucksackfunkgerät, löste die

flexible Antenne, sodass sie er sie ausfahren konnte, schaltete das Gerät ein und wählte eine Frequenz.

»George, George, Hunter One«, sprach er ins Mikrofon.

Keine Antwort, auch nicht nach mehreren Versuchen.

Er schaltete das Funkgerät aus.

»Das bedeutet, Sergent Jette, dass die Funkgeräte von Posten George nicht funktionieren; oder dass dieses Funkgerät kaputt ist; oder dass es funktioniert, aber die verdammten Bäume im Weg sind.«

»Ja, Major, Sir.«

»Und ich hasse es, auf Bäume zu klettern«, fuhr Thomas fort, sah sich auf der Lichtung um und wählte einen hohen Baum mit dicken Zweigen aus. Er forderte Jette mit einer Handbewegung auf, ihm zu folgen, und ging mit dem Funkgerät zu dem Baum.

Jette half ihm auf einen unteren Zweig, und Thomas kletterte auf den Baum. Als er glaubte, hoch genug zu sein, beschwerte er ein Nylonseil mit seiner Pistole und ließ es zu Boden hinab. Jette band das Seil an das Rucksackfunkgerät, die Pistole ans Funkgerät, und Thomas zog beides auf den Baum hinauf.

»George, George, Hunter One«, sprach er ins Mikrofon.

Keine Antwort.

»George, George, Hunter One.«

*Scheiße.*

»George, George, Hunter One.«

Diesmal gab es eine Antwort, eine unerwartete.

»Hunter One, hier spricht Birddog Three.«

»Birddog Three, Hunter One, wie empfangen Sie mich?«

»Ziemlich gut, Hunter.«

»Können Sie George erreichen?«

»Negativ. Ich bin über George. Keine Funkgeräte. Der Gegenstoßtrupp ist dort. Wer spricht da?«

»Doubting Thomas.«

»Geoff Craig. Wo, zum Teufel, sind Sie?«

»Ungefähr fünfzehn Kilometer im Busch östlich von George, nehme ich an.«

»Sie nehmen an?«

»Wie viel Treibstoff haben Sie noch?«

»Etwas mehr als für eine Stunde. Ich will auf George landen – sie haben dort Sprit. Ich kann einen Truck mit Kanistern sehen. Was brauchen Sie?«

»Ich möchte eine Rauchgranate zünden, um zu sehen, ob Sie mich finden können.«

»Sie brauchen Hilfe?«

»Ich möchte, dass Sie meine Position auf einer Karte markieren und den Gegenstoßtrupp herschicken.«

»Sie haben die Simbas gefunden?«

»Ja.«

»Nun, Sie sind ganz schön clever, nicht wahr?«

»Versuchen Sie jetzt, mich zu finden oder nicht?«

»Ich fliege jetzt sofort in diese Richtung.«

»Es wäre besser, wenn Sie meine Position nicht überfliegen würden.«

»Verstanden. Rauchgranate in fünf Minuten. Haben Sie eine gelbe?«

»Gelbe Rauchgranate in fünf Minuten«, sagte Thomas, schaltete das Funkgerät aus und begann den Baum hin abzuklettern.

Er nahm zwei gelbe Rauchgranaten – alle, die er hatte – und ein halbes Dutzend andere aus seinem Rucksack und gab sie Premier Sergent Jette.

»Sie stellen sich in die Mitte der Lichtung, und wenn ich rufe, zünden Sie dieses Ding. Ziehen Sie an dem Ring. Und dann werfen Sie es auf den Boden. Es wird nicht explodieren.«

»Ja, Major, Sir«, sagte Sergent Jette zweifelnd.

»Wenn ich wieder rufe, ziehen Sie den Ring an der anderen gelben Granate. Und dann an allen anderen.«

»Sie werden nicht explodieren, Major, Sir?«

»Ich gebe Ihnen mein Ehrenwort als Ex-Pfadfinder«, sagte Thomas und forderte Jette mit einer Geste auf, ihm wieder auf den Baum zu helfen.

»Birddog, Hunter.«

»Höre Sie laut und klar, aber ich sehe noch keinen Rauch.«

»Rauchgranate zünden!«, rief Thomas vom Baum. Er blickte hinab. »Ziehen Sie an dem Ring, Sergent.«

Premier Sergent Jette tat es, warf die Granate auf den Boden und rannte so schnell er konnte in den Schutz eines Baumes. Nach ein paar Sekunden spähte er misstrauisch um den Baumstamm und sah gelben Rauch von der Granate aufsteigen.

»Ich sehe keinen Rauch«, erklärte Birddog Three.

»Halten Sie weiterhin Ausschau«, sagte Thomas.

»Ah, da sind Sie, Sie kleiner, cleverer Teufel!«

Jetzt konnte Thomas das Motorengeräusch der L-19 hören, aber er vermochte sie nicht zu sehen, auch wenn ihm das Geräusch verriet, dass Geoff Craig direkt über ihm fliegen musste.

»Da ist ein Pfad ungefähr hundert Meter südlich des Rauchs. Können Sie den sehen?«

Es dauerte eine Weile, bis Birddog antwortete.

»Sie sagten, hundert Meter *südlich*?«

»Richtig.«

»Ich sehe nur Baumwipfel.«

»Können Sie den Boden sehen, wo ich die gelbe Granate gezündet habe?«

»Ich habe beim Überfliegen eine kleine Lichtung gesehen. Sie habe ich nicht gesehen.«

»Ich bin in einem Baum. Haben Sie genug gesehen, um meine Position auf Ihrer Karte zu markieren?«

»Ja.«

»Nun, vielleicht können Sie die Fährte finden, der wir gefolgt sind. Die Simbas treiben ein halbes Dutzend Rinder.«

»Sagen Sie mir, was Sie tun wollen, Thomas.«

»Fliegen Sie nach George. Versuchen Sie, dass Sie dort auf Funkempfang gehen können. Das würde viele Probleme lösen. Zeigen Sie ihnen, wo wir sind, und setzen Sie sie hierher in Marsch.«

»Sie wollen alle dort haben?«

»Wie viele sind denn da?«

»Sieht aus wie eine Kompanie: drei große Trucks, zwei Pickups und ein Jeep.«

»Ich hätte gern etwa zwanzig Schützen, vielleicht eine Browning Kaliber .30. Nicht mehr.«

»Können Trucks diesen Pfad befahren, wenn sie ihn finden?«

»Nein, aber der Jeep könnte es schaffen. Der wäre auch nützlich, wenn jemand verwundet wird. Hat er einen Anhänger?«

»Ja.«

»Sagen Sie ihnen, sie sollen den Jeep und den Anhänger mitbringen.«

»Sie wollen sie jetzt haben?«

»Sie könnten sie jetzt in Marsch setzen. Aber ich will heute nichts anfangen. Es wird gleich dunkel. Wenn Sie sie herschicken können, werde ich bis zu ihrem Eintreffen das Camp der Simbas erkunden.«

»Haben Sie nicht gesagt, Sie haben sie gefunden?«

»Das habe ich, aber wir stellten die Verfolgung ein, kurz bevor ich Funkkontakt aufnahm. Wir bezweifeln, dass ihr Camp weit von hier ist. Das werde ich herausfinden müssen.«

»Okay, Thomas. Passen Sie auf Ihren Arsch auf. Wenn George die Funkgeräte nicht funktionsfähig bekommt, kehren Sie um.«

»Danke. Ende.«

»Birddog Ende.«

Thomas nahm ein kleines Stück Nylonseil aus seiner Tasche und befestigte das Rucksackfunkgerät am Baum. Dann kletterte er hinab. Er ging zu seinem Rucksack und entnahm ihm einen kleinen, fast quadratischen Packen, der ungefähr acht Zentimeter dick und etwa dreißig Quadratzentimeter groß war.

Premier Sergent Jette hockte sich auf den Boden, hielt sein Gewehr zwischen den Knien und beobachtete ihn mit unverhohlener Neugier.

Seine Augen wurden groß, als Thomas den Packen entfaltete und eine Art Zelt daraus wurde. Da war ein flaches Dach, gehalten von Nylonseilen, die Thomas an Bäume band, die er suchte und fand. Die Wände waren Nylonnetzwerk, das bis zum Boden reichte. Der Boden war separat und wurde von Ästen gehalten, die Thomas von Bäumen schnitt, anspitzte und mit den Stiefelabsätzen in den Boden rammte.

Thomas ging zu seinem Rucksack zurück und entnahm ihm eine Dose Insektenspray, das er auch bei Withers' Leiche benutzt hatte, eine Plastikflasche, die einst Shampoo enthalten hatte, und einen kleinen Beutel. Dann ging er zu dem Zelt, hob das Netzwerk an, sprühte es gründlich ein, nahm sein Gewehr und die Pistole und ging ins Zelt.

Er war jetzt aus dem Regen heraus in einer Umgebung, die frei von Insekten war. Premier Sergent Jette hockte immer noch im strömenden Regen und schlug nach einem Schwarm von Insekten, denen der Regen offenbar nichts ausmachte.

»Wenn Sie Ihre Machete nehmen und uns Holz für ein Feuer schlagen, Sergeant Jette, werde ich mein Zelt mit Ihnen teilen.«

»Major, Sir, wenn ich Holz schlage, wird es nicht brennen. Es ist nass.«

»Wenn Sie kein Holz schlagen, werden Sie dort im Regen bleiben«, sagte Thomas. »Es liegt an Ihnen.«

»Wann töten wir die Simbas, Major, Sir?«

»Jetzt nicht, Premier Sergent Jette«, erwiderte Thomas. »Am Morgen. Jetzt schlagen Sie Holz, und ich reinige meine Waffen, und anschließend essen wir. Oder, wenn Sie kein Holz schlagen, dann bleiben Sie im Regen und essen nicht.«

Premier Sergent Jette erhob sich, hakte seine Machete vom Stoffkoppel los und verschwand im Busch.

Thomas nahm sein Gewehr auseinander, sprühte den Mechanismus mit Waffenöl ein, setzte es wieder zusammen, lud es durch und legte es auf den Zeltboden. Dann tat er das Gleiche mit seiner .45er Automatik, doch statt sie auf den Zeltboden zu legen, trug er sie bei sich, als er zu dem Baum ging, wo er seinen Rucksack und das Stoffkoppel aufgehängt hatte. Er nahm ein anderes in Plastik gehülltes Päckchen aus dem Rucksack und kehrte zu seinem Zelt zurück, um auf Premier Sergent Jette mit dem gesammelten Holz zu warten.

Jette traf ungefähr fünf Minuten später ein, den Arm voller Äste.

»Schneiden Sie ein paar Späne von den größeren Ästen«, befahl Thomas. »Legen Sie die Späne mit einigen Blättern draußen auf den Boden und schichten Sie die größeren Aststücke darauf, mit genügend Platz für Luft dazwischen.«

»Mit allem Respekt, Major, Sir, ich weiß, wie man ein Feuer macht.«

»Aber Sie haben mir gesagt, Sie wissen nicht, wie man Feuer mit nassem, grünem Holz macht.«

»Nasses, grünes Holz, Major, Sir, wird nicht brennen.«

»Schichten Sie das Holz auf, Premier Sergent Jette, und während wir dann zuschauen, wie es brennt, werden wir zu Abend essen.«

Als Jette die Äste zu einer schönen kegelförmigen Form aufgeschichtet hatte, hob Thomas das Netzwerk der Zeltwand an und trat in den Regen hinaus. Er nahm seine Machete und die Plastikflasche mit, die einst Shampoo enthalten hatte.

Er verschwand im Busch und kehrte nach nur zwei Minuten mit weiteren Ästen zurück, die voller Blätter waren. Er spitzte die Enden der Äste an und rammte sie in den Boden, damit sie die Äste, die Jette aufgeschichtet hatte, vom Regen abschirmten.

Dann sprühte er den Holzstapel mit dem Inhalt der Ex-Shampooflasche ein, nahm ein Zippo-Feuerzeug aus der Tasche und zündete die Flüssigkeit an.

Sergeant Jettes Augen weiteten sich und spiegelten Anerkennung wider.

»Wenn Sie im Regen ein Feuer machen müssen, Sergeant Jette«, sagte Thomas, »ist nichts so gut wie ein bisschen Flugbenzin. Schreiben Sie sich das auf.«

»Ich kann nicht schreiben, Major, Sir«, sagte Jette.

*Scheiße!*

Thomas wartete, bis das brennende Flugbenzin die Blätter und Holzspäne gut in Brand gesteckt hatte und fügte dann größere Holzstücke hinzu.

Ohne auf einen Befehl zu warten, lief Jette in den Busch und kehrte dann mit einem weiteren Arm voll Holz zurück.

»Es scheint prima zu brennen, Premier Sergent Jette«, sagte Thomas. »Legen Sie noch ein paar Äste darauf und kommen Sie dann ins Zelt.«

Jette hocke sich vor das Feuer und schürte es, bis er überzeugt war, dass es nicht ausgehen würde, und dann schob er sich unter dem Nylonnetzwerk ins Zelt.

Thomas gab ihm sein Abendessen: kaltes Brathähnchen und eine kalte Folienkartoffel aus der Küche des Hotel du Lac.

»Da sind auch zwei Flaschen Bier«, sagte Thomas. »Aber Sie werden sie aus dem Rucksack holen müssen. Ich habe das vergessen.«

»Ich habe Bier«, sagte Jette. »Ich wusste nicht, ob der Major, Sir, das billigen würde.«

»Der Major, Sir, billigt es.«

»Sie sind schon im Busch gewesen, Major, Sir«, sagte Jette.

»Nicht in diesem Busch, Sergent. Und nicht so lange wie Sie. Sie sind ein Meister des Buschs.«

»Von welchem Stamm sind Sie?«

»Keine Ahnung«, sagte Thomas. »Ich weiß nur, dass meine Familie von hier stammen könnte. Ich sehe wie Sie aus, Jette.«

Jette nickte zustimmend.

»Sie haben mit dem Flugzeug gesprochen, Major, Sir?«

»Der Pilot sagte mir, dass der Gegenstoßtrupp im Außenposten George ist. Er wird die Männer herschicken. Ich konnte nicht mit ihnen über Funk sprechen.«

»Wenn sie hier sind, töten wir dann die Simbas, Major, Sir? Wenn der Regen aufhört? Wenn es dunkel ist?«

»Es ist das Beste, Premier Sergent Jette, alles über den Feind und seine Position herauszufinden, was man kann, bevor man angreift, und es ist besser, mit zwanzig Mann anzugreifen als mit zweien.«

Jette nickte seine Zustimmung zu dieser Philosophie.

»Heute Abend werden Sie und ich die Simbas genau orten. Und am Morgen, mit zwanzig Mann und mit ein wenig Glück, sprich einem Maschinengewehr, werden wir sie angreifen.«

Jette nickte abermals.

»Das Flugzeug wird zurückkommen, wenn ich keinen Funkkontakt mit dem Gegenstoßtrupp bekommen kann, und der Pilot wird uns sagen, wann er kommt.«

Jette nickte wieder.

»Holen Sie das Bier, Premier Sergent Jette«, sagte Thomas. »Ich mag stets ein Bier zum Abendessen.«

»Ja, Major, Sir.«

Sie hatten gerade ihr Abendessen aus Brathähnchen und kalter Kartoffel verzehrt, als sie das Motorengeräusch der L-19 hörten.

»Oh, Mist«, sagte Doubting Thomas laut. »Das bedeutet, keine Funkgeräte beim Gegenstoßtrupp.«

Er stand auf und winkte Jette, ihm zu folgen.

Der Regen hatte aufgehört, doch der Boden und der Baum waren noch nass und glitschig.

Mit einem mulmigen Gefühl dachte Thomas: *Hier ruht Master Sergeant William Thomas, der sich beim Erklettern eines verdammten Baums das Genick, den Arsch und sonst was gebrochen hat.*

»Birddog, Hunter, ich bin wieder in dem verdammten Baum. Wie ist der Empfang?«

»Gut«, erwiderte Geoff Craig. »Schlechte Nachricht: alle ihre Batterien sind leer.«

»Oh, Scheiße!«

»Ja. Nun, sie sind unterwegs. Zwanzig Schützen, kein MG, und ein Jeep, kein Anhänger.«

»Okay.«

»Ich fliege nach Woolworth. Dort gibt es Batterien. Ich

werde beim ersten Tageslicht zurück sein, sofern ich von dort im Dunkeln starten kann, und ich werde die Batterien über der Lichtung abwerfen. Wenn Sie meinen Motor hören, zünden Sie eine gelbe Rauchgranate.«

»Ich habe nur noch eine gelbe. Können Sie mir mehr besorgen?«

»Klar.«

»Und vier Flaschen Bier und genug Brathähnchen für zwei.«

»Gemacht, und lassen Sie sich nicht von einem hungrigen Löwen fressen, während ich fort bin.«

»Danke, Lieutenant.«

»Seien Sie vorsichtig, Bill. Bis zum Morgen. Birddog Ende.«

»Hunter Ende.«

Als Thomas wieder auf dem Boden war, spiegelte Premier Sergent Jettes Gesicht Besorgnis wider.

»Was beunruhigt Sie?«, fragte Thomas.

»Wenn wir das Flugzeug hören können, dann können es auch die Simbas hören«, sagte Jette.

»Es ist fast unmöglich, nach dem Motorengeräusch die genaue Richtung zu bestimmen, in die ein Flugzeug fliegt«, sagte Thomas. »Und er flog dicht über den Baumwipfeln, sodass sie ihn nicht sehen konnten.«

Jette dachte einen Moment darüber nach und nickte dann.

»Wenn der Major, Sir, zu schlafen wünscht, werde ich wach bleiben«, sagte er.

»Wir werden uns alle zwei Stunden ablösen, Premier Sergent Jette«, sagte Thomas. »Auf diese Weise bekommen wir beide etwas Schlaf.«

Premier Sergent Jette nickte.

3

*Stanleyville Air Field*
*Stanleyville, Provinz Oriental*
*Republik Kongo*

*8. April 1965, 18 Uhr 45*

»Woolworth, Woolworth, Birddog Three«, sprach Geoff ins Mikrofon.

»Wo, zur Hölle, sind Sie?«, fragte der Mann im Tower.

Da war nicht die korrekte Antwort eines Fluglotsen, doch in diesem Fall war der Mann im Kontrollturm kein Fluglotse, sondern Major George Washington Lunsford, und Lunsford war in den vergangenen sechs, sogar sieben Stunden wegen mehrerer Dinge besorgt gewesen.

Zum einen war niemand in der Lage gewesen, Funkkontakt mit Außenposten George herzustellen, und Major Lunsford hatte keinen Kontakt mit Colonel Jean-Baptiste Supo aufnehmen können, um ihm die Lage zu melden.

Major Lunsford hatte Colonel Supo zum letzten Mal gesehen, nachdem sie die Leiche von SFC Withers abgeliefert hatten und Colonel Supo und Lieutenant Jacques Portet dann mit der Beaver nach Costermansville abgeflogen waren. Da weder Colonel Supo noch Lieutenant Portet in Costermansville waren, bestand die Möglichkeit, dass sie und die L-20 sich irgendwo zwischen Woolworth (Stanleyville) und Costermansville befanden.

Zum anderen war es zwar unwahrscheinlich, dass der Außenposten George von neuem überrannt worden war, doch die Möglichkeit musste in Erwägung gezogen werden. Es war nicht möglich, den Gegenstoßtrupp zum Außenposten George zu schicken, wenn er bereits dorthin unterwegs war, was die Möglichkeiten eröffneten, dass er (a) auf dem Weg nach George aus dem Hinterhalt überfallen worden war, nachdem Major Lunsford ihn auf der Route fünf überflogen hatte, oder dass er (b) nach seinem Eintreffen dort überwältigt worden war.

Unter diesen Umständen hatte Major Lunsford es für unklug gehalten, ein Erkundungsteam entweder von Außenposten Fox oder Außenposten Item (den nächsten Posten auf beiden Seiten von George) in Marsch zu setzen. Solche Spähtrupps würden einem hohen Risiko ausgesetzt sein, aus dem Hinterhalt überfallen zu werden, wenn der Gegenstoßtrupp tatsächlich überwältigt worden war, bevor oder nachdem er Außenposten George erreicht hatte.

Major Lunsford hatte sich gesagt, dass es klüger war, zu warten, bis Kontakt mit Birddog Three (Lieutenant Craig) hergestellt war, der auf Lunsfords Befehl hin alle Außenposten überflog, um (a) festzustellen, wie lange es tatsächlich (im Gegensatz zu theoretisch) dauerte, von einem Posten zum nächsten zu fliegen, und (b) die Wirksamkeit der jeweiligen Boden-Luft-Kommunikation zu testen und einzuschätzen.

Die voraussichtliche Ankunftszeit von Birddog Three in Woolworth war 16 Uhr 30 gewesen, und das hatte die Möglichkeit eröffnet, dass Birddog Three, jetzt zwei Stunden und fünfzehn Minuten überfällig, Gott weiß wo abgestürzt war.

Wenn der Gegenstoßtrupp überwältigt worden war, würde das bedeuten, dass er von einer Übermacht angegriffen worden war, was hieß, dass jetzt jeder in viel größerem Maße gefährdet war, und an die Konsequenzen wollte Major Lunsford gar nicht denken, doch insgeheim fand er, dass die Lage dann verdammt mies sein würde.

Zusätzlich hatte er natürlich die Möglichkeit in Betracht gezogen, dass er ein Benachrichtigungsteam zu Mrs Portet und Mrs Craig schicken musste, um ihnen zu sagen, dass ihr Mann vermisst war.

»Ich bin über dem Fluss, ungefähr zehn Minuten entfernt. Machen Sie bitte Licht für mich an?«

»Sie Hurensohn!«, sagte Major Lunsford, drückte das Mikrofon Spec7 Peters/Captain Weewili in die Hand und stürmte aus dem Kontrollturm, um jemanden zu suchen, der den Generator anstellen konnte, um Strom für die Beleuchtung der Landebahn zu haben, ohne das ebenfalls zu vermasseln.

»Birddog Three, Woolworth«, rief Captain Weewili. »Verstanden Ihre Bitte um Landebahn-Beleuchtung. Sie sollte an sein, wenn Sie eintreffen. Der Wind ist unerheblich, und Sie haben Genehmigung zum direkten Anflug von Landebahn zwei-sieben. Melden Sie, wenn Sie die Lichter sehen.«

»Roger, Woolworth.«

»Und wir haben eine Überraschung für Sie!«

»Ich habe es gehört«, erwiderte Lieutenant Craig.

Major George Washington Lunsford wartete, als Lieutenant Geoffrey Craig mit der L-19 zum Tor von Hangar zwei rollte und den Motor ausstellte.

»Wo, verdammt noch mal, sind Sie gewesen, Sie Hurensohn?«, sagte er statt einer Begrüßung. »Jeder hat sich vor Sorge fast in die Hose geschissen.«

Lieutenant Craig kannte Major Lunsford gut genug, um zu wissen, dass er sich völlig anders verhalten hätte, wenn er es sich wirklich bei ihm verscherzt hätte. Dann hätte Colonel Lunsford jede Einzelheit der militärischen Höflichkeit und des Protokolls beachtet. Hier jedoch verhielt er sich wie ein besorgter Freund.

»Ich habe versucht, Funkkontakt aufzunehmen«, sagte er. »Ich kann nur ins Mikro sprechen. Die Funkgeräte kann ich nicht funktionstüchtig machen.«

»Was ist in Außenposten George los?«

»Ich komme soeben von dort. Abgesehen davon, dass ihr hirnloser Kommunikationsoffizier keine intakte Batterie – keine einzige – für ihre Funkgeräte mitgebracht hat, sind sie in ziemlich gutem Zustand. Doubting Thomas hat die Simbas ungefähr fünfzehn Kilometer in den Busch verfolgt und um zwanzig Schützen und einen Jeep gebeten. Sie sind unterwegs. Ich werde von hier um eins-dunkel-null-null Uhr starten, um beim ersten Tageslicht über ihrer Position einzutreffen und Batterien für ihn abzuwerfen.«

Lunsford nickte, äußerte sich jedoch nicht dazu.

»Die Beaver ist verschollen«, sagte er.

»Sie sollte inzwischen in Leopoldville sein. Ist sie nicht dort angekommen?«

»Leopoldville?«, fragte Lunsford.

»Als Letztes hörte ich – Portet machte einen Rundruf –, dass sie auf dem Weg nach Leopoldville waren. Er sagte mir, Supo hat sich entschieden, Mobutu zu treffen, bevor er nach Costermansville fliegt.«

»Sie haben mit ihm gesprochen?«

»Ja. Ich habe ihn gefragt, ob ich eine Botschaft übermitteln soll, und er hat nein gesagt. Supo würde eine Nachricht auf dem Landweg schicken. Sind sie nicht dort eingetroffen?«

»Ich weiß es nicht«, sagte Lunsford. »Da ich nicht wusste, dass sie nach Leopoldville fliegen, habe ich dort nicht nachgefragt, ob sie eingetroffen sind.«

Lunsford schüttelte den Kopf und marschierte dann entschlossen zum Abfertigungsgebäude, das als Befehlsstand für die kongolesischen Soldaten diente, die den Flugplatz bewachten.

Der Posten draußen hockte auf dem Boden, sein Gewehr zwischen den Knien.

»Wenn du beim nächsten Mal nicht aufstehst und grüßt, wenn du mich siehst, schiebe ich dir deine Knarre in den Arsch«, sagte Lunsford auf Suaheli.

Der Posten erhob sich schnell, als Lunsford an ihm vorbeiging.

Der Offizier vom Dienst der Wachabteilung schlief auf einem Bürodrehstuhl. Lunsford trat hart gegen den Stuhl, und er drehte sich mitsamt dem Offizier.

»Ich hoffe, ich habe Sie nicht gestört, Lieutenant«, sagte Lunsford höflich.

Der Lieutenant stand auf.

»Ich dachte, der Colonel ist für den Tag fort«, sagte er.

»Sind irgendwelche Botschaften für mich eingetroffen?«

»Nicht, dass ich wüsste«, sagte der Lieutenant.

»Warum sehen wir nicht nach?«, fragte Lunsford und ging zum Fernschreiber. Er enthielt das Firmenzeichen der Sabena, der belgischen Fluggesellschaft, war jetzt jedoch mit dem Netzwerk der Army in Leopoldville verbunden. Am Boden dahinter lag eine große Schlange Fernschreibpapier.

Lunsford riss sie aus dem Gerät und begann zu lesen.

»Da ist es«, sagte er schließlich, nachdem er ungefähr die Hälfte des zusammengerollten Fernschreibpapiers überflogen hatte. »Abgeschickt von Leopoldville heute um vierzehn Uhr fünfzehn.« Er las auf Englisch vor: »Zitat Anfang: ›Sofort Lieutenant Colonel Dahdi informieren, dass ich in Leopoldville bin und morgen nach Stanleyville kommen werde. Bitte treffen Sie mich dort und verzögern Sie Abflug von Versorgungsflugzeug bis zu meiner Ankunft. Supo. Colonel Commandant.‹ Zitat Ende.« Er schaute Craig an. »Was, zum Teufel, hat das zu bedeuten?«

Craig zuckte mit den Schultern.

Der kongolesische Lieutenant stand jetzt still.

»Ich sollte ihm in den Hintern treten, dass er bis um den Block fliegt«, sagte Lunsford, »aber ich bezweifle, dass es etwas nutzen wird.«

Er sprach auf Suaheli weiter. »Lieutenant, ich bezweifle, dass Colonel Supo erfreut sein wird, wenn er erfährt, dass ich eine Botschaft des Abends finden muss, die mir um viertel nach zwei hätte übermittelt werden sollen. Er wird morgen hier sein.«

Der Lieutenant zuckte zusammen.

»Nun, eine gute Nachricht«, sagte Geoff. »Ich habe gesehen, dass die 707 eingetroffen ist.«

Lunsford sah ihn an.

»Lieutenant, haben Sie jemals gehört, dass man jemandem, dem man eine große Überraschung mitteilen will, zuerst einen Platz anbieten soll, damit er sich setzen kann und nicht vor Schock umfällt?«

»Jawohl, Sir, davon habe ich gehört. Sollte ich mich setzen?«

»Ich glaube, das wäre eine gute Idee«, sagte Lunsford. »Setzen Sie sich, Lieutenant.«

Zuerst hielt Geoff das für einen Scherz von Lunsford. Als er dann aber erkannte, dass er es ernst meinte, schaute er sich um, entdeckte einen Stuhl und nahm darauf Platz.

Als er saß, erzählte Lunsford ihm, dass sich seine Frau, sein Sohn und Mary Magdalene im Immoquateur befanden und vermutlich zu Abend aßen.

## 4

*Gregory & Gregory Funeral Home*
*North Main Street 730*
*Laurinburg, North Carolina*

*8. April 1965, 13 Uhr 50*

»Ich bin James L. Gregory«, sagte der dunkel gekleidete, blasse Mann zu Captain Stefan Zabrewski. »Womit kann ich Ihnen dienen, Sir?«

»Es hat einen Todesfall gegeben«, sagte Zabrewski.

»Darf ich mein aufrichtiges Beileid aussprechen?«, sagte der Leichenbestatter.

»Wir sind hier, um die Beerdigung vorzubereiten«, sagte Zabrewski.

»Und Ihre Beziehung zu dem Verschiedenen?«

»Ich bin ein Freund«, erklärte Zabrewski. Er nickte zu Sergeant Major Tinley. »Wir beide waren seine Freunde.«

»Ich verstehe.«

»SFC Withers' Eltern wohnen hier«, sagte Zabrewski. »Auf einer Farm. Außerhalb der Stadt.«

»SFC Withers?«

»Das ist der Name des Toten«, sagte Zabrewski.

»Ich verstehe. Oh, ich *verstehe*. Sie sprechen von Mr Und Mrs Delmar Withers?«

»So ist es, Sir.«

»Das sind feine Leute«, sagte Gregory.

»Ja, Sir.«

»Normalerweise trifft die Familie die Vorbereitungen …«

»Wir versuchen, ihr das zu ersparen«, sagte Zabrewski.

»Ich verstehe. Wann verstarb – wie sagten Sie, SFC?«

»Sergeant Class, ja, Sir.«

»Wann verstarb Sergeant Withers?«

»Vorgestern.«

»Und Sie kommen jetzt zu uns?«

»Ja, Sir.«

»Und wo verstarb er?«

»Ich befürchte, das kann ich Ihnen nicht sagen, Sir.«

»Wirklich nicht? Warum nicht?«

»Ich befürchte, das ist eine Information, die als geheim erklärt ist, Sir.«

»Ich verstehe. Und wo sind die sterblichen Überreste?«

»Ich befürchte, das kann ich Ihnen ebenfalls nicht sagen«, sagte Zabrewski. »Aber Withers ist in diesem Augenblick auf dem Weg in die Staaten oder zur Pope Air Force Base oder wird es in Kürze sein. Er sollte hier übermorgen oder in drei Tagen eintreffen.«

»Ich nehme an, die Dokumente sind in Ordnung?«, fragte Gregory.

»Wie bitte, Sir?«

»Ich nehme an, Sergeant Withers ist außerhalb der Vereinigten Staaten gestorben?«

»Das stimmt.«

»Nun, Sie werden sicherlich verstehen, dass gewisse Prozeduren eingehalten werden müssen. Wir brauchen natürlich einen Totenschein, ausgestellt von den entsprechenden Behörden. Wenn der Tod in einem ausländischen Land eingetreten ist, wird eine beglaubigte Bescheinigung des Generalkonsuls – des Generalkonsuls der *Vereinigten Staaten* – des Landes gebraucht, in dem der Tod eingetreten ist. Dann brauchen wir eine Kopie der Autopsie, abermals vom Generalkonsul beglaubigt, in der die Todesursache angegeben ist und bestätigt wird, dass die sterblichen Überreste nicht mit irgendeiner ansteckenden Krankheit infiziert sind …«

»Captain Zabrewski, Sir«, fragte Sergeant Major Tinley höflich, »darf ich kurz mit Ihnen unter vier Augen sprechen, Sir?«

Zabrewski war sichtlich überrascht, erholte sich jedoch schnell davon.

»Gewiss, Sergeant«, erwiderte er. »Entschuldigen Sie uns bitte einen Moment, Mr Gregory, während wir auf den Flur treten?«

»Ich werde Sie einfach für ein paar Minuten allein lassen«, sagte Gregory und nickte zur Tür. »Und wenn Sie fertig sind, können Sie einfach an die Tür klopfen.«

»Da ist sehr freundlich von Ihnen, Sir«, sagte Captain Zabrewski. »Vielen Dank.«

Als es zehn Minuten später immer noch nicht an der Tür geklopft hatte, zog Mr Gregory sie einen Spalt auf, um zu sehen, ob er helfen konnte.

Weder der Captain noch der Sergeant Major waren dort, wo er sie verlassen hatte, und als er nachschaute, fand er sie nirgendwo in dem Gebäude.

Mr Gregory sagte sich, dass es anscheinend eine Art militärischen Notfall gegeben hatte.

## 5

*Büro des leitenden Sanitätsoffiziers des Korps*
*Headquarters*
*XVIII Airborne Corps*
*Fort Bragg, North Carolina*

*8. April 1965, 14 Uhr 45*

»Sir, General Hanrahan ist da«, meldete SFC Stuart T. Cameron, der Verwaltungsunteroffizier vom Büro des leitenden Sanitätsoffiziers des Korps.

Colonel Frederick A. Emmett, Medical Corps, erhob sich.

»Bitte treten Sie ein, General Hanrahan«, sagte er.

Hanrahan, gefolgt von Zabrewski und Tinley, marschierte in das Büro.

»Danke, dass Sie mich erwartet haben, Doktor«, sagte Hanrahan.

Hanrahan hielt es für überflüssig, dass Sanitätsoffiziere einen Dienstgrad hatten. Er sprach sie nie mit ihrem Dienstgrad an. Er nannte sie alle ›Doktor‹, mit Ausnahme derjenigen, die er persönlich bewunderte und/oder mochte und die er ›Doc‹ nannte.

»Es ist mir ein Vergnügen, General«, sagte Colonel/Doktor Emmett.

»Wir haben ein kleines Problem, und ich hoffe, Sie können uns bei der Lösung helfen«, sagte Hanrahan.

»Ich werde tun, was in meiner Macht steht, General.«

»Einer meiner Männer wurde vorgestern getötet«, begann Hanrahan.

»Das tut mir Leid.«

»Uns allen. Er war ein guter Soldat.«

»Was ist mit ihm geschehen?«

»Diese Information ist als Top Secret/Earnest erklärt«, erwiderte General Hanrahan. »Von diesem Moment an sind Sie als unbedenklich für Top Secret/Earnest in diesen Dingen erklärt – nur in diesen Dingen –, bei denen

Sie meiner Einschätzung nach ein Recht auf Information haben.«

»Jawohl, Sir.«

»Er war in einem Außenposten im ehemaligen Belgisch-Kongo, der von einer Gruppe von Aufständischen überrannt wurde, die als die Simbas bekannt sind.«

»Ich wusste nicht, dass wir im Kongo sind«, sagte Dr. Emmett.

»Seine Leiche wurde teilweise zerstückelt«, sagte Hanrahan. »Der Kopf und ein Teil eines Beins wurden abgetrennt.«

»Allmächtiger!«

»Seine Leiche ist jetzt auf dem Luftweg nach Pope oder wird es in Kürze sein.«

»Ich verstehe.«

»Mein Adjutant, Captain Zabrewski, und Sergeant Major Tinley«, sagte Hanrahan und nickte zu ihnen, »sind soeben von einem Bestattungsunternehmen in SFC Withers' Heimatort Laurinburg zurückgekehrt, der etwa fünfzig Meilen entfernt ist. Der Leichenbestatter erzählte ihnen, sie brauchen allerhand Dokumente, die wir nicht haben und nicht beschaffen können.«

»Wird die Rückkehr der sterblichen Überreste nicht vom AG arrangiert?«

»Soweit wir wissen, ist der AG nicht über SFC Withers' Tod informiert worden.«

»Erlaubnis, zu sprechen, Sir?«, fragte Sergeant Major Tinley.

»Erlaubnis erteilt«, sagte Hanrahan.

»Wir hofften, dass es hier erledigt werden kann, Colonel«, sagte Tinley. »Der Papierkram, meine ich.«

»Ich verstehe«, sagte Colonel/Doktor Emmett. »Captain, würden Sie und der Sergeant Major bitte für eine Minute das Büro verlassen? Ich möchte mit General Hanrahan sprechen.«

»Jawohl, Sir«, sagten sie unisono und marschierten aus dem Büro.

Als die Tür geschlossen war, sah Colonel/Doktor

Emmett General Hanrahan an und sagte: »Mein Gott, Red, jetzt geht das schon wieder los!«

»Doc, ich kann es nicht ändern.«

»Sie wissen, was im *Handbuch für Militärgerichtsprozesse* steht? ›Jeder Offizier, der bereitwillig und wissentlich irgendein Dokument ausstellt oder veranlasst, dass es ausgestellt wird …‹«

»›… oder eine Bescheinigung, obwohl er weiß, dass sie falsch ist‹«, sprach Hanrahan für ihn weiter, »›ist mit der Strafe zu belangen, deren Maß ein Militärgericht verhängen wird.‹ Wie ich das gelesen habe – ›*oder veranlasst, dass es ausgestellt wird*‹ –, verlange ich nichts von Ihnen, was ich nicht selbst tue.«

»Diese Unterhaltung hatten wir schon einmal, nicht wahr? Schon oft.«

»Und jedes Mal haben Sie es für mich geschafft«, sagte Hanrahan.

»Sie können mich am Arsch lecken, Red. Ich denke an die nächsten Angehörigen.«

»Ich auch, Doc. Dies ist meine Schuld. Ich hätte wissen sollen, dass Zabrewski und der Tin Man zum Leichenbestatter gehen, ohne mich vorher zu fragen.«

»Das war der Tin Man? Über den habe ich schon einiges gehört.«

»Withers war in seinem A-Team in Vietnam.«

»Wenn Sie nicht zum Leichenbestatter gegangen wären, hätte ich einen weiteren Anruf um drei Uhr morgens erhalten, in dem Sie mir mitgeteilt hätten, dass Sie auf Pope ein kleines Problem haben, nicht wahr?«

Hanrahan nickte. »Vermutlich.«

»Ich befürchte, der Bestattungsunternehmer wird jetzt Unrat wittern.«

»Zabrewski sagte, er hat ihm nur erzählt, dass der Tod außerhalb der Vereinigten Staaten eingetreten ist.«

»Und wenn er Stunk macht?«

»Dann sind wir aufgeschmissen.«

»Die gleiche Prozedur wie beim letzten Mal? Abgemacht?«

»Abgemacht«, sagte Hanrahan.

»Wenn Sie die Leiche aus dem Flugzeug und aus Pope herausschaffen und ins Krankenhaus bringen können, werde ich die Autopsie vornehmen – Gott, Sie sagten, er wurde enthauptet?«

Hanrahan nickte.

»Dann ist das die Todesursache?«

»Ich hoffe, dass er schon vorher tot war, erschossen«, sagte Hanrahan.

»Und dann unterschreibe ich den Totenschein und die Bescheinigung, dass keine ansteckenden Krankheiten vorliegen ...«

»Woraufhin ich das mit Top Secret stempele und dem Bestattungsunternehmen eine Kopie mit dem Sterbeort et cetera gebe, der geschwärzt sein wird.«

»Richtig. Aber ohne meine Unterschrift, richtig?«

»Ich bezweifle, dass sie es ohne Unterschrift und ohne Siegel, Stempel oder was immer, das kleine Löcher im Papier hinterlässt, akzeptieren werden.«

»Was ist, wenn der Leichenbestatter die Dokumente vom Generalkonsul beglaubigt haben will?«

»Das ist schon einmal geschehen. Ich gab ihnen eine unterzeichnete, gestempelte Bescheinigung, dass die Beglaubigung des Generalkonsuls vorliegt, jedoch verlegt worden ist. Ich wollte wieder so verfahren.«

»Nun, das ist *bereitwilliges und wissentliches Ausstellen*«, sagte Colonel Emmett.

Hanrahan zuckte mit den Schultern.

»Nur zwischen uns, Red. War es wichtig, was dieser Junge getan hat? Ist es all dies wert?«

»Ja, es war wichtig.«

»Erzählen Sie diesen beiden nicht mehr, als sie wissen müssen«, sagte Colonel Emmett.

»Sie werden die Leiche aus dem Flugzeug holen müssen ...«

»Sagen Sie ihnen nicht mehr – wie formulieren Sie das immer? – als sie Recht auf Information haben.«

»Danke, Doc«, sagte Hanrahan.

## 6

*Apartment 10-C, Immoquateur*
*Stanleyville, Provinz Oriental*
*Republik Kongo*

*8. April 1965, 19 Uhr 30*

First Lieutenant Geoffrey Craig umarmte seine Frau und drückte sie fest an sich. Er war überrascht über die Tiefe seiner Gefühle. Er brachte kein Wort heraus und atmete schwer.

Schließlich konnte er wieder sprechen.

»Du bist verrückt«, sagte er.

»Ich liebe dich auch«, erwiderte Ursula.

»Mensch, Liebling, du weißt, was hier passiert ist!«

»Damals war ich in Gottes Händen, und jetzt bin ich in Gottes Händen. Und mit meinem Mann zusammen.«

Er hielt sie weiterhin in den Armen und neigte den Kopf zurück, sodass er ihr ins Gesicht schauen konnte. Sein Aufwallen der Gefühle verschlug ihm von neuem die Sprache.

Nach einer Weile fragt er: »Wie, zum Teufel, bist du in das Flugzeug reingekommen? Was hat sich Portet dabei gedacht?«

»Ich fragte ihn, ob er uns mitnimmt oder ob ich auf eigene Faust hierhin fliegen soll. Er wusste, dass ich so oder so fliegen würde, und er sagte sich, es würde einfacher für Jiffy sein, wenn er mich mitnimmt. So konnte ich all die Sachen, die ich für Jiffy brauche, mit ins Flugzeug nehmen.«

»Mein Gott, Liebling, du kannst nicht hier bleiben!«, sagte er, und bevor sie etwas erwidern konnte, fügte er hinzu: »Weiß Felter davon?«

Ursula nickte.

»Er wusste, dass er mich nicht aufhalten konnte.«

»Ich kann dich einfach nicht verstehen«, sagte Geoff. In seiner Stimme klang eine Spur Ärger mit.

»Marjorie ist hier«, sagte Ursula.

»Marjorie hat ebenfalls den Verstand verloren.«

»Marjorie ist bei ihrem Mann, und jetzt bin ich bei meinem Mann und Jiffy ist bei seinem Papa.«

»Was hat meine Mutter dazu gesagt?«

»Sie war ein wenig hysterisch«, erwiderte Ursula nüchtern. »Dann überzeugte Hanni sie, dass wir in Leopoldville sicher sein werden.«

»Und du fliegst so bald wie möglich nach Leopoldville!«

»Du riechst unter den Armen«, sagte sie.

»Was?«

»Du musst duschen.«

»Ich habe den ganzen verdammten Tag in einem Flugzeug verbracht«, sagte er. »Natürlich muss ich duschen.«

»Nun?«

»Wie geht es Jiffy?«

»Er schläft. Mary Magdalene ist bei ihm.«

»Du hast sie ebenfalls zurückgebracht?«

Ursula nickte.

»Vielleicht wird er wach sein, wenn du geduscht hast.«

Er sah sie an.

»Sobald ich dich von hier wegbringen kann, gehst du nach Leopoldville.«

»Du riechst wirklich unter den Achseln.«

»Das hast du schon gesagt.«

Sie wies zum Badezimmer.

Kopfschüttelnd löste er sich von ihr, ging ins Badezimmer und schloss die Tür. Er setzte sich auf die Toilette, zog die Stiefel, die Fliegerkombination und die Unterwäsche aus und ging unter die Dusche.

Ursula blickte zur geschlossenen Badezimmertür und entkleidete sich. Als sie schätzte, dass er genügend Zeit gehabt hatte, um sich auszuziehen und unter die Dusche zu treten, betrat sie das Badezimmer. Sie sah ihn verschwommen hinter der beschlagenen Glastür, und als sie ihn vor sich hin reden hörte, zog sie die Glastür auf und ging zu ihm in die Duschkabine.

## 7

*Apartment 10-C, Immoquateur*
*Stanleyville, Provinz Oriental*
*Republik Kongo*

*8. April 1965, 20 Uhr 55*

Surreal *ist die richtige Bezeichnung,* sagte sich Captain James J. Dugan, als er sich im Wohnzimmer von Apartment 10-C umblickte. *Die vergangene Woche ist* surreal *gewesen, von dem Moment an, in dem ich ins Büro des Kommandeurs in Fort Riley befohlen wurde. Ich weiß, dass dies kein Traum ist, aus dem ich erwachen werde, doch dieses Gefühl habe ich, und das Wort dafür ist* surreal.

Captain Dugan trug die Uniform eines Majors der kongolesischen Fallschirmjäger, komplett mit allen Einzelheiten bis zur Browning 9mm Pistole in einem Stoffholster. First Lieutenant Paul W. Matthews trug die Uniform eines kongolesischen Captains der Fallschirmjäger.

Als sie die Uniform unter der Aufsicht eines kongolesischen Captains der Fallschirmjäger namens DeeGee angezogen hatten, der gestanden hatte, dass er in Wirklichkeit Sergeant Class Andrew DeGrew von Detachment 17 der Special Forces war, hatte Lieutenant Matthews einen kleinen Scherz gemacht:

»Bis gestern hatte ich noch nie einen Captain der kongolesischen Fallschirmjäger gesehen, und heute bin ich einer.«

Als sie Sergeant DeGrew bedrängt hatten, ihnen Einzelheiten zu erzählen, was los war, hatte er ihnen höflich erklärt, der ›Major‹ würde dies beim Abendessen erläutern, das um 21 Uhr in Captain Portets Apartment serviert werden würde.

Als DeeGee/DeGrew mit ihrem Äußeren zufrieden gewesen war, hatte er sie mit zwei echten Sergeants der kongolesischen Fallschirmjäger in Apartment 8-F allein gelassen und erklärt, sie würden als ihre Ordonnanzen und Leibwächter dienen. Mit Zeichensprache hatte es einer der Sergeants geschafft, ihnen mitzuteilen, dass Bier da war, wenn die Offiziere es wünschten, und um 20 Uhr 50 hatte es der andere geschafft, ihnen klarzumachen, dass es an der Zeit war, zum Essen zu gehen.

Vor der Tür zu Apartment 10-C standen zwei Fallschirmjäger, und Dugan und Matthews nahmen an, dass sie echt waren, denn beiden hatten Narben im Gesicht, die offensichtlich ihre Schönheit steigern sollten.

Captain DeeGee, ein Car-16-Gewehr geschultert, wies in Richtung Wohnzimmer.

Ein Weißer in einem Fliegerdress der U.S. Army ohne irgendwelche Rangabzeichen saß auf dem Boden und spielte Backe-backe-Kuchen mit dem blonden Kleinkind, das in der 707 gewesen war. Von der Blondine war nichts zu sehen.

Auf einem Couchtisch wartete ein Sortiment von Appetit anregenden Vorspeisen, und hinter einer kleinen Bar stand ein barfüßiger Afrikaner mit gestärktem weißem Jackett. Der kongolesische Lieutenant Colonel, der jetzt als Major Lunsford identifiziert war, hielt sich mit zwei anderen Männern an der Bar auf: mit dem Kapitän der 707 und dem kongolesischen Captain, der am Fuß der Gangway gewartet und ihnen gesagt hatte, dass Grüßen nicht nötig und er ein Spec7 sei.

*Und bis heute habe ich niemals einen Spec7 gesehen, obwohl ich gehört hatte, dass es sie gibt*, dachte Captain Dugan.

Ein zweiter barfüßiger Schwarzer mit gestärktem weißem Jackett kam durch eine Schwingtür ins Wohnzimmer und trug eine große Platte mit einem kleinen Spanferkel, das einen Apfel in der Schnauze hielt. Die gewaltige schwarze Frau aus der 707 folgte ihm und zeigte ihm, wo sie die Platte auf dem großen Esstisch hingestellt haben wollte. Dann folgte sie ihm durch die Schwingtür wieder hinaus.

»Willkommen«, sagte der Flugkapitän. »Kommen Sie rüber und nehmen Sie was zu trinken.«

Sie gingen zur Bar.

»Guten Abend, Sir«, sagte Captain Dugan.

»Guten Abend, Sir«, sagte auch Lieutenant Matthews.

»Sie sind Major Lunsford, Sir?«, fragte Captain Dugan und bot ihm die Hand.

»Willkommen im Kongo, Captain«, erwiderte Lunsford, schüttelte ihm die Hand und nickte dann Matthews zu, um auch ihn per Handschlag zu begrüßen.

»Sie haben Spec sieben Peters kennen gelernt, wie ich gehört habe?«, sagte Lunsford.

»Jawohl, Sir«, antworteten sie wie aus einem Mund.

»Der stolze Daddy auf dem Boden ist Lieutenant Geoff Craig, mein Stellvertreter.«

Craig winkte innen zu und hob dann das Kind auf den Arm, damit es ebenfalls winken konnte.

»Wer von Ihnen beiden ist besser im Abwerfen von Dingen aus einer L-19?«, fragte Craig. »Genauer gesagt, auf eine Lichtung, die vielleicht zweimal größer ist als dieser Raum? Eine Lichtung in wirklich dichtem Busch?«

Dugan und Matthews sahen sich an, sagten jedoch nichts.

»He, man hat Ihnen eine Frage gestellt«, sagte Lunsford.

»Sir, ich habe einige Zeit lang keine L-19 geflogen«, antwortete Matthews ehrlich.

»Von welcher Einheit kommen Sie?«, fragte Father.

»Headquarters, Third Army, Sir.«

»Da haben Sie die hohen Tiere in der L-23 herumgeflogen?«

»Jawohl, Sir.«

»Dann sind Sie derjenige von der Big Red One, richtig?«

»Jawohl, Sir.«

»Und bei der Big Red One gibt es viele L-19er, richtig?«

»Jawohl, Sir, ich habe kürzlich einige Zeit die L-19 geflogen.«

»Das bedeutet, dass Sie nichts Alkoholisches zu trinken bekommen, befürchte ich«, sagte Lunsford.

»Sir?«

»Beim ersten Tageslicht«, erklärte Geoff, »versuchen Sie und ich einige Batterien auf einer Lichtung im Busch abzuwerfen. So ist für uns heute Abend kein Saufen drin.«

Mrs Ursula Craig kam ins Wohnzimmer. Sie trug ein schlichtes gelbes Kleid.

»Und dies ist Miss – Mrs – Stanleyville 1965«, sagte Lunsford. »Auch bekannt als Mrs Ursula Craig.«

Die gewaltige schwarze Frau kam herein, schnappte sich das kleine Kind vom Boden und trug es hinaus.

»Und das ist die kriegerischste schwarze Lady, die ich jemals kennen gelernt habe«, sagte Lunsford. »Als ich sie zum ersten Mal sah, kam ich durch diese Tür ...«, er wies hin, »... und machte mit einem FN-Automatikgewehr meine John-Wayne-Nummer, und Mary Magdalene kam durch diese Tür ...«, er deutete auf die Schwingtür, »... und hatte Mordlust in den Augen und in jeder Hand ein Fleischermesser. Ich habe in meinem Leben noch nie so viel Angst gehabt.«

»Sie hat nur das Baby geschützt«, beteuerte Ursula Craig.

»Das sagte Jacques, als er herkam«, sagte der Flugkapitän. »Er hat ihn zu Tode erschreckt und ihn aufgezogen.«

»Ich gebe Ihnen also einen Ratschlag, Gentlemen«, sagte Father. »Legen Sie sich nicht mit Mary Magdalene an. Verstanden?«

»Nein, Sir«, sagte Captain Dugan. »Mit Verlaub, Sir, ich verstehe das alles nicht. Ich weiß nicht, was läuft, und ich bin mir nicht einmal sicher, wo wir sind.«

»Okay«, sagte Lunsford. »Ich versuche, das schnell zu verklickern, damit wir essen können. Sie haben in den Zeitungen von den Simbas gelesen, den Leuten, die Stanleyville und den größten Teil dieses Gebiets vom Kongo besetzt haben, bis die Belgier über Stanleyville abgesprungen sind?«

»Jawohl, Sir.«

»Captain Portets Frau, Ursula und das Baby waren hier in der Falle, als die Simbas kamen. In diesem Apartment.

Es gehört Captain Portet. Als die Belgier über Stanleyville mit dem Fallschirm absprangen, war Jack Portet – er ist Captain Portets Sohn und ein Offizier der Special Forces – mit dabei, und natürlich machte er sich sofort auf den Weg zum Immoquateur, weil seine Mutter und Ursula hier waren, sofern die Simbas nicht ihre Lebern auf dem Marktplatz zum Mittagessen gefressen hatten.«

»Father, mein Gott!«, protestierte Ursula.

»Sie wollten wissen, was hier los ist«, sagte Lunsford unbeeindruckt. »Ich erzähle es ihnen nur.«

»Sir, mit Verlaub, und verzeihen Sie mir, Mrs Craig«, sagte Captain Dugan, »aber Sie wollen doch nicht sagen, dass diese Leute tatsächlich Kannibalismus ausübten, oder?«

»Doch, das sage ich«, erwiderte Lunsford. »Genau das sage ich.«

»Sir, habe ich das richtig verstanden, dass Sie ebenfalls hier waren?«, fragte Matthews. Lunsford nickte.

»Dann sind Sie auch mit den Belgiern abgesprungen?«

»Nein. Er war bereits hier, als die Belgier herkamen«, sagte Geoff Craig. »Er lief im Busch mit den Simbas herum.«

»Wir hatten da die Special Forces schon hier?«, fragte Matthews überrascht.

»Und einige Leute von der Army Security Agency«, sagte Spec7 Peters.

»Und einige Leute von der ASA«, bestätigte Lunsford lächelnd.

»Wir arbeiten des Öfteren mit den Special Forces«, erklärte Spec7 Peters mit so viel Bescheidenheit, wie er aufbringen konnte.

Craig und Lunsford tauschten Blicke, sagten jedoch nichts.

Craig hatte – aus seiner Perspektive – einen schmeichelhaften Gedanken: *Wenn dieser dünne, kleine Bastard hier nicht weggeblasen wird, wird er nicht – besonders nicht, weil er sich das Fallschirmspringerabzeichen verdient hat – zur Fernmeldeabteilung des Weißen Hauses zurückkehren.*

»Sir, ich verstehe nicht, was die Special Forces jetzt hier machen«, sagte Matthews. »Sind die Simbas nicht – zerschlagen worden? Haben die Kongolesen die Lage nicht unter Kontrolle bekommen?«

»Nun, das hätten sie, wenn nicht Che Guevara gemeint hätte, dass er die Freuden des Kommunismus dem Rest der Welt bringt, indem er die Wilden hier ermuntert, ein paar weitere Lebern von weißen Leuten zu fressen.«

*»Ach du lieber Gott, Vater«*, stieß Ursula hervor, so unglücklich und durcheinander, dass sie in ihre Muttersprache Deutsch verfiel.

»Sie meinen doch nicht den Kubaner?«, fragte Captain Dugan ungläubig. »Den mit dem Bart?«

»Doch«, bestätigte Lunsford.

»Das ist schwer zu glauben«, meinte Dugan.

»Die Wahrheit ist merkwürdiger als die Fiktion«, sagte Lunsford. »Merken Sie sich das.«

»Mein Gott, es ist Ihr Ernst«, sagte Matthews.

»Ernesto Guevara de la Serna, Doktor med. – der naiverweise denkt, wir wissen nicht, dass er sich in diesem Moment auf einer Farm außerhalb von Daressalam, Tanganjika, befindet, bereitet sich darauf vor, seine so genannten Zitat Anfang ›Befreiungskräfte‹ Zitat Ende durch den Tanganjikasee in den Kongo zu führen«, sagte Father.

»Er ist Arzt?«, fragte Lieutenant Matthews ungläubig.

»Das ist ein Hammer!«, meinte Captain Dugan.

»Wir haben ein ASA-Abhörteam auf ihn angesetzt«, sagte Spec7 Peters.

»So lautet die Frage für Sie, Captain Dugan und Lieutenant Matthews, wollen Sie hier bleiben und uns helfen, den Hurensohn zu stoppen, und zwar zu beträchtlichem Risiko für Ihre Haut – es wird keine Kapelle spielen, wenn Sie heimkehren, *sofern* Sie heimkehren –, oder wollen Sie in die 707 steigen, wenn sie morgen in die Staaten zurückfliegt?«

»Sir, wir haben uns für diese Mission freiwillig gemeldet«, erwiderte Matthews.

»Das haben Sie nur gedacht«, sagte Lunsford. »Sie wurden durch Pappy Hodges rekrutiert, der Jungfrau Maria zeigen konnte, wie er seine Karten markiert hat, um sie dann zu überreden, mit ihm Strip-Poker zu spielen.«

»Father, das ist geschmacklos!«, tadelte Mrs Craig, doch sie lächelte.

»Ich will niemanden hier haben, der nicht hier sein will«, sagte Father. »Und ich glaube, jeder, der hier sein will, ist geisteskrank.«

Matthews und Dugan tauschten einen Blick, sagten jedoch nichts.

»Nur um sicherzugehen, dass Sie wissen, worauf Sie sich eingelassen haben«, sagte Lunsford. »Haben Sie den Sarg gesehen, den wir auf dem Flugplatz angefertigt haben? Wir schicken mit Captain Portet einen verdammt guten Soldaten heim. Er befand sich in einem Außenposten. Die kongolesischen Soldaten, die bei ihm waren, gerieten in Angst und hauten ab. Er blieb und kämpfte und verlor, und nach seinem Tod – ich hoffe jedenfalls, dass er schon tot war – schlugen die Simbas ihm den Kopf ab.«

Captain James J. Dugan schaute zu Lieutenant Matthews und dann zu Lieutenant Craig.

Er befeuchtete seine Lippen.

»Wann, sagten Sie, starten wir am Morgen, Lieutenant?«, fragte er.

# SECRET

Central Intelligence Agency
Langley, Virginia

Von: Stellvertretender Direktor Verwaltung

Datum: 8. April 1965 2330 GMT

Betrifft: Guevara, Ernesto (Aktennotiz # 72.)

An: Mr Sanford T. Felter
Berater des Präsidenten
Zimmer 637, The Executive Office Building
Washington, D.C.

Per Kurieroffizier

Gemäß präsidentschaftlicher Aktennotiz vom 14. Dezember 1964 an den Direktor betreffend ›Ernesto ›Che‹ Guevara‹ wird folgende Information geliefert:

Von CIA Daressalam, Tanganjika (Zuverlässigkeitsstufe fünf)

1–In den vergangenen 96 Stunden sind dreißig schwarze männliche Personen in wehrfähigem Alter mit kubanischen Pässen in Daressalam eingetroffen, alle mit Touristenvisa, die von der tanganjikanischen Botschaft in Mexico City, Mexiko, ausgestellt wurden. Zu diesem Zeitpunkt sind keine Namen der Personen bekannt.
2–Sie trafen in Gruppen von höchstens sechs

Personen mit verschiedenen Verkehrsflugzeugen aus Kairo, Ägypten (3), Prag, Tschechoslowakei (3), und Paris, Frankreich (2) ein.
3–Sofort nach der Ankunft wurden alle per Pkw oder Kleinlieferwagen zur Farm in der Nähe von Morogoro transportiert, wo sich bekanntermaßen Guevara und Dreke aufhalten.
4–Es ist die Meinung des Unterzeichners, dass die meisten, wenn nicht alle der Gruppe die Farm innerhalb der nächsten sieben Tage verlassen und versuchen werden, in den Kongo zu gelangen, vermutlich durch den Tanganjikasee von Kigoma in der westlichen Provinz aus.

*Howard W. O'Connor*
HOWARD W. O'CONNOR

SECRET

# XXII

## 1

*5 Grad 27 Minuten 08 Sekunden südlicher Breite*
*29 Grad 11 Minuten 19 Sekunden östlicher Länge*
*(Im Busch beim Tanganjikasee, Provinz Kivu, Kongo)*

*9. April 1965, 4 Uhr 40*

Doubting Thomas war überrascht und zuerst ärgerlich darüber, dass Lieutenant Colonel Henri Coizi, Colonel Supos Chef de Cabinet, der sich entschieden hatte, persönlich das Kommando über den Gegenstoßtrupp zu übernehmen, sich ebenfalls entschlossen hatte, die Verstärkungstruppe von zwanzig Schützen zu befehligen, um die er ersucht hatte.

Wie die meisten dienstalten Sergeants, die eine wichtige Aufgabe hatten, war Master Sergeant Thomas der Ansicht, dass er bei der Erfüllung seiner Mission keinen verdammten Lieutenant Colonel brauchen konnte, der ihm in die Quere kam.

*Aber wenigstens führt der Bastard den Trupp zu Fuß*, dachte Thomas, als er Colonel Coizi sah, *nicht wie Patton in einem Jeep stehend.*

Thomas trat aus dem Busch hervor und dachte:

*Hier ruht Master Sergeant William Thomas, der vor dem Morgengrauen mitten im Dschungel von einem schießwütigen Afrikaner erschossen wurde.*

»Stopp, niemand schießt!«, bellte Lieutenant Colonel Coizi mit einer Kommandostimme, die perfekt auf den Exerzierplatz von Fort Bragg gepasst hätte.

Thomas grüßte schneidig.

»Guten Morgen, Sir.«

Coizi erwiderte den Gruß ebenso zackig.

»Major«, sagte er.

»Ich habe den Colonel ein wenig eher erwartet«, sagte Thomas höflich.

*Zum Beispiel gestern Abend um zehn.*

»Wir marschierten gestern Abend vom Außenposten George ab, aber ich hielt es für das Beste, bis zum ersten Tageslicht abzuwarten«, erwidert Coizi. »Ich wollte nicht an Ihnen vorbeimarschieren, aus offenkundigen Gründen. Und ich sagte mir, wenn ich einen Späher auf die Suche nach Ihnen und Sergeant Jette schicke, könnte ich ihn leicht verlieren. Und außerdem haben wir keine Funkgeräte verfügbar.«

»Jawohl, Sir«, sagte Thomas.

»Wo ist Sergeant Jette?«

»In unserem Camp, Sir. Etwa hundert Meter im Busch.«

»Und die Simbas?«

»Ungefähr zwei Kilometer diesen Pfad entlang, Sir. Jette und ich haben heute Nacht erkundet. Es sind ungefähr sechzig Simbas, einschließlich einiger Frauen.«

»Nun, warum schauen wir beide uns das nicht an? Während wir fort sind, kann Jette meine Männer über die Lage informieren.« Er bemerkte Thomas' Zögern. »Es sei denn, Sie ziehen es vor, die Soldaten zu informieren, während Jette und ich sondieren, was uns erwarten wird.«

»Sir, mit Ihrer Erlaubnis möchte ich auf die L-19 warten, die Batterien für Ihre Funkgeräte abwerfen wird. Ich erwarte das Flugzeug beim ersten Tageslicht – jetzt jeden Augenblick. Und dann, wenn wir Ihre Funkgeräte funktionstüchtig haben, können wir uns die Simbas ansehen.«

»Selbstverständlich«, sagte Coizi. »Daran hätte ich denken sollen. Sie müssen mir verzeihen. Ich bin es nicht gewohnt, Luftunterstützung zu haben.«

»Jawohl, Sir.«

»Wo werden die Batterien abgeworfen?«

»Auf die Lichtung, Sir«, sagte Thomas und wies hin.

Coizi wandte sich um, rief einen Namen, und ein kongolesischer Offizier kam schnell und leise zu ihm und salutierte. Er war jung, sehr groß und sehr schwarz.

»Lieutenant Breque, kennen Sie Major Thomas?«

»Nein, Colonel.«

Thomas und Breque schüttelten sich die Hände.

»Stellen Sie eine Randstellung auf«, befahl Coizi. »Wir haben vier Rucksackfunkgeräte, nicht wahr?«

»Und eines im Jeep, Colonel.«

»Mein Funker kann sie nicht alle tragen«, sagte Coizi. »Geben Sie mir zwei starke Männer. Ich will nicht, dass Major Thomas sein Funkgerät schleppen muss.«

»Jawohl, Colonel.«

»Schicken Sie die Männer zu uns«, befahl Coizi und wies zum Busch. »Sehr bald werden Batterien von einem der kleinen Flugzeuge für uns abgeworfen werden.«

»Jawohl, Colonel.«

»Wenn sie abgeworfen worden sind, werde ich Sergeant Jette herschicken, um Sie und die Männer über die Lage zu informieren und die Funkgeräte auszuprobieren. Major Tomas und ich werden dann eine Erkundung durchführen.«

»Jawohl, Sir.«

»Sie können wegtreten«, sagte Coizi.

Lieutenant Breque salutierte und kehrte zu dem Trupp Schützen zurück.

»Ich glaube, er wird es schaffen«, sagte Coizi.

»Sir?« Thomas blickte ihn fragend an.

»Ich habe ihn erst gestern befördert – er war Sergeant –, um den Lieutenant abzulösen, der dafür verantwortlich war, dass wir keine Batterien haben«, sagte Coizi sachlich. »Diesen Versager habe ich zu den Mannschaften degradiert. Ich hätte ihn erschießen lassen sollen.«

»Nun, das Problem ist gelöst«, sagte Thomas.

»Er ist kein so guter Soldat wie Jette«, sagte Coizi. »Ich hätte Jette gern zum Sous-Lieutenant ernannt, aber er kann weder lesen noch schreiben.«

»Ja, Sir, ich weiß.«

Fast in dem Moment, in dem Thomas, Coizi und die beiden Soldaten, welche die Funkgeräte trugen, auf die Lichtung traten, konnten sie das Motorengeräusch einer nahenden L-19 hören.

Thomas zündete hastig eine gelbe Rauchgranate.

Drei Minuten später, gerade als Thomas zu seinem Funkgerät gelangte, das an einen Baumstumpf gebunden war, und es anschaltete, raste eine L-19 über die Lichtung hinweg. Sie verschwand und kehrte eine Minute später zurück, diesmal viel tiefer.

Ein paar Sekunden später knackte und raschelte es in den Zweigen oberhalb von Thomas, und als sein Kopf hochruckte, krachte ein gepolsterter Segeltuchbeutel durch die Zweige und stoppte – als sich der Fallschirm in den oberen Zweigen des Baumes verfing – keinen Meter von der Stelle entfernt, an der er sich hingeworfen hatte.

Als er den Beutel von den Seilen des kleinen Fallschirms gelöst hatte und bevor er ihn vom Baum zu Boden lassen konnte, kündigte das Motorengeräusch der L-19 einen weiteren Überflug an. Nachdem sie wieder die Lichtung überflogen hatte, landete abermals ein kleiner Frachtfallschirm mit seiner Ladung an der Seite der Lichtung, nicht weit entfernt von der Stelle, an der Lieutenant Colonel Coizi stand.

»Das muss pures Glück gewesen sein«, murmelte Thomas vor sich hin.

Er zog den Beutel mit den Batterien zum Boden und wartete, bis Jette das Seil vom zweiten Paket gelöst hatte, sein Funkgerät vom Rücken schnallte und auf den Boden stellte.

Als Thomas vom Baum herabgeklettert war, hatte Coizis Funker bereits die Batterien in ein Funkgerät eingesetzt, und Colonel Coizi sprach mit dem Gegenstoßtrupp in Außenposten George.

»Das ist sehr interessant«, sagte Coizi zu Thomas, als er fertig war. »Der andere Spurenleser, Sergeant Nambibi, brachte beim ersten Tageslicht zwei der Deserteure.«

»Was wird mit ihnen geschehen?«, fragte Thomas.

»Sie werden aufgehängt werden, sobald wir wieder im Außenposten George sind«, sagte Coizi, als sei die Frage überraschend für ihn.

Thomas kniete sich neben sein Rucksackfunkgerät, schaltete es an und nahm das Mikrofon.

»Birddog, Hunter.«

»Kommen, Hunter.«

»Wir haben beide Beutel«, meldete er.

»Sie klingen überrascht«, erwiderte Geoff Craig.

»George ist auf Sender«, sagte Thomas. »Coizi hat mit ihnen gesprochen.«

»Das habe ich gehört«, antwortete Craig. »Wir waren zuerst dort. Was geschieht jetzt?«

»Die bösen Jungs sind zwei Kilometer östlich. Coizi und ich gehen jetzt dorthin. Können Sie über uns bleiben? Wenn die Simbas flüchten, möchte ich wissen, in welche Richtung.«

»Ich habe Ihnen schon mal gesagt, Thomas, dass ich nur Baumwipfel sehen kann.«

»Vielleicht haben Sie Glück«, erwiderte Thomas. »Ich werde auf dieser Frequenz bleiben.«

»Funken Sie mich an, wenn Sie bereit sind«, erwiderte Craig.

»Danke, Hunter Ende«, sagte Thomas.

Er wollte das Funkgerät nehmen und in den Tragegurt schlüpfen, doch einer der Fallschirmjäger machte ihm klar, dass er es für ihn tragen würde.

Thomas gab nach, obwohl ihn der Gedanke, dass der kongolesische Fallschirmjäger sein Funkgerät trug, nervös machte.

*Sie hauten bei Withers ab, als sie dachten, dass es Probleme geben würde. Was ist, wenn ich hier plötzlich allein bin, umzingelt von Kannibalen, während sich dieser Sergeant mit meinem Funkgerät in den Busch davonmacht?*

Er ging zu Lieutenant Coizi, der bei Sergeant Jette stand.

»Ich bin bereit, Colonel«, sagte Thomas. »Mit Ihrer Erlaubnis werde ich die Vorhut bilden.«

»Und ich die Nachhut«, sagte Coizi.

»Jawohl, Sir.«

»Bei der Force Publique und jetzt in der Armée Congolaise habe ich die Erfahrung gemacht, wenn Sie dem Führer einer Einheit befehlen, Ihnen so oder so viele Männer zu geben, bekommen Sie diejenigen Männer, die er am besten entbehren kann«, sagte Coizi. »Ist das bei den Special Forces ebenso?«

»Ich nehme an, es war vermutlich schon bei den römischen Legionen so, Colonel«, sagte Thomas lächelnd.

»Unter diesen Umständen halte ich es für klug, wenn einer von uns die Nachhut bildet, um sicherzustellen, dass wir beim Aufbruch mit vier Männern diese vier beim Ziel immer noch haben. Verstehen Sie, was ich meine?«

»Jawohl, Sir.«

Coizi winkte einen der Träger der Funkgeräte zu sich und nahm ihm sein Automatikgewehr ab. Er untersuchte es genau, lud es durch und schlang sich den Riemen um den Hals, was ihm erlaubte, das Gewehr mit der Hand nahe am Abzug zu tragen.

»Ihr beide folgt Major Tomas«, sagte er. »Ich bilde die Nachhut.«

Er deutete zum Busch.

»Wann immer Sie bereit sind, Major Tomas«, sagte er.

Thomas überprüfte sein Colt Car-16-Gewehr und seine 45er Pistole, um sich zu vergewissern, dass die Waffen geladen und gesichert waren, und dann ging er durch den Busch zurück zum Pfad.

Es gab kein Anzeichen darauf, dass im Feldhandbuch der Simbas die Rundumsicherung eines Lagers vorgeschrieben war, und als sie nach Thomas' Schätzung noch einen halben Kilometer von dem Camp entfernt waren, wartete er darauf, dass Colonel Coizi ihn einholte, und sagte ihm das. Er fügte hinzu: »Heute Nacht schlief ein Mann neben dem Pfad hinter der nächsten Biegung. Das war alles. Wir schlichen einfach um ihn herum, und das Lager selbst war vielleicht vierhundert Meter von seiner Position entfernt.«

»Ich werde mir das ansehen«, sagte Coizi. »Es gibt wirklich keinen Grund, dass Sie mitkommen. Ein Mann verursacht weniger Geräusche als zwei.«

Er überreichte Thomas sein FN-Automatikgewehr.

»Ich halte es für das Beste, Sie behalten dies«, sagte er.

»Jawohl, Sir.«

Coizi verließ den Pfad und ging in den Busch zur Linken. Nach einer Viertelstunde kehrte er so lautlos zurück, dass er Thomas erschreckte.

»Ungefähr die Hälfte schläft noch immer«, sagte er. »Ich schlage vor, wir rücken etwas weiter auf dem Pfad vor, ich formiere meine Männer, wir warten und führen dann unsere Operation durch.«

»Jawohl, Sir«, sagte Thomas. »Sir, darf ich fragen, welchen Plan Sie haben?«

»Selbstverständlich«, sagte Coizi. Er hockte sich hin, wischte Blätter und Äste vom Boden, nahm einen Ast und zeichnete eine grobe Skizze von dem Gebiet.

»Hier ist das Lager, zu beiden Seiten des Pfades. Ich werde ein halbes Dutzend Männer zur Rückseite des Lagers schicken, um sie von dort aus einzusetzen.«

Er zog einen Bogen, der vom See wegführte.

»Ich dachte mir, Sie und Sergeant Jette möchten dies tun. Der Rest meiner Männer wird hier sein.«

Er zeichnete mit dem Ast einen weiteren Bogen, länger und tiefer.

»Wenn alle Männer in Position sind, werde ich die Simbas auffordern, sich zu ergeben. Dies wird nicht geschehen. Ich glaube, ihre erste Reaktion wird sein, sich nach Osten zurückzuziehen, in Richtung See. Der Trupp dort wird (a) die Frauen passieren lassen, (b) die Männer erschießen und (c) sicherstellen, dass das Vieh nicht in den Händen der Simbas bleibt.«

*Ich bezweifle*, dachte Thomas, *dass es kongolesische Ritterlichkeit gegenüber dem schwachen Geschlecht widerspiegelt, wenn den Frauen das Passieren erlaubt wird.*

»Wenn ich Recht habe und ihre erste Reaktion die Flucht nach Osten ist, werden sie nach dem ersten Feuer, das sie von dort erhalten, zurück in die andere Richtung flüchten, höchstwahrscheinlich den Pfad hinab, wo mein Trupp sie unter Beschuss nehmen wird, was sie vermutlich wieder ostwärts zurücktreibt, wo Sie von neuem feuern, die Männer töten und die Frauen passieren lassen werden.«

»Sir, warum erlauben Sie den Frauen die Flucht? Warum lassen Sie sie nicht gefangen nehmen?«

»Wenn wir sie gefangen nehmen, müssen wir sie durchfüttern«, sagte Coizi sachlich. »Und sie ›entkommen‹ zu lassen, ist die beste Möglichkeit, schnell unter den Simbas die Nachricht zu verbreiten, dass eine Gruppe, die Vieh stiehlt, von der Armée Congolaise gefunden wird, die die Männer tötet und nicht zulässt, dass das Vieh in die Hände der Simbas fällt.«

Zehn Minuten später wählte Sergeant Jette mit Erlaubnis von Major Tomas die sechs Schützen aus, die sie zur fernen Seite des Simba-Lagers begleiten würden.

Seine Befehle waren einfach:

»Ihr werdet Major Tomas folgen. Ich werde die Nachhut bilden. Ich werde jeden erschießen, der seine Waffe einsetzt, bevor Major Tomas mit seiner feuert oder ich mit meiner feuere. Und ich werde jeden erschießen, bei dem ich auch nur den Verdacht habe, dass er in den Busch davonlaufen will.«

Vierzig Minuten später fand Thomas eine bequeme Position hinter einem vom Blitz gefällten Baumstamm und meldete Lieutenant Coizi über Funk, dass sie in Stellung waren.

»Sehr gut«, erwiderte Coizi.

Kaum zwei Minuten danach waren Schüsse aus einem oder vielleicht zwei Automatikgewehren zu hören, und dann herrschte Stille. Es war nicht zu sagen, ob die Schüsse von Coizis Männern oder den Simbas abgefeuert worden waren.

Wiederum zwei Minuten später waren die stampfenden Geräusche von Hufen zu hören, und kurz danach tauchten zwei Frauen auf, die eine Milchkuh den Pfad heruntertrieben. Weitere Frauen mit zwei anderen Kühen folgten Sekunden später den ersten beiden.

Thomas sah, dass Jette, der eine ähnliche Position wie er eingenommen hatte – hinter einem gefällten Baumstamm, der dick und hoch genug war, um Schutz gegen Gewehrfeuer zu bieten –, mit seinem Gewehr zielte, den Hebel von *gesichert* auf *Einzelfeuer* stellte und die linke Hand auf dem Baumstamm aufstützte, während er auf das Auftauchen eines geeigneten Ziels wartete.

Zwei geeignete Ziele tauchten auf, männliche, bewaffnete Simbas, und der Zweite trug außer einem FN-Gewehr ein Schwert.

Thomas entschied sich, auf das Ziel zu schießen, das nach Jettes erstem Schuss übrig bleiben würde. Da Jette höchstwahrscheinlich den ersten männlichen, bewaffneten Simba ausschalten würde, visierte Thomas die Brust des Simbas mit dem Schwert an.

Als er einen einzelnen Schuss aus Jettes 7-mm-Gewehr hörte, zog Thomas den Abzug des Colt Car-16 durch. Der Simba mit dem Schwert ließ sein Gewehr fallen, starrte überrascht auf seine Brust und stürzte vornüber aufs Gesicht.

Thomas hob den Kopf vom Kolben und sah, dass der erste Simba so schnell er konnte auf ihn zu rannte. Er senkte den Kopf, zielte schnell und feuerte. Es war ein zu hastiger Schuss, und er verzog ein wenig. Die Kugel traf den Simba in die linke Schulter, was ihn herumriss, bevor er fiel. Thomas traf ihn ein zweites Mal, ehe er zu Boden ging.

Es überraschte ihn, dass Jette den Simba verfehlt hatte. Er hatte angenommen, ein kongolesischer Unteroffizier könnte ein Ziel von der Größe eines Mannes auf nur fünfzig, sechzig Meter treffen.

Dann sah er, dass die Milchkuh zusammengebrochen und in den Vorderbeinen eingeknickt war. Der Kopf des Tiers war blutig. Von der Frau, die das Tier getrieben hatte, war nichts zu sehen, obwohl zu hören war, dass jemand durch den Busch brach.

Die zweite Kuh und ihre Treiberinnen hatten Mühe, an der zusammengebrochenen Kuh vorbeizukommen. Jettes Gewehr krachte wieder, und die zweite Kuh taumelte und fiel auf die Seite. Die beiden Treiberinnen hetzten zurück, den Pfad hinauf.

Jette schoss zum dritten Mal. Thomas konnte weder Mensch noch Tier sehen, doch anscheinend hatte Jette die dritte Kuh erschossen.

Ein paar Minuten lang war nur ein schwaches und sich entfernendes Rascheln im Busch zu hören, und dann herrschte Stille.

Plötzlich krachte eine Salve, einschließlich von Schüssen, die für Thomas wie das Hämmern einer 9-mm-Uzi-Maschinenpistole klangen.

Ein oder zwei Minuten später kamen Frauen – insgesamt zehn – einzeln und in Paaren, rennend über den Pfad.

Dann hörte Thomas das entnervende Geräusch, das eine Gewehrkugel verursacht, die einem dicht am Kopf vorbeipfeift. Und sofort danach zwei weitere solcher Geräusche.

»Scheiße!«, stieß Thomas hervor, zuckte zurück und duckte sich tiefer in den Schutz, den der Baumstamm ihm bot.

*Hier ruht Master Sergeant William Thomas, getötet von freundlichem afrikanischen Feuer.*

*Pass auf, auf wen du schießt, du Arschloch. Auf dich feuert niemand. Dieses Feuer kam von irgendeinem Idioten, der nicht zugehört hat, als Colonel Coizi gesagt hat: »Schießt nicht den Pfad hinunter, dort haben wir Leute.«*

Er schob sich seitwärts hinter dem Baumstamm entlang, bis er den Fuß des Baumes erreichte, der von einem Blitz gefällt und entwurzelt worden war. Sehr vorsichtig erhob er sich auf die Knie und spähte um das Wurzelwerk.

*Hier ruht Master Sergeant William Thomas, der einen Blick*

*riskierte, als er verdammt genügend Verstand hätte haben sollen, seinen verdammten Schädel unten zu halten.*

Er konnte nur tote Kühe sehen. Die beiden Simbas, die er getroffen hatte, waren vom Busch verborgen.

Ebenso wenig konnte er weder Sergeant Jette noch irgendeinen der anderen Schützen sehen. In der Ferne fielen Schüsse.

Dann brach etwas durch den Busch, und er suchte das Gebiet schnell ab. Das erste Leben, das er sah, waren drei Kühe, die so schnell rannten wie sie konnten.

*Scheiß darauf, diese Rindviecher haben mir nichts getan.*

Dann tauchten drei Frauen auf und dahinter zwei, drei, fünf, sieben bewaffnete Männer.

Er überlegte, ob er den Hebel von Einzelfeuer auf Automatik umschalten sollte, entschied sich, ihn auf Einzelfeuer zu lassen, und glitt wieder hinauf hinter den Baumstamm, damit er seine linke Hand darauf aufstützen konnte.

Er hatte gerade die Brust des ersten der bewaffneten Männer anvisiert, als ein ohrenbetäubender Feuerstoß aus einem FN-Gewehr auf Automatik hämmerte. Das Feuer raste über seinen Kopf hinweg, und als er sich umwandte, sah er zwei der Schützen aufrecht stehend auf die Simbas schießen.

Als er wieder zu den Simbas blickte, war nichts mehr von ihnen zu sehen.

Er rief einen Befehl.

»Kommt hier hinter den Baumstamm und stellt eure Waffen auf Einzelfeuer!«, befahl er.

Seine Stimme klang merkwürdig, und es dauerte einen Moment, bis ihm bewusst wurde – und dies widerfuhr ihm nicht zum ersten Mal –, dass er von den Schüssen, die so nahe bei seinem Kopf abgefeuert worden waren, wie taub gewesen war.

Die beiden Schützen befolgten seinen Befehl und nahmen Positionen hinter dem gefällten Baumstamm ein.

Und dann, vielleicht drei Minuten lang – die viel länger zu sein schienen – geschah absolut gar nichts.

Keine Schüsse, keine Geräusche im Busch, und es waren weder Mensch noch Tier zu sehen.

Schließlich tauchte Sergeant Jette weit zur Rechten auf. Er schaute sich um, und Thomas spürte, dass er nach ihm suchte. Thomas hob den Arm über den Baumstamm und winkte, bis Jette es sah und zurückwinkte. Dann signalisierte Jette, dass sie über den Pfad in Richtung von Colonel Coizis Männern vorrücken sollten.

Thomas rappelte sich auf und signalisierte Jette, zuerst zu gehen, er würde die Nachhut bilden.

*Es ist durchaus möglich, dass irgendein nervöser Typ zuerst auf jeden losballert, der über diesen Pfad kommt, und erst später das Ziel identifiziert. Sollen sie einen anderen Afrikaner erschießen, nicht Mrs Thomas' Lieblingssohn Billy.*

»Also los, Abmarsch«, befahl er den beiden Schützen. »Folgen Sie Premier Sergent Jette.«

*Und ihr könnt euch entspannen, Jungs. Ihr könnt in den Busch davonlaufen, wenn ihr wollt. Doubting Thomas hat für heute vom Töten die Schnauze voll.*

Zwei Minuten – hundert Meter – später, fiel ein einzelner Schuss. Im Reflex warf sich Thomas zu Boden.

Als er aufblickte, sah er Jette aufstehen, das Gewehr zu Boden richten und dann feuern. Jette lief zwanzig Meter weiter und schoss wiederum auf etwas am Boden.

*Allmächtiger, er erschießt die Verwundeten!*

*Nun, vielleicht sind es Tote, aber er geht auf Nummer Sicher.*

*Zum Glück habe ich befohlen, dass er die Vorhut bildet. Ich bezweifle, dass ich das hätte tun wollen. Dass ich das hätte tun können.*

Er erhob sich und ging weiter.

Einzelne Schüsse peitschten ein paar hundert Meter entfernt.

*Dies sind keine netten Leute. Sie haben Clarence Withers den Kopf abgehackt. Und sein Bein. Und ich vermute, dass mindestens einer davon in Stanleyville dabei war, wo sie Leuten die Leber herausgeschnitten und gegessen haben.*

*Der Gedanke, auf sie zu schießen, um sicherzugehen, dass sie tot sind, gefällt mir jedoch immer noch nicht.*

*Die Wahrheit ist anscheinend, Billy Thomas, dass du nicht annähernd so hart bist, wie du dir weismachen willst.*

»Ich werde Lieutenant Breque hier das Kommando übergeben«, sagte Colonel Coizi. »Damit die Leichen der Simbas weggeschafft und ihre Waffen eingesammelt werden. Sie und ich und Sergeant Jette werden mit dem Jeep zum Außenposten George zurückkehren.«

»Jawohl, Sir«, sagte Thomas.

»Ich möchte einen Lastwagen herschicken, um das tote Vieh abzuholen. Es wäre eine Vergeudung, es hier zurückzulassen.«

»Jawohl, Sir.«

Die Schützen, die Thomas' Funkgerät getragen hatten, kamen zu ihnen.

Thomas schaltete das Gerät ein.

»Birddog, sind Sie da?«

»Ich dachte schon, Sie wären das Mittagessen eines Löwen«, ertönte Geoff Craigs Stimme sofort. »Was ist dort unten los?«

»Wir haben sie aus dem Hinterhalt überfallen.«

»Ist es vorüber?« Selbst verzerrt durch den Funk war die Ungläubigkeit in Craigs Stimme deutlich zu hören.

»Ja, es ist vorüber. Die guten Jungs haben gewonnen. Colonel Coizi bringt mich im Jeep zurück nach George. Ist es möglich, dass Sie mich dort abholen und von hier fortbringen?«

»Ich habe einen der neuen Piloten bei mir. Den muss ich nach Woolworth bringen, und dann komme ich zurück und hole Sie ab.«

»Bitte«, sagte Thomas.

»Bin schon unterwegs«, erwiderte Geoff. »Birddog Ende.«

»Hunter Ende«, sagte Thomas und schaltete sein Funkgerät aus.

## 2

*Apartment 8-D, Immoquateur*
*Stanleyville, Provinz Oriental*
*Republik Kongo*

*9. April 1965, 16 Uhr 25*

Master Sergeant William Thomas, Special Forces Detachment 17, saß in seiner Unterwäsche auf einer Chaiselongue auf dem Balkon des Apartments. Neben ihm auf dem Boden stand eine Flasche Cognac Martell, jedoch kein Glas. Deshalb war für Major George Washington Lunsford beim Betreten des Balkons klar, dass Doubting Thomas aus der Flasche getrunken hatte, und deren Inhalt verriet ihm, dass es oft der Fall gewesen war.

»Ziemlicher Vorsprung vor der Cocktailstunde, nicht wahr?«, fragte Lunsford.

Er hatte mehr oder weniger damit gerechnet, dass sich Thomas betrinken würde. ›Doubting Thomas‹ hatte sich den Namen als Zweifler in Vietnam verdient, nicht als Art Bezugnahme auf den Heiligen Thomas, der an Jesus' Wiederauferstehung gezweifelt hatte, bis er den Beweis gehabt hatte, sondern eher, weil er manchmal Operationen vorher und nachher mit Selbstbetrachtungen und zweifelnden Fragen nahezu lahm gelegt hatte. *Warum tun wir dies? Warum tut Bill Thomas dies? Warum haben wir dies getan? Warum hat Bill Thomas das getan?*

*Aber das Wort, auf das es ankommt, ist ›nahezu‹*, dachte Lunsford. *Thomas hat immer seine Pflicht erfüllt, meistens hervorragend, und jeden Befehl ausgeführt. Aber bevor er das getan hat und danach, ist er oftmals innerlich zerrissen gewesen.*

Niemand hatte ihn jemals verspottet – abgesehen von dem Spitznamen –, und Lunsford hatte sich oftmals gefragt, ob das daran lag, dass Thomas tatsächlich ein harter Hund war, dem kein vernünftiger Mensch absichtlich in die Quere kam, oder daran, dass jeder seine Zweifel zu verstehen und sogar zu respektieren schien, auch wenn er sie nicht selbst teilte.

»Ich nehme an, ich werde die Cocktailstunde ausfallen lassen, trotzdem vielen Dank, Major, Sir«, sagte Thomas und bemühte sich, trotz schwerer Zunge jede Silbe deutlich auszusprechen.

»Sehen Sie sich das an, ja?«, sagte Lunsford und hielt ihn ein Blatt Papier hin. Thomas nahm es und konzentrierte sich mit sichtlicher Mühe auf den Text. »Ich muss es zur der nächsten Satellitenzeit abschicken.«

SECRET
HELP0025 1600 ZULU 9 APRIL 1965
VIA WHITE HOUSE SIGNAL AGENCY

FROM: HELPER SIX
TO: EARNEST SIX

AFTER ACTION REPORT # 2
REFERENCE MAP BAKER 08

1–Bezugnehmend auf meinen HELP 0022 vom 6. April
2–Am 8. April um ungefähr 1600 Uhr Zulu ortete MSgt William Thomas bei der Beratung einer kongolesischen Erkundungseinheit den Simba-Trupp, der Außenposten George überfallen hatte. Zum Zeitpunkt der Entdeckung bestand der Simba-Trupp aus ungefähr fünfundvierzig (45) bewaffneten männlichen und fünfzehn (15) bewaffneten weiblichen Personen und befand sich ungefähr fünfzehn (15) Kilometer östlich von Außenposten George. Sie trieben sechs (6) Rinder, gestohlen von dem verlassenen Bauernhof in der Nähe von Außenposten George.

3–Am 9. April 1965 um ungefähr 0400 Uhr Zulu gab sich ein kongolesischer Gegenstoßtrupp, unter dem Kommando von Lt Col Henri Coizi und beraten von MSgt Thomas, dem Simba-Trupp zu erkennen und forderte ihn auf, sich zu ergeben. Der Simba-Trupp reagierte mit Automatikfeuer aus Handfeuerwaffen, und der Gegenstoßtrupp griff an. Ein Feuergefecht von ungefähr fünfzehn (15) Minuten folgte.

4–Verluste des Gegenstoßtrupps: null (0) Gefallene; null (0) Verwundete.

5–Verluste des Simba-Trupps: achtunddreißig (38) männliche Gefallene; null (0) weibliche Gefallene; Zahl der weiblichen Verwundeten unbekannt.

6–Waffen des Simba-Trupps, die sichergestellt wurden: 41 Gewehre verschiedener Fabrikate, einschließlich eines M-14 aus dem Besitz von SFC Withers von Außenposten George; 34 Faustfeuerwaffen verschiedener Fabrikate, einschließlich einer 1911A1 Pistole Kaliber .45 aus dem Besitz von SFC Withers von Außenposten George. Zusätzlich wurden fünf Stück Vieh sichergestellt.

HELPER SIX
SECRET

»Enthält das ungefähr alles, Bill?«, fragte Father, als Thomas zu ihm aufblickte.

»Warum nicht?«

»Ist es genau oder nicht? Soll ich es so abschicken oder nicht?«

»Sie haben ausgelassen, dass Colonel Coizi den Sergeant, der mit seinen Männern von Withers desertiert ist, hat aufhängen lassen«, sagte Thomas.

»Wir waren darin nicht verwickelt«, sagte Father. »Oder?«

»Sie machten eine Schlinge aus einem Elektrokabel ...«

»Wir waren nicht darin verwickelt, oder, Bill?«

»Coizi ließ mich zuschauen«, sagte Thomas. »Sie nahmen ein Elektrokabel, machten eine Schlinge und befestigten sie an einem Baum. Dann fuhren sie rückwärts einen Truck darunter, stellten den armen Bastard auf den Truck, legten ihm die Schlinge um den Hals und fuhren den Truck fort. Das brach dem armen Bastard nicht das Genick, reichte nicht mal aus, um ihn zu erdrosseln, und so befahl Coizi Sergeant Jette, ihn vom Truck runterzuziehen. So spannte sich die Schlinge, und nach einer Minute oder so hörte sein Zucken auf.«

Er sah Lunsford an.

»Während seiner Zuckungen lachten alle. Das war das Lustigste, das sie seit Jahren gesehen hatten.«

»Es ist ihre Sache, Bill, nicht unsere.«

»Es hätte auch einige Verwundete gegeben, doch sie gingen herum und erschossen sie.«

»Dies ist Afrika, Bill.«

»Wir sind Afrikaner, nicht wahr?«, fragte Thomas.

»Ich bin in Philadelphia geboren worden«, sagte Father.

»Wissen Sie, was ich gedacht habe, Father?«

*O Gott. Hoffentlich quält er sich nicht mit Schuldgefühlen: Ich hätte nicht zulassen sollen, dass sie den armen Kerl aufhängen. Ich hätte es verhindern sollen.*

»Ich bekomme einen richtigen Hass auf diesen Bastard Guevara«, sagte Thomas.

Das war das Letzte, das Lunsford zu hören erwartet hatte.

»Wieso?«

»Er will diese verdammten Leute benutzen. Sie selbst sind ihm scheißegal.«

»Da haben Sie vermutlich Recht.«

»Vermutlich? Ha. Ich bin mir absolut sicher. Er will der Zampano in Südafrika sein, und wenn das bedeutet, dass Tausende, ein paar Zehntausende dieser armen verdammten Wilden krepieren, damit er sein Ziel erreicht, juckt ihn das nicht.«

Lunsford äußerte sich nicht dazu.

»Ich habe heute Morgen zwei Mann erschossen«, sagte Thomas. »Den ersten mit einem Brustschuss. Er bekam gar nicht mehr mit, was ihn getroffen hatte. Den zweiten traf ich in die Schulter und musste noch einmal schießen. Okay. Vielleicht ist er dabei gewesen, als sie Withers den Kopf und das Bein abgehackt haben. Aber Withers wäre überhaupt nicht hier gewesen – keiner von uns wäre hier –, wenn dieser verdammte Guevara nicht versuchen würde, dieses Land zu übernehmen.«

»Da muss ich zustimmen, Bill.«

»Withers wäre also noch am Leben, wenn der verdammte Guevara nicht wäre, richtig?«

Lunsford nickte.

»Und ebenfalls am Leben wären diese beiden Wilden, die ich heute Morgen erschossen habe, und all die anderen verdammten Wilden, die von Coizis Schützen erschossen wurden, richtig?«

»Richtig.«

»Und jetzt kommt der verdammte Guevara persönlich über den Tanganjikasee, richtig?«

»So sagt der Nachrichtendienst, Bill.«

»Und wenn ich den Bastard abknalle – der einzige Hurensohn, der es wirklich verdient, abgeknallt zu werden –, bekomme ich Probleme, richtig?«

»Sehr ernste Probleme, Bill«, sagte Lunsford. »Denken Sie nicht mal daran.«

»Ich dachte mir, dass Sie das sagen würden.«

Thomas nahm die Cognacflasche und hielt sie Lunsford hin.

»Möchten Sie einen Schluck, Father?«

»Danke«, sagte Lunsford und trank aus der Flasche.

»Ich vertraue Ihnen in diesem Punkt, Father«, sagte Thomas. »Ich möchte wirklich gern den verdammten Guevara abknallen.«

»Ihn am Leben zu lassen wird ihm und seinesgleichen

mehr Probleme machen, als ihn abzuknallen«, sagte Lunsford.

»So habe ich es gehört.«

»Wird mit Ihnen wieder alles in Ordnung sein, Bill?«

»Ja. Ich werde mir einfach noch ein paar Cognac reinballern und den Rest des Tages vergammeln.«

»Sind Sie dessen sicher?«

»Ich bin bereits besoffen. Ich will nicht, dass mich Craigs Frau so sieht.«

»Da haben Sie vermutlich Recht.«

»Harte Frau, diese Ursula Craig«, sagte Thomas. »Kommt her, um bei ihrem Mann zu sein. Das finde ich bewundernswert. So eine möchte ich mal finden.«

»Ich auch«, sagte Lunsford und war schockiert, als er vor seinem geistigen Auge Cecilia sah, die wahre CIA-Stationsleiterin in Daressalam.

*Gott, das ist sonderbar. Ich kenne nicht mal ihren Nachnamen. Was hat dieses Bild ausgelöst? Dass Doubting Thomas Geoffs Ursula Craig als ›harte Frau‹ bezeichnet hat? Und es ist auch nicht das erste Mal, dass ich an Cecilia denke.*

*Was hat sie gesagt: »Vielleicht irgendwann, wenn Sie Schuhe tragen, können wir wieder über ein gemeinsames Essen reden?«*

»Sie wissen, dass Ursula Craig aus Ostberlin rauskam, indem sie mit einem Lastwagen durch die Mauer krachte?«, fragte Thomas bewundernd. »Harte Frau.«

»Das habe ich gehört«, sagte Lunsford. »Sind Sie sicher, dass Sie wieder in Ordnung kommen werden, Bill? Soll ich bei Ihnen bleiben?«

»Bei allem Respekt, Major, Sir, Sie sollten besser verschwinden.«

## 3

*Zimmer 637, The Executive Office Building*
*Washington, D.C.*

*21. April 1965, 9 Uhr 30*

Mary Margaret Dunne klopfte höflich an die Tür von Colonel Sanford T. Felters Büro, und als sie zum Eintreten aufgefordert wurde, überreichte sie ihm ein Blatt Papier.

»Soeben eingetroffen, Colonel«, sagte sie.

Er las.

SECRET

Central Intelligence Agency
Langley, Virginia

Von: Stellvertretender Direktor Verwaltung

Datum: 21. April 1965, 1345 GMT

Betrifft: Guevara, Ernesto (Aktennotiz # 75.)

An: Mr Sanford T. Felter
Berater des Präsidenten
Zimmer 637, The Executive Office Building
Washington, D.C.

Per Kurieroffizier

Gemäß präsidentschaftlicher Aktennotiz vom 14. Dezember 1964 an den Direktor betreffend ›Ernesto ›Che‹ Guevara‹ werden folgende Informationen geliefert:

Von CIA Daressalam, Tanganjika (Zuverlässigkeitsstufe fünf):

1–In Beantwortung einer Anfrage des US-Botschafters dementierte der tanganjikanische Außenminister jede Kenntnis, dass sich Kubaner irgendwo in Tanganjika aufhalten.
2–Begleitet von einem ranghohen tanganjikanischen Polizeioffizier verließen 16 Kubaner, einschließlich Guevara und Dreke, am 20 April, 2130 Uhr Greenwich mit zwei Lastwagen die Farm in Morogoro.
3–Sie sind unterwegs nach Kigoma in der westlichen Provinz Tanganjikas. Sie tragen Zivilkleidung und sind bewaffnet mit belgischen 7-mm-Automatikgewehren und israelischen Uzi 9-mm-Maschinenpistolen, jedoch nicht mit schweren Waffen, Handgranaten, Sprengstoff oder anderem Kriegsmaterial.
4–Sie werden auf Umwegen reisen, fern von Autobahnen und vermutlich nur des Nachts. Geschätzte Ankunftszeit in Kigoma: 23. April 1965 vor Mitternacht.

*Howard W. O'Connor*
HOWARD W. O'CONNOR

SECRET

»Ich glaube, Mary Margaret, hier haben wir die Ausnahme von der Regel«, sagte Felter. »Der CIA-Stationsleiter in Daressalam hat anscheinend seinen Laden voll im Griff.«

Sie lachte.

»Machen Sie einen Auszug der sachdienlichen Punkte und schicken Sie ihn über Satellit an Lunsford.«

»Wird sofort erledigt. Möchten Sie Kaffee?«
»Haben Sie Schokoladenmilch?«
»Kommt sofort.«

## 4

*Hotel du Lac*
*Costermansville, Provinz Kivu*
*Republik Kongo*

22. *April 1965, 22 Uhr 15*

Specialist 5 Charles K. Anderson, der Leistungszulage als Abhörexperte und als Ultrahochfrequenz-Funktechniker der Army Security Agency bezog, trug zwar die Uniform eines Lieutenants der kongolesischen Fallschirmjäger, sah aber nicht aus, wie man sich im Allgemeinen einen Offizier der Fallschirmjägertruppen vorstellt, ob nun kongolesische oder andere.

Er war gerade einsfünfundsechzig groß, hatte vor zwei Monaten seinen neunzehnten Geburtstag gefeiert und wog 82 Kilo. Bei seinen Kameraden war er als ›Tubby‹, ›Fatso‹ und ›Lumpy‹ bekannt. Und Major George Washington Lunsford bezeichnete ihn insgeheim als ›der fette Junge aus East Saint Louis‹.

Lunsford war ziemlich besorgt gewesen – wegen der Zwecke der Operation Earnest, die wirklich die technischen Fähigkeiten des Jungen brauchten, und wegen des fetten Jungen selbst –, als Anderson grinsend beim vorschriftswidrigen Fallschirmspringerkursus aufgetaucht war, der in Camp Mackall durchgeführt worden war.

Lunsford war völlig überzeugt gewesen, dass Anderson nie die erste Woche in Fort Benning überstehen würde – ganz zu schweigen vom gesamten Fallschirmspringerkursus –, doch er hatte die Woche in Camp Mackall geschafft.

Und jetzt war er sehr stolz darauf, Fallschirmjäger zu sein. Er hatte Doubting Thomas gestanden, dass er es kaum erwarten konnte, nach East Saint Louis heimzukehren und sein Fallschirmspringerabzeichen und die Springerstiefel zu tragen.

Anderson fand Major Lunsford/Lieutenant Colonel Dahdi an einem Tisch mit Master Sergeant Thomas/ Major Tomas und den beiden weißen Piloten im Offiziersrang mit ihren Frauen im Innenhof des Hotels, der einen Ausblick auf den See bot. Lunsford, Thomas und die Frauen tranken Bier, die beiden Piloten Limonade.

Anderson marschierte zu Lunsford, stand still, salutierte schneidig und meldete: »Soeben vom Satelliten gekommen, Sir.«

Lunsford – der nicht viel vom Grüßen hielt – erwiderte den Gruß so präzise wie auf dem Paradeplatz.

»Rühren«, befahl Lunsford und nahm das Blatt Papier entgegen. Er las und reichte es an Geoff Craig weiter.

OPERATIONAL IMMEDIATE
TOP SECRET

EARS 0007 2140 ZULU 22 APRIL 1965
VIA WHITE HOUSE SIGNAL AGENCY

FROM: EARS SIX
TO: HELPER SIX

1–Folgendes erhalten über Überlandleitung am 22. April 2105 Zulu und wortwörtlich zitiert:

Beginn des Zitats

Übermitteln Sie Operational Immediate für barfüßigen Jungen von Katharine Hepburn. Anfang: Wenn Sie Schuhe hätten, könnten wir heute Abend eine mitternächtliche Dinner-Kreuzfahrt mit Desi Arnaz und seinen Freunden machen. Beste Wünsche. Ende.

Ende des Zitats

EARS SIX

TOP SECRET

»Anderson«, befahl Lunsford, »suchen Sie Colonel Supo, grüßen Sie ihn von mir und fragen Sie ihn, ob er so freundlich wäre, mir Gesellschaft zu leisten.«

Anderson schlug die Hacken zusammen, stand still wie ein Zinnsoldat, sagte »Jawohl, Sir!«, salutierte schneidig, wartete, bis Lunsford den Gruß erwiderte, machte eine wie er hoffte perfekte Kehrtwendung und marschierte aus dem Innenhof.

»Thomas«, sagte Lunsford, »wissen Sie, was schneller ist als ein Corporal, der zu seinem ersten Antreten als Unteroffizier eilt?«

»Ich wette, Sie werden es mir sagen«, antwortete Thomas.

»Ein frisch ernannter Fallschirmjäger, der jemanden sucht, dem er zeigen kann, wie hart er ist«, sagte Lunsford.

»Das ist nicht nett, Major«, wandte Marjorie Bellmon Portet ein. »Er ist ein netter Junge.«

»Ich weiß«, sagte Lunsford. »Deshalb möchte ich nicht, dass er versucht, jemandem auf die Zehen zu treten. Er würde verlieren. Reden Sie mal ein Wörtchen mit ihm, Sergeant Thomas.«

Thomas lachte.

»Er ging zu Coizi«, sagte Thomas, »und fragte ihn, ob er beim nächsten Fallschirmabsprung der Kongolesen mit abspringen kann.«

»Kommt verdammt nicht in Frage! Ich will nicht, dass er sich ein Bein oder Schlimmeres bricht. Sie müssen mit ihm reden.«

»Das habe ich bereits getan.«

»Dann sprechen Sie noch einmal mit ihm«, sagte Lunsford. »Sie haben die Karte in der Tasche?«

Thomas holt sie hervor.

»Darf ich das sehen?«, fragte Marjorie ihren Mann, an den Geoff Craig die Botschaft weitergegeben hatte.

»Frag den Boss«, sagte Jack.

»Warum nicht?« Lunsford zuckte mit den Schultern.

Jack gab Marjorie die Botschaft, die sie las und an Ursula weitergab.

»Was ist das für eine Sache mit barfüßigem Jungen/Katharina Hepburn?«, wollte Marjorie wissen. »Was hat das zu bedeuten?«

»Es war Liebe auf den ersten Blick«, sagte Jack. »Man könnte förmlich die Geigen hören, und unser geliebter Commander sabberte vor Begeisterung den ganzen Boden im Konsulat voll.« Er lachte und fügte hinzu: »Und alles über seine nackten Füße.«

»Verdammter Blödmann!«, sagte Lunsford, aber mehr aus Überraschung – *Mein Gott, habe ich mich wirklich so lächerlich verhalten?* – als aus Ärger.

»Wer ist sie?«

»Angeblich die Sekretärin des CIA-Stationsleiters in Daressalam«, sagte Jack.

»Angeblich? Und in Wirklichkeit?«, fragte Marjorie.

»Nun, dieses kleine Geheimnis unterliegt der Geheimhaltung«, sagte Father. »Ich unterbinde ungern diesen heiteren kleinen Plausch, aber – ich entnehme dem Text, dass Guevara und die anderen um Mitternacht Boote von Kigoma aus nehmen. Habe ich Recht?«

»Sie hat anscheinend jemanden in Kigoma«, sagte Jack. »Vielleicht ist sie sogar selbst dort gewesen. Da ist die Rede von ›Überlandleitung‹.«

»Thomas?«

»So verstehe ich das«, erwiderte Thomas.

»Geoff?«

»Ja, so sehe ich das auch.«

»Wir sind im Feld und bei den Außenposten bereit?«

»Die schlechte Nachricht ist, dass es manchmal morgens Nebel gibt«, sagte Jack. »Vielleicht weiß Guevara das und rechnet damit, dass er unsichtbar sein wird.«

»›Angst ist ein schlechter Berater‹«, zitierte Lunsford. »Das stammt von General George S. Patton. Die Frage war: ›Sind wir im Feld und bei den Außenposten bereit?‹«

»Tante Jemima befindet sich in Item«, sagte Craig. »Sie wollen, dass ich dies wieder für Sie durchführe, richtig?«

Lunsford nickte.

»Tante Jemima ist in Item«, wiederholte Craig. »Er wird von dort aus das Mittelstück fliegen. Ich fliege von hier zur Mitte. Jack wird in einem Fünfzehn-Meilen-Muster von Kigoma aus bis zur Mitte hin und her fliegen.«

»Merken Sie sich, dass die Mitte, von der Sie sprechen, die Grenze von Tanganjika ist. Wir können sie nicht überqueren.«

Jack und Geoff nickten.

Colonel Jean-Baptiste Supo, gefolgt von Lieutenant Colonel Henri Coizi und Major Alain George Totse, kamen aus dem Hotel in den Innenhof.

Alle Amerikaner standen auf. Supo und Totse küssten den Frauen die Hand.

»Behalten Sie bitte Platz«, sagte Supo.

Alle setzten sich.

»Wir haben Nachricht bekommen, nehme ich an?«, sagte Supo.

»Wir haben die zuverlässige Information erhalten, dass sie um Mitternacht von Kigoma aus Boote nehmen werden«, sagte Lunsford. Die Satellitenbotschaft zeigte er ihm nicht.

»Die Frage ist, wann werden sie an Land gehen«, entgegnete Supo.

»Wenn wir sie auf dem Wasser finden können, wird es leicht sein, ihnen zu folgen«, sagte Lunsford.

»Manchmal gibt es in diesem Gebiet Morgennebel«, gab Supo zu bedenken.

Lunsford blickte schnell zu Jack.

»Geben Sie mir bitte die Karte, Thomas«, sagte Lunsford.

Als die Gläser mit Bier und Limonade zur Seite geschoben waren und die Karte ausgebreitet war, neigte sich Major Totse darüber.

»Mein Colonel«, sagte er. »Dies schlagen Colonel Dahdi und ich zu Ihrer Billigung vor. Jetzt, da wir wissen, wann die Boote Kigoma verlassen werden, sind die Dinge ein wenig einfacher für uns.

Colonel Dahdi und ich nehmen Folgendes an. Die Boote, die sie benutzen, werden klein sein, und zwar aus einer Reihe von Gründen, angefangen mit der Verfügbarkeit und der Wahrscheinlichkeit, dass sie an Land anlegen müssen. Wir glauben, dass es aus Planungszwecken zwei Boote sein werden, die je nach den Wasserbedingungen eine Höchstgeschwindigkeit von fünfzehn Knoten haben werden.

Von Kigoma aus durch den Tanganjikasee sind es ungefähr fünfunddreißig Meilen. So wird die minimale Reisezeit etwas über zwei Stunden sein. Wir nehmen weiterhin an, dass sie die Fahrt in der Dunkelheit machen wollen, was angesichts des morgigen Sonnenaufgangs um fünf nach sechs bedeutet, dass sie unter optimalen Bedingungen nicht mehr als sechs Stunden zu fünfzehn Meilen pro Stunde oder neunzig Meilen zurücklegen können. Aus einer Reihe von Gründen – hauptsächlich wegen der Möglichkeit einer Entdeckung – müssen sie in Betracht ziehen, dass sie nach Tanganjika zurückkehren müssen. Das reduziert praktisch ihr Operationsgebiet auf einen Fünfundvierzig-Meilen-Bogen von Kigoma aus.

Dieser Bogen würde sich von Kalamba im Norden bis nach Kunanwa im Süden erstrecken. Es gibt keine von Lastwagen befahrbare Straßen im Busch zwischen Kalamba und Kunanwa und der Route Nationale fünf, sondern Pfade, und beide Dörfer sind näher an der Route fünf als irgendein anderes Dorf mit Verbindungspfaden dazwischen.

Colonel Dahdi und ich sind deshalb zu dem Schluss gelangt, dass die Boote entweder eines der Dörfer – oder vielleicht beide – zum Ziel haben. Ich habe deshalb die Verlegung von Gegenstoßtrupps in die Nähe beider Dörfer an der Route fünf befohlen. Sie werden den Befehl haben, nicht anzugreifen, sondern nur zu beobachten.

Um sicherzustellen, dass dieser Befehl befolgt wird, empfehlen wir, dass Colonel Coizi den Gegenstoßtrupp bei Kunanwa befehligt und Major Thomas das Kommando – Verzeihung, die *Beratung* über den Gegenstoßtrupp bei Kalamba hat. Der Gegenstoßtrupp Kalamba wurde bei Außenposten George eingesetzt, und die Männer wissen, welches Vertrauen Colonel Coizi in Major Tomas setzt.« Er legte eine Pause ein. »Das ist ungefähr alles, mein Colonel«, sagte er dann.

»Die einzige Frage, die ich habe, betrifft die Flugzeuge. Sie werden bei Nacht operieren.« Supo blickte Jack Portet an. »Können Sie auf diesen primitiven Landestreifen des Nachts zum Betanken et cetera landen?«

»Wir haben Funkkontakt mit ihnen, Colonel«, sagte Jack.» Wenn wir sie rufen, werden sie ein Funksignal senden, auf dem wir heimfliegen können, und wenn wir nahe heran sind, werden sie den Landeplatz beleuchten.«

»Wie?«, fragte Supo.

»Mit Sand gefüllte Tomatenkanister, getränkt mit Benzin, markieren die Landebahn«, erklärte Jack. »Und an dem einen oder anderen Ende – je nach dem Wind, wird ein Truck mit brennenden Scheinwerfern parken. Der Pilot wird einfach hinter dem Truck landen.«

»Ist dies eine Technik der Special Forces oder etwas, das Sie gelernt haben, als Sie hier geflogen sind?«

»Ein wenig von beidem, Sir.«

»Und Sie meinen, Sie werden des Nachts kleine Boote auf dem Tanganjikasee sehen können?«

»Das glaube ich, Sir. Und wir werden Beobachter mitnehmen – damit wir zwei Augenpaare haben.«

»Und der Guevara-Trupp wird nicht bemerken, dass er beobachtet wird?«

»Das Flugzeug ist pechschwarz angestrichen, wie Sie wissen, Sir. Es wird in der Dunkelheit schwer zu erkennen sein.«

»Aber das Motorengeräusch ist sicherlich zu hören?«

»Ich bezweifle, dass sie die Motoren über dem Motorenlärm der Boote hören werden, Sir, und selbst wenn, ist es sehr schwierig, die Position eines Flugzeugs nach dem Geräusch zu bestimmen.«

Supo stieß einen Grunzlaut aus.

»Ich glaube, Gentlemen, dass wir ohne Sie absolut keine Möglichkeit gefunden hätten, die Infiltration dieser Streitkraft in den Kongo zu entdecken.«

»Haben wir Ihre Genehmigung, weiterzumachen, Sir?«, fragt Lunsford.

Supo nickte.

»Sie werden hier bleiben?«, erkundigte er sich.

»Jawohl, Sir.«

»Gute Jagd, Gentlemen«, sagte Supo.

»Da ist noch eines, Jack«, sagte Lunsford.

»Sir?«

»Haben Sie Ihren Beobachter ausgewählt?«

»Jeder will mitfliegen«, antwortete Jack. »Ich dachte mir, ich werde sie Strohhalme ziehen lassen.«

»Hätten Sie irgendein Problem, Anderson mitzunehmen?«

Jack dachte einen Moment darüber nach.

»Nein«, sagte er dann. »Warum nicht?«

»Ich werde ihn in der Halle auf Sie warten lassen«, sagte Father. »Entschuldigen Sie mich bitte, Sir?«

»Sie kommen doch zurück?«, fragte Colonel Supo.

»Ich möchte nur Spec fünf – Lieutenant Fatso – sagen, dass er mit Lieutenant Portet fliegen kann.«

»Warum grinsen Sie, Anderson?«, fragte Major Lunsford.

»Nun, Sir, ich kenne die meisten der Fernmeldeabteilung des Weißen Hauses. Die Botschaft, die wir von

Ears bekommen haben und diese hier, wird ihnen wirklich Kopfzerbrechen bereiten, und sie werden rätseln, was sie zu bedeuten haben.«

»Was gesagt worden ist, geht Sie nichts an, Anderson«, sagte Lunsford. »Und hier ebenfalls niemanden. Ist das klar?«

»Völlig klar, jawohl, Sir.«

OPERATIONAL IMMEDIATE
TOP SECRET

EARS 0007 2205 ZULU 22 APRIL 1965
VIA WHITE HOUSE SIGNAL AGENCY

FROM: HELPER SIX
TO: EARS SIX

1–Bezug nehmend auf Ihr 0007
2–So bald wie möglich Folgendes mündlich an Katharine Hepburn übermitteln: Anfang: Vielen Dank, freue mich auf unsere mitternächtliches Dinner ohne Desi Arnaz und seine Freunde irgendwann bald. Barfüßiger Junge. Ende.

HELPER SIX

TOP SECRET

## 5

*4 Grad 47 Minuten, 37 Sekunden südlicher Breitengrad*
*29 Grad 3 Minuten 09 Sekunden östlicher Längengrad*
*3000 Fuß über dem Tanganjikasee*

*23. April 1965, 3 Uhr 05*

»He, Lieutenant!«, rief Spec5 Anderson aufgeregt, »da unten sind Boote!«

»Können Sie etwas genauer sein, Fatso?«, fragte Jack.

»Auf der rechten Seite«, erwiderte Anderson. »Ein wenig hinter der Tragfläche.«

»Wir sagen das folgendermaßen, Fatso«, erklärte Jack und ging mit der L-19 in eine flache Kurve zur Linken. »Position auf vier Uhr dreißig. Stellen Sie sich eine Uhr vor.«

»Jawohl, Sir«, erwiderte Spec5 Anderson gekränkt.

»Specialist Anderson«, sagte Jack einen Augenblick später. »Ich finde, Sie haben soeben den ersten Preis im Wettbewerb ›Finde-die-schwimmenden-Bastarde‹ gewonnen. Der Preis ist ein Zementfahrrad und der Besuch des Puffs Ihrer Wahl in der Innenstadt von Costermansville samt aller Kosten.«

»Meinen Sie, dass sie es sind, Lieutenant?«

»Nun, wer sonst könnte Ihrer Meinung nach um fünf nach drei am Morgen ohne brennende Positionslampen über den Tanganjikasee schippern?«

»Allmächtiger!«, stieß Anderson hervor.

»Rufen Sie über Funk, Helper Basis, Anderson. Melden Sie, wir haben zwei unidentifizierte Boote gerade jenseits der Grenze mit schnurgeradem Kurs auf Kay One; geschätzte Entfernung zu Kay One fünfzig Kilometer.«

»Jawohl, Sir«, sagte Spec5 Anderson.

# 6

*4 Grad 50 Minuten 57 Sekunden südlicher Breitengrad*
*29 Grad 17 Minuten 40 Sekunden östlicher Längengrad*
*(vier Meilen östlich von Kalamba, Provinz Kivu, Kongo)*

*23. April 1965, 5 Uhr 25*

»Hunter One, Birddog One.«

»Kommen.«

»Sie sind soeben nach Norden, Richtung Strand, abgebogen und verlangsamen. Ich schätzte, sieben, acht Kilometer westlich von Kay One. Sie sind etwa anderthalb Kilometer vom Ufer entfernt.«

»Verstanden, sieben, acht Kilometer westlich, anderthalb Kilometer vom Ufer.«

»Richtig.«

»Sie sollten abhauen. Es wird hell. Wir wollen doch nicht, dass Sie gesehen werden.«

»Ich fliege ein wenig hoch und dann südwärts. Lassen Sie mich wissen, wenn Sie sie sehen.«

»Sie haben hier einige Freunde.«

»Interessant. Passen Sie auf sich auf.«

»Birddog, Hunter One.«

»Kommen.«

»Ich kann sie sehen, jedoch nicht hören. Sie kommen genau auf uns zu.«

»Okay. Wir sind fort. Birddog One Ende.«

Master Sergeant William Thomas hatte zwei Nachtsichtgeräte mitgenommen. Eines ähnelte einem übergroßen Fernglas, und weil es zu schwer war, um es an die Augen zu halten, stand es auf einem zusammenklappbaren Dreibein. Ein Kabel verlief vom ›Fernglas‹ zu einem großen Batteriebündel, das auf dem Boden lag.

Das andere Nachtsichtgerät war auf ein Springfield-Gewehr Kaliber .30-06 montiert und ähnelte einem Zielfernrohr. Es hatte ebenfalls ein Stromkabel, das zu einem Batteriebündel führte, das mit einem Gurtwerk versehen war, ähnlich dem eines Rucksacks.

Das auf das Gewehr montierte Gerät war weder ein Zielfernrohr noch so stark wie das andere Gerät, aber es war Thomas wirklich unmöglich gewesen, es anders mit auf den Baum zu nehmen, den er ausgewählt hatte, um den Tanganjikasee zu überwachen.

Er hatte die Boote entdeckt, als sie fast noch einen Kilometer vom Strand entfernt gewesen waren, und als sie näher kamen, konnte er zuerst die Umrisse von Männern darauf erkennen und schließlich, als sie den Strand erreicht hatten, sogar Gesichtszüge.

Einer der sechzehn Männer, die aus dem zweiten Boot an Land stiegen, hatte eine unangezündete Zigarre zwischen den Lippen. Er war kahlköpfig und glatt rasiert.

Bevor er ganz an Land gewatet war, kamen ein halbes Dutzend Männer aus dem Busch und begrüßten ihn.

Sie umarmten sich herzlich.

Der kahlköpfige und glatt rasierte Mann mit der unangezündeten Zigarre im Mund und einer der Männer, die aus dem Busch gekommen waren, standen beisammen und schauten zu, wie die anderen Männer aus den Booten ins flache Wasser sprangen und dann begannen, kleine Pakete und Handfeuerwaffen von den Booten an Land zu transportieren.

Das Nachtsichtgerät hatte ein Fadenkreuz. Das Visier war auf hundertfünfzig Meter eingestellt.

Master Sergeant Thomas richtete das Fadenkreuz auf den Kopf des kahlköpfigen, glatt rasierten Mannes mit der unangezündeten Zigarre zwischen den Lippen und wartete geduldig, den Finger am Abzug, bis sich der kahlköpfige, glatt rasierte Mann mit der unangezündeten Zigarre im Mund wie von ihm vorausgesehen umwandte und er das Fadenkreuz auf seine Nase richten konnte.

Er zog den Abzug durch.

Der Stecher schlug in die leere Kammer des Springfield-Gewehrs. Es klickte metallen.

»Hab ich dich erwischt, du kubanische Verbrechersau«, sagte Master Sergeant Thomas mit großer Befriedigung in der Stimme und begann vom Baum zu klettern.

## 7

SECRET
HELP 0025 1050 ZULU 23 APRIL 1965
VIA WHITE HOUSE SIGNAL AGENCY

FROM: HELPER SIX

TO: EARNEST SIX

AFTER ACTION REPORT # 9
REFERENCE MAP BAKER 08

1–Am 23. April 1965 um ungefähr 0600 Uhr Zulu gingen sechzehn (16) bewaffnete Männer von zwei Booten ungefähr fünf (5) Kilometer westlich von Kalamba, Provinz Kivu, Kongo, heimlich an Land.

2–Die Boote sind zuvor von Spec5 Charles K. Anderson, einem Beobachter an Bord einer von 1Lt Jack Portet geflogenen L-19 beim Überfliegen der Grenze Tanganjika/Kongo entdeckt worden. Nachdem die eingesickerten 16 Männer an Land gegangen waren, wurden die Boote auf einem Kurs beobachtet, der sie nach Kigoma, Tanganjika, führen würde.

3–Einer der eingesickerten Männer wurde von MSgt William Thomas zweifelsfrei als Major Ernesto Guevara identifiziert. Thomas glaubt

ebenfalls, dass sich Major Dreke bei dem Trupp befand. Alle außer Guevara sind Schwarze.
4-Die Eingesickerten haben offenbar nicht bemerkt, dass sie entdeckt wurden. Colonel Jean-Baptiste Supo glaubt, dass ihr Zielort Luluabourg in der Provinz Kasai sein wird, zu dem sie mit Farmfahrzeugen in Gruppen oder zu zweit und dritt reisen werden. Supo hat befohlen, sie die Kontrollpunkte, die er hat errichten lassen, passieren zu lassen.
5-Die Entdeckung der Eingesickerten wurde durch das außergewöhnlich genaue und rechtzeitige Nachrichtenmaterial ermöglicht, das Personal des CIA-Stationsleiters Daressalam geliefert hat.

HELPER SIX

SECRET

*8*

*Hotel du Lac*
*Costermansville, Provinz Kivu*
*Republik Kongo*

*23. April 1965, 23 Uhr 05*

Master Sergeant William Thomas hatte soeben First Lieutenant Geoffrey Craig anvertraut, dass er die Nase des Bastards im Fadenkreuz gehabt hatte, als Spec5 Kenneth Anderson mit einer Botschaft in die Bar kam.

»Ich nehme an, ich kann Ihnen dies zeigen, Lieutenant«, sagte er, »bevor ich es dem Major zeige.«

Craig las die Botschaft und sagte: »Meinen Glückwunsch, Fatso, wohlverdient.«

Er gab die Botschaft Master Sergeant Thomas, der sie las, schnaubte und sagte: »Die verdammte grüne Hornisse. Nicht zu glauben!« (Die Belobigungs-Medaille der Army, oft spöttisch als ›Die grüne Hornisse‹ bezeichnet, wird durch ein grünes Ordensband mit vertikalen weißen Streifen symbolisiert. Sie wird für gewöhnlich nicht am Kampf Beteiligten für hervorragende Verwaltungsarbeit verliehen und rangiert gleich über der ›Good Conduct Medal‹, die für dreijährigen Dienst ohne disziplinarische Verstöße verliehen wird).

SECRET

EARN 0051 WASH DC 1910 ZULU 23 APRIL 1965
VIA WHITE HOUSE SIGNAL AGENCY

FROM: EARNEST SIX
TO: HELPER SIX

1-Folgendes vom Präsidenten der Vereinigten Staaten. Zitat Anfang: Gut gemacht. Setzen Sie die gute Arbeit fort. Zitat Ende.
2-Auf mündlichen Befehl des Präsidenten der Vereinigten Staaten wird die Belobigungsmedaille der Army verliehen an: 1Lt Jacques Portet, MSgt William Thomas und Spec5 Kenneth Anderson. Ferner ist auf Anweisung des Präsidenten Spec5 Anderson zum Specialist 6 befördert.
3-Earnest Six hat Ihre Anerkennung der Bemühungen des Personals von CIA Daressalam an den Direktor des CIA übermittelt.

FINTON FOR EARNEST SIX

SECRET

# XXIII

*Major Guevara (mit dem Pseudonym Tatu) und die Vorausabteilung von Kolonne eins betrat den Kongo am 23. April 1965 und begann mit den enormen, heldenhaften Bemühungen, die Lumumbistischen Truppen neu zu beleben, um sie zum Kern einer neuen Befreiungsarmee zu machen, die der feindlichen Offensive Einhalt gebietet und die Positionen wiedergewinnt, die verloren gewesen waren. Es war jedoch zu spät, denn der Aufstand des kongolesischen Volkes wurde von einer gewaltigen Übermacht feindlicher Kräfte zunichte gemacht.*

Kubanische Beteiligung bei den Freiheitsbemühungen
im Kongo
Regierungsdruckerei, Havanna, Kuba, 1995

## 1

TOP SECRET
1820 GREENWICH 25 APRIL 1965
FROM STATION CHIEF, BUENOS AIRES

TO DIRECTOR, CIA, LANGLEY
COPIES TO SOUTH AMERICAN DESK
MR SANFORD T. FELTER, COUNSELOR
TO THE PRESIDENT
THE EXECUTIVE OFFICE BUILDING
WASHINGTON

Folgendes erhalten vom US-Offizier der US-Botschaft, der vermutlich von Mr Felter kontrolliert wird. Es wird empfohlen, die folgenden nachrichtendienstlichen Informationen gleichbedeutend mit der Zuverlässigkeitsstufe fünf des CIA zu betrachten. Es ist ungekürzt und wortwörtlich übermittelt.

Liebe Freunde,
Danke für die Information hinsichtlich der reisenden Kubaner.
Unter Captain Santiago Terry, der sowohl ein erfahrener Guerilla als auch überzeugter Kommunist ist, sind ungefähr einhundertdreißig (130) schwarze kubanische Soldaten mit Lastwagen von den Camps Pita eins und Pita drei in der Provinz Pina del Rio zum Hafen Matanzas unterwegs, wo sie an Bord des kubanischen Schiffes ›Uvera‹, eines kleinen Frachters, gehen werden. Sie haben eine große Menge Handfeuerwaffen und anderes Kriegsmaterial bei sich.
Der Kapitän der ›Uvera‹ hat von dem zu Dank verpflichteten Kapitän des unter griechischer Flagge fahrenden Schiffes ›Achilles‹, jetzt im Hafen von Santiago de Cuba, Seekarten (einschließlich Gezeiten) der Westküste von Afrika erhalten, besonders solche, die zum Hafen Pointe Noire im ehemaligen Französisch-Kongo (Kongo Brazzaville) führen. Die Abfahrt der ›Uvera‹ findet planmäßig am 17. April 1965 um 0400 Uhr kubanischer Zeit statt.
Unter diesen Umständen besteht Grund zu der Annahme, dass unser medizinischer Freund sich entschieden hat, die Wirksamkeit der Verstärkung seiner Befreiungsarmee via Kongo Brazzaville zu testen.
Und hinsichtlich unserer französischen und deutschen Freunde wünschen Sie vielleicht –

wie wir und unser gemeinsamer deutscher Freund es tun – den französischen Journalisten Regis Debray und die Argentinierin/Ostdeutsche Haydee Bunke, die sich Tania nennt, im Auge zu behalten. Ein Austausch in diesem Punkt wäre hilfreich.

Mit unseren besten Grüßen an Sie alle

ENDE

J. P. STEPHENS
STATION CHIEF BUENOS AIRES

TOP SECRET

2

*Situation Room*
*Pentagon*
*Washington, D.C.*

*28. April 1965, 5 Uhr 50*

Colonel Sanford T. Felter war in Uniform. Es war ihm bewusst, dass unter den uniformierten Arbeitern im Pentagon der Begriff ›Zivilist‹ fast stets mit dem – unausgesprochenen – Fluch ›gottverdammt‹ verbunden war.

Seine Uniform trug das Abzeichen des Generalstabs, und um seinen Hals hing an der Kette einer ›Hundemarke‹ ein Erkennungszeichen aus Plastik mit einem Foto, das ihn in Uniform zeigte. Die Farbe und die Streifen darauf identifizierten ihn als Offizier, der befugt war, Zutritt zu den am meisten gesicherten Bereichen des

Pentagon zu erhalten, einschließlich der Büros der Stabschefs des Streitkräfteausschusses – den Büros des Vorsitzenden, den Stabschefs der Army und Air Force, des Stabschefs für Marineoperationen und des Kommandanten des Marine-Corps – und zum Situation Room.

Er saß in der letzten der drei Sitzreihen, die Plätzen in einem Theater oder Hörsaal ähnelten, und nippte an einer Tasse Tee. Auf den anderen Sitzen saßen andere Colonels, einige Ein- und Zwei-Sterne-Generals und Admirals und ein halbes Dutzend (›gottverdammte‹) zivile Offizielle. Felter war ziemlich zuversichtlich, dass man ihn – sofern jemand überhaupt Notiz von ihm nahm – für einen Laufburschen von einem der sehr ranghohen Generals der Army halten würde, die an dem Tisch zwischen den Sitzen und der Wand mit den Kathodenstrahlröhren saßen.

Die Displays der Kathodenstrahlröhren zeigten die Position der amerikanischen Streitkräfte – eine Flotte von USAF C-130-Transportern mit einem Regiment der 82nd Airborne Division und ein Marineverband von über hundert Schiffen – die von den Vereinigten Staaten aus nach Santo Domingo unterwegs waren, der Hauptstadt der Dominikanischen Republik.

Die Dominikanische Republik nimmt die östlichen zwei Drittel einer Insel von fünfhundert Meilen Länge und hundertfünfzig Meilen Breite ein, die sich fünfzig Meilen östlich des US-Marinestützpunkts Guantánamo Bay, Kuba, und ungefähr ebenso weit westlich von Puerto Rico befindet. Das westliche Drittel der Insel wird von Haiti eingenommen.

Der Präsident der Vereinigten Staaten hatte es für nötig gehalten, in der Dominikanischen Republik amerikanische Präsenz zu zeigen, um den Frieden zu erhalten, Leben zu schützen und zu verhindern, dass die Regierung von den Kommunisten gestürzt wurde.

Die 82nd Airborne würde um 5 Uhr 55 über Santo Domingo abspringen. Es wurde angenommen, dass das Überraschungsmoment den Fallschirmjägern erlauben würde, ohne ernsthafte Gegenwehr zu landen, den Flugplatz einzunehmen und sich auf Verstärkung einzurichten, die von einer zweiten und dritten Welle C-130ern landen würde – nicht per Fallschirm.

Die Transportflugzeuge würden sowohl von USAF-Jagdfliegern der Homestead Air Force Base bei Miami als auch von Jagflugzeugen der Navy an Bord von Flugzeugträgern geschützt werden. Der Truppenteil der Navy der Invasionskräfte schloss eine Einheit U.S. Marines ein, die darauf vorbereitet waren, auf einem Strand einzufallen und, falls erforderlich, die Army zu verstärken.

Jedes Schiff auf der See erschien im Display, das denen ähnelte, die bei der Luftverkehr-Kontrolle benutzt wurden. Jedes Schiff hatte ein Symbol, und die meisten waren mit einem Code versehen, der sie identifizierte.

Bei einigen war Letzteres nicht der Fall, einschließlich bei einem unidentifizierten Schiff, das offenbar auf geradem Kurs zur Nordküste von Kuba fuhr, der es in den Weg der Marinetruppen bringen würde. Es war versuchsweise als kleines Handelsschiff einer unbekannten Reederei identifiziert worden.

Felter beobachtete interessiert, als dieses Schiff plötzlich von einem gelben Kreis umgeben war. Es überraschte ihn nicht, dass fast sofort ein angrenzendes Display plötzlich zu einer anderen, größeren Nahaufnahme auf das unidentifizierte Schiff wechselte.

Er stellte die Teetasse auf den Boden unter seinen Sitz und ging zu der Reihe der Männer an den Kontrollpulten. Er fand schnell das Display des Kontrollpunkts, das ein kleineres Duplikat des Displays mit der Nahaufnahme des unidentifizierten Schiffes war. Der Mann am Kontrollpult war ein Navy Commander mit einem Kopfhörer und einem Kehlkopfmikrofon.

Der Mann spürte, dass jemand hinter ihm stand.

»Colonel?«, fragte er.

»Was haben wir, Commander?«

Der Commander betrachtete Felters Identifizierungsabzeichen, bevor er antwortete.

»Ein mittelgroßes Schiff, vermutlich ein Handelsschiff, auf einem Kurs, der es in den Weg der Marineeinheiten bringen wird. Aber es kann auch ein Schiff des russischen Nachrichtendienstes sein. Ich bin dabei, das herauszufinden.«

Er drückte auf den Hebel, der sein Mikrofon aktivierte.

»Admiral«, sagte er. »Wir haben ein unidentifiziertes Schiff auf einem Kurs, der die Marineeinheiten kreuzen wird – möglicherweise ein Trawler des sowjetischen Nachrichtendienstes.«

Ein Vice Admiral kam zum Kontrollpunkt, sah neugierig Felter an und blickte dann auf das Display.

»Empfehlung?«, fragte der Vice Admiral.

»Ich würde ein Jagdflugzeug von Navy Three hinschicken, das sich das ansieht«, sagte der Commander.

»Ich wünsche, dass Sie das nicht tun«, sagte Felter.

»Wie bitte, Colonel?«, fragte der Vice Admiral ein wenig gereizt.

»Sir, ich habe den Verdacht, dass dieses Schiff die kubanische *Uvera* ist«, sagte Felter. »Ich möchte lieber, dass sie nichts von einer Überwachung wissen. Ich empfehle eine Identifizierung durch Satellit.«

»Danke für Ihre Empfehlung, Colonel«, sagte der Vice Admiral sarkastisch. »Commander, schicken Sie einen Jäger von der Navy.«

»Aye, aye, Sir.«

Felter ging zu der Reihe von Schreibtischen, an denen die sehr ranghohen Offiziere saßen.

»Admiral«, sagte er zum Vorsitzenden des Streitkräfteausschusses.

»Was kann ich für Sie tun, Felter?«

»Sie sind im Begriff, ein Jagdflugzeug der Navy loszuschicken, um ein Schiff vor der Küste von Kuba zu identifizieren. Ich glaube, dass dieses Schiff das kubanische Handelsschiff *Uvera* ist, kein Trawler des sowjetischen Nachrichtendienstes, und ich will nicht, dass sie von einer Überwachung wissen. Ich möchte das Schiff per Satellit identifizieren lassen.«

»Sie werden mir sagen, warum, richtig, Colonel?«

»Ich glaube, es transportiert etwa hundertzwanzig Kubaner nach Kongo Brazzaville, Sir. Ich möchte, dass sie annehmen, es heimlich zu tun.«

»Verzeihen Sie, Admiral«, sagte der Direktor der CIA. Felter hatte nicht bemerkt, dass er den Raum betreten hatte.

»Ja, Dick?«

»Ich schließe mich Felters Empfehlung an.«

»O mein Gott!«, seufzte der Vorsitzende des Streitkräfteausschusses, und dann hob er die Stimme: »Tennyson!«

Der Vice Admiral eilte zum Vorsitzenden.

»Sie haben ein Flugzeug losgeschickt, um das Schiff zu identifizieren, über dessen Mission Felter mit mir gesprochen hat. Lassen Sie vom nächsten Satelliten über uns ein Foto runtersenden, und jagen Sie es durch den Computer. Geben Sie die Resultate an mich, den Direktor und Colonel Felter.«

»Aye, aye, Sir.«

»Danke, Sir«, sagte Felter.

»Wir werden auf den Kinoplätzen sitzen«, sagte der CIA-Direktor zum Vice Admiral.

»Jawohl, Sir«, erwiderte der Vice Admiral.

»Danke«, sagte Felter zum CIA-Direktor, als sie in der Sitzreihe Platz genommen hatten.

»Felter, wir sind im gleichen Team. Ich mag es viel mehr, wenn wir zusammenarbeiten, anstatt unser Revier abzugrenzen wie ein paar Postboten, die um ihren Zustellbereich kämpfen.«

»Ich auch«, bekannte Felter.

»Als ich sah, wie Sie Ihre Lanze gegen die gewaltige Windmühle der Navy richteten, Mr Don Quijote«, sagte der Direktor, »hatte ich eine meiner wenigen Eingebungen.«

Felter lächelte.

»Und zwar?«

»Was wir in Afrika haben, ist ein Krieg zwischen Ihren Leuten und meinem Mann in Leopoldville und eine Liebesaffäre zwischen Ihren Leuten und meinem Mann in Daressalam ...«

»Das liegt vielleicht daran, dass Ihr Mann in Daressalam kein Mann ist«, fiel Felter ihm ins Wort.

»Sie finden alles heraus, Felter, wie?«, fragte der CIA-Direktor lächelnd.

»Manchmal«, sagte Felter und erwiderte das Lächeln.

»Ich möchte die Situation verbessern«, sagte der CIA-Direktor.

»Ich auch. Und wie?«

»Ich habe in meinem schlauen Köpfchen an eine Konferenz entweder in Leopoldville oder Daressalam gedacht. Ich werden jemanden schicken – vielleicht Howard O'Connor –, der den Befehl hat, jedem zu sagen, dass die Zankerei aufhören muss. Wenn Sie jemanden schicken würden ...«

»Leopoldville«, sagte Felter. »Ich kann nicht selbst hin. Aber ich kann Lieutenant Colonel Lowell schicken. Das werde ich tun, wenn Sie O'Connor sagen, dass er und Lowell gleichberechtigte Partner sein werden.«

»Wann?«

»Wie lange wird O'Connor brauchen, um seine Sachen zu packen?«

»Meinen Sie, ich sollte dem Außenminister vorschlagen, ebenfalls jemanden zu schicken?«

»Ich finde, das würde eine gute, einfache Idee unnötig komplizieren.«

Eine Viertelstunde später kam der Vice Admiral zu Felter und dem CIA-Direktor.

»Mr Director, wir haben ein Satellitenfoto des besagten Schiffes durch den Computer der Navy überprüfen lassen. Es wurde mit siebenundneunzigprozentiger Sicherheit als das kubanische Handelsschiff *Uvera* identifiziert. Ich habe Einzelheiten ...«

»Das wird nicht nötig sein, Admiral«, unterbrach der CIA-Direktor. »Colonel Felter und ich wollten nur sicherstellen, dass es sich (a) um die *Uvera* handelt, und (b), dass sie nichts von unserem Wissen ahnen und weiterfahren.«

»Jawohl, Sir.«

»Admiral«, sagte Felter, »wäre es möglich, einen der flankierenden Zerstörer des Marineverbands nahe genug an die *Uvera* heranzuschicken, sodass er gesehen wird? Natürlich ohne etwas zu unternehmen. Ich nehme an, wenn die Kubaner einen Zerstörer sehen, der sie nicht untersucht, ändern sie vielleicht den Kurs in dem Glauben, dass sie einer Entdeckung entkommen sind.«

»Gute Idee, Felter«, meinte der CIA-Direktor.

»Ich werde die nötigen Befehle erteilen, Sir«, sagte der Vice Admiral.

## *3*

SECRET

EARN0059 WASH DC 1235 ZULU 4 MAY 1965
VIA WHITE HOUSE SIGNAL AGENCY

FROM: EARNEST SIX
TO: HELPER SIX

1–LtCol Craig W. Lowell, der Col Felter und CWO (4) James L. Finton repräsentiert, wird Washington am 6. Mai 1965 um 1400 Uhr Zulu mit TWA Flug 233 nach Brüssel verlassen und von dort aus am 7. Mai 1965, 0830 Uhr Zulu mit UFA 4545 nach Leopoldville fliegen. Ein ranghoher CIA-Beamter, der den Direktor der CIA repräsentiert, und ein Assistent werden zu ungefähr den gleichen Zeiten und

Routen, jedoch mit anderen Fluggesellschaften nach Leopoldville reisen, die dem Unterzeichner nicht bekannt sind.
2–Eine Konferenz zwischen den oben genannten Personen plus Stationsleiter Leopoldville und Daressalam plus jeweils ein Stabsmitglied wird sobald wie möglich geplant werden, wenn beide Parteien in Leopoldville eingetroffen sind. CIA-Stationsleiter Leopoldville wird koordinieren.
3–Da die Konferenz so unauffällig wie möglich sein sollte, werden Lowell und Finton in Zivilstatus reisen, und Earnest Six schlägt vor, dass die Konferenz wenn möglich im Haus von Captain Portet stattfindet.
4–Sie sind angewiesen, Lowell und Finton bei der Ankunft in Leopoldville nicht in US-Uniform – Wiederholung, nicht in US-Uniform – abzuholen und Unterkunft und Transport zu regeln. Sie und diejenigen US-Offiziere, die Sie bestimmen, werden an der Konferenz nicht in US-Uniform teilnehmen.

FINTON FOR EARNEST SIX

SECRET

## 4

*Avenue Leopold 404*
*Leopoldville, Republik Kongo*

*8. Mai 1965, 19 Uhr 30*

Vor dem Tor im Zaun, der Portets Grundstück umgab, standen drei kongolesische Fallschirmjäger. Einer davon, ein Lieutenant, trat vor den schwarzen 1964er Chevrolet mit Kennzeichen des Corps Diplomatique und einem CD-Aufkleber, hob die Hand und signalisierte ›Stopp!‹. Die anderen beiden gingen so in Position, dass sie schnell ihre FN 7-mm auf den Wagen richten konnten.

»Was, zum Teufel, ist das?«, sagte D. Patrick O'Hara, der Stellvertreter des stellvertretenden Direktors der CIA für die Südregion Afrikas, zu Mr Howard O'Connor, dem stellvertretenden Direktor der Verwaltung der CIA. Beide trugen verknitterte, leichte graue Anzüge.

»Wir haben keinen Diplomatenstatus«, erwiderte O'Connor und fügte hinzu: »Ich möchte wissen, was, zur Hölle, hier abläuft.«

Der Fahrer der Botschaft hielt an und kurbelte die Fensterscheibe herunter.

»Dies ist ein Wagen der US-Botschaft«, sagte er.

Der kongolesische Fallschirmjäger wirkte nicht sehr beeindruckt.

»Papiere, bitte«, verlangte er auf Französisch.

»Können die das bei einem Auto der Botschaft machen?«, fragte D. Patrick O'Hara.

»Geben Sie ihm schon Ihren verdammten Pass«, sagte Howard W. O'Connor.

Der kongolesische Lieutenant überprüfte die Pässe und gab sie ihnen zurück.

»Die Einladungen, bitte«, sagte er.

O'Connor fummelte in seiner Jacketttasche und holte die Einladungskarte hervor.

*Captain und Madame Jacques Emile Portet*
*bitten um die Ehre der Anwesenheit von*

HON. HOWARD O'CONNOR UND GAST

*zu Cocktails und Dinner zu Ehren von*
*Lieutenant General Joseph Désiré Mobutu*

*404 Avenue Leopold, Leopoldville, Republik Kongo*
*um halb acht, 8. Mai 1965*

Der Lieutenant der Fallschirmjäger betrachtete sorgfältig die Einladung, gab sie zurück, salutierte und winkte den Fahrer weiter.

Drei Minuten später fuhr ein identischer schwarzer Chevrolet, ebenfalls mit einem CD-Schild, am Tor vor. Zwei Schwarze saßen darin, ein Mann und eine Frau. Der Lieutenant der Fallschirmjäger hob die Hand und stoppte den Wagen, und der Fahrer kurbelte die Fensterscheibe herunter und sagte, dass er einen Wagen der US-Botschaft mit zwei amerikanischen Diplomaten fahre.

Ein Major der kongolesischen Fallschirmjäger in tadellos gestärktem Tarnanzug trat hinter einem der Torpfosten vor.

»Die Lady ist mir bekannt, Lieutenant«, sagte er auf Suaheli. »Den Mann habe ich nie gesehen. Überprüfen Sie ihn sorgfältig.«

»Ja, mein Major«, sagte der Lieutenant und tat es.

Zwei Minuten später – die viel länger zu sein schienen – war für den Lieutenant offenkundig, dass die Papiere des Mannes in Ordnung waren. Er meldete es dem Major.

»Passieren lassen«, sagte der Major.

Der Wagen setzte sich in Bewegung.

Als er den Torpfosten passierte, befahl die schwarze Lady – ziemlich gebieterisch – dem Fahrer zu stoppen. Der Chevrolet hielt ruckartig an. Die Lady kurbelte die Fensterscheibe herunter.

»Sieh mal an, wer sich da Schuhe besorgt hat«, sagte sie, und bevor der Major etwas erwidern konnte, befahl sie dem Fahrer, weiterzufahren.

Bei der Tür im Haus der Portets standen drei Houseboys mit steif gestärkten Jacketts, schwarzen Hosen und nackten Füßen.

»Guten Abend, Sir«, sagte Nimbi auf Französisch zu Howard W. O'Connor und seinem Begleiter. »Wenn Sie so nett sind, Ali zu folgen, die Cocktails werden beim Pool serviert.«

Ali lächelte die beiden Amerikaner an und forderte sie mit einer Geste auf, ihm zum Swimmingpool zu folgen.

O'Connor sah, dass beim Pool eine Bar errichtet worden war, dass sich jenseits davon zwei Tennisplätze befanden und das Gebiet jenseits der Tennisplätze von kongolesischen Fallschirmjägern umgeben war, die alle fünfzehn Meter standen und den Zaun überwachten.

Am Pool wurden sie von einer auffallend schönen Frau begrüßt.

»Sie müssen Mr O'Connor sein«, sagte sie.

»Ja, das bin ich, und dies ist Mr O'Hara.«

»Ich bin Marjorie Portet«, sagte sie. »Willkommen in meinem Haus – eigentlich ist es das Haus meiner Schwiegereltern. Und auch willkommen im Kongo.«

»Vielen Dank«, erwiderte O'Connor. »Es ist uns eine Freude, hier zu sein. Ist ein Mr Lowell anwesend?«

»Hier ist ein *Colonel* Lowell«, sagte Marjorie. »Eigentlich ist der heutige Abend seine Idee. Colonel Lowell steht dort drüben mit General Mobutu und Colonel Supo.«

Sie nickte zur Bar hin.

O'Connor sah einen großen, gut aussehenden Weißen mit weißem Smoking, dessen Revers unter dem Gewicht eines beeindruckenden Sortiments von Miniatur-Medaillen nachgaben. Von seinem Hals hing an einem purpurfarbenen Band eine enorm große Medaille.

Bei ihm befanden sich zwei andere Weiße mit Smoking und zwei kongolesische Offiziere, von denen einer eine Uniform trug, welche der Class A Uniform der U.S. Army ähnelte, und der andere einen gestärkten Tarnanzug. Den Letzteren erkannte O'Connor von seinen Fotos her als Lieutenant General Joseph Désiré Mobutu, Verteidigungsminister und Stabschef der Armée National Congolaise.

»Warum kommen Sie nicht mit mir?«, sagte Marjorie. »Jeder ist eingetroffen bis auf die Gäste aus Daressalam, glaube ich. Ich werde Sie vorstellen.«

»Vielen Dank«, sagte O'Connor.

Sie gingen zu der Gruppe an der Bar.

Am anderen Ende des Pools stand eine andere kleine Gruppe von Leuten. Zwei weiße Männer in Anzügen, die denen von O'Connor und O'Hara ähnelten, und zwei weitere mit Smoking saßen mit einer blonden jungen Frau an einem Tisch. Auf dem Tisch saß ein Kleinkind, das von einer gewaltigen Schwarzen mit einer Banane gefüttert wurde.

Die beiden Männer in den dunklen Straßenanzügen erhoben sich, als sie O'Connor und O'Hara erblickten, und fingen sie ab, bevor sie die Bar erreichten.

»Guten Abend, Sir«, sagte einer der beiden respektvoll zu O'Connor.

»Hallo, Charley«, sagte O'Connor zum CIA-Stationsleiter Leopoldville. Er nickte dessen Stellvertreter zu.

Er wollte ihn unbedingt fragen, was das alles zu bedeuten hatte, doch weil Madame Portet dabei war, kam das offenbar nicht in Frage.

»Wir waren im Begriff, General Mobutu kennen zu lernen«, sagte O'Connor. »Haben Sie ihn schon kennen gelernt?«

»Heute Abend«, erwiderte Charley.

O'Connor setzte den Weg zu Mobutu fort.

Craig Lowell lächelte, als er O'Connor kommen sah.

*Er lächelt weniger, um mir seine Freundschaft anzubieten, sondern aus Belustigung*, dachte O'Connor. *Er amüsiert sich auf meine Kosten. Ich bin geschäftlich hier, nicht um an einer Party am Pool teilzunehmen.*

»Und dies, mein General«, sagte Lowell auf Französisch und wies mit seinem Martini-Glas auf O'Connor, »ist der ehrenwerte Howard W. O'Connor, der stellvertretende Direktor unserer Central Intelligence Agency.«

»Guten Tag, General«, sagt O'Connor höflich. »Darf ich Ihnen meinen Kollegen, Mr O'Hara, vorstellen?«

Mobutu schüttelte ihre Hände und sagte: »Und dies sind meine Freunde Dr. Dannelly und Colonel Jean-Baptiste Supo.«

Alle schüttelten sich die Hände.

»Und ich glaube, Sie kennen Mr Finton, nicht wahr?«, fragte Lowell.

»Guten Abend, Sir«, sagte Finton.

Ein Houseboy näherte sich, um ihre Getränkebestellung aufzunehmen.

O'Connor spielte mit dem Gedanken, um etwas Alkoholfreies zu bitten, entschied sich dann jedoch für einen Gin-Tonic. O'Hara folgte seinem Beispiel.

»Ich habe soeben dem General erzählt«, sagte Lowell, »dass Sie sich trotz Ihres vollen Terminkalenders die Zeit genommen haben, um herzukommen und unsere gemeinsamen Bemühungen hinsichtlich Señor Guevara und seiner Freunde zu koordinieren.«

»Das stimmt«, sagte O'Connor und platzte heraus: »Werden wir dafür Zeit haben, Colonel?«

»Ich dachte mir, wir tun das beim Kaffee nach dem Abendessen«, erwiderte Lowell. »Heute Nachmittag habe ich mich mit Colonel Supo und Major Lunsford getroffen und mir ihre Pläne angehört. Wir brauchen nur noch die CIA und deren Möglichkeiten in den Gesamtplan einzubeziehen. Das sollte nicht lange dauern.«

O'Connor suchte nach Worten für eine Antwort, fand jedoch keine und hielt lieber den Mund.

»Wie ich dem General sagte«, fuhr Lowell fort, »meinte Colonel Felter es ernst, als er sagte, dies ist eine Bemühung um Kooperation, und wir werden keine Geheimnisse vor Colonel Supo oder General Mobutu haben. Damit haben wir keinerlei Probleme. Sie doch auch nicht, Mr O'Connor, oder?«

*Gottverdammt*!, dachte O'Connor. *Was, zum Teufel, ist los mit dem Direktor? Er hätte wissen sollen, dass Felter ihn austrickst*!

»Nein, natürlich nicht«, sagte O'Connor so aufrichtig wie er konnte.

Lowell lächelte ihn an und blickte dann über seine Schulter.

»Nun, ich sehe, alle sind eingetroffen«, sagte er.

Die Sekretärin des Generalkonsuls der Vereinigten

Staaten in Daressalam und diese Leuchte selbst wurden über den Rasen zu ihnen eskortiert.

»General«, sagte O'Connor, »dies sind Mr James Foster, der Generalkonsul der Vereinigten Staaten in Daressalam, und seine Assistentin, Miss Cecilia Taylor.«

»Guten Abend«, sagte Mobutu, und es gab abermals eine Vorstellung, in deren Verlauf Colonel Dahdi auftauchte, der vom Tor zum Haus gehen musste.

»Eigentlich, General«, vertraute O'Connor ihm an, »hat Mr Foster Pflichten in Daressalam, die über die des Generalkonsuls hinausgehen.«

»Sie haben Recht, Major«, sagte General Mobutu auf Suaheli, »sie ist wirklich eine Augenweide. Eine absolute Schönheit!«

»Da es die Stunde der Wahrheit ist«, sagte Lowell, »warum weihen wir General Mobutu nicht ein, dass Miss Taylor in Wirklichkeit der CIA-Stationsleiter Daressalam ist?«

»Dies hat mir Major Lunsford bereits anvertraut«, sagte Mobutu auf Französisch.

»Leider plappert Major Lunsford zu viel, General«, sagte Cecilia Taylor in perfektem Suaheli.

Mobutu lachte laut.

»Sie sprechen sehr gut Suaheli, Mademoiselle«, sagte Mobutu auf Französisch. »Sind Sie vertraut mit den suahelischen Sprichwörtern?« Er zitierte das Sprichwort auf Suaheli.

Dannelly und Supo lachten. Supo hob tadelnd den Finger – böser Junge! – zu Father Lunsford, der sehr verlegen dreinblickte.

»Das habe ich gehört, ja«, erwiderte Cecilia auf Französisch und wirkte sehr verlegen.

»Ich spreche kein Suaheli«, sagte Lowell.

»Ich auch nicht«, bekannte O'Connor.

»Was heißt das, Father?«, erkundigte sich Lowell.

»Fragen Sie nicht mich«, erwiderte Father.

»Sie dürfen dies als Befehl betrachten, die Bemerkungen des Generals zu übersetzen, Major Lunsford«, sagte Lowell.

Einen Moment sah es aus, als würde Lunsford den Befehl verweigern. Dann sah er Cecilia Taylor an, die sagte: »Wagen Sie es nur ja nicht!«

»Ein Mann, der glaubt, verliebt zu sein, verhält sich wie ein Pavian in der Brunst«, übersetzte Lunsford, »und zeigt der Welt seinen roten – äh – sein rotes Gesäß.«

»Wenn die Gentlemen mich entschuldigen wollen«, sagte Cecilia, »werde ich mir die Nase pudern.«

»Vielen Dank, General«, sagte Father, als Cecilia außer Hörweite war.

»Ich würde mir an Ihrer Stelle keine Sorgen machen, mein Freund«, erwiderte Mobutu. »Sie mag Sie. Das konnte ich in ihren Augen sehen. Frauen spüren Krieger, und Krieger ziehen Frauen an.«

5

Als die Dessertplatten vom Tisch abgeräumt waren, servierten die Boys Kaffee und Cognac, und sofort trugen zwei kongolesische Fallschirmjäger ein Dreibein und einen Kartenständer in den Speiseraum.

*Nicht zu glauben! Er macht es tatsächlich*!, dachte Howard W. O'Connor.

Lieutenant Colonel Craig W. Lowell erhob sich, hielt einen Cognacschwenker in der Hand und schwenkte den Cognac darin.

»Hier haben sich in vergangener Zeit die Damen zurückgezogen und die Herren an ihrem Cognac genippt und ihre Zigarren gepafft«, sagte Lowell und sah O'Connor an. »Aber die Zeiten haben sich geändert, und ich möchte diese Sitzung beginnen, indem ich meinen Dank und den Colonel Felters für Marjorie und Ursula ausspreche. Major Lunsford hat mir erzählt, wie viel sie zu der Operation Earnest beigetragen haben. Ich danke Ihnen, Ladys.«

*Nicht zu glauben*!, dachte O'Connor von neuem.

Colonel Supo applaudierte, und einen Moment später folgte General Mobutu seinem Beispiel.

*Das geht verdammt zu weit!*

»Colonel«, sagte O'Connor. »Ich habe das Gefühl, eine Frage der Sicherheit stellen zu müssen.«

»Dieser Ort ist sicher, Howard«, sagte Lowell. »Mit General Mobutus Anwesenheit hier ist es vermutlich der sicherste Platz im Kongo.«

*Ich habe diesem Arschloch nicht erlaubt, mich mit dem Vornamen anzusprechen!*

»Ich bezog mich auf die Unbedenklichkeitsbescheinigungen, insbesondere die der Ladys«, entgegnete O'Connor.

»Oh. Nun, Howard, die Ladys haben Unbedenklichkeitsbescheinigungen für Top Secret/Earnest.«

»Aber sie sind keine Regierungsbeamten, Colonel, sie sind Angehörige.«

»Major Lunsford, der die Unbedenklichkeit erklärte, wusste das, Howard«, sagte Lowell. »Sonst noch etwas?«

O'Connor schüttelte verneinend den Kopf, doch dann fragte er: »Lunsford hat die Befugnis, jemanden für unbedenklich zu erklären?«

»Drei von uns«, sagte Lowell. »Colonel Felter, Major Lunsford und ich. Das ist alles in Ordnung, Howard.«

»*Mon general*«, sagte Lowell auf Französisch, »möchten Sie etwas sagen, bevor wir beginnen?«

Mobutu schüttelte den Kopf.

»*Mon colonel*?«

Supo verneinte ebenfalls mit einem Kopfschütteln.

»Wie ich hörte, möchten Sie, dass Major Lunsford diese Konferenz leitet?«

»Ich nicht habe die gute Englisch«, radebrechte Supo.

»Major Lunsford«, sagte Lowell, forderte Lunsford mit einer Geste auf, sich zu erheben, und half ihm dann, die Schutzfolie über der Karte am Kartenständer zu entfernen. Dann trat Lunsford vor die Karte. Er hielt ein Billardqueue in der Hand, um es als Zeigestock zu verwenden.

»Guevara und andere Kubaner«, sagte er auf Französisch, »die den Kongo am 23. April betraten, erreichten Luluabourg – hier ...«, er wies mit seinem Zeigestock auf Luluabourg, »... in den frühen Morgenstunden des siebten Mai, also gestern. Eine zweite Gruppe von ungefähr hundertdreißig Kubanern unter dem Kommando von Captain Santiago Terry ging am sechsten Mai um sechs Uhr in Pointe Noire, Kongo Brazzaville, von Bord des kubanischen Schiffes *Uvera*. Neunzehn Personen davon, unter Captain Terry, wurden sofort per Lastwagen zum Fluss Kongo bei Matadi transportiert ...«, er benutzte wieder den Zeigestock, »... und betraten den Kongo hier, wo sie von Laurent Mitoudidi empfangen wurden, der sich selbst ›General‹ nennt und *chef de cabinet* des militärischen Stabs des Revolutionären Rates ist ...«

»Darf ich fragen, Major«, sagte O'Hara in nicht sehr gutem Französisch, »aus welcher Quelle Ihre nachrichtendienstlichen Informationen stammen?«

»Colonel Supo«, antwortete Lunsford.

»Wir sind nicht völlig ohne nachrichtendienstliche Quellen«, bemerkte Mobutu sarkastisch auf Französisch.

»Wir glauben, dass sie Luluabourg entweder heute oder morgen früh erreichen werden«, fuhr Lunsford fort. »Die Männer an den Straßensperren haben den Befehl, sie passieren zu lassen.«

»Darf ich fragen, warum?«, fragte O'Connor.

»*Erstens* bedeuten neunzehn Kubaner keine ins Gewicht fallende Verstärkung der aufständischen Kräfte; *zweitens* werden wir somit alle Kubaner an einer Stelle haben; *drittens* werden sie nicht wissen, dass sie von uns überwacht werden; und, vielleicht, *viertens*: es befanden sich hundertdreißig Männer und eine große Menge Waffen auf der *Uvera*. Da sie ihre Route in den Kongo für sicher halten, werden sie vermutlich dieselbe Route benutzen, um sowohl die Männer als auch das Material in einem Lastwagenkonvoi zu transportieren, dabei nach Möglichkeit die Straßensperren umfahren und sie überrollen, wenn sie keine Ausweichroute fahren können. Wir arbeiten an einem Plan, den Konvoi verschwinden zu lassen.«

»Verschwinden?«, fragte O'Connor.

»Wir werden ihr Vorankommen vom Eingangspunkt beim Kongo-Fluss aus nach Luluabourg überwachen. Sie haben nicht viele Möglichkeiten, was die Route anbetrifft – sie müssen entweder die Route Nationale fünf, sechzehn oder zwanzig benutzen – und an einem geeigneten Punkt werden wir den Versorgungskonvoi einfach verschwinden lassen. Die Kubaner werden irgendwohin gefahren – vermutlich nach Stanleyville –, wo sie heimlich von einem Kriegsgericht verurteilt werden können …«

»Von einem Kriegsgericht?«, unterbrach O'Connor. »*Heimlich* verurteilt?«

»Das internationale Recht erlaubt es, bewaffnete Ausländer, die während eines bewaffneten Aufstandes mit der Absicht, den Aufstand zu unterstützen, in einem Land entdeckt werden, vor ein Kriegsgericht zu stellen«, sagte Lunsford, als erteile er Schülern eine Lektion. »Die Einzelheiten des Kriegsgerichtsprozesses brauchen nicht publik gemacht zu werden, bis der Aufstand niedergeschlagen ist und Recht und Gesetz wiederhergestellt sind und der Internationale Gerichtshof in Den Haag diese Einzelheiten verlangt.«

»Mit anderen Worten, Sie wollen die Kubaner erschießen?«, fragte O'Connor.

»Soweit ich weiß, Howard«, sagte Lowell, »hat die kongolesische Regierung vor, jeden Ausländer – mit Ausnahme von Guevara, den die kongolesische Regierung wie unsere eigene nicht zum Märtyrer machen will –, der bewaffnet in den Kongo kommt und beabsichtigt, sich den Aufständischen anzuschließen oder sie zu unterstützen, vor ein Kriegsgericht zu stellen. Welche Bestrafung verhängt wird, ist natürlich etwas, das die Kongolesen entscheiden werden.«

*Mit anderen Worten, ja, sie werden die Kubaner erschießen.*

»Das ist einer der Punkte, an denen Sie oder zumindest Ihre Flugzeuge ins Spiel kommen, Howard«, fuhr Lowell fort. »Colonel Supo kann eine Einheit in Kompaniestärke schnell verlegen, und er wird dafür Ihre C-47er brauchen. Sein Plan setzt voraus, dass er binnen vierundzwanzig Stunden nach seiner Anforderung Zugriff auf drei C-47er haben wird. Wird das ein Problem sein?«

O'Connor wandte sich an den CIA-Stationsleiter Leopoldville.

»Charley?«

»Die C-47er haben mehr am Hals, als sie schaffen können, Sir«, sagte Charley, »indem sie Hoares Söldnertruppe bei ihrer Niederschlagung des Aufstandes im Gebiet Luluabourg unterstützen.«

»Ich bin überzeugt, dass Major Hoare mit Freuden seinen Lufttransport für vierundzwanzig Stunden unterbrechen wird, wenn dadurch ein Konvoi von Männern und Material abgefangen wird, der die Aufständischen, mit denen er es zu tun hat, unterstützen soll«, sagte Lowell.

»Machen Sie die Flugzeuge für Major Lunsford verfügbar«, befahl O'Connor.

»Wir wissen nicht, wo wir den Konvoi aus dem Verkehr ziehen, bis Colonel Supo diese Entscheidung trifft«, sagte Lunsford.

*Du meinst, bis* du *das entscheidest*, dachte O'Connor.

»... was bedeutet«, fuhr Lunsford fort, »dass wir bis kurz vor der Aktion nicht wissen, welche Flugplätze wir benutzen werden. Wir möchten Portet nach Kamina schicken. Er kennt fast jeden Flugplatz in dem Gebiet. Er ist dort schon auf fast jedem Flugplatz gelandet.«

*Das heißt übersetzt, du willst deinen Mann in Kamina haben, um sicherzustellen, dass Charleys Piloten ›voll kooperieren‹, wenn du um Charleys C-47er bittest.*

»Irgendein Problem damit, Howard?«, fragte Lowell.

»Ich sehe keines«, erwiderte O'Connor. »Charley?«

»Ich habe mich, ehrlich gesagt, gefragt, warum Sie nicht Portets – Air Simbas – C-46er dafür benutzen können.«

»Sie werden – offen – unter Vertrag der kongolesischen Armee benutzt, um Colonel Supos Truppen zu versorgen«, sagte Lunsford. »Und sie unterstützen natürlich – heimlich – unsere heimlichen Operationen. Wenn wir den Konvoi erst in unserer Hand haben, können sie zum Transport der Gefangenen nach Stanleyville und zur Verteilung des Kriegsmaterials benutzt werden, wo Colonel Supo es hinhaben will, aber sie können nicht zum Transport einer Kompanie Fallschirmjäger eingesetzt werden. Dafür brauchen wir die C-47er.«

»Das wird Hoare nicht gefallen«, sagte Charley.

»Es spielt keine Rolle, was Major Hoare gefällt oder nicht«, sagte General Mobutu. »Er ist in Diensten der kongolesischen Armee. Er wird Befehle von der kongolesischen Armee befolgen.«

»Ich nehme an, diese Frage ist geklärt?«, fragte Lowell nach einem Moment, und als O'Connor nickte, fügte er hinzu: »Fahren Sie bitte fort, Major Lunsford.«

»Colonel Supo hat einige Agenten bei den Aufständischen im Gebiet von Luluabourg«, sagte Lunsford. »Das Problem mit Ihnen ist, wie sie ihre nachrichtendienstlichen Informationen rechtzeitig herausschicken können, damit sie von Nutzen sind. Deshalb plant Colonel Supo – mit unserer Unterstützung –, in dem Gebiet um Luluabourg herum zwei Außenposten einzurichten, einen auf dem flachen Land und den anderen auf dem Plateau, eintausendsechshundertsiebzig Meter oberhalb. Wir haben Grund zu der Annahme – Colonel Supos Agenten haben uns das gesagt –, dass Mitoudidi plant, Albertville, hier in der Provinz Katanga ...«, er zeigte mit dem Stock auf Albertville, ungefähr in der Mitte am Ufer des Tanganjikasees, »... wieder einzunehmen. Dadurch hätte er (a) einen Hafen für die Versorgung mit Nachschub aus Tanganjika, und er könnte (b) seine Glaubwürdigkeit wiedergewinnen, den die Aufständischen verloren haben, als Hoares Männer ihn dort vertrieben. Außerdem glaubt er, dass die Kubaner ihm die nötige Stärke geben, dies zu schaffen.«

»Und Sie meinen, er kann Albertville von Hoare zurückerobern?«, fragte O'Connor. »Was ist denn mit der kongolesischen Armee?«

Lowell antwortete an Lunsfords Stelle: »Colonel Supo, der kürzlich die Verantwortung über die Provinz Katanga erhalten hat, wie Sie sicherlich wissen, ist der Überzeugung, dass er Albertville mit den Truppen, die er derzeit dorthin verlegt, halten kann. Wenn die Kubaner an dem Angriff teilnehmen – und Colonel Supo glaubt, dass Mitoudidi nicht ohne sie angreifen wird –, und dieser Angriff spektakulär scheitert, wird das die Glaubwürdigkeit der Kubaner bei den Aufständischen und die Glaubwürdigkeit von ›General‹ Mitoudidi beim kongolesischen Volk zerstören. Die Vorteile wären enorm. Schweifen wir etwas vom Thema ab«, fuhr Lowell fort. »Colonel Supo will, dass die kongolesische Armee – nicht Major Hoares Söldner – Zitat Anfang ›die zweite Schlacht von Albertville‹ Zitat Ende – gewinnt, was klarmachen würde, dass die kongolesische Armee die Dinge ohne irgendwelche Hilfe von außerhalb unter Kontrolle hat, und dies würde wiederum enorme Vorteile bedeuten.«

*Und wenn du und deine Green Berets keine ›Hilfe von außerhalb‹ seid, was, zur Hölle, seid ihr denn?*, dachte O'Connor, und dann kam ihm ein zweiter Gedanke: *Nein. Da irre ich mich. Die ganze Welt weiß über Michael Hoare und seine Söldner Bescheid, doch keiner weiß von diesen Leuten der Special Forces. Wenn sie Mobutu und Supo tatsächlich helfen können, Mitoudidi eine Niederlage zu bereiten, hat dieser arrogante Hurensohn Recht: die Vorteile werden tatsächlich enorm sein.*

»So ist das Problem im Wesentlichen darauf beschränkt, sicherzustellen, dass Mitoudidi die zweite Schlacht von Albertville verliert«, sagte Lowell. »Und um das zu erreichen, glauben Colonel Supo, ich und Major Lunsford, dass Folgendes nötig ist: Dass wir (a) weiterhin militärisches Material und Kubaner, die über den Tanganjikasee und von Kongo Brazzaville über den Fluss Kongo kommen, abfangen und (b) genaue und rechtzeitige nachrichtendienstliche Informationen über Mitoudidis Absichten erhalten. Und das bringt uns zu Major Lunsfords Außenposten im Gebiet Luluabourg zurück.«

»Wie werden Sie diese nachrichtendienstlichen Informationen bekommen?«, fragte Cecilia Taylor. Es war ihre erste Äußerung bei dieser Konferenz.

»Colonel Supos Agenten haben das Nachrichtenmaterial, Miss Taylor«, sagte Father Lunsford. »Das Problem ist, es schnell genug mitzuteilen, damit es keine Nachrichten von gestern sind.«

»Und wie werden Sie *dieses* Problem lösen, Major Lunsford?«, fragte sie.

»Wir stellen eine Art A-Teams auf, gemischt aus Kongolesen und Amerikanern«, sagte Lunsford. Er legte eine kurze Pause ein und fügte dann hinzu: »Sie wissen, wovon ich rede?«

»Ich weiß, was ein A-Team ist«, sagte sie.

»Die Teams werden aus zwei Suaheli sprechenden Männern der Special Forces bestehen und Erfahrung aus Vietnam haben, im Hinterhof der bösen Jungs herumzulaufen, ohne erwischt zu werden. Es wird mindestens einer, vielleicht werden auch zwei Funkleute der ASA dabei sein. Ferner sechs kongolesische Fallschirmjäger, von denen zwei Spurenleser sein werden. Die Spurenleser werden den Kontakt mit Colonel Supos Agenten herstellen und ihr Nachrichtenmaterial zu den Außenposten bringen, wo es an L-19-Maschinen übermittelt wird, die den Posten planmäßig überfliegen werden.«

»Diese ASA-Leute sind Techniker«, sagte O'Hara. »Können sie im Busch überleben?«

»Wir haben sie in Fort Bragg einen Schnellkurs absolvieren lassen«, sagte Lunsford. »Sie werden zurechtkommen. Und sie wollen alle mitmachen.«

»Und wenn das Team entdeckt wird?«, setzte O'Hara nach.

»Das schlimmstmögliche Szenario?«, fragte Lunsford rhetorisch. »Dann werden wir etwas mehr Luftunterstützung brauchen. Wir haben keine Evakuierungshubschrauber – Hueys – und können sie auch nicht bekommen, weil das die geheime Natur dieser Operation vermasseln würde. Wenn das Team entdeckt wird, werden wir zuerst die T-28er und die B-26er schicken, um das Feuer zu unterdrücken, während wir per Fallschirm von den C-47er Verstärkung abspringen lassen. Wenn wir einen Zug von Supos Schützen mit einigen schwereren Waffen absetzen – Maschinengewehre, Mörser et cetera – und sie aus der Luft schützen können, können wir, wie Colonel Supo und ich annehmen, einen Gegenstoßtrupp auf dem Boden zum Einsatz bringen, bevor die Dinge den Bach runtergehen.«

»Und das bringt uns zu …«, Lowell unterbrach sich und schaute den CIA-Stationsleiter Leopoldville an, »… Charley, nicht wahr?«

»Mein Name ist Willard, Colonel«, sagte der CIA-Stationsleiter tadelnd. »Charles M. Willard.«

»Ich dachte, ich hätte gehört, dass Howard Sie ›Charley‹ nannte«, sagte Lowell. »Verzeihung.«

»Es heißt Charles, Colonel, Charles M. Willard.«

»Nun, da dies geklärt ist, *Charles*«, sagte Lowell, »wie ich schon angedeutet habe, *Charles*, bringt uns das zu den Fahrzeugen Ihres Fahrzeugparks. Der sich, wie ich hörte, in Kamina befindet?«

»Ich habe einige Fahrzeuge in Kamina, aber keines kann zur Unterstützung von Major Hoare und seiner Truppe abgezweigt werden.«

»Sagen Sie mir eines, Howard«, sagte Lowell. »Ich hatte den Eindruck, dass Sie und ich von unseren Bossen hergeschickt worden sind, um sicherzustellen, dass unsere Leute, die in der Vergangenheit einige Meinungsverschiedenheiten hatten, sich Küsschen geben, sich wieder vertragen und verstehen, dass wir im selben Team sind. Lag ich da falsch?«

»Das ist im Wesentlichen korrekt«, sagte O'Connor.

»Meinen Sie nicht, es ist an der Zeit, dass Sie das Charles verklickern?«

»Ich bin mir nicht sicher, was Sie meinen, Colonel«, erwiderte O'Connor.

»Doch, das sind Sie. Und ich habe mir mehr von Mr Willard angehört, als ich hinzunehmen bereit bin.«

»So?«, brauste O'Connor auf.

»Ja, so. Ich bin nahe daran, Colonel Supo vorzuschlagen, alle Fahrzeuge im Fahrzeugpark Kamina zu beschlagnahmen.«

*Und genau das würdest du tun, nicht wahr, du Hurensohn?*

»Ich denke, Colonel«, sagte O'Connor, »Mr Willard wollte Ihnen nur klarmachen, dass Major Hoares Operationen ernsthaft eingeschränkt werden würden, wenn Sie die Fahrzeuge von Kamina nehmen …«

»Ich habe ihm nicht gesagt, wie viele Fahrzeuge ich brauche«, fuhr Lowell ihn an. »Wie konnte er also diese Einschätzung von sich geben?« Er legte eine Pause ein. »Ich bin nahe daran, diese Konferenz abzublasen und meinem Boss zu sagen, dass die Durchführung dessen, was er und Ihr Boss für eine ziemlich gute Idee hielten, gescheitert ist.«

»Wie viele Fahrzeuge werden Sie brauchen, Colonel?«, fragte Cecilia.

»Sechs Zweieinhalbtonner-Lastwagen mit Anhänger; einen Tankwagen; einen Abschleppwagen; zwei Jeeps und zwei Dreivierteltonner-Trucks mit Anhänger«, sagte Geoff Craig. »Colonel Supo wird die Fahrer vom Gegenstoßtrupp zur Verfügung stellen.«

»Das klingt für mich nicht unvernünftig«, sagte Cecilia Taylor. »Warum können Sie das nicht tun, Charley?«

»Willkommen im Team, Miss Taylor«, sagte Lowell.

Charles Willard bedachte sie mit einem giftigen Blick, sah dann um Unterstützung heischend zu Howard W. O'Connor, bekam jedoch keine.

»Das kann vielleicht arrangiert werden«, sagte Willard.

»Vielleicht?«, fragte Lowell leise.

»Ich glaube, wir können vermutlich viel Zeit sparen, wenn ich dies klipp und klar sage, Charley«, sagte O'Connor. »Sie werden ganz einfach sicherstellen, dass Major Lunsfords Leute bekommen, was Sie verlangen. Das ist Ihre erste Priorität. Haben Sie das verstanden?«

»Willkommen im Team«, sagte Lowell.

»Da klargemacht worden ist, dass ich nicht länger das Vertrauen der Agentur genieße«, sagte Willard, als hätte er den Satz auswendig gelernt, »bitte ich offiziell um Ablösung und Versetzung zu anderen Aufgaben zum frühestmöglichen Zeitpunkt.«

»Oh, Charley, seien Sie kein Idiot«, sagte Cecilia.

»Na, na!, Charley«, sagte O'Hara beschwichtigend.

»Sir«, sagte Willard und blickte O'Connor an. »Ich bitte offiziell um Ablösung und Versetzung zu anderen Aufgaben zum frühestmöglichen Zeitpunkt.«

O'Connor blickte in die Runde. Sowohl Mobutu als auch Supo waren von dem Wortwechsel fasziniert. Lowells und Lunsfords Mienen waren verächtlich, Miss Cecilia Taylor blickte unglücklich drein, ebenso Mrs Geoffrey Craig und Madame Jacques Portet. Die Lieutenants Portet und Craig bemühten sich vergebens um eine ausdruckslose Miene.

»Wir können darüber am Morgen reden«, sagte O'Connor. »Aber ich finde, das ist alles, was wir heute Abend von Ihnen brauchen, Charley.«

Willard stand auf und verließ den Raum.

»Ich bedaure, Sir, diese unglückliche ...«, begann O'Connor an Mobutu gewandt.

Der General winkte ab.

»Colonel Lowell, gibt es irgendetwas sonst, wodurch ich Ihnen, General Mobutu und Colonel Supo zeigen kann, dass wir in der Tat im selben Team sind?«, fragte O'Connor.

»Da ist eines«, sagte Lowell. »Miss Taylor.«

»Was ist mit Miss Taylor?«, fragte O'Connor.

»Sie sollte Willard ablösen«, sagte Lowell. »Ich nehme an, jeder hier Anwesende wird glücklich sein, wenn sie hier die CIA-Station leiten würde.«

*Mein Gott, das kam wie ein Schuss aus dem Hinterhalt!*

*Aber warum nicht?*

*Sie ist klug und kommt gut mit Lunsford aus ...*

*»Sir, ich war gezwungen, Willard durch Cecilia Taylor ab-*

*zulösen. Ich befürchte, der Job hat ihn ein wenig überfordert. Und sie hat ein enges Arbeitsverhältnis mit Felters Mann Major Lunsford. Und ich weiß zufällig, dass Felters Mann Lowell es für eine gute Idee hält.«*

»Cecilia?«, fragte O'Connor.

»Diese Möglichkeit ist mir nie in den Sinn gekommen«, sagte sie.

»Sie haben mir selbst gesagt, dass Jim Foster in Daressalam so gut über die Dinge im Bilde ist wie Sie«, sagte O'Connor.

Sie hob beide Hände in einer Geste der Kapitulation.

»Ich werde natürlich die Zustimmung von Mr O'Hara und dem Direktor haben müssen«, meinte O'Connor.

»Ich glaube, wir haben eine neue Stationsleiterin«, sagte O'Hara. »Der Direktor wird verstehen, warum dies geschehen musste.«

## 6

TOP SECRET

1420 GREENWICH 10 MAY 1965

FROM STATION CHIEF, BUENOS AIRES

TO DIRECTOR, CIA, LANGLEY
COPIES TO SOUTH AMERICAN DESK
MR SANFORD T FELTER,
COUNSELOR TO THE PRESIDENT
THE EXECUTIVE OFFICE BUILDING
WASHINGTON

Das Folgende erhalten von U.S. Army-Offizier bei der US-Botschaft, vermutlich kontrolliert von

Mr Felter. Es wird empfohlen, das folgende Nachrichtenmaterial als gleichbedeutend mit der CIA-Zuverlässigkeitsstufe fünf zu betrachten. Es ist ungekürzt und wortwörtlich übermittelt.

Anfang

Liebe Freunde,
heute habe ich erfahren, dass Señora Celia de la Serna de Guevara, Dr. Ernesto Guevaras Mutter, in die Stapler-Klinik, Avenida Coronel Dias, Palermo, Buenos Aires, eingewiesen wurde. Señora Guevara leidet an Krebs. Sie ist 59 Jahre alt.
Ernesto Lynch Guevara, Dr. Guevaras Vater, ist für die Krankenhausrechnungen seiner Ex-Frau haftbar gemacht worden, die sehr hoch sein sollten, weil sie in einem großen Privatzimmer in der vermutlich besten Einrichtung für Fälle dieser Art in Argentinien untergebracht ist.
Die Diagnose für Señora de Guevara lautet, dass sie dem Tod nahe ist und vermutlich binnen Tagen stirbt. Es ist bekannt, dass ihr Ex-Mann gestern die sowjetische Botschaft hier besuchte, nachdem er erfahren hatte, dass die Sowjets ein Heilverfahren gegen Krebs entwickelt haben.

Beste Grüße

Ende

J. P. STEPHENS
STATION CHIEF BUENOS AIRES

TOP SECRET

# 7

*Luftstützpunkt Kamina*
*Provinz Katanga, Kongo*

*13. Mai 1965, 16 Uhr 15*

Major John D. Anderson, stellvertretender Militärattaché und der ranghöchste Pilot der US-Botschaft in Leopoldville, befand sich im Landeanflug auf Landebahn 27, befahl, das Fahrgestell auszufahren und die Klappen auf 20 Grad zu stellen und blickte über die Schulter zu seinem einzigen Passagier.

Sie war die letzte Person der Welt, die jemand für die oberste Geheimagentin der CIA im Kongo gehalten hätte, aber das war sie tatsächlich. Ihr Vorgänger, Charley Willard, den Anderson stets für einen ziemlich guten, wenn auch ein wenig eingebildeten Kerl gehalten hatte, hatte offenbar irgendwie großen Mist gebaut und war von einem Tag auf den anderen in die USA zurückbefohlen worden. Am nächsten Morgen war Cecilia Taylor in sein Büro spaziert und hatte sich als Charleys Nachfolgerin vorgestellt. Angeblich war sie Beamtin für kulturelle Angelegenheiten.

Aber sie war die oberste Geheimagentin im Kongo, die CIA-Stationsleiterin, und sie wusste, welche Machtbefugnis damit verbunden war. An diesem Morgen war sie in Andersons Büro gekommen und hatte ihm höflich, jedoch in diesem Dies-ist-ein-Befehl-Tonfall gesagt, sie wolle um 16 Uhr 30 in Kamina, sein und um welche Zeit müsse sie sich auf dem Flugplatz einfinden, damit er sie mit der L-23 hinfliegen könne?

Sie würde für zwei oder drei Tage in Kamina bleiben, hatte sie gesagt, und würde ihn informieren, wann er wieder nach Kamina fliegen und sie abholen sollte.

Er sagte ihr 14 Uhr, und sie war um 14 Uhr da. Sie lächelte ihn und seinen Kopiloten an und sagte »hallo«, jedoch kein weiteres Wort.

»Haben Sie sich richtig angeschnallt, Ma'am?«, fragte Major Anderson.

»Ja, das habe ich, und wenn wir zusammenarbeiten werden, können Sie mich Cecilia nennen.«

»Das würde ich gern tun«, erwiderte er. »Mein Vorname lautet John.«

»Ich werde Ihnen die Hand schütteln, John, wenn Sie sie nicht zum Steuern des Flugzeugs brauchen.«

»Wird Sie jemand abholen, Ma... *Cecilia,* oder sollte ich per Funk einen Wagen bestellen?«

»Jemand wird mich abholen«, sagte sie. »Aber vielen Dank.«

Ein Follow-Me-Jeep fuhr der L-23 voran zum Parkbereich vor einem der Hangars, und als Anderson wendete, sah er im Hangar eine L-19, die pechschwarz angestrichen war, keinerlei Kennzeichen hatte und an der drei Kongolesen arbeiteten. Sie trugen Mechanikeroveralls, die denen von GIs ähnelten.

Ein kongolesischer Lieutenant Colonel fuhr in einem Jeep auf den Parkbereich, und Major Anderson stutzte.

*Ich kenne den Typen! Das ist der Green Beanie, der im Hangar der Air Simba war, als der andere Green Beanie, der Pilot, mir sagte, er werde mein Flugzeug nach Stanleyville selbst fliegen, trotzdem vielen Dank.*

»Cecilia«, sagte Major Anderson hilfreich, »als ich diesen kongolesischen Lieutenant Colonel dort in dem Jeep zum letzten Mal gesehen habe, trug er die Uniform eines Majors der Special Forces der U.S. Army.«

»John«, sagte Miss Taylor, »ich bin überzeugt, dass Sie sich irren.«

»Nein, bestimmt nicht.«

»Major, Sie irren sich«, sagte Miss Taylor, und ihre Stimme hatte wieder diesen Befehlston. »Ich weiß, dass Sie sich irren.«

»Jawohl, Ma'am«, sagte Major Anderson.

Der kongolesische Lieutenant Colonel ging zur Tragfläche der L-23, salutierte vor Miss Taylor und sprach mit ihr auf Suaheli. Sie antwortete auf Suaheli, und er half ihr von der Tragfläche herunter und in den Jeep. Dann kehrte er zur L-23 zurück, öffnete die Tür des Frachtraums und nahm ihr Gepäck heraus. Er stellte es in den Jeep, setzte sich hinters Steuer und fuhr los.

Major Anderson wies den Kopiloten an, das Betanken im Auge zu behalten, während er die Wetterdaten überprüfte.

»Der Pilot hat Sie erkannt, Colonel«, sagte Cecilia.

»Es gab einen kleinen Zwischenfall, als wir zum ersten Mal hier waren«, sagte Father. »Felter sagte ihm, er wollte die L-23 haben – Jack Portet flog sie –, und dieser Idiot dachte, wir brauchen ihn zum Fliegen des Flugzeugs. Es war, als wollten wir ihm seine kleine Gummiente aus der Badewanne klauen.«

»Sie bezeichnen oft Kollegen als Idioten, nicht wahr?«

»Nur, wenn sie es sind«, erwiderte Father.

»Wohin fahren wir?«

»Zuerst zu Ihrem Quartier, dann dachte ich mir, wir besichtigen Ihren Fahrzeugpark. Der Junge, der dort jetzt die Leitung hat, ist einer meiner Jungs, SFC Doc Jensen. Großer, bulliger Kerl aus Chicago, der ziemlich gut Suaheli spricht. Danach möchte ich Ihnen Ihre Air Force zeigen. Der verantwortliche Pilot ist ein Kubaner. Guter Junge, der weiß, was er tut, motiviert ist und Jack Portet kennt und mag, seit Jack ihnen in Hurlburt das Fliegen der 26er beibrachte. Das Problem war der Idiot, der von Ihnen abgelöst wurde.«

»Erzählen Sie mir eines, Lunsford«, sagte sie. »Wie viel hatten Sie damit zu tun, dass Ihr Colonel Mr O'Connor bat, mich hierhin zu versetzen?«

Er drehte den Kopf und schaute sie an.

»Als Colonel Lowell diesen Vorschlag machte, war ich in dem Stadium des Denkprozesses ›ist das mein Herz oder mein Verstand, der denkt?‹ Er sprach, bevor ich mir darüber klar werden konnte.«

»Lassen wir eines klarstellen«, sagte Cecilia. »Wir haben eine berufliche Beziehung, und dabei wird es bleiben.«

»Sie haben es erfasst«, sagte Lunsford.

Lunsford fuhr mit dem Jeep vor der Veranda eines großen, eingeschossigen Hauses vor, das von tadellos gepflegtem Rasen und Büschen umgeben war.

»Dies ist das VIP-Gästehaus. Colonel Supo bat mich, Ihnen zu sagen, er hofft, dass Sie sich hier wohl fühlen werden.«

»Sie mögen Supo, nicht wahr?«

»Er bestätigt meine Theorie, dass viele Sergeant Majors Colonels sein sollten und umgekehrt«, erwiderte Lunsford. »Er ist intelligent und ein guter Soldat.«

Zwei barfüßige Houseboys trotteten zum Jeep und nahmen Cecilias Gepäck. Sie konnte ihre Überraschung nicht ganz verbergen, dass eine schwarze Frau im Gästehaus wohnen würde, die nicht ihrem Mann, dem Colonel, gehorsam folgte, sondern ganz allein war.

Es gab ein Wohnzimmer – auf allen Tischen standen Blumen – und ein Esszimmer, gedeckt für eine Person und mit einer Flasche Champagner in einem Kühler.

»War das Ihre Idee oder die von Colonel Supo?«, fragte Cecilia.

»Der Champagner war meine Idee«, sagte Lunsford. »Ein kleiner Dank dafür, dass Sie bei Ihrem Boss nicht klein beigegeben haben, als Willard zeigte, welch ein – Ignorant er ist.«

»Welch ein Arschloch, meinen Sie«, sagte sie. »Meine Güte, Sie reden schmutzig, nicht wahr, Major?«

»Ich versuche, es in Ihrer Gegenwart nicht zu tun«, entgegnete er. »Wollen Sie hier etwas erledigen, Ihre Nase pudern oder sonst etwas? Die Boys werden sich um Ihr Gepäck kümmern. Ich habe SFC Jensen und José

Sowieso befohlen, auf Sie zu warten, und es wird bald dunkel.«

»Ja, danke. Ich möchte mir gern die Nase pudern«, sagte sie.

»Haben Sie lange für Major Lunsford gearbeitet, Sergeant?«, fragte Cecilia den bulligen Green Beret aus Chicago mit der Uniform eines kongolesischen Captains. »Bevor Sie in den Kongo kamen, meine ich?«

Es war eine Routinefrage, bei der er sich entspannen sollte.

»O ja, Ma'am«, antwortete er. »Ich war bei einem halben Dutzend Ausflügen in Kambodscha Fathers Sanitäter.«

»Ich wusste gar nicht, dass wir Truppen in Kambodscha hatten«, sagte sie.

»Keine *Truppen*«, korrigierte er. »A-Teams der Special Forces.« Und dann wurde ihm erst richtig klar, was er preisgegeben hatte. »Sie haben mir gesagt, sie sei die neue Geheimagentin«, sagte er wie entschuldigend zu Lunsford.

»Das ist sie tatsächlich«, bestätigte Lunsford. »Miss Taylor, ich habe Jensen gesagt, dass Sie die entsprechenden Unbedenklichkeitsbescheinigungen haben.«

»Ich habe auch ein paar Ausflüge mit Lieutenant Craig gemacht, als er noch ein Uffz-Schwein gewesen ist«, sagte Jensen.

Darauf fiel Cecilia keine Erwiderung ein, und so wechselte sie das Thema.

»Sie sind tatsächlich Sanitäter?«, fragte sie. Dass dieser gewaltige Mann, der wirkte, als könnte er anderen Leuten Arme ausreißen, Sanitäter war, hatte sie wirklich überrascht.

»Ich kann alles außer Öffnen der Schädeldecke«, sagte Jensen sachlich. »Wenn ich meine zwanzigjährige Dienstzeit beendet habe, bin ich eine männliche Krankenschwester.«

»Darüber haben wir geredet«, warf Lunsford ein. »Sie besuchen die Sanitätsschule und werden Arzt, Doc.«

»Father hält mich für viel klüger als ich bin, Ma'am«, sagte SFC Jensen.

*Ein Schluss, der gezogen werden kann*, dachte Cecilia: *Major Lunsford hat sich den Respekt und die Bewunderung seiner Untergebenen verdient, und er zeigt echte Fürsorge für sie, nicht nur Lippenbekenntnisse. Er hat mehr gute Eigenschaften, als er der Welt zeigt.*

In der nächsten Viertelstunde wurde offenkundig, dass SFC Doc Jensen nicht nur jede ärztliche Prozedur außer dem Öffnen der Schädeldecke durchführen konnte, sondern auch ein typischer Soldat war.

Vor den Fahrzeugen, die Charley Willard nicht zur Verfügung hatte stellen wollen, standen kongolesische Soldaten. Als sie Jensen nahen sahen, standen sie still.

Cecilia begutachtete die Fahrzeuge nur flüchtig.

»Sie scheinen in gutem Zustand zu sein, Doc«, sagte sie.

»Sie hätten sie sehen sollen, als ich herkam«, erwiderte er. »Sie waren wirklich in einem beschi... äh – schlechten Zustand. Hoares Ar... äh – Söldner wussten nicht, wie man ein Fahrzeug wartet, oder es war ihnen gleichgültig.«

José Sowieso, dessen Name sich als Elias Sanchez herausstellte, war sozusagen am anderen Ende des sozialen Spektrums. Er war – wie viele der anderen B-26- und T-28-Piloten – Offizier in der kubanischen Luftwaffe vor Castro gewesen.

Jetzt trug er die Uniform eines kongolesischen Lieutenant Colonel. Cecilia sagte sich, dass er ein Mischling war. Wie sie hatte er langes Haar, und er war fast so dunkelhäutig wie sie. Nicht so dunkel wie Lunsford oder Doc Jensen, aber dunkelhäutig.

Und es war offensichtlich, dass er zwischen Erleichterung, nicht mehr Charley Willards Befehle befolgen zu müssen – und der tief verwurzelten Sorge des Machos, unter dem Befehl einer Frau zu stehen, hin- und hergerissen wurde. Es beunruhigte ihn, unter ihrem Befehl zu stehen. Nicht sie als Frau. Er verlor keine Zeit, als er ihr seinen Flugzeugpark zeigte, bevor er ein herzliches Lächeln aufsetzte und sie hoffnungsvoll fragte, ob sie ihm beim Abendessen in der Offiziersmesse Gesellschaft leisten würde.

»Nun, es tut mir Leid, aber Colonel Dahdi und ich haben bereits Pläne«, lehnte Cecilia freundlich ab.

»Guter Versuch, José«, bemerkte Father.

Als Letztes hielten sie bei dem Hangar, in dem Major Anderson die pechschwarze L-19 gesehen und irrtümlich angenommen hatte, dass Kongolesen daran arbeiteten. Dort lernte Cecilia Taylor Major Darrell J. Smythe und die drei plötzlich in Fort Rucker rekrutierten Flugzeugmechaniker kennen. Lunsford erklärte Cecilia, dass Smythe für das sorgte, was sie ›Funkdeckung‹ für die Außenposten nannten, die bei Luluabourg eingerichtet wurden. Er überflog sie in einem gestaffelten Plan, um das Nachrichtenmaterial zu erhalten, das Colonel Supos Agenten sammelten und an die Spurenleser weitergaben, die es schließlich von den ASA-Leuten bei den gemischten A-Teams am Boden zur L-19 funkten.

Sein Interesse daran, dass die L-19 perfekt gewartet wurde, war verständlich, wie Cecilia fand. Wenn der Motor streikte und die L-19 im pfadlosen Busch abstürzte, würde dies das Ende von Major Smythe bedeuten.

Smythes Respekt für Lunsford war offenkundig.

*Der barfüßige Junge ist offenbar ein besonderer Typ Mann.*

*Pass auf, Cecilia. Das Letzte, was du aus einer langen Liste von Gründen willst, ist eine gefühlsmäßige Beziehung mit Major George Washington ›Father‹ Lunsford.*

»Ich werde gegen acht Uhr herkommen und Sie abholen«, sagte Father zu Cecilia, als sie im Jeep vor dem VIP-Gästehaus saßen. »Sagen Sie nur den Boys, was Sie zum Frühstück wünschen und wann.«

»Das wäre prima«, sagte sie.

»Es sei denn, Sie möchten mit uns – Tante Jemima, José, Doc und mir – in der Messe frühstücken.«

»Das klingt sogar noch besser«, sagte sie.

»Dann hole ich Sie um Viertel nach sieben ab?«

»Prima. Haben Sie geplant, dort zu Abend zu essen? In der Messe?«

Er verstand, was sie meinte.

»Gute Frage«, sagte er. »Dort kann ich nicht hingehen, nicht wahr? José Sowieso würde dann wissen, dass wir in Wirklichkeit gar keine Pläne hatten. Kein Problem. Ich werde etwas finden.«

»Wäre genug Essen im Haus für uns beide?«

»Klar.«

»Dann essen wir hier zu Abend.«

»Sind Sie sicher, dass Sie das wünschen?«

»Wir haben eine Abmachung, nicht wahr? Unsere Beziehung wird beruflich sein, basta?«

»Das ist Scheiße, und das wissen Sie«, sagte Father.

»Meine Güte, reden wir wieder schmutzig, Major?«

»Ich bin nicht sehr gut in diesem Spiel«, sagte Lunsford. »Ich verstehe die Frauen nicht und habe sie nie verstanden. Bei Männern weiß ich für gewöhnlich, wenn sie mich belügen, aber bei Frauen ist meine Menschenkenntnis nicht so gut, besonders nicht bei Ihnen.«

»Was habe ich gesagt, das Sie veranlasst, sich zu fragen, ob ich lüge?«

»Ich habe es Ihnen soeben gesagt«, erwiderte er. »Dieser Blödsinn ›berufliche Beziehung, basta‹.«

»Es wäre ein gewaltiger Fehler für uns beide, uns gefühlsmäßig zu verstricken«, sagte sie.

»Wir reden nicht über gewaltige Fehler«, sagte Father. »Wir reden darüber, ob Sie es wollen oder nicht.«

»Was wollen oder nicht?«

»Scheiße, da haben wir's wieder. Sie wissen verdammt genau, was ich meine.«

Ihre Blicke trafen sich, doch sie sagte nichts.

»Ich nehme an, die Erklärung ist, dass ich ziemlich blöde bin«, sagte er. »Ich kann einfach nicht verstehen, wie Sie mich verrückt machen können und ich als einzige Reaktion von Ihnen zu hören bekomme, dass ich ein Soldat mit schmutziger Sprache bin.«

»Ich mache Sie verrückt?«

»Als dieser José Sowieso zu Ihnen kam, hätte ich ihm am liebsten die Kehle durchgeschnitten«, sagte Father.

*Dieses ›Kehle durchgeschnitten‹ ist nicht sinnbildlich gemeint*, dachte Cecilia.

»Ich kann nur wiederholen, dass es ein gewaltiger Fehler von uns wäre, uns gefühlsmäßig zu verstricken«, sagte sie.

»Wie, zur Hölle, können wir das wissen, bevor wir es tun?«, fragte Father. »Handeln Sie immer nach den gottverdammten Vorschriften? Gehen Sie niemals ein Risiko ein? Um Himmels willen, Sie gehen nur davon aus, dass wir das größte gottverdammte Ereignis seit der Brotscheibe sein könnten!«

Sie sah ihn wortlos an, stieg aus dem Jeep und wandte sich noch einmal um, um ihn wieder anzuschauen.

Er saß mit beiden Händen auf dem Lenkrad da und blickte starr vor sich hin.

Sie drehte sich um und schritt auf die Veranda, und erst dort sagte sie etwas.

»George, kommen Sie ins Haus«, rief sie.

»Was?«

»Ich sagte ›George, kommen Sie ins Haus‹. Ich werde Sie nicht ›Father‹ nennen.«

Als er das Haus betrat, stand sie im Flur und blickte ins Esszimmer. Sie wandte sich nicht um, als sie ihn nahen hörte.

»Was nun?«, fragte sie.

»Nun, wir könnten diese Flasche Champagner öffnen – sie ist vermutlich noch kalt – und uns dort hinsetzen oder ins Wohnzimmer, oder wir könnten diese Flasche mit ins Schlafzimmer nehmen.«

Sie wandte sich ruckartig um und fuhr ihn wütend an. »Meinen Sie wirklich, Sie spazieren hier rein und springen in mein Bett? Einfach so?«

»Ich weiß es nicht«, sagte er. »Es war die Frage wert. Und wenn Sie darüber nachdenken, was ist daran falsch? Ich bezweifle, dass Sie mehr nach den Regeln anderer Leute spielen, als ich es tue. Und, mein Gott, ich habe mir nie im Leben etwas mehr gewünscht.«

*Ich könnte ihm ins Gesicht schlagen und ihm sagen, dass er zur Hölle gehen soll.*

Sie sah in seine Augen.

»Wenn das über die Grenze hinausging«, sagte er, »und nach dem Ausdruck Ihrer Augen nehme ich das an, dann liegt das daran, dass ich nicht weiß, wo die verdammte Grenze ist.«

Sie hob langsam die Hand und berührte seine Wange. Er versteifte sich, rührte sich sonst jedoch nicht.

»Gib mir fünf Minuten«, hörte sich Cecilia sagen. »Ich brauche eine Dusche. Und dann bringe den Champagner mit.«

»Ich brauche ebenfalls eine Dusche«, sagte er.

»Du willst doch nicht tatsächlich vorschlagen, dass wir zusammen duschen?«, fragte sie ungläubig.

»Warum nicht?«

*Mein Gott, ich habe den Verstand verloren!*

*Wer A sagt, muss auch B sagen.*

Sie zog die Hand von seiner Wange, tastete zu seiner Hand an der Seite, ergriff sie und führte ihn über den Flur in ihr Schlafzimmer.

# XXIV

1

SECRET

HELP0039 2220 ZULU 14 MAY 1965
VIA WHITE HOUSE SIGNAL AGENCY

FROM: HELPER SIX
TO: EARNEST SIX

SITUATION REPORT # 37
REFERENCE MAP BAKER 11

1–Ears übermittelte Nachrichtenmaterial von Supos Quellen in Luluabourg, dass Guevara, Dreke und Großteil der Kubaner positiv in neuem Camp geortet wurde, das ungefähr fünf (5) Kilometer von Kimbara entfernt auf dem Luluabourg Plateau eingerichtet wurde, Koordinaten 65545/23009, künftig Luluplat genannt.
2–Gleiche Quellen berichten, dass Guevara erkrankt ist, vermutlich an irgendeinem Tropenfieber, was die kubanische Verlegung nach Luluplat erklären mag, das 1670 Meter über dem Meeresspiegel liegt, kühler, weniger feucht und weniger von Insekten befallen ist.

HELPER SIX

SECRET

TOP SECRET
1920 GREENWICH, 16 MAY 1965

FROM STATION CHIEF, BUENOS AIRES

TO DIRECTOR, CIA, LANGLEY
COPIES TO SOUTH AMERICAN DESK
MR SANFORD T FELTER,
COUNSELOR TO THE PRESIDENT
THE EXECUTIVE OFFICE BUILDING
WASHINGTON

Das Folgende erhalten von U.S. Army-Offizier bei der US-Botschaft, der vermutlich von Mr Felter kontrolliert wird. Es wird empfohlen, das folgende Nachrichtenmaterial als gleichbedeutend mit der CIA-Zuverlässigkeitsstufe fünf zu betrachten. Es ist ungekürzt und wortwörtlich übermittelt.

Anfang

Liebe Freunde,
heute stellte sich heraus, dass die Leitung der Stapler-Klinik, nachdem sie erfahren hatte, dass Señora Celia de la Serna de Guevaras Sohn Dr. Ernesto Guevara ist, ihrer Familie mitgeteilt hat, sie nicht weiter ärztlich zu versorgen, und sie ist vorübergehend in das Englische Hospital Buenos Aires verlegt werden, bis Aufnahme in ein anderes Krankenhaus gefunden werden kann. Die Prognosen der Ärzte bleiben ernst, und die Ärzte rechnen in weniger als einer Woche mit ihrem Tod.
Vor Gott und bei meiner Offiziersehre schwöre

ich Ihnen, dass niemand, den ich in Argentinien kenne oder der mir bekannt ist, für die verabscheuungswürdige Aktion seitens der Stapler-Klinik verantwortlich war. Eine erste Ermittlung lässt darauf schließen, dass es sich bei gewissem ranghohem Personal mit Verbindungen zur Stapler-Klinik um Flüchtlinge aus Ostdeutschland handelt und ihr Hass auf alles Kommunistische ihren Sinn für allgemeine Anständigkeit ausgeschaltet hat.
Unter Bezugnahme auf die Argentinierin/Ostdeutsche Haydée Tamara Bunke ›Tania‹: Wir waren von unserem gemeinsamen deutschen Freund darüber informiert, dass sie in Ostberlin entdeckt und ihre Spur nach Havanna verfolgt wurde. Wir haben erfahren, dass sie in der vorigen Woche mit einem uruguayischen Pass auf ihren eigenen Namen nach La Paz, Bolivien, geschickt wurde, um als getarnte Agentin vor Ort für die Aktivierung zu dienen, wenn Dr. Guevara mit der Befreiung Südamerikas beginnt. Dies weist für mich stark darauf hin, dass er plant, in Bolivien zu beginnen. Wenn diese Information bolivianischen Behörden bekannt wird, ist anzunehmen, dass Tania sofort ausgeschaltet wird, und deshalb hat die bolivianische Regierung dieses Nachrichtenmaterial nicht – Wiederholung – nicht erhalten.
Beste Grüße

ENDE

J. P. Stephens
STATION CHIEF BUENOS AIRES

TOP SECRET

## 3

*9 Grad 59 Minuten 28 Sekunden südlicher Breitengrad*
*20 Grad 33 Minuten 39 Sekunden östlicher Längengrad*
*(Route Nationale 39, im Busch bei Surino, Provinz Katanga, Kongo)*

*16. Mai 1965, 13 Uhr 10*

Smythe flog mit der pechschwarzen L-19 3500 Fuß oberhalb und vielleicht eine Viertelmeile hinter einem Lastwagenkonvoi aus Fords und Peugeots, der durch den Busch fuhr. Soweit Smythe hatte sehen können, hatte es seit ungefähr fünf Meilen keinen Verkehr in beiden Richtungen der Straße gegeben.

Er folgte dem Konvoi aus vier Lastwagen seit über einer Stunde, seit er Surino durchfahren hatte. Er musste nicht wie ein Bluthund auf seiner Fährte bleiben. Siebzig Meilen weit gab es nur eine Straße, die von Lastwagen befahren werden konnte. Er brauchte nur weite Kreise zu fliegen – und hatte es getan –, und alle zehn Minuten war der Konvoi wieder in Sicht.

Smythe hatte gestern die Straße mit einem überraschend gut gelaunten und fröhlichen – sogar ausnahmsweise einmal glücklichen – Father Lunsford auf dem hinteren Sitz überflogen und nach einer Stelle Ausschau gehalten, an der ein Hinterhalt aufgebaut werden konnte. Lunsford hatte eine solche Aktion offenbar schon einmal ausgeführt, denn als er den Hügel sah, an dessen Seite entlang eine gewundene Straße führte, hatte er darauf gewiesen und Smythe befohlen, so nahe wie möglich zu landen, damit sie den Boden erkunden konnten.

Smythe hatte die L-19 auf der Straße gelandet, nachdem er durch das lange Beobachten aus der Luft festgestellt hatte, dass es in den zwanzig Minuten, die Father zum Erkunden brauchte, keinen Verkehr darauf geben würde.

Dann hatte er Father nach Kamina zurückgeflogen, wo

sich Lunsford sofort bei der absolut tollen Lady vom CIA gemeldet hatte, und dann hatte er in zwei Flügen Master Sergeant Thomas und einen kongolesischen Sergeant namens Jette zu der Stelle geflogen.

Sie würden über Nacht bleiben, um sich eine Fahrt von über sechzig Meilen in einem Jeep oder Dreivierteltonner-Lastwagen von Kamina aus zu ersparen.

Doubting Thomas hatte ihm erzählt, was sein militärisches Kredo war: »Niemals stehen, wenn du liegen kannst, niemals rennen, wenn du normal gehen kannst, und wann immer das möglich ist, fliegen.«

Wie bei so vielem, das Doubting Thomas scheinbar todernst gemeint sagte, war sich Smythe nicht ganz sicher, wie ernst er es ein Wirklichkeit meinte.

Beim ersten Tageslicht waren unter dem Kommando von SFC Jensen von Kamina aus Trucks mit einem Zug kongolesischer Fallschirmjäger in Marsch gesetzt worden. Sie befanden sich jetzt im Busch, eine halbe Meile von beiden Seiten der Stelle entfernt, an der sich Thomas und Jette in Position befanden.

»Sie sollten sie jetzt jeden Moment sehen können, Jesse James«, sprach Captain Darrell J. Smythe in sein Mikrofon. »Sie sind ungefähr auf halbem Weg den Hügel hinauf, fast vor der Biegung.«

»Ich sehe sie, Tante Jemima, vielen Dank. Ich glaube, Sie können die Kavallerie zum Angriff blasen lassen«, sagte Thomas in sein Mikrofon.

Er legte das Mikro auf den Boden neben sich und nahm eine schwarze Pistole, die der legendären Luger 9mm Parabellum ähnelte. In Wirklichkeit war es eine halbautomatische Ruger-Pistole Mark II Kaliber .22 Long Rifle, auf die ein Schalldämpfer montiert war.

Wenn mit der Pistole geschossen wurde, war ein leises *Plopp* zu hören.

Sergeant Jette hatte eine praktische Demonstration der Waffe verlangt – Thomas hatte Tomatendosen neben einer der Start- und Landebahnen in Kamina aufgebaut –, bevor er bereit gewesen war, zu akzeptieren, dass es zwar

*Plopp* statt *Bumm!* machte, es jedoch immer noch eine echte Pistole war.

Einmal überzeugt, war Jette von der Waffe begeistert, und Thomas erkannte, dass er noch unehrenhaft ein weiteres offizielles Dokument ausstellen musste, eines, das bescheinigte, dass eine Pistole, Ruger .22 LR, SN 14-48070, bei der Durchführung einer Operation gegen eine feindliche Kraft verloren gegangen war. Entweder das, oder er musste gegen Jette um Leben und Tod kämpfen, um die Waffe zurückzubekommen.

Thomas hatte ebenfalls wenig Mühe gehabt, Jette zu überzeugen, dass sein Konzept des Zerschießens von Autoreifen eines Trucks – die Patronen eines Ladestreifens von 7-mm-Gewehrmunition auf sie zu feuern – in dieser Situation nicht so wirksam sein würde wie das, was er, Thomas, vorhatte.

»Ich will nicht, dass diese Jungs Schüsse hören, Jette«, hatte er erklärt. »Das würde jeden in den vier Trucks nervös machen, und sie würden mit ihren Waffen herausspringen und bereit sein, auf alles zu ballern, was sie sehen. Doch so hören sie nicht mal das *Plopp Plopp*, wenn wir kleine Löcher in ihre Vorderreifen schießen. Die Reifen werden nicht zerfetzt, jedoch schnell platt, und die Jungs werden aussteigen, um zu sehen, was passiert ist, und ihre Waffen im Truck lassen. Und dann wird die Kavallerie hinter und vor ihnen auftauchen, mit MGs auf den Führerhäusern und die Ladeflächen voller Schützen, die ihre Waffen angelegt haben, und wenn diese Leute auch nur einen Funken Verstand haben, werden sie die Hände gen Himmel recken. Klar?«

»Sie haben so etwas schon einmal gemacht, Major, Sir?«

»Ja, ich habe das schon mal gemacht.«

Thomas erhob sich und signalisierte, dass die Lastwagen fast heran waren. Er konnte Jette nicht sehen, aber er wusste, dass Jette ihn sah.

Dann ging er in den Busch zurück, nicht mehr als zwei Meter vom Straßenrand entfernt hinter einen großen Baum und nahm eine Position ein, bei der er die Ellbogen aufstützen und die Ruger mit beiden Händen halten konnte.

Das Motorengeräusch des ersten Lastwagens wurde lauter, und dann konnte Thomas das Knirschen von Steinchen hören, wenn sie unter Reifen aufspritzten, als die Trucks, dem Verlauf der Straße folgend, durch den Busch fuhren.

*Hier ruht Master Sergeant William Thomas, der an einer verlassenen Straße im Busch des Kongo einen Stein zwischen die Augen bekam.*

Und dann spürte er den Lastwagen dicht vor sich, bevor er ihn tatsächlich sah.

Als er den Reifen sah, drückte er ab.

*Plopp, plopp, plopp, plopp.*

Der zweite Lastwagen tauchte auf. Auf dessen Reifen schoss er nicht. Der zweite und vierte Lastwagen waren Jettes Ziele.

Der dritte Lastwagen tauchte auf.

*Plopp, plopp, plopp, plopp* und, was soll's, *plopp, plopp.*

Der vierte Lastwagen passierte ihn.

Als er um die Biegung und außer Sicht war, richtete sich Thomas auf und signalisierte Jette, durch den Busch zu spähen.

Dann nahm er sein Mikrofon auf.

»Habe ich den Gorilla erwischt?«, fragte er.

»Der erste Wagen ist an den Straßenrand gefahren«, meldete Major Smythe.

»Wo ist die Kavallerie?«

»Ungefähr eine Viertelmeile in jeder Richtung.«

Eine knappe Minute später röhrte ein Militärlastwagen vorbei, und ein kongolesischer Fallschirmjäger stand auf dem Vordersitz hinter einem 7.62 Maschinengewehr, das auf ein Drehgestell montiert war. Die Ladefläche des Lastwagens war mit Fallschirmjägern gefüllt, die FN-Gewehre im Anschlag hielten.

Und dann kam der zweite Truck.

Thomas konnte SFC Doc Jensen nicht sehen, was bedeutete, dass er bei den Trucks war, die aus der anderen Richtung kamen.

»Die Kavallerie ist an Ort und Stelle«, meldete Smythe. »Viele Hände werden in die Luft gereckt. Gute Schau, Thomas!«

»Da haben Sie Recht, Parsifal«, erwiderte Thomas. »Wollen Sie runterkommen und mich abholen?«

»Sie wollen nicht zum Ort Ihres Sieges?«

»Nein«, sagte Thomas, »will ich nicht.«

*Und ich will nicht daran denken, was mit diesen armen Bastarden geschieht, wenn sie nach den verdammten Vorschriften des Kriegsgerichts verurteilt werden.*

*Nun, sie wussten, worauf sie sich einließen. Warum, verdammt noch mal, sind sie nicht in Kuba geblieben?*

Er schob die Arme durch die Träger des Rucksackfunkgeräts, verließ den Busch und ging den Hügel herunter, wo Smythe mit der L-19 landen würde.

Er nahm das Mikrofon.

»Custer, Custer, Jesse James!«, rief er.

»Kommen, Jesse«, erwiderte Jensen sofort.

»Gehen Sie den Hügel runter. Tante Jemima wird Sie von dort ausfliegen.«

»Ich würde lieber bei meinen Trucks bleiben.«

»Das funktioniert so, Doc: Ich sage Ihnen, was Sie zu tun haben, und Sie tun es. Ich werde auf Sie warten. Jesse James Ende.«

Thomas ging langsam die Straße hinab und blickte von Zeit zu Zeit über die Schulter, um zu sehen, ob Doc Jensen ihm folgte.

Schließlich blieb er stehen und wartete, bis Doc Jensen ihn einholte.

»Was ist los, Thomas?«, fragte Jensen.

»Father will uns hier raushaben, das ist los«, sagte Thomas. »haben Sie den ›Gute Schau‹-Scheiß von Tante Jemima gehört?«

»Ich glaube, er will ein englischer Offizier und

Gentleman sein«, meinte Doc. »Aber ich mag ihn irgendwie.«

»Ja, ich auch.«

Er wies zum Himmel, wo sich Tante Jemimas pechschwarze L-19 näherte.

## 4

SECRET
HELP0041 2220 ZULU 16 MAY 1965
VIA WHITE HOUSE SIGNAL AGENCY

FROM: HELPER SIX
TO: EARNEST SIX

AFTER ACTION REPORT # 5
REFERENCE MAP BAKER 11

1–Am 16. Mai 1965, ungefähr um 1200 Uhr Zulu, bemerkte Captain Darrell J. Smythe auf einem Aufklärungsflug mit einer L-19 in der Nähe von Surino, Provinz Katanga, Kongo, auf der Route Nationale 39 einen Konvoi aus vier Lastwagen, der verdächtigt wurde, kubanische Soldaten zu transportieren, die Verstärkung für die kongolesischen Aufständischen im Gebiet Luluabourg sein sollten.
2–Diese nachrichtendienstliche Information wurde an einen kongolesischen Gegenstoßtrupp in Kamina unter der Beratung von SFC Alfred Jensen und zu einer Aufklärungspatrouille in dem Gebiet unter der Beratung von MSgt William Thomas übermittelt.
3–Am 16. Mai 1965 um ungefähr 1330 Uhr Zulu,

wurde der Konvoi ungefähr 35 Meilen östlich von Surino von dem kongolesischen Gegenstoßtrupp gestoppt. MSgt Thomas und SFC Jensen wurden später von kongolesischen Offizieren getrennt informiert, dass zweiundachtzig (82) bewaffnete Personen, vermutlich kubanischer Nationalität, verhaftet wurden und zugleich eine große Anzahl Handfeuerwaffen und anderes militärisches Material sichergestellt wurde.

4–Die Aktion erfolgte völlig überraschend, und die mutmaßlichen Kubaner wurden ohne einen Schusswechsel gefangen genommen. Kongolesische Behörden glauben, dass das Stoppen des Konvois durchgeführt wurde, ohne den mutmaßlichen Kubanern Zeit zu geben, die aufständischen Truppen im Gebiet Luluabourg zu informieren, dass sie abgefangen worden waren. Obwohl MSgt Thomas und SFC Jensen nicht beim eigentlichen Stoppen des Konvois und der Festnahme der mutmaßlichen Kubaner anwesend waren, teilen sie diese Meinung.

5–Kongolesische Behörden haben den Unterzeichner informiert, wenn die Ermittlung ergibt, dass es sich bei den mutmaßlichen Kubanern tatsächlich um bewaffnete Personen ausländischer Nationalität handelt, die mit der Absicht in den Kongo eingereist sind, die Regierung mit Gewalt zu stürzen, werden sie nach internationalem und kongolesischem Kriegsrecht behandelt werden, und es werden nach Beendigung des gegenwärtigen nationalen Notstands dem internationalen Gerichtshof entsprechende Berichte vorgelegt werden.

HELPER SIX

SECRET

## 5

*Avenue Leopold 404*
*Leopoldville, Republik Kongo*

*20. Mai 1965, 12 Uhr 05*

Nimbi, der Houseboy, führte Miss Cecilia Taylor zu »Les Madames«, wie er sie nannte, die in ihren Badeanzügen an einem der Tische im Schatten von Sonnenschirmen beim Swimmingpool saßen.

Mary Magdalene, die gewaltige Schwarze, die Cecilia bereits gesehen hatte, saß am flachen Ende des Pools mit den Füßen im Wasser, das geblümte Kleid fast bis zu den Hüften gerafft, und spielte mit dem Baby der Craigs.

Madame Ursula Craig und Madame Marjorie Portet lächelten sie – und dann sich gegenseitig – an, als sie Miss Cecilia sahen.

»Guten Morgen, Cecilia«, sagte Ursula. »Sie sehen aus, als könnten Sie ein Glas Orangensaft gebrauchen.«

»Ja, vielen Dank«, sagte Cecilia.

»Wir alle brauchen Orangensaft, Nimbi«, wies Marjorie den Boy an. »Und Miss Taylor wird zum Mittagessen bleiben.«

»Das ist sehr freundlich von Ihnen, und ich nehme die Einladung an. Aber ich bin eigentlich hier, weil mich Major Lunsford gebeten hat, mich hier mit ihm zu treffen.«

»Er wird bald hier sein«, sagte Marjorie. »Er ist mit Jack am Flughafen und entscheidet, welche der überschüssigen Ladungen wohin kommt«, sagte Marjorie.

»Wie bitte?«

»Die Air Force hat heute Morgen zu jedermanns Überraschung endlich eine Flugzeugladung Überschussmaterial geliefert«, sagte Marjorie.

»Überschussmaterial?«

»Wie ich das verstanden habe, bestand die Air Force darauf, die Operation Earnest zu unterstützen. Felter glaubte ihr das natürlich nicht, gab ihr jedoch die Einkaufsliste und stellte unterdessen sicher, dass mein Schwiegervater mit der Intercontinental Air Cargo 707 lieferte, was wir brauchten ...«

Sie unterbrach sich, lächelte süffisant und sagte: »Ich dachte, man hat Father in der vergangenen Nacht angerufen? Hat er Ihnen das nicht erzählt?«

»Major Lunsford war in meinem Apartment, geschäftlich, als wir einen Anruf hatten«, sagte Celia. »Ich nehme an, das war diese Sache.«

»Als das Flugzeug landete, wollte der Pilot das Material keinem außer Father übergeben, Cecilia«, sagte Marjorie. »So rief der Attaché hier an, und ich nannte ihm Ihre Nummer.«

»Ich habe das Gefühl, als müsste ich meiner Mutter erklären, warum ich die ganz Nacht weg war«, sagte Cecilia.

»Apropos«, erwiderte Marjorie, »ich glaube, ich kann ohne Widerspruch befürchten zu müssen sagen, dass Special Forces Detachment 17 sehr glücklich ist, ihren geliebten Commander glücklich zu erleben, und dankbar für alles ist, das ihn glücklich macht.«

»Mein Gott, Sie meinen, jeder weiß es?«, fragte Cecilia bestürzt.

»Alle von uns wissen es«, sagte Marjorie, »und keiner von uns würde außerhalb des Clans ein Wort darüber verlieren.«

»Woher wussten Sie, dass George in meiner Wohnung war?«, wollte Cecilia wissen.

»Ich nehme an, ich bin so etwas wie der inoffizielle Adjutant«, sagte Marjorie. »Ich bin die Person, die Father suchen muss, und so erzählt er mir, wo ich ihn finden kann. Deshalb wusste ich, wo er sich aufhält, als der Attaché anrief.«

»Um halb vier am Morgen«, sagte Cecilia.

»Oh, war es so spät, beziehungsweise so früh? Ich habe überhaupt nicht auf die Uhr gesehen.« Marjorie lächelte.

»Und ob Sie das getan haben«, meinte Cecilia und

fügte hinzu: »Ich hätte nie gedacht, dass ich mich so verhalten würde – dass ich dazu *fähig* wäre.«

»Das hätte keiner von uns gedacht«, sagte Marjorie. »Ich nehme an, man nennt das ›Lust‹, wie in ›ungezügelte Lust‹. Es stiehlt sich heimlich heran und packt einen buchstäblich von hinten.«

»Marjorie!«, tadelte Ursula, lächelte jedoch.

»Eigentlich hatten Ursula und ich vor, mit Ihnen über diesen Punkt zu sprechen, nur zwischen uns Mädchen, aber eines nach dem anderen.« Marjorie zog ein Blatt Papier aus ihrer Handtasche und gab es Cecilia. »Father sagte, dies sollten Sie sehen.«

SECRET

EARN0087 WASH DC 1035 ZULU 20 MAY 1965
VIA WHITE HOUSE SIGNAL AGENCY

FROM: EARNEST SIX
TO: HELPER SIX

Folgendes erhalten von Zammoro in Buenos Aires:

Señora Celia de la Serna de Guevara starb am 19. Mai 1965 um 12 Uhr 30 an Lungenkrebs.

FINTON FOR EARNEST SIX

SECRET

Cecilia gab das Blatt zurück.

»Ich nehme an, Sie haben das andere gesehen«, sagte sie, »wo mitgeteilt wird, dass man die arme Frau aus dem Krankenhaus geworfen hat?«

Ursula und Marjorie nickten.

»Ich kann das nicht verstehen«, sagte Cecilia.

»Ich sage nicht, dass es richtig ist«, erklärte Ursula, »aber ich kann es verstehen.«

»Ursula hat in Ostdeutschland gelebt«, sagte Marjorie. »Aber, um schnell das Thema zu wechseln, wie ist Ihr Quartier hier in Leopoldville?«

»Nicht ganz das, was man für die Sekretärin des Botschaftsbeamten für kulturelle Angelegenheiten erwartet«, sagte Cecilia. »Eine Wohnung im fünften Stock ohne Aufzug mit Ausblick auf das Stanleybecken.«

»Wir wohnen alle hier, und es gibt noch drei unbenutzte Schlafzimmer«, sagte Ursula.

»Sie wollen doch nicht vorschlagen, dass ich hier wohne?«

»Wir finden, dass Sie hier weniger Aufmerksamkeit erregen, wenn Sie die Nacht mit Ihrem amerikanischen Freund verbringen ...«

»Als mit meinem amerikanischen Freund in meiner Wohnung?«

»Eigentlich dachte ich an Ihren Freund, den kongolesischen Lieutenant Colonel«, sagte Marjorie.

»Gott, das hatte ich vergessen ...«

»Dann geben Sie unserer unwiderlegbaren Logik nach und ziehen hier ein?«

»Ich nehme an, ich sollte mich wie eine schamlose Schlampe fühlen, aber das ist nicht der Fall«, erwiderte Cecilia.

»Wenn es mit dem richtigen Mann ist«, sagte Marjorie, »ist es nach meiner Erfahrung gar nicht so schlimm, sich wie eine Schlampe zu fühlen.«

# 6

*Avenue Leopold 404*
*Leopoldville, Republik Kongo*

*21. Mai 1965, 17 Uhr 35*

Father Lunsford, Marjorie Portet und Ursula Craig saßen unter dem Sonnenschirm an einem der Tische beim Swimmingpool und beobachteten, wie Mary Magdalene am flachen Ende des Pools mit Jiffy platschend herumtollte. Father und Ursula tranken Bier, Marjorie Gin-Tonic.

»Wo ist Jack?«, fragte Cecilia, als sie sich auf den Stuhl neben Lunsford setzte und dabei leicht über seine Schulter streichelte.

»Er bringt eine Ladung Überschussmaterial mit einer C-46 nach Kamina«, sagte Father. »Er wird vermutlich morgen oder übermorgen zurück sein.«

»Oh, er ist bereits abgeflogen?«, fragte Cecilia.

Der Transport von Versorgungsmaterial war nicht der einzige Grund, weshalb Jack dort hinflog, und Cecilia wusste das. Aber Ursula und Marjorie saßen am Tisch und hatten kein Recht auf Information, und das wusste Cecilia ebenfalls.

Colonel Supo hatte Father erzählt, dass er nachgedacht hatte. Er hatte sich gesagt, wenn sie keinen der Transporte von Kigoma über den Tanganjikasee abfingen, würde das verdächtig sein. Wenn hingegen eine der T-28, auf die sie jetzt Zugriff hatten, irgendeinen Transport abfangen und den Eindruck erwecken konnte, dass der Transport durch Zufall entdeckt worden war – eine Luftpatrouille hatte ihn einfach zufällig gesehen – würde das jeden der Aufständischen überzeugen, dass gewisse Risiken damit verbunden waren, Transporte über den See zu schicken.

Das würde sie vorsichtiger machen, und es würde zu einer Reduzierung von Umfang und Häufigkeit der Transporte über den Tanganjikasee führen. Und, wenn dann und wann einer der Transporte versenkt wurde, würde dies natürlich bedeuten, dass soundso viel Nachschub auf dem Grund des Sees endete, und die Rebellen würden gezwungen sein, mehr Nachschub zu kaufen und eine Crew zu finden, die fähig und willens sein würde, ihn über den See zu transportieren, wo der Feind – wie bekannt war – manchmal Glück hatte und einen Nachschubtransport mit allen Mann versenkte.

Das waren Colonel Supos Gedanken gewesen, und er hatte seinen guten Freund Lieutenant Colonel Dahdi gefragt, was er davon hielt.

Colonel Dahdi hatte Colonel Supo gesagt, er sei völlig seiner Meinung, müsse dies jedoch mit Miss Taylor besprechen.

Als Lunsford es beim Mittagessen mit Miss Taylor besprochen hatte, hatte sie das mit gewissen Vorbehalten für eine gute Idee gehalten. Besonders gefallen hatte ihr Major Lunsfords Vorschlag, den Nachschub der Rebellen einfach verschwinden zu lassen, statt sich auf einen Kampf mit der Besatzung einzulassen, bei dem es Überlebende geben konnte, die vermuten konnten, dass es Agenten in Kigoma gab, die über Satellit die Abfahrtzeiten der Transporte aus diesem Hafen übermittelten.

»Und wir müssen sehr vorsichtig sein, George, um sicherzustellen, dass wir keine unbeteiligten kleinen Schmuggler versenken. Wie schnell können deine ASA-Leute in Kigoma nach Kamina oder der T-28 übermitteln?«

»Sie können mit der B-26 sprechen, wenn sie in der Luft ist, jedoch nicht mit der T-28.«

»Warum schicken wir Jack Portet dann nicht mit einer B-26 – nicht, um sie zu fliegen, ich möchte, dass die Kubaner sie fliegen –, um sicherzustellen, dass sie den richtigen Transport erwischen und verschwinden lassen?«

»Große Geister haben die gleichen Gedanken über Liebe und Krieg«, hatte Father zu Cecilia gesagt.

Er hatte es nicht für nötig gehalten, ihr zu erzählen, dass er Jack befohlen hatte, dafür zu sorgen, dass der Abzug der sechs Browning-MGs Kaliber .50 in der Nase der B-26 nur von jemandem betätigt werden würde, der wirklich wusste, was er tat, und dass sich Jack höchstwahrscheinlich sagen würde, dass er der richtige Mann für den Job sein würde.

»Er wollte vor Einbruch der Dunkelheit in Kamina sein«, sagte Father. »Wie war dein Tag im Büro, Liebling? Um ehrlich zu sein, ich habe nie richtig verstanden, was ›kulturelle Angelegenheiten‹ sind. Ist das Sex bei klassischer Musik?«

Er erwartete schallendes Gelächter, erntete jedoch nur ein Kichern.

»Sie sind alle ein wenig geistig zurückgeblieben, Cecilia«, sagte Marjorie. »Man muss sich daran gewöhnen.«

»Der Kurier von der Botschaft in Brazzaville brachte mir etwas«, sagte Cecilia. »Insgesamt neun Kubaner, einschließlich eines zweifelsfrei identifizierten Captain Roberto Agramonte, sind in Brazzaville eingetroffen, jeweils zu zweit oder dritt, mit verschiedenen Fluggesellschaften, jedoch hauptsächlich mit der Air France. Agramonte fuhr sofort zum Außenministerium. Unsere Quelle dort sagte, er erklärte den Leuten im Außenministerium, er solle – Zitat Anfang – ›den Empfang von Kolonne zwei koordinieren‹ – Zitat Ende, was immer das auch bedeutet.«

»Es bedeutet vermutlich nicht mehr als weitere fünfzehn Leute«, sagte Father. »Guevara hat nicht die Wahnvorstellung, Napoleon zu sein. Er teilt die dreißig, vierzig Leute, die er auf dem Plateau hat, in die Trupps und den Generalstab auf. Wir nennen es einen Zug.«

»Ich dachte, man soll den Feind nicht unterschätzen«, sagte Cecilia.

»Was ist da zu unterschätzen? Bis jetzt hat er sich nur in das Land eingeschlichen – er *denkt*, er hätte das heimlich getan –, sich in einer Barackenansammlung auf einem Plateau mitten im Niemandsland eingerichtet und ist krank geworden. Und er soll angeblich Arzt sein.«

»Ob er das von seiner Mutter weiß?«, fragte Cecilia.

»Das Abhörteam hat nichts abgefangen«, sagte Father. »Ich nehme an, solche Nachrichten wären von der kubanischen Botschaft in Buenos Aires nach Havanna und Daressalam und dann nach Luluabourg übermittelt worden.«

## 7

*Luftstützpunkt Kamina*
*Provinz Katanga, Kongo*

*23. Mai 1965, 11 Uhr*

Father Lunsford fand Jack Portet, der in Fliegerdress frühstückte – Eier mit Speck, ein Croissant, Orangensaft und Kaffee – in der Offiziersmesse.

»Ist dies ein Frühstück oder ein Mittagessen?«, fragte Father, setzte sich zu Jack an den Tisch und zog die Kaffeekanne zu sich heran.

»Ich war die meiste Zeit der Nacht auf und in einer B-26«, sagte Jack. »Und der Wartungsoffizier, der offenbar wusste, dass ich etwas wohlverdiente Ruhe brauchte, befahl einen Probelauf der T-18 Motoren vor meinem Fenster, angefangen um neun. Schließlich gab ich es auf, etwas Schlaf zu finden. Was treiben Sie hier?«

Lunsford antwortete nicht auf die Frage, sondern fragte leichthin: »Und haben Sie etwas Nützliches getan, während Sie die meiste Zeit der Nacht auf waren?«

»Müssen Sie einen Bericht nach dem Einsatz schicken?«, erkundigte sich Jack ernst.

»Nein. Die B-26er unterstehen der CIA. Und da wir ihre Flugzeuge nicht fliegen – wir fliegen ihre Flugzeuge doch nicht, oder, Jack?«

Ihre Blicke trafen sich, und Jack schnaubte.

»Nein, Sir, ich bezweifle, dass Sie jemanden finden können, der behaupten könnte, dass ich heute Nacht die B-26 geflogen habe, als sie einen Transport in kleine Stücke blies.«

»Und da wir ihre Flugzeuge nicht fliegen«, fuhr Lunsford fort, »gibt es wirklich keinen Grund für uns, einen Bericht nach dem Einsatz zu schicken, nicht wahr?«

»Vermutlich nicht«, sagte Jack.

»Aber wenn – hypothetisch gesprochen – ein Bericht nach dem Einsatz geschickt werden müsste, was würde Ihrer Meinung nach darin stehen?«

Jack dachte einen Moment über die Antwort nach.

»Auf Grund einer Information, die zuverlässig war, wie jeder in der B-26 erhoffte, wurde ein ungefähr dreizehn Meter langes Frachtschiff in den kongolesischen Gewässern des Tanganjikasees entdeckt – vielleicht eine Meile jenseits der Grenze. Besagtes Schiff war auf dem Kurs nach Kalamba. Besagtes Schiff hatte keine Positionslichter. Die Personen an Bord besagten Flugzeugs sahen eine B-26 mit ausgefahrenem Fahrgestell und hochgestellten Klappen in etwa zweihundert Fuß Höhe nahen, feuerten mit anscheinend kleinkalibrigen Automatikwaffen darauf, woraufhin besagte B-26 das Schiff mit einem Feuerstoß von zehn Sekunden aus den Browning-MGs Kaliber .50 in der Nase in kleine Stücke blies.«

»Hypothetisch gesprochen, welche Chance hatte Ihrer Meinung nach die Besatzung des Schiffes, ihr Schicksal zu melden, bevor es unterging?«

»Null«, antwortete Jack.

»Überlebenschancen?«

»Null.«

»Niemand konnte sich an Stücke des Schiffes klammern?«

»Nach dem Feuerball zu urteilen, würde ich sagen,

dass es ein paar Hundert Gallonen Benzin transportierte. Plus einigem hochexplosivem Sprengstoff. Niemand schwamm von den Trümmern fort.«

»Da Sie jetzt wissen, wie es gemacht wird, können die Kubaner dies von jetzt an allein erledigen?«

Portet dachte darüber nach, bevor er antwortete.

»Es gibt zwei Probleme mit *unseren* Kubanern«, begann er. »Erstens blasen sie jedes Boot liebend gern aus dem Wasser, bei dem sie auch nur den Verdacht haben, dass es ihre kommunistischen Landsleute an Bord hat, und zweitens fragen sie sich laut, warum sie nicht einfach Guevara und jeden sonst auf dem Plateau von Luluabourg abknallen können.«

»Ich werde Cecilia mit ihnen sprechen lassen«, sagte Lunsford.

»Wie kommen Sie auf die Idee, dass sie ihr zuhören werden?«

»Weil sie klarmachen wird, dass jeder, der Befehle verweigert, in die Staaten zurückgeschickt werden wird«, sagte Lunsford. »Das würde ihnen nicht gefallen. Hier können Sie wenigstens etwas gegen Guevara tun.«

## 8

TOP SECRET
HELP0039 2125 ZULU 23 MAY 1965
VIA WHITE HOUSE SIGNAL AGENCY

FROM: HELPER SIX
TO: EARNEST SIX

SITUATION REPORT # 43
1–Folgendes, dem Mata Hari beipflichtet, sollte der CIA geliefert werden:

2–Am 23. Mai 0915 Uhr Zulu fingen ASA-Quellen eine Funkbotschaft ab, die von Kigoma, Tanganjika, übermittelt und von Colonel Laurent Mitoudidi als Stabschef des Revolutionären Militärrats unterschrieben und an ›Tatu‹ (Guevara) und Luluplat gerichtet war. Es wurde ein Code benutzt, der für gewöhnlich nur von der kubanischen Botschaft in Daressalam benutzt und deshalb als legitim betrachtet wird. In der Botschaft wurde Guevara befohlen ›einen Angriff und die Befreiung von Albertville vorzubereiten und die Stadt gegen alle Söldner und reaktionären Kräfte zu halten‹. Es wurden keine konkreten Einzelheiten genannt.

3–Wir haben die folgenden Schlüsse gezogen:

A–Guevara hat, vermutlich weil er keine andere Wahl hat, sich und die Kubaner unter den Befehl von Mitoudidi gestellt. Mitoudidi hat gefühlsmäßige und geistige Probleme mit der Bevölkerung der Provinzen Oriental, Katanga und Kasai, sowohl wegen seiner Unfähigkeit, Hoares Söldner und/oder Supos Truppen aus Albertville, Stanleyville oder sonst wo zu vertreiben, als auch wegen des undisziplinierten Verhaltens seiner Truppen. Es gibt viele bestätigte Berichte über Gräueltaten gegen kongolesische Zivilisten in den von Simbas heimgesuchten Gebieten, vom Diebstahl von Lebensmitteln und Vieh über Zwangsrekrutierung von Männern für die Simbas bis zu Vergewaltigung und Mord.

B-Mitoudidi verbringt immer mehr Zeit in Kigoma und weniger sonst wo im Kongo. Es gibt Grund zu der Annahme, dass er die Bordelle und andere Attraktionen von Kogima liebt und ebenfalls befürchtet, von Hoares oder Supos Truppen im Kongo gefangen genommen zu werden. Da Colonel Supo jetzt das Kommando über alle kongolesischen Truppen in diesen Provinzen hat, wird sich diese Lage für Mitoudidi sicherlich verschlimmern.

C–Colonel Supo glaubt, und Mata Hari und der Unterzeichner sind der gleichen Meinung, dass Mitoudidi, sollte es Truppen von Guevara mit einiger Unterstützung der Simbas möglich sein, Albertville zurückzuerobern, einen bedeutenden Sieg der Simbas erklären kann und seine gefühlsmäßigen und geistigen Probleme verringert würden. Sollte ein Angriff auf Albertville scheitern, kann er die Schuld Guevara und seinen Truppen geben. Deshalb wird er Guevara drängen, den Angriff so bald wie möglich durchzuführen.

D–Weil Guevara große Schwierigkeiten hat, die kleine Streitmacht, die er auf Luluplat bei sich hat, zu verstärken, könnte es ihm widerstreben, den Angriff durchzuführen. Er wird vermutlich jedoch gezwungen sein, es zu tun, um seine eigenen gefühlsmäßigen und geistigen Probleme mit Mitoudidi zu lösen. In diesem Zusammenhang muss daran erinnert werden, dass sich Guevara als der Führer der afrikanischen Befreiungsbewegung sieht. Wenn ein Angriff auf Albertville Erfolg hat, kann und wird er fast mit Sicherheit den Ruhm als Feldherr für sich in Anspruch nehmen.

E–Basierend auf seiner Einschätzung der Stärke und Fähigkeit der Truppen Mitoudidis und vorausgesetzt, dass die gegenwärtigen Bemühungen, kubanische Verstärkungen sowohl von Tanganjika als auch von Kongo Brazzaville abzufangen, erfolgreich fortgesetzt werden,

glaubt Supo, dass es bei einer zur Zeit erfolgenden Verstärkung oder einem Ersatz von Hoares Söldnertruppen im Gebiet von Albertville durch Truppen der kongolesischen Armee für Guevara unmöglich sein wird, Albertville wieder einzunehmen. Mata Hari und der Unterzeichner sind der gleichen Meinung.
F–Mata Hari und der Unterzeichner stimmen ebenfalls darin überein, darauf hinzuweisen, dass weder Mitoudidi noch Guevara ausgebildete Offiziere und beide zu allem fähig und geltungsbedürftig sind und jederzeit Aktionen durchführen können, von denen andere abraten würden.

HELPER SIX

TOP SECRET

*9*

TOP SECRET
2015 GREENWICH 8 JUNE 1965

FROM STATION CHIEF, LEOPOLDVILLE, KONGO
00025
TO DIRECTOR, CIA, LANGLEY
COPIES TO SOUTH AMERICAN DESK
MR SANFORD T FELTER,
COUNSELOR TO THE PRESIDENT
THE EXECUTIVE OFFICE BUILDING
WASHINGTON

1–Am 8. Juni 1965 um 0635 Uhr wurde eine Botschaft von ›Tatu‹ (Guevara) in Luluplat an die kubanische Botschaft in Daressalam durch Personal von Helper Six abgefangen, entschlüsselt mit kubanischem Code ›Sugar Four‹ und dem Unterzeichner von Helper Six geliefert.
2–Guevara meldet den mutmaßlichen Tod durch Ertrinken im Tanganjikasee von Laurent Mitoudidi, Stabschef des Revolutionären Militärrats, während er per Schiff von Kimbamba zum neuen Hauptquartier des Generalstabs verlegt wurde.
3–Flugzeug zur Unterstützung von Colonel Supo meldet das Abfangen und Versenken eines Transportschiffes, das heimlich Material und Personal für Guevaras Operation in diesem Gebiet und zu diesem Zeitpunkt an Bord hatte.
4–Es ist möglich, dass Mitoudidi von Colonel Laurent Mudandi ersetzt werden wird, der sich jetzt in Daressalam befindet. Mudandi ist ein in China ausgebildeter ruandischer Tutsi, der möglicherweise mehr Initiative zeigt, als Mitoudidi gehabt hat.

C.R. TAYLOR
STATION CHIEF LEOPOLDVILLE

TOP SECRET

TOP SECRET

2015 GREENWICH 14 JUNE 1965
00031

FROM STATION CHIEF, LEOPOLDVILLE

TO DIRECTOR, CIA, LANGLEY
COPIES TO SOUTH AMERICAN DESK
MR SANFORD T FELTER,
COUNSELOR TO THE PRESIDENT
THE EXECUTIVE OFFICE BUILDING
WASHINGTON

5–Bezugnahme auf 00025 vom 8. Juni 1965
6–Nachrichtenmaterial von Colonel Supos Agenten in Luluplat, übermittelt durch Personal von Helper Six:
A–Bestätigung der Anwesenheit von Colonel Laurent Mudandi in Luluplat als Ersatz für Mitoudidi und der Ausübung von Kontrolle über Guevaras Truppen.
B–Berichte, dass Mudandi den Versuch der Wiedereinnahme Albertvilles abgesagt und stattdessen einen Angriff ›am Ende des Monats‹ auf ein Wasserkraftwerk bei Bendera befohlen hat.
7–In Bendera sind gegenwärtig ungefähr dreihundert (300) kongolesische Soldaten stationiert, keine Fallschirmjäger, und ungefähr achtzig (80) Söldner unter Major Michael Hoare, die hauptsächlich für die Sicherheit des Wasserkraftwerks und den Damm verantwortlich sind.
8–Colonel Supo wird heimlich wenn möglich

Bendera mit ungefähr fünfzig (50) Fallschirmjägern verstärken, die von Helper-Six-Personal beraten und von Hunter-Aufklärungsflugzeug unterstützt werden.

C.R. TAYLOR
STATION CHIEF BUENOS AIRES

TOP SECRET

## *11*

*Bendera, Provinz Katanga, Kongo*

*29. Juni 1965, 5 Uhr 40*

Master Sergeant William ›Doubting‹ Thomas hatte sehr große Zweifel, ob es klug gewesen war, Sergeant Jette die Schießkunst zu lehren, die für das Springfield-Gewehr Kaliber 30.06 Modell 1903-A4, ausgerüstet mit einem Bausch & Lomb Zielfernrohr, nötig war.

Einerseits war Jette ein gelehriger Schüler gewesen. Er war als Schütze ein Naturtalent. Solche gab es nicht alle Tage. Thomas hatte nur wenige gekannt. Obwohl er im vergangenen Jahrzehnt jede Qualifikation mit jeder Waffe im Arsenal der Special Forces als »High Expert« bestanden hatte, wusste Thomas, dass er kein Naturtalent als Schütze war; er musste daran arbeiten. Jette hingegen war anscheinend mit der Geburt ein Maß an Koordination von Auge und Hand in die Wiege gelegt worden, die ihm erlaubte, zumindest so gut wie sein Lehrer zu sein, und das, obwohl er erst zweihundert Patronen aus dem ersten .03-A4 abgefeuert hatte, das er jemals gesehen hatte.

Während Jette nicht in der Lage war, einer Mücke aus hundert Metern eine 168-Gran-Kugel ins Auge zu schießen, wie man so sagt, traf er regelmäßig aus zweihundertfünfzig Metern den Hals einer Flasche Simba-Bier, die im Albertsee schwamm und auf diese Distanz für das bloße Auge unsichtbar war. Dies sagte Thomas, dass Jettes Gehirn in der Lage war, die Zeitspanne, in welcher der Flaschenhals auf der Wasseroberfläche von einer Seite zur anderen schwang, und die Flugzeit der Kugel zu berechnen und dann die entsprechende Botschaft an seine Muskeln zu schicken.

Mit Sergeant Jettes Schießkunst gab es also kein Problem. Es gab jedoch eins mit seiner militärisch/politischen Kultiviertheit. Jette hatte große Mühe, zu verstehen, weshalb es ihm absolut verboten war, irgendeinen der Simbas und deren ruandische und kubanische Verbündeten zu erschießen, die sich anschickten, Bendera anzugreifen, ohne zuvor von Major, Sir, Tomas die Genehmigung erhalten zu haben.

Das Konzept, einem Feind die Flucht zu erlauben, obwohl man die Fähigkeit hatte, ihm in die Stirn zu schießen, ging einfach über Sergeant Jettes Begriffsvermögen hinaus, obwohl Thomas oftmals versucht hatte, ihm das zu erklären.

Sergeant Jette hatte auch Probleme mit dem Konzept gehabt, dass man sein Gehör mit Ohrstöpseln schützte, und kam mit dieser für ihn sonderbaren Idee nur wegen seiner Achtung für Major, Sir, Tomas zurecht, den er nicht nur als Soldaten respektierte, sondern auch als jemanden, der wusste, wie man sich lautlos und unsichtbar durch den Busch bewegt, und das fast so gut wie er selbst, vielleicht sogar noch ein bisschen besser.

»Ich nehme an, Folgendes wird passieren, mein Freund«, erklärte Major, Sir, Thomas und wies auf die Karte. »Unsere Freunde werden hier aus dem Busch auf diese freie Fläche kommen. Ihr Hauptziel wird es sein, das Kraftwerk hier einzunehmen. Es ist ungefähr fünfhundert Meter vom Rand des Buschs entfernt.«

Jette nickte.

»Wir wissen, dass sie keine Artillerie haben«, fuhr Thomas fort, »obwohl sie vielleicht über Mörser verfügen, und sie wissen, dass das Kraftwerk von Major Hoares Söldnern bewacht wird. Sie wissen vermutlich ebenfalls, dass über fünfzehn Söldner im Dienst sein werden, dass sich der Rest der Söldner in Bendera befinden wird und dass es nach dem Angriff zehn bis fünfzehn Minuten dauern wird, bis sie aus Bendera zum Kraftwerk gelangen können. So werden sie vermutlich versuchen, sich an das Kraftwerk heranzuschleichen, die Söldner zu überwältigen und in Position zu gehen, um den Gegenangriff der Söldner fünfzehn Minuten später zurückzuschlagen. Dann, wenn jeder – Söldner und kongolesische Soldaten – zum Kraftwerk geeilt ist, werden sie mit dem Großteil ihrer Truppen Bendera angreifen. Haben Sie das verstanden, Sergeant Jette, mein Freund?«

Jette nickte.

»Sie wissen *nicht*, dass wir sie erwarten, dass der Angriff keine Überraschung für uns sein wird. Und sie wissen ebenfalls nicht, dass wir fünfundzwanzig Fallschirmjäger mit einem Maschinengewehr hier haben, auf dieser Seite des Feldes, und weitere fünfundzwanzig mit einem zweiten MG hier, auf der anderen Seite des Feldes. Und sie wissen nichts von Ihnen und mir, mein Freund. Wir werden hier sein, auf dem Dach des Kraftwerkgebäudes. Sie und ich werden ihre Offiziere erledigen. Nun wollen wir dies nicht tun, bevor sie über den größten Teil des Feldes gekommen sind, vermutlich robbend. Die Fallschirmjäger werden erst das Feuer eröffnen, wenn die Amerikaner es ihnen sagen, und die Amerikaner werden es ihnen erst sagen, wenn wir beide feuern. Haben Sie das verstanden, mein Freund?«

Jette nickte abermals.

»Der Gedanke dabei ist, wenn die Simbas und die Ruander den größten Teil des Weges über das Feld zurückgelegt haben, bevor wir feuern, werden die Fallschirmjäger mehr von ihnen töten können, bevor sie sich in den Busch zurückziehen, als sie töten könnten, wenn wir ein paar von ihnen erwischen, sobald wir sie sehen. Wir müssen also Geduld haben. Verstanden?«

Jette nickte.

»Ich habe meine Befehle von Colonel Dahdi, diesen Mann nicht zu erschießen«, sagte Thomas und zeigte ihm – zum zehnten Mal – ein halbes Dutzend Fotos von Ernesto Guevara de la Serna, Doktor med. »Colonel Dahdi wird sehr böse auf mich sein. Und Colonel Supo wird sehr böse mit Ihnen sein, wenn wir diesen Mann töten.«

»Warum ist das so, Major, Sir?«, fragte Jette zum zehnten Mal.

»Weil dies unsere Befehle sind, Sergeant Jette«, erwiderte Thomas, »und wir Soldaten unsere Befehle befolgen, selbst wenn wir sie nicht verstehen.«

»Ja, Major, Sir«, sagte Jette. »Aber was ist, wenn sie von den Fallschirmjägern getötet werden?«

»Dann werden wir beide Probleme bekommen«, sagte Thomas. »Das Leben ist nun mal unfair, mein Freund.«

»Ja, das ist es, Major, Sir«, pflichtete Sergeant Jette ihm ernst bei.

»Sie und ich werden Seite an Seite auf dem Dach sein«, erklärte Thomas. »Ich werde Ihnen sagen, wen von ihnen Sie erschießen sollen. Sie werden niemanden erschießen, bevor ich es Ihnen sage, haben Sie das verstanden?«

Jette nickte.

»Dann los«, sagte Thomas, stieg aus dem Jeep und nahm dann die in Futteralen steckenden Scharfschützengewehre, einen Rucksack und ein Rucksackfunkgerät.

Der Sergeant vom Dienst der Wachabteilung der Söldner stand im Dunkel bei der Tür des Kraftwerksgebäudes. Er war ein kleiner, stämmiger Franzose mit pockennarbigem Gesicht.

Thomas hatte ihn in der Nacht zuvor in Bendera kennen gelernt, als er die Pläne für die Verteidigung der Stadt und des Kraftwerks mit dem Kommandeur der Söldner, Major Michael Hoare, abschließend besprochen hatte.

Hoare wusste, dass Thomas und die beiden Männer, die mit Supos Elite-Fallschirmjägern gekommen waren, Amerikaner und Green Berets waren, doch diese Information durfte er mit keinem seiner Offiziere oder Unteroffiziere teilen. Wenn Hoare argwöhnte, dass er es mit einem Master Sergeant, einem Sergeant Class und einem Staff Sergeant zu tun hatte, statt mit einem Major und zwei Captains, ließ er sich das nicht anmerken.

Er war stattdessen sehr charmant – Thomas hatte ihn auf den ersten Blick gemocht – und hatte dem Plan, den Supo und Father Lunsford zur Verteidigung der Stadt und des Kraftwerks entwickelt hatten, völlig zugestimmt, jedoch erst, nachdem er sorgfältig darüber nachgedacht und intelligente Fragen gestellt hatte.

Es gab für jeden wenig Zweifel daran, das die Simbas im gesamten Gebiet Spione hatten und viele – vielleicht die meisten – Einzelheiten von Hoares Verteidigungsplänen erfahren würden. Die Spione würden sofort alles Ungewöhnliche den Simbas melden. Deshalb war es nötig, sowohl vor Hoares Söldnern als auch den regulären kongolesischen Soldaten geheim zu halten, dass das Kraftwerk zu neunzigprozentiger Wahrscheinlichkeit beim ersten Tageslicht angegriffen werden würde und Bendera selbst erst, wenn das Kraftwerk angegriffen und Verstärkung zur Verteidigung dorthin geschickt worden war.

Die kongolesischen Fallschirmjäger waren in Lastwagen mit heruntergelassenen Planen in das Gebiet transportiert worden – es gab keinen Grund zu der Annahme, dass jemand von ihrer Anwesenheit im Busch wusste – und würden in der Dunkelheit kurz vor der Morgendämmerung ihre Positionen einnehmen.

Doch dem Sergeant der Söldner, der die Wachabteilung beim Kraftwerk ab sechs Uhr befehligen würde, musste gesagt werden, dass ›ein kongolesischer Offizier und sein Sergeant‹ vor der Morgendämmerung auf das Dach des Gebäudes gehen würden, und Hoare hatte ihn zu sich befohlen und ihm das erklärt.

Der Sergeant der Söldner hatte klargemacht, das ihm

der Gedanke, einen kongolesischen Offizier und einen Sergeant auf ›seinem‹ Dach zu haben, gar nicht gefiel. Sein Unbehagen hatte sich noch verstärkt, als Major Hoare ihm gesagt hatte, dass es ihn nicht zu interessieren habe, was sie tun würden, und er darüber hinaus jeden Befehl von Major Tomas befolgen müsse.

Hoare hatte die Sorge in Thomas' Augen gesehen, und als der Söldner fort gewesen war, hatte er ihn gefragt, was ihn beunruhigte.

»Ich frage mich, Major, ob dieser Knabe einen Befehl befolgen wird, wenn ich einen geben muss.«

»Das wird er tun«, sagte Hoare. »Ich habe ihm das befohlen.«

Thomas/Tomas hatte immer noch zweifelnd gewirkt.

»Wir impfen unseren Unteroffizieren durch ein schnelles Strafsystem ein hohes Maß an Gehorsam ein«, hatte Hoare im Plauderton erklärt. »Beim ersten Mal wird Ungehorsam auf der Stelle mit einem Schuss in den fleischigen Teil eines Beins bestraft. Beim zweiten Mal mit einem Schuss in die Stirn. Sergeant Taller hat bereits einen Schuss ins Bein erhalten. Von mir.«

*Mein Gott! Das ist sein Ernst!*

»Ich nehme an, es funktioniert«, hatte Thomas gesagt.

»Guten Morgen, Sergeant«, sagte Thomas auf Französisch zu dem Sergeant der Söldner. »Ich habe Sie hier nicht stehen gesehen. Und ich nehme an, Sie haben mich nicht bemerkt, denn sonst hätten Sie gegrüßt.«

Mit offensichtlichem Widerstreben salutierte der Sergeant der Söldner, und Thomas erwiderte den Gruß.

»Es wird nicht nötig sein, dass Sie Ihren Männern von unserer Anwesenheit erzählen«, sagte Thomas. »Zeigen Sie mir nur, wie wir aufs Dach gelangen, und halten Sie jeden fern, bis ich Ihnen etwas anderes sage.«

Der Sergeant der Söldner nickte.

»Was haben Sie in diesen langen Futteralen, Major? Gewehre?«, fragte er.

»Ich hätte schwören können, gehört zu haben, wie Major Hoare Ihnen gesagt hat, dass es Sie nichts angeht, was wir tun«, erwiderte Thomas kalt.

Der Sergeant der Söldner wandte sich um und betrat wortlos das Gebäude. Er winkte Thomas und Jette, ihm zu folgen.

Das Flachdach des Backsteingebäudes erwies sich als ideal geeignet für Thomas' Zwecke. Es gab eine kleine Brüstung, etwa einen Meter hoch, mehr als hoch genug, um einen liegenden Körper zu verdecken. Alle drei Meter befand sich bis zum Dach ein Spalt in der Brüstung, vermutlich damit Regenwasser ablaufen konnte.

Thomas nahm zwei Kissen mit dem Aufdruck ›Hotel du Lac‹ aus dem Rucksack, warf eines Jette zu, nahm sein Springfield-Gewehr aus dem Futteral und legte den Unterarm auf dem Kissen auf.

Als er zu Jette blickte, sah er, dass er das Gleiche getan hatte. Thomas griff wieder in den Rucksack, fand die 8x54 Ernst Leitz Ferngläser und gab eines Jette. Er nahm die beiden Patronengurte mit .30-06 Munition in Ladestreifen mit jeweils fünf Patronen und warf einen Jette zu.

Dann zog er das Rucksackfunkgerät an seine linke Seite, überprüfte die Frequenz und schaltete es ein.

»One, Two, Hunter«, sprach er ins Mikrofon.

»One, kommen Hunter.«

»Two, kommen Hunter.«

»Noch einmal, versuchen Sie, keinen Weißen zu erschießen«, sagte Thomas.

»Meine Mutter warnte mich davor, dass solche Tage kommen würden«, antwortete eine Stimme, die von One – Sergeant Class Omar Kelly –, wie Thomas annahm.

Sofort erhielt er die Bestätigung.

»Hunter, Two.« (Staff Sergeant Leander Knowles) »Sagen Sie noch einmal, wann Tageslicht ist.«

»Null-fünf-fünfundfünfzig. Es ist gleich so weit. Noch vier Minuten.«

»Ich hoffe, sie verspäten sich«, sagte One. »Ich möchte wirklich noch 'ne Nummer machen, bevor ich Leute abknalle.«

»Das ist genug Funkgeplauder«, sagte Thomas.

Er stemmte sich auf die Ellbogen und spähte zum nur vage sichtbaren Rand des Buschs. Dort sah er nichts.

Fünf Minuten später sah er etwas.

Er nahm das Mikrofon.

»Wir haben etwas dreißig Meter zur Rechten, das wie ein Späher aussieht«, sagte er.

»One, ich sehe ihn.«

»Two, ich sehe ihn.«

Thomas ließ das Fernglas sinken und nahm das Gewehr an die Schulter. Er blickte zu Jette und sah, dass er seines bereits angelegt hatte.

Als er durch das Zielfernrohr blickte, konnte er von dem Mann, den er zuvor entdeckt hatte, nichts mehr sehen.

*Scheiße, die können sich doch nicht in Schlangen verwandeln!*

Er nahm eine Bewegung am Rand des Buschs wahr. Vier Männer traten daraus hervor und verschwanden im Gras.

Thomas schwenkte das Fernglas zehn Meter ins Feld und sah Bewegungen, dann ein Bein oder einen Arm.

»Zehn Meter vor dem ersten Mann, der soeben aus dem Busch kam«, rief er Jette zu.

»Ich sehe ihn«, erwiderte Jette.

»Nicht auf ihn schießen. Benutze ihn als Orientierungspunkt, wo die anderen sind.«

Ein weiterer Mann tauchte am Rand des Buschs auf und hielt einen Feldstecher an die Augen. Thomas betrachtete ihn sorgfältig durch das Fernglas.

Er war dunkelhäutig und vermutlich – weil er den Feldstecher und eine tadellose Uniform hatte und Stiefel trug – ein Kubaner.

Thomas hatte sich bereits entschieden, nur auf Kubaner zu schießen. Sie waren hergekommen, um Ärger zu machen; wenn sie nicht wussten, worauf sie sich eingelassen hatten, dann war das ihr Pech. Simbas und Männer aus Ruanda mussten ebenfalls ausgeschaltet werden, doch das sollten die Kongolesen tun.

»Der Mann mit dem Fernglas gehört mir, Jette«, sagte Thomas.

»Ja, Major, Sir.«

Thomas entdeckte den Mann von neuem und verfolgte seinen Weg fast eine Minute lang.

Dann richtete er das Fernglas auf die anderen. Nach ungefähr fünf Minuten konnte er abschätzen, dass etwa fünfzig Männer durch das Feld krochen und das nach seiner beruflichen Einschätzung sehr professionell taten. Keiner von ihnen sah wie Dr. Ernesto Guevara aus – und die Lichtverhältnisse erlaubten ihm jetzt einen guten Blick durch das Bausch & Lomb Zielfernrohr. Er sah auch nur dunkelhäutige Männer.

»Hunter, One, ungefähr fünfzig, schätze ich«, ertönte es aus dem Funkgerät. »Es sieht aus, als wären das alle.«

»Ich lasse sie noch ein wenig näher kommen«, erwiderte Thomas. Er spähte wieder durch das Fernglas und rief Jette zu: »Der sechste Mann hinter dem ersten ist ebenfalls meiner, Jette.«

»Ja, Major, Sir.«

Thomas griff in eine der Taschen des Patronengurts und zog einen Ladestreifen mit fünf Patronen hervor. Dann nahm er zwei weitere Ladestreifen heraus, lud das Gewehr und entsicherte es.

Er spannte und entspannte die Schultern, legte sich auf den Bauch und tat die anderen kleinen Dinge, die ein Schütze seines Kalibers und seiner Erfahrung macht, um sich aufs Feuern vorzubereiten.

Plötzlich hämmerte in der Nähe der Feuerstoß eines Gewehrs, und eine Sirene begann zu heulen.

*Verdammt, einer dieser Söldner war wacher, als ich gedacht habe! Oder vielleicht war dieser Sergeant nicht so blöde, wie er aussieht, hat den Verdacht gehabt, dass etwas passieren wird und hat den anderen befohlen, die Augen offen zu halten.*

Er spähte durch das Zielfernrohr und suchte das Feld ab. Er fragte sich, ob sich die Männer, die beschossen worden waren und die Sirene hörten, in den Busch zurückziehen würden.

*Dann wäre all die verdammte Mühe umsonst gewesen!*

Doch der Trupp zog sich nicht zurück, sondern griff an. Sie sprangen auf und rannten durch das Feld auf das Kraftwerksgebäude zu.

Und ein halbes Dutzend Männer schwenkte die Arme und ermunterte die anderen, vorwärts zu stürmen.

*Wie dieser Blödmann in der Infanterieschule: »Folgt mir, Männer! Hier entlang, hier wird euch der Arsch abgeschossen.«*

»Jette, erschieße jeden, der Stiefel trägt!«, rief Thomas.

Er fand den Mann mit dem Feldstecher von neuem, holte Luft, stieß die Hälfte davon aus, richtete das Fadenkreuz auf die Brust des Mannes, sechs Zoll unterhalb seines Kinns, und drückte ab.

Eine halbe Sekunde später hörte er Jettes .03A4 krachen.

*Verdammt laut! Oh, Scheiße, bei all meiner Rederei mit Jette habe ich vergessen, die verdammten Ohrstöpsel in die Ohren zu stopfen!*

*Hier ruht Master Sergeant William Thomas, der von einem Truck überfahren wurde, den er nicht kommen hörte, weil er taub war, denn er war zu blöde, um seine Ohrstöpsel zu benutzen!*

Als er ein weiteres Ziel gefunden hatte, hörte er das Hämmern der Maschinengewehre, und als sich sein Finger wieder um den Abzug spannte – noch bevor er abdrücken konnte –, ließ sein Ziel das Gewehr fallen, sank auf die Knie und fiel dann aufs Gesicht.

Thomas brauchte fast fünf Sekunden, um ein anderes Ziel zu finden, und er musste diesmal das Fadenkreuz auf den Rücken des Mannes richten.

# XXV

## 1

*Oval Office*
*The White House*
*Washington, D.C.*

*1. Juli 1965, 9 Uhr 30*

»Mr President«, kündigte der Agent des Secret Service an, »der Außenminister ist da.«

»Schicken Sie ihn herein«, sagte der Präsident ungeduldig. »Sie wissen doch, dass ich ihn herbestellt habe.«

»Und Colonel Felter, Sir.«

»Ihn auch, Himmel Herrgott!«, zürnte der Präsident.

Der Außenminister betrat das Oval Office, gefolgt von Colonel Sanford T. Felter. Er blickte sich um und sah, dass der Direktor der Central Agency ebenfalls im Raum war.

»Guten Morgen, Mr President«, sagte der Außenminister.

Der Präsident stieß einen Grunzlaut aus.

»Guten Morgen, Sir«, sagte Colonel Felter.

Der Präsident grunzte wieder und winkte beide Männer zu einer Couch gegenüber dem Couchtisch. Er saß in einem der beiden identischen Lehnsessel am Tisch. Der CIA-Direktor saß in dem anderen Sessel.

Der Präsident schob dem Außenminister ein Funktelegramm über die Glasplatte des Couchtisches hin.

»Jetzt sollen diese verlogenen Bastarde versuchen, uns weiszumachen, dass sie nicht den Bastarden im Kongo helfen und ›keine Kenntnis‹ davon haben, dass irgendwelche Kubaner im Kongo oder Tanganjika sind«, sagte der Präsident.

Der Außenminister nahm die Botschaft und las sie.

TOP SECRET

2015 GREENWICH 30 JUNE 1965
00066

FROM STATION CHIEF LEOPOLDVILLE
TO DIRECTOR, CIA, LANGLEY
COPIES TO SOUTH AMERICAN DESK
MR SANFORD T FELTER,
COUNSELOR TO THE PRESIDENT
THE EXECUTIVE OFFICE BUILDING
WASHINGTON

1–Bezüglich meiner 00031 vom 8. Juni 1965
2–Während des Zeitraums 25.-28. Juni beobachtete Hunter bei der Luftaufklärung, dass ein Trupp, der für Verstärkung der Aufständischen gehalten wurde und aus ungefähr dreihundert (300) Mann bestand, heimlich von Luluabourg gen Bendera in der Provinz Katanga verlegt wurde, mit der Absicht, die Stadt Bendera und das vier (4) Kilometer entfernte Wasserkraftwerk anzugreifen. Am 28. Juni 1965, um 1600 Uhr Greenwich, wurde der Trupp zwei (2) Kilometer von dem Kraftwerk entfernt geortet.
3–Colonel Jean-Baptiste Supo, dem von Major G.W. Lunsford mitgeteilt wurde, dass ein solcher Angriff äußerst wahrscheinlich war, verstärkte heimlich die Garnison aus Söldnern und Kongolesen mit ungefähr fünfzig kongolesischen Fallschirmjägern, die von MSgt William Thomas, SFC Omar Kelly und SSgt Leander Knowles, Special Forces Detachment 17, beraten wurden.
4–Major Lunsford und Colonel Supo waren sich einig, dass der Angriff vermutlich in zwei

Phasen stattfinden würde, als Sturm auf das Kraftwerk außerhalb von Bendera, nach dessen Einnahme ein Angriff auf die Stadt folgen würde, und Supo befahl, dass der von Amerikanern beratene Trupp von kongolesischen Fallschirmjägern beim Kraftwerk eingesetzt wurde.

5–Der Angriff der Aufständischen begann am 19. Juni um ungefähr 0600 Uhr Greenwich, als ungefähr fünfzig (50) Aufständische das Kraftwerk angriffen. Um 0615 Uhr war der Angriff zurückgeschlagen, mit dem Verlust der Aufständischen von neunzehn (19) Gefallenen und vierzehn (14) Verwundeten, wobei Letztere alle gefangen genommen wurden. Es gab keine Gefallenen oder Verwundeten auf Seiten des Freundes. Die übrigen Angreifer des Kraftwerks zogen sich in den Busch zurück.

6–Um 0630 Uhr begannen einhundert (100) kongolesische und vierzig (40) Söldner von Bendera aus den Großteil des Aufständischentrupps zu verfolgen, der sich ebenfalls in den Busch zurückzog.

7–Eine Durchsuchung der Verwundeten ergab aus Ausweisen, dass vier Personen (4) kubanische Staatsbürger und zusätzliche drei (3) mutmaßliche Kubaner waren. Ein Tagebuch, das bei der Leiche von Sergeant Eduardo Torres Ferrer sichergestellt wurde, schildert im Detail seine Bewegungen und die von Captain Victor Dreke und anderen aus Pita Camp # 1 in Kuba in den Kongo via Prag, Tschechoslowakei und Daressalam, Tanganjika. Die Ausweisdokumente aller bestätigten Kubaner und Fotos ihrer Leichen sind in den Händen von Major Lunsford.

8–Abgefangene Funkbotschaften von Captain Victor Dreke im Busch bei Bendera an Guevara in Luluplat berichten Scheitern des Angriffs und besagen, dass bei Beginn des Feuergefechts viele Ruander flüchteten und ihre Waffen aufgaben und sich viele kongolesische Aufständische weigerten, überhaupt zu kämpfen.

9–Abgefangene Funkfernschreiben von Guevara in Luluplat an die kubanische Botschaft in Daressalam übermittelten den Bericht vom gescheiterten Angriff und erklärten, wenn Colonel Mudandi Guevara nicht seine Genehmigung zur Teilnahme an dem Angriff versagt hätte, ›auch nicht als politischer Kommissar‹, wäre der Angriff erfolgreich gewesen, da er ›die Angreifer zu revolutionärer Leidenschaft inspiriert hätte‹. Komplette Abschriften der acht (8) Botschaften werden geliefert, wenn verfügbar.

10–Colonel Supo glaubt (Lunsford ist der gleichen Meinung), dass eine völlige Vernichtung der sich zurückziehenden aufständischen Kräfte weniger produktiv gewesen wäre, als zuzulassen, dass vierzig (40-50) Prozent der Kräfte sich nach Luluplat zurückziehen. Dies wird die Nachricht der Niederlage schnell bei den Aufständischen und der einheimischen Bevölkerung verbreiten.

C.R. TAYLOR
STATION CHIEF LEOPOLDVILLE

TOP SECRET

»Sie haben das gesehen, Felter, richtig?«, fragte der Präsident.

»Jawohl, Sir.«

»Was wünschen Sie von mir, Mr President?«, wollte der Außenminister wissen.

»Wenn Sie Ihrem Mann Taylor sagen, er soll diese Ausweisdokumente, das Tagebuch und die Fotos der toten Kubaner herschaffen, wie lange würde das dauern?« Dann sah der Präsident das Lächeln des CIA-Direktors und fragte: »Habe ich etwas Lustiges gesagt?«

»Mr President, mein ›Mann‹ im Kongo ist in Wirklichkeit eine Frau«, sagte der CIA-Direktor.

»Tatsächlich? Das ist ein Ding! Und wie kommt sie mit Major Lunsford aus?«

»Sir, es gibt alle Anzeichen darauf, dass Major Lunsford und Miss Taylor sehr gut zusammenarbeiten«, sagte Felter.

»Wie lange wird es also dauern, bis das Material hier ist?«, fragte der Präsident.

»Nun, Sir, Material dieser Art muss vorsichtig behandelt werden«, sagte der Außenminister. »Wenn es einen Kurier des Außenministeriums in Leopoldville oder in dem Gebiet gibt, würde es ungefähr vierundzwanzig Stunden von dem Zeitpunkt, an dem er das Material erhält, bis zur Ablieferung hier dauern.«

»Und wenn kein Kurier des Außenministeriums zur Verfügung steht?«, erkundigte sich der Präsident. Seine Stimme verriet eine Spur von Ungeduld.

»Dann muss man diesen vierundzwanzig Stunden die Zeit hinzufügen, die ein Kurier von dort aus, wo wir einen finden, bis nach Leopoldville brauchen wird.«

»Das ist Blödsinn!«, blaffte der Präsident. »Mein Gott, wie viele Offiziere haben wir im Augenblick in Leopoldville? Was ist falsch daran, wenn einer der militärischen Offiziere, sagen wir mal, der Militärattaché, sie herbringt?«

»Das wäre möglich, dessen bin ich sicher, Mr President«, sagte der Außenminister.

»Dann veranlassen Sie das. Und keine vierundzwanzig Stunden, nachdem wir uns die Ausweisdokumente angesehen haben, sorgen Sie dafür, dass wir nicht mehr zum

Narren gehalten werden. Ich will, dass Sie – Sie persönlich – bei den Vereinten Nationen einen Joe McCarthy spielen.«

»Verzeihen Sie, Sir, wie soll ich das verstehen?«

Der Präsident erhob sich und schwenkte imaginäre Papiere über seinem Kopf. »Ich habe hier den Beweis, dass die Kubaner im Kongo sind«, sagte er mit empörter Stimme. »Sie machen Probleme und greifen die legale Regierung des Kongo an, und das tun sie – trotz der wiederholten Dementis der Regierung von Tanganjika – mit der Billigung und Unterstützung der Regierung von Tanganjika.«

Er blickte triumphierend in die Runde und fügte hinzu: »Der Unterschied zwischen Ihnen und Senator McCarthy wird natürlich sein, *dass wir den gottverdammten Beweis haben.* Major Lunsford hat ihn uns beschafft.«

Der Präsident nahm wieder Platz.

»Ich möchte einen Moment darüber nachdenken, Mr President«, sagte der Außenminister, der sich sichtlich unbehaglich fühlte.

»Um Himmels willen, Felter, sagen Sie mir nicht, dass Sie, ausgerechnet Sie, mit ihm einer Meinung sind?«

»Sir, ich bin nicht in der Position, um …«

»Sie halten es für keine gute Idee, dieses Tagebuch und die Ausweisdokumente vor die UNO zu bringen? Ja oder nein, verdammt! Ihre Position ist jede, die ich Ihnen sage!«

»Nein, Sir, ich halte es zu diesem Zeitpunkt für keine gute Idee. Ich finde, wir sollten dieses Material so schnell wie möglich in die Staaten bekommen, aber ich bin der Meinung, wir sollten es nicht übereilt den UN vorlegen.«

»Sagen Sie mir, warum nicht?«

»Nun, zum einen könnten sie – und würden sie vermutlich – trotz der Beweise weiterhin leugnen. Und wenn wir erreichen wollen, dass die Regierung von Tanganjika – und Kongo Brazzaville – den Kubanern nicht mehr erlaubt, ihre Häfen zu benutzen, um über sie Soldaten und Material zu transportieren, dann sollten wir das meiner Meinung nach ohne Konfrontation tun. Sie könnten verärgert werden und denken, die Bewunderung anderer afrikanischer Nationen einzuheimsen, wenn sie uns die Stirn bieten, denn sie wissen ja bereits von unserer Missbilligung und haben also nichts zu verlieren. Im Augenblick sind unsere Bemühungen, die Nachschubwege zu unterbrechen, erfolgreich und die ›Befreiungskampagne‹ der Aufständischen führt zu nichts. Sie könnten sich sehr gut sagen, da ihre Kooperation mit den Kubanern ihnen offenbar – aus ihrer Perspektive – nichts Gutes bringt, wäre es in ihrem Interesse, die Routen dicht zu machen. Das würde ihnen (a) erlauben, zu behaupten, sie tun alles, um der Sache des Friedens zu helfen, und (b) würde es die Bedrohung beseitigen, dass wir fähig wären, vor die Vereinten Nationen zu gehen und der Welt zu beweisen, dass sie lügen.«

Der Präsident schaute ihn nachdenklich an.

»Mr President, ich schließe mich Colonel Felters Meinung an«, sagte der Außenminister.

»Nun, *das* macht mich wirklich misstrauisch«, sagte Johnson.

Alle warteten darauf, dass er weitersprach.

»Wie lange würde es dauern, unseren Botschafter aus Tanganjika herzubekommen?«, fragte er.

»Vierundzwanzig, vielleicht sechsunddreißig Stunden, Sir«, antwortete der Außenminister.

»Warum holen wir ihn nicht her und hören uns an, was er zu sagen hat?« Johnson blickte fragend in die Runde.

»Mr President, darf ich einen Vorschlag machen?«, fragte der CIA-Direktor.

»Warum nicht?«

»Bis vor kurzem war Miss Taylor mein Stationsleiter in Daressalam. Sie hat vermutlich eine sehr gute Vorstellung dessen, was man derzeit in Tanganjika denkt.«

»Ich hoffe, Sie wollen nicht sagen, dass Ihr Stationsleiter mehr über die Verhältnisse dort weiß als mein Botschafter?«, sagte der Außenminister düpiert.

»Ich dachte einfach, dass sie das Wissen hat und das Tagebuch und die Fotos et cetera mitbringen könnte«, sagte der CIA-Direktor.

»Mr President«, schaltete sich Felter ein. »Ungefähr zu dieser Zeit nähert sich unser Versorgungsflugzeug Stanleyville. Sobald es gewartet ist, wird es in die Staaten zurückkehren.«

»Und könnte diese Lady mitbringen? Wollen Sie das sagen?«

»Jawohl, Sir.«

»Schicken Sie ihr eine Satellitenbotschaft, dass sie in diesem Flugzeug sein soll«, befahl der Präsident. »Mit den Ausweisen, dem Tagebuch und den Fotos.«

»Jawohl, Sir«, sagte der CIA-Direktor.

»Und teilen Sie ihr mit, Sie soll Major Lunsford mitbringen«, sagte der Präsident. »Ich will seine Einschätzung der Lage hören.«

## 2

*Old Original Bookbinder's Restaurant*
*South Broad Street*
*Philadelphia, Pennsylvania*

*5. Juli 1965, 17 Uhr 45*

Von den Eingeladenen trafen H. Wilson Lunsford und Mrs Lunsford als Erste ein. Sie wurden von Charlene Lunsford Miller, Doktor der Philosophie, und Stanley Grottstein, Professor für Soziologie am Swarthmore College, begleitet, die nicht eingeladen worden waren und sich zu Father Lunsfords Ärger selbst eingeladen hatten.

Er erhob sich, als sein Vater an den Tisch im oberen Sälchen des Restaurants kam, schüttelte ihm die Hand, umarmte ihn und nahm dann seine Mutter, eine schlanke, grauhaarige Frau, in die Arme.

»Was ist los, George?«, fragte sein Vater.

Miss Cecilia Taylor fühlte sich ein wenig verlegen unter den offen neugierigen Blicken von Dr. und Mrs Lunsford und dem noch faszinierteren Blick der Frau, die Georges Schwester sein musste und von der er erzählt hatte, dass sie politisch irgendwo links von Lenin eingestellt war.

»Ich möchte euch jemanden vorstellen«, sagte Father.

»Sagst du deiner Schwester nicht guten Tag, George?«, fragte Mrs Lunsford.

»Hi, Charley«, sagte Father. »Was gibt es Neues an der Lenin-Uni?«

»Um Himmels willen, George, benimm dich«, befahl Cecilia auf Suaheli.

Dr. Miller erwiderte nichts, doch sie betrachtete Cecilia mit noch größerer Neugier.

»Mutter, Vater«, sagte Father, »dies ist Cecilia Taylor.«

»Es freut mich sehr, Sie kennen zu lernen, Miss Taylor«, sagte Dr. Lunsford aufrichtig.

»Und mich auch«, sagte Mrs Lunsford. »Ich bin Esther Lunsford.«

»Guten Tag«, sagte Dr. Miller.

»Ich bin hier, Daddy«, sagte Cecilia, als ein Paar an der offenen Tür des Sälchens vorbeiging.

»Wo, zur Hölle, ist der Champagner?«, fragte Major Lunsford, als L. Charles Taylor, ein sehr großer Mann, der wie der erfolgreiche Anwalt aussah, der er war, den Raum betrat, gefolgt von seiner ebenfalls großen Frau und einem Kellner, der in jedem Arm einen Kühler mit Champagner trug.

»He, Wilson«, sagte Mr Taylor. »Wie geht es Ihnen?«

Mrs Taylor küsste Mrs Lunsford auf die Wange und dann Dr. Miller.

»Warum bin ich nicht überrascht?«, fragte Major Lunsford auf Suaheli.

»Pst«, erwiderte Miss Taylor, was in fast jeder Sprache sein konnte.

»Was ist hier los?«, wollte Mr Taylor wissen.

»Bekomme ich keinen Kuss?«, fragte Miss Taylor.

»Oh, Baby, verzeih mir«, sagte Mr Taylor, neigte sich zu ihr und küsste sie.

»Was macht ihr hier?«, erkundigte er sich dann.

»Was immer es ist, Charley«, sagte Dr. Lunsford, und es klang sehr glücklich, »es betrifft Ihre Tochter und meinen Sohn und Champagner.«

»Allmächtiger!«, stieß Mr Taylor hervor und betrachtete Major Lunsford genauer, der einen hellblauen Seersucker-Anzug trug.

»Daddy, das ist George«, sagte Cecilia.

»Ich kannte Sie noch in kurzen Hosen, George«, sagte Mr Taylor und gab ihm die Hand. »Als Letztes hörte ich, dass Sie zur Army gegangen sind. Was treiben Sie jetzt? Sind Sie Doktor geworden wie Ihr Vater?«

»Ich bin immer noch in der Army, Sir«, sagte Major Lunsford.

»Tatsächlich?« Mr Taylor wirkte überrascht.

»Wir möchten uns beide dafür entschuldigen«, sagte Cecilia. »Aber wir standen vor der Wahl, in den Kongo zurückzukehren, zusammen, ohne euch alle wiederzusehen, oder es euch zu sagen.«

»Uns was zu sagen, Liebling?«, fragte Mrs Taylor, und es klang ein wenig beunruhigt.

»In den Kongo zurückzukehren?«, fragte Dr. Miller.

»Wir sitzen morgen früh um sechs Uhr im Flugzeug der Pan American nach Durban«, sagte Cecilia. »Von New York aus.«

»Uns was zu sagen, Liebling?«, wiederholte Mrs Taylor.

Cecilia streckte ihre linke Hand aus, an der ein diamantener Verlobungsring funkelte. Sie trug ihn seit jetzt fünf Stunden am Finger.

»O mein Gott!«, sagte Mrs Taylor.

»Nicht zu glauben!«, meinte Mr Taylor.

»Ganz meine Meinung«, erklärte Dr. Lunsford strahlend.

»Was machen Sie im Kongo?«, wollte Dr. Miller wissen.

»Ich bin dort in der Botschaft«, sagte Cecilia.

»Tatsächlich?«, fragte Dr. Lunsford. »Und dort habt ihr beiden euch kennen gelernt?«

»Richtig«, sagte Major Lunsford.

»Und was macht ihr hier? Und warum müsst ihr gleich wieder weg?«

»Es fand eine Konferenz in Washington statt«, sagte Cecilia, die mit ihrem Verlobten im Zug von Washington entschieden hatte, dass es vermutlich keine gute Idee war, ihren Eltern zu erzählen, dass sie zwei Tage in Camp David verbracht hatten, wo sie – unter anderem – mit dem Präsidenten der Vereinigten Staaten und Mrs Johnson zu Abend gegessen hatten. »Nur ein kurzer Ausflug. Wir müssen zurück an die Arbeit.«

»Warum öffnen wir nicht den Champagner?«, schlug Major Lunsford vor.

»Gute Idee«, sagte Dr. Lunsford.

Der Kellner begann die Champagnerflaschen zu öffnen.

»Sie sind im Kongo stationiert?«, fragte Mr Taylor Major Lunsford. »Ich wusste gar nicht, dass wir im Kongo Truppen haben.«

»Ich bin Berater der kongolesischen Armee«, erwiderte Major Lunsford.

»Er ist ein Green Beret«, sagte Dr. Miller. Es klang wie eine Anschuldigung.

»Tatsächlich?«, sagte Mr Taylor erstaunt.

»Ich nehme an, es sollte ein Geheimnis sein, aber es hat sich herumgesprochen«, sagte Dr. Miller. »Wir bilden die faschistische Armee von Kasavubu aus, um die Befreiungsbewegung auszulöschen.«

»Das schlägt dem Fass den Boden aus, Charley!«, sagte Major Lunsford scharf.

»Es ist eine Schande, dass ihr dort seid«, fuhr Dr. Miller fort.

»Nun, jemand muss ihnen beibringen, wie Babys mit dem Bajonett aufgespießt werden, Charley«, sagte Major Lunsford.

»George!« Mrs Lunsford sah ihren Sohn tadelnd an.

»George, halt die Klappe«, sagte Cecilia auf Suaheli.

»Welche Sprache ist das?«, erkundigte sich Dr. Lunsford.

»Suaheli«, antworteten Major Lunsford und Miss Taylor wie aus einem Munde.

»Und was machen Sie, Cecilia, im Kongo, wenn ich fragen darf?«, fragte Dr. Miller.

»Ich bin dem Büro für kulturelle Angelegenheiten zugeteilt«, sagte Cecilia.

»Und was bedeutet das?«

»Nun, eine Reihe von Dingen«, erwiderte Cecilia. »Wir arrangieren zum Beispiel Besuche amerikanischer Symphonieorchester im Kongo.«

»Und im Augenblick ist Cecilia hart damit beschäftigt, eine Truppe von Tutsi-Volkssängern hier rüberzuholen.«

Mrs Lunsford wunderte sich, warum ihm dies einen bösen Blick von Cecilia einbrachte. Es hatte wie ein unschuldige Bemerkung geklungen.

Jeder hielt jetzt ein Glas Champagner in der Hand.

»Dies ist nicht ganz das, was ich für Cecilias Verlobungsfeier im Sinn hatte«, sagte Mr Taylor, »aber darf ich vorschlagen, dass wir auf das Wohl des verlobten Paars trinken?«

»Sehr richtig«, sagte Dr. Lunsford.

Jeder nippte an seinem Champagner.

»Hast du ihr den Antrag auf Suaheli gemacht, George?«, fragte Dr. Lunsford. »Und wie habt ihr euch kennen gelernt? Zufällig? In der Botschaft?«

»Ich glaube, ich habe den Antrag auf Englisch gemacht«, sagte Major Lunsford.

»Wir haben uns in der Botschaft kennen gelernt«, sagte Cecilia.

»Sie wissen also, was er dort macht? Und Sie billigen es?« Dr. Millers Stimme klang empört.

»Wir reden nicht viel über unsere Arbeit«, erklärte Cecilia hastig.

»Und für wann plant ihr eure Hochzeit? Und wo?« Mr Taylor blickte sie fragend an.

»Wir wollten damit warten, bis wir heimkommen«, sagte Cecilia.

»Oh, das ist gut!«, meinte Mrs Taylor.

»Und wann werden Sie heimkommen?«

»Darüber haben wir in Washington gesprochen«, sagte Cecilia. »Es sollte nicht mehr lange dauern. Vielleicht acht Monate, möglicherweise sechs, vielleicht noch weniger.«

Der Präsident der Vereinigten Staaten: *Wie lange wird es dauern, bis Guevara das Handtuch wirft, Lunsford? Was schätzen Sie?*

Major G.W. Lunsford: *Sir, vorausgesetzt, wir können weiterhin erfolgreich seine Nachschubwege unterbrechen, und Colonel Supos Pläne, allmählich das Gebiet, das jetzt von den Aufständischen kontrolliert wird, unter seine Kontrolle bekommen, gehen in Erfüllung, dürfte es eine Sache von Monaten sein.*

Der Präsident der Vereinigten Staaten: *Von wie vielen Monaten, Lunsford?*

Major G.W. Lunsford: *Höchstens acht, Mr President. Möglicherweise nicht mehr als vier oder fünf.*

Der Präsident der Vereinigten Staaten: *Kann ich Ihnen irgendetwas geben, um dies zu beschleunigen?*

Major G.W. Lunsford: *Ich glaube nicht, Mr President.*

Der Präsident der Vereinigten Staaten: *Sie wollen überhaupt nichts?*

Major G.W. Lunsford: *Sir, ich möchte, dass einer meiner Männer befördert wird.*

Der Präsident der Vereinigten Staaten: *So?*

Major G.W. Lunsford: *Master Sergeant Thomas, Sir. Er tut wirklich mehr als seine Pflicht.*

Der Präsident der Vereinigten Staaten: *Kümmern Sie sich darum, Felter.*

Colonel Sanford T. Felter: *Jawohl, Sir.*

»Es kann serviert werden, wenn Sie es wünschen, Sir«, sagte der Kellner zu Major Lunsford.

»Jetzt«, sagte Major Lunsford.

»Wir haben als Erstes gedünstete Muscheln und dann Hummer«, sagte Cecilia. »Ich hoffe, Sie mögen das. George und ich sprachen über Muscheln und Hummer im Bookbinder's, als wir uns im Kongo zum ersten Mal sahen.«

»Das klingt prima«, sagte Mr Taylor.

»Großartig! Ich könnte niemals zu viel Hummer essen«, sagte Dr. Lunsford.

»Ich kann keine Krustentiere vertragen«, sagte Dr. Miller.

»Kein Problem, Charley«, sagte Major Lunsford zu seiner Schwester. »Ich esse deine, und du kannst einen Hamburger oder so was bestellen.«

## 3

TOP SECRET

1905 GREENWICH 14 JULY 1965 00074

FROM STATION CHIEF LEOPOLDVILLE

TO DIRECTOR, CIA, LANGLEY
COPIES TO SOUTH AMERICAN DESK
MR SANFORD T FELTER,
COUNSELOR TO THE PRESIDENT
THE EXECUTIVE OFFICE BUILDING
WASHINGTON

1–Abgefangene Botschaft von Guevara in Luluplat an kubanische Botschaft in Daressalam besagt, dass gegen Guevaras Einwände drei (3) ruandische Soldaten einschließlich Major (Vorname unbekannt) Mitchell, ranghöchster in Bendera anwesender Ruander, in Bendera wegen Feigheit vor dem Feind exekutiert wurden.
2–Nachrichtenmaterial von Supos Agenten,

übermittelt von Helper, weist darauf hin, dass ungefähr vierzig (40) Tutsi und Ruander von Luluplat desertiert sind.

C.R. TAYLOR
STATION CHIEF LEOPOLDVILLE

TOP SECRET

4

TOP SECRET

1020 GREENWICH 7 AUGUST 1965

FROM STATION CHIEF BUENOS AIRES

TO DIRECTOR, CIA, LANGLEY
COPIES TO SOUTH AMERICAN DESK
MR SANFORD T FELTER,
COUNSELOR TO THE PRESIDENT
THE EXECUTIVE OFFICE BUILDING
WASHINGTON

Das Folgende erhalten von U.S. Army-Offizier bei der US-Botschaft, der vermutlich von Mr Felter kontrolliert wird. Es wird empfohlen, das folgende Nachrichtenmaterial als gleichbedeutend mit der CIA-Zuverlässigkeitsstufe fünf zu betrachten. Es ist ungekürzt und wortwörtlich übermittelt.

ANFANG

Liebe Freunde,
am 6. August 1965 um 0630 Uhr, fuhr das unter russischer Flagge fahrende Schiff ›Felix Zdhersinski‹, gechartert von der kubanischen Regierung, von Mariel, Kuba, nach Pointe Noire, Kongo Brazzaville, und es waren zweihundert (200) kubanische Soldaten von Pita Camp 2 an Bord.
Beste Grüße

ENDE

J.P. STEPHENS
STATION CHIEF BUENOS AIRES

TOP SECRET

5

TOP SECRET

1905 GREENWICH 18 AUGUST 1965 00101

FROM STATION CHIEF LEOPOLDVILLE

TO DIRECTOR CIA, LANGLEY
COPIES TO SOUTH AMERICAN DESK
MR SANFORD T FELTER,
COUNSELOR TO THE PRESIDENT
THE EXECUTIVE OFFICE BUILDING
WASHINGTON

1–Abgefangene Botschaft von Guevara in Luluplat an die kubanische Botschaft in Daressalam berichtet, dass Kubaner die aufständischen Kräfte am 17. August 1965 um ungefähr 1000

Uhr Greenwich zu einem erfolgreichen Angriff aus dem Hinterhalt auf einen kongolesischen Armeekonvoi auf der Route Nationale 16, ungefähr 25 Kilometer von Albertville entfernt, anführten.

2–Der Bericht bestätigt, dass der Konvoi aus einem leichten Panzer, einem gepanzerten Lastwagen und einem Jeep mit Anhänger bestand; dass sieben (7) Personen des Konvois getötet und alle Fahrzeuge in Brand gesteckt wurden; und dass das andere Konvoi-Personal in den Busch entkam.

3–Der Bericht bestätigt, dass alle Verwundeten weiße Söldner und mutmaßliche US-Bürger waren.

4–Informationen von Colonel Supo bestätigen, dass Major Hoares Söldnertruppe einen überfälligen Konvoi in diesem Gebiet meldet, der aus einem französischen Panhard-Panzerwagen (kein Panzer) bestand, einem Lastwagen mit verstärkter Metallkarosserie und einem Jeep mit Anhänger. Hoare erklärt, dass keine – Wiederholung – keine US–Bürger in seiner Söldnertruppe sind.

5–Major Lunsford berichtet, dass alles – Wiederholung – alles Personal von Special Forces Detachment 17 unversehrt ist und keiner – Wiederholung – keiner seiner Männer irgendwo in der Nähe dieses Zwischenfalls gewesen ist.

6–Ein kongolesischer Gegenstoßtrupp ist unterwegs zum Ort des berichteten Zwischenfalls.

C.R. TAYLOR
STATION CHIEF LEOPOLDVILLE

TOP SECRET

SECRET

HELP0073 ZULU 27 August 1965
VIA WHITE HOUSE SIGNAL AGENCY

FROM: HELPER SIX
TO: EARNEST SIX

AFTER ACTION REPORT # 14
REFERENCE MAP BAKER 11

2–Nachdem von Mata Hari gemeldet wurde, dass ungefähr zweihundert (200) Kubaner vom russischen Schiff ›Felix Zdhersinski‹ in Pointe Noire, Kongo Brazzaville, von Bord gegangen sind und heimlich im Zeitraum vom 22-24 August den Kongo-Fluss in Gruppen von ungefähr zwanzig (20) Personen überquert hatten, begann am 24. August um 0001 Uhr Zulu die Luftüberwachung von Route 39.
3–Am 25. August um ungefähr 0900 Uhr Zulu bemerkte 1Lt Geoffrey Craig auf einem Aufklärungsflug in einer L-19 bei Surino, Provinz Katanga, einen Konvoi aus vier Lastwagen auf der Route Nationale 39, bei dem es sich mutmaßlich um Kubaner auf dem Weg zu Guevara in Luluplat handelte.
4–Dieses Nachrichtenmaterial wurde an den kongolesischen Gegenstoßtrupp in Kamina übermittelt, beraten von MSgt William Thomas, und am 25. August 1965 um ungefähr 1210 Uhr Zulu wurde der Konvoi ungefähr 35 Meilen östlich von Surino abgefangen, an der gleichen Stelle, die im Bericht nach dem Einsatz # 5 gemeldet wurde.

5–Einhundertsiebenundneunzig (197) Kubaner und eine beträchtliche Anzahl Handfeuerwaffen und anderes Material wurden von dem Gegenstoßtrupp gefangen genommen bzw. sichergestellt. Die Gefangennahme der Kubaner erfolgte überraschend, und es ist höchst unwahrscheinlich, dass sie Luluplat oder Kongo Brazzaville noch mitteilen konnten, dass sie gestoppt worden sind.

6–Kongolesische Behörden haben den Unterzeichner informiert, dass sie – sollte sich bei eine Ermittlung herausstellen, dass die mutmaßlichen Kubaner tatsächlich Ausländer sind, die mit der Absicht im Kongo waren, die Regierung gewaltsam zu stoppen – nach internationalem und kongolesischen Militärrecht behandeln und nach Beendigung des gegenwärtigen nationalen Notstands entsprechende Berichte an den Internationalen Gerichtshof schicken werden.

CRAIG FOR HELPER SIX

SECRET

7

TOP SECRET

1035 GREENWICH 2 SEPTEMBER 1965

FROM STATION CHIEF BUENOS AIRES
TO DIRECTOR, CIA, LANGLEY

COPIES TO SOUTH AMERICAN DESK
MR SANFORD T FELTER,
COUNSELOR TO THE PRESIDENT
THE EXECUTIVE OFFICE BUILDING
WASHINGTON

Das Folgende erhalten von U.S. Army-Offizier bei der US-Botschaft, der vermutlich von Mr Felter kontrolliert wird. Es wird empfohlen, das folgende Nachrichtenmaterial als gleichbedeutend mit der CIA-Sicherheitsstufe fünf zu betrachten. Es ist ungekürzt und wortwörtlich übermittelt.

ANFANG

Liebe Freunde,
eine Delegation des Obersten Revolutionsrats des Kongo unter der Führung von Präsident Gaston Soumialot, traf am 1. September um 1600 Uhr Ortszeit in Havanna ein und traf sich um 19 Uhr Ortszeit mit Raul Castro und anderen ranghohen Offiziellen (nicht Fidel).
In einer Konfrontation beschuldigte Soumialot die Kubaner, ihr Versprechen ›ein paar Hundert, mindestens fünfhundert ausgebildete Soldaten zur Hilfe bei der Revolution zu schicken‹ nicht eingehalten zu haben. Raul Castro erwiderte, dass bis jetzt fast 400 Soldaten geschickt worden seien und er die Nachricht erhalten habe, dass am 21. August eine Kolonne von 200 kubanischen Soldaten in Punta Negre, Kongo Brazzaville, gelandet seien. Raul Castro erklärte, die Kubaner könnten nicht dafür verantwortlich gemacht werden, was danach mit ihnen geschehen sei; die Kongolesen seien dafür verantwortlich gewesen, sie ins Kriegsgebiet zu schaffen.

Raul Castro verlangte eine Erklärung für das Scheitern des Angriffs auf das (nicht namentlich genannte) Wasserkraftwerk. Er sei von Captain Dreke informiert worden, dass sich eine beträchtliche Zahl von Revolutionären geweigert hätten, zu kämpfen. Soumialot bezeichnete Dreke als Lügner, woraufhin Castro die Konferenz für beendet erklärte.
Beste Grüße

ENDE

J.P. STEPHENS
STATION CHIEF BUENOS AIRES

TOP SECRET

*8*

SECRET

HELP0099 2220 ZULU 18 SEPTEMBER 1965
VIA WHITE HOUSE SIGNAL AGENCY

FROM: HELPER SIX
TO: EARNEST SIX

INTELL REPORT # 19
1–Am 1. September 1965 veröffentlichte die Regierung des Kongo eine Mitteilung an die Marine, dass bei jedem Schiff, das kongolesische Gewässer des Tanganjikasees ohne vorherige Anmeldung befährt, feindliche Absicht angenommen werden muss und es dementsprechend behandelt werden sollte. Unbestätigte Berichte weisen darauf hin, dass sieben (7)

Transportschiffen feindliche Absicht unterstellt wurde und sie von Schiffen und/oder Flugzeugen der kongolesischen Küstenwache versenkt wurden.

2–Am 14. September benachrichtigte Mata Hari den Unterzeichner, dass die hochrangigen kubanischen Offiziellen (Vorname unbekannt) Padilla; (Vorname unbekannt) Colman; und Dionosio Oliva via Air France von Kairo in Daressalam eintrafen und zur Farm in Morogoro gebracht wurden.

3–Am 15. September fing die ASA eine Funkbotschaft aus Morogoro an ›Tatu‹ (Guevara) ab und entschlüsselte sie. Darin erklärt der Unterzeichner Oliva, dass er, Colman und Padilla am Morgen nach Kigoma aufbrechen und sich darauf freuen, ihn sehr bald wiederzusehen.

4–Am 17. September fing die ASA eine auf dem Landweg von Kigoma nach Morogoro geschickte und Tatu per Funk übermittelte Botschaft, unterzeichnet von Oliva, ab und entschlüsselte sie. Darin stand (Auszug): ›Bin von örtlichen Offiziellen beraten worden, dass die Durchquerung des Tanganjikasees wegen faschistischer Luftüberwachung höchst gefährlich ist. Können Sie nach Kigoma kommen?‹

5–Am 17. September fing die ASA eine von Tatu unterzeichnete Botschaft von Luluplat an die kubanische Botschaft in Daressalam ab und entschlüsselte sie. Darin stand (Auszug): ›Informieren Sie Oliva (1) Tatu kann nicht nach Kigoma kommen und (2) es gibt immer Risiken in einem Befreiungskrieg.‹

CRAIG FOR HELPER SIX

SECRET

TOP SECRET

1035 GREENWICH 4 OCTOBER 1965

FROM STATION CHIEF BUENOS AIRES

TO DIRECTOR, CIA, LANGLEY
COPIES TO SOUTH AMERICAN DESK

MR SANFORD T FELTER,
COUNSELOR TO THE PRESIDENT
THE EXECUTIVE OFFICE BUILDING
WASHINGTON

Das Folgende erhalten von U.S. Army-Offizier bei der US-Botschaft, der vermutlich von Mr Felter kontrolliert wird. Es ist ungekürzt und wortwörtlich übermittelt.

ANFANG

Liebe Freunde,
inzwischen wird Ihnen sicherlich bekannt sein, dass Dr. Fidel Castro vor dem kubanischen Volk Dr. Ernesto Guevaras Brief an ihn verlesen hat, in dem er seinen Rücktritt mit den folgenden Worten erklärt hat: »Ich verzichte hiermit offiziell auf meinen Posten als Parteiführer, auf mein Ministeramt, auf meinen Rang als Befehlshaber und auf meine kubanische Staatsbürgerschaft. Nichts bindet mich noch juristisch an Kuba.«
Wir haben uns hier gefragt, ob dies, besonders der letzte Satz, auf Sorge vor einem – möglicher-

weise baldigen – Scheitern von Dr. Guevaras Aktivitäten im Kongo schließen lässt und ob Dr. Castro sich und Kuba von Dr. Guevara distanzieren will. Der Unterzeichner hat sich ebenfalls gefragt, ob Sie ebenfalls Vermutungen in dieser Hinsicht haben.
Andererseits kann es darauf hindeuten, dass Dr. Guevara wünscht, sich seinerseits von einem kubanischen Scheitern in Afrika zu distanzieren und als Argentinier und erfolgreicher Helfer von Dr. Castro hierhin zurückzukehren und jetzt wünscht, den Rest von Südamerika zu befreien.

Beste Grüße

ENDE

J.P. STEPHENS
STATION CHIEF BUENOS AIRES

TOP SECRET

*10*

SECRET

HELP 0111 2005 ZULU 10 OCTOBER 1965
VIA WHITE HOUSE SIGNAL AGENCY

FROM: HELPER SIX
TO: EARNEST SIX

INTELL REPORT # 22

1–Am 10. Oktober 1965 0900 Uhr Zulu fing die ASA die folgende Funkbotschaft von ›Siki‹ (Captain Oscar Fernandez Mili), der in der Umgebung von Fizi, Provinz Katanga, vermutet wird, an ›Moja‹ (Captain Victor Dreke) in Luluplat ab und entschlüsselte sie:

ANFANG

Für Moja: Die Soldaten rücken auf Fizi vor, und nichts kann sie aufhalten oder auch nur verzögern. Wir ziehen uns von Fizi nach Lubondja zurück. Ich werde versuchen, die Brücken zu zerstören. Teilen Sie Tatu mir, dass mein Ausflug ein Fehler war. Siki.

2–Colonel Supo hat den Unterzeichner informiert, dass ein Spähtrupp von fünf (5) kongolesischen Fallschirmjägern (beraten von SSgt Leander Knowles) in zwei Jeeps mit Browning-Maschinengewehren Kaliber .30 am 10 Oktober 1965 um ungefähr 1115 Uhr Zulu in das Dorf Fizi einrückte und auf keinen nennenswerten Widerstand stieß. Ab 1210 Zulu ist das Dorf jetzt in den Händen regulärer kongolesischer Truppen.

3–Um 1205 Uhr Zulu stieß der Spähtrupp, beraten von SSgt Knowles, auf eine Gruppe Aufständischer, die versuchte, Sprengladungen an der Brücke über den Luvidjo Fluss anzubringen. Beim Nahen des Spähtrupps flüchteten die Aufständischen.

PORTET FOR HELPER SIX

SECRET

SECRET

HELP0114 1905 ZULU 12 OCTOBER 1965
VIA WHITE HOUSE SIGNAL AGENCY

FROM: HELPER SIX
TO: EARNEST SIX

INTELL REPORT # 24

1–Folgendes erhalten von SSgt Leander Knowles am 12. Oktober 1965 um 1605 Uhr Zulu. Knowles berät den Spähtrupp aus kongolesischen Fallschirmjägern in der Umgebung von Lubonja, Provinz Katanga.

ANFANG

Für Hunter Six: Patrouille rückte um 1530 Uhr Zulu in Lubonja ein, ohne auf Widerstand zu stoßen. Erwarte Supos Truppen zur Besetzung. Aufständische und kubanische Verbündete gaben beträchtliche Anzahl an Waffen auf, einschließlich Mörsern, und ließen beim Rückzug einen volltrunkenen Corporal zurück. Knowles, SSgt.

ENDE

CRAIG FOR HELPER SIX

SECRET

SECRET

HELP0117 1905 ZULU 14 OCTOBER 1965
VIA WHITE HOUSE SIGNAL AGENCY

FROM: HELPER SIX
TO: EARNEST SIX

1–Sachdienlicher Auszug der von ASA entschlüsselten Funkbotschaft von ›Tatu‹ (Guevara) in Luluplat, die am 14. Oktober 1965 an die kubanische Botschaft in Daressalam geschickt wurde:

Bezüglich des Falls von Lubonja: Das Verhalten unserer Männer war schlimmer als schlimm. Sie ließen Waffen wie zum Beispiel Mörser, für die sie verantwortlich waren, in die Hände der Kongolesen fallen. Sie zeigten keinerlei Kampfgeist. Wie die Kongolesen dachten sie nur daran, ihre eigene Haut zu retten, und der Rückzug war so desorganisiert, dass wir einen Mann verloren und immer noch nicht wissen, weshalb, weil seinen Kameraden nicht bekannt ist, ob er sich verirrte oder vom Feind verwundet oder getötet wurde. Ich habe all die Kongolesen entwaffnen lassen, die hier auftauchten. Tatu.

ENDE

HELPER SIX

SECRET

TOP SECRET

HELP0119 0855 ZULU 16 OCTOBER 1965
VIA WHITE HOUSE SIGNAL AGENCY

FROM: HELPER SIX
TO: EARNEST SIX

INTELL REPORT # 30

1–Der Unterzeichner wurde von Colonel Supo informiert, dass er die Durchführung von ›Operation seven‹ für den 16. Oktober 1965 0001 Uhr Zulu befohlen hat.
2–Dies wird ein Drei-Zangen-Angriff sein, der das Ziel hat, die Aufständischen auf eine Einkesselung am Ufer des Tanganjikasees zuzutreiben. Aufklärer des Angriffstrupps, unterstützt durch Special Forces Detachment 17 Luftaufklärung, sind kongolesische Fallschirmjäger, die von Offizieren und Unteroffizieren von Special Forces Detachment 17 beraten werden.
3–Der Hauptangriffstrupp besteht aus kongolesischen Fallschirmjägern und Söldnertruppen unter dem Kommando von Major Michael Hoare. Wenn das Gebiet unter seiner Kontrolle ist, wird der Hauptangriffstrupp von regulären kongolesischen Truppen abgelöst werden.

ENDE

HELPER SIX

TOP SECRET

TOP SECRET
HELP0124 0855 ZULU 24 OCTOBER 1965
VUA WHITE HOUSE SIGNAL AGENCY

FROM: HELPER SIX
TO: EARNEST SIX

Folgendes erhalten von Helper Six im Gebiet Luluplat.

Anfang:

1–Am 24. Oktober 1965 um 0535 Zulu drang ein Spähtrupp von kongolesischen Fallschirmjägern, beraten von Major G.W. Lunsford, in das Gebiet in Luluplat vor, das als Hauptquartier von ›Tatu‹ bekannt ist.
2–Die aufständischen Kräfte bemerkten das Nahen des Spähtrupps, als er gezwungen war, ungefähr zweihundertfünfzig (250) Patronen von Handfeuerwaffen abzufeuern und zwölf (12) Handgranaten zu zünden, weil er auf Widerstand von vermutlich zwei (2) Posten der Randstellung stieß. Es wurden keine toten Wachtposten gefunden.
3–Als der Spähtrupp dann in das Gebiet des Hauptquartiers vorrückte, waren die Aufständischen in den Busch geflüchtet, nachdem sie ›Tatus‹ Quartier in Brand gesteckt und andere Zerstörungsaktivitäten versucht hatten.
4–Die Aufständischen ließen eine beträchtliche Zahl von Waffen und Munition, Lebensmittel, Funkausrüstung, einige Dokumente, die vermutlich von nachrichtendienstlichem Wert

sind, und zwei Klammeraffen zurück, die als Besitz von Tatu bekannt sind. Besagte Affen sind in die Obhut von WOJG Thomas gegeben worden, der sie zum Zweck der Identifizierung ›Fidel‹ und ›Ernesto‹ getauft hat.
5–›Tatu‹ und andere ehemalige Insassen des Gebiets mit dem Hauptquartier haben sich offenbar zum Tanganjikasee hin abgesetzt. Sie stehen unter unserer Luftüberwachung, und dieser Spähtrupp wird ihnen in diskretem Abstand folgen.

Ende

CRAIG FOR HELPER SIX

TOP SECRET

*15*

TOP SECRET

EARNEST 0081 0910 ZULU NOVEMBER 1965
VIA WHITE HOUSE SIGNAL AGENCY

FROM: EARNEST SIX
TO: HELPER SIX

1–Dem Außenminister ist vom US-Botschafter in Daressalam mitgeteilt worden, dass der kubanische Botschafter in Tanganjika am 1. November 1965, 1600 Uhr Zulu, vom tanganjika-

nischen Außenminister informiert wurde, dass er »sich entschieden hat, die Natur dieser Unterstützung der kongolesischen nationalen Befreiungsbewegung zu beenden«.
2–Dem Botschafter wurde inoffiziell mitgeteilt, dies bedeutet, dass Tanganjika nicht länger den Transport von Personen und Material durch ihr Territorium erlauben, jedoch aus ›humanitären‹ Gründen ›vorübergehend‹ jedem Flüchtling aus dem Kongo Zuflucht gewähren wird, der vielleicht in die ›Befreiungsaktivitäten‹ verwickelt gewesen ist.

FINTON FOR EARNEST SIX

TOP SECRET

*16*

TOP SECRET

HELP0191 1205 ZULU 4 NOVEMBER 1965
VIA WHITE HOUSE SIGNAL AGENCY

FROM: HELPER SIX
TO: EARNEST SIX

1–Folgendes ist ein Auszug der entschlüsselten Funkbotschaft vom 4. November 1965, 0900 Uhr Zulu, von Oscar Fernández Padilla, Leiter der kubanischen Station des Nachrichtendienstes in Daressalam, an ›Tatu‹ (Guevara) (Aufenthaltsort zu diesem Zeitpunkt unbekannt):

ANFANG

Ich schicke Ihnen per Kurier einen Brief von Fidel. Die wesentlichen Punkt sind:
1-Wir müssen alles tun, nur nichts Tollkühnes.
2-Wenn Tatu glaubt, dass unsere Anwesenheit entweder ungerechtfertigt oder sinnlos ist, müssen wir einen Rückzug erwägen.
3-Wenn Tatu denkt, wir sollten bleiben, werden wir versuchen, so viele Männer und so viel Material zu schicken, wie er für notwendig hält.
4-Wir sind beunruhigt, dass Sie fälschlicherweise befürchten könnten, Ihre Entscheidung würde für defätistisch oder pessimistisch gehalten werden.
5-Wenn Tatu entscheidet, den Kongo zu verlassen, kann er hierhin zurückkehren oder irgendwo anders hingehen, während er auf eine neue internationale Mission wartet.
6-Wir werden jede Entscheidung unterstützen, die Tatu trifft.
7-Vermeiden Sie, sich aufreiben zu lassen.

ENDE

Father und ich fanden Paragraf 5 interessant.

CRAIG FOR HELPER SIX

SECRET

## 17

*Hotel du Lac*
*Costermansville, Provinz Kivu*
*Republik Kongo*

*20. November 1965, 20 Uhr 45*

Captain Weewili/Spec7 Peters fand Lieutenant Colonel Dahdi/Major Lunsford im Innenhof des Hotel du Lac, wo er mit Captain Darrell J. Smythe und den Lieutenants Geoffrey Craig und Jack Portet Kaffee trank.

»Was haben Sie für mich, Peters?«, fragte Lunsford, und in seiner Stimme klangen Hoffnung und Ungeduld mit.

*Der Krieg ist die Hölle, und der schlimmste Teil der Hölle ist das gottverdammte Warten,* dachte Lunsford.

Vor zwei Tagen hatte Guevara eine Funkbotschaft nach Kigoma geschickt – unverschlüsselt; die kryptografische Ausrüstung war offenbar nicht mehr verfügbar für ihn –, in der er angekündigt hatte, dass er sich zurückzog und die Transporte für die Evakuierung vorbereitet werden sollten.

Es hatte keine Antwort auf die Botschaft gegeben, aber da sie von drei verschiedenen amerikanischen Funk-Abhörteams gehört worden war – eines davon operierte jetzt außerhalb von Kigoma –, bestand Grund zu der Annahme, dass sie von den Kubanern in Kigoma empfangen worden war.

Es sei denn natürlich, die tanganjikanische Regierung war weiter gegangen, als die ›Natur der Unterstützung der kongolesischen nationalen Befreiungsbewegung‹ zu beenden, und hatte die kubanische Funkstation in Kigoma geschlossen oder die Kubaner sogar festgenommen.

Das hatte ein völlig neues Problem aufgeworfen. Wenn Guevara nicht über den Tanganjikasee kommen konnte, würde ihn das offensichtlich im Kongo zurückhalten.

Und im Kongo blieb ihm nichts anderes übrig, als zu kapitulieren oder irgendetwas Blödes zu tun wie zum Beispiel einige von Supos Truppen anzugreifen und sie einzuladen, ihn zu erschießen.

Die Mission sah natürlich vor, den Bastard aus dem Kongo mit eingezogenem Schwanz zu verjagen, ihn nicht verschwinden zu lassen und gewiss nicht, ihn auf die Titelseiten der Zeitungen der Welt zu bringen:

Guevara, berühmter Freiheitskämpfer,
stirbt in heroischem Freiheitskampf im Kongo

Gegen 16 Uhr an diesem Nachmittag hatte das ASA-Abhörteam eine andere Botschaft von Guevara abgefangen – im Morsecode, unverschlüsselt –, die er an einen gewissen Changa geschickt hatte, der anscheinend in Kigoma für die Transportschiffe verantwortlich war.

Diesmal hatte es eine Antwort gegeben. ›Changa‹ berichtete, dass er von tanganjikanischen Behörden festgenommen, jedoch wieder freigelassen worden sei und versuchen würde, den See ›heute Nacht‹ zu überqueren.

Es gab keine weiteren Botschaften und keine von Thomas oder irgendeinem der anderen, die den Rückzug der Kubaner und Simbas verfolgten.

»Mr Thomas hat per Funk gemeldet – eine unverschlüsselte mündliche Botschaft, übermittelt von Außenposten Mike –, dass er nur so sprechen kann«, sagte Peters. »Er möchte wissen, ob Sie zu ihm kommen können, um mit ihm zu reden.«

»Er will, dass ich dorthin komme?«, fragte Lunsford ungläubig.

»Jawohl, Sir«, sagte Peters. »Er hat die Koordinaten angegeben.«

Peters breitete eine Karte auf dem Tisch aus und wies darauf.

»Er sagte, er ist zur Straße gegangen. Sie können darauf landen.«

»Um Gottes willen, es ist dunkel«, murmelte Lunsford.

Jack Portet stand auf und neigte sich über die Karte. Thomas wies auf eine Straße nahe beim Ufer des Tanganjikasees, ungefähr zehn Kilometer südlich von Kimbamba.

»Ich kenne diese Straße«, sagte er. »Ich kann dort mit einer L-19 hinfliegen – vorausgesetzt, er kann die Straße für eine Landung mit brennendem Benzin beleuchten.«

Lunsford sah ihn zweifelnd an.

»Ich könnte sogar in der Beaver dort landen«, fügte Portet hinzu. »In diesem Gebiet ist es meistens klar, und es gibt nichts zu beiden Seiten der Straße, keine Strommasten et cetera.«

*Doubting Thomas würde mich nicht dort haben wollen, wenn er kein Problem hätte,* dachte Lunsford laut. »Können Sie wirklich dorthin fliegen?«

Portet nickte.

»Wenn Sie die Beaver nehmen«, sagte Spec7 Peters, »wäre vermutlich Platz für ein Funkgerät. Wir könnten so ohne Zwischensender mit den Jungs in Kigoma sprechen.«

»Ein Funkgerät, das Sie bedienen müssten, richtig?«, fragte Lunsford gereizt. »Sind Sie lebensmüde, Peters?«

»Oder Sie könnten mit Kamina sprechen«, sagte Peters, »falls Sie T-28er oder B-26er anfordern wollen.«

Lunsford blickte ihn verwirrt an.

»Ebenso könnten Sie natürlich mit Colonel Supo sprechen«, fuhr Peters fort. »Die Funkgeräte, die Mr Thomas bei sich hat, werden dafür nicht tauglich sein.«

»Wenn Portet mit einer Beaver dorthin fliegen kann, Tante Jemima«, fragte Lunsford, »könnten Sie das dann mit einer L-19 schaffen?«

»Ich wollte gerade vorschlagen, Sir«, erwiderte Captain Smythe, »dass Lieutenant Portet zuerst mit einer L-19 dorthin fliegt und vielleicht Peters mitnimmt – oder vielleicht nur Peters' Funkgerät. Und wenn wir wissen, dass wir dort landen können, bringe ich Sie und wen auch immer sonst mit der Beaver dorthin.«

»Ich werde mit Portet und dem Funkgerät in der Beaver fliegen«, sagte Lunsford. »Sie bringen Peters mit einer L-19.« Er wandte sich an Craig. »Sie halten die Stellung, Geoff.«

»Jawohl, Sir.«

»Wie lange werden wir dorthin brauchen?«, fragte Lunsford Jack Portet.

»Fünfunddreißig, vierzig Minuten«, antwortete Jack. »Ungefähr eine Stunde, wenn wir die Zeit bis zum Landestreifen bei der Farm rechnen.«

»Funken Sie Mr Thomas, er soll die Straße als Landebahn vorbereiten und eine Leuchtrakete abfeuern«, befahl Lunsford. »Voraussichtliche Ankunftszeit eine Stunde. Wir rufen ihn über Funk, wenn wir in dem Gebiet sind.«

Major Lunsford schaute aus dem Kopiloten-Fenster und sah die Strebe der Tragfläche und das rechte Rad und sonst absolut nichts. Er richtete sich auf dem Sitz auf und bekam einen besseren Blick durch die Windschutzscheibe, sah jedoch absolut nichts außer dem sich drehenden Propeller.

»Ich weiß genau, wo ich bin«, sagte Major Lunsford zu Lieutenant Portet. »Dies ist Afrika. Irgendwo links liegt der Tanganjikasee. Ich habe also präzise Kenntnis von den Örtlichkeiten. Aber ich frage mich, wie das bei Ihnen ist. Wie, zum Teufel, werden Sie diese Straße finden?«

Portet grinste ihn an und nahm dann das Mikrofon von der Kontrollkonsole.

»Hunter One, Teeny-weeny Airlines One«, sagte er.

»Kommen, Teeny-weeny«, ertönte Thomas' Stimme sofort.

»Halten Sie Ihr Mikro bitte für sechzig Sekunden angeschaltet«, sagte Portet.

»Verstanden«, erwiderte Thomas.

Jack berührte Lunsford an der Schulter und wies auf die Anzeige der Funkpeilung.

»Er ist irgendwo dort unten«, sagte er und ging mit der Beaver in eine Kurve nach links, bis die Nadel des Funkpeilgeräts dort war, wo er sie haben wollte.

»Hunter One, feuern Sie eine Leuchtkugel ab, wenn Sie mein Motorengeräusch hören«, sprach Portet ins Mikrofon, betätigte einen Kontrollhebel und ging mit der Beaver auf flachen Sinkkurs.

»Ich kenne die Höhe des Sees von den Karten her«, sagte Portet. »Ich werde einfach sicherstellen, dass ich fünfzehnhundert Fuß über dem See bin.« Er wies auf den Höhenmesser.

Drei Minuten später tauchte zu ihrer Rechten ein gelbes Licht am Himmel auf und begann dann langsam zu sinken.

»Ich sehe Ihre Leuchtkugel«, sprach Jack ins Mikrofon und lenkte die Beaver in diese Richtung. Dann wandte er sich an Lunsford. »Der Trick besteht darin, ihm zu sagen, wann er das Benzin anzünden soll«, erklärte Jack. »Je eher ich es sehe, desto besser, aber ich will nicht, dass das Licht gerade dann ausgeht, wenn ich zur Landung ansetze.«

Er drückte wieder auf den Knopf des Mikrofons.

»Können Sie mir bitte die Windverhältnisse angeben?«

»Von Süden«, antwortete Thomas. »Nur schwacher Wind.«

»Haben Sie das mitbekommen, Tante Jemima?«, fragte Jack.

»Ja, und ich habe die Leuchtkugel ebenfalls gesehen.«

»Wenn Sie die Straße in Sicht haben«, befahl Jack, »rollen wir auf eine Position drei Minuten drei-sechzig am nördlichen Ende. Versuchen Sie nicht, gleich nach mir zu landen. Wir werden die Beleuchtung erneuern.«

»Verstanden«, sagte Tante Jemima.

Die Leuchtkugel erlosch.

»Scheiße«, sagte Jack, »Thomas, ich sehe die Leuchtkugel nicht mehr. Schießen Sie noch eine ab.«

Es gab keine Bestätigung, doch eine halbe Minute später von neuem ein gelbes Licht am Himmel, nal genug, sodass sie den kleinen Fallschirm sehen konnten, an dem die Leuchtkugel schwebte.

»Ich sehe sie. Beleuchten Sie jetzt die Landebahn!«, befahl Portet.

Er musste eine halbe Minute warten, dann tauchte auf dem Boden ein orangefarbenes Licht auf und wurde schnell zu einer Feuerlinie. Einen Moment später flammte ein weiteres Licht auf und bildete eine zweite Linie.

»Sie können jetzt zu beten anfangen, Major«, sagte Portet und setzte zur Landung an. Er schaltete die Landescheinwerfer an, doch Lunsford konnte nur zwei parallele Linien brennenden Benzins sehen.

Fünfundzwanzig Sekunden später rumpelte es, als das Fahrgestell auf der Route 23 der Provinz Katanga aufsetzte.

Jack stoppte das Flugzeug, wendete und rollte über die ›Rollbahn‹ auf das Scheinwerferlicht eines Jeeps zu. Als er ihn erreichte, ging das Benzin der ›Landebahn-Beleuchtung‹ flackernd aus.

Der Jeep – jetzt im Licht der Landescheinwerfer zu sehen – parkte neben der Straße. Portet passierte ihn und rollte fünfzig Meter weiter, drehte wieder und stellte den Motor ab.

Als sie aus der Beaver kletterten, wurden sie von Thomas erwartet.

Er salutierte vor Lunsford aus einem Reflex heraus, und Lunsford erwiderte den Gruß.

»Ich dachte, Sie würden in einer L-19 kommen«, sagte Thomas.

»Tante Jemima ist dort oben in einer L-19«, sagte Jack. »Können wir die Straße noch einmal beleuchten?«

Thomas rief Befehle auf Suaheli, und bei zwei Jeeps – beide mit luftgekühltem Browning-MG Kaliber .30 auf einem Podest –, die Lunsford und Portet zuvor gar nicht gesehen hatten, wurde der Motor angelassen und die Scheinwerfer eingeschaltet und sie rollten langsam an der Straße entlang. Kongolesische Fallschirmjäger knieten auf den hinteren Sitzen und verschütteten Benzin aus Fünf-Gallonen-Kanistern.

»Warum die Beaver?«, fragte Thomas.

»Weewili schlug vor, dass wir ein besseres Funkgerät benützen können, um Kamina oder Colonel Supo zu erreichen«, sagte Lunsford. »Weewili sitzt in der L-19 mit Tante Jemima.«

»Das ist eine gute Neuigkeit«, sagte Thomas. »Boss, Sie werden mit Supo reden müssen.«

»Worüber?«

»Die Lage ist folgende«, erklärte Thomas. »Guevara und vielleicht dreißig Kubaner und eine Mischung aus etwa hundert, vielleicht auch mehr Simbas und Tutsis befinden sich auf dem Seeufer ungefähr acht Kilometer von hier entfernt. Kelly und Jette – Sie kennen Jette?«

Lunsford nickte.

»SFC Kelly, Jette und ein anderer Spurenleser befinden sich in einem Baum, um sie im Auge zu behalten. Die bösen Jungs sind alle total fertig. Sie wissen, dass heute Nacht die Boote für sie kommen werden, und sie argwöhnen, dass nicht für jeden Platz darauf sein wird. Als ich vor einer Weile mit SFC Kelly dort oben war – er versteht Spanisch –, sagte er mir, er hörte, wie sich Guevara einzureden versuchte, zu bleiben – George Custer am Little Big Horn zu spielen –, doch Dreke redete ihm das schließlich aus.«

»Gut«, sagte Lunsford.

»Das Problem sind die Kongolesen – unsere Kongolesen – und die Söldner. Sie sind ungefähr zwanzig Kilometer vom Ufer entfernt. Sie riechen Blut. Nach dem, was ich von den Kongolesen hörte, haben die Simbas ihre Leute getötet und ihre Frauen vergewaltigt, und sie wollen sich dafür rächen. Außerdem haben sie diese Kriegermentalität, dass man seinen Feind töten muss, wenn man die Möglichkeit dazu hat. Ich weiß nicht, wie es bei den Söldnern ist, aber sie wollen ebenfalls jeden auslöschen. Ich hatte eine hässliche Sitzung mit einem ›Captain‹ der Söldner. Als ich sagte, dass der Plan vorsieht, jeden mit den Booten entkommen zu lassen, bot er an, ihn am Arsch zu lecken.«

»Verdammt«, murmelte Lunsford.

»Major«, sagte Thomas sehr ernst, »Colonel Supo hat mir gesagt, ich habe seine Erlaubnis, jeden Söldner zu erschießen, der meine Befehle verweigert.«

»Hoare hat mir erzählt, dass dies seine Version der Bestrafung bei der Kompanie ist«, sagte Lunsford nachdenklich.

»Nun, ich werde es tun, wenn Sie mir befehlen ...«

»Nein. Tante Jemima landet mit Peters, und wir können per Funk mit Supo sprechen. Er kann mit seinen Truppen und den Söldnern fertig werden.«

»Das sollte genügend Benzin auf der Straße sein«, sagte Jack.

»Rufen Sie über Funk Tante Jemima und melden Sie ihm das«, befahl Lunsford.

Jack kletterte in die Beaver und schaltete den Hauptschalter an.

Lunsford wandte sich an Thomas.

»Bill, Sie haben das Richtige getan, indem Sie mich herbestellt haben.«

»Ich möchte zum Seeufer zurückkehren, okay?«

»Wenn Sie meinen, dass Sie dort sein sollten«, sagte Lunsford.

»Dort gehöre ich hin, Father«, erwiderte Thomas.

»Mr Thomas«, sagte Major Lunsford förmlich, »Ihre Befehle lauten, jede Aktion zu unternehmen, die Sie für nötig halten, um sicherzustellen, dass Guevara auf ein Boot gelangen kann.«

»Jawohl, Sir«, sagte Thomas. »Und Captain Dreke? Steht er ebenfalls auf der Liste der zu schützenden Personen?«

Lunsford brauchte einen Moment für die Antwort.

»Lassen Sie sie entkommen, Mr Thomas«, sagte er dann. »Alle. Und dieser Befehl gilt auch für Kelly und die beiden Spurenleser.«

»Jawohl, Sir.«

*5 Grad 27 Minuten 19 Sekunden südlicher Breite*
*29 Grad 17 Minuten 24 Sekunden östlicher Länge*
*(Im Busch beim Tanganjikasee, Provinz Kivu, Kongo)*

*21. November 1965, 2 Uhr 40*

Warrant Officer (Junior Grade) William E. Thomas richtete das Fadenkreuz des Zielfernrohrs mit Restlichtverstärkung auf seinem Springfield-Gewehr Kaliber .30-06 Modell 1903A-4 auf die Stirn von Ernesto Guevara de la Serna, M.D., der im knöcheltiefen Wasser am Ufer des Tanganjikasees stand und das Tau eines dreizehn Meter langen blassblauen Boots hielt.

»Peng, du bist tot, Ernesto«, sagte er leise und schwenkte dann das Zielfernrohr auf das gelbliche Boot neben dem blassblauen. Sein Blick schweifte über die Leute in dem Boot, bis er das Gesicht fand, das er suchte. Es war ein Mann, der am Heck neben dem Bootsführer stand. Er richtete das Fadenkreuz auf die Stirn dieses Mannes.

»Peng«, sagte Thomas. »Und du bist auch tot, Captain Victor Dreke, Sir.«

Zehn Minuten später, als auch die erstaunlichen Fähigkeiten des Zielfernrohrs mit dem Lichtverstärker ihm nur noch ein verschwommenes Bild der beiden Boote zeigte, die auf den Tanganjikasee hinausfuhren, band Thomas den Riemen des Gewehrs an den Baum und wandte sich dem Rucksackfunkgerät zu, das an den Baumstamm gebunden war. Er schaltete das Gerät ein und setzte Kopfhörer auf.

»Helper Six, Hunter One«, sagte er leise ins Mikrofon.

»Kommen, Bill«, ertönte Lunsfords Stimme sofort.

»Die Leute, an denen wir interessiert sind, verlassen den Kongo an Bord zweier Boote um null-zwei-vier-fünf

Uhr«, meldete Thomas. »Sie sind hungrig und dreckig, und sie tun mir tatsächlich ein wenig Leid.«

»Was werden Sie jetzt tun, Bill?«

*Hier ruht Warrant Officer Junior Grade William E. Thomas, der im kongolesischen Busch von einem analphabetischen kongolesischen Soldaten erschossen wurde, der ihn irrtümlich für einen Kubaner hielt*, dachte Thomas.

»Ich dachte mir, ich werde hier warten, bis es hell wird, und dann sehen, was passiert.«

»Sie und Kelly?«

»Richtig.«

»Okay. Rufen Sie uns über Funk, wenn irgendetwas passiert. Und wenn Sie am Landestreifen sind. Ich werde Sie und Kelly von Portet mit der Beaver abholen lassen.«

»Danke. Wir werden dort sein. Hunter One, Ende.«

# XXVI

1

Aus dem *Philadelphia Inquirer,* 15. Januar 1966:

**MISS CECILIA TAYLOR HEIRATET**

Miss Cecilia Taylor und Major George W. Lunsford wurden heute während eines nachmittäglichen Gottesdienstes von Reverend Dr. Charles Chedister in der First Methodist Church von Bala Cynwyd getraut.

Miss Taylor, Absolventin der Temple University, ist die Tochter von Mr und Mrs L. Charles Taylor von Bala Cynwyd. Major Lunsford, Absolvent der University of Pennsylvania, ist der Sohn von Dr. und Mrs H. Wilson Lunsford von Swarthmore.

Die Braut wurde von ihrem Vater zur Trauung geführt. Miss Taylors Brautjungfer war Mrs Marjorie Bellmon Portet. Lieutenant Geoffrey Craig diente als Major Lunsfords best man. (Freund des Bräutigams, der bei der Ausrichtung der Hochzeit eine wichtige Rolle spielt.)

Nach einem Empfang in der Union League of Philadelphia reiste das Paar in die Flitterwochen nach Miami, Florida. Es wird in Buenos Aires, Argentinien, wohnen, wo Major Lunsford zum stellvertretenden Militärattaché der US-Botschaft ernannt worden ist, und Mrs Lunsford wird Aufgaben als stellvertretende Leiterin der Abteilung kulturelle Angelegenheiten der Botschaft annehmen.

Aus dem Newark (N.J.) *Star-Ledger*, 17. Januar 1966

### UNSERE JUNGS IM DIENST

Army Specialist Seven William D. Peters, der Sohn von Mr Und Mrs Howard Peters von 365 Weequahic Avenue, Newark, ist zum Warrant Officer (Junior Grade) befördert worden.

Warrant Officer Peters, 1961 Absolvent der Weequahic High School, trat im Juni 1961 in die Army ein. Er ist qualifizierter Fallschirmspringer und Kommunikationsspezialist.

Er ist vor kurzem zur US-Botschaft in Buenos Aires, Argentinien, versetzt worden, wo er auf dem Kommunikationssektor arbeiten wird.

Aus der *Washington Post*, 20. Januar 1966:

### ARMY WIRD ARGENTINIER AUSBILDEN

Von Charles E. Whaley

Das Pentagon bestätigte heute, dass die argentinische Regierung die U.S. Army um eine kleine Gruppe von US-Soldaten gebeten hat und sie erhalten wird. Dabei handelt es sich höchstwahrscheinlich um eine Auswahl Soldaten der Special Forces (Green Berets), die argentinische Truppen in Fallschirmspringen, Gebirgsrettung, Überleben in Kälte, Funkkommunikation und anderen speziellen militärischen Techniken ausbilden werden.

Die Gruppe, die ›fast mit Sicherheit nicht stärker als zwanzig Offiziere und Männer sein wird‹, wird vermutlich binnen dreißig Tagen nach Argentinien abreisen.

SECRET

Central Intelligence Agency
Langley, Virginia

Von: Stellvertretender Direktor Verwaltung

Datum: 2. Februar 1966 0405 GMT

Betrifft: Guevara, Ernesto (Aktennotiz # 87.)

An: Mr Sanford T. Felter
Berater des Präsidenten
Zimmer 637, Executive Office Building
Washington, D.C.

Per Kurier

Gemäß präsidentschaftlicher Aktennotiz vom 14. Dezember 1964 an den Direktor betreffend: ›Ernesto ›Che‹ Guevara‹ wird folgende Information, beschafft vom FBI, geliefert:

Von CIA Prag, Tschechoslowakei (Zuverlässigkeitsstufe fünf)

Betreffender traf am 1. Februar 1966 um 1650 GMT an Bord von Aeroflot Flug 9003 via Kairo aus Daressalam, Tanganjika, in Prag ein. Betreffender benutzt kubanischen Diplomatenpass auf den Namen Ramón Benítez. Betreffender wurde vom kubanischen Botschafter und tschechischen Offiziellen abgeholt und zur

Residenz des kubanischen Botschafters gefahren.

*Howard W. O'Connor*
HOWARD W. O'CONNOR

SECRET

3

TOP SECRET
1520 GREENWICH 26 MAY 1966

FROM STATION CHIEF BUENOS AIRES

TO DIRECTOR, CIA, LANGLEY
COPIES TO SOUTH AMERICAN DESK
MR SANFORD T FELTER,
COUNSELOR TO THE PRESIDENT
THE EXECUTIVE OFFICE BUILDING
WASHINGTON

Heute folgte einem Versuch der Polizei am späten Nachmittag, eine ordnungswidrige Studentenversammlung an der Schule für Wirtschaftswissenschaft in der Avenida Córdoba in der Innenstadt von Buenos aufzulösen, ein Aufruhr.
Randalierende Studenten, einige mit Plakaten, die Fotos von Ernesto ›Che‹ Guevara zeigten, andere mit roten Flaggen, protestierten über zwei Stunden lang gegen eine Kürzung der

Geldmittel für die Universität, stürzten ein Auto um und verbrannten es, schlugen Schaufenster von Geschäften und mehrere Straßenlaternen ein und warfen Pflastersteine auf Polizisten. In einem Gespräch bei einem heutigen privaten Mittagessen im Circulo Militar mit Major G.W. Lunsford sagte Lieutenant General Pascual Pistarini, Oberbefehlshaber der argentinischen Armee, ›das kommunistische Problem gerät außer Kontrolle, und es muss etwas unternommen werden‹.

C.B. TAYLOR
STATION CHIEF BUENOS AIRES

TOP SECRET

4

SECRET

1710 GREENWICH 31 MAY 1966

FROM STATION CHIEF BUENOS AIRES

TO DIRECTOR, CIA, LANGLEY
COPIES TO SOUTH AMERICAN DESK
MR SANFORD T FELTER,
COUNSELOR TO THE PRESIDENT
THE EXECUTIVE OFFICE BUILDING
WASHINGTON

Folgendes betrachten wir als viel sagenden Auszug aus der Rede, die gestern Lieutenant General Pascual Pistarini, Oberbefehlshaber der argentinischen Armee, auf Feiern zum 156. Jahrestag der Gründung der argentinischen Armee gehalten hat: ›Die Armee ist ein untrennbarer Teil der nationalen Gemeinschaft, legal eingesetzt mit der Verantwortung, den Frieden des Landes zu sichern, und sie muss all ihre Verpflichtungen erfüllen. Die Armee repräsentiert nicht nur eine Philosophie, sondern ist ebenfalls verantwortlich für die Autorität, ohne die es keine Freiheit geben kann.‹

C.B. TAYLOR
STATION CHIEF BUENOS AIRES

SECRET

*5*

SECRET

1305 GREENWICH 29 JUNE 1966

FROM STATION CHIEF, BUENOS AIRES

TO DIRECTOR, CIA, LANGLEY
COPIES TO SOUTH AMERICAN DESK
MR SANFORD T. FELTER,
COUNSELOR TO THE PRESIDENT
THE EXECUTIVE OFFICE BUILDING
WASHINGTON

1-Am 28. Juni 0100 Uhr GMT/2100 Uhr Buenos Aires Ortszeit) besetzten Soldaten Radiostationen und Kommunikationszentren in Buenos Aires. Und die Öffentlichkeit wurde informiert, dass Lieutenant General Pascual Pistarini, Oberbefehlshaber der argentinischen Armee, ›im Namen der Armee dem Verteidigungsminister das Vertrauen entzogen hat‹.

2-Um 0440 Uhr verkündete Präsident Arturo Illia, der aus der Casa Rosada sprach, die von Grenadieren des San Martin Regiments bewacht wurde, Pistarinis Entlassung und erklärte, er werde die Pflichten des Oberbefehlshabers der Armee übernehmen.

3-Um 1105 Uhr GMT kündigte Brigadier Mario Romanelli an, dass eine Junta, bestehend aus Pistarini, Admiral Benino Varela (Chef für Marineoperationen) und Brigadier Adolfo T. Alvarez (Oberbefehlshaber der Luftwaffe) nach der Vereidigung von Lieutenant General Juan Carlos Ongania heute Mittag eine ›Nationalbehörde‹ bilden wird. Ongania ist der ehemalige Oberbefehlshaber der Armee.

4-Es wird angenommen, dass der abgesetzte Präsident Illia unter Hausarrest steht. Allem Anschein nach ist der Staatsstreich völlig unblutig verlaufen.

C.B. TAYLOR
STATION CHIEF BUENOS AIRES

SECRET

SECRET

2205 GREENWICH 7 JULY 1966

FROM STATION CHIEF, BUENOS AIRES

TO DIRECTOR, CIA, LANGLEY
COPIES TO SOUTH AMERICAN DESK
MR SANFORD T FELTER,
COUNSELOR TO THE PRESIDENT
THE EXECUTIVE OFFICE BUILDING
WASHINGTON

1–Am 4. Juli bei der Feier zum Unabhängigkeitstag im amerikanischen Club von Buenos Aires trat Lieutenant Colonel Ricardo Fosterwood, Adjutant von Lieutenant General Pistarini, an Lieutenant Geoffrey Craig heran und informierte ihn, dass Pistarini für ihn eine Mitgliedschaft im San Jorge Poloklub arrangiert hätte und hoffe, er würde sie akzeptieren.
2–Am 6. Juli rief Fosterwood Craig an und lud ihn ein, am 7. Juli 1966, um 13 Uhr Ortszeit, bei einem ›inoffiziellen Polospiel‹ im San Jorge Club mitzuspielen. Beim Eintreffen im Club erfuhr Craig, dass er mit Präsident Ongania, General Pistarini und Lieutenant Colonel Guillermo Rangio, dem Stellvertretenden Direktor des SIDE, spielen würde.
3–Nach dem Polospiel sagte Pistarini Craig, er solle seinem Onkel (offenbar bezog er sich auf Lieutenant Colonel Craig W. Lowell) erzählen, dass die neue argentinische Regierung alle Aspekte der Vereinbarung einhalten würde, die er hinsichtlich Guevara mit Lowell getroffen hatte.

4-Nach der Unterhaltung Craig/Pistarini gab Rangio Craig ein Kuvert, welches das unten zitierte Material enthielt, und ›schlug vor‹, dass Craig es sich zur Gewohnheit machen sollte, jeden Montag, Mittwoch und Freitag um 17 Uhr Ortszeit einen Cocktail im Jockey Club zu trinken. Craig folgerte daraus, dass dieser Vorschlag dazu diente, Rangio eine Möglichkeit zu verschaffen, sich mit ihm unter gesellschaftlichen Umständen zu treffen.
Beginn des Nachrichtenmaterials von Rangio:

Liebe Freunde,
ich bin überzeugt, dass Ihre Bekannten bei der CIA daran interessiert sein werden, zu erfahren, dass unser Freund, der Doktor, jetzt ›heimlich‹ in einer schönen Villa in dem Gebiet Vinales der Provinz Pinar del Rio wohnt, die nach weit verbreiteter Annahme im Besitz eines CIA-Agenten gewesen ist.
Es ist jetzt das Hauptquartier eines ›geheimen‹ Ausbildungslagers, das benutzt wird, um ein Dutzend kubanische Offiziere für Dienst in Bolivien auszubilden.
Dies sind:
Dariel Alaron Ramirez (›Benino‹, 28; Dienst mit unserem Freund in der Sierra und in Afrika)
Elisio Reyes (›Rolando‹, 26; Dienst in der Sierra und ehemaliger Leiter des Nachrichtendienstes der kubanischen Nationalpolizei)
Antonio Pantoja (›Olo‹, 33; Dienst in der Sierra)
Leonardo Tamayo (›Tamayita‹, 37; Guevaras Leibwächter seit 1957)
Rene Tamoyo (›Arturo‹, 31, Bruder von Leonardo; verdeckte Operation für den Staatssicherheitsdienst)

Gustavo de Hoed (›Alejandro‹, 29; Dienst in der Sierra und ehemaliger stellvertretender Wirtschaftsminister)
Miguel Hernandez Osorio (›Manuel‹, 35; Dienst in der Sierra)
Alberto Fernandez Montes de Oca (›Pacho‹, 31, mit Guevara in Prag, nachdem Guevara den Kongo verließ; dient als sein Kurier nach Bolivien)
Octavio de la Pedraja (›Morogoro‹, 31; Arzt; Dienst in der Sierra und im Kongo)
Israel Reyes Zayas (›Braulio‹, 33; Dienst in der Sierra und im Kongo)
Juan Vitalio Acuna (›Joaquin‹, 41; Dienst in der Sierra; ist ein Comandante)
Antonio Sanchez Diaz (›Marcos‹, 35; Dienst in der Sierra; ebenfalls ein Comandante)
Jesus Suarez Gayol (›Rubio‹, 33; Dienst in der Sierra; Stellvertretender Minister für Zucker)
Nach dem Hintergrund dieser Leute ist anzunehmen, dass sie vermutlich unter der Demütigung im Kongo leiden und entschlossen sind, in Bolivien erfolgreich zu sein, und Guevara hat anscheinend die besten Guerillakämpfer rekrutiert, die in Kuba verfügbar sind. Wir halten es für bezeichnend, dass zwei davon Comandantes sind, ein sehr hoher Rang im neuen Kuba.
Der genaue Zeitpunkt, wann sie nach Bolivien gehen werden, ist derzeit unbekannt, sollte aber in naher Zukunft herausgefunden werden.

Beste Grüße

Ende des Nachrichtenmaterials von Rangio

C.B. TAYLOR
STATION CHIEF BUENOS AIRES

SECRET

TOP SECRET
ARG 0019 2300 ZULU 30 AUGUST 1966
VIA WHITE HOUSE AGENCY

FROM: POLO SIX
TO: EARNEST SIX

AFTER-ACTION REPORT # 1
REFERENCE US ARMY MAP SERVICE MAP 4774
BOLIVIA

1–Während des Zeitraums 27.-30. August reiste der Unterzeichner mit einer L-23 der U.S. Army nach La Paz, Bolivien, die von 1Lt Geoffrey Craig und WOJG Enrico de la Santiago geflogen wurde. Andere Mitglieder des Trupps schlossen Lieutenant Colonel Guillermo Rangio von der argentinischen Armee, WOJG Julio Zammoro und Miss Cecilia Taylor ein. Unter den gegebenen Umständen wurde es für notwendig erachtet, LtCol Rangio die Identität der CIA-Stationsleiterin Buenos Aires bekannt zu machen.
2–In einem Sicherheitshaus, das vom CIA-Stationsleiter La Paz kontrolliert wird, wurde eine Konferenz mit einer Delegation bolivianischer Armeeoffiziere unter Vorsitz von LtCol. Enrico Cupull abgehalten, den sowohl der CIA-Stationsleiter La Paz als auch LtCol Rangio für ›verlässlich und vertrauenswürdig‹ halten und mit denen WOJG Zammoro persönlich bekannt ist. Die CIA-Beamten, Rangio und der Unterzeichner betonten nachdrücklich die Position der US-Regierung, dass Guevara in seinen Bemühungen, Bolivien zu übernehmen, frus-

triert werden, jedoch am Leben gelassen werden muss. Cupull erklärte, dass er persönlich dieser Politik nicht zustimme und es darüber hinaus schwierig sein würde, Guevara oder irgendwelche Kubaner am Leben zu erhalten, ›nachdem sie Guerilla-Aktivitäten begonnen haben‹. Die CIA-Stationsleiter La Paz und Buenos Aires beabsichtigen separat auf höchster Ebene diplomatische Bemühungen zu empfehlen, um die Kooperation der bolivianischen Regierung in dieser Hinsicht sicherzustellen.

3–Abgesehen von der Meinung, Guevara am Leben zu lassen, gab es einen Meinungsaustausch der Möglichkeiten, wie Guevara in Bolivien frustriert werden kann. Cupull ging so weit, zu erklären, dass es vielleicht eine ›gute Idee‹ sei, wenn Zammoro in Bolivien bliebe oder bald dorthin zurückkäme, wo er ›leicht die Tarnung als bolivianischer Armeeoffizier‹ annehmen könne. Die CIA-Stationsleiter halten dies für eine gute Idee, doch der Unterzeichner glaubt, nicht die Befugnis zu haben, um diese Entscheidung zu treffen, und wird auf Anweisung warten.

4–Zwischen Rangio, dem Unterzeichner, CIA-Stationsleitern und Cupull wurde Nachrichtenmaterial ausgetauscht, einschließlich einer Liste von Personal, das die Kubaner für Dienst in Bolivien ausbilden. Bolivien informierte uns über die Kenntnis, dass die deutsch/argentinische Haydee Tamara Bunke, ›Tania‹, die in La Paz als Laura Gutierrez Bauer lebt, eine verdeckte kubanische Agentin ist, die überwacht wird. Bolivien hat ebenfalls Regis Debray, einen französischen Journalisten, unter Überwachung und berichtete, dass er sich mit Moises Guevara (keine Verwandtschaft) getroffen hat, einem kommunistischen Bergarbeiterführer, von dem bekannt ist, dass er sich auf revolutionäre Aktivitäten gegen die bolivianische Regierung vorbereitet. Zu diesem Zeitpunkt ist keine Aktion der bolivianischen Regierung gegen eine der genannten Personen geplant.

5-Schließlich erklärte Cupull, dass eine 1500 Hektar große Farm (in Wirklichkeit Wildnis) im Südosten Boliviens vor ein paar Tagen von Bolivianern, die als Kommunisten bekannt sind, gekauft worden ist, angeblich um sie zur Schweinezucht zu nutzen, und dass der Besitz ideal geeignet als Stützpunkt für Guevaras Operationen ist. Nachdem wir Cupull versichert hatten, dass es keinen Schaden anrichten würde, überflogen und fotografierten wir die Farm bei unserer Rückkehr nach Argentinien.

6-Der Fluss Nancahazú (der während des Sommers austrocknet) fließt durch das Grundstück, auf dem sich nur ein paar primitive Farmgebäude befinden. Das Gelände liegt am Rande einer tropischen Wüste, die sich ostwärts zur paraguayischen Grenze erstreckt. Es ist 150 Meilen von Vera Cruz entfernt, wohin eine unbefestigte Straße führt. Es ist 150 Meilen von der argentinischen Grenze und 12 Meilen von der nächsten Stadt, Lagunillas, entfernt. Das Terrain ist hügelig, und es gibt nur wenige Straßen, die von Fahrzeugen außer Jeeps befahren werden können. Das Gelände (und die Umgebung) ist wegen seiner Beschaffenheit, den dichten Wäldern und dem Mangel an Straßen ideal für Guerillaoperationen geeignet.

7-Angesichts des Vorerwähnten wird empfohlen, dem Unterzeichner die Genehmigung zu erteilen, inoffizielle Ausbildung bolivianischer Truppen in Techniken des Aufspürens von Guerillas anzubieten, wie sie von Personal der Special Forces gegenwärtig in Argentinien benutzt werden. Rangio glaubt, Cupull würde solch ein Angebot annehmen, besonders wenn es unter der Kontrolle von Zammoro stünde.

G.W. LUNSFORD, MAJ INF

TOP SECRET

TOP SECRET

EARNEST 0134 1405 ZULU 31 AUGUST 1966
VIA WHITE HOUSE SIGNAL AGENCY

FROM: EARNEST SIX
TO: POLO SIX

1–Bezugnehmend auf Ihren Bericht nach dem Einsatz # 1:
2–Bezüglich Zammoros verdeckter Verwendung in Bolivien liegt die Entscheidung bei Ihnen. CIA-Direktor ist gleicher Meinung.
3–Bezüglich inoffizielles Ausbildungsprogramm wie in groben Zügen dargestellt. Genehmigt, vorausgesetzt, dass Rangio einverstanden ist. CIA-Direktor ist einverstanden, Zammoro abzukommandieren. WOJG William Thomas wird zum Büro des Militärattachés der US-Botschaft La Paz zur Unterstützung versetzt.

FELTER, COLONEL, GSC
COUNSELOR TO THE PRESIDENT

TOP SECRET

CONFIDENTIAL
ARG 0019 2125 ZULU 3 OCTOBER 1966
VIA WHITE HOUSE SIGNAL AGENCY

FROM: POLO SIX
TO: EARNEST SIX

SITUATION REPORT # 16

1–Die folgenden Artikel aus dem ›Buenos Aires Herald‹ werden als allgemeine Hintergrundinformationen geliefert. Ihr besonderes Augenmerk sollte Punkt 4 Absatz 2 gelten.
2–Auszug aus dem Herald von Mittwoch, 14. September 1966:
TOYNBEE TRIFFT MORGEN EIN
Arnold J. Toynbee, der britische Historiker und Verfechter von internationalem Frieden, wird morgen von Uruguay aus eintreffen und ungefähr einen Monat lang in Argentinien bleiben. Er wird Lesungen an den Universitäten von Buenos Aires halten; in La Plata, Cuyo, Tucuman und in der Militärakademie.
3–Auszug aus dem Herald vom
27. September 1966:
PRINZ PHILIP AUF PRIVATBESUCH
Der angekündigte Besuch von Prinz Philip, dem Gatten von Königin Elizabeth II. von Großbritannien, wurde gestern endlich wahr. Prinz Philip traf für einen 23-tägigen Urlaub in Buenos Aires ein, trotz der Fragen, die im Parlament gestellt wurden, wie er mit den 50 Pfund Sterling Reisekostenzuschuss auskommen soll.

Er ist offiziell als Präsident der Internationalen Reiterföderation hier und wird der Eröffnung der Pferdeschau und der Meisterschaft im Jagdspringen am 30. September beiwohnen.
Ein Leitartikel in der Abendzeitung ›Cronica‹, in der er als ›unterbeschäftigter Playboy‹ beschrieben wird, versicherte dem Prinzen, dass er in Argentinien nicht willkommen ist.
4–Auszug aus dem Herald vom Sonntag,
2. Oktober 1966:
PHILIP STÜRZT VOM PFERD
Prinz Philip, Gatte von Queen Elizabeth II., der sich von einem Sturz von seinem Pferd erholt, spielte gestern bei einem 5:4 Polosieg im Team mit Präsident Ongania. Der Sieg war eine angenehme Abwechslung für Prinz Philip, dessen Besuch hier von täglichen anti-britischen Demonstrationen beeinträchtigt wurde.
Präsident Ongania und Prinz Philip bildeten ein Team mit zwei Polo-Assen, Juan Cavanagh und Geoffrey Craig, bei einem hart durchgeführten Spiel im San Jorge Militärklub. Während Prinz Philip hinter dem Ball her galoppierte, versuchte er ein schnelles Ausweichmanöver und stürzte von seinem Pferd. Er saß sofort wieder auf und spielte weiter.
Nach dem Polospiel wurde im San Jorge Club zu Ehren des Prinzen ein Mittagessen serviert, an dem Präsident Ongania, Mitglieder beider Teams und 60 Gäste teilnahmen.

G.W. LUNSFORD, MAJ INF

CONFIDENTIAL

TOP SECRET
ARG 0019 2205 ZULU 25 OCTOBER 1966
VIA WHITE HOUSE SIGNAL AGENCY

FROM: POLO SIX
TO: EARNEST SIX

SITUATON REPORT # 23

1–LtCol. Rangio hat das folgende Nachrichtenmaterial von seinen Quellen dem Unterzeichner gegeben:
A–Guevara, dessen Haar von seiner Schädeldecke rasiert oder gezupft worden ist, der das verbliebene Haar grau gefärbt hat, jetzt eine Brille trägt und die Mundpartie mit Hilfe einer Prothese verändert hat, und eine unbekannte Zahl von Begleitern reisten am 24. Oktober 1966 um 1630 Uhr Zulu unter großer Geheimhaltung aus Havanna ab, mit Mexicana Flug 6363 nach Mexico City und vermutlich nach Bolivien.
B. Mrs Dolores Diaz de Zammoro ist laut Bericht des kubanischen Innenministers an ›Komplikationen von Influenza‹ in einer ›Strafanstalt‹ auf der Isla de Pinos gestorben und musste sofort ›wegen Ansteckungsgefahr‹, beerdigt werden.
2–Rangio, WOJG William Peters, SFC Edward Young und der Unterzeichner werden um 2300 Uhr Ortszeit mit einer L-23 (geflogen von Craig und de la Santiago) nach La Paz abreisen, um folgende Ziele zu erreichen:
A–Austausch von Nachrichtenmaterial bezüglich Äußerem von Guevara und möglicher Ankunft in Bolivien.

B–Mögliche Einrichtung von verdeckter ASA-Abhörstation in Bolivien.
C–Rangio wird Major Julio Zammoro von der bolivianischen Armee vom Tod seiner kubanischen Frau informieren. Der Unterzeichner hat sich Rangios starker Wünsche in dieser Hinsicht gefügt.

G.W. LUNSFORD, MAJ INF

TOP SECRET

## *10*

*La Paz International Airport*
*La Paz, Bolivien*

*3. November 1966, 15 Uhr 30*

»Das muss er sein«, sagte Lieutenant Colonel Guillermo Rangio und wies durch den Einwegspiegel zum Schalter der Einwanderungsbehörde auf einen Mann in mittlerem Alter, der einen Filzhut trug.

Rangio sprach Englisch, aus Höflichkeit gegenüber Major George Washington Lunsford und Warrant Officer (Junior Grade) William E. Thomas, dessen Spanisch nicht sehr gut war.

Alle drei waren in Uniform. Rangio, weil er einen offiziellen Besuch bei der Sicherheitsabteilung der bolivianischen Armee machte, und Lunsford, weil er sich gesagt hatte, dass er und Thomas wirklich weniger Aufmerksamkeit als Armeeoffiziere erregen würden, statt als Schwarze in Geschäftsanzügen.

»Sind Sie sicher, Colonel?«, fragte Thomas, Bestätigung suchend, nicht zweifelnd.

»Dieser Mann trifft auf die Beschreibung zu, die ich habe«, erwiderte Rangio ein wenig kühl. »Haben Sie Dr. Guevara schon einmal gesehen, Mr Thomas?«

»Als ich den Hurensohn zum letzten Mal sah, Sir, stieg er am Ufer des Tanganjikasees in ein Boot.«

Er kreuzte die Zeigefinger und hielt sie vor seine Stirn. Rangio verstand die Geste und lachte: Thomas hatte Guevara im Fadenkreuz seines Visiers gehabt.

»Und er sah nicht so aus, Mr Thomas?«, fragte Rangio.

»Nicht sehr«, sagte Thomas.

»Das ist er, Thomas«, erklärte Julio Zammoro bestimmt. Er trug die Uniform eines bolivianischen Majors der Infanterie.

»Nun, dann bin ich verdammt beeindruckt«, gab Thomas zu. »Er hätte mich glatt täuschen können.«

»Ich kann die Maskerade nicht verstehen«, sagte Rangio nachdenklich. »Castro hat an die dreieinhalbtausend Mann in seiner anti-konterrevolutionären Polizei. Sie argwöhnen offenbar – wissen sogar –, dass wir Agenten haben, denen bekannt ist, was läuft und wann. Wen will Guevara zum Narren halten, sogar mit seinem ausgezupften Haar?«

»Ich habe diese Bezeichnung in dem Dossier gelesen«, sagte Thomas. »Hat er die Haare wirklich ›ausgezupft‹? Nicht einfach abrasiert?«

»Ausgezupft«, bestätigte Rangio. »Ich hörte, das soll ziemlich schmerzhaft sein.«

»Das Ego, Julio«, sagte Lunsford. »Er ist fast krankhaft selbstgefällig. Er ist der Einzige mit Maskerade, weil die anderen anonym sind und er hingegen berühmt ist.«

»Ich kann mich nicht erinnern, jemals ein Foto gesehen zu haben, das ihn ohne Bart gezeigt hat«, sagte Lieutenant Colonel Cupull von der bolivianischen Armee.

»Aber ich«, entgegnete Rangio. »Er war ein ziemlich gut aussehender junger Mann.«

»Den nur Sie, Willy, von uns hier auf der Straße erkennen würden – oder bei der Kontrolle der Einwanderungsbehörde«, sagte Lunsford. »Das ist ja meine Rede.

Er hält sich für einen berühmten Guerilla, deshalb braucht er die Maskerade.«

»Ich würde ihn erkennen«, sagte Zammoro. »Ich meine, mit Bart oder ohne, im Anzug, in Uniform ...«

»Nun, er hat die Kontrolle hinter sich«, sagte Cupull. »Geben Sie mir einen Moment, um sicher zu sein, dass er den Terminal verlassen hat, und dann werden wir im Club zu Mittag essen.«

Cupull verließ den Raum mit dem Einwegspiegel, durch den der Schalter der Einwanderungsbehörde beobachtet werden konnte, und kehrte ein paar Minuten später zurück, um zu berichten, dass der kahlköpfige Mann, den sie gesehen hatten, einen uruguayischen Pass hatte, der auf den Namen Adolfo Mena Gonzáles ausgestellt war. Der Mann hatte dem Beamten der Einwanderungsbehörde erklärt, er sei auf einer Informationsreise für die Organisation Amerikanischer Staaten, und er hatte die entsprechenden Dokumente vorgelegt, um das zu beweisen.

»Ich möchte liebend gern wissen, ob die Dokumente echt sind oder nicht«, sagte Cupull. »Und wenn sie echt sind, wer sie ausgestellt hat.«

»Sie sind vermutlich echt«, sagte Zammoro. »Und auch der Pass. Nach meiner Erfahrung neigen Bürokraten dazu, beiden Seiten Gefallen zu erweisen, in der logischen Annahme, dass eine Seite oder die andere gewinnen wird und sie behaupten können, von Anfang an auf der Seite des Gewinners gewesen zu sein.«

»Ich bin überzeugt, Sie haben Recht«, sagte Cupull und lächelte dann. »Lassen Sie uns jetzt zu unserem Mittagessen gehen. Da das Rindfleisch in Argentinien nahezu ungenießbar ist, wie wir alle wissen, habe ich arrangiert, dass wir das bekommen, was in den USA als Barbecue bekannt ist.«

Als sie ihren Kaffee nach dem Essen im Offiziersklub tranken, machte ein Offizier leise Meldung bei Cupull, der aufmerksam zuhörte, ihm dankte und dann die anderen informierte.

»Dr. Guevara unterhält sich in diesem Augenblick mit Ihrer Landsmännin, Willy – Señora Laura Gutierrez de Bauer, auch bekannt als Haydee Tamara Bunke und manchmal als ›Tania‹ – in der Suite 316 des Hotel Copacabana am Prado Boulevard. Die bolivianischen Kommunisten in seiner Begleitung tun so, als ob sie nicht wüssten, dass er Guevara ist, obwohl sie gestern Abend, als sie den morgigen Transport vorbereiteten, mehrmals davon sprachen, ›Che Guevara zur Farm in Nancahazú zu transportieren‹.

»Das mit Ihrer Frau tut mir Leid, Zammoro«, sagte Doubting Thomas, als sie auf der Toilette waren und ihre Blase erleichterten.

»Danke«, erwiderte Zammoro.

»War es richtig von mir, den Hurensohn nicht im Kongo abzuknallen?«

»Sie hatten keine Wahl, Bill«, sagte Zammoro. »Sie sind Soldat – Sie hatten Ihre Befehle.«

»Manchmal vergesse ich meine Befehle«, sagte Thomas. »Zam, ich hatte seine Stirn im Fadenkreuz, und es ist lange her, seit ich aus dieser Distanz danebengeschossen habe.«

»Sie sind Soldat«, wiederholte Zammoro. »Sie hatten Ihre Befehle. Sie haben das Richtige getan, Bill.«

TOP SECRET

ARG 0065 2010 ZULU 1 DECEMBER 1966

FROM: POLO SIX
TO: EARNEST SIX

SITUATION REPORT # 33

REFERENCE US ARMY MAP SERVICE MAP 4774 BOLIVIA

1-LtCol. Cupull hat durch Major Zammoro das folgende Nachrichtenmaterial aus seinen Quellen an den Unterzeichner übermittelt: Señor Ciro Algaranaz, ein gesetzestreuer bolivianischer Schweinezüchter, hat den bolivianischen Behörden seinen Verdacht mitgeteilt, dass die neuen Besitzer einer Schweinefarm am Fluss Nancahazú, die an seine grenzt, in Wirklichkeit im Drogenhandel tätig ist. Sein Verdacht basiert zum Teil darauf, dass sie ›komisch‹ Spanisch sprechen. Nachdem Algaranaz von Major Zammoro für den Dienst an seinem Land gelobt und daran erinnert wurde, dass Verdächtigungen kein Beweis sind, stimmte er freudig Zammoros Vorschlag zu, einen Soldaten in Zivilkleidung auf seiner Farm arbeiten zu lassen, damit er die des Drogenhandels verdächtigen Personen im Auge behalten kann. Die einzige Straße zum Grundstück der ›Drogenhändler‹ führt an Señor Algaranaz' Haus vorbei.

G.W. LUNSFORD, MAJ INF

TOP SECRET

TOP SECRET

ARG 0019 2300 ZULU 2 FEBRUARY 1967
VIA WHITE HOUSE SIGNAL AGENCY

FROM: POLO SIX
TO: EARNEST SIX

AFTER ACTION REPORT # 4

REFERENCE US ARMY MAP SERVICE MAP 4774
BOLIVIA

1–Nachdem LtCol. Cupull die Nachricht erhielt, dass abgefangene und entschlüsselte Funkbotschaften von Nancahazú nach Havanna (dessen Rufzeichen für diesen Zweck ›Manila‹ ist) enthüllen, dass Guevara als ›fast letzten Schritt im Ausbildungsprozess‹ vorhat, seine Männer auf einen zweiwöchigen Ausbildungsmarsch zu führen, hat Cupull eine Überwachung des Marschs durch bolivianische Truppen befohlen.
2–WOJG William Thomas in seiner verdeckten Rolle als Suboficial Mayor (Sgt Major) bei Major Zammoro von LtCol Cupulls Stab schloss sich der Patrouille an, die am 1. Februar von der bolivianischen Garnisonstadt Camiri abmarschierte.

G.W. LUNSFORD, MAJ INF

TOP SECRET

TOP SECRET

ARG 0019 2300 ZULU 16 FEBRUARY 1967
VIA WHITE HOUSE SIGNAL AGENCY

FROM: POLO SIX
TO: EARNEST SIX

AFTER ACTION REPORT # 7

REFERENCE US ARMY MAP SERVICE MAP 4774 BOLIVIA

1–Der Unterzeichner und Major Zammoro trafen sich mit WOJG William E. Thomas am 15. Februar um 1600 Uhr Zulu bei den Koordinaten mit der Absicht, Thomas' Bericht über Guevaras Ausbildungsmarsch zu erhalten und ihn von seiner Beraterrolle bei der Aufklärungspatrouille abzulösen.

2–Thomas beschrieb das Verhalten der Patrouille Guevaras als das bei einer ›chinesischen Feuerwehrübung‹ und erklärte, dass sie unangemessene und unzulängliche Ausrüstung, mangelhaftes Kartenmaterial oder gar keine Karten und schlechte Marschdisziplin haben, dass ihre Rationen erschöpft sind und sie mangels der Fähigkeit, genügend Wild zu jagen, gezwungen sind, Palmherzen, Affen, Habichte und Papageien zu essen. Darüber hinaus berichtete er, dass zwei bolivianische Kommunisten bei dem Versuch, den Nancahazú Fluss zu durchqueren, der zu dieser Jahreszeit

durch Regen angeschwollen ist, ums Leben gekommen sind.
Angesichts seiner Überzeugung, dass es durchaus möglich ist, dass Guevara auf dem Marsch umkommen wird und es in jedem Fall ›Wahnsinn für ihn sein würde, ihn länger als ein paar weitere Tage fortzusetzen‹, bat Thomas um die Genehmigung, bei der Aufklärungspatrouille zu bleiben, und erhielt sie.

G.W. LUNSFORD, MAJ INF

TOP SECRET

*14*

TOP SECRET

ARG 0019 2300 ZULU 25 FEBRUARY 1967
VIA WHITE HOUSE SIGNAL AGENCY

FROM: POLO SIX
TO: EARNEST SIX

AFTER-ACTON REPORT # 18

REFERENCE US ARMY MAP SERVICE MAP 4774
BOLIVIA

1–Major Paolo Desaz, befehlshabender Offizier der bolivianischen Truppen in Camiri, der nicht über Major Zammoros Anti-Guevara-Aktivitäten informiert wurde und keinerlei Nachrichtenmaterial erhielt, wurde trotzdem wegen Aktivitäten bei Nancahazú misstrauisch und begann mit Patrouillen in dem Gebiet, einschließlich Luftaufklärung durch bolivianische L-19 Flugzeuge.

2–Am 22. Februar nutzten zwei bolivianische Kommunisten die Abwesenheit von ›Ramon‹ (Guevara) und anderen von der Nancahazú Farm und versuchten zu desertieren. Sie wurden von Desaz' Truppen gefangen genommen und gaben beim Verhör alles preis, was sie wussten, was nicht einschloss, dass ›Ramon‹, Befehlshaber der Kubaner, Guevara ist.

3–Cupull verzögert die Übermittlung von Desaz' Bericht nach La Paz, kann dies jedoch nicht so lange tun.

4–WOJG Thomas berichtet per Funk, dass der von Guevara geführte Ausbildungsmarsch immer noch in der Wildnis ›herumstolpert‹, ohne Nahrungsmittel, möglicherweise verirrt und mindestens 14 Tage Marsch von der Nancahazú Farm entfernt.

5–Cupulls Beobachter auf der Algaranaz Farm fotografierte Passagiere eines Pickup-Trucks auf dem Weg zur Nancahazú Farm. Der Truck ist auf Laura Gutierrez Bauer in La Paz zugelassen, und sie und der französische Journalist Regis Debray sind durch Fotos zweifelsfrei als Passagiere des Pickup-Trucks identifiziert.

G.W. LUNSFORD, MAJ INF

TOP SECRET

TOP SECRET

ARG 0044 2300 ZULU 20 MARCH 1967
VIA WHITE HOUSE SIGNAL AGENCY

FROM: POLO SIX
TO: EARNEST SIX

AFTER-ACTION REPORT # 35

REFERENCE US ARMY MAP SERVICE MAP 4774
BOLIVIA

1–WOJG William Thomas berichtete am 19. März 1967, dass der von Guevara geführte Ausbildungsmarsch ›schließlich den Weg nach Hause gefunden hat‹ und einen Tagesmarsch von der Nancahazú Farm entfernt war. Guevara lebt noch, ist jedoch erkrankt.
2–Am 20. März um 1135 Uhr Zulu wurde der Treffpunkt mit der Aufklärungspatrouille erreicht. Thomas, der während der Patrouille ungefähr 25 Pfund an Gewicht verloren hat, wurde von 1Lt Craig und WOJG de la Santiago mit einer L-23 nach Buenos Aires geflogen. Nach einer diskreten ärztlichen Untersuchung im argentinischen Zentral-Militärlazarett in Buenos Aires, arrangiert von LtCol Rangio, wird Thomas einen siebentägigen Erholungsurlaub antreten, der nicht als normaler Urlaub angerechnet werden wird.

G.W. LUNSFORD, MAJ INF

TOP SECRET

TOP SECRET

ARG 0044 2025 ZULU 23 MARCH 1967
VIA WHITE HOUSE SIGNAL AGENCY

FROM: POLO SIX
TO: EARNEST SIX

SITUATION REPORT # 42

REFERENCE US ARMY MAP SERVICE MAP 4774 BOLIVIA

1–Am 23. März um ungefähr 1615 Uhr Zulu wurde eine Patrouille von in Camiri stationierten bolivianischen Soldaten ungefähr 15 Kilometer von der Nancahazú Farm entfernt aus dem Hinterhalt überfallen. Ein (1) Gefallener; drei (3) Verwundete; zwei (2) Vermisste.
2–Unter den gegebenen Umständen muss LtCol Cupull nun seine und Major Zammoros Aktivitäten in dem Gebiet ausführlich melden.
3–Cupulls Beobachter auf der Algaranaz Farm berichtete, dass ›Tania‹ und Regis Debray auf dem Rückweg von der Nancahazú Farm vorbeigefahren sind.
4–Cupull glaubt, der Überfall aus dem Hinterhalt wird zu einer weitaus größeren Reaktion der bolivianischen Armee gegen Kubaner führen, auf die er weniger Kontrolle haben wird.

G.W. LUNSFORD, MAJ INF

TOP SECRET

TOP SECRET

1820 GREENWICH 27 MARCH 1967

FROM STATION CHIEF, LA PAZ, BOLIVIA

TO DIRECTOR, CIA, LANGLEY
COPIES TO STATION CHIEF,
BUENOS AIRES, ARGENTINA
MR SANFORD T FELTER,
COUNSELOR TO THE PRESIDENT
THE EXECUTIVE OFFICE BUILDING
WASHINGTON

1–Am 27. März 1967 um 2415 Uhr Greenwich wurde General René Barrientos Präsident von Bolivien.
2–Der Unterzeichner hält es für passend, den Auszug des bereits berichteten Privatgesprächs zwischen Barrientos und dem Unterzeichner von 24. März 1967 nach dem Überfall der Kubaner auf die bolivianische Armeeeinheit zu wiederholen.
Anfang des Zitats: Ihn am Leben lassen? Wir sollten das kommunistische (Obszönität) enthaupten und seinen Kopf auf einen Pfosten am Boulevard Prado aufspießen. Ende des Zitats.
3–Der Unterzeichner empfiehlt wieder dringend, dass diplomatische Repräsentanten auf höchster Ebene über die Politik der US-Regierung bezüglich Ernesto Guevara informieren.

DONALD J. MACNAMARA
STATION CHIEF BUENOS AIRES

TOP SECRET

TOP SECRET

EARN0225 WASH DC 1405 ZULU 29 MARCH 1967
VIA WHITE HOUSE SIGNAL AGENCY

FROM: EARNEST SIX
TO: POLO SIX
STATION CHIEF BUENOS AIRES

1–Präsident Barrientos wird in Kürze Lieutenant Colonel Andrés Selich, stellvertretender Kommandeur des Pando Pionierregiments, stationiert in Villegrande, das Gesamtkommando über Anti-Guevara-Aktivitäten in Bolivien übertragen.
2–Präsident Barrientos hat eine Einheit der Special Forces erbeten, um ein Bataillon bolivianischer Ranger auszubilden, und die US-Regierung wird diese Bitte schnellstmöglich erfüllen. Captain John S. Oliver, der über alle Entwicklungen auf dem Laufenden gehalten worden ist, wird das Kommando übernehmen.
3–Selich, jugoslawischer Herkunft, ist unserem Freund in Deutschland gut bekannt. Er hat der Meinung unseres deutschen Freundes, dass Guevara am Leben erhalten werden sollte, zugestimmt und wird in dieser Hinsicht tun, was immer er kann. Selich ist über die Aktivitäten von Cupull (von denen er wusste) und Zammoro/Thomas (von denen er nichts wusste) informiert worden und glaubt, dass es kontraproduktiv sein würde, Barrientos und andere ebenfalls darüber zu informieren.
4–Selich wird Kontakt mit Lunsford aufnehmen, jedoch nicht – Wiederholung – nicht

mit dem CIA-Stationsleiter La Paz. Lunsford ist befugt, zwischen CIA und Selich zu übermitteln und Selich zur Verfügung zu stellen, was unter seiner Kontrolle steht, einschließlich die Benutzung der L-23, um Guevara nach der Gefangennahme zum Weitertransport nach Argentinien zu bringen.
5–Sie sind angewiesen, diesen Befehl Lieutenant Colonel Cupull und Lieutenant Colonel Rangio bekannt zu machen.
6–CIA-Direktor ist gleicher Meinung.

SANFORD T. FELTER, COLONEL, GSC
COUNSELOR TO THE PRESIDENT
OF THE UNITED STATES

TOP SECRET

*19*

TOP SECRET

1650 GREENWICH 21 APRIL 1967

FROM STATION CHIEF, LA PAZ, BOLIVIA

TO DIRECTOR, CIA, LANGLEY
COPIES TO STATION CHIEF,
BUENOS AIRES, ARGENTINA
MR SANFORD T FELTER,
COUNSELOR TO THE PRESIDENT
THE EXECUTIVE OFFICE BUILDING
WASHINGTON

1–Gestern am frühen Abend wurde der französische Journalist Regis Debray von der bolivianischen Armee bei Muyupampa verhaftet.
2–Debray war in Begleitung des bekannten bolivianischen Kommunisten Bustos, der auf der Liste der steckbrieflich gesuchten Personen steht. Sie versuchten anscheinend, Guevaras Truppe zu verlassen und nach La Paz zu reisen. Debray war im Besitz eines gefälschten Ausweises und anderen belastenden Materials und wird vermutlich vor ein Militärgericht gestellt werden.

DONALD J. MACNAMARA
STATION CHIEF BUENOS AIRES

TOP SECRET

*20*

TOP SECRET

ARG 0061 1935 ZULU 1 SEPTEMBER 1967
VIA WHITE HOUSE SIGNAL AGENCY

FROM: POLO SIX
TO: EARNEST SIX

SITUATION REPORT # 56

REFERENCE US ARMY MAP SERVICE MAP 4774
BOLIVIA

1–Major Zammoro, anwesend als Beobachter, berichtet, dass am 31. August 1967 um ungefähr 2200 Uhr Zulu eine Einheit der bolivianischen Achten Armee (Captain Mario Vargas Salinas) unter dem Kommando von LtCol Selich einen Trupp Kubaner Guevaras beim Zusammenfluss des Rio Grande und des Flusses Masicuri aus dem Hinterhalt überfiel.
2–Verluste der bolivianischen Einheit: null (0). Verluste von Guevaras kubanischem Trupp: sieben (7) Gefallene; fünf (5) Verwundete; sechs (6) Gefangene.
3–Zammoro identifizierte zweifelsfrei die Leichen von Comandante Juan Vitalio Acuna, ›Joaquin‹; und Gustavo de Hoed, ›Alejandro‹, ehemaliger kubanischer Vizewirtschaftsminister.
4–Gefangene sagten aus, dass ›Tania‹ bei der Gruppe gewesen war, und nach einer Suche wurde ihre Leiche ein paar Meilen flussabwärts gefunden.
5–Nachdem Präsident Barrientos über die Aktion informiert wurde, teilte er persönlich Salinas über Funk mit, dass er (a) zum Major befördert wurde und (b) Tania in einen Sarg gelegt und christlich beerdigt werden sollte. Als Salinas mitteilte, dass ›Tania‹ als Atheistin bekannt gewesen war, erwiderte Präsident Barrientos: ›Umso besser.‹

G.W. LUNSFORD, MAJ INF

TOP SECRET

TOP SECRET

ARG 0074 1935 ZULU 7 OCTOBER 1967
VIA WHITE HOUSE SIGNAL AGENCY

FROM: POLO SIX
TO: EARNEST SIX

SITUATION REPORT # 64

REFERENCE US ARMY MAP SERVICE MAP 4774 BOLIVIA

1–LtCol Selich teilt mit, Truppen unter seiner Kontrolle glauben, dass sie Guevara und die übrig gebliebenen Mitglieder der ›bolivianischen Befreiungsarmee‹, weniger als fünfundzwanzig (25) Personen, in einem Canyon nahe La Higuera am Rio Grande mehr oder weniger umzingelt haben.
2–Es wird angenommen, dass die Truppen bolivianische Ranger, ausbildet von Captain Oliver, sind und er möglicherweise als Beobachter anwesend ist. Major Zammoro ist unterwegs, um ihn abzulösen, falls dies der Fall ist.

G.W. LUNSFORD, MAJ INF

TOP SECRET

TOP SECRET

ARG 0075 1705 ZULU 8 OCTOBER 1967
VIA WHITE HOUSE SIGNAL AGENCY

FROM: POLO SIX
TO: EARNEST SIX

SITUATION REPORT # 65

REFERENCE US ARMY MAP SERVICE MAP 4774 BOLIVIA

1-Zammoro, der Oliver als Beobachter ablöste, berichtet, dass am 8. Oktober 1967 um 1310 Ortszeit die bolivianische Armee Truppen Guevaras bei Higuera angriff. Ein Feuergefecht folgte.

2-Um ungefähr 1405 Uhr Ortszeit nahm Sergeant Bernardino Huanca die Kapitulation von Ernesto Guevara an, der die Hände hob und sagte: »Nicht schießen. Ich bin Che Guevara. Ich bin für Sie lebend mehr wert als tot.«
Zammoro bestätigte die Identität des Gefangenen, der am linken Bein verwundet war. Guevara war mit einem US-Karabiner M2 bewaffnet, der von einer Kugel getroffen und nutzlos geworden war, und trug eine M1911A1-Pistole Kaliber .45 bei sich, für die er kein Magazin hatte.

3-LtCol Selich teilte persönlich per Funk dem Offizier mit, der Guevara jetzt in Gewahrsam hatte, dass der Gefangene ärztliche Behandlung erhalten und ihm keinerlei Schaden zugefügt werden soll. Selich ist jetzt per Hubschrauber unterwegs zum Ort der Kapitulation. Die L-23 ist in zehnminütiger Startbereitschaft, um Guevara nach Argentinien zu transportieren. LtCol Rangio und ich werden ihn begleiten.

G.W. LUNSFORD, MAJ INF

TOP SECRET

23

TOP SECRET

ARG 0075 1105 ZULU 9 OCTOBER 1967
VIA WHITE HOUSE SIGNAL AGENCY

FROM: POLO SIX
TO: EARNEST SIX

SITUATION REPORT # 66

REFERENCE US ARMY MAP SERVICE MAP 4774 BOLIVIA

1–Zammoro berichtet, dass LtCol Selich Guevara gestern am späten Nachmittag persönlich ins Schulgebäude in La Higuera verlegt hat, wo er sowohl zur Verhinderung eines Fluchtversuchs – der für unwahrscheinlich gehalten wird – als auch eines Befreiungsversuchs und anderer möglicher Gefahren zu bewachen.

2–Zammoro und Selich glauben, dass Barrientos binnen Stunden die Exekution Guevaras befehlen wird, wenn er nicht von höchsten Stellen der US-Regierung davon abgehalten werden kann.
3–Zammoro erklärt, dass die Stärke der Special Forces in dem Gebiet ausreicht, um Guevara trotz gegenteiliger Wünsche der bolivianischen Regierung aus dem Gebiet fort und nach Argentinien transportiert werden kann. Der Unterzeichner ist gleicher Meinung. L-23 befindet sich in zehnminütiger Startbereitschaft. Erwarte Anweisungen.

G.W. LUNSFORD, MAJ INF

TOP SECRET

24

TOP SECRET

EARN0250WASH DC 1420 ZULU 9 OCTOBER 1967
VIA WHITE HOUSE SIGNAL AGENCY

FROM: EARNEST SIX
TO: POLO SIX
STATION CHIEF BUENOS AIRES

1–Repräsentanten der US-Regierung, die auf höchst möglicher Ebene – Wiederholung – auf höchst möglicher Ebene bei Präsident Barrientos vorstellig geworden sind, um ihn von der

Klugheit der US-Position angesichts Guevara zu überzeugen, sind gescheitert.
2–Auf Anweisung des Präsidenten wird kein US-Offizieller – Wiederholung – kein US-Offizieller irgendeine – Wiederholung – irgendeine Aktion unternehmen, die den Wünschen von Präsident Barrientos in dieser Angelegenheit zuwiderhandelt.
3–Der CIA-Direktor ist über diese Entscheidung informiert und weist ihre Befolgung an.

SANFORD T. FELTER, COLONEL, GSC
COUNSELOR TO THE PRESIDENT
OF THE UNITED STATES

TOP SECRET

## 25

*Wäschekammer*
*Nuestro Señor de Malta Hospital*
*Vallegrande, Bolivien*

*10. Oktober 1967, 12 Uhr 05*

Ein bolivianischer Sergeant, der vor kurzem die bolivianische Rangerschule absolviert hatte, seine neue Uniform einschließlich eines grünen Baretts trug und nicht genau zu wissen schien, wie er sich verhalten sollte, hob seinen nagelneuen US-Karabiner M1 Kaliber .30 und rief die beiden Männer an der Tür der Wäschekammer an. Sie trugen ebenfalls ein grünes Barett und Arbeitsuniform und waren mit an Sicherheit grenzender Wahrscheinlichkeit

Offiziere und Ausbilder der Special Forces der U.S. Army. Er war diesen beiden nur noch nicht begegnet.

»Zutritt verboten!«, sagte der Sergeant mit fester Stimme.

Während seiner Ausbildung durch die Green Berets war ihm eingetrichtert worden, dass Befehle Befehle sind und befolgt werden müssen, auch wenn sie einem nicht gefallen und selbst wenn einen das Befolgen in Schwierigkeiten bringen kann, was hier vermutlich der Fall sein würde.

Major Zammoro, der auf einem Stuhl saß, dessen Lehne er gegen die Lehmwand der Wäschekammer gekippt hatte, blickte von der Leiche auf und schaute zur Tür.

»Es ist alles in Ordnung, Sergeant«, sagte Major Zammoro. »Lassen Sie sie passieren.«

»Si, Señor«, sagte der Sergeant mit sichtlicher Erleichterung.

Die beiden Offiziere der Special Forces betraten die Wäschekammer.

»O Scheiße«, stieß Warrant Officer Junior Grade William E. Thomas hervor, als er sah, was dort war. Der bärtige, langhaarige Leichnam von Ernesto Guevara de la Serna, Doktor med., lag mit nackter Brust und barfüßig auf einer primitiven Bahre auf einem steinernen Waschtisch.

Guevaras Augen standen offen, und seine Hände waren zu Fäusten geballt. Es gab mehrere Einschusswunden, einschließlich einer im Brustkorb, von den der das meiste Blut weggewischt worden war.

Major Lunsford wandte sich dem Mann auf dem Stuhl zu. »War hat das wirklich getan?«

Major Julio Zammoro blickte Lunsford lange und schweigend an. Dann stand er auf und ging wortlos aus der Wäschekammer. Lunsford schaute ihm nach. Dann, nach einem letzten Blick auf die Leiche, folgten er und Thomas Zammoro.

# NACHWORT

Die sterblichen Überreste von Ernesto ›Che‹ Guevara wurden heimlich nicht weit von seinem Todesort entfernt begraben.

1999 wurden skelettierte Überreste einer Leiche, die ohne Sarg begraben worden war, per DNA-Analyse als diejenigen von Guevara identifiziert und nach Kuba zurückgeschickt.

In den ersten Tagen des neuen Jahrtausends bezeichnete Fidel Castro bei der Einweihung eines Denkmals für Guevara in Havanna ihn als ›Christus ähnlich‹.

Der mysteriöse Tod seiner Mutter, ein gescheitertes Attentat und andere unerklärliche Vorgänge veranlassen den Fotojournalisten Alexander Brodka, seine eigene Vergangenheit zu erforschen. Dabei gerät er immer mehr in den Sog einer geheimen Organisation. Bestürzt muss er feststellen, dass alle Spuren nach Rom führen, hinter die Mauern des Vatikans, wo dunkle Mächte die Fäden ziehen. Und diese Männer in Purpur kennen nur ein Ziel: ihn zum Schweigen zu bringen. Gemeinsam mit seiner Geliebten stellt sich der Journalist der Heiligen Mafia, die ein beispielloses Verbrechen plant ...

ISBN 3-404-14771-5

BASTEI
LÜBBE

## GLENN MEADE – Der Thrillerautor für das neue Jahrtausend –

Glenn Meade zählt zu den Senkrechtstartern im Bereich der Thriller-Literatur. Mit seinen in neun bzw. sechzehn Sprachen übersetzten Büchern UNTERNEHMEN BRANDENBURG und OPERATION SCHNEEWOLF hat der ehemalige Journalist und Flugtrainer neue Perspektiven in einem etablierten Genre geschaffen.
Schlaglichter der Weltgeschichte – etwa der Tod Stalins in OPERATION SCHNEEWOLF – gewinnen dank der faszinierenden Mischung von Fakt und Fiktion, von historisch verbürgten Tatsachen und kühnen Spekulationen ungeahnte Dimensionen. Mit Glenn Meade hat der Thriller einen neuen Gipfelpunkt erreicht.

3-404-**14190**-3

Drei ominöse Todesfälle, die scheinbar in keinem Zusammenhang miteinander stehen: 1994 wird in Berlin ein politischer Aktivist auf offener Straße erschossen; in Asunción kommt ein Schmuggler bei einer Verfolgungsjagd ums Leben, während ein reicher Geschäftsmann in der paraguayischen Hauptstadt Selbstmord begeht. Als der Journalist Rudi Hernandez vor Ort den vermeintlichen Suizid unter die Lupe nimmt, stößt er auf eine perfide Verschwörung.

3-404-**13967**-4

Im Winter 1952 flieht Anna Chorjowa aus einem sowjetischen Gulag. Über Finnland gelangt sie nach Amerika, wo sie ein neues Leben beginnen will. Doch der CIA überredet sie zu einer gefährlichen Mission. Sie wird einen Agenten nach Moskau begleiten, der Stalin ausschalten soll. Annas mögliche Belohnung: die Freiheit ihres in einem Waisenhaus eingesperrten Kindes.
»Ein großer Stoff, unwiderstehlich spannend gestaltet.«

LOS ANGELES TIMES